LA COLVMNA
DE HIERRO

CICERÓN Y EL ESPLENDOR
DEL IMPERIO ROMANO

TAYLOR CALDWELL

LA COLVMNA DE HIERRO

CICERÓN Y EL ESPLENDOR DEL IMPERIO ROMANO

Traducción:
ENRIQUE DE OBREGÓN

MAEVA

OCEANO

Título original:
A pillar of iron

Traducido por:
ENRIQUE DE OBREGÓN
de la 1.ª edición de Doubleday & Company, Inc., Garden City, N. Y.

Diseño de la cubierta:
OPALWORKS

Imagen de la cubierta:
Mosaico de estilo alejandrino del siglo II a.C., Túnez.
The Art Archive/Archeological Museum, Sousse, Túnez/Dagli Orti.

© 1965 by REBACK AND REBACK
© de la traducción: ENRIQUE DE OBREGÓN
© 2004, MAEVA EDICIONES
   Benito Castro, 6
   28028 MADRID
   emaeva@maeva.es
   www.maeva.es

D.R © EDITORIAL OCEANO DE MÉXICO, S.A. de CV.
   Eugenio Sue 59, Colonia Chapultepec Polanco
   Miguel Hidalgo, Código Postal 11560, México, D.F.
   ☎ 5279 9000 ▤ 5279 9006
   ✉ info@oceano.com.mx
   Quinta reimpresión

ISBN: 970-777-120-8
Depósito legal: B-49.940-2005
Impreso en España / Printed in Spain

*Dedicado a la memoria
del presidente John F. Kennedy
y a los senadores Barry Goldwater
y Thomas Dodd*

El poder y la ley no son sinónimos. La verdad es que con frecuencia se encuentran en irreductible oposición. Hay la Ley de Dios, de la cual proceden todas las leyes equitativas de los hombres y a la cual deben éstos ajustarse si no quieren morir en la opresión, el caos y la desesperación. Divorciado de la Ley eterna e inmutable de Dios, establecida mucho antes de la fundición de los soles, el poder del hombre es perverso, no importa con qué nobles palabras sea empleado o los motivos aducidos cuando se imponga.

Los hombres de buena voluntad, atentos por tanto a la Ley dictada por Dios, se opondrán a los gobiernos regidos por los hombres y si desean sobrevivir como nación, destruirán al gobierno que intente administrar justicia según el capricho o el poder de jueces venales.

CICERÓN

Tú, pues, ciñe tus lomos, yérguete y diles todo cuanto yo te mandare. No te quiebres ante ellos, no sea que yo a su vista te quebrante a ti. Desde hoy te hago como ciudad fortificada, como férrea columna y muro de bronce, para la tierra toda, para los reyes de Judá y sus grandes, para los sacerdotes y para todo su pueblo. Ellos te combatirán, pero no te podrán, porque yo estaré contigo para protegerte, palabra de Yavé.

JER. 1: 17-19

Prefacio

Cualquier parecido entre la República de Roma y la de Estados Unidos de América es puramente histórico, así como la similitud de la antigua Roma con el mundo moderno.

Aquel gran romano, Marco Tulio Cicerón, fue un personaje polifacético: poeta, orador, amante, patriota, político, esposo y padre; amigo, autor, abogado, hermano e hijo, moralista y filósofo. Sobre cada una de estas facetas de su personalidad se podría escribir un libro. Sus cartas a su editor y más caro amigo, Ático, conforman muchos de los libros de la Biblioteca del Vaticano, así como de otras grandes bibliotecas del mundo. Sólo su vida de político podría llenar una biblioteca y ha sido llamado el Más Grande Abogado. Sus propios libros son voluminosos y tocan temas referentes a la ley, la ancianidad, el deber, el consuelo, la moral, etc. Sólo su vida familiar ya merecería una novela. Aunque era un romano escéptico, era también muy devoto, un místico y un filósofo, que finalmente fue nombrado miembro del Consejo de Augures de Roma y fue tenido en gran estima por el sabio Colegio de Pontífices. Su actuación como cónsul de Roma (un cargo parecido al de presidente de Estados Unidos) ya daría lugar a un grueso volumen sin necesidad de referirse a su cargo de senador. Sus casos judiciales son famosos. Sus *Orationes* constituyen muchos volúmenes. Durante dos mil años los patriotas han citado sus libros con referencia a los deberes del hombre para con Dios y la patria, especialmente el *De Republica*. La correspondencia que intercambió con el historiador Salustio podría llenar varios tomos (Biblioteca del Vaticano y otras famosas bibliotecas). Al final de este libro se incluye una bibliografía.

Sus cartas a Julio César revelan su naturaleza afable y conciliadora; su buen humor y a veces su irascibilidad y lo bien que conocía el extraño, sutil, festivo y poderoso temperamento de aquél, por no citar sus extravíos. Aunque eran de naturaleza tan diferente, como los «géminis»[1], según dijo Julio

---

[1] Alusión al tercer signo y constelación del Zodíaco, correspondiente al período del 21 de mayo-22 de junio y que debe su nombre a dos estrellas principales: Cástor y Pólux, que a su vez tomaron el nombre de dos héroes griegos gemelos.

César una vez, éste raramente logró engañarle, ¡a pesar de que lo intentó! «Sólo confío en ti en Roma», le confesó Julio en una ocasión. Ambos se estimaron a su manera, con precaución, cautela, carcajadas, rabia y devoción. Su relación es un tema fascinante.

El más caro y devoto amigo de Cicerón fue su editor Ático, y su correspondencia, que abarca miles de cartas a lo largo de toda su vida, es conmovedora, reveladora, tierna, desesperanzadora y engorrosa. Ático escribía con frecuencia que Cicerón no sería apreciado en su época, «pero edades aún por nacer serán las receptoras de tu sabiduría y todo lo que has dicho y escrito será una advertencia para naciones aún desconocidas». Sus numerosas visiones sobre el terrible futuro (el que ahora afrontamos en el mundo moderno) las describe en sus cartas a Ático. Estaba muy interesado en la teología y filosofía judaicas, conociendo muy bien a los profetas y las profecías sobre el Mesías que había de venir, siendo además adorador del Dios desconocido. Anheló ver la Encarnación profetizada por el rey David, Isaías y otros grandes profetas de Israel, y su visión del fin del mundo, que figura en los capítulos primero y segundo de Joel (versión del rey Jaime) y Sofonías (versión de Douay-Challoner), es mencionada en una de sus cartas a Ático (Biblioteca del Vaticano) y, por cierto, describe al mundo en un holocausto nuclear. Su última carta, escrita poco antes de su muerte, es de lo más movida y relata a Ático su sueño de la visión de la Mano de Dios.

Cicerón se sintió particularmente impresionado por el hecho de que en todas las religiones, incluyendo la hindú, la griega, la egipcia y la israelita, existe la profecía de un Mesías y de la encarnación de Dios como hombre. Se sintió tan fascinado y esperanzado que en muchas de sus cartas especula sobre el Advenimiento y deseó, sobre todas las cosas, vivir todavía cuando eso ocurriera. Su amigo judío (cuyo nombre no menciona, pero a quien yo llamo Noë ben Joel) es citado con frecuencia en sus cartas a varios amigos y se sintió muy atraído por el famoso actor judeo-romano Roscio, padre del teatro moderno, sobre quien se podría escribir otro libro.

Odió y temió al militarismo y fue un hombre pacífico en un mundo que no conoció ni conocería la paz. Sus relaciones con Pompeyo, el gran soldado, fueron tempestuosas, porque recelaba del militarismo de Pompeyo, aunque honraba su conservadurismo y procuró su exilio cuando César marchó sobre Roma. César, aunque era un patricio y un soldado, pertenecía al partido popular y pretendía ser un gran demócrata que amaba a las masas, pero Cicerón sabía muy bien que las despreciaba. Cicerón, como hombre de la nueva clase media, se sentía asqueado ante esta engañosa e hipócrita actitud de «mi querido y joven amigo Julio», quien a su vez pensaba que su propia hipocresía era muy divertida. En cuanto a Cicerón, jamás fue hipócrita; en todo momento fue un moderado, un hombre de soluciones intermedias, un creyente en el honor y la decencia intrínsecos del hombre corriente, un hombre que amó la libertad y la justicia, la piedad y la amabilidad. Era inevitable, por lo tanto, que fuera asesinado. Nunca llegó a los extremos de deificar o denigrar a los hombres corrientes. Se limitó a aceptarlos, se compadeció de ellos y luchó por sus derechos y libertades.

La más profunda devoción terrenal de Cicerón fue la Constitución de Roma y especialmente su Ley de las Doce Tablas. Por ello fue calumniado en un mundo romano que había comenzado a perder el respeto a ambas, y esto también es cosa familiar para nosotros los americanos. Sin embargo, desconfiaba de la venalidad de los jueces y siempre luchó contra ellos en los tribunales cuando representaba a clientes. Para él, el gobierno según la ley era un edicto de Dios basado en las leyes naturales, y el gobierno según los hombres era lo que más había que temer en una nación. Vivió lo bastante para ver cómo el último triunfaba en la República romana, dando como resultado la tiranía.

Sus discursos contra Lucio Sergio Catilina podrían ser usados hoy en día por los políticos amantes de la libertad, porque son extremadamente modernos. Las arengas de Catilina y sus incitaciones al pueblo no son invenciones de esta autora. Salustio las recopiló y si parecen contemporáneas, no es porque la autora las haya retocado. De Cicerón se ha dicho que en realidad «fue el primer americano», mientras que por desgracia Catilina sigue existiendo en varios políticos de nuestro tiempo.

Las historias de la República romana y de Estados Unidos son asombrosamente paralelas, lo mismo que Cincinato, «el padre de su patria», es extrañamente parecido a George Washington. Los políticos de hoy pueden ver reflejada su imagen muchas veces en Catilina, así como muchos de sus secretos deseos. Si Cicerón viviera en la América de hoy, se sentiría horrorizado... Tan familiar la encontraría.

La Pax Romana, concebida en un espíritu de paz, conciliación y legislación mundial, se asemeja misteriosamente a las Naciones Unidas de hoy. El resto es historia mutua, incluyendo la ayuda exterior y las naciones recalcitrantes, así como la desintegración debida al hecho de que tantas naciones menospreciaran el espíritu de la Carta de la Pax Romana, como ahora menosprecian el espíritu de la Carta de las Naciones Unidas. No he querido acentuar el parecido entre la Pax Romana y las Naciones Unidas, pero que tienen cierta similitud es un hecho ya registrado por la Historia, y como dijo Cicerón y antes que él Aristóteles: «Las naciones que ignoran la Historia están condenadas a repetir sus tragedias».

Los romanos fueron historiadores meticulosos y registraron los acontecimientos en el mismo momento en que se producían. Por lo tanto, si los lectores se sienten interesados por las extrañas similitudes entre Roma y América, no tienen más que estudiar la historia de Roma. Yo he pasado nueve años escribiendo este libro y he procurado ser todo lo objetiva que una mujer puede ser. No trato de forzar la aceptación de ninguna de mis opiniones personales. Me he limitado a presentar a Marco Tulio Cicerón y a su mundo para que el lector saque sus propias conclusiones.

Este libro fue dedicado a John F. Kennedy antes de su asesinato (tan parecido en cierto modo al de Cicerón), y ya habíamos sostenido alguna correspondencia sobre el tema. Esas cartas irán a parar algún día a la Biblioteca Kennedy. Ahora, tristemente, tendrá que estar dedicado a su memoria.

Cicerón fue un ser humano, así como un político, un abogado y un orador. Los hombres desean que sus héroes sean perfectos, cosa tan laudable como poco realista. Así pues, Cicerón es presentado en este libro como hombre, con las peculiaridades que comparte con los otros hombres y no como una estatua de mármol. Sufrió mucho por las vacilaciones y confusiones que tiene por naturaleza un hombre morigerado, de tan gran moderación que creyó que los demás hombres serían razonablemente civilizados. Nunca pudo recobrarse del hecho de ser un hombre racional en el más irracional de los mundos, pues éste es el destino de todos los moderados.

Aunque en cualquier biblioteca hay al alcance del lector centenares de libros sobre Cicerón, César, Marco Antonio, Craso, Clodio, Catilina, etc., en los más diversos idiomas, y miles de escritores y políticos han citado las *Cartas* de Cicerón, yo por mi parte he traducido unos centenares de éstas, pertenecientes a la correspondencia sostenida entre Cicerón y Ático, su editor, en la Biblioteca del Vaticano, durante abril de 1947, así como otras muchas cartas de las que Cicerón dirigió a su hermano, su esposa, su hijo, César, Pompeyo y otras personas, en otra de mis estancias en Roma y Grecia durante 1962.

Mi esposo y yo comenzamos a trabajar en este libro en 1947, para lo cual tuvimos que tomar centenares de notas mecanografiadas y llenar treinta y ocho libretas. Mucho antes de que un libro empiece a ser escrito (y nosotros comenzamos a escribirlo en 1956), hay que tomar muchas notas y ponerlas en orden, hacer traducciones y preparar comentarios. Los libros se asemejan a esa séptima parte de un iceberg que sobresale de la superficie del mar. Las otras seis séptimas partes se ocultan en forma de preparación, notas, bibliografía, estudio perseverante, traducción, coordinación, interminable meditación y, por supuesto, la constante comprobación de fuentes, así como la visita a los escenarios que constituyen el fondo de toda novela histórica. Pasamos muchos días entre las ruinas de la antigua Roma, consultamos a muchos expertos en dicha ciudad para conocer el emplazamiento exacto de los varios templos y edificios que se mencionan al hablar del Foro. También estudiamos en las bibliotecas romanas las antiguas referencias de los especialistas sobre el aspecto de la ciudad en tiempos de Cicerón. Hicimos todo esto en aras de la autenticidad. También son auténticas la descripción de la Acrópolis de Atenas y, en particular, la del majestuoso Partenón, porque no sólo pasamos muchos días entre sus ruinas, sino que consultamos a los arqueólogos de Grecia siendo huéspedes del gobierno griego en 1962. (Hemos de agradecer particularmente la amable ayuda que nos proporcionó el ministro de Cultura.)

Hemos puesto las menos notas posibles, porque en cada sitio donde dice «escribió Cicerón», «escribió Ático», etc., es que las cartas son auténticas y pueden ser halladas en muchos libros existentes en las bibliotecas. Es el Cicerón patriota, el amante de la Constitución y de la Ley de las Doce Tablas el que hoy ha de merecer nuestra admiración y llevarnos a profundas reflexiones. Fue atacado como «reaccionario» y como «radical», según quién lo atacaba o qué camino seguía. Fue acusado malévolamente de «vivir en el pasado y no en esta época moderna y dinámica», e igualmente se le atribuyó el «violar ciertos puntos de la ley y emplear métodos abusivos». Para algunos estaba «en contra del progreso» y para otros era «demasiado conservador». Y si estas frases le parecen al lector penosamente familiares, es culpa de la Historia y de la naturaleza humana, que no cambian jamás. Pero Cicerón se mantuvo siempre en la línea de la moderación, lo que le creó violentos e inquietos enemigos entre los hombres ambiciosos.

La afirmación de que los romanos tenían un periódico diario, que a menudo era utilizado para difundir propaganda, no es ningún anacronismo. La verdad es que había tres periódicos rivales en tiempos de Cicerón, pero el *Acta Diurna* era el favorito. Hasta tenían columnistas y Julio César fue el primer ejemplo. Tenían dibujantes de historietas que se consideraban a sí mismos muy ingeniosos y satíricos, incluían las noticias de las últimas transacciones del mercado de valores y no faltaban los chismes escandalosos.

Los discursos y cartas de Cicerón parecen tan actuales como lo fueron para los romanos de hace dos mil años e incluso tan trascendentales como nuestra prensa de hoy, hablando de acontecimientos similares.

Sic transit Roma! Sic transit América? Oremos para que no sea así o arrastraremos con nosotros nuestro mundo, al igual que Roma arrastró tras sí al suyo, y otra larga Edad de las Tinieblas caerá sobre nosotros. Pero ¿cuándo –como Aristóteles se lamentaba– han aprendido jamás los hombres de la Historia? *Ostende nobis, Domine, misericordiam tuam, et salutare tuum da nobis.*

TAYLOR CALDWELL

PRIMERA PARTE

Infancia y juventud

Os justi meditabitur sapientiam, et lingua ejus loquetur judicium; lex ejus in corde ipsius!

Capítulo

1

Marco Tulio Cicerón dio un respingo cuando su médico le puso sobre el pecho el emplasto caliente y, con la voz más bien regañona de un medio inválido, preguntó:

–¿Qué es esta porquería?

–Grasa de buitre –contestó el médico con tono orgulloso–. A dos sestercios el bote y garantizada para aliviar toda inflamación.

Los esclavos removieron las ascuas del brasero y Marco Tulio se estremeció bajo las mantas. Sobre sus pies le habían colocado un cobertor de pieles, pero él seguía sintiendo frío.

–Dos sestercios –repitió sombrío–. ¿Qué ha dicho de eso la señora Helvia?

–No lo sabe –repuso el médico.

Marco Tulio sonrió al pensar en lo que diría.

–Ese dinero lo anotará en los gastos de la casa –comentó–. Es excelente tener una esposa ahorrativa en estos tiempos de prodigalidad; aunque no siempre, si algo como este vil ungüento ha de ser añadido al gasto de alubias y utensilios de cocina. Creo que deberíamos llevar una cuenta de médicos y medicinas.

–Esta grasa se la he comprado a otro médico –contestó el galeno con un ligero tono de reproche–. La señora Helvia hace todo lo posible para no tener que tratar con comerciantes. Si esto lo hubiera tenido que comprar en una tienda, me habría costado cinco sestercios y no dos.

–Sin embargo, los dos sestercios figurarán en la cuenta de gastos domésticos –dijo Marco Tulio–. El coste de los lienzos y las prendas de lana para el niño que ha de nacer figurará entre el de las ollas, el pescado y la harina. Sí, una esposa ahorrativa es algo excelente; pero yo, como esposo, en cierto modo estoy resentido de que me enumeren entre los orinales y el queso de cabra. Yo mismo lo he visto.

Tosió fuertemente y el médico se sintió complacido.

–¡Vaya! –exclamó–. Esa tos va mejor.

–Hay veces –continuó Marco Tulio– en que un paciente, si quiere salvar su vida, debe apresurarse a mejorar para escapar de las recetas de su médico y sus porquerías. Es instinto de conservación. ¿Qué tiempo hace hoy?

–Muy malo y fuera de lo normal –respondió el médico–. Ha nevado. Las colinas y los pastos están cubiertos de nieve y el río se ha helado, pero el cielo está claro y despejado. Corre un vivo vientecillo del norte, pero eso le ayudará a curarse, amo. Lo que hay que temer es el viento del este y especialmente el del sudeste.

Marco Tulio estaba empezando a entrar en calor, no por el ardor de la fiebre, sino por la recuperación de la salud. Su ropa interior de lana comenzó a picarle y cada vez era más fuerte el hedor de la grasa de buitre. Se apresuró a taparse de nuevo el pecho con las mantas.

–Aún está por ver –dijo– si he de ser asfixiado por este hedor o por congestión de los pulmones. Creo que preferiría lo último.

Y tosió para convencerse. El dolor del pecho iba remitiendo. Echó un vistazo en derredor y vio a los esclavos diligentemente ocupados en echar más carbón al brasero.

–Ya basta –refunfuñó–. ¡Voy a ahogarme en mi propio sudor!

No era un hombre irritable por naturaleza, sino amable y cariñoso, siempre un poco abstraído. El médico se sintió animado ante esta irritabilidad, que significaba que su paciente se recuperaría pronto. Se quedó mirando aquel rostro moreno y delgado que destacaba entre los blancos almohadones y sus grandes ojos negros que nunca lograban, a pesar de sus esfuerzos, parecer severos. Sus rasgos eran suaves y precisos, su entrecejo denotaba benevolencia y su barbilla, indecisión. Era un hombre joven y representaba menos edad de la que tenía, lo cual le fastidiaba. Tenía la calma y las manos en cierto modo pasivas del intelectual. Su fino cabello castaño le crecía desordenado y caía sobre su alargado cráneo como si hubiera sido pintado allí y nunca fuera a crecer erguido a la manera de un hombre auténticamente viril.

Oyó pasos y dio otro respingo. Su padre venía a su dormitorio. Su padre, que era un romano chapado a la antigua. Cerró los ojos y fingió estar dormido. Quería a su padre, pero le resultaba pesado con todas aquellas historias sobre la grandeza de su familia, una grandeza que Tulio sospechaba a veces que no había existido. Los pasos eran firmes y pesados y el padre, que también se llamaba Marco Tulio Cicerón, entró finalmente en el aposento.

–Bien, Marco –dijo con su vozarrón–. ¿Cuándo pensamos levantarnos?

Marco Tulio atisbó la luz del sol a través de sus pestañas. No respondió. Las blancas paredes de madera de su dormitorio reflejaban el resplandor, que de repente le pareció demasiado intenso.

—Está durmiendo, amo —dijo el médico en son de excusa.

—¡Uf! ¿A qué se debe este mal olor? —preguntó el padre, un hombre alto, delgado e irascible que llevaba una barba al estilo antiguo que, según él, le hacía parecerse a Cincinato.

—Es grasa de buitre —explicó el galeno—. Muy cara, pero eficaz.

—Haría resucitar a un muerto —dijo el padre.

—Ha costado dos sestercios —respondió el médico guiñándole. Era un liberto y como médico había llegado a ser ciudadano romano, lo cual le permitía tomarse ciertas libertades.

El padre sonrió con acritud.

—Dos sestercios —repitió—. Eso haría que la señora Helvia recontase la calderilla de su monedero —resopló ruidosamente—. La frugalidad es una virtud, pero los dioses fruncen el entrecejo ante la avaricia. Yo me consideraba un maestro en el arte de sacar tres sestercios donde antes sólo se sacaban dos, pero, ¡por Pólux!, ¡la señora Helvia debió ser banquero! ¿Cómo se encuentra mi hijo?

—Se va reponiendo, amo.

El anciano se inclinó sobre el lecho.

—Ahora que lo pienso —comentó—, mi hijo se mete en cama cada vez que la señora Helvia se pone muy dominante..., ¡y eso que está embarazada! ¿Qué opinas de esto, Felón?

El médico sonrió discretamente y se quedó mirando a su paciente, al que se suponía dormido.

—Hay naturalezas amables —contestó con diplomacia—, y a menudo la retirada es un medio de asegurarse la victoria.

—Me han dicho que a la señora Helvia han tenido que llevarla apresuradamente al lecho. ¿Es inminente el nacimiento del niño?

—Puede nacer cualquier día de éstos —respondió el médico, preocupado—. Iré a verla enseguida.

Salió apresuradamente de la habitación, con sus vestiduras de lino arremolinándose. El padre se inclinó sobre la cama.

—Marco —dijo—. Sé que no estás dormido y tu esposa está a punto de dar a luz. No trates de eludirme fingiendo que duermes. Tú nunca has roncado.

Marco Tulio gimió débilmente y no tuvo más remedio que abrir los ojos. Los ojillos de su padre, negros y vivaces, parecían estar danzando sobre él.

—¿Quién ha dicho que está a punto de dar a luz? —preguntó.

—Hay mucho movimiento en los aposentos de las mujeres, han puesto agua a calentar y la comadrona se ha colocado un delantal. —Se rascó la barbuda mejilla.— Como es su primer hijo, no dudo que tardará en nacer.

–Eso no es propio de Helvia –contestó Marco Tulio–. Ella hace todas las cosas con prontitud.

–Opino que es una mujer de muchas virtudes –declaró el padre, que era viudo y se sentía agradecido por ello–; pero de todos modos se halla sujeta a las leyes de la naturaleza.

–Helvia no –replicó Marco Tulio–. Las leyes de la naturaleza están sujetas a ella.

El padre ahogó una risita ante su tono de resignación.

–Todos estamos sometidos a ella, Marco. Incluso yo. Tu madre era una bendita y yo no supe apreciarlo.

–Así que también temes a Helvia –dijo Marco Tulio, y tosió aparatosamente.

–¡Miedo a las mujeres! ¡Tonterías! Pero crean dificultades que todo hombre juicioso debe evitar. Tienes muy buen color. ¿Cuánto tiempo crees que podrás seguir escondido en la cama?

–Desgraciadamente, no mucho, sobre todo si Helvia me manda llamar, padre.

El anciano se quedó pensativo.

–No está mal eso de meterse en cama –observó–. Estoy pensando en hacerlo yo también. Pero a Helvia no podremos engañarla. Dos hombres enfermos despertarían sus sospechas. Si es niño, supongo que le pondrás nuestro nombre.

Marco Tulio había pensado en ponerle otro, pero suspiró. Abrió del todo los ojos y vio la nieve contra la ventana. Las cortinas de lana que pendían sobre ella eran agitadas por los ramalazos de viento y Marco Tulio tiritó.

–De veras que estoy enfermo –dijo esperanzado–. Tengo inflamación en los pulmones.

–Los dioses han dicho, así como los griegos, que cuando un hombre quiere evadir el cumplimiento de sus deberes puede invocar cualquier enfermedad –dijo el padre mientras cogía la muñeca de su hijo para tomarle el pulso, pero apartando la mano rápidamente–. ¡Grasa de buitre! –exclamó–. Debe de ser milagrosa, pues tienes el pulso normal. ¡Ah! Aquí viene la comadrona.

Marco Tulio se encogió bajo sus cobertores y cerró los ojos. La comadrona hizo una reverencia y dijo:

–La señora Helvia está a punto de dar a luz, amos.

–¿Tan pronto? –preguntó el padre.

–De un momento a otro, amo. Se fue a la cama hace una hora, según el reloj de agua, que aún no se ha helado, y ya ha tenido un dolor. El médico está con ella. El parto es inminente.

—Ya te lo dije —comentó Marco Tulio con cara de infeliz—. Helvia desafía las leyes de la naturaleza. El parto debería haber durado lo menos ocho horas.

—Es una hembra robusta —declaró el padre. Y diciendo esto retiró los cobertores, a pesar de que su hijo hiciera el gesto de aferrarse a ellos—. Toda mujer desea que su esposo esté presente cuando ha de dar a luz, especialmente una dama del linaje de Helvia, que es impecable. ¡Marco, levántate!

Marco Tulio trató de agarrarse a las mantas, pero su padre las arrojó al suelo.

—Tu presencia, padre, confortará a Helvia más que la mía.

—Levántate —le ordenó el padre, y a los esclavos—: ¡Traed una capa de pieles!

La capa de pieles fue traída con increíble celeridad y con ella envolvieron el delgado cuerpo de Marco Tulio. Su tos, ahora violenta, no convenció al padre, que lo agarró firmemente por el brazo obligándole a ir desde el dormitorio hasta el recibidor, aposento de piedra por donde se colaba un aire que helaba los huesos. ¡Las nonas de Jano! ¡Vaya tiempo para nacer! Marco Tulio recordó con añoranza las cálidas islas del golfo de Nápoles, donde el sol era benigno incluso en esta estación, las flores trepaban por los muros y la gente entonaba canciones. Pero este anciano padre suyo creía que el ser virtuoso consistía en ser desdichado, y en esto se parecía a su nuera.

No es que no quiera a Helvia, iba pensando Marco Tulio mientras trataba débilmente de ajustar su paso a las zancadas de su padre a través de los helados vestíbulos de piedra reluciente. Cierto que fue ella la que me eligió y yo no tuve nada que decir al respecto. Es una mujer espléndida. Seguramente soy un pobre romano; la verdad es que prefiero las voces melosas, la música, los libros y la tranquilidad, aunque admiro a los militares. A distancia. A mucha distancia. Debo de llevar sangre griega en las venas, sin duda de algún antepasado.

Cruzaron un espacio abierto entre los vestíbulos y Marco Tulio vio los jardines cubiertos de nieve, de la que el sol arrancaba blancos reflejos, las distantes colinas Volscas emergiendo de aquellas albas vestiduras de fuego, como si fueran el propio Júpiter. Hasta en Roma, situada al noroeste de Arpinum, el tiempo sería más cálido que aquí, las muchedumbres caldearían el ambiente y los altos edificios serían una barrera contra los vientos. También podía uno refugiarse cada pocos pasos en los portales y había literas con calefacción. Pero aquí en el campo no había medio de protegerse contra los rigores del invierno, que este año había sido más crudo de lo normal. A su padre le gustaba vestirse de pieles y cuero y recorrer a caballo la comarca, rodeado por palafreneros, y cazar ciervos y regresar a casa con el rostro enrojecido, de buen humor y quitándose toda la escarcha que le caía encima, dando fuertes puntapiés y aporreándose el pecho. Sólo de pensar en eso le entraron ganas de toser otra vez y tuvo que agarrarse a su capa de pieles. Helvia era también, por desgracia, de costumbres muy rudas, y opinaba que el aire fresco era sano, cuando cualquier médico con un poco de sentido común sabía que el aire fresco era fatal en determinadas circunstancias. Sólo ayer ella había cazado dos conejos con trampas en la nieve, y eso que su embarazo estaba más que avanzado. A Marco Tulio no le hacía gracia la gente sana que amaba los inviernos. Su padre no era muy anciano y Marco Tulio pensaba que era él quien debía de haberse casado con Helvia. Entonces no sólo podrían haber dado juntos paseos por los campos nevados, sino comparar genealogías, comer conejo asado con salsa de ajo y beber el ácido vino romano en alegre compañía.

Marco Tulio recordó los años que había pasado en el ejército; hasta hace poco sentía cierto orgullo de aquellos años. Ahora le hacían estremecer. Las personas campechanas le irritaban. Solían padecer horriblemente las dolencias más insignificantes, que la gente pobre hubiera curado con una infusión de hierbas.

Habían llegado a la puerta de los aposentos de las mujeres. Allí no les aguardaba más sirvienta que una vieja con bigote, que llevaba echado un grueso chal sobre los hombros. Era la favorita de la señora Helvia porque había sido su niñera. Se levantó torpemente del taburete en que estaba sentada, a pesar del frío que reinaba en el vestíbulo, y se quedó mirando con ceño a los intrusos masculinos, que siempre se sentían intimidados ante ella, incluso el padre.

—¿Es que iban ustedes a esperar a que el niño estuviera ya vestido con la *regilla*? –preguntó con sorna–. ¿O quizá con la toga?

Marco Tulio preguntó:

—¿Ha nacido ya la criatura? ¿No? Entonces ¿cómo vamos a saber, Lira, si es niño o niña y ha de usar ropa pueril o una *regilla*? –Trató de sonreír a la vieja a quien en su fuero interno llamaba Hécate[1].

Lira soltó un improperio en voz baja y padre e hijo evitaron mirarse el uno al otro. Resollante, la vieja se adelantó para indicarles el camino hasta una puerta apartada.

—Estando de parto –dijo con tono bronco y sombrío–, ¿a quién tiene a su lado mi niña que sufre? ¡Sólo a esclavos!

Ni Marco Tulio ni su padre concebían que Helvia necesitara consuelo o ayuda de alguien, porque era una mujer valerosa; pero Marco Tulio dijo con ansiedad:

---

[1] Hécate: divinidad infernal llamada «la Triple Hécate», que se identificaba con Proserpina y a la que se representaba con tres cuerpos o tres cabezas. *(N. del T.)*

—¡Pero si el médico está con ella! Y además no he oído revuelo.

—¡El médico! —exclamó Lira, con una mano en la puerta y mirándolos de modo furibundo—. ¿Para qué sirve un hombre sino para aumentar los sufrimientos de una mujer? ¡Ese médico con sus malos olores y sus manazas! En mis tiempos ningún hombre se acercaba a una mujer cuando estaba de parto. Es muy desagradable. ¡Revuelo! Mi señora es de sangre noble y no va a chillar como una fregona en el heno.

—¡Abre la puerta, esclava! —ordenó el padre, recobrando algo de compostura.

—¡Yo no soy esclava! —chilló Lira—. Mi señora me liberó al casarse. ¡Al casarse! —repitió con un tono como si fuera a escupir.

El padre enrojeció y ya alzaba su puño, cuando su hijo le detuvo el brazo, moviendo la cabeza.

—¿Es que yo no mando en mi casa? —rugió Marco Tulio Cicerón padre—. ¿Es ésta la nueva Roma, donde la gentuza del arroyo se atreve a levantar la voz a su amo?

—¡Bah! —exclamó Lira, abriendo de par en par la puerta de la cámara de su señora, aunque quedándose en el umbral durante un engorroso instante, señalando con el dedo índice al padre—. Ésta es una grande y noble ocasión para la ilustre familia de los Cicerón. Nacerá un varón y ya ha habido portentos. —Asintió con la cabeza y fijó en ellos unos ojos relucientes de malicia triunfante.— Los he visto yo misma. Cuando mi señora comenzó a sentir los dolores hubo un destello en el cielo como el de un relámpago y una nube tomó la forma de una mano poderosa sosteniendo un rollo de pergamino con palabras de sabiduría[2]. El niño será recordado por la Historia y, si no fuera por él, el nombre de Cicerón acabaría olvidado en el polvo.

La vieja se dio cuenta de la mirada fulminante que le echó el padre y finalmente se apartó para que los dos hombres pudieran entrar en una habitación apenas más cálida que el vestíbulo, porque no había más que un pequeño brasero con sólo un par de brasas. A pesar de las gruesas suelas de cuero de su calzado, Marco Tulio sintió el frío de la piedra del suelo, que las enjalbegadas paredes parecían aumentar. Helvia jamás sentía frío y gozaba siempre de la más perfecta salud. Tres jóvenes esclavas estaban de pie junto a la ventana, arreglando las cortinas azules de lana, al parecer ociosamente, mientras la comadrona se ocupaba en echar menudo picón en el pequeño brasero. La habitación, presidida por una sencilla cama de madera, tenía un tono severo y escaso mobiliario. Recostada en el lecho estaba Helvia, con un almohadón a su espalda y los libros de contabilidad en torno suyo. Lira se apresuró a acu-

---

[2] Este fenómeno fue efectivamente observado.

dir a su lado, murmurando algo; pero Helvia se fijó en sus visitantes y frunció el entrecejo. Su pluma hizo alto en el gasto que estaba apuntando en un grueso libro. El médico permanecía a la cabecera de la cama con cara de impotencia.

—¡Helvia! –dijo Marco Tulio, comprendiendo vagamente que formaba parte de su deber de esposo el estar a su lado en estos momentos, tranquilizarla y orar por ella. Helvia frunció más el entrecejo.

—Hay una diferencia de dos sestercios –dijo con su grata voz juvenil.

—¡Oh, dioses! –susurró el padre y se quedó mirando la pequeña estatua de Juno ante la cual ardían tres lámparas votivas.

—Tu contable es analfabeto o es un ladrón, Marco –declaró Helvia a su esposo. Luego bostezó mostrando una rosada cavidad bucal y una magnífica y reluciente dentadura. Marco Tulio se acercó a ella tímidamente.

—Me he levantado de mi lecho de enfermo, cariño –le dijo–, para estar contigo en estos momentos.

Ella pareció perpleja.

—Pero si no me encuentro mal –aseguró. Su hinchado vientre destacaba bajo las mantas–. ¿Es que estás resfriado, Marco?

—Me he levantado de mi lecho de enfermo –repitió él, sintiéndose absurdo.

Helvia se encogió de hombros.

—Siempre estás metido en la cama –le dijo con leve reproche–. No lo comprendo, porque los aires son aquí muy sanos. Marco, si montaras a caballo cada día o fueras a dar paseos con el fresco del invierno, no parecerías una sombra. Hasta Felón está de acuerdo conmigo.

Las luces de las lámparas votivas titilaron ante un soplo de helada brisa y Marco Tulio vio que una ventana estaba abierta. Tosió con fuerza. Se acercó al lecho y se sentó en una silla. Helvia se lo quedó mirando con repentina ternura, alargó una mano, le acarició la mejilla y le pidió que le enseñara la lengua. Enseguida restó importancia a su dolencia.

—Tonterías –dijo con firmeza–. ¿A qué se debe ese horrible olor?

—Es grasa de buitre. Me han puesto un emplasto en el pecho.

Ella arrugó la nariz.

—Carroña –dijo–. Ya me parecía haber reconocido esa peste.

—Es muy eficaz, señora –dijo Felón–. Le ha aliviado la congestión del pecho casi inmediatamente.

Helvia puso cara seria.

—Y sin duda será muy cara. ¿Cuánto ha costado?

—Dos sestercios –admitió Felón.

Helvia echó mano a su libro de contabilidad y con letra clara anotó el gasto. Marco Tulio, de naturaleza siempre amable, se exasperó.

—¿Es cierto que estás a punto de dar a luz, Helvia? —le preguntó.

—Hace una hora sentí un dolor —contestó ella abstraída. Cerró el libro, entornó los ojos y se quedó pensativa.

—¡Esos dos sestercios! No descansaré en paz hasta que descubra el error... o el robo.

—Mi contable es un hombre de la mayor integridad —aseguró el padre—. Si tanta importancia tiene para ti, Helvia, yo te daré esos dos sestercios de mi bolsillo.

—Pero eso no pondría en claro mis cuentas —contestó la joven, abriendo los ojos y enarcando las cejas. Tenía unos ojos muy bonitos, grandes y de color cambiante, de modo que si a una luz parecían azulinos y a otra oliváceos, a mayor claridad aparecían de un profundo gris dorado. Sus espesas pestañas eran negras. Su rostro redondo era perfecto, de un ligero tinte oliváceo tan suave como la seda, y al ruborizarse se asemejaba a una pera madura. Parecía como si le hubieran querido arrancar las cejas, tan prominentes eran. Su frente era más bien estrecha, por lo que el padre, cuando se enfadaba con ella, decía que eso denotaba poca inteligencia. La nariz era ligeramente aquilina, con amplias ventanas, y su boca era grande y tan cándida como la de una niña. En su rolliza barbilla tenía un hoyuelo y el cuello era corto, diluyéndose en la curvatura de los hombros. Tenía una cabellera negra espesa y rizada que le caía sobre los hombros, brillando como carbón recién hecho. Procedía de la noble familia de los Helvios y, sin embargo, nadie se habría sorprendido de encontrarla en la cocina o en los graneros, pues a menudo iba allí a vigilar al personal doméstico. Sus redondeados senos destacaban bajo su camisón y sus brazos eran musculosos; las manos, anchas y fuertes. Era todo salud, vitalidad y viveza y nadie hubiera dicho que llevaba sangre patricia en sus venas.

Cuando no le estaba fastidiando o intimidando, el padre la consideraba una excelente matrona y pensaba que su hijo era muy afortunado. Por lo general le tenía miedo, aunque fuera tan joven y acabase de llegar a la pubertad, pues sólo tenía dieciséis años.

—¿No tienes frío, cariño? —le preguntó Marco Tulio, esperando que avivaran un poco más el brasero.

Su esposa lo miró con ojos muy abiertos.

—No tengo frío —dijo con voz firme—. El calor causa más enfermedades que el frío. —Se lo quedó mirando fijamente.— Pero ¿tienes frío con todas esas pieles y cueros que llevas encima?

—Mucho —admitió él.

Ella lanzó un suspiro, tomó una de sus mantas y se la arrojó a las rodillas con gesto maternal.

—Nos calentaremos un poco más –dijo. Y ordenó a una esclava que echara otro puñado de picón al brasero.

—Si cerraran esa ventana –declaró Marco Tulio, acurrucándose bajo la cálida manta–. Estoy resfriado.

—Y también hueles muy mal –afirmó Helvia. Su rostro joven se contrajo por un momento y el médico se inclinó hacia ella solícito–. No es nada, ya me ha pasado –le aseguró, impaciente. De repente se ruborizó y pareció azorada–. Siento aquí al niño –dijo.

El padre se apresuró a salir de la habitación. La vieja Lira empezó a canturrear, las esclavas se arrodillaron ante la estatua de Juno y el médico metió las manos por debajo de las mantas. Marco Tulio desfalleció ligeramente. El médico estaba muy nervioso.

—¡La cabeza! –gritó.

Con poco esfuerzo y contusión nació el niño, pues era un niño, el 3 de enero del año 648 de la fundación de Roma, hijo de Marco Tulio Cicerón y de Helvia, su joven esposa, y como es natural le fue impuesto asimismo el nombre de Marco Tulio Cicerón.

—El niño es la viva imagen de mi señora –dijo Lira a su ama cuatro días más tarde.

Helvia estaba sentada a la mesa, otra vez ocupada con sus libros de contabilidad; pero el médico había logrado que permaneciese en su habitación el tiempo prescrito. Se quedó mirando con aire crítico al bebé que Lira llevaba en sus brazos, envuelto en pañales de lana blanca.

—Tonterías –contestó palpando la diminuta mejilla con un dedo y luego acariciándolo por debajo de su pequeña barbilla–. Es la imagen de mi esposo. Tiene apariencia distinguida, ¿verdad? Con todo, he de reconocer que tiene mis ojos. –Se abrió el jubón y acercó la criatura a su pecho, y por encima de su cabecita y de sus brazos protectores, volvió a examinar los libros.– Diez sábanas de lino más –dijo con seriedad–. Nos vamos a arruinar.

—El niño no se parece en nada a su padre –continuó Lira, obstinada–. Tiene toda la expresión de su noble madre, señora, y como una aureola de grandeza. ¿Me he equivocado alguna vez? ¿No vaticiné hasta el día en que nacería? ¿Hay alguien que sepa leer los augurios como yo?

—Han sacrificado dos hecatombes con motivo de su nacimiento –prosiguió Helvia–. Con una habría bastado.

—Es una criatura encantadora –dijo Lira–. Roma no lo sabe todavía, pero ha nacido un héroe. –Acarició los delicados y finos cabellos del niño que mamaba.– ¿Sabe lo que dicen los judíos, señora? Esperan a un héroe y están muy excitados. Dicen que está escrito en sus profecías. Y he oído que en Delfos el oráculo habló del Gran Hombre que ha de aparecer. Ha habido portentos en el cielo. Los sacerdotes lo susurran en los templos. El héroe.

Helvia contestó:

–Más bien parece un corderito nacido antes de tiempo o un cabritillo sin pelo. Aún no he podido hallar esos dos sestercios.

–Es un héroe –dijo Lira–. ¡Ah! Cuando sea hombre, habrá magníficos acontecimientos en Roma.

Capítulo

2

Muchos años después, Marco Tulio Cicerón, tercero de este nombre, escribió a un amigo: «No es que mi madre, la señora Helvia, de la ilustre familia de los Helvios, fuera avariciosa, como he oído muchas veces decir con mala intención. Era sencillamente ahorrativa, como fueron todos los Helvios».

Él recordaba a menudo la modesta casa cerca de Arpinum, donde nació en aquel frío día del mes de Jano, porque de ella conservaba, por muchas razones, sus más dulces recuerdos. Después de la imposición del nombre y para evitar confusiones, dejaron de llamar al padre Marco Tulio, pasando a ser simplemente Tulio, lo que ponía furioso al abuelo, que con su vozarrón preguntaba si con el nacimiento del nieto él iba a quedarse sin nombre alguno.

—¡Son cosas de esa mujer! —decía a su hijo—. Yo soy el abuelo y es a mí a quien se deben todos los respetos y honores. ¡Y ya hasta he oído a los esclavos llamarme «el Viejo»! ¡Me desprecian en mi propia casa!

Helvia pensaba de él que no era razonable. ¿No había sido el mismo abuelo el que había insistido en que dieran aquel nombre a su nieto? La vida ya era de por sí bastante complicada sin tres varones de igual nombre en la misma casa.

—Exijo que me llamen «el Abuelo», que es el nombre que ahora se me debe —insistía el anciano.

Como Helvia le había llamado así desde el alumbramiento de su primer hijo, lo encontró más quisquilloso que nunca y se encogió de hombros. No había quien entendiera a los hombres. Era lógico que una mujer esperara que un hombre fuera lógico.

—Ya es viejo, Helvia —le decía su esposo con voz cariñosa, a lo que ella replicaba:

—Mi padre es más viejo que él y tiene mejor genio. Eso se debe a mi madre, que no permite que nadie alce la voz en casa, ni siquiera al más bajo de los esclavos. Una vez —prosiguió con cara de satisfacción—, mi madre arrojó un plato de pescado en salsa a la cabeza de mi padre porque perdió la moderación en la mesa.

Tulio, recordando a su propio padre, le preguntó sonriendo:

—¿Y qué hizo tu padre en ocasión tan catastrófica?

—Se limpió la cabeza y la cara con una servilleta —contestó Helvia, sorprendida por la pregunta—. ¿Qué otra cosa iba a hacer?

—¿No objetó nada?

—Mi madre era más alta y más fuerte. Además, tenía un plato de judías al alcance de la mano. Mi padre se quedó contemplando las judías y entonces pidió a un esclavo que le trajera otra servilleta. En mi casa había pocas peleas. Tu madre no hizo valer su autoridad cuando se casó con tu padre. Eso es algo que hay que hacer enseguida, como me dijo mi madre cuando me casé contigo, amor mío. Luego, los hombres se vuelven menos tratables.

—¿Y yo? ¿Soy tratable? —preguntó Tulio, sonriendo todavía, pero sintiéndose algo humillado.

Helvia le acarició la mejilla cariñosamente.

—Tengo una madre muy juiciosa —contestó.

Así, pues, soy tratable, pensó Tulio sin demasiada alegría. Helvia no trataba de imponérsele, como muchas matronas trataban de imponerse a sus maridos de modo subrepticio o descarado. Él sabía que su vida casera era plácida, lo que era bueno para su delicada digestión, y que su padre refunfuñaba mucho menos que antes, lo cual también era bueno para la digestión. Nadie parecía temer a la temible Helvia, o al menos no lo aparentaban; pero lo cierto es que nadie se atrevía a quejarse o a ser pendenciero en su presencia. Ella se limitaba a mirar fijamente con sus bellos ojos, mirando como mira un niño, y hasta el abuelo se sometía, aunque no sin refunfuñar para demostrar que él seguía siendo el jefe de la casa, a pesar de que hubiera en ella una hija de los Helvios. En privado, hablando a solas con su hijo, se mostraba irónico respecto de las mujeres. Decía que prefería una casa en que la mujer supiera estar en su sitio.

—Helvia sabe estarlo —contestaba Tulio sombrío—. Y eso es lo malo.

Helvia llevaba el bastón de mando, aunque hay que reconocer que lo usaba con gran moderación. Raramente se hallaba de mal genio y nunca estaba enfadada del todo.

—No tiene emociones, ni fuego, ni pasiones. Por lo tanto, es estúpida —decía el padre al hijo.

Tulio sabía que Helvia tenía pasiones en la cama, algo extraño en una joven de naturaleza reservada. Pero Helvia, en su pasión, era tan honesta como cuando inspeccionaba las cuentas de gastos de la casa. Para ella no había nada sutil, nada inconmensurable, maravilloso o inexplicable. No tenía dudas acerca de nada. Ejecutaba todos sus deberes a la perfección y era grandemente admirada. Si bien es verdad que nunca contempló una estrella o una flor, nunca sintió un éxtasis en primavera ni penas inexplicables, ni se atemorizó por el futuro, ¿quería decir eso que era estúpida? Tulio pensaba a veces que Helvia veía las cosas igual que las ve un animal en calma, aceptándolo todo con sencillez y sin maravillarse, teniendo apetitos directos y esperando que los hombres y animales fueran buenos y se comportaran bien en todo momento. Estando recién casados, Tulio le leyó un poema de Homero. Ella le escuchó cortésmente y luego le preguntó:

–Pero ¿qué significa todo eso? No es más que una confusión de palabras.

No era muy habladora, lo cual es gran virtud en una mujer. Tulio se lo recordaba a su padre cuando éste daba puntapiés en el suelo como un toro exasperado.

–¡Es que no tiene nada que decir! –gritaba el viejo, dando otro puntapié más fuerte.

–Es de sabios no hablar cuando uno no tiene nada que decir –replicaba Tulio, que pensaba que las palabras eran bellas en sí mismas y capaces de expresar infinitas cosas más allá de su aparente significado. Tulio había vivido siempre ensimismado, como recluido en silencio. Pero se sentía solitario. Y se volvió esperanzado hacia su hijito, que tenía su rostro y su expresión introspectiva.

La familia no vivía propiamente en Arpinum, pero gozaba con sus habitantes de la franquicia de Roma y, por lo tanto, eran ciudadanos romanos. Podían ver la ciudad en una de las colinas Volscas; una pequeña población de cierta importancia encaramada sobre las orillas pobladas de álamos y robles del Liris, un riachuelo de aguas negruzcas y relucientes que bajaba de las montañas. Ellos gozaban de una vista sobre el arroyo Fibrenus, en el lugar donde desembocaba en el Liris, y de la isla en que vivían, que era propiedad del abuelo y éste hacía cultivar. La isla tenía una forma muy curiosa, como si fuera un gran buque cuya proa dividiera las aguas. Vista a distancia, uno habría pensado en velas plegadas y en un barco aprisionado en la furiosa corriente. Las aguas rompían en la proa de tierra con ruidosa vehemencia y estruendo. El aire era sereno, muy fresco y límpido, sin recibir el toque dorado de Umbría más que en algunas puestas de sol resplandecientes. Tenía una atmósfera norteña más que del sur, aumentada por la majestad del abundante arbolado, especialmente el sagrado roble, los frescos y verdes prados del interior, los panoramas frondosos y la tierra esponjosa, que a veces brotaba en forma de piedras verdeantes por el musgo. Aquella comarca no tenía nada de los violentos colores de la Italia del sur ni de su alegre exuberancia. Las personas eran más tranquilas y frías y hablaban de Roma desdeñosamente como de un cenagal políglota. Aquí seguía viviendo el espíritu de Cincinato y la República. Los habitantes comentaban que los senadores romanos y los tribunales estaban violando continuamente la Constitución, sin que se opusiera a ello el indolente populacho urbano. Las gentes de Arpinum recordaban los antiguos tiempos en que los romanos eran verdaderamente libres y no tenían nada que temer, reverenciaban a sus dioses y practicaban las virtudes de la piedad, la caridad, el valor, el patriotismo y el honor.

El abuelo había nacido en la isla del río junto a Arpinum; su hijo Tulio había nacido también allí, al igual que el pequeño Marco. Helvia hablaba de la granja como de la Villa. El abuelo la llamaba la Casa. Tulio (aunque sólo para sí mismo) pensaba en ella como la Choza. Para oponerse a su padre y a su esposa, comenzó a ampliar la casa, dándole más espaciosas proporciones, y de repente por todas partes se oyó el ruido de escoplos y martillos y voces de trabajadores. Helvia lo aceptó con calma y venía de los aposentos de las mujeres para inspeccionar y criticar y para asegurarse de que aquellos trabajadores, todos gente alegre, todos vecinos de Arpinum y, por lo tanto, libres y no esclavos, no se estaban hinchando y comiendo a dos carrillos de las provisiones tan frugalmente guardadas en la cocina. Arrugaba la nariz a cada jarra de vino que llevaban a los trabajadores las felices esclavas de la casa, quienes no habían visto tal actividad en mucho tiempo y se regocijaban por ella. A la puesta del sol iba a sentarse cómodamente en una piedra grande cercana y anotaba las horas que los hombres habían trabajado y los salarios ganados hasta la última moneda de cobre. Pronto los trabajadores empezaron a quejarse de la calidad del vino; pero ella no les hizo caso. Luego murmuraron que ésta debía de ser una familia vulgar por la poca cantidad y la mala calidad de la comida. Helvia anotaba en sus libros los víveres gastados hasta el último pescado, judía y rebanada de pan. Cuando la ampliación de la casa hubo terminado, ella se había ganado el hosco respeto de todos los trabajadores, quienes por su parte juraron que nunca volverían a la isla con un martillo o una sierra.

Los trabajadores también se dieron cuenta de la presencia del Viejo, que miraba enfurruñado la piedra y la madera y evitaba encontrarse con su nuera y sus libros de contabilidad. Como pasa siempre que se reúne un grupo de servidores, hubo chismes y se dijo que aquella familia no era de categoría, sino plebeya. Ninguno de sus hijos había ocupado un cargo de edil curul, así que no podían sentarse en silla de marfil. Se decía que el Viejo alardeaba de que la familia Cicerón pertenecía a la clase ecuestre y que los Tulios eran de antiguo linaje real romano, siendo descendientes de Tulio Attio, señor de los Volscos, que había ganado una honorable guerra contra los rudos romanos primitivos. Para cuando la última pared estuvo terminada, los trabajadores se burlaban abiertamente de tales pretensiones sin importarles que les oyera la misma Helvia.

Ella fue a contárselo al Viejo, hablándole con indulgencia:

–No tiene nada de extraño que la gente de clase más inferior, que alardea de su bajeza, esté resentida porque aquellos que le dan trabajo y a quienes temen no estén a la misma altura que el Olimpo sobre la llanura. En verdad, su arrogancia corre pareja con su insignificancia.

–Pero es porque, desgraciadamente, ellos creen ser útiles –contestó el amable Tulio, a quien no habían incluido en la conversación.

Su padre y su esposa habían empezado ya a asombrarse cuando él hablaba y a sorprenderse ante su presencia:

–Es triste –continuó Tulio, cuando los dos fruncieron el entrecejo– el que hoy en día no haya ningún hombre orgulloso de ser hombre, lo que quiere decir que está muy por encima de los animales y que tiene un alma y una mente. No, deberían tener pretensiones propias.

Helvia se encogió de hombros.

–Lo único que cuenta es el dinero –dijo–. Me han dicho que en Roma se puede comprar una ilustre ascendencia. Los genealogistas inventan un árbol genealógico formidable para el más bajo de los hombres libres, si se les paga con suficiente oro.

Esto gustó al Viejo, quien se sintió agradecido de que la hija de los Helvios no estuviera impresionada por el linaje patricio y pensara tan sólo en dinero y cuentas. Pero Tulio le estropeó esta ocasión haciéndole la observación de que la nobleza de un hombre procede de antepasados de mente noble y de carácter heroico, aunque sean oscuros.

Tulio se fue retirando cada vez más a su biblioteca y trasladó sus libros a la nueva ala de la casa de campo. Pronto apenas se dio cuenta de otras cosas que de sus libros, sus poesías escritas secretamente, sus paseos por la orilla del turbulento río, los árboles, la paz y sus pensamientos. Pero cuando su hijo, el pequeño Marco, estuvo en su segundo verano, el retraído joven se volvió hacia su primer retoño con trémulas esperanzas.

El pequeño Marco, aunque delgado como su padre y sujeto a inflamaciones, había andado solo a la prodigiosa edad de ocho meses y a los dos años ya poseía un formidable vocabulario. Este último procedía de las secretas visitas del padre a su habitación. Tulio, aunque bajo la mirada feroz de la anciana Lira, mecía al niño en sus rodillas y le enseñó a hablar no con acento de niño, sino de hombre culto. El chiquillo se quedaba mirando a su padre con los ojos grandes y cambiantes de su madre, pero en este caso aquella mirada era mística y elocuente. Por otra parte, a Tulio le complacía que su hijo se le pareciera. Estaba convencido, cuando Marco cumplió los dos años, de que su hijo le comprendía perfectamente. Y era verdad. Marco escuchaba a su padre con una expresión grave y pensativa, arrugando la frente con aire de concentración y sonriendo dulcemente, como deslumbrado, cuando su padre le gastaba una broma. Tenía la cabeza alargada de Tulio, su fino pelo castaño, su redondeada barbilla y su boca delicada. A veces daba la impresión de ser muy resuelto, lo que no era su padre, y de tener una mirada decidida, cosas ambas heredadas de su abuelo. De su madre, en cambio, el pequeño Marco tenía, además de sus ojos, la calma y la constancia.

Helvia pensaba que el niño era muy frágil, al igual que su padre. Por lo tanto, dedicaba al pequeño Marco la misma ternura maternal que otorgaba a su esposo. Lo acariciaba con cierta brusquedad. Para ella era como un corderillo que necesitaba fuerzas, cariño con firmeza y nada de mimos. Cuando le balbuceaba ávidamente, ella le frotaba su sedoso pelo, le pasaba la mano por la mejilla y luego lo mandaba con Lira a que fueran por otra taza de leche y más pan. Ella creía sinceramente que los esfuerzos de la mente podían ser aliviados con comida y que cualquier angustia del espíritu (cosa que ella jamás había experimentado) no era más que el resultado de una indigestión y podía ser curada tomando hierbas del campo fermentadas. Por lo tanto, Tulio y el pequeño Marco se veían a menudo obligados a beber repulsivas infusiones de hierbas y raíces que la misma Helvia recogía en el bosque.

Sobre la isla flotaba la dulce y fragante tristeza del otoño y apenas pasada la hora del mediodía ya se posaba una fría niebla sobre los enormes ramajes de los robles, cuyas hojas eran de un sangrante escarlata. Los álamos parecían fantasmas de un dorado brillante, frágiles como sueños, pero la hierba seguía conservando su intenso verdor. Las aguas oscuras se precipitaban impetuosamente a lo largo de las riberas de la isla, esas aguas frías y relucientes que Marco habría de recordar toda su vida y cuyo misterioso sonido reverberaba siempre en sus oídos. En las orillas crecían macizos de flores amarillas o matorrales silvestres de flores carmesí, cuando no purpúreos manchones de espliego. Las industriosas abejas proseguían murmurantes su faena, a pesar de algunas frías brisas, y nubecillas de mariposas blancas y anaranjadas echaban a volar como si fueran delicados pétalos cuando alguien se acercaba. Los pájaros seguían cantando estridentemente entre los árboles y un par de buitres rondaba por la vasta y profunda bóveda azul del cielo otoñal. Las lejanas colinas Volscas destacaban en el horizonte como si fueran de bronce, rasgadas por las oscuras hendiduras de la erosión. Si se miraba al otro lado del río, se podía ver Arpinum en la ladera de una colina, con sus muros blancos como huesos y los tejados con la tonalidad de las cerezas al intenso sol.

No se oía el menor ruido en este lugar tranquilo y aún a bastante distancia de la granja, exceptuando la apresurada conversación de los dos ríos al encontrarse, el canto de los pájaros y los débiles susurros de las hojas de roble al caer ante un casual soplo de brisa, para revolotear como animalillos secos que buscasen refugio aquí y allá entre los matorrales, en las pequeñas hondonadas, contra los troncos de los alisos o emprendiendo el vuelo para arrojarse sobre las aguas y ser arrastradas como manchas sangrientas de un hombre herido. Las hojas que se desprendían de los álamos eran menos turbulentas, pues se arremolinaban en montículos de oro recamado. Por todas partes se olía el fuerte aroma de la estación emanado de los árboles, la hierba, las flores y el aire caldeado por el sol, los frutos maduros en los huertos próximos, la madera quemada y los punzantes pinos, los sombríos cipreses y los soñolientos graneros.

Para Tulio, al contemplar hoy a su hijito, la escena parecía prendida en una luminosidad vívida y tranquila, rústica y remota, lejos de la de aquellas ciudades cuyo pulso no se podía sentir aquí, apartado de los hombres pendencieros que él odiaba; de la ambición, la fuerza y los políticos a quienes detestaba; muy lejos del esplendor, la grandeza, las cortes y multitudes de edificios atestados, las jornadas inquietas de otros hombres, las músicas estridentes y los pisoteos, los estandartes, muros, cámaras y vestíbulos resonantes; muy apartado de las voces orgullosas y el bullicio de aquellos que creían que sólo la acción, no la meditación, era la verdadera vocación del hombre. Aquí no había templos construidos por el hombre, sino templos creados por la naturaleza para ninfas y faunos y otras tímidas criaturas que, como Tulio, temían y evitaban las ciudades. Aquí un hombre podía sentirse a solas, verdaderamente a solas, conservando su esencia dentro de sí mismo como un óleo perfumado en una vasija. Aquí nadie le pedía que vertiera esa sagrada esencia para mezclarla con las negligentes efusiones de los demás, de modo que perdiera su identidad y la vasija se vaciara, agotando la cosa más preciosa que distingue a un hombre de otro en fragancia y contextura. Los hombres poseían un fuerte colorido cuando estaban a solas; las ciudades destruían sus rostros, haciéndoles perder los rasgos. Tulio no tenía una opinión demasiado buena de la civilización y jamás añoraba Roma. No anhelaba nada del teatro, el circo, la algazara o el intercambio intelectual. Sólo aquí, en esta isla paterna, se sentía libre y, por encima de todo, seguro.

Desde que la casa fue ampliada, se reservó para sí una pequeña habitación como dormitorio y su maciza puerta estaba siempre cerrada con llave.

Permaneció en la orilla del río escuchando los sonidos que le dejaban extasiado. Aquí podía creer que Roma no existía, que no había ciudades más allá del mar ni nada que pudiera forzarle en contra de su voluntad. Entonces oyó la risa del pequeño Marco. Se dirigió hacia aquel sonido, pisando hojas secas que crujían bajo sus zapatos. La brisa había cesado y el aire era más cálido. Tulio se quitó la capa de lana blanca y dejó que el sol le diera en sus delgadas piernas, que se movían rápidamente bajo su túnica igualmente de lana.

Halló a la vieja Lira arrebozada en un manto y sentada con la espalda contra un tronco, observando al pequeño Marco, que trataba de coger mariposas con sus pequeñas manos. El niño era muy alto y gracioso para su edad y no tropezaba torpemente como otros niños. Tulio se detuvo un momento, sin haber sido visto, para mirar complacido a su retoño. Sí, se le parecía mucho, aunque había que reconocer que la barbilla de Marco denotaba más resolución que la suya y que de él emanaba una especie de fuerza latente que se revelaba en sus dulces y elocuentes labios y en los rasgos de su nariz. Pensó que su hijo jamás tendría miedo a nada y sintió una ligera envidia, seguida por el más grande de los orgullos. Porque era hijo suyo, con su mismo cabello castaño ensortijándose sobre su frente y su cerviz, con su misma silueta corporal, y aunque el perfil era más claro, no por eso dejaba de seguir siendo el suyo. El niño interrumpió su juego para mirar fijamente al río y Tulio pudo ver sus ojos, que ahora aparecían ambarinos en la mixtura de sombra y luz, de un ámbar claro como la miel. Pero no miraban fijamente como los de Helvia. Contemplaban, se iluminaban o se oscurecían con un talante silencioso.

El niño iba vestido con una túnica azul de lana, porque Helvia era partidaria de la lana aun en los rigores del verano. Ahora que la brisa había cesado, el aire era muy cálido y en la frente de Marco destellaban unas gotitas de sudor que habían ensortijado más el pelo sobre la frente. Tulio pensó en la nobleza de alma y en la soberanía del espíritu.

–¡Marco! –llamó llegando al claro. Y el niño se volvió para mirarle y dedicarle una sonrisa deslumbrante, echando luego a correr hacia su padre con un murmullo de alborozo, mientras Lira giraba la cabeza arrugando el entrecejo.

–Ya íbamos a volver a casa, amo –dijo con voz antipática mientras se esforzaba en ponerse de pie.

Tulio miró al chiquillo, que se abrazó a sus piernas, y le pasó la mano por los rizos humedecidos. Anhelaba estar a solas con su hijo y besarlo, pero ningún romano que se preciase de tal debía besar a los niños, mucho menos tratándose de un varón; pero él quería estrecharlo contra su pecho y rezar por él en silencio.

¿Por qué no?, pensó mientras Lira se dirigía andando torpemente hacia él. Sentía una extraña rabia y repugnancia y dijo:

–Puede que la señora Helvia necesite tu ayuda, Lira. Déjame con mi hijo una hora más.

Trató de que su voz sonase dura y perentoria. Lira se lo quedó mirando ceñuda y soltó un bufido.

—Ya es hora de que se vaya a dormir —contestó, alargando su nudosa mano para agarrar al muchacho.

No ocurría a menudo que Tulio tratara de imponer su voluntad. Había logrado una paz precaria evitando las disputas y disensiones en su casa desde que era niño, pues siempre estuvo rodeado de personas de carácter dominante. Pero cuando se oponía, solía salirse con la suya, en parte porque los otros quedaban asombrados y en parte porque veían brillar algo en su mirada que de repente les infundía respeto.

Tulio dijo:

—Yo lo llevaré luego a la cama. Quiero estar a solas con mi hijo un rato. Vuelve con tu ama, Lira.

La vieja no cedió inmediatamente. Las arrugas de su rostro parecieron más profundas y oscuras, y sus ojos miraron fijamente desde los pliegues de su carne marchita con un destello malévolo. Se cruzó de brazos, miró de reojo a Tulio y éste tuvo que reunir todas sus fuerzas para sostenerle la mirada hasta que ella cedió de mala gana, soltando en voz baja una imprecación. Entonces, sin volverse a mirar al padre ni al hijo, se alejó torpemente, enganchándose el vestido en los matorrales. Apartó las ramas con un gesto violento de la mano que indicaba lo que le habría gustado hacer con el mismo Tulio. Él la contempló alejarse, sonriendo ligeramente. Luego se sentó sobre la hierba, puso al niño en su regazo y besó sus mejillas y húmeda frente y cuello, agarrándole fuertemente por una manita.

El aroma del niño era fragante, al igual que es fragante la tierra en primavera, aunque de él emanaba también el aroma de la estación. El chiquillo acarició el rostro del padre y a su vez se sintió encantado con las caricias, pues era cariñoso por naturaleza. Se echó hacia atrás apoyándose en los brazos del padre, para examinar el rostro de éste con repentina gravedad, porque era muy sensible. Y mantuvo quieta la cabeza, como si estuviera leyendo los pensamientos de Tulio y los encontrase más bien tristes.

Tulio volvió a abrazarlo. Hijo mío, pensó, ¿dónde estarás y qué serás cuando seas hombre? ¿Huirás del mundo como yo he huido o te enfrentarás a él? Sobre todo, ¿qué hará el mundo de los hombres con tu espíritu que ahora es como agua clara? ¿Lo volverán lóbrego y turbio, lleno de los residuos de sus perversas imaginaciones, al igual que el Tíber corre lleno de despojos? ¿Lo emponzoñarán con sus mentiras, como está emponzoñado el cuerpo de las serpientes con mortífero veneno? ¿Te convertirán en uno de ellos los adúlteros y los ladrones, los depravados y los impíos, los brutos y los injustos, los falsos y los traidores? ¿O serás más fuerte que tu padre y los sobrepasarás a todos, despreciándolos no en silencio como he hecho yo, sino con palabras como espadas flameantes? ¿Les dirás que hay una fuerza que vive no en las armas, sino en los corazones y las almas de los justos y no puede ser avasallada? ¿Les dirás que el poder sin ley es el caos y que la ley no procede de los hombres, sino de Dios? ¿Qué les dirás tú, hijo mío?

El chico parecía escuchar al padre con sumo interés y tratando de entender, porque levantó poco a poco su mano y tocó la mejilla de Tulio. Éste pudo sentir la ligereza de aquella manita, pero también sintió una viva calidez, confortante como una promesa. Son imaginaciones mías, pensó, porque aún es una criaturita; y sintió acudir a sus ojos unas lágrimas poco viriles, indignas de un romano. Él no puede comprender lo que le he pedido desde el fondo de mi alma y, sin embargo, ha llevado sus manos a mis mejillas como si fueran las manos de un padre y no las de un hijo.

Tulio elevó la mirada al cielo y oró. Oró como los antiguos romanos, no pidiendo riqueza ni lustre para su hijo, tampoco fama ni gloria, ni el agitar de estandartes, no el poder imperial ni la lujuria de la ambición. Oró sólo para pedir que su hijo fuera un hombre como en otro tiempo los romanos deseaban que fueran los hombres, justos en su conducta, resueltos en la virtud, fuertes en patriotismo, de ardiente piedad, animoso en la adversidad, de temperamento pacífico pero no servidor secreto de causas equívocas, protector de los débiles, prudente en sus decisiones, anhelante de justicia, moderado y honorable.

Tulio ofreció su hijo a Dios, suplicando piedad para él y que lo mantuviera a salvo del deshonor y la codicia, la crueldad y la locura, que no evitara el combate pero que sólo se dispusiera a entrar en él en nombre de la justicia, y que no temiera jamás a ningún otro hombre ni a nada más que a aquel o a aquello que pudiera manchar su alma. Y rezó como los padres rezaban antes y se sintió confortado.

Capítulo

3

Cuando cuatro años después nació Quinto Cicerón, hermano de Marco, Helvia no dio a luz con la facilidad de antes. El parto duró muchas horas, lo que hizo que Lira pusiera cara de enterada y asintiera muchas veces con la cabeza como si la misma Juno, madre de los niños, le hubiera dicho algo en secreto.

—No hay duda de que será una niña —dijo el abuelo, que temía a las mujeres y, por lo tanto, las despreciaba—. Sólo una mujer puede causar tantos dolores antes de nacer.

Pero la criatura, nacida cuando Helvia estaba a punto de desmayarse por los dolores agudísimos, fue un niño.

Era mucho mayor que Marco al nacer, más alegre y ruidoso, más guapo y con la misma cara de la madre. Tenía su mismo pelo negro rizado, sus lozanos colores, su anchura de hombros y sus miembros rollizos. Desde el momento de nacer dio pruebas de poseer una voz estentórea y la estuvo ensayando constantemente. En apariencia era muy robusto, un soldado en miniatura, y el abuelo, que estaba desilusionado con Marco por sus modales reservados y suaves, se regocijó con él.

—No es una criatura de género epiceno —dijo tomando en los brazos a su nuevo nieto y zarandeándolo hasta que el pequeñuelo empezó a berrear.

—Es un cachorrito escandaloso —comentó Lira.

Tulio se quedó mirando a su hijo e inmediatamente se sintió atemorizado e intimidado por él. Tulio volvió a su hijo Marco y sus libros. El abuelo declaró:

—Como mínimo llegará a cónsul. Es digno de sus antepasados.

Lira, aunque quería al niño como fruto que era de su amada ama, no se sintió muy impresionada y no creyó que llegara a ser más que granjero o simple soldado.

En cuanto a Helvia, estaba encantada con su segundo hijo, aunque habría preferido una niña. Era su propia imagen, aunque carecía de su compostura. Vinieron a visitarla sus parientes, incluyendo sus padres. La madre de ella juró que si no fuera por cierto vigor masculino, el niño podría haber sido una niña. Quinto, berreando en su cuna, mamando prodigiosamente y gesticulando con sus diminutos puños y sus gordas y fuertes piernecitas, era una maravilla para su hermano mayor. Cuando Quinto cumplió un año los dos eran muy buenos compañeros, y Helvia, a la que le gustaba el espíritu familiar, estaba encantada. Ni siquiera sintió celos cuando Quinto pareció preferir a Marco sobre todos los de la casa, inclusive ella. Quinto, haciendo pinitos, seguía a Marco a todas partes y estaba chiflado por él, riendo de puro gozo sólo con verle y alargando sus robustos bracitos para abrazarle.

–Es un hombrecito encantador –decía Tulio, que se sentía un poco celoso.

Cuando Tulio descubrió a su hijo favorito ofreciendo ingenuamente su *bulla*[1] a los dioses tutelares de la casa en honor de su hermano, decidió que Marco debería recibir una mejor educación de la que él le había estado dando. Marco era muy sensible al idioma y estaba aprendiendo el dudoso y vulgar lenguaje de los esclavos a pesar de las enseñanzas puristas del padre. También era ya hora de que aprendiera griego, la lengua de los hombres cultos. Así que Tulio hizo un viaje a Antioquía, la ciudad en la cual había recibido la enseñanza de Arquías, el poeta e intelectual griego, y convenció al maestro para que lo acompañase a la isla familiar para enseñar a su hijo mayor. El abuelo y Helvia volvieron a quedarse sorprendidos, como siempre, cuando Tulio evidenció su espíritu independiente y procedió a realizar actos sin consultar a otros. Arquías, que, al igual que sus compatriotas, llamaba a Roma «una nación de tenderos», se sintió, sin embargo, tentado por el buen sueldo que le ofreció Tulio y quedó bien impresionado por sus afables modales, su despego de lo mundano y su nivel intelectual. Aquél no sería del todo un hogar bárbaro, pensó Arquías, y con el sueldo podría comprar libros caros y las delicadamente depravadas figurillas que tanto le gustaban, sin contar con que el aislamiento de la isla le permitiría dedicarse a la meditación. Así que Arquías llegó a merecer la desconfianza del abuelo, la descarada indiferencia de Helvia, absorbida en la administración de los negocios desde que resultó evidente que Tulio no era un inversor particularmente perspicaz, y el antagonismo de la anciana Lira, que no soportaba el tener que compartir a su pequeño Marco con nadie ajeno a la familia.

Arquías se sintió al principio desilusionado por la sencillez de la casa y su escasa decoración, sus rudas estatuas y las insípidas comidas campesinas. Pero llevado a los aposentos que le habían asignado en el ala nueva, cercanos a los de Tulio, que quería que el poeta le instruyera a él también, habiendo

---

[1] Bulla: medallón que llevaban como amuleto los romanos. *(N. del T.)*

sido recibido con todos los honores y seducido por el espléndido sueldo y los bellos alrededores, pronto estuvo contento. El poeta se dio cuenta inmediatamente de que el padre no había exagerado cuando le habló de la gran capacidad de asimilación de su hijo y de su carácter cariñoso. No siempre se le ofrecía a un poeta la oportunidad de tomar a su cargo una mente infantil como la de Marco y prepararla para las más altas metas. Arquías se estableció en la isla y llegó a tomar un gran cariño a su pequeño discípulo, cariño que el poeta había de guardarle toda la vida. Arquías, como todos los atenienses, era de movimientos y oratoria rápida a pesar de su carácter contemplativo. Tenía un gran sentido del humor y era muy reposado enseñando; también era muy prudente, juicioso e intuitivo. Para protegerse de la soledad tenía a Eunice, su joven esclava cretense, que era rubia y de ojos azules, como todos sus paisanos, y agradablemente estúpida, virtud que no era de despreciar para un poeta. Ella cuidaba de su amo y procuraba mejorarle las comidas en la cocina, bajo la mirada ahorrativa de la sosegada Helvia. Llegó a ser una de las mejores compañeras de juegos de Marco, porque sólo tenía doce años. Era mucho más alta que Arquías, que era bajito y delgado, y su cabellera destacaba sobre su piel bruñida como un sol en miniatura. Dócil y prendada de Arquías, que tenía finos rasgos morenos y relucientes ojos negros, pronto fue la favorita incluso entre las esclavas de la casa. Consideraba a Helvia una noble dama a la que había que admirar e imitar, y pronto aprendió de ella a tejer recias prendas de lino o lana, así como su frugalidad. Eunice fue un éxito y Marco llegaría un día a escribir de ella:

«Aunque ignorante y analfabeta y de mentalidad muy simple, su presencia constituye una delicia, pues es cálida, sincera y encantadora. Muchas de nuestras más distinguidas damas romanas deberían haberla imitado para satisfacción de sus esposos.»

Marco, tal como Tulio había dicho a Arquías, tenía una mente prodigiosa. Asimiló el griego como si fuera su lengua nativa. El carácter amable y humorista de Arquías le inspiró pronto un gran afecto y el muchacho aprendió enseguida a apreciar las sutilezas de su maestro. A los seis años ya escribía poesías, que Arquías consideraba uno de los primeros atributos de un hombre civilizado, del que tristemente carecían los romanos. El griego y el abuelo fueron desde el principio enemigos mortales, porque Arquías, tan exquisitamente depravado en mentalidad y acciones y poco inclinado al excesivo ejercicio físico, desde el primer momento había considerado al más anciano de los Cicerón un granjero y un romano típico. No lo podía evitar, pero fastidiaba al abuelo porque no sabía distinguir una oveja de una cabra ni estaba interesado en más cosechas que la de la uva. Una vez dijo al joven Marco que las semillas de la uva eran la profecía del vino, las propias uvas y, finalmente, el vino, que sería la delicia y el consuelo del alma y le inspiraría una sabiduría que jamás alcanzaría el hombre abstemio y sobrio.

Era también un agnóstico, cosa que ocultaba sensatamente en esa casa tan piadosa. Pero mientras daba lecciones al joven Marco, le insuflaba el escepticismo sobre todas las creencias consagradas, aunque era lo bastante prudente como para no tratar de destruir la natural piedad del muchacho y su sincera devoción a Dios. Fue Arquías el primero que le habló del Dios desconocido de los griegos y Marco le rezó en sus oraciones.

—Este Dios no mora en el Olimpo —decía Arquías sonriendo—, ni vive en Israel, aunque los judíos aseguren tal cosa, incluso con las armas en caso necesario. —A Arquías le resultaba más fácil creer en este Dios desconocido que en la multitud de dioses orientales, griegos y romanos. Oscuro, oculto, más poderoso, Señor del Universo, omnisciente y altísimo, Creador de toda belleza y sabiduría, atraía al sutil griego.

Conociendo tan bien a Quinto, al poeta le fastidiaba un poco el cariño entre los dos hermanitos. ¿Cómo era posible para uno como Marco, profundo, inquisitivo y perceptivo, amar a un pequeño soldado, tan activo como un grillo y tan ruidoso como una muchedumbre? Descubrió que Marco estaba enseñando a su hermano el griego. Esto no enterneció a Arquías, que se preguntó de dónde sacaría Marco tanta paciencia y ternura. Los dos chiquillos se entrenaban juntos en saltar, luchar y lanzar el disco, en ejercicios con la espada y el arco. A Arquías le fastidiaba que Marco no pareciera poner objeciones a tanto esfuerzo sudoroso.

El ambiente tranquilo de aquella casa calmaba la innata irascibilidad del civilizado griego. Se sentía capaz de escribir cantos que le satisfacían y que publicaba en Roma. Su serenidad le proporcionó cierta fama y por ello se sintió complacido. Él y Tulio se hicieron amigos, y se decía a sí mismo que en aquel padre retraído había encontrado otro alumno y acabó por buscar su compañía no por compasión, pues prefería estar solo por las noches. Sin embargo, nunca se sentaba con la familia a la mesa a la hora de almorzar. Le horrorizaba el olor de las judías hervidas, del pescado chorreando aceite y ajo y de la pasta rociada con queso rallado. También le desagradaba el vino de la casa y se hacía importar el suyo para su refinado paladar.

—Se conoce a los hombres civilizados por su aprecio de la buena comida —decía a Marco.

»Su hijo tiene carácter, noble Tulio —decía al padre—; es firme, pero no dogmático. Es tolerante, pero no débil. Es tenaz, pero no obstinado. En su alma alberga los más altos principios. Los dioses ayudan a aquellos que colocan la virtud por encima de todo.

Arquías estaba encantado con su discípulo, escribía muchas poesías y conversaba con Tulio en la tranquilidad de los atardeceres, acariciando a su Eunice de una manera que habría horrorizado a Helvia hasta el punto que, de haberlo sabido ella, habría exigido que lo despidieran en el acto.

Cuando Marco tenía siete años, escribió:

«Se erige la mejor arquitectura cuando el arquitecto levanta sus templos considerando cómo aparecerán a la vista de Dios y no a la vista de los hombres. Los edificios que sólo han sido creados de acuerdo con la naturaleza de los hombres son groseros, reflejan las necesidades de su cuerpo y no las de su alma.»

Arquías se sentía feliz ante estos primeros pasos filosóficos y se congratulaba por ser tan excelente maestro, aunque apretó los labios divertido ante aquella mención del alma.

—Los dioses griegos son poesía —dijo una vez a su discípulo—. Los romanos se han apropiado de nuestros dioses, dándoles otro nombre. Pero les quitaron su poesía. Minerva es una arpía regañona, de virginidad austera; pero Palas Atenea es la noble sabiduría armada, como el mármol a la luz de la luna.

Marco siempre se sentía inquieto cuando oía algún ataque contra los romanos, a pesar de su buen carácter.

—Nuestros dioses han sido pervertidos por los hombres —contestaba—, que les han atribuido su mismo modo de ser. Pero no siempre ocurrió así en nuestra historia. ¿Por qué ha de degradar el hombre hasta a sus dioses?

—Es el modo de ser de los humanos, como acabas muy bien de decir, Marco mío —convino Arquías—. Los griegos son los únicos que no han hecho eso. Quizá se deba a innata sabiduría o a que los griegos aman la poesía y dejan a sus dioses en paz. El hombre no debe tratar de analizar impúdicamente a Dios y hacerlo antropomórfico. Sócrates lo comprendió y por ello fue condenado por los ancianos de la ciudad, que se habían vuelto provincianos y ruines y que en el fondo de su corazón eran ateos. El hombre que no está seguro de su fe y duda de la existencia de la Divinidad es el más intolerante.

—Usted no es intolerante, maestro —le contestó Marco con su pícara y encantadora sonrisa.

—Nunca desprecies las inconsecuencias. Son la mejor salvaguardia del hombre contra la tiranía. La Ley de Dios... —aquí Arquías vaciló por un instante— es tenida, probablemente con razón, por inmutable. Pero las leyes de los hombres no pueden nunca ser dogmáticas, pues se convertirían en piedras insensibles.

—¿Qué es la Ley de Dios? —preguntó Marco.

Arquías se echó a reír.

—Yo no soy quién para decirlo. Los judíos creen conocerla. Yo pasé dos años en Israel. Pero no es posible que un hombre conozca la Ley de Dios, aunque los judíos dicen que fue explicada por un tal Moisés que liberó a su pueblo de Egipto, llevándose las joyas de la corona de los Faraones. Por cierto que los judíos creen que fueron perseguidos en Egipto por fidelidad a su Dios. Yo no lo creo así y soy de la opinión de que los judíos, que eran más inteligentes, astutos y comerciantes por naturaleza y tenían mejores filósofos, llegaron a hacerse tan poderosos en las finanzas y la política de Egipto que al final se agriaron sus relaciones con los naturales del país. Nada fastidia más a un hombre que tener un vecino más listo. Tolerará los vicios y hasta los imitará. Si le piden que piense, se pondrá furioso.

»Y a propósito, los judíos están esperando la llegada inminente de un Salvador. Esos judíos son un pueblo muy misterioso. Creen que Dios creó al hombre perfecto en su origen, inmune a la muerte y al mal, pero que por su propia voluntad se privó de la perfección para caer bajo el poder del mal y la muerte. Yo esto lo encuentro increíble y místico. En todo caso, ellos esperan a su Salvador para que les aclare cuál es la voluntad de Dios con respecto al género humano y su Ley, de modo que no pueda volver a descarriarse. Está escrito en sus extraños libros que ellos estudian sin cesar. También creen que el alma del hombre es inmortal y que no vaga después de la muerte entre las sombras en algún mundo subterráneo plutónico, sino que es llevada al Salvador o Mesías, que es como lo llaman, hacia las brillantes y eternas islas de la Gloria. Dicen que el cuerpo se unirá al alma el día del fin del mundo y que todo el conjunto será llevado intacto a su cielo. A mí me parece una concepción muy divertida. Su Dios no es alegre ni bello como nuestros dioses. Parece que tiene un temperamento de lo más desagradable.

Marco meditó sobre el Mesías de los judíos y la inminencia de su manifestación. ¿Viviría él cuando se produjera tan solemne ocasión? Mientras se lo preguntaba, sus ojos cambiantes brillaron por la excitación.

—Él es el Dios desconocido —dijo.

Arquías se encogió de hombros.

—Continuemos con lo que sabemos y no importunemos a Dios con nuestra curiosidad de monos —observó.

A Eunice le permitían entrar en la sala de clase porque a su amo le gustaba contemplar su belleza y se tranquilizaba junto a ella, que cosía en silencio, en apariencia escuchando su conversación. Una vez alzó sus grandes ojos azules, que rielaban de pura inocencia y atolondramiento, y dijo:

—A los dioses no les gusta ser comprendidos.

Arquías se echó a reír y le pasó una mano por su sonrosado hombro desnudo.

—No tiene la menor idea de lo lista que es —comentó—. No ha comprendido nuestra conversación en lo más mínimo y, por lo tanto, también es sabia. Hay algo muy tonto, más allá de la tontería de mi pobre Eunice, en las declaraciones de los intelectuales y entendidos. Esperemos que éstos, con sus estrechos puntos de vista sobre la vida, enredados en sus obtusas teorías y atrapados en sus sueños absurdos, nunca lleguen a gobernarnos. Si llegaran, la locura haría presa entonces en el género humano y el Mesías de los judíos no encontraría ninguna criatura cuerda para que le saludara a su llegada. Pero cuando hablo de intelectuales, no me refiero a los filósofos sobre los que escribió Platón.

A pesar de las esperanzas de Arquías, Marco no llegó a ser un verdadero poeta lírico, pero pronto comenzó a escribir una prosa maravillosa, leyendo lo que había escrito con una voz que encantaba a su maestro, tan poderosa, tan segura y tan elocuente era. Tenía tonos apasionados, pero nunca era irracional o recargada de emoción gratuita. Arquías informó a Tulio que en aquella casa moraba otro futuro Demóstenes.

—Preferiría que tuvieras mejor dicción, a la manera socrática —dijo Arquías—. No obstante, Marco, me embelesas y me convences a pesar de mi lógica. Sin embargo, no estés tan seguro de que el mal es el mal y la virtud, la virtud. Ambos se entrelazan de modo inextricable.

Pero aun siendo un niño, Marco no creía en eso. En su carácter había el hierro de los antiguos romanos, aunque su modo de ser era todavía alegre y tan etéreo como el polvillo de oro.

Capítulo
4

Arquías, hombre de ciudad, lleno de extravagancias y concepciones urbanas, se sintió descorazonado cuando le anunciaron que la familia se trasladaba a Roma.

Roma no le gustaba. Le disgustaba como a todos los verdaderos griegos. No discutía que una nación superior conquistara a otra inferior, pero ser conquistado por los romanos era intolerable. Fue a quejarse del traslado a Tulio, ante el que se atrevía a alzar la voz porque Tulio apenas se atrevía a discutir con nadie, incluso sobre tópicos tan abstractos como los de la filosofía.

—Amo esta isla —dijo el sofisticado griego—. Permítame, amo, que cite a Homero: «Un suelo áspero, pero que cría bravos hijos; mis ojos no contemplarán otra tierra más querida». ¿Por qué tenemos que irnos a Roma?

—A causa de mi salud —respondió Tulio excusándose, como si su estado cada vez más delicado fuera un error personal. Vaciló. No soportaba herir los sentimientos de nadie y le dolía tener que hacerlo. Como Arquías, al verlo vacilante, se lo quedó mirando fijamente con sus relucientes ojos negros, Tulio trató de sonreír y dijo—: Además, mi padre cree que será mejor que Marco estudie en una escuela con otros chicos, aparte de tener un tutor en casa. El niño no tiene aquí otros compañeros de juegos que los hijos de los esclavos. Debe tener otros amigos de familias al menos de la misma categoría que la nuestra.

Pero Arquías tenía sus propias opiniones sobre los romanos y sus tradiciones.

—Roma es vulgar —declaró—. Ha imitado a Grecia servilmente. Si no se puede tener el original, ¿de qué sirve tener una mala imitación?

El rostro bonachón de Tulio se sonrojó y por un momento en su mirada se vio el centelleo del patriotismo.

—Eso no es del todo cierto, Arquías. Nuestra arquitectura es original, aunque es cierto que en muchos casos hemos recreado algunos de los nobles aspectos de la arquitectura griega. ¡Considere lo que hemos hecho con el arco! Además, aunque usted habla a menudo de la gloria de Grecia, recuerde que en su cénit, cuando Atenas tenía casi un cuarto de millón de habitantes, sólo cuarenta y siete mil de ellos eran hombres libres. Tal desproporción no se da en Roma, donde los hijos de las familias más modestas pueden ir a un colegio por un módico precio, aunque sus padres hubieran sido anteriormente esclavos. Ya hace cien años que Polibio abogaba por escuelas públicas y es posible que pronto sean establecidas para todos los niños de Roma.

—No lo quieran los dioses —repuso Arquías con vehemencia—. ¿Es que un hombre en su sano juicio puede imaginar una nación educada según unas teorías de educación inmutables, artificialmente establecidas y uniformadas en todos los casos? No hay nada tan deprimente y repugnante como una mentalidad promedio que ha sido obligada a adquirir conocimientos a pesar de su real capacidad. No sería prudente, aunque todos fueran capaces de citar a los filósofos, de repetir un canto de la *Ilíada* y de saber en qué época vivió Pericles. Los conocimientos no deberían arrojarse sobre aquellos que, por su naturaleza, no pueden convertirlos en sabiduría. Son como los alimentos aún no asimilados en la barriga de un cerdo sacrificado.

—La señora Helvia, aunque no sea una Aspasia, es sin embargo una bendición para nuestro hogar, gracias a sus conocimientos de matemáticas —replicó Tulio—. La educación sirve para algo más que para adquirir sabiduría. ¿Le gustaría tener una escuela propia en Roma, Arquías?

El griego consideró esta magnífica oferta y luego reflexionó sobre la mediocridad de las mentes con que tendría que lidiar y se estremeció. Negó con la cabeza, aunque con gesto de gratitud.

—Me consideraré satisfecho si me permite quedarme con su familia, amo.

Tulio, que por lo general tomaba la palabra a los hombres y creía que la mayoría prefería decir la verdad antes que mentiras a medias, se sintió conmovido. En consecuencia, aumentó inmediatamente el sueldo a Arquías y abrazó al maestro, cogiendo sus antebrazos con sus finas manos.

—Volveremos a menudo a la isla, Arquías —le prometió—, porque mi corazón se queda aquí, a pesar de que sus inviernos me resultan insoportables. Pasaremos las primaveras y los veranos en Arpinum.

Es un buen hombre, pensó Arquías, tiene un corazón sensible y un alma heroica, aunque dócil. ¡Qué raro es encontrar a un buen hombre! Ni siquiera los dioses son más admirables, porque es casi imposible ser bueno de cara a la mortalidad y al mal omnipotente en el mundo de los hombres. Tú, Arquías, no eres un buen hombre y eso está muy mal. Me alegro de que hayas suprimido, casi desde el principio, todas las blanduras ridículas de la piedad de Tulio. Puede que tristemente esté en el error, pero ¡qué fina raza llegaría a ser la de los hombres si todos abrazaran tal error! Si es que realmente se trata de un error... Debo reflexionar acerca de eso.

Marco, ahora de nueve años de edad, se sintió alborozado ante la aventura de ir a vivir a Roma y dijo a su hermano de cinco años:

—¡Quinto! ¡Volvemos a la capital de nuestros padres y allí veremos maravillas!

Quinto, sin embargo, que tenía un alma conservadora como su madre, se oponía al cambio.

—Yo estoy contento aquí —contestó—. A padre no le gusta el clima, pero madre dice que si se pone enfermo en invierno es por culpa de su imaginación. Al abuelo tampoco le gusta irse a Roma, donde todos los hombres son malos y las calles son calurosas y malolientes y están llenas de gente.

Arrojó una pelota a su hermano y entonces los dos muchachos echaron a correr sobre el cálido césped veraniego. El otoño ya estaba próximo. Cuando cayeran las hojas de los árboles, la familia se trasladaría a Roma. Marco, sosteniendo la pelota en sus manos tan parecidas a las del padre, se puso de repente melancólico.

—¡Venga! —gritó Quinto, que nunca se sentía deprimido y tenía el carácter de su madre.

—Estoy cansado —respondió Marco, sentándose en una piedra calentada por el sol y poniéndose a mirar al río cercano.

Quinto no había estado jamás indispuesto ni se sentía nunca cansado.

—Pero si no toses como papá —refunfuñó. Para él, toda persona que estuviera enferma tenía que toser. Si no tosía es que no estaba enferma. Esperó pacientemente con sus rollizas y bronceadas piernas, con su túnica amarilla arremolinándose en torno a sus muslos a causa del viento. Era tan guapo como Helvia, con su pelo negro ensortijado y su carita ovalada de tez vivaz. Los ojos de Helvia pasaban a ser pensativos en Marco, pero en Quinto eran vivaces e impacientes. Se tumbó en el césped a los pies de Marco y empezó a masticar una hojita de hierba y a retorcerse inquieto. Le encantaba la acción y su delicia era el movimiento físico y los juegos. Nadaba mucho mejor que Marco, que encontraba el agua del río demasiado fría; trepaba mucho más rápido porque, al revés de su hermano, no temía a las alturas; corría con más facilidad y sobrepasaba en velocidad a Marco. Cuando arrojaba una pelota, lo hacía con seguridad y fuerza. Le gustaba forcejear con los novillos. Y, sin embargo, a pesar de estos logros, consideraba que no valían nada en comparación con los de su adorado hermano, al que habría seguido hasta el fin del mundo. Y ahora se quedó mirando a Marco, con ojos brillantes, y le dijo:

—Yo seré general de Roma.

—Estupendo. Y yo seré abogado y quizá cónsul.

Quinto no sabía qué era un abogado o un cónsul, pero se quedó mirando a su hermano con admiración.

–Tú serás lo que quieras –le dijo, y con mirada fiera y alzando su puño exclamó–: ¡Y ay de quien se ponga en tu camino!

Marco se echó a reír y su melancolía se disipó dando un tironcito a uno de los rizos de su hermano.

–No hay nada más noble que la Ley –afirmó Marco–, pues distingue a los hombres de las bestias, porque éstas se rigen tan sólo por el instinto y el hombre es gobernado por las leyes de su espíritu y, por lo tanto, es libre.

Quinto no comprendió ni jota. Se puso en pie de un salto y empezó a trepar por el tronco del árbol bajo el cual estaba sentado su hermano. Sobre la cabeza de Marco empezó a caer una lluvia de pedacitos de corteza y ramitas, a medida que aquellos vivos pies trepaban por las ramas. De pronto, el rostro vivo de su hermano apareció, risueño, entre hojas verdes y, mirándolo, le desafió:

–¿A que no me pillas?

Marco, siempre complaciente, aunque no le agradaba trepar, empezó a subir torpemente por el tronco, arañándose las rodillas. Pero amaba a su hermano y Quinto no tenía más compañero de juegos que él. Subiendo lo más alto que pudo, agarró una sandalia de Quinto y luego su rodilla y su pantorrilla, y ambos se echaron a reír.

Pero entonces Marco resbaló. Rápidamente, Quinto se agachó y cogió la mano de su hermano, sosteniéndola firmemente. Marco quedó colgado del árbol como un fruto que se balanceara y sólo el vigoroso sostén de su hermano impidió que cayera. Marco miró hacia abajo, al abismo que tenía bajo sus pies y apretó los dientes; la muñeca le dolía.

Quinto, quien siempre estaba risueño, se puso muy serio, como un hombrecito.

–No temas, Marco –le dijo–. Agárrate a mi mano con todos los dedos, muy fuerte, y yo iré bajando hasta que puedas saltar.

Marco estaba demasiado asustado para decir palabra. Sintió cómo era bajado poco a poco, pulgada a pulgada, sujeto sólo por una mano a las ramas del árbol, hasta que al cabo de unos segundos estuvo lo bastante cerca del suelo para dejarse caer fácilmente sin sufrir daño alguno. Cayó sobre la blanda hierba y se dejó ir rodando, tal como le había enseñado el esclavo que entrenaba a ambos muchachos en ejercicios físicos. Inmediatamente Quinto estuvo de rodillas a su lado, lleno de ansiedad. Marco se incorporó y se echó a reír.

–Eres un Hércules, Quinto –le dijo, y le dio un beso.

Por alguna razón recordaría aquel día muchos años después, con el corazón a punto de partírsele por el recuerdo.

«Tuve una infancia muy feliz –escribiría más tarde–. Tuve un padre que no era sólo inteligente, sino además muy bueno y cariñoso. Un abuelo que me enseñó a no colaborar nunca con el mal y cuyos gritos eran inofensivos. Una madre diligente, siempre paciente y en calma. Y tuve a Arquías, mi querido maestro, y a Quinto, mi Quinto, mi querido hermano.»[1]

Helvia consideró una tontería que la familia se mudara, aunque no fuera más que para pasar los inviernos en Roma. Tulio se mimaba a sí mismo. Se negó a seguir tragando los brebajes que ella le preparaba para la tos cuando la nieve se amontonaba en las colinas. Si Tulio aprendiera a disfrutar del viento frío, a hacer ejercicio y a gritar con ellos, su tos desaparecería y tendría mejor apetito, además de que engordaría. En eso el abuelo estaba de acuerdo con ella. Era una desgracia que a Tulio no le gustara cazar, siendo romano. ¿Cómo había podido soportar el servicio militar?

–Querer es poder –le decía su hijo.

–¡Bonitas palabras para un romano! –le contestaba el abuelo en son de mofa–. Recuerdo los días que pasé en mi legión. Disfruté cada hora que luché por la República.

Halló una casa espaciosa, casi nueva, en el Carinae, en la parte sudoeste de la cima de la colina del Esquilino. Era de estilo moderno y recordaba la quilla de un buque, al igual que sus vecinas. Desgraciadamente, aquel barrio ya no estaba de moda y las familias ricas se estaban mudando a los alrededores del Palatino e incluso a esta misma colina. Esto no molestó al abuelo porque el precio que le pidieron era modesto para una casa tan grande y tan cómoda. El atrio era muy espacioso y mucho mayor que el de la casa de Arpinum, los aposentos familiares agradables con una hermosa vista sobre la ciudad y el recinto de los esclavos más que adecuado. El comedor estaba bien situado y era muy aireado, el jardín tan grande como cabía esperar en una casa urbana. Estaba construida de argamasa roja pompeyana y el tejado era de tejas blancas. Los suelos brillaban gracias a los finos mosaicos y las columnas eran níveas. Mientras que el abuelo regateaba sobre el precio con los agentes del propietario, Tulio se dio un paseo por el exterior para echar un vistazo a la ciudad de sus padres desde aquella altura.

Tulio no se sentía satisfecho de que su salud le obligase a abandonar su amada isla durante los inviernos. Se sentía encogido ante el torbellino, el bochorno de las calles, el ruido y los malos olores. Pero comprendía que un hombre no puede permanecer siempre recluido, que sus intereses se perjudican por el constante aislamiento y que acaba por dejar de ser hombre. También tenía que pensar en sus hijos. No eran campesinos cuyas vidas pudieran permanecer circunscritas en un lugar para siempre. Las dotes de Marco para la retórica, la prosa, la filosofía y el saber no deberían echarse a perder o

---

[1] Carta a Salustio.

abandonar entre árboles y céspedes, por muy agradables y tranquilos que éstos fueran, y tampoco se debía privar de compañía y variedad al activo y apasionado Quinto, que tanto amaba la vida. El hombre se debe a su mundo y a su posición y debe compartir con los demás los dones con que ha sido agraciado y, en opinión de Tulio, todo hombre, noble o humilde, poseía un don especial. Había tiempo para el retiro y para el mercado, para la contemplación y para la participación, para la paz y para tomar las armas, para dormir y para trabajar, para amar y para refrenar los ardores del amor. Y había también tiempo para vivir y para morir.

El verano había terminado y el otoño se posaba sobre la enorme y vibrante ciudad que se mostraba ante Tulio. El crepúsculo la vestía con sus colores sobrios, rojizos, cárdenos y oscuros, y el sol parecía como una pupila escarlata de pesadilla, entre párpados carmesí, negruzcos y de oro viejo. Esos colores se reflejaban sobre una ciudad cuyas propias tonalidades, quebradas y caóticas, eran ocre, rojo pompeyano, gris, beige y amarillo. ¡Una ciudad fogosa! Las calles, empinadas y estrechas, parecían desfiladeros, relucientes a la luz rojiza del anochecer, subiendo y bajando por las siete colinas, agitadas por las muchedumbres de los apresurados y ruidosos romanos. El estrépito era constante, acentuado por el rápido paso de los vehículos que iban uno tras otro y se cruzaban casi rozándose los ejes de las ruedas, por los improperios que gritaba la gente ante la densidad del tráfico o las advertencias en voz alta de los conductores de coches, carretas o carrozas. Tulio pudo ver el Foro, atestado de gente. Tanto las cosas cercanas como las lejanas estaban difuminadas por una turbia neblina y en la atmósfera se percibían olores de cosas que ardían, el hedor de los albañales, de las piedras y ladrillos calientes, de la tierra otoñal y la agostada vegetación. Una pálida luna comenzaba a dejarse ver por el occidente color sepia, brillando débilmente como un cráneo. Tulio oyó la voz de su padre regateando con los agentes, que se estaban volviendo hoscos e irascibles, y el susurro de dos fuentes cuyas tazas estaban llenas de hojas secas allá en el jardín cercado por una tapia. Aunque la ciudad era bulliciosa, la sombría luz y el cielo amenazador daban un aire de melancolía a la escena. Soplaba un viento áspero, humeante, que parecía querer advertir sobre algo. Empezaron a encenderse antorchas y faroles en las cada vez más densas tinieblas, moviéndose inquietos de una calle a otra. El ruido aumentó cuando los romanos empezaron a salir de los edificios oficiales, de las tiendas y lugares de negocios, de sus templos y sus hogares en las diversas partes de la ciudad. El estrépito del tráfico se elevó como un ingrato traqueteo hasta ahogar todo lo demás.

Tulio suspiró. En Arpinum le había gustado imaginarse a Roma como una ciudad pulida y no como una ciudad de ladrillos y feas piedras. (No habría de vivir para ver la ciudad de mármol que construiría Cayo Octavio, César

Augusto.) Miró alrededor y vio el pequeño terreno con hierbas que había frente a la casa, que no estaba rodeado de muros, pues los arquitectos modernos habían decidido construir una ciudad «abierta» donde fuera posible, y vio la silueta de un niño que lo observaba atentamente desde el cuadro de césped de la casa de al lado.

Tulio se sentía siempre intimidado por los niños, exceptuando a Marco. Hasta Quinto, el práctico, voluble y sencillo Quinto, le intimidaba. Apartó la mirada del chiquillo, que parecía tener la edad de Quinto, esperando que el niño no se hubiera fijado en él. Pero el chico se acercó más, llevado por la curiosidad.

—Saludos, amo —dijo con voz aguda y penetrante.

No se consideraba cortés que un niño se dirigiera primero a un adulto. Tulio se preguntó quién sería el responsable de que aquel niño careciera de buenos modales. Trató de que su voz suave sonase seca, pero no lo logró:

—Saludos —murmuró.

El niño se acercó más y Tulio vio más claramente su rostro, puntiagudo, vivaz, demasiado expresivo, con unos juguetones ojos negros y cabellos negros finos y suaves. Daba la impresión de no estarse quieto jamás, imbuido de una agitación en la que había algo más que la inquietud puramente instintiva del pequeño Quinto. Parecía que en él se movieran todos los músculos y eso que ahora estaba quieto a pocos pasos de Tulio, mirándolo con curiosidad. No era demasiado alto.

—¿Va usted a comprar la casa, amo? —preguntó con su voz chillona e insistente.

Esto era más que tener malos modales. Tulio se sintió incómodo. Los niños eran ahora muy exigentes y atrevidos, y sus padres y maestros, muy descuidados.

—No lo sé —respondió Tulio, que quería retirarse; pero los ojos del niño, fieros aunque sonrientes, le tenían como clavado. Era como si se divirtiera con él y estuviera gozando con su evidente desconcierto. Y para apartar de él la atención del niño, Tulio le preguntó:

—¿Cómo te llamas y dónde vives?

El muchacho contestó sorprendido:

—Vivo en esta casa vecina a la suya. Me llamo Cayo Julio César, igual que mi padre, y mi madre es Aurelia. Voy a la escuela de Pilón, el liberto. ¿Tiene usted hijos de mi edad?

A Tulio no le agradaba demasiado la casa sobre la cual su padre estaba regateando, al parecer ya casi a punto de obtener la victoria, y le gustó menos al saber la clase de vecino que tendrían sus bien educados hijos. Y trató de parecer solemne.

—Tengo dos hijos, Cayo —le dijo—. Son muy educados y estudiosos. Han sido muy bien criados.

Los ojos del chico parecieron danzar burlones. Advertía cuándo las personas mayores eran tímidas sólo con verlas y le gustaba atormentarlas.

—Todos me llaman Julio —prosiguió—. ¿Irán sus niños a la escuela conmigo?

Tulio hubiera querido escapar de aquellos ojos burlones, pero siempre se sentía indefenso ante los malos modales de un niño o un mayor, así que respondió:

—Tengo un niño de tu edad que se llama Quinto Tulio Cicerón. Mi hijo mayor es Marco Tulio Cicerón, pero ha cumplido nueve años y no creo que quiera jugar contigo.

Julio soltó una carcajada.

—¡Cicerón! ¡Garbanzo! ¡Qué nombre más divertido! —Y lanzó a Tulio una mirada irónica.— Es un apellido plebeyo, ¿verdad? El mío es muy noble y antiguo. Y en cuanto a eso que dice que su hijo tiene nueve años de edad, no es muy viejo para mí porque sólo tenga cinco años. Mi mejor amigo es todavía mayor, ha cumplido los once y se llama Lucio Sergio Catilina. Es muy patricio, todavía más patricio que mi familia. Todos nosotros somos patricios.

Tulio pensó que era una tontería prestar tanta atención a las palabras de un niño, pero replicó:

—Nosotros no somos plebeyos. —Se sintió incómodo.— Éste no es un barrio muy elegante. —Inmediatamente se arrepintió de haber dicho eso.— Si sois patricios, ¿por qué vivís aquí?

—Cuestión de dinero —contestó el niño con tono campanudo—. Estamos arruinados, pero nos queda el apellido. Claro que no vamos a vivir siempre en este barrio. Pronto nos mudaremos al mismo Palatino.

—¡Vaya! —se limitó a decir Tulio, volviéndose para irse. El niño empezó a silbar en tono burlesco y Tulio regresó a la casa para hallar a su padre firmando los documentos que le habían presentado los agentes y extendiendo una libranza contra su banco para que fuera debidamente atendida—. ¡Alto, padre! —exclamó Tulio—. Me temo que aquí tendríamos vecinos indeseables.

—¿Los César? —preguntó uno de los fornidos agentes, sorprendido—. Son una de las mejores familias de Roma.

—Uno tiene que preocuparse por sus hijos —prosiguió Tulio, al que cada vez le gustaba menos la casa—. Ese niño, Julio César, me resultaba desagradable y si mis hijos han de ir a la escuela de Pilón, el liberto griego, tendrán que ser compañeros de juegos de Julio.

—Tonterías —dijo el abuelo—. Es cierto que los niños de la ciudad son de modales descarados y no reverencian a sus mayores, pero Marco y Quinto han sido muy bien educados y no van a ser echados a perder por un pilluelo como ese... Julio... ¿César? Ya he oído hablar de los César. Son una buena familia. Además, he hecho un trato excelente.

—Demasiado excelente —dijo uno de los agentes, picado con aquel pueblerino que había resultado más listo que él.

No había nada que pudiera apartar al abuelo de una ganga, aunque fuera de una cosa que no le apetecía. Así que Tulio tuvo que ceder, como siempre. El abuelo, que había estado desmereciendo la casa ante los agentes, ahora exageraba sus bondades.

—¡Mira estas habitaciones! —exclamó, a pesar de la cara de disgusto que ponía su hijo—. ¡El zaguán, el atrio, los dormitorios, el comedor, el recinto de los esclavos, los jardines, el espacio! ¡Enorme! ¡Cómoda! ¡Aireada! ¡Y fíjate qué vista de la ciudad desde el pórtico exterior! ¡Y estos pavimentos tan finos, esas ventanas con cristales tan finos como cristal de Alejandría! —Miró burlonamente al silencioso Tulio.— No fui yo el que quiso que nos marchásemos de Arpinum. Lo hemos hecho por tu salud. No habríamos podido encontrar una casa más apropiada en toda Roma, Tulio, así que ¿por qué la vas a tomar con un chiquillo?

Tulio se acordó de lo de garbanzo y contestó:

—Está bien, uno no puede preocuparse demasiado por los hijos. —Y suspiró.— Realmente es una casa muy bonita.

Los agentes refunfuñaron.

—El pago —dijeron al abuelo— debe hacerse efectivo en el momento en que tomen posesión de la casa.

—Mi banco atenderá al pago de la libranza a su entera satisfacción. —Se frotó las manos de contento.— Es una ganga —admitió—. Hasta Helvia quedará satisfecha. —Se quedó mirando a los agentes.— Mi nuera, la esposa de mi hijo, es de la noble familia de los Helvios.

Tulio se sintió mortificado de que su padre tratara de impresionarlos. Los agentes fingieron sentirse asombrados, lo que mortificó más a Tulio.

—Es noble el que se comporta noblemente —dijo, pero, como de costumbre, nadie le hizo caso.

Capítulo

5

La familia estuvo instalada en su casa de Roma antes de que las primeras nieves cayeran en las montañas. Helvia estaba contenta con la casa, especialmente cuando descubrió que realmente su compra había sido una ganga. Le caían simpáticos los César, a cuyos padres conocía muy bien. A pesar de ser de noble nacimiento, no le importaba que el vecindario fuera de menos categoría cada mes que pasaba. Hasta Tulio se reconcilió con su nueva morada. En la ciudad nadie le insistía en que diera largas caminatas a fin de mejorar su salud y podía acurrucarse tranquilamente junto al brasero más grande y caliente sin tener que dar explicaciones. Se daba por supuesto que la ciudad era peligrosa y que el tráfico era una maldición, y como la familia no se permitía el lujo de tener ni una litera de segunda mano, Tulio era dejado en paz en su biblioteca, con sus libros y sus conversaciones con Arquías.

Marco fue enviado a la escuela de Pilón, el liberto griego, aunque a su regreso Arquías seguía dándole clases. La familia decidió que Quinto recibiera lecciones de Arquías al menos durante un año, y esto complació a Tulio, quien se acordaba del pequeño Julio César, al que cada vez aborrecía más conforme pasaba el tiempo. No lo pudo remediar, siempre detestó a todos los miembros de la familia César, especialmente a la altanera Aurelia. El padre, Cayo Julio, era un hombre taciturno que se dedicaba a los negocios en la ciudad, ponía siempre cara agria y se veía que no era un intelectual. Tulio se encontraba con él raras veces, de lo cual se alegraba. Pero el pequeño Julio se colaba en la casa cuando le daba la gana y eso no importaba a la complaciente Helvia, porque no temía a los niños. Si se presentaba el caso le daba un manotazo, lo mismo que habría hecho con Quinto, que era su niño mimado, y el chico se echaba a reír de buena gana. El abuelo se encontró con viejos camaradas, veteranos como él que tenían sus puntos de reunión en la ciudad, como el Tonsoria, y no le importaba ir hasta el Foro conduciendo él mismo su carro o ir andando si hacía buen tiempo para reunirse con sus contertulios y recordar las historias de pasadas campañas. Todos, pues, estaban contentos, aunque Tulio echaba de menos las apacibles primaveras de la isla. A pesar de que al principio había pensado lo contrario, su vida llegó a ser casi una réplica de su existencia retirada en su bien amado Arpinum.

Marco encontraba la ciudad emocionante y llena de maravillas, y cuando iba o volvía de la escuela, se hacía el remolón en el camino para ver las más cosas posibles. Sobre la ciudad flotaba un aroma que le vigorizaba y que podía percibir bajo la mescolanza de malos olores. Le gustaban las tiendas, el Foro, el ruido y el bullicio de la vida, la abundancia de gente, las fachadas de los templos, los altos pilares sobre los cuales había estatuas de héroes o figuras de divinidades aladas montadas en carrozas, las escalinatas que se abrían en abanico para subir de una calle a otra, el olor a pescado frito y a pastas cocidas, a carne asada y a vino que provenía de las posadas, los concurridos pórticos, el repentino clamor de músicas en los pequeños teatros donde los músicos ensayaban, la atmósfera de poder y de negocios, los edificios del gobierno en los que pululaban ávidos burócratas, los circos siempre rodeados de chusma revendiendo entradas a cualquier hora del día, el estrépito del tráfico que cada día era más peligroso, los relinchos de caballos, el traqueteo de ruedas, los gritos, las carreritas de mujeres que iban de portal a portal, los reflejos del sol sobre las rojas paredes de ladrillo, las calles bien pavimentadas donde los niños jugaban a todas horas y un bullicio general que denotaba poder.

Era la ciudad de sus padres. Sabía que él tenía que ser un romano y vivir en Roma. Añoraba Arpinum, que le parecía lejano y querido; pero también amaba a Roma y aquí se sentía como en su casa, entre el permanente ruido insomne. Su sueño lo arrullaban el tráfico, los pies inquietos y las vivas voces de su calle. Y se despertaba excitado cada nuevo día.

Pero no le gustaba su escuela, aunque no iba a su padre con quejas.

Pilón era un hombre austero y dogmático, muy presumido porque había sido antes esclavo y ahora se sabía importante. Era inflexible y sentía un respeto servil por aquellos que llevaban apellidos ilustres. Su actitud respecto a los niños era una mezcla de autoridad y servilismo, siempre que fueran de familias notables, aunque de escasos recursos. Con los de origen plebeyo, pero de padres más adinerados, era condescendiente. Eran advenedizos y él no permitía que lo olvidaran. Con Arquías tuvo un encuentro que dejó confundido al orgulloso Pilón, siempre de cuello estirado.

—Yo nunca he sido esclavo —le dijo Arquías al llevar a Marco a la escuela el primer día—. Por lo tanto —añadió con su voz melodiosa—, soy demócrata. El sueldo que le pagan a usted por enseñar a este niño (al que no han enviado aquí porque yo sea incapaz, sino porque necesita la compañía de otros niños) es superior a lo acostumbrado. Ya me he enterado de ello. Por lo tanto, si no quiere que se lo diga a mi señor, tendrá que partir el sueldo conmigo. No es que necesite ese dinero, pero usted sí que necesita que alguien le dé una lección. Recuerde que Marco es descendiente de los Helvios, así como de los Tulios, que a su vez son de antigua ascendencia. No enseñe a Marco a ser afectado ni a adoptar actitudes impropias hacia sus superiores e inferiores, ni lo desprecie porque venga del campo. Al fin y al cabo, Cincinato, el padre de la patria, era un labrador. Es muy inteligente, procure no corromper esa inteligencia.

Se pasó un delicado dedo por los labios y sonrió a Pilón, que era alto, delgado y pálido.

—Ambos somos griegos —dijo en tono conciliador— y, por lo tanto, cautivos de bárbaros. He enseñado a Marco a respetar lo que representamos, aunque nuestra gloria haya decaído ya hace tiempo y nuestro recuerdo sea como un destello dorado en el horizonte. Recuerde que es griego. He oído decir que lo olvida delante de los romanos.

Pilón se sintió a la vez atemorizado y complacido, aunque desde el principio había decidido ser amable con Marco. Y no lo encontró muy difícil. El carácter tranquilo, firme y agradable del muchacho no le causó dificultades, pues sabía cómo ganarse la buena voluntad de los demás, a lo que contribuía su rizado pelo negro y aquellos ojos de extraño brillo y colorido. Por otra parte, Marco tenía un gentil aire de autoridad y Pilón tuvo que reconocer que su perfil era decididamente aristocrático.

Como estaba muy adelantado para los niños de su edad, Marco fue colocado entre los chicos mayores. La escuela de Pilón era muy grande y ventilada y en ella se había reservado dos pequeñas habitaciones como aposentos privados, teniendo una esclava que le preparaba la comida y le hacía la limpieza. A Marco le gustaba la escuela, aunque no algunos de sus compañeros. Llegó a detestar con un odio que le duró toda la vida al gran amigo de Julio César, Lucio Catilina. Éste era el favorito de Pilón porque su familia era a la vez antigua y aristocrática y llevaba uno de los primeros apellidos de Roma, aunque ahora estuviera empobrecida.

Lucio era sobre todo un muchacho muy guapo, no de un modo afeminado, sino con una intensa y delicada virilidad. Tenía un enorme magnetismo personal que la mayoría de la gente encontraba irresistible, aun sus enemigos, de los cuales tenía pocos, cosa asombrosa conociendo su carácter. Era un jefe nato y le seguían incluso aquellos que desconfiaban de él y no le tenían simpatía. Marco aprendió por primera vez que la virtud y los buenos modales no procuran necesariamente amigos, así como tampoco la grandeza de ánimo o la inteligencia. Al revés, descubrió que estas cualidades a veces causan un efecto repelente, siendo los hombres como son. Un hombre perverso es más soportable para la mayoría que uno bueno, que es para ellos un constante reproche y al que hay que despreciar.

Nunca pudo comprender por completo los motivos que guiaban a los que eran como Lucio Sergio Catilina. Como todo el mundo, se sentía fascinado por el aspecto de este muchacho patricio que le aventajaba en dos años de edad. Lucio era más alto que el promedio y tenía una buena figura. Era un magnífico bailarín. Mejor dicho, era magnífico en todo, incluyendo los deportes. Elocuente, poseía una voz seductora que hechizaba lo mismo a amigos que enemigos porque tenía muchos matices y murmullos, irónica y muy melodiosa. Por lo demás, era de suave rostro moreno, finamente modelado, bello y con noble frente, cejas que parecían de seda negra y unos ojos azules enmarcados por largas y brillantes pestañas, nariz bien perfilada y una boca inquieta, roja como las cerezas, con un hoyuelo en la comisura derecha. Su reluciente dentadura era perfecta como sarta de perlas y poseía una barbilla redondeada como la de un griego. Tenía un gran aplomo, como si se diera perfecta cuenta de que era muy guapo y de que rezumaba encanto perverso. Sus modales eran desdeñosos, su sonrisa seductora, sus gustos impecables. Aprendía con rapidez y facilidad y se enzarzaba con Pilón en sutiles discusiones. Su inteligencia estaba por encima de lo corriente y lo cierto es que con sus once años de edad podría haber puesto en un aprieto a muchos filósofos de segunda fila.

Marco reconocía tan fascinantes dones, aunque no podía soportar lo que en su inocencia intuía debajo de tan encantadora apariencia: que Lucio estaba moralmente corrompido.

El odio era algo desconocido para Marco; no había topado con él hasta entonces, ni en sí mismo ni en su familia. Por lo tanto, quedó pasmado al descubrir que el acoso de que le hacía objeto Lucio no estaba basado en esa familiaridad de buena fe en el trato entre amigos, sino que se inspiraba en una profunda aversión a todo lo que le fuera extraño y especialmente a lo virtuoso. Todo lo que Marco representaba, la generosidad, el ánimo tranquilo, la paciencia, la amabilidad y la perseverancia en el estudio, con la tenacidad de la gota de agua, provocaba en Lucio la enemistad, la burla y el desprecio.

En la escuela había adolescentes mayores que Lucio y otros menores que él. Sin disputa era el jefe de todos. Les pedía dinero prestado y nunca lo devolvía, y el donante se sentía encima honrado. No llevaba anillos, brazaletes ni zapatos de calidad y sus túnicas y capas eran de los tejidos más sencillos. Sin embargo, el muchacho más rico consideraba un favor que Lucio se fijara en él. Insultaba a Pilón con gracia desmañada y éste sonreía borreguilmente y se quedaba mirándolo como un padre tonto habría mirado embelesado a su único hijo largo tiempo esperado, y la esclava le servía las más exquisitas golosinas y el mejor vino.

Era inevitable que un tal Lucio Sergio Catilina persiguiera a un Marco Tulio Cicerón. No tenían más que mirarse a la cara para comprender que eran enemigos, que sus caracteres les eran mutuamente antipáticos y estaban en violenta oposición. Aun así, Marco habría tolerado y soportado a Lucio e incluso le habría admirado de no haber ido éste siempre en su busca para demostrarle su desprecio y ponerlo en ridículo. Años más tarde, Lucio diría a Marco:

—Te odié, garbanzo, desde el primer momento en que te vi, pero no sabría decir por qué. Al verte se me retorcían las tripas.

Para Marco era una nueva experiencia el vivir rodeado de niños de edad similar a la suya. Lucio empezó a llamarle pronto «el Patán». Descubrió la timidez. Los muchachos se quedaban mirándolo con extrañeza. Enseguida les resultaba evidente que no era un niño sofisticado de ciudad y que quizá era un pazguato. Sus buenos modales les divertían. Su tranquilidad, su ávida dedicación al estudio, su misma modestia, su respeto por el maestro, todo eso les ofendía. Nunca traía noticias de la ciudad, escándalos de que informar ni chismes. No sabía jugar a los dados ni a otros juegos de mayores, no conocía chistes verdes. Tampoco se reía del sufrimiento de los otros. No le gustaba lanzar piedras con tirachinas a los pájaros ni a los caballos enfermos que bebían en las charcas de la calle. En consecuencia, los muchachos le hicieron objeto de sus bromas. Decían que hasta el pequeño Julio César era más hombre que este paleto de pueblo alimentado con leche. Pilón no le encontraba ni una falta, que era la peor falta de todas.

Por primera vez en su vida Marco tuvo que enfrentarse con la maldad de los hombres, y ello le hacía sentirse enfermo. Pero cuando se dijo que el mal tenía que ser soportado, se hizo hombre mucho antes de llegar a la adolescencia. Y desde entonces la línea de sus labios fue menos suave y sus rasgos se endurecieron.

Helvia opinó que necesitaba un tónico y fue en busca de los numerosos saquitos de hierbas medicinales que había traído del campo para hacer un brebaje que dejara al chico como nuevo, y éste no se quejó; el mal sabor en su boca no era peor que el amargor de lo que sabía ahora de sus semejantes.

Yo debo de tener algo raro, se decía. No soy como los otros. Hasta entonces se había sentido muy seguro, como todos los niños que se sienten queridos por su familia; pero ahora esta seguridad empezaba a flaquear, sobre todo en la escuela.

Él y el pequeño Julio César iban juntos al colegio. Estando apartado de Lucio, su ídolo, Julio era un buen compañero, un chico encantador y muy ingenioso. Su mentalidad era de un niño de edad superior a la suya y a Quinto, que tenía sus mismos años, lo encontraba aburrido. Con su precocidad prefería a Marco, al que consideraba un poco chiflado. Pero Marco nunca dejaba de ser amable y siempre se le podían sacar unas monedas de cobre del bolsillo cuando algún vendedor callejero llegaba a la puerta de la escuela con dulces o pastelillos de carne especiada, dátiles, nueces o doradas frutas.

Al principio a Marco le costó trabajo creer que Lucio, con sus once años, pudiera ser realmente amigo íntimo de Julio, que sólo tenía cinco, a pesar del talento precoz de éste. Pero era cierto. Julio adoraba a Lucio y le atormentaba, mientras que Lucio le daba manotazos que pretendían ser afectuosos. Ambos tenían muchas cosas en común, tal como la falta de dinero para gastárselo como quisieran. Sus padres eran viejos amigos, siendo ambos personas sofisticadas y sin escrúpulos. A Julio nunca lo echaban de un grupo de mayores que estuviera charlando, porque Lucio era su protector a pesar de los frecuentes puñetazos que le daba. Julio César tenía muchos defectos, quería ser siempre el primero en todo y a veces se volvía insoportablemente dominante; aunque también poseía muchas buenas cualidades, como su fino humor y repentinos arranques de generosidad.

Julio era el que más se carcajeaba cuando Lucio se mofaba de Marco; pero estando apartado de su ídolo demostraba mucho cariño por éste y se apresuraba a enseñarle cosas que debía saber sobre la vida en la ciudad. Ya a los cinco años se sentía muy ambicioso y hablando en confianza decía a Marco que, aunque su familia era muy pobre, él se haría rico. Aseguraba que también llegaría a ser famoso. Marco se lo quedaba mirando sonriente, con la superioridad de sus años, y Julio se enfurruñaba, afirmándolo orgullosamente con un movimiento de la cabeza que alborotaba su fina cabellera negra.

–Debes estudiar más –le decía Marco.

–Ese niño es demasiado listo para su edad –comentaba Arquías–, aunque sabe cosas poco tranquilizadoras. Es más bien astucia, habilidad para aprovecharse de los demás, instinto para percibir la debilidad de quienes le rodean. Cuando sea hombre, explotará a sus semejantes.

Pero Julio ya estaba explotando alegremente a sus camaradas y muy especialmente a Marco.

Cuando los dos amigos salían de la escuela juntos y Marco hacía alguna observación sobre cualquier aspecto de la vida ciudadana o de un rostro que pasara, Julio contestaba inmediatamente con una agudeza.

Un día en que se habían detenido a ver volar unas palomas en torno a una estatua, Julio le dijo:

–No debes tener miedo a Lucio.

—Pero si no le tengo miedo —replicó Marco, ofendido—. Sólo temo lo que es.

—¿Y qué es? —preguntó Julio.

Marco no supo explicárselo.

—Mira a esas palomas que revolotean alrededor de la cabeza de la estatua. Es Pólux, ¿verdad? ¿Por qué se reúnen ahí?

—Es su letrina —contestó Julio haciendo un sonido obsceno y Marco no pudo evitar reírse.

—Eso es una irreverencia —le reprochó.

—Pero no deja de ser verdad —repuso Julio—. ¿Acaso la verdad es siempre irreverente?

Marco se quedó pensativo y luego dijo haciendo una mueca:

—A menudo lo parece.

Julio dio un saltito y volvió a repetir aquel sonido obsceno para diversión de unos hombres que pasaban. Estaban a mediados de diciembre, el tiempo de las Saturnales[1], y hacía frío. Aguardando a que Marco se le acercara, Julio ejecutó habilidosamente una danza en plena calle y otros hombres se detuvieron a observarle. Marco estaba azorado y la cara de Julio le pareció la de un viejo a pesar de sus rasgos infantiles. Había en ella unos rasgos astutos, como tienen los chiquillos de la calle, una expresión satírica y vulgar que le hizo recordar al dios Pan. Cuando Marco se le acercó, Julio cambió de repente y le cogió la mano con gesto de niño.

—Me caes simpático —le dijo y sonrió al que era mayor que él con una ingenua y fugaz mirada—. Creo —dijo dando una patada a un perro callejero que se escabulló— que no estás tan chiflado como Lucio asegura.

—A mí no me importa lo que Lucio diga —respondió Marco fríamente. Y se detuvo para sujetarle a Julio la capa con gesto fraternal. El viento soplaba ahora con fuerza.

—Sí que te importa —contestó Julio alzando la barbilla para facilitar la tarea a Marco—. Tú no sabes lo que piensa y eso te tiene atemorizado. Pero yo sí sé lo que piensa.

—¿Y qué piensa?

Julio se echó a reír.

—Te odia porque sabe cómo eres.

—¿Y cómo soy, Julio?

---

[1] Saturnales: fiestas populares de la antigua Roma que se celebraban en honor del dios Saturno del 17 al 23 de diciembre, con caracteres semejantes a los actuales carnavales y con banquetes a menudo orgiásticos. Durante las saturnales se intercambiaban regalos y se concedían grandes libertades a los esclavos. *(N. del T.)*

—Me caes simpático —respondió Julio, evasivo—. ¿Cuánto dinero llevas hoy en el bolsillo?

Una vez en la escuela, Julio se olvidó de Marco hasta la hora del recreo, cuando llegó el vendedor callejero. Hoy traía golosinas especiales en honor de las fiestas próximas, tal como pastelillos con forma de faunos y centauros con pasas por ojos y pequeñas empanadas calientes de carne en forma fálica, cosa que se suponía muy divertida. Marco compró algunas de estas golosinas para él y para Julio. Todos los niños esperaban en la acera, a la puerta de la escuela, estando la calle muy concurrida de transeúntes. Lucio se hallaba un poco apartado rodeado de un corro de amigos. Su bello rostro estaba iluminado por los rayos del sol invernal. Volvió la cabeza y vio que Marco estaba poniendo otro pastelillo en las voraces manos de Julio y se acercó.

—¡Vaya, Julio! —dijo con su tono indolente y encantador—. ¿Tan pobre estás que no te importa recibir regalos de un inferior?

Julio tuvo miedo de que Marco le arrebatara su precioso tesoro, así que contestó descaradamente:

—¿Quién es inferior? ¡El que no tiene dinero!

Los ojos azules de Lucio brillaron de modo amenazador, pero, echándose a reír, dio un manotazo a Julio tirándole al suelo el pastelillo, donde fue arrastrado por las sucias aguas que corrían calle abajo; luego le pegó en la cara con su indolente maldad. A Julio no le importó el puñetazo, pero sí haberse quedado sin su pastelillo y, poniéndose furioso, hizo lo increíble: pegó a Lucio una patada en la espinilla.

Asombrados, los otros chicos hicieron corro en torno a ellos. Hasta entonces nadie se había atrevido a quejarse de aquella facilona crueldad de Lucio y mucho menos el infatuado Julio. Por un instante, Lucio no pudo creer lo ocurrido. Se quedó parado un momento mientras sus oscuros rizos, a los que la luz prestaba sombras y matices, eran agitados vivamente por el viento. Y entonces, sin aparente esfuerzo, agarró a Julio y lo arrojó al suelo, dándole luego un puntapié en un costado. Julio gimió de dolor. Lucio, riendo de nuevo, volvió a alzar el pie.

—Quieto —le dijo Marco, que se había puesto muy pálido, apretando los puños involuntariamente.

Lucio se lo quedó mirando incrédulo.

—¿Es que vas a detenerme? —le preguntó con desprecio.

—Sí —le replicó Marco colocándose entre Lucio y su víctima.

Lucio retrocedió un paso, pero fue por el asombro. Era mayor, más alto y más corpulento que aquel Marco de frágil apariencia, y además era un experto púgil.

—¿Tú? —inquirió.

–Yo –confirmó Marco. Podía sentir su corazón palpitando de indignación y de repente aborreció a ese apuesto muchacho de rostro perverso. Hasta ahora jamás había deseado golpear a nadie. Tantas semanas de frustración, de dolor y humillación se le acumularon en el pecho como si fueran un nudo de hierro que le quemara.

Lucio dirigió la mirada en torno a los demás compañeros y enarcó las cejas.

–Este perro bastardo se atreve a desafiarme –dijo y, con la rapidez del rayo y sin el honorable preliminar de un desafío, se lanzó sobre Marco. Le dio un puñetazo en el bajo vientre y Marco se dobló, abriendo la boca para poder respirar mientras sentía un agudísimo dolor. Lucio lanzó un grito de satisfacción y se abalanzó sobre el otro muchacho antes de que éste pudiera recobrarse.

Olvidando las nobles reglas de la lucha, porque el dolor y el odio le cegaban, Marco pegó un tirón a Lucio y le mordió en el cuello. Lucio retrocedió y Marco lo agarró por las orejas, tirando de ellas con ferocidad. Instintivamente alzó la rodilla y atizó a Lucio en la ingle, haciendo que éste vacilara. Marco volvió a darle un rodillazo en la ingle y, cuando Lucio cayó de espaldas, le dio un puntapié en el lugar más delicado. Lucio se desplomó en el suelo y los chicos empezaron a gritar:

–¡Has peleado sucio!

–No dijisteis que era pelea sucia cuando él me atacó –replicó Marco. Permaneció inmóvil frente a un Lucio que se retorcía en el suelo, y tan provocativo que ningún muchacho se atrevió a acercarse a él. Pero no quiso decir nada más.

Pilón, que había oído el ruido, se apresuró a salir y, cuando vio a Lucio tendido en el suelo y a Marco de pie sobre él, se paró en seco estupefacto. Julio corrió hacia el maestro.

–¡Lucio me pegó y luego me tiró al suelo y me dio un puntapié! –explicó–. ¡Y eso que soy menor que él!

–Marco ha peleado de modo sucio con Lucio –dijeron los otros niños–. Eso no es de romanos.

Pilón agarró a Marco por el brazo y lo arrastró hacia el interior de la escuela. Los otros chicos le siguieron. Dos de ellos sostenían a Lucio, que hasta ahora no había dicho nada. Pilón pegó un empujón a Marco y se dirigió a los niños con voz temblorosa:

–El honor de la escuela ha sido violado –empezó.

–Lucio me pegó un puntapié –insistió Julio en medio del tumulto.

–¡Silencio! –ordenó Pilón.

–¡Me pegó una patada como si fuera un perro! –gritó Julio tratando de adelantarse y llevándose la mano al costado de modo patético.

Pilón respiraba entrecortadamente, sujetando a Marco por el hombro. Marco estaba temblando y seguía mirando a Lucio con odio.

–Debes de haber provocado a tu amigo –dijo Pilón a Julio–. Además, estás mintiendo, chiquillo.

–¡Yo nunca miento! –protestó Julio, que decía embustes con facilidad.

Pilón no le hizo caso. Se quedó mirando a los otros muchachos, que ansiosos se agrupaban en torno suyo y preguntó:

–¿Cuál es la verdad?

Uno de los mejores amigos de Lucio, uno de los chicos de más edad, se encargó de explicársela al maestro.

–Julio fue muy descarado con Lucio y éste tuvo que castigarle dándole un manotazo. Julio cayó al suelo, pero Lucio no le dio ningún puntapié y entonces...

Julio soltó un grito, golpeándose el pecho con sus pequeños puños de pura rabia.

–¡Lucio me dio un puntapié! ¡Y luego pegó a Marco sin desafiarlo y con un golpe sucio, porque Marco le dijo que dejara de pegarme! ¡Marco no ha hecho más que defenderse!

–¿Es verdad eso? –preguntó Pilón a los otros.

Esta vez fue Lucio el que contestó con voz enfermiza:

–No, es mentira.

Los muchachos callaron y no se atrevieron a mirarse unos a otros. Bajaron las cabezas y sus rostros enrojecieron. Más que a su honor apreciaban a Lucio, que no apreciaba a nadie.

Pilón lo comprendió enseguida: estaba en un apuro. Simpatizaba con el popular Lucio por su bello rostro, su clara voz y su encanto apolíneo. No se atrevió a preguntar a Marco, porque éste le habría dicho la verdad. Y sin poderlo evitar sacudió al muchacho mientras se lo pensaba. Si castigaba a Marco, no habría represalias porque Marco no era de los que iban con cuentos.

A Pilón no le gustaba tener que hacer estas cosas. Azotó a Marco ante toda la clase con severidad y éste aguantó los zurriagazos de la fusta sin proferir una queja, mirando fijamente al frente. Lucio observó el castigo con satisfacción, riendo para sus adentros de modo que sus finos dientes fueron visibles.

Los muchachos se sintieron avergonzados. Cuando Marco regresó a su banco, no se atrevieron a mirarle a la cara. Pero siguieron prefiriendo a Lucio. Abrieron los libros apresuradamente y se sumieron en el estudio.

Marco y Julio regresaron a casa juntos, como de costumbre, y cada paso que daba Marco le obligaba a un respingo. Julio lo agarró por una mano como si fuera un hermanito.

–Ahora odio a Lucio –dijo–. No seré más su amigo.

–No estés tan seguro –replicó Marco, que había aprendido lecciones aún más dolorosas en las últimas semanas.

Julio pegó un puntapié en el suelo, enfadado.

–No volveré a ser su amigo.

–De esto no dirás una palabra en tu casa –le dijo Marco secamente–. Olvídalo.

Naturalmente, Julio fue a contárselo a su madre enseguida y Aurelia fue inmediatamente a ver a Helvia.

–La madre de Lucio es mi mejor amiga –dijo la rolliza dama ultrajada–, pero su hijo nunca me ha caído en gracia.

Helvia mandó a buscar a Marco, y cuando el muchacho entró en los aposentos de las mujeres y vio a Aurelia, se ruborizó de rabia.

–Quítate la túnica –le ordenó su madre y Marco, mirando a Aurelia con renovada furia, se quitó la túnica y Helvia examinó los verdugones de su cuerpecito. Mandó a una esclava que trajera agua caliente y ungüentos y sin hacer comentarios lavó los verdugones y luego los frotó con unos óleos que escocían. Entonces dijo–: No volverás a esa escuela.

Marco se sintió muy disgustado.

–Madre –suplicó–, eso sería vergonzoso para mí. Los otros niños se reirían de mí y dirían que soy un cobarde, creyendo que vine a quejarme a ti como un niño mimado.

Helvia se quedó pensativa, mordiéndose el labio, y miró a su amiga Aurelia, que hizo un gesto de aprobación.

–Habla como un romano –dijo–. Puedes estar orgullosa de él, Helvia.

–Siempre lo he estado –contestó ésta para sorpresa de Marco, y Helvia sonrió a su hijo acariciándole suavemente el hombro–. Me alegro de que lucharas con Lucio y le vencieras y hasta estoy orgullosa de tus verdugones, que recibiste en silencio, con honor y por salir en defensa de uno más pequeño y débil que tú.

–Lucio es mayor y más alto –explicó Aurelia–. No es pelear sucio el defenderse de uno que te ataca con golpes bajos. No hay más remedio que defenderse con los mismos procedimientos.

–Lucio no es de espíritu romano –dijo Helvia.

–¿Verdad que no hablarás de esto a nadie? –pidió Marco a su madre volviéndose a poner la túnica.

–A nadie –prometió Helvia sonriendo a su hijo. Y al hacerlo su bello rostro relució.

–Si Julio se lo cuenta a alguien, le pegaré –dijo Aurelia, que hasta ahora había pensado que Helvia era desdichada con su hijo mayor, tan tranquilo.

Incluso lo había creído bobalicón. Y, sin embargo, no sólo había defendido a Julio, que era su niño mimado y su orgullo, sino que había vencido al altanero Lucio, que tanto le disgustaba. Y se quitó una cadena de oro que llevaba en torno a su corto cuello, separando de ella una medalla que llevaba grabada la imagen de Palas Atenea–. La diosa de la Ley y la sabiduría –dijo–. Esta medalla la representa tal como aparece en el Partenón de Atenas. Te la mereces, Marco. –Y la puso en su mano.

–Es un regalo maravilloso –declaró Helvia.

–Es de una madre agradecida –dijo Aurelia.

Marco no recordaba que su madre le hubiera besado nunca, pero ahora ella inclinó la cabeza, le besó en la mejilla y luego se la acarició.

–Estoy orgullosa –repitió. Y se sentó mirándolo muy satisfecha, con los rizados pliegues de su estola cayendo sobre sus pies regordetes.

La enemistad entre Marco Tulio Cicerón y Lucio Sergio Catilina aumentó de modo prodigioso, pero Lucio no volvió a ridiculizar a Marco ante sus compañeros de clase.

Marco llevó puesto el regalo de Aurelia toda su vida y muchos años después se lo habría de mostrar a Julio.

Capítulo

6

Mucho antes de que fuera ceremoniosamente iniciado en los misterios y deberes de la adolescencia, Marco se sintió aún más desgraciado en la escuela por el ingreso en ella de otros dos como Lucio Sergio Catilina: Cneio Pisón y Quinto Curio, fieles amigos de aquél. Cneio era también de aspecto encantador y aire de patricio, pero más bajo y rápido que Lucio y aún más altanero, aunque estaba menos interesado en hacerse el jefecillo de la escuela, pues era precavido e intrigante. Tenía cabello rubio, ojos grises y maneras algo afeminadas, y reía como una niña. Pero esto resultaba muy engañoso, ya que la verdad es que no temía a nada y estaba muy orgulloso del apellido patricio de su familia, tan pobre como la de Lucio. Exigía servilismo a todos, menos a Lucio y Curio, y de todos lo recibía, exceptuando a Marco y al pequeño Julio.

Quinto Curio era un jovenzuelo ceñudo, de rostro moreno, arisco, aunque intelectual. Llegaría a heredar un puesto en el Senado y todos apreciarían mucho ese hecho. Alto, atlético y delgado, sobrepasaba en estatura a Lucio. Tenía una mirada amenazadora y un rostro adusto y prominente. Su familia tenía más dinero que los Catilina y los Pisón, siendo además el futuro heredero de un abuelo riquísimo.

Los dos compartieron el desprecio que Lucio sentía por Marco, quien, según aquél les informó, pertenecía a la clase de los «nuevos ricos», es decir, a la clase media.

—No os crucéis en su camino —decía Lucio para que Marco lo oyera—, es un luchador sucio, un loco, una persona sin importancia y sin principios. ¿Puede uno juntarse con gente de esa ralea?

Y los otros dos convenían en que no.

El pequeño Julio César, que ahora tenía casi nueve años de edad, se reía de lo que él llamaba «el Triunvirato».

—Uno de estos días —dijo a Marco—, cuando yo sea hombre, haré que los declaren idiotas públicos por lo pretenciosos que son. ¿Es que sus familias son mejores que la mía? No. Sólo Curio es más rico. —Chasqueó la lengua.— Curio tiene una prima huérfana de gran belleza. Se dice que se convertirá en virgen vestal, aunque Lucio quiere casarse con ella. Se llama Livia.

Un día Curio trajo a la escuela un bulto de ropas sucias que pertenecían a un esclavo de su casa y lo arrojó a los pies de Marco.

—Tus familiares son bataneros, ¿verdad? —le preguntó con su voz profunda de quince años—. Estupendo. Llévale esto a tu padre para que lo lave.

Marco se lo quedó mirando en silencio y luego fue por un cubo de agua, que depositó a los pies de Curio.

—El hombre que insulta a otro sin provocación es un esclavo —dijo—. Por lo tanto, esclavo, lava tus ropas.

—Tiene una raja donde debería tener los órganos genitales, porque es un castrado —dijo Lucio.

Marco, que acababa de cumplir los doce años, siguió mirando fijamente a Curio y éste se apartó emitiendo un sonido de desprecio.

—No lucho con gatos —contestó. Pero todo el mundo en la escuela comprendió que Marco había ganado ese encuentro.

La integridad de Marco era algo que ponía furiosos a los tres jóvenes. Lo llamaban advenedizo, pretencioso e imitador de los mejores. Afortunadamente, el padre de Curio decidió proporcionarle un maestro particular a su hijo e invitó a Lucio y Cneio a que recibieran las enseñanzas del mismo. Marco se sintió muy aliviado y pensó que no se los volvería a encontrar. Cuando más tarde se enteró de que habían ido a Grecia a completar su educación, a Marco le pareció que Roma estaba más limpia gracias a su ausencia. El mundo era menos brillante porque ellos vivían en él.

Años después, ya en su edad madura, Marco escribiría:

«Es una equivocación educar a los niños tan sólo en el ambiente familiar, rodeados de cariño afectuoso, sin hacerles saber que al otro lado de los seguros muros de su hogar hay un mundo de hombres impíos, deshonestos y amorales, y que tales hombres constituyen la mayoría. Porque cuando un joven inocente tropieza inevitablemente con ese mundo, recibe una herida de la que jamás se recuperará, una dolencia del corazón que enfermará permanentemente su alma. Es mejor enseñarles enseguida, al salir de la cuna, que el hombre es intrínsecamente perverso, que es destructor y embustero y un asesino en potencia. Los hijos deben ser advertidos de la condición de sus semejantes, si no se quiere que mueran en cuerpo o en alma. Los judíos tienen razón cuando declaran que el hombre nace ya pervertido. Sabiendo esto, los niños podrán decirse a sí mismos: "Con la ayuda de Dios trataré de ser mejor que mis hermanos y me esforzaré en alcanzar la virtud. Es mi deber tratar de superar mi naturaleza humana".»[1]

---

[1] Carta a Terencia.

Un año después de que Lucio Sergio Catilina y sus compañeros abandonaran la escuela de Pilón, un nuevo alumno ocupó su puesto. Era un muchacho de quince años, un tal Noë ben Joel, hijo de un rico corredor de comercio judío. Enseguida se hizo querer por todos, aunque Pilón no dejó de observar sarcásticamente que la mitad de las grandes familias de Roma estaban endeudadas con él. Pilón, naturalmente, cobró a Joel ben Salomón más que a la mayoría de los padres, lo mismo que cobraba a Tulio Cicerón, pues, como no se recataba en decir, los que tenían habían de ayudar a los que no tenían. Arquías nunca estuvo de acuerdo con este criterio; la caridad estaba muy bien, pero debe ser voluntaria y no arbitrariamente impuesta por aquellos que no han de contribuir con su bolsillo o en nombre de la «humanidad», una palabra que gustaba mucho a Pilón y le hacía sentirse muy virtuoso. Libradme de los hipócritas, decía Arquías.

Noë se tomó inmediatamente un gran interés por sus compañeros, su maestro e incluso por la esclava que atendía al mediodía las necesidades de los escolares. Nada era insignificante para su curiosidad. Era afable, generoso con su dinero, divertido e irreverente. Nunca daba la impresión de estar estudiando, pero pronto fue el alumno favorito de Pilón. Era formidable en matemáticas, filosofía, idiomas, ciencias, retórica, poesía y bufonadas. Era capaz de imitar a cualquiera, provocando las carcajadas de sus compañeros. Nunca se mostraba cruel o vengativo y su mímica no llegaba al ridículo.

–¿Por qué estás tan serio? –preguntó un día a Marco estando los dos solos en clase, este último con sus libros, mientras los demás estaban fuera luchando o boxeando, comiendo dulces prohibidos y bebiendo su ración de vino de cada mediodía.

Marco se ruborizó. Iba a susurrar una excusa, pero alzó la mirada y vio aquellos ojos oscuros y brillantes que le miraban con una amable sonrisa. Y entonces dijo:

–No tengo amigos, salvo ese pequeño Julio, que es un actor como tú. Siempre te va detrás, ¿verdad? –prosiguió Marco, esperando cambiar de tema.

–Es un actor incipiente, mientras que yo soy uno consumado –contestó Noë. Llevaba una fina cesta y alzó la blanca servilleta que la cubría–. Hammantashin –explicó a Marco, que inclinó la cabeza para mirar el contenido de la cesta depositada sobre la mesa, delante de él, y vio unos pastelillos triangulares que olían muy bien–. Coge uno –le invitó Noë– o los que quieras.

Marco tomó uno relleno de fruta confitada. Debido a los menús que disponía su madre, apenas se interesaba por la comida, pero estos pastelillos los encontró deliciosos. Noë lo observó complacido y metió la mano en la cesta para sacar otro más.

–Tenemos tres cocineras –explicó Noë–, pero a mi madre le gusta dirigir la cocina. Todos estamos gordos –dijo acariciándose su magra barriga–. Mi padre está a merced de todos los médicos de Roma, pues sufre de indigestión. Mi madre dice que tiene un estómago gentil.

Noë no era un muchacho guapo, pero tenía un aspecto agradable y de viva inteligencia, con nariz muy pronunciada. Sus ojos eran tan bonitos como los de una niña, rodeados de espesas cejas. Su boca tenía una expresión cambiante, y a pesar de que llevaba el cabello muy recortado, se veía que era ensortijado. Por desgracia tenía unas orejas muy grandes y separadas de la cabeza, pero nadie se burlaba de ello, pues él era el primero en bromear a cuenta de esta característica. Su piel, de una tonalidad muy pálida, hacía resaltar más la negrura de su pelo y sus ojos.

Se sentó al lado de Marco y ambos pasaron revista a los dulces de la cesta hasta que no quedó una migaja. De repente Marco se dio cuenta de que se encontraba muy a gusto, como no se sentía con ninguno de sus otros condiscípulos. Y se quedó asombrado cuando se oyó a sí mismo reír no forzadamente, sino de buena gana. Porque Noë era capaz de imitar con su voz desde los chillidos agudos de una mujer histérica hasta los tonos graves de un hombre adulto. Y usaba su voz como un músico usa su instrumento. Estaba hablando de la representación de una obra teatral de Aristófanes, que él iba a dirigir, obra que no gustaba a Pilón. Marco era uno de los pocos que habían declinado tomar parte en la representación.

–¿Por qué? –le preguntó ahora Noë.

–Me parecería hacer el tonto.

–Hacer tonterías no es siempre cosa de tontos –replicó Noë muy juiciosamente. Se quedó mirando la cestita de comida que había traído y entonces rápida pero cortésmente se apresuró a taparla con su servilleta de burda tela–. He oído decir que piensas estudiar leyes. ¿Cómo vas a enfrentarte con los jueces y los tribunales si temes levantarte para hablar? Un buen abogado tiene siempre mucho de actor.

–Yo pensaba en la jurisprudencia –contestó Marco.

Noë se retrepó en su asiento y lo miró con ojo crítico. Las ropas de Noë eran del más fino lino y sus sandalias tenían bellos adornos. Llevaba un gran anillo de amatista rodeado de pequeñas esmeraldas en el dedo índice de su mano derecha, y le señaló con ese dedo.

–¿Tú? ¿Un miserable pasante, aconsejando a jueces obesos que medio roncan en sus asientos después de haberse atracado de comer? Ridículo. Tienes rostro y modales de actor.

Marco no sabía si sentirse ofendido o halagado y Noë prosiguió sin darle tiempo a hablar:

—No es que seas llamativo, ni parezcas un galán almibarado, como esos que son todo gestos y miradas que seducen a las damas. Son tus ojos, tu voz, pero especialmente tus ojos. Resultan extraños y fascinadores. Y hablas con autoridad y elocuencia.

—¿Yo? —preguntó Marco asombrado.

Noë volvió a señalarlo con el dedo.

—Tú —dijo asintiendo con la cabeza. Te he observado. Yo sirvo para actor y eso seré a pesar de que mi padre se golpea el pecho y amenaza con llevarnos a Judea, donde debería dejarme crecer la barba y no estudiar más que las Sagradas Escrituras, casarme con una joven judía gorda y tener diez hijos, todos rabinos. Produciré obras teatrales e incluso las escribiré yo mismo. Mis dones no tienen por qué ser despreciados. Un buen actor como tú, mi buen Marco, vale más que muchos puñados de rubíes.

Marco, volviendo a ruborizarse, reflexionó sobre todo esto.

—Puedes hacer que el más aburrido de los filósofos hable como si de su boca no salieran más que perlas de sabiduría —prosiguió Noë—. Sé que *La República*, de Platón, no dice más que tonterías y luego te diré por qué creo eso. Sin embargo, cuando hablaste de tal libro la semana pasada casi me convenciste. Creías en lo que estabas diciendo, no importa ahora si Aristóteles se equivocaba o no con respecto a Platón. Tienes mejor voz que yo —reconoció Noë—. Convences, y yo soy sólo un comediante, aunque me intereso por obras de teatro más serias, como *Antígona*, de Sófocles. Es absurdo que los romanos sólo permitan aparecer en escena a prostitutas. Y volviendo a ti, Marco: podrías convencer hasta a Pilón de que es un loco si te lo propusieras, aunque a veces lamento tu modestia y timidez cuando eres el primero en salir a recitar.

Era tan amable y tan formal que Marco comprendió que hablaba sin malicia.

—No te aprecias a ti mismo —continuó Noë—. ¿Has tenido desafortunadas experiencias? ¿Te pega mucho tu padre?

—¿Mi padre? —preguntó asombrado Marco pensando en su amado y cariñoso progenitor—. Es el más bueno de los hombres. Sólo me han pegado una vez en la vida y lo hizo Pilón.

—Ya he oído hablar de eso —dijo el otro apretando los labios—. Fuiste muy admirado por tu fortaleza, pero te consideraron estúpido dadas las circunstancias. Ese Lucio debe de ser un canalla y siento que ya no esté aquí, pues haría de él el bufón de la escuela. Mi padre conoce muy bien a su familia; el padre de Lucio está tratando de recuperar una fortuna que hace tiempo perdió, pero no es hombre sagaz. He visto a tu Lucio de lejos. Admito que tiene buena presencia, mas no por eso deja de ser un canalla.

—Yo me alegraré de no volverlo a ver —dijo Marco—. Carece de honor y principios. No es un verdadero romano, aunque se le considere un patricio.

—La manzana —declaró Noë— es un fruto noble, pero si tiene gusanos, no pasa de ser una manzana podrida. Consideremos a las familias patricias. ¿Decaen cuando pierden sus fortunas o pierden sus fortunas cuando decaen? Mi padre cree lo último y yo estoy de acuerdo con él. Tiene mano dura y, siendo su único hijo, soy el objeto de sus oraciones. Yo lo quiero y trato de no oponerme a él. Además, soy su heredero y necesitaré dinero para mis obras teatrales. Pero ¿se sentirá orgulloso cuando las vea representadas en el teatro? No lo creo. —Noë dio una palmada sobre la mesa y cerró los ojos con gesto de tristeza.

—Yo tengo un hermano que se llama Quinto —dijo Marco, sin saber que sus ojos podían cambiar tan visiblemente del oliva claro al gris apasionado por el afecto.

Noë sintió conmovido su voluble corazón.

—Ya veo que aquí no tenemos a Caín y Abel —declaró.

—¿Caín y Abel?

Noë le contó la historia de Adán y Eva y de sus hijos, y Marco la escuchó tan atento que se fue moviendo hasta sentarse en el borde de su banco, asintiendo con la cabeza de vez en cuando. La historia le dejó extasiado. Al final dijo:

—Háblame de vuestro Mesías.

—¡Ah! —exclamó Noë—. Lo esperamos a todas horas, puesto que ya son visibles los portentos que han de anunciar su llegada. Mi padre reza cada amanecer por su Advenimiento y los judíos se levantan más temprano que los romanos, lo que yo considero una costumbre bárbara. También ora al mediodía y a la noche. Él librará a Israel de sus pecados, según dicen los rabinos, y será una luz entre los gentiles. Pero mi padre y sus amigos creen que Él dará a Israel el dominio sobre toda la Tierra, incluyendo a Roma y todas sus legiones, por no mencionar a los indios, los griegos, los hispanos, los bretones, los galos y otras tribus y naciones de menor importancia.

—¿Un país tan pequeño? —preguntó Marco, con incrédula sorpresa muy romana.

—Una perla, por pequeña que sea, vale más que un puñado de cuentas de vidrio —declaró Noë sintiendo su orgullo de judío. Pero su mente inquieta abandonó el tema y, tomando con sus manos una punta de la túnica púrpura de Marco, dijo–: Aún no eres un hombre, pero ya piensas como los hombres.

–Pronto seré investido –contestó Marco–. Voy a cumplir catorce años.

Cuando Marco anunció a su familia que al llegar a la adolescencia deseaba ponerse bajo el patrocinio de Palas Atenea, con preferencia al de la Minerva romana, Arquías chasqueó la lengua de satisfacción, Tulio sonrió complacido, el abuelo protestó horrorizado y Helvia dijo:

–Ya tiene catorce años, ha dejado de ser un niño y, por lo tanto, debe tomar sus propias decisiones. Sin embargo, eso de que demuestre preferencia por las cosas griegas es escandaloso. ¿Qué más da el nombre? Palas Atenea es lo mismo que Minerva.

–¡Eres inconsecuente! –exclamó el abuelo–. Primero hablas de escándalo y luego dices que qué más da el nombre. Los nombres son sagrados para mí.

–Minerva es más vigorosa que Palas Atenea –respondió Helvia, inconmovible–. Tiene más atributos masculinos. Sin embargo, Marco debe hacer lo que desee.

–¡Hasta ese punto ha degenerado Roma! –gritó el abuelo–. En mis tiempos los padres tenían poder de vida y muerte sobre los hijos, tal como está escrito en las Doce Tablas de la Ley. Pero ahora los hijos apenas han dejado de ser amamantados se atreven a anunciar sus propias decisiones a los padres. Cuando los hijos decaen...

–... la nación decae –concluyó Helvia por él pacientemente–. Te oímos decir eso todos los días, ¿verdad, abuelo? Marco, ¿tú prefieres a Palas Atenea?

–No si he de causar tan gran disgusto –contestó el muchacho, pues no le gustaba ver a su abuelo acalorado.

–Yo no estoy disgustada –dijo Helvia. Al maestro griego, siendo griego, ni siquiera le habían pedido su opinión. Helvia se levantó, soltando la rueca con la que casi siempre estaba industriosamente ocupada, y fue a alisar el cabello castaño rizado de su hijo mayor.

–Palas Atenea –dijo Quinto entusiasmado, y el abuelo le dio un manotazo. Helvia le ordenó que se fuera a la cama, pues ya había anochecido, Marco le dio un empujoncito cariñoso en el hombro y el maestro griego llegó a pensar que Quinto no era del todo estúpido. Tulio le hizo una disimulada caricia con timidez. Seguía temiendo a todos los niños, con excepción de Marco, que ya había dejado de ser niño.

Luego vino la discusión sobre el sacrificio que habría que hacer el día en que Marco vistiera la toga de la virilidad. Esto no debería tardar más de un año, en la Liberalia, festival de Liber, el 16 de las calendas de abril. Había que hacer planes con mucha antelación y se hizo una lista de los parientes a quienes habría que invitar. Helvia tuvo que escoger el lino para tejer la tela, la cual, dado que Tulio era un primado y, por lo tanto, preceptivamente en posesión de cuatrocientos mil sestercios, tendría que ser de púrpura con bandas escarlata, con un pliegue sobre el hombro derecho. Esta vestidura era de la mayor importancia y requería el máximo cuidado en la selección, el cosido y el teñido. También debería estrenar las demás prendas, como si se tratara de una novia. Marco pensó con alegría que, gracias a los dioses, ya no tendría que ponerse más aquellos pantalones de lana con que su madre insistía que se envolviera las piernas en invierno, de modo que para vergüenza suya debía usar una túnica más larga que los otros muchachos para ocultar tal infamia.

No es de extrañar que hubiera más discusión en lo referente a los sacrificios que habría que ofrecer a los dioses tutelares en nombre de Marco, que no en decidir el número de invitados y los agasajos, que inevitablemente deberían ser frugales. Tulio se atrevió a sugerir cuatro hecatombes, haciendo que su padre y su esposa lo mirasen con semblante severo, y al final tuvo que conformarse (como siempre) con que no hubiera más que dos y con collares de plata y no de oro. Al llegar el gran día, Marco se quitaría su *bulla* y sería oficialmente llamado por su nombre, aunque en realidad lo habían llamado así desde su nacimiento, nombre que sería inscrito en los registros oficiales. Como éste era el día en que todos los jóvenes de aproximadamente la misma edad de Marco entrarían en la adolescencia, estado en el que continuarían hasta cumplir los treinta años, se le consideraba fiesta nacional. Las sacerdotisas de Baco ofrecerían blancos pastelillos de miel al dios en honor de los nuevos hombres jóvenes y el dios no aceptaría otras ofrendas en tal día. Después, una larga procesión acompañaría a los jóvenes hasta el Foro, donde serían ceremoniosamente presentados a sus conciudadanos y a Roma. Ancianas y doncellas coronadas de mirto entonarían alabanzas y a partir de entonces aquellos jóvenes serían considerados ciudadanos de su nación, compartiendo las responsabilidades de todo romano. Finalmente regresarían a sus casas, donde se celebraría una fiesta durante la cual se les permitía emborracharse. Marco dudaba que en su casa hubiera nadie que llegara a embriagarse, porque su madre ya se cuidaría de que no se sacara más vino que el imprescindible. Tendría suerte si le daban dos cubiletes de aquel precioso vino que se había estado haciendo añejo precisamente con vistas a esta celebración.

—Entonces eso es parecido al Bar Mitzvah —dijo Noé a su amigo—, pero nuestra fiesta se celebra cuando nosotros cumplimos trece años. —Y con su rostro imitó un gesto de avaricia.— ¿Recibirás muchos regalos?

–De los Helvios desde luego que no. Ni de mi abuelo, que no le quita ojo a los sestercios, aunque probablemente comprará algunos valores y los guardará en su banco a mi nombre para entregármelos cuando crea que he llegado a una edad prudente. Si no –prosiguió–, creerían que iba a despilfarrar ese dinero en juergas. –Se echó a reír.– Mi padre me regalará un bonito anillo. Yo he escogido ya las piedras preciosas y me lo va a hacer un joyero paisano tuyo. Ya sé que acusarán a mi pobre padre de ser extravagante. Quinto ha estado ahorrando su pequeña asignación durante tres años y se muestra muy misterioso acerca de su regalo. Y en cuanto a los invitados, sus obsequios suelen ser de un precio parecido a los que hace la familia. De las familias de mis amigos estoy seguro de recibir muchos regalos útiles, feos y poco costosos. ¿Mi madre? Al igual que mi abuelo me reservará algunos valores y los envolverá en un paquete sellado para entregármelos probablemente cuando sea padre. Arquías me regalará libros raros.

–¿Y cómo será la fiesta? –preguntó Noë, fascinado al enterarse de estos detalles de la vida romana.

–Sana y sencilla. No llamaremos a ningún confitero para que contribuya a endulzarla con su talento. Habrá, sin duda, un buey asado o un toro, pero en este último caso no será, como han murmurado algunos descontentos, de esos que matan los gladiadores en el circo. Habrá abundancia de pan, cocido en la forma apropiada, cosa de la que no te doy más detalles para no azorar tus oídos judíos, muchas legumbres y verduras sin salsas, quizá un poco de caza, algunos pasteles cocidos en la cocina de mi madre por esclavas enseñadas a ser austeras y el barril de vino que hemos estado reservando para este día, y si éste se acaba, sacarán del vino corriente que tenemos en casa, que es malísimo.

Y luego añadió:

–Pero antes de todo ello tendrán largas discusiones conmigo acerca de mi nuevo estado.

–Recuerdo que conmigo hicieron lo mismo antes de mi Bar Mitzvah –dijo Noë con tristeza–. Me intimidaron tanto que esperaba que al día siguiente de aquel tan célebre amanecería tronando y yo sería sacudido por la tempestad. Por lo menos el mundo sufriría un tremendo cambio. Ya habían insinuado que ocurrirían portentos y me miraron con caras muy serias. Me quedé asombrado al descubrir que no había truenos, tempestades ni cambios en el mundo al día siguiente de mi Bar Mitzvah. Fue una desilusión. La vida siguió como siempre y mi padre me dio un puñetazo en un oído por mi estupidez, porque olvidé las palabras exactas de un salmo. ¿Es que la vida no es más que estos contrastes? ¿Es que hemos de pasar los años en la expectación para no llegar a ver más que otro amanecer, otra lección que aprender, otra vejación que soportar, hasta que llegue el último día en que todos iremos a reunirnos con nuestros padres?

En su rostro vivaz se reflejó la melancolía y Marco se sintió deprimido. Al ver esto, Noë le dijo:

–Pero tú irás a Grecia. No es que los hombres sean allí dioses, pero al menos se trata de otro país. –Sabía muy bien que todos los hombres eran iguales, pero sentía remordimiento por haber afligido a Marco.

–Y además, Marco –continuó–, tú llegarás a ser un famoso abogado.

–¿Y para qué? –repuso éste, que sentía las oscuras congojas de la adolescencia.

No para satisfacción del espíritu, pensó Noë, pero le dijo:

–Es muy importante ser hombre de leyes, porque ¿no lo es todo la Justicia, el más noble atributo de Dios?

–No me vengas con dircursos –contestó Marco. Los dos estaban ahora sentados solos en el aula, como hacían muy a menudo–. ¿Qué te ha metido hoy tu madre en la cesta? –Ambos olvidaron sus tristes meditaciones y comenzaron a explorar las delicias del interior de la cesta y a disfrutarlas.

Noë empezó a instruirlo sobre la religión de los judíos no porque le gustase, siendo un joven algo irreverente, sino porque Marco no dejaba de hacerle preguntas.

–Vamos a tener que circuncidarte –le dijo Noë.

Y Marco le contestó:

–No hay más que un Dios, que es dios de todos los hombres y no sólo de los judíos. ¿No me ha creado a mí igual que a ti? Él vive en nuestros corazones. Repíteme las profecías sobre el Mesías y su llegada. Quiero oír más sobre ello.

Noë quedó desconcertado. Él no acababa de creer del todo en la fe de sus padres y pensaba que el Mesías profetizado no era más que una confusa y patética esperanza de su pueblo que jamás se cumpliría. Pero contó a Marco todo lo que sabía con su innata amabilidad y se aplicó al estudio de las Sagradas Escrituras, ante el gozo de su inocente padre, para dar a Marco toda la información que pedía y poder iluminar aquel rostro que siempre parecía tan serio para su edad.

–El Hijo nacerá de una Virgen –repetía Marco, y comprendía que tal Virgen no podría ser Minerva o su versión griega, Palas Atenea, ni Diana ni Artemisa–. Y será llamado Emmanuel porque redimirá a su pueblo de sus pecados.

Se quedó pensando sobre la Virgen y, sin saber por qué, se preguntó si ya estaría entre los seres vivientes, quizá siendo una joven de su edad. Estando una vez en un templo fue al altar del Dios desconocido y, acercándose, depositó en él un ramo de lirios diciendo:

—Es para Tu Madre.

Los fieles que estaban cerca de él lo miraron con cara de extrañeza y fueron a entregar a los distintos sacerdotes los diversos animales que habían llevado a sacrificar.

Gracias a Noë pudo aprender el hebreo, la lengua de los sabios, que era un idioma articulado como el latín.

Capítulo

7

Como de costumbre, la familia se fue a pasar el verano a la isla cercana a Arpinum, donde corría un aire fresco muy diferente a la atmósfera sofocante de Roma. Aquí, entre sagrados robles, álamos y cipreses, Marco iba a dar paseos por el bosque, acompañado de su padre o su maestro. Aquí fue donde empezó a escribir sus primeras poesías verdaderas y se desesperaba porque no se creía capaz de expresar en palabras el color del cielo, el sonido de las aguas, el intrincado verde de las hojas, la fragancia de la hierba y las flores. Su corazón le latía a veces aceleradamente y en su mente se atropellaban pensamientos ardientes, pero, ¡ay!, cuando quería trasladarlos al pergamino o a la tableta de cera le parecían banales. ¿Acaso lo que uno ama tanto y tan apasionadamente no se puede expresar con la oratoria, la prosa o el verso?, se preguntó en una ocasión. Arquías le decía sinceramente que su prosa era mejor y más elocuente que la suya propia.

—Conténtate con eso —le decía—, aunque diviértete con la poesía, ya que la poesía es de lo más natural en un espíritu joven.

Y Arquías tomaba la pluma y diestramente reemplazaba una palabra por otra más musical, mientras Marco se lo quedaba mirando con envidia y delicia.

—Sólo la poesía es inmortal —declaró un día Marco.

Pero su maestro negó con la cabeza.

—El pensamiento es lo inmortal. Mira al hombre, Marco, y observa lo débil que es. No tiene escamas como los peces que le sirvan de armadura, ni alas con las que pueda volar huyendo del peligro, no tiene una piel tan gruesa como la del elefante que le proteja de los aguijones y las espinas, ni garras y colmillos como el tigre, ni es tan terrible como el león, tan ágil como el mono o tan astuto como la zorra. Tampoco tiene caparazones como los insectos. No puede vivir sin albergue ni sobrevivir mucho tiempo sin comer, como le pasa al oso y los otros animales que invernan aletargados. Tampoco puede ir nadando muy lejos ni durante mucho rato. Es presa del moscardón venenoso y de muchos animales. En muchos sentidos es la más insignificante de las bestias si sólo consideramos su cuerpo.

»Pero a pesar de ser tan vulnerable y débil, tierno como la hierba y frágil como la caña, ¡qué grande es el hombre! Porque piensa. ¿Es que el lobo puede pensar? ¿Y el cuervo construir un Partenón? ¿Y la ballena comprender la idea de Dios? Tengo oído que la serpiente es muy astuta, pero ¿podrá jamás una serpiente levantar un monumento a la verdad y la belleza? ¿No es Sócrates, aunque fuera tan feo, más poderoso que la más noble montaña? ¿No es Aristóteles más grande que el mundo físico y todas las criaturas que lo habitan? ¿Es que el bebé más débil no tiene muchísimo más valor, porque es un hombre en potencia, que el bosque de árboles más altos? Todo ello se debe a que el hombre puede pensar y, gracias a este pensamiento, crear el Cielo y el Hades y plantarse ante los dioses y decirles: "Tengo una mente; por lo tanto, soy uno de vosotros".

Tocó a Marco en el brazo:

—El pensamiento, como la vida, adopta muchas formas, ¿y quién puede decir cuál de ellas es la más maravillosa? Hay Homeros y hay Platones, como hay Fidias y Arquímedes. Da las gracias de que domines la prosa, de que tengas una voz tan elocuente que podrías convencer a la señora Helvia de que te dé un sestercio de más. Yo te expreso mi admiración.

—Me gustaría escribir poesías como Homero —dijo Marco.

—Pues escribe poesías para tu propia satisfacción —contestó Arquías—. Yo no he dicho que tus poesías sean malas. Yo las he escrito peores y algunas de ellas fueron celebradas. Pero tu destino está en otra parte.

Y prosiguió:

—Hace tiempo que quería darte un consejo muy necesario para los jóvenes en su adolescencia y que te será de mucha utilidad durante toda tu vida. El hombre, como sabes, es un animal al que le gusta catalogar. Es una criatura de razón y racionalismo, si sabe cultivar tales dones. Ten cuidado, Marco, con los hombres fervientes y entusiastas, porque han perdido su razón y su racionalismo. Son poco más que los perros exuberantes que se abalanzan y ladran al menor ruido y se excitan por todas las cosas. El hombre realmente civilizado es inmune a las aclamaciones pasajeras, las novedades y las modas del pensamiento, las hazañas, la palabra hablada o escrita o las tormentas emocionales. ¡No tengas demasiado celo, Marco! Sé temperado. Cultiva la contemplación. Sé reverente ante las creencias y tradiciones que se han ido acumulando a lo largo de los siglos tan penosamente como se almacena el grano en los graneros.

»El hombre verdadero se aparta de la chusma vociferante que pulula por los mercados, que aclama constantemente y luego es la primera en denunciar.

No se puede confiar jamás en el hombre de la calle. Piensa en los nobles y generosos Gracos, con los que yo jamás estuve de acuerdo, a pesar de que fueran buena gente y se dedicaran con alma y vida a su pueblo. La misma chusma que ellos quisieron elevar a la categoría de hombres verdaderos los destruyó con la rabia febril y las pasiones tan típicas del hombre común.

»Sin embargo, guárdate asimismo del hombre de las columnatas, del que se puede uno fiar tan poco como de su congénere de las calles. El primero es como una piedra, emparedado tras sus propios pensamientos, que son peligrosos porque no tienen contacto con la realidad. El segundo es como una insensata tempestad, rugiente e incontrolable, arrancando árboles de cuajo y ahogando en oleadas desbordantes. El hombre de las columnatas piensa que los seres humanos son puramente pensamiento y olvida que son además animales con instintos y pasiones animales. Nada de excesos. La Liga Jónica trajo a Grecia la lujuria, con lo que acarreó su destrucción porque entonces Grecia se dedicó a la holganza de cultivar el cuerpo: el ídolo de los hombres vulgares que piensan que los valores supremos residen en la belleza, la fuerza, los juegos atléticos, los deportes y los festivales. No hay nada malo en el cuidado del cuerpo con tal que se supedite al cultivo de la mente y sea siempre obediente a la voluntad.

»Pero Grecia llegó a ser como una mujer mirándose al espejo o un hombre que glorificara sus músculos. Ya veo también estos signos de decadencia en la República romana. Roma admira su imagen tal como la ve en los ojos del pueblo sometido y está enamorada de su poder. Como Grecia, acabará sometida a una raza más fuerte y todo su esplendor acabará enterrado en su propio y lujuriante estiércol.

Agarró delicadamente una hojita de hierba y la posó sobre la yema de su pulgar.

—El equilibrio es una ley de la naturaleza —dijo—. Cuidado con el hombre que trate de alterarlo, pues lo aplastará en el suelo. El pedante y el hombre vulgar son los que alteran las balanzas: el primero porque carece de cuerpo, el segundo porque no tiene alma.

Considerándolo su deber, el abuelo fue en busca de Marco un día cálido y dorado cuando éste paseaba a orillas del río, componiendo mentalmente ardorosas poesías.

—Ya es hora —le dijo el abuelo— de que te explique en pocas palabras cosas que todo joven debe saber.

Marco sabía que su abuelo iba a ser breve, pero se sentó en una piedra tras haber dispuesto su capa cortésmente sobre la hierba para que se sentara el anciano. Pero el abuelo rehusó con la cabeza aludiendo a su reumatismo y se apoyó en el cayado que últimamente usaba. Se mesó la barba, que apenas mostraba ya pelillos grises y se quedó mirando a su nieto con unos ojos centelleantes que parecían juveniles. Su larga túnica (porque estando en el campo no llevaba toga) se moldeaba contra sus extremidades de aspecto fuerte y heroico y su ancho pecho. Recorrió con la vista a Marco, su ancha frente, sus grandes ojos cambiantes bajo gruesas pestañas oscuras, la fina nariz bien definida, la boca grave y casi bonita, la línea firme de la barbilla y la garganta y su largo pelo castaño que se ensortijaba bajo las orejas. Lo que vio le complació y le hizo sentirse orgulloso, porque su nieto también tenía aquel severo rostro a lo Cincinato. Pero no lo demostró, pues eso es cosa que nunca debe hacerse ante los jóvenes.

Marco le sonrió y esperó a que hablase primero. Luego miró al río que era todo sombras en el verde corredor bajo la umbría de los árboles, dirigiendo la mirada hacia el lejano puente que llevaba a Arpinum, que destacaba con sus colores rojo cereza, blanco y oro en la loma de la colina.

—A un hombre –dijo el abuelo– se le conoce por el carácter, que es la esencia de la masculinidad que le ha concedido Dios. Si honra su masculinidad y la de los otros, será justo, valiente, patriota, digno de confianza, fuerte, inflexible en su rectitud. Por su hombría está obligado a ser sano de cuerpo, prudente, lleno de entereza, honrado, orgulloso de sí mismo, intrépido, digno de sus antepasados y de su historia, paciente en la adversidad, intolerante con la debilidad de carácter, ascético, frugal y valeroso. Debe ser magnánimo y celoso de su honor, porque el hombre sin honor es lo más bajo que hay y se debe temer más al cobarde que al perverso. Los gobiernos deben esperar más perjuicios de los cobardes que de los traidores.

»Guárdate de los que tienen mentalidad de pordiosero y almas serviles, pues destruyen imperios. Ésos serán –añadió con dolida amargura– los que algún día quizá destruyan a Roma, como destruyeron a otras naciones. Carecen de honor y patriotismo. No tienen hombría de bien.

—Sí –respondió Marco con toda la seriedad que su abuelo pudo haber deseado.

El anciano miró al cielo, al río y a la tierra, pero en realidad estaba viendo algo doloroso en su imaginación.

—En nuestra historia –dijo– ha habido momentos de peligro en que hemos necesitado actuar rápidamente y tomar urgentes decisiones sin sentirnos maniatados por nuestras propias leyes en los instantes más graves. Así que nombrábamos dictadores. Pero entonces éramos muy juiciosos. Cuando nombrábamos dictadores, apartábamos de su lado la tentación porque les negábamos los honores, los lujos y los placeres y aun ciertas cosas decorosas para la vida. Les prohibíamos montar a caballo y ni siquiera poseer uno. Necesitábamos su voluntad superior para la acción, su rapidez, su mente, su indómito valor. Lo que no necesitábamos era darles el poder que todos los hombres codician, el poder sobre las mentes y las vidas de otros hombres, exceptuando en aquel momento de peligro. Cuando habían hecho lo que debían, los desposeíamos de todo poder y volvíamos a convertirlos en hombres sencillos y corrientes.

»Pero se acerca el día en que seamos mandados de nuevo por un dictador, uno que no será como los de antaño, sino que querrá poder ilimitado en atribuciones y en tiempo sobre toda Roma. Roma ya no es lo que era. Nos acercamos rápidamente al día en que no será gobernada por la moderada clase media, sino por los ricos, que dominarán gracias a los famélicos y los esclavos. Unos servirán a los otros y satisfarán los mutuos apetitos en una simbiosis perversa. Porque los poderosos venderán Roma para ganarse los votos del populacho. Aunque Mario logró recientemente rechazar las hordas de germanos invasores, no lo pudimos lograr sin turbulencias, y las turbulencias son el clima en que florecen los tiranos. No te extrañe que sienta temores por mi patria.

»Yo he conocido una noble Roma, nación de hombres libres. Pero tú, hijo mío, verás tiempos terribles, porque Roma ha decaído en su espíritu y ya tenemos posadas sobre nuestros muros las feroces aves que se alimentan de carroña, tanto dentro de las mansiones de los ricos como en las congestionadas callejuelas de la ciudad. Tu deber, ahora que traspones el umbral de la virilidad, es rechazar al enemigo como Mario rechazó a los germanos. Si eres capaz de ello, con resolución, honor y bravura, Roma podrá ser todavía salvada, aunque se va haciendo tarde y el verdadero patriotismo enferma bajo nuestros marciales estandartes. ¿Tú tienes valor, Marco?

Al principio Marco lo había escuchado con juvenil indulgencia, recordando su edad y sus sermones, tantos había oído. Pero ahora se sintió atraído por sus palabras, que enardecieron su alma. Su corazón latía apresuradamente.

—Creo tenerlo, abuelo —contestó—. Rezo para tenerlo.

El anciano se lo quedó observando con grave intensidad y luego hizo un gesto afirmativo con la cabeza.

—Yo también lo creo. Te he estado observando durante los dos últimos años, porque tú eres mi esperanza y confío en tu generación. Cuando tropieces con los hombres perversos, ¡y tendrás que tropezar con ellos!, debes decirles: ¡aquí estoy y conmigo está Roma, y no pasaréis!

»Contempla los rostros y los monumentos de tu país y recordarás lo que significan. Contempla las inscripciones de los edificios nobles y a los arcos de nuestros templos. Ésa es la herencia que te dejo. Nunca debes traicionarla, ni por temor, ni por una mujer, ni por ganancias, honores o poder. Ésta es Roma. Recuerda que una vez bastaron tres valientes para salvarla. Quédate en el puente con los Horacios y jura por nuestros dioses y en el nombre de Roma que nadie alcanzará su corazón y detendrá sus latidos. Tú sólo eres uno, pero eres uno. Y recuerda, sobre todas las cosas, que nunca hubo un gobierno, sólo un embustero, un ladrón y un malhechor[1]. Cuando el poder reside en el pueblo y el gobierno tiene poderes restringidos, el pueblo florece y ningún hombre perverso puede dominarlo.

Alzó las manos y en sus ojos brillaron las lágrimas. Entonces, bruscamente, se volvió y se alejó con sus largas zancadas juveniles. Marco lo contempló irse. Luego se puso en pie y, alzando su mano, juró solemnemente que jamás, mientras viviera, olvidaría las palabras de su abuelo y tampoco que era un romano.

Aquella noche Marco se sentó un rato con su padre, Tulio, en la agradable biblioteca campestre de éste, pequeña pero cálida e iluminada por las lámparas, oliendo a pergamino y a la dulce fragancia de tierra oscura y agua que penetraba por las ventanas abiertas. En este lugar había pasado Marco algunas de las horas más felices de su infancia. Pero ahora, mientras miraba el rostro suave y macilento de su padre, comprendió que la felicidad de aquellos años estaba a punto de acabarse y que nunca más conocería su inocencia, su sinceridad y su sencillez.

Tulio ya no poseía siquiera la energía de años atrás. Había sufrido muchos ataques de malaria. Tenía los ojos hundidos y la nariz más perfilada, mientras su rostro presentaba rasgos mucho más demacrados. La mano le temblaba cuando sirvió vino en dos copas. Sus pies, calzados en sandalias, eran huesudos y esqueléticos. Su fino cabello castaño ya le estaba encaneciendo en las sienes. La larga túnica, al ajustarse a su cuerpo, no hacía más que acentuar su delgadez.

–Pareces enfermo, padre –le dijo Marco.

–No me encuentro peor que otras veces, Marco. ¡Vaya! ¿Crees que me estoy muriendo? Todavía no, todavía no –repitió con voz cansada. Pero ¿por qué me encuentro tan cansado?, se preguntó a sí mismo. Mi vida no ha sido muy agitada y he conocido pocas tormentas y dificultades.

---

[1] Thoreau citó esta frase a menudo.

Alzó el cubilete de vino y brindó por su hijo con la más dulce de las sonrisas. El viento trajo un aroma a jazmín, apasionado y vehemente, y los árboles murmuraron agitados por la brisa nocturna.

–Por ti, mi querido hijo –dijo Tulio–, por ti en tu adolescencia, por tu virilidad y porque Dios te acompañe siempre.

Marco se inclinó sosteniendo el cubilete y dijo, asustado por su propia respuesta:

–Felón es un médico de pueblo. ¿Por qué no has consultado a los médicos de Roma, padre?

Tulio vaciló. ¿De qué modo y con qué palabras iba a decirle a su hijo que estaba cansado de vivir? ¿Qué frases habría de verter en un oído que escuchaba sólo la canción de la juventud y la Circe[2] de un dorado futuro? Me gustaría, pensó, poder decirle sinceramente: he trabajado duramente durante largo tiempo y mi vida ha arrastrado el fardo de las fatigas y las dificultades, ya sólo deseo descansar. Pero eso sería una mentira. He pasado una vida serena al lado de mis libros y acompañado de mis pensamientos y he amado mi querido lugar natal y el agua y las cosas que me rodeaban. No he conocido el alboroto ni la angustia, ni la verdadera desesperación, ni la angustia de cuerpo o alma. He vivido en la paz de una tranquila bahía, bajo un templado sol y ninguna tempestad sopló jamás sobre mí, quebrando mi lámpara o apagando mi luz. Y, sin embargo, estoy cansado de vivir.

Tulio dijo con tono tranquilizador:

–Ya he consultado con los médicos de Roma. Sufro malaria y sus ataques me debilitan mucho. No te inquietes. Ya los he padecido otras veces.

Marco se llevó el vino a los labios y le supo tan amargo como la muerte. Por mucho que hablemos, pensó, nunca nos diremos nuestros más secretos pensamientos.

Años después, recordando esa noche, escribió a un amigo:

«El hombre vive en un terrible aislamiento, prisionero en su cuerpo, incapaz de mover su lengua para decir las palabras que lleva en su corazón, imposibilitado de mostrar tal corazón a nadie, ni al padre, al hijo, al hermano o a la esposa. Ésa es la tragedia del hombre, que vive a solas desde el momento que nace hasta que yace sobre su pira funeraria.»

Y entonces Tulio, que había estado preguntándose qué diría a su hijo esta noche, pensó de repente: ¡estoy cansado de aguardar a Dios! Y ese pensamiento le invadió no con melancolía, sino con una especie de júbilo exultante, algo triste pero fácil de comprender. He amado demasiado la belleza, pen-

---

[2] Circe: hechicera de la mitología griega. *(N. del T.)*

só. He estado absorto en Dios desde mi infancia y, por lo tanto, el mundo no podría ofrecerme ningún placer real, porque siempre he sentido la nostalgia de Él. El mundo de los hombres estuvo siempre espiritualmente desavenido con lo que yo comprendía espiritualmente; así pues, me retiro del mismo. Ya estoy cansado de los días y horas que he pasado lejos de mi verdadero hogar.

Su rostro pálido y chupado se puso radiante y Marco sintió temor de nuevo. Era como si su padre se hubiera apartado de él para ir a un lugar al que no podría seguirle y que le resultaba imposible comprender.

–Pero hablemos de ti, mi querido Marco –dijo Tulio, y su voz tuvo de nuevo un tono juvenil y anhelante–, porque lo que he de decirte es la única garantía y la única certidumbre que por siempre poseerás. Tendrás deberes para con el mundo, pero tu primer deber es para con Dios. Como Él te ha creado, debes considerar el conocerlo y el servirlo por encima de todas las cosas de tu vida, porque has de unirte a Él para la eternidad después de tu muerte. El mundo realmente es una ilusión, porque ningún hombre lo ve como lo ven los otros. Su realidad no es la nuestra, ni la nuestra es la suya. Habrá algunos que te dirán: «La política es lo más importante, porque el hombre es un animal político», y otros te asegurarán: «El poder es la fuerza que arrastra a todos los hombres; por lo tanto, si quieres ser importante, busca el poder». Y aun habrá otros que te manifestarán: «El dinero es la mejor medida de la virilidad, porque bien poca cosa es el hombre que se contenta con ser pobre y desconocido». E incluso habrá quien te declare: «El amor de tus semejantes es lo más necesario; por lo tanto, busca la popularidad». Éstas son sus realidades. Puede que no sean las tuyas, ni las de millones de tus semejantes.

»Para un hombre bueno, la felicidad en este mundo no tiene importancia ni realidad. Éste no es nuestro verdadero hogar. Un hombre bueno sólo puede hallar la felicidad en Dios y en su contemplación, aun estando en este mundo. Pero entonces su felicidad se verá oscurecida por la tristeza, porque el alma no puede ser verdaderamente feliz separada de su Dios por la carne.

Marco se acercó más a su padre e inconscientemente posó una mano sobre su rodilla huesuda. Tulio acarició aquella mano con sus dedos, dándole un apretón cálido, y sus ojos suaves se anegaron en lágrimas, lanzando un suspiro y esbozando una sonrisa.

–El hombre ha de tener unos principios que sean su referencia –prosiguió Tulio–. Antiguamente, Roma tenía unos firmes principios compuestos de Dios, patria y leyes justas. Por eso llegó a ser fuerte y poderosa, sostenida por la fe, el patriotismo y la justicia.

»La nación que se aparta de Dios, se aparta de su alma, y sin alma no puede sobrevivir ninguna nación. Tenemos una República, pero nuestra República declina. Las odiosas cabezas de los conspiradores ya se perfilan en el crepúsculo de nuestra vida y sus espadas son visibles. Es lo que dijo Aristóteles: "Las repúblicas declinan en democracias y las democracias degeneran en despotismos". Nos acercamos a ese día.

»En cada generación nacen hombres perversos y el deber de una nación es hacerlos impotentes. Cuando veas a un hombre que ambicione el poder, lleno de odio y desprecio hacia sus semejantes, destrúyelo, Marco. Si alguien pretende cargos porque secretamente ambiciona lo que denomina "las masas" y desea controlarlas para esclavizarlas, prometiéndoles placeres que no han merecido, denúncialo. Debes tener presente a Roma.

Tulio se sentó ante su hijo y entrelazando las manos le preguntó con voz anhelante:

—¿Me comprendes, hijo?

—Sí —respondió Marco—, me has hablado de ello a menudo, pero hasta esta noche no te he comprendido bien. —Le entraron ganas de levantarse y besar a su padre en la mejilla, mas ahora era un hombre. Sin embargo, no pudo reprimirse del todo y tomando una de las manos de su padre, la besó con un gesto filial. Tulio sintió un temblor, cerró los ojos y oró por su hijo.

Luego volvió a hablarle de Dios.

—El conocer a Dios produce un gozo inefable, pero también causa dolor. Cuando contemplo la belleza del mundo que Él ha creado, me siento embargado de tristeza porque a mí, hombre mortal, me es imposible retener ese momento de exaltación y pleno conocimiento. Sé que la belleza que veo no es más que el reflejo de otra más grande e inmortal.

»Hay momentos que con sólo pensar en Dios me siento extasiado; sensación ante la cual el éxtasis que producen los sentidos y la mente es nada. Es un éxtasis rebosante y completo que no necesita nada que lo complete. Se te mete en el corazón como una bola de fuego que da vida, alegría y resplandor mientras quema y consume todo lo ordinario y mezquino. ¿Por qué esta sensación sobrepasa la imaginación de los hombres de modo que no puede ser expresada con palabras? ¿Será el recuerdo de una vida anterior al nacimiento, cuando el alma reconoce la mano del Creador? ¿Es nostalgia de una visión celestial hace tiempo perdida y cuya desaparición siempre se ha lamentado? ¿O de una existencia humana perfecta de la cual hemos caído? Si es así, ¡qué grande debió de ser aquella caída!

»Reza para que nunca olvides que el hombre sin Dios es nada y que todas las vicisitudes de la vida carecen de significado y son como el polvo del desierto que el viento arrastra sin destino fijo.

De repente se sintió agotado. Se apoyó en el respaldo de su silla y enseguida quedó profundamente dormido. Marco se levantó y tapó a su padre con una manta, poniendo un almohadón bajo sus pies y bajando un poco la mecha de la lámpara.

Recordaré todo lo que me has dicho, padre, juró, y alzó la mano con el gesto solemne del que presta juramento.

Muchos años después habría de escribir:

«¿Cómo podría recobrar la seguridad y el aplomo de mi juventud? El mundo es demasiado para nosotros. No sólo destruye nuestra juventud, sino nuestra certidumbre. Sin embargo, debo actuar como si aún la poseyera. Dios no puede pedirnos más que la intención, porque en esencia somos débiles y debemos confiar en Él para todo, aun para tener aliento.»

A la mañana siguiente, Tulio se sintió muy enfermo y Felón le aplicó sus pociones y medicinas.

—Ya ha estado otras veces así de enfermo —declaró Helvia—. Se recuperará. —Apartó a un lado su rueca, despidió a sus sirvientas y dijo a Marco—: Siéntate, tengo que hablarte. Eres un joven inexperto y debes ser razonable.

Marco obedeció y vio que el rostro oliváceo de su madre se sonrojaba con el rosa de una doncella. A él le pareció tan joven como siempre. Mi madre sí tiene certidumbre, pensó Marco. Llevaba el pelo recogido en torno a su cabeza, aquel cabello que se parecía tanto al de Quinto, revoltoso, indomable, rizado y muy oscuro. Estaba más rolliza que en su primera juventud y eso que no tenía más que treinta y dos años. Sus macizos senos se revelaban bajo su túnica amarilla y su cíngulo no disimulaba el grosor de su talle. Se parece a Ceres, pensó Marco, la madre de la tierra y las cosechas.

—Ya sé que tu abuelo, tu padre y tu maestro te han hablado —dijo, haciendo un leve gesto con la mano como si quisiera ahuyentar las extravagancias de los hombres—, pero ahora debes recibir los consejos sensatos de una mujer. Los hombres piensan en sueños; las mujeres, en realidades. Ambos son necesarios.

»¿En qué consiste un hombre de verdad? He oído muchas discusiones sobre esto en nuestra casa y a veces me he impacientado. ¿Qué sería de esos hombres si yo dejara mi rueca y mi cocina y me sentara a sus pies para escucharles? No tendrían ropas de lino ni de lana para vestirse y sus platos estarían vacíos a la hora de comer. A pesar de sus sueños y sus sesudas disquisiciones, a los hombres les gusta mucho comer. Comen más que las mujeres y se ponen quejicosos porque les has puesto una salsa o porque no se la has puesto. Al sentarse a la mesa tienen frecuentes accesos de mal humor.

Marco, a pesar de la ansiedad que sentía por el estado de su padre, se echó a reír. Y su madre le imitó.

—Tu abuelo es todo patriotismo y no sabe salir de ese tema. Pero si una esclava hace mal una costura, se pone furioso. Tu padre no piensa más que en

Dios, pero si un manjar no está bien cocido, lo aparta a un lado con disgusto. Una diría que tan grandes pensadores deberían estar por encima de esas pequeñeces mundanas. Pero a los hombres les gusta vivir cómodamente y se ofenden si no se les atiende bien. Si las mujeres se convirtieran en filósofas, científicas o artistas y descuidaran el telar y las sartenes, ¿quiénes serían los que más se quejarían aunque admiraran el talento de las mujeres? Los hombres.

El sentido común de su madre era como un bálsamo para el corazón de Marco.

–Somos criaturas de la tierra al igual que criaturas del pensamiento –prosiguió Helvia–. El abuelo se burla de lo que llama mi materialismo y mi preocupación por la rutina diaria. Pero es el primero en quejarse si la casa no marcha como debe. Tu padre, cuando ambos éramos jóvenes, me ofreció libros de poesía y filosofía, esperando sin duda que yo me convirtiera en otra Aspasia. Pero si sus botas no estaban forradas de piel en invierno y sus mantas estaban deshiladas y no había otras disponibles, me echaba una mirada de reproche. ¡Qué paciencia han de tener las mujeres con esas criaturas tan infantiles! Lo que me extraña no es que algunas mujeres asesinen a sus esposos, sino por qué no lo hace la mayoría.

Marco volvió a reír y se dijo para sí: ¿Cómo es que hasta ahora no la he apreciado en todo su valor y he aceptado las cosas que hacía por mí como si me fueran debidas? ¿Es que las pequeñas comodidades caseras brotan del aire? ¿Es que creía que manos invisibles tejían mis ropas y guisaban mi comida? Miró en torno de la habitación, que estaba llena de industriosos instrumentos, telares y ruecas, mesas de costura y agujas, piezas de tela y pilas de lana y algodón. Se respiraba una atmósfera de animación y bullicio. Aquí, pensó Marco, es donde verdaderamente está el corazón de la casa. Si Helvia nunca se daba cuenta de que las tonalidades de verde cambiaban en los árboles ni se sentía conmovida por el canto de los pájaros, era porque estaba siempre atareada con la casa y la presidía como Juno, la madre de los niños. Un mundo en el que las mujeres descuidaran sus deberes sería un mundo sin orden ni limpieza y pronto se precipitaría en el caos. Las mujeres son el fiel de la balanza de la vida, y si esa balanza perdiera su equilibrio, los hombres volverían a ser bestias.

–Te hablaré de los hombres –dijo Helvia– y también de las mujeres, porque nosotras asimismo formamos parte del género humano y quizá seamos la parte más importante. Los dioses masculinos se solazan entre ellos. Dejemos a un lado a Venus, que sólo se preocupa de las pasiones de los hombres. La sabiduría es patrimonio de las mujeres, como se ve en Minerva. El dominio de la voluntad también es atributo femenino, fíjate si no en Diana. El cuidado de hombres y niños es cosa de mujeres y ahí tienes a Juno. Observa que las diosas preocupadas con las pasiones de los hombres y en la satisfacción de tales pasiones son las diosas improductivas. No contribuyen en nada al mejoramiento de la vida y son fuerzas desintegradoras. Cuando una mujer ha querido hacer el papel de un hombre ha provocado un cataclismo. Cada cosa en su sitio, y hombres y mujeres a cumplir sus papeles respectivos. Observarás que tal como está ordenada la vida todo tiene una misión definitiva y cumplirla es su deber. El hombre es el único desordenado, con sus demandas incongruentes. Si pudiera, incluso doblegaría a Dios a hacer su voluntad. Con las mujeres no ocurre nada parecido. Las mujeres somos las servidoras de Dios. Sabemos cumplir con nuestro deber.

Marco estaba asombrado. ¿Dónde habría aprendido su madre esas cosas?

–Las actuales mujeres romanas –prosiguió Helvia, alcanzando una pieza de lino y empezando a coser– han sido persuadidas por los hombres y creen que deben tomar parte en las cosas hasta ahora reservadas al sexo masculino. ¿Y cuál ha sido el resultado? Las mujeres de hoy son tan extravagantes como los hombres y han asimilado todas sus maldades y trivialidades, sin que, en cambio, hayan alcanzado la noble inteligencia que tienen algunos. No han asimilado más que su infantilidad. Y son exigentes, insistentes, vengativas, enamoradas de su propio cuerpo que les arrastra a la lujuria. Se han convertido en esclavas en todos los sentidos, aunque ellas se crean mujeres emancipadas. Son juguetes que fastidian cuando se les pasa la juventud, no las Aspasias que creen ser. Cuando pierden su juventud y sus encantos, ¿qué les queda? No saben ser amas de casa, ni consolar. Son arpías que envejecen. Y si se meten en política, son un desastre. Corrompen, no elevan. Abandonan a sus hijos por los juegos, los deportes y la plaza del mercado. Y luego sus hijos reflejan su desorden y sus torpes delitos. No tienen respeto por sí mismas porque no son respetables ni merecen respeto. Y sus esposos las deshonran porque ellas en realidad nunca fueron esposas.

–Pero también habrá mujeres juiciosas –objetó Marco.

–Claro que las hay –repuso Helvia mordiendo una hebra de hilo–. Son aquellas que, no importa dónde las arroje la vida, nunca olvidan que son mujeres. Consideremos de nuevo a Aspasia. Fue amada por Pericles y él la consultaba porque era un hombre sensato y necesitaba los prudentes consejos de una mujer. Pero ella nunca olvidó que era hembra, a diferencia de las mujeres de ahora, que no han traído más que desgracias. Ella dio todo a Pericles y no le pidió cosas que estuviesen por encima de su naturaleza. Fue siempre una mujer. Pero ¿cuántas quedan como Aspasia hoy en Roma?

–Tú, madre, que te interesas por los negocios –dijo Marco.

–Claro que me intereso. ¿Cuándo han dejado de interesarse las mujeres por el dinero? Pero eso no es invadir el campo reservado a los hombres, que con frecuencia son jugadores e imprevisores. Los hombres se dejan llevar por la fantasía, aun los que son como tu abuelo. Yo hago prudentes inversiones porque soy conservadora. Prefiero unos pequeños beneficios seguros que todas las promesas de los que están locos por el oro. No es casualidad que Aspasia fuera matemática. Las mujeres son que ni pintadas para los totales y los balances. Tienen mentes ordenadas. ¿Acaso murió Aspasia en la calle? No. Seguro que invirtió bien su dinero.

»Hijo mío, cuando te dé consejos sobre tu futuro, harás bien en escucharme. Al hombre verdadero se le conoce porque domina sus apetitos. Se caracteriza por su devoción hacia su familia y los intereses familiares y no se irrita fácilmente, honra el dinero porque representa al trabajo y confiere honores a su poseedor, rechaza todas las cosas que puedan perjudicar a su país, a sus dioses, a su familia. Tiene paciencia infinita y mucha calma, siempre concluye los asuntos de modo satisfactorio y es bueno consigo mismo y con los suyos. Es buen esposo, cuidadoso en todas sus cosas, con aguante para los sufrimientos e indiferente al dolor. Nunca se desilusiona porque jamás se deja llevar por falsas fantasías y sueños imposibles. Cumple con su deber, sobre todo cumple con su deber, con prudencia y tras larga reflexión.

Dicho esto le dio permiso para retirarse. Tenía trabajo que hacer.

Años más tarde, Marco escribiría:

«Mi maestro, mi abuelo, mi padre y mi madre me dieron consejos muy diferentes. Sin embargo, al igual que los cuatro pétalos de una rosa silvestre de agradable aroma, formaron un solo conjunto, como si fuera una bella flor. En lo esencial estuvieron de acuerdo. ¡Bendito sea el hombre que ha tenido un sabio maestro, un abuelo austero, un padre espiritual y tierno y una madre prudente!»

Capítulo

8

Jamás habrá un lugar tan amado por mí como esta isla, pensó Marco de pie en la orilla mientras contemplaba los ríos y las distantes colinas iluminadas.

El sol estaba cercano a su ocaso. El joven se quedó mirando Arpinum, con sus líneas escalonadas en una dorada brillantez con claroscuros, destacándose contra las elevaciones bronceadas bajo las cuales se extendía. Era a principios del otoño y los árboles de la isla parecían haberse incendiado con tonalidades rojas, doradas o cobrizas, las aguas de los ríos eran de un azul reluciente y sus aguas se atropellaban incansables o murmuraban a la orilla donde estaba Marco. Los pájaros conversaban, la brisa era suave, la hierba se había agostado, los frutos estaban maduros y todas las plantas habían dado sus semillas. Una neblina azulada envolvía los árboles y las aguas lejanas. Una garza real hizo una pausa en sus zancadas, se quedó mirando al joven y luego pescó algo en el río. Tres grajos, en alegre cháchara, se rieron posados en una rama. Una vaca mugió y se oyeron los balidos de una oveja que llamaba a su corderito. Algunas cabras estaban ocupadas ramoneando en un arbusto de mirto. ¿Por qué todas las cosas ríen con inocencia, excepto el hombre?, pensó Marco.

Vio el puente que llevaba a la otra orilla. Arqueado sobre las aguas, por él casi nunca pasaba nadie porque esta isla era propiedad privada de su abuelo. Pero ahora se veía en él una figura humana que se inclinaba para ver las aguas turbulentas, la figura de una doncella. ¿Alguna esclava de la casa?, se preguntó Marco. ¿Alguna joven que había venido paseando desde Arpinum? Pero las muchachas de buena familia no paseaban solas. Siempre iban acompañadas por una dueña que hacía de carabina y las esclavas de la casa siempre tenían trabajo con Helvia. Se acercaba la hora de la cena. Lleno de curiosidad, Marco se fue acercando a ella poco a poco, tímidamente, guiñando los ojos porque el sol le daba de cara.

Llegó al camino que llevaba al puente. La joven, que se apoyaba sobre el antepecho de piedra, se volvió para mirarlo sin demasiada curiosidad. No dijo nada y Marco vaciló. ¿Le diría que aquel puente era un paso particular y que no se permitía la entrada a la isla? Pero ella no pareció azorada, ni retiró los brazos apoyados sobre el pretil. Parecía como si el intruso fuera él.

—Salve —dijo Marco al alcanzar el puente.

—Salve —contestó ella con voz clara y suave. Bajó la mirada hacia el río, luego volvió los ojos hacia la isla y, finalmente, hacia Arpinum—. Es bonito —dijo.

Marco se fue acercando y la joven le sonrió sin timidez. Era alta y agraciada; casi tan alta como él mismo y aproximadamente de su misma edad. Llevaba una túnica verde y un finísimo manto blanco, y por su vestido y sus sandalias adornadas dedujo que no era ninguna esclava. Irradiaba un aire de seguridad en sí misma y de sencilla dignidad. Entonces la pudo apreciar más claramente y pensó que nunca había visto una joven más encantadora. Era como la primavera, exquisitamente formada y recién germinada. Su cabellera castaño rojiza le llegaba por debajo de la cintura, bruñida por los rayos del sol poniente, rizada como el agua. Parecía como si el fuego se prendiera en torno a su rostro luminosamente pálido. Tenía unos ojos de un azul tan profundo que aquel color se le desbordaba, y sus pestañas y cejas eran del mismo tono del pelo. Su nariz era fina y delgada, con algo de marmóreo, lo mismo que su barbilla y garganta. La boca era carnosa, tan fresca y henchida como las frambuesas, con un pliegue en el labio inferior, como si se lo hubiera besado la risa.

—Soy Marco Tulio Cicerón —le dijo Marco, sin poder apartar la vista de tan hechizante criatura, y se la quedó mirando abiertamente.

El rostro de ella cambió ligeramente de expresión por un instante. Luego sonrió. Sus dientes parecían de porcelana reluciente.

—Soy Livia Curio —contestó—. He venido a visitar unos amigos de mi familia en Arpinum. Esta isla es tuya, ¿verdad?

—Es de mi abuelo —repuso Marco, y se preguntó por qué la expresión de la chica cambió ligeramente cuando él le dijo su nombre—. ¿No lo sabías?

—Sí. —Se puso de nuevo de perfil y siguió mirando al río.— Pero ¿acaso está prohibido contemplar la belleza? ¿Te molesta que yo esté aquí?

Marco contestó con vehemencia:

—¡No! —El apellido de ella flotó en sus pensamientos. Entonces recordó. Quinto Curio, el formidable y sombrío joven intelectual que era amigo de Lucio Sergio Catilina, el hosco y odioso compañero de clase que había sido su enemigo ¡sólo porque Lucio era su enemigo!

—¿Acaso Quinto Curio es primo tuyo, Livia? —le preguntó.

La joven se encogió ligeramente de hombros y siguió contemplando el río.

—Es primo lejano —contestó—. Estoy prometida a Lucio Sergio Catilina. Tengo entendido que fuisteis compañeros de clase.

—¿También está aquí Lucio?

—No. Está otra vez en Grecia. —Su tono era indiferente.— ¿No te escribes con él? —Ahora se lo quedó mirando a la cara y el azul de sus ojos centelleó alegremente.

—No —respondió Marco—. Somos enemigos.

Enseguida se dio cuenta de que había sido brusco. Siguió al lado de la chica y miró fijamente al río.

—Es algo que deberías saber, Livia.

—Sí, lo sabía. Y también sé que Lucio es un embustero —dijo con serenidad—, pero es un mentiroso encantador. Se va a casar conmigo porque soy una rica heredera. Pero hablemos de cosas agradables.

Marco se quedó callado. ¿Era imaginación suya o es que los colores del cielo y la tierra se habían vuelto de repente más vivos y brillantes? Se atrevió a mirar de reojo y vio los blancos y contorneados brazos de la joven apoyados sobre el arqueado pretil. Vio sus manos delicadas y los brazaletes y las uñas pintadas. El viento alzaba su velo y acariciaba su rostro. De ella parecía emanar un aroma propio, tan suave como el de la primavera.

—¿Y por qué te vas a casar con Lucio? —le preguntó, comprendiendo que se comportaba con rudeza; pero no pudo evitar preguntarlo—. Tú misma dices que es un embustero.

—Pero un embustero delicioso. —Volvió la cabeza y lo miró riéndose.— ¿Verdad que es muy guapo?

—Fascinador —dijo Marco torciendo el gesto—, pero a un esposo se le pide algo más.

La sonrisa de la joven se hizo un poco burlona mientras lo miraba.

—Enséñame tu isla —dijo con cierta altivez juvenil.

—Pero si está anocheciendo...

Se reprochó ser tan brusco, pero se preguntó dónde podrían estar los acompañantes de la muchacha y por qué ella iba por ahí sola con tanta libertad. Ahora se estaba riendo descaradamente de él y se le formaron hoyuelos en las mejillas.

—Ya me dijeron que eras muy circunspecto —dijo—. Lucio y mi primo no hablan a menudo de los otros, pero siempre hablan de ti como si los irritaras constantemente.

—No me han enseñado a odiar, pero los odio —confesó Marco, y no le hizo ninguna gracia la risa de ella, que parecía burlarse de él.

Pero la expresión de la joven cambió de nuevo.

—Mi primo Quinto me es antipático –declaró–. Es un joven vulgar y desabrido. No me he ofendido por lo que acabas de decir, pero, como ya te dije antes, Lucio Catilina es fascinante. Además, mis tutores han dispuesto y aprobado el matrimonio. ¿Qué puedo hacer yo? Cambio dinero por un gran apellido. No está mal.

Marco tuvo la impresión de que le había ocurrido una gran calamidad. Le habría gustado agarrar a la muchacha por el brazo, sacudirla y decirle que no debía casarse con Lucio. Pero ella lo miraba fríamente, como si estuviera ofendida.

—Enséñame tu isla –insistió.

Antes de que pudiera contestarle nada, echó a correr puente abajo, en dirección a la isla, con su manto flotando tras ella como una nube iluminada por el sol. Marco quedó aturdido ante su carácter caprichoso y el tono ingenioso de sus frases. Fue tras ella, pero andando más despacio. La joven se detuvo en la orilla, como impaciente por su retraso.

—¡Mira esa garza real! –gritó ella y saludó con la mano a la callada e impasible ave–. No nos tiene miedo.

—¿Por qué habría de temernos? Sabe que no le vamos a hacer daño –contestó Marco.

La joven se detuvo de nuevo. El azul de sus ojos pareció pensativo. Entonces, cuando él creía que por fin la había hecho entrar en razón, ella se echó a reír alegremente y se apartó de la orilla corriendo como si fuera un destello de mercurio. Apenas hacía ruido; era como una caprichosa ninfa de los bosques, ilusoria un instante, demasiado franca y libre al momento siguiente, tranquila por un segundo, luego burlona. Marco siguió sus lánguidos y fragantes movimientos hacia el pequeño bosque de la isla. No se la veía por ninguna parte. ¿Es que sólo era un sueño suyo? Miró entre la penumbra de la alameda y el robledal, cuyos altos troncos semejaban las naves de un templo. Tras él las aguas se precipitaban con rápidos destellos azules. Todo estaba envuelto en la mortecina luz del crepúsculo y el silencio sólo era roto por los animalillos del bosque o la lenta caída de las hojas secas.

—¡Livia! –llamó.

No hubo respuesta. ¿Acaso había escapado hacia el puente, marchándose, olvidándole o no haciéndole caso como si él no mereciera la pena?

—¡Livia! –volvió a llamar, ahora con tono de inseguridad. ¿Por qué los senderos del bosque parecían de pronto tan vacíos y tan extraños, como hasta ahora no habían parecido jamás? ¿Por qué tenía el otoño menos fragancia y el viento era más frío?

Un trozo de corteza de árbol cayó sobre su cabeza y soltó una exclamación. Alzó la mirada y vio a Livia subida tan ágilmente como Quinto en una alta rama, riéndose de él como una ninfa del bosque, destacando su túnica verde vivamente contra las hojas escarlata y su manto flotante sobre ella como una niebla, resaltando su risueña y encantadora expresión.

—No sabes andar por los bosques —le dijo con su dulce y clara voz—, si no, me habrías encontrado enseguida. —Le arrojó otro trocito de corteza y entonces, juguetona, como Quinto en aquella ocasión, le dijo—: ¿A que no me alcanzas?

Marco no se paró a pensar que no estaba bien que una joven prometida se comportara como un muchacho, y ya estaba subido a la primera rama antes de darse cuenta. La chica se encaramó más alto y él se puso colorado al ver de repente piernas y pantorrillas tersas y suavemente modeladas. Ella parecía trepar sin esfuerzo, sin rasgarse el vestido, sin proferir expresiones de irritación cuando se arañaba. Cuando llegó a la cima del árbol, empezó a balancearse ligeramente. No bajó la mirada para ver cómo el muchacho subía. Desde donde se había encamarado parecía contemplar alguna escena lejana y empezó a cantar en voz baja una extraña melodía apenas recordada. Marco se detuvo maravillado a mitad de camino para mirarla. Jamás se había encontrado con una criatura tan extraña y deliciosa, intocable, llena de fantasía. Daba la impresión de que se sentía a solas, sin ser observada por ningún hombre, envuelta en el secreto, inmortal. La luz a aquella altura iluminaba su rostro y arrancaba destellos de sus ojos azules y Marco, por un instante, sintió un ligero temor. Su velo, allí donde no podía enredarse en el follaje, era agitado libremente por la brisa, ocultando sus rasgos por un segundo, como una ninfa a la luz de la luna, para revelarlos al siguiente. Su cabello era como un resplandor de fuego sobre sus hombros, su seno y su espalda. Y se balanceaba y cantaba, olvidada de la tierra, como si estuviera en una soledad que desafiara al joven o la separara de ella.

Entonces se la quedó mirando y su rostro cambió de nuevo para adoptar una expresión solemne, casi fría.

—Eso es peligroso para una chica —le dijo Marco.

Le lanzó una mirada divertida, como si él hablara en un lenguaje que ella no entendía, como uno escucha la conversación de criaturas de otra especie.

—¿Quieres que te ayude a bajar? —le preguntó él, asustado de verla tan arriba.

No le contestó y sin aparente esfuerzo empezó a bajar de rama en rama, balanceándose graciosamente, descendiendo sin hacer ruido, sin resbalar ni tener que agarrarse ni una sola vez. Pasó por su lado y ni siquiera lo miró, cayendo al suelo desde la última rama con la ligereza de una hoja. Luego agachó ligeramente la cabeza, como si lo esperara, y Marco, descendiendo, se preguntó si lo estaría esperando a él o a oír alguna voz que sólo ella podría escuchar.

Enseguida estuvo a su lado, pero no se hablaron ni se miraron. Se limitaron a mirar a través de los árboles, a las aguas incandescentes ahora moteadas de escarlata en sus crestas espumosas. Marco experimentó una sensación de paz y satisfacción. Era raro en él que hiciera gestos a nadie, por su timidez y por el respeto que sentía hacia los demás, pero alargó la mano y tocó la de la muchacha, esperando que ella cambiara de humor y lo rechazara, ofendida o burlona. Pero no la retiró y Marco la sintió en la suya, suave y fresca como las hojas.

–¿Qué estabas cantando? –le preguntó con voz queda.

La muchacha no contestó.

–¿Es el soplo de la brisa en primavera o la fuente que canta de noche cuando todo está dormido? –prosiguió Marco.

–Es mi canción –explicó la joven, que se lo quedó mirando y de nuevo él se asombró del azul intenso de sus ojos, ligeramente oscurecidos ahora por sus pestañas–. Dicen que soy una muchacha muy especial. Pero ¡qué saben ellos! –Bajo su vestido, su bien formado seno pareció estremecerse ligeramente.– ¡Qué saben ellos –repitió– si nunca les he dicho nada! Mi madre murió de una enfermedad incurable y, cuando estaba agonizando, mi padre se clavó una daga en el pecho y murió con ella. Creen que no los vi, pero yo estaba en el umbral a la luz de la luna. Cuando mi padre agonizaba, sostuvo a mi madre en sus brazos y ambos murieron con los labios unidos. Mi padre le dijo: «Donde tú vayas, amor mío, iré yo contigo». Nunca he podido olvidarlo y les canto mi canción, de modo que ellos puedan escucharla en los Campos Elíseos.

Marco pensó que la historia no era horrible, sino conmovedora, y la joven dijo, como si le hubiera leído el pensamiento:

–Yo tenía cinco años y mi madre veinte. Mi padre era un año mayor que ella. No me afligí por ellos entonces ni me aflijo ahora. No podían soportar el vivir separados y ni siquiera los dioses pudieron separarlos.

Marco pensó en sus propios padres. ¿Era posible que a pesar de sus diferencias de carácter fueran una sola carne? ¿Era el matrimonio realmente algo sagrado como estaba escrito en las antiguas leyes?

La chica lo sorprendió al hablarle con una voz diferente.

–¿Por qué no te tuvo miedo la garza real? Es la más tímida de las aves.

–Nunca les he hecho daño, ni a ningún otro ser viviente. Dios las ama a ellas también y yo respeto su amor en ellas.

La joven dejó caer su mano y dando un brinco se alejó corriendo, revoloteando su túnica por la brisa del atardecer. Él no la siguió y ella llegó hasta la orilla y el puente.

–¿Volverás, Livia? –le preguntó él alzando la voz.

Pero ella no contestó. Desapareció como desaparece una ninfa y él se quedó solo en el bosque, preguntándose de nuevo si aquel breve y desconcertante encuentro había tenido lugar en realidad. Sólo estuvo seguro cuando sintió una profunda sensación de abandono, como si algo inefablemente encantador lo hubiera abandonado tras dejarse ver por un instante.

Aquella noche, a la hora de la cena, se mantuvo más callado que de costumbre con su abuelo, su padre y su querido hermano Quinto. Su madre, como correspondía a una romana de solera, no cenaba con los hombres. Tulio había recobrado la salud, tal como predijese Helvia, curándose de una enfermedad que le había llevado hasta las puertas de la muerte.

—Algo tiene preocupado a nuestro Marco —comentó.

—Son las congojas de la adolescencia —opinó el abuelo—. ¡Cómo recuerdo lo que yo sentía! A esa edad todas las cosas me parecían admirables y clarísimas. Y sin embargo ahora que tengo la experiencia de la edad, ¡qué vulgares me parecen!

Pero Tulio, que había tenido sueños, no estaba satisfecho.

—No permitas que mueran tus sueños, Marco —dijo en voz baja a su hijo.

Marco no podía comprender la curiosa intranquilidad y la excitación interior que sentía. Sabía que ambas cosas habían sido producidas por la extraña joven con que se había encontrado, si es que realmente había ocurrido. Pero ignoraba qué presagiaban o qué significaban. Recordó que estaba prometida a Lucio Sergio Catilina y le siguió pareciendo increíble. Era algo fuera de lugar, ajeno a la realidad, que no podía ser aceptado. Un matrimonio entre ambos sería como un matrimonio entre una ninfa y un centauro perverso, una piedra y una flor, una dríada y un lobo. Soltó el cuchillo y se quedó mirando su plato sin verlo.

—¿Qué te pasa, Marco? —le preguntó Tulio.

Pero Marco no supo qué contestar. Por primera vez era incapaz de decir algo a su padre ni a nadie. Algo estaba sellado en su interior. Así pues, pensó, hay momentos en que uno no puede sincerarse ni siquiera con los que ama. ¿Podría contárselo a Arquías, que era poeta y sabio? No. Y de repente comprendió que no estaba seguro de nada desde el momento en que había entrado en la adolescencia.

Y entonces Quinto, que también sentía sus primeras inquietudes juveniles, dijo:

—Marco está enamorado. —E hizo una mueca graciosa a su hermano.

—Tonterías —le interrumpió el abuelo—. No conoce a ninguna joven y aún no ha pasado por las ceremonias propias de su edad.

—Está enamorado de la vida —dijo Tulio recordando su propia juventud.

Estoy enamorado de Livia, pensó Marco, y de repente se sintió poseído por el éxtasis, la desolación y una agradable sensación de pérdida.

Capítulo

9

—De Roma llegaron malas noticias y la familia se preguntó si deberían regresar. El abuelo, el padre y Arquías discutieron largo y tendido.

—¿Cómo es que Marco no se interesa por su patria en estos días de crisis? —preguntó el abuelo.

—De momento está con sus sueños —contestó Tulio como excusa. Pero la verdad es que no sabía en qué estaba soñando su hijo—. Dejadlo tranquilo.

Se sentía ofendido porque su hijo no se hubiera confiado a él.

Marco recorría cada día el puente, las orillas del río y los senderos del bosque donde había conocido a Livia. Pero ella no hizo acto de presencia. Sin prestar apenas atención oía las discusiones familiares acerca de la situación de Roma y por primera vez no puso interés en escuchar. Todo su ser estaba embargado por aquella joven misteriosa a la que sólo había visto unos minutos. Y empezó a escribir poesías sin pausa. Era como un plantón de árbol que creciera al borde de un campo de batalla y sólo se diera cuenta de la existencia del sol, el viento, el crecimiento de sus raíces y el brote de sus hojas. Hasta Quinto, su compañero de juegos, comprendió que su hermano evitaba su compañía. Helvia se dio cuenta enseguida, con su perspicacia femenina, de que su hijo estaba enamorado al ver su expresión soñadora y su mirada ausente. ¿Sería de alguna joven esclava? Ella no aprobaba que un hijo de buena familia coqueteara con esclavas, aunque sabía que esto se hacía en Roma. Para ella era algo inmoral y desagradable que no podía ser tolerado. Pero aunque lo vigiló discretamente, no pudo descubrir nada. En la casa había bonitas esclavas de diez y once años e incluso de la edad de Marco, pero éste no se fijaba en ellas.

El otoño estaba llegando a su término y sólo al mediodía el sol calentaba suficiente. El viento comenzaba a ser frío. Marco empezó a creer que había soñado a Livia Curio, porque a veces sus sueños eran muy vívidos y al despertarse le costaba trabajo separar los hechos reales de la fantasía. Recordaba que precisamente durante el verano que acababa de terminar, en una ocasión se había adormilado sobre la hierba, con la espalda apoyada contra el tronco de un árbol, mientras Quinto daba vueltas alrededor de él mirando, saltando, soltando exclamaciones, a veces tirándose al suelo para dar volteretas, otras trepando a algún árbol para ver el nido de un pájaro, imitando los graznidos de los cuervos o jugando con una espada de madera.

Pero entonces le pareció a Marco que el sol se oscurecía y que una hueste de guerreros con armaduras y rostros feroces salía de repente del bosque, caían sobre Quinto y le daban muerte violenta. Marco no podía moverse y oyó los gritos de Quinto, el entrechocar de espadas y los movimientos de tan terribles enemigos. Trató de levantarse, pero se sentía como encadenado. Trató de gritar, pero ningún sonido salió de sus labios. Luego todo volvió a quedar en silencio y Quinto yacía muerto y bañado en su propia sangre junto a los pies de su hermano. Cayó una terrible oscuridad sobre los ojos de Marco. Cuando pudo abrirlos de nuevo, vio a Quinto agachado, dispuesto a saltar sobre una rama que había entre la hierba, y de nuevo todo fue luz y normalidad. Marco soltó un grito, se puso apresuradamente de pie, aún aturdido y con su corazón latiéndole locamente, y agarrando a su hermano lo atrajo hacia sí y lo abrazó fuertemente. Con inocente asombro, Quinto se estuvo quieto y permitió que su hermano lo estrechase y llorara sobre él.

Al final le dijo:

—Te has quedado dormido, Marco, y has tenido una pesadilla.

Marco le dejó ir. Sí, había sido una terrible pesadilla, y aunque él no era muy supersticioso, sí era bastante místico. Arquías, a pesar de que se burlaba de los augurios y portentos como cosa indigna de un hombre civilizado, admitía que existían muchas cosas que escapaban a la comprensión humana. ¿De dónde habían surgido los dioses? ¿Quién había establecido los límites del mundo? ¿Quién había dispuesto todo de un modo tan intrincado y con tan minuciosa precisión? ¿Quién había creado las leyes? La verdad es que, decía Arquías, los hombres no saben nada acerca de eso.

—La superstición nace de la incultura —afirmaba el maestro—. Sin embargo, muchísimas cosas serán siempre un misterio para el hombre. Los estudiosos dicen que los pájaros oyen sonidos y ven colores que nosotros jamás podremos oír ni ver; el perro tiene un oído mucho más fino que lo que sus torpes orejas permiten al hombre. Las estrellas están fuera de nuestro alcance y, ¿qué son?, pues digan lo que digan pueden equivocarse. El hombre no puede percibir a Dios con sus sentidos, sólo puede comprenderlo con su alma. Y lo poco que puede comprender de Dios viene de algo intuitivo que hay en su interior, algo más profundo que el instinto. Esa intuición es un elemento civilizador del hombre, la fuente de pilares y columnas, de la pintura y la música, de los fundamentos de las leyes. Pero si pensamos en todo ello (a menos que seamos un Aristóteles o un Sócrates), no llegamos más que a la confusión y al desaliento.

¿Dónde termina la fantasía y comienza la realidad?, se preguntaba Marco recorriendo todos los días los lugares donde había visto a Livia. Ahora sí que podía creer en las ninfas de los bosques, en los espíritus misteriosos y en las apariciones. ¿Y qué eran las voces del oráculo de Delfos o los libros de las Sibilas? Incluso los intelectuales que no creían en estas cosas admitían que los hombres sabían muy poco y que era una arrogancia creer que la razón lo explica todo y que la suma de conocimientos de la humanidad llegará algún día a ser definitiva. Arquímedes dijo que, con una palanca de determinada longitud y colocándose en el debido punto de apoyo, podría levantar el mundo. Puede que algún día, como decían los libros antiguos, el hombre pudiera volar sobre los océanos y sobre los continentes como un ave de paso y llegar a alcanzar la luna. Pero todas estas reflexiones, ¿qué le iban a explicar de las profundidades y extrañezas de su alma, que hubieran dejado perplejos a los filósofos?

A Marco se le agudizaron los sentidos durante aquellos días. Veía luces sobre las hojas de los árboles que no había visto antes y el palpar las rudas cortezas de los troncos le excitaba. Los gritos de las bandadas de aves migratorias le producían un éxtasis solitario. Se exaltaba al ver las últimas flores. El río hablaba para él en lenguas misteriosas. Quería estar a solas en todo momento y sentir la exaltación que le embargaba. Añoraba a Livia, fuera o no fuera fantasía. Era como un exiliado que gozara en su exilio, sintiendo una deliciosa melancolía. Miraba la luna y ya no le parecía un simple satélite de la Tierra, como aseguraban los estudiosos aburridos, sino un enorme secreto dorado en el que vivían hombres de oro que pronunciaban místicas palabras. Y la luna se posaba sobre las ramas y la hierba agostada y sobre los tejados y en las manos de Marco, que temblaba de gozo y tristeza. Pensaba en Dios y Dios le parecía más próximo que nunca, más inminente, impregnándolo todo.

En resumen, estaba enamorado. Los dioses le rodeaban por completo.

Jamás había considerado a Venus y a su hijo Eros como divinidades dignas de tenerse en cuenta. Venus era libertina y Eros simplemente una versión romana de Cupido. A Marco siempre le habían fastidiado las historias de amor. ¿Por qué los hombres se dejaban arrastrar por la locura, de modo que hasta los más ilustres se convertían en locos y en poco menos que bestias? Arquías le había dicho que las poesías más grandiosas surgían de los corazones enamorados, pero Marco no lo creyó. Arquías sonrió y le dijo divertido:

—Confundes el amor con la lujuria, ¡ah, muchacho! Ya lo comprenderás a su debido tiempo.

Y ahora Marco lo comprendía. Era inútil que se dijese que era imposible amar a una joven a la que sólo había visto una vez, joven tan peculiar, esquiva y difícil de comprender. Pero cuando la recordaba, aunque se sentía ridículo, evocaba la suavidad de su mano, el azul de sus ojos, el fuego de su cabellera dorada. Una mera chiquillada. Se moriría si no volvía a verla. Era una muchacha extraña, burlona y enigmática, satisfecha de su compromiso con un monstruo inmoral; no merecía la pena pensar en ella. Pero se moriría si no volvía a verla.

—En estos días en que Roma se encuentra en peligro, nuestro deber es regresar —dijo el abuelo, hablando de Druso, que para Marco no era más que un nombre.

Y Marco seguía recorriendo el bosque, cuyos árboles estaban cada vez más desnudos. Había perdido las esperanzas de volver a ver a Livia, pero seguía buscándola. ¡Qué canciones cantaban los ríos! ¡Qué eterno misterio hay en una brizna de hierba! ¡Qué tremenda es la luz del sol! ¡Qué corazón aguardaba en el bosque! ¡Qué azul era el cielo otoñal! ¡Qué cosa más grande era ser hombre, consciente de tus firmes músculos, de tu joven cuerpo y de tus manos prensiles! Cada día era una maravilla. Cada paso, una exaltación. Cada panorama estaba impregnado de sutil belleza. Era glorioso contener la respiración. Era un éxtasis vivir. ¿Por qué no había sabido antes todo esto? Sus ojos nadaban en sueños.

Un día volvió a ver a Livia. Estaba sentada sobre un montón de hojas secas de roble, de brillante escarlata, bajo el tronco de un árbol, cantando muy bajito para ella misma y removiendo sus manos las hojas. Marco había pasado junto a aquel árbol infinitas veces, y allí estaba ahora Livia con un vestido blanco, un manto azul de lana sobre sus hombros y un pañuelo azul de seda en su cabeza. Pero ambos no eran tan azules como sus ojos, que brillaban y destellaban en su rostro pálido pero luminoso. Se detuvo y se quedó mirándola y pareció como si toda la creación hubiese corrido a congregarse en ese lugar para contener el aliento, esperando, pues jamás había sentido él tanto gozo, delicia y temor a la vez.

—He venido aquí todos los días —le dijo Livia con tono grave—, pero tú no me has encontrado. Mirabas a todas partes y no me viste. ¿Has olvidado que existo?

Marco se acercó a ella lentamente.

—¿A quién buscabas de ese modo que parecías ir soñando?

—A ti —fue la respuesta del muchacho.

Ella negó con la cabeza como si lo dudara.

—Pero si yo he estado siempre aquí.

—Si me viste, ¿por qué no me llamaste? —le preguntó Marco, y se sentó en cuclillas. Se la quedó mirando, temeroso de respirar demasiado fuerte por miedo a que ella desapareciera y no fuera otra vez más que una fantasía.

—Yo no llamo a los hombres que no se fijan en mí —contestó ella con cierta altanería. —Pero luego se echó a reír y todo su rostro se iluminó—. Me subía a los árboles y te veía pasar desde arriba. O me ocultaba tras un tronco y tú pasabas cerca de mí. Me sentaba entre la hierba y sentía tus pasos. ¡Pero no me encontraste!

Su voz es como el murmullo del agua en el verano, pensó Marco.

No era una doncella como las que veía en los aposentos de las mujeres en casa de sus abuelos. No era como las jóvenes que veía de reojo en los templos, presentando tranquilamente sus ofrendas y orando. Era un hombre joven y se había sentido excitado a menudo al ver piernas y brazos bien torneados, senos incipientes y cuellos suaves. Pero eran emociones pasajeras, que luego lo dejaban azorado cuando al mirar a sus padres se preguntaba qué harían ambos en la cama, y en cierto modo la excitación que había sentido en su ingle le parecía algo vergonzoso y desleal para con ellos.

Pero ahora se quedó mirando a Livia abiertamente, sin azoramiento, sintiendo tan sólo vehemencia y amor apasionado por esa joven que había visto únicamente en una breve ocasión, esa muchacha que podría no ser más que una fantasía. Se quedó mirando sus labios, rojos y carnosos, sus ojos y la curva de su garganta. Se quedó mirando sus senos y la delgadez de su cintura. Miraba como miran esas cosas los hombres, olvidando todo lo demás.

—Te escondías de mí —dijo. Sólo el pensarlo era una delicia.

Ella dejó deslizar las hojas entre sus dedos y su humor cambió de nuevo, poniéndose seria. Pareció olvidarse de él mientras contemplaba las hojas. La luz tembló en su garganta, sus mejillas y sus manos.

—Bueno, pero ¿por qué has venido? —le preguntó encantado.

—No lo sé —contestó ella—. ¿Quién eres tú? Lucio te llama garbanzo y guisante. No eres rico, ni eres noble. No has nacido en Roma, sino en este lugar apartado. No eres tan guapo como Lucio, que se asemeja a un dios. Tampoco eres mundano. Tus vestiduras son sencillas y pareces un joven campesino. Tu conversación no fue muy brillante la primera vez que te vi. Nunca serás invitado a las grandes mansiones, ni jamás te levantarás en el Foro ante las multitudes. Eres, como dice mi primo, alguien sin importancia.

Y dicho esto se lo quedó mirando con candidez.

—Sin embargo, a lo que acabo de decir no le doy importancia, lo mismo que no importa lo que digan los otros. ¿Por qué he venido aquí hoy y los días anteriores para verte aunque tú no me vieras? No lo sé.

Se echó hacia atrás su cabellera rubia con manos inquietas y se quedó mirando fijamente la lejanía.

–¿Por qué te conté aquello de mis padres? Nunca hablé de eso a nadie. ¿Por qué me gusta mirarte y me conforta? ¿Por qué pienso en ti estando despierta si sólo te vi una vez? –Se lo quedó mirando y frunció el entrecejo, como si él la hubiera ofendido.– Dímelo, Marco Tulio Cicerón.

–Yo tampoco lo sé –contestó él–, pero ya has visto que te buscaba. ¿Y por qué te buscaba?

–Nos hacemos preguntas el uno al otro –dijo ella–, y eso no explica nada.

–Todo tiene explicación –repuso Marco, que había olvidado al mundo. Ya sólo había en él esa joven sentada sobre el montón de hojas escarlata, con su blanco vestido perfilando su cuerpo, como el noble mármol perfila una figura en un monumento.

Ella se quedó pensativa y luego dijo:

–Es porque hablas y piensas como yo. Te diga lo que te diga, tú no te ríes como si estuviera loca. Cuando estoy a tu lado me siento tan maravillosamente bien como cuando estoy a solas. No me doy cuenta de que tú eres otro ser.

Marco, que nunca antes había estado enamorado, dijo algo muy oportuno:

–Eso, en esencia, es algo muy singular. No nos damos cuenta de que somos seres distintos, sino que nos sentimos ambos uno solo.

De repente se sintió deslumbrado porque el rostro de ella se puso radiante.

–Sí, debe de ser eso. Es lo que sin duda sintieron mis padres.

Y con un gesto alargó su mano hacia él, que cayó de rodillas ante ella, tomando aquellos blancos y finos dedos. La joven dejó escapar un suspiro de satisfacción y le sonrió con ternura.

Una hoja seca de roble, larga y amarillenta, cayó del árbol y fue a posarse sobre el seno izquierdo de la joven, destacando en la blancura de su vestido como una salpicadura de sangre. Estaba ligeramente húmeda y se movía rítmicamente al compás de su respiración, pero ella no se dio cuenta.

Marco, como buen romano, era algo supersticioso y un leve temblor le recorrió el cuerpo al ver aquella hojita que se le antojó una herida sangrante. No importaba que la lógica le gritase en su interior que aquella impresión era absurda y que no se trataba más que de una hoja. De repente el bosque le pareció invadido por las sombras y que el rostro de la joven destacaba con una palidez de muerte por la fijeza de sus ojos. Aquella horrible mancha sobre su pecho parecía extenderse de un modo ominoso. Marco se sintió atemorizado y volvió a sentir la misma angustiosa sensación que cuando había soñado que su hermano Quinto hallaba una muerte violenta. Y se estremeció.

–¿Qué te pasa, Marco? –le preguntó Livia.

Él alargó la mano y apartó aquella hoja, mientras ella le observaba asombrada y asustada por la repentina palidez de sus mejillas y el temblor de sus labios. Arrojó la hoja lejos y le pareció como si hubiera apartado algo terrible y odioso.

–No era más que una hoja –musitó, pero apretó fuertemente la mano de la joven y se dio cuenta de que estaba sudando a pesar del frío reinante en el bosque y de que su corazón le latía apresuradamente.

La muchacha entornó los ojos con gesto de curiosidad y el brillo de sus ojos azules se acentuó.

–Estabas pensando en algo –le dijo–. ¿Acaso algún dios te ha susurrado unas palabras?

Esta última frase alteró aún más a Marco, que creía en las visiones. Ya había tenido algunas, pero Arquías se burlaba de él. Hacía poco tiempo había soñado que las calles de Roma estaban llenas de hombres que sangraban y gemían, y cuando se lo contó a Arquías, éste se echó a reír. Sin embargo, ahora estaban ocurriendo sucesos sangrientos en Roma y en toda Italia. Ahora se arrepentía de no haber prestado atención a la conversación de su abuelo. Había tenido su mente obnubilada con esa joven.

Con gesto rápido ella apartó la mano y se puso en pie, dejándolo con sus atropellados pensamientos. La doncella echó a correr por el bosque y él necesitó un rato para levantarse y seguirla. Pero ella le estaba aguardando en el puente, recibiendo de lleno los rayos del sol otoñal, inclinándose sobre el antepecho y observando las aguas verdosas.

–Escucha cómo canta el río –le dijo cuando se acercó a ella, pero sin mirarle–. Es el canto de las montañas, los bosques y los helechos, de las ninfas, los sátiros y la flauta de Pan. Es la canción del invierno que se acerca.

Marco había podido dominar hasta cierto punto sus emociones y se puso a contemplar las aguas verdosas que repetían numerosos ecos, melancólicas pero tumultuosas. Parecía como si el puente se moviera, arrastrado por ellas. El sol le calentaba la cara, pero sentía el frío soplo de la brisa en sus hombros. El blanco codo de Livia estaba muy cerca y él le pasó su mano en un gesto protector. Y la joven comenzó a cantar con el río una tonada extraña y murmurante, como si estuviese sola.

–No te cases con Lucio Catilina –le pidió él.

Ella siguió cantando y luego volvió la cabeza tranquilamente y se lo quedó mirando.

–¿Y por qué no habría de casarme con él?

–Porque es malo.

La joven lo miró con gesto pensativo.

–Yo no lo creo así, Marco. Todos los hombres no opinan lo mismo. Yo encuentro a Lucio muy divertido y simpático. Tiene aspecto de dios y lleva un ilustre apellido. Yo soy rica. Es un buen intercambio.

—Te digo que es malo.

—¿Porque es enemigo tuyo? —Sus ojos tenían ahora una expresión burlona.

—No. Sabía que era malo antes de que nos peleáramos. Es cruel y no conoce la piedad. Pega a los débiles y los pequeños. Comprendo que fascine al modo como atraen las fieras. —Hizo una pausa.— Te hará sufrir y eso no lo podré soportar, Livia, porque te quiero.

Ella negó con la cabeza.

—No debes hablar así, recuerda que estoy prometida. Mis tutores dispusieron mi compromiso y es una cuestión de honor que yo no puedo repudiar. No, no me digas que me quieres porque no podré escucharte. —Se echó a reír suavemente y sus ojos azules refulgieron.— Tú no has pasado todavía por las ceremonias de la adolescencia, pero Lucio ya es hombre y yo debo prometerme a un hombre. Tengo ya catorce años y estoy en edad de casarme. Si repudiara a Lucio, mancillaría mi honor. Soy una doncella obediente y mis tutores saben lo que hacen. No debes volver a hablarme de ello.

Marco se sintió desesperado.

—¡Pero en el bosque reconociste que sentíamos el uno por el otro lo mismo que sentían tus padres! ¿Vas a negarlo?

A ella se le nubló la expresión de su mirada.

—¿Y qué tiene eso que ver con el matrimonio? Es bonito soñar, pero casarse no es cosa de soñadores. Mi madre era una joven voluntariosa, estaba comprometida con otro, pero se enamoró de mi padre a pesar de las lágrimas de su madre, que había visto un mal presagio. Ofendió a los dioses y especialmente a Juno, la matrona virtuosa. Y ya te he contado cómo murieron mis padres. Yo no quiero atraer la ira de los dioses sobre nosotros, Marco.

—Atraerás la desgracia —le contestó él, que aún le sujetaba el codo. El tacto de aquella carne pálida y tibia le turbaba.

—Eso lo dirás tú. —La joven mostró de nuevo curiosidad.— ¿Acaso eres capaz de adivinar el porvenir?

—¡No lo sé! Pero tengo sueños y visiones.

La joven hizo la señal para precaverse del mal de ojo y se sintió intranquila, pero le dijo:

—Seamos razonables. Yo estoy prometida y tú aún no eres un hombre. No hablemos más de ello. Me asustas.

Y echó a correr puente abajo hacia la otra orilla, con sus vestiduras agitadas por la brisa.

—¡Vuelve mañana! —le gritó Marco, pero ella no le contestó. Y desapareció tan rápidamente como la primera vez. El muchacho se sintió muy solo en el puente, donde no quedaron más que los rayos del sol y el soplo del viento.

Desolado, se sintió enfermo. Se quedó mirando sus manos apoyadas en la baranda, y tuvo la sensación de que no le pertenecían porque estaban vacías y eran inútiles. Una nubecilla de hojas amarillentas de roble flotó en el aire y fue a posarse sobre las aguas verdosas, que la arrastraron corriente abajo. En alguna parte cantó un pájaro. El bosque se extendía a ambos lados del puente, dorado, rojizo y oscuro, y a través de él se filtraba una luz azulina. Pero a Marco dejó de parecerle hermoso, apesadumbrado por tan terribles presentimientos. Tenía que rescatar a Livia del horrible peligro que corría. Se acordó de Lucio Sergio Catilina y sintió una emoción tan intensa que de pronto lo obnubiló el deseo de matar y destruir, deseo tan opuesto a su verdadero carácter que pensó que se iba a volver loco. Se acordó de todas las cosas que Lucio era y de pronto dio un puñetazo en la baranda del puente y gritó:

—¡No y no!

Se quedó contemplando Arpinum encaramado en su colina y los olivares de reflejos plateados y los cipreses, y todo adquirió un aspecto siniestro a la luz otoñal, como si ocultaran terribles secretos.

Con paso torpe y lento regresó a la isla y anduvo por la orilla sintiéndose muy desgraciado, lanzando de vez en cuando miradas a Arpinum, que iba cambiando de aspecto. ¿A quién podía pedir consejo? ¿Qué dios podía invocar? ¿A quién iba a contarle sus temores y anhelos? Tenía a su madre, que conocía o había oído hablar de todas las familias importantes de Roma, y de repente se sintió aliviado. Ahora no necesitaba para nada la filosofía ni las poesías de Arquías, tampoco le valdría ir a ver a su abuelo para que le hablara de honor y de la palabra empeñada, y no le serviría la fe en Dios de su padre y su obediencia a sus designios. Necesitaba los prudentes consejos de su madre, cuya filosofía se reducía a los deberes de una mujer en su hogar, su poesía era el trabajo y no se resignaba fácilmente.

En el camino se encontró con Quinto, que estaba sentado en cuclillas pescando junto a la escarpada ribera. Había echado el anzuelo en las aguas turbulentas y lo balanceaba de aquí para allá. A su lado tenía una cesta en la que se retorcían algunos peces relucientes.

A Marco le alegraba siempre ver a su hermano menor. Al rostro oliváceo de Quinto, a la vez suave y reluciente, le habían salido los colores. A la luz del sol sus ojos eran de un tono azulado, porque eran tan cambiantes como los de su madre, aunque más vivaces. Sus espesos rizos negros rodeaban su vigorosa cabeza, cayéndole en cascada sobre la cerviz. Bajo su túnica marrón destacaban sus anchos hombros y sus rodillas desnudas eran cúpulas de fortaleza que parecía expresarse en el modo firme con que los dedos de sus pies se aferraban al barro del suelo.

–¿Por qué no pescas con red? –le preguntó Marco, y se volvió a mirar otra vez el puente.

–Pescar así es muy soso –contestó Quinto con lógica.

–¿Y qué más da? –Marco se sentó en cuclillas a su lado y miró con lástima y disgusto a los peces que agonizaban en la cesta.

–¿Cómo va a ser igual? –replicó Quinto–. La red no le da al pez ninguna oportunidad de defenderse. Se limita a sacarlos del agua. Pero esta caña hace que la lucha entre ellos y yo esté más igualada y también me proporciona el placer de vencerlo en astucia, de engañarle y atraerle con mi cebo. Los peces son muy listos y no es fácil engañarlos.

Habla como madre, pensó Marco. En ese momento Quinto soltó un alegre grito y alzó la caña. Un pez había mordido el anzuelo y al retorcerse en el aire provocó un centellear de colores. Quinto tiró del cordel con habilidad, agarró el pez, lo desenganchó y lo arrojó en la cesta con gesto triunfal.

–¡Tendremos una buena cena! –exclamó. El pez se retorció desesperadamente sobre los cuerpos de sus congéneres.

–Me parece algo cruel –dijo Marco.

–Pues no decías eso hace unos días, cuando los tuviste en tu plato fritos con tocino –replicó Quinto.

–No sabía que eran tan bonitos.

–No tienes por qué comerlos si no quieres –dijo Quinto lanzando de nuevo el anzuelo–. Habrá más para mí. ¿Prefieres comer hierba? Como papá, que se estremece al ver carne desde que se encariñó con una cabrita.

Marco no respondió y su hermano prosiguió, balanceando su cebo con destreza:

–Hace un rato vi a una araña devorando a una bella mariposa, una criatura completamente indefensa de colores blanco y rojo. Y la araña era muy fea. Todos viven de acuerdo con su naturaleza. Cuando la mariposa era un gusano, devoraba frutas y las dejaba podridas para nosotros. Los halcones se comen a los conejitos, pero estos mismos conejitos destruyen el huerto que nuestra madre hace plantar en primavera. Y el águila se come al halcón, que devora sabandijas.

–Eres un filósofo –bromeó Marco, indulgente–. Veo que Arquías te está enseñando muchas cosas.

Quinto puso gesto cómico.

–Arquías no sabe más que pensar, pero yo sé observar. ¿De qué sirve ser filósofo? Sin filosofía nunca te rechina el estómago.

Sacó otro pez y Marco no quiso mirarlo. Vio de nuevo el puente en la distancia. Se había fijado en el tímido gesto de interrogación de su hermano.

—¿Me viste en el puente? —le preguntó.

—¿Con aquella chica? Sí que te vi. ¿Quién es ella?

—Se llama Livia Curio y está de visita en Arpinum.

—Parecías muy interesado en ella —le dijo Quinto preparando un nuevo anzuelo—. Es muy bonita. ¿Vas a casarte con ella?

Marco sintió que el corazón le daba un vuelco.

—Eso quisiera —musitó.

—Echó a correr como una niña —comentó su hermano—. Las chicas son un fastidio. ¿Y no te parece que anda muy suelta yendo por ahí sola sin la compañía de sus parientes? ¡Y vaya manera de correr! ¿Le dijiste algo que la ofendió?

—No lo sé —respondió Marco.

—¿La habías visto antes?

—Sí.

—Pero nosotros no la conocemos.

—Yo sí.

—Pues debes hablar con el abuelo o con mamá, Marco.

—He decidido hablar con nuestra madre.

—Ella es más lista que el abuelo, papá y Arquías juntos —declaró su hermano—. Es muy sensata. Si quieres a esa chica y a mamá le complace, hará todo lo posible para que la consigas.

—No es tan fácil. Está prometida a Lucio Catilina.

Quinto frunció el entrecejo.

—¿Y ella está de acuerdo?

—Obedece a sus tutores.

Quinto meneó la cabeza.

—Entonces búscate otra esposa.

Marco se levantó, se quedó mirando la cabeza de su hermano y juguetonamente le dio un tirón a sus lustrosos rizos negros.

—No es tan fácil —repitió, y se alejó. Supuso que Quinto se olvidaría del asunto y seguiría interesado con su pesca, pero el muchacho se quedó mirándolo y su rostro reveló preocupación. Quinto sabía que Marco era muy obstinado y que no cejaba ante ningún obstáculo. Cuando Marco se empeñaba en una cosa, era muy difícil convencerle de lo contrario. Tenía la tenacidad de un ejército al acecho, preparando una emboscada.

Marco encontró a su madre como siempre, rodeada de sus esclavas e hilando incansablemente las nuevas mantas para el invierno. Al ver la cara de su hijo, despidió a las esclavas, hizo un nudo a un hilo y le dijo:

–Veo que algo te preocupa, hijo mío. ¿De qué se trata?

El muchacho se sentó en un taburete a su lado, su madre dejó de hilar por un momento y Marco preguntó:

–¿Conoces a la familia Curio, madre?

Helvia se quedó pensativa y luego asintió con la cabeza.

–Los conozco un poco. Exceptuando una rama de la familia, a todos les van mal las cosas. Pero ¿qué tienes tú que ver con ellos, Marco?

Él descubrió con asombro que podía hablar a su madre con entera libertad y contarle lo de Livia. La rueca empezó a girar otra vez. Marco contempló el perfil de su madre, pensativo, lleno de vida, de juvenil vitalidad y de color. No cambió de expresión, excepto cuando al oír el nombre de Lucio Sergio Catilina frunció ligeramente el entrecejo. Por lo demás le escuchó con calma, humedeciendo con los labios de vez en cuando un hilo. Sus pies regordetes no cesaron un momento de darle a la rueda. Los postreros rayos del sol jugueteaban con sus desordenados rizos negros, tan lustrosos como los de Quinto.

Cuando él hubo terminado de hablar, la madre dejó caer las manos en el regazo y con sus hermosos ojos se quedó mirando pensativamente a su hijo.

–No serás considerado hombre hasta que llegue la primavera –le dijo– y, sin embargo, ya estás enamorado. No es que quiera ridiculizar tus sentimientos. La primera vez que yo vi a tu padre fue a través de una cortina, en los aposentos de mujeres de mi casa, donde había ido de visita con tu abuelo. En cuanto los vi me enamoré de él. Me pareció un Hermes. Yo tenía más o menos la edad de tu Livia.

–¿Que mi padre te pareció un Hermes? –preguntó Marco, y la idea le hizo gracia. Su madre le estaba sonriendo como si le hubiera adivinado el pensamiento.

–Los dos éramos muy jóvenes, pero aquella noche dije a mi padre que jamás podría querer a otro hombre. Menos mal que no estaba prometida a ninguno, pero a mi padre no le agradó la idea. Claro que yo era su única hija y ya se sabe cómo dotan los hombres a sus hijas. En cuanto a tu padre, se sintió muy sorprendido –prosiguió, con la mirada fija como si evocara aquellos tiempos–. Creo que se asustó. Apenas sería mayor que tú y tal vez habría echado a correr si le hubiera sido posible. Pero se impuso la sensatez y he de reconocer que hice prevalecer mi criterio.

He hecho bien consultando a mi madre, pensó Marco, pese a que le costaba creer que ella se hubiera dejado llevar alguna vez por la pasión.

Helvia prosiguió:

–Pero en el caso de tu Livia, la doncella en cuestión ya está comprometida. Y a propósito, hay que ver cómo las muchachas salen a corretear solas y hablan con desconocidos en sitios solitarios. En fin, que ha dado palabra de casamiento y a esa palabra se le da un valor aun en estos tiempos en que tanto han degenerado las costumbres. Además, tú mismo has dicho que ella no quiere romper el compromiso.

–Pero es muy joven y no conoce a fondo a Lucio.

Su madre sonrió.

–Las mujeres saben siempre más de lo que te imaginas. Sin embargo, estoy de acuerdo contigo en que los Catilinii, a pesar de que constituyen una noble familia patricia, han llegado a ser muy degenerados y perversos. No obstante, en muchos casos los hombres más infames han adorado a sus esposas. Además, el compromiso se ha hecho en forma honorable, ¿verdad?

–Sí, en efecto. Pero insisto en que ella no conoce el carácter de Lucio. Está fascinada con su agradable aspecto exterior.

–Todos los Catilinii fueron siempre guapos... y muy viciosos –Helvia dejó de hablar en tono de abstracción.– Esa muchacha no te conviene, Marco. Conozco el trágico fin que tuvieron sus progenitores, pero ella no le reprocha a su padre que se suicidara. Aunque te haya hablado de ese modo, no creo que en el fondo de su corazón le haya perdonado que la abandonara cuando sólo tenía cinco años. –Se quedó mirando fijamente a su hijo.– Esa joven tiene miedo al amor. No quiere a Lucio y, sin embargo, con compromiso o sin él, lo prefiere a ti. El amor le sería un estorbo y se casará con uno que la atraiga simplemente por su aspecto físico. Pero aun en el caso de que te amara y se casara contigo, a los dos o tres años sería muy desgraciada, pues viviría con el temor del castigo de los dioses. No está bien dejarse arrastrar por las pasiones y los hijos heredan éstas de sus padres. Livia tiene la misma vehemencia y carácter violento de su padre. No, hijo mío, esa joven no te conviene.

Marco se sintió muy desdichado. Su madre, siempre tan razonable, pareció haberse vuelto su enemiga.

–Pero si estoy enamorado de ella... –se atrevió a decir–. Moriré de pena si se casa con Lucio.

–No digas tonterías –contestó Helvia volviendo a hilar–. Hablemos seriamente. Tienes que ir a Grecia a completar tus estudios, tu padre así lo desea. Él lo deseó también cuando tenía tu edad, pero su padre se opuso terminantemente. Temía que se pasara los años dando vueltas inútiles por la Acrópolis de Atenas, recorriendo el Partenón para nada, sólo por el mero placer de gozar de ese eterno cielo azul y de oír las charlas de los intelectuales. Pero aunque tu abuelo le dijo que no le daría dinero para el viaje, él no desistió. No pensó siquiera dónde se albergaría ni iría a dormir, ni con qué iba a comprar pan y libros. Se limitaba a mirar abstraído y a recitar aquello de: «En la ciudad de plata junto al plateado mar». Hubo que gastar mucha saliva para convencerle de que a las ciudades de plata junto a mares plateados hay que ir con una bolsa bien provista de dracmas. ¡Buenos son los griegos para darte de comer y albergarte si no llevas dinero! ¡Pero qué disparates se les ocurren a los hombres, que parece que no tienen sentido común ni entienden de finanzas! Él sigue apegado a sus sueños y desea que se cumplan en ti.

»Pero tú no eres como tu padre; te pareces más a tu abuelo, a quien respeto a pesar de que sea un viejo majadero. Es razonable y, como yo, no creerá que vas a perder el tiempo en la Acrópolis. Aprenderás de los sabios. Yo siempre te he creído muy inteligente, aunque me preocupa tu salud.

»Dices que morirás de pena si no consigues a tu Livia. Los hombres no mueren de amor. Eso se dice en las poesías, pero la vida tiene poco de poética. Irás a Grecia y Livia seguirá viviendo en tu recuerdo como algo sublime y hasta ahí lo admito. Mientras tanto, ella se casará. Pero tú la seguirás imaginando como una doncella siempre joven, siempre inaccesible, a la que perdiste irremediablemente y que te dejó el más dulce de los recuerdos. Que los dioses no permitan que la vuelvas a encontrar para hallarla rodeada de chiquillos y cotilleando alegremente con sus amigas.

»Tú tienes una misión que cumplir en este mundo. Eres romano, y es deber de todo romano no olvidar jamás a su patria por una mujer. Debes ser inteligente y digno de confianza. Recuerda que Livia está comprometida con Lucio. Los hombres verdaderamente grandes estiman el honor por encima de todo.

Oyendo palabras tan sensatas, a Marco le pareció que en su corazón tenía un lastre de piedras.

—Nunca podré olvidar a Livia —insistió.

—Pues no la olvides. Pero tampoco olvides tu deber y tu futuro, ni lo que tu padre espera de ti y, ya que hablamos de ello, lo que yo o tu abuelo esperamos. No puedes eludir tu deber para con tu familia. Y te debes a Roma.

—Nunca podré olvidar a Livia —repitió Marco.

La madre se quedó mirando el semblante pálido y serio de su hijo y por un instante sintió miedo.

—Está bien, no la olvides, pero no trates de volver a verla. Que sea para ti como una plateada Artemisa inconquistable. Un ser adorable que iluminará las horas tristes de tu vida, que, por desgracia, serán muchas. Pero ¿qué es la vida sin los sueños?

—¿Tú también has soñado alguna vez, madre mía? —le preguntó.

Ella sonrió haciendo una mueca, con una ligera expresión de asombro.

—Mis sueños fueron como los de Cornelia, que decía que no quería más joyas que sus hijos. ¿Qué más puede pedir una madre sino sentirse orgullosa de ellos, que jamás la hagan creerse deshonrada y oír cómo sus amigas los alaban? ¿Qué otra cosa podría yo soñar?

—No tienes en cuenta para nada al amor —insistió Marco, obstinado.

—¿Es que yo no amo a tu padre y a los hijos que le he dado? —repuso Helvia ligeramente enfadada—. ¿Qué sería de tu padre sin mí? Soy la madre de sus hijos y quien atiende su hogar sin merecer ni un reproche. Le dejo a gusto entre sus libros y sus esotéricas conversaciones con ese poeta griego. Respeto su modo de ser. Gracias a mí su vida es mucho más placentera. Y hago todo eso porque le amo. —Sonrió.— Nunca he querido perturbar sus sueños ni he destrozado sus ilusiones. Debería estarme agradecido. —Volvió a poner rostro severo.— En la vida de un hombre hay algo más que el amor de las mujeres. De momento, hijo, empieza a tratar de razonar como un adulto.

Marco, desesperado, pensó en ir a hablar con su padre y su madre pareció leerle el pensamiento.

—Habla con Arquías si quieres, y él te escribirá un poema que releerás complacido durante el resto de tu vida.

Y llamó a sus esclavas.

—Bueno, entre tanto hemos de terminar estas mantas, así como tus vestiduras, para que estén listas el día de la fiesta. Ve a poner flores ante una estatua de Venus y sacrifícale un par de palomas mientras le cuentas tu amor por Livia. Pero no vayas con segundas, porque Venus es una divinidad peligrosa y no provoca más que desastres al género humano. ¿No fue la causante de los amores de Paris y Helena, provocando así la ruina de Troya? ¡Qué de catástrofes ha ocasionado a los hombres! Quizá —dijo con tono compasivo y sin la menor malicia maternal— será mejor que hagas un sacrificio a tu patrona, Palas Atenea, y que le implores que te envíe el buen juicio que necesitas.

Y dicho esto hizo a Marco gesto de que podía retirarse. El muchacho abandonó los aposentos de las mujeres presa de la angustia.

—Nunca olvidaré a Livia —se juró a sí mismo— ni me resignaré a perderla tan fácilmente. Livia, amor mío. No nos hemos visto por última vez.

Pero Livia no volvió a aparecer por la isla.

Mientras tanto, ni siquiera el afligido joven pudo desinteresarse de las graves noticias que llegaban de Roma, que escuchó sintiendo gran temor por la suerte de su país. La familia tuvo que regresar a la capital, pues corrían peligro permaneciendo en Arpinum.

Capítulo

10

Muchos años antes de que Marco Tulio Cicerón naciera, los pueblos de Italia sometidos habían tratado de poner fin a las injusticias de que eran víctimas bajo el dominio de Roma. Flacus, su dirigente, trató de obtener privilegios para ellos, mas no lo consiguió. Todos eran regidos según las leyes de Roma, pero se hallaban indefensos si se declaraba la ley marcial. Los itálicos que servían en el ejército romano, aunque fueran oficiales, podían ser ejecutados a capricho si así lo disponía cualquier consejo de guerra. No tenían derecho al voto, aunque pagaban más impuestos que cualquier ciudadano de Roma, y si cualquier recaudador de impuestos venal consideraba que no lo habían sobornado bastante, podía incautarse de toda clase de mercancías. Los pueblos dependientes de Roma estaban obligados a proporcionar soldados al ejército romano en mayor proporción que las familias de la metrópoli. Y aunque los itálicos llegaran a ser oficiales, aun del más alto rango, siempre se les tenía en menor estima que a un simple soldado romano de infantería, a cuya palabra se le daba más valor. Los magistrados con sede en Roma podían apoderarse de lo que quisieran, aun a viva fuerza, y cometer toda clase de atropellos, imponiendo las disposiciones más arbitrarias, insoportables e injustas a los otros pueblos de Roma por el solo hecho de ser ciudadanos romanos. Sólo obteniendo esa ciudadanía podía uno sentirse a salvo de los abusos del ejército, los magistrados y los cónsules. Sin gozar de esa ciudadanía, los hombres eran tratados como perros a merced de sus amos. Hubo un tiempo en que la ciudadanía romana se concedía a todos los itálicos de mérito, sin distinción; pero como en provincias surgió una poderosa clase media, los romanos se sintieron alarmados, ya que se consideraban, por el mero hecho de residir en la ciudad, nobles, patricios y gente de más categoría que no podía ser comparada con los habitantes de otras regiones de la península. A aquella clase media le fue fácil al principio, por su capacidad, talento y, finalmente, por su dinero, el solicitar y obtener dicha ciudadanía, a la que aportaron sus virtudes y su amor por la libertad, cosas más que apreciables en una ciudad que desde hacía tiempo se había vuelto arrogante, corrompida y ahíta de conquistas y de oro. Y la urbe estaba resentida con todos aquellos que creían que todo hombre honrado se merece la libertad y el derecho a disponer de su propia vida sin interferencias del gobierno.

Fue el odio y el temor hacia las virtudes de la clase media provinciana lo que hizo que Roma hiciera muy difícil, si no imposible, el obtener la ciudadanía romana a todo aquel que no tuviera antepasados ilustres, no hubiera nacido en Roma, no estuviera relacionado con los influyentes senadores, despreciara los sobornos y protestara de los impuestos abusivos, cuya recaudación se destinaba a ganarse los votos de la plebe y conceder a ésta ventajas, fiestas en el circo, repartos gratuitos de alimentos y viviendas. Un patricio romano llegó a decir despreciativamente:

«Si la clase media sirve para algo, es para trabajar y pagar impuestos con los que podamos sobornar a la plebe de Roma y tenerla contenta y dócil. Es cierto que los plebeyos de Roma son como animales, pero son muchos y necesitamos sus votos para alcanzar el poder. Que la clase media nos sirva hasta el final, porque los nuevos ciudadanos no piensan más que en el trabajo, la industria, el ahorro y otras preocupaciones vulgares por el estilo.»[1]

En Roma había pocas familias de clase media que gozaran de la franquicia y en provincias, casi ninguna, por lo que estaban al borde de la desesperación. Necesitaban obtener el derecho al voto, con lo que podrían controlar los impuestos y obligar a la antigua aristocracia a practicar o a fingir que practicaba las antiguas virtudes romanas, arrebatarles los privilegios que ella misma se había arrogado, poner freno a su libertinaje y ambiciones y evitar que siguiera violando las leyes de Roma. En fin, obligarles a portarse como hombres y no como tigres. Por otra parte, si la clase media alcanzaba el derecho de voto, la escandalosa plebe romana, que vivía ociosamente gracias al dinero que pagaban gentes mucho más dignas que ella, tendría que buscarse trabajo y aceptar responsabilidades, dejando de ser bestias domesticadas que actuaban a capricho de sus dominadores sólo con la esperanza de obtener víveres gratis sin tener que mendigarlos.

«Es difícil decir quiénes son peores –declaraba el tribuno Marco Livio Druso[2]–, si los que sobornan a las masas o las masas que aceptan el soborno. Es cierto que el soborno corrompe, pero también es cierto que el que lo acepta es el mayor de los delincuentes. ¿Pero es que ha habido algún gobierno que no sea embustero y esclavizador, asesino, ladrón y opresor, enemigo de todos los hombres en su ambición de poder? El que acepta soborno

---

[1] Cayo Julio César, el Viejo.
[2] Carta a Craso.

buscando no tener que trabajar para atender los gastos de su casa tiene menos categoría que el perro, que al menos es leal y defiende a su amo. La plebe no se preocupa más que de la barriga, y el que adula a una plebe así debe pasar a la historia como más bajo que el más inferior de los esclavos, por muy ilustre que sea su apellido o por mucho crédito que le concedan los banqueros.»

El noble Druso pertenecía a la clase aristocrática y su apellido correspondía a una de las familias más nobles y antiguas de Roma. Sin embargo, estimaba por encima de todo lo que Roma había sido en otro tiempo: orgullosa, libre, virtuosa, digna, industriosa, frugal, moderada y honesta en pensamiento, palabra y obra. Ni que decir tiene que los otros aristócratas lo consideraban un traidor a su clase y trataban de hallar una ocasión para difamarle; pero su vida privada y pública era tan intachable que nunca pudieron encontrar nada de qué acusarle.

«Cree —decía Lucio Filipo al exigente Quinto Scaepio— que todos los hombres son dignos de respeto, hasta los de la clase media, ¡y quizá hasta los plebeyos de Roma!»

Pero el noble Druso estaba persuadido de que todos los hombres poseen un alma y que, en consecuencia, eran gratos a Dios, y que, por lo tanto, el que degradaba o despreciaba un alma humana sufriría condena por la eternidad.

Eran amigos suyos patricios conservadores como Marco Scauro y Lucio Craso, el valiente y magnífico orador defensor de los derechos del hombre. Ambos asimismo eran hombres de vidas ejemplares, dotados de muchas virtudes y amantes de la libertad de su patria. ¿Cómo no habían de sufrir al ver la delincuencia que se extendía por Roma, el poder que estaban adquiriendo los políticos, la pusilanimidad de los cónsules, la venalidad del aborrecible Senado, los «tribunos del pueblo» que traicionaban a ese mismo pueblo que decían representar, los vicios, lascivia y crueldad de los que gobernaban, el lujo que todo lo corrompía, el menosprecio del honor en plena vía pública, el esclavizamiento de las masas que habían suplicado ser esclavizadas para no tener que trabajar, el paternalismo y el desprecio de los ideales humanos que ello significaba y la opresión de aquellos que sólo deseaban vivir en paz, trabajar para mantener a sus familias, ser buenos ciudadanos, rendir culto a los dioses y practicar las virtudes de la antigua Roma?

«Aumentando los impuestos es como un gobierno cruel y monstruoso puede monopolizar todo el poder —decía Craso—, porque entonces puede establecer un sistema de premios y castigos: premios para los que permitan la tiranía y castigos para los que se opongan.»[3]

---

[3] Carta a Scauro.

«Muchas naciones decayeron y se hundieron en el polvo por los mismos delitos que ahora se cometen en Roma –decía Druso–; pero aún estamos a tiempo de salvar a Roma y apartarla del abismo.»

Lo que él no sabía es que las naciones nunca se apartan de los abismos, porque todavía se aferraba a sus ilusiones y seguía creyendo que una nación corrompida podía volver a ser pía y virtuosa sólo con que «el pueblo lo quisiera». Hasta el momento de su asesinato no se dio cuenta de que la corrupción es irreversible cuando ha llegado a pudrir el alma de una nación.

Al enterarse del asesinato de Druso, su hermano dijo con amargura:

«¡Así que éste es el fin que espera a los hombres que aman su patria y la verdad! El seguir viviendo hubiera sido para él el peor de los castigos.»

Antiguamente había correspondido al Senado la función de los jurados; pero la Orden Ecuestre se había hecho cargo de la mayoría de aquellos deberes, según se dijo, «para aliviar al Senado de las rutinas de la ley». Entonces la Orden Ecuestre comenzó a interpretar la Ley de las Doce Tablas tal como le vino en gana e impuso interpretaciones que no se habían dado antes y que eran una flagrante violación de la Constitución. Druso proyectaba devolver al Senado las funciones del jurado y propuso que sus miembros fueran aumentados en trescientos de modo que aquél pudiera atender a sus nuevas obligaciones y devolverle a la República su verdadero espíritu y sus antiguas leyes. También deseaba fundar un tribunal especial que investigara los casos de soborno a los miembros de los jurados o de parcialidad política de los mismos.

Sería el cancerbero de la República. Propuso reformas monetarias, de modo que Roma pudiera conservar sus reservas de oro, sobre las que se basaba su poder, e impedir que fuera a parar a las colonias y naciones extranjeras en forma de préstamos. Con el corazón consumido por la irritación y la piedad, propuso que la oprimida clase media, que destacaba por sus virtudes, su conservadurismo y su ánimo industrioso, recibiera lotes de tierras baldías en Sicilia y otras regiones de Italia. Pero, sobre todo, pidió que se concediera la ciudadanía romana a todos los itálicos.

Incansable en sus esfuerzos, redactó una propuesta que pensaba presentar al Senado, en la que se hablaba de todas estas reformas. Estaba redactada de tal forma que habría de aprobar todo el conjunto y no partes separadas. Para evitar que las reformas proyectadas fueran saboteadas, ordenó, como tribuno, que Filipo fuera encarcelado. Pero el débil y vacilante Senado lo puso en libertad. Una cosa fue enfrentarse con los Gracos, que sólo apelaron a la plebe de Roma confiando en un honor que ésta no tenía, y otra cosa era apelar, como hizo Druso, a todos los hombres fueran de la condición que fuesen, lo que le convertía en sospechoso. El Senado empezó a hacer caso a las insinuaciones de que Druso era un traidor, de que estaba incitando a los itálicos a sublevarse contra Roma; eso era alta traición. El Senado tuvo miedo y finalmente se negó a aprobar la ley que Druso proponía, calificándola de «informal». Al final había cedido a las presiones de los aristócratas y Druso fue asesinado.

Entonces estalló la guerra civil entre la capital y las provincias.

*E*l abuelo conocía personalmente a Lucio Craso, el valiente y fogoso orador, y cuando éste falleció de repente en el mes de septiembre, se sintió muy apenado.

—¡Así perecen los hombres honrados! —exclamó—. Cuando mueren los grandes hombres, las naciones quedan verdaderamente despojadas.

La familia de Cicerón, aunque sólo gozaba de la ciudadanía romana en virtud de la franquicia concedida antaño a los habitantes de Arpinum, corría peligro de ser víctima de las represalias de los campesinos de los alrededores, que no disfrutaban de tal privilegio.

—Qué importa que nuestras simpatías estén con ellos —dijo el abuelo— ni que deseemos ardientemente que se restablezca la justicia. ¡Qué horrible es que hombres de la misma sangre tengan que odiarse y destruirse entre sí! Pues ¿no somos todos itálicos? Las guerras entre naciones son algo terrible, pero una guerra entre hermanos no puede ser perdonada por los hombres ni por Dios.

Y Marco recordó la historia de Caín y Abel que Noë le había contado.

Los pueblos de Italia vecinos de Roma fundaron una confederación que incluía a los marsianos, los pelasgos y otros muchos. Los marsianos fueron los primeros en declarar la guerra al gobierno central de Roma, y además de los pelasgos se unieron a ellos los marrucinos, los frentanos y los vestinos. También había otra nación más al sur, la de los samnitas, que habitaban desde el Liris, aquel río tan amado por Marco, hasta Apulia y Calabria. Sin embargo, el gobierno romano contaba con el apoyo de los ricos de Umbría y Utrecia, donde había sido eliminada la clase media, de Nola, Nucrecia y Neápolis en Campania, y de colonias romanas tales como Aesernia y Alba. Contaba además con Rhegium y los estados vecinos. Sin embargo, la clase media, convencida de que la razón estaba de su parte, se negó a abandonar las esperanzas, pues los campesinos se pusieron a su favor. En Roma, los ricos y los patricios, que odiaban a todos los que no fueran ellos, se obstinaron en su intransigencia.

—Contra el poder del dinero y la corrupción no podrá hacerse nada —se lamentaba el abuelo.

—Surgirá un estadista que restaurará la justicia —aseguró su hijo Tulio.

El abuelo se lo quedó mirando furioso.

—¡Parece mentira que seas padre, con un hijo que es casi un hombre! ¡Hablas como un chiquillo! Cuando en Roma imperaba la virtud era natural que surgiera un Cincinato, pero ahora está corrompida y marcha hacia su ruina. No surgirá ningún estadista que la salve. Yo me considero romano, aunque naciera en Arpinum. Y deploro las desgracias que afligen a mi patria.

En el fondo de su ardoroso corazón, el joven Marco aprobó aquellas palabras y estando en Roma oró por sus compatriotas itálicos, a pesar de que combatían contra su gobierno. Luego se enteró de que toda Italia intentaba sacudirse el yugo romano, marchar sobre la capital, destruirla y fundar una nueva nación con leyes más justas. La ciudad de Corfinium, de la que se pensaba hacer la nueva capital, fue rebautizada con el nombre de Itálica. Allí se estableció un gobierno e incluso se levantó un edificio destinado al Senado. Todos los miembros de la clase media y los granjeros recibieron la nueva ciudadanía, se restablecieron las antiguas leyes de la República y se juró de nuevo la Constitución que Roma había estado pisoteando en los últimos tiempos. Por toda Italia las fortalezas romanas eran tomadas y en sus muros se izaba el estandarte de la rebelión. El ambiente de júbilo y libertad se extendía por doquier, pues la opinión general era que por fin había terminado la tiranía y la corrupción. Los diversos estados y provincias ya no tendrían que soportar más la opresión y el desprecio de los romanos.

Pero la capital se aprestó a hacer frente a la rebelión y Roma declaró rebeldes (*dediticii*) a sus enemigos, a los que había que tratar sin piedad. Según la Constitución romana, al rebelarse habían perdido todos los derechos.

Marco se enteró de que los César se habían mudado de barrio y que ahora vivían en la colina del Palatino. Nunca habían dejado de proclamar orgullosamente que no sólo eran patricios (aunque arruinados por causa de adversas circunstancias), sino que descendían de Julio, el nieto semidivino de Venus y Anquises. Un tío de Julio acababa de ser nombrado cónsul y su padre pretor, y se apresuraron a declarar que pertenecían al partido senatorial. Por lo tanto, unos vecinos tan humildes como los Cicerón ya no les convenían.

—¡Son unos pillos exigentes! —vociferó el abuelo—. En nombre de un honor que no tienen han abandonado a Italia por una Roma que ya no existe.

Helvia le contradijo:

—El hombre debe obrar de acuerdo con las circunstancias.

—Eso es ridículo. Me sorprendes, Helvia.

—Aunque usted le parezca eso, los César no son unos criminales —replicó ella dejando escapar un suspiro—. Antiguamente nuestros hombres preferían la muerte al deshonor, pero eso ya pasó a la historia. Hoy en día si quieres sobrevivir, has de comprometerte, cosa que no recomiendo. Si yo fuera hombre, preferiría morir, pero sólo soy una mujer casada y con hijos. ¿Y qué dice Tulio de todo esto?

—Cree que surgirá un héroe que restablecerá una vez más la justicia en Roma y que logrará otra vez la unidad de Italia bajo el imperio de la Constitución –contestó el abuelo–. No creo que vivamos lo bastante para ver el fin de Roma, pero eso no significa que no esté acabando. Porque ha olvidado lo que fue o se ríe de ello. Figuraremos en la lista de las naciones que perecieron por su propia voluntad y sus errores.

Poco después, y obligada por las circunstancias, alarmada por el auge que tomaba la rebelión, Roma promulgó la Lex Plautia Papira, por la que se concedía la ciudadanía a todo aliado que se presentara ante los magistrados romanos en un plazo de dos meses. La guerra continuó.

Capítulo

11

Estamos viviendo una época de tiranos –declaró el abuelo–. Los gobiernos se aprovechan de las situaciones difíciles para poner cortapisas y finalmente acabar con la libertad. ¡No me habléis de Sila, el «moderado»! ¿Por qué no lo desterraron a perpetuidad junto con los auténticos miembros moderados del Senado? Éstos sí que luchaban por llegar a un acuerdo con los otros pueblos de Italia, ahora sublevados. ¡No me habléis del general Mario, que habla mucho de libertad pero apoya al tiránico gobierno central! No hay más que ver que ambos se han apresurado a ofrecer ahora sus servicios a Roma. ¿Y cuál ha sido el resultado? Han racionado los víveres, los militares gobiernan Roma y los políticos más envilecidos usurpan el poder. Se vigilan los movimientos de los ciudadanos con el pretexto de la seguridad de Roma. Han elevado los impuestos de un modo oneroso en nombre de la difícil situación. Y jamás los suprimirán porque cuando un gobierno establece un impuesto, siempre encuentra excusas para mantenerlo por siempre jamás.

»Pero ¿es que a la plebe romana le importa que esta guerra fratricida amenace a la misma capital y coarte las libertades y los derechos de los itálicos? Mientras que a nosotros nos han reducido nuestras raciones de harina, a la plebe le reparten alimentos gratis. Cuando nosotros hemos de apretarnos los cinturones, tal como nos rogó tan «amablemente» el gobierno, para ahorrar dinero y provisiones, a la plebe se le ha dado lo que quiere y se ha vuelto arrogante, creyéndose superior incluso a los gobernantes, gritando en las calles que su hora ha llegado y escribiendo en los muros: «¡Abajo los privilegiados!». Se ve que nadie les ha dicho que los privilegios hay que merecerlos y que los que les ha concedido un gobierno venal son engañosos, hipócritas y falsos. Porque lo que no se ha ganado no es auténtico.

»Yo no me quejaría si los militares hubieran impuesto la disciplina en la ciudad y defendieran la justicia, pero la disciplina la imponen sólo sobre nosotros, que no la necesitamos porque sabemos cumplir con nuestro deber. En cambio, a la plebe se le deja hacer lo que le da la gana. Los fabricantes de armamento conceden a la plebe el oro a manos llenas y ésta se lo gasta en los prostíbulos y las tabernas sin saber controlarse. ¿Quién va a controlar a las masas cuando la guerra termine? ¿Quién les va a enseñar a ser sobrios y a dedicarse a un trabajo honesto? Ni siquiera saben cuál es el significado de esta guerra, ni les preocupa. Les basta con saberse ricos de repente y mimados por el gobierno. ¿Acaso cuando venga la paz se acostumbrarán a vivir sin francachelas? ¡No!

»Desde hace mucho tiempo, aun antes de que se declarase esta guerra, no han sido más que débiles instrumentos de los políticos. Y ahora se han convertido en sus legiones de la violencia, el desastre y la decadencia. El trabajo honrado les repugna y sólo quieren vivir ociosos sin trabajar. Pretenden que quienes son mejores que ellos los mantengan pagando impuestos. ¡Mendigos! ¡Traidores! ¡Esclavos! Pero el gobierno es aún peor que ellos, puesto que es el responsable y ahora sólo desea ostentar un poder ilimitado. La República está predestinada a la ruina y con ella nuestros principios democráticos. Los políticos y la plebe corrompida han provocado siempre catástrofes.

Su hijo Tulio, a pesar de su apatía y de que se encontraba enfermo, como siempre, se sintió vagamente inquieto. Y dijo con aire lastimero:

–Las guerras siempre provocan excesos. Lo enseña la Historia. Pero los romanos son romanos y, cuando todo esto acabe, el orden será restaurado, volveremos a gozar de la libertad, los impuestos serán rebajados, se impondrá la disciplina y la plebe y los hombres ambiciosos tendrán que retirarse de la vida pública.

A esto contestó el abuelo:

–Se dice que un león, cuando ha probado la sangre y la carne humana, ya no quiere comer otra cosa. Nuestro gobierno ha probado la sangre y la carne del pueblo y eso le ha dado el gusto del poder sin limitaciones. Y necesitará cada vez más para aplacarse. ¡Que Júpiter tenga piedad de nosotros! Aunque me temo que no, ya que ha permitido los excesos de nuestro gobierno y no nos ha proporcionado los medios para defendernos contra ellos.

Arquías fue más cínico al hablar con Marco:

–Pero ¿es que tu abuelo cree que alguna nación puede seguir siendo indefinidamente justa, libre y virtuosa? Él va contra la corriente y es como si se diera con cantos en los dientes. La Roma que él conoció está acabando. Y no seré yo el que la llore. Lo mismo le ocurrió a Grecia y a ella sí que la lloro en mis poesías. Marco, escribamos poemas. Pensemos en Homero. La Grecia que él conoció está muerta y su gloria acabó. De Troya sólo quedan las ruinas y Ulises hace tiempo que expiró. El Partenón es profanado por extranjeros. Mi pueblo ha sido esclavizado y es despreciado. Pero Homero permanece. Siglos después de que de Roma no queden más que ruinas, los estudiantes seguirán leyendo a Homero y gozando con sus poesías.

Cuando Marco salía de la escuela veía una Roma que presentaba un panorama de motines y desórdenes, y eso que la guerra había llegado hasta sus mismos muros. Poco podía hacer un joven estudiante en estas circunstancias como no fuera sentir temor y ansiedad. Debido a los tiempos difíciles y a la amenaza diaria de la calle, había muy poca vida social y aun ésta limitada a las horas del día. Se celebraban muy pocos banquetes debido al racionamiento, excepto entre los poderosos y la gentuza que no respetaba ley alguna. Marco, como miembro de la clase media, había llevado siempre una vida tranquila y retirada, muy dedicada a sus deberes y el culto. Y ahora cada día que pasaba se sentía más retraído, a pesar de estar en los años floridos de su juventud.

Escribía poesías y no dejaba de recordar a Livia Curio. De no haber sido por esta guerra, se decía, la habría buscado. Corrían rumores de que muchas familias adineradas, temiendo las onerosas leyes impuestas a Roma, habían huido a sitios más tranquilos, especialmente a Grecia. Y era muy posible que los tutores de Livia se la hubieran llevado a algún lugar seguro.

Hasta entonces había rendido culto casi exclusivamente a Palas Atenea. Pero ahora, y sin que se diera cuenta su madre, comenzó a ir al templo de Venus cruzando calles llenas de un inquieto populacho y de refugiados venidos de los pueblos. Hasta muchos años después no se le ocurrió pensar cuán irónico era que precisamente el templo de la diosa del Amor fuese el único que no tuviera un altar dedicado al Dios desconocido. Sacrificaba palomas a Venus y oraba ante su imagen. Casi toda su escasa asignación la donaba a los sacerdotes para que lo tuvieran en cuenta en sus oraciones. Ella era la diosa que tenía que ser invocada especialmente por los enamorados, pero el muchacho olvidó que era asimismo la diosa de la concupiscencia, la inmoralidad y las enfermedades venéreas. A él le parecía la más bella, compasiva y razonable.

—Te veo muy pálido y delgado —le dijo Noë ben Joel en la escuela—. ¿Es por la guerra?

Marco se quedó azorado. No podía resistir la mirada astuta y amable de su amigo, que era capaz de leer el pensamiento, así que le dijo:

—Es que estoy enamorado.

Noë estaba medio prometido a la hija de un banquero judío y él trataba de oponerse a su familia, ya que deseaba estar libre por cierto tiempo. Además, se rumoreaba que la chica era fea y antipática. Noë, a pesar de su afición por la poesía, la comedia y la tragedia, miraba las cosas del amor desde un punto de vista bastante objetivo y, en cierto modo, escéptico, que tal vez le provenía de sus estudios teatrales o bien de su experiencia personal.

Marco se convenció de que su amigo no comprendería su pena. Y se quedó aún más azorado cuando Noë le dijo muy pensativo:

—Si yo no conociera la vida tan bien, Marco, me alegraría por ti. ¡El amor! Es el grillete de la libertad del espíritu. ¡Su esclavizador! Y muy traicionero. Tú eres demasiado inteligente, ¡y tienes una voz tan elocuente! No deberías amar nada más que la poesía y las virtudes.

Pues entonces no soy inteligente, pensó Marco. Soy un esclavo. Esclavo de un pelo con reflejos otoñales, de unos ojos azules y de un alma juvenil y voluntariosa. En mis sueños sólo veo a Livia, y cuando oigo hablar a las otras jóvenes, comparo sus voces con la de ella. Todos los labios femeninos me parecen feos cuando recuerdo los suyos, y la risa de las doncellas me hace evocar su risa. Voy por la calle y me parece que ella viene a mi lado. Me acuesto por la noche y me parece que está conmigo. Me levanto y mis primeros pensamientos van dirigidos a ella. Trato de leer en mis libros y sólo veo su rostro grabado en ellos.

—Te veo poco atento a las lecciones —le dijo un día Pilón, su maestro, precisamente a él, que era su mejor alumno. Marco sabía que Pilón no le tenía simpatía porque sin querer lo había colocado en una posición deshonrosa hacía años. Los hombres no perdonan a quienes los han injuriado.

Se sentía cada vez más apenado y su dolor bordeaba ya la exasperación. Se sentía como ahogado en aquella enorme y ruidosa ciudad, sombría y como difuminada en sus ocres, amarillos, rojos y bronces, en la que se desplegaban los estandartes y las legiones se apresuraban tras sus águilas y lictores, entre el resonar de los tambores de guerra, el galopar de los caballos, el estruendo del tráfico, muy aumentado desde la llegada de numerosos refugiados montados en carros, carretas y literas, los templos atestados, los sangrientos y ominosos atardeceres, el ambiente de premura y desastre, las idas y venidas, los infinitos murmullos de los miles de personas albergadas dentro de las murallas de la ciudad y el temor reinante en cuanto anochecía.

—Necesita un tónico —dijo Helvia al ver la seriedad y palidez de su rostro, y se apresuró a hacer un brebaje con las hierbas más oscuras y amargas que tenía, dándoselo a beber.

Es extraño, pensó Marco, que sólo mi padre tenga alguna idea acerca de mis sufrimientos. Y se bebió sus infusiones con cierta gratitud, porque comprendió que su madre no sólo le ofrecía sus brebajes, sino su cariño. Ella no le volvió a hablar de Livia, pero se quedaba mirando a su hijo de un modo muy significativo, mitad amonestación, mitad tristeza.

Incluso Quinto, su querido hermano, dejó de divertirle. Quinto iba ahora también a la escuela de Pilón y, al revés de Marco, era muy admirado no por su aplicación, que era bien poca, sino por su buen humor, su amabilidad, su vehemencia, su aplomo y campechanía. Pronto fue el tema de todas las conversaciones de la escuela y participó en todas sus actividades. Era más alto y fuerte que los otros chicos de su misma edad y destacaba en los deportes y los ejercicios físicos, y pronto se convirtió en un líder nato. En casa era él el que llevaba noticias de los escándalos a Helvia, que lo quería muchísimo. Pero ¿cómo se habrá enterado de eso?, se preguntaba Marco. A él nunca le habían venido con chismes, ni se había interesado por los escándalos.

Un día que iban juntos por una calle atestada de gente, Quinto le dijo:

—¿Sabes que Julio tiene ahora un tutor? Se llama Antonio Gnifo, es galo y presume de que es más sabio que Sócrates. Pero ya sabes que Julio siempre ha sido un fanfarrón, como todos los César. Su padre es un gran señor y su madre una gran señora, aunque todos sabemos cómo le pegaba. Todo lo que tiene que ver con Julio es magnífico, noble, grandioso, espléndido, importante, maravilloso e imposible de apreciar por las gentes sencillas.

Marco esbozó una sonrisa.

—¿Y cómo sabes tantas cosas de él si ya no es nuestro vecino ni compañero de colegio?

—Lo veo en la escuela de esgrima —contestó Quinto sonriendo de satisfacción—. Yo voy a la misma hora que él. Es muy torpe con la espada y eso le irrita. Pero siempre sonríe y, ¡por los dioses!, ¡cómo sonríe! —Hablaba sin malicia, pero se echó a reír.— Sin embargo, hay pocos que le superen hablando. Cuando quiere, su voz es dulce como la miel. Es un tipo exigente y sin escrúpulos. —Arrugó la nariz.— Hueles a incienso, Marco. Se ve que vas mucho por los templos. ¿Quieres hacerte sacerdote? ¿O es que sigues acordándote de aquella chica? —lo pinchó.

Marco olvidó que su hermano era mucho menor que él. Aquellas palabras le habían herido profundamente y se puso furioso:

—¡Eres un impertinente y me fastidian las impertinencias! —le gritó. Por primera vez en su vida habría pegado a Quinto de buena gana para desahogar su dolor, pero se limitó a apretar los puños bajo su manto. Aquel triste día de febrero estaba agonizando y en las estrechas y empinadas callejuelas ya habían empezado a encenderse faroles y antorchas y las débiles lucecillas de los candiles asomaban por los ventanucos de los altos edificios. Marco apresuró el paso. Era intolerable que ese crío se burlara de él.

—No he querido ser impertinente —dijo Quinto al ver la expresión seria de su hermano—. De veras que no pensé que te acordaras de aquella chica. Ni siquiera recuerdo su cara y eso que la vi claramente. Perdóname.

—No tiene importancia —contestó Marco, avergonzado de la rabia que había sentido poco antes. Pero su ánimo seguía siendo un torbellino de emociones y pensó con angustia: aunque ella estuviera en Roma, ¿qué haría yo para encontrarla? Me es imposible verla.

Los pórticos saledizos de los templos estaban atestados de fieles que habían acudido a los últimos cultos y que ahora descendían por las escalinatas para mezclarse con los transeúntes. Quinto agarró a su hermano por el brazo y lo arrastró bruscamente a un portal para salirse del camino de un destacamento de soldados que marchaba rápidamente calle arriba, resonando en el pavimento sus sandalias con suela de hierro. Avanzaban como una falange inexorable, batiendo los tambores y ondeando sus estandartes. Tenían rostros inhumanos, de mirada fija que parecía no ver. Se encaminaban hacia una de las puertas y llevaban fardos sobre sus espaldas. Los dos muchachos, refugiados en el portal, los vieron pasar como si fueran una tormenta con acompañamiento de truenos. La gente se apresuró a meterse en los portales para cederles el paso. Marco los observó alejarse y pensó con cierta inquietud en su próximo servicio militar. Él no tenía madera de soldado. Si la guerra civil no acababa pronto, sería llamado a filas y apenas había entrado en la adolescencia. Los pilares y columnatas de los edificios públicos relucieron a la luz de las antorchas; había llovido y la luz rojiza se reflejaba en los charcos del pavimento. Hacia el oeste había un enorme manchón sangriento parecido a un dedo, como si el mismo Marte se hubiera detenido allí para emborronarlo.

Quinto se interesaba mucho por los soldados. Sus ojos destellaron en la postrera luz del día y al resplandor de las antorchas.

–Los tambores me excitan –dijo–. Lamento no ser lo bastante mayor para ser soldado.

–Me alegro de que no seas lo bastante mayor para asesinar a tus hermanos en una guerra –le contestó Marco. Los soldados desaparecieron al final de la cuesta, pero el eco de los tambores siguió resonando tras ellos.

–Es para salvar a Roma –dijo Quinto, quien por lo visto no había prestado atención a nada de lo dicho por su abuelo.

–Es para imponer el despotismo –replicó Marco–. Todas las guerras se han hecho para eso.

Prosiguieron andando en silencio hasta que Quinto dijo:

–Haré un sacrificio por ti en el templo de Leda, la madre de Cástor y Pólux. –Pensaba que de ese modo menguaría un poco el dolor de su hermano.

–¿Y para qué? –repuso Marco, algo divertido a pesar de todo–. Yo no soy Zeus persiguiendo a una doncella, como él persiguió a Leda. –De repente se ruborizó y miró de reojo a su hermano. Quinto no era perspicaz. Sin embargo, añadió–: Yo tampoco soy un cisne[1].

---

[1] Alusión a la leyenda según la cual Zeus se convirtió en cisne para seducir a Leda. *(N. del T.)*

Quinto se sintió algo ofendido, cosa inusual en él. Le pareció que Marco se las daba de hermano mayor.

–Pues sacrifica a Plutón, pidiéndole que te devuelva tu Proserpina –le dijo–. A ver si así te animas un poco, hombre. –Se veía que estaba un poco picado.– ¿No sabes que nos estás entristeciendo a todos en casa y nadie sabe por qué? Nuestro padre hace semanas que no se levanta del lecho y tú apenas has ido a verle, mientras que antes ibas todas las noches. Sólo te preocupas de tus problemas.

Marco sintió a la vez remordimiento y alarma. ¿Semanas? Habría tenido otro ataque de malaria. Si sólo hacía pocos días que lo había visto a la mesa...

–Semanas –insistió Quinto secamente.

Y yo ni siquiera he preguntado por él, pensó Marco tristemente, dándose cuenta de repente de que los enamorados pueden volverse egoístas, encerrados en sí mismos, ajenos a lo que sucede en su entorno.

–No le has preguntado cómo se encuentra y ni siquiera qué han dicho los médicos –dijo Quinto, que quería mucho a su padre, aunque lo encontraba demasiado peculiar, modesto y reservado.

–Pero ¿es que han venido los médicos a casa? –preguntó Marco, sintiéndose despreciable.

–Lo han tenido que sangrar varias veces. Pero ¿es que acaso te has dado cuenta de que apenas pruebas bocado en la mesa y que a veces el abuelo se pasa horas y horas hablando y tú ni te enteras? Lo miras atentamente, pero tus pensamientos están en otra parte. Tienes muy preocupada a nuestra madre.

Marco estaba avergonzado, y además azorado de que su hermano se hubiera fijado en estos detalles. Si Quinto, que tomaba las cosas a la ligera, se había fijado en que su él estaba como abstraído, entonces la cosa era grave. Procuró dominar sus emociones. No podría vencer su dolor, pero al menos podría fingir que no era tan grande o que podía soportarlo.

Tuvo que admitir para sí que hasta se había olvidado de Dios, de sus ofrendas, sus esperanzas y sus ambiciones. Era como un Orfeo que gimoteaba inútilmente. Pero no podía evitarlo. Sin embargo, podría comportarse mejor y acordarse de aquellos a quienes estaba obligado a recordar. Y con paso decidido subió por el Carinae en dirección a su casa, donde ya estaban encendidas las lámparas, y Quinto pareció andar con más soltura a su lado. La colina, como siempre, estaba atestada. Los charcos de la calle salpicaban sus largas túnicas y llevaban los zapatos manchados de barro.

Hasta la cima de la colina llegaba el asfixiante olor de la ciudad, siguiéndoles como un miasma de corrupción. Los romanos, si bien tenían en sus casas retretes conectados a las alcantarillas, a menudo eran muy descuidados en su uso, y aunque casi todas las calles estaban alcantarilladas y regadas, todo el mundo iba a las callejas a hacer sus necesidades si hacía falta. Los albañales corrían llenos de inmundicias. Las ordenanzas exigían que los propietarios, encargados o inquilinos de los edificios mantuvieran limpia su parte de acera y calzada y había numerosos guardias encargados de vigilar su cumplimiento. Pero los romanos estaban acostumbrados a hacer lo que les diera la gana en ese aspecto y les parecía de lo más natural el orinar o defecar allá donde sintieran tal necesidad, especialmente por la noche.

La atmósfera se fue haciendo más densa y los malos olores más intolerables conforme los jóvenes se acercaron a su casa. Y hasta Quinto, al que todo le parecía bien, comentó:

—Esta ciudad huele como si fuera un hoyo lleno de reses muertas. ¡Cuánto me acuerdo de nuestra isla donde el aire es tan puro! Sin embargo, tú dices que te gusta, Marco.

Marco pensó que hacía mucho tiempo que no prestaba atención a la ciudad y se sintió contrito. Parecía mentira, pero hasta la suerte de su país había llegado a serle indiferente.

Aquella noche, mientras Marco tomaba su frugal cena junto con su abuelo y su hermano, trató de interesarse por las cosas para las que últimamente había estado ciego. Su madre servía la mesa ayudada por dos esclavas y Marco se fijó en que ella había perdido algo de color en su rostro, que dos ligeras arrugas aparecían junto a sus ojos adorables y que, aunque aparentaba estar serena como siempre, parecía abstraída. Sobre la mesa sólo había un candil de aceite en lugar de los dos que antes se solían poner. ¿Cuánto tiempo hacía que habían quitado el otro? Se quedó mirando el sitio de su padre, ahora vacío. No se atrevía a preguntar por su salud por temor a que le reprocharan su indiferencia. Entonces recordó que no había visto al veedor en el vestíbulo. ¿Desde cuándo no estaba aquel hombre en su puesto? Los esclavos hablaban más bajo que nunca. Marco miró de reojo a su abuelo y su hermano, y como éstos no parecieron darse cuenta, supuso que para ellos éste era un día como otro cualquiera. Y se despreció a sí mismo.

Observó el rostro ceñudo de su abuelo. Nunca había sido muy alegre, pero ahora parecía más delgado, más viejo y sombrío. ¿Desde cuándo estaba así? Hasta Quinto aparentaba sentirse abatido. No me he dado cuenta de nada porque sólo pensaba en Livia, reflexionó Marco. He exagerado mis pesares y he descuidado a mis seres queridos. Tenía una acuciante necesidad de hacer preguntas y no sabía cómo empezar. Al cabo de un rato, después de probar un plato de algo hervido y endulzado ligeramente con miel, que no le supo a nada, trató de hablar como si tal cosa:

—Abuelo, ¿crees que esta guerra durará todavía mucho?

El anciano soltó la cuchara y se lo quedó mirando con estupor.

—Pero si estuve hablando de eso anoche mismo, Marco. Una hora, lo comprobé en el reloj. ¿Es que no me escuchaste?

Quinto miró a su hermano con ojos muy abiertos, en los que había un destello de burla y compasión.

—Como no dijiste nada —prosiguió el abuelo—, supuse que reflexionabas sobre lo que decía. Ahora veo que me equivoqué.

Marco trató de arreglar un poco la cosa; nunca había sido disimulado y ahora le costaba trabajo.

—Pero como la situación cambia diariamente... —dijo.

El abuelo refunfuñó y se mesó la barba.

—No tan deprisa. Ya sabes que sobre las murallas ponen una vez a la semana unos grandes letreros con las últimas noticias. Ayer precisamente leí las últimas y las comenté contigo. ¿Crees que Mercurio viene volando hasta mí todas las noches para darme el último parte? —Miró fijamente a su plato.— Siempre se oyen rumores —dijo refunfuñando—, pero ya sabes que no les hago caso.

A Marco le hubiera gustado al menos poder desviar la conversación para salir del mal paso.

—Los desastres no han hecho más que empezar —prosiguió el anciano—. Los tribunos y cónsules del pueblo, que los ha elegido, lo están traicionando para hacerse con el poder. Ya han pasado los tiempos de las ciudades-estado; pero son tan insensatos que no lo comprenden. Hemos crecido demasiado, el estado se ha hecho más complejo y nos hemos convertido en una nación. Que cada ciudad se gobierne por naturales libremente elegidos, todo bajo un gobierno nacional, cuyos poderes deben ser restringidos para que no se vuelva tiránico y centralista. La autoridad debe quedar bien definida y nunca se debe permitir que asuma demasiados poderes. Si no, sufriremos el despotismo de unos pocos.

—Pero ¿no propugnaba eso Platón en su *República*? —preguntó Marco, tratando de interesarse por la conversación.

El abuelo soltó un bufido.

—Platón imaginaba la república de una ciudad-estado y yo estoy hablando de un estado nacional.

—Un imperio —sugirió Marco.

El abuelo quedó horrorizado.

—¡Un imperio jamás! —exclamó—. ¡Que los dioses protejan a Roma e impidan que se convierta jamás en un imperio! Roma ya se encuentra en bastante mala situación ahora, con sus políticos y burócratas, ladrones y opresores, su inmoralidad y su degeneración, el desenfreno de su pueblo, su materialismo ateo, su ambición y su tiranía. Sólo faltaría un imperio forjado con la espada para volverse completamente depravada. Que coronara a un hombre y lo llamara *imperator* para que sus últimas virtudes se hundieran en el fango. Cuando sólo un hombre gobierna un estado, ese estado se ve abocado a su ruina. –Meneó la cabeza tristemente.– Pero estamos destinados a morir y las naciones mueren, igual que los hombres. Sólo una nación gobernada por Dios y sus leyes podría sobrevivir durante siglos. Nosotros fuimos una vez un pueblo así, pero hemos dejado de serlo.

Marco se sintió muy deprimido y bebió un sorbo de vino. Al abuelo no le gustaba que le interrumpiesen mientras hablaba, así que esperó a que vinieran los esclavos a traer los pequeños cuencos de agua para lavarse los dedos después de cenar.

Entonces el joven preguntó:

–¿Cómo se encuentra mi padre esta noche?

–No ha mejorado desde ayer –dijo el abuelo, y añadió con sorna–: Pero es posible que no sepas cómo se encontraba ayer, porque anoche no fuiste a verlo.

A Marco se le subieron los colores a la cara y no supo adónde dirigir la mirada, haciéndose mil reproches, avergonzado. Y se guardó para sí mil preguntas que estaba deseando hacer. Miró en torno el desnudo comedor y sólo vio sombras. Sintió una gran congoja en el corazón y por mucho que lo intentó no pudo borrar la visión de Livia, que le parecía ver en cada rincón.

Pero dijo con humildad:

–Estuve muy ocupado con otras cosas, abuelo. Te ruego me perdones.

El anciano se quedó meditabundo y finalmente dijo:

–Ya me había dado cuenta hace tiempo que tenías la cabeza en otra parte. Muchacho, ¿has pensado alguna vez en el compromiso que tienes con Roma y con tu familia? ¿O ni siquiera te has acordado de ellos?

Helvia apareció de detrás de la cortina gris y se quedó mirando a ambos hombres. Había estado escuchando desde el otro lado y se compadeció de Marco. Fingió mirar la lámpara con un penoso silencio de reproche y movió ligeramente la cabeza. Luego fijó los ojos en su hijo mayor y dijo:

–Debemos ser más frugales. La situación económica de Roma es desesperada por causa de esta guerra y la de nuestra familia aún peor. Las inversiones que hicimos han perdido casi todo su valor. Teníamos invertido casi todo el dinero en negocios marítimos. Es curioso, pero durante los períodos de guerra parece como si los elementos sufrieran también convulsiones. Casi la mitad de los buques en que teníamos intereses se han hundido con sus cargamentos o caído en poder de los piratas. Las otras inversiones que hicimos han perdido valor en la misma proporción debido a la guerra. Por ejemplo, las minas se han agotado. Como muchos de nuestros amigos, no hemos tenido suerte y no ha sido por culpa nuestra. Tu abuelo hizo inversiones muy prudentes y, si no hubiera sido por la guerra, habría obtenido buenas ganancias. Hace tiempo que él aceptó la carga de administrar el dinero que yo aporté como dote al casarme. Fue cuando tu padre perdió interés por los negocios. —Por un instante su rostro juvenil e impasible recobró el color.

»La guerra —prosiguió— trae calamidades tanto a los particulares como a las naciones. En estos tiempos sólo hacen dinero los fabricantes de armas o los comerciantes de provisiones para los ejércitos. Estos nuevos ricos se atreven a presumir ante los patricios con sus riquezas recién adquiridas y están introduciéndose en las familias ilustres, casando a sus hijos e hijas por dinero. Unos dan su apellido y los otros ponen sus cualidades, ya que nadie puede vivir sin dinero por muy ilustre que sea su apellido. Pero esto diluye la sangre noble y los nobles principios, porque estos nuevos ricos no son capaces de actitudes heroicas, sólo aspiran a presumir de una nobleza que no poseen. Un plebeyo ricamente vestido y con un carro bellamente repujado, amo de muchos esclavos, sigue siendo un plebeyo. Aunque gracias a su oro tenga a los senadores a su disposición, sigue siendo un ser despreciable. Sus apetitos son los de una bestia.

El abuelo asintió con gesto grave y dijo:

—Cuando un mendigo monta a caballo y toma en sus manos el bastón de mando es mucho peor que el patricio orgulloso, que al menos tiene antecedentes honorables y modales refinados. Yo pertenezco a la clase media, pero si tuviera que ser juzgado, preferiría que me juzgaran los patricios y no esos hombres engreídos de la calle, que no tienen la menor idea de lo que es el honor y la justicia.

Movió la cabeza.

—Pero incluso entre los patricios y los nobles hay los exigentes que codician el poder. Saben que el poder descansa en el número y por eso miman a la plebe, a la que precisamente teme todo gobierno sensato porque conoce sus apetitos desenfrenados y que es como una bestia imposible de controlar. Así que cuando esta guerra termine, los patricios dirigirán su atención a la plebe y se aprovecharán de ella para rehacer sus fortunas y hacerse con el poder.

—Quizá seas demasiado pesimista, abuelo —dijo Marco.

—¡No! ¡No lo soy! Porque hemos rechazado a Dios y nos apartamos de Él.

Marco comprendió ahora la difícil situación en que se hallaba su familia, las dificultades que no había sido capaz de ver. Lo que más le apenó fue ver a su madre, siempre tan imperturbable y serena, presa de la desesperación. Recordó que ella siempre había sido muy juiciosa e indulgente con el abuelo.

—Me temo —dijo Helvia, disponiéndose a retirarse de nuevo— que no podrás ir a Grecia tan pronto como esperabas, hijo mío. No tenemos más remedio que conservar los cuatrocientos mil sestercios que permiten a tu padre ser un primado. No debemos gastar ese dinero.

—Hemos vendido la mitad de nuestros esclavos —terció el abuelo—. Lo siento, pero no ha habido más remedio. Era mi voluntad, así como la de tu padre, y así constaba en mi testamento, que a mi muerte fueran liberados. Pero ahora no podemos permitirnos tan noble lujo.

Marco nunca había pensado en el dinero. Sabía que su abuelo y su madre eran bastante bien tacaños y excesivamente frugales y eso le divertía. Pero una cosa era ser tacaño y frugal siendo rico, y otra verse obligados a serlo por necesidad.

—Yo seré soldado y llegaré a general —dijo Quinto—. Entonces seré rico y mi futuro estará asegurado. No quiero ser pobre.

Helvia sonrió cariñosamente a su hijo favorito. El abuelo se levantó tras una breve invocación a los dioses y salió silenciosamente del comedor con gesto de reproche. Quinto bostezó y dijo:

—Debo ir con Arquías, que cada vez tiene menos respeto a Pilón, si es que alguna vez le tuvo alguno. Opina que no soy muy inteligente.

—Yo iré a ver a padre —dijo Marco, odiándose a sí mismo.

Primero se dirigió a su propio pequeño aposento, que estaba a oscuras, pero no encendió la lámpara. Comprendía que en estos tiempos había que ahorrar aceite. Se arrodilló junto a su estrecha cama y oró. No rezó pidiendo dinero, porque eso era un insulto a Dios, sino pidiendo sabiduría y valor, pero lo hizo desganado. Estaba asustado. Pensó que ya no era un niño, sino un hombre. Luego pidió la paz para su familia y suplicó la salud para su padre. Oró pidiendo fortaleza para soportar todas las pruebas que le esperaban, pero lo hizo sin fervor. De repente recordó que desde hacía tiempo sus oraciones no eran fervorosas. Sólo había pensado en Livia y todas sus oraciones eran dirigidas a Venus.

Se golpeó la cabeza contra el lecho y gimió:

—¡Oh! ¡Si pudiera olvidarla! ¿Es que soy todavía un chiquillo que no puede controlar sus emociones? ¡Ojalá fuera como Zeus y pudiera caer sobre Livia como él sobre Danae en forma de lluvia de oro!

Las lágrimas cayeron sobre sus manos crispadas. Y quedó de rodillas en silencio. Nunca olvidaría a Livia. Eso era imposible. Sin embargo, trataría de dominar su angustia y no cerrar los ojos a lo que le rodeaba. Los espartanos apretaban zorras contra sus vientres y permitían que les mordieran.

Y eso no impedía que fueran excelentes soldados y llevaran una vida normal. ¿Es que él era menos que un rudo espartano? Era romano. Ser menos era no ser hombre.

Fue a ver a su padre. El odio que sentía contra sí mismo le dio fuerzas y ecuanimidad. Y cuando apartó la cortina para entrar en el aposento de Tulio, iba sonriendo.

Tulio acababa de tomar su frugal cena y su vaso de vino. Ahora yacía exhausto en su lecho tras el esfuerzo realizado. De la pared colgaba una lámpara humeante. El cofre en que estaban sus escasos efectos personales se hallaba contra un tabique de madera y sólo se veía una silla. Volvió su cara macilenta cuando Marco entró. La luz de la lámpara mostró su rostro flaco y escuálido, sus ojos hundidos. Pero sonrió con radiante dulzura. En sus cejas había unas gotitas de sudor febril y sus labios estaban cuarteados y resecos. A Marco le pareció que había estado ausente largo tiempo y al volver encontraba devorado por una enfermedad a alguien que había dejado gozando de buena salud.

–Hijo mío –dijo Tulio y a Marco se le aceleró el corazón, renovando su odio contra sí mismo, porque el júbilo en la voz de su padre era el de alguien que acoge a un hijo pródigo.

Se sentó en la silla y no supo cómo excusarse por su negligencia, porque de hacerlo habría causado más dolor a su padre. Así que se limitó a preguntarle por su salud y Tulio volvió a sonreír, como si se sintiera divertido.

–Es otra vez la malaria –dijo–. No temas, Marco, no me moriré. Pienso ver con mis ojos cómo llegas a ser famoso, teniendo a tu lado a tu mujer y a tus hijos.

Marco miró tristemente aquellos ojos agotados por la enfermedad, comprendiendo que el espíritu que los animaba era más fuerte que la carne. Y su angustia decreció. Si su padre tenía deseos de vivir, entonces viviría. Y sintiéndose perdonado, comenzó a hablarle de sus estudios en la escuela.

–Pensamos sacarte pronto de allí –le anunció Tulio–. Debemos buscarte otro preceptor además de Arquías. Debes estudiar leyes.

Habló con serenidad. No hizo alusión a la guerra ni a la situación económica de la familia. Sostuvo la mano de su hijo con la suya ardiente y esquelética y se extendió en consideraciones sobre el futuro de Marco, comentando lo orgullosos que se sentirían los suyos. Parecía haber olvidado los graves momentos que atravesaba su patria. Había vivido siempre inmerso en un mundo propio de sueños, del que sólo lograba sacarlo a veces su padre.

–¡Cuánto lamento haber nacido! –exclamó de repente Tulio con voz apenas audible.

Marco recordó lo que su madre había dicho sobre sus impresiones iniciales acerca del que había de ser su esposo: «un joven Hermes». Sobre su padre flotaba algo etéreo y espiritual, algo que no pertenecía a este mundo, algo alado, remoto y esquivo.

Está enamorado de Dios, pensó Marco con aguda intuición. Añora una patria que sólo él conoce.

El joven recordó el altar del Dios desconocido. En los últimos meses lo había olvidado. Pensó en las azuzenas que había depositado allí en honor de su madre. También había olvidado lo que Noë ben Joel le dijo acerca del Mesías. Y todo, ¿por qué? Por una joven de cabello dorado y ojos tan azules como un cielo otoñal. En alguna parte, en algún momento, me equivoqué de camino, pensó. Y perdí de vista la verdad.

Pero a pesar de todo no podía comprender el deseo de su padre de abandonar este mundo.

Miró de nuevo a su progenitor, que había caído en un sueño muy parecido a la muerte, a pesar de que soñando sonreía. Sintiéndose cansado y molesto, apagó la lámpara, subió un poco el cobertor para tapar mejor a su padre y se marchó. Pensativo y desanimado, se dirigió en busca de Arquías y lo encontró de buen humor.

–Las noticias que llegan de provincias son malas –dijo como si anunciara algo bueno. Marco frunció el entrecejo.

–¿Y se alegra usted? –preguntó.

Arquías chasqueó la lengua.

–¿Por qué he de apenarme por las dificultades que atraviesa Roma? –replicó–. ¡Bah! Roma no va a perecer tan pronto dentro de sus muros y tampoco va a ser sometida por los bárbaros. Todavía tendrá su esplendor, pero será como la fosforescencia que emana de un cadáver que se corrompe. El hombre es la más risible de las criaturas, aunque no deja de ser patético. ¿Acaso no puedes contemplar la situación como lo hago yo, Marco? ¿Como un espectador? Escúchame bien: la vida es la más peligrosa de las experiencias, el mundo el más peligroso de los lugares, y el hombre el más peligroso de los animales. Contemplar todo eso constituye la esencia de la sabiduría, y la conducta más razonable es la de aquel que no se compromete.

–¿Usted no se ha comprometido nunca con nada?

–Nunca –contestó Arquías enfáticamente–. Me mantengo apartado de todo. Amo la poesía y la filosofía, pero incluso estas cosas me divierten. Son tentativas del hombre para aproximarse a lo que siempre le ha estado vedado. ¿Acaso el águila o el león se preguntan de dónde vienen y cuál será su fin? ¿Es que el ratón reflexiona y trata de resolver enigmas? ¿Les importa a las flores lo que hay más allá del sol? No, se contentan con ser como son, igual que yo. Aceptan la vida tal cual es. No temen la vida ni la muerte. Son más inteligentes que nosotros.

—Pero usted, Arquías, dijo una vez que es absurdo hacer una pregunta si no hay respuesta. Pero la mera existencia de una pregunta supone una respuesta.

—Hablaba en un plano metafísico. No debes tomarme en serio, especialmente si mi estómago está alterado, como debía estarlo cuando dije cosa tan absurda. Pero hablemos de nuestras lecciones. ¿De qué os habló hoy ese loco de Pilón?

—Como sabe que voy a estudiar leyes, me hizo la observación de que las leyes no deben ser estáticas ni inmutables, sino que deben avanzar conforme el hombre avance.

—¡Menudo sofisma! Pero ¿acaso el hombre avanza? No. Su naturaleza es constante en toda su vida. Inventa, construye ciudades cada vez más grandes. Establece gobiernos. Exulta con la fantasmagoría de los cambios. Se imagina que el simple movimiento es avance y que la actividad en sí es mutabilidad. Si corre cree que alcanzará un lugar más alto. Pero no puede escapar de sí mismo por mucho que grite, por mucho que cambie lo que le rodea. Por lo tanto, las leyes basadas en esta fantasía de cambio son ridículas. Tendrá novedades, pero esas novedades no significarán la sabiduría por mucho que se glorifique a sí mismo y alardee. Siempre estará cambiando de opiniones y de dioses, y a los que llamará por otros nombres. Pero el hombre seguirá siendo el mismo. Las leyes han de basarse en esa verdad.

Marco le escuchó y luego dijo:

—Noë ben Joel me ha hablado del Mesías de los judíos, que cambiará el corazón de los hombres.

Arquías hizo un gesto despectivo.

—¡Esos judíos! ¿Dónde está ese famoso Mesías? ¿Por qué tarda tanto en venir? Si es que viene alguna vez, lo cual dudo. Comprenderá a los hombres, pero no creo que pueda cambiarlos.

Marco había sentido muchas emociones esa noche y ahora le empezaba a doler la cabeza. Dejó de prestarle atención y Arquías, impacientándose, le dio permiso para retirarse. Se dirigió a su aposento, pero no pudo conciliar el sueño.

Acostado, se sintió inquieto y escuchó los ruidos nocturnos de Roma. Pensó en los vastos territorios que poseía en todo el mundo y en sus millones de súbditos de tantas razas y lenguas. Meditó sobre su poder, más tremendo cada día. Sin embargo, ahora que luchaba contra su propio pueblo en su propia tierra, las naciones sometidas se agitaban inquietas, esperando a que se abatieran las alas del águila y le cortaran la cabeza, para de ese modo liberarse de la espada y las garras que les oprimían. Los ojos estaban atentos a los estandartes romanos que ondeaban sobre los muros de tantas y tantas fortalezas, especulando cuánto durarían todavía en ellas. Por todas partes miradas hostiles y cargadas de odio contemplaban el paso de las legiones romanas. Si Roma era debilitada y dividida, los chacales caerían sobre sus restos.

Era cierto que Roma había llevado hasta las tierras conquistadas sus leyes y sus costumbres. Y sus leyes no eran tan malas, aunque los impuestos fueran cada día más onerosos. Los procónsules eran todo lo honestos que cabía esperar, teniendo en cuenta las presiones locales que recibían y los grandes sobornos que les eran ofrecidos por príncipes, cabecillas y recaudadores de impuestos. Roma había llevado la paz a un mundo azotado por guerras continuas. Cierto que era una paz precaria, pero no dejaba por eso de ser una paz. La espada corta romana era odiada, pero mantenía la ley y el orden. Roma había tenido la prudencia de no imponer sus dioses a las naciones conquistadas; antes al contrario, había honrado las divinidades ajenas y a muchas las introdujo en su propio panteón.

Hasta entonces la historia no había registrado una dominación tan benigna. La pasión que sentían los romanos por la jurisprudencia había liberado a los pueblos de la constante arbitrariedad, pero ¡ay de las naciones sometidas si mostraban señales de rebelión! Pronto sentían el peso aplastante del puño romano. Roma consideraba que su actitud era de lo más razonable, y negaba a los pueblos conquistados el derecho al orgullo nacional y al patriotismo, que le parecían cosas reprensibles, pues ¿no amenazaban la paz de Roma? El mundo era romano y que nadie soñara en recuperar hegemonías o independencias. ¿Qué habían conseguido con la independencia en el pasado? Guerras, ambiciones contrapuestas, destrucción y desorden.

Marco, echado sobre su duro lecho, reflexionó sobre todas estas cosas. Pensó en la Pax Romana impuesta de modo frío, implacable y eficiente. ¡Era algo antinatural! ¡Las naciones no pueden ser soldadas como pedazos de hierro! Estaban compuestas de gentes de razas, lenguas, costumbres y dioses diferentes. Tenían derecho a conservar sus territorios y su idiosincrasia. Roma se esforzaba en destruir la individualidad y la variedad en nombre de la paz; pero los individuos seguían naciendo con rasgos propios y con almas que siempre considerarían algo ajeno la Pax Romana. Era una locura, un sueño imposible, pensar que todos los hombres debían tener un solo gobierno, una sola ley y que todos pagaran impuestos a ese solo gobierno. Los imperios desaparecidos habían soñado con eso anteriormente, incluyendo a Grecia, y ese mismo sueño los destruyó porque el espíritu humano no puede ser tomado a la ligera. ¿Qué había dicho Noë ben Joel acerca de las escrituras sagradas de los judíos? Que el mismo Dios había establecido los límites de las naciones y había creado las diferentes razas, por lo que ningún hombre debía intentar cambiarlos.

—Puedes estar seguro de una cosa —le dijo Arquías en una ocasión—. Los hombres no aprenden las lecciones del pasado. Siguen los mismos caminos trillados hasta la muerte y son ciegos ante las advertencias.

Y ahora, mientras Roma luchaba contra sus hermanos de tierras italianas, las naciones conquistadas esperaban y oraban para que fuera derrotada y ellas pudieran liberarse de esta paz onerosa, de sus leyes e impuestos, porque los consideraban ajenos a su espíritu.

Estas reflexiones lo inquietaron y se preguntó si no estaba siendo desleal a su patria. Se levantó y encendió su lámpara, próxima a la del pasillo, y lanzó una mirada por éste, agitado por una inexplicable inquietud. Estaba orgulloso de su patria, pero comprendía que otros hombres también tenían derecho a estar orgullosos de la suya y a conservar sus propias leyes.

Le dolía la cabeza, en la que zumbaban tantos pensamientos. Recordando las palabras de Arquías esa noche, pensó que el filósofo tenía una pobre opinión del género humano. Para su maestro, el hombre era algo divertidamente perverso, completamente perverso, y era mucho peor cuando pretendía ser virtuoso. Sin embargo, pensó Marco, en el hombre hay algo de virtud. Tenía impulsos generosos al igual que los tenía crueles. Construía hospitales para los pobres y los esclavos, como sucedía en Roma. Protegía a los esclavos con diferentes leyes, pues los romanos no consideraban a los esclavos meramente «cosas», como los griegos los habían considerado. Sentía un anhelo auténtico de verdad y justicia, aunque fuera mentiroso e injusto. Respetaba la virtud, aunque a menudo careciera de ella.

Marco se encontró sin darse cuenta en el frío atrio y se preguntó cómo había llegado hasta allí. Ya no dormía en él ningún esclavo. Abrió la pesada puerta de roble y el frío viento de febrero le hizo sentirse aterido a pesar de su ropa interior de lana. Pero echó un vistazo a la calle. Los romanos se iban temprano a la cama, aunque muchos regresaban todavía de los festines o las jaranas. Sintió el lejano traqueteo de ruedas de algunas carrozas apresuradas. A pesar de la lóbrega oscuridad, la ciudad parecía de fuego porque las antorchas fijadas a los muros titilaban por miles como si fueran un inquieto mar de llamas. Por todas partes se veían moverse faroles. El nublado cielo invernal, pesadamente bajo, reflejaba la luz de las antorchas. De la impalpable neblina que flotaba en la atmósfera surgían voces cercanas y distantes, gritos, risotadas y conversaciones en voz alta. Marco cerró la puerta.

Regresó a su aposento y ya iba a correr la cortina, cuando oyó un ronco gemido. Se detuvo y aguzó el oído. El gemido se repitió, seguido de un débil y ahogado grito. Marco pensó en su padre y el temor lo embargó. Pero cuando llegó al aposento de su padre no oyó en su interior más ruido que el que éste hizo al volverse en su cama. De nuevo sintió aquel gemido y, lleno de inquietud, echó a correr hacia el frío y estrecho vestíbulo, en dirección al aposento de su abuelo.

—¿Abuelo? —llamó en voz baja.

El anciano gritó de nuevo y Marco abrió de golpe la cortina. El interior estaba oscuro como boca de lobo. Marco se precipitó hacia su propio aposento y trajo su lámpara, alumbrando con ella a su abuelo.

Hasta ahora nunca había visto el rostro de la muerte. El anciano estaba incorporado en su lecho, con las manos en la garganta y los ojos extraviados. Se quedó mirando angustiado a Marco. Tragó convulsivamente y su barba gris se agitó.

—Me muero —dijo con un hilo de voz.

—¡No! —exclamó Marco. Y empezó a llamar a gritos a Felón, que dormía allí cerca. El médico apareció en el vestíbulo, a medio vestir y adormilado, guiñando ante la luz de la lámpara.

»¡Socorro! —gritó Marco.

Capítulo

12

$\mathcal{E}$l portal de la casa de los Cicerón estaba cubierto de ramas de funerario ciprés.

—Ya tienes dieciséis años, Marco —le dijo Helvia, cuyo rostro regordete aparecía ahora serio y pálido—. Hasta dentro de siete semanas no vestirás la toga viril; sin embargo, ahora eres el cabeza de familia. No contamos con nadie más.

Para un joven cuya vida había sido hasta entonces serena, sólo alterada un par de veces por la pasión o la rabia, que había gozado de la existencia más bucólica en el seno de una familia bien avenida, cuyos días habían sido tranquilos, llenos de cariño y sin tener ninguna verdadera responsabilidad, la situación parecía tremenda. Para él no habían existido las jornadas inquietas y turbulentas de aquellos inmersos en los avatares de la guerra o que tenían miembros de la familia en el ejército; tampoco había conocido la ansiedad de aquellos que no tenían asegurado el sustento. Como no era patricio, tampoco había tenido que esforzarse en guardar las apariencias, ni sentido ambiciones ni luchado por el poder político. No había participado en planes ni conspiraciones, no se había mezclado con senadores, cónsules o tribunos, ni conocido el terror, la sospecha ni la grandeza. «En todos sentidos —escribiría años después—, mi juventud fue ese dorado estado del que pasa inadvertido, que decían los griegos, pero sin excesos. Sin embargo, ¡ay!, no lo envidio. La experiencia es la que forma al hombre, y si es terrible, le da un temperamento de hierro. El río de curso tranquilo que corre a través de tierras apacibles no forma estuarios, ni se precipita violento y atronador sobre las rocas. Si no hay turbulencia, no hay vida. Se queda encharcado.»

Marco no pudo llorar a su abuelo porque se sentía totalmente aturdido e incrédulo de que a una persona tan majestuosa y llena de vida no la fueran a oír más, ni pudieran contar en adelante con su ayuda y consejo. Marco estaba ligeramente resentido contra su padre, que lloraba como un niño, escondiendo la cabeza bajo las sábanas y gritando que la familia estaba arruinada. Cuando Marco fue a verle a su aposento, le tendió una mano temblorosa y esquelética como pidiendo ayuda y consuelo. Pasó algún tiempo antes de que el abatido joven se atreviera a tocar su propia mano, que ahora debía ser el firme timón de la familia y no la mano de un chiquillo.

—¡Ojalá hubiera muerto yo en vez de mi padre! —decía Tulio gimiendo, y Marco se sentía tan confuso y abatido que un par de veces llegó a pensar lo mismo.

Quinto miraba a su hermano mayor con el respeto debido al cabeza de familia. Los esclavos le mostraban deferencia. Arquías contuvo su lengua burlona por algún tiempo y Helvia lo miraba muy seria, como aguardando algo. Y él no sabía qué era lo primero que debía hacer. Su pena era muy grande, pero tenía que sobreponerse porque toda la familia confiaba en él.

Su abuelo había muerto en sus brazos y sólo entonces se dio cuenta Marco de lo mucho que había querido al anciano, que en la familia había parecido el roble que se levanta en medio de arbolitos recién plantados. Sus ramas les habían protegido contra los vientos tempestuosos y sus hojas del sol abrasador, y su tronco había sido un refugio. Pero ahora que el roble había caído, los plantones quedaban expuestos a todas las inclemencias. Muchas mañanas después, al despertarse, Marco gritaría:

—¡No es posible!

Había que cumplir con todos los terribles ritos funerarios, hacer sacrificios, visitar templos, orar por el eterno descanso del alma severa y virtuosa del anciano, repartir en su honor dinero a los pobres, recompensar a los sacerdotes, hacer ofrendas por las oraciones de las vírgenes vestales, encender candelas en su nombre a la puesta del sol (que tendría que encender Marco), hacer exhortaciones y dar dinero a los esclavos como recordatorio de sus deberes y agradecimiento de sus oraciones, recibir las visitas, aguantar los pésames, escuchar la lectura del testamento del abuelo que harían los abogados con voz grave y, sobre todo, dar sepultura al entrañable cadáver. Porque un hombre no se muere y desaparece así como así.

Helvia, prudentemente, no quiso aconsejar y ni siquiera ayudar a su hijo. Él era ahora el hombre de la casa y debía asumir sus responsabilidades. Helvia era una romana chapada a la antigua y opinaba que los jóvenes, cuanto antes se hicieran hombres, mejor. Se limitó a colocar los libros ante él, explicarle su significado y luego presentar a Marco a los abogados y banqueros. Marco, en más de una ocasión, hubiera deseado pedirle consejo, pero el rostro sereno de ella le advertía que ya no era un niño y que hacer eso era su deber.

El joven se sentía débil e impotente, pero mientras Helvia esperaba a que él asumiera la carga, sintió como si las alas le crecieran y se le fortalecieran, como crecen y se fortalecen las alas de una mariposa al salir de la crisálida.

Pues si jamás volara, sería inmediatamente presa indefensa de cualquier pájaro. No había tiempo para llorar ni para compadecerse de uno mismo. Los días pasaban rápidamente para Marco y sus responsabilidades crecían como muros cada vez más altos o ejércitos que avanzaran. Y tenía que enfrentarse con ellos. Podía resolver mejor los grandes problemas, porque allí estaban los banqueros y abogados para aconsejarle. Eran los problemas pequeños los que le atormentaban y ponían furioso. A veces perdía los estribos hasta con el más sumiso de los esclavos. Los libros le parecían áridos como polvo. Él, que apenas había tenido que tomar ninguna decisión, tenía que tomarlas ahora todas.

—¡Tengo la familia más inútil! —exclamó una vez ante su madre, que se limitó a sonreír débilmente, contestándole:

—¿Es que nunca vas a dejar de ser un niño?

El testamento del abuelo era bastante sencillo a primera vista. Las rentas de sus inversiones pasaban a Tulio en usufructo, pero Marco era nombrado heredero universal por ser el hijo mayor. La casa pasaba a ser propiedad de Helvia. Quinto, futuro soldado, recibía como recuerdo las memorias de guerra del anciano, su espada corta, por él tan apreciada, su escudo, su armadura, el busto de Marte, sus distinciones por valentía ante el enemigo y sus medallas. El abuelo nombraba a Marco su albacea testamentario y asimismo le dejaba su amada isla de Arpinum.

Por primera vez Helvia le dio un consejo. ¿Quién sabía lo que habría sido de la casa solariega? ¿Cuándo podría regresar la familia a la isla? ¿Quién podría decir lo que duraría la guerra aún? Y como mientras tanto tenían que pagar fuertes contribuciones por aquella propiedad y debido a la guerra los impuestos aumentaban continuamente, se imponía que Marco vendiera la isla.

—No —fue la contestación de Marco.

Helvia se mordió el labio.

—Volveremos —afirmó Marco—. Las guerras acaban alguna vez.

Helvia se fijó por primera vez en que su hijo tenía unas cejas prominentes y por un momento le pareció que era el abuelo quien la estaba mirando con aquellos ojos, aunque la forma y el color fueran iguales que los suyos.

—Llevaré las cenizas del abuelo a la isla y les daré sepultura allí, en el lugar que él más amaba —dijo Marco—. Mientras tanto, viviremos lo más modestamente posible y podremos pagar los impuestos. Es curioso, ¿verdad? —añadió con amargura—, pero los poderosos están exentos de pagar impuestos y se enriquecen incluso en tiempo de guerra.

—Tienen amistades entre los senadores —respondió su madre—. Las personas corrompidas e influyentes nunca llevan su parte de la carga común, como hacen las que son justas y responsables. Es el precio que pagamos por tener un gobierno venal, que protege a sus favoritos y castiga a quienes le desprecian.

–Pero no fue siempre así. Nuestra historia enseña que cuando un gobierno es honrado, justo y virtuoso, los impuestos son muy pequeños. Pero cuando un gobierno se hace poderoso, llega a ser destructor, extravagante y violento. Es un usurero que quita hasta la respiración a los inocentes y priva a los hombres honrados de su sustancia a cambio de votos que lo perpetúen.

Luego fue a hablar de esto con Arquías, quien se encogió de hombros e hizo una mueca torcida.

–Ahora deberás interesarte por la política, porque el que no pronuncia palabras sublimes no tiene honor ni patriotismo. Fue Pericles el que dijo: «No decimos que el hombre que no se interesa por la política se ocupa tan sólo de sus propios asuntos. Lo que afirmamos es que no tiene nada que hacer en el mundo».

Marco descubrió que el asesor financiero de su abuelo había sido Joel ben Salomón, el padre de Noë ben Joel, así que fue a visitarle. Sentía por aquel hombre un cariño filial y más tarde tendría ocasión de almorzar muchas veces en su suntuosa mansión. El anciano, que era padre de muchas hijas, a todas las cuales había casado convenientemente, y de un hijo al que era incapaz de comprender, lo recibió amablemente en su despacho del Foro. Su barba gris y sus ojos astutos hicieron que Marco se acordara de su abuelo. Y por primera vez desde el fallecimiento del anciano patriarca sus ojos se llenaron de lágrimas. Joel ben Salomón pareció comprender. Se sentó pacientemente ante su mesa de ébano y lo contempló con aire paternal. Finalmente habló.

–He de agradecerte, Marco, que hayas hecho que mi hijo se interese por la religión. Ya desesperaba de él.

Joel ben Salomón sonrió con benignidad.

–Tengo esperanzas de que entre en esta casa de banca –dijo.

Marco regresó a su casa e inmediatamente informó a su madre de que, por muy modestamente que vivieran, tendrían que procurar reducir aún más los gastos. Helvia inclinó la cabeza con gesto grave.

–Y dime –preguntó–, ¿acaso yo he derrochado alguna vez? ¿Tengo alguna esclava para que me perfume y me peine después del baño? ¿Tengo tres cocineras en la cocina? Soy yo la que guiso, hijo mío. ¿Gasto mucho en ropa o llevo zapatos enjoyados? ¿Llevo piedras preciosas en torno al cuello o pendientes en las orejas? Sólo nos hemos quedado con los pocos esclavos indispensables y además son viejos, pero han estado a mi servicio durante muchos años y estuvieron al de mi madre. ¿Vamos a vender a esas pobres e infelices criaturas? ¿Quién las querría comprar? ¿Les concedemos la libertad y los soltamos para que se mueran de hambre en la calle? ¡Sus manes nos maldecirían! Así pues, dime qué hemos de hacer.

Marco vaciló y finalmente dijo con tristeza:

—Está el sueldo de Arquías. Tendremos que prescindir de él.

—Sócrates dijo que para que un hombre sea de valor para el mundo, ha de tener educación.

—Pero a Quinto no le gusta estudiar. Detesta los libros. Y sus estudios en la escuela de Pilón nos cuestan la mitad del sueldo de Arquías.

Helvia se sentó ante sus libros y esperó a que Marco, con el alma acongojada, se dirigiera a la habitación de Arquías para comunicarle su decisión. El griego escuchó en silencio. Luego dijo:

—Tu padre me pagó generosamente todos estos años y yo soy hombre de pocas necesidades, exceptuando el buen vino, que compro por mi cuenta. Además, mi Eunice es imprescindible para la señora Helvia. He ahorrado dinero. Conociendo el comportamiento de los hombres, lo invertí en ciertas especulaciones. Por lo tanto, permíteme que me quede contigo, mi querido Marco, aunque no me des sueldo alguno. No tengo otro hogar —vaciló—, y si mis pobres ahorros pueden ayudarte en esta crisis, puedes contar con ellos.

Por segunda vez en aquel día y también por segunda vez desde la muerte de su abuelo, Marco sintió que las lágrimas acudían a sus ojos. Y dio un abrazo a Arquías.

—No se separe de mí, querido maestro —le dijo.

—¡Basta! —le interrumpió Arquías, enarcando una ceja—. Retira a ese simpático zopenco de Quinto de la escuela de Pilón. Yo le enseñaré gratis, aunque confieso que me estremezco sólo de pensarlo. Pero tiene buen carácter y eso no es de desdeñar. Dentro de pocos años ingresará en el ejército, por lo que me sentiré piadosamente agradecido.

—Yo empezaré a estudiar leyes dentro de unas semanas —le recordó Marco—. Tampoco es necesario que siga yendo a la escuela de Pilón. Ya me ha enseñado todo lo que sabe.

—Que no es gran cosa —comentó Arquías.

Marco se dirigió de nuevo en busca de su madre, sintiéndose más que contento. Ella sonrió sin parecer sorprendida.

—Sin Eunice —reconoció— me sería imposible tejer ropa para toda la familia. Imaginé que Arquías haría lo que ha hecho.

—Pues aún hemos de ahorrar más y apretarnos otro poco el cinturón —dijo Marco sentándose a su lado.

—Tengo un plan. Hemos de conseguir que te prometas en matrimonio con una joven que aporte una buena dote. Ya he pensado en una muchacha..., se llama Terencia.

Por primera vez desde el fallecimiento de su abuelo, Marco se permitió pensar en Livia Curio. Su recuerdo había subsistido en su mente distraída como si fuera un pesado dolor de cabeza, pero ahora su recuerdo surgió de nuevo como las llamaradas de un fuego.

—¡No! —replicó .

—¿Por qué no? Tiene doce años y está en edad de prometerse. No es que sea muy guapa, pero es hija única, ya que sólo tiene una medio hermana. En cuanto se propague el rumor de que estáis prometidos, después de que vistas la toga viril, las cosas nos irán mejor. El matrimonio se puede celebrar dentro de dos años.

—¡No! —exclamó Marco de nuevo.

Su madre lo miró con ceño.

—No es necesario que contestes con esa vehemencia. ¿Es posible que todavía te acuerdes de Livia Curio? Aurelia César me informó de que se casará este verano con Lucio Catilina. Él ya ha vuelto de Grecia, según dice, para ayudar a su patria.

Marco sintió un profundo malestar. Apretó los puños por debajo de sus rodillas y miró fijamente sin ver.

—No importa —dijo finalmente en voz baja—. No importa que se case con otro. Nunca la olvidaré y no me casaré con ninguna otra mujer.

Helvia se encogió de hombros.

—Ya veremos —dijo con gesto pensativo, mordiéndose el labio—. No podrás ir a Grecia tal como habíamos pensado. Tampoco tienes vocación por el ejército. Ya he dispuesto que estudies leyes con el anciano Scaevola, el augur y pontífice. Eso es un privilegio extraordinario y debes este honor a mi padre, que es amigo suyo. Pero te advierto que le gusta jugar a los dados —sonrió—. Ten cuidado y que no te aficione al juego y te vaya a ganar tu asignación.

Pero Marco, aunque se sintió emocionado al pensar que iba a estudiar con Scaevola, el famoso abogado, no pudo sonreír a su vez a su madre.

—No puedo olvidarla —musitó—. Te lo juro por Zeus.

—Ya te acostumbrarás a vivir sin ella. Te será difícil, y recuerda que ni siquiera los dioses fueron capaces de soportar una prueba tan dura.

Quinto se alegró cuando le dieron la noticia de que ya no tendría que ir a la escuela, aunque lamentó no poder reunirse con sus compañeros. Tampoco podría participar en las competiciones deportivas escolares de la primavera.

—¿Y la esgrima? —le preguntó a Marco.

Éste de buena gana lo habría dispensado de recibir más clases de esgrima, puesto que ya era un buen espadachín, cosa que se tomaba como un deber. Helvia insistió en que siguiera tomando dichas clases.

–¿Qué es un hombre que no sabe defenderse? –dijo–. Además, si os retiráis de todo, habrá murmuraciones.

Al llegar la primavera comenzaron a soplar vientos tibios procedentes de Campania. Las golondrinas habían vuelto alegremente a revolotear sobre los tejados y las concurridas calles y no había trozo de tierra en que no florecieran las amapolas. Helvia trabajaba incansable en su pequeño huerto ayudada por Eunice, porque las verduras estaban carísimas en la ciudad azotada por la guerra. Había comprado una cabra para tener leche y ya tenía un cabritillo. Marco veía con frecuencia a su madre en el huerto, con la estola recogida sobre sus piernas regordetas, los pies desnudos y un azadón en la mano. La rubia Eunice trabajaba siempre a su lado. Les ayudaba una vieja esclava, que siempre iba de acá para allá como si fuera otra golondrina.

Helvia no permitía que Marco la ayudara. Debía estudiar leyes. Ni siquiera mencionaba a su esposo, otra vez encerrado con sus libros y ahora, además, con su dolor. Quinto, en cambio, después de recibir sus lecciones se dedicaba alegremente a llevar estiércol al huerto y cavaba con gran celo. Arquías condescendió a plantar cebollas.

–Un plato no es nada si no tiene sabor –declaró poniéndose en cuclillas y dejando que a su rostro delgado y moreno le diera el sol.

Helvia retiró de sus fondos secretos lo suficiente para costear las debidas ceremonias con que solemnizar la adolescencia de Marco, aunque el joven protestó por el gasto.

–Tengo mis ahorrillos –le dijo su madre–. Claro que no podremos celebrar las ceremonias tal como queríamos por causa de la guerra, pero hemos de hacer lo que podamos. De lo contrario, mancillaríamos nuestro honor.

Así que Marco, para complacerla, pretendió tomarse interés en las ceremonias. Hasta su padre abandonó su aposento y su biblioteca en esta ocasión y, pálido y enfermizo, acudió a saludar a los huéspedes y a brindar por el futuro de su hijo. Marco no pudo por menos que pensar en lo poco varonil que era la actitud de su padre, retirándose en lo mejor de su vida y abandonando sus responsabilidades. Pero apenas le pasó este pensamiento por la cabeza, se sintió horrorizado y avergonzado por la deslealtad que suponía hacia su amado padre. Fue entonces cuando comprendió, para dolor suyo, que desde la muerte de su abuelo se había mostrado impaciente respecto a Tulio. Pero ¿acaso no era misión del padre ser el protector y el consolador de la familia? Ni siquiera una vez había preguntado cómo iban los asuntos familiares. Siempre había dejado que los llevaran el abuelo y Helvia y ahora ni siquiera le pasaba por la cabeza cómo se las arreglaban; pero, eso sí, en una ocasión se quejó de la calidad del vino. Su esposa le contestó imperturbable:

—Pues menos mal que tenemos éste.

—¡Ah! ¡La guerra! —suspiró Tulio. Y pronto olvidó la guerra. No le interesaba. Envidiaba a su padre por haberse muerto.

Marco ya llevaba puesta la toga viril, que le pesaba sobre los hombros como si fuera de hierro. Tengo mucho de mi padre, meditó tristemente. Y se sintió muy desgraciado.

Mas pronto sus estudios comenzaron a absorber toda su atención desde la salida a la puesta del sol. Hasta su incurable nostalgia por Livia pareció adormecerse en medio de sus deberes y sus libros difíciles.

Pero un día vio a su amada en el templo de Venus.

Capítulo

13

Años más tarde, Marco escribió acerca de los César: «Serán recordados entre los grandes, pero nadie estará completamente seguro de en qué consistía su grandeza. Yo creo haber resuelto el enigma: no quisieron a nadie más que a sí mismos. En ningún momento olvidaron su deber para sí mismos o su propio provecho. Gracias a esta magia, convencieron a todos de que los César eran hombres fuera de lo común, que se merecían el amor y los honores»[1].

Con los poderosos, los César eran aduladores, atentos, serviciales, sacrificados y leales. Con sus iguales eran amables y considerados, aunque ligeramente retraídos. Su compañía era agradable y entretenida, raramente entraban en discusiones, se mostraban de acuerdo aunque en el fondo no lo estuvieran; eran graciosos, hipócritas, hablando jamás formulaban una opinión, se les podía considerar deshonestos mas encantadores, totalmente insinceros pero flexibles; no se mostraban reacios a los chismes si eso había de reportales alguna ventaja, aunque siempre hablaban bien de vecinos y amigos. Con sus inferiores, que eran los que más los querían, se mostraban fríos, exigentes y arrogantes, no perdiendo ocasión de recordarles la superioridad de su familia y haciéndoles creer que una mera palabra condescendiente de los César era comparable a un favor de los mismísimos dioses. Así que los poderosos contribuyeron a la buena suerte de la familia porque a los poderosos les gustan los sicofantes, los iguales les estaban agradecidos por su amabilidad y los inferiores no deseaban otra cosa que servir a personas tan nobles y excepcionales.

«En esto eran verdaderos artistas –escribiría más tarde Marco con cierto pesar–. Aunque es un arte que no les admiro.»

Tampoco Helvia se engañaba con los César. Su propia familia era de más categoría que la de Aurelia. En cuanto a los miembros masculinos, no les hacía caso. No le impresionaba el aire de solemnidad que se daban y se reía de

---

[1] De *Cartas a Salustio*.

sus encantos. Nada tiene de extraño que Aurelia fuera su mejor amiga. Incluso cuando la familia se mudó a la colina del Palatino, Aurelia iba a visitar a Helvia por el puro gusto de no verse obligada a ser encantadora, graciosa, insincera, agradable y estar constantemente en guardia.

Aurelia, que controlaba muy estrechamente al pequeño Julio César, no quería perderlo de vista ni un momento, así que siempre lo llevaba con ella cuando iba de visita a casa de los Cicerón, con el pretexto de que su hijo recordaba con cariño a sus antiguos compañeros de juegos. Marco encontraba a Julio, que ya tenía doce años, divertido pero irritante. Quinto pensaba que era cariñoso, y lo era, en efecto. Quinto le era muy superior en los deportes. Julio hablaba con entusiasmo de los militares y declaraba sin ambages que llegaría a alcanzar un alto rango. Pero cuidaba de su persona y prefería la estrategia a las pruebas de fuerza, era vivo y gracioso y siempre lograba eludir las sugerencias de Quinto para que lucharan o boxearan.

–Yo no soy un gladiador –solía decir.

A pesar de ser tan joven, era un magnífico conversador, pero hasta el ingenuo Quinto sospechaba que la mayoría de las hazañas que contaba no eran más que buenos embustes. Sin embargo, a Quinto le gustaba escucharle.

–Eres otro Homero, Julio –le decía–. Sigue hablando.

Julio no se ofendía ni protestaba afirmando que decía la verdad. Para Julio la verdad era una cosa muy restringida y a menudo aburrida. Su mente imaginativa, su genio para la invención, le hacían saltar por encima de la verdad como uno salta por encima de una roca que se encuentra en su camino.

Sin embargo, y dentro de lo que él era capaz, sentía un cariño sincero por Marco, prefiriendo su compañía a la de Quinto. Porque Julio, a la edad de doce años, tenía mentalidad de hombre: una mentalidad sutil y tortuosa. No creía que a Marco no le gustasen los chismorreos. ¿Es que había algo más interesante que una buena habladuría sobre las debilidades, faltas y pecados de los demás? No había rumor, fuera del género que fuese, del que no estuviera enterado Julio, y se divertía contándoselos a Marco para fastidiarle. A veces inventaba. Así, por ejemplo, cuando le habló del próximo matrimonio de Livia Curio con Lucio Sergio Catilina y le refirió las aventurillas de éste con jovencitas complacientes de la alta sociedad romana, Marco se negó a creer estas hazañas amorosas. ¿Es que Livia no era bastante para aquel hombre? Julio le dijo que era un ingenuo. Luego observó la repentina palidez de Marco con esa astucia e intuición tan típica de los César y por la que eran justamente famosos.

–¿Conoces a esa doncella? –le preguntó.

–La he visto un par de veces.

Julio suspiró.

—Si yo fuera mayor —dijo—, desafiaría a Lucio, al que tanto desprecio, aunque ya sea capitán. Le desafiaría para arrebatarle a Livia, que es tan virtuosa como bella. Pero es una joven muy rara y como él es tan extraño... no pueden negar que llevan la misma sangre.

Marco quedó horrorizado al saber que estaba emparentada con Lucio.

—¿Cómo es eso? —preguntó.

—No son parientes cercanos —dijo Julio, complacido al ver que su amigo le prestaba atención—. Creo que son primos terceros.

Marco recordó el extraordinario azul de los ojos de Lucio, color que parecía llenarle toda la cuenca del ojo. Eran los mismos ojos de Livia. Pero se dijo: se parecen sólo en el color y la forma. La expresión no es igual.

Sin embargo, se sintió inquieto. Ya era desagradable pensar en aquel próximo matrimonio, pero mucho peor pensar que ambos eran parientes, por muy lejanos que fuesen. Para Marco era como si una mano profana se hubiera atrevido a tocar una virgen vestal. Recordando que Julio era muy embustero, fue a preguntárselo a su madre. Ella se quedó pensativa, luego asintió y dijo:

—Es cierto, Marco. No caí en eso antes, si no, te lo hubiera dicho. Ya deberías haber olvidado a esa doncella, porque los Catilina tienen sangre perversa.

Livia no tiene nada de los Catilina, pensó Marco con su habitual obstinación. Ahora sabía la fecha de la boda: faltaban menos de cuatro semanas. Había tratado de resignarse, de afanarse en los deberes de su familia y en sus estudios. Incluso hubo momentos en que no se acordó de Livia para nada. Mas ahora sentía de nuevo aquella agonía.

El calor del verano se hizo sentir prematuramente en la agobiada ciudad, sobre la que cayeron fuertes tormentas como si reflejaran lo tempestuoso de la guerra. Jamás habían estado las calles tan intransitables o malolientes por el sudor. Los colores parecían demasiado vívidos, desde el hiriente azul del cielo hasta los rojos y azafranados amarillos y ocres de los altos edificios, de las rebosantes plazas y los templos, desde las colinas hasta el Foro. La luz del sol destellaba en las armaduras y cascos de los soldados. Las carrozas quedaban detenidas en las calles a ratos, pegadas rueda con rueda, mientras los conductores maldecían furiosamente y se enjugaban sus rostros sudorosos. Los estandartes colgaban de los soportes. No había calleja en la que hacer una pausa, ni portal vacío. A veces, Marco, cargado con sus libros, se paraba jadeante, inmóvil a pesar de los empujones de la muchedumbre, ensordecido por la cacofonía de voces y maldiciones, guiñando los ojos al sol. No podía levantar los brazos o mover los pies. Era como si todo el mundo se hubiera congregado en Roma. No había un sitio donde refugiarse huyendo de la humanidad. Los esclavos gritaban pidiendo paso para las literas de sus amos y la gente les increpaba, mientras las cortinas permanecían discretamente corridas. Los tribunos y cónsules, a caballo, esperaban con falsas sonrisas de paciencia, mientras sus caballos y sirvientes se ponían de nuevo en movimiento, para tener que detenerse en el próximo cruce.

Los que tenían villas o granjas en los alrededores no podían ir a ellas por causa de la guerra, lo que contribuía a congestionar aún más la ciudad. La corriente de soldados y refugiados era interminable. Esto resultaba intolerable. El temperamento romano, que nunca fue muy tolerante con esta clase de molestias e incomodidades, estaba al rojo vivo y, para colmo, las alcantarillas, que siempre habían apestado en verano, olían ahora mucho peor. Roma era una cloaca de sudor, humanidad y desperdicios. ¡Cuánto añoraba Marco su Arpinum natal!

Desde la muerte de su abuelo había dejado de ir con sus ofrendas de palomas al templo de Venus, porque había perdido toda esperanza respecto a Livia y, además, se hallaba demasiado cansado. Un día, mientras iba andando fatigosamente por la calle al paso que la muchedumbre le permitía, vio la entrada en penumbra de su querido templo porticado. Era un refugio contra el calor, el mal olor y los empujones, y penetró en el recinto. Respiró profundamente aquel aire fresco. El templo no estaba vacío (en tiempos de paz hubiera estado lleno de gente). Comparado con la calle, era un lugar silencioso y había pocos fieles. Marco se apoyó contra una blanca columna de mármol, se enjugó el sudor del rostro, alzó los libros que llevaba debajo del brazo y se sacudió su humedecida túnica. La frialdad del mármol le produjo una agradable sensación en la espalda y el olor a incienso fue reconfortante. Las frías losas de mármol fueron una caricia para sus pies, pues las suelas de sus sandalias se habían recalentado. Miró hacia el altar de la diosa y su serena belleza le consoló. Ante la imagen ardían numerosas velas que parecían estrellitas de plata. Había olor a flores.

Ante Venus se encontraban muchas jovencitas arrodilladas. Eran doncellas enamoradas o a punto de casarse que le ofrecían sus oraciones. Eran como capullos en flor y llevaban palomas en sus manos. Sus cabelleras multicolores les caían sobre las espaldas y sus bien formados senos se insinuaban bajo las túnicas. Apartadas a un lado estaban sus acompañantes, envueltas severamente en sus mantos. De repente, Marco se fijó en que siempre acudían al templo de Venus más mujeres y doncellas que hombres y jóvenes. Y se le ocurrió la cínica reflexión de que eso era porque los hombres no confundían el amor con la concupiscencia, como suelen confundirlo las mujeres. La guerra, el dinero, la ambición, el poder, la gloria, la lucha: ésas eran las realidades de los hombres. El amor o su sustitutivo, la lujuria, no eran más que entretenimientos.

Fue entonces cuando vio a Livia entre las otras doncellas, ofreciendo a la diosa sus palomas.

La había visto tan a menudo en sus sueños que pensó que su imaginación le engañaba. La luz de las velas titilaba en sus mejillas, dándole un exquisito perfil, en el profundo azul de sus ojos, en su encendida cabellera bajo su velo blanco, en sus erguidos senos que se insinuaban bajo sus vestiduras amarillas o en la cinta blanca que rodeaba su talle, en los brillantes brazaletes que llevaba en sus largos y pálidos brazos y en el reluciente anillo de prometida que llevaba en un dedo. Parecía absorta mirando el rostro de Venus, apretaba las palomas contra su pecho, con la barbilla alzada. Tras ella permanecía una anciana, vestida con elegante sobriedad.

Marco se quedó helado como una estatua. Luego los oídos comenzaron a zumbarle y de repente se sintió jubiloso. Empezó a temblar y a respirar entrecortadamente, como si hubiera estado corriendo. Los horribles meses que había pasado se desprendieron de él como si fueran barro seco y la aridez de su vida dio paso a la alegría y el júbilo. Una prometedora esperanza pareció florecer en las yermas montañas de su existencia y hasta le pareció oír música. ¡Cuánto había soportado! Se daba cuenta ahora de lo vacía y desesperada que había sido su vida cuando había creído que podría olvidarla. Pero ahora sabía que sólo el recuerdo de ella le había dado fuerzas. Y se sintió como un río turbulento que se precipitase hacia la joven, cayera sobre ella y la envolviese.

Los sacerdotes se movían entre los fieles llevando cestas para recoger las palomas. Un débil sonido de música de laúdes llenaba el templo y unas voces cantaban quedamente. Las jóvenes se incorporaron y se dispusieron a marchar. Marco, temblando como si tuviera fiebre, se retiró hacia el pórtico y esperó a Livia y a su acompañante. Enseguida se vio rodeado de melodiosas voces femeninas y con sus ojos recorrió los grupos de mujeres, tanto jóvenes como viejas. Pronto apareció Livia, seguida de su carabina. La mirada de la joven era grave y parecía como abstraída.

–Livia –le dijo Marco.

Ella no le oyó. Él volvió a repetir su nombre cuando estuvo más cerca y entonces ella quedó asombrada al verle. Inmediatamente se ruborizó, los labios le empezaron a temblar y sus ojos azules cobraron nuevo brillo. Vaciló. Él acortó la distancia que los separaba y le preguntó con ansiedad:

–¿Livia?

Se dio cuenta de que ella estaba luchando consigo misma, que prefería que no le hablase, que la dejase pasar en silencio. Pero alargó su mano para tocar la de ella y la joven se estremeció, sin dirigirle la palabra ni mirarle.

–¿Quién es este descarado? –preguntó su acompañante con voz áspera. La anciana observó a Marco con su modesta túnica, sus sandalias sencillas y se fijó en que no llevaba joyas–. ¿De quién es este esclavo? –preguntó.

–Es amigo mío –dijo Livia en voz baja. La carabina la miró fijamente y se llevó la mano al oído haciendo bocina.

–¿Qué has dicho? –preguntó con voz de loro.

–Mi tía Melina está sorda –explicó Livia a Marco, pero sin mirarlo. Acercó sus rojos labios al oído de la vieja y casi gritó–: ¡Es amigo mío! ¡Marco Tulio Cicerón!

Los que pasaban se quedaron mirándolos con curiosidad, formando un círculo.

–¡No conozco a ningún Cicerón! –gritó la tía–. ¡Cicerón! ¡Garbanzo! Pero ¿qué es esto, hija mía?

Livia dijo a Marco lo más tranquila y rápidamente posible:

–Siento mucho que se muriera tu abuelo. Siento que... –Respiró profundamente y en sus ojos azules se reflejó el dolor.– No lo estropees, Marco. No me toques. Debemos irnos.

–Livia –suplicó él.

–¿Qué quieres de mí? –gimió ella desesperadamente–. ¿Qué puedes decirme? Nada, Marco.

–No he podido olvidarte. Sólo vivo pensando en ti.

La tía tiraba del brazo de la joven y miraba muy enfadada al intruso.

–Nada, nada, Marco. Olvídame.

–No, eso es imposible. Livia, dime que te acuerdas de mí, que piensas en mí.

Le pareció que si la dejaba marchar sin más, se moriría de pena.

–He venido aquí a menudo a pedir a Venus que tenga piedad de nosotros –le dijo. Hablaba con voz ronca que delataba su angustia.

–Yo rezo para conseguir amar a Lucio –le contestó Livia–. Debemos resignarnos con lo que el destino nos tiene resevado. Ni siquiera los dioses pueden cambiar el destino.

Lo miró con gravedad. Parecía querer decirle que ella no era una criada que podía escaparse con un mozo de cuadra. Las circunstancias de su vida eran inexorables.

–Dime tan sólo que piensas en mí –suplicó él.

Los ojos de la joven se llenaron de lágrimas y sus labios color frambuesa le temblaron. Pero se limitó a decirle con voz impasible:

–Pienso en Lucio, mi novio.

–¡Livia! –exclamó él, uniendo sus manos en gesto de súplica.

Ella bajó la vista y su rostro pálido se volvió rígido por el sufrimiento.

—Te lo suplico, Marco —susurró—. Apártate de mi lado.

—No habrá nada imposible, con tal que vivamos —replicó él.

Livia recogió los pliegues de su fina capa y se volvió hacia su tía, que miraba fijamente a Marco muy ofendida. La joven tomó el brazo de la anciana y ambas pasaron junto a Marco. Livia ni siquiera se volvió para mirarle. A la puerta del templo les esperaba una litera doble. Subieron y los esclavos se alejaron portándola. Las cortinillas no se abrieron ni una sola vez. Marco se quedó mirando a la litera alejarse, hasta que desapareció en una esquina.

Apoyó su frente contra un pilar y lloró como no había llorado a la muerte de su abuelo. Ahora sabía que la Señora de los Cipreses era la más poderosa de todas las diosas, incluso más que Zeus. Los cínicos y los escépticos podrían mofarse o soltar palabras obscenas o impías. No había quien pudiera desafiar a Venus, la inmortal, que jamás pudo ser vencida.

¡Ojalá fuera rico y poderoso!, pensó en su desconsuelo. ¡Si llevara un glorioso apellido! Pero no soy nada, nada.

Regresó a su casa atormentado por los pensamientos. No podía ver otra cosa que los ojos azules de Livia.

Capítulo

14

La familia no se dio cuenta aquella noche de la extraordinaria palidez de Marco, porque Tulio había caído otra vez enfermo de la malaria. Helvia acababa de regresar de uno de los tres templos de la Diosa de la Fiebre y se hallaba en la cocina muy ocupada preparando la cena. Quinto estaba estrujándose la cabeza con sus libros. Sólo Arquías vio la expresión de Marco.

–¿Cómo vas con el honorable Scaevola? –le preguntó en el atrio, tratando de averiguar astutamente a qué se debía el penoso aspecto que presentaba.

–Hoy no lo he visto. Ha estado muy ocupado defendiendo el gremio de carpinteros de los cargos que le ha imputado el Senado por cobrar precios excesivos al gobierno –contestó distraídamente–. Hay otros casos contra los gremios de guarnicioneros y de zapateros. Extorsión al gobierno en tiempo de guerra.

–Como los gobiernos practican la extorsión contra casi todo el mundo, me parece muy justo que algunos la empleen contra él –dijo Arquías.

Marco trató de sonreír.

–Scaevola dice que la ley es un asno y que sólo se permite montarlo al gobierno.

–Pero ¿quién ha ganado estos casos? –preguntó Arquías.

–Pues ¿quién iba a ser? Scaevola. –Ahora Marco sonrió de verdad.– Conoce secretos de todos los senadores, de la mayoría de los tribunos y de muchos cónsules. Así que tienen que escuchar seriamente sus argumentaciones. Los carpinteros, los guarnicioneros y los zapateros fueron absueltos de la acusación de extorsión. Scaevola les advirtió luego en privado que durante cierto tiempo han de ser menos codiciosos. Como es natural, le hicieron muchos regalos. –Hizo una pausa.– No tiene más que mirar a los senadores fijamente para que éstos se acobarden.

–Es muy conveniente que un abogado tenga informes secretos acerca de los poderosos –comentó Arquías–. ¡Ah! ¡Los hombres! Un abogado que fuera honrado y creyera honestamente en las leyes se moriría de hambre por falta de clientela. Jamás podría ganar un caso.

Marco frunció el entrecejo.

—Pues entonces yo me moriré de hambre —declaró.

Arquías chasqueó la lengua y fijó sus ojos astutos en el rostro del joven. Sufre por algo, pensó. ¿Y de qué sufren mayormente los hombres a su edad? De amor. Es una solemne majadería, pero no por eso deja de ser cierto.

—Óyeme, muchacho —le dijo—. Ya vas a cumplir diecisiete años y, sin embargo, todavía no has ido con ninguna mujer.

El pálido rostro de Marco se ruborizó.

—A tu edad —prosiguió Arquías— uno está dispuesto a creer que se puede morir de amor. Soy un poeta y, por lo tanto, no me río del amor o por lo menos no lo menosprecio. Pero has de saber que tiene otros aspectos agradables que calman los ardores y extinguen temporalmente las llamas, que aturden el alma enfebrecida si ésta se halla demasiado absorta en la contemplación de una sola imagen.

—¿Me está recomendando que vaya a un burdel?

—No me atrevería a recomendarte eso en estos tiempos en que la plebe tiene oro para gastar y la ciudad está llena de soldados venidos de todas partes y con ganas de retozar —respondió Arquías. Y le dijo con toda tranquilidad—: Te estoy recomendando a mi Eunice.

—¡No hablará en serio!

—Pues claro que sí. Yo ya no soy joven, mi inocente Marco, y Eunice es cariñosa, tierna y muy versada en las artes del amor. La enseñé yo mismo cuando aún podía. Es muy voluptuosa y por sus venas corre el ardor de la juventud. Me es fiel y ahora me quiere como a un padre. Pero no se le puede negar lo que pide su naturaleza. Llévatela a la cama. Preferiría eso a que se fuera a espaldas mías con un gladiador o un esclavo, que le contagiara algo y pusiera en peligro la tranquilidad de esta casa.

Marco se quedó pasmado. Se sentía ultrajado. Arquías lo miró fijamente a su vez, sonriendo.

—¿Es usted proxeneta? —le preguntó Marco, casi odiándolo.

Arquías se mordió el labio.

—Tus palabras han sido duras, muchacho. Eso quiere decir que la herida es muy profunda. Por lo visto no puedes conseguir a la doncella que amas. Yo seré tu benefactor. Sé, por experiencia, que todas las mujeres parecen iguales cuando se apagan las luces. Lo único que tienes que hacer es imaginar que estás abrazando a tu amada. Te mandaré a Eunice esta noche. Le harás un favor y me lo harás a mí.

Marco guardó silencio y Arquías le dijo:

—Afrodita es la diosa del amor, pero también es la diosa de las artes del amor y de la concupiscencia. Como experimentada que es, no admira a los que se mantienen vírgenes porque no pueden lograr la mujer amada. Esta autocastración le parece abominable, lo mismo que les parece a todos los dioses sensibles... y a los hombres. Si fueras a ofrecerle tus testículos, te los rechazaría y haría bien. Vamos, Marco, conviértete en un hombre.

Marco se quedó pensativo. ¡Si pudiera yacer con Livia tan sólo una vez! Quizá entonces la olvidaría. Sólo con pensar en que le daba un abrazo a Livia sus partes parecieron arder con un fuego violento por primera vez. Estaba muy sonrojado. Arquías hizo una mueca y arrugó su larga nariz. Marco giró sobre los talones y se alejó.

Pero cuando Eunice ayudó aquella noche a Helvia a servir la mesa, el joven no pudo apartar sus ojos de ella. Era un poco mayor que él y ya estaba muy bien formada, de cabello rubio y labios carnosos. Sus miradas se cruzaron una vez y ella le sonrió cariñosamente. Volvieron a mirarse y esta vez la sonrisa no tuvo nada de fraterno. A la tercera mirada, su sonrisa fue provocativa. Marco prestó luego atención a la cena, despreciándose a sí mismo. Pero no pudo menos que pensar en los redondeados senos de Eunice, en sus labios y en sus brazos bien torneados. Sus mejillas tenían el color de las peras maduras y cuando servía el vino se inclinaba hacia Marco, despidiendo una fragancia a trébol fresco. Era su primera auténtica apetencia sexual y sintió vértigo.

Al acostarse aquella noche, todo su cuerpo le empezó a palpitar, aunque trató de dominarse con todas sus fuerzas. Un romano debía saber controlar sus impulsos. Sin embargo, todo el que podía tenía esclavas jóvenes y hermosas. Él ni siquiera estaba casado, ni probablemente lo estaría jamás por causa de Livia. ¿Es que iba a negarse a sí mismo? ¿Iba a violentar las apetencias de su naturaleza?

Luchó con estos pensamientos, inquieto y sin poder dormirse. Luego, en la oscuridad, oyó correrse su cortina y una suave risita. Un instante después tenía contra su cuerpo la calidez y plenitud de Eunice, que le rodeaba con sus brazos y lo besaba en los labios. En la pródiga entrega de sí misma había cierta inocencia y nada que insinuara bajeza. Y él olvidó que era esclavo de otra mujer. Eunice era un verdadero don y, aceptándolo torpemente, ya no pensó en Livia.

Unos días después Arquías llevó a Eunice ante el pretor y la declaró libre. También le cedió un tercio de su pequeña fortuna (no sin cierta lucha consigo mismo, pues no en vano era un griego tacaño). La joven fue a decírselo a Helvia, quien la felicitó por su buena suerte.

—Ahora podrás casarte –le dijo. Siempre había sentido cariño por esa joven tan afectuosa, aunque fuera ligeramente estúpida, y cuya única satisfacción era servir a los demás.

—Señora, permítame que me quede en esta casa –le suplicó Eunice.

—Sabes que no podría pagarte y ya no eres una esclava. ¿Vas a trabajar sólo por la cama y la comida, unas sandalias y lo que te pueda dar de ropa?

—Sí –se apresuró a contestar la joven.

Helvia se encogió de hombros. Había pocas cosas en la casa que escaparan a su ojo avizor.

—Llevaré la cuenta, Eunice –le prometió–. Algún día mejorarán las cosas y entonces te pagaré todo lo que te deba.

Eunice, contentísima, le besó las manos con un gesto espontáneo. Helvia suspiró. Se dirigió a su aposento y se miró en su espejo de plata, que era un regalo de su madre. ¡Qué vieja estoy ya!, pensó. Tengo treinta y tres años y aparento muchos más.

Sabía que Eunice no haría ningún mal a Marco. Sin embargo, esperaba que tampoco él se lo causara a ella. Eso sería imperdonable.

Marco dejó de estar tan pálido y parecía menos distraído. Creció en estatura, su voz se hizo más profunda y las cejas parecieron más marcadas sobre sus ojos. Rezumaba una autoridad y una tranquilidad que complacieron a su madre.

*S*caevola se asemejaba a una moneda gigantesca, con su enorme cabeza calva que parecía no tener cuello, su papada que le colgaba sobre el pecho, su barrigón y sus cortas piernas regordetas. Su cara parecía la de un sátiro con aspecto de astuto intelectual. Sus ojillos daban la impresión de ser de cristal azul y de que no mirasen a ninguna parte. Le gustaba que le dijeran que tenía una fea nariz chata como la de Sócrates, sobre sus labios gordezuelos y llenos de viveza. Su cuerpo recordaba a una granada que tuviera nervaduras como una hoja de parra. Tenía voz de toro y, aunque ya era abuelo, seguía viviendo apasionadamente la vida y no se negaba ninguno de sus placeres.

Creía que los jóvenes sinceros e idealistas estaban locos y que los que admitían la posibilidad de que el hombre fuera virtuoso estaban más chiflados todavía. En cuanto a los malvados, ni los despreciaba ni los denigraba. Aceptaba el mal de buen humor y se reía de él. Consideraba a la ley un juego entretenido, mucho más que el de los dados, que tanto le gustaba, tanto o más que los buenos chistes. Cuando jugaba con magistrados y senadores no tenía empacho en hacer trampa llevando sus dados cargados, y a fe que lo hacía de manera genial. Sabía perfectamente que sus contrincantes llevaban dados cargados a su vez. Lo que pasaba es que era mucho mejor jugando y los sabía tirar de maravilla. Simpatizaba con sus clientes, aunque rara vez creía en su inocencia.

«Dices que no eres un asesino, hijo mío –dijo una vez a un hombre que casi había sido sorprendido con las manos en la masa por los guardias–. Estoy dispuesto a creerlo, aunque los dos sabemos que es mentira. A ver qué podemos hacer.»

Defendía a todos los que recurrían a él, aun a aquellos que carecían de dinero. Era un hombre rico, de origen patricio. El pueblo lo adoraba porque lo creía caritativo y por su ardor en defender a los acusados, y lo cierto es que aceptaba los aplausos complacido. Se sabía todas las triquiñuelas del oficio. No había reglamento, por oscuro que fuera, inventado por el más anodino de los burócratas, que él no conociera al dedillo. Su biblioteca era famosa aun entre los más ilustres abogados. Era el inventor de un juego que consistía en una tabla con bolitas de varios colores a las que había que mover de sitio arrojando dados. Era difícil decir qué prefería más, si ganar un caso ante los tribunales o ganar una partida con el juego de su invención. Obligaba a sus alumnos a jugar con él después de las clases y así lo hizo con Marco Tulio Cicerón. Lógicamente, siempre les ganaba y eso le hacía ponerse contento como un chiquillo.

Al principio miró con incredulidad a Marco, que creía sinceramente que las leyes eran el fundamento de las naciones y que sólo se podía considerar civilizado al país que se regía por ellas. Confundido, negaba una y otra vez con la cabeza, y una vez dijo al muchacho:

–No haces más que citar a tu abuelo; debió de ser un hombre muy bueno, aunque bastante inocente. Puso su confianza en algo que no existe: la justicia desinteresada. ¡Por Apolo, hijo mío! ¡Si eso no ha existido jamás en la historia del hombre! ¿No se dice que la Justicia es ciega? Hablas como un chiquillo bobalicón.

Creyó que con estas palabras lo habría curado de su candidez, pero Marco se mantuvo obstinado en sus convicciones y, finalmente, Scaevola tuvo que tomarlo en serio. El viejo no se lo podía creer.

–Has ido conmigo a los tribunales, me has visto defender a toda clase de hombres. ¿Creíste que mis defendidos eran inocentes? ¡Uno entre mil, hijo mío, uno entre mil! Lo que pasa es que yo fui más hábil que los magistrados o aquellos infernales senadores. La ley es una meretriz que sólo sonríe a los que echan mano al bolsillo con más rapidez.

–Pues no debería ser así –contestó Marco con terquedad.

Scaevola alzó las manos y puso los ojos en blanco.

–¡Es la vida! –exclamó–. ¿Quién soy yo y quién eres tú para oponernos a ella? ¡Qué imbécil eres! Retírate al desierto o vete al río Indo a contemplar tu ombligo. No sirves para abogado.

–Claro que sirvo –replicó Marco apretando los labios.

Los diminutos ojos azules se lo quedaron mirando con la dureza del diamante y gesto reflexivo.

–¿Para qué quieres hacerte abogado, hijo mío?

–Porque creo en la ley y la justicia. Creo en nuestras Doce Tablas de la Ley. Creo que todos los hombres tienen derecho a ser representados ante sus acusadores. Si no tuviéramos leyes, seríamos como las bestias.

–Ése es el quid de la cuestión –contestó el viejo–. Que somos como las bestias.

–Pues usted ha dicho, maestro, que uno entre mil de sus clientes es inocente. ¿No le parece bastante eso, que un solo hombre escapara a la injusticia y a un castigo inmerecido? ¿No se redactaron las leyes con ese fin? –Marco vaciló.– Mi abuelo decía siempre que el día que los romanos seamos gobernados por los hombres y no por las leyes, Roma caerá.

El viejo soltó un ruidoso eructo y Marco quedó envuelto en olor a ajo, Scaevola se rascó por encima de su sucia túnica y de nuevo se quedó mirando a Marco.

–Roma ha caído –dijo finalmente–. ¿No lo sabías?

Marco guardó silencio.

–Aunque llegaras a ser abogado, no tendrías clientela si sólo piensas defender a los inocentes. ¿Para qué, pues, estudiar leyes?

–Ya se lo he dicho: creo en el papel que toca desempeñar a las leyes establecidas. Deseo ganarme la vida honradamente.

Scaevola le apuntó con un dedo.

–Pues habrás de pasar muchos ratos amargos. Probablemente te verás obligado a suicidarte o te asesinarán. Ése ha sido siempre el destino de los hombres que abrazan la virtud o creen en la justicia. Serás pobre toda tu vida. Estás desperdiciando tu dinero viniendo aquí a aprender y yendo conmigo a los tribunales.

–¿Quiere entonces que no vuelva? –le preguntó Marco.

Scaevola refunfuñó y se rascó la cabeza. Finalmente dijo:

–No. He tenido todas las diversiones de que un hombre puede gozar en la vida y sigo disfrutando de ellas. Excepto una: jamás he visto un abogado honrado. –Y se echó a reír a carcajadas.

Por principio le desagradaban sus alumnos, pero, cosa rara, Marco le disgustaba menos que los otros. Esto se debía a que admiraba la inteligencia que veía en los ojos del muchacho, la obstinación que denotaban sus labios y anchas cejas. Una vez hasta dijo como condescendiendo:

–Es posible que si no fuera porque aún respetamos en algo las leyes, viviríamos sumidos en el caos, pues es preferible una meretriz que se entrega por dinero a carecer de mujer. Pero se acerca el día en que Roma no tendrá más ley que el capricho de los tiranos.

En una ocasión, Marco sacó en la conversación el tema de los Diez Mandamientos de Moisés. Scaevola ya los conocía.

–Fíjate –le hizo observar– que casi todos ellos dicen: no harás tal o cual cosa. Si de verdad hubiera virtud en el hombre, no serían necesarios. Si los hombres no fueran por naturaleza asesinos, ladrones, adúlteros, embusteros, envidiosos, blasfemos y traidores, Dios no habría tenido que dar los Diez Mandamientos a ese Moisés. Si algunos hombres los obedecen es por temor supersticioso y no porque su corazón se sienta buenamente inclinado hacia ellos. Si las personas piadosas quedaran privadas de superstición y religión, ya verías tú el caos que sería. El tigre no es más feroz que el hombre, ni el león más terrible, la rata más astuta y el leopardo más salvaje. Bendigamos a los dioses, aunque no existan –concluyó Scaevola poniendo los ojos en blanco con gesto solemne.

Un día, Marco se enteró de la boda de Livia Curio con Lucio Catilina. El acontecimiento se comentó bastante a pesar de las noticias de la guerra. Scaevola y su familia fueron invitados y el viejo comentó luego que los platos servidos en el banquete eran exquisitos. Y cosa rara, a pesar de ser tan astuto y de su capacidad para percibir instantáneamente todo cambio de expresión en cualquiera, no se fijó en lo pálido que se puso Marco y en el sufrimiento que delataron sus ojos.

–No me fío de esos Catilinii –dijo–. Bueno, la verdad es que no me fío de nadie, pero esa familia me resulta más sospechosa que otras. Ese joven Lucio es muy ambicioso. No es que vitupere la ambición, ¿acaso no es ella la que me ha dado la celebridad de que gozo? Pero ese joven Catilina no tiene una sola virtud, exceptuando la de su buen tipo. ¡Ni siquiera pretende ser virtuoso! Mientras los hombres finjan tener ciertas buenas cualidades podremos sentirnos en cierto modo a salvo, aunque no sea más que invocando su orgullo. Hasta a los demonios les gusta tener buena reputación. Pero a ese Catilina incluso eso le importa un ardite.

–Sin embargo, es muy querido –comentó Marco.

Scaevola asintió con la cabeza y frunció el entrecejo.

–Quizá se debe a que los hombres totalmente perversos tienen un encanto irresistible y provocan la envidia y admiración de quienes no se atreven a mostrarse del todo tal cual verdaderamente son.

–Pues entonces el mal absoluto tiene una especie de virtud propia –replicó Marco–. Como una cierta honestidad.

Scaevola se sintió encantado y dio a Marco un golpe tan brusco en el hombro que el joven se tambaleó en su silla.

–¡Muchacho, has hablado como un sabio! ¡Que un viejo tenga que aprender todavía cosas de un joven imberbe! Vaya, por esto te premiaré jugando contigo tres partidas de dados en vez de una.

Marco se sentía tan angustiado y estaba tan abstraído que ni siquiera se aburrió jugando. El resultado fue que ganó dos partidas de las tres.

Scaevola se quedó con la boca abierta como a punto de llorar. Luego dijo:

–Me estoy haciendo viejo. Ya no soy tan hábil como antes.

Fue la última vez que Marco ganó una partida a su maestro, porque en una especie de venganza lo atosigó con libros y lo llevó a una serie interminable de visitas a los tribunales. Al muchacho le parecía que ya conocía de memoria todas las piedras de la Basílica de la Justicia y el rostro de cada magistrado.

Pero como si no hiciera caso a todo lo que Scaevola le informaba y hacía ver constantemente, jamás flaqueó su creencia de que la ley era inviolable, y eso que toda la evidencia estaba en contra. Se hallaba convencido de que todo dependía del modo de presentar las cosas. Era cuestión de creer en el triunfo final de la justicia, aunque ahora estuviera pervertida. En una palabra, era cuestión de fe.

Scaevola le dijo en una ocasión:

–Tienes buena presencia y eso es muy importante en esta carrera. No es que haga falta ser apuesto; si fuera así, yo no habría llegado a tener éxito como abogado. No sé por qué, pero aunque eres insípido, causas buena impresión. Quizá porque eres tan sincero, modesto y humilde. No es una paradoja si te digo que la modestia y la humildad son muy valiosas para un abogado. ¡Pero deben ser teatrales y falsas! La verdadera modestia y humildad no provoca más que desprecio, como todo lo que suene a verdadero. La afectación y el histrionismo impresionan hasta a las personas inteligentes. Piensa siempre que deberás causar buena impresión a los magistrados y verás como sin darte cuenta te volverás hipócrita. Recuerda que un abogado, si quiere tener éxito, debe ser un actor, con la sensibilidad que un actor tiene para sus espectadores. ¿Comprendes lo que te digo?

–Sí.

–Ante todo, hijo mío, debes hacer creer a los otros que tienes cierto secreto poder. Luego ya puedes ser todo lo modesto y humilde que quieras. Ten confianza en ti mismo y repite para tus adentros que Marco Tulio Cicerón es un hombre importante; repítelo constantemente, aunque la verdad sea que todavía carezcas de importancia. Porque ¿qué es la importancia? La creencia de un hombre en que tiene más riqueza, poder, talento, saber, mejor familia o lo que sea que su antagonista. No hace falta que esto sea cierto, lo único necesario es que uno se lo crea y, como por ósmosis, esta creencia se extenderá a los otros. Ni siquiera será preciso que estés bien enterado de las leyes, ya se encargarán tus empleados de buscar los polvorientos conocimientos cuando éstos hagan falta. –El obeso anciano movió la cabeza y recitó un fragmento de un ensayo que Marco acababa de escribir:

«La verdadera ley es la justa razón concordante con la naturaleza, de alcance mundial, permanente y duradera. No sabemos oponernos ni alterar tal ley, no podemos abolirla ni librarnos de sus obligaciones mediante cualquier cuerpo legislativo y no necesitamos buscar a nadie que no seamos nosotros mismos para que nos la interprete. La ley no difiere para Roma y Atenas, para el presente y el futuro, sino que será eterna e inmutable, válida para todas las naturalezas y todos los tiempos. El que la desobedece se niega a sí mismo y a su propia naturaleza.»[1]

Scaevola apretó sus labios gordezuelos y escupió.

–Tonterías –dijo.

Pero Marco le replicó:

–¿Por qué han de ser tonterías?

–Pues porque los hombres hacen las leyes que convienen a sus intereses y a sus facciones políticas siempre que es necesario. ¡Leyes inmutables! Las leyes cambian cada vez que los hombres necesitan que cambien. Como ya te he dicho, la ley es una ramera.

Pero Marco guardó sus notas y más tarde las utilizó cuando escribió su historia de las leyes de Roma. Nunca se apartó de su creencia de que las leyes están por encima de las exigencias y la codicia de los hombres. Los dramáticos acontecimientos que siguieron, con su secuela de violencia y arbitrariedades, no sólo no debilitaron sus convicciones, sino que las fortalecieron al ponerlas a prueba.

–¿Dónde has aprendido a tener ese porte? –le preguntó un día Scaevola–. Porque eres muy delgado y tu cuello es demasiado largo para que tengas un aspecto dominador.

Marco le confesó, ruborizándose:

–Se lo debo a mi amigo Noë ben Joel, que es actor, comediógrafo y productor de obras teatrales. Él me enseñó a adoptar la postura conveniente y los gestos y movimientos de un actor.

–Excelente –reconoció Scaevola mirándolo con ojo crítico–. Entonces ya ves que ser un histrión es de lo más importante en la carrera de un abogado. Tu voz es meliflua cuando te olvidas de la respetabilidad. ¿Debo atribuir eso también a ese astuto Noë ben Joel?

–Pues sí. Y tengo a Arquías, que es un maestro maravilloso. Ambos recitamos largas y melodiosas poesías.

–Recomiendo la poesía a los abogados –dijo Scaevola con tono de aprobación–. Deben aprenderse los discursos de memoria y luego, repitiéndolos una y otra vez, perfeccionarlos y pulirlos en privado, de modo que después

---

[1] De las *Leyes* de Cicerón.

puedan pronunciarlos en público sin balbuceos ni vacilaciones, al igual que un actor recita su papel. Y mientras haga eso ha de pensar en sus honorarios, pues el pensar en los propios honorarios pone elocuencia en la voz de un hombre. El dinero es mejor que las mujeres, pues jamás traiciona a los hombres. Por lo tanto, estoy en desacuerdo con los abogados que recomiendan que se piense en la querida mientras se defiende un caso. Es el dinero el que pone fervor en el tono de la voz de los hombres y pasión en sus ojos. Ya observarás eso en la mayoría de los casos en que la ley tenga que intervenir en asuntos de dinero e intereses. Éstos constituyen la más grande preocupación de los hombres.

La guerra civil fue sucedida inmediatamente por la guerra con Mitrídates VI. Los itálicos, a los que por fin se les había concedido el derecho de ciudadanía, descubrieron que Roma sólo les había otorgado el derecho a votar en sus propias localidades y entre sus propias tribus. La situación se hizo más delicada y violenta. El virtuoso tribuno P. Sulpicio Rufo intentó conseguir reformas del Senado y la amnistía para todos los itálicos acusados de complicidad en la sublevación de Italia contra Roma.

—Actuaron de acuerdo con sus honradas convicciones y tuvieron mucha razón de su parte —dijo Rufo—. ¿Qué más se puede pedir a un hombre? Ahora que les hemos concedido la ciudadanía, ¿no se la vamos a conceder con todas sus prerrogativas? ¿No vamos a pedir que regresen del exilio los dirigentes que lucharon por su honor y la justicia?

Despreciando al corrompido Senado, propuso que todos los senadores que por su prodigalidad hubieran incurrido en deudas fueran privados de sus escaños. Era el campeón de los hombres libres. Insistió en que el mando del ejército fuera confiado al general Mario, que le parecía menos venal que Sila, aunque Sila era el general al mando de las tropas enviadas contra Mitrídates. Pero los cónsules amigos de Sila se consideraron atacados personalmente, aunque la propuesta se dirigía sólo contra uno de ellos. Ahora los romanos que permanecían dentro de las murallas de la ciudad, se miraban con saña y se preparaban para toda clase de violencias. Y para añadir más confusión a una situación ya de por sí confusa, los cónsules declararon un día de fiesta. Rufo armó entonces a sus seguidores y expulsó a los cónsules del Foro. Sila, que estaba en Nola al mando de las legiones, avanzó sobre Roma para derrocar a Rufo. Más tarde habría de entrar triunfalmente en la ciudad en nombre de la República (que en secreto despreciaba). Mario y Rufo, caídos en desgracia, huyeron temiendo por sus vidas, pero eso habría de ser después de dos años de guerra.

Scaevola tenía sus propias opiniones, pero como eran satíricas, fatalistas y divertidas, a Marco le era difícil formarse una idea coherente en medio del terror reinante y de la confusión producida por la guerra civil.

—Si aprecias en algo tu futuro, muchacho, mejor será que no tengas opiniones propias —decía Scaevola a su discípulo favorito—. Muéstrate de acuerdo con Sila, para luego mostrarte favorable a Sulpicio Rufo, aunque siempre en voz baja. ¡Pero no te atrevas a mostrarte en desacuerdo con los dos! Los abogados, siendo hombres, es natural que tengan sus opiniones, pero nadie debe conocerlas si es que aspira al éxito y, sobre todo, quiere sobrevivir. Que digan siempre: «Sí, tiene usted razón, pero ¿no le parece (y perdone que se lo diga) que los contrarios también tienen sus razones?». Deben parecer indecisos y dóciles y que se dejan convencer fácilmente. Deben sonreír con agrado. Sólo así podrán llegar a ser famosos como hombres de amplia tolerancia y ningún político podrá jamás acusarles de nada desastroso para su carrera. De ese modo no sólo sobrevivirán, sino que se harán ricos.

—Pues yo ya he cometido el primer pecado —dijo Marco—. No estoy de acuerdo con usted en que un abogado debe ser hipócrita.

—Entonces invierte todo el dinero que tengas en un ladrillar —fue la respuesta de Scaevola—. No te hagas abogado. —Se quedó mirándolo fieramente.— Ya te lo profeticé antes: no morirás en paz en tu cama. Fabrica mantas si no estás interesado en la fabricación de ladrillos. Pero, ¡ay!, ¡en estos tiempos hasta los fabricantes de mantas y ladrillos son siervos de los políticos! Si no estás de acuerdo con los que manden, no recibirás encargos. Es mejor que contengas la lengua, tanto si te dedicas a las leyes como a las manufacturas. Mejor sería no haber nacido —dijo Scaevola con un tono sombrío raro en él—. ¿Cómo es posible que un hombre honrado soporte a sus semejantes? Implicándose con ellos. Silenciando los propios pensamientos, metiéndose a alcahuete y llegando a ser tan embustero como ellos. No ofendiendo jamás, aunque se esté en la oposición. Esto es lo que se llama buenas maneras, aunque yo prefiero llamarlo prostitución. Mas perdóname, hijo mío. Me he apartado de mis propias convicciones, que son las de no tener convicciones en absoluto y reírse del género humano.

De pronto gritó irascible:

—¡Que caiga la confusión sobre ti! ¡Soy demasiado viejo y demasiado listo para sentirme deprimido a la vista de los cándidos ojos de un alumno mío! —Sacudió la cabeza.— Sólo de una cosa podemos estar seguros: la guerra nunca deja a una nación tal como la encontró. No sé cómo será Roma cuando todo esto termine. Aunque no será nada bueno.

Y para castigar a Marco por haberle sacado de sus casillas, lo obligó a jugar cuatro partidas de dados en su tabla.

Cuando finalmente Marco se vio libre de seguir jugando a los dados, el prematuro crepúsculo otoñal era gris, triste y frío. El joven tenía que dar una larga caminata para ir desde la casa de Scaevola hasta el Carinae. Las antorchas aún no habían sido encendidas y por las calles atestadas no se veían todavía faroles de mano. Pero el ruido, el olor y el tráfico se hacían sentir por todas partes. El cielo estaba gris sombrío, sin estrellas ni luna. Marco no habría sido capaz de decir si el frío que sentía procedía de su corazón, pero el desaliento hizo que caminara más despacio y cabizbajo. Apenas había sonreído desde el casamiento de Livia. Llegó a imaginar que el transcurso del tiempo aliviaría su dolor, pero fue al contrario.

A veces pensaba que aquel dolor le sería al final insoportable. Legalmente su padre era su tutor hasta que alcanzara la mayoría de edad, pero Tulio no tomaba ninguna decisión respecto a su hijo, ni sabía nada de la situación económica de la familia. Parecía cada vez menos un ser viviente y un abismo invisible se ensanchaba poco a poco entre padre e hijo, lo cual aturdía y apenaba a Tulio, pero Marco no podía evitar mirarle fijamente, dolorido, impaciente y confundido. Privado del apoyo de su abuelo, se sentía solo e inexperto. No cumpliría diecisiete años hasta el mes de Jano, para el que faltaba todavía un trimestre, y, sin embargo, ya tenía que pensar en inversiones, en la responsabilidad de un hogar, en cuidar de un hermano menor, en aconsejar a su madre y en seguir una carrera cuyos estudios eran cada día más complicados. Y, por si fuera poco, tenía su pena íntima.

Mientras se dirigía esa noche hacia su casa, el dolor casi le venció. La suya era una vida de estrechas perspectivas, llena de restricciones y deberes. No había nada de la ligereza de la juventud para darle un poco de alegría: carecía de amigos y su familia no podía permitirse el dar fiestas a causa del luto reciente, de la guerra y de su penuria económica. En su familia no había militares que al menos trajeran algo de la excitación de las campañas. Sólo había impuestos. Marco se sentía tan desesperanzado como una tumba.

De repente recordó que debería ir a su clase de esgrima antes de regresar a casa. Suspirando, se abrió camino como pudo entre la muchedumbre, cambiando de dirección.

A la escuela de esgrima acudían no sólo jóvenes, sino también oficiales y hombres de mediana edad, y gozaba de justa fama. El maestro era un tal Gayo, que a su vez había tenido varios profesores, todos ellos maestros en aquel arte. La escuela se iluminaba con faroles y cuando Marco abrió la puerta, sintió la ráfaga cálida de unos cuerpos sudorosos. Los profesores estaban muy ocupados y la atmósfera resonaba con gritos, advertencias y el entrechocar de las espadas. Gayo iba de un grupo a otro, observando, moviendo la cabeza y aconsejando. Marco dejó sus libros sobre un taburete, se quitó el manto y la larga túnica y se quedó sólo con una túnica corta de lana gris. Cogió su espada de su clavija en la pared enyesada y miró en torno en busca de un maestro que estuviera libre o de un diestro oponente. Se sentía cansado y aislado.

Tres oficiales se reían de buena gana. Eran hombres jóvenes, con casco y armadura completa. Bromeaban, azuzaban a los sudorosos luchadores, se mofaban y soltaban palabrotas obscenas, un poco fanfarronas. El suelo de madera vibraba ante tantas ágiles pisadas.

Uno de aquellos jóvenes oficiales se quitó el casco y Marco, que acababa de asegurarse de que el botón estaba firme en la punta de su espada, se lo quedó mirando. Vio una cabellera rubia y un bello perfil. Hacía años que no los veía, pero su corazón le dio un brinco. Reconoció enseguida a Lucio Sergio Catilina, así como a sus compañeros: el ligeramente rubio Cneio Pisón y el alto, sombrío y moreno Quinto Curio, primo de Livia.

Lucio se limpió su rostro magnífico con un pañuelo que luego metió con gesto descuidado en su cinturón. Los tres amigos habían formado un grupo de esgrimidores con otros tres maestros. De haberse podido mover, Marco se hubiese marchado de inmediato. Pero sólo podía seguir allí, paralizado, mirando al esposo de Livia y odiándolo con un sentimiento salvaje y desesperado. Su corazón se desbocó y sus latidos retumbaron en su oído; su cuerpo pareció temblar y su sangre sacudirle en las venas. La garganta se le agarrotó, como si le apretaran con dedos de hierro y sintió un nudo en el vientre.

Si Lucio había sido guapo años atrás, ahora parecía un dios, como un joven Marte. Su postura era descuidada y, sin embargo, las líneas de su cuerpo tenían una gracia heroica. Irradiaba una aureola de intenso magnetismo que atraía la mirada. Al echar la cabeza hacia atrás para reír, sus dientes blancos y brillantes relucieron a la luz de los faroles. Permanecía de pie con las manos en las caderas gritando palabras de burla, volviéndose hacia sus amigos con alguna chanza.

El maestro Gayo, un hombre gordo y bajito, se detuvo ante los tres y Lucio le dio una palmadita afectuosa en el hombro. Marco, a pesar del zumbido de sus oídos, pudo oír su voz claramente:

—Gayo, aquí no hay nadie que yo pudiera recomendar a mi general.

Esto era un insulto, pero el maestro se limitó a reír no de modo obsequioso, sino verdaderamente contento y divertido.

—Tú fuiste uno de mis mejores esgrimidores, Lucio —le dijo—. ¿Por qué no haces ante mis jóvenes discípulos una exhibición de tu talento? O quizá tú, Cneio, o tú, Curio...

—¡No, no! —exclamó Lucio—. Aquí no hay más que novatos, nadie a quien conozcamos. Hemos entrado aquí sólo un momento, pero nos esperan en una cena alegre. —Se volvió para mirar en torno, con aquel encanto suyo tan irresistible y sonriente, y de pronto vio a Marco junto a la pared opuesta. Su sonrisa no desapareció, pero cambió, perdió su encanto y se torció.

»¡Ah! —exclamó—. Ahí hay uno a quien conocemos. Mirad. ¿Verdad que lo conocemos, o me equivoco? Me parece recordar esos rasgos tan poco distinguidos. ¡Vamos! ¡Decidme quién es!

Sus amigos se volvieron, miraron a Marco y lo reconocieron.

—Es el guisante —dijo Curio.

—El garbanzo —dijo Cneio.

Los tres se echaron a reír a carcajadas y siguieron mirando a Marco, que no pudo hacer otra cosa que mirar fijamente a Lucio con odio creciente y el terrible deseo de matarlo. Sólo había sentido eso una vez, a la edad de nueve años, y precisamente contra ese mismo individuo. Sin apartar la mirada de Lucio, se frotó las manos en su túnica, pues le sudaban. En su mano derecha, la espada parecía tener vida propia y querer hundirse directamente en el corazón de Catilina. Porque él era el profanador de Livia y el que había despojado su propia vida y esperanzas.

—Lo has asustado, Lucio —dijo Cneio con voz suave—. Probablemente se ha cagado en los calzones.

Marco oyó aquellas palabras, la nariz le tembló y sus agarrotados pulmones se distendieron para aspirar profundamente. Pero siguió mirando sólo a Lucio en tenso silencio. Gayo lo miraba fijamente. El maestro le había tomado cariño y entornó sus ojillos ante la expresión del joven y de los tres amigos.

—¿Qué ocurre, Marco? —le preguntó.

Lucio volvió a colocarse el casco. Se dirigió a zancadas hacia su antiguo enemigo, para detenerse ante él, mirándolo de arriba abajo como si fuera un tipo indigno, un esclavo intruso.

—¿Cómo es que tienes en tu escuela al nieto de un batanero, Gayo? —inquirió.

—Marco Tulio Cicerón es uno de mis mejores alumnos —contestó Gayo, y ahora su rostro redondeado mostró preocupación. Olía el peligro.

—Pues debe de estar pasando por malos tiempos —dijo Lucio. Sus amigos se acercaron a él, riendo—. Creí que sólo aceptaba hombres y muchachos de buena familia o de buena posición y no... tipos como éste. —Y tocó con la bota la rodilla de Marco, al igual que uno tocaría a un perro.

Sin darse cuenta de lo que hacía, Marco apartó a un lado aquel pie con su espada. Y se dijo con gran calma: debo matarlo. ¡Sin duda moriré de frustración si no lo mato!

Como si se hubiera hecho una señal o dado una orden, la sala quedó en silencio. Los maestros y sus discípulos quedaron con las espadas a medio alzar, mirando fijamente al grupo. Los faroles titilaron y el polvo se arremolinó en el aire.

Entonces Lucio sacó su espada con un chirrido que se oyó perfectamente. Gayo le agarró por el brazo, aterrado.

—¿Qué ocurre? —repitió—. ¡Estamos en mi escuela! ¡Esto no es el circo! ¿Te has vuelto loco?

—¿No ve que es un animal? —dijo Cneio con desprecio—. Deje que Lucio acabe con él y entiérrelo luego en su jardín.

Gayo estaba muy alarmado y asustado.

—¡Alto! —gritó, agarrando con más fuerza a Lucio por el brazo—. ¡No quiero que se cometa un asesinato en mi escuela! Marco Cicerón es uno de mis discípulos más honorables y conocí muy bien a su abuelo. ¿Vas a obligarme a llamar a la guardia? ¡En nombre de los dioses, marchaos de mi escuela ahora mismo!

—Somos oficiales del ejército de Roma —dijo Curio—. Lucio ha sido insultado por el hijo de un esclavo o algo peor. ¿Acaso va armado? ¿Es siquiera un hombre? No. ¿Es soldado? No. Y Lucio ha sido ofendido por un tipo así.

—¡Sería un crimen! —gritó Gayo—. ¿Es que Lucio, que es un hombre de honor, va a asesinar a un joven discípulo mío que lleva la espada abotonada, una espada que es poco más que un espadín?

Lucio no apartó la mirada de Marco, pero envainó su espada.

—Dame una como la suya —masculló.

—Una abotonada —suplicó Gayo desesperado—. Esto es una escuela.

—Abotonada —repitió Lucio asintiendo—. Como has dicho, Gayo, esto es una escuela, no el circo, ni el campo de batalla ni el campo del honor. Haré poner de rodillas a este bribón de origen ínfimo y eso me bastará.

Alzó la mano y dio a Marco una bofetada en la mejilla.

—Éste es mi desafío, garbanzo —dijo.

Sin apartar la mirada del tenso e inmóvil rostro de su enemigo, Lucio se despojó rápidamente de su armadura, hasta quedar sólo con las botas y su túnica roja. Sus amigos se apresuraron a recoger la armadura y rieron de nuevo. Gayo entregó a Lucio una ligera espada abotonada.

—En guardia, garbanzo —dijo Lucio e inmediatamente hizo lo propio. De nuevo estaba sonriendo, reluciéndole los dientes.

Debo matarle, pensó Marco. Pero su espada estaba abotonada. Entonces decidió que debía humillarle al máximo y hacerle caer de rodillas.

Los maestros y sus discípulos, con los ojos muy abiertos, conteniendo la respiración y brillándoles los rostros por la excitación, se apartaron hacia las paredes. De repente se hizo un amplio espacio en torno a los antagonistas y sus espadas se cruzaron enseguida.

Marco era poco más de dos años menor y tenía más agilidad. Sin embargo, no poseía experiencia militar ni era un atleta. Pronto sintió la avasalladora potencia del ataque de Lucio. No era sólo un soldado entrenado en las legiones y en el campo de batalla, sino también uno de los mejores atletas de Roma y uno de sus espadachines más notables. Ya había matado antes.

Se separaron, silbando sus espadas. Marco no pensaba más que en una cosa: ponerlo de rodillas. Esta obsesión le daba más poder, rapidez y una terrible determinación. No sentía temor, desaliento ni vacilación. Sus músculos se tensaron al máximo; sus rodillas, que eran su punto flaco, le vibraron con una energía inesperada.

La espada de Lucio se movía con la rapidez de un finísimo rayo y la punta abotonada tocó el hombro izquierdo de Marco. De no haber estado abotonada, probablemente habría herido gravemente a Marco. Lucio se rió de satisfacción y sus amigos soltaron una exclamación de júbilo.

Es como una serpiente, pensó Marco apartándose un poco. Pero, al igual que las serpientes, debe de tener su punto débil. Lucio lanzó una estocada a la garganta de Marco, pero esta vez su espada fue apartada violentamente. Es temerario, pensó Marco. Lucio frunció el entrecejo. Sí, es temerario, se repitió Marco. Lo incitaré a ser más temerario. Así que Marco, flexionando de repente sus rodillas, superó por debajo la guardia de Lucio y lo alcanzó de pleno en el pecho.

Cneio y Curio dejaron escapar un grito de rabia, como sintiéndose ultrajados. Pero Lucio guardó silencio y retrocedió. Marco se limitó a esperar.

Como de pronto poseído por la impaciencia, Lucio soltó una estocada a fondo buscando que Marco tropezase y cayese, pero éste se apartó a un lado con destreza y Lucio dio varios pasos con su espada apuntando al vacío.

–¿Qué? –le dijo Marco en son de mofa mientras Lucio se recobraba–. ¿Me has visto en un espejismo?

A Lucio le costaba creerlo. Su rostro se volvió de una palidez mortal ante la furia que sentía. ¡Era increíble! ¡Debería haber acabado con él enseguida! Saltó hacia Marco con todas sus fuerzas y el joven lo alcanzó por debajo de su guardia nuevamente. Hasta ahora nadie había sido capaz de burlar su guardia.

Lo enloqueceré, pensó Marco. No veía a nadie más que a Lucio, los rápidos ojos fijos en la espada del otro. Cuando Lucio, que ya estaba empezando a desquiciarse de humillación y resentimiento, lanzó su espada directamente al rostro de Marco, el joven la apartó hacia un lado con un rápido movimiento. Las armas chocaron con un ruido estridente que resonó en el expectante silencio.

Estoy soñando, pensó Gayo, que observaba con gran atención. A Marco siempre le ha fastidiado la esgrima. Venía aquí a aprender el manejo de la espada como un deber, como algo que no le interesaba ni le producía el menor placer. De veras que estoy soñando. Parece un bailarín. ¡Miren! ¡Con qué ligereza ha esquivado esa estocada! Pero ¿qué le pasa a Lucio? ¿Él ganaba todos los premios de esta escuela cuando yo le daba clases?

Gayo había sido herido muchas veces en el campo de batalla y luchado en numerosas ocasiones con los mejores espadachines en combates amistosos. Pero jamás había sido espoleado por el odio, mucho menos por el odio terrible que Marco estaba sintiendo. Aun en la guerra, sólo había tratado de desarmar al enemigo, porque era un hombre de buen temperamento.

Las espadas entrechocaron al cruzarse. Marco y Lucio se miraron fijamente.

—¿Me has puesto de rodillas? —preguntó Marco con sorna.

Lucio dio un salto hacia atrás y apretó los dientes. Mortificado porque sus amigos estaban allí y murmuraban inquietos, se vio poseído por un furor salvaje. ¡Debía haber acabado con él enseguida! Ese bastardo era más débil y más joven, aunque danzaba como un actor. Y además se estaba burlando de Lucio Sergio Catilina, algo insoportable. De él, Catilina, un oficial de una de las mejores legiones, diestro, experimentado, ¡un hombre que había matado cara a cara a los más hábiles enemigos! Aquello era insoportable.

Se lanzó hacia Marco en un torbellino de rapidísimos movimientos, sintiendo un sabor ácido en la boca, como si estuviera a punto de vomitar. Sus ojos refulgían de rabia. Su ataque fue tan feroz que Marco tuvo que retroceder, tropezó un par de veces y fue alcanzado en el hombro, el pecho y los brazos. Pero ni una sola vez sintió inseguridad, ni una sola vez el odio le permitió cejar en su determinación. Retrocedió y dio vueltas, parando la lluvia de estocadas dirigidas a su rostro. Lucio lo perseguía sonriente, seguro de la victoria. Sus amigos aplaudieron, rieron a carcajadas, lo animaron mientras ambos evolucionaban por la sala. Grandes gotas de sudor caían por los rostros de ambos antagonistas.

Marco no se sentía cansado, pero se retiró con destreza, limitándose a defenderse. De haberse tratado de una lección, ya haría rato que estaría agotado, pero no era una lección.

De nuevo sus espadas se cruzaron a mitad de camino de sus empuñaduras. Marco dijo con aquella voz suya tan suave, mientras ambos se miraban fijamente:

–¡Bueno! ¿No te han enseñado nada mejor en el campo de batalla, o es que has luchado contra hombres desarmados o doncellas?

Se apartaron de un salto. Entonces Lucio golpeó de repente el suelo con su espada e hizo desprenderse el botón.

Gayo gritó:

–¡No, no! ¡Esto es sólo esgrima, no asesinato!

Pero los amigos de Lucio rugieron sedientos de sangre y los maestros y discípulos gritaron. La espada se dirigió desnuda hacia el pecho de Marco y por primera vez éste sintió un ligero temor. Lucio quería matarle. Retrocedió y dejó caer a su vez el botón de su espada. Ahora se enfrentaban en un duelo mortal.

Gayo gimió, pero los demás se vieron subyugados por la avidez de la sangre. Ya no se trataba de un juego. Iba en serio y todo terminaría, si no en muerte, en heridas graves. Esto sólo ocurría en el circo y el campo de batalla.

–¡Criatura miserable y sin honor! –gritó Marco–. ¡Embustero! ¡Cobarde!

Pero Lucio sonrió y se pasó la lengua por los labios. Ahora estaba tan seguro que cometió un error fatal. Se abalanzó para lanzar una estocada a fondo y el pie le resbaló. Instantáneamente sintió el aguijón del metal desnudo en su hombro derecho. Antes de que pudiera recobrarse, tenía la punta de la espada de Marco en su garganta y el pie de su contrincante sobre una rodilla. La espada de Marco destelló, apartó a un lado la de Lucio y la punta volvió a la garganta.

La sala se llenó del estruendo de voces. Gayo intentó acercarse, pero Marco dijo con tono sereno:

–Si alguien se mueve, lo traspasaré.

Lo dijo muy en serio. Quería acabar a toda costa. Pero deseaba saborear ese momento de victoria sobre su cruel y pérfido enemigo. Quería que Lucio conociera las agonías de la muerte antes de dársela por su mano. Y dijo:

–Lo mataré, pero antes quiero gozar con su derrota.

Lucio se apoyó en las palmas de las manos y alzó la mirada hacia el rostro de Marco para ver cómo éste se regocijaba en su odio, la boca contorsionada, el gesto de exaltación. Y comprendió que iba a morir.

–Tú lo quisiste –dijo Marco–. Quitaste el botón de tu espada. Quisiste luchar a muerte. Lo has merecido. Y ahora debes morir, tú, el grande y noble Catilina, el embustero, el cobarde, el agresor de niños, el loco, el detestable con alma de esclavo.

Lucio contestó:

–Mátame. Acaba de una vez.

La punta se clavó un poco más en su carne.

–No tan deprisa –dijo Marco–. Estoy disfrutando y mis placeres son lentos y tranquilos. Y la punta se clavó otro poquito.

Nunca podría decir nadie que Catilina era un hombre que no se enfrentaba a la muerte con valor. Ni siquiera se retorció ante el aguijón del metal. Hasta trató de sonreír. El dolor le quemaba la garganta.

Y entonces Marco vio sus ojos, grandes, sin pestañear. Vio su intenso color azul, sus rubias pestañas. Eran los ojos de Livia.

En su corazón, Marco sintió un dolor de agonía que le hizo estremecerse. Sus ojos se llenaron de lágrimas por la desesperación. Y se apartó, retirando la espada. No pudo hablar.

–¡Noble luchador! ¡Vencedor generoso! –exclamó Gayo, y estrechó a su pupilo entre sus brazos, sollozando de alegría y alivio–. ¡Magnánimo guerrero! ¡Perdona la vida de su rival, a pesar de que fue desafiado a muerte! ¡Te saludo, maestro de todos!

Los alumnos unieron sus voces en una salutación general, como si de ellos hubiera sido la victoria.

Cneio y Curio se acercaron a su amigo y en silencio le ayudaron a ponerse en pie, apretando un pañuelo sobre su sangrante garganta. Pero Lucio los apartó a un lado. Se quedó mirando a Marco, que estaba a cierta distancia, y lo saludó burlonamente.

–Te felicito, garbanzo –le dijo.

Años después Marco se diría con angustia: «Debí haberlo matado. No debí haberlo dejado vivo, Livia. ¡Livia! Deja que mi mano se avergüence, pues te traicioné».

Por aquellos mismos días, Catilina le preguntaría:

«¿Por qué no me mataste, garbanzo? ¿Es que te diste cuenta de que un simple ciudadano que mataba a un oficial de la República era indefectiblemente condenado a muerte?»

Pero Marco no fue capaz de responder.

La noticia corrió por la ciudad, donde eran muy bien recibidos los chismes como variación a las siempre sombrías noticias de la guerra. El noble patricio de la casa de los Catilinii, Lucio Sergio, oficial del ejército en una de las más valerosas legiones, había sido vencido en un simple duelo a espada por un pasante de abogado, hijo de un humilde primado, un muchacho campesino nacido no en Roma, sino en Arpinum, de una familia que no se había distinguido en nada. (Fastidió mucho a los malévolos propagadores de la noticia el enterarse de que la madre de Marco era de la noble familia de los Helvios, pero esto no fue mencionado.)

Hubo algunos que se sintieron encantados de que Lucio hubiera sufrido tal humillación, aun entre sus amigos de la clase patricia. Marco veía a menudo rostros que lo atisbaban desde ricas literas y que sonreían. Artesanos y tenderos, pensando con simpatía en que era uno de ellos, esperaban para verlo salir por la puerta de la escuela de Scaevola.

Scaevola evitó hablar del asunto durante varios días, pero al final preguntó a su discípulo:

—Dime, muchacho, ¿fue la piedad lo que te impidió matarlo?

Marco negó con la cabeza.

—¿No? —exclamó el anciano complacido—. Entonces ¿qué?

Marco sentía ahora un profundo afecto por su maestro. No podía ofenderle ni desilusionarle diciéndole la verdad, que habría parecido cosa poco viril a Scaevola.

—¿Acaso —preguntó el maestro, dejando de sentirse satisfecho— porque temiste el castigo que espera a un civil que mata a un notable oficial patricio?

—No —respondió Marco.

—Bueno. ¿Entonces no lo mataste para que sufriera la mortificación que en un hombre como Lucio debe ser insoportable? —Scaevola se sintió tan complacido por su propio razonamiento y tan encantado con Marco, que abrazó al joven.— Lucio jamás te lo perdonará —dijo mostrando sus dientes amarillentos en una jubilosa sonrisa.

Por su parte, Helvia dijo a su hijo:

—¿Perdonaste a Catilina porque temías las consecuencias de su muerte?

—No —respondió Marco.

Su madre se quedó pensativa y luego sonrió.

—Lo dejaste desarmado y no podías matar a un hombre desarmado, ¿verdad? Eres un héroe, hijo mío. Me siento orgullosa de ti.

—Yo también me siento orgulloso —le dijo Quinto, su hermano—. No sabía que fueras tan buen espadachín.

Tampoco lo sabía yo, se dijo Marco haciendo una mueca.

—¿Por qué no lo mataste, amigo mío? —le preguntó Noë ben Joel. ¿Será porque recordaste aquel mandamiento de «no matarás»?

—No —contestó Marco—. Deseaba matarlo.

Noë chasqueó la lengua burlonamente.

—Entonces ¿por qué no lo hiciste?

A Marco le pareció que Noë, siendo actor, artista, amante de obras de teatro y narraciones, comprendería lo que otros no habrían comprendido, y se sinceró:

—Porque tiene los mismos ojos de la mujer que amo, porque es pariente lejano de ella y se ha casado con ella. De no haber visto aquellos ojos claramente un instante antes de hundirle la hoja en su garganta, habría muerto.

No se equivocó. Noë se sintió encantado.

—¡Vaya obra de teatro que se podría escribir con este argumento! —exclamó—. Pero no temas, no daré al héroe tu nombre ni al vencido el de Catilina. Algún día puede que utilice este episodio. —Y dijo lo mismo que Scaevola le había dicho—: Jamás te lo perdonará.

Y Marco contestó entre dientes:

—Tampoco yo le perdonaré.

SEGUNDA PARTE

El abogado

Protexisti me, Deus, a conventu malignantium, alleluia; a multitudine operantium iniquitatem.

Capítulo
15

—Lo único seguro —dijo el viejo Scaevola iracundo— es que lo que esos bribones llaman democracia no es más que confusión. Ya lo descubrirás por ti mismo, muchacho, si logras salir con vida, lo cual dudo. No es probable que alcances una edad avanzaba como yo, con esas absurdas teorías sobre los derechos del hombre y la democracia.

»Fíjate en la ley de Sulpicio, que garantizaba a los libertos, ¡nada menos que a los libertos, de tan vil origen!, la igualdad con los antiguos ciudadanos de Roma. Cinna, que no hace más que parlotear de democracia, libertad y de la constitución de nuestra nación y que en realidad es un monstruoso déspota, ha vuelto a dar vida a esa ley porque sabe muy bien sobre qué se basa su poder, ¡el muy bribón! Se nombra a sí mismo cónsul cada año, sin consultar al pueblo al que dice amar tanto. Declaró que reduciría los impuestos y las deudas y lo ha hecho para arruinarnos económicamente, pues ha dejado las arcas vacías después de los gastos de tantas guerras y de las subvenciones a las naciones extranjeras y a nuestras colonias. De una cosa podemos estar seguros, muchacho: este alivio temporal de los impuestos acabará en impuestos mayores y en un colapso final. Se trata puramente de un asunto de contabilidad. ¿Pero es que a la gente le importa el presupuesto y la dura realidad de que uno no puede gastar lo que no tiene sin ir a parar a la bancarrota? ¡No! Gritarán "¡viva!" al tirano Cinna, pensando en la ganancia inmediata a expensas de la nación.[1]

El noble y anciano abogado movió su cabeza con gesto de desaliento.

—Mario, otro famoso demócrata, respetó mi vida durante las matanzas que instigó a su regresó a Roma. Por qué, no lo sé, porque yo detesto a todos los hipócritas. No es de extrañar que fuera uña y carne con este vulgar Lucio Cornelio Cinna, que ahora nos oprime en nombre de la democracia. —Se rascó la oreja y chasqueó la lengua con desaliento.— Sin embargo, a veces me inclino a creer en el viejo mito de que el pueblo tiene cierta sabiduría. Cuando

---

[1] Carta de Scaevola a su hijo.

Mario murió en su lecho (cosa lamentable, pues debía haber sido asesinado lo mismo que él asesinó a millares de personas sin piedad), el pueblo no lloró al que se había nombrado a sí mismo su libertador. Toda Italia, incluso la propia Roma, alzó la cabeza con un suspiro de alivio, como si hubiera desaparecido la espada que pendía sobre su cabeza y de verdad viniera la liberación. Es chocante. Los que más gritaban pidiendo los derechos de ciudadanía y la libertad son los que ahora están más contentos con la sangrienta opresión de Cinna.

–Necesitan un respiro para agruparse después de tantos años de guerra –repuso Marco–. Están exhaustos. Pero al final ya verá cómo nos libramos de Cinna.

–No. El restablecimiento de la Constitución no traerá más que nuevas guerras civiles y, aunque no hable, el pueblo se da cuenta de esto. Es mejor la opresión con paz, dice la gente, que la libertad con guerra. Ésta es la opinión de los nuevos libertos, que se pavonean por Roma y no saben nada de su historia, que están satisfechos con Cinna, el tirano, que es tan vulgar que los abraza en público y los saluda con gritos de «¡democracia!». Las provincias me han desilusionado. Yo creí que en ellas quedaban hombres.

–Desean la paz –argumentó Marco.

–¡Bah! –exclamó Scaevola–. Todavía tenemos a Sila exiliado en el este. ¿Acaso nos ha olvidado? No. Pronto tendremos noticias de él. Las guerras originan guerras como las cigarras crían cigarras, y siempre habrá hombres ambiciosos.

»Pero mientras tanto consideremos que mañana presentas tu primer caso ante el Senado. No iré contigo, pero estaré entre el público. Ya tienes veintiún años y te he enseñado concienzudamente porque has sido menos estúpido que mis otros discípulos, que todavía son pasantes. He informado a algunos amigos míos, que irán allí para aplaudirte...

–Si gano –objetó Marco de pie ante su mentor. Scaevola entornó los ojos, fijando la mirada en él e inclinando su cabeza de anciano.

–Un abogado no debe permitirse decir «si gano» –replicó–. ¿No te lo he dicho ya? En este caso no puedes apelar a ninguna ley de Roma, porque no hay tal ley. Se trata de un granjero modesto, un padre de familia, con esposa, dos hijos y tres esclavos que le ayudaban en las labores de su granja. Pero, al igual que todos nosotros, atraviesa malos tiempos y está arruinado. No ha podido pagar los impuestos. Por lo tanto, los recaudadores le embargaron sus escasas propiedades, lo encarcelaron y se disponen a venderlo como esclavo, así como a su esposa e hijos. Así lo determina la ley: en caso de bancarrota de alguien que no pueda pagar los impuestos o deje de pagarlos pudiendo y tenga deudas que no pueda liquidar, tal individuo es detenido y se le confiscan sus bienes para satisfacer a sus deudores y al avaricioso gobierno. Ésa es la ley de Roma, ¿y no eras tú el que siempre estabas elogiando las leyes de Roma, hijo mío?

—Hubo un tiempo en que Roma tuvo un corazón humano —contestó Marco afligido—. Esa ley odiosa debió haber sido abolida, pero no ocurrió así por las guerras civiles. Durante décadas figuraba en los libros de leyes, pero era letra muerta.

—El gobierno necesita dinero. Ése es su lamento de siempre —dijo Scaevola en tono despreciativo—. Pero vamos a traducirlo al lenguaje corriente: los tiranos necesitan dinero para poder comprar votos e influencia. Y si hace falta, sacan a relucir las más odiosas leyes. Sus burócratas hurgan en polvorientos manuscritos hasta dar con algún reglamento o alguna ley olvidada y confusa que pueda justificar su opresión. Todo es muy legal y virtuoso. Cuando fue promulgada tal ley hace siglos, fue para desanimar a los derrochadores y los irresponsables, pues entonces nuestra nación estaba en sus comienzos y había que hacer comprender a los hombres que no debían asumir compromisos que fueran incapaces de cumplir por falta de habilidad o inteligencia. Pero ahora el gobierno, buscando ávidamente nuevas fuentes de ingresos, se aprovecha de una vieja ley que nunca fue aplicada porque el pueblo era frugal y previsor y sus gobernantes benignos. Ahora es aplicada porque la gente se ha vuelto despilfarradora e irresponsable y los gobernantes son monstruos. Es una paradoja, pero el gobierno nunca ha sido consecuente. ¿No necesita el gobierno dinero? El caso de tu cliente es uno entre miles.

Marco se sentó y apoyó el codo en la mesa llena de marcas, donde tantos alumnos de Scaevola habían estudiado. Descansó la barbilla en la palma de la mano y se quedó mirando la mesa.

—Apelaré a los sentimientos humanos del Senado —dijo.

Scaevola se removió en su asiento y dio una palmada en la mesa mientras soltaba una carcajada.

—¿Sentimientos humanos? ¿El Senado? ¡Muchacho, tú estás loco! Vas a pedir clemencia a un gobierno que es la destrucción personificada. A un gobierno, recuerda, que necesita dinero..., el dinero de tu cliente. Como si a un león hambriento le pidieses que suelte a una gacela. No, no, mi imberbe chiquillo. Debes buscar otra cosa si quieres convencer al león.

—¿Cuál? —preguntó Marco desesperado—. Ya he buscado en los libros.

—Consideraré tu caso —dijo Scaevola— para que te sirva como ejercicio. No tengo la menor esperanza de que obtengas clemencia para tu cliente. Seamos objetivos. Los romanos son actores por naturaleza. Espero que puedas conmoverlos con tu elocuencia, porque eres un novato, y que te escuchen seriamente y te aplaudan. Pero no van a renunciar al poder que han descubierto gracias a sus burócratas, pues el gobierno necesita dinero. ¿Sueno monótono al recordártelo tantas veces?

—Así pues, sólo será un ejercicio para mí –replicó Marco. Su mirada se volvió fría y taciturna.

—Sólo eso –repuso Scaevola–. Presenciaré mañana tu actuación como un crítico observa a un nuevo actor.

—Usted me dijo que un abogado no debe permitirse un «si gano», maestro.

—Ahora pienso sólo en ti. Alcanzarás el éxito si logras arrancar las lágrimas de tu audiencia. Si no lo consigues, entonces no servirás para pleitear. La suerte de tu cliente es algo secundario porque el suyo es un caso perdido.

—Entonces ¿a qué ley quiere que me refiera?

Scaevola negó con la cabeza.

—No hay ninguna. A menos que tu diosa, Palas Atenea, te conceda un milagro.

—El poder y la ley no son sinónimos –observó Marco.

Scaevola lo miró con burlona admiración.

—Eso debes decir al Senado –declaró–. Jamás le habrán expuesto antes un argumento semejante.

—Donde el poder se ejerce sin limitaciones, no hay ley que valga –insistió Marco.

—Cierto. Pero al Senado le apetece el poder. ¿No le apetece a todo gobierno? ¿Vas a privarle de la sangre que le da vida? El león de mi metáfora, muchacho, representa a todos los gobiernos.

—Rescataré a mi gacela –dijo Marco.

El anciano volvió a soltar una carcajada y se enjugó las lágrimas que la risa hizo correr por sus mejillas gordezuelas y grasientas.

—¡Bravo! –exclamó–. ¡Bonitas frases! Pero con ellas jamás conmoverás al león.

Marco fue de nuevo a la biblioteca de Scaevola y buscó en vano una escapatoria legal para su cliente. Al mediodía se dirigió al templo de Atenea y oró. Se detuvo ante el altar del Dios desconocido y se arrodilló ante él.

—Seguro que tú eres la Justicia –susurró–. Seguro que tú no abandonas a tus hijos. ¿No se lo has dicho a tus profetas?

Era su primer caso ante un tribunal y su corazón ardía de rabia ansiando la rectitud, el honor y la recta aplicación de la justicia.

Regresó a casa de Scaevola. El que hubiera una elegante litera ante su puerta no era ninguna novedad para Marco, pues las veía constantemente. Pero cuando las cortinillas se apartaron y apareció Noë ben Joel con un semblante muy pálido que reflejaba desesperación, comprendió que se trataba de un asunto diferente. Marco se acercó y le tendió la mano. Noë se la estrechó, pero no fue capaz de hablar. De pronto empezó a llorar y apoyó su cabeza en el hombro de Marco, conteniendo el aliento, mientras Marco, asombrado y temeroso, lo abrazaba.

—¡Mi padre! —gimió.

*U*nos meses antes, en plena primavera, Joel ben Salomón llamó a su hijo Noë y le dijo muy seriamente:

—He otorgado a tus hermanas buenas dotes porque Dios, bendito sea su nombre, no creyó oportuno concederles aspecto de ángeles ni almas semejantes a las de Raquel. ¿Quiénes somos nosotros para discutir su voluntad o comentar sus juicios? Sin embargo, las dotes y la pérdida de muchas de mis inversiones a causa de las guerras han vaciado mis arcas. Como hijo mío único, pensaba dejarte una gran fortuna. Es cierto que no soy pobre, pero mi conciencia me prohíbe ahora seguir dándote dinero para producir obras de teatro y pagar actores. Había esperado —dijo el anciano suspirando— que te unirías a mí en mis negocios bancarios y en mis operaciones de inversión. No lo hiciste, alegando con amargura que el oro no significaba nada para ti ya que estabas por encima de los intereses materiales.

»Si tus obras teatrales te hubieran producido buenos beneficios, en cierto modo me habría resignado; mas por desgracia no ha sido así. Y esto me parece extraño, porque durante las guerras la gente trata de divertirse. He oído que los circos están siempre llenos...

—Porque la entrada es gratis. El gobierno los costea —repuso Noë, sintiendo un triste presentimiento que le pesó como plomo en el corazón.

Su padre cerró los ojos un momento y continuó como si no hubiera sido interrumpido.

—Tal vez es que tus obras teatrales son muy aburridas. Yo no soy crítico y jamás he ido al teatro. Pero he leído las que dejaste en casa...

—Pues fueron escritas nada menos que por Sófocles y Aristófanes —dijo Noë, haciendo un gesto con su ancha pero delicada mano—, y por otros muchos célebres autores griegos.

—Pues son aburridísimas —dijo Joel mesándose la barba con gesto de cansancio—. Los romanos son más inteligentes de lo que yo creía si evitan asistir a las obras teatrales que tú produces.

—Las obras de teatro son arte —repuso Noë—, y debo admitir tristemente que la plebe prefiere los sangrientos espectáculos del circo, los gladiadores y luchadores, los boxeadores y bailarines, particularmente los de carácter más pervertido.

Su padre se estremeció.

—Arte o no, no te han servido para ganarte la vida y mis arcas están vacías. Creí que en estos tiempos degenerados era comprensible que un joven hiciera lo que le diera la gana durante cierto tiempo, aunque no ocurría así en mis tiempos. En mis tiempos...

Noë escuchó con gesto de aburrimiento. Su padre le había repetido toda la vida lo que ocurría en sus tiempos.

—Se ve que he ofendido al Dios de mis padres —dijo Joel.

Noë pensó que el sermón se aproximaba al punto culminante y trató de parecer atento. Su padre siempre concluía sus lamentaciones con esa frase. Noë sintió un gran abatimiento en el corazón. Su padre le miraba con frialdad y esta vez no iba a despedirlo como solía hacer tras concluir sus lamentaciones.

—Por lo tanto —prosiguió Joel—, ya he dispuesto que te cases con la hija de Ezra ben Samuel. La dote...

—¡Pero si parece un camello! —exclamó Noë horrorizado—. ¡Es mayor que yo! ¡Ni siquiera su dote lograría convencer a ningún hombre de que se casara con ella!

—No es tan mayor, sólo tiene veinticuatro años —replicó el padre—. ¿Un camello? Esa doncella no es Judith ni Bathseba, pero no es tan desagradable a la vista; aunque, claro —añadió con ironía—, yo no soy un artista, sólo un hombre de negocios incapaz de juzgar. Es una hija gentil de Israel, de grandes virtudes, ¿y no vale más una buena esposa que los rubíes? Ha sido bien educada por su madre...

—Es un camello —insistió Noë con desesperación.

—No hables así —le interrumpió su padre con una sequedad impropia de él—. Su nariz podría estar mejor formada, como la de tu madre, y podría también como tu madre tener los ojos más grandes, pero tiene buena silueta y su dentadura es excelente...

—Los hombres no se enamoran de las mujeres por sus dentaduras, como si se tratara de comprar un caballo —replicó Noë, negándose a creer en la desgracia que se le venía encima—. Además, está gorda.

—Quizá me equivoque, y en ese caso corrígeme, pero no eres tú el que compra una esposa. Es Leah la que compra un esposo: tú.

—No —replicó Noë.

—Sí —contestó Joel.

Noë reflexionó al ver la firmeza de su padre y la seguridad que denotaba su nudosa mano al mesarse la barba. Si no accedía a casarse con aquel camello, no dispondría de más dinero, y si se casaba con Leah bas Ezra, tendría su dote. La joven era de carácter agradable, dócil y manejable; sería fiel al hombre que la llevara al lecho conyugal.

–También he acordado con Ezra ben Samuel –prosiguió Joel– que la dote de su hija sea juiciosamente invertida. Como las inversiones en el extranjero son desastrosas en los tiempos actuales, le he aconsejado que compre fincas e invierta en Roma. Con las rentas, tú y tu esposa podréis tener una casa magnífica, con dos o tres criados, y asegurar el porvenir de vuestros hijos.

Me ha fastidiado, pensó Noë. Sin embargo, reflexionó un poco. Aquellas rentas constituirían un ingreso regular, a diferencia de las entregas de dinero que le hacía su padre, por importantes que fueran. Podría seguir produciendo obras teatrales y rogar que los romanos se sintieran atraídos por el arte puro.

Aun así, Noë recurrió a su madre, con la que siempre tenía influencia. Pero se vio claro que ella ya había discutido el asunto con su esposo. Así que ella se limitó a suspirar y hablar de la voluntad de Dios, haciendo notar que Noë ya tenía veintitrés años y había pasado la edad habitual en que se casaban los jóvenes.

–La muchacha no es fea –insistió–. ¿Acaso tienes otra elección?

Fue a contarle sus penas a su amigo Marco, que se mostró tan despiadado que se echó a reír.

–A ti, como romano, estas cosas te hacen gracia –dijo Noë con amargura–. Porque aunque a vosotros también os casan los padres, tenéis otros consuelos si la esposa no os gusta; pero entre los judíos no pasa lo mismo.

–Me has regalado el oído contándome muchas historias interesantes de vuestros libros santos –respondió Marco–. ¿Y qué me dices de David y Salomón, por sólo mencionar a estos dos? ¿Y de Sodoma y Gomorra?

–A pesar de eso se espera que los esposos judíos sean virtuosos –dijo Noë–. Al menos lo esperan esos puritanos que forman el círculo social de mis padres y de Ezra ben Samuel.

Marco fue invitado a la boda. Le pareció suntuosa y vio que Noë había sido injusto con su novia. No es que Leah fuera seductora, incluso hubiese resultado un poquito gorda a uno de gustos voluptuosos, y encima era bajita. Pero tenía mejillas rosadas, una sonrisa encantadora, mirada grave y modales muy gentiles. También había aportado una considerable dote, incluso desde el punto de vista romano, y todo eso constituían virtudes nada despreciables.

Por lo visto Noë llegó también a esta conclusión, ya que Marco no lo vio durante dos meses. Cuando Noë se presentó un día en casa de los Cicerón, Marco se fijó en que había engordado un poco y que tenía expresión satisfecha. Habló con animación de la nueva obra teatral que tenía en proyecto. Se había procurado los servicios de una guapa prostituta para que actuara en la obra escrita por él mismo.

—Es una guarra –dijo bromeando–, ¡pero menudo tipo tiene! Estoy pensando en presentarla también en *Electra*. Es muy rica y ha sido querida de un senador.

Marco no volvió a ver a Noë hasta un día de finales del verano, cuando acudió lloroso a ver a su amigo, para hablarle de su padre, Joel ben Salomón.

Con el rostro surcado por las lágrimas, se sentó en compañía de Scaevola y Marco y contó una triste historia.

Ciertos senadores, cuyo nombre dio, que pertenecían al partido de Mario y, por lo tanto, no habían tenido que huir con Sila, hicieron grandes negocios con Joel antes de las pasadas guerras. Invirtieron grandes cantidades en valores que él les recomendó y se endeudaron con su padre. Éste guardaba los documentos acreditativos en sus oficinas, en las que sólo empleaba a auxiliares de la mejor reputación. De no haber sido por las guerras, las inversiones de los senadores no sólo habrían estado a salvo, sino que al final se hubieran vendido por todo su valor y de este modo habrían liquidado sus deudas con Joel. Sin embargo, al igual que todos los romanos acomodados, los senadores habían tenido mala suerte con sus inversiones, la mayoría de las cuales fueron hechas en negocios navieros, minas y fincas. Algunos invirtieron dinero en manufacturas que suministraban material de guerra al gobierno.

Como las guerras fueron continuas, el gobierno fue pagando cada vez menos a los manufactureros, y cuando éstos protestaron, incluso les amenazó con confiscar sus propiedades hasta que se normalizara la situación. Así que los senadores perdieron también mucho dinero.

Muchas de sus fincas, algunas dedicadas a viñedos, fueron devastadas durante la guerra y de momento estaban en barbecho, esperando días de paz. Sólo ahora comenzaban a ser labradas y a producir cosechas.

Cierto que Cinna, ese hombre tan peligroso, había reducido las deudas. Pero tal reducción era un arma de doble filo. Al reducir las sumas que un hombre debía a otro, reducía también las cantidades que debían a éste sus deudores. Así que la nueva ley fue un duro golpe para los senadores, que se encontraron no sólo en deuda con banqueros y prestamistas como Joel ben Salomón, sino también con otras muchas personas, porque a pesar de las guerras no habían tenido la prudencia de reducir sus despilfarros. Muchos que anteriormente habían tenido una gran fortuna, habían vivido como potentados en sus casas de Roma. La mayoría eran clientes de Joel ben Salomón.

Los senadores consideraban que las deudas contraídas con Joel eran las menos importantes, ya que éste no les apremiaba el pago, teniendo en cuenta que era gente influyente. Sin embargo, sus deudas, a pesar de las reducciones de la ley de Cinna, eran todavía formidables. Así que los senadores tramaron un vil complot y declararon que Joel no les había entregado los valores que ellos habían pagado en su totalidad y que encima se atrevía a decir que sólo le habían pagado una parte. De un plumazo, pues, no sólo se libraban de sus deudas para con él, sino que además se veían con derecho a apropiarse de sus bienes y su dinero, enriqueciéndose así y metiéndole en la cárcel acusado de estafa.

Lo habían detenido aquella misma mañana. Su esposa y demás familia estaban desesperados. Las hijas se reunieron con sus respectivos esposos y suegros para ver cuánto dinero podrían reunir entre todos para librar a su padre de aquellas acusaciones. Quizá los senadores se sintieran satisfechos con una suma elevada. Algunos yernos de Joel ya habían ido suplicantes a los senadores ofreciéndoles una fuerte suma «para completar el pago». Pero los senadores se rieron en su cara. Deseaban aparecer como gente virtuosa a los ojos de todo el mundo y, por consiguiente, Joel debía ser castigado.

Scaevola escuchó hasta el final, como si fuera un enorme sapo sentado en su silla, atento a las frases entrecortadas de Noë. De paso no perdió de vista el rostro de Marco que, muy pálido, exhibía una expresión de horror e incredulidad. Al fin aprenderá este joven asno, pensó Scaevola, al que sin embargo tengo tanto afecto, que lo que le he inculcado es la verdad.

Cuando Noë concluyó, ocultando el rostro entre sus manos, Marco balbuceó:

—¡No es posible! Pero ¿es que tu padre no tenía abogados?

—No —contestó el infortunado hijo—. Toda su vida ha sido honrado y siempre ha dicho que los hombres honrados no necesitaban abogados. Se consideraba a salvo de toda injusticia.

—¡Joel ben Salomón es tonto de remate! —exclamó Scaevola—. ¿Hablas en serio, Noë? ¿Que no tenía abogados?

Le costaba creerlo y Noë tuvo que repetirle la verdad una y otra vez. Entonces Scaevola se retrepó en su silla y movió la cabeza como un gladiador aturdido, incapaz de hablar por un instante.

En ese momento Marco dijo:

—Pero tu padre tendrá los documentos acreditativos, ¿no es así?

—Se los dimos todos a los senadores para que los leyeran.

Scaevola pareció retornar a la vida, poniéndose furioso, y pegó un manotazo a la mesa. Se inclinó hacia Marco y gritó:

—¡Imbécil! ¿De qué sirven los documentos presentados a los tribunos, cónsules o senadores cuando el gobierno está dispuesto a robar y destruir a un hombre que les disgusta o que posee lo que ellos ambicionan? ¡Oh, dioses! —gimió—. ¡He perdido todos estos años enseñando a un idiota cabezota como Marco Tulio Cicerón! ¡Los años de mi ancianidad! —Apretó los puños y los esgrimió, maldiciéndose por su estupidez.

Noë, durante este torrente de imprecaciones, papardeó mirando a uno y otro. El anciano por fin se dominó y miró ferozmente a Noë:

—Supongo que también habrán acusado a tu padre de no haber pagado los impuestos que le correspondían, ¿no es así?

—Así es. Había olvidado ese detalle —contestó Noë con desaliento.

Scaevola asintió con la cabeza con gesto de amargura.

—Añaden eso para que puedan proclamar más alto la virtud de los senadores. También ellos fueron víctimas de lo que llaman los impuestos necesarios. Pero como son tan patriotas y aman a su patria y respetan sus leyes... ¡siempre pagaron sus impuestos religiosamente! Deben de haber amañado documentos para demostrarlo, ¿y qué recaudador de impuestos se atrevería a contradecirlos? Sabría muy bien que no se libraría del veneno o de cualquier otro medio menos agradable de represalia. Los hombres razonables ya comprenden que los poderosos no pagan impuestos al modo como los pagan los demás ciudadanos. —Scaevola se quedó mirándolo.— Se lo habrás de recordar a tu cliente mañana, Marco, cuando presentes su caso ante tales senadores y les pidas clemencia. ¿Es que acaso ellos no son romanos honorables de grandes virtudes? ¿No son los impuestos para el gobierno lo que la sangre para el cuerpo? El que defrauda al gobierno, ya oirás eso mañana, defrauda a todos los ciudadanos de Roma que han cumplido con sus obligaciones.

—Pero pensemos de momento en Joel ben Salomón —rogó Marco—. ¿Verdad, maestro, que no se permitirá esta injusticia? Para algo tenemos leyes.

Scaevola se dirigió a Noë como desengañado de aquel idiota con cerebro de mono.

—Escucha lo que dice. ¡Habla de leyes! ¿Hay algo que se desprecie más en estos tiempos? Todos estos años los ha pasado sentado frente a esta mesa, todos estos años me ha acompañado al Senado y a los tribunales, ha oído, con esas orejas largas que tiene, que no hay más ley que el capricho de los tiranos, siempre codiciosos. He intentado enseñarle que mucho antes de que hubiera nacido el abuelo de su abuelo, Roma ya estaba depravada y corrompida. La República ha muerto empachada de tanta gordura y tantas riquezas. Murió porque el pueblo no insistió en que las leyes fueran observadas, se hiciera justicia y se respetara la Constitución. Sin embargo, sigue hablando de leyes, a pesar de lo que Aristóteles dijo de las repúblicas, que se convierten en democracias y degeneran en despotismos. Ha leído la Historia yo qué sé cuántas veces, pero ha estado tan ciego como las piedras y tan sordo como el barro.

Marco le respondió con toda la aspereza y calma que pudo dar a su voz:

—Sin embargo, las leyes siguen escritas en los libros. Mi abuelo, del que ya le he hablado, maestro, creía que un puñado de hombres decididos podría todavía darles vigencia, así como devolver su grandeza a la justicia romana. ¿Cómo iba a poder vivir yo si no creyera eso? Si los hombres ignoran las leyes, es porque individuos venales y despreciables hacen caso omiso de ellas y los embaucan, las ridiculizan y se aprovechan de las mismas. Los hombres pueden arrojar cieno sobre las blancas vestiduras de la Justicia, pero no pueden derribarla ni apartarla del lugar que le corresponde.

—¡Pobrecita! —se mofó Scaevola, ya casi fuera de sí—. ¡Le llevan arrojando cieno durante casi doscientos años, la han derribado y arrojado de su sitio! ¿Es que no eres capaz de reconocer la verdad aunque te la pongan ante los ojos, infeliz? Dices que no podrás vivir si esto es así. Pues entonces tírate a un pozo. Arrójate sobre la misma espada con la cual venciste a Catilina hace cinco años. Toma la enmohecida daga de tu abuelo y clávatela en el vientre. ¡Este mundo no es para ti, Marco!

La respiración de Scaevola era como soplos de viento en la biblioteca. Se quedó mirando fijamente a Marco, que inclinó su cabeza y gimió como un gladiador derrotado que deseara la muerte.

—¿Y con sobornos? —preguntó Noë, inseguro.

Scaevola se echó a reír.

—Ni una moneda de cobre. ¿Qué estima un bribón poderoso por encima del dinero y los sobornos por seductores que sean? El que lo crean públicamente virtuoso.

Hizo un gesto despreciativo hacia Marco y le tendió algo.

—Toma esta llave. Debajo de mi cama encontrarás un cofre. Pero lo más importante lo tengo oculto fuera de Roma, en escondites secretos que no sería capaz de hallar ni el zorro más astuto. Mientras tanto, Noë, hijo mío, escribe en este papiro los nombres de los senadores que debían dinero a tu padre y a los que has visto esta mañana. Claro que habrá algunos cuyos trapos sucios y delitos ignore. Pero no importa. Todo político y bribón de nota, cada hombre poderoso tiene secretos por los que moriría antes de revelarlos. Uno no tiene más que insinuar que los sabe. ¡Y ya conocen a Scaevola!

Cuando Marco, moviéndose como una centella, regresó con el cofre, Scaevola lo contempló complacido y lo acarició paternalmente.

—Aquí reside mi poder y mi reputación, todo lo que hace que Scaevola sea formidable, todo lo que lanza a los perversos en una danza que envidiaría el propio dios Pan.

Se inclinó y besó el cofre sonoramente. Luego dijo:

—Cuando los perversos te ataquen, no te enfrentes a ellos con audacia ni contraataques creyendo que la justicia está de tu parte. Descubre sus secretos. –Descorrió el cierre de bronce y contempló el contenido con delicia. Luego sacó varios pergaminos y se quedó estudiando uno, tras echar un vistazo a la lista de Noë, asintiendo satisfecho.– Aquí tenéis el primero, muchachos. No sólo es abuelo de su nieto, sino además su padre. Sedujo a su hija cuando sólo tenía doce años. Envenenó a su madre, que amenazó con denunciarle públicamente. Luego casó a su hija con un hombre incapaz de acostarse con una mujer, pues prefiere los jovencitos; pero como el senador no quería que su hija fuera tocada por otro hombre, dispuso este matrimonio tan extraño. La muchacha es guapísima y estúpida, pues adora a su padre, bajo cuya influencia vive sometida. Este senador se dispone ahora a divorciar a su hija de su esposo nominal, de modo que pueda volver a su casa, donde la albergará, digamos paternalmente, y así podrá cuidar de su nieto, que a la vez es su hijo, pues siente gran cariño por el chico. No ocurre a menudo –dijo divertido– que un hombre degenerado pueda arreglar las cosas tan a su gusto y con tanta facilidad. Ya veremos.

Empezó a examinar otro pergamino con satisfacción.

–¡Ah! Aquí tenemos a un bribón bastante curioso. Fue el que hizo asesinar al noble y virtuoso Druso. El pueblo de Italia aún no ha olvidado a Druso, cuyo asesino jamás fue prendido. A pesar de los años transcurridos, todavía serían capaces de hacerle pedazos por tal delito.

Sacó otro, sobre el cual casi babeó.

–¡Mi querido senador! ¡Has logrado conmover mi endurecido corazón! ¡Has seducido nada menos que a cuatro jóvenes esposas de tus más distinguidos colegas del Senado! Vaya, vaya. Un hombre juicioso no seduce a las esposas de sus amigos, pues eso podría ser su ruina. ¿Es que no hay otras mujeres en Roma? Si tus colegas se enteraran, te asesinarían a la primera oportunidad de clavar sus dagas en tu cuerpo.

Cogió otro.

–Querido amigo, has tenido seis esposas y ninguna te ha dado un hijo, ni siquiera una hija. Pero tu querido Scaevola sabe por qué. Eres impotente. Cinco de tus esposas fueron damas de alto rango y prefirieron callar antes que revelar una vergüenza que mortificaba su feminidad. Sin embargo, tienes dos guapos hijos. ¿De dónde los sacaste, amigo mío? Son hijos de esclavas tuyas hace tiempo desaparecidas en el silencio de la muerte. Fueron preñadas por esclavos tuyos que ya tampoco pueden hablar. Necesitabas tener estos hijos porque tu apellido patricio depende de que ellos existan, así como una gran fortuna. No deseo injuriar a criaturas inocentes, pero depende de ti el que sean o no injuriadas. Tu sobrino, al que desprecias, sería entonces el que heredase tu cargo en el Senado, así como tu fortuna. Piensa cómo se reiría Roma, que tanto gusta de los escándalos.

—Pero sus esposas se divorciaron de él. ¿Cómo entonces explica estos hijos?

—Tomó una sexta esposa. Una joven de humilde pero honrada familia. Casi una niña. La amenazó con que si negaba que el primer hijo era suyo, mataría a su padre. La volvió a amenazar cuando nació el segundo. Pero como las mujeres, aun las más intimidadas, no pueden callar en determinadas circunstancias, la joven esposa murió tras el supuesto nacimiento del segundo vástago. Se dijo que a causa de una hemorragia.

—Pero ¿y el médico? –preguntó Marco.

—Daba la casualidad de que en ese momento nuestro amigo estaba solo con su esposa –explicó Scaevola con tono de conmiseración–. Extraño, ¿verdad? Cuando llamaron al médico y éste acudió, sólo halló a la muerta y a su lado un bebé en el lecho lleno de sangre. ¡Ah! ¡Qué triste es la vida!

Noë y Marco se miraron horrorizados. Noë se humedeció los labios y Marco tragó saliva. Conocía de oídas la existencia de estos informes secretos, pero ignoraba su contenido. Creyó que no iba a poder resistir más seguir oyendo la lectura de esos horrores, de cosas tan monstruosas. Hizo un gesto como para marcharse, pero Scaevola lo retuvo mirándolo de modo feroz y malévolo.

—Te leo esto para que te purgues de tanta tontería –le dijo y prosiguió leyendo en un tono que parecía un ronroneo.

Finalmente soltó el último rollo de pergamino. Cada uno había sido más terrible que el anterior. Scaevola juntó las manos sobre su enorme vientre y con gesto despreciativo comenzó a rascarse el ombligo por encima de su túnica, observando los empalidecidos rostros de ambos jóvenes con benevolencia.

—Ya he tenido antes que llamar la atención de los infortunados senadores sobre estos temas –dijo–. En varias ocasiones mi casa ha sido violentada, pero los senadores saben que estos informes no son más que copias. Después de que mi casa fuera asaltada cuatro veces, se lo hice saber discretamente. Tampoco se atreverían a asesinarme a mí o a mi hijo, pues he dado órdenes a dos amigos míos, que detestan a dichos senadores, que en caso de que yo o mi hijo muriésemos de forma violenta, dieran a conocer públicamente estos hechos.

Noë se atrevió a preguntar con voz débil:

—¿Y cómo obtuvo usted estos informes?

Scaevola frotó el índice con el pulgar.

—¡Ah! ¿Qué no se puede conseguir con oro? Además, dispongo de los mejores espías de Roma, cuyos nombres no os puedo revelar. Habréis de creer que mis informes son verídicos.

Marco se llevó las manos a la cabeza y exclamó:

—¡Qué bajo ha caído Roma!

—Dirás mejor qué bajo ha caído el hombre desde el día de la Creación —le corrigió Scaevola.

Hizo venir a unos mensajeros y dirigió una breve y respetuosa carta a cada senador citado. Les recordaba discretamente que él, Scaevola, seguía poseyendo aquellos informes. E insistía a cada uno que en nombre de la Justicia consultara con sus colegas e hiciera que se retiraran los cargos contra Joel ben Salomón y que el banquero fuera devuelto inmediatamente a su casa. «¿Es que ya no arde en tu pecho el amor por las leyes, querido amigo?», preguntaba Scaevola en sus cartas. «Todo el mundo conoce tu amor por la Justicia, especialmente este abogado, que te admira y se honra con ser uno de tus amigos.»

A los senadores de los cuales no tenía antecedentes de tipo escandaloso, se limitó a escribirles:

Estoy en posesión de un par de secretos tuyos que me causan gran inquietud. Me gustaría hablar contigo sobre ellos para que puedas honorablemente refutarlos. No se debería permitir el escándalo y el libelo.

Noë se quedó tan absorto que casi se olvidó del motivo que le había llegado a aquella biblioteca.

—¿Ninguno de estos senadores u hombres poderosos se ha atrevido a desafiarle? —preguntó.

—Ninguno —respondió Scaevola enfáticamente—, porque no hay ningún hombre inocente y todos los poderosos son culpables de algo. Cada uno de estos senadores, de los que de momento carezco de informes pero los obtendré, reflexionará detenidamente al recibir mi carta, repasando los hechos de su vida y al final se sentirá alarmado pensando cuál de sus delitos habré yo descubierto y suponiendo, sin duda, que se trata del peor.

Noë creía ya que Scaevola rescataría a su padre inmediatamente. Y hasta pudo esbozar una sonrisa.

—No es agradable pensar que se haya de conseguir justicia por estos medios —dijo.

—No debería ser así —coincidió Marco—. Debería haber escuchado con más atención a mi abuelo, que era el más juicioso de los hombres. Él afirmaba —añadió con una sonrisa triste— que yo podría ayudar a la salvación de Roma y a restaurar el imperio de la ley aboliendo el imperio de los hombres. —Y se quedó mirando a Scaevola.— Lo intentaré.

—Bueno —respondió Scaevola guiñando a Noë—. Inténtalo. Por eso he profetizado a menudo que no morirás pacíficamente en la cama, como mueren los malos. —De repente se incorporó en su silla y exclamó jubiloso—: ¡Ya lo tengo! ¡Mañana se producirá el milagro que salvará a tu cliente! Porque me sentaré a tu lado y miraré fijamente a mis queridos amigos los senadores.

—Me gustaría ganar el caso por mis propios méritos —replicó Marco con un tono de amargura que su maestro jamás le había oído.

Noë se sintió muy interesado cuando Scaevola le explicó brevemente el caso.

—Se parece mucho al caso de mi padre, pero este hombre es sólo un humilde granjero —comentó—. ¿Por qué no lo han llevado ante un magistrado local y al tribunal de su pueblo? ¿Por qué lo han traído ante el Senado?

—Como ya he explicado a nuestro inocente Marco, el gobierno necesita dinero. Por lo tanto, para él, el delito más grave es no pagar los impuestos. En su opinión, es aún más grave que el delito de quedarse una parte del fruto de su trabajo para su provecho y el de su familia. Así que el Senado quiere dar un escarmiento en el caso del infortunado cliente de Marco, porque ya comprenderás que, tal como van las cosas, el gobierno será cada día más poderoso y necesitará más dinero para sus malignos propósitos. Y no podrá estar seguro de poder atender sus exigencias si se permite a un solo hombre que se quede con lo suyo y por lo cual trabajó.

Noë se volvió en su silla y se quedó mirando a su amigo.

—He estado muy ocupado últimamente, Marco, y no he podido corresponder tu amistad como antes. Levántate y muéstrame cómo piensas presentarte mañana ante el Senado.

—También yo estoy interesado en verlo —dijo Scaevola.

Marco vaciló, azorado, pero entonces se recordó que un abogado debe estar siempre preparado para actuar ante cualquier clase de público sin azoramiento alguno, así que se incorporó con lentitud y miró al viejo y cínico abogado y a su joven amigo, que le observaba atentamente.

—Piensa primero —dijo Scaevola— en Joel ben Salomón. Nunca lo apartes de tu mente mañana cuando te dirijas a mis queridos senadores. Y piensa ahora en él.

Los estrechos hombros de Marco se irguieron y su largo cuello pareció una columna heroica, mientras su rostro se encendía ante el ultraje y la pasión. Se quedó mirando a sus oyentes y sus ojos centellearon. Noë le aplaudió con entusiasmo y Scaevola se sintió encantado.

Noë señaló a las piernas de Marco.

—Debes llevar una túnica más larga —le dijo—. Tus piernas no son lo mejor de tu figura, Marco. Ponte unas vestiduras que te lleguen hasta los pies. Unas vestiduras inmaculadas que parezcan una toga marmórea. Sujetas con un digno alfiler. Severas pero caras. Debes llevar zapatos blancos como tus vestiduras para indicar que representas a una virginal Justicia a la que se ha tratado de mancillar. –Noë hizo una mueca.– Precisamente yo tengo las vestiduras que necesitas, grandes, del lino más fino. Permíteme que te las envíe como símbolo de mi amistad. –Luego inclinó la cabeza con ojo crítico.– También necesitas un cinturón de plata repujada. Te lo enviaré. Y brazaletes de lo mismo. ¡Ah! ¡Y un anillo magnífico! ¡Será el toque final para darte un aspecto de digna austeridad!

–Ellos saben que sólo soy el hijo de un primado pobre de apellido poco conocido –repuso Marco, nuevamente azorado.

–Entonces se preguntarán quién es tu secreto benefactor, tu desconocido pero poderoso cliente –replicó Noë–. Los aturdirás.

–¡Excelente! –exclamó Scaevola, divertido.

Noë se sintió más reconfortado ante este elogio y al pensar que su padre estaría pronto de nuevo con los suyos. Su alma de actor se regocijó y puso rostro radiante. Nunca había preparado a un actor para un papel semejante. Se puso de pie y rodeó a Marco, mirándolo desde todos los ángulos, levantándole un codo aquí, bajándole un hombro allá, volviéndole la barbilla, moviendo su cabeza, rectificando un defecto. Scaevola lo observó encantado. Ante sus ojos, un serio y tímido discípulo se convirtió en la estatua de la venganza y la justicia juveniles.

–No muevas tu cabeza con demasiada rapidez –le aconsejó Noë, absorto en su trabajo–. Muévela con gesto noble y heroico. Cuando llegues al punto culminante de tu discurso, deja que tu voz se quiebre y tiemble por la emoción. Imagina que te estás dirigiendo a hombres devotos de la ley, de la más escrupulosa honestidad.

Scaevola aplaudió jubiloso.

–¡Cómo me voy a divertir mañana! –exclamó.

Y pidió a sus criados que les sirvieran el mejor vino y una bandeja de buen queso, uvas, ciruelas, aceitunas de Israel y pan blanco. Marco, sumido en sus sombríos pensamientos, permaneció en silencio.

Seguro que ganaré, se dijo. Pero no basándome en la Justicia, porque la Justicia hace tiempo que abandonó Roma. ¿Cómo podré vivir en paz con mi conciencia sabiendo esto? Sabiendo lo que hoy he aprendido.

Capítulo

16

La casa de los Ciceroni estaba tranquila. Helvia, incapaz de seguir soportando lo que su conciencia creía un abuso, persuadió a Arquías para que se buscara otro cliente en la ciudad.

—Sólo los dioses saben cuándo podré pagarle todo lo que le debo —le dijo—. Su presencia aquí, querido Arquías, me aviva constantemente el doloroso recuerdo de nuestra penosa situación.

Así que Arquías se trasladó a casa de un cliente rico que tenía varios hijos. Lo hizo de mala gana, pero honró así el alto concepto que tenía de la señora Helvia. También sospechaba que Helvia había perdido finalmente la paciencia respecto a Tulio y estaba decidida a obligarle a retomar el interés por las cosas de la vida. Así que Tulio se vio obligado a salir cada mañana penosamente de su cubículo para enseñar a su hijo menor. Como su esposa esperaba, su salud mejoró y se interesó por las lecciones de su hijo.

Ya hacía dos años que la dueña de la casa había casado a Eunice con el liberto Athos, que ahora era el capataz de la isla cercana a Arpinum. En cierto modo ahora podía trasladarse allí sin correr peligro. Athos y Eunice estaban muy ocupados en restaurar la casa y la granja.

Quinto, que ya había cumplido los diecisiete años, había sido investido con la toga viril el año anterior. Le sentaba bien. Estaba decidido a ser soldado y Helvia, valiéndose de las amistades de los Helvios, buscaba que le dieran un buen destino. Mientras tanto, Quinto, con buen humor pero también sintiendo impaciencia, estudiaba el griego con su padre y trataba de comprender la filosofía. Consideraba que ninguna de las dos cosas era necesaria para un buen romano, pero jamás se habría atrevido a decírselo a su padre, que era el más cariñoso de los hombres. Los cantos de Homero lo dejaban aturdido y consternado. Churreteaba los preciosos pergaminos de Tulio con sus torpes dedos sudorosos. Su cara, ya de por sí tan coloreada, como la de su madre, se le encendía a causa del esfuerzo y a sus hermosos ojos acudían las lágrimas, dolorido consigo mismo a causa de su incapacidad para comprender lo que su padre le describía como la más noble de las leyendas. Aunque admiraba a

Aquiles como soldado, pensaba que era un loco al no haber tomado precauciones con su vulnerable talón. A Paris lo tenía por chiflado al haber llevado a su país a la ruina y el desastre sólo por el amor de una mujer, por hermosa que fuera. Pero ¿qué se podía esperar de un hombre que prefería ser pastor antes que soldado? Príamo, aquel viejo estúpido, debía haber cortado inmediatamente el cuello a Helena o, mejor aún, haberla devuelto a su legítimo esposo. Héctor, el noble soldado, era el único que despertaba la admiración de Quinto.

Quinto pensaba que en la *Ilíada* no había nada de la lógica romana. La *Odisea* estaba un poco mejor; pero a la luz de la razón, ¿cómo pudo ser seducido Ulises por Circe? No era posible que los hombres perdieran así la razón ante una mujer. Quinto, a quien su madre ya le había aconsejado que buscara una esposa conveniente, todavía no había visto una doncella que le hiciera sentirse indiferente ante un plato de comida.

Aunque hacía tiempo que había dejado de asistir a la escuela de Pilón, había conservado a sus amigos, que tanto le admiraban y querían. Entre ellos figuraba Julio César. Todos habían vestido la toga viril juntos por primera vez, en la misma ceremonia. Julio sabía que Quinto no era muy inteligente, pero reconocía que tenía virtudes que admiraba en los otros pero se cuidaba mucho de refrenar en él. Quinto podía ser simple, pero era leal. Su conversación podía resultar ingenua, pero jamás mentía. Quinto tenía poca imaginación y Julio había aprendido hacía tiempo que es mejor para los hombres ambiciosos rodearse de seguidores que tienen poca fantasía, porque las fantasías dan origen a especulaciones, las especulaciones dan paso a los experimentos y los experimentos a la acción directa...; cosas todas ellas peligrosas para un hombre ambicioso.

Quinto había dicho a Julio que Marco iba a presentarse ante el Senado con su primer caso y Julio meditó largamente al oír la noticia, como meditaba todas sus cosas. Quería mucho a Marco, aunque a menudo pensaba que era aún más simple que su hermano. Sin embargo, reconocía que era muy inteligente, honrado y virtuoso y que tenía tendencia a ayudar a los indefensos. No eran cualidades para despreciar en los seguidores potenciales. Los hombres ambiciosos necesitan más que nadie una fachada pública de nobleza e integridad. Además, Julio sospechaba que Marco representaba aquella parte de la población, si bien pequeña, aún poderosa, que rechazaba la corrupción.

Cuando Marco, abatido y serio, regresó a su casa la noche anterior a la celebración del juicio angustiado por las cosas horribles de que se había enterado aquel día, Quinto lo recibió con entusiasmo y le comunicó que Julio acudiría para aplaudirlo.

–¿Julio? –preguntó Marco olvidando un poco sus pesares–. ¿Pero es que se interesó alguna vez por la Justicia? –Sin embargo, sonrió. En otros tiempos a Julio le gustaba fastidiarle llamándole Endimión[1].– Así pues –añadió Marco–, ¿yo soy un plateado poeta cuya alma busca en vano lo que pueda satisfacerla?

–Tú nunca estarás satisfecho –solía decirle Julio.

En una ocasión Marco se volvió hacia él y, mirándolo fijamente, le dijo:

–Tú tampoco estarás jamás satisfecho. Lo que deseas te llevará por el camino de la muerte.

Julio era muy supersticioso. Se estremeció e hizo la señal contra el mal de ojo. No le gustó el brillo que vio en los ojos de Marco y le contestó con insolencia:

–¿Acaso tus aspiraciones son de las que llevan a una honorable ancianidad y a morir pacíficamente en la cama?

–Yo seré abogado, Julio. Nunca trataré de controlar a los demás hombres.

–También eres virtuoso, ¿y cuándo ha muerto tranquilamente un hombre virtuoso?

Eran tales discusiones, que Quinto no comprendía, las que paradójicamente cimentaron un verdadero afecto entre Marco y Julio.

Aquella noche exhibió orgullosamente una pequeña varilla de plata y marfil, que Julio había enviado a la casa del Carinae para que Marco la tuviera en la mano mientras se dirigía al Senado. La varilla era un símbolo de autoridad y se la prestaba a Marco para tal ocasión. Marco la examinó admirado y divertido.

–Las cosas de Julio –comentó. Quinto estaba intrigado.

–Yo no habría imaginado esto de él –dijo.

Marco se echó a reír.

–Me la podría haber regalado en vez de sólo prestármela. ¿Ha querido ser sutil o lo ha hecho sin darse cuenta?

Quinto abandonó la, para él, inútil discusión.

–Un esclavo de Joel ben Salomón te ha traído un regalo envuelto en seda blanca. Lo han dejado en tu aposento. También se ha recibido una carta de Noë.

Marco tomó una lámpara del atrio y fue hacia su aposento. Abrió la carta sellada y leyó:

---

[1] Endimión: pastor amado por Selene, la cual consiguió que aquél conservase su belleza y juventud en un sueño eterno. *(N. del T.)*

¡Regocíjate con nosotros, mi más querido amigo! Scaevola es de veras poderoso. ¡Cuando llegué a mi casa, mi padre ya estaba allí de regreso de la prisión! El Senado, cuando quiere, actúa rápido. Estaré presente mañana para contemplar la actuación de mi amigo y para bendecirle. No te olvido en mis oraciones.

Marco cerró los ojos y dio las gracias a su patrona, Palas Atenea, por su misericordia. Quinto, que le había seguido, sentía curiosidad por ver el contenido del paquete.

—Ruega a nuestra madre que venga —le pidió Marco.

Quinto echó a correr en busca de Helvia, que acudió acompañando a su hijo menor. Ya había cumplido los treinta y siete años, pero en sus rizos negros sólo se veía algún que otro hilillo gris y seguía igual de serena y rolliza que siempre, porque una matrona romana chapada a la antigua jamás perdía la compostura.

Cuando Marco desenvolvió el paquete, ella no pudo disimular su admiración al ver la blanquísima toga que contenía, los brazaletes, las sandalias y el anillo. Y se quedó mirando a Marco con orgullo. Tomando la toga entre sus manos, la soltó sobre la burda y larga túnica que el joven llevaba puesta, le probó los brazaletes en sus brazos y le puso el anillo en un dedo. Y se apartó para ver mejor el efecto. Quinto se sentía anonadado de satisfacción y orgullo. Y mostró a su madre la delicada varilla de autoridad que Julio había prestado a Marco.

—Marco dice que son cosas de Julio —dijo Quinto todavía desconcertado.

Helvia se echó a reír, comprensiva. Con la intuición de una madre, advirtió que su hijo estaba abatido de nuevo por algo. Y dijo mirándole fijamente:

—¿Es que temes no saber qué decir?

Marco se quitó el anillo de Noë, lo sostuvo en su mano y lo miró abstraído mientras brillaba y relucía a la luz de la lámpara.

—No —dijo finalmente—. Sabré lo que tengo que decir. Y diré algo muy diferente a lo que esperan oír.

La madre aguardó. Pero Marco se limitó a plegar la toga en silencio y envolverla cuidadosamente en el paño de seda.

—Pues entonces —continuó ella— será mejor que lo escribas y que te lo aprendas de memoria. Debes mostrarte sereno.

—Me dejaré llevar por el poder de Atenea —contestó él.

Helvia frunció el entrecejo, considerando aquello una imprudencia peligrosa y de resultados inseguros. Los dioses no siempre acudían cuando se les invocaba, ni siquiera cuando se lo imploraban sus fieles más devotos.

—¿Crees que es juicioso eso, Marco?

Él extendió sus brazos con gesto de impotencia.

–No lo sé –admitió. Abrió el cofrecito donde guardaba sus pequeños tesoros y sacó el redondo amuleto que Aurelia César le había regalado hacía ya tantos años, colgándoselo del cuello. Helvia pensó que se trataba de algo muy serio y que su hijo no estaba dispuesto a decírselo.

Aquella noche, Marco fue hasta el aposento de su padre. Tulio se sintió a la vez gozoso y confundido porque hacía tiempo que Marco no iba en su busca. Tulio se sentó en su silla, pero Marco se quedó en pie y le dijo en voz baja:

–Hoy he aprendido muchas cosas. Sabía por las pláticas de mi abuelo y también por las tuyas, padre, que Roma había caído muy por debajo de su primitiva inocencia y de la gloria y virtud republicanas. Sin embargo, sólo hoy me he dado cuenta verdaderamente de cuán bajo ha caído.

–Cuéntame –le pidió Tulio con ansiedad. Pero Marco se limitó a mover la cabeza.

–No puedo repetir esas infamias. Sólo te diré una cosa: cuando mañana me dirija al Senado, mi discurso será el que ya tenía escrito. Sin embargo, debo tener un punto por donde comenzar. –Se sentó en un taburete de madera junto a su padre y se lo quedó mirando.

–¿Quieres que te dé un punto para empezar, Marco? –le preguntó su padre, enrojeciendo de orgullo–. Vas a defender a un honrado granjero que no pudo pagar sus impuestos. El gobierno se ha incautado de su pequeña granja, lo ha metido en la cárcel, va a vender sus propiedades y arrastrar a él y a su familia a la esclavitud. –Tulio se estremeció.– Ya me habías hablado de esto.

–¿Qué debo decir? –musitó Marco–. El Senado representa a mi país.

–¡No! –exclamó Tulio con repentina vehemencia–. ¡Los gobiernos raramente representan a los pueblos! El amor a la patria a menudo se confunde en la mente de los simples con el amor al gobierno. Pocas veces son una misma cosa; no son sinónimos. Sin embargo –añadió sombrío–, los hombres perversos que están al frente del gobierno se ven obligados a mostrar en público una cara simpática ante los oprimidos y fingir en todo momento que todos son una sola y misma cosa, tratando así de rectificar las torpezas que secretamente han cometido.

Marco se puso de pie tan de repente que el taburete cayó al suelo. Y exclamó:

–¡Ya tengo mi punto de partida!

Se dirigió hacia la cortina y su padre le dijo con voz lastimera:

–Eres mi hijo y, sin embargo, no te he ayudado.

Marco se volvió hacia él para besarle la mejilla como si fuera un niño.

–¡No sabes cuánto me has ayudado, padre!

Tulio se quedó sin habla, pero puso sus manos en los hombros de su hijo, devolviéndole humildemente el beso.

Helvia se arrodilló ante su hijo y trató de que la toga le cayera mayestáticamente.

—No sirvo para doncella —declaró, manejando el utensilio de marfil con cierta torpeza—. Cuando yo era soltera no se preparaba tanto el éxito de un hombre plegándole y arreglándole la toga, ni nadie se entretenía en tantas tonterías y apariencias. Si Cincinato apareciera hoy ante el Senado como apareció una vez, con su áspera túnica polvorienta, las piernas desnudas y casi descalzo, llevando todavía en los pies tierra del campo, el Senado se sentiría ultrajado y llamaría a la guardia para que lo echaran fuera. El Senado diría que había ofendido su augusta dignidad. Ahora los hombres deben vestirse como actores y adornarse con joyas como mujeres antes de atreverse a defender el caso más sencillo.

—En aquellos tiempos —contestó Marco—, los senadores representaban al pueblo y si lo ofendían eran destituidos o desterrados. Tampoco heredaban sus escaños, ni el que los conservaran dependía de la gentuza ni de las pasiones de gente baja y codiciosa.

Helvia asintió con la cabeza y, en cuclillas, contempló la toga. También echó una mirada al rostro de su hijo, que seguía pálido, aunque parecía sentirse menos desgraciado. Luego dijo:

—Julio, el gran amigo de Quinto, se ha procurado un sitio para oírte. Él nos traerá la noticia. Me gustaría disponer de una litera para que fueras al Foro, pero no tenemos ni una simple carreta. —Se quedó mirando de nuevo a Marco.— Ese anillo es muy aparatoso. No te sienta bien.

—Pues hoy me sentará —contestó Marco con cara ceñuda.

—No lo dudo —dijo Helvia.

Pero uno de los pocos esclavos que habían quedado en la casa apareció en el umbral para anunciar, orgulloso y excitado, que una rica litera estaba aguardando al noble Cicerón, llevada por cuatro magníficos esclavos ricamente vestidos. Marco, olvidando que era noble, y Helvia, olvidando que era una digna matrona, echaron a correr hacia el atrio y luego hacia la recia puerta de roble, abierta en aquella calurosa tarde de verano. Delante del portal aguardaba una litera, con cortinas de fina lana azul bordadas en plata, con sus porteadores vestidos como príncipes secundarios y sus rostros negros brillándoles como ébano pulido.

—¡Noë! —exclamó Marco. Las cortinas se corrieron y mostraron el rostro sonriente de Noë ben Joel. Su buen amigo bajó de la litera para abrazar a Marco y besar la mano de Helvia.

—¿Pensabas ir andando como un paleto? —le preguntó Noë dándole otro abrazo.

—Cincinato iba siempre a pie al Senado —dijo Helvia, y sonrió.

—Ya no estamos en los tiempos felices de Cincinato, señora —respondió Noë, y se quedó mirando a Marco—. Mi padre te envía su bendición. No hay que despreciar sus bendiciones pues es un hombre muy bueno.

Cuando ambos jóvenes estuvieron en la litera, Noë tomó la mano de su amigo y le dijo:

—Mi padre te debe su vida y su reputación —la voz le tembló—. Dios me inspiró ayer cuando decidí ir en busca tuya.

—Tu padre no me debe nada —respondió Marco atónito—. Sólo debes estar agradecido a Scaevola.

Noë negó con la cabeza.

—¿Quién es mi padre? Un banquero, un prestamista, alguien de ninguna importancia para un Scaevola. Para ese patricio mi padre es nadie. ¿Recuerdas su metáfora sobre el uso de la espada afilada? No la habría usado por mi padre, sino por ti.

—¿Por mí? —preguntó extrañado Marco—. Él me detesta sólo un poco menos que a sus demás discípulos.

—Te equivocas. Te quiere como un padre... o un abuelo. Le hiere, aunque no le ofende, que seas tan poco mundano, tan ingenuamente virtuoso y que creas todavía que los hombres son buenos en el fondo. Teme por ti, por tu futuro, por tu destino. Quiere protegerte haciéndote ver cómo son las cosas. Teme que te destruyan.

—No —respondió Marco tras reflexionar un poco—. Es como uno de esos toros bravos que vienen de Hispania, pero ama la Justicia.

—Sabe que ya no existe en Roma.

Marco cambió de conversación.

—Háblame de tu padre. ¿Sufrió mucho?

—Dice que estando en la prisión oró a Dios pidiendo justicia, pero, sobre todo, que se cumpliera Su voluntad.

—Pues se ha cumplido —dijo Marco sintiéndose ligeramente inquieto.

—Por casualidad —dijo Noë. Marco se lo quedó mirando. Su amigo se mostraba con frecuencia irreverente con respecto al Dios de sus padres y confesaba que hasta dudaba de su existencia. Se comportaba como si se quitara un peso de los hombros. Alzó una cortina para ver a plena luz el rostro de Marco—. Eres maravilloso —le dijo—. Cuando apareciste en el portal de tu casa parecías un héroe, como una estatua que cobrase vida. Pero no me sorprendió. ¿Qué es esa curiosa varilla que sostienes con tanta firmeza?

Marco le explicó su significado. Su amigo se la quitó de la mano y la examinó.

—Julio César —dijo pensativamente—. Yo no me trato con los que viven en el Palatino.

—Ya oirás hablar de él en el futuro. Estoy convencido de ello, porque se desenvuelve en esta Roma como pez en el agua.

Corrió la cortina y se quedó contemplando los rostros vehementes de las numerosas personas que atestaban las calles, las túnicas coloridas, la violenta y cálida luz solar que destacaba los matices rojizos y amarillentos de los edificios, los pilones con sus héroes alados, sus dioses y diosas, las ondulantes escalinatas que subían y bajaban, los concurridos pórticos de los templos, la multitud que ya se apresuraba para acudir a los teatros y los circos. Estaba acostumbrado al ruido incesante de esa ciudad titánica, al estruendo de los carros, al griterío de las bandadas de chiquillos, los gritos, silbidos y juramentos y los arrullos de las palomas. Pero ahora todos estos ruidos le parecían más agudos y de haber estado a solas se habría tapado los oídos. Miró el intenso azul del cielo y el lejano y reluciente Tíber, los puentes llenos de gente apresurada. Y aspiró el penetrante hedor de la giganta de las siete colinas.

Noë se quedó observando su pálido perfil. Mi amigo se siente hoy inquieto, pensó. Mucho más inquieto que ayer.

Y trató de distraerle:

—Tengo que contarte un chisme —le dijo.

Marco intentó sonreír.

—Me recuerdas a mi amigo Julio, que siempre está hablando de los demás y sabe los peores secretos de todos.

Noë se echó a reír.

—Ya recordarás el famoso duelo que tuviste con Catilina. He oído decir que está con Sila en Asia.

Marco repuso con voz tranquila:

—Esperaba que ya hubiera muerto.

—Por desgracia, no. La espada y la lanza no alcanzan a tipos como él. Y esto a menudo me hace creer en la vieja historia judía de Lucifer, que protege a los suyos, método que yo recomiendo al Todopoderoso, que parece preocuparse menos de ellos. Tengo entendido que Catilina es uno de los oficiales favoritos de Sila. Si Sila vuelve alguna vez a Roma, y no creo que sea peor que este Cinna que ahora nos aflige, Catilina ocupará uno de los mejores cargos. ¡Qué lástima!

—Muchas veces he deseado matarlo —respondió Marco—. Hay momentos en que lamento no haberlo hecho. —Su pálido rostro se enrojeció por el odio.

—Pero le perdonaste la vida y con eso adquiriste una buena reputación, que no es de desdeñar. Como sabes, todo el mundo cree que eres incapaz de matar a un hombre desarmado y que lo perdonaste por magnanimidad. Ambas cosas son excelentes para crearse una buena reputación.

—¿Y... su esposa? —preguntó Marco.

—¡No creo que haya ido con él de maniobras a Asia! Así que debe estar en Roma.

—Así que está en Roma —dijo Marco y su habitual sensación de futilidad y cansancio remitió. Sabía que no podía tener la menor esperanza y que había perdido a Livia para siempre. Pero sólo pensar que ella veía el mismo cielo que él y que hasta podría contemplar su rostro en cualquier templo, le infundió ánimos en el corazón. Deseaba saber si le iban bien las cosas.

La litera descendió hacia el Foro. Aquí la muchedumbre era más compacta y más bulliciosa. Literas que llevaban a otros abogados se dirigían rápidamente hacia la Basílica de la Justicia. A Marco se le aceleró la respiración y su mano sujetó con más fuerza la inclinada vara de la justicia. Palpó en busca del amuleto que llevaba bajo la túnica y el regio anillo con mil destellos.

Ya estaban en el Foro, bajando por la empinada pendiente de la Vía Sacra. Todos estos lugares le eran familiares a Marco, pero hoy le pareció verlos por primera vez. Porque hoy él formaba parte del Foro, la arena donde dirimiría su primera contienda.

Aquí todo era vasto, rico en colorido, ruidoso y confuso bajo el cielo brillante. Mercados, templos, basílicas, pórticos, edificios oficiales y arcos amalgamados juntos en una estructura urbana de rojo y limón, de marrón y amarillo claro, de blanco y gris; muros de ladrillos y argamasa se apretujaban a ambos lados de la calzada como si quisieran saltar sobre ella. Los bancos y los taburetes se apretujaban en las arcadas, sobresaliendo de un par de pequeños teatros cuyos pórticos ya estaban llenos de gente que hormigueaba en busca de entretenimiento. Como el gran Foro estaba en una hondonada, la atmósfera apestaba a alcantarillas, aceite, incienso, sudor humano, excrementos animales, perfumes, polvo y piedras recalentadas. Los mercados eran un puro clamor; los burócratas, con caras serias y dándose aires de amenazadora dignidad, avanzaban a zancadas envueltos en sus togas, aunque a menudo eran apartados a empujones por sus excitados conciudadanos, mientras sus congéneres se inclinaban afanosos aplicados al trabajo en las oficinas o casas de banca, en el Senado, los templos o las tiendas. Los carros se movían entre un torbellino de literas y de peatones, los caballos relinchaban, las ruedas traqueteaban, los látigos zumbaban, los guardias trataban de controlar aquel tráfico turbulento alzando en el aire sus manos o sus varas, esforzándose por mantenerse en pie. A veces tenían que dar un salto para refugiarse en alguna escalera para evitar ser coceados por un caballo o pisoteados por la muchedumbre.

Los romanos, habiendo perdido la sencillez republicana, trataban ahora de superarse unos a otros en la viveza del color de sus túnicas, tanto largas como cortas. No había un color, un tinte ni un matiz que no destacara vivamente a la intensa luz del sol, desde el escarlata al carmesí, del azul al amarillo, del blanco al rosa y del verde al anaranjado. Era como si mil arco iris se hubieran vuelto locos y se arremolinaran, apresuraran, corrieran y saltaran por las calles y callejas. Y por encima de todo se extendían las colinas de Roma, resplandecientes de luz, atestadas por la masa irregular de innúmeros edificios, todos ellos habitados por un sinfín de personas. El oído se ensordecía ante aquel clamor increíble, que ahogaba las voces individuales y el leve ruido acompasado de las fuentes delante de los templos.

Noë se quedó contemplando aquella infranqueable muchedumbre con gesto dubitativo. El Senado se levantaba en la distancia, alto, severo, rectilíneo, construido de ladrillos amarillentos. Era tan alto como largo, con diminutas ventanas de claro cristal de Alejandría. Se accedía a él por varios escalones de piedra blanca que llevaban a los cuatro pilares que guardaban la entrada. Más que ningún otro edificio del Foro, el Senado informaba a todos que ésta no era una nación de poetas o artistas, sino de ingenieros, científicos, hombres de negocios y soldados altamente materialistas, bulliciosos, enérgicos y ambiciosos. Era un pueblo que había aceptado voluptuosamente el arte, la belleza y la filosofía griegas, pero que en el fondo de su alma miraba estas cosas como algo afeminado que era mejor dejar para los caballeros elegantes, cuya mentalidad era incapaz de concebir grandes planes precisos para un orden mundial debidamente gobernado con espíritu realista.

Dentro de la Cámara del Senado sólo se permitía la permanencia de los abogados y jurisconsultos necesarios para la buena marcha de la Ley y lo normal era que los abogados que habían terminado con sus casos aquel día o se disponían a presentar los suyos, permanecieran cerca o dentro de la entrada de la cámara, rodeados por clientes, amigos e individuos de la claque. Sólo a muy pocos, como al famoso Scaevola, se les permitía que trajeran sus propias sillas para sentarse, meciéndose en medio de la gente, diciendo cosas ingeniosas o haciendo comentarios, a veces degustando pequeños dulces que llevaban en sus cajitas de plata. Los que no podían penetrar en el interior se sentaban fuera, al sol, protegidos por toldos que sujetaban sus esclavos sobre sus cabezas. Por lo tanto, en el exterior el ruido era mayor que en el interior de la dignísima Cámara del Senado.

Scaevola, al que tanto miedo tenían los senadores venales, se sentó en el interior, a la izquierda, muy cerca de la entrada, arrellanado en su silla, rodeado de numerosos admiradores, entre los que se contaban Julio César, Quinto (que había corrido tan veloz hasta el Foro que se adelantó a la litera de Noë), Arquías, el antiguo tutor de Marco y ahora famoso personaje en Roma gracias a la publicación de sus poesías, algunos jóvenes desconocidos y una masa de admiradores en la que figuraban numerosos abogados novatos y veteranos, alumnos y amigos devotos. Ningún otro abogado estaba rodeado de gente tan distinguida y continuamente personas de los otros grupos se separaban para ir a añadirse al de Scaevola. Se podía estar seguro de que de los labios del formidable viejo saldrían amargas y ácidas agudezas, de este anciano que a pesar de que en su vestimenta despreciaba la dignidad, la emanaba de su persona y cuya gran cabeza calva brillaba como una luna.

Marco sabía que Scaevola no había venido hoy para «usar su espada para mover un guijarro». Sin embargo, se alegró al verlo. Anunció a los guardias de la entrada qué asunto le traía allí y luego se apresuró a entrar acompañado de Noë, dirigiéndose hacia su anciano maestro. Scaevola estaba retrepado en su silla, rascándose su gorda mejilla. Los que le rodeaban se estaban riendo de algún chiste suyo. Todos se volvieron para mirar a Marco y Noë como si fueran intrusos. Scaevola se quedó mirando a su discípulo con aquellos ojillos suyos tan asombrosamente vivos y sonrió mostrando sus largos dientes amarillentos.

—Salve, maestro —le saludó Marco haciéndole una formal reverencia.

—Salve, Marco —contestó Scaevola, y siguió observando al joven—. Vas muy elegantemente vestido hoy. No te había reconocido.

—Salve, señor —dijo Noë inclinándose a su vez.

Scaevola le hizo un leve gesto con la cabeza sin contestarle nada y prosiguió observando a Marco.

—No —dijo—. No te habría reconocido. El Senado pensará que eres patricio —ironizó. Pero Quinto, de pie al lado de Julio César, sonrió orgulloso al ver a su hermano.

Arquías dijo:

—Hoy es un gran día para mí, querido Marco. —Y abrazó a su antiguo alumno muy emocionado.

Los que rodeaban a Scaevola observaron con curiosidad al joven abogado y muchos lo miraron respetuosos.

Entonces Julio dijo:

—Querido Marco, he invocado para ti el apoyo de Marte.

—No voy a entrar en combate —contestó Marco, que no pudo por menos de sonreír al ver el pícaro rostro de su joven amigo.

—¿Que no? —repuso el otro con descaro.

—¡Este Julio! —exclamó Scaevola, haciendo un gesto con su mano gordezuela—. El gran Mario, ahora ¿infortunadamente? muerto, era tío suyo. ¿Qué le pasará a él y su familia cuando regrese Sila, como seguramente regresará?

La voz de Julio se oyó seductora:

−¿Cree usted, maestro, que mi familia sólo apuesta a un carro en las carreras y no se busca influencias? −Era delgado, no tan alto como Marco y daba la impresión de una intensa vivacidad. Se volvió al atento joven que estaba a su lado, muchacho muy apuesto, de ojos grises muy vivos y de peculiar luminosidad.− Permíteme, Marco, que te presente a mi amigo Cneo Pompeyo. Su padre es uno de los mejores amigos de Sila. −Y guiñó un ojo de buen humor.− Somos como hermanos. Hablando en confianza, Pompeyo también ha luchado al lado de Sila.

−¡Vaya! −exclamó Scaevola y sus macizos hombros se agitaron por la risa.

Pompeyo se inclinó ante Marco, que era de su misma edad.

−Rezaré pidiendo que obtengas éxito, Marco Tulio Cicerón −dijo con voz grave−. El que es amigo de Julio, es amigo mío.

−Hazte de tantas amistades como te sea posible −recomendó Scaevola−. Así, en caso de apuro, siempre podrás contar con alguien... a veces.

−Yo tengo muchos amigos −declaró Julio elevando su voz por encima del clamor que se oía dentro y fuera del pórtico del Senado−. Soy de los que creen en la raza humana. −Habló con tono serio y grave expresión, pero sus ojos negros le danzaron en sus órbitas.

Marco había estado observando al joven Pompeyo y no pudo llegar a la conclusión de si le gustaba o no su aspecto. No parecía un cero a la izquierda, aunque no llevaba ninguna insignia que lo identificara. Por el aire protector que le dispensaba Julio, supuso que Pompeyo era plebeyo. Sin embargo, sus vestiduras, una sencilla túnica festoneada con la llave griega en color carmesí, no eran precisamente ordinarias.

−Estoy aquí −declaró Scaevola− porque he concluido algunos casos ante el Senado y porque habré de presentar otros a mediodía.

Marco pensó: Quiere dejar bien claro ante todo que no va a prestarme ayuda.

−Si ganas −dijo Scaevola dándoselas de neutral−, yo seré el que inicie los aplausos. −Volvió a rascarse la mejilla sin apartar los ojos de Marco.− ¿No estás nervioso? ¿Te sabes tu discurso de memoria?

−No voy a pronunciar el que usted me oyó −dijo Marco inclinándose para hablarle a su maestro al oído. Scaevola echó hacia atrás la cabeza de modo brusco y miró fijamente el rostro del joven y, a pesar suyo, sus ojos revelaron una gran preocupación.

−¿De verdad? ¿En tu primer caso? ¿Estás loco? Vas a arruinar tu carrera.

−Espero que no. Al menos eso creo −fue la respuesta de Marco.

Julio, que siempre oía todo, dijo:

—¿Quién será el que no se sienta conmovido al oír la voz melodiosa y segura de Marco, tocada a la vez de mayestática grandeza y de humildad?

Arquías arregló un pliegue que caía del hombro de Marco y le dijo:

—Uno sólo se deja llevar si su pasión es sincera y cree de veras en la Justicia. Se puede decir que es una actitud inocente, pero hay que respetarla en lo que vale.

Pero Scaevola, a pesar de querer mostrarse neutral, se sentía más inquieto de lo que ninguno de los presentes pudo adivinar. Y por tanto, estaba enfadado con Marco.

—Ve a ocupar tu puesto —le dijo secamente, indicándole que se pusiera al final de la cola de abogados que esperaban ser llamados.

Había cuatro antes que él y les superaba a todos en estatura. Su largo cuello hacía destacar su bien formada aunque pequeña cabeza; el sol que entraba por la puerta tras él doraba su nuca de rizos oscuros y suaves y daba a su perfil, con su larga nariz, precisamente por la palidez del perfil, el aspecto de una estatua. Sus hombros eran demasiado estrechos, pero los pesados pliegues de la toga los envolvían graciosamente. En una ocasión se volvió un poco y el sol le dio en los ojos, mostrando sus misteriosos y cambiantes colores. Triunfará, pensó Scaevola y, aunque no creía en los dioses, con enfado invocó a algunos. ¿Es que nada, reflexionó, logrará nunca cambiar ese ceño sereno y petrificado para surcárselo de arrugas? ¿Apagarán alguna vez las lágrimas, si es que sobrevive, esa luz brillante de sus ojos? ¡Vaya!, exclamó Scaevola para sí con irascible piedad, ¿qué tiempos son estos en que uno se preocupa tanto por observar a un hombre de principios? Es como encontrarse con el luminoso Apolo cuando uno esperaba hallar al tenebroso Pan con sus olores, sus cascos danzarines, sus patas de cabra y sus flautas enloquecedoras.

Ese día sólo estaban presentes treinta senadores. Lo que más alarmó a Scaevola fue que algunos fueran de los íntegros y honorables, a los que nada se podía reprochar en sus vidas públicas o privadas. Los senadores sabían que el pontífice máximo de la abogacía estaba allí; los corrompidos no estarían muy seguros respecto a Marco, preguntándose si sería un protegido de Scaevola. A los íntegros eso les sería indiferente.

También estaba presente el senador Curio, hombre muy pérfido, padre del viejo enemigo de Marco, que a su vez era amigo de Lucio Sergio Catilina. Curio recordaría que Marco había derrotado a Lucio. Era un hombre tan orgulloso como vicioso, estrechamente relacionado con los Catilina, y además era pariente de Livia. Sólo por despecho (porque los viciosos que ocupan altos cargos se dejan llevar muy a menudo por el despecho) se mostraría hostil con Marco, en primer lugar porque era hijo de un primado sin importancia que ni siquiera había nacido en Roma y, en segundo lugar, por causa de Lucio.

Scaevola se volvió hacia Noë, que estaba de pie mirando fijamente a Marco, y le hizo seña de que se acercara, despidiendo de modo perentorio a varios clientes, amigos y admiradores, dándoles a entender que deseaba hablar a solas con el joven. Noë se inclinó para escucharle y Scaevola le dijo:

—Tu padre ya ha regresado al seno de su querida familia. ¿Sabe por qué ha sido?

—Dios todopoderoso y misericordioso lo libró —contestó Noë.

—Ya —repuso Scaevola, moviendo la cabeza—. ¿Aún no lo has desengañado?

—No hace más que repetir su fe en Dios, que maneja a las criaturas para dar a conocer Su voluntad.

—Ya —repitió Scaevola.

—Cree en el honor de Roma —prosiguió Noë—. Está orgulloso de ser ciudadano romano y de que su hijo lo sea, así como de que tres de sus yernos lo sean también.

Scaevola suspiró.

—Sin embargo, mi querido Noë, tus padres deben marcharse inmediatamente de Roma y regresar a su amada Jerusalén. Sería fatal para ellos que se quedaran aquí. Yo podría morir esta noche, ¿y quién sabe si mi hijo tendría el coraje de emplear las armas que yo he empleado?

—Otra vez lo de siempre —dijo Noë frunciendo el entrecejo.

—Los judíos constituyen una raza muy antigua y juiciosa —prosiguió Scaevola—. No tiene nada de extraño que siempre se hayan preocupado de poseer bienes que pueden ser fácilmente transportados en un momento de apuro.

—Mi padre siempre menciona el viejo dicho judío de que el hijo desagradecido morderá el borde de la mesa. Según él, yo soy un hijo desagradecido.

—¡Dioses! —exclamó Scaevola con impaciencia—. ¿Cómo voy a soportar más a tanta gente ingenua? Me importa un bledo cómo lo hagan, Noë, pero tus padres deben marcharse de Roma inmediatamente.

—¿Estarían más seguros allí?

—Sí. La presencia de tu padre en Roma recuerda a esos bribones que sus vidas son infames, recuerdo que yo me he encargado de avivar. Tu padre es un anciano y podría sufrir un conveniente fallo en el corazón o un accidente, o podría ser envenenado por un esclavo; eso si no cae escaleras abajo en su despacho o le muerde una serpiente que se cole en sus aposentos.

Irritado, esperó a ver cómo la expresión de Noë reflejaba horror, pero el joven pareció sólo pensativo y preocupado.

—Pensaré en lo que me ha dicho —contestó—. ¿Hemos de darnos mucha prisa?

–Sí. ¡Vaya! Nuestro Marco es el segundo de la cola. ¿No tiene un aspecto magnífico vestido de este modo?

Noë, tras echar un rápido vistazo a Marco, inclinó la cabeza, cubriéndosela discretamente con una parte de su toga. Hacía años que no rezaba sinceramente, pero ahora de pronto se puso a orar a Dios con fervor.

–¡Ya es el primero! –exclamó Julio César, excitado.

–Mi noble hermano –dijo Quinto, aplaudiendo ligeramente.

Marco empezó a temblar en el último momento y con su mano sudorosa apretó fuertemente la vara de marfil de Julio. Por la mejilla derecha le corría un hilillo de sudor. La luz caía sobre él desde los altos ventanales y aunque la cámara era una estancia enorme, hacía un calor insoportable. El altísimo techo de madera pintado de blanco tenía un artesonado con relieves en forma de cuadrados, mostrando en el centro el dibujo de una rosa dorada. El efecto era tranquilizante y monumental. Las paredes también eran de madera sobrepuesta al ladrillo, asimismo pintada del blanco más puro con líneas y volutas de oro. El suelo relucía como un lago, compuesto de complicados mosaicos con dibujos en blanco, oro, azul y púrpura. A lo largo de los muros aparecían nichos de forma oval, de gran altura y con fondos de mosaico, flanqueados por blancas columnitas, adornados con bellísimas estatuas de héroes y dioses, la mayoría de ellos plagiados de Grecia. Ante cada estatua había un estrecho altar en el cual se quemaba incienso, lo que hacía que en aquella densa atmósfera subieran finas volutas azules de humo, aumentando el calor reinante e impregnándolo con su aroma. Al fondo se alzaba una alta plataforma de piedra, sobre la cual se levantaba un enorme sillón de mármol, cuyo asiento estaba suavizado por un cojín de terciopelo. Aquí es donde se sentaba con gran pompa el cónsul. Éste era un hombrecillo moreno, con una cara que parecía la de un mono triste, aunque en sus ojos brillaba la inteligencia y una irritabilidad aún peor que la de Scaevola. Su blanca toga estaba arrugada y sus zapatos escarlata parecían apretarle los pies.

Tres anchas gradas de mármol, parecidas a podios, se extendían a ambos lados del recinto. Allí se hallaban sentados los pocos senadores que habían hecho acto de presencia ofreciendo un aspecto formidable con sus blancas vestiduras, sus cintos y brazaletes dorados y sus zapatos escarlata, ricamente decorados. Estaban sentados con indolencia, sus sillones en diferentes ángulos. Era evidente que se sentían aburridos, agobiados por el calor. Hablaban despreocupadamente entre sí y de vez en cuando bostezaban.

De pie, en el centro de aquella estancia, se hallaba Persus, el cliente de Marco, con las manos esposadas. A su lado estaba su llorosa esposa, así como sus hijos, todos ligeramente encadenados.

Marco no se fijó al principio en su atribulado cliente y sus familiares. Estaba observando a los senadores y se sintió descorazonado. Con alarma se dio cuenta de que uno de los senadores lo estaba mirando fijamente, con expresión vindicativa como si ya se estuviera alegrando de la inminente derrota de Marco. Atraído por el aspecto de aquel patricio, se quedó observándolo. Su rostro le era familiar, aunque estaba seguro de no haberlo visto nunca antes. Entonces, mientras le daba un vuelco el corazón, se fijó en que aquel senador se parecía mucho al joven Curio y comprendió que se trataba de su padre.

Volvió la vista para mirar a sus clientes, que a su vez le miraban suplicantes. Sus rostros surcados por las lágrimas se iluminaron un poco a la vista del que suponían su liberador. Al contemplar su horrible sufrimiento, las cadenas que les habían puesto, su impotencia frente a la tiranía, sus delgados cuerpos demacrados, sus ojos amoratados y doloridos, Marco se olvidó momentáneamente de los senadores y hasta de Curio. Fue a colocarse al lado de Persus, confortándolo con una mano en el hombro.

–Tenga esperanza –le dijo, y al punto se despreció por haber dicho estas palabras. Porque ni él mismo creía en ellas.

El edil estaba diciendo con voz inexpresiva:

–El prisionero es un tal Persus, plebeyo, anteriormente granjero en las cercanías de Roma, con su esposa Maya y sus dos hijos, un chico de diez años y una niña de seis. Se le acusa de no haber pagado los justos impuestos que se le impusieron por la autoridad y las leyes de la República y por haber evadido el pago de tales impuestos justamente establecidos, haber perjudicado a sus paisanos, provocando la alarma de éstos, por haber desafiado la majestad de Roma. La granja de Persus ya ha sido incautada para pagar en parte dichos justos impuestos y también le fueron confiscados los tres esclavos que poseía. Asimismo le fueron embargados sus muebles y utensilios y el ganado de su propiedad. Sin embargo, con todo ello, apenas se ha podido pagar la mitad de la deuda. El prisionero es culpable de todos los delitos de que se le acusa.

Era un hombrecillo insignificante y trataba de imitar obsequiosamente a sus aburridos señores. Dio un papirotazo despreciativo al pergamino del cual había estado leyendo, hizo una pausa y se quedó mirando el elevado techo.

–Ése parece su abogado –dijo uno de los senadores, cuyo perfil se asemejaba al rostro de una moneda y tenía aspecto distinguido.

–Se trata –dijo el edil escudriñando el pergamino como si le costara trabajo leer un nombre tan insignificante– de un tal Marco Tulio Cicerón, hijo de un oscuro primado nacido en Arpinum. –Se detuvo como para que estos ridículos hechos quedaran bien patentes a los senadores. Y añadió de mala gana–: Es hijo de la señora Helvia, de la familia de los Helvios, y alumno del gran Scaevola.

–Aceptamos sus calificaciones –dijo el anciano senador.

–Perdón, senador Servio –dijo el senador Curio con voz ácida, tan fina y venenosa como el vitriolo–. ¿Se indica si este... este abogado es ciudadano romano?

La pregunta era superflua y el senador lo sabía. Servio se quedó mirando altivamente a su colega y contestó como sintiéndose vejado:

–¡Naturalmente! Si no, ¿cómo iba a poder presentarse aquí a defender un caso como abogado?

Curio quiere humillarme, pensó Marco.

–Cicerón –repitió el senador Curio con una ligera inflexión que hizo sonar absurdo aquel nombre–. Garbanzo. Muy curioso.

–Cuando consideramos lo poco que eran nuestros antepasados, los fundadores de Roma, me parece extraordinario que estemos sentados aquí –dijo el senador Servio, y Marco comprendió que el anciano no era amigo de Curio y eso le dio ánimos. Scaevola le había enseñado que era necesario que un abogado se hiciera simpático a uno de los jueces.

A su vez los senadores vieron a un hombre muy joven, alto y bastante delgado, con un cuello demasiado largo, con manos alargadas y estrechas. Su rostro denotaba gran virilidad, aunque estaba crispado por la ansiedad. Tenía unos ojos llamativos y su pelo oscuro y ondulado se arremolinaba en torno a sus pálidas mejillas. Observaron que vestía rica y dignamente y que en su mano izquierda llevaba un valioso anillo, así como que sostenía una vara de autoridad engastada en plata. Sus zapatos eran blancos como la nieve. Y, sobre todo, su frente denotaba gran nobleza.

Luego se fijaron en su resuelta expresión y en la firmeza de sus labios. Servio se inclinó hacia delante en su sillón para observarlo mejor. El gesto le pareció amistoso a Marco, que sonrió. Inmediatamente su rostro se volvió encantador, tierno, casi deslumbrado con una luz propia. Él aún no sabía el valor que tiene una sonrisa.

Así fui yo una vez, pensó el anciano Servio, pero hace tiempo que dejé de serlo. Así era mi hijo, que murió en la guerra civil y que creía que el hombre en el fondo tenía gran nobleza. Siempre mueren los inocentes y quedan los malos. El senador era un hombre honesto y honraba la ley tan estrictamente como Marco.

El edil dijo a Marco, casi sin mirarlo:

–¿Qué tienes que decir?

–Pues que este hombre no es culpable de ningún delito contra Roma –contestó Marco.

Los senadores se agitaron resentidos. La gente que estaba dentro y fuera, a ambos lados de la puerta, dejó escapar un susurro de voces. Un guardia les hizo callar. El prisionero, su esposa y sus hijos lloraban. La niña, vestida con una tosca túnica, soltó un grito tembloroso y trató de alcanzar la mano de su madre.

—¿Que no es culpable de ningún delito demostrado? —preguntó Servio. Y miró burlón al pergamino que tenía entre sus manos.

—No.

—La ley es bien clara —dijo Curio, con un gesto despectivo que indicaba el bajo origen del abogado—. Este granjero ha dejado de pagar impuestos, ¿sí o no? Sí. ¿Dice la ley que en este caso deben serle confiscados sus bienes para satisfacer la deuda? Sí. ¿Dice además que si esas propiedades no son suficientes, él y su familia deben ser vendidos como esclavos para satisfacerla? Sí. Es la ley. ¡Sin embargo, este Cicerón afirma que no es culpable!

—Es la ley —insistió Servio, que al parecer lo sentía por Marco, aunque estaba irritado—. ¿Rechazas la ley, Cicerón? ¿No sientes respeto por ella?

—Señor —dijo Marco con voz ferviente que resonó en la cámara—, no hay nadie más devoto que yo de las honorables leyes de Roma. Porque los hombres sin leyes serían como animales y las naciones caerían en la anarquía. Me inclino ante las Doce Tablas de la ley romana. Nadie las sirve con mayor seriedad, orgullo y solicitud. Precisamente por eso digo que mi cliente es inocente.

Servio hizo una mueca, mientras los otros senadores sonreían ante la presunción del joven.

—La ley concerniente a tu defendido existe —repuso Servio—. Por lo tanto, de acuerdo con lo que acabas de decir, debes respetarla.

—Respeto las leyes justas —declaró Marco, cuyo corazón parecía a punto de estallar—. Respeto las leyes de Roma que fueron establecidas sobre la justicia, el patriotismo, el valor, el amor a la libertad, la caridad y la virilidad. Pero no respeto las leyes pervertidas.

Servio frunció el entrecejo.

—Sin embargo, opines lo que opines, Cicerón, ésta es una ley. Es la verdad. La verdad es lo que existe y esta ley existe. —Le gustaban los silogismos y por eso añadió—: «Verdad es lo que existe, esta ley existe, luego esta ley es verdad».

De nuevo pareció sentirlo por Marco. Consideraba el caso concluido. Miró al cónsul, sentado en su sillón, esperando a que diera la señal. Marco alzó una mano.

—Por favor, señor. Dejadme añadir una cosa. Usted ha hecho un silogismo válido. Pero la validez no es siempre la verdad, como bien sabe. Permitidme que os cite otro, el cual no es sólo válido, sino además verdadero: «Realidad es lo que existe, el mal existe, luego el mal es realidad». Es cierto que el mal existe. Existe tan real y objetivamente como el bien. Es tan poderoso como la virtud y en muchos casos más, porque hay más hombres malos que buenos. Pero ¿qué hombre probo correrá a abrazar el mal porque tanto filosóficamente como de hecho existe, es una realidad y tiene su parte de verdad?

Su voz aguda, sonora y juvenil, se elevó en el recinto y todos quedaron en silencio, incluso la muchedumbre que se apretujaba en torno al portal. Scaevola dio un codazo a Noë y sonrió levemente.

Todos los senadores sintieron atraída su atención. Los venales parecieron inquietos y miraron al distante Scaevola, preguntándose cuántas cosas habría contado a su discípulo.

Marco prosiguió, brillándole los ojos con una palidez dorada:

—La pestilencia existe y, por lo tanto, es una verdad. Pero ¿vamos a arrojarnos en circunstancias pestilentes y en el contagio porque existe verdaderamente este horror? Hay verdades terribles y hay verdades excelentes. Diligentes, evitamos aquéllas, preocupados por nuestras vidas y nuestras almas, y abrazamos éstas, que nos hacen ser verdaderamente hombres y nos conservan como nación.

»Nos damos prisa en eliminar la pestilencia. Por lo tanto, debemos apresurarnos a eliminar las leyes perversas. Lo malo de esta ley, bajo el peso de la cual ha caído mi cliente, es que es antigua y estaba medio olvidada, siendo hace poco hallada en archivos polvorientos.

—¿Es que quieres abolir los impuestos gracias a los cuales subsiste nuestra nación? —preguntó Curio con desprecio, alzando la voz.

—No —replicó Marco con una calma que contrastaba con la furia del otro—. Permitidme que os recuerde por qué fue promulgada esta ley en los principios. Fue para evitar que el pueblo de la recién nacida República cayera en la anarquía y las deudas fáciles, abandonando todo sentido de responsabilidad. Fue para enseñarle a ser económico y frugal y a respetar la palabra dada. Sin ellas los individuos perecen, así como los gobiernos.

Hizo una pausa y miró lentamente uno a uno los rostros de los interesados senadores. Al final sus ojos obstinados se detuvieron en el senador Curio.

—La intención de la ley era ser una advertencia no sólo a los individuos despilfarradores, sino también a los gobiernos venales. ¿Acaso los fundamentos de las leyes de Roma no son que el pueblo es más que el gobierno? Si el gobierno se hace culpable de actos criminales, ¿no es deber del pueblo refrenarlo y castigarlo como si fuera un individuo violador de la ley? Así está escrito y, por lo tanto, es verdad. Un grupo de hombres poderosos que gobierne es tan culpable como un simple individuo de los delitos que cometa; pero en el caso del gobierno el delito es mayor y más odioso porque es como si derribara las murallas de la ciudad dejándola indefensa ante el enemigo.

—¡Dioses! —gimió Scaevola.

—Los romanos —continuó Marco, irguiendo el rostro ahora enrojecido por el apasionamiento— siempre se impusieron impuestos, desde los primeros días de la República, porque los justos impuestos son necesarios para que todos sobrevivamos. Pero ¿para qué fueron creados estos impuestos? Para pagar soldados que nos protegieran de nuestros enemigos exteriores. Para pagar a los guardianes de la ciudad. Para establecer tribunales, pagar los estipendios de los legisladores, el Senado, los tribunos y los cónsules. Para construir los templos y vías necesarias. Para la construcción y mantenimiento de una red de alcantarillas, así como de acueductos que nos proporcionen la bendición del agua pura. Para crear una organización encargada de la sanidad, que preserve la salud de nuestro pueblo. Para imponer un arancel sobre el comercio con naciones extranjeras..., tarifa que también ha proporcionado ingresos. —Y diciendo esto, volvió a sonreír encantadoramente.

Pero de repente, su expresión cambió, reflejando una rabia heroica.

—Pero esa ley no tuvo que ser aplicada y cayó en el olvido porque los romanos la obedecieron aun ignorando que hubiera sido promulgada. Y no promulgada para favorecer aventuras exteriores, no para esquilmar a los hombres industriosos a fin de mantener a los holgazanes, los inútiles y los irresponsables que no hacen nada en favor de sus compatriotas y de su país. No fue aprobada para sobornar a una plebe depravada a fin de comprar sus votos. Porque cuando nuestros antepasados crearon una civilización en esta tierra de rocas, bosques y marismas, tal gentuza no existía, los cobardes aún no habían nacido, los ladrones no saqueaban nuestro tesoro público, los débiles no iban a gemir a las puertas de los senadores, ni los irresponsables se sentaban perezosamente en las calles ni merodeaban por los campos.

»Para esa clase de gente teníamos una ley apropiada. Los obligamos a trabajar para ganarse el pan. No fuimos solícitos con ellos porque eran de escasa inteligencia, pusilánimes, y se dejaban llevar por bajas pasiones. Les dijimos: si no trabajáis, no comeréis. Y ellos trabajaron porque no querían perecer. No tenían voz en nuestro gobierno y eran despreciados por los héroes, y nuestros antepasados fueron héroes.

Tuvo que hacer una pausa para recobrar aliento. Estaba jadeando. El sudor corría por su rostro y él ni siquiera se dio cuenta. Tuvo que inclinar la cabeza para facilitar la respiración. Con su mano seguía sosteniendo firmemente la vara de la autoridad.

En la cámara reinaba un profundo silencio, al igual que en las escalinatas que daban al exterior y sus inmediaciones. Scaevola ya no miraba ceñudo y había dejado de poner los ojos en blanco.

Entonces Marco alzó la cabeza de nuevo. Ya hacía rato que había olvidado que se estaba dirigiendo a peligrosos senadores que podrían destruirle. Como romano, hablaba al alma de Roma.

—Pagamos impuestos por el pan y el vino, por nuestros ingresos y nuestras inversiones, por nuestras tierras y fincas y no sólo para mantener criaturas indignas que ni merecen ser llamadas hombres, sino a naciones extranjeras que se inclinan servilmente ante nosotros aceptando nuestras dádivas, prometiendo ayudarnos en el mantenimiento de la paz. Esas naciones mendicantes nos destruirían en cuanto mostráramos el menor signo de debilidad o nuestro tesoro se agotara, y por cierto que amenaza con agotarse. Pagamos impuestos para mantener legiones en sus tierras, en nombre de la ley y el orden y de la Pax Romana, que valdría menos que papel mojado en cuanto les pluguiera a nuestros aliados o nuestros vasallos. Los mantenemos en un precario equilibrio gracias a nuestro oro. ¿Y acaso merecen este sacrificio nuestro esas naciones sedientas de sangre? ¿Debe ser sacrificado un solo itálico por Britania, por Galia, Egipto, la India, Grecia o tantas otras naciones? Si ellos nos amaran de verdad, no nos pedirían dinero. Sólo nos pedirían que les diéramos nuestras leyes. Nos chupan la sangre y nos odian y desprecian. ¿Y quién sabe si no nos merecemos otra cosa?

—Lo matarán —dijo Scaevola— porque ha dicho grandes verdades, ¿y desde cuándo se permite vivir a los hombres que dicen la verdad?

Pero los senadores probos le escuchaban con rostro pálido y severo. Los venales se miraban unos a otros sonriendo burlonamente.

Marco prosiguió con voz recia, aunque a veces temblorosa:

—Así que Roma está siendo lenta e implacablemente destruida para favorecer a la gentuza que vive dentro de sus muros y a nuestros enemigos potenciales a lo largo y ancho del mundo. Y todo por votos. Por una paz que carece de fundamentos honestos. ¿Acaso hubo jamás una nación tan deshonrada y amenazada desde dentro y desde fuera como Roma lo está ahora? Sí, Grecia. Y Egipto. Y las naciones que hubo antes que ellas. Todas cayeron y perecieron. Es ley de vida, pero también una ley económica. Las deudas y el despilfarro sólo llevan a la desesperación y la bancarrota. Siempre fue así.

»Esta ley, por la cual se ve hoy convicto mi cliente, es una ley antigua. Recordemos las intenciones de los que la promulgaron y guardémonos de las negras intenciones de los que la utilizan hoy en día. Porque los primeros fueron héroes y los que la utilizan hoy son criminales.

—No verá el amanecer —dijo Scaevola.

–Traición –murmuró el senador Curio–. ¡Debemos encadenarle!

Uno de sus amigos le susurró al oído:

–Dejemos que continúe. Que Servio y sus amigos escuchen esta monstruosa afrenta al gobierno y al pueblo de Roma y que se enteren de una vez lo que significa dejar que tipos como éste nos fastidien. Que sean Servio y sus amigos los que le condenen, de modo que Scaevola no pueda reprochárnoslo.

Servio y sus amigos habían escuchado con rostros muy pálidos, entrecejos fruncidos y en absoluto silencio. Y esperaron a que Marco continuara.

Su voz se hizo más grave y elocuente. Alargó las manos hacia el Senado y su magnífico anillo relució como una miríada de estrellas de color.

–Señores, consideremos qué es una ley justa. ¿Proporciona la tranquilidad, el buen orden, la piedad, la justicia, la libertad y la prosperidad a un pueblo? ¿Nutre al patriotismo y favorece a los justos? Pues entonces es una buena ley y se merece que la obedezcamos ciegamente.

»Pero si sólo trae dolor, cargas insoportables, injusticia, ansiedad, temor y esclavitud a un pueblo, entonces es una ley perversa promulgada por hombres malignos que odian a la humanidad y desean subyugarla y dominarla. Si esto supone traición de mi parte, señores, acúsenme entonces de ello y díganme qué es traición. Dejen que los que escuchan oigan su acusación ante ellos y ante Dios.[2]

Quedó en silencio, entrelazando fuertemente sus manos ante sí. Sus desgraciados clientes se movieron penosamente hasta ponerse tras él y trataron de tocar sus ropas con sus tímidas manos. Entonces él hizo adelantarse a Persus y lo colocó frente al Senado.

–Miren este hombre, señores –dijo–. Sus antepasados lucharon con los nuestros por Roma y dieron nacimiento a la República. Ayudaron a construir nuestras murallas y participaron en las penalidades hasta civilizar estas tierras. Es carne de nuestra carne y sangre de nuestra sangre. Su espíritu, aunque independiente, es humilde. Nunca ambicionó el poder. Amaba la tierra y un poco de paz, conformándose con poco. No le pedía a la vida más que el cariño de su esposa y sus hijos. Si bien este hombre no ha sido padre de senadores, cónsules o tribunos, fue progenitor de la antigua fuerza de Roma. Él, más que muchos de nosotros, representa a Roma.

»¿Qué crimen ha cometido nuestro hermano contra sus compatriotas o su país? ¿Ha aceptado sobornos? ¿Es culpable de traición? ¿Se ha pasado al enemigo por dinero? ¿Es un asesino? ¿Es un ladrón o un pervertido? ¿Ha traicionado la amistad o la confianza puesta en él? ¿Ha practicado la simonía,

---

[2] De las *Leyes* de Cicerón.

el soborno o cualquier otra práctica ilegal? ¿Es un hombre vil, odioso, un embustero peligroso o blasfema de los dioses?

Marco hizo una pausa y luego alzó los puños para gritar:

–¡No! Se trata sólo de que no ha podido pagar unos impuestos que ustedes consideran justos. Y por eso ha de ser difamado, castigado, destruido, dejado que pase hambre y sed y arrastrado por la tierra, que tiene más misericordia que nosotros.

»¿Qué crimen ha cometido? ¡Que no puede pagar sus impuestos!

»Así pues, ¿para un gobierno tiene el dinero más importancia y valor que la vida humana, la vida de un romano y, sobre todo, la humana dignidad? ¿Es que un ciudadano romano vale menos que su casa, su ganado, sus humildes lares y penates, su escaso mobiliario?

»Dios dio a este hombre la vida y, sin embargo, ustedes van a destruirla por unas piezas de oro. ¿Acaso se creen más sabios y más importantes que Dios? ¿Creen que el oro vale más que un alma humana? ¡Si dicen que sí, habrán pronunciado la más terrible de las blasfemias!

–¡Traición! –gritó Curio poniéndose de pie, mirando con odio y furia al abogado–. ¡Perro! ¡Nos has vituperado con tus frases sinuosas, con tus súplicas sensibleras, con tus mentiras e insolencias! ¡Guardias!

Servio se levantó también y exclamó:

–Tú eres el que miente, Curio. Él ha dicho la verdad. ¡Y que los dioses le protejan! Porque ningún hombre se atrevería a hacerlo.

En la cámara se produjo un gran alboroto, así como más allá de la puerta, oyéndose gritos distantes de:

–¡Eres un héroe! ¡Viva el noble Marco Tulio Cicerón! ¡Libertad a los oprimidos!

Una gran muchedumbre se había agolpado ante la puerta y ya se alzaban puños y se veían rostros indignados.

–Siéntate –dijo Servio al otro senador–. ¿Quieres que haya una insurrección ahora que estamos en plena guerra? Ya sabes lo levantisca que es la plebe de Roma. ¡Ten cuidado! Este hombre puede destruirte con su lengua.

Curio se sentó apoyando los puños crispados en sus rodillas y mirando a Marco con una expresión en que se leía el deseo de asesinarle.

Marco aguardó con el brazo apoyado en el hombro de su cliente y rezó. De repente no pudo contenerse más, su corazón se desbordó y empezó a derramar lágrimas. Sus sollozos se oyeron claramente. Le temblaba todo el cuerpo por la emoción. Y los senadores lo observaron, unos con rostros amargados y endurecidos y otros con compasión y vergüenza.

Marco recuperó de nuevo el habla. Volvió a apoyar el brazo en el hombro de su cliente y le hizo adelantar para que lo viera bien el Senado.

–Miren a un compatriota suyo, romanos. Es otra víctima de estas guerras asoladoras. Es tan víctima como ustedes. Su hijo mayor, que casi era todavía un chiquillo, murió en la guerra civil. Un hijo patriota que amaba Roma. También muchos de ustedes han perdido hijos en la guerra.

»¡Pero él ha perdido todo lo que tenía en esta calamidad! Tenía poco y ese poco ha perdido. Ustedes no perdieron todo lo que tenían. Les ha quedado mucho.

»A Persus no le quedó más que su esposa y sus hijos. ¿Vais a privarle también de ellos? ¿Vais a quitarle a un hermano romano lo que tan querido os es a vosotros? Fue el capricho del Hado el que impidió que vosotros nacierais en su cuna, con su mismo destino. No hicieron nada para merecer vuestra posición. Fue que así cayeron los dados.

Marco alargó los brazos y avanzó dos pasos hacia los senadores. No oía el clamor de la gente cercana a la puerta, que se apretujaba para oírle mejor. Ni siquiera se daba cuenta de la tensión que reinaba en el recinto, las pasiones que había despertado, el palpitar de los corazones por la piedad o la rabia.

–Haced justicia a mi cliente. Se dice que los dioses gustan de que los hombres sean misericordiosos, porque la piedad otorga un reflejo de la divinidad hasta a los más humildes. Sed magnánimos. Que la nueva de vuestra caridad y vuestra benevolencia llegue hasta las puertas de la ciudad y se propague aun más allá. ¿Verdad que sois hombres honorables, romanos, que reverenciáis a vuestros antepasados? ¿No es la virtud la toga más decorosa que puede llevar un hombre? ¿Qué es más brillante? ¿Qué es más loable? ¿Qué es lo que más despierta la admiración de todos los hombres sino los ejemplos de bondad, piedad y justicia? ¿Qué se reverencia más que el poder? El honor, la nobleza y la rectitud. Por indigno que sea un hombre, siempre adora la virtud.

La mayoría de los senadores recordaron las palabras que se escribían en los muros de la ciudad a medianoche, vilipendiando sus nombres. Cuántas veces habían leído inscripciones de: «¡Adúltero! ¡Asesino! ¡Traidor! ¡Seductor! ¡Libertino! ¡Ladrón!».

La plebe de Roma no había sido jamás verdaderamente fiel ni siquiera a los héroes. Sus miradas eran taimadas y sus oídos estaban prestos a escuchar todo lo que perjudicara a los que detentaban el poder. Era como un león precariamente sujeto por la cola. Pero ¿qué habían escrito las Sibilas? Que Roma caería atacada desde dentro, que por sus calles correría la sangre y que ardería por los cuatro costados. Los romanos se mostraban aduladores si les regalaban pan y dinero y otorgaban sus votos al mejor postor. Pero, por naturaleza, el hombre aborrece al poderoso, bien por envidia o sospecha.

Mil legiones serían incapaces de contener a ese populacho si se sublevara, ni bastarían mil prisiones para contenerlo.

Los senadores venales reflexionaron. Necesitaban nuevas adulaciones en estos tiempos, nuevos seguidores, nuevos votantes. Cada día era más difícil obtenerlos. Pero si se propagaba a los cuatro vientos la noticia de su virtud en esa cámara, podrían descansar seguros, al menos por cierto tiempo.

Y además Scaevola estaba allí, mirándoles burlonamente, con el pulgar levantado. Scaevola, que sabía tantas cosas.

Los senadores íntegros estaban conmovidos por las palabras de Marco y meditaban profundamente sobre el alcance de la ley. Ellos también pensaban lo que luego se diría de lo ocurrido allí. ¿Se sentaría un mal precedente si Persus era dejado en libertad y habría otros que dejarían de pagar impuestos esperando alcanzar la misma merced que él?

En aquel momento el cónsul se levantó y todos le imitaron. Y con su voz de anciano, en la que había un tono de firmeza, dijo:

—Recomiendo que este prisionero sea puesto en libertad, así como su esposa y sus hijos. Y puesto que ha perdido todo, mando que se le devuelva todo lo que se le quitó. ¿De qué nos serviría otro mendigo más en las calles?

Se quedó mirando a Persus y a sus familiares, que habían caído de rodillas al oír sus palabras, alzando los brazos como en adoración. Pero él puso gesto serio.

—Habéis sido liberados no porque seáis víctimas de una ley inexistente. Esa ley existe. Y a vuestro abogado digo que tal ley no puede ser derogada, por mucha elocuencia que él tenga. Derogarla supondría derogar toda nuestra estructura legal y sus muchas ramificaciones, que ciertamente parece de lo más saludable a tantos ciudadanos austeros. —Se detuvo para esbozar una seca sonrisa.— Se dice que a causa de Roma nos hemos entregado al mundo, que necesita el dinero de los contribuyentes romanos, por mucho que se arroje cargas insoportables sobre nuestro pueblo. ¿Qué importa que un romano se muera de hambre o pierda su fe en la justicia del gobierno? ¿Qué son los romanos de ahora? Esclavos de países que los miran como un medio de ganarse por las buenas la subsistencia y la seguridad. Son esclavos de los ambiciosos de su propia nación, que utilizan su propio dinero para comprar el poder personal y mantenerse en él.

»Ya he dicho que esta ley no puede ser derogada, pero rectificaré mis propias palabras. Será derogada cuando los romanos, dándose cuenta del peligro en que se encuentran, pidan que sea abolida. Pero, ¡ay!, los pueblos no se dan cuenta de que están en peligro hasta que es demasiado tarde.

Se quedó mirando a Persus, a su esposa e hijos y dijo con tristeza:

—Id en paz. Seguid siendo trabajadores. Imploro a los dioses para que ni ellos ni vuestros compatriotas os causen más aflicciones. ¿No hemos sufrido ya bastante todos los romanos en estos años? Que Dios tenga piedad de nosotros.

Bajó de la alta plataforma de piedra, miró al frente y echó a andar sin volver la cara hacia los senadores, que parecían estatuas que le abrían paso. Los guardias le abrieron camino entre los asistentes y salió del recinto.

En cuanto el pueblo lo vio salir comenzó a gritar:

—¡Héroe! ¡Hércules!

Él sonrió vagamente y contempló a la muchedumbre por un instante. Luego inclinó la cabeza con un gesto muy digno y la plebe chilló de júbilo ante este saludo, quitándose guirnaldas y cintas de las cabezas para arrojarlas a sus pies.

—¡Júpiter! —era el grito que se oía como un estruendo.

El objeto de este saludo sonrió de izquierda a derecha, pensativo y con cierta expresión sardónica, dirigiéndose luego a su litera. Pero antes de subir divisó a Scaevola, haciéndole una irónica reverencia.

Los senadores, al oír la ovación dirigida al cónsul, se apresuraron a salir muy dignos y también ellos fueron recibidos como héroes. Al día siguiente ya estarían olvidados, pero ningún político cree eso en el fondo de su corazón y aceptaron la adulación de la muchedumbre. Sólo Servio se preguntó a sí mismo: ¿Saben siquiera por qué nos aclaman o qué ha ocurrido o su significado? No.

Marco se quedó rezagado para felicitar a sus clientes, que se arrodillaron en torno a él besándole manos, pies y vestiduras, y el joven les regaló su flaca bolsa. Los abogados romanos no solían recibir honorarios de sus clientes, sino regalos si los beneficiarios eran lo bastante agradecidos. Persus lloraba.

—¡Que Dios le bendiga, amo! ¡Le mandaré dos de mis mejores cabritillos!

—Si quiere hacerme ese regalo, mándelos a la isla que tiene mi padre en Arpinum.

De repente se acordó de Arpinum, sintiendo tanta nostalgia por aquel pacífico lugar que se juró que, fuera temerario o no, iría allí lo antes posible. Siguió meditabundo y sólo al cabo de un rato se dio cuenta de que se había quedado solo frente a la enorme estatua de la diosa ciega de la Justicia, con la balanza en la mano.

Y pensó: Muchos son los que hacen irónicas observaciones acerca de la ceguera de la Justicia. Pero si lleva una venda sobre los ojos es sólo por una razón: para que su juicio no sea influenciado por la apariencia de los que ella juzga con su balanza, por los sentimientos sinceros o falsos o por la agradable pero lasciva inquietud. Siempre es imparcial. Ése es el significado de la Ley.

Se dirigió andando lentamente hacia la enorme puerta, donde le esperaban sus amigos. Les sonrió con cierta tristeza.

—¿A quién debo el honor de ese abigarrado coro griego que escandalizó hace un rato en esta puerta gritando «héroe»? —preguntó.

Scaevola, sentado en su silla, fingió estar enfadado.

—Yo soy el pontífice máximo y no quiero que mis discípulos pasen ignorados. Así que pedí a mis antiguos alumnos, que me están agradecidos, que me enviaran a sus pasantes para que te saludaran.

Noë parecía indignado.

—Y si los míos, que aman a mi padre, quisieron venir a aclamar a su salvador, ¿quién podría haberlo impedido?

Arquías guiñó a su querido discípulo y dijo:

—Los griegos aplauden a quienes los admiran. ¿No admiras tú a los griegos, Marco? ¿Podrías haberles negado la oportunidad de expresar el cariño que sienten por ti?

Y Julio César añadió:

—Mis amigos del Palatino adoran a los justos. —Sonrió a Marco y le dio un codazo en las costillas.— También me adoran a mí. Son jóvenes y les gusta divertirse a costa de los senadores. ¿Iba a privarles de esa diversión?

—Y cada uno de esos devotos amigos arrastró consigo a la canalla de las callejas y las tabernas —replicó Marco.

Scaevola se volvió extremadamente virtuoso.

—¿Y no es preferible que la canalla aclame un acto de justicia a que chille pidiendo la muerte de un gladiador caído en el circo? Aunque admito que no saben distinguir la diferencia.

—Hubiera preferido que mi elocuencia les hubiera conmovido o que la justicia hubiera enternecido sus corazones —declaró Marco.

Scaevola puso los ojos en blanco, como implorando a los dioses que le dieran paciencia. No halló palabras y se limitó a exclamar:

—¡Bah!

—¿No os dais cuenta —prosiguió Marco acalorado— de que a una palabra vuestra aquella muchedumbre habría asaltado la Cámara, quizá matando a algunos senadores, sin saber lo que hacía?

—Estupendo —contestó Scaevola—. Me he perdido esa oportunidad.

Noë, una vez en su litera con Marco, le dijo:

—Olvidas que eres tú el que ha ganado el caso. ¿No te causa satisfacción? Muchos de los que te escucharon no eran ignorantes, a pesar de lo que diga Scaevola. Son jóvenes muy formales. Y recordarán este día.

Marco se sintió aliviado. Estaba agotado por tantas emociones y respondió:

–Quédate a beber una copa de vino conmigo mientras recibo las felicitaciones de mis padres. Ya veo que mi hermano se ha adelantado corriendo para llevar la noticia. –Hizo una pausa.– Te devolveré estas magníficas vestiduras que me prestaste. ¿Te fijaste en que Julio se apresuró a recuperar su vara de la autoridad?

Noë se echó a reír.

–Es típico del joven César. He oído que sufre ataques epilépticos y ya sabes que la gente supersticiosa cree que eso es un don de los dioses, porque los epilépticos oyen voces extrañas y ven cosas raras durante sus convulsiones. No, no debes devolverme lo que te di. Considéralo como honorarios por lo que hiciste por mi padre y por mí.

–Si no hice nada –protestó Marco.

–Lo hiciste todo –contestó Noë impacientándose–. ¿A qué viene tanta modestia? Se dice que Dios ama la modestia en los hombres, pero los seres humanos la desprecian.

Poco después, Marco tuvo ocasión de abrazar a su padre.

–Tus palabras me inspiraron –le dijo besando las manos de Tulio mientras éste le bendecía tiernamente.

–He tenido pocos momentos de orgullo –dijo Tulio entre sollozos–, pero hoy me siento orgulloso. No he vivido en vano.

Capítulo

Marco disfrutaba del sol primaveral en su jardín de Arpinum. Apoyado contra el tronco de un roble, releía una carta de Noë, que ya llevaba un año viviendo en Jerusalén con su familia.

«Noë ben Joel saluda al noble Marco Tulio Cicerón:

»Con gran satisfacción recibí tu última carta en la que me dabas cuenta de tus continuos éxitos. Eres afortunado al haberte hecho de clientes que pueden enriquecerte con sus regalos. Como señal de que no te olvida y en prueba de su eterna gratitud, mi padre te envía varias jarras de esas pequeñas aceitunas negras de Judea que tanto te gustan y varios pellejos del mejor aceite, del que ahora no hay en Roma, dadas las presentes circunstancias, y que vale su peso en oro. Además, te envío muchas varas de lienzo egipcio blanco y de color, un pergamino del Faedo grabado por un intelectual judío de mucha fama (algo excelente para tu padre), dos brazaletes de hilo de plata incrustados de piedras preciosas, un arte en el cual sobresalen mis paisanos y que es un presente para tu madre, y finalmente un escudo repujado con las armas de tu familia, destinado a tu hermano. Acepta estos presentes, querido amigo, como muestra del cariño que os tienen los que ansían veros de nuevo.

»Acabamos de celebrar el primer cumpleaños de mi hijo Joshua en casa de mi padre, que es, como sabes, donde vivimos todos. Fue una magnífica celebración. Asistió como invitado de honor el procónsul romano, que es amigo de mis padres y regaló a mi hijo una bella espada corta romana, con una vaina incrustada de piedras preciosas. Mi padre no supo cómo expresarle su gratitud y tuve que ser yo, como siempre, gracias a mi facilidad de expresión, el que le diera las gracias, y el inocente romano se sintió complacido. La espada ocupa ahora un sitio de honor en nuestra casa.

»No siento tener que pasar una temporada aquí, a la dorada sombra de las Torres del Templo, rodeado de mi pueblo. Como sabes, yo había temido la vida adusta de Jerusalén, donde la gente está enamorada de Dios y no de la vida. Pero las influencias se dejan sentir en los jóvenes de buena familia, que tienen muchas amistades entre los griegos residentes en la ciudad y hablan griego con más frecuencia que el arameo, y el latín más a menudo que el hebreo, la lengua de los sabios. Mi padre se sintió incómodo al principio y teme por su país. Pero el espíritu helenístico es mirado aquí con gran simpatía. Parece que hay mucha más similitud entre los ideales de virtud de los griegos y los judíos que entre la fría unidad del clasicismo de Atenas y la cálida policromía de Roma. Hasta mi padre se da cuenta de ello, aunque sigue siendo un hombre muy obstinado. Se pasa varias horas al día hablando con los sabios en las puertas de la ciudad, discutiendo siempre acerca de la inminente venida del Mesías, quien, naturalmente, expulsará a griegos, romanos y demás extranjeros del sagrado recinto que abarcan estas murallas amarillentas y hará que Jerusalén sea llevada en alas de arcángeles para gobernar todas las tribus menores de la Tierra. Me acuerdo de Roma y sonrío.

»Tal como me pediste, he tratado de enterarme de todas las profecías relativas al Mesías. Aquí hay muchos mercaderes egipcios y he entrado en contacto con algunos. Se portan bien en Jerusalén, ya que les conviene para sus negocios. Me han dicho que un antiguo faraón llamado Atón profetizó que Horus descendería de los cielos, encarnándose humanamente para conducir a todos los hombres a la justicia, la paz y la fe y reconciliarlos con Dios. También he hecho amistades con mercaderes indios que pasaron por aquí, descansando entre sus travesías marítimas, y me informaron que su Gita, que se parece vagamente a nuestra Torah, declara que el hombre está corrompido desde su concepción y que por muchos esfuerzos que haga no podrá mejorar su condición. Es perverso desde el instante en que comienza a respirar porque fue concebido en pecado, vive en pecado y muere en pecado, por lo que sufrirá la muerte, excepto en el lejano día en que Dios lo redima de la maldad a que fue predestinado. Seguramente cuando algún dios cobre forma humana y lo devuelva a la gracia.

»He oído decir que Hammurabi, el gran rey de Babilonia, mandó escribir en su célebre código: "¿Cómo puede liberarse el hombre del mal que lleva en sí mismo? Por la contemplación de Dios, por la penitencia y el arrepentimiento, por la confesión de sus pecados, en definitiva, sólo gracias al poder de Dios. Algún día, el propio Dios se manifestará a la vista de los hombres, encarnado como un hombre más".

»Observarás que todas estas profecías y palabras de sabiduría tienen cierta relación entre sí: la perversidad del hombre, que ha perdido el estado de gracia, que está condenado a una muerte eterna y que posiblemente será redimido por un Dios compasivo que se manifestará en forma humana. A propósito de esto, recordarás las frases de Aristóteles: "No hay más bondad en el género humano que la que Dios quiere otorgarle, por la misma virtud de Dios y por Su amor y condescendencia. Y esto es así porque el hombre nació perverso y no puede librarse de las redes de la iniquidad sin la ayuda de Dios, por mucho que se esfuerce o por mucha que sea su voluntad".

»Mi padre está encantado con que busque la compañía de los hombres sabios que se congregan en las puertas, pero lo que yo voy buscando es noticias sobre el Mesías para poder comunicártelas. He leído los libros de Isaías que se refieren a Él, que nacerá entre los judíos, pues Isaías escribió: "Porque nos ha nacido un niño, nos ha sido dado un hijo que tiene sobre sus hombros la soberanía y se llamará maravilloso consejero, Dios fuerte, Padre sempiterno, Príncipe de la Paz, para dilatar el imperio y para una paz ilimitada, sobre el trono de David y sobre su reino, para afirmarlo y para consolidarlo en el derecho y la justicia desde ahora para siempre jamás".

»Sin embargo, parece que, según Isaías, serán muy pocos los que lo reconozcan y lo sigan cuando se encarne como hombre y habite entre los humanos. Isaías escribió: "¿Quién creerá lo que hemos oído? ¿A quién fue revelado el brazo de Yavé? Sube ante Él como un retoño, como retoño de raíz en tierra árida. No hay en Él parecer, ni hermosura que atraiga las miradas, ni en Él belleza que agrade. Despreciado, desecho de los hombres, varón de dolores, conocedor de todos los quebrantos, ante quien se vuelve el rostro, menospreciado, estimado en nada".

»Pero, ya me dirás, Marco, si los hombres han estimado alguna vez a los verdaderamente grandes que vivían entre ellos, pues ¿cuándo han honrado al justo y al noble? Prefieren a los que se anuncian con heraldos y estandartes y redobles de tambores, precedidos de criados que van gritando alabanzas a los que montan en carros dorados tirados por varios caballos con enjoyados arneses. Si aparece el Mesías tal como Isaías lo profetiza, es decir, como un hombre humilde, sin poseer una belleza extraordinaria, ni saludado por los hosannas de los ángeles que fueran siguiendo sus pasos, seguro que será despreciado y rechazado por los mismos a quienes ha venido a salvar. Porque el hombre se imagina a Dios según la bajeza de su corazón y se negará a creer que pueda manifestarse al hombre con toda su piedad y amor si no es entre nubes y asistido de ángeles, armado y terrible, coronado por el sol.

»Isaías prosigue: "Pero fue Él, ciertamente, quien tomó sobre sí nuestras enfermedades y cargó con nuestros dolores y nosotros le tuvimos por castigado y herido por Dios y humillado. Fue traspasado por nuestras iniquidades y abatido por nuestros pecados. El castigo salvador pesó sobre Él y en sus llagas hemos sido curados. Todos andábamos errantes, como ovejas, siguiendo cada uno su camino y Yavé cargó sobre Él la iniquidad de todos nosotros. Maltratado y afligido, no abrió la boca".

»Por lo visto hombres ciegos e ignorantes darán muerte al Mesías de la forma más horrible, porque no vendrá rodeado de esplendor ni en compañía de serafines, con el manto de su celestial majestad sobre los hombros. ¿Qué dirá y quiénes le escucharán? Él será el pacto entre Dios y el hombre y, como escribe Isaías, "luz también para los gentiles". Pero ¿quiénes lo reconocerán?

»Es posible que yo o tú lo veamos. Pero ¿por qué señal lo reconoceremos? ¿Nos acordaremos de las profecías? ¿O diremos "no hay en Él belleza que agrade y ante Él se vuelve el rostro"?

»Toda mi vida he oído hablar de dichas profecías y nunca les hice caso porque soy un judío escéptico y, como ciudadano romano, acostumbrado a muchas religiones. Ni siquiera los aristócratas o los sacerdotes de Jerusalén prestan mucha atención a las profecías. Sólo los ancianos que se congregan ante las puertas de la ciudad hablan de ellas, mirando incansablemente a la oscuridad del cielo con creciente impaciencia. ¿Lo reconocerán cuando venga? Los niños siempre están leyendo cosas acerca de Él en los libros y recitan de memoria las profecías. ¿Lo reconocerán?

»En esta ciudad reina una atmósfera de excitación, como si las nuevas de la llegada del poderoso rey le hubieran precedido. ¿Quién comprende todo esto?

»Creo que tú, mi querido Marco, encontrarías agradable Israel, además de interesante. No sólo por su clima. Joppa, a orillas del Gran Mar, merece que se la visite al menos durante un mes, aunque no fuera más que por contemplar sus puestas de sol. Mirando esas celestes conflagraciones, que de modo tan tremendo y silencioso se reflejan en el mar, uno puede repetir con David: "Cuando contemplo los cielos, obra de tus manos, la luna y las estrellas, que tú has establecido, ¿qué es el hombre para que de él te acuerdes, ni el hijo del hombre para que tú cuides de él?". Hasta yo me pregunto eso sin obtener respuesta. ¡Evidentemente es una presunción creer que Dios se ocupa de nosotros!

»Jerusalén es el centro de nuestra nación; una ciudad polvorienta, variopinta, prolífera, atestada, maloliente, ruidosa e insoportablemente calurosa durante el día y fría y desierta por la noche. Aquí viven gentes de muchas razas mezcladas con los judíos: comerciantes, mercaderes, bribones, saltimbanquis, banqueros, historiadores, soldados, marinos, negociantes y anticuarios de todo el mundo. Sirios, romanos, samaritanos, jordanos, egipcios, indios, griegos y Dios sabe de cuántos orígenes más. Con tal que observen las leyes de Judea, viven sin ser molestados, aunque ignorados y despreciados. Los judíos, como los romanos, aman sus leyes. "Dios dijo en sus revelaciones, afirman los hombres sabios con aire dogmático, ¡y ay del forastero que lo discuta!, que los judíos no tienen más Ley que la de Dios." Constituimos una teocracia, cosa digna de observar. Uno diría que en una teocracia no puede haber disputas, pero los sabios que se congregan ante las puertas no cesan de hacer comentarios y dar sutiles interpretaciones al más sencillo de los Mandamientos. Dios habló claramente, pero el hombre siempre tuvo una mente torcida y se pregunta mil porqués, dándose mil respuestas.

»Como los judíos son de carácter violento y quisquilloso por naturaleza, los romanos respetan sus convicciones. Un pueblo muerto no serviría a Roma para nada, así que los romanos se guardan mucho de intervenir en lo que los judíos llaman la idolatría de Jerusalén. Las monedas acuñadas aquí no llevan la imagen de ningún dios y a los judíos no se les presiona para que se alisten en los ejércitos romanos como se hace en otros países. Con tal que los judíos paguen impuestos razonables, los romanos no se meten con ellos. Al contrario, se muestran amistosos y muchos oficiales romanos se han casado con jóvenes judías.

»Vuestro Polibio se habría sentido encantado en Judea, donde las escuelas son gratuitas y la primera enseñanza es obligatoria. No sé si esto es una medida prudente, pues da categoría a ignorantes que realmente son incapaces de aprender. Se saben de memoria las palabras de la Ley, pero no comprenden su verdadero significado. Hay muchos que nacen mentalmente analfabetos y tienen un lugar en el mundo. Son como cuervos, cuyas lenguas sólo son capaces de escupir, que aprenden palabras sin saber su significado. ¿Qué hay más peligroso que un hombre que puede citar frases de los sabios, mas no sabe cómo aplicarlas a su propia vida y al gobierno de su país? Al menos nosotros profundizamos en un sentido: insistimos en que todos los hombres, incluso los rabinos, deben aprender un oficio y trabajar, por rica que sea su familia. ¡Ojo con los hombres de las columnatas que no trabajan con sus manos! ¡Ojo con los ricos y ociosos a los que les sobra tanto tiempo en su ociosidad para desarrollar sus apetencias de poder! Los judíos saben mucho de esto. Por lo tanto, trabajamos. Yo me ocupo en los huertos de mi padre, yo, que no supe nada de tierras ni cosechas hasta llegar a Jerusalén.

»Aquí la gente es más vociferante que en Roma, porque somos una pequeña nación y esta ciudad está atestada. Jerusalén es como una colmena, con las celdas amontonadas unas encima de otras. Se podría atravesar la ciudad corriendo por los tejados sin poner los pies en el suelo. Desde la azotea de mi casa sólo vemos otras azoteas y tejados amontonándose en la dorada y polvorienta distancia, masa interrumpida aquí y allá por patios donde crecen cipreses, algarrobos y palmeras, pareciendo pequeños oasis. Los tejados son amarillentos y las terrazas blancas y están desiertas hasta el anochecer, cuando sube a ellas la gente para tomar la brisa del crepúsculo. Entonces se oyen músicas procedentes de diversas casas y la ciudad retumba con un enorme zumbido, oyéndose de vez en cuando el estrépito de las trompetas en el Templo. Estamos encerrados dentro de un retorcido y amarillento recinto amurallado, pudiendo oír claramente las voces de alerta de los centinelas que se pasean por las almenas.

»Fuera de las puertas están los teatros que han construido griegos y romanos. Los griegos prefieren las obras de teatro, los romanos los espectáculos sangrientos. Por esto podría uno suponer que los unos están civilizados y los otros son unos bárbaros. Pero sería un juicio superficial. La crueldad de los griegos sale a relucir en sus eruditas comedias. Alguien observó que toda risa es cruel, aun la que parece inofensiva. Porque la risa casi siempre tiene un objeto, especialmente el de burlarse de los hombres, ¿y quién que no sea un obtuso puede contemplar el estado y condición de la humanidad sin sentir compasión? No hay compasión en la risa. La alegría es cosa muy diferente, ya que es inocente y no caricaturiza ni hace objeto de burla e irrisión. Se burla de las ridiculeces humanas, pero no de los seres humanos en sí. Ya verás que he cambiado. Me encantan las obras teatrales griegas, dramas o comedias, y asisto a los estrenos regularmente, como hacen otros jóvenes judíos influidos por el helenismo. Pero ni siquiera los griegos van a presenciar los espectáculos romanos, limitándose a deplorarlos con disgusto. Como tú sabes, la crucifixión es el método que emplean los romanos en sus ejecuciones de criminales, aunque sean judíos. Cuando éstos les hacen objeciones en tono violento, les responden: "¿Acaso este método es peor que el vuestro de la lapidación?".

»He escrito varias obras en las que la comedia se entrelaza con la tragedia y todas fueron recibidas con agrado por los griegos. Pero debo mantenerme en el anonimato a causa de mis padres. He hecho parodias de las principales obras griegas, incluyendo el *Edipo Rey* y *Electra*, e incluso los romanos se rieron de buena gana con ellas, y eso que los romanos no se distinguen por su sentido del humor, prefieren a los bufones y los payasos, y las situaciones burdas antes que las sutilezas. ¿No indica eso que en ellos persiste cierto primitivismo? Los griegos prefieren los juegos, sobre todo aquellos en que el cuerpo humano se despliega con la más ágil de las gracias, sin que hayan de ser precisamente competiciones de fuerza. En Roma, el poder se mueve en torno a la piedra. En Grecia, la belleza se expresa en mármol.

»A pesar de todo añoro Roma. Mi padre quisiera que sus hijas vivieran allí con sus esposos e hijos. Caso de regresar, no volvería a meterse en negocios. Un día me dijo: "Si se quiere alcanzar una pacífica ancianidad, lo mejor es que el gobierno no te conozca. ¡Que el ojo de los políticos no se fije en ti!". Creo que tiene mucha razón.

»Querido amigo. Ve con mucho cuidado y sé circunspecto. No levantes contra ti una animosidad a la que no puedas hacer frente. Te enviamos nuestro cariño y nuestras bendiciones.»

Marco volvió a enrollar la carta, pensando cuánto había llegado a estimar a aquel amigo, pero a la vez sonrió. La preocupación que Noë sentía por su seguridad personal era risible. Él no era más que un joven abogado que había alcanzado un modesto éxito y casi el único sostén de su familia gracias a los regalos que le hacían los clientes agradecidos. (Muchos no podían darle ni siquiera una moneda de cobre.) Llevaba ejerciendo su profesión hacía poco más de un año y los clientes acudían a su casa del Carinae o bien a la casa de Scaevola. El viejo maestro le había cedido una pequeña habitación en su domicilio, austeramente amueblada con una mesa y dos sillas, así como unos estantes para sus libros de leyes; aposento que, careciendo de ventana, había de ser iluminado con una mortecina lámpara. Marco pagaba a su mentor un módico alquiler. Aquel cuarto resultaba agobiante incluso en invierno, ya que no tenía más ventilación que el aire que se colaba por debajo de la puerta, que había que cerrar durante las consultas y confidencias. Como es lógico, olía a sudor, pergamino, piedra húmeda y aceite quemado.

—Es el olor del saber —le decía Scaevola con expresión solemne—. O, mejor dicho, el olor de la perfidia. ¿Cuándo han dejado los abogados de ser pérfidos? Especialmente en estos tiempos...

Tenía muchas discusiones con Marco a causa de los clientes.

—¿Cómo? —le preguntaba—. ¿Que no aceptas un cliente porque es claramente un criminal? Pero ¿no decías siempre que hasta los criminales tienen derecho a ser defendidos ante la Ley? ¡Qué loco eres, Apolo! Aunque no debería llamarte Apolo. La luz apolínea brilla sin restricción sobre todos los hombres, pero tu luz brilla sólo sobre los justos. ¡Bah!

—No es que yo vacile en defender supuestos criminales —protestaba Marco—, pero debo asegurarme que en el crimen que se discute el acusado es inocente, cualesquiera sean sus antecedentes. Si no, ¿cómo voy a defenderlo con toda mi vehemencia?

—Aun así tendría derecho a ser defendido. Deja a un lado tus escrúpulos, o jamás llegarás a ser hombre rico. Claro que como a ti no te importa la riqueza...

Pero en esto se equivocaba, pues Marco había empezado a preocuparse por el dinero ya que, siendo prudente por naturaleza, no rechazaba la idea de que un hombre debe recibir una remuneración por su trabajo. Además, tenía una familia que mantener. Sin embargo, era incapaz de ser elocuente cuando estaba convencido de que su cliente era culpable.

—Los abogados deben tener como axioma que ninguno de sus defendidos es culpable, cualesquiera sean las apariencias —le aleccionaba Scaevola—. Métete eso en la cabeza.

Pero a Marco le resultaba imposible aceptar esas ideas.

—Yo no soy un malabarista —dijo una vez a Scaevola.

—Pues entonces no eres abogado —replicó éste, y añadió—: Si sólo defiendes a los que creas inocentes del delito del que se les acusa, tendrás que mendigar el pan que comas. Recuerda que un hombre es inocente hasta que se demuestra su culpabilidad ante un magistrado. Así lo especifica la ley romana. La ley es un simple juego de razones. Es como un combate en la arena. Y no seas simple.

Marco tuvo que reconocer que llevaba razón y eso le hizo sentir ansiedad por su futuro.

—Un abogado debe creer que es más listo que los otros hombres, especialmente más listo que los magistrados. Pero tú no tienes sentido de la ironía. ¿Quién sabe cuál era la intención de los que redactaron las leyes? Un abogado inteligente debe interpretarlas en beneficio de su cliente.

Pero Marco se sentía tremendamente preocupado por la interpretación que de las justas y viriles leyes de la antigua Roma estaba haciendo el tirano Cinna, quien, no atreviéndose a mofarse de las leyes escritas y de la Constitución, se había rodeado de una camarilla de abogados serviles que se afanaban en interpretarlas a su gusto. Esto acabaría inevitablemente en el caos, la injusticia y la violencia, con su secuela, la tiranía. La ley declaraba que las propiedades de un hombre eran inviolables, pero las nuevas leyes de Cinna sobre impuestos violaron tan antigua norma de un país orgulloso. Por lo visto, ahora las propiedades de un hombre sólo eran inviolables para los ladrones particulares, pero no para el gobierno, que era el mayor ladrón de todos, chupando constantemente la sangre del pueblo y deparándole a cambio tan sólo miseria y deudas. Todo esto lo hacía en la mayor impunidad, pues los romanos de ahora no protestaban, lo que demostraba la pusilanimidad en que habían caído. El populacho ensalzaba ahora a los Gracos, que habían despojado a la gente activa en favor de los perezosos y derrochadores. No había duda de que los Gracos habían sido virtuosos en sus vidas privadas, pero se dejaron arrastrar por el sentimentalismo. Y ese mismo pueblo enfurecido los mató a pedradas, habiéndose tenido tal ejecución por justa durante mucho tiempo. Ahora eran los héroes de un populacho degenerado que despreciaba el trabajo honrado y prefería pan y circo gratis.

No era la primera vez que Marco se daba cuenta de que los gobiernos eran enemigos del pueblo, y mientras tomaba el sol primaveral en su isla paterna reflexionó sobre la teocracia de Judea, sobre la cual le había escrito Noë. Las leyes que no estaban basadas en la Ley de Dios no eran leyes justas. Y al final llevaban a la muerte de las naciones.

¿Cuánto tiempo soportaría esto Roma, su amada patria?

Apretó la carta de Noë en su mano, mientras se apoyaba en el sagrado roble y miraba inquieto al impetuoso río, que a la luz primaveral parecía de color limón. Sintió admiración por aquella escena tan agradable. La primavera era más dorada que verde. Los tiernos penachos de los árboles relucían amarillentos y los arbustos y matorrales parecían difuminarse a la clara luz en variadas tonalidades y matices, desde el ámbar al amarillo verdoso claro, desde un dorado delicado al más resplandeciente color miel. Todo parecía haber sido sumergido en fuentes áureas y luego sacado para volverlo a poner en su sitio entre los dos ríos para que lo reflejaran, así como al cielo color narciso. Sólo la hierba, de un débil esmeralda, rompía el predominio de lo brillante, la frágil llovizna cristalina que caía de los sauces y abedules y las compactas estrellitas doradas de álamos y robles. El panorama de Arpinum, al otro lado del río, parecía matizado de oro viejo, trepando por las colinas aún bronceadas por el invierno. El verano y el otoño no eran tan fragantes como la primavera, ni tan jubilosos en su renovada celebración de la vida. La tierra exhalaba y el corazón se alegraba, aunque fuera el corazón de un joven romano, lleno de inquietudes y hasta cierto punto desesperado.

Se quedó mirando al puente que llevaba a tierra firme, aquel puente arqueado lleno de recuerdos, y pensó en Livia. Pensó en ella tal como la recordaba de hacía diez años atrás, como una doncella a la vez espontánea y frágil, con cabellera reluciente, ojos de un azul extraño y pechos virginales. Tal como su madre le había profetizado, en su pensamiento se mantenía por siempre joven y pura, inmune al paso de los años, a las penas y los cambios. La ligera brisa primaveral le evocaba su canción, que tenía una especie de fuerza sobrenatural. Y como las ninfas de tantos vasos griegos, ella era perseguida pero jamás alcanzada. Era un sueño que no se desvanecía y que no había dejado sombra.

El pensar en ella le produjo de nuevo aquel terrible malestar, la vieja ansia jamás apaciguada. Le pareció estar dentro de un gran navío que de modo inexorable iba río abajo, mientras Livia quedaba en la isla como doncella, con su cabellera y túnica flotando al viento, alzada su mano en gesto de adiós. Él huía con el tiempo; ella quedaba como un matiz de pureza jamás aprisionado, pero reluciente en cristal alejandrino. Todo en torno a él era actividad; pero donde había estado Livia, los árboles no cambiaban su color, el cielo no se oscurecía ni se incendiaba al crepúsculo o al amanecer, ni el sol se arqueaba de horizonte a horizonte. Siempre era primavera y ella, siempre joven, quedaba atrás para siempre. El río se lo llevaba a él, mas Livia seguía cantando su canción al viento y a la eternidad.

Con obstinación había aprendido a no pensar en Livia, como si cerrara una tapa en su cerebro, al modo como uno cierra un cofrecito de joyas para no ver un tesoro y dejar de pensar en él por cierto tiempo. Pero había algo en la luminosidad de ese día, en el sol declinante, en el aroma de la tierra, que mantenía levantada la tapa. Livia vivía y no era un sueño. No importaba que nadie en Roma mencionara ante ella el nombre de él y que él no supiera dónde vivía ella o siquiera si vivía aún. Le parecía sentir su aliento, oír su voz clara y ligeramente burlona, tal como la recordaba. Creyó que sólo con girar la cabeza rápidamente bajo aquel sol de Umbría volvería a ver a Livia, como una dríada bajo los árboles, flotante como un hálito, tan radiante como una visión.

Livia, dijo en voz alta. No volvió la cabeza, aunque estaba seguro de que alguna emanación de ella estaba cerca, como el amado fantasma de alguien que viviera aunque estuviera muerto. La Livia que él conocía y a quien amaba no era la esposa de Lucio Sergio Catilina que llevaba una existencia bajo un techo desconocido, sin pensar en él, ocupada en tareas vulgares y sintiendo aprensiones. Ella era Livia, la que no tenía otro nombre y estaba ligada a él en espíritu, al igual que la hiedra está enlazada al tronco del árbol. Su madre le insistía en que se casara porque Quinto estaba en el ejército y podía morir en la guerra. Y el apellido Cicerón debía ser perpetuado.

Comprendía que tendría que casarse cualquier día, pues debía tener hijos. Pero aún no había llegado el momento, ya que Livia seguía abrazada a él en sueños y fantasías. Casarse sería cometer adulterio. Temía que el matrimonio apartara de él algo inefable y poético que les envolvía como un halo brillante aun en la ciudad mundana de la realidad. Buscarse mujeres al azar en Roma, sí; pero no una esposa con la que compartir la vida en su hogar. Livia ocupaba todavía todos los rincones de su corazón.

La brisa primaveral se estaba volviendo más fría y él sintió el fresco a pesar de su capa de lana, en los pliegues de su larga túnica azul y en las hendiduras de sus zapatos de cuero. La luz ya no era tan viva y estaba desvaneciéndose en los muros y tejados color cereza de Arpinum. El río cantaba; también él estaba oscureciéndose rápidamente. Marco pudo oír lejanos mugidos provinientes de los rebaños que pastaban y los balidos de las ovejas. Eunice y Athos estarían ocupados en supervisar a los cinco esclavos que vivían con ellos en las faenas de la tarde. Debía dejar esa ribera, ese bosque dorado, y regresar a la granja para cenar. Luego, desolado y en silencio, se sentaría en la que fuera la biblioteca de su padre y leería algo antes de retirarse a su lecho.

Sin embargo, se quedó como hipnotizado por aquella tarde primaveral en la isla aureolada. Precisamente para contemplar de nuevo esa visión había regresado, a través de pueblos y ciudades peligrosas y a pesar de los ruegos y advertencias de su madre. Pero nadie había molestado a Eunice y al diligente Athos. Ambos vivían en paz y era precisamente esta paz lo que él había buscado. Incluso hubo momentos en que la encontró, momentos en que olvidó la guerra, los tribunales y hasta a sus padres y su hermano. Vivía abstraído.

Cada noche se decía: Debo volver, y cada mañana traía un nuevo día que era una repetición del anterior. No era sólo el amor por la isla y su tranquilidad lo que le retenía. Era un sueño, y ese sueño era todo lo que importaba. Eurídice estaba allí, en los prados de asfódelos y él vacilaba en volver a un mundo de estrépito y deberes, de penas, de exigencias del poder y de los hombres. Debía regresar, como Orfeo, dejando a Eurídice atrás para siempre. ¡Pero no hoy! Y seguro que mañana tampoco.

Con todo, la soledad, con sus diáfanos momentos de delicia, era preferible para él a una vida estridente. No había venido en vano. La isla de los sueños era para él más real, más deseable y más feliz que cualquiera de las cosas que Roma podía ofrecerle, aunque se tratara del poder y la fortuna. Allí podía escribir los poemas y los delicados ensayos que habían llegado a interesar a un editor de Roma. A veces se preguntaba si todos los hombres llevaban un sueño en su interior hasta la ancianidad y si todos tenían una isla secreta donde poder moverse libremente y contemplar otros soles y otras lunas. En caso contrario, era como si hubieran muerto.

No oyó el rápido deslizarse de un bote cerca de él. Ni siquiera vio los ojos feroces que lo miraban. Estaba escuchando el murmullo de los árboles y observando el vuelo rápido de los pájaros contra el cielo. Tampoco oyó los ahogados pasos que se acercaban a él. La luz amarillo limón refulgía en las casas superiores de Arpinum y hacia el oeste el horizonte era como un lago dorado donde flotara una niebla rosada.

Cuando unos brazos de hierro lo sujetaron de repente, al principio no pudo creerlo. Así que sólo se resistió débilmente. No sintió miedo. Volvió la cabeza y vio cuatro hombres envueltos en capas que lo rodeaban con unos capuchones sobre sus cabezas que no dejaban ver más que sus bocas, que esbozaban un rictus cruel y triunfal. Uno de ellos le dio un puñetazo en la cara y él trató de recular. Pero lo sujetaron fuerte. Uno habló irritado:

—¡No debemos dejar señales! ¡Contente!

No reconoció la voz. Por un momento pensó que eran sus propios esclavos; se rumoreaba que los esclavos se revolvían en toda Italia contra sus amos. Pero otro hombre dijo:

—Tenemos que hacer lo que se nos mandó. Vayamos rápido, porque he oído un ladrido y temo que ese animal pueda atacarnos. —La voz no tenía la rudeza de la de un esclavo y sí el cultivado acento de Roma.

Marco, aún incrédulo, se quedó mirando las manos que lo sujetaban. No eran manos de esclavo, aunque eran fuertes. Una mano llevaba un anillo, un bello anillo artísticamente trabajado.

—¿Qué es esto? —preguntó alzando la voz—. ¿Quiénes sois? ¡Soltadme, animales! —Supuso que serían ladrones, vagabundos o delincuentes de Arpinum. Abrió la boca para gritar pidiendo auxilio, pero le encajaron un trapo entre los dientes.

Y por primera vez pensó en la muerte.

Luchó con todas sus fuerzas, hincando sus pies en la fría y blanda tierra. Maldijo la confianza que al principio tuvo en sus propias fuerzas y destreza para librarse de sus atacantes. Sin embargo, el repentino y agudo temor que se apoderó de él le dio nuevas fuerzas e incluso llegó a librarse de sus captores; pero éstos pronto volvieron a cogerlo, riéndose entre dientes. Jadeando, trató de distinguir sus rostros a través de las capuchas, pero sólo pudo ver sus bocas odiosas.

Empezaron a desnudarle con cuidado, sujetándole fuertemente a pesar de sus esfuerzos, como si no desearan rasgar sus vestiduras. Uno le quitó la capa, la plegó y la depositó sobre la hierba. Otro le quitó hábilmente su larga túnica, le aflojó el cinturón de cuero y se apoderó de la bolsa en que llevaba unas monedas. Todo fue colocado ordenadamente sobre la capa. Le quitaron el calzado y lo pusieron al lado del montón de ropa. Marco estaba tan intrigado por esta meticulosidad que se estuvo quieto. Un hombre fue a quitarle el amuleto de oro de Palas Atenea regalo de Aurelia César, pero otro le dijo:

—No creo que se quite ese amuleto para nadar, pues debe de considerarlo una protección.

Entonces Marco comprendió que pretendían simular un accidente y eso explicaba que no hubieran utilizado ningún cuchillo o daga para dar cuenta de él inmediatamente.

—Sus pies no deben estar manchados de tierra ni arañados por piedras —dijo el que parecía el jefe.

Así que Marco fue levantado por unos fuertes brazos y llevado a la orilla del río, que ahora parecía incendiado por el crepúsculo. Lo colocaron con cuidado dentro del bote, mientras unas fuertes manos lo sujetaban por las rodillas y los pies. Luego dos de aquellos hombres empezaron a remar hacia el centro del río. Marco miraba desesperado hacia el cielo llameante y oraba suplicando ayuda. La muerte nunca le había parecido una cosa horrible, considerándola desde un punto de vista abstracto, porque podía filosofar como Sócrates que un hombre bueno nada tiene que temer ni en esta vida ni en la otra. Pero ahora, en plena juventud, la idea de que iba a morir le provocó pánico. Ahora sólo le importaba el deseo de sobrevivir. Sintió cómo el bote se deslizaba a través de las aguas turbulentas. Aquí la corriente era muy rápida y habría sido difícil luchar contra ella incluso a los mejores nadadores, y como su caudal venía engrosado por el deshielo de las montañas, incluso una persona de gran potencia muscular se vería paralizado por su frialdad. Ni siquiera Quinto, tan excelente nadador, se aventuraba en el río antes del verano.

–La corriente es muy fuerte –dijo uno de los remeros con tono de satisfacción–. No resistirá mucho.

Marco sintió frío en su cuerpo desnudo, a pesar de que estaba sudando de miedo. Dos remeros miraban atentamente la isla, para cerciorarse de que nadie los veía. Las aguas azotaban el bote tumultuosamente.

–¿No sería mejor esperar al anochecer? –preguntó uno de los hombres.

–No, al anochecer lo echarán de menos y saldrán en su busca con perros –replicó otro–. Debe hacerse inmediatamente.

Habían alcanzado el centro del pequeño río y pusieron el bote a favor de la corriente para dominarlo mejor. Los cuatro hombres miraban a Marco sin animosidad y él percibió la intensidad de sus ojos ocultos. Le sonrieron de un modo casi amistoso:

–Ahogarse –le dijo uno– no es un modo muy desagradable de morir. Hay muertes peores. Da las gracias de que no te hayamos sacado las tripas ni hecho pedazos.

Marco, cuyos cambiantes ojos azules miraban alternativamente al cielo y a sus captores, los contempló atemorizado. Ellos lo levantaron y lo dejaron caer lentamente en el agua, manteniéndolo sujeto por las axilas. Entonces alguien le quitó de un tirón el trapo que le habían metido en la boca. Pero antes de que pudiera gritar, hundieron la cabeza bajo la fría agua y uno de ellos agarró un gran mechón de su pelo por la coronilla. Instintivamente cerró la boca y contuvo la respiración.

Pudo ver su cuerpo flotando flojamente en las aguas como si fuera ya un cadáver. Distinguió un banco de peces planteados y sintió el roce de unas escamas. El frío entumeció enseguida sus músculos, de modo que no llegó a sentir nada. Los pulmones le empezaron a arder de tal modo que apenas sentía el dolor en el cuero cabelludo. Creyó volverse loco. De algún modo debía librarse. Le parecía lo más necesario, si bien no fuera más que para evitar la ignominia de dejarse ahogar pasivamente, pero seguro que se ahogaría al intentar escapar. No era un buen nadador, aunque Quinto había tratado de enseñarle pese a que él no ponía ningún interés de su parte. Se maldijo por su pasada estupidez.

Sus pulmones se hincharon por el aire contenido y los oídos parecían a punto de estallarle. ¡Vaya! Pero ¿es que iba a morir sin defenderse? Se sacudió en un espasmo de pánico; pretendía librarse y miró con ojos semicerrados las contorsionadas figuras de aquellos asesinos a través del agua. Ahora no hablaban. Esperaban que muriera.

Lo habían tomado por un infeliz sin fuerzas, por lo que dedujo que lo conocían sólo de oídas. Hizo ondear su cuerpo débilmente, como si ya estuviera muerto. Cerró los ojos y abrió la boca, pero cerró la laringe para impedir la entrada de agua. Como suponía, la mano que le sujetaba por el cabello se aflojó un poco. Instantáneamente pegó un tirón con la cabeza y sintió un agudo dolor al arrancarse parte del mechón. El corazón le latía desbocado. Se sumergió en las aguas enturbiadas por el fango. Entonces la corriente lo arrastró.

Pero ahora debía respirar para salvar la vida. Trató de estirar las piernas, pero sintió calambres. Sin embargo, era tal el impulso que le daba el terror, que salió a la superficie. No podía pensar en otra cosa que respirar el aire puro que daba vida. El cielo parecía una lámina en llamas y se reflejó en su rostro. Respiró profundamente, produciendo un sonido ronco y oyendo un grito. Sus perseguidores le habían visto y él se echó a nadar instintivamente. Los cuatro hombres habían cogido los remos y bogaban río abajo en su persecución. Les oyó maldecir. Quiso gritar, pero debía ahorrar fuerzas, además de que estaba demasiado lejos de la orilla para ser oído. Sentía los movimientos espasmódicos de sus doloridos músculos. Sólo con esfuerzos sobrehumanos conseguía servirse de ellos. Y oró frenéticamente como jamás había orado.

Esperó hasta que el bote estuviera cerca para zambullirse por debajo del mismo. La corriente lo hizo girar como si fuera un pájaro herido cayendo hacia la tierra. Vio las aguas turbias y sintió su helador frío. Por encima de él se destacaba la sombra del bote, como si fuera una nube vengadora. Haciendo un esfuerzo supremo, nadó alejándose de él. Los brazos y piernas le dolían como si se le quisieran separar del cuerpo y necesitaba respirar de nuevo. Si vivo, pensó, me convertiré en otro Leandro[1].

El agua lodosa le impedía ver el fondo del bote. Se esforzó por ascender de nuevo a la superficie. Horrorizado, notó que al emerger su hombro chocaba con el costado del bote. Respiró hondo dejando escapar un gemido.

Los hombres estaban furiosos y sólo pensaban en matarle, por lo que alzaron los remos con intención de aplastarle el cráneo. Marco distinguió los húmedos palos, que parecían manchados de sangre a la luz del crepúsculo, levantados amenazadoramente sobre él. Y se sumergió de nuevo. Su corazón le palpitaba alocadamente. No podría soportar esto durante mucho rato. Vagos pensamientos derrotistas cruzaron su mente. ¡Qué fácil sería morir! Dejarse hundir en las aguas para escapar a este horror, seguir la corriente del río

---

[1] Leandro: legendario personaje griego que todas las noches atravesaba a nado el Helesponto para ver a su amada Hero, sacerdotisa de Afrodita, hasta que una noche pereció ahogado. *(N. del T.)*

y dormir para siempre, solo y en paz. ¿Para qué luchar? ¿Qué era la vida? Un sueño, una dolorosa fantasía, un desengaño y una continua fatiga. Se dejó arrastrar por la corriente y briznas de luz roja y dorada relampaguearon tras sus cerrados párpados.

Entonces, en sus embotados oídos oyó la voz de su abuelo, aquella voz acallada ya hacía tantos años:

«¿Vas a morir resignado como un esclavo? ¿No vas a luchar por tu vida como romano y como hombre?»

Sus pies rozaron el fondo pedregoso del río. La voz de su abuelo lo apremió, con acento de mofa. «Pero estoy exhausto, tengo el cuerpo entumecido y siento dolores de agonía», replicó su mente.

«¡Levántate!», le gritó su abuelo. No podía desobedecer. Movió piernas y brazos débilmente y ascendió torpemente hacia la superficie. Sus ojos glaucos observaron que el bote estaba a considerable distancia. Pero los hombres vieron su chorreante cabeza, al igual que uno ve la cabeza de una foca. Giraron el bote y se lanzaron en su persecución. Y de nuevo él esperó hasta que los tuvo muy cerca y otra vez se zambulló.

¿Cuánto tiempo iba a durar aquel horrible suplicio antes de que muriera? La orilla le parecía muy lejana. Había nadado o se había dejado llevar hasta un extremo de la isla. Por un instante vio las tranquilas praderas, las copas de los árboles lejanos que parecían escarlata a la puesta del sol, el pequeño edificio blanco de la granja, las colinas inflamadas. Nunca le parecieron tan bonitas, como si se trataran de un espejismo. Era como si mirara las bellezas de la Tierra por última vez antes de retirarse a las tinieblas de la muerte. Seguramente no podría luchar contra la corriente del río. Aunque viviera un rato más, sería arrastrado hacia otro río más caudaloso, donde le sería imposible volver a alcanzar ninguna orilla.

Sus doloridos pulmones necesitaban aire. Pero ahora podía oír el bote por encima de él y el chapoteo de los remos, aunque no pudiera verlos.

¡Dios mío!, suplicó desfallecido. Debería volver a la superficie, aun a costa del riesgo de ser rápidamente asesinado en vez de morir ahogado. El agua parecía viva con los arco iris que se precipitaban y fundían unos con otros, abrazándolo, arrastrándolo pesadamente hacia el fondo. Pero él subió hacia la superficie. Para su débil sorpresa, vio que estaba a cierta distancia del bote. Sin embargo, los hombres le habían visto. Aspiró profundamente. La isla era como un barco dorado que se alejaba de él. Y de nuevo, llenos sus pulmones, esperó hasta que vio alzarse sobre él los remos, y se dejó hundir.

La corriente, precipitándose hacia el mar, era infranqueable como un muro. Y se dejó arrastrar por ella, que le protegía como un techo. Y empezó a soñar, largos sueños insondables. Su cuerpo ya no le torturaba, sus pulmones ya no parecían estallarle por falta de aire. Era como un hilillo de nube, flotando a la ventura. Incluso había perdido la noción de ser.

Entonces sintió un violento tirón en su garganta, un desgarrón a lo largo de su carne. Abrió la boca para gritar pero el agua casi lo ahoga, viéndose obligado a tragarla. Un segundo después el bendito aire sucedió al agua, viéndose obligado a toser y atragantándose, pero incapaz de moverse. Algo lo había agarrado brutalmente y sacado su cara del agua. Algo que seguía tirando de su cuello. La nuca la tenía por debajo del agua, así como sus oídos. Sólo habían emergido sus ojos, sus labios y su nariz, de modo que no podía ser visto entre el oleaje.

Estaba tan aturdido, tan agotado, tan embotado, que durante un buen rato no pudo hacer otra cosa que flotar como un cadáver, sostenido por aquello que mantenía su boca fuera del agua. No podía ver y las nubes pasaban sobre sus ojos. No sentía su cuerpo. El río corría en torno y por encima de él, pero ya no era juguete de la corriente. Olvidó a sus perseguidores, olvidó al bote e incluso que estaba allí. Sus músculos se relajaron, consciente tan sólo de una cortante sensación y de una fuerte sujección en su nuca, así como de algo que había arañado su cuerpo.

Entonces recordó. Volvió la cabeza y vio el bote, ahora lejano y diminuto. Sus ocupantes remaban hacia el puente, un puente que se veía tan pequeño que podría contenerlo en su mano. El cielo era ahora de un púrpura más oscuro y la isla como una navecilla que arrojara espuma por su punta. Las aguas parecían tener muchas voces masculinas, interrogando, contestando resonantes, gritando, ahogando risotadas. Y Marco flotó, inmóvil, sostenido por no sabía qué.

Entonces, como si alguien despertara a causa de un bofetón, volvió a recuperar plenamente sus sentidos. Vio un árbol que había bajado por el río, quizá desde las colinas, cuyo tronco se había atascado en las rocas del fondo sin que fuera visible desde la superficie. Pero el amuleto de Marco se había enganchado en las ramitas más altas y su cabeza se alzó de modo que sus labios y ojos emergieron. Esto era lo que le había salvado la vida. Sus atacantes creyeron que se había ahogado, ya que no vieron aparecer de nuevo su cabeza. Debieron esperar un buen rato, pues Marco era consciente de que habían pasado bastantes minutos desde que fuera detenido, como un pájaro muerto, por la copa de aquel árbol enmarañado. Sus ojos vieron cómo el bote arribaba a la orilla de Arpinum, que ahora tenía un color escarlata apagado. Vio cómo los hombres sacaban el bote del río, con sus figuras tan lejanas que apenas parecían más grandes que un dedo. Luego se alejaron, perdiéndose en la niebla que empezaba a surgir del bosque y de las aguas, y él se quedó solo, oyendo las mil voces del río.

El río tenía allí un color verde intenso, humeante de niebla. A Marco le empezó a escocer el cuerpo de forma insoportable. Las ramitas de la copa del árbol habían arañado su piel y no le cabía duda de que estaba sangrando. Sus brazos le pesaban como si fueran de hierro, pero los obligó a moverse para agarrarse al bendito árbol. Logró hacerlo, así como desenredar el amuleto enganchado, y luego pasó sus piernas en torno a una rama. Aguardó y descansó. Conforme la circulación de la sangre se normalizaba en su cuerpo, el agua le dejó de parecer fría, pero se estremeció una vez más.

Estaba muy lejos de la isla y anochecía rápidamente. Sólo una franja de resplandor rojizo iluminaba el horizonte. Las estrellas ya estaban apareciendo en el cielo, así como una tajada de luna redondeada. Las aguas turbulentas lo alzaban y dejaban caer al compás del vaivén del árbol.

—Sé razonable —se dijo en voz baja—. No puedes seguir aquí. Morirás de frío. ¿Qué haría una persona juiciosa? Tratar de llegar nadando hasta la isla. ¿Que es imposible? Si Dios te salvó, entonces eso tampoco es imposible.

Noë ben Joel le había dicho que nada era imposible para Dios. Y ya que Éste le había salvado, debía dejarse guiar por su mano en demostración de gratitud. Sin embargo, necesitó todo su valor para acabar de desenganchar el amuleto enredado en las ramas salvadoras. Sus dedos le parecieron tres veces del tamaño normal y más torpes y pesados. Al final se vio libre, pero dio un último abrazo a la rama. Un pez curioso le hizo cosquillas en el pie. La oscuridad descendió sobre las aguas como un manto. Debía marcharse de allí si no quería perderse en la noche eterna.

Se alejó del árbol en dirección a la isla. Era un mal nadador y nadaba a contracorriente. Pero Quinto le había enseñado a flotar. Recordaba ahora con qué mala gana había recibido las lecciones de su hermano, cómo le había contestado con ironías y dado poca importancia a sus enseñanzas. Cuando se sintio exhausto, flotó y miró las brillantes estrellas. Nunca antes se había sentido tan cerca de Dios. Ya no se sentía un ser insignificante y, por esta misma insignificancia, oculto a los ojos del Eterno. Dios había decidido que siguiera viviendo; por lo tanto, debería haber una razón.

Nadó perezosamente en la cada vez mayor oscuridad. Él no era más que un hombre sin importancia. Sin embargo, había visto amenazada su vida por hombres que lo creían peligroso por misteriosas razones. ¿Lo habrían confundido con otro? No, porque uno de ellos había mencionado sus apellidos en son de burla. Era un enigma.

Se sentía agotado. La corriente parecía una pared sin fin por la que debía trepar. ¿Qué le había dicho Noë de Dios en su carta? «Dios, padre.»

—Padre —oró Marco—. Ayúdame, ya que me has salvado.

De repente, recordó que ni siquiera los hijos de los dioses se atrevían a llamar «padre» a sus progenitores. Era una blasfemia. Sin embargo, Marco rezó:

—Padre, sostenme con tu mano.

Las estrellas le deslumbraron y la luna le aturdió. Todo parecía girar. Una luz plateada irisaba en el río. Formas creadas por la niebla cruzaban sobre el agua. Se movían por el río para cumplir místicas misiones sin hacer caso del hombre debilitado que se esforzaba nadando por el río. Había rapidez en sus movimientos, como si llevaran noticias urgentes o trataran de abrirse camino.

No pudo creerlo, pero fue sostenido por algo que no era agua. Una roca. Algo pesado y oscuro. No, no podía creerlo, pero tuvo que aceptarlo. Estaba cerca de la orilla de la isla.

Por su cara corrieron lágrimas saladas. Fue andando por aguas poco profundas y alcanzó por fin la orilla. Cayó al suelo, besándolo, abriendo los brazos para frotar con sus manos aquella tierra cálida, oliendo la fragancia de la hierba. Era muy pronto para oler a jazmines, pero él tuvo la ilusión de que los olía, dulces, confortantes y perdurables. Se sintió poseído por oleadas de júbilo. No se cansaría de abrazar esa bendita tierra.

Capítulo

18

Debió de quedarse dormido un rato, exhausto como estaba, porque volvió en sí con un sobresalto. La raja de la luna estaba mucho más alta en el cielo. Se la quedó contemplando un rato, demasiado dolorido para moverse; luego estiró los brazos y se levantó con la ayuda de manos y rodillas, sacudiendo la cabeza como un perro herido. El viento nocturno azotaba su cuerpo desnudo. Sin embargo, consiguió reflexionar.

Sus atacantes lo consideraban muerto. Habían tenido cuidado de dar a su muerte la apariencia de un accidente. No habían causado el menor daño a los otros habitantes de la isla, Eunice, su esposo Athos y su hijo recién nacido, así como los esclavos que trabajaban en la labranza. Tampoco habían prendido fuego a la casa. Su único objetivo era él. Marco recordó el magnífico anillo que llevaba en el dedo uno de los encapuchados. Siempre recordaría el modo como había brillado a la luz del sol. Algún día descubriría su identidad gracias a aquel anillo.

¿Habría alguien vigilando la granja para asegurarse de que no había escapado con vida? No. Había pasado demasiado tiempo, no había hecho acto de presencia y la noche le había protegido. De repente oyó una débil llamada y el relucir de un farol lejano. Era de Athos y los esclavos buscándole.

En sus gritos había una nota de ansiedad y desesperación. Así que habían descubierto sus ropas a orillas del río. Quiso gritar, pero se contuvo ante la posibilidad de que hubiera alguien vigilando. Sin embargo, sus esclavos irían armados o al menos Athos llevaría una daga. Lentamente, todo lo silenciosamente que pudo, se incorporó y, cruzando arbustos floridos y céspedes, se dirigió hacia el farol, sin perderlo de vista, al igual que el marino que sigue la luz de un faro. Las voces se acercaron y el farol se balanceó.

Marco vio que lo llevaba Athos en la mano, alzándolo a la altura de su hombro o de su cadera. Y dijo en voz baja:

—¡Athos!

Los hombres se detuvieron y él les advirtió:

—¡No alcéis la voz, en nombre de los dioses!

Al ver que estaba a salvo, murmuraron de dicha. Se acercaron a él con precaución, con los sentidos alerta, los ojos vigilantes, tratando de distinguirle claramente. Marco se sentó de cuclillas en la hierba y alzó la mano, con gesto bien elocuente. Athos echó a correr hacia él, dejando atrás a los otros.

—Deja el farol en el suelo —le ordenó Marco. Athos obedeció y, como un animal que siguiera un rastro, se acercó a Marco, cayó de rodillas y lo abrazó, diciéndole lloroso:

—¡Amo! ¡Amo! ¡Creímos que había muerto! ¡Que se había ahogado!

—Calla —le contestó Marco, alzando la cabeza para escuchar.

Athos escuchó también. La frágil luz de la luna relucía en su melancólico rostro bárbaro. Marco estaba tan agotado que le costó hablar.

—Unos hombres quisieron matarme y arreglaron todo para que pareciera que me había ahogado en el río —explicó—. No debes hacerme preguntas. Cuanto menos sepas, más a salvo estarás. Debo regresar enseguida a Roma. Mi presencia aquí es un terrible peligro para todos vosotros. Si supieran que estoy vivo y que he regresado a la casa, la prenderían fuego y todos pereceríamos. Por lo tanto, debo irme. —Se detuvo, jadeante.

—¡Amo! ¡Los encontraremos y los mataremos! —exclamó Athos.

—No podrías encontrarlos, pues planearon esto muy bien. Es mejor que no sepas nada. ¿Estáis armados? Estupendo. Quédate conmigo y llama a un esclavo, de modo que seamos tres. Manda a los otros esclavos que vuelvan a la casa y que me traigan ropas y calzado, una capa y mi espada, el mejor caballo y una bolsa con el dinero que encontrarán en el cofre de mi aposento. Haz que otro esclavo me prepare provisiones...

No pudo decir nada más. Descansó en los brazos de Athos, cerró los ojos y trató de reunir sus fuerzas. Débil, como si fuera a desmayarse, oyó que Athos llamaba a los esclavos y les daba órdenes. El esclavo que se quedó con ellos extendió su tosca capa de lana sobre el cuerpo desnudo de Marco, que tiritaba. Athos le palpó las manos y alzó las suyas horrorizado:

—¡Amo! ¡Está usted sangrando!

—No importa —dijo Marco con voz débil—. Sólo son arañazos. Athos, si alguien viene mañana preguntando por mí, le dices que no he regresado de mis paseos por el bosque y que temes que me haya perdido. Durante unos cuantos días no cuentes a nadie lo ocurrido, ni siquiera a Eunice, que siendo mujer podría hablar sin querer. Que crea por cierto tiempo que he muerto, así su pena resultara convincente. Debes pensar en tu hijo y en las vidas de todos vosotros.

—Amo, usted no puede cabalgar de noche en estas condiciones —le dijo Athos, secando con su túnica el sangrante cuerpo de Marco.

–Debo y puedo. Tengo algo importante que hacer. –Cerró los ojos una vez más y descansó. Su corazón le latía fatigosamente, y añadió–: Debes ordenar a los esclavos que se estén callados y que finjan que he muerto. Hay que confiar en ellos.

–Si alguno de ellos habla, yo mismo lo mataré –dijo Athos enjugándose las lágrimas–. ¡Oh, amo! ¡Qué horrible ha sido encontrar sus ropas y creer que estaba muerto! Encenderé una lámpara votiva a Neptuno cada noche pidiéndole que le preserve de la furia de las aguas.

–Da gracias a Ceres que uno de sus árboles me salvó y a Minerva, cuyo amuleto me sostuvo en el río. Mejor si ven que se enciende una lámpara votiva, creerán que lo haces en mi recuerdo y por mi alma.

–Déjeme que cabalgue con usted hasta Roma. Lo protegeré.

Marco reflexionó y luego negó con la cabeza.

–Tu ausencia podría ser notada. Para tener un poco de seguridad, debo ir solo. Una vez esté en Roma, me procuraré guardaespaldas, ¡de eso puedes estar seguro! Además, tengo amigos influyentes en la ciudad.

–Pero el campo está revuelto, amo, y es peligroso.

–Lo mismo estaba cuando vine. No va a ser más peligroso ahora.

De nuevo se extrañó de que lo hubieran atacado. ¿Quién deseaba su muerte? Y si querían matarlo, ¿por qué habían tramado un plan tan complicado? Tales cosas sólo pueden ser tramadas por gente poderosa e influyente, a fin de evitar la venganza. Pero él, Marco Tulio Cicerón, era una persona que no importaba a nadie, salvo a su familia.

Roma había requisado los mejores caballos para la guerra. Por lo tanto, el que le trajesen no iba ser muy joven ni de buena estampa. No era un pensamiento tranquilizador para un hombre que tenía prisa. Athos así se lo indicó y Marco dio su conformidad.

Por fin llegó el mejor caballo disponible, ensillado y conducido por un esclavo, mientras que otro esclavo traía ropas secas, comida, una espada y la bolsa de Marco.

Athos le ayudó a ponerse en pie. Fue entonces cuando se dio cuenta de lo debilitado que estaba y su corazón le flaqueó al apoyarse en los brazos del liberto.

–¡No puede irse, amo! Pase lo que pase, debe regresar a la casa y descansar todo un día.

Marco negó con la cabeza.

–No, vuestras vidas no estarían a salvo. Debo irme ahora mismo. No trates de retenerme, Athos.

Entre el liberto y el esclavo lo vistieron. Todo el cuerpo le temblaba de cansancio. Los huesos parecían sacudírsele en la carne, la piel la tenía magullada y herida. La túnica de lana y la pesada capa oscura con su capuchón no consiguieron calentarle. Tenía los pies hinchados y tuvo que esforzarse mucho para ponerse las botas de cuero. Athos le colocó el cinto de plata que Noë le había regalado y luego le ciñó la espada, la cual raramente usaba, añadiendo su daga alejandrina, regalo de Quinto en un lejano cumpleaños, mucho antes de las ceremonias de la virilidad. La bolsa del dinero fue colgada del cinto. Marco se quedó mirando al caballo, un pobre y dócil animal muy viejo, más acostumbrado a tirar del arado que a llevar un jinete. Lo acarició para tranquilizarlo y el caballo relinchó una vez, hociqueando su mano. Luego subieron la bolsa de las provisiones y la ataron a la silla.

Necesitó un gran esfuerzo, aun con la ayuda de Athos, para montar y meter los pies en los estribos. Tomó las riendas. La luna estaba ahora más brillante, todo lo que podía esperarse de un cuarto creciente, y de las estrellas llegaba un ligero resplandor. Lo malo era que la única salida de la isla era el puente. Se incorporó en la silla y apoyó su mano en el hombro de Athos.

—Venid conmigo —les dijo— hasta que haya cruzado el puente. Podría necesitar vuestra protección.

Athos le escoltó a un lado, el esclavo al otro, y el caballo, nervioso, comenzó a andar al paso. Era un animal cansado de trabajar en los campos y que, además, había sido despertado demasiado temprano. Los tres hombres no hablaron mientras se dirigían hacia el puente. Contuvieron la respiración y fueron mirando a los lados, con las dagas preparadas. Marco empuñaba su espada.

Sólo oyeron el sonido de los cascos, el murmullo de los árboles y la hierba y el estruendo del río. Nadie habló. Alcanzaron el puente y el caballo hizo un poco más de ruido al pisar las piedras. Athos y el esclavo se acercaron más al animal y a su jinete, vigilantes. Arpinum, dormido, estaba a oscuras y la pálida luz de la luna bañaba sus tejados. El oscuro río se precipitaba entre un irisar de plata. Entonces los tres hombres llegaron al otro lado del río y ante ellos se extendió la carretera de Roma, recta y llana.

—¿Seguirá el camino, amo, o mejor se mantendrá apartado de él? —le preguntó Athos con ansiedad—. Podría encontrarse con sus enemigos.

—No tengo otro remedio. Debo seguir el camino. Mis atacantes deben tener mejores caballos y se habrán adelantado mucho. Dudo que se hayan atrevido a darse a conocer como forasteros en Arpinum por temor a despertar sospechas.

Marco pensó en la larga cabalgada que les esperaba. Había venido precisamente en este viejo caballo, necesitando dos días y una larga noche. No había osado detenerse en ninguna posada, porque el campo seguía sumido en el caos y había hombres armados y rufianes por todas partes que asaltaban a cualquier viajero solo. Los únicos hombres que se atrevían a viajar por su cuenta eran los legionarios y aun éstos lo hacían en grupo, con la armadura puesta y la espada desenvainada. Con la excepción de locos como yo, había pensado Marco. De noche había dormido sobre su capa, lejos de la carretera, con el caballo atado cerca de él y la espada en la mano. Al igual que esta noche, había llevado sus propias provisiones, encontrándose con viajeros extraviados que le miraron fijamente con hostilidad, mirada que él les devolvió, ya que todo extraño era un sospechoso. Hasta los correos cabalgaban en compañía. Había escapado a todo ataque por ir vestido humildemente y porque su caballo no llamaba la atención, por llevar la bolsa escondida y no haberse detenido en parte alguna. Ahora esperaba poder salir bien librado con la misma facilidad de antes. En muchos sentidos era más seguro viajar de noche, ya que los merodeadores consideraban que a esas horas sólo se aventuraban los soldados.

Se inclinó en su silla para abrazar al asustado Athos y para besarle en la mejilla. Athos lo agarró por la mano:

—Amo, tengo miedo —le dijo.

—También yo. Reza por mí. Ahora debo irme. Vuelve y guarda silencio.

Tomó las riendas, recordando con desaliento que también era un mal jinete y que siempre resultaba escocido por el cuero de la silla. Era estupendo ser hombre de libros, pero en estos tiempos ser hombre recio y vigoroso era mucho mejor.

—No envaine su espada, amo —le rogó Athos sujetando la silla.

—Ni por un instante —prometió Marco. Todavía estaba temblando, pero su corazón sentía firmeza.

Luego alzó la mano, espoleó al caballo suavemente y se alejó camino abajo, aquel camino que llevaba a Roma, su caballo dejando ecos que se perdían en el silencio de la noche. No se volvió para mirar a sus fieles sirvientes. Llevaba todavía el pelo mojado bajo la capucha y pegado a la cara. Trató de no recordar lo largo que era el camino hasta la poderosa ciudad de las siete colinas y lo peligroso que era seguirlo.

No se encontró con nadie que fuera o viniera y empezó a respirar con más normalidad. Tampoco azuzó al viejo caballo. A veces le hablaba con cariño para animarle.

—Al menos —le dijo— tú has dormido un poco y has cenado. Eso se debe a que eres más juicioso que yo.

No hizo alto hasta que el caballo empezó a jadear y echar espuma por la boca, y menos mal que eso sucedió a la hora de mayor oscuridad, poco antes del amanecer. Se apeó y llevó al caballo hasta el río que corría cercano al camino, para que el pobre animal bebiera. Él también estaba exhausto. Debía descansar o si no caería de la silla agotado. Fue con el caballo hasta un bosquecillo, donde las ranas croaban como llamando al dios Pan. Cuando estuvo seguro de estar bien oculto, se envolvió en su capa y se acostó espada en mano. Enseguida quedó dormido.

Se despertó a plena luz de la mañana. En ese bosque el brote de las hojas estaba más avanzado que en el de Arpinum a pesar de que él viajaba hacia el norte. Le parecieron preciosas las tonalidades de verde que le rodeaban, así como las sombras de un dorado vivo que se abrían entre el ramaje. Su caballo se había quedado también dormido y ahora estaba pastando en la fresca hierba. Volvió sus apacibles ojos hacia Marco y relinchó cariñosamente. Marco se rascó las picaduras de mosquito, bostezó y se frotó la dolorida cabeza. Desató su bolsa de provisiones y comió un poco de pan, queso y carne fría, bebiendo algo de un áspero vino tinto. En pocos minutos estuvo otra vez en camino, cabalgando no muy deprisa, esperando que los viajeros casuales le tomaran por un patán. Pero no encontró a nadie durante varias horas.

El sol era cálido a pesar de que estaban en primavera. Marco se apeó una vez para comerse unos dátiles de una palmera y para lavarse su reseco rostro en el río. El caballo asimismo comió y bebió.

—Eres un verdadero romano —le dijo Marco—. Vives de lo que da la tierra, pero yo estoy demasiado cansado para aprovecharme de mis conocimientos a pesar de que nací en el país. —El caballo le respondió con un suave relincho y asintió con la cabeza, como si comprendiera.— Pero no te preocupes, amigo. Te estoy tan agradecido que me detendré en el camino para comprarte algo de avena, aunque eso sea peligroso.

Montó y siguió cabalgando de nuevo por el camino solitario, los cascos del caballo tintineando al golpear las piedras.

—¡Ah! Eres un valiente —le dijo Marco—. Te doy mi palabra de que nunca tendrás que volver a trabajar y te dejaré que ramonees en verdes praderas por el resto de tu vida.

Miró alrededor buscando alguna casa de campo solitaria, donde pudiera comprar avena para su caballo y quizá provisiones para sí mismo, porque el caballo estaba cojo y ya no podría viajar rápido durante mucho tiempo. El campo, dorado y verdeante, estaba en silencio. A la derecha se veían unas tierras cultivadas, pero ninguna casa. A la izquierda, el río apresuraba su corriente. Finalmente desaparecía conforme el camino seguía hacia el norte en dirección a Roma.

Marco se quedó dormido en la silla, despertándose enseguida. El cuerpo le daba punzadas y tenía ya escocidos los muslos y los tobillos. No se le había ocurrido pedir que le pusieran en la bolsa algún ungüento para aliviar las rozaduras y los esclavos habían metido rápidamente lo que consideraron imprescindible. Además, no eran hombres debilitados como él por la vida de la ciudad, siendo muy capaces de cabalgar durante días sin sentirse incómodos.

El caballo y su jinete atravesaron olivares, que parecían más plateados y nudosos bajo la brillante luz primaveral, y huertos con limonares que despedían una intensa fragancia. También se cruzaron con rebaños de cabras y ovejas que ramoneaban en los prados. Pero no vieron señal de casa alguna.

Entonces oyó tras él un resonar de cascos. Sujetó las riendas de su cabalgadura y empezó a temblar de miedo. Apartó a su jamelgo del camino y se refugió tras unas matas de monte bajo, poniendo su mano en el hocico del caballo, para que se estuviera callado. Pero también oyó, conforme los caballos se acercaban, el traqueteo de un carro de guerra y rudas voces masculinas. Atisbó a través del ramaje y vio a un destacamento de legionarios que pasaban orgullosos precedidos por sus estandartes desplegados al viento. Iban rodeando un carro de guerra muy ornamentado, conducido por un soldado y en cuyo asiento iba un centurión envuelto en su capa y con un casco que relucía.

Olvidando que su caballo era viejo y estaba cojo, Marco lo volvió a llevar al camino y soltó un grito. Gritó una y otra vez, hasta que uno de los jinetes le oyó y volvió la cabeza. El soldado dijo algo a sus compañeros, porque éstos aflojaron el paso y todas las cabezas se volvieron hacia Marco, que se acercaba cabalgando lo más airosamente posible. El carro también se detuvo y el centurión, un hombre que por lo barbudo parecía un bárbaro, miró al jinete que se aproximaba.

—¡Salve! —saludó Marco con gratitud, alzando su brazo derecho para hacer el rígido saludo militar.

—Salve —contestó el centurión sin demasiado entusiasmo, mirándolo burlonamente.

—Soy Marco Tulio Cicerón, abogado de Roma, de la familia de los Cicerón y los Helvios —explicó Marco sonriendo encantado.

—Ya —repuso el centurión observando sus humildes vestiduras. Sus ojos oscuros se endurecieron al ver la espada desenvainada. Los soldados no movieron un músculo y miraron fijamente al frente, como si Marco no existiera—. ¿Por qué nos has detenido? —le preguntó el centurión.

—Para pedirles que me escolten hasta Roma —respondió Marco, demasiado contento para sentirse agraviado por los toscos modales del militar. Nunca se había sentido tan feliz al ver los estandartes de su ciudad y la marcialidad de sus recios paisanos—. Y también un poco de avena para mi caballo —añadió.

–Llevamos provisiones sólo para nosotros –replicó el centurión, que al parecer consideraba a Marco un pobre hombre. Y se quedó mirando displicentemente al caballo–. Ése no es un caballo de raza, Cicerón. No podría mantenerse al paso con nosotros. ¿Dices que eres abogado? ¿Por qué vas solo por estos caminos en tiempos tan peligrosos?

–Una pregunta muy razonable, pero debo reconocer que no soy un hombre razonable –repuso Marco. El centurión no sonrió. Los caballos bufaron impacientes. Marco se dio cuenta de que no era recibido amistosamente y dijo con cierto apresuramiento–: Mi hermano es Quinto Tulio Cicerón, centurión que ahora se encuentra en la Galia.

–Ya –volvió a responder el centurión, como si le sonase a cuento.

Marco se sintió un poco descorazonado y se quedó mirando al centurión, que aparentaba unos cincuenta años, si no más.

–Mi abuelo se llamaba también Marco Tulio Cicerón –dijo– y fue un gran soldado y buen romano, veterano de muchas guerras.

–Marco Tulio Cicerón –repitió el centurión, como midiendo las palabras. Luego su rostro curtido y endurecido se relajó un poco–. ¿Tu abuelo era de Arpinum?

–Sí.

–Lo recuerdo muy bien –dijo el centurión y empezó a sonreír–. Fue mi capitán. Era un noble soldado.

Los hombres empezaron a fijarse en la presencia de Marco, pero en sus miradas había aún recelo debido a su humilde aspecto y al estado del viejo caballo.

–Y tú, ¿por qué no eres soldado? –le preguntó el centurión.

–Porque soy abogado –repitió Marco. Y añadió–: Pero quiero pasar cierto tiempo como voluntario en las legiones. –Esto sonaba incongruente, pero sirvió para que el centurión sonriera de nuevo.

–¿Con tu hermano Quinto? –le preguntó.

Marco contestó gravemente:

–Con mi hermano Quinto.

–¿En Galia?

–En Galia –repitió Marco, estremeciéndose en su interior.

El centurión hizo una mueca y su rostro barbudo pareció de repente paternal.

–Eres un embustero, Cicerón –le dijo–. Sin duda ya tienes escocido el trasero. No sirves para jinete. Lo he observado por el modo como montas en tu silla. Pero no dudo que seas abogado, a pesar de que tienes aspecto de campesino. ¿Quién es tu mentor en Roma?

–Scaevola, el gran pontífice máximo de la abogacía.

–¡Scaevola! –exclamó el centurión–. ¡Mi viejo amigo! ¡Menudo sinvergüenza está hecho! ¡Que Marte le proteja! ¿Todavía vive? Hace mucho tiempo que estoy ausente de Roma.

–Aún vive y le agradecería que me proteja –contestó Marco.

El centurión se sosegó y refunfuñó, irritado consigo mismo por haber dado aquellas muestras de satisfacción. Suspiró y se removió en el asiento.

–Puedes venir conmigo y conduciremos tu caballo, que mejor estaría en el matadero. Lo que aún no comprendo es cómo un abogado, discípulo de Scaevola, miembro de una noble familia, nieto de mi capitán, anda solo por estos caminos en las presentes circunstancias, con cara tan sucia y macilenta. No, no lo comprendo.

–Tampoco lo comprendo yo –repuso Marco, desmontando alegremente y cojeando hacia el carro–. Es algo muy largo de contar. –Y subió.

–No lo dudo. Es posible que me hayas mentido otra vez. Aunque lo más probable es que seas un loco.

–Estoy de acuerdo con usted –respondió Marco, sentándose con un respingo en el ancho asiento de cuero–. Soy imbécil del todo. Deberían meterme en la cárcel.

–Me parecería bien –convino el centurión–. Bueno, vámonos. Ya me has retrasado bastante.

Así que Marco, a pesar de sus primeros temores, entró majestuosamente en Roma al día siguiente y por primera vez en su vida bendijo a los militares. Tendría que bendecirlos muchas veces más, aunque no tan fervientemente como ahora.

Capítulo

19

Helvia quedó asombrada al ver a su hijo porque no esperaba que regresara tan pronto. Marco, para no alarmarla, ya que su padre estaba otra vez aquejado de malaria y su madre parecía agotada a pesar de su carácter resuelto, no le contó el encuentro que había tenido con aquellos misteriosos enemigos. Sólo comentó que estaba deseando volver a verla de nuevo y que añoraba a su familia. La madre se quedó mirándolo fijamente.

–Ya sé que nos quieres –repuso astutamente–, pero también te gusta mucho la isla. Pareces muy cansado y sombrío. Ya supongo que no me vas a hacer confidencias –su exuberante cabellera se había vuelto más gris y las líneas de su rostro vivaz más profundas que el año anterior.

La madre pareció de repente sentir ansiedad:

–¿Ha ocurrido alguna calamidad en la isla?

–Nada. No ha ocurrido nada. –Y volvió a abrazarla. Ella recibió su abrazo y sonrió con gesto de picardía.– Cuanto menos sepa una mujer de las cosas de los hombres, más tranquila vivirá –observó.

Scaevola quedó tan asombrado como Helvia cuando Marco fue a su casa al día siguiente.

–¡Tú, bribón! –exclamó–. ¿Qué me ha contado mi viejo amigo, el centurión Marco Basilo? Dice que te encontró camino de Roma disfrazado de vagabundo, montado en un caballo cojo y con cara de criminal que huye. ¿Es así como deben presentarse mis discípulos? ¿Fugitivos, sucios, a hurtadillas?

–Deje que le cuente –replicó Marco sentándose. Puso una cara tan seria que Scaevola olvidó a la vez su indignación y su oculta alegría de ver a su discípulo favorito.

Al principio le escuchó con incredulidad, fijando unos ojos atónitos en Marco; luego con franco estupor, para pasar a la rabia y quedar de nuevo estupefacto. Cuando Marco hubo acabado, se arrellanó en su sillón y se rascó su voluminosa mejilla, adelantando el labio inferior, parpadeando y murmurando. Y en silencio reflexionó sobre lo que acababa de oír. Finalmente exclamó:

—¡De haber sido otro el que me contara esto no lo habría creído! ¿No te he dicho siempre que eres tan blando como la mantequilla y tan inofensivo como el rocío?

Marco comprendió que ahora no se trataba de una de esas parrafadas con que el maestro gustaba de aderezar sus broncas. Recordaba muy bien su escasa habilidad atlética que por poco no le acarreó la muerte. Hasta ahora incluso se había complacido en ello, creyendo que los hombres civilizados no tenían por qué ser belicosos; debían ser conciliadores, preocupados por la paz y la justicia, amables con todo el mundo, tolerantes y educados. Ahora estaba convencido de que tal clase de hombres incitaba al ataque y al asesinato.

Scaevola trató de disimular su preocupación soltando una carcajada.

—¿No habrás tratado de seducir a la esposa de algún senador u otro hombre preeminente?

—Por supuesto que no —repuso Marco—. Yo sólo voy con prostitutas.

Scaevola le hizo un guiño.

—¿Y qué señoras no lo son? Especialmente las esposas de esos senadores. ¿Qué enemigos tienes? ¿A quién has ofendido?

—No creo haber ofendido a nadie tan gravemente como para que trame mi muerte con tanto detalle. Ninguno de los clientes que usted me cedió eran ricos ni importantes y, por lo general, gané sus casos. Tampoco me he metido en política ni soy ambicioso, como nuestro amigo Julio César. No soy tan rico como para que mis herederos codicien mi fortuna. No me he visto mezclado en intrigas a favor o en contra de Cinna. Tampoco he ofendido a ningún esposo ni traicionado a ninguna mujer. Ni siquiera soy un militar destacado.

Scaevola alzó la mano.

—En resumen —dijo impaciente—, que eres una gota de agua en una jarra. Ya lo sé. Sin embargo, alguien te quiere muerto. Tú mismo has dicho que tus atacantes parecían hombres cultos y refinados y que uno llevaba un hermoso anillo. Descríbeme de nuevo el aspecto de dicha joya.

—Era de oro puro en forma de dos serpientes con escamas cuyas bocas estaban unidas por una gran esmeralda redonda, que brillaba como un fuego verde al sol. La piedra estaba tallada con una imagen de Diana sosteniendo una luna en cuarto creciente en su mano alzada.

—Menos mal que te enseñé a ser observador —contestó Scaevola, y se quedó meditando en silencio—. No reconozco tal anillo, ni recuerdo haberlo visto jamás. Sin embargo, debe ser tan valioso que su poseedor lo llevaba puesto incluso en el momento de atacarte. No quería desprenderse de él. Por lo tanto, se trata de un devoto de Diana, la diosa de la noche. ¡Hum! No se trata de un asiático, es un romano. ¿No viste otros detalles en sus rostros excepto las bocas? ¿Pudiste reconocer a alguno de ellos?

—Sólo oí sus voces y ninguna de ellas me era familiar.

—Así que no querían que se viera que era un asesinato, que podría haber sido investigado por mí, sino que pareciera un accidente por haberte bañado imprudentemente en el río. ¿No podría tratarse de uno de mis enemigos?

Marco no lo creyó posible y negó con la cabeza.

—Pensaban matarme a mí y así lo dijeron sin ambages. No mencionaron su nombre para nada, ni el de nadie. Pero se burlaron de mi apellido. Yo era su objetivo.

—Increíble —murmuró Scaevola. De pronto se golpeó en la rodilla y se echó a reír a carcajadas—. ¡Ya lo tengo! ¡Han sido esas infernales poesías tuyas que acabas de publicar! ¡Has debido de irritar a algún devoto de las artes!

A Marco no le hizo gracia la broma y frunció el entrecejo, contestando con cierta sequedad:

—He pensado en el senador Curio, a quien ofendí hace cosa de un año.

—¡Tonterías! —exclamó Scaevola—. Curio es un bribón, pero también es un patricio. No va a ordenar el asesinato de un ratón como tú. Además, sabe muy bien que soy tu mentor y protector. Si es que siquiera ha pensado en ti, lo habrá hecho como un abogadillo insignificante, al igual que uno piensa en un mosquito.

Marco se sintió tocado en su vanidad y dijo:

—Mi amigo Noë ben Joel me escribió en una de sus cartas que no es prudente atraer la atención del gobierno, ni que él se fije en ti.

Aguardó a que Scaevola terminara de soltar carcajadas y que exclamara en son de ridículo: «Pero ¿es que tú has atraído su atención?». Mas, ante su sorpresa, la amplia sonrisa de Scaevola desapareció y sus brillantes ojillos azules se fijaron astutamente en él, cavilando. Al final dijo como para sí mismo:

—Pronto sabrán, si es que no lo saben ya, que escapaste con vida. Por lo tanto, corres grave peligro.

—Pero ¿por qué? —exclamó Marco—. ¿Qué he hecho yo?

Scaevola se dirigió a su mesa y empezó a rebuscar entre los libros, pergaminos y papiros y pretendió estar absorto en ellos, como olvidado enteramente de la presencia de Marco, que aguardó. Scaevola eructó, se frotó la oreja, adelantó el labio inferior, se rascó los sobacos y removió todo su obeso cuerpo bajo la corta y raída túnica que insistía en seguir usando. Luego el anciano aparentó sobresaltarse y darse cuenta otra vez de la presencia de Marco.

—¡Vaya! ¿Estás todavía aquí? Tienes un cliente esperándote.

Cuando Marco, perplejo, hizo el gesto de levantarse, Scaevola le indicó con un gesto que se volviera a sentar.

—Aún no he acabado contigo. ¿Cuántos esclavos tienes en tu casa de Roma?

–Sólo cuatro y todos viejos miembros de nuestra familia, que llevan muchos años a nuestro servicio. Mi deseo es libertarlos a todos, concediéndoles una renta, si es que alguna vez dispongo de dinero.

–¿No tienes a tu servicio un esclavo musculoso, diestro con la daga y la espada y que sepa estrangular?

–No. Ni siquiera en Arpinum. Somos gente de campo, pacífica y sencilla.

–Pues por lo visto, mi joven loco, hay alguien que no te considera tan sencillo. Al contrario, cree que potencialmente eres de lo más peligroso. ¿A quién amenazas tú potencialmente?

–A nadie –repuso Marco.

Scaevola hizo un gesto de incredulidad y enfado.

–¡Eres tan inocente! Potencialmente, eres muy peligroso para alguien y ese alguien te quiere muerto. Y es un personaje poderoso. No habrás irritado a nuestro amigo Julio, ¿verdad?

Marco sonrió.

–Somos buenísimos amigos.

–No lo subestimes. No hace mucho tiempo demostró públicamente que es epiléptico. Habló misteriosamente de una extraña visión a todos los que quisieron escucharle, aunque no dio muchos detalles. Y ahora va por todas partes con aire abstraído.

–Siempre ha sido un actor –comentó Marco.

–No hay nada más peligroso que un actor que no se dedica abiertamente a ser actor. Los tiranos más brillantes y malignos han sido estupendos charlatanes. Estoy exasperado. Alguien quiere que mueras y que parezca un accidente. Por lo tanto, es que sospechan que tienes amigos poderosos que podrían sentirse ofendidos e intentar vengarte. ¿Qué amigos poderosos tienes tú? Hay que poner remedio a esta situación. Daré una cena en honor tuyo. Tengo un cocinero excelente, un sirio que prepara platos muy notables con hojas de vid. Las rellena con una exótica mixtura que hace que el paladar delire de gozo. Se le nota que no es cocinero romano. No tiene nada de extraño que mi mesa sea honrada continuamente por importantes personajes. Como estás bajo mi protección, convenceré a otros para que te protejan. Mientras tanto, necesitas un guardián.

Scaevola alzó la voz hasta soltar casi un berrido y un joven esclavo se apresuró a acudir. Era un nubio, negro como la noche, alto y robusto, e iba armado. El anciano le señaló a Marco:

–Sirio –le dijo–. Aquí tienes a tu nuevo amo. No lo pierdas de vista por un instante, vaya donde vaya. Duerme a la puerta de su aposento. Ten tu daga lista en todo momento.

Marco miró a Sirio con desánimo, calculando lo mucho que comería y pensando en el estado de la despensa de su casa del Carinae. Sirio le hizo una profunda reverencia, alzó el borde de su túnica y la besó en señal de completa obediencia.

—¿Cómo lo voy a alimentar? —preguntó Marco con brusquedad.

—Sirio es un pillo y le gustan las apuestas. Pronto conseguirá que todos los esclavos del Carinae, así como sus amos, apuesten con él en las carreras y los juegos. Siempre gana. Como los romanos, vive de lo que tiene al alcance de la vista. Oblígale a que te dé la mitad de sus ganancias ilícitas y ya verás como pronto puedes permitirte ciertos lujos.

Scaevola hizo un gesto de impaciencia a Marco.

—¿Por qué me haces perder tanto tiempo? Idos los dos a hacer vuestras cosas. Sirio estará siempre a tu lado y eso causará impresión. Hay un cliente esperando. Se trata de un pequeño y miserable caso de divorcio. A partir de ahora, y como conviene a tu nueva posición, te cederé casos más importantes, aunque me cueste dinero.

Por primera vez Marco se sintió nervioso. Creía estar a salvo en Roma, pero Scaevola le había convencido de lo contrario. El oculto asesino podría ser más audaz en la próxima ocasión. Así pues, se sintió agradecido por la presencia de Sirio, que siempre le había caído simpático y que ya le había demostrado su devoción. Pero ¿cómo explicar esta adquisición a Helvia? Por desgracia, habría que contarle todo.

El intento de asesinato seguía siendo un misterio. Marco empezó a mirar las manos de todos los hombres en busca de un anillo en forma de serpientes.

De nuevo era verano y la guerra civil continuaba esporádica por toda Italia. Pero los romanos hacía tiempo que vivían en un ambiente de guerra y aceptaban las restricciones e inconveniencias como cosa natural, refunfuñando y con fatalismo. El fatalismo no formaba parte del carácter romano, que era pragmático, materialista, oportuno y optimista. Marco pensó alarmado que el carácter de sus compatriotas había comenzado a degradarse, pues por lo visto había aceptado la filosofía oriental, cosa que ya había preocupado a los hombres más inteligentes en un pasado no lejano.

En cuanto a él, prosiguió tenazmente con su carrera de abogado. Cada vez había más magistrados familiarizados con su voz fuerte y meliflua, con su aire de integridad y autoridad, sus modales que daban a entender que creía en la inocencia de sus clientes.

Un día Scaevola le trajo un nuevo cliente. El viejo pontífice máximo le dijo con cierto aire de desprecio:

—Ahí tienes un forastero al que me veo incapaz de defender. Quizá tu mente tortuosa encuentre alguna razón para defenderlo.

El hombre se llamaba Casino. Era de mediana edad, de aspecto robusto y obstinado, y sus vestiduras, aunque de buena calidad considerando los tiempos, no tenían nada de elegantes. Se sentó ante Marco y se lo quedó observando con gesto de sospecha y desafío. Era evidente que no lo consideraba un gran abogado al ver que Marco era alto y delgado y con una expresión suave que no parecía la de un luchador. Y le dijo:

—No sé si usted podrá ayudarme.

—Dígame de qué se trata, Casino —contestó Marco.

El forastero se removió en su silla y frunció el entrecejo. Pero de pronto estalló, no pudiéndose contener más:

—¡Odio esta guerra! Ya he perdido un hijo y dos hermanos en esta sangría intestina. Mientras nuestros enemigos extranjeros nos ridiculizan y esperan nuestra destrucción, los romanos nos peleamos entre nosotros, derramamos nuestra sangre y diezmamos nuestras filas. Pero ésta es una guerra por la libertad y yo estoy de corazón con los que luchan por ella. ¿No es posible que nuestro gobierno llegue a un acuerdo con nuestros hermanos y les conceda la libertad e igualdad que piden? La misma libertad e igualdad que nosotros conocimos en otro tiempo.

Marco se lo quedó mirando pensativo y le contestó:

—Esa misma pregunta me la he hecho yo mismo muchas veces sin hallar respuesta. Hay hombres perversos entre nosotros que fomentan las disensiones para pescar en río revuelto o por ambición. ¿Qué les importa a ellos el destino de Roma? Pero hablemos de su caso. ¿Qué le ocurre a usted?

Resultó que Casino era propietario de una manufactura dedicada a toda clase de objetos de metal, desde el cobre al estaño, desde el bronce a la plata y el oro. Hasta la guerra civil, sus negocios habían prosperado produciendo objetos tanto de elaborada y fina joyería, como rejas de arados y utensilios de cocina. Empleaba cuarenta hábiles artesanos. Cuando el gobierno le ordenó que produjese armas, no puso objeción alguna y de sus talleres salieron escudos, lanzas, espadas cortas, dagas y armaduras. Formaba parte de su negocio.

—Mi manufactura es la mejor de Roma —dijo orgullosamente—. Hay otras, pero ninguna se puede comparar con la mía, y mis hornos son incomparables. Soy propietario de varias minas aquí y en el extranjero. Ni que decir tiene que mis productos son objeto de una gran demanda en Roma y hasta el gobierno llegó a reclutar muchos buenos artesanos para que trabajaran en mi manufactura, a los que pago los mejores sueldos. Sin embargo, considero que la producción de material de guerra no es más que una de las ramas de mi especialidad y, por cierto, la que menos me complace. Al fin y al cabo soy un artista.

»Pero hace varias semanas recibí orden de los tribunos y hasta del propio Cinna, a través de un funcionario, de que cesase en la producción de toda clase de material que no fuera de guerra y que me concentrara sólo en éste.

»He preparado a mis hombres a lo largo de muchos años de aprendizaje. No hay nadie que les supere en la habilidad de sus diseños y la belleza de su realización. Las damas más nobles usan sus creaciones. Tienen manos muy delicadas y ojos de gran percepción. Ponerles a producir rudos objetos de guerra sería destruir su arte. Pero el gobierno exige que estos artesanos, que son exquisitos artistas, se metan en humeantes hornos y trabajen rudamente, agarrotando sus sensibles dedos, quemando sus manos de modo irremediable, llenándoselas de callos para siempre. ¿Por qué el gobierno no me envía trabajadores rudos? Si el arte se destruye, ¿no se destruye de paso el alma de la nación? Pero el gobierno no ha querido escucharme. ¡Debo obedecer! —exclamó Casino, enrojeciéndosele el rostro de rabia e indignación.

Desenrolló un papiro que colocó en la mesa ante los ojos de Marco y éste vio sobre él el gran sello de cera con el águila romana. Marco examinó aquella orden perentoria. Luego se volvió en su silla, sacó un libro de leyes y lo examinó durante un rato, pensativo, y al final dijo:

—La ley establece que ningún ciudadano romano libre puede ser obligado a hacer nada contra su voluntad, salvo cumplir su deber en el ejército o durante las situaciones de peligro en que la existencia de la nación corre gran riesgo.

—¡Ya lo sé! Pero hay excepciones. Un competidor mío, un tal Veronus, ha sido eximido del cumplimiento de tal ley. Su esposa heredó una gran fortuna, aunque no quiero sugerir que haya cometido soborno. ¡Es que lo afirmo! Veronus producía material de guerra al igual que yo, pero no ha tenido que cerrar sus talleres de joyería. Además, uno de mis capataces vino a decirme que Veronus le ha ofrecido mejor sueldo, y eso fue antes de que yo recibiera tal orden del gobierno. ¿Le parece justo?

El día de verano era cálido y Casino, vencido por la rabia y el calor, se enjugó rostro y manos con un gran pañuelo de lino. Luego miró a Marco con ojos desorbitados a causa de la ira.

—Mis artesanos joyeros quieren mucho a mi capataz. Así que todos le seguirían a casa de Veronus, aunque no fuera más que para conservar su categoría y la habilidad de sus manos. ¡Pero yo protesto ante esta arbitrariedad del gobierno, el cual se supone que debe defender mi libertad y mi dignidad y no pisotearlas!

—¡Ah! —exclamó Marco.

—No me importaría admitir a más trabajadores y enseñarles a producir material de guerra, pero lo que no quiero, ni puedo, es obedecer esta orden de que mande a mis artesanos a los hornos y herrerías, destruyendo su habilidad e imposibilitándoles para ganarse la vida en el futuro. Y como Veronus ha sido tan hábil en zafarse del cumplimiento de tal ley, yo juro que gracias al soborno, apuesto a que luego estará en condiciones de sustituirme en el mercado en lo referente a artículos de joyería. Hasta he oído el rumor de que si me arrebata mis artistas no los pondrá a hacer material de guerra, sino que les dejará tranquilamente que sigan trabajando en su arte.

Marco se quedó pensativo y al final dijo:

—Me gustaría hablar con ese capataz suyo al que Veronus intentó atraerse.

Casino se puso de pie de un brinco.

—¡Ha venido conmigo! —exclamó y echó a correr hacia la puerta llamando a su capataz.

Un instante después un hombre alto, moreno, de rostro sombrío se unió a él, evidentemente nervioso y asustado. Casino puso con orgullo una mano sobre su hombro y exclamó:

—¡Éste es Samos, mi capataz. Un griego de gran destreza, artista sin rival!

Samos se quedó mirando sus manos entrelazadas con una expresión que traicionaba su inquietud.

—Samos —le preguntó Marco—, ¿es cierto que un tal Veronus te pidió que fueras a trabajar con él?

—Sí, amo —musitó aquel hombre.

—¿Es cierto que Veronus te prometió que continuarías trabajando en tu arte y que los hombres que se fueran contigo podrían hacerlo también?

Samos vaciló y Marco vio que estaba atemorizado. El hombre se humedeció los labios, miró de soslayo al serio Casino y murmuró:

—Así es.

—¿Eres ciudadano romano, Samos?

—Sí, amo.

—¿No deseas trabajar para Veronus?

—No, pero quiero conservar mi habilidad, aunque para ello tenga que comprometerme.

—Una dura lección —declaró Marco—. Es una situación difícil. —Y volvió a reflexionar.— Samos, ¿estás dispuesto a jurar que Veronus te hizo esa proposición si llevo el caso ante los magistrados?

En aquel rostro moreno se vio claramente el temor.

—Tengo miedo de las leyes y de los legisladores, amo. Temo a los abogados, pues sé lo tortuosos que son. No quisiera verme metido en ningún lío. Sólo habrá peligros para mí.

—Tienes razón —convino Marco con tono seco—. Sin embargo, si todos los ciudadanos pensaran lo mismo, la justicia moriría y de ello resultaría el caos;

ya no habría más leyes ni gobiernos. ¿No fue el mismo Aristóteles el que dijo que sólo los dioses y los locos pueden vivir en paz sin leyes?

—Yo soy un hombre pacífico —manifestó Samos con las lágrimas en los ojos—. Soy leal, pero tengo miedo.

—Pasarías mucho más miedo, mi querido Samos, si al no presentarte ante los magistrados, la ley fallase.

—Son ideas muy nobles —contestó Samos, que parecía ser hombre de cierta cultura—, pero en el pasado miles de hombres murieron por tener ideas nobles, ¿y de qué les sirvió?

—Sirvió a sus hijos. ¿Tienes hijos, Samos?

El hombre asintió con la cabeza con gesto triste.

—Entonces, como padre, desearás justicia para ellos. ¿Qué mal te va a ocurrir si te apoyas en la ley en el caso de Casino, tu patrón?

Samos se humedeció de nuevo los labios y el miedo abrillantó sus ojos. Marco aguardó. Entonces farfulló desesperadamente:

—Veronus me insinuó que tiene mucha influencia y que, si me negaba, acabaría conmigo y nunca más podría dedicarme a mi arte.

Marco frunció el entrecejo.

—Como amenaza está bien, pero en realidad es nada. —Se quedó meditabundo mientras los dos hombres lo observaban con ansiedad. Luego dijo—: Me encargaré de su caso, Casino. Y en cuanto a ti, Samos, te llamaré como testigo. Te prometo que no te sucederá nada malo.

—Promesas —masculló Samos en tono sombrío—. Se parecen a las flores estériles del cerezo silvestre.

Marco se dirigió al despacho de Scaevola.

—Usted está familiarizado con esta clase de asuntos, maestro. ¿Qué me aconseja?

—Que lo dejes —le contestó Scaevola con brusquedad.

—¿Por qué?

El anciano se lo quedó mirando fijamente.

—¿Quieres que te ocurra otro accidente?

Marco estaba asombrado.

—¡Esto es un *non sequitur*!

—¿De veras? —preguntó Scaevola con sorna—. No importa. ¿Te encargarás del caso?

—Ya he dicho que sí.

—Creo que estás loco. Sin embargo, te felicito, aunque está claro que morirás joven. ¿No estamos pasando por malos tiempos? ¿Es que el gobierno no quiere cada día más y más poder? Si te opones al gobierno, aunque sea en la cuestión más insignificante, te verás en el más grande de los peligros.

–¿Entonces me aconseja que abandone la práctica de la abogacía?

Scaevola dio un puñetazo en la mesa.

–¡Puedes encargarte de millares de casos sin necesidad de enfrentarte con el gobierno! ¿Es que todos los casos te vienen con un pergamino en el que figura el sello del Estado? ¡No!

–Ya he prometido encargarme de este caso –insistió Marco.

Scaevola gimió y alzó la mirada al techo.

–Siempre fuiste obstinado. No dejes que Sirio se aparte de tu lado, ni siquiera cuando estés en la sala del tribunal. Y antes de presentarte ante éste, dime qué quieres que diga ante tu pira funeraria.

Marco se echó a reír.

–Usted exagera. La orden entregada a Casino venía firmada por un funcionario sin importancia...

–Cuanta menos importancia tenga el funcionario, más peligroso es porque los burócratas insignificantes son implacables y vengativos, celosos de su autoridad.

En los días siguientes Marco maniobró para presentar su caso ante un magistrado de noble familia y posición. Pero le fue imposible conseguirlo porque ahora todo era confusión. Se rumoreaba que Sila regresaría pronto a Roma triunfalmente y que todos los que se habían opuesto a él se enfrentarían con el infortunio, eso si no eran asesinados. En consecuencia, todas las familias aristocráticas de Roma que se habían puesto de parte de Mario sentían gran inquietud, temiendo lo peor. Muchas de ellas ya estaban preparando la huida, y también muchos senadores y personajes de las más ilustres familias patricias. Sólo la gente de poca importancia estaba tranquila, incluyendo a los chupatintas insignificantes. Los cambios de gobierno no significaban nada amenazador para ellos y servían a todos los gobernantes con la misma fidelidad, con tal que les garantizaran su humilde sueldo y sus pequeñas atribuciones y autoridad.

Marco fue de mala gana a visitar a su viejo amigo Julio César, que hacía pocos meses se había casado con la hija de Cinna, una doncella muy joven llamada Cornelia. Julio era ahora un flamante Dialis, o sacerdote de Júpiter, y miembro del partido popular en el gobierno. Aparentaba adorar a Cornelia y ser muy devoto de Cinna. Marco, que odiaba a Cinna, había procurado tratarse con su amigo lo menos posible. Así que tuvo que hacer un gran esfuerzo de voluntad para ir a visitarlo en aquella calurosa tarde de estío.

Julio lo recibió de un modo afectuosamente burlón:

–¡Vaya! ¿Al fin has considerado poder soportar la presencia de alguien que crees ha traicionado a Roma?

–Cada hombre tiene sus convicciones –dijo Marco, esforzándose para que su voz no tuviera un tono de reproche.

Julio le sonrió. El joven vestía con mucha distinción, habiendo refinado al máximo su innato gusto por la elegancia en el vestir. Llevaba perfumado su alisado pelo negro, siempre tan suave. Su toga era del lino más fino, teñida en violeta y bellamente bordada. Se había hecho depilar todo el vello de sus delgados y finos brazos. De su cuello, que ahora parecía más largo, pendía un collar egipcio de oro incrustado de piedras preciosas. Llevaba también brazaletes de oro y un cinturón a juego con ellos. El calzado era dorado brillante. Su rostro moreno, inquieto y lleno de picardía, denotaba su gran inteligencia y buen humor, teniendo la habilidad de cambiar rápidamente de expresión. Sus labios se veían rojo brillante. Marco esperó que no se los hubiera pintado, según la nueva moda depravada en boga entre los jóvenes patricios. De lo que sí estaba seguro es de que se había sombreado un poco sus relucientes ojos negros.

–Has llegado tarde para cenar –le dijo Julio.

–Ya he cenado –contestó Marco, y admiró la espaciosa y hermosa mansión, ahora iluminada con lámparas de cristal alejandrino, plata y bronce.

La luz de la luna producía pálidas sombras en las altas columnas de capiteles corintios que había en el atrio y el pórtico. Otras lámparas brillaban en mesitas de madera de limonero y ébano, sobre las cuales había dispuestos hermosos floreros. Los suelos de mármol estaban cubiertos por alfombras orientales y los rincones estaban adornados con marmóreos bustos de héroes. El mobiliario estaba magníficamente tallado y por todas partes se oía el rumor de fuentes.

–Veo que te han ido bien las cosas –le dijo Marco.

–¡Ah! Hablas con segundas. Pero es que tú fuiste siempre tan sobrio... –Julio enlazó su delgado brazo con el de Marco.– Pasemos al jardín y bebamos un poco de vino.

Lo hicieron y Marco quedó impresionado por el esplendor de los cipreses y árboles aromáticos, por los senderos de grava roja, las numerosas fuentes adornadas con estatuas de mármol de sátiros y ninfas, los árboles y terrazas bien cuidadas de modo que todo alcanzara su mayor belleza y la más suave pureza de líneas. Los jazmines aromatizaban intensamente la atmósfera, la luz de la luna bañaba todos los objetos como en una marea luminosa y las húmedas estatuas relucían como si fueran de carne inmóvil. Pero más allá del jardín la voz ronca de la poderosa Roma atronaba incesantemente, como un gigante que no durmiera o hablara en sueños.

Una joven esclava bellísima les trajo vino, una vez estuvieron sentados en un banco de mármol. Cornelia, por supuesto, era rica y su padre era el actual tirano de Roma. Sin embargo, los navíos romanos no estaban ahora ocupados en el transporte de artículos de lujo. Julio, sin dejar de mirar a Marco, abrazó la cintura de la esclava con gesto descuidado.

–¿Verdad que es deliciosa esta perla de Cos? –preguntó–. La compré ayer.

Marco no miró a la joven y Julio se echó a reír divertido.

–He olvidado que eres un romano chapado a la antigua –ironizó.

Marco contuvo la lengua, porque temía que de hablar, hablaría sentenciosamente y Julio se burlaría de él.

–¿Eres estoico? –le preguntó Julio despidiendo cariñosamente a la esclava.

–No, y tampoco soy priapista[1].

Julio se echó a reír. Siempre tenía la risa fácil y eso formaba parte de su encanto. Esto fastidió a Marco aún más y no pudo contenerse:

–¿Crees que podrás conservar todo este lujo y el poder recién adquirido cuando regrese Sila?

–No volverá –dijo Julio. Y se inclinó hacia una mesa de mármol para coger un plato con higos, uvas tempranas, limones y dátiles, insistiendo para que Marco tomara algo–. Sila no se atreverá a atacar Roma –aseguró.

–Sin duda, Cinna te ha dicho eso –contestó Marco mordisqueando un higo.

–Mi suegro es un hombre muy inteligente –aseguró Julio bebiendo más vino–. ¿No me escogió como esposo de su hija?

Marco no pudo evitar sonreír. Siempre le había hecho gracia el modo despreocupado de hablar de Julio y su alegre descaro. Además, siempre había sentido simpatía por él. Se quedó mirando su rostro expresivo y juvenil a la luz de la luna y discretamente olió el perfume que emanaba de él. Arquías tenía razón: las repúblicas son austeras, dignas, moderadas y masculinas; pero cuando caen en democracias se hacen vulgares, plebeyas, irracionales, afeminadas y sensuales. Cincinato había hablado del «hombre ideal», que sólo podía darse en las repúblicas. Los hombres que surgían de las democracias eran criaturas desmelenadas, dadas al desorden por principio.

–Tú eres de los que siempre tienen una razón para todo –dijo Julio volviendo a llenar de vino el cubilete de Marco, el cual no sólo había sido refrescado, sino envuelto en frescas hojas de hiedra–, así que no me vengas con que sólo has venido a renovar nuestra amistad y a preguntar por mi salud. Has venido con un propósito.

–Sí –contestó Marco.

–¿Tiene algo que ver con el hecho de que te hayas procurado un guardaespaldas, como ya me he fijado, en la persona de un esclavo nubio que mira a todos con aire de sospecha?

Marco vaciló. Lentamente se palpó en busca del amuleto regalo de la madre de Julio y decidió que ya era hora de que abandonara su habitual pruden-

---

[1] De Príapo, dios de los jardines y las viñas, hijo de Dionisio y Afrodita. *(N. del T.)*

cia y se confiara a otra persona, a pesar de que Scaevola le advirtiera de que no contara a nadie la agresión de que había sido objeto aquella primavera.

Así que le contó todo a Julio y éste le oyó con atención. Su alegre rostro se volvió serio y sus ojos negros se fijaron intensamente en Marco, pero no hizo el menor comentario. Entonces Marco le mostró el amuleto de Aurelia y le dijo:

—De no haber sido por este regalo de tu noble madre, ya estaría muerto.

—Debían de estar locos —dijo Julio mirando el amuleto, que ahora parecía palpitar a la luz de la luna.

Su tono de voz fue muy peculiar y Marco se lo quedó mirando. Julio siguió contemplando el amuleto y su rostro jovial se endureció y oscureció.

—¿En qué has podido perjudicarles? —dijo Julio como para sí mismo.

—¿Perjudicar a quién? —inquirió Marco.

Julio volvió el rostro y respondió:

—No lo sé. ¿Cómo podría saberlo?

Se levantó y empezó a pasearse por un sendero, crujiendo la grava bajo sus pies. Dobló los brazos sobre el pecho e inclinó la cabeza como meditando profundamente. Marco lo observó y entonces le dijo:

—No te lo he dicho todo. Uno de los hombres que me atacó llevaba un hermoso anillo, dos serpientes unidas por la boca a una gran esmeralda tallada. Creo que eso debe significar algo.

Julio se detuvo en el sendero bañado por la luz de la luna, pero no se volvió.

—¿Qué crees que significa?

—No lo sé —contestó Marco—. ¿Significa algo para ti?

Julio negó con la cabeza, manteniéndose silencioso.

—Scaevola dijo que creía que yo era potencialmente peligroso para alguien —prosiguió Marco—. ¿Para quién, Julio?

El joven se volvió y su rostro tenía de nuevo una expresión alegre y sonriente. Regresó al banco de mármol, se sentó y pasó su mano por el hombro de Marco.

—¿Para quién podrías ser peligroso tú, un hombre tan amable y cariñoso? Eres abogado y defiendes casos anodinos ante los tribunales. No tienes grandes riquezas ni eres amigo de los poderosos. Eres un romano chapado a la antigua... —Hizo una pausa y la sonrisa abandonó su rostro, y fue como si la luna se apagara también y todo quedara oscurecido.

—¿Y bien? —preguntó Marco—. Soy un romano chapado a la antigua. ¿Y qué más?

Se quedó sorprendido ante la súbita carcajada que soltó Julio, porque en ella no había nada de alegría.

–Y, por lo tanto, a pesar de ser elocuente, no eres peligroso para nadie –prosiguió Julio–; pero dime, ¿a qué has venido?

Marco se sintió tan trastornado que por un instante fue incapaz de responder. Luego, con voz abstraída, le contó que andaba buscando un magistrado de noble familia que no tuviera coartado su sentido de la justicia por el servilismo hacia el gobierno, sino que fuera íntegro y buen servidor de la ley. Luego le habló de Casino, su cliente.

–Sólo pide justicia –concluyó–. Si a Veronus se le exime de cumplir la ley, es porque ha sobornado a alguien de importancia. ¿Es que vamos a dejarnos regir por el favoritismo y no por leyes imparciales? ¿Por la exigencia y la extorsión y no por el honor?

Conmovido y alterado, elevó la voz, que resonó en el jardín como un fervor melodioso y Julio se quedó escuchando más la elocuencia de su voz que las frases que decía. Era una voz que tenía el poder de conmover los corazones, movida por la pasión masculina y las trompetas de la razón, por el trueno de la indignación y la probidad. Ya veo, pensó Julio, por qué quisieron matarte. Sin embargo, aunque yo sea uno de ellos, no quiero que mueras. Te necesito para mis propios fines. ¿O acaso los ambiciosos no necesitamos a nuestro lado a un seguidor que sea todo sinceridad, justicia, que arda con la rabia de la verdad?

Se dio cuenta de que Marco había quedado en silencio. Se inclinó hacia él sonriente y le dio un ligero apretón afectuoso en el brazo.

–Mi querido Marco –le dijo con su voz más agradable–, te encontraré el magistrado que deseas. Un hombre –prosiguió, dando a su rostro volátil un aspecto de seriedad– que no se someta a influencias ajenas, ¡ni siquiera a la de mi suegro!

Marco se sintió algo incrédulo.

–Te lo agradezco, Julio. Mi caso será presentado en la propia Basílica de la Justicia e irán muchos a escuchar mi discurso.

–Y serán conmovidos por el fuego de tu retórica. Defenderás las leyes de Roma y exigirás que se apliquen por igual a todos los hombres. Yo también estará allí para escucharte.

Marco, aunque inquieto sin saber por qué, se sintió agradecido. Julio le dio una palmadita en el hombro, llenando de nuevo su cubilete y alzando el suyo para brindar:

–¡Por Roma! –exclamó y se rió.

–¡Por Roma! –dijo Marco–. ¡Que sobreviva a sus tiranos!

–¡Sea! –dijo Julio bebiendo un trago.

Acompañó a Marco hasta el atrio cogiéndolo del brazo.

–Pero ¿cómo? ¿Has venido a pie por esas calles oscuras sin más compañía que la de un esclavo? ¡Qué imprudente! Te enviaré a casa en una litera llevada por seis hombres armados. No podemos perderte, mi querido Marco.

Mientras regresaba a su casa, Marco fue meditando. Julio, a pesar de su franqueza y sus gestos de amistad, había estado un poco ambiguo e inquietante. De él emanaba, a pesar de sus risas juveniles, algo del peligroso aroma del poder. Podía ser que le viniera de saberse el yerno de Cinna. Pero Marco, en la oscuridad de la litera, negó con la cabeza. Los hombres como Julio César no dependían sólo de la influencia y el favor. Dependían nada más que de sí mismos y en ello radicaba su terrible y misteriosa fuerza.

Mientras tanto, Julio estaba escribiendo apresuradamente una carta:

«Por lo tanto, no debe hablar, porque podría conmover los corazones. Pero debe tenerse en cuenta que a partir de ahora está bajo mi protección...»

Envió la carta inmediatamente con un esclavo.

Dos días después, Casino acudió muy contento al despacho de Marco en casa de Scaevola y le mostró un documento.

—¡La orden ha sido anulada! —exclamó con júbilo—. ¡Lea esto y compruébelo por usted mismo! ¡Ah! ¡Qué milagro acaba usted de hacer!

Marco leyó la orden que anulaba la anterior y no comprendió nada. No era todavía un abogado famoso ante el cual cedieran los funcionarios. Era un desconocido para la vasta maquinaria del poder romano. Llevó el pergamino a Scaevola.

—¡Hum! —exclamó el viejo pontífice máximo—. ¿Por qué la habrán anulado tan rápidamente? Veronus tiene amigos muy influyentes.

—Es incomprensible —declaró Marco—, pero ¿es que alguna vez han sido comprensibles los ocultos tejemanejes de la burocracia?

—El funcionario que ha ordenado esto —dijo Scaevola— ha actuado siguiendo órdenes. —Se volvió y miró de modo interrogativo a Marco.— ¿A quién hablaste últimamente de este caso?

—Pues sólo a usted y a Julio César. No conozco a nadie importante en Roma, salvo usted y él.

El obeso rostro del maestro se contrajo y asumió una expresión extraña.

—¿Qué le pasa? —preguntó Marco.

—Nada. Estaba pensando —contestó Scaevola, apartando el pergamino con la mano y mirándolo de lejos. Luego añadió—: ¿Qué más le contaste?

—¿A Julio? Pues que habían atentado contra mi vida. Ya sé que fui imprudente y que desobedecí sus instrucciones de que no hablara de ello.

—Ya veo —dijo Scaevola—. ¿Y qué te contestó Julio?

Marco volvió a pensar en las conjeturas que había hecho dos noches atrás.

–Dijo que debían de estar locos. Le pregunté qué había querido decir, pero no añadió nada más. Posiblemente di más significado a esa frase del que realmente tiene.

–Ciertamente –repuso Scaevola al cabo de un instante. E hizo a Marco una mueca, despidiéndolo.

Marco escribió una carta a Julio César explicándole que su caso ya no tenía que ser llevado ante un magistrado. Iba a enviársela con un esclavo de Scaevola, cuando le llegó una carta de Julio.

«Saludos al honorable y querido Marco Tulio Cicerón:

»Esta carta incluye el nombre del magistrado que necesitas. Ya le he hablado de tu cliente. Le harán justicia.»

Por la razón que fuera, Marco se sintió tan aliviado que aquella noche fue a visitar de nuevo a su amigo, el cual lo recibió de buen humor.

–Había pensado escribirte –le dijo Marco mientras iban al jardín–, pero habría sido un modo muy seco de agradecerte tu amabilidad. Pero ya no es necesaria. La demanda contra mi cliente ha sido retirada.

–¡Asombroso! –exclamó Julio poniendo cara inocente y moviendo la cabeza con alegría–. Fue un error desde el principio. Pero ya sabes el caos que reina estos días en todos los asuntos.

Luego lo invitó a tomar vino y dulces. Los ruiseñores cantaban en la noche bañada por la luna de un modo maravilloso y de repente Marco se sintió aliviado del nerviosismo que sentía desde aquel día en Arpinum.

–Nunca olvidaré tu amabilidad, querido Julio –le dijo, sintiendo en su corazón un gran cariño por su amigo.

Julio puso cara seria y Marco lo miró interrogativamente. Pero el joven miraba fijamente a su copa de vino. Al cabo dijo:

–No, ya sé que no la olvidarás. Los otros sí, pero tú eres incapaz de eso, Marco Tulio Cicerón.

Capítulo

20

En la aterrorizada ciudad corrían rumores de que las tropas de Sila se acercaban por tierra y por mar, rumores que se oían en todas partes, al igual que palomos asustados. Marco no les prestó demasiada atención. Nunca había admirado a Sila, al que conocía sólo de nombre. En cuanto a él, era una persona tan poco importante que difícilmente podría atraer la atención de ningún Sila. Ese famoso romano no podría ser peor que Cinna, se decía. En cualquier caso, eso significaría el fin de la guerra. Cuando se lo dijo a Scaevola, el anciano le contestó con aspereza:

–Un saltimbanqui ambicioso no se diferencia en nada de otro. La gente admira a estos payasos que están a su altura. Bueno, ¿y qué dice tu encantador amigo Julio ante estos rumores del regreso de Sila?

–Hace semanas que no lo veo.

–Hay muchos a los que yo tampoco he visto desde hace cierto tiempo –dijo Scaevola haciendo una mueca–. Si Cinna cae y Sila regresa, la vida de Julio correrá peligro.

Marco fue a ver a Julio y le informaron de que éste tenía visitas para un buen rato. Marco no supo si sentirse aliviado o alarmado. Mientras vacilaba ante el sirviente, preguntándose si debería dejar un mensaje, hizo acto de presencia la esposa de Julio, una jovencita recién salida de la pubertad, de aspecto dulce e inocente. Su pequeño y delgado cuerpo parecía virginal y en sus claros ojos azules había una gran viveza. Su cabello negro le caía libremente por la espalda, como si fuera una colegiala.

Sonrió a Marco y le dijo:

–Julio está muy ocupado. Me ha hablado mucho de usted y me alegro de que sean amigos.

Marco se ruborizó.

–Sólo soy un amigo sin importancia. Me honra usted demasiado, señora.

La hija de Cinna parecía una flor. Cuando se marchó, él no pudo por menos que recordar el brillo de sus ojos, su dulzura y su inocencia. Si Sila regresaba, ¿qué sería de ella? Con mucha más razón que Julio, sería víctima de la venganza. ¡En qué tiempos más horribles vivimos!, pensó. Hubo un tiempo en que en Roma podían vivir seguros los hombres honrados y las mujeres indefensas. Ahora vivimos constantemente bajo la sombra de la violencia y la muerte.

Como hacía tiempo que no recibían ninguna carta de Quinto, Helvia se encontraba inquieta.

—Se encuentra bien en Galia —le decía Marco—. ¡Demos gracias de que no se haya pasado al bando de Sila! Nuestro Quinto no es ambicioso.

—Pues alguien cree que tú, Marco, sí lo eres; de lo contrario, no te habrían atacado en la isla.

—¿Que yo tengo ambiciones? —repuso Marco asombrado—. Lo único que deseo es llegar a ser un buen abogado para que mejoren nuestras condiciones económicas. También me gustaría ser poeta y ensayista, aunque fuera de segunda fila. ¿Es que éstas son ambiciones que inciten a alguien a asesinarme? —Y para animar a su madre, fingió poner cara seria al contarle lo que opinaba Scaevola de sus poesías.

Helvia se echó a reír; mas para contento de Marco, su madre se mostró en desacuerdo con las opiniones del maestro:

—Tus últimos poemas y ensayos fueron muy bien recibidos por la crítica —le dijo.

—Y me valieron doscientos sestercios —le recordó Marco— con los que pude comprar algunas vacas para la isla. Y a propósito, el pobre Casino, creyendo que yo le había resuelto su problema gracias a ocultas influencias, se empeñó en regalarme cien sestercios. Con ellos voy a comprar más ovejas.

Pero la verdad es que él también se sentía inquieto por la suerte de su hermano. Una calurosa tarde se detuvo en el Foro para visitar el templo de Marte al objeto de implorar a aquel dios implacable por la vida de Quinto. El templo estaba atestado, como era normal en tiempos de guerra, y le costó conseguir una lámpara votiva. Cuando salió del templo vio unas lívidas nubes tormentosas que se estaban amontonando y acercando a la ciudad como si fueran enormes ejércitos. El Foro estaba iluminado por una luz mortecina, translúcida a pesar de sus sombras; en cambio, las columnas y los edificios situados en las cimas de las colinas relucían aún como oro gracias al sol. Marco se detuvo un momento en el pórtico del templo, observando las nubes, muchas de ellas de un profundo púrpura o casi negras. En las ominosas profundidades de estas últimas ya centelleaban los relámpagos. Y dijo a Sirio:

—Debemos volver pronto al Carinae o, si no, nos alcanzará la tormenta.

Pero apenas habían llegado al templo de Vesta, que reflejaba su blancura en el estanque frontero, cuando estalló la tormenta y empezó a llover a mares. Marco corrió a refugiarse en el interior del templo y conforme penetraba en él las columnas se iban haciendo más borrosas en la creciente oscuridad. De vez en cuando un relámpago iluminaba el interior del templo, dejando ver fantasmagóricamente pilares, suelos y altar. El trueno rugía a continuación y el templo se estremecía ligeramente. El viento parecía presagiar la destrucción, gimiendo y azotando en una atmósfera de sulfuro. Las tormentas sobre Roma eran algo para intimidar a cualquiera, pero ésta era de una inusitada violencia y la cortina de agua impedía ver nada. A Marco no le gustaban las tormentas y a cada relámpago y trueno no podía evitar estremecerse. Se apoyó contra una fría pared de mármol y su brazo tocó otro brazo, suave y flojo.

Volvió la mirada para encontrarse con los ojos de Livia Catilina, iluminados por un relámpago.

Se quedó paralizado, olvidando la tormenta, olvidando todo lo que no fuera aquella repentina visión, creyéndola un sueño, una fantasía. Su corazón se desbocó, le temblaron las rodillas y sintió un nudo en la garganta. Antes de que la iluminara un nuevo relámpago, vio a su lado una oscura figura envuelta en un manto, una forma tan inmóvil que era poco más que una sombra en la oscuridad. Entonces otro relámpago iluminó el rostro de Livia, que estaba vuelto hacia él, y pudo verlo con toda claridad.

Sus ojos, que habían sido extraordinariamente azules, grandes, apasionados e intensos, llenos de vida, seguían siendo grandes y azules. Pero era como si los zafiros relucientes, vitales e intactos hubieran sido chafados y reducidos a mil cristales, de modo que, aunque todavía reflejaban la luz, lo hacían de un modo frío, yerto y sin sentido, prestos a desintegrarse en cualquier momento. Tuvo la horrible sensación de que la joven estaba ciega, porque aquellos ojos tristes no parecieron reconocerle, ni se estremecieron ni se ensancharon. Su rostro siguió sin expresión, pálido como el dolor, con los labios descoloridos. Unos cuantos mechones de su cabellera color otoño se escapaban de la capucha de su capa y rodeaban su cuello como si la vida hubiera huido de ellos.

Éste es el aspecto que debería tener a la hora de su muerte, pensó Marco: ausente, perdida, desamparada.

De nuevo reinaba la oscuridad y la tristeza en el templo. Algunas personas cercanas al altar murmuraban oraciones y pequeñas lámparas votivas ardían ante la diosa de mármol. Fuera rugían salvajemente los truenos, alterando la paz del templo. Marco se quedó tan inmóvil como Livia, respirando por la boca.

Otra vez centelleó el relámpago y Marco pudo verla nuevamente, y de nuevo sintió una punzada en el corazón y ganas de morirse. ¡Esa mujer que se le aparecía como muerta, esa mujer derrotada no podía ser su Livia, la amada criatura de sus sueños, la obsesión de sus noches, la radiante compañera de sus días! Se apretó más contra la pared y sintió la frialdad del sudor en la frente y los labios.

La tormenta estaba alejándose con la misma rapidez con que había venido, al igual que todas las tormentas de verano. Ahora los relámpagos eran más escasos, aunque los truenos rugían como si buscaran una víctima, como un león hambriento al que se le hubiera escapado su presa. Sin embargo, ni Marco ni Livia lograron moverse. Quedaron los dos solos sin tener a nadie cerca, como sombras en las profundidades de las sombras.

Entonces Marco murmuró:

–¿Livia?

Ella no replicó. La luz de una lámpara caía casualmente de través sobre ella desde una alta claraboya en medio del techo. Era Livia, sin duda. Él alargó su mano y encontró una mano blanda y sin vida, que ni se apartó ni respondió a su tacto. Era la mano de una persona que llevara muerta horas, fría e inmóvil. La apretó y su tacto fue flácido.

–¡Livia! –exclamó–. ¿Livia?

Ella no respondió y él siguió sujetando su mano frenéticamente, como si quisiera infundirle su propia sangre y calidez. Ella ni se resistió ni se retiró. Era como un ser inconsciente, drogado hasta el punto de que no oía, no hablaba y no se daba cuenta de nada.

De repente, el sol volvió a iluminar el exterior del Foro y la lluvia cesó de repente. Los devotos que había frente al altar se levantaron musitando aliviados, dirigiéndose hacia la puerta, pasando junto a las dos figuras en sombra pegadas a la pared. La gente volvió a animar las calles y el renovado bullicio de la ciudad llegó a los oídos de Marco.

Se volvió y miró a Livia. Ella le devolvió la mirada con aquellos ojos atemorizados que parecían no reconocer a nadie y que ni siquiera parpadeaban. Él alargó su mano y apartó la caperuza que cubría el rostro de ella, acariciando su sedoso pelo cayendo en desorden. La luz del sol, que ahora penetraba por la claraboya del techo y por el exterior, lo iluminó de modo que empezó a tener un brillo metálico. Pero era un brillo sin vida. Su rostro, suave e inmóvil, era como el de una estatua, carente de expresión. No había envejecido ni tenía el aspecto de una mujer casada. Había quedado congelada en su primera juventud, como si fuera un cadáver embalsamado.

Marco inclinó la cabeza y apoyó su frente contra la pared cerca de la mejilla de ella, sintiendo dolores de agonía. Seguía sosteniendo una de sus manos. Luego oyó que ella le decía casi inaudiblemente:

–¿Por qué lloras?

–Por ti –susurró él–. Por ti, Livia, mi amada. Y por mí.

Ella suspiró y pareció que aquel suspiro saliera no de su pecho, sino de las profundidades por las que vagan los muertos, mudos e invisibles.

—¡Oh, Livia!

—No llores —dijo ella indiferente—. Ya no hay más lágrimas que verter. Yo las he vertido ya todas. —Hizo una pausa.— He recibido un mensaje de... él. Volverá pronto con Sila. Volverá a mí y a nuestro hijito. ¿Adónde iré? ¿Adónde podré huir? ¿Dónde me esconderé? ¿Dónde ocultaré a mi hijito... para que él no lo encuentre?

Marco tuvo la impresión de que ella apenas se había dado cuenta de su presencia y que se estaba dirigiendo a fantasmas de su imaginación. Recordó que ya había experimentado esta agonía anteriormente en su vida, aunque ahora le resultaba más insoportable. Y dijo de modo incoherente:

—Ven conmigo. Yo te protegeré. Te mantendré a salvo. Mi madre..., hay sitios donde poder esconderte, donde nadie pueda encontrarte. Déjame que sea tu escudo, mi amada Livia.

Ella volvió a suspirar y respondió con tono trágico:

—Me encontraría. Tengo miedo. Pero temo más por mi hijito.

—Livia, ¿qué te ha hecho él?

—Me ha quitado mi vida. ¡Ojalá se hubiese muerto!

—¡Maldito de mí! —gritó Marco desde las profundidades de su alma—. Debí matarlo, pero le salvé la vida. ¡Anatema! ¡Anatema!

No se dio cuenta de que estaba abrazado a Livia hasta que sintió la cabeza de ella apoyarse sobre su hombro. Entonces la estrechó contra su pecho y tocó su fría mejilla y su frente con los labios. ¿Qué habría hecho Catilina a esa inocente criatura, a esa ninfa de los bosques? ¿Qué horrores le había hecho padecer para que hubiera roto el cristal de sus ojos, quebrantado su alma y acongojado a tal punto su corazón que ahora apenas latía apretado contra su pecho? Sus brazos le colgaban flácidamente a ambos lados. Ella no se movió ni volvió la cabeza. Cerró los ojos y pareció como muerta, como un cuerpo sin vida sostenido por los brazos de él.

—Ven conmigo, amor mío —le dijo a punto de sollozar—. Te ocultaré y te protegeré.

—Mi hijo —susurró ella, sin oírle—. Está en poder de su tío en nuestra propia casa. Yo estoy loca y ellos se ríen de mí. No puedo huir sin llevármelo. —La cabeza que se apoyaba sobre el hombro de Marco era como una piedra inerte. La joven suspiró una y otra vez, dolorosamente.— No puedo marcharme sin él porque se moriría también. Catilina no tiene piedad. Cuando regrese se divorciará de mí y no volveré a ver a mi hijo. No hay sitio a donde pueda ir. No hay sitio. Hace tiempo que estoy muerta.

–Él no está aquí en Roma, Livia, y puede que jamás regrese porque es posible que Sila no pueda regresar. Yo soy abogado, Livia. ¡Divórciate de él! ¿No tienes parientes ni amigos?

–Mi tío también cree que estoy loca. –La débil voz continuó distraídamente.– Apenas me dejan ver a mi hijo, que se pasa las horas llorando porque quiere estar a mi lado. Yo lo oigo llorar por la noche, pero me separa de él una puerta con barrotes. ¡Escucha! ¡Ahora está llorando por mí!

Alzó la cabeza y miró con ojos ausentes, apartando a Marco de un violento empujón.

–¡Debo irme! –gritó–. ¡Debo irme! ¡Mi hijo me está llamando!

Marco no pudo detenerla y ella echó a correr, huyendo como una sombra, flotando tras ella su manto, alborotándose el cabello, sus pies corriendo con increíble rapidez.

Él gritó:

–¡Livia! ¡Livia!

Pero ella desapareció por la puerta. Él la siguió. El Foro estaba otra vez lleno de gente, iluminado por la luz rojiza del crepúsculo, oyéndose infinitas voces que parecían los murmullos de una bandada de pájaros enloquecidos. Pero Livia había desaparecido entre la muchedumbre.

–¡Maldito de mí! –gritó Marco y empezó a aporrearse el pecho con el puño.

Algunos, al verlo de ese modo en lo alto de la escalinata, se quedaron mirándolo asombrados y señalaban con el dedo su aspecto frenético y desencajado.

Bajó el tono de voz y susurró:

–Anatema, anatema.

Sirio, al que ya había olvidado, también había estado en el templo. Se acercó a Marco y, al ver su expresión de desesperación, le dijo con voz suave:

–Amo, vámonos.

Pero Marco no estaba ahora en condiciones de regresar a casa. Acompañado por Sirio deambuló ciegamente por las calles de Roma y hasta al cabo de mucho rato no pudo volver a dominarse. Cuando Helvia vio su rostro y sus ojos, no le hizo preguntas. Pero comprendió que algo terrible le había sucedido a su hijo. Sin decirle nada dejó que se fuera a su aposento y luego interrogó a Sirio.

Así que no había olvidado a Livia. Helvia sintió mucha lástima por él, pero también impaciencia. Afortunadamente era una mujer juiciosa, así que a la mañana siguiente saludó a su pálido hijo con tono tranquilo y hablando como si tal cosa. Vio sus ojos inyectados en sangre que denotaban insomnio y dijo que el huerto produciría muchas frutas y verduras aquel año.

Capítulo

21

Marco almorzó con Scaevola y algunos destacados jóvenes abogados. Para algunos de ellos, ésta era la única verdadera comida que hacían durante el día, porque eran pobres, y por eso comieron vorazmente la carne hervida, las cebollas, las alcachofas con aceite y ajo, el queso, las frutas de verano y los pastelillos calientes. También hicieron honor al vino. Scaevola los miraba mordiéndose el labio inferior de modo sardónico, pero lo cierto es que estaba secretamente complacido con ellos. Llevaba varios días observando que Marco estaba muy serio y ahora vio que apenas probaba la comida, bebiendo más vino de lo acostumbrado. El joven tenía el rostro chupado y macilento y los ojos soñolientos y enrojecidos.

Scaevola dijo entonces:

–Tengo una buena noticia para nuestro Marco y deseo que todos vosotros la sepáis para felicitarle.

Los jóvenes abogados alzaron la mirada, interesados, pero Marco, como si no hubiera oído nada, se sirvió más vino y empezó a bebérselo, mirando fijamente sin ver. Scaevola, irritado, alzó la voz:

–¿Es que voy a ser ignorado en mi mesa, Marco?

El joven se sobresaltó ante estas palabras, el cubilete se escurrió en su mano y se manchó los dedos de vino. Scaevola lo miró ferozmente y le dijo:

–Estaba hablando de tu buena suerte y me dirigía a ti.

Marco murmuró una excusa y vio las miradas curiosas y divertidas de sus colegas.

–Estaba pensando en otra cosa –dijo.

–¡Qué duda cabe! –contestó Scaevola–. Cuando un hombre está tan absorto en sus pensamientos, no está ocupado en un caso legal. Piensa en una mujer y eso es algo estúpido.

Los jóvenes rieron alegremente para complacer a su mentor y porque conocían la austera vida que llevaba Marco y sus muy raras escapadas de la virtud.

–Estúpido –repitió Scaevola–; pero volvamos a la razón por la que debemos felicitarle. Marco, hará cosa de un año, defendió a un viejo muy rico contra la rapacidad de sus hijos, que deseaban despojarle de su fortuna. Los hijos declaraban que el viejo era incapaz de dirigir sus propios asuntos porque estaba loco. ¿Y por qué estaba loco? Porque había publicado a sus expensas un libro polémico lleno de diatribas contra la corrupción y la venalidad de la Roma moderna. Profetizaba el advenimiento de una era de tiranos en nuestra nación. Clamaba contra el Senado, anteriormente una corporación de hombres honorables inmunes al soborno y otros pecadillos propios de las figuras públicas. Criticó el sistema que permitía a funcionarios de poca categoría el llegar a senadores gracias al dinero y a las influencias. En largas frases de lamentación describía cómo habíamos pasado del republicanismo a la democracia y los resultados que eso pronto habrá de tener. Sus frases peyorativas poseían un vigor asombroso en una persona de su edad: era como si tuviera un fuego interior. Denunció furiosamente a Cinna. Sus hijos aseguraban que en vista de esto su padre estaba loco, y yo estoy de acuerdo con ellos. Todos los hombres virtuosos y patriotas tienen algo de locos, porque lo normal es que los hombres sean perversos y traidores.

Sonrió orgullosamente a los jóvenes que le escuchaban:

—A pesar de ello, nuestro Marco no le creyó loco. Por el contrario, lo consideraba un verdadero romano, y Marco ama a Roma. ¿Verdad que suena muy poco sofisticado para estos tiempos? Marco lo defendió tan hábilmente que hasta el magistrado rompió a llorar y, en tal estado emocional, vituperó a los hijos por su mala fe y felicitó al anciano.

Marco miró fijamente su plato, al que apenas había tocado.

Scaevola bufó ruidosamente.

—Pues bien, hace tres días falleció el viejo. Me había confiado a mí su testamento. ¡Deja a Marco cien mil sestercios de oro!

Los abogados dieron vivas y aplaudieron calurosamente, reuniéndose en torno a Marco para abrazarle envidiosamente y felicitarle por tan magnífico éxito.

—Así que de momento nuestro Marco es rico. Hasta que pague los impuestos —añadió Scaevola—. Después de que los buitres hayan calculado lo que «debe» al gobierno, si le queda algún dinero, creo que lo invertirá en fincas.

Marco trató de sonreír, pero en estos días todas sus emociones estaban dormidas, excepto el odio y el deseo de venganza.

—Es muy halagador —dijo con voz apagada.

—¡Es estupendo! —exclamó Scaevola—. ¡Bebamos otro cubilete de vino en honor de la buena suerte!

Después de beber, Scaevola despidió a todos los abogados, excepto a Marco.

—Quiero hablar contigo —le dijo, así que Marco, sumido en la apatía e indiferente, se quedó sentado como una estatua en su silla.

Scaevola, mojándose los labios, se comió un par de pasteles y lo contempló de modo muy significativo. Finalmente le dijo:

—Estos días hay muchas cosas que te inquietan, aunque una más que las otras. Sospecho que se trata de una mujer. No te pido que me hagas confidencias, porque entonces te perdería el respeto. Hay cosas más importantes que deben preocuparnos en primer lugar. Acabo de enterarme esta mañana (y la ciudad ya ha empezado a conmoverse con la noticia) de que Cinna fue asesinado hace pocos días durante un motín cerca de Tesalia, donde había ido a intentar detener al avance de Sila. Así que ahora el cónsul de Roma es Gnaeno Papirio Carbo, el colega de Cinna, con lo que no hemos mejorado nada.

A su pesar, Marco se sintió interesado por la noticia y Scaevola asintió con la cabeza, ceñudo.

—Tú despreciabas a Cinna. Sin embargo, a pesar de que colaboró ampliamente con Mario, el viejo asesino que diezmó a los mejores senadores, hay que reconocer que no era del todo malo y que jamás se fió de Mario, ni de su sobrino Julio César ni del partido de ambos. Hemos tenido cónsules peores que Cinna, incluyendo a este Carbo que ahora nos gobierna y que es un loco exigente. Digo esto desapasionadamente, porque como hombre juicioso no tomo abierto partido en política. Sin embargo, me siento amenazado. ¿Quién sabe en qué momento decidirán asesinarme?

—Tonterías —dijo Marco—. ¿Acaso no es usted el pontífice máximo de la abogacía, que ocupa el puesto más sagrado? ¿Quién sería capaz de alzar su mano contra usted, señor?

—Muchos —contestó el anciano con presteza—. Y ciertamente Carbo sería uno de ellos, pues yo lo detesto. Pero hablemos de Sila, que sospecha del Senado al igual que los militares sospechan de los civiles. Es un hombre genial, porque habiendo nacido pobre se ha encaramado a la riqueza. Si logra apoderarse de Roma, entonces la plebe habrá encontrado quien sepa meterla en cintura, y aunque no fuera más que por eso, deberíamos simpatizar con él. Es un general frío e implacable y no perdonará a sus enemigos, especialmente a aquellos senadores que fueron partidarios de Mario, los del partido popular o «democrático» de tu querido amigo Julio César. Sila cree en las leyes, lo que te convertirá en admirador suyo, pero sobre todo cree en las leyes que él inventa. Julio se ha escondido, ¿verdad? No escapará a Sila.

Marco pareció alarmado y su maestro sonrió.

—Pero Julio es muy listo y sabe agradar a todos los hombres. Es sinuoso como una serpiente y escapará a pesar de Mario.

Scaevola se comió un racimo de uvas y luego dijo:

–Carbo me odia y sospecha que favorezco a Sila. Siempre he sentido debilidad por los hombres que saben lo que hacen. Mírame. Siempre he evitado mezclarme con los que codician el poder. Sin embargo, estoy en peligro. Me gustaría tener un sucesor digno de mí: tú.

Marco puso cara de incredulidad.

–¿Yo? ¡Pero si yo no soy nadie!

–Debo recordarte que hace poco atentaron contra tu vida. No se hace tan dudosa distinción a los que se considera un don nadie. Y a propósito, he descubierto una cosa extraña. ¿Recuerdas a Pompeyo, aquel amigo de Julio?

Marco frunció el entrecejo, tratando de recordar, hasta que evocó a aquel joven ambiguo, evidentemente un plebeyo, que acompañaba a Julio cuando Marco se dirigía al Senado.

–¿Pompeyo?

–Pompeyo –confirmó Scaevola–. Lo vi hace cosa de un mes cerca de la puerta del Senado. Llevaba un anillo igual al de tu atacante.

Marco lo miró, abriendo mucho los ojos y luego exclamó:

–¡Pero su voz no era la misma voz que oí en la isla!

Scaevola asintió.

–Claro que no era la misma, pues de ser así la habrías reconocido. Por lo tanto, ese anillo es el símbolo de una sociedad secreta. Me pregunto si Julio posee también un anillo así.

–Imposible –dijo Marco. Pero palideció más al reflexionar un poco–. Julio pareció aturdido cuando le describí el anillo y me dijo que no conocía a nadie que poseyera uno igual.

–Y tú le creíste –dijo Scaevola divertido–. Uno de tus defectos es tu ingenuidad inveterada. Crees que todo el mundo dice la verdad y no te convences de que la gente es muy embustera. Julio es un mentiroso. Juega con la verdad de un modo admirable para que sirva a sus propósitos. Es muy probable que sobreviva a Sila.

–No puedo creer que mi amigo Julio sea uno de los responsables del atentado contra mi vida –dijo Marco negando con la cabeza.

–Yo no digo que haya conspirado contra ti. Sólo he dicho que probablemente es miembro de esa sociedad secreta. Pensemos con calma. Muchos jóvenes romanos se han aficionado a las costumbres orientales, particularmente de Egipto. Julio es un experto egiptólogo y sé que su casa del Palatino está llena de tesoros egipcios robados. Una de sus mejores piezas es un pequeño pilar de bronce en el cual se enrosca una serpiente con un brillante cristal en su boca. Recordarás que en Egipto la serpiente es sagrada y se le suponen poderes maravillosos, incluyendo la fuerza y el don de la profecía. Es la guardiana de los que ocupan tronos y sostienen cetros. A las serpientes, por naturaleza, les gusta moverse en la oscuridad y nadie puede evitarlas porque son silenciosas, sinuosas e implacables.

–Pues yo no he visto tal adorno en casa de Julio –objetó Marco.

–Lo tiene en su dormitorio. Pagó por él un alto precio. Se mostró tan inocente que por eso empecé a sospechar de él al recordar el anillo que tú me describiste. Cuando hombres como Julio se muestran cándidos y francos, hay que precaverse.

–Es una mera coincidencia –dijo Marco con terquedad.

Scaevola suspiró.

–Nunca serás capaz de pensar mal de los que quieres. Sospecha de todos y nunca seas descuidado. Si he llegado a viejo es por atenerme a esa regla. Piensa en que ya no han vuelto a atentar contra tu vida. Sirio es un esclavo muy valiente, pero no podría luchar contra varios hombres a la vez. Si no hubieran decidido dejar que vivieras, ya estarías muerto. ¿Verdad que te sientes más seguro desde que contaste a Julio que fuiste objeto de un intento de asesinato?

Marco lo miró fijamente.

–Es curioso, pero así es. –No lo había pensado antes y entonces exclamó–: ¡Es Sirio quien me ha protegido! ¡Por eso no ha habido más tentativas!

–Cree lo que quieras –dijo Scaevola con aire de resignación–. ¿Quién podría meter sentido común en la cabeza de un hombre virtuoso? Yo tengo corazón de matemático y he considerado tus posibilidades. Con Sirio o sin él, no seguirías vivo de no ser porque alguien ha intercedido por ti. Y ese alguien es Julio César. No creía que fuera un sentimental. –Y añadió astutamente–: No te devanes más la cabeza. Tu instinto es mejor que tu inteligencia y tu virtud. Una vez me dijiste que Julio era un portento. ¿Lo has olvidado?

Marco no dijo nada y Scaevola cambió de tema.

–Hasta ahora he sobrevivido por no inmiscuirme en la política ni en sus partidos. Observo con atención la rápida decadencia de mi país. ¿Quién podría detenerla? ¿Quién podría restaurar la República y sus virtudes? Nadie. Cuando una nación se vuelve corrompida y cínica y prefiere el gobierno de los hombres al de la ley, va camino de su propia destrucción. Así lo enseña la Historia. Hemos entrado en la época de los déspotas, al igual que anteriormente otras naciones. El hombre nunca aprende las lecciones de la historia y sigue el mismo camino hasta la muerte. Eso se debe a que es malo por naturaleza. Consideremos los tribunos, los representantes del pueblo. ¿Quién recibe los votos de ese pueblo, el hombre virtuoso o el corrompido que les promete todo? Ni que decir tiene, el hombre corrompido.

Marco no hizo ningún comentario.

–¡Y qué importa que el hombre corrompido no cumpla sus promesas! Al pueblo no le importa ni se cuida de recordárselo. Le basta con que sea corrompido. La plebe se encuentra más cómoda en un ambiente corrompido que en uno bondadoso. La bondad azora e incomoda a la gentuza. Mas sigamos hablando de Sila. No tengo la menor duda de que pronto se apoderará de Roma. Recuerda que entre sus seguidores está tu viejo amigo Catilina. Así que tú también estás en peligro.

Scaevola se asombró de la reacción que estas palabras provocaron a Marco, que casi se incorporó de un brinco. Cuando volvió a sentarse en la silla siguió con las manos agarradas a la mesa y respirando entrecortadamente. Scaevola esperó, enarcando sus canosas cejas y con sus labios en forma de *o*.

–Me desprecio a mí mismo –dijo Marco con el más tranquilo tono de voz–. Debí haberlo matado. –Dio un puñetazo en la mesa.– ¡Debí haberlo matado! Nunca me perdonaré el no haberlo hecho.

–Sin embargo, le perdonaste la vida. ¿Por qué lo sientes ahora tanto?

Marco sabía que Scaevola se burlaba del sentimentalismo. Pero la emoción le hizo perder la calma y los nervios. Y en frases secas contó a su mentor todo lo de Livia. Su voz se alzó y las lágrimas corrieron por su rostro. Se golpeó el pecho con los puños. Su garganta hinchada hizo que las palabras le salieran roncas y terribles. Finalmente, vencido por la angustia y la desesperación, dejó caer las manos sobre la mesa y sollozó.

–Soy culpable –gimió–. He sido yo el que ha causado a Livia tanto mal y el que la entregué a la desgracia. Soy el hombre más débil y despreciable.

Scaevola se quedó mirando su cabeza inclinada y Marco no pudo ver la compasión que asomaba a aquella rechoncha cara de sátiro. ¡Qué maravilloso es el arte de Afrodita!, pensó el viejo pontífice máximo. Todos sus devotos son unos desesperados. ¡Qué duda cabe de que es la diosa de la locura!

Se quedó pensativo mientras Marco gemía y lloraba, ocultando el rostro. Debería dictarse una ley por la cual todos los sabios y dirigentes del pueblo debían ser castrados al hacerse poderosos. De esa manera serían inmunizados contra el deseo, la locura y el mal. Entonces gobernaría la razón. Al no respetar más que la ley, entonces sí se guiarían por la virtud. Debían sacrificar sus testículos en aras de la justicia y el amor a su país. Era una idea original.

Scaevola aguardó a que Marco se recuperara y, para no avergonzarlo, se puso a comer tranquilamente. Cuando el joven alzó la cabeza, vio a su maestro atracándose de dátiles y bebiendo vino. Aquella calma, en contraste con la tormenta que agitaba su corazón, le tranquilizó. Vio los ojillos azules del anciano, aparentemente indiferentes, y se frotó los suyos.

–Me he dejado llevar por un arrebato –dijo.

—Ya lo he visto —contestó Scaevola—, pero eres joven y, por lo tanto, te perdono. Pero ahora consideremos que has jurado matar a Catilina. Eso es ridículo. Lo único que lograrías sería librarle de los sufrimientos y hacerlo inmune al dolor. ¿Crees que eso sería un triunfo? Un hombre perverso muerto deja de sufrir, aunque deje el mal tras él y ese mal le sobreviva. Es más inteligente poner obstáculos a ese hombre, frustrarle, hacer fracasar sus ambiciones, privarle de sus deseos. De ese modo sufre mil muertes.

Los ojos de Marco adoptaron una expresión tranquila.

—Puedes estar seguro —continuó el anciano— de que Catilina tiene ocultos deseos. Es ambicioso, como todos los Catilinii, y un patricio orgulloso. Descubre lo que desea e impide que lo consiga.

—¿Y quién soy yo? —repuso Marco desesperado—. No tengo poder para eso.

Scaevola se levantó.

—Tú eres muchas cosas. Siento agitarse en mí el genio de la profecía y me dice que harás lo que desees.

Aquella noche, en medio de un bochornoso calor, Scaevola se dirigía en su litera a casa de su hijo donde le esperaban para cenar. Era por naturaleza un hombre fatalista y, aunque sus jóvenes discípulos lo ignoraban, amaba profundamente a Roma y se sentía entristecido por el negro porvenir que le preveía. Por lo tanto, cuando sus esclavos comenzaron a gritar aterrorizados, fueron arrancadas las cortinas de las ventanillas y la litera arrojada al suelo, no hizo el menor esfuerzo por defenderse. A la luz de un farol que alguien sostenía en alto, vio los rostros de sus asesinos y los reconoció. Ni siquiera pronunció una palabra de queja y una puñalada en el corazón acabó con él. Murió de un modo tan imperturbable como había vivido, como morían los romanos.

—¡Viva Carbo! —gritaron los asesinos blandiendo sus dagas y huyendo en la oscuridad de la noche, lamida por las rojas llamas de las antorchas que pendían de las paredes.

Cuando llegó la guardia haciendo resonar sus sandalias de suela de hierro contra las piedras del pavimento, sólo halló un grupo revuelto de esclavos que lloraban y Scaevola yaciendo muerto en medio de un charco de sangre entre sus cojines, con una mirada irónica en los ojos.

Marco se enteró a la mañana siguiente, al llegar a casa de Scaevola, y le costó trabajo creerlo. Luego la pena se apoderó de él y recordó las palabras proféticas del gran pontífice máximo, odiándose a sí mismo por su impotencia. Y dijo a sus amigos y a los hijos de Scaevola:

–¿Quién ha podido matar a un hombre tan sabio y tan bueno? ¡Si nunca hizo daño a nadie!

Uno de los hijos contestó con amargura:

–Pues alguien no lo consideraba tan inofensivo. Uno de los esclavos oyó a los asesinos gritar «¡Viva Carbo!». Se ve que mi padre constituía un peligro para nuestro pusilámine cónsul.

Ahora sí que me encontraré solo, pensó Marco, comprendiendo que más que de los muertos, hay que apenarse de los que les sobreviven para llorarlos. Se dirigió al despacho de Scaevola y lo encontró vacío. Los numerosos amigos y clientes de Scaevola, a los que él había defendido, habiendo oído el rumor de que había sido asesinado, no quisieron presentarse en su casa por miedo a exponerse. Se quedó mirando la larga mesa de mármol, los montones de libros, los manuscritos, las numerosas muestras del trabajo del anciano, los estantes y, sobre todo, el sillón en que se sentaba. Aquel sillón era una nota de lujo en el despojado aposento, porque era de marfil y madera de teca y ébano bellamente labrado. Había sido regalo de un cliente. Uno de los hijos de Scaevola siguió al lloroso Marco hasta el despacho y le vio palpar el sillón.

–Él te quería mucho, Cicerón –le dijo–. Conozco su última voluntad. Te ha legado cincuenta mil sestercios de oro, este sillón, todos sus libros de leyes y Sirio, el esclavo.

Marco se sintió incapaz de hablar.

–Será vengado –aseguró el hijo–. No llores. Será vengado. Ya lloraremos después.

Los asesinos jamás fueron descubiertos. Los senadores, tribunos y cónsules se mostraron horrorizados e indignados, pero pocos asistieron al funeral. La oración fúnebre fue pronunciada por Marco Tulio Cicerón, envuelto en su blanca toga y llevando la espada al cinto.

–No es a Scaevola al que hay que vengar –dijo con su profunda oratoria–, sino a Roma. La voz de un patriota ha sido silenciada para siempre, y cuando mueren los patriotas, los hombres honrados no deben envainar sus espadas hasta que estén rojas con la sangre de los traidores. Se dice que los asesinos fueron tres, pero en realidad fue una nación de asesinos. Un pueblo corrompido y perverso que ha asistido con apatía a esta muerte, por su codicia, su maldad, su cobardía y su falta de patriotismo. Este hombre fue sentenciado a muerte hace tiempo y el pueblo es culpable en parte de su asesinato.

»El mejor modo de vengarlo será no olvidándolo y oponiéndonos a los tiranos, así como a las malas artes de los hombres perversos. Que su muerte no haya sido en vano.

Los que le escucharon alzaron sus puños y juraron en voz baja no olvidarlo jamás, pero Marco era demasiado joven para dudar de los juramentos de los hombres.

Tras la muerte de Cinna en Tesalia, Carbo le había reemplazado como cónsul. Un hijo de Mario y, por lo tanto, pariente de Julio César era el mejor amigo y más fiel colaborador de Carbo. Cuando éste ordenó la muerte de los senadores virtuosos que no estaban corrompidos, fue el hijo de Mario el que se encargó de cumplir la sentencia. En aquellos trágicos días, todos los sospechosos de simpatizar con Sila eran indefectiblemente asesinados. Las leyes carecían ya de valor y no de modo disimulado, sino descaradamente.

Julio César llevaba escondido varios días en casa de Carbo y en una ocasión dijo a éste:

—Scaevola no debió haber sido asesinado. Recuerde que le aconsejé en contra. La gente lo recordará y difícilmente lo olvidará si lo que me ha dicho Pompeyo es cierto. Ya sabe que a él le gusta andar por la ciudad y dice que se oyen gritos contra usted.

Carbo se encogió de hombros.

—¿Y a quién le importan los gritos de la plebe? Scaevola ayudaba secretamente a Sila, de eso tenemos pruebas, a pesar de sus protestas de neutralidad. Y vamos a ver, ¿quién es el que grita más contra mí en Roma que ese abogado plebeyo, ese amigo tuyo, Julio? ¿Por qué interviniste en su favor?

—¿Marco Tulio Cicerón? —Julio se echó a reír—. ¿Ese buen hombre?

—¿No humilló a Catilina? ¿No es el senador Curio su enemigo?

—¿Cicerón? —preguntó Julio con expresión incrédula—. Venció a Catilina por una casualidad, aprovechando que éste resbaló y cayó. Cicerón no es enemigo de nadie y el senador Curio se habrá olvidado probablemente hasta de su apellido. No persiga usted sombras, Carbo. Cicerón puede gritar, pero nadie le hará caso. No es más que un infeliz campesino.

—Es un abogado que ha heredado los clientes de Scaevola y los magistrados hablan bien de él. Ya empieza a hacerse rico. Lo conozco mejor que tú, Julio. No es la paloma inocente que tú crees.

Julio se sintió alarmado ante la salvaje expresión del rostro de Carbo. Pero continuó sonriendo y dijo:

—Conozco a Marco Tulio Cicerón desde que tenía cinco años y sé que es un joven muy tímido. No sirve para las intrigas. Es un romano chapado a la antigua.

—Pues los romanos chapados a la antigua son nuestros más peligrosos enemigos —afirmó Carbo ceñudo—. Digo que debe morir.

—Pues yo digo que no —replicó Julio—. Si lo matan, lo vengaré.

Carbo miró con ojos semicerrados al joven rostro de su cómplice.

—¿Me amenazas, César? —le preguntó con voz suave.

—Seamos razonables. No matemos ni hagamos una carnicería por mero deporte. Corremos un peligro mortal y tenemos muchas cosas que hacer. Repréndame si quiere por mostrarme blando con Cicerón: bajaré los ojos y sonreiré borregilmente. Sin embargo, si lo creyera peligroso, sería el primero en acabar con él. ¿No lo he demostrado ya con otros?

Como Carbo continuara mirándolo en un silencio tenso, Julio prosiguió:

—Scaevola era pontífice máximo de la abogacía, un oficio sagrado. La gente ya no cree en los dioses, pero los teme. Y ahora sabemos quién calzará las sandalias de Scaevola: Cicerón.

—Acabas de decir que no tiene importancia.

—Él no es un Scaevola y ya he reconocido que le tengo cierto afecto. Dejémosle vivir en paz. He oído que tiene un amigo poderoso al que no le gustaría que muriera de repente.

—Tú —dijo Carbo.

Julio alzó los ojos con gesto paciente.

—¿Yo? —contestó—. Eso me sentaría tan mal que acabaría con mi buen temperamento.

—Este asunto te preocupa más de lo que suponía.

—Puro sentimentalismo, Carbo. No hagamos una carnicería por el mero capricho de matar. Sila se aproxima a Roma.

Carbo se quedó mirando a aquel joven elegante y sonriente con maligna expresión.

—Ahora tenemos una guerra civil entre manos, puesto que Sila ya ha desembarcado en la península. Nuestros ejércitos, al mando de nuestros cónsules, luchan desesperadamente contra las fuerzas de Sila, así como los samnitas y otros aliados de Italia. Venceremos a Sila. ¿Acaso no es Júpiter nuestro patrono? Se ha dicho que tú vencerás a todos tus enemigos y eso incluye a Sila. También se dice que Sila ha redactado una lista de cinco mil proscritos y que en dicha lista figuran tu nombre y el mío. ¡Lo ahogaremos con su propia lista!

—Detesto a los militares —dijo Julio—, pero detesto al Senado aún más porque pertenezco al partido popular. —Se sentía aliviado de que Carbo se hubiera olvidado de Cicerón.— He tenido un sueño.

Carbo lo miró con atención y Julio sonrió misteriosamente. Julio César se había hecho famoso entre los políticos gracias a sus ataques epilépticos, pues la epilepsia se consideraba enfermedad sagrada que otorgaba el don de la profecía.

—He visto la sombra de mi tío Julio. Y me dijo que yo no perecería, pues estoy bajo la protección de Júpiter, lo que hará que participe en acontecimientos importantísimos.

—Esos acontecimientos ya los tenemos a la vista —dijo Carbo. Si Julio sobrevivía, eso significaba que Sila y sus ejércitos serían derrotados.

En los días que siguieron, Marco casi se olvidó de sus penas ante las noticias alarmantes que los correos traían a Roma. Las tropas de Sila avanzaban rápidamente y las fuerzas enviadas contra él se retiraban. Si no ocurría nada que lo impidiera, Sila estaría a las puertas de la ciudad al cabo de unos días.

Temeroso, Tulio dijo a su hijo:

—Se acerca el día más horrible para nuestro país. ¡No comprendo esta guerra! ¿Es que no tuvimos bastante con la anterior guerra civil? ¿Es que nunca gozaremos de paz? ¿Dónde está mi hijo Quinto? ¿Sigue en Galia con nuestros ejércitos o está con los de Sila?

Marco trató de consolarlo y de ocultarle sus propios temores.

—Quinto debe de estar en Galia. ¿Acaso no nos dirigió desde allí su última carta? Quinto no es aficionado a la política. No nos dejemos aturullar por las oleadas de pánico que estos días obnubilan a los romanos. Nuestra familia no tuvo nada que ver con Cinna y tampoco tiene nada que ver con Carbo. Mucho menos nos hemos visto mezclados con Sila. Somos una familia que vive en paz y carecemos de enemigos. Debemos seguir trabajando como siempre.

Tulio, que estaba deseando creerse todo eso, lo aceptó ávidamente; pero a Helvia no hubo manera de engañarla y fue a hablar con Marco en el aposento de éste.

—Ya sabes que mi familia no es partidaria de Sila —le dijo—. Y a ti te tendrán por miembro de la casa de los Helvios.

—Sin embargo, madre, no me siento alarmado. No soy más que un abogado que ejerce su profesión tranquilamente en medio de una tormenta que no nos atañe. En la vorágine de este caos, debemos servir la ley y el orden. Ése es mi deber y trato de cumplirlo.

Abrazó a su madre y le dijo:

—Ya no somos pobres. Tenemos miles de sestercios gracias al noble Scaevola y a mis clientes. Pensemos qué haremos con nuestro dinero cuando vuelva a reinar la paz en Roma. Scaevola me aconsejó que comprara fincas. Siempre tuve deseos de tener una casa en la isla de Capri o cerca de Nápoles. Quizá una villa rodeada de tierras, porque recordarás que soy campesino de corazón.

Marco estaba agobiado por tantas cargas y ansiedades. Sentía miedo y a menudo no podía dormir pensando en la suerte de su hermano Quinto. ¿Estaría todavía en Galia o le habrían ordenado que se incorporara a las fuerzas que trataban de detener a Sila? ¿Estaría muerto? ¿Habría huido?

También estaba Tulio, su padre, un inválido al que debía proteger. Estaba su madre, hija de los Helvios, cuyos parientes luchaban contra Sila. Los asuntos familiares los sentía como cadenas sobre sí, haciéndole a veces mostrarse indiferente y a menudo sentirse enfermo. Pero debía soportar todo en silencio y disimular para que sus padres gozaran de una paz que quizá fuera la última.

La muerte de Scaevola le había afectado mucho. En su mente le parecía que su maestro estaba todavía vivo, así como a Livia se la imaginaba muerta. Su espíritu sardónico estaba siempre a su lado y constantemente escuchaba su voz.

–*Sic transit Roma* –dijo a Marco en un sueño–. No te inquietes. Roma perecerá, pero tu recuerdo sobrevivirá.

Preferiría no ser un recuerdo, pensó Marco al despertarse. Preferiría ser poderoso. Preferiría ser un romano hasta los últimos días de mi vida y espero que esta vida sea larga al servicio de mi país. No deseo encontrarme con Cerbero y cruzar la Estigia, así que seré prudente. Quizá uno tenga que ocultar la virtud.

Capítulo

22

Roma había caído en el desorden y el terror.

El bochorno agobiante y el sol implacable de un verano excepcionalmente caluroso parecían confinar la gran ciudad dentro de sus vigiladas murallas y aprisionar a los habitantes, que no se atrevían ahora a cruzar las puertas y salir al exterior para nada. Porque Sila se aproximaba a Roma, si había que creer los rumores que traían correos jadeantes y sangrantes, que contaban que los ejércitos de Carbo huían en desbandada hacia la ciudad.

No había razón para dudar de los correos. Roma se convirtió en un campamento militar donde reinaba el temor. Sin embargo, a la plebe, que le importaba un ardite tanto Carbo como Sila y no entendía nada de política, le parecía excitante el clima de terror. Y el populacho se apretujaba por plazas y calles, subiendo y bajando las colinas, corriendo por todas partes como rebaños de borregos, riendo, llorando, gritando, gesticulando, abrazándose unos a otros, dando a veces vivas a Carbo (que había salido de Roma con una legión de refresco para enfrentarse con Sila) y a veces clamando por el adusto general que era su enemigo. Los incongruentes rumores mantenían al populacho en un ambiente de locura. Por las calles se iba chillando que cuando Sila triunfara, habría en Roma mucha más comida gratis y que a la gente ociosa e incompetente se le distribuiría grano, pan, judías y carne y que hasta el vino sería gratis y correría abundantemente. Soñaban con el botín. En cambio, otros grupos daban vivas a Carbo, que había prometido lo mismo o más. Las facciones alborotaban toda la noche, unos gritando que Carbo era un héroe y otros insistiendo en que Sila era el «libertador» (aunque no estaba claro de qué habría de liberar a la plebe glotona y avariciosa). En las calles se celebraban bailes tumultuosos día y noche, la gente se emborrachaba y en las tabernas estallaban riñas. Por todas partes se oían las vulgares risotadas de un populacho ignorante y envidioso. La gente decente atrancaba las puertas de sus casas y ponía esclavos fuertemente armados en guardia permanente. El Senado se reunió a puerta cerrada y los asustados senadores discutieron si deberían huir. Las puertas de Roma se abrían constantemente para admitir muchedumbres de refugiados llegados de las provincias y soldados agotados y heridos.

Marco Tulio Cicerón siguió ocupado en sus asuntos y en sostener las temblorosas leyes, mientras contemplaba ceñudo a la plebe romana. Si Sila triunfaba, la gentuza dejaría de gritar, reír, bailar y vivir a costa del trabajo de sus vecinos. Tendrían que trabajar si no querían morirse de hambre, y por primera vez Marco deseó que Sila triunfara. Seguro que no sería un monstruo sanguinario como Mario, el fallecido tío de Julio César, un cónsul vacilante como Cinna, ni un loco asustado y tiránico como Carbo, cuyos partidarios habían asesinado a Scaevola.

La poderosa ciudad de las siete colinas temblaba como asolada por un terremoto en el curso de aquellos acontecimientos y sus muros rojizos, verdosos y ocres parecían estremecerse. Sus habitantes estaban excitados bajo el tremendo calor. Por las calles pasaban soldados preparándose para defender las murallas contra Sila. Todos esperaban noticias de Carbo y éstas al final llegaron. Había librado con Sila una terrible batalla cerca de Clusium, y Metelo Pío, general de Sila, lo había derrotado cerca de Favencia. Carbo se había visto obligado a huir de Italia. La plebe se tranquilizó y la canalla, parpadeando, empezó a darse cuenta de la suerte que la esperaba. Los que más habían vitoreado a Carbo ahora susurraban que Sila tenía grandes virtudes, y los que habían aclamado a Sila gritaban triunfantes. La muchedumbre corrió por las callejuelas en dirección al Foro para aglomerarse frente al Senado, llevando destrozados estandartes con el nombre de Sila y pidiendo a gritos la rendición. Con miradas alucinadas se precipitaron hacia los templos, especialmente al de Júpiter, para orar histéricamente por el terrible general. El populacho atacó y saqueó tiendas. Los grandes comercios tuvieron que ser rodeados por guardias dispuestos a matar con sus espadas desenvainadas, pero la plebe se burló de ellos y los amenazó. El populacho ni siquiera sabía por qué gritaba, lo único que comprendía es que su gran número producía terror, sintiéndose invencible y envalentonado por sus propios excesos. Por la noche pintarrajeaban las murallas con grandes leyendas en rojo. A veces, sin saber por qué, en medio de las calles se ponían a bailar frenéticamente como si fueran derviches. De vez en cuando se veían parejas en las callejuelas, en un estado de frenesí, llegando a la cópula a plena luz del día.

Las personas decentes y trabajadoras seguían ocupándose de los asuntos de la vida normal y ateniéndose a la ley, tratando dignamente de ignorar a la gentuza que escandalizaba día y noche. Muchas personas sensatas hablaban con temor de Sila porque sabían que no era más que un militarista y despreciaba a todos los que no eran militares. Los senadores fueron huyendo de la ciudad uno tras otro, aprovechando las sombras de la noche y tras sobornar a los guardianes de las puertas.

Julio César se ocultó con su joven esposa en la casa abandonada de un senador amigo, aunque no dejó de estar en contacto con el mundo exterior. Un día recibió una carta que le hizo sonreír y fue a decirle a su esposa:

—No temas nada. He recibido un mensaje de mi querido amigo Pompeyo, quien, como sabes, se ha pasado al bando de Sila. Ha sido el mismo Pompeyo el que capturó a Carbo en Cossyra hace una semana y le dio muerte de propia mano. ¡Ah! ¡Tú lloras a tu padre, querida! Pero debemos ser realistas.

Julio no derramó ni una lágrima; para él lo único importante eran sus ambiciones.

Había sido miembro del partido popular o democrático y Sila despreciaba y odiaba ese partido como aliado de la plebe de Roma. Pero, por alguna razón que la historia nunca ha podido explicar, Julio no estaba alarmado. Procuró consolar a su esposa por la muerte de su padre y le enjugó las lágrimas. Y le aseguró que, cuando llegara el momento oportuno, ofrecería cuantiosos sacrificios en honor de Cinna y pagaría espléndidamente a los sacerdotes para que rezaran por el descanso de su alma. A veces, encapuchado por precaución, se aventuraba a salir de su escondite para hacer una visita al templo de su patrón, el dios Júpiter, padre de todos los dioses, el Invencible. Allí, entre los fieles, ofrecía una lámpara votiva. Estaba empezando a creer en Júpiter y en sus propias historias de estupendas visiones. A menudo se le veía en el templo intercambiar susurros con otros parecidos a él, y los mensajes pasaban de mano en mano y eran escondidos bajo las capas para ser enviados a otros destinatarios, a veces fuera de Roma.

Un día, estando Sila a muy poca distancia de Roma, Julio tropezó con Marco cuando éste salía de la Basílica de la Justicia. Marco vio sólo una apresurada y delgada figura oculta por una capa y un capuchón. En aquellos días se veían muchos como él yendo furtivamente por las calles. Musitó una excusa pero quedó sorprendido cuando una fina mano morena, saliendo de debajo de los pliegues de la capa, le agarró por la muñeca. Volvió la cabeza y no vio más que una boca que sonreía débilmente a la sombra de la capucha, aunque aquella sonrisa y la blanca dentadura que relucía tenían algo de familiar.

—No pronuncies mi nombre, amigo —dijo una voz que él reconoció al instante—. Vamos, busquemos un sitio apartado donde podamos hablar.

Marco se sintió alarmado. Miró en torno, viendo la muchedumbre que se apresuraba a cruzar el Foro o se abría camino por las calles que bajaban del Palatino. Pero Julio, aún agarrándole por la muñeca, cruzó con la sinuosidad de una serpiente a través de la multitud y los dos jóvenes camina-

ron sin aparentar mucha prisa hasta el pie de la gran escalinata que conducía al Palatino. Aquí la muchedumbre era más densa, pero Julio halló un sitio tras la estatua de Marte. Marco dijo en voz baja:

–Eres muy imprudente. Sabes que esto es peligroso. Hay muchas personas que te harían daño si te reconocieran.

–Cierto –contestó Julio ocultando su rostro, aunque sonriendo alegremente–. ¿Qué es lo que decía siempre tu amigo Scaevola? «Sólo en las repúblicas y los regímenes despóticos pueden sentirse los hombres seguros,
porque en las primeras son libres y en los segundos esclavos. En las democracias, como no son ni libres ni esclavos, sus vidas corren peligro.» Pero
bueno, dime, ¿qué tal te van las cosas, Marco?

–Bastante bien –contestó mirando a la gente que subía y bajaba por la escalera–. ¿Y a ti?

–Pues también bien. Siento mucho que mataran a Scaevola, porque tú lo
querías de verdad y yo lo admiraba sinceramente. Pero ha sufrido el destino
de todos los hombres libres que viven en una democracia: morir por la espada o la calumnia. Menos mal que la democracia se acabará en cuanto Sila se
apodere del gobierno.

–Pero ¿es que no tienes miedo? Tú eres sobrino de Mario.

Julio chasqueó la lengua.

–Yo nunca he tenido miedo. Pero te preocupas por mi seguridad y eso me
conmueve. ¿Es esa preocupación la que hace que estés tan pálido y tengas los
labios tan descoloridos?

A cada momento que pasaba Marco se iba sintiendo más inquieto por
Julio, porque ya había visto algunas miradas de reojo en algunos viandantes.

–No seas frívolo –le dijo, impaciente y sintiendo creciente temor–. No
quisiera ser testigo de tu muerte. La plebe de Roma ha olfateado la sangre.
Necesitan los espectáculos sangrientos y correrán rugiendo por las calles,
matando a mansalva por placer. No te prestes a dar ese espectáculo con tu
persona. ¡Eres tan audaz! ¿Cómo es que no has huido de Roma como lo han
hecho ya centenares de personas, o te escondes hasta que dejes de estar en peligro?

–No soy un pusilánime –replicó Julio– y me gusta oler el peligro, aunque
mejor de lejos. ¿Por qué he de huir? Me siento seguro. –Volvió a sonreír mostrando los dientes.– Supongo que no me traicionarías aunque tuvieras un león
en la garganta.

–No, ya sabes que nunca te traicionaría –contestó Marco, cada vez más
ansioso–. No seas absurdo. No podemos seguir aquí. Un grupo se ha detenido al pie de la escalinata y nos está mirando con una curiosidad que no me
gusta nada.

—Te habrán reconocido, querido Marco. ¡Ah! He oído contar cosas fantásticas de ti. Estoy orgulloso de ser tu amigo.

Marco se vio obligado a sonreír.

—¡Qué embustero eres! Sabes que no puedes seguir aquí. Vuelve a tu escondite. ¿Eres a menudo temerario?

—He ido a honrar a Júpiter en su templo y a implorarle su protección. Nadie creería que Julio César se atreve a salir por las calles, ni siquiera bajo una capa con capucha, en estos días en que se aclama a Sila en todos los pórticos. ¡Esos perros inconstantes! Sólo hace un par de días todavía aclamaban a mi tío, a Cinna y Carbo. Mañana, ¿quién sabe? Aclamarán al que arroje del poder a Sila.

—Cierto. Pero no debo entretenerte más por tu propia seguridad. —Marco se sentía muy a disgusto. Era evidente que Julio no temía a Sila. Eso significaba que o bien era un traidor a su propio partido y pueblo o era un jactancioso. Le pareció que muy bien podría tratarse de ambas cosas.

Julio estaba convencido de que podía contar totalmente con la amistad y buena voluntad de Marco. Eso era algo de gran valor para un hombre ambicioso. Dio un apretón a la mano de Marco.

—¿Crees que estás a salvo? —le preguntó éste, y lamentó que su voz traicionara su ansiedad.

—Estoy a salvo —replicó Julio llevándose la mano a su encapuchada frente para hacer un saludo—. Me voy, pero no te olvidaré, Marco.

Marco le retuvo por el brazo.

—¿Sabes algo de mi hermano Quinto? Temo por su suerte. —Y al punto se preguntó por qué habría hecho esta pregunta a Julio, que ni siquiera se atrevía a mostrar su cara por las calles de Roma.

Julio le dijo con tono amable:

—Vive.

Marco, sin saber por qué, le creyó y se quedó observando cómo su amigo desaparecía entre el gentío que transitaba por la escalinata. Se sintió más aliviado y casi alegre. Sólo por intuición había hecho aquella pregunta a Julio. Estaba convencido de que éste era un embustero, pero esta vez, sin embargo, había habido convicción en su voz, pensó mientras bajaba los escalones; aunque también se le ocurrió que, dado el carácter de Julio, si él hubiera gritado en la escalera traicionándole, aquél no habría vacilado en hundirle una daga en el corazón sin sentir el menor remordimiento. Es un carácter muy ambiguo, se dijo sintiendo un peso en el corazón. Y recordó las advertencias de Scaevola y cómo le había contado que su amigo tenía una serpiente dorada en su casa.

El implacable general Lucio Cornelio Sila empujó a los infortunados samnitas hasta las mismas murallas de Roma, diezmando a millares de ellos ante la Puerta Collina. Mientras tanto, las tropas de los cónsules, que estaban al abrigo de las murallas, se disponían a rendir sus armas. Los oficiales y soldados de Sila, descansando tras la matanza de aquellos itálicos, pudieron oír el atronador rugido de la ciudad que tenían a la vista: eran los gritos del populacho que daba vivas al general triunfador. Pero Sila sonrió enigmáticamente. Era un hombre al que sus enemigos llamaban «mitad león, mitad zorro» porque, a pesar de su carácter frío, se dejaba llevar por arrebatos de rabia que le enrojecían la cara.

–Si los ejércitos de los cónsules me hubieran derrotado y me hubiesen hecho prisionero, esos mismos chacales estarían pidiendo mi cabeza –dijo a sus oficiales–. ¡Ya veremos! –Su rostro de facciones duras destelló fugazmente. Nacido en el seno de una familia pobre, aunque de origen patricio, había sido siempre del partido senatorial. Creía en el poder y había llegado a odiar a los débiles senadores que aceptaban sobornos y se vendían a sus clientes y amigos. En cierto sentido él era un romano chapado a la antigua, de mente incisiva, feroz y terco en sus propósitos, implacable en sus deseos y ambiciones. Ahora estaba determinado a vengarse y no se conformaría con el título y la posición de cónsul de Roma. Se nombraría dictador.

–Y conservaré mi caballo –dijo a sus oficiales, que se echaron a reír.

Fue lo bastante inteligente como para prometer a los itálicos que, si lograba apoderarse de Roma, no derogaría las franquicias y libertades concedidas a los pueblos de la península.

–He venido a restaurar la República –declaró, y sus labios no sonrieron.

Entró en Roma cuando se había desencadenado una tormenta tan terrible que asustó incluso a un pueblo acostumbrado a tormentas. No quedaba memoria de una tan horrorosa. Y en el mismo momento en que Sila, envuelto en su capa y montando su magnífico caballo negro, seguido por sus oficiales, infantes y carreteros, llegaba a la Vía Sacra, un rayo cayó sobre el templo de Júpiter, destruyéndolo e incendiando sus restos. En el templo se conservaban los famosos libros de la Sibila, que desaparecieron entre las llamas. Sila, a poca distancia, fue testigo del terrible incendio, que desafió incluso a la lluvia. Los millares de personas que se habían congregado para aclamar a Sila quedaron enmudecidos por el terror. Y se decían unos a otros que era un portento, abriendo mucho los ojos y sintiendo en sus oídos el furioso tronar que parecía querer arrasar la ciudad.

Aunque Sila era un hombre inteligente y educado, como buen romano era supersticioso. ¿Acaso había sido destruido el templo de Júpiter como señal de que en Roma ni siquiera el dios era más poderoso que él? ¿O quizá se trataba de una terrible advertencia? Pero él, hombre muy pagado de sí mismo, decidió que se trataba de lo primero. Cuando los truenos cesaron lo suficiente como para poder ser oído, dijo a los oficiales que tenía cerca de él y que estaban observando las calcinadas ruinas con pálidas expresiones de terror en sus rostros:

—Habéis visto que el mismo Júpiter ha querido encender una antorcha para guiarme.

Todos esperaron que, tras esta observación, soltara, como de costumbre, una ronca carcajada, pero ni siquiera sonrió.

Uno de sus oficiales, Cneo Pompeyo, tampoco sonrió. Estaba acordándose de su amigo Julio César, que tenía por patrón a Júpiter. ¿Sería esto un portento? Pompeyo se irguió en la silla de su caballo, su silueta contra el cielo lluvioso enrojecido por las llamas y pensó que su posición en Roma hasta hacía bien poco había sido equívoca. Había fingido ser del partido de Mario para salvar su vida, aunque era del partido senatorial. Había servido a Sila como espía y oficial de enlace en los años que vivió en Roma y después se incorporó a su ejército en el último período de la guerra. Aunque era plebeyo, tenía pretensiones y ambiciones aristocráticas. Astuto y mundano, frío e implacable, siempre había estado convencido de que Sila volvería del este y se haría el amo de Roma. Gracias a ocultas relaciones, pudo salir de la ciudad cuando quiso para informar a los correos de Sila en sitios ocultos y luego regresar tan tranquilo.

El casco de Pompeyo relucía tanto por los relámpagos como por los reflejos del fuego. Era un joven con ojos de hombre mayor. Su ancho rostro tenía una expresión impasible y su corta nariz parecía prominente en sus carnosos contornos; la boca tenía un pliegue de firmeza. En su espesa y rizada cabellera negra brillaban gotitas de lluvia.

Pensando en Julio César se agitó ligeramente en su caballo. Recordó que el nombre de su amigo figuraba entre los primeros en la lista de proscritos redactada por Sila, pues sabía muy bien que dentro de poco todos los que habían pertenecido al partido de Mario iban a ser asesinados. También recordaba que había asegurado a Julio que no le pasaría nada. Recordaba muchas cosas de su amigo, entre ellas que Julio sabía demasiadas cosas de él. Pompeyo se quedó contemplando el templo incendiado con expresión inescrutable.

Los relámpagos continuaron iluminando las blancas columnas y los pórticos de los edificios del Foro, así como las casas que se aglomeraban en las colinas, de modo que parecía que se incendiaban tan sólo para volver a sumirse en la oscuridad. Entre los oficiales que contemplaban el horrible espectáculo de aquel crepúsculo con incendio estaba Lucio Sergio Catilina, que al fin regresaba a casa sin dejar de haber conspirado ni un momento. Pensando en su general sonrió ligeramente, considerando los crímenes y tragedias que ahora afligirían a Roma. Alzando la cabeza pudo ver a Sila en su caballo negro, destacando sobre los otros, como un dios silencioso indiferente a la furia desatada en torno a él y como si ni siquiera se diera cuenta de su existencia.

Todo lo que Catilina odiaba y aborrecía estaba ahora a merced de Sila y sus oficiales. ¡La plebe de Roma! Su jefe se limitaba a tomarse un descanso antes de vengarse de ella y de sus cobardes dirigentes. Catilina se palpó el anillo con las serpientes. Esto es sólo el principio, pensó.

Sila espoleó su caballo, haciéndole girar. Su casa y todas sus propiedades le habían sido confiscadas cuando huyó de Roma para refugiarse en el este. Pero ahora su casa, adornada con flores, esperaba su regreso.

La tormenta hizo que la gente que se había echado a la calle para darle la bienvenida se dispersara. Por lo tanto, a excepción de los truenos, apenas se oía otro ruido que el producido por los cascos de los caballos de Sila y sus hombres, repetido por el eco.

Los restos del templo de Júpiter se desplomaron entre ascuas, que se fueron apagando conforme avanzaba la oscuridad, quedando tan sólo en pie algunas columnas que parecían brazos de gigante suplicantes.

Aquella noche ya no había ninguna Sibila que advirtiera a los romanos que su República, tanto tiempo enferma, acababa de morir para desvanecerse en las negras sombras de la Historia. Y sólo quedaron los fantasmas de los muertos para decir lúgubremente:

—*Sic transit Roma!*

Capítulo
23

Marco Tulio Cicerón había conocido el terror como algo salvaje y centelleante, con el color y olor de la sangre fresca, como oscuro relámpago, como una tempestad que todo lo destrozara y esparciera.

Pero nunca lo había conocido como ahora, como algo vasto, gris y silencioso, en un ambiente opresivo. Era algo que tenía agarrotada a la ciudad y como atrapada en un puño. Algo que llenaba el aire de un absorvente polvo silencioso. Sus sombras parecieron caer de los altos edificios y borrar sus contornos. Iba de puerta en puerta, estaba en cada umbral y su presencia se notaba en los templos y las columnatas. Dondequiera que el cono de su sombra crepuscular pasara, las voces de los hombres bajaban de tono y los rostros de la muchedumbre se oscurecían para volverse atezados y cambiantes, haciendo que todos los colores parecieran sombríos. Hasta la luna parecía más triste y apagada, las callejas más desiertas y las estrellas que se alzaban sobre las colinas, cargadas de fantasmas. A la luz de la luna y de las antorchas, las siluetas que pasaban por las encrucijadas parecían no tener sustancia.

La ciudad no había conocido antes un terror semejante, ni siquiera bajo la dominación de Mario, el viejo asesino, que había matado por locura y malicia infantil, sin orden ni concierto. Pero Sila mataba de un modo implacable y metódico. Había colgado la lista de sus cinco mil proscritos en el mismísimo Senado, pero la cifra de las víctimas era de muchos miles más y los nombres sólo eran conocidos por los afligidos familiares. Se había nombrado a sí mismo dictador supremo. Había dicho: «Voy a restaurar la República», pero en nombre de la República asesinaba fríamente, sin remordimiento. Él fue el que dio a Roma su primera experiencia de una verdadera dictadura, algo casi impalpable, terrible y casi insondable. Hasta la plebe estaba ahora tranquila; aquella plebe alborotadora y ruidosa cuyos gritos no habían dejado nunca de oírse hasta ahora. Hasta sus rostros volubles parecían máscaras en las que se hubiera fijado el horror que recorría las calles, y las personas se miraban parpadeando y con la boca abierta. Sabían que eran demasiado poco importantes para que se hubieran molestado en inscribir sus nombres en las listas de los que debían ser asesinados, nombres que, por otra parte, no eran conocidos, pero la gente sentía la palpable presencia de la muerte en todas partes y no había calle donde no se viera un funeral. Y se decían unos a otros en voz baja y balbuceante:

—Pero ¿qué es esto?

—Creo que esta ciudad se halla al borde de la desesperación —comentó un día Tulio, a pesar de que nunca salía de su domicilio y se limitaba a pasear por el pequeño jardín otoñal de su casa, escuchando el triste rumor de las dos pequeñas fuentes y observando cómo las hojas caían una a una sobre la tierra silenciosa—. Marco, debes contarme qué está pasando.

Ya no era más que un frágil inválido al que sólo quedaban fuerzas para moverse por las habitaciones y el jardín. Sería mejor que no supiera la verdad.

—Es que Sila aún no ha acabado de imponer el orden. Mientras tanto, yo trato de seguir fiel a las leyes en medio de este caos.

—No creo que las cosas puedan ir con Sila mucho peor que con Cinna, Mario y Carbo —comentó Tulio de modo displicente—. ¡Aquéllos sí que eran tiranos! ¡De qué modo llegaron a profanar el nombre y la libertad de Roma! Sila ha prometido restaurar la República, ¿y no es eso lo que siempre habíamos soñado en nuestra familia? Primero tu abuelo, luego yo y ahora tú. —Como Marco no le contestara, Tulio elevó el tono—: ¿Es que Sila no está restableciendo la República?

—Eso es lo que dice —replicó Marco.

Ni él ni Helvia se atrevieron a decirle que un primo de ella, un comerciante simpático aunque algo tonto, había sido asesinado por orden de Sila. Era un hombre que jamás se había metido en política y que ni siquiera había sido capaz de distinguir a un tirano de otro, un hombre todo sonrisas y amabilidad. Si había dado vivas a Mario, Cinna y Carbo era por ser de carácter abierto y porque representaban al «gobierno».

Había sido un excelente comerciante de tejidos, siendo dueño de varias tiendas en la ciudad, importador de las mejores telas de seda, lino y lana. Sus dibujantes y tintoreros estaban reputados como los mejores artesanos de su especialidad, lo que le valió que incluso durante los largos períodos de guerra los negocios le fueran bien.

«Vamos a comprar a las tiendas de Linio —decía la gente de la clase media de Roma y aun los adinerados—. Allí no nos engañarán y sólo nos ofrecerán géneros de buena calidad.»

Linio, como tantos otros, ignoraba que Sila odiaba profundamente a la clase media, la cual ha sido siempre odiada por los tiranos. Nunca llegó a saber que un competidor envidioso susurró al oído de Sila que Linio había sido partidario de Cinna. Y por eso fue asesinado.

Tulio se dio cuenta de que el simpático primo de su esposa dejó de visitarles.

—¿Qué le ha pasado a Linio? —preguntó a Helvia una noche—. ¿Es que ya no quiere tratos con nosotros?

El impávido rostro de Helvia había perdido su brillante vivacidaz. Su pelo encanecía rápidamente. Como se sintió incapaz de contestar a su esposo, fue Marco el que dijo como si tal cosa:

—Linio está de viaje por el extranjero. Ahora que han terminado las guerras, ha ido a comprar nuevos géneros.

En otra ocasión Tulio gimió:

—¿Y por qué no tenemos noticias de Quinto? Ahora que todo está tranquilo, bien podría escribirnos. Me temo que haya muerto.

Marco contestó dominando sus propios temores:

—Las cartas se pierden a menudo. He oído el rumor de que una legión regresa a la ciudad.

Eso no era cierto, pero Tulio, el intelectual, el hombre solitario, el filósofo enamorado de Dios, nunca se vio obligado a comprobar con sus propios ojos la terrible realidad de aquellos días. Anteriormente se había sentido protegido por su padre, luego por su esposa; ahora era Marco el que debía protegerle e impedirle que oyera la voz del terror que susurraba en las calles de Roma.

El mismo Marco se sentía atemorizado y lleno de ansiedad. Sufría tanto que a veces no podía soportar la voz petulante de su padre, sus exigencias de que le dijeran una verdad que podía matarle del disgusto, su insistencia en que le aseguraran que todo iba bien en su familia y su mundo. Una noche Helvia se presentó en el aposento de Marco, sentándose en el borde de su cama y tomando su fría mano. La madre trató de hablar calmosamente y con tono afable, pero no pudo evitar el llanto. Él la estrechó entre sus brazos y dejó que llorara sobre su pecho.

—¿Dónde está mi Quinto? —preguntó—. ¿Por qué han asesinado a Linio? ¿Por qué han matado a tantos de nuestros amigos?

Marco se hizo a sí mismo aquellas terribles preguntas y le fue imposible hablarle a causa del dolor que atenazaba su corazón y del temor por el mañana.

—Yo sólo soy un abogado y no tengo nada de político. Sin embargo, Catilina es uno de los oficiales de Sila y se ve que me ha olvidado más de lo que yo le he olvidado a él, porque yo no puedo olvidar a Livia, madre. ¿Vive Livia todavía? ¿Habrá muerto de sufrimiento? ¿Estaré yo vivo cuando amanezca mañana? Si muero, ¿quién se ocupará de ti y de mi padre?

–Palas Atenea te protegerá, Marco –le dijo Helvia enjugándose las lágrimas y enjugando luego las de su hijo–. Los dioses no permitirán que los buenos mueran porque sí. –Hizo una pausa y añadió–: ¡Qué de tonterías he dicho! Pero de veras creo que Palas Atenea te protege.

–Espero que Sila lo comprenda –respondió Marco–. ¡Cuántas personas han caído en Roma! ¡Cuántos nombres ilustres! Tantos nombres de senadores virtuosos como de senadores corrompidos. ¡Cuántos hombres como mi primo, el inocente Linio, que han muerto por nada! ¿Qué delito cometieron? Que no se apresuraron a hacer amistad con los tiranos y adularles. Sólo querían vivir en paz, bajo cualquier gobierno que les permitiera ganarse honradamente la vida. ¡Pero los gobiernos no permitirán que nadie viva en paz!

Marco, a pesar de los tiempos, seguía teniendo muchos clientes, aunque carecía de amigos, pues ahora todo el mundo tenía miedo de hablar en confianza con otras personas. Sila había proclamado la libertad, pero los hombres andaban con aire de cansancio y hablaban en voz baja tras las puertas cerradas, preguntándose si podrían confiar en sus propios hijos. Sila proclamaba que había restablecido la paz, pero los hombres miraban aprensivos a sus bebés en sus cunas. «Volveré a colmar nuestro tesoro ahora en bancarrota», declaraba Sila, así que todo el mundo hablaba con desánimo de nuevos y fuertes impuestos, retirando sus ahorros de los bancos para esconderlos en agujeros o huyendo de la ciudad llevándose su oro. «¡Al final habrá justicia!», gritaba Sila, y los ciudadanos temían cada nuevo amanecer, abrazados desesperadamente a sus esposas, esperando a cada momento lo peor.

–Roma ha dejado de ser una ciudad-estado –declaró Sila–. Somos una nación y debemos marchar hacia delante en cumplimiento de nuestro destino.

Millares de romanos que disponían de dinero suficiente para sobornar huyeron a lugares más tranquilos en Grecia e incluso en Egipto, o fueron a ocultarse en pequeñas granjas de Sicilia, orando para que el destino de Roma tronara lejos de sus tejados.

En un oscuro día de invierno, Helvia dijo a su hijo:

–Ya no somos pobres como antes. Uno de mis tíos, que fue lo bastante prudente como para no meterse en nada durante todos estos años, no inspirar envidia y guardar su dinero, me ha ofrecido un coche con dos bonitos caballos. Vayámonos a Arpinum y vivamos tranquilos durante un tiempo.

–Padre sospechará que ha ocurrido algo grave si nos vamos al campo en pleno invierno –contestó Marco.

Un día se dirigió al templo de la Justicia. Silenciosamente, en medio de la lobreguez del crepúsculo invernal, se acercó al vacío altar blanco del Dios desconocido. Marco lo tocó con la mano y el mármol pareció sensible bajo sus dedos. Y rezó:

–¿Por qué retrasas tu nacimiento? El mundo se sumerge cada vez más en una sangrienta destrucción y la muerte espera en cada sombra. El mal cabalga triunfalmente por las calles de Roma. Ya no queda esperanza a los hombres. ¿Por qué nos has negado tu salvación?

El altar relucía en aquella media luz y las sombras rojizas de las lámparas votivas de los otros altares lamían el tranquilo mármol de éste que esperaba la señal visible de su Dios. Esperaba su sacrificio, sus flores, sus vasos, la voz de sus sacerdotes. Marco apretó la mejilla contra el altar y sus lágrimas afloraron.

–¡Ayúdanos! –suplicó en voz alta.

Publio Mucio Scaevola, el asesinado mentor de Marco y pontífice máximo de la abogacía, le había dicho en una ocasión: «Esta nación no estará perdida mientras los tiranos no intervengan en los colegios de los pontífices, obligándoles a hacer su voluntad».

Y Sila se había proclamado a sí mismo no sólo dictador de Roma, sino jefe de los pontífices, comprendiendo astutamente que el que controla a los dioses, controla a la humanidad. Decía que no es que quisiera imponer su voluntad, sino que seguía las directrices del Olimpo. Los pontífices patricios no se sublevaron y ni siquiera protestaron. Ellos, al igual que el resto de los romanos, ya hacía tiempo que eran incapaces de reaccionar como hombres.

–Será mejor que lo tomemos con calma –se decían entre ellos–. ¿Vamos a dejar que Roma se hunda en la insurrección y la catástrofe? Estaría en nuestro poder hacerlo, pero no debemos hacerlo. Dejemos que Sila declare que está inspirado por Júpiter, los hombres inteligentes se limitarán a sonreír. Por el bien de nuestro pueblo será mejor que nos callemos. –Como la mayoría de los romanos eran hombres prácticos, aunque no lo suficientemente prácticos e inteligentes para comprender que cuando los sacerdotes ceden ante la autoridad civil y los tiranos, han vuelto la espalda a Dios y abandonado a los hombres a su suerte.

Sila, que ahora era el amo del abyecto Senado (el antaño poderoso Senado), nombró a sus favoritos miembros de tan augusta asamblea, aumentando su número a seiscientos. Casi todos eran patricios u hombres ricos, porque Sila no se fiaba de la masa. La asamblea pública se apresuró a confirmar aquellos nombramientos. Algunos de los nuevos senadores eran ricos comerciantes que jamás habían favorecido a Sila y no sabían que recibían tal honor por la simple razón de que Sila deseaba ganarse el favor de los hombres del comercio, con tal que renunciaran a sus verdaderos intereses y a sus inveterados principios y se le sometieran dócilmente. Al revés de Cinna, no subestimaba el poder de los hombres de negocios. Contrariamente a las leyes de la antigua Roma, que colocaban todo el poder en manos de la asamblea pública, se dieron ahora al Senado poderes sobre dicha asamblea. Todas las medidas que se sometieran a ésta para ser rechazadas o aprobadas tenían que recibir primero el visto bueno del Senado, lo cual era una clara violación de la ley. La asamblea pública recibió esta disposición con justificada inquietud, porque el gobierno había dejado ya de representar al pueblo.

—Quiero un gobierno responsable —dijo Sila, que había destruido la Constitución de un plumazo. Luego atacó el cargo de tribuno y decretó que en lo sucesivo ninguno podría ocupar otro cargo, ni volver a prestar servicio hasta transcurridos diez años desde que ejerciera aquel empleo público. Los «representantes del pueblo» quedaron reducidos a la impotencia y ningún hombre honrado deseoso de servir a su país al amparo de leyes justas sintió en lo sucesivo ganas de sujetarse a tales restricciones.

Por primera vez al cabo de varios siglos de existencia, la República romana fue reducida a la nada, siendo un mero instrumento en manos de su amo: Sila y sus testaferros. Y lo que no pudo conseguir éste por el asesinato, lo consiguió por la vanidad, al conceder honores y poderes a aquellos que anteriormente fueron sus enemigos por instinto.

Yo sólo soy un abogado, se decía Marco a sí mismo, aunque ya no nos queda más ley que la voluntad de Sila. De todos modos debo seguir comportándome como un hombre responsable, tal como si la ley existiera, rezando para que vuelva a existir, si no en Roma, al menos en alguna otra nación, aunque aún no haya nacido.

Aquel año la Saturnalia no se celebró con la alegría de otras veces. Sila quería que los regocijos públicos fueran jubilosos como tributo a su persona, pues ¿no había restaurado la República? Pero la gente se sentía inquieta, confundida y atemorizada, aunque la masa no acabara de comprender por qué se sentía así. Por instinto olfatearon el olor de la tiranía mucho antes de que fueran dictadas aquellas leyes punitivas contra la asamblea pública y la anulación práctica de los poderes de sus tribunos fuera hecha efectiva, reduciendo así el poder del populacho. Sila, para animar la Saturnalia, tuvo un gesto magnánimo y se mostró generoso con todos, ordenando que fueran entregadas al pueblo grandes cantidades de alimentos y disponiendo varios festivales y juegos magníficos en los circos.

El pueblo aceptó lo que le daban, pero la muchedumbre, llena de aprensión, no se sentía alegre. Se recordaban los primeros días de terror, el miedo general en las calles, el clima de férrea opresión. Pasaría mucho tiempo antes de que se pudiera reír con ganas y el pueblo se sintiera a gusto.

El mes de Jano fue extraordinariamente frío.

Marco no hacía más que echar carbón al brasero del despacho de Scaevola, que ahora ocupaba él. Las azules cortinas de lana tenían que estar corridas continuamente sobre las ventanas, aun al mediodía, pero a pesar de eso el frío penetraba con los gélidos vientos. El suelo parecía de hielo y la frialdad le calaba a pesar de que llevaba zapatos forrados de piel. Cuando acababa de escribir cartas y documentos, podía oír los silbidos del tempestuoso viento invernal que acumulaba la nieve. Jamás había conocido un invierno semejante en Roma; parecía como si los elementos quisieran aumentar aún más los sufrimientos y el temor de la ciudad.

Marco se había rodeado ahora de un grupo de discípulos y procuraba ser tan paciente con ellos como Scaevola lo había sido con él. Su rostro podía aparecer pálido por el temor y el frío, pero su gesto era siempre amable y sus ojos miraban cariñosamente a sus discípulos. Cuando hablaba a aquellos inquietos muchachos lo hacía con el tono más sereno posible.

—En medio del desorden la ley debe prevalecer o la humanidad perecerá —les decía.

—Pero si Sila hace las leyes a su capricho —le contestaban.

Y él replicaba:

—Las leyes de Dios jamás podrán ser cambiadas. Estudiémoslas, porque seguimos siendo romanos y nosotros hemos invocado siempre a Dios.

Pero cuando se quedaba a solas, inclinaba la cabeza y se pasaba los dedos por su espesa cabellera, suspirando.

Un día en que estaba preparando un caso civil, uno de sus discípulos se le acercó aterrorizado y le gritó:

—¡Maestro! ¡Un centurión quiere verle! ¡Viene acompañado por soldados!

Marco se puso tenso, pero fue capaz de reflexionar.

—¡Ay de nosotros! ¡Hemos llegado a conocer unos tiempos en que hasta la vista de nuestros propios soldados nos causa temor! —Y con su voz más serena dijo—: Di al centurión que entre y ordena que nos sirvan vino.

El centurión, un joven vistiendo armadura, una pesada capa y un brillante casco, entró con gran estrépito de sus zapatos de suela de hierro, alzando el brazo para hacer el rígido saludo militar. Marco se levantó y le saludó:

—Salve —dijo apoyando las manos en la mesa y sonriendo inquisitivamente al soldado.

—Salve, Marco Tulio Cicerón. Soy Lépido Cotta y he recibido órdenes de escoltarte hasta mi general, Sila, que te invita a almorzar con él este mediodía.

Marco se lo quedó mirando asombrado y el centurión le devolvió la mirada de modo arrogante. Fue esto lo que hizo que Marco enrojeciera de indignación, recordando que en las antiguas leyes la autoridad civil estaba por encima de los militares.

—Ahora no puedo ir —dijo—. Tengo que presentar un caso muy importante dentro de una hora ante un magistrado en la Basílica de la Justicia.

El centurión se lo quedó mirando boquiabierto y luego dijo:

—Señor, yo he recibido mis órdenes. ¿Quiere que vuelva y le dé a Sila esa contestacion?

Sé prudente, sé siempre prudente, pensó Marco. Pero su indignación aumentaba. Los hombres tenían que mantener sus derechos, de lo contrario no eran hombres.

—Déjeme pensar —contestó sentándose.

Sirio, el fiel esclavo negro, sirvió vino en dos cubiletes de plata. Marco tendió a Cotta un cubilete y luego tomó el otro.

—Ya he tenido que retrasar dos veces la presentación de este caso, Cotta —le dijo—. Al magistrado no le hará mucha gracia mi ausencia. Creo que será mejor que vaya a la Basílica de la Justicia y presente mi caso todo lo rápidamente que pueda. Luego aceptaré encantado el honor de la invitación de Sila.

Cotta asintió con gesto solemne.

—Éste es un vino muy bueno —dijo con voz juvenil. Se sentó frente a Marco y se llenó otra vez el cubilete—. Pero es que tenemos una litera ahí fuera esperándole.

Marco apretó los labios con obstinación. Así que no van a matarme, penso. Por lo menos, no de momento. ¿Qué querría Sila de él, que no era más que un oscuro abogado procedente de una modesta familia, que vivía tranquilamente dedicado sólo a ejercer su profesión? Sólo lo conocían los magistrados y sus clientes. Y entonces pensó en Catilina.

—¿A qué debo este honor? —preguntó.

El centurión se encogió de hombros.

—Señor, yo sólo recibo órdenes, pero sé que Scaevola, el gran pontífice máximo, era gran amigo de mi general y es muy posible que Sila quiera honrar a su discípulo favorito.

—Scaevola no se dedicaba a la política —repuso Marco incrédulo. El centurión esbozó una sonrisa juvenil, con aire de estar enterado.

Entonces Marco recordó algo y se echó a reír. Se imaginó llegando al Foro escoltado por Cotta y los soldados que llevaban las fasces, las águilas y los estandartes de Roma. El magistrado se habría mantenido inflexible con respecto a su cliente, pero, sin duda alguna, al verlo rodeado de tan formidable escolta, se sentiría atemorizado y cedería. Y dijo al soldado:

—Debo hacer acto de presencia para defender a mi cliente. Acepto la cortesía de ir en la litera y su escolta, mi buen Cotta. ¿Vamos ya?

Así que Marco se echó sobre los hombros su capa roja forrada de pieles, el primer lujo que se había permitido, y se puso una capucha de abrigo sobre la cabeza. Escoltado por Cotta, cruzó la casa de Scaevola, viendo que los rostros de sus discípulos palidecían de miedo y asombro. Pero Marco les dijo:

—No tardaré en volver, muchachos. No dejéis vuestros estudios mientras yo esté ausente. Voy a almorzar con el general Sila.

Sirio se puso a su lado, mirándole fijamente con sus brillantes ojos negros.

—Amo, yo le acompañaré.

—Pues claro —contestó Marco, apoyando una mano en su hombro.

Salieron a la calle para encontrarse con la ventisca y subió a la cálida litera que le aguardaba. Cuatro esclavos con capas rojas la levantaron y pronto estuvieron rodeados por soldados, y guiados por Cotta marcharon calle abajo. Sirio iba caminando detrás de ellos.

Como Marco había intuido, el magistrado sintió temor y también los funcionarios del tribunal. La voz arrogante del magistrado se volvió respetuosa y Marco pudo presentar su caso de modo muy hábil. El magistrado se limitó a asentir una y otra vez. Cuando Marco le alargó un papiro, él lo firmó de modo muy florido y le puso encima un sello.

—No comprendo, noble Cicerón, cómo ha tenido dificultades con este caso —le dijo.

Marco se sintió asqueado, pero hizo una reverencia al magistrado y luego a los funcionarios del tribunal, que le correspondieron con otra reverencia. Finalmente salió con su ruidosa escolta.

En las calles se habían formado costras de hielo. Un sol tristón intentaba aparecer tras las oscuras nubes y el hielo relucía. De los blancos pórticos de los edificios colgaban los carámbanos y el río corría negruzco entre sus blancas riberas. Los mendigos y vagabundos habían encendido hogueras en casi todos los cruces para calentarse o asar tiras de carne. La gente andaba deprisa por la calle y todo el mundo llevaba la cabeza encapuchada, inclinándola ante el inclemente viento. Por todas partes había olor a humo.

A lo lejos brillaban las colinas, centelleando bajo un sol recién salido, y los tejados rojizos relucían por la humedad y la nieve. El cielo parecía tener parches de un azul frío.

Pronto llegaron ante la amurallada casa de Sila, que no estaba lejos del Palatino. La guardia les saludó y un batir de tambores anunció la llegada de Marco. Ahora sé lo que es ser un poderoso, pensó éste. Los soldados y esclavos marcharon por el enfangado sendero de grava que llevaba a la puerta de bronce de la gran casa blanca de Sila. La puerta se abrió y aparecieron más soldados. Eran jóvenes, de rostro agresivo, ojos fieros y mirada de águila, de cuyas armaduras arrancaban destellos los rayos del sol. Marco se apeó y precedido del centurión, que andaba marcialmente, entró en un vestíbulo de mármol, tibio gracias a la calefacción, en el que se levantaban bellas columnas blancas y perfumado como si en él crecieran flores de primavera. Una fuente sonaba melodiosamente en el atrio. En algún lugar de la casa, tras las cerradas puertas, una mujer joven rió alegremente.

Escoltado, Marco fue llevado a una espaciosa y caldeada habitación, cuyo suelo era de losas de mármol blanco y negro. El mobiliario era escaso, aunque elegante; las mesas, de madera de limonero y ébano incrustadas de marfil. Aquí y allá se veían alfombras persas. Ante una enorme mesa de patas de mármol labrado había sentado un hombre que, al entrar Marco, alzó la cabeza, frunciendo el entrecejo y murmurando algo.

Era como si apenas se hubiera dado cuenta de la intrusión de Marco, ni del centurión, ni del atemorizado pero resuelto Sirio, cuyo negro rostro lo miraba fijamente sobre el hombro de Cotta. Éste saludó al estilo militar:

—Mi general, le he traído al abogado Marco Tulio Cicerón tal como me ordenó.

Marco hizo una reverencia.

—Muy honrado, señor. ¡Salve!

—¡Ah! —exclamó Sila, frunciendo el entrecejo de nuevo—. ¡Salve! —Se quedó mirando el montón de rollos, papiros y libros que había sobre su mesa y luego los apartó de un manotazo. Se frotó los ojos y bostezó ligeramente.

Era un hombre de más de cincuenta años de edad, delgado, bronceado por la intemperie, de rostro rugoso con profundos pliegues en torno a la boca y a lo largo de la frente. Tenía las mejillas hundidas y eso le daba un aspecto sombrío. Sus pestañas eran muy negras, rígidas sobre sus pálidos y terribles ojos. Marco no había visto jamás un brillo más helado y amargo que el de aquella mirada. Llevaba muy corto el pelo negro sobre su bien modelado cráneo y sus pálidas orejas estaban muy pegadas a la cabeza. Su mandíbula era firme y angular, sus hombros anchos aunque casi esqueléticos. Vestía una larga túnica de lana teñida de rojo, sujeta con una correa de cuero que sostenía la daga. No llevaba brazaletes ni anillos. A pesar de su falta de garbo militar, nadie lo habría tomado por otra cosa que por un soldado. Su voz era áspera y chapurreante.

Se quedó contemplando a Marco, sin mostrar mucha curiosidad o interés. Se fijó en aquella alta y delgada figura envuelta en una capa roja, una capucha y una modesta y larga túnica azul oscuro. Y vio el pálido e inteligente rostro de Marco, sus finos rasgos, los ojos grandes, el rizado cabello castaño que se arremolinaba sobre su frente. Marco le sostuvo la mirada y Sila pensó: He aquí un valiente, a pesar de que no es más que un abogado, un civil. El temible soldado sonrió ligeramente con cierta acritud.

—Me complace que haya aceptado mi invitación para compartir mi frugal almuerzo —dijo. Y con un movimiento de la mano, indicó al centurión que podía retirarse—. Comeremos con otro invitado. —Por primera vez se fijó en Sirio.— ¿Quién es ese esclavo? —preguntó—. No es de mi casa.

—Es mío, señor —contestó Marco. Hizo una pausa y luego añadió—: Me sirve de protección contra mis enemigos.

Sila enarcó sus espesas cejas.

—¿Es posible que un abogado tenga enemigos? —preguntó. Se echó a reír y su risa era desagradable—. ¡Ah! ¡Ya había olvidado que los abogados son unos sinvergüenzas! —Y dijo a Cotta—: Llévate el esclavo a la cocina y que coma mientras yo almuerzo con su amo.

Cotta saludó y se llevó a Sirio, que no pareció irse de muy buen grado. Cuando la puerta se cerró tras ellos, Sila dijo:

—Siéntese, Cicerón. Debe contentarse con la comida de un soldado, que no la servirán en un comedor, sino en mi centro de operaciones. ¿Nunca ha sido soldado ni ha estado en un campo de batalla?

—No, señor —Marco se quitó la capa y la colocó sobre una silla, sentándose sobre ella.— Pero mi hermano Quinto Tulio Cicerón es centurión en Galia.

Los pálidos ojos de Sila se fijaron en Marco con una curiosa expresión.

—¿En Galia? —inquirió.

—Sí, señor. Hace mucho tiempo que no recibimos noticias de él. Mis padres y yo estamos muy preocupados. Es posible que haya muerto.

—La muerte es la eterna compañera del soldado —observó Sila con tono sombrío.

Marco alzó la mirada.

—También es la compañera de todos los romanos —dijo.

—Sobre todo ahora, ¿verdad? —contestó Sila. Y para asombro de Marco lo dijo sonriendo.

El joven no replicó. Sila tomó su pluma y golpeteó la mesa como si meditara.

—Soy un hombre que sólo entiende de hierro y sangre —declaró—. Un hombre de pésimo humor. Pero sé honrar a los valientes.

Marco recordó que a Sila lo llamaban medio león y medio zorro y que era implacable.

—He traído la paz, el orden y la tranquilidad a Roma, cosa que la ciudad no había conocido en mucho tiempo —dijo Sila—. Y no sólo a Roma, sino a toda Italia.

La paz, el orden y la tranquilidad de la esclavitud, pensó Marco. Sila, observándolo, se sintió divertido.

–He oído hablar mucho de usted, Cicerón –le dijo–. Recibí muchas cartas de mi querido Scaevola antes de que fuera asesinado. –Su voz sonó fría y suave.– ¿No le habló nunca de mí?

Marco se puso nervioso.

–Mi mentor no admiraba a los militares –dijo finalmente–. Recuerdo que dijo que usted era preferible a Cinna y Carbo. Era un hombre de comentarios cáusticos.

Sila sonrió.

–También era muy discreto. Me fue más valioso que una legión de correos. A nadie debo más que a él. ¡Y tú, que eras su discípulo predilecto, jamás lo sospechaste!

–No, señor. –Marco se sintió de repente fatigado.– Y por eso fue asesinado. Yo pensé que sus asesinos habían acabado con él porque era un hombre justiciero y honorable. Carbo no podía soportar a tales hombres.

–No impugnes su sentido de la justicia ni su honor –replicó Sila–. ¿Quién va a saber más de eso que yo, que era su amigo? Una vez me escribió: «Cuando uno se enfrenta con dos males, debe escoger el menor». Sabía que yo era inevitable, pero sobre todo me quería –se volvió en su silla y se quedó mirando los muchos estandartes que pendían de las paredes de mármol blanco y negro–. Sólo a una cosa quiso más, y fue a su país. Igual que yo.

Marco había pensado siempre que sólo los hombres con un profundo sentido de la justicia, bondad e integridad eran capaces de amar a su país como éste se merece. Sin embargo, ahora había percibido un temblor de emoción genuina en la voz de ese hombre que no era ni justo ni bueno y sólo tenía la feroz integridad del soldado. Soy un ingenuo, pensó.

Sila volvió a mirarlo fijamente con aquellos ojos pálidos.

–Tu abuelo fue mi capitán –dijo–. Yo era subalterno suyo. Era un romano chapado a la antigua y yo venero su memoria. No aceptaba compromisos con nadie cuando él creía tener razón. Roma se empobreció con su muerte. La verdad es que se ha ido empobreciendo cada año conforme sus héroes han ido muriendo. Pero eran héroes pasados de moda. Vivimos en un mundo que cambia continuamente y ellos no eran capaces de cambiar.

Marco replicó:

–Señor, el mundo no queda nunca estático, cada año que pasa es un mundo diferente. Sin embargo, ahora que todo el mundo dice que vivimos en un mundo cambiante, creo que es una excusa para justificar los excesos.

–Te gusta discutir –dijo Sila–. Se nota que eres abogado. Pero vamos a ver, ¿es que al pueblo no le gustan las frases grandilocuentes y la algarabía?

Si gritan que éste es un mundo cambiante, vivirán entusiasmados, porque el pueblo cree que los cambios significan progreso. No debemos desilusionarlo. –Su blanca dentadura se mostró en una amplia sonrisa.– Yo le admiro, Cicerón, porque se parece mucho a su abuelo. Usted también es un valiente.

–Ya dijo eso antes, señor –replicó Marco con acaloramiento–. ¿Tan raro es que un hombre sea valiente?

–Muy raro –contestó Sila–. Ni siquiera los soldados son siempre valientes. –Apartó la pluma a un lado.– Tenía ganas de conocer al discípulo de Scaevola, de encontrarme con un abogado honrado y estudiar tan extraño fenómeno. ¡Ah! Aquí llega mi otro invitado.

Indiferente, porque ahora sentía un gran cansancio espiritual, Marco volvió la cabeza y entonces sí se quedó asombrado, porque en aquel momento entraba como si tal cosa, vestido con suma elegancia, su viejo amigo Julio César, sonriendo tan alegremente como el sol de verano.

Capítulo

24

Marco se levantó despacio y Julio le dio un fuerte y afectuoso abrazo, besando su mejilla.

—¡Mi querido Marco! —exclamó—. ¡Siento una alegría inmensa cada vez que te veo!

—Y yo al verte siempre quedo asombrado —contestó Marco. Julio se echó a reír de buena gana, dándole un golpecito en el hombro mientras le guiñaba ligeramente un ojo.

Aunque Julio no era de gran estatura, daba una impresión de grandeza envuelto en su nívea toga, tocado con sus brazaletes incrustados de gemas, su riquísimo collar egipcio de oro, ornado con flecos y piedras preciosas, sus relucientes anillos, su cinto y sus zapatos dorados. Sus alegres ojos negros, caprichosos y maduros, brillaban burlones. Su aspecto, como siempre, era depravado y disoluto, pero curiosamente boyante y alegremente juvenil. Enlazó su brazo al de Marco y se volvió hacia Sila.

—Señor —le dijo—, he aprendido más de nuestro Marco que de todos los tutores que me afligieron. Fue el mentor de mi infancia.

—Lo que no sirvió de mucho —repuso Marco sin poder evitar, como siempre, devolver la sonrisa a Julio. Luego añadió—: No esperaba encontrarte aquí.

Julio rió de nuevo como si Marco hubiera dicho algo muy ingenioso.

—¿Es que no nos encontramos en los sitios más inesperados? Pero aquí estamos como en nuestra propia casa.

Marco pensó en todas las cosas hirientes e inoportunas que le gustaría decir, pero se contuvo. Y a su mente acudieron todas las antiguas sospechas sobre su amigo. Hacía tiempo que sabía que Julio no tenía principios, ni sabía de lealtades o dedicaciones. Pero al menos debería tener amor propio. Además era el sobrino de Mario, el hombre al que Sila había odiado más y, por si fuera poco, había pertenecido al partido popular, tan despreciado por Sila. El mismo Julio que había hablado en favor de la democracia con su voz más elocuente la democracia tan aborrecida por Sila. Aquel soldado de mediana edad y aquel joven y hábil embaucador deberían ser mortales enemigos, pero ninguna pirueta era de extrañar en el joven camaleón que no tenía más lealtad que para sí mismo.

—No me sorprende demasiado encontrarte aquí –dijo por fin Marco–. Tampoco me sorprendería encontrarte en el Olimpo o en el Hades. Siempre estás en los lugares más inverosímiles.

Julio puso cara muy seria, pero sus ojos bailaron con expresión burlona.

—Como sabes, querido amigo –contestó–, yo estoy bajo la protección de las Vírgenes Vestales. Por lo tanto, nada tiene de extraño que al amparo de su pureza yo pueda aparecer en cualquier parte. –Volvió a mirar a Sila y dijo–: Señor, ¿no es nuestro Marco la más noble y gentil de las criaturas, la más juiciosa y moderada?

Los pálidos ojos de Sila lanzaron destellos.

—Tiene nobleza, pero no le encuentro gentil ni demasiado moderado. Bajo sus modales modestos se oculta una garra y en sus ojos se atisba la mirada de un león, y no de los más blandos.

—¡Señor! –exclamó Julio–. ¡Qué bien lo habéis descrito! Marco ama la plebe tan poco como nosotros. Es aristócrata por naturaleza, aunque sea abogado. –Volvió a dar un manotazo a Marco en el hombro.– Tengo que discutir contigo un asunto de leyes ante el general Sila.

—Dudo que tú honres las leyes –replicó Marco–, ¿o acaso es una nueva faceta de tu naturaleza?

—La ley es lo que existe en un momento determinado –repuso Julio echándose a reír. Sus modales ante Sila eran los de un hijo mimado al que se le permite todo.

—El concepto que tienes de la ley es muy interesante –le dijo Marco fríamente–. Es el mismo en que se basan muchos abogados... y muchos sinvergüenzas.

Julio no se sintió ofendido. Condujo a Marco hasta una silla y sin esperar ninguna invitación se sentó en otra, de cara a Sila.

—Siempre podremos confiar en la honradez de Marco. Como no es diplomático, no es embustero. ¿No se lo dije, señor?

Sila contestó:

—Lo que más aprecio es un hombre honrado que no cambie de opinión según las circunstancias y en cuya palabra se pueda confiar. –Se quedó mirando a Julio con una sutil expresión divertida.– Sin embargo, los hombres como tú, Julio, son muy valiosos para los hombres como yo. Mientras yo sea poderoso, me serás fiel. E intento seguir siendo poderoso.

Dos esclavos trajeron una mesita cubierta con un mantel de lino y sobre ella colocaron cucharas y afilados cuchillos dorados. Los tres hombres observaron en silencio. Los esclavos salieron y regresaron con bandejas de carne fría de vaca y gallina, queso, manzanas, uvas y limones, pan moreno, cebollas hervidas, nabos y vino.

—No es un festín suntuoso —comentó Sila—, pero no soy más que un soldado. —Él mismo sirvió en los tres cubiletes. Luego derramó un poco en libación.— Al Dios desconocido —dijo.

Marco quedó sorprendido de que Sila, el poderoso romano, honrara un Dios del que los griegos hablaban tanto y no a Júpiter o Marte, su patrón. Y se apresuró a hacer él también otra libación.

—Al Dios desconocido —murmuró, y al decirlo sintió un profundo espasmo de dolor y añoranza.

Pero Julio, vertiendo su propia libación, dijo:

—A Júpiter, mi patrón.

—Cuyo templo ha quedado destruido —comentó Sila.

—Pero que usted reconstruirá, señor —replicó Julio.

—Por supuesto —dijo Sila—. Al pueblo le causó mucha impresión que un rayo destruyera el templo el día de mi entrada en Roma, creyendo que era un portento. El vulgo siempre cree estar descubriendo portentos y es deber de todo gobernante juicioso escuchar sus opiniones. Ya he declarado que Júpiter me reveló personalmente su deseo de que el templo sea reconstruido con más magnificencia que el que anteriormente le estaba dedicado. —Ni siquiera sonrió al decir esto.— Será un templo magnífico, tal como se merece el padre de los dioses. Para financiar su construcción haremos un sorteo de lotería, cosa que complacerá al pueblo. Gustará también a las personas ahorrativas y frugales, porque saben que nuestro tesoro está en bancarrota y ya no hay modo de sacar más dinero de él.

Marco comió poco y en silencio. De nuevo se preguntó, cada vez más alarmado y confuso, para qué habría sido llevado allí. Se acordó de Catilina y escuchó distraídamente los chistes que Julio contaba al serio general. Se dio cuenta de que Julio divertía a Sila y, sin embargo, nadie podría decir que Julio fuera un bufón. Podía ponerse serio en un instante, para al siguiente estallar en carcajadas.

Me han traído aquí por algo, pensó Marco.

Acababan de comer cuando se abrió la puerta y entró Pompeyo con atuendo militar. Saludó a Sila con cierta rigidez, sonrió brevemente a Julio y luego se volvió hacia Marco.

—Hacía tiempo que no nos veíamos, Cicerón —le dijo—. Recuerdo el extraordinario éxito que obtuviste frente al Senado defendiendo a un acusado de no pagar sus justos impuestos.

Marco se quedó mirando aquella cara ancha e impasible, los claros ojos firmes que no traicionaban nada del pensamiento de su poseedor, su boca decidida, y echó un vistazo de reojo a las fuertes manazas buscando ver en ellas aquel anillo en forma de serpientes, pero no lo vio. Pompeyo lo estaba mirando muy serio.

—Creo que, siendo abogado, estarás contento de que la ley y el orden hayan sido restablecidos –le dijo–. La ley no tiene más remedio que apoyarse en la disciplina militar, y por ello deberías estar agradecido. –Se sentó y se sirvió vino en un cubilete que le trajo un esclavo.

Marco se ruborizó, pero, antes de que pudiera contestar, Pompeyo prosiguió:

—La verdadera ley es imposible sin el militarismo; por lo tanto, el ejército es más importante que la ley.

Me está pinchando, pensó Marco, aunque no sé por qué, y replicó con contenida irritación:

—Me gustaría corregir el prejuicio tan corriente de que la función del soldado es más importante que la del legislador. Hay muchos que buscan la ocasión de provocar la guerra para satisfacer sus ambiciones y esta tendencia es más notoria en hombres de carácter fuerte, especialmente si tienen genio guerrero. Pero si consideramos bien el asunto, encontraremos que muchas negociaciones civiles han sobrepasado en importancia y celebridad a las operaciones bélicas. Aunque las hazañas de Temístocles sean justamente ensalzadas y su nombre sea más ilustre que el de Solón, aunque se cite Salamina como testigo de la brillante victoria que eclipsa la sabiduría de Solón al fundar el Areópago, hay que reconocer que la obra del legislador es no menos gloriosa que la del jefe militar.[1]

—Así es como hablan los civiles –contestó Pompeyo con cierto desdén y dirigiendo a Sila una mirada.

—Así es como hablan los hombres honrados e idealistas –dijo Julio mirando a su vez a Sila–. ¿Acaso no necesita Roma hombres honrados?

—Yo hablo como romano –declaró Marco. Se quedó mirando a Sila, esperando encontrarle ofendido, pero le pareció satisfecho. Y Sila declaró:

—Cicerón no es ningún traidor. Podemos confiar en él.

¿Es posible que me teman?, se preguntó Marco con incredulidad.

De nuevo habló Sila:

—Julio me ha dicho que usted desconfió siempre de las masas, Cicerón.

—Desconfío de las emociones vehementes e incontroladas que toman su impulso no de la razón, sino de la malicia y la confusión, señor. Si el hombre no ha de ser simplemente una bestia, debe obedecer las justas leyes establecidas por hombres justos y no las leyes caprichosas de los tiranos. Las leyes

---

[1] De *Los deberes morales* de Cicerón.

destinadas a halagar el grosero sentimentalismo de los analfabetos y de los que no piensan más que en las necesidades de la barriga no tienen nada de leyes. No son más que la lujuria de los bárbaros y el grito de la selva. Tales leyes nos retrotraen al salvajismo del colmillo y la garra, al servicio de bestias sin mente. Por desgracia, ocurre muy a menudo que tal salvajismo es utilizado por hombres sin escrúpulos en beneficio de sus intereses, manipulando a la plebe. Pero esos mismos hombres sin escrúpulos pueden descubrir, cuando ya sea demasiado tarde, que han agarrado a un tigre por la cola.

—Observará, señor —dijo Julio—, que Cicerón no tiene en gran estima a las masas escandalosas. —Estas palabras las pronunció con verdadero afecto.

Marco contestó excitado:

—¡Me has malinterpretado! La gente sencilla también tiene alma y corazón. Yo pido a los dirigentes que apelen a ellos y no a sus bajos apetitos.

—Gracias a los dioses, Cicerón no es ambiguo —manifestó Sila—. Y tampoco ambicioso. —Dirigió una breve sonrisa a Marco.— Me alegro de haber encontrado por fin a un hombre que ame las leyes de Roma. No podría pedir nada más.

Marco lo miró con amargura y replicó:

—Usted mandó matar a mi primo Linio, un hombre bueno e inocente que no se había metido jamás en política y que sólo quería vivir en paz.

Sila soltó su cubilete de vino.

—No sé nada de su primo. —Se volvió hacia Julio.— ¿Figuraba su nombre en la lista de proscritos?

Julio frunció el entrecejo tratando de recordar. Luego alzó las manos.

—Señor —dijo—, es imposible acordarse de todos los nombres y no recuerdo a ningún Linio. Tal vez alguien lo denunció por envidia a algún oficial y éste ordenó su ejecución.

—Eso es militarismo puro y duro —declaró Marco—, que ni siquiera conoce sus propios crímenes y delega en otros el crimen al por mayor.

—¿Le confiscaron sus propiedades? —preguntó Sila.

—Sí. Lo mismo que las propiedades de miles de hombres como él, gente inocente de la clase media que trabajaba afanosamente, creyendo que las leyes les protegían.

Sila dejó escapar un débil sonido y dijo a Julio:

—Que devuelvan enseguida a la familia de ese Linio todas sus propiedades. Cicerón está justamente indignado.

Están tratando de comprarme, pensó Marco; pero ¿por qué?

—Gracias, señor —contestó—. Mi primo ha dejado esposa y varios hijos.

—Estaba tan agotado por sus emociones que rezó pidiendo que le dejaran marcharse.– Lo que lamento –añadió– es que Roma ya no es una nación regida por las leyes.

–Yo he restablecido las leyes y restaurado la República –replicó Sila–. He librado a mi pueblo de las cosas que precisamente deplora, del desorden y la ilegalidad. He vuelto a imponer disciplina al populacho.

Es inútil, pensó Marco, sintiéndose cada vez más desesperado. No hablamos el mismo lenguaje. ¡Si pudiera volver a mi isla y olvidar todo esto!, gritó una voz en su interior. Pero ¿dónde había paz? ¿Dónde habría un lugar a salvo de la corrupción, la violencia y la mentira? Y dijo a Julio:

–Has hablado de un asunto legal. Dime de qué se trata, pues me esperan mis clientes.

Pero fue Sila el que habló en lugar de él:

–Como sabe, Julio está casado con Cornelia, la hija de Cinna. Yo quiero que se divorcie de ella. Podría ordenárselo, pero como observará, Cicerón, soy un hombre amante de la ley –dijo sin sonreír, poniendo cara muy seria.

Marco quedó de nuevo sorprendido. Si Sila deseaba que Julio se divorciara de aquella hermosa joven, ¿por qué había de oponerse éste?

Julio sonrió beatíficamente y declaró:

–Es que amo a Cornelia. ¿Qué tiene que ver su padre con nosotros?

–¿Es que te opones al general Sila? –le preguntó Marco con incredulidad.

–En esto sí, mi querido Marco. –La sonrisa de Julio era serena.

–Se trata de una cosa insignificante –dijo Sila con impaciencia–. Esa joven no tiene importancia. Que Julio se divorcie de ella y le devuelva su dote. ¿Por qué no lo ha de hacer si es partidario mío?

Eso, ¿por qué no?, pensó Marco, mirando fijamente a Julio y moviendo la cabeza con gesto de perplejidad.

Julio declaró:

–Abandonaría todo en aras de mi devoción por el general Sila, pero no a mi esposa.

¡Ah!, pensó Marco con amargura. No quiere divorciarse de Cornelia aunque se lo haya pedido Sila porque quiere convencer a éste de que no piensa sólo en sus ambiciones y que, por lo tanto, puede confiarse en él.

–Consideremos la ley –dijo Marco–. No es bastante que la ley sea meticulosa; debe ser también justa. Y tampoco basta con que la ley sea meticulosa y justa; debe ser comprensiva. Y no es suficiente con que una ley sea meticulosa, justa y comprensiva; debe ser igualmente compasiva. Y tampoco cumple todos los requisitos siendo meticulosa, justa, comprensiva y compasiva; debe tener sus raíces en la verdad.

»¿Y qué es la verdad? Sólo Dios lo sabe. Las leyes humanas no pueden ser verdaderas leyes a menos que estén basadas en las leyes de Dios. Nuestras antiguas leyes establecen que ningún hombre se divorcie de su mujer a menos que sea por adulterio, incapacidad para tener hijos o locura. Cornelia no ha cometido ninguna de estas faltas. Por lo tanto, Julio no puede divorciarse de ella.

—Así pues, ¿apoya a Julio en su desobediencia? —preguntó Sila.

—Siempre es mejor obedecer a Dios que a los hombres —replicó Marco.

Sila se volvió hacia Julio.

—No sabía que reverenciara a las leyes de los dioses y a Roma más que a ninguna otra cosa —le dijo sonriendo ligeramente.

Julio puso gesto grave.

—Señor, no podría servirle bien si no sirviera a los dioses mejor.

Sila contestó:

—Como soldado, soy un hombre de leyes, un romano. Por lo tanto, aunque hubiera preferido que Cicerón juzgase de otro modo, me inclino ante las leyes que yo he restablecido.

Marco se dio cuenta entonces de que Sila lo estaba observando con atención, frunciendo el entrecejo y las manos aferrando la mesa. Finalmente le dijo:

—Veo, Cicerón, que obedece a los dioses y, por lo tanto, obedece a las leyes. Con eso me basta.

Sila sonrió con su habitual modo frío y lobuno, y añadió:

—Y ahora, Cicerón, tengo que darte una gran noticia. Tu hermano, el centurión Quinto, se encuentra en este mismo momento bajo mi techo.

Marco sintió tanta emoción que aquello le pareció increíble, quedando como atontado. Se levantó despacio, mirando fijamente a Sila, luego a Julio y, finalmente, a Pompeyo. Ninguno de ellos dijo nada más. Sus rostros parecían tallados en mármol, inmóviles en expresión. Y de pronto un estremecimiento de increíble júbilo le recorrió el cuerpo, repitiéndose una y otra vez: ¡Quinto no ha muerto! ¡Quinto vive! Dentro de un instante oiría su voz, podría abrazarle y estrecharle contra su pecho. El corazón le palpitaba. Se volvió y gritó:

—¡Quinto!

Nadie le contestó y ninguna puerta se abrió. De repente, se dio cuenta del profundo silencio que reinaba en la gran habitación blanquinegra. Se volvió de nuevo, aturdido, hacia aquellos que estaban sentados a su lado y vio sus rostros de circunstancias. El júbilo y la alegría le abandonaron y se sintió invadido por el pánico, mucho más agudo que el que experimentó cuando aquellos asesinos intentaron quitarle la vida. Se inclinó hacia delante, temblando, y se agarró al borde de la mesa para evitar caerse.

—¿Dónde está Quinto? —preguntó al imperturbable Sila.

Y Sila le contestó con una voz que casi era amable:

–Siéntese, Cicerón. Está pálido como un muerto. Tengo algo que contarle.

Nada me tienen que contar, pensó Marco. Van a matar a Quinto como han matado a tantos otros. ¿Qué habrá hecho contra ellos mi querido hermano?

–Dígame –susurró Marco, esforzándose para que las palabras le salieran de una garganta que parecía de hierro y sal. Y de repente gritó furioso–: ¡Dígame! ¡No me atormente así! –Y aporreó la mesa con los puños.

Sila enarcó las cejas y preguntó a Julio:

–¿Por qué se halla tan alterado nuestro Marco?

Julio se apresuró a decir:

–Contente, Marco. Quinto está vivo. Es un noble soldado y queremos honrarlo. Sila lo quiere como a un hijo.

Las manos de Marco soltaron la mesa y él se sentó de golpe en una silla. Su corazón palpitaba y se sentía tan débil como un moribundo. Clavó su mirada en Sila, que frunció el entrecejo ligeramente y dijo:

–Hice un llamamiento a todos los oficiales del ejército romano que se hallaban fuera de la ciudad o en territorios extranjeros para que se unieran a mí contra los ejércitos de los cónsules. Era su deber, aunque muchos fueron tan estúpidos y obstinados que pensaron que sería mejor seguir de parte de aquéllos. No lamento su lealtad, aunque fuera equivocada. Afortunadamente, tu hermano no fue de ésos y acudió a mi llamamiento enseguida, trasladándose a Asia Menor desde Galia, seguido de sus hombres. Comprendió que su deber era servir a Roma y no a Cinna, Carbo ni los cónsules.

Fijó sus pálidos ojos en Marco, esperando que éste hiciera algún comentario; pero Marco, ignorando lo que Sila quería de él, ni siquiera qué fin se proponía, se limitó a susurrar:

–Quinto, Quinto...

Los otros esperaron a que se recuperara un poco y entonces Julio se le acercó con un cubilete de vino.

–Bebe, querido amigo –le dijo–. No tienes nada que temer.

–¿Por qué habría de temer nada Cicerón ni para él ni para su hermano? –preguntó Pompeyo midiendo las palabras de un modo muy significativo.

Marco apartó el brazo de Julio y sacudió la cabeza una y otra vez. No sentía más que el temblor de sus nervios por todo el cuerpo.

–¿Dónde está Quinto? –insistió–. ¿Por qué no ha venido en busca mía?

–Porque no puede –le explicó Sila, con un ligero tono de compasión en su voz metálica–. Ha estado muy grave durante mucho tiempo y desesperábamos de salvar su vida. Luchó a mi lado contra los samnitas a las mismas puertas de Roma y cayó herido. Lo llevaron a una granja cerca de la muralla y tanto sus hombres como mi médico personal lo han atendido desde entonces.

Hace tres días lo trajeron a esta casa porque nos aseguraron que existía la posibilidad de que se salvara. Sigue en grave peligro y sólo a ratos recupera el conocimiento. Pero mi médico cree que sobrevivirá.

Marco se volvió furioso hacia Julio, comprendiendo a medias aquellas palabras.

–¿Y por qué no me lo dijeron a mí, que soy su hermano? ¡Mis padres y yo hemos vivido angustiados durante un año! ¡Y tú sabes dónde vivimos, Julio! Una palabra, una sola palabra, habría mitigado nuestra terrible ansiedad. ¡Y tú no nos dijiste nada!

El rostro de Julio cambió de expresión y vaciló:

–No podía decírtelo.

Marco contrajo los labios y se quedó mirando a Julio con una expresión mezcla de rabia y desprecio.

–No –le dijo–, no debo hacerte preguntas porque nunca me dirás la verdad. –Y se volvió hacia Sila–: ¿Por qué no recibíamos cartas de mi hermano, de modo que no hubiéramos vivido tan acongojados?

Sila se impacientó:

–¿Ha olvidado mi posición respecto a los cónsules de Roma? ¿Ha olvidado que ellos me consideraban un fuera de la ley, un revolucionario y un traidor? ¿Ha olvidado que pasé muchos años en el exilio, mientras que Mario, Cinna y Carbo gobernaban Roma y casi la destruían? ¿Habría querido que me dejara delatar por mis propios heroicos oficiales, como su hermano, y que aquellos despreciables asesinos se hubieran vengado en sus familias? ¿Cree que usted o sus padres vivirían ahora si Cinna o Carbo hubieran sabido que su hermano era uno de mis leales oficiales? Piénselo, Cicerón.

La mano temblorosa de Cicerón buscó el cubilete que Julio había colocado cerca de él y se bebió todo el vino de un trago.

–Ha subestimado su importancia en esta ciudad –le dijo Sila con tono paternal–. Es demasiado modesto, pues su fama ha llegado a todas partes, Cicerón. No estaría vivo si su hermano hubiera desobedecido mis órdenes y le hubiese escrito, por muy en secreto que lo hubiera hecho.

Suspiró y se agitó irritado en su silla.

–Piense en Roma. El populacho de ahora no es como los antiguos romanos. Muchos de los individuos que lo componen son hijos y nietos de nuestros antiguos esclavos. Es un pueblo que se ha formado de la mezcla de muchas razas y religiones extrañas, una tribu políglota. ¿Qué saben ellos de los Padres Fundadores de Roma, de nuestras tradiciones e instituciones, de nuestra Constitución y de nuestro patrimonio común? La plebe romana carece de orgullo y no comprende la historia de Roma. Los pocos romanos chapados a la antigua que quedan son una minoría que fue odiada por Mario, Cinna y

Carbo porque sus virtudes eran un reproche. ¿Ya ha olvidado, Cicerón, las interminables matanzas que tuvieron lugar en esta ciudad mientras yo estuve en el exilio? ¡Sólo los dioses preservaron a usted y su familia![2]

Era como si Sila hubiera hecho resonar una campana en el corazón de Marco y éste estuviera lleno de confusión, porque Sila le había hablado con las palabras que él tan bien conocía, pues las había oído de labios de su abuelo. Sila prosiguió:

–Es imposible restaurar una nación sin la espada. Pues bien, yo he usado la espada. Por eso me detesta usted, Cicerón. Pero aún es joven y ya irá comprendiendo. –Volvió a suspirar.– No me engaño y sé que lo que he tratado de restaurar no sobrevivirá. Pero al menos he retrasado la ruina final de mi patria.

Se inclinó hacia Pompeyo, que volvió a llenarle su cubilete. Marco se quedó callado, pero meditaba. ¡Qué difícil es el hombre! ¡Qué tortuoso y qué indirecto! No hay nada absoluto en él. Todo lo que acaba de decir Sila coincide con mis propias convicciones y, sin embargo, él es un asesino implacable que ha abolido la Constitución e impuesto el militarismo a mi país. ¡Qué divididos están los corazones de los hombres! ¡Qué confusión mora en sus almas!

Sila se bebió su vino, luego cruzó los brazos y se quedó mirándolos fijamente:

–Su hermano habría muerto, Cicerón, de no ser por Lucio Sergio Catilina, que acudió en su ayuda en el fragor de la batalla.

Al oír pronunciar aquel nombre odiado, Cicerón se puso rígido y no pudo evitar mirar a Sila.

–Su hermano –continuó el general– fue derribado de su caballo por los samnitas. Cayó al suelo y sus lanzas le atravesaron los brazos y el pecho. Estuvo a punto de morir, pero Catilina, que estaba cerca, acudió en su ayuda con algunos de sus hombres e hizo frente a los atacantes. Su hermano le debe la vida.

Marco se tragó varios nudos que se le habían formado en la garganta y contestó con voz débil:

–¡Catilina no sabría que era mi hermano!

Sila esbozó una amarga sonrisa.

–Catilina conocía muy bien a su hermano Quinto, pues fueron compañeros de armas. Catilina, antes que nada, es un gran soldado, y viendo que otro soldado romano estaba a punto de morir, acudió en su ayuda. Además, Catilina no ha reñido jamás con su hermano. ¿No es ya hora de que usted olvide diferencias con Catilina, que son una chiquillada, y sienta gratitud hacia él?

---

[2] De las *Memorias* de Sila.

Marco se llevó las manos a la cara.

—Déjeme reflexionar —contestó.

Sintió un ominoso silencio en torno a él. Su mente estaba oscurecida por nubes que se alejaban cuando trataba de mirarlas. Catilina había salvado la vida a Quinto y por eso se merecía gratitud, pero a la vez había matado el espíritu y la mente de Livia, su amada. Sin embargo, habría que estarle agradecido. De haberlo matado cuando debí matarlo, pensó Marco, mi hermano no estaría ahora vivo.

—Le agradezco a Catilina su heroica acción —dijo con voz ronca—. Sin embargo, sigue habiendo diferencias que nos separan y de las que me es imposible hablar, pues no dependen de mí.

—Hay muchas cosas en la vida que no dependen de nosotros —dijo Sila poniéndose muy serio.

—Sí, por desgracia —replicó Marco. Sentía tal cansancio que sus brazos y piernas le parecían de piedra—. ¿Puedo ver a mi hermano? —preguntó.

Julio se levantó con presteza.

—¡Mi querido Marco! —exclamó—. Te llevaré con él enseguida. Tal vez no te reconozca, pero puedes estar seguro de que vivirá.

Tuvo que ayudar a Marco a ponerse en pie, cosa que hizo muy afectuosamente. Sila y Pompeyo los observaban. Julio llevó a Marco hasta el atrio en el mismo momento en que se abría la puerta de la calle, dejando entrar un remolino de nieve. Una joven guapísima, alegre y risueña cruzó el umbral, quitándose su capucha para revelar una larga cabellera rubia muy rizada. Sus mejillas eran sonrosadas y sus labios, al sonreír, mostraban una bella dentadura blanquísima. De ella emanaba un delicioso amor a la vida y los placeres. Sus ojos, cálidos como la seda oscura, destellaban y piedras preciosas adornaban su garganta, sus muñecas y sus dedos. Sus piececitos iban calzados en zapatos dorados y vestía una túnica amarilla de lana, bordada con dibujos de flores. Su voz era como un tañido de laúdes.

—¡Julio! —exclamó extendiendo una mano perfumada para que éste la besara.

—¡Divinidad! —le contestó Julio, besando aquella blanca mano.

La joven se quedó mirando a Marco con curiosidad, por encima de la cabeza inclinada de Julio. Sus labios eran voluptuosos, su pecho rico en curvas, sus brazos como la nieve. Era como el brotar de una primavera, llena de promesas, ávida y sensual.

—¿Quién es éste? —le preguntó a Julio con voz dulce aunque perentoria.

—Es un amigo de Sila, nuestro señor —contestó Julio soltando su mano—. El abogado Marco Tulio Cicerón.

La joven pareció decepcionada, como si hubiera esperado oír un gran apellido.

—Es la señora Aurelia, Marco —dijo presentándola.

Marco no la había visto jamás, aunque sí la conocía de oídas. Era una joven muy rica, divorciada dos veces, licenciosa y célebre por sus escándalos. Sus aventuras amorosas estaban en boca de todos en la ciudad. Se cantaban coplas acerca de ella bastante indecentes. Su nombre aparecía con frecuencia escrito en las paredes de Roma, acompañado de obscenidades. Era mujer de increíble viveza y vitalidad. Su rostro parecía el de una niña perversa y carente de virtud.

—¿Dónde está Lucio? —preguntó a Julio. La joven se quedó mirando a Marco con el rabillo del ojo.

—Vendrá enseguida —contestó.

—¿Catilina? —preguntó Marco. Julio lo tomó por el brazo como si fuera un hermano menor.

—¿No querías ver a Quinto? —le preguntó. Y se alejó con él. Luego le dijo—: Sila se llama también Lucio.

—Sin embargo, ella ha venido a ver a Catilina —insistió Marco, que volvía de nuevo a sentir aquel viejo odio—. No me mientas, Julio. Te conozco desde pequeño y puedo leer tu pensamiento como si fuera un libro abierto.

—¿Y qué te importan esas cosas a ti, Píramo?

Marco apartó su brazo de un tirón. Julio se rió de él y volvió a agarrarle por el brazo.

—Las mujeres son las mujeres —le dijo—. No permitamos que nos distraigan. Son muy bellas, pero nosotros somos hombres.

Mientras era guiado por los largos pasillos de blancas paredes, relucientes a la luz del temprano crepúsculo invernal, pensar que Catilina estaba en esa casa le causó malestar. Catilina era vengativo y depravado, un hombre sin conciencia, un hombre mucho peor que Julio, porque éste se tomaba a broma su propia maldad y se daba cuenta de ella. Quinto se encontraba en peligro en esa casa, al lado de Catilina, aunque éste le hubiera salvado la vida.

Julio llegó ante una alta puerta de bronce e hizo sonar fuertemente la aldaba. Abrió un hombre ya de edad, vestido con una austera toga blanca, evidentemente el médico de quien Sila había hablado.

—Salve, Antonio —le saludó Julio—. Viene conmigo el hermano de Quinto.

El médico hizo una reverencia ante Marco.

—Salve, noble Cicerón. He de rogarle que no haga ruido y que no moleste a mi paciente, que sigue estando a las puertas de la muerte a pesar de los meses transcurridos. Ha sido el Gran Médico el que le ha salvado. Un verdadero milagro. Muchas veces dejó de respirar y temí que hubiera muerto, pero su poderoso corazón reaccionó. Con su voluntad sobrehumana se ha negado a morir. Es un verdadero romano.

Marco necesitó un instante para poder articular con temblorosa voz:

–Nunca podré pagarle lo que ha hecho por mi hermano, Antonio. ¿Cree que me reconocerá?

–No lo sé –contestó el médico–. Y si no hoy, puede que otro día. –Era un hombre alto y delgado, cuya cabeza calva brillaba débilmente a la pálida luz del recinto. Se quedó mirando a Marco con piedad y le dijo–: Debe prepararse porque el aspecto del noble soldado es ahora muy diferente.

Marco trató de prepararse, pero sus piernas le temblaban cuando entró en un magnífico dormitorio de paredes de blanco mármol, incrustadas con líneas de piedra negra. El suelo estaba cubierto con gruesas y cálidas alfombras de un tono oscuro. Una pantalla de ébano labrado con intrincados agujeros ocultaba en parte la ventana. En el centro de la habitación había un gran lecho, tapado con mantas de lana y pieles finas. Los rincones estaban decorados con jarrones chinos, cuyos muchos colores relucían débilmente. Junto a la cama, rematando una rechoncha columna de mármol, había un busto de Marte con rostro feroz, y frente a él ardía una lámpara votiva.

Marco se precipitó hacia el lecho y miró al rostro hundido entre aquellos sedosos almohadones azul y oro. Ya se había preparado para ver a su hermano muy cambiado debido a su larga convalecencia, pero le costó creer que aquel hombre demacrado, que apenas respiraba, era su querido Quinto. Parecía más viejo y encogido, muy delgado, de menor estatura, y apenas elevaba las mantas que lo tapaban. Su piel era grisácea, sus ojos hundidos en sombras, sus labios macilentos y encogidos, sus cejas prominentes y peludas. Desde la sien izquierda a la mejilla le corría una cicatriz que aún tenía mal color.

–No, no, éste no es mi hermano –susurró Marco entre lágrimas. Con la mirada recorrió aquel perfil demacrado y que le resultaba extraño. Entonces cayó de rodillas y apoyó su cabeza junto a aquel cuerpo inconsciente–. Quinto –dijo–. Quinto, ¿puedes oírme? Carísimo, soy tu hermano Marco.

La nieve silbaba al otro lado de la ventana, contra la cual gemía la ventisca. En la lámpara votiva se avivó la roja llamita para volver a decaer. Las lágrimas de Marco humedecieron el almohadón al lado de la cabeza de su hermano, pero Quinto no se movió. Marco tomó una mano fría y casi sin vida, que no era más que piel y huesos y la apretó contra su mejilla. Entonces, lentamente, el herido fue abriendo poco a poco los ojos, volvió la cabeza y Marco vio su mirada ausente, nublada y vacía; los ojos de alguien acostumbrado a mirar a la muerte muy de cerca y que aún seguía mirándola.

–¡Carísimo! –repitió Marco–. ¡Querido hermano!

Se quedó mirando desesperado el esquelético rostro y aquellos ojos distantes. Entonces su mano se movió un poquito, como si fuera la mano de un niño, a aquellos ojos acudió una débil luz y los secos labios se agitaron. Marco acercó su oído y oyó decir como en un suspiro:

—¿Eres Marco?

—¡Le ha reconocido! —exclamó el médico con júbilo—. ¡Por primera vez ha reconocido a alguien! ¡Ah! Podremos curarle y devolverle a los brazos de los suyos.

—Quinto, hermano mío —dijo Marco, mientras le corrían las lágrimas por las mejillas—. Descansa. Duerme. —Sostuvo aquella fría mano entre la calidez de las suyas, como para darle alguna fuerza.— Te llevaré a casa. Nuestros padres te esperan. Estás a salvo.

Los labios se agitaron de nuevo esbozando una sonrisa, que no era más que una sombra de aquella simpática mueca de Quinto, y de pronto el soldado respiró profundamente, satisfecho, y se quedó dormido. Pero sus dedos se habían entrelazado con los dedos de Marco y su pulso era ahora más fuerte. Marco sintió una mano compasiva sobre su hombro y oyó la voz de Julio.

—Vivirá.

Marco había decidido, aun antes de ver a su hermano, llevárselo a su casa, pero ahora comprendió que eso sería imposible. Quinto seguía todavía entre la vida y la muerte y aquélla no era en él más que un débil soplo. Cualquier movimiento le podría ser fatal y no debía hacer el menor esfuerzo. Entonces se dio cuenta de que dos soldados con casco y armadura estaban en posición de firmes tras el busto de Marte, como montando guardia. Y les dijo, procurando serenar su voz:

—¿Sois legionarios de mi hermano?

Ambos se adelantaron, saludando.

—Sí, señor. Lo guardamos día y noche, vigilando su respiración y ayudando al médico, que tampoco le abandona. Lo queremos más que a nuestras vidas.

—Ahora... ¿tenéis otro capitán? —preguntó Marco.

—No, señor. Sólo lo tenemos a él. —Marco se quedó mirando el rostro decidido de aquellos jóvenes y el brillo feroz de sus ojos negros.— Lo queremos más que a un hermano.

—Que Marte os guarde y la bendición de Zeus caiga sobre vosotros —dijo Marco, sintiendo de repente cariño por aquellos soldados.

El sutil e intuitivo Julio le dijo cariñosamente, tras oír esas palabras:

—Tranquilízate. Nadie va a hacerle daño. Se halla bajo la protección de Sila, que lo quiere como a un hijo.

Marco y Julio volvieron al aposento de Sila y éste se quedó mirándole con una mueca de simpatía.

–Quinto vivirá –le aseguró mientras le servía vino–. Antes de que llegue la primavera podrán llevárselo a casa. Si lo hubiera visto sólo unos días atrás, habría pensado que estaba agonizando o que ya estaba muerto. Tenga ánimo.

Marco se sentía tan deshecho que sólo pudo balbucear:

–Le estoy agradecido, muy agradecido. –Aceptó el vino que le ofrecían, pero antes de beber cerró los ojos. Luego dijo–: Debo ser sincero: temeré por la suerte de mi hermano mientras Catilina esté en esta casa.

Sila soltó una carcajada.

–Eso es absurdo. Catilina le salvó la vida y se sentirá orgulloso de que Quinto viva. Somos compañeros de armas y los soldados se estiman entre sí. Además, yo estoy aquí. He prometido a mi médico concederle la libertad si Quinto vive, y además una buena gratificación. ¿Cree que se va a arriesgar a perder ambas cosas?

Julio volvió a conducir a Marco al atrio.

–La litera te aguarda. Vete y da a tu noble madre la buena noticia. Ya sabes que la quiero mucho. Cuando era niño ella fue para mí como otra madre. Salúdala de mi parte.

Marco miró por encima del hombro, añorante, como deseando retornar al lado de su hermano. Entonces vio, a la sombra de las columnas de un extremo del atrio, a la señora Aurelia y a Catilina. Ellos no le vieron o fingieron no verlo. Se estaban dando un abrazo apasionado y Aurelia murmuraba cosas mientras se reía, acercando sus labios a los de Lucio.

–Una escena preciosa –dijo Julio como si tal cosa–. ¡Ah! ¡Qué bonito es el amor!

Cuando Marco se hubo ido, después de que Julio lo despidiese con otro abrazo, éste regresó al lado de Sila y Pompeyo.

–¿No le había dicho, señor, lo recto e inflexible que es nuestro Marco?

Sila sonrió con gesto sombrío.

–¿Cómo es posible –preguntó– que un hombre así sea amigo tuyo, César? ¡Ah! ¡Qué dones mágicos posees! ¡Si Roma tuviera más hombres de esa clase!

Y Pompeyo dijo a su vez:

–Tenía a ese Cicerón en poca estima porque es abogado y, por lo tanto, un civil. Pero ahora me ha caído simpático.

Capítulo

25

Helvia escuchó atentamente el relato que le hizo Marco de su encuentro con Sila. Sólo los matices grises y oliváceos de sus rasgados ojos y la crispación de sus manos delataron su gozo al saber que su hijo favorito estaba a salvo y bajo la protección de Sila, y seguidamente dijo:

–Iré a ver a Quinto mañana.

–Ya he preparado esa visita –contestó Marco–. Cuando se encuentre recuperado suficientemente haré que lo traigan a casa. Después debemos irnos todos a Arpinum. Me encuentro muy cansado.

Ella se mostró de acuerdo y apoyó una mano en su brazo.

–Ahora no podré odiar a Sila –añadió–. Soy madre y me alegro de que Quinto se haya salvado. Pero veo que tú lo sigues odiando.

–Odio lo que representa.

–También deberemos estarle agradecidos a Catilina.

–Cumplió con su deber de soldado –repuso Marco–. ¿Crees que puedo olvidarme de Livia, que es su esposa, y de lo que le ha hecho? Entre nosotros hay una enemistad insalvable.

–¿Qué le diremos a tu padre?

Marco consideró el asunto con fría amargura. Le daba escalofríos pensar en los líricos gritos de alegría de su padre, su sentimentalismo, su profuso agradecimiento a Dios y a los hombres, sus lloriqueos exagerados. Y dijo a su madre:

–Debemos ser precavidos, puesto que padre es frágil, y para los que son como él, la felicidad puede ser a veces tan peligrosa como la pena. Vayamos a verle y digámosle que hemos recibido un mensaje de Quinto a través de un compañero suyo, que Quinto se encuentra bien y pronto estará con nosotros.

Helvia, comprendiendo, sonrió.

–Será lo mejor –coincidió.

Pero aun así, Tulio se comportó de un modo extravagante e infantil y su rostro demacrado pareció iluminarse. Habló con animación. Dios era bueno, los hombres eran buenos, aun en estos tiempos, y abrazó a Marco en uno de sus arrebatos de agradecimiento.

—Ya verás como todo sale bien —declaró—. Roma sigue siendo Roma y los hombres siguen siendo buenos. Aunque últimamente no hay la misma confianza entre nosotros, Marco. Tu rostro, aunque joven, es a menudo sombrío y arrugas la frente con demasiada frecuencia. No esperes mucho del mundo, hijo mío —dijo el hombre que había esperado siempre que el mundo fuera mejor de lo que su capacidad para serlo permitía esperar, y se irritaba cuando éste le desengañaba—. ¿Por qué no sostenemos largas conversaciones juntos como antes, Marco? —le preguntó con tono penoso.

—Tengo que mantener a la familia —replicó Marco—. Ya no soy tan joven y me debo a mi carrera de abogado. Cuando vuelvo a casa de noche, me siento muy cansado. —Se quedó mirando a su padre esperando una palabra de simpatía, pero Tulio se limitó a asentir con la cabeza. Los hombres de negocios se sentían con frecuencia cansados.

Poco a poco el invierno fue cediendo paso a la primavera. Marco seguía aplicándose asiduamente a su profesión, aunque a veces se sentía dominado por la desesperación y en ocasiones le parecía que sus esfuerzos eran risibles. Defendía leyes constitucionales ante los magistrados, sabiendo muy bien que la vieja Constitución había sido abolida y sustituida por otra de hierro, implacable y militarista. Invocaba el honor de los jueces, aun comprendiendo que ya no había honor. A menudo le parecía ser un actor grotesco de una ridícula comedia escrita por un loco. Los jueces eran todos hipócritas, poniendo cara seria, porque les gustaba creer que seguían siendo hombres en un mundo que se había vuelto caótico y lleno de fieras salvajes. A veces a Marco le costaba no echarse a reír a carcajadas. Sin embargo, pensaba, ¿no es mejor que los criminales y embusteros finjan honrar la ley y la justicia y no que las desafíen y se burlen de ellas abiertamente?

Un día recibió una carta de su viejo amigo Noë ben Joel: «Alégrate conmigo porque me ha nacido una hija a la que queremos muchísimo. Una niña tan dulce como el jazmín. Mis padres han decidido no regresar a Roma, pero yo estaré contigo antes de que llegue el verano, lo cual me causa mucha ilusión». Las cartas de Noë eran siempre contenidas, porque instintivamente desconfiaba de los hombres, con mucha razón. «Hasta aquí han llegado muchos rumores de Roma y de Sila. No creo que Roma sea peor de lo que fue.»

Otro día Marco regresó de los tribunales bastante deprimido. Un pasante le dijo que una dama misteriosa había ido a casa de Scaevola para verle.

—No quiso dar su nombre ni dejó ningún recado —le explicó el pasante, que era muy joven y le encantaban los misterios—. Llegó en una litera con las cortinas corridas y ni siquiera se levantó el capuchón, así que no pude ver su rostro. Pero tenía voz de joven. Mencionó algo acerca de su testamento.

—Ya volverá —dijo Marco fatigado y quitándose su capa, contemplando su mesa atestada de documentos y libros.

—No lo creo, maestro —repuso el pasante—. Cuando le dije que usted no estaba aquí, ella alzó las manos con gesto de resignación y se marchó como una persona a la que han negado su último deseo.

—Tienes mucha imaginación. Las señoras suelen ser muy teatrales, particularmente las que desean hacer testamento.

Pero su pasante se mostró obstinado. Si se había dedicado al estudio de las leyes, es porque le parecían muy dramáticas, y pensó que Marco era muy insulso.

—Era una señora muy joven y ni siquiera su capa podía ocultar la belleza de su cuerpo —dijo—. Tal vez llevaba el cabello desordenado, porque un rizo se le escapaba por debajo de la capucha, cayendo sobre su pecho. Tenía un color muy bonito, como si se lo hubiera teñido. Su capa era de un género muy rico y su litera, magnífica.

Marco se apoyó contra la mesa y el corazón le dio un vuelco. Trató de controlar la terrible excitación que se apoderó de él y de decirse que el color vivo en el pelo era una cosa muy normal en Roma en aquellos días, pues las damas se habían aficionado a los teñidos. Hasta las de las familias más ilustres lo hacían, aunque eso fuera tenido como señal de prostitución y provocaba gritos burlescos de la plebe como «¡rubia!». Pero Marco se sentó bruscamente y se quedó mirando a su pasante.

—¿Tenía el pelo de un color como el de las hojas en otoño? —preguntó.

—Sí, amo —respondió el joven—. Su voz era muy dulce y tenía un tono aristocrático, aunque débil y lento.

Era Livia, pensó Marco, luchando contra una idea tan increíble. Ella había sido siempre, aun en Arpinum, de joven, un ser lejano y extraño, como si no se la debiera tocar o hablar, igual que una ninfa tan esquiva y enigmática que se escurriera entre las manos de uno como la niebla. A Marco habían llegado rumores, ya hacía tiempo, de que la esposa de Catilina estaba loca y ciertamente sus modales en el templo, sus exclamaciones, habían sido desordenados e incoherentes.

Estos pensamientos lo pusieron furioso y aumentaron su emoción. También corrían muchos rumores sobre Lucio Sergio Catilina, el aristócrata, el amigote de la gentuza más vil de Roma: los indisciplinados hijos y nietos de esclavos y libertos, actores, gladiadores, criminales, pugilistas a los que debía una fortuna, apostadores de dados, propietarios de caballos y carros de carreras y todo el vasto y sucio bajo fondo de Roma. La ley romana disponía que el hombre pasaba a ser propietario de la fortuna de su esposa al casarse con ella, pudiendo disponer de la misma como quisiera, pero también establecía que en caso de divorcio el esposo debía devolver la dote de la esposa.

Los rumores aseguraban que Catilina había malgastado su fortuna, así como la de su esposa. Y si se divorciaba, debería devolver su dote. Pero en ninguno de aquellos rumores se decía que él fuera a divorciarse de Livia, a pesar de que todos sabían que estaba completamente chiflado por aquella mujer disoluta de rostro de niña malcriada, Aurelia Orestila, «de la que ningún hombre honrado, en cualquier momento de su vida, pudo elogiar más que su belleza», según habría de escribir más tarde Salustio. Catilina había derrochado alegremente incluso las ganancias obtenidas gracias a su aparente devoción por Sila. Sentía aquel desdén de los patricios por las reglas de conducta a que se ajusta la gente plebeya, o tal vez no se daba cuenta de ellas, y que servían para mantener cierto orden en sus vidas. Era archiconocido que tanto él como sus amigos Cneio Pisón y Quinto Curio llevaban un estilo de vida que hacía fruncir el entrecejo incluso a las personas más indulgentes. Curio, aunque era estimado por Sila, había perdido su puesto hereditario en el Senado. Pisón era un jugador inveterado y tenía muchos vicios. Marco no pudo por menos que pensar en estos tres siniestros individuos.

Aurelia Orestila era una mujer muy rica y estaba enamorada de Catilina. Se mostraba dispuesta a casarse con él si se divorciaba de Livia, pero antes él debería restituir la dote. ¿Por qué no le daba Aurelia a Catilina el dinero necesario para que él se viera libre? Pero es que los ricos, aunque estén enamorados, son muy prudentes en lo relativo a sus riquezas. También era muy posible que ella ignorara que Catilina había derrochado su fortuna. A las señoras ricas no les importa holgar en la cama con individuos arruinados, pero raramente se casan con ellos.

A Marco se le atropellaban los pensamientos. La fortuna de Livia había sido despilfarrada por su esposo, pero si se divorciaba de él, exigiría que le devolviera su dote para poder disponer de ella en su testamento. En ese caso, la bancarrota de Catilina se haría pública y Aurelia lo abandonaría. Además, podría ser castigado de acuerdo con la ley. Sila había proclamado muchas veces que había devuelto la dignidad a las leyes. No protegería a Catilina, aunque hubiera luchado en sus filas.

Marco indicó a su pasante que podía retirarse y se sumió en sus pensamientos. Si Livia se divorciaba de Catilina o él de ella, quedaría libre para casarse de nuevo. ¡Si pudiera conseguirla! Le diría que no le importaba su dote y que la propia Venus había condescendido a mirarlo con buenos ojos si Livia aceptaba ser su esposa. Se la llevaría con su hijo a Arpinum, donde podrían vivir en paz y felicidad. Con tales pensamientos se retorció las manos de gozo. La luz primaveral inundaba su habitación como una promesa de tiempos mejores. Se imaginó que ya tenía a Livia entre sus brazos y que la besaba en los labios. Borraría de la mente de Livia todo el horror de los años vividos con Catilina y todos sus sufrimientos. Podría estrechar contra su pecho a la esquiva ninfa de los bosques y conocer la dulzura de sus besos. Se puso de pie de un salto y miró en torno con inquietud.

Creía haber logrado olvidar a Livia y ahora sabía que tal olvido era falso y que sus ansias amorosas habían estado adormiladas esperando este momento. ¿Qué había sido su vida todos estos años sino una continua tristeza y monotonía? Ni siquiera había vivido. Había cumplido con su deber, y el deber es como una querida aburrida y tacaña que no lleva flores en las manos, ni tiene luz en el pelo, ni una canción en sus labios. Los hombres que se desposaban tan sólo con el deber se convertían en eunucos, no creaban poesía ni grandeza y tampoco eran capaces de ninguna gran hazaña. Vivía en una celda gris, con barrotes contra la mañana, y sus dedos estaban manchados de polvo.

Marco midió con sus pasos nerviosamente su habitación, tropezando contra la mesa, sillas y estantes.

–¿Dónde he estado todos estos años? –gritó al sol que penetraba por la ventana. Era como alguien que hubiera estado muerto y fuera devuelto a la vida.

Finalmente consiguió dominarse un poco, se sentó e hizo sonar la campanilla llamando al joven pasante. Éste se sintió intrigado al ver la cara que ponía Marco, tensa y pálida.

–Háblame otra vez de esa señora que vino a verme –le pidió Marco–. Pero nada de imaginación, sólo la verdad.

El joven le repitió lo que ya le había dicho. Tras despedirlo de nuevo, Marco reflexionó. Ahora estaba seguro de que su visitante había sido Livia. ¡Debo ir a verla enseguida!, pensó. Pero su prudencia le retuvo, si bien ahora despreciaba ser prudente. Una cosa era estar seguro por intuición y otra estar convencido con pruebas objetivas. ¿Enviaría un mensaje a Livia? Pero si no era ella quien había ido a verle, tal mensaje no haría más que complicar las cosas. Y sería peor si la carta caía en manos del propio Catilina. Si realmente Livia había acudido a su despacho, Catilina podría llegar a ser muy peligroso.

–¿Qué debo hacer? –imploró Marco en voz alta.

Su instinto le decía que en este caso el tiempo era vital, como si se tratara de un río a punto de desbordarse. No quería retrasarse, pero tampoco se atrevía a hacer el menor movimiento. Entonces se acordó de Aurelia César, su antigua amiga. Y olvidando su prudencia de abogado, le escribió una carta.

Con gran esfuerzo, escribió:

«Tengo razones para creer que Livia Catilina vino hoy a mi despacho, estando yo ausente. A usted, querida amiga de mi madre, le pido que me dé las aclaraciones que pueda.»

Sabía que era un mensaje casi histérico, pero no le quedaba otro recurso. Y añadió:

«Le ruego que considere esta carta estrictamente confidencial. Usted es amiga de los Catilina y sabrá cómo van los asuntos de esa familia.»

Después tuvo que aguardar que el mensajero la entregase y esperara la respuesta. A través de su ventana penetró la luz rojiza del crepúsculo primaveral, pero no llegó ninguna respuesta. Fue oscureciendo y los rumores de la ciudad se fueron haciendo más cercanos, pero no se recibió ninguna contestación. Finalmente, cuando ya había perdido toda esperanza, le llegó una cariñosa carta de Aurelia César. Ella no parecía extrañada de la misiva de Marco, porque era una mujer realista. Livia Catilina no estaba en Roma, de la que se hallaba ausente ya hacía varias semanas, pues había ido con su hijo a visitar a unos parientes cerca de Nápoles. Y Aurelia añadía:

«Livia se comporta de un modo raro desde hace tiempo y los que la aman creen que necesita una temporada de descanso en el campo.»

Esta carta dejó a Marco desolado y se sintió como un viejo pellejo de vino, vacío hacía tiempo y ahora reseco y sin sustancia. Livia no había ido a verle. Y perdió aquel gusto que de repente le había tomado a la vida y se quedó mirando alrededor, aborreciendo su existencia, sus muertas esperanzas.

Ya no podía engañarse más. Sin Livia, él no era nada. Y esta revelación constituyó un durísimo golpe. ¿Era posible que durante todos estos años hubiera vivido con la esperanza de recuperar a Livia algún día? Sabía que tenía una herida en el alma, pero había confiado en vivir herido, lo mismo que habían vivido otros hombres. Hoy había comprendido definitivamente que eso no sería posible. Durante unas horas había visto la luz y la vida se había convertido en un éxtasis de rico colorido. ¿Cómo podría soportar ahora una vida incolora, vulgar, ocupado sólo en las cosas que debía hacer, las palabras bien meditadas que debería decir, los pasos que debería seguir cuidadosamente hasta la tumba, los aburridos libros que debería leer, los casos sin interés que debería defender ante los jueces?

Ahora que podía permitirse el lujo de tener una litera con dos porteadores se hizo llevar a su casa del Carinae. Durante el corto trayecto llevó las cortinas echadas. No quería ver la ciudad, ni sus gentes ni sus calles. Estaba luchando consigo mismo. No he encontrado mi existencia tan intolerable hasta hoy, pensó. Seguro que mañana podré continuar como si tal cosa. Por algo soy hombre.

Quinto estaba en casa, todavía en cama, aunque recuperándose rápidamente. La fortaleza de su organismo le ayudaba. Como siempre, se hallaba en su aposento rodeado por varios amigos que jugaban a los dados sobre las mantas. Para Marco, que tenía pocos amigos, si es que tenía alguno, era un tremendo misterio cómo se las arreglaba Quinto para tener tantos y cómo disfrutaba de ese modo en su compañía. A Marco le parecían unos jóvenes inexpertos que aún tenían que aprender mucho de la vida. Atestaban el aposento, que era el más grande de la casa, como cachorros de oso, riendo, gritando y maldiciendo mientras arrojaban los dados, soltando puntapiés, fingiendo ira y bebiendo vino. A Marco lo tenían por un hombre mayor muy serio, aunque sólo les llevaba cinco años. Él, en cambio, los consideraba unos chiquillos. Hoy quiso evitar encontrarse con ellos y no oír su alboroto, pero cumplidor de su deber, como siempre, se detuvo ante su puerta para saludar a Quinto y, como siempre, le invitaron a beber un cubilete de vino, cosa a la que él se negó amablemente, también como de costumbre. Vaciló por un momento y se quedó mirando a Quinto, y entonces recordó que éste aún no le había mencionado ni una sola vez el nombre de Catilina.

El dolor anímico de Marco parecía extenderse más allá de él: aquel mundo escandaloso y ruidoso. ¡Debería haber un fin para el poco armonioso estrépito que procede de los seres humanos! El tigre, el águila, el río, el león, el trueno eran magníficos clamores de la naturaleza. Sólo el hombre desentonaba, sólo el hombre aportaba la discordia, el laúd desafinado, el tambor roto, la trompeta agujereada. Se hallaba exiliado en esta tierra, porque sólo él estaba afligido por el pensamiento y éste puede destruir y matar a un hombre. Sólo el hombre conoce la verdadera pena. ¿Para qué había sido creado?

La cortina de su cubículo se corrió y Helvia apareció ante él, con sus manos ásperas y arañadas por las duras tareas domésticas. La madre y el hijo se miraron en silencio. Él no pudo hablar y ella asintió con la cabeza como afirmando algo.

—Debe de haberte pasado algo malo, hijo mío —le dijo—. Pero eso les ocurre a todas las personas. Debemos soportarlo, puesto que es nuestro destino.

—Ya he perdido la paciencia —replicó él.

Helvia negó con la cabeza y replicó:

—La volverás a tener, Marco.

Su madre se alejó y él quedó de nuevo a solas con su desesperación.

Contempló su mesa. Había comenzado una larga serie de ensayos para su editor. De un manotazo los tiró al suelo, como si no pudiera soportar verlos.

Capítulo
26

Los días tristes prosiguieron inexorablemente. Un día, un pasante se acercó a Marco y le dijo, excitado:

—¡Maestro, el noble Julio César está aquí y quiere hablar con usted! ¡Viene acompañado del gran patricio Lucio Sergio Catilina!

Marco se estremeció. Pero se dijo que no tenía que ser ridículo. Catilina, que había salvado la vida a Quinto, venía acompañando a Julio simplemente como amigo. Pero ¿era posible que Catilina hubiese olvidado la vieja enemistad y el antiguo odio que los separaba? No, imposible. Marco indicó a su pasante que hiciera entrar a los visitantes y se levantó.

Era a principios de la primavera, pero el sol ya calentaba y el despacho estaba inundado de luz. Julio entró, tan extravagante como siempre, todo sonrisas y afecto.

—¡Salve, Marco! —exclamó abrazando a su antiguo amigo. Iba magníficamente vestido de blanco y púrpura y sus zapatos con encajes, también color púrpura, estaban adornados con oro. Sus juguetones ojos negros miraron sonrientes al abogado.

Entonces Marco vio a Catilina por encima del hombro de Julio. Iba vestido de capitán, con armadura y un casco que brillaba como el sol, cincelado e incrustado de coloridos esmaltes. Su espada corta le colgaba a un lado. Tan guapo y majestuoso como un joven dios Marte sin barba, sus extraordinarios ojos azules eran joyas relucientes. Sus miembros magníficamente formados parecían los de una estatua. Hombros anchos, cuello perfecto. Sobre la armadura llevaba una corta capa roja, brazaletes de oro en los brazos y anillos en los dedos. Causaba una impresión de poder, esplendor y disoluta indiferencia. Se mantuvo en silencio, observando a Marco. Si sentía enemistad o desprecio, no lo demostró.

Marco no supo qué decir y entonces Catilina, que era más perspicaz, sonrió. Y con aire candoroso le tendió su mano de soldado. Con gesto reflejo, Marco tendió también la suya, pero un instante antes de estrecharse, se detuvieron y no se tocaron. Los dos las dejaron caer, como si entre ambas manos se hubiera alzado una espada amenazadora.

–Salve, Cicerón –dijo Catilina–. ¿Cómo está nuestro querido Quinto?

–Bien –replicó Marco. Su propia voz le sonó leve y distante.

–Tengo que visitarle –dijo Catilina como si tal cosa.

Marco tuvo que esforzarse para hablar más alto.

–Todavía no te he dado las gracias por haberle salvado la vida, Lucio.

–Somos soldados –dijo el otro volviendo a sonreír–. Tu hermano y yo somos amigos. Es un muchacho ingenuo y sencillo. Un verdadero soldado. El general Sila me ha dado recuerdos para él.

A Marco le resultaba insoportable hablar de su hermano a Catilina. Se volvió hacia Julio, que se había sentado despreocupadamente y durante la breve conversación había estado curioseando en documentos que había sobre la mesa.

–¡Vaya! –exclamó–. Aquí hay un tendero que demanda a otro hombre el pago de treinta sestercios. ¡Treinta sestercios! Una suma vil e insignificante. Pero todo lo suyo es vil e insignificante.

–Para un tendero que tiene que trabajar mucho para ganarse la vida, treinta sestercios no son una insignificancia –replicó Marco endureciendo su expresión.

Julio se retrepó en su silla y volvió a sonreír a su amigo. De repente, de su rostro desapareció la sonrisa y se puso serio.

–Hemos venido aquí por un asunto de importancia, Marco –le dijo–. Eres el décimo abogado que visitamos esta mañana. ¡Dioses! Hoy hace mucho calor y los malos olores se dejan sentir más que nunca. Ya estamos cansados. –En sus ojos negros apareció una expresión burlona, a pesar del aire severo de su rostro.– ¿No piensas ofrecernos vino para que nos refresquemos?

–Diría que estás metido en dificultades –dijo Marco haciendo sonar la campanilla que había sobre la mesa.

–Siempre tan bromista –replicó Julio–. No, no estoy metido en la clase de dificultades de las que tú podrías ayudarme a salir. He venido porque siempre hemos sido muy buenos amigos.

–¿De veras? –preguntó Marco, manteniendo sus ojos apartados de Catilina, que seguía un poco retirado–. Dices que soy el décimo abogado al que habéis visitado hoy. ¿Es que los otros no te sirven para tus propósitos?

–No podían darnos la información que buscamos –replicó Julio. Sirio entró silenciosamente trayendo vino. Sirvió tres cubiletes, le ofreció uno a Catilina, luego a Julio y, finalmente, a Marco. Los otros dos bebieron ávidamente, pero Marco no quiso beber con Catilina y se limitó a tocar el borde del cubilete con sus labios, dejándolo luego sobre la mesa.

–¿Qué clase de información necesitas, Julio? –preguntó.

—Es algo referente a un testamento o quizá a un testamento que no llegó a redactarse —explicó Julio, mirando rápidamente a Catilina, que estaba bebiendo tranquilamente y haciendo ver, por el gesto de su cara, que no le parecía demasiado bueno.

A Marco le dio un brinco el corazón.

—¿Qué testamento? —preguntó.

—Has mejorado de gusto para el vino, amigo —comentó Julio volviéndose a llenar su cubilete y recordando finalmente que debía verter un poco como libación—. Para Júpiter —dijo con entonación devota.

—¿Qué testamento? —repitió Marco alzando la voz.

Catilina, con movimiento de leopardo, se acercó un poco más. Julio lo miró con gesto de advertencia y luego dijo:

—Es una triste historia. Seré breve. Se trata del testamento de la esposa de Lucio, Livia Curio Catilina.

Marco se sentó con brusquedad. El rostro de Catilina se animó por el interés. Julio se lamió unas gotitas de vino que habían quedado en sus labios y siguió mirando a Marco.

—¿Estabas enterado de tal testamento? —le preguntó con su voz más amable.

Marco se quedó sin habla por un instante. Sabía que lo estaban observando al acecho y que sospechaban algo. Con mano temblorosa tomó su cubilete y se esforzó por tomar un trago de vino. Al final, rompiendo el ominoso silencio que reinaba en la habitación, dijo:

—No sé nada de tal testamento.

Pero los dos seguían mirándolo fijamente. Julio con su característica amabilidad y Catilina como un soldado miraría a un enemigo que se le apareciera de repente.

—¡Ay! —exclamó Julio—. Jamás has sido embustero. Por lo tanto, debo creerte. —Miró a Catilina y de nuevo aquella expresión de advertencia brilló en sus ojos.— ¿Verdad que es increíble, Catilina, que haya un abogado que no sea embustero ni ladrón? Mira a nuestro Marco, es la personificación de la probidad y sería incapaz de mentirnos.

—¿Y por qué había de mentiros? —contestó Marco—. De haber estado encargado de tal testamento no habría dicho «no sé nada de tal testamento», sino «los asuntos de mis clientes son confidenciales y yo no puedo hablar de ellos». —Se sintió un poco torpe y ridículo.

—Claro —dijo Julio, tomando otro documento al azar y examinándolo. Entonces soltó una carcajada—. ¡Conque una dama desea divorciarse de su marido porque éste abusó de su hija! Debe tratarse de una mujer de mentalidad estrecha. ¡Qué trivialidad! Al fin y al cabo todo queda en familia.

–¡Suelta mis documentos! –le gritó Marco repentinamente furioso. Julio lo miró, fingiendo sorpresa.

–Te presento mis excusas, Marco –le dijo–. Siempre he sido curioso. Es un antiguo vicio mío.

–Los vicios antiguos a menudo matan –contestó Marco.

Julio cruzó los brazos y se relajó en la silla, pero siguió mirando a Marco con expresión de dureza.

–Livia no visitó a ninguno de los otros abogados. ¿Acaso te visitó a ti?

La pregunta era directa y feroz, a pesar del tono tranquilo con que fue formulada. Y Marco replicó con brusquedad, sin poder contenerse:

–¿Cómo iba a venir la señora Livia a visitarme si no está en Roma? –Inmediatamente se arrepintió de esas palabras.

De nuevo Julio y Catilina se miraron, pero esta vez fue Catilina el que habló con tono suave:

–¿Y por qué crees eso? Es cierto que ha pasado una temporada en una de las granjas de mi familia. Pero regresó. ¿Cómo sabías que estuvo ausente?

–Por rumores.

Catilina arqueó las cejas con expresión inocente.

–¿Es que corren rumores sobre Livia?

Marco no replicó. Julio lo miraba con una débil e inescrutable sonrisa.

–¿Qué te importa a ti Livia, para que oigas rumores sobre ella? –le preguntó Catilina–. ¿Acaso la conocías?

A Marco le entraron ganas de matarlo, como tantas otras veces. Pero se limitó a responder:

–De vista.

–¿Y hablaste con ella? –La voz del patricio parecía una daga que buscara clavarse en sus entrañas.

–Cuando éramos niños –dijo Marco, apretando los puños contra las rodillas–. Estuvo en Arpinum y visitó la isla de mi padre.

–¡Ah, los dulces recuerdos de la infancia! –suspiró Julio con una compasiva sonrisa, consciente de que Marco había sufrido una violenta emoción y buscando evitarle más pesares–. Vámonos. Tenemos que interrogar a otros abogados.

Catilina dijo con voz fría y terrible:

–Pues yo creo que este abogado sabe algo que nosotros no sabemos, y quiero que nos lo diga.

Marco alzó la mirada hacia aquellos bellos ojos, y en su expresión se vio claramente el odio y desprecio que sentía.

–Ya os he dicho todo lo que sé. Dentro de una hora tengo que comparecer ante un magistrado para presentar cuatro casos. Os ruego que me dejéis en paz.

Pero Catilina se mostró implacable:

—¿Vino aquí mi esposa a visitarte?

Marco se puso de pie y se encaró con su enemigo.

—Aunque hubiera venido no te lo diría.

—Entonces es que sí —dijo Catilina llevándose la mano a la espada—. ¿Qué te dijo, Cicerón?

—¿Me estás amenazando? —exclamó Marco temblando de rabia—. ¿Quieres que nos batamos otra vez, Catilina? ¡Esta vez no refrenaría mi mano!

Julio puso rápidamente una mano en el brazo de Marco para calmarlo.

—No seas tonto, amigo mío. Debes perdonar a Catilina por su brusquedad. Ha sufrido mucho últimamente.

Marco dio un violento respingo y miró primero a uno y luego al otro.

—¿Le ha pasado algo a Livia? —susurró.

—¿Pero es que no lo sabes? —le preguntó Julio con genuina compasión—. La infortunada esposa de Lucio estaba loca desde hacía años, quizá de nacimiento. ¿No te parecía extraña a ti, aunque fuera una niña?

A Marco le costó hablar:

—No está loca —contestó—. Eso es mentira. Era una huérfana solitaria, hija de padres jóvenes que murieron trágicamente. Me lo contó una vez, siendo yo un niño, en las dos ocasiones en que la vi en Arpinum. Livia no está loca. —repitió.

Julio apretó los labios con tristeza.

—Sin duda te contó que cuando su madre murió, su padre se mató abrazado a ella. También puede que te contara que su abuela y una de sus tías asimismo se suicidaron. Livia estaba loca. Es posible que el hijo que ella tuvo de Lucio haya heredado esa tara.

—No lo creo —contestó Marco dándose cuenta en aquel momento de que reinaba una atmósfera extraña. Era como si algo hostil se hubiera cernido sobre él.

—Tú no eres médico —le hizo ver Julio—. Los médicos de Livia afirmaron que estaba loca.

—Yo sólo soy un abogado —replicó Marco, y de repente le vino algo a la cabeza—. Pero he conocido a Livia. La vi en Roma en dos ocasiones, ambas en sendos templos. Sabéis que tengo fama de ser prudente y mis opiniones son bien consideradas. Si tuviera que jurar, juraría que Livia Curio Catilina estaba cuerda. Y mi palabra vale.

La sensación de peligro se acrecentó. Catilina tenía una expresión maligna. Y Marco pensó: Ahora lo entiendo. Él quiere el divorcio, pero de modo que no tenga que devolverle su dote. Y para lograr sus propósitos, no tiene más que jurar que mantendrá a su anterior esposa en tranquila reclusión y con eso bastará.

—La preocupación que muestras por ella es muy elogiable —le dijo Julio suspirando—. Sin embargo, Livia estuvo al cuidado de los médicos de la familia durante mucho tiempo a causa de sus extravíos, y ellos jurarán que tal cosa es cierta. Mejor dicho, lo han jurado ya al declarar ante el pretor.

Así que ya habían comenzado a actuar contra ella. Marco apretó los dientes en una amarga sonrisa.

—¿Y cómo va a valer más la palabra de unos médicos esclavos que la mía, que soy abogado y ciudadano de Roma?

—No son esclavos —replicó Julio, y alargó la mano para refrenar a Catilina, que ya iba a sacar su espada—. Marco, eres un hombre prudente, razonable e inteligente. Por favor, no te mezcles en esto.

—¿Y por qué ha de mezclarse si no es por el odio que me tiene? —dijo Catilina—. Salvé la vida de su hermano y, sin embargo, no me está agradecido. Sería capaz de destruirme por capricho, porque es un envidioso plebeyo. ¡Que ya es ser bajo!

—Marco no es de baja cuna —replicó Julio con tono de reproche—. Desciende de los Helvios. Su madre es amiga de la mía. No hemos venido aquí a cambiar insultos, Lucio. —Se quedó mirando a Marco con piedad.— Habiéndote querido desde mi infancia, me gustaría aconsejarte, amigo mío. No te metas en líos sólo por espíritu vengativo. Eso estaría por debajo de tu dignidad y al final lo lamentarás. Ya es demasiado tarde para Livia. Hace dos noches envenenó a su hijo, el hijo de Lucio, y luego intentó envenenarse. Como al parecer el veneno era demasiado lento, se suicidó apuñalándose.

Marco escuchó aquellas palabras y no sintió a su alrededor más que un gran silencio y quietud. Era como si estuviera metido en una charca helada y nada se moviera. Y el agua fue elevándose hasta dejar ateridos todos sus miembros. Alcanzó a sus labios y los heló; alcanzó a sus ojos y quedó cegado. Entonces oyó el batir de un fúnebre tambor lejano, que resonaba en sus oídos, en su garganta, en todo el universo, y no se dio cuenta de que era tan sólo el latir de su corazón. Visualizó de nuevo a Livia en el bosque, sentada bajo un árbol, con una hoja escarlata, como una mancha de sangre, posada sobre su pecho.

No podré vivir en un mundo en el que no está Livia, pensó. Y luego tuvo otro pensamiento: Al final descansa en paz esa pobre joven extraña y dolorida.

Sin darse cuenta de lo que hacía se sentó e inclinó la cabeza sobre su pecho. Julio le acercó un cubilete de vino a los labios, pero él alzó una mano firme y lo apartó a un lado. Ni siquiera oyó a Catilina bramar con tono incrédulo:

–¿Pero es posible que este esclavo se atreviera a tocar a Livia?

–Calma –dijo Julio–. Conozco a Marco. Si amaba a Livia, sería con un amor platónico, como se ama a una ninfa inalcanzable con la que no se puede intimar. Sabes que esto es cierto y te honra poco el creer otra cosa.

Al fin descansa en paz, pensó Marco. Sentía que pesaban en su interior el hielo y la pena, pero sentía también una gran serenidad, aunque aún no sabía que era sólo desesperación.

Julio se sentó frente a Marco y puso una mano en su rodilla, hablándole con afecto.

–Los esclavos no cesan de repetir que durante muchas noches antes de matarse ella y matar a su hijo, Livia no hacía más que hablar a solas. Hablaba de abogados y de hacer testamento. Un día desapareció de la casa, y eso que estaba vigilada por guardianes. Volvió en un estado de gran inquietud y murmurando incoherencias. No volvió a hablar de modo racional. Por lo tanto, como comprenderás, querido Marco, Lucio necesitaba saber si ella realmente consultó a un abogado e hizo testamento. ¿Quién sabe la de cosas absurdas que habría puesto en él y qué acusaciones sin fundamento? ¡Qué deshonra! Para Lucio, como esposo suyo, habría sido muy embarazoso. Ella no tenía ninguna fortuna de que disponer, puesto que, como muchos de nosotros, se arruinó con las guerras. El que no supiera esto da una idea de su locura.

Lentamente, Marco alzó la cabeza, pero se quedó mirando tan sólo a Julio y en su mirada se reflejaba el horror. Julio le acarició la rodilla, volvió a suspirar y pareció más entristecido.

–Ya veo que lo comprendes, Marco –dijo–. Fue algo muy penoso.

Marco movió la cabeza, que le pesaba horriblemente, en dirección a Catilina y le dijo:

–Sí, muy penoso. Livia quería divorciarse de ti, quería disponer de su dote por si moría después del divorcio, pues sabía muy bien que le tendrías que devolver su dinero, ese dinero que tú ya habías gastado. Estás arruinado y no cuentas más que con los regalos que te hace Aurelia Orestila. La demanda de divorcio de Livia habría dado a conocer públicamente estos hechos, que habrían acarreado tu deshonra y el castigo de la ley. Y hubieras perdido a Aurelia Orestila, que es una mujer rica.

»Por lo tanto –prosiguió con voz ronca–, tenías que impedir que Livia hiciese eso antes de que pudieras acusarla públicamente de locura. Sabías que Livia había tratado de consultar abogados. ¿Qué otro remedio te quedaba sino asesinarla? –Su voz fue aumentando de tono hasta ser un grito.– ¡Tú la asesinaste!

Julio se levantó como si hubiera recibido un puñetazo.

−¡Marco! −exclamó.

Pero Marco señaló con un dedo al silencioso Catilina.

−¡Míralo! ¡La culpabilidad se lee en su rostro enrojecido, en su negro corazón! ¡Mató a su mujer y a su hijo por una querida rica! El veneno bastó para tu hijo, ¿verdad, Catilina? Pero no para Livia. Y no quisiste arriesgarte a que ella hablara en su agonía. ¡Así que clavaste tu daga en su corazón inocente y luego, manchada de sangre, la pusiste en su mano! −Se levantó, aún señalando con el dedo a su enemigo.− ¿Qué hiciste entonces, asesino y vil Catilina? ¿Corriste en busca de tus amigos para pedirles que declararan que tú estabas con ellos cuando tu esposa y tu hijo murieron? ¿Has sobornado a tus amigos? −Se volvió hacia Julio.− ¿Acaso eres tú uno de ellos, dispuesto a jurar que Catilina estaba contigo cuando su mujer y su hijo agonizaban?

−¡Pues claro que estaba en mi casa! −protestó Julio−. ¡Y también estaba el general Sila!

−¡Entonces es que fue en busca vuestra, tras haber asesinado a su esposa y a su hijo, con las manos todavía manchadas de sangre!

−¡Mentira! −gritó Catilina−. ¡Julio, tú has sido testigo de esta infame calumnia, de esta malévola acusación, de este embuste vindicativo de un hombre que siempre me odió!

−¡Calma! ¡Calma! −exclamó Julio, pero su rostro vivaz estaba muy pálido. Se quedó mirando pensativo a Catilina y en su boca hubo una expresión inescrutable.

−Sí, tengamos calma −dijo Marco con voz temblorosa−. Analicemos un caso de asesinato que habrá que llevar ante la justicia. Livia ha muerto, pero yo seré su abogado. −Se volvió hacia Catilina.− ¿Es que la cabeza de Gorgona te ha convertido en piedra?[1] ¿Acaso eres hijo de la Muerte? ¿No te estremeces de culpabilidad y vergüenza? No, no eres humano. Eres un buitre, un chacal. Me basta mirarte a la cara para conocerte y mi instinto me dice lo que eres. Hablas de calumnia, Catilina. ¿Te atreverías a acusarme públicamente de eso? ¿Te sería indiferente que dijera ante los magistrados todo lo que sé? ¿O prepararías también mi «suicidio»?

Se volvió hacia Julio César.

−¿Es posible que tú también seas asesino de corazón? ¿Accederás a ser cómplice de un asesinato? Te he querido desde que eras niño, aunque nunca pudiste engañarme, Julio. Pensaba que tú también me querías. Te pido que te pongas de mi parte y digas la verdad.

---

[1] Gorgonas: tres hermanas, monstruos mitológicos, llamadas Medusa, Euriale y Esteno, con cabellera de serpientes, que tenían el poder de convertir en piedra a quienes las miraban.

–Marco, te juro que Catilina estaba conmigo, con el general Sila y otras personas en mi casa, cuando su esposa agonizaba al lado de su hijo. Te juro que llegó un mensajero cuando estábamos cenando para darnos la noticia de que acababan de expirar a causa del veneno y la daga.

–Pero ¿cuándo llegó Catilina a tu casa, Julio?

Julio miró a Catilina por un instante y luego contestó con voz lenta y temblorosa:

–Lucio llevaba con nosotros varias horas.

–¡Mientes, Julio! –gritó Marco.

Pero Julio replicó con vehemencia:

–Estoy dispuesto a jurar por mi honor que Catilina estaba con nosotros desde primeras horas de la tarde.

–Entonces –dijo Marco– es que ya habíais arreglado este punto antes de venir aquí.

Alzó los brazos lentamente en un gesto de desesperación y los mantuvo en alto.

–¿Es que no hay Dios que vengue este crimen, que castigue al asesino de una mujer joven y su hijo?

–Este perro está loco –dijo Catilina. En su bello rostro se veía la tensión producida por la maldad y la fría rabia–. Pidamos un mandamiento contra él y que lo encierren en el manicomio del Tíber, pues si no, puede cometer una barbaridad en su locura.

Pero Julio dijo a Marco, que parecía la estatua de la Ira:

–Has lanzado una calumnia, querido amigo, contra un caballero de una de las mejores familias de Roma, contra un oficial del ejército romano, y la has dicho sin tener la menor prueba, porque estabas en un estado emocional y te ha dolido la muerte de una joven a la que conociste hace tiempo y que ni siquiera se acordaba de ti. Una cosa es que te pongas romántico y expreses tu dolor, y otra que acuses sin pruebas. Yo conocí a Livia durante muchos años y no en breves momentos como tú, y sé que aun estando calmada no era como las otras mujeres. Y cuando estaba excitada (y la vi así también), no se comportaba de un modo normal. Y esto no se debía a su matrimonio con Catilina, pues la conocía desde la infancia. De niños solíamos decir a nuestras hermanas: «Estás loca como Livia Curio».

»Y en cuanto a las relaciones de Catilina con Aurelia Orestila, él no ha tratado nunca de ocultarlas. Su matrimonio fue una desgracia para él. Cuando regresó a Roma, ansioso de abrazar a su esposa, ¡ella ni siquiera lo reconoció! Se apartó de él como si fuera las mandíbulas del Cancerbero. Al lado de una madre así, el hijo de Catilina también se estaba volviendo chiflado.

Fue un amargo recibimiento para un héroe de Roma. ¡Y él que había esperado encontrar a su esposa curada!

—Ella tenía razones para temer —dijo Marco con voz ronca y bajando los brazos, para dejarlos caer flácidos—. La última vez que la vi fue en el templo de Vesta, durante una tormenta. Me dijo, aterrorizada, que temía por su hijo y que la acusaban de estar loca. Vi su rostro dolorido y sus ojos apagados. Temía, sobre todas las cosas, el regreso de Catilina, y tenía razones para temerlo. —Miró a Julio a la cara y los ojos negros del joven refulgieron de un modo muy peculiar.— Julio —le dijo alargándole una mano—, en nombre del honor, en recuerdo de nuestra vieja amistad, ponte de mi lado para que pueda llevar a un asesino ante la justicia.

Julio tomó aquella mano y la apretó con fuerza.

—Si de veras se ha cometido un asesinato, estaré de tu parte, Marco, pero fue la madre la que mató al niño y luego se mató ella misma. —Sobre sus ojos cayó como un velo.— Estoy convencido de eso. Catilina estaba con nosotros cuando tuvieron lugar hechos tan horribles. Deja que esa joven descanse en paz, entre las cenizas de sus antepasados. Lanzar acusaciones sin fundamento, que tú serás el primero en lamentar cuando recuperes la calma, no le va a servir de nada a Livia. Todos los amigos de Catilina, de acuerdo con los médicos que la asistieron, hemos declarado hoy que ella y su hijo murieron accidentalmente por haber ingerido alimentos en malas condiciones. Si te hemos dicho la verdad, es porque confiamos en tu discreción. Quizá hayamos sido imprudentes al confiar en ti.

Marco contestó:

—¿Murió alguien más por ingerir esos alimentos?

El rostro de Julio se contrajo. Marco no le había visto nunca poner esa cara.

—Dos esclavos —dijo al final.

—Cuatro asesinatos —afirmó Marco.

Se volvió para encararse con Catilina, que se había apoyado lánguidamente contra una pared y miraba con indiferencia hacia la pared opuesta.

—¡Mira al dolorido esposo y al apenado padre! ¡Fíjate en sus lágrimas y las arrugas que el dolor ha marcado en su cara!

Julio dijo con tono calmo y frío:

—Es un aristócrata, Cicerón. ¿Quieres que se rasgue las vestiduras en público como si fuera un indecente plebeyo, un esclavo o una mujer histérica?

Pero Marco apenas le escuchó. Su mente de abogado, dominando su angustia, le recordó que no tenía ninguna prueba, que aquellos hombres eran más fuertes y poderosos que él, que si denunciaba a Catilina no sólo correría el riesgo de ser castigado por las leyes, sino de atraer la ira de Sila.

—Catilina ha venido aquí conmigo a buscar un ridículo testamento que podría manchar el honor de su familia. No nos ha movido otro propósito.

Marco se lo quedó mirando.

–Te conozco, César, pero ni siquiera yo, que nunca fui engañado por ti, podría haber soñado que pudieras justificar el asesinato de una mujer indefensa y de su hijo, que no habían causado ningún mal y vivían atemorizados. Tengo un amigo judío al que conoces, Noë ben Joel, quien me ha dicho que está escrito en los Libros Sagrados de los judíos que existe la ira de Dios. «El que vive por la espada, por la espada morirá.»

Volvió a mirar a Catilina:

–Hace mucho tiempo que tuve el presentimiento de que Livia moriría de ese modo. Eso fue cuando ambos éramos jóvenes, en la isla de mi abuelo. Y ahora os digo a los dos: moriréis como Livia murió, bañados en vuestra propia sangre.

Palideciendo, Catilina se apartó bruscamente de la pared y Julio retrocedió separándose de Marco. Como romanos, los dos eran supersticiosos. Y quedaron como clavados por la fija y elocuente mirada de Marco y por su actitud, que parecía la de un oráculo.

Ambos se apresuraron a hacer la señal de protección contra el mal de ojo, y Marco, de pura desesperación, se echó a reír a carcajadas. Los dos se apresuraron a marcharse.

Marco se sentó, apoyó los codos sobre la mesa y, ocultando el rostro entre las manos, lloró.

Aquella noche pidió a su madre y su hermano que fueran a verlo. Se sentó tras una mesa como si fuera un juez y no un hijo y un hermano. Les contó la muerte de Livia y su hijo. Habló tranquilamente, aunque su rostro estuviera ojeroso y macilento por el sufrimiento.

Entonces alzó los ojos hacia Quinto y dijo:

–Eres mi hermano y te quiero más que a mi vida. No has pronunciado el nombre de Catilina ante mí porque sabías el odio que sentía hacia él y mi amor por Livia. Y ahora te digo, Quinto, aunque te quiero más que a mis padres, que habría preferido que hubieses muerto en el campo de batalla antes que deberle la vida a ese hombre.

Después, acostado en su cama sin poder conciliar el sueño, recordó las juiciosas palabras de Scaevola aconsejándole que no matara a Catilina, pues eso no era suficiente. Sólo podría vengarse de Catilina de una manera: destruyendo lo que él más deseara.

Y lo descubriré, aunque me lleve todos los años de mi vida, se juró solemnemente a sí mismo.

Capítulo

27

La isla era como un navío rojo, oro, escarlata y verde que destacara orgulloso en medio de una cálida y azul atmósfera otoñal. Como un ópalo reluciente en manos de cristal y envuelto por la paz. La quietud sólo era agitada ocasionalmente por los lejanos sonidos de los rebaños de vacas, ovejas y cabras, por el ladrido de algún perro, los últimos graznidos de los pájaros y el chapoteo de las aguas radiantes. Sereno, al otro lado del puente, Arpinum tomaba el sol y parecía seguir trepando por los flancos de la colina, con sus tejados color cereza centelleando como si fueran rubíes rotos. La suave brisa esparcía aromas de las postreras rosas, las rizadas hojas y las hierbas, cuyas semillas habían madurado.

Hay mucho que decir en elogio del campo, pensó Noë ben Joel mientras contemplaba aquella deliciosa puesta de sol y escuchaba la tierna música que despedía la tierra. Sin embargo, no sin inquietud, se da cuenta de que desentona un poco en este ambiente, que es un intruso, una nota discordante cuyas meditaciones y preguntas son absurdas, y esta incongruencia le hace sentirse disminuido, incómodo. La tierra es algo augusto. Algo que forma jubilosamente una unidad con Dios. Es como un templo al amanecer, antes de que el hombre la profane con su presencia. Prefiero la ciudad, donde puedo engañarme a mí mismo creyendo que soy importante, remate de la obra de Jehová, donde lo que digo es recibido con el debido respeto por los otros como yo y donde el ruido que hago (no importa lo ridículo, inconsecuente y blasfemo que sea) tiene su valor simplemente porque soy un hombre. Santo Dios, ¿por qué afliges al mundo, a tu mundo, con esta raza tan fea y por qué habrás prometido salvarnos y darnos un Hijo? Posiblemente eso no sea más que un sueño arrogante del hombre. Mírame, Señor, a mí, la menos valiosa de tus criaturas, la menos comedida, la más dañina, la más insignificante, la menos santa y permíteme que diga con David: «¿Qué es el hombre para que de él te acuerdes, ni el hijo del hombre para que cuides de él?». Deberíamos pasar nuestras vidas agitadas con los rostros en el polvo, ya que nos parecemos a las serpientes. Debo sentir simpatía por Lucifer, porque nos merecemos que nos detestes. Somos tu misterio más inexplicable, ya que no somos más que adúlteros, embusteros y ladrones.

Con tan deprimido estado de ánimo Noë salió de la granja y buscó compañía. Tulio seguía con sus libros en su fría y mal iluminada biblioteca. Helvia estaba con las mujeres. Noë pudo oír el murmullo de voces femeninas y el industrioso sonido de los telares. ¿Dónde estaría Marco? Sin duda lamentándose en triste soledad a orillas del río. Noë, atraído suavemente por las voces de las mujeres, fue en busca de Helvia, que le había tomado cariño, sonreía cada vez que lo veía aparecer y lo trataba como a un hijo.

Noë halló a Helvia y a las demás mujeres aprovechando el buen tiempo en el pórtico exterior, donde habían llevado sus ruecas, sus telares y sus mesas de cortar. Se detuvo un momento para contemplar, encantado, cómo trabajaban las mujeres, gozando de su placidez, sus rostros tranquilos, sus hábiles manos, sus pies morenos desnudos, sus sonrisas de labios rojos, sus oscuras pestañas y sus cabellos sueltos. Su cháchara era tan inocente como el canto de los pájaros y de vez en cuando alguna joven reía de un modo encantador. Noë pensó que antiguamente todas las mujeres romanas eran así, virtuosas, sencillas y amables. Daba una idea de la decadencia de Roma el que la mayoría de sus mujeres tuvieran ahora voces chillonas, queriendo imitar a los hombres, ocupadas en cuentas bancarias y prestamistas, en caprichos, muy pendientes de su aspecto, perfumándose el cabello, cometiendo toda clase de excesos, frotándose el cuerpo con ungüentos, preocupadas de sus vestidos, sus aventuras, sus joyas, sus escándalos, sus risitas roncas, sus corruptas locuras interminables. Helvia lo vio y alzó una mano de la rueca para saludarle. Como si su maternal sonrisa fuera una invitación, se acercó y se sentó en un taburete al lado de ella. Con esta tranquilidad y los aires puros, le había vuelto el buen color a la cara. En sus ojos brillaba la salud y la vitalidad. Sus bucles, ahora entreverados de canas, caían desordenadamente sobre sus hombros; su boca firme parecía una granada y sus manos curtidas trabajaban veloces. Noë no pudo apartar la mirada de ella. Las jóvenes esclavas callaron tímidamente ante su presencia.

Junto a Helvia había una mesa y sobre ella una cesta con manzanas y uvas. Noë, con gesto pensativo, tomó una manzana e hincó los dientes en su lustrosa piel, sintiendo el gusto dulzón de su pulpa. Las ruecas y telares producían como una música adormecedora y el viento embriagaba. Largas manchas soleadas se extendían sobre la espesa hierba y las abejas detuvieron su zumbido para posarse sobre las frutas. Los muros de la granja eran como blancos espejos brillantes. Noë pensó al contemplarlas: son las mujeres de la muerta República.

Se sintió de repente triste y recordó a Sila y a su sombría dictadura, que no era, meditó, más que el preludio del desorden y la tiranía. ¿Por qué no se habría proclamado Sila todavía emperador? A los dictadores les gusta asegurarse de que su obra continuará a través de sus hijos o de sus hermanos. Y Sila no había previsto nada de esto. Era posible que un resto de virtudes militares le mantuviera indeciso de cometer el atrevimiento final. Pero esta culminación no podría ser retrasada. En el hombre hay un impulso suicida que lleva inevitablemente a la locura, la muerte y la furia cuando carece de principios y rectitud. Por lo visto, Sila sabía contener aquel impulso, como un corredor sujeta a sus caballos en la carrera. No desprecio a Sila, pensó Noë, lo compadezco.

Helvia le sonrió de modo interrogativo, como si le hubiera leído el pensamiento, y luego suspiró.

Noë se inclinó hacia ella, le hizo una reverencia y tocó el borde de su manto, diciéndole:

—Una buena esposa es más valiosa que los rubíes. Todo lo que uno pueda desear no tiene comparación con ella. En su mano derecha tiene el poder de alargar los días y en su izquierda las riquezas y el honor. Sus modales son agradables y todos sus pasos llevan a la paz. Es como un árbol de la vida para todos los que pueden apoyarse en ella y felices son quienes la conservan.

Helvia no era una sentimental; sin embargo, las lágrimas acudieron súbitamente a sus ojos. Y le contestó:

—Has dicho algo muy bonito, Noë. Por algo eres poeta. Te lo agradezco.

—No me elogie —replicó Noë—. Eso lo escribió Salomón, aunque me viene a la memoria cada vez que la veo o pienso en usted, señora.

Helvia contestó a su vez:

—Los romanos no piensan así de sus mujeres.

—Señora, las mujeres romanas han abdicado del trono de la feminidad y eso es una gran pena para el mundo.

—Háblame de tu esposa, Noë.

Él se quedó mirando fijamente al cielo.

—Cuando los judíos nos casamos, eso es algo santo a los ojos de Dios, un sacramento. Sin embargo, a menudo lo olvidamos y Dios está ocupado con una eternidad de mundos. ¡Pero las mujeres judías no permiten a sus esposos que lo olviden! Y lo recuerdan de modo muy insistente.

Helvia se echó a reír como una chiquilla y mordió un cabo de hilo de la rueca. Se quedó mirando a Noë alegremente.

—Debo suponer que Leah te lo recuerda —dijo.

—Constantemente, señora.

Noë se retrepó en el taburete, satisfecho, bostezó y se desperezó. Su rostro largo y delgado relucía bajo el sol, sus ojos oscuros le brillaron y su amplia boca se abrió para mostrar su blanca dentadura. Su ondulante pelo negro era acariciado por el viento y su bien formada nariz se arrugaba al inhalar los agradables aromas de la lana y el lino y la fragancia de los frutos y la hierba. Sus grandes orejas parecían tener vida propia. Llevaba una túnica corta amarilla, de lino, correa de cuero y sandalias, como una concesión a la vida campestre, que le parecía muy rústica. Sin embargo, había añadido a su tocado brazaletes de oro incrustados de piedras preciosas y en el cinto llevaba una daga alejandrina también adornada con gemas.

El rostro de Helvia se fue poniendo poco a poco serio. Vaciló, pero al final preguntó:

—Noë, ¿habla contigo Marco de temas serios?

—No, señora. Aún le sangran sus heridas. Me habla de cosas triviales o del tiempo. Dice que me agradece mucho que haya venido. A veces se ríe de mis bromas y por eso deberíamos estarle reconocidos. —Sonrió a Helvia como si fuese un hermano mayor hablando a otro menor.

—Debería casarse. Dudo que olvide a aquella joven infortunada que murió de modo tan monstruoso. Si se hubiera casado con ella, el final también habría sido trágico, porque era muy extraña. He oído decir que era como el vino y el fuego y tan enigmática como las formas de las nubes. Esto es bueno en una querida, pero desconcierta en una esposa. Los hombres son poetas y hablan de ninfas, de mirto y del azogue del claro de luna; pero cuando se casan prefieren pan y queso en su mesa. Lo mismo le pasará a Marco.

—Pero no podrá olvidarla.

—No. No la olvidará. Y eso hará que Catilina recuerde y algún día pasará algo terrible.

Sólo vio a esa joven cuatro veces en su vida. No comprendo a los hombres. ¿Cómo pudo Marco llegar a estar tan enamorado en tan poco tiempo?

—Ya se lo he dicho, señora. Los hombres somos poetas. Por eso ustedes nos encuentran tan cariñosos.

Helvia volvió a reír y las muchachas la imitaron.

—He dado a luz dos hijos —dijo—. Sin embargo, el primer hijo que tuve fue mi propio esposo.

Noë encontraba a Tulio un poco pesado, a pesar de ser tan buen hombre. También le parecía un poco ausente de este mundo. En Jerusalén había conocido a muchos hombres como Tulio, que se sentaban ante las puertas y discutían interminablemente sobre Dios y los principios filosóficos, mientras sus esposas pasaban el día ocupadas con las faenas de la casa, llevaban los libros, contaban la plata y las piezas de tejidos, mandaban a los criados y daban a luz los niños que esos hombres tan delicados y abstraídos concebían en no sé qué momentos de la noche. Noë pensó en su madre, que se parecía a

Helvia, y se juró que jamás sería para Leah la clase de esposo que su padre era para su madre y Tulio para su esposa. Había comprado una casa en Roma y Leah estaba muy ocupada preparándola para que pudiera ocuparla su familia. Le escribiría una carta anunciándole su pronto regreso. Había tanto que decir en favor del buen pan y del rico queso sobre una mesa cubierta con blanco mantel. Contrariamente a lo que decían los poetas, alimentaban también el alma.

—¿Piensa usted regresar pronto a Roma, señora Helvia? —le preguntó.

—Sí. Los días se van acortando y las noches son más frías.

Noë se levantó.

—Trataré de convencer a Marco de que regrese conmigo. La vida le plantea sus demandas, aunque él se niegue a enfrentarse con ella todavía. ¡Vaya reputación que ha adquirido en Roma! No hay nadie como él, pero no quiere reconocerlo en su modestia. —Hizo una pausa.— Aún no le he dicho que Lucio Sergio Catilina se ha casado con Aurelia Orestila, y eso que aún sigue en su puerta el ciprés funerario en señal de luto por Livia.

—¡Qué afrenta! —exclamó Helvia horrorizada.

Noë se encogió de hombros.

—Para un aristócrata, nada de lo que se le antoje es afrentoso. Ellos dicen que quiénes somos las gentes de menos categoría para juzgarlos. La decencia y la respetabilidad son sólo para las personas sin importancia, como los vendedores del mercado y la clase media. Pero que se anden con cuidado los que son como Catilina.

—¿Con cuidado de qué, Noë?

—De la ira de Dios —contestó el joven. Al ver la expresión triste y escéptica de Helvia, añadió—: Ése es el sino del hombre y lo que le causa más desesperación: que Dios no olvida.

Inclinándose ante Helvia, se alejó murmurando algo en direccion al río. Vio a Quinto cabalgando sobre un magnífico caballo y se estremeció. Pensó en Quinto con indulgencia y cariño. Sin embargo, prefería a los hombres que no estaban siempre sudando y oliendo a forraje o a hierro engrasado.

El río se precipitaba cantarín con destellos purpúreos, plateados y dorados. Noë halló a Marco sentado en la orilla, con las manos descansando sobre sus desnudas rodillas. Su perfil denotaba palidez y serenidad, aunque el dolor ensombrecía su rostro y hacía parecer su barbilla y sus sienes de puro hueso. Pero cuando vio a Noë sonrió encantado.

—Perezoso —le dijo—. En el campo sigues con el mismo horario de la ciudad.

Noë se sentó en la hierba.

—Me reprendes injustamente. He estado charlando con tu madre, cuya conversación es tan agradable como una buena comida. Me hace recordar a Leah.

—De la que a menudo te olvidas que existe —observó Marco.

—¿Qué me hace olvidar que existe? —preguntó Noë—. Sólo mis objeciones sobre las mujeres buenas. Siempre las tienes cerca de ti. Prefiero a las mujeres que no se dejan ver tanto.

—Ésas no son tan ahorrativas... —observó Marco.

—Yo no estoy arruinado. En Judea obtuve buenos beneficios con mis obras teatrales. Los griegos saben apreciar el arte, así como los judíos de las nuevas generaciones.

—No he querido ofenderte.

—¡Pues me has ofendido! —contestó Noë riendo—. ¿Cuándo tendrás listo tu próximo libro de ensayos?

Marco se agitó inquieto, como si sintiera un repentino dolor.

—No lo sé. Ni siquiera sé si volveré a escribir. Mi editor se impacienta. He descubierto que los editores creen que los escritores, poetas y ensayistas no tienen más vida que la relacionada con el negocio de la publicación. Somos mercaderías, al igual que otros son artículos para los comerciantes.

—Marco, sin tener un editor no podrías permitirte el lujo de tener esta isla ni las otras fincas que has comprado.

—Cierto, pero me gustaría que mi editor se diera cuenta de que soy de carne y hueso, que no estoy compuesto de papel y tinta. Noë, he seguido los buenos consejos de tu padre y he comprado fincas de labor y un par de villas que ahora valen mucho.

—Y que no poseerías sin tener un editor.

Marco sonrió y chasqueó la lengua.

—Ya ves qué contradicciones tiene la vida. Además, he recibido valiosos regalos de mis clientes y tres de ellos me dejaron últimamente magníficos legados.

Noë tosió.

—Tampoco yo te había dicho que últimamente he tenido muy buena suerte. Nada menos que Roscio, el gran actor, ha aceptado aparecer en mi próxima obra. Ya sé que es un bribón y un embustero, un saltimbanqui y un acróbata, un hombre sin moral, lo que hace que las damas de Roma lo adoren. He hecho un contrato con él, debidamente registrado ante el pretor, que asciende a una suma tan enorme que vacilo en decírtela. Pero en Roma ya se espera con expectación la nueva aparición de este artista y debo reconocer, aunque no me atrevería a reconocérselo a él, que es un artista maravilloso. Adoro a los actores, aunque deplore su manera de ser. Son a la vez dioses y chiquillos, llenos de malicia y envidia. ¡Ah, Roscio!

Marco perdió su apatía.

—¡Roscio! —exclamó—. ¡Ése sí que gana lo que quiere!

–Ya lo creo –convino Noë, sombrío–. Como lo necesitaba grandemente, he accedido a todo lo que me pidió. Es tan tacaño como un espartano y el lujo que gasta se lo pagan, sin saberlo ellos, muchos esposos engañados de Roma. Posee joyas magníficas que tienen su origen en dotes de esposas. Una dama, cuyo nombre no cito por caridad, acaba de comprarle una villa en lo alto del Palatino. Tiene una granja en Sicilia, otra cerca de Atenas, numerosos olivares y huertos de limoneros a montones, estatuas, vasos alejandrinos, bellísimos objetos de cristal, mercancías almacenadas y títulos de la deuda que harían lamerse los labios a cualquier banquero, alfombras que harían avergonzarse de las suyas a los patricios, varios carros para escoger a capricho y caballos de carreras, un ejército de esclavos y una multitud de mujeres que le adoran. También es dueño de varios teatros. Le he alquilado uno, así que ya comprenderás mi posición.

–¿Y cómo has podido permitirte ese lujo? –le preguntó Marco divertido.

–La verdad es que no puedo. ¡Es un caradura! Hace que Apolo parezca un limpiador de cloacas. No tiene más que ir por la calle para que se detengan al instante todos los vehículos, cosa que no ha conseguido ni siquiera tu querido amigo Julio César, a pesar de sus severas leyes sobre el tráfico. Y a propósito, quizá no sepas que Julio ha prohibido que entren en el Foro y pasen por las principales calles toda clase de vehículos durante las horas más concurridas de peatones, y hay que reconocer que la necesidad de esta ley se dejaba sentir desde hacía tiempo. Pero volvamos a Roscio. No hay en toda Roma actor, atleta ni aristócrata que se le pueda comparar en aspecto. Yo lo detesto, pero lo admiro. Como sabes, la fortuna de Leah es administrada cuidadosamente por los abogados y banqueros de su padre y, aunque es generosa conmigo (Dios la bendiga), me encuentro ahora en una posición difícil.

–En resumen –dijo Marco, sintiendo cada vez más interés–, que no puedes hacer honor a tus compromisos.

–¡Qué listo eres, mi querido Marco! –exclamó Noë. Luego, en su alargado rostro apareció un gesto de abatimiento–. Necesitaría cuarenta mil sestercios más antes de la primera representación de mi obra en Roma. Es tanto dinero que si no fuera porque lo tengo contratado, le diría algunas antiguas maldiciones que aprendí estando en Jerusalén.

–¡Cuarenta mil sestercios! –exclamó Marco con incredulidad–. Te has vuelto loco.

–Tú lo has dicho –convino Noë–. ¿Recuerdas que he dicho «más»?

Marco lo miró con ojos muy abiertos.

–¿Es que le tienes que dar más?

–Ya le he dado veinte mil.

Marco se quedó con la boca abierta. Y empezó a menear la cabeza lentamente.

Noë hizo un gesto de comediante, alzando los brazos.

–¡Pero ganaré cinco veces más! Te digo, Marco, que he escrito una obra estupenda y he contratado músicos que sólo ellos me cuestan una fortuna. Roscio ya la ha leído o, mejor dicho, se la ha hecho leer por su escriba, porque dice que no le gusta leer, aunque yo creo que es analfabeto. Y se ha sentido tan emocionado como yo por su grandeza. ¡Ah! Te he traído una copia para que la leas en tus ratos libres. –Sonrió ampliamente a su amigo.

Marco sintió aprensión y miró de modo muy significativo a Noë, que volvió a sonreírle de un modo aún más encantador.

–Naturalmente, es de estilo griego. Una tragedia maravillosa. Pero no voy a fastidiarte contándotela ahora. Prefiero que la leas.

Marco se llevó las manos a la cabeza, gimiendo:

–¡Nunca hubiera creído que un Cicerón fuera jamás convencido de que invirtiera dinero en una obra teatral, en un teatro vulgar y para solaz de la plebe! –exclamó.

–No te he pedido que inviertas dinero en mi obra. Te estoy ofreciendo un tercio de mi interés por Roscio. ¿Por qué llamas vulgares a las obras de teatro? Sócrates, Platón y Aristóteles las consideraban como un magnífico arte.

–Es que no llegaron a conocer a Roscio –replicó Marco volviendo a gemir.

–Tendrás que reconocer que es muy difícil conseguir entradas para sus representaciones. Cuando él aparece, es un gran acontecimiento, tanto en Roma como en Atenas o Alejandría. Es un día de fiesta.

–¿Cuánto? –le preguntó Marco con voz ahogada.

–Veinte mil sestercios.

–¡Veinte mil sestercios!

–No es una fortuna –dijo Noë–. Es sólo la mitad de lo que tendré que pagar a ese ladrón dentro de poco. Por tan modesta cantidad, serás el propietario de un tercio de Roscio. Sólo a ti, Marco, haría esta oferta. No tengo más que ir a los banqueros...

–Bueno, ¿y por qué no has ido antes?

–Ya he ido –contestó Noë suspirando–. Están de acuerdo en que mi obra dejará pasmados a los romanos, que Roscio no tiene comparación y que volverá loca a la ciudad de puro embeleso. Pero ya conoces a los banqueros...

–Los conozco y respeto su perspicacia. Conozco la reputación de Roscio. ¿Quién nos asegura que Roscio no va a aparecer en escena más que en las primeras representaciones?

–Tengo un contrato firmado. ¡Has de tener confianza en mí, Marco! Por cada representación que deje de aparecer en escena, pierde cierta suma. Y en sus sucesivas ausencias la suma es cada vez más fuerte, de modo progresivo. Y ya sabes que es más avaricioso que un tendero ateniense.

–E igual de mentiroso.

–Una dama por la que él siente gran admiración posee ahora otro tercio de él –dijo Noë guiñando un ojo–. Su esposo tiene muy malas pulgas y su hermano es uno de los generales de Sila. Marco, ¡ésta es una oportunidad que no se te volverá a presentar!

–Por la que devotamente doy gracias a los dioses –dijo Marco suspirando.

Noë fingió no hacer caso.

–No sólo te será devuelto tu dinero rápidamente, sino que recibirás cierta cantidad, una asombrosa cantidad, cada semana mientras la obra se represente con clamoroso éxito. Después de la fortuna que se te presenta en el horizonte como un barco cargado de oro, no tendrás necesidad de dedicarte a las leyes más que como una diversión.

–A veces creo que lo hago sólo por eso –dijo Marco–. Noë, ¿has venido sólo con el propósito de pedirme dinero? ¡Ah! Veo que te he ofendido, amigo mío. Era una broma. Esta noche te extenderé un pagaré contra mi banco.

–¡Lo que es tener un alma enamorada del teatro! –exclamó Noë, gimiendo de contento–. ¡Qué momento para el autor de una obra teatral cuando sus personajes aparecen en escena y recitan sus frases! Se siente como transportado. Le parece ser el propio Zeus. Es un creador. Yo debí haber sido actor. Los quiero a todos del mismo modo que los maldigo.

Se puso de pie y se quitó la túnica.

–Nademos un poco en esas aguas que parecen tan deliciosas. Te digo que de tanta alegría, hasta siento fiebre. El sol aún calienta y el río está lleno de ninfas, cantando lo que sale de sus dulces corazoncitos.

–El río es traicionero –dijo Marco.

Pero Noë bajó corriendo la escarpada ribera y dando un grito se zambulló, empezando a nadar vigorosamente. Marco, recordando su terrible experiencia, vaciló. Luego se quitó la túnica y, de modo más sosegado, fue a reunirse con su amigo, retozando ambos en el agua como si fueran chiquillos. Pero Marco, más juicioso, tuvo cuidado de no alejarse de la orilla.

Finalmente salieron del río y fueron a tenderse sobre la cálida hierba para secarse. Noë dijo con aire crítico:

–Marco, ni a mí ni a ti nos invitaría jamás un escultor para que posáramos en su estudio como modelos para una estatua de Hermes y ni siquiera de un senador. Tenemos cuerpos de intelectuales, estamos tan pálidos como larvas y nuestros músculos no tienen nada de particular. Esto sería aprobado por los ancianos de Jerusalén, que desprecian la belleza del cuerpo y prefieren la del alma, que no es perceptible. Ya te he dicho que Jerusalén es una teocracia. Por desgracia, eso no es del todo verdad, ya que los fariseos, que son nuestros abogados y guardianes de nuestras leyes espirituales (no tenemos otros), son tan quisquillosos y torvos como vuestro Vulcano. ¡Ay de nuestro Mesías si, cuando finalmente aparezca, lanza la menor crítica contra la más insignificante tilde de nuestra ley, tal como está escrita!

–¿Todavía lo seguís esperando? –preguntó Marco no muy convencido.

–En cualquier instante –contestó Noë, empezando a masticar una brizna de hierba.

–¿Y crees que nacerá?

Noë se quedó pensativo.

–No soy teólogo. No sabría decirlo. Lo único que sé es lo que he leído en los Libros Sagrados. «¿Quién es ella que mira de cara a la brillante mañana, serena como la luna, clara como el sol y terrible como un ejército con estandartes?»

–¿Quién es ella? –preguntó con interés.

–La Madre del Mesías. Los hombres santos y los fariseos buscan su rostro en todas partes declarando que la descubrirán por su belleza y majestad, propios de la virgen de las Vírgenes, de una joven reina escogida por el propio Dios. También declaran que la reconocerán por el ambiente que la rodee, aunque esto debe de ser simbólico, porque Salomón era un poeta y no un abogado preocupado tan sólo de áridas afirmaciones. ¿Para qué va a necesitar su hijo ejércitos, estandartes, trompetas y batir de tambores?

–¿Y cómo lo van a conocer entonces?

Noë reflexionó.

–Como ya te he dicho, según las profecías, lo más probable es que no lo reconozcamos. Habrá que creer en Él por un acto de fe.

–Sólo por un acto de fe –repitió Marco con amargura, encogiéndose de hombros–. Eso es pedir demasiado al género humano. Se nos exhorta en nuestro dolor y desesperación, en esta nube de preguntas sin respuesta, en nuestra pena y confusión, teniendo los pies profundamente hundidos en el barro, a que nos echemos a volar como un pájaro o una flecha hacia una luz jamás vista y que nos lancemos a los vientos del firmamento confiadamente. Así es como nos exhortan los sacerdotes. Pero es algo demasiado estupendo para que lo hagan los hombres.

–Pues tengo entendido que eso ya se hizo antes –dijo Noë.

–¿Y de qué sirvió? ¿Qué voz nos responde desde la tumba? ¿Qué signo hay en el cielo que señale nuestro gran salto hacia el silencio? Aristóteles confiaba en ello en su éxtasis categórico. Y no regresó para aclararnos nada. Sólo hay un vacío.

Noë volvió la cabeza y se quedó mirando el rostro fatigado de su amigo, observando su cansancio espiritual que hacía cenicientas sus mejillas, y le di jo suavemente:

—Si todos supiéramos lo que alguna vez tendremos que hacer, ¿cómo soportaríamos ni un día más esta vida? Nos precipitaríamos sobre nuestras propias espadas, ansiosos de ver la gloria que ahora no tenemos ante la vista. O nos sentaríamos ociosos, esperando que la muerte nos liberara de esta existencia. Confiar en Dios no debe ser cosa vana. Yo he visto los rostros transfigurados de los ancianos de Jerusalén cuando hablan de Él, y son hombres muy castigados por la vida, que han conocido toda clase de sufrimientos. Así eran nuestros profetas. Ahí tienes a Moisés, que nos dio la Ley. Y no eran locos seducidos por sueños de su propia invención. Habían tenido revelaciones. Aristóteles comparó a Dios con un cristal perfecto, reluciente de luz, el Dador de la vida al cual toda vida ha de volver. ¿Es que eran hombres engañados, locos, enamorados de fantasías?

—Hablas de un modo muy elocuente para ser tan realista —comentó Marco—. En cuanto a mí, he llegado al final de mis esperanzas, que es a donde todos los hombres acaban por llegar.

—No hay final para las esperanzas, porque no hay final para Dios —dijo Noë, inquieto por las palabras de Marco.

—Entonces, ¿tú crees? —preguntó Marco con una débil sonrisa de tristeza.

Noë vaciló, pero luego contestó resueltamente:

—Debo creer, pues si no, moriría. No soy insensible ante la agonía del mundo. No puedo quedarme mirándola con complacencia, aunque mi padre piensa que soy superficial. Me río para no llorar. Como confío, debo sacar fuerzas de flaqueza. ¡La verdad es que hasta ahora no me había dado cuenta de hasta qué punto soy creyente! —añadió maravillado. Hizo una pausa y luego continuó—: Si quieres, aún estás a tiempo de retirar tu promesa de comprar un tercio de Roscio.

Marco se lo quedó mirando y luego soltó una carcajada, la primera que soltaba en mucho tiempo.

—¡Ah! ¡Tu fe te hace ser honesto y virtuoso! Mi querido amigo Noë, insisto en comprar un tercio de ese Roscio, de esa divinidad viviente. Ya que no podemos ser otra cosa, al menos seamos ricos.

Helvia, que seguía con las mujeres, oyó las risas de los jóvenes cuando ambos se aproximaban a la granja y cerró los ojos un momento para dar las gracias a su patrona, Juno, que tan misericordiosa se había mostrado con ella.

Quinto, que en aquel momento regresaba del campo, se detuvo para escuchar con incredulidad, todavía envuelto en su ruda capa gris de pastor. Sus fuertes piernas morenas estaban polvorientas y la valentía de su ánimo brillaba en sus bellos ojos; sus brazos parecían de bronce gracias al sol. Movió la cabeza con gesto de felicidad y pensó: mi hermano ha vuelto a nosotros. Y sonrió, complacido, a la roja puesta de sol.

Al espíritu de Marco había vuelto cierta paz después de las horas pasadas a orillas del río con su amigo. Sin embargo, era una paz muy diferente a las que hubiera conocido antes. Jamás volvería a conocer aquel éxtasis, el gozo, el repentino sobresalto de delicia al pronunciar un nombre y su ilusión apasionada por el mundo. Todo esto lo había perdido para siempre y ya no volvería. Como Noë le había dicho, podría soportarlo. ¿Qué otra cosa podría pedirse a un hombre?

Noë pensó, echado en su lecho campesino: la muerte se ha alejado, bendito sea Dios. Cuando vine, lo creí cansado de la vida y vi en sus ojos el brillo de la fatalidad y una mueca fúnebre en sus labios. Había renunciado a la vida y vuelto la espalda a la existencia. Ahora ha regresado.

Capítulo

28

La obra de Noë ben Joel *El portador de fuego* tuvo un extraordinario éxito en Roma, debido en gran parte a la popularidad y adoración de que disfrutaba Roscio. Las mujeres de todas las edades lo miraban como a su ídolo; los homosexuales suspiraban tras él sin ningún éxito; los esposos lo ridiculizaban y decían de él cosas muy feas. Los padres lo llamaban corruptor de sus hijas; los jóvenes imitaban sus fanfarronerías, sus modales y abandonaban la costumbre romana de cortarse el pelo para adoptar el estilo de Roscio del pelo ondulado y largo sobre la nuca. Como a Roscio le gustaban los colores rojo claro y amarillo oscuro, todos los hombres de su edad y los jóvenes lo declararon de moda. Le encantaban las joyas; por lo tanto, hasta los romanos más viriles llevaban collares egipcios como el suyo, complicados brazaletes de hilo de oro y sandalias y zapatos bordados. Se observaban todos sus gestos, vestidos y palabras, tanto por parte del público como de los comerciantes y joyeros.

Lucio Sergio Catilina era conocido por su belleza romana, fuerte y masculina. La de Roscio era una belleza diferente: delicada, flexible y muy refinada. Era alto y delgado y en cada uno de sus movimientos había poesía. Su pelo era de un negro brillante, sus cejas parecían de seda pintada. Sus ojos, de un encantador color violeta entre pestañas tan espesas y largas como las de una muchacha. Los rasgos de su rostro oliváceo eran claros y sardónicos, su boca, como una ciruela madura. Las mujeres dedicaban poemas a aquella boca, a su barbilla con hoyuelos y a sus exquisitas orejas. Tenía la flexible destreza de un danzarín, la fuerza de un león, el aspecto de un Hermes a punto de echarse a volar y una sonrisa tan seductora que hasta los hombres más agrios se veían obligados a responder a aquel relucir de blanca dentadura y labios perfectos. Era, además, un hombre de grandes dotes naturales, como la inteligencia y la ironía, y un actor de inmensas posibilidades. No tenía más que hablar con su rica voz envolvente para atraer inmediatamente la atención del más reacio.

A los actores no se les tenía en gran estima en Roma y los deportistas eran alabados muchísimo más. La afición estaba más dispuesta a premiar los espectáculos de poder y fuerza, sobre todo si eran sangrientos. Un gladiador podía exigir el precio que le diera la gana y a los luchadores se les erigían estatuas. Un pugilista con guante podía tener las queridas que quisiera entre las damas de las más altas familias de Roma y todo el oro que pudiera desear. Los actores no eran tan afortunados, aunque Roscio era la excepción. Los romanos deploraban el hecho de que sus mujeres se hubieran rebajado tanto como para preferir a un actor antes que a un gladiador, un luchador o un pugilista, pero eso no impedía que las señoras fueran espléndidas en sus regalos a su ídolo. Cuando Roscio se declaró patrono de las artes, las damas y jóvenes descubrieron el gran mérito de las obras artísticas griegas y la sutileza egipcia. Si compraba alguna estatuilla a algún escultor desconocido, el tal escultor se hacía famoso de la noche a la mañana y sus precios subían enormemente[1].

Roscio era además muy perspicaz y tacaño. Sabiendo lo frágil y tornadizo que era el favor del público, invirtió astutamente su dinero en los mejores negocios. Nunca actuaba gratis en honor de nadie, ni siquiera de Sila, ni se dignaba asistir a un banquete si no lo gratificaban de un modo u otro. Sin embargo, era el primero en censurar la avaricia y manifestar su amor por el pueblo.

–Las palabras no cuestan nada –decía con cinismo–. Las obras de caridad salen caras y son despreciadas. –Sin embargo, era tan discreto que ocultaba a todo el mundo sus obras de caridad, que eran bastante importantes. Se le consideraba un escandaloso y él ponía gran interés en hacer correr tal mentira, sabiendo que lo hacía irresistible para las mujeres y objeto de la envidia de los hombres.

El portador de fuego estaba basada en el legendario Prometeo, el titán que robó el fuego del carro de Apolo y lo trajo a la Tierra para que lo usaran los hombres, incurriendo así en la ira de los dioses, los cuales no querían que los hombres fueran como ellos. El castigo de Prometeo fue horrible. Atado con cadenas, los cuervos roían su hígado, que era constantemente renovado. Este tema de las aspiraciones y el dolor del hombre había interesado a Noë, y como las tragedias griegas eran demasiado pesadas y los grandes coros gemebundos se hacían fastidiosos, ideó una obra en la que resumió la tragedia del ser humano de un modo intenso, centralizado e individualista. Prometeo se había apoderado de la vida y la luz del fuego y deseaba poner tal don en manos de sus semejantes de almas apenadas, a los que había creado. Después la obra se volvía simbólica y las doncellas recorrían la escena en una dan-

---

[1] El famoso actor romano Roscio puede ser llamado con propiedad el padre del teatro moderno. Los teatros griegos y romanos eran gratuitos para el público y los billetes se ganaban en sorteos de lotería. Roscio fue el primero que tuvo teatros de propiedad particular en los que había que pagar la entrada. Esto dio como resultado una mejora en la presentación para un público más selecto.

za ligera y llamativa, como si fueran ciegas mariposas. Pero Prometeo ponía luces en sus manos y las doncellas gritaban de júbilo mientras las luces relucían en sus rostros, abrían los ojos y se pasaban las luces de mano en mano, bailando con hombres jóvenes, y todo parecía una cadena de luz. Pero cedían aquel don a otros que entraban en el escenario y entonces los primeros se ponían máscaras simulando la decrépita ancianidad, desapareciendo en las sombras y la oscuridad que significaban la muerte y de aquellas mismas sombras salían otros jóvenes, para recibir a su vez aquel don, gritando y cantando jubilosos, y luego entregarlo asimismo para ir a morir.

Y siempre, en segundo término, los dioses dominantes, silenciosos y vengativos, observando a las criaturas que se habían vuelto inmortales, al frágil animal siempre amenazado por la muerte que había adquirido un alma. Pero Atenea decía:

–El hombre se ha vuelto como nosotros. Voy a darle la sabiduría.

Y Marte declaraba:

–Se ha vuelto como nosotros. Por lo tanto, le daré el odio y la guerra.

Y Vulcano manifestaba:

–Se ha vuelto como nosotros. Le daré el trabajo.

Venus añadía:

–Se ha vuelto como nosotros. Le daré la lujuria y el amor.

Y Apolo decía finalmente:

–Se ha vuelto como nosotros. Por lo tanto, le concederé la gloria de las artes, el conocimiento del cuerpo y el poder de crear belleza del polvo.

Mas Prometeo replicaba, retorciéndose en su agonía:

–¡Hemos llegado a ser más grandes que los dioses porque hemos adquirido el dolor!

Roscio otorgaba grandeza, sufrimiento y dignidad a su papel. Nunca había sido tan aclamado y le otorgaron la corona de laurel. Algunos dijeron que en su papel de Prometeo, siempre en el escenario, hábilmente ataviado y bien iluminado por lámparas estratégicamente situadas, simbolizaba a Sila. Roscio no quiso negar esto, aunque guiñó un ojo a sus íntimos. Los artistas estaban por encima de la política, que era una baja ocupación.

–El dinero –insinuó Noë– es algo más bajo todavía. –Pero Roscio no se mostró de acuerdo con él.

Al cabo de dos semanas, Marco recibió parte del dinero invertido en Roscio y además una buena suma. Y decidió seguir reteniendo la parte que «poseía» de Roscio. Como Noë siempre estaba imaginando nuevos efectos e introduciendo nuevos bailarines en la obra, ésta aumentaba en atractivo y belleza. Antes de que cayeran las primeras nieves, Noë pudo exclamar lleno de júbilo:

—¡Hemos tenido un gran éxito! —Y comenzó a escribir una obra aún más ambiciosa.

Cuando cayó la primera nevada, Quinto, ya completamente restablecido, se reincorporó al ejército.

*E*l editor de Marco era un tal Ático, un joven rollizo de mirada jovial y rostro serio. Llevaba puesta la toga aun estando en la intimidad con su familia, yendo siempre perfumado con verbena, un perfume austero que debía recordar la sublimidad de los libros. Siempre hacía gestos de fatiga, lo que sólo en parte era afectado. Admiraba a los escritores, porque a él le hubiera gustado ser uno de ellos, y a la vez los detestaba, lo cual era muy natural. A su vez, los autores fingían considerarlo un ladrón y un hombre que no reverenciaba el arte, pero respetaban su erudición y su integridad. En resumen, Ático y sus autores eran de lo más típico en sus respectivas profesiones.

Él creía que Marco estaba perdiendo el tiempo dedicándose a las leyes, porque ¿no era un finísimo poeta ya muy conocido de todos los caballeros inteligentes de Roma y un formidable ensayista a quien los políticos miraban inquietos? Marco no debería dedicarse a otra cosa más que a escribir.

—Estupendo –le decía Marco–, pero, entonces, ¿cómo voy a ganarme la vida y mantener a mi familia?

Y Ático hacía un gesto elegante como para desechar todo eso:

—Cuando los dioses conceden unos dones, deben ser obedecidos.

—Pues que los dioses paguen mis impuestos –contestaba Marco.

Generalmente se despedían con expresiones de afecto y admiración, después de que Ático le hubiera pinchado un poco acerca del próximo libro y Marco hubiese hecho alguna mención al hecho de no haber visto su último libro de ensayos publicado.

Cuando faltaba poco para la Saturnalia, Ático fue anunciado a Marco mientras éste trabajaba escribiendo unas cartas en su despacho en casa de Scaevola. Marco lo saludó complacido:

—¿Viene a pagarme algo de mis derechos de autor, amigo? –le preguntó–. Acabo de recibir una mala noticia referente a mis impuestos.

Entonces se fijó en que Ático estaba inquieto. Marco le ayudó a quitarse la capa, que era de lana azul con borde de suave piel. Mandó que trajeran vino, se sentó frente a su editor y lo miró con gran interés.

—Parece estar preocupado por algo, Ático –le dijo–. ¿Ha tropezado con la ley?

Ático suspiró. No era el suspiro corriente en un editor perseguido al enfrentarse con un autor. Era un suspiro salido del corazón y sus ojos joviales no aparecían hoy sonrientes. En ellos asomaba el dolor. Se quedó callado por un instante, bebió el vino que le ofreció Marco y estaba tan alterado que se olvidó de hacer su acostumbrada observación sobre su buena calidad. Marco volvió a llenarle el vaso.

—No sé cómo empezar —dijo Ático, jugueteando con la larga cadena de oro y piedras preciosas que colgaba de su cuello—. Bueno, la verdad es que corro un gran peligro.

—¿Acaso ha publicado algún libro que haya parecido un peligro para la juventud a alguno de los severos censores de Sila? —preguntó Marco, pensando en la dureza del dictador.

—Puede que sí —dijo Ático, volviendo a suspirar—, pero no es porque se trate de un libro pornográfico, lo cual habría sido un delito de menor importancia. Sencillamente es que dice la verdad.

—Por lo tanto, es algo imperdonable —afirmó Marco.

—Imperdonable —convino Ático. Sus ojos azul claro, algo saltones, ahora parecían distantes y doloridos—. Ha sido escrito por un viejo soldado que fue capitán a las órdenes de Sila.

Marco se sintió de repente interesado, se irguió en su silla y sonrió.

—¡Ah! El capitán Catón Servio, el gran soldado que perdió la vista y el brazo izquierdo luchando con Sila. He leído su libro. Es un romano a la antigua, un hombre honrado muy virtuoso. A veces el texto no está escrito correctamente y a menudo emplea frases bastante rudas, pero es todo fuego y pasión en defensa de las virtudes romanas y atacando al gobierno opresor y todopoderoso. Pide una vuelta a la solvencia nacional, al orgullo, al trabajo y al patriotismo, en fin, a las viejas virtudes ahora menospreciadas. Cuando lo leí, pensé: Roma todavía no ha muerto si aún es posible que un hombre escriba libros como éste y se lo publiquen.

Ático se quedó mirándolo con un gesto de cansancio e ironía.

—Eso es lo que yo también pensé —dijo.

—¡Vaya! ¿Es que alguien le ha puesto objeciones?

—Se dice que el propio Sila.

Marco no lo quiso creer.

—Servio fue uno de los generales más estimados y condecorados por Sila, Ático. Fueron juntos a la escuela. Además, en ese libro no denuncia ni siquiera una vez a Sila.

—Deje que le refresque la memoria —replicó Ático, que había traído consigo un ejemplar del libro. Volvió las páginas y luego leyó en voz alta, lenta y enfáticamente. Marco escuchó, asintiendo con la cabeza, mientras su rostro melancólico se iluminaba poco a poco, al comprender y aprobar. Ático cerró el libro—. Esto ha puesto furiosos a muchos de los que rodean a Sila.

–Es ridículo. Todos sabemos que...

–¿Quién lo sabe? –preguntó Ático–. Hasta los que lo saben dirán que no saben nada.

–Sila no es ningún ignorante, y él lo sabe.

–Sila no está en todas partes. Vive rodeado de capitanes, sirvientes y soldados, de políticos viles, de senadores y tribunos comprados. Por necesidad, tiene que dejar muchas cosas en las manos crueles de éstos. Y precisamente en esas manos ha caído el libro de Servio. –Ático hizo una pausa y se quedó mirando a Marco tristemente.– Catón Servio está ahora en la Mamertina acusado de traición al Estado, de subversión, de tratar de derribar por la fuerza al gobierno legítimo, de insurrección y de incitación al motín, de prejuicios violentos contra el pueblo romano, de desprecio a la sociedad y la autoridad, de locura peligrosa, de falta de respeto al Senado y, por supuesto, de malicia contra Sila. Y ésos no son más que unos cuantos cargos.

»Se ha ordenado al Senado que juzgue su caso, no a los magistrados, y ya han pedido la pena de muerte. Los fiscales son dos, su querido amigo Julio César y Pompeyo, al que Sila ha dado el título de Magno. Ambos hablarán en nombre del gobierno contra Servio.

Marco se quedó en silencio, pero su rostro pálido se ensombreció aún más por la ira y la indignación. Al final dijo:

–A veces me cuesta trabajo creer que Roma fuese una vez una nación libre y que sus libros eran sagrados.

Ático asintió:

–Mi querido Marco, no debe olvidar lo peligroso y lo imperdonable que es decir la verdad. Los embusteros viven más cómodamente bajo cualquier forma de gobierno y mueren pacíficamente en la cama. Pero los que dicen la verdad...

Marco se sintió de repente desolado, como si hubiera sufrido una gran calamidad, como si hubiese oído las palabras de su propia condena a muerte.

–He venido a verle –continuó Ático– para pedirle que defienda a Servio. –Y añadió rápidamente–: No soy rico. Sólo soy un editor.

–¿Que lo defienda yo? –preguntó Marco, pensando de repente en su hermano, que había vuelto al servicio de Sila. Y contestó–: Mi hermano Quinto está ahora en Galia al mando de una legión y los tiranos tienen una mano muy larga.

–Me había olvidado de su hermano –dijo Ático, y alargó una mano para tomar su capa–. Debí haberlo recordado. Y usted no se atreve a comprometerlo.

–Quinto es un soldado –dijo Marco, retirando la capa del editor– y estará de acuerdo con mi decisión. Por mi honor, como ciudadano de Roma, como abogado, no tengo más remedio que aceptar. Iré enseguida a la Mamertina a visitar a Servio.

Las lágrimas acudieron a los ojos de Ático.

—Es usted un hombre valiente y decidido, mi querido Marco —declaró.

—No soy tan valiente ni tan decidido. Toda la vida he procurado ser prudente en mis pasos, pues ése es el camino de los abogados. Así que en muchos aspectos he traicionado a mi país, porque el que no habla cuando se lo mandan el honor y la indignación es tan culpable como cualquier traidor. La cobardía es a menudo la compañera de los abogados. —Y repitió—: Iré enseguida a visitar a Servio.

—Aún no sé cómo se atrevieron a denunciarle y encarcelarlo —dijo Ático apenado—, porque es un hombre muy querido por el pueblo de Roma, por los soldados que mandó y por los veteranos que fueron compañeros suyos en tantos combates en defensa de su país. Es un hombre conocido por su galantería y probidad, su valor y su constancia; en fin, por todas las cosas que hacen que un noble soldado sea amado por sus compatriotas. Acompañó a Sila en su exilio y bajo Cinna y Carbo le fue confiscada su fortuna. Sus dos hijos murieron en la guerra a las órdenes de Sila y éste los tuvo en mucho aprecio. Luego Sila devolvió a Servio sus tierras y su fortuna y, en un discurso que pronunció ante el Senado, abrazó públicamente al viejo soldado y le besó en la mejilla diciendo que se merecía todos los honores que Roma pudiera otorgarle. Y, sin embargo, se han atrevido a meter en la cárcel a un hombre así, ¡a un hombre así!, por denunciar en un libro la corrupción y el despotismo del gobierno actual.

—Y que no se trata de un insulto gratuito —dijo Marco con tono seco y amargado—. Haré lo que pueda, Ático. Pero cuando un gobierno se halla decidido a difamar, destruir y asesinar a un héroe, lo puede hacer con toda impunidad. Es que ahora nos gobiernan los hombres y no las leyes.

—Entonces, ¿no cree poder salvar a Servio?

—¿No ha insinuado ya que como hombre honrado se merece la muerte?

Para alivio de Marco, cuando entraron en la húmeda y fría prisión descubrieron que el capitán Servio estaba confinado en una de las mejores celdas, calentada por una pequeña estufa, celda reservada para destacados hombres públicos que contrariasen al gobierno. Servio tampoco se hallaba rodeado de guardianes, sólo vigilado por diez de sus más fieles legionarios, que lo servían con una especie de ternura feroz. Marco consideró esto un buen augurio. Pero tras mirar al rostro de los soldados comprendió que para éstos su país era lo primero, aun antes que su amado comandante. Si éste era declarado convicto de traición, sin duda lo llorarían, pero se inclinarían ante lo que considerarían la justicia de Roma, que no podía ser puesta en duda.

Catón Servio era un hombre de unos sesenta años. Descendía de una familia pobre, aunque patricia, de la *gens* Cornelia. Su esposa le aportó tierras y una buena dote, así como un gran amor. Ahora se encontraba tan pobre como en su juventud, su esposa había fallecido y ya no tenía amor, ni hijos, ni tierras ni fortuna. Se hallaba sentado con gran dignidad en su silla delante de la estufa, vestido de uniforme. Las paredes de la habitación se hallaban recubiertas de yeso y la pequeña ventana, así como la puerta, estaban enrejadas. Sobre el suelo de piedra había una piel de oso y su estrecho jergón estaba cubierto de mantas de lana. Encima de la mesa había una jarra de vino y dos cubiletes, así como una cesta con frutas del tiempo.

Servio volvió su rostro ciego y cicatrizado hacia sus visitantes, que quedaron sobrecogidos por la emoción, y les preguntó con su voz seca e irascible de soldado:

–¿Quién ha entrado?

Uno de los soldados saludó, olvidando que Servio no podía verle, y replicó respetuosamente:

–Mi general, son Ático, su editor, y un abogado llamado Marco Tulio Cicerón.

Servio refunfuñó. Extendió su mano derecha, la única que le quedaba, y dijo:

–Salve, Ático, pero no necesito ningún abogado.

–Querido Catón, pues claro que necesita un abogado –repuso Ático sentándose en el jergón.

Servio negó con su cabeza encanecida.

–¿Para qué ha de necesitar un abogado un soldado, un ciudadano de Roma, hombre de ilustre apellido que no ha hecho nada malo? No he cometido ningún crimen. Me río en la cara de los que leen esa ridícula lista de delitos que dicen he cometido contra mi país. El mismo Sila debe estar riéndose ahora de la carta que le envié esta mañana con uno de mis hombres. La verdad es que cuando ustedes entraron, creí que venían a liberarme. ¡Ah! Sila está muy ocupado estos días y yo lo comprendo. Pero –y la voz del viejo soldado se elevó de tono–, cuando él se entere de que su general, su querido amigo, ha sido encarcelado, exigirá las cabezas de los responsables. –Hizo una pausa y de nuevo se encaró con Ático con su valeroso rostro ciego que reflejaba altivez e indignación.– Él ha heredado este repugnante gobierno de ladrones, traidores, embusteros y asesinos. No estoy de acuerdo con esta manera de restaurar la República y así lo he escrito. Temí que se convirtiera en dictador y lo he execrado, pero sé en el fondo de mi corazón que Sila detesta todo ello tanto como yo y que pronto acabará con este estado de cosas.

Ático y Marco se miraron.

El editor le dijo con su voz más amable:

—No se crea eso, Catón. ¿No se da cuenta de que la orden de su detención la firmó el mismo Sila? Yo mismo la vi con mis propios ojos y ya se lo dije.

El viejo militar guardó silencio. Su oscura fisonomía de águila se puso rígida y sus pálidos labios, tan valerosos y orgullosos, de repente le temblaron. Sus cuencas vacías parecieron llenas de agua a la luz sombría del día. Entonces empezó a golpearse sus huesudas rodillas con los puños. Y musitó:

—No puedo creerlo. No me atrevo a creerlo.

—Pues debe creerlo —le contestó Ático—. Aunque no haya citado a Sila por su nombre en el libro, él ha comprendido a quién se refería. Ésta es una Roma extraña y degenerada, gobernada por pillos, aventureros y hombres sin honor. Y no se atreven a dejarle vivo.

—Yo no quiero vivir en esta Roma —contestó Servio negando con la cabeza una y otra vez—. No quiero vivir en una Roma que ya no es libre y ha dejado de ser la casa solariega de hombres honrados y valientes; en una Roma que ya no es la sede de la justicia, la ley y el orgullo.

—Olvida usted que tiene dos nietos que llevan su nombre —le dijo Ático—. Sus padres murieron por Roma. ¿Dejará a sus nietos en la vergüenza y el deshonor, que son la mayor desgracia para un noble apellido? ¿Les dejará que se enfrenten a un mundo brutal con el estigma de un abuelo condenado por traición, de modo que todas las puertas se les cierren para siempre y sobre ellos caiga el anatema? Se han quedado sin fortuna. No tienen más protector que usted, no tienen más apellido que el suyo.

Aquella fisonomía de águila pareció tan gris, quieta y marchita como la de la muerte.

—Su apellido será infamado —le insistió Ático—. ¿Es eso lo que lega a sus nietos?

Marco habló entonces por primera vez:

—Señor, soy Cicerón, de la familia de los Helvios, a la que usted debe conocer. Los hombres no viven sólo para sí mismos. Viven para sus hijos y nietos y viven en ellos. Si se resigna a la muerte sin hacer un esfuerzo para defenderse, manchará su apellido y deshonrará la memoria de sus hijos así como la existencia de los hijos de sus hijos.

Uno de los soldados que había ante la puerta se quedó mirando a su capitán asombrado, como si se diera cuenta por primera vez de la enormidad de su situación, y entonces le llenó de vino un cubilete poniéndolo en su única mano, en la que sobresalían las venas. Catón se llevó el cubilete a los labios, pero entonces, con un gesto como de repulsa, lo soltó en la mesa. Y dijo con voz baja y dura:

—Has dicho que no creo en mis propias palabras, Ático. Es cierto, me he engañado a mí mismo con falsedades. —Se pasó una mano por la cara y gimió—: ¡Oh! ¡Si hubiera muerto antes de conocer esta vergüenza! ¡Si hubiera muerto en el campo de batalla!

—Entonces —le replicó Ático— no habría escrito su libro. ¿Es que no significa nada para usted? ¿Desearía no haberlo escrito?

Servio se quedó callado por un momento. Era como si no hubiera oído. Entonces dejó caer su brazo, alzó su bien perfilada cabeza y sus arrugadas mejillas se enrojecieron.

—¡No! ¡Lo escribí precisamente pensando en mis nietos! ¡Lo escribí con la esperanza de que lo leyeran suficientes hombres buenos que restaurarían Roma para las nuevas generaciones. ¡Porque no podía soportar la idea de que ellos ya no gozarían de libertad como romanos cuando yo muriera!

—Pues entonces —le animó Marco—, ¡lucharemos por Roma!

—Estoy sin ojos y, por lo tanto, ya no puedo verter lágrimas por mi país —dijo Servio. Hizo una pausa y luego prosiguió—: Marco Tulio Cicerón, ese nombre me suena.

—Mi abuelo se llamaba así, señor.

—¡Lo conocí muy bien! —exclamó Servio alargando su mano, que Marco tomó—. ¡Dime! ¿Puedes rehabilitar mi nombre, Cicerón? La vida no me importa, pero mi nombre lo es todo para mí.

Marco vaciló:

—Es posible que no pueda salvarle la vida, señor. Pero con la ayuda de mi patrona, Palas Atenea, que usa el casco, el escudo y la espada, pondré su nombre tan alto en Roma que jamás podrá ser deshonrado.

Servio asintió con la cabeza. Luego sus labios esbozaron una sobria sonrisa castrense.

—Tu voz es como la de una trompeta, Cicerón, y conmueve mi corazón. He perdido mis ojos, pero mis oídos me sirven con fidelidad. Rehabilitarás mi nombre y eso es todo lo que importa.

Los jóvenes soldados que había a la puerta se miraron y en sus rostros apareció de repente una dura expresión de rabia.

Al ver esto, Marco se acordó del viejo augur, de Scaevola. Cuando él y Ático estuvieron fuera del calabozo, se volvió y miró despacio primero al rostro de un soldado y luego al otro. Tuvo que escoger las palabras con cuidado:

—El general Sila —dijo con voz pausada— es un gran soldado y nos liberó de Cinna y Carbo, por lo que pido a los dioses que preserven su vida. Mi propio hermano Quinto Tulio Cicerón es uno de sus capitanes y Sila lo ha querido siempre como a un hijo.

»Sin embargo –prosiguió Marco mientras los dos jóvenes lo miraban muy interesados–, Sila no puede estar en todas partes. Por lo tanto, se ve obligado a delegar autoridad y responsabilidad. Tiene que confiar en los que le rodean, ¡y ay de él si se equivoca! Tiene que confiar en su integridad para con los demás y si son hombres sin escrúpulos, como los políticos y los oportunistas, no sólo sufrirá él, sino su país y con él los soldados honestos.

Los soldados lo escuchaban en un silencio un poco burlón. Marco suspiró:

–Aquí hay un hombre que ha dado sus hijos, su vista y su brazo izquierdo a su amada patria. Aquí hay un hombre que mandó legiones que le idolatraban y a cuyos soldados él miró como a hijos. Aquí hay un hombre que jamás, por falta de hombría de bien o por cobardía, deshonró a Roma, a la que ama. Y, sin embargo, lo han encarcelado por las falsedades, la envidia o el odio de algún traidor. ¿Qué han llegado a ser las legiones de Roma cuando ha podido llegar tal día? Hemos sido gobernados por asesinos..., hasta que llegó Sila. –Marco evitó mirar la expresión irónica de Ático.

Entonces, atrevidamente, se quedó mirando a los ojos de aquellos soldados y luego lentamente se alejó hacia los arcos de piedra, como un hombre que lleva encima una carga terrible, demasiado pesada para sus hombros. Ático le siguió.

–Por fortuna –le dijo Ático–, no se ha quedado allí más rato, pues si no, aquellos muchachos le habrían preguntado por qué no iba enseguida a ver a Sila, a decirle que su amado comandante está preso.

–Cállese. Los abogados tratamos de evitar preguntas embarazosas. La mentalidad militar es simple. ¿No tengo yo un hermano capitán? Hay veces en que bendigo tal mentalidad, porque los militares son incapaces de duplicidad y por encima de todo aman a sus hermanos de armas y a su país.

Ático le tomó una mano.

–No sé cómo expresarle mi gratitud, mi querido Marco. Ahora luchará como deben luchar los soldados. ¿Cree que podrá salvarle?

–Dudo que se atrevan a dejarle vivo, porque un héroe así no puede estar silencioso. Pero espero conseguir que le devuelvan las tierras y el dinero, así como que rehabiliten su apellido para los nietos.

Marco regresó a su despacho y se sentó, meditando. Y entonces escribió a Julio César, al que hacía varios meses que no veía:

«¡Salve, noble Julio César! Saludos de tu amigo Marco Tulio Cicerón.

»Me he encargado hoy de la defensa contra el Estado del general Catón Servio, que es amado por sus soldados y cuyo nombre es reverenciado por los militares, un hombre que fue hermano de armas del general Sila y cuya conveniente o convincente muerte en la Mamertina (como tú quieras) causaría mucho disgusto en el ejército y haría correr rumores indignantes entre los soldados.»

Marco sonrió sombrío al terminar la carta, añadiendo sus saludos y recuerdos a Aurelia, la madre de Julio, mencionando el amuleto que ella le había regalado y que él llevaba puesto siempre.

Después escribió una carta a Noë ben Joel, adjuntándole un ejemplar del libro de Servio, rogándole que lo leyera enseguida.

Después de leer el libro, Noë se quedó pensativo. Luego se dirigió a la villa de Roscio, donde halló al actor tomando el sol en compañía de un numeroso grupo de bellas admiradoras y comiendo dulces.

—¡Vaya! —exclamó Noë—. ¿No habíamos quedado, amigo mío, en que no era bueno comer dulces? ¿No decidimos no volver a probarlos?

—Coge algunos —le contestó Roscio, empujando hacia él un cuenco de plata—. Fuiste tú el que decidiste no comer más dulces, no yo. ¿Qué quieres? ¿Vas a pedirme que te rebaje el alquiler del teatro? Pues no.

Noë tomó unos dulces, sonrió a aquellas guapas romanas y se las quedó admirando descaradamente. Finalmente dijo:

—Tengo que hablar contigo.

—Esto significa dinero —dijo Roscio, entornando sus ojos violeta—. De nuevo te digo que no.

—No se trata de dinero —replicó Noë—, sino de honor y de gloria.

—Lo dudo —declaró Roscio, sin creerle en lo más mínimo. Se quedó mirando a las jóvenes—. Idos a casa, monadas. Tengo que discutir un asunto con este bribón. —Acompañó a las damas hasta sus literas, fanfarroneando y haciendo alarde de sus encantos.

Regresó para encontrarse con Noë en el recibidor, se frotó las manos sobre la estufa y de nuevo entornó los ojos.

—No me vengas con trucos, vil judío —le dijo.

—Como tú también eres judío, tomo eso como un cumplido —contestó Noë.

—Entonces retiro lo dicho. ¿Qué te traes entre manos?

—Te ofrezco una oportunidad que raramente se le ofrece a un actor en Roma. Si estuviéramos en Grecia, todo el país se pondría a tus pies, pero los actores no son tenidos en gran estima en esta ruda Roma porque los romanos son en el fondo gente vulgar. Ambos somos ciudadanos romanos, pero hemos de reconocer honradamente sus defectos. ¿Qué es lo más preciado para un gran artista como tú? Seguro que el dinero no.

—Pues el dinero sí —contestó Roscio, sintiendo cada vez más recelo conforme Noë se entusiasmaba.

Noë dejó a un lado esta cuestión.

—Sin duda bromeas. ¿Es que no querrías actuar si no te dieran dinero?

Roscio masticó un higo relleno, se lo tragó y se quitó las semillas de entre los dientes. Finalmente respondió:

–Claro que no.

–¡No te creo! –exclamó Noë, alzando las manos con gesto de horror.

–Me estás haciendo perder el tiempo. Explícame tu plan, que inmediatamente rechazaré.

–Te ofrezco la gloria y el honor, querido Roscio. Sí, eso es lo que te ofrezco.

–Tal vez.

–La mera noticia de que aparecerás en cierto lugar a cierta hora hará que toda Roma acuda a dicho lugar como las moscas a la miel. Surgirán hombres y jóvenes, matronas y doncellas hasta de las piedras de la calle.

–Por supuesto –declaró Roscio–. Y ese espectáculo que exige mi aparición, ¿es alguno en el que tú hayas invertido dinero? Pues te va a costar bastante.

Noë suspiró.

–Déjame continuar. Como ya te he dicho, los artistas alcanzan poca gloria y honor en Roma. Ni siquiera se les considera iguales a los gladiadores, que sudan, gruñen y sangran en la arena como cerdos. Se les tiene en menos estima que a un absurdo lanzador de disco. ¿Para qué sirve lanzar discos? Sin embargo, cuando un actor se convierte en héroe, hasta los romanos se inclinan ante él.

–Eso suena a peligro para mí –dijo Roscio–. ¿Tramas mi muerte?

–He pensado varias veces en asesinarte –reconoció Noë–, pero he invertido demasiado dinero contigo. Y además está mi amigo Cicerón, que posee una parte de ti.

Roscio arrugó la frente.

–Lo dices sin ambages. ¿Te atreverías a decir a otro judío, en nuestro amado Jerusalén: «Fulano y Mengano poseen una parte de ti»? Eso va contra la Ley...

–Conozco muy bien la Ley y dudo que tú puedas decir lo mismo. Déjame continuar. He decidido ofrecerte la oportunidad de llegar a ser un héroe en Roma, además de actor célebre. Ya sabes que los romanos aman a los héroes e inmortalizan sus nombres en la Historia. ¡Piénsalo bien, Roscio!

–No creas que lo voy a sentir mucho si no lo consigo –respondió el actor.

–Te harán estatuas de bronce, en las que te representarán en tu papel de Prometeo. ¡Te vitorearán en las calles como a un héroe! ¡Serás más grande que Sila!

–Estás loco –contestó Roscio, pero escuchó con atención lo que le explicó Noë. En silencio, tomó el libro de Servio y hojeó un par de páginas, lo cual sorprendió a Noë, que lo creía analfabeto a pesar de que eso era poco corriente en un judío.

Entonces, agitado y conmovido, sintiendo fuego en su alma de actor, empezó a pasearse a grandes pasos la habitación, tan abstraído al parecer que mientras Noë lo observaba casi se olvidó del motivo por el que estaba allí. De pronto se detuvo ante Noë y lo miró fijamente:

—¡Sin duda Sila haría que me asesinaran! —exclamó.

—Ni siquiera Sila se atrevería a hacer eso al favorito de Roma.

—Es demasiado peligroso.

—El heroísmo no se consigue con comodidad —le recordó Noë.

—No he insinuado que quiera llegar a ser un héroe. Prefiero continuar viviendo.

—Te aseguro que vivirás —le dijo Noë.

—¡Ah! ¡Y eres capaz de jurarlo por la cabeza de tu padre!, ¿verdad?

Noë se quedó en silencio, pero de pronto dijo con resolución:

—Sí. ¿Qué más puedo decir?

—Ya has dicho demasiado. ¿Sabe algo Cicerón de esta teatral idea tuya?

—No. Es ocurrencia mía.

Al final Roscio se mostró de acuerdo. Era una oportunidad que su alma de actor no podía rechazar. Y como Roscio no exigió nada en prenda, como una joya, Noë se despidió de él muy animado.

Mientras esta escena tenía lugar, Marco estaba escribiendo una carta a su antiguo amigo y tutor Arquías, que últimamente se había retirado a una pequeña villa extramuros de Roma, donde tenía un gran jardín, un pequeño olivar y un rebaño de ovejas.

Una vez hizo enviar la carta con un mensajero, Marco empezó a preparar la defensa. Poco antes del crepúsculo invernal llegó Julio César, como siempre elegante y prodigando sus muestras de afecto, vestido con uniforme de general.

—¡Mi querido Marco! —exclamó Julio, como si los dos hubieran sentido mucho no verse durante unos meses—. ¡No te he atendido como te mereces! Perdóname. Pareces gozar de buena salud.

—He aprendido a soportar —dijo Marco.

Julio le dio una palmadita en el hombro y soltó una carcajada.

—Hablas como un viejo, amigo mío. Los jóvenes cantan a la vida; sólo los viejos soportan.

—Pues yo he dejado de alegrarme de todo en Roma. Supongo que habrás recibido mi carta y que has venido a discutir su contenido.

—Por tu bien —dijo Julio quitándose su roja capa y sentándose.

—Veo que te preocupas por mí.

Se quedó sorprendido cuando la sonrisa abandonó el rostro de Julio y sus vivos ojos negros se fijaron en él con sincera y grave expresión.

—Sí, no quiero que mueras ni que te ocurra ningún mal a pesar de que profetizaste cosas tan horribles para mí.

—¿Es que hay alguien que quiera asesinarme?

—En estos tiempos, querido Marco, hay muchos hombres que quieren a otros muchos hombres muertos.

—Sibilino, como siempre. Yo no moriré hasta que lo dispongan los dioses, así que, por favor, ahorra tu ansiedad.

—Vivimos tiempos peligrosos —contestó Julio.

—¿Y quién los ha hecho tan peligrosos? Contéstame, Julio. ¿Quién ha hecho que los romanos, amantes de la libertad, orgullosos de sus leyes y de la justicia de Roma, teman ahora por sus vidas?

Julio se encogió de hombros.

—Yo no he creado estos tiempos. Tus ojos se iluminan como si tuvieran fuego y eso es algo desconcertante para los que te quieren.

—Como tú.

—Como yo.

Marco mandó que trajeran vino y ambos bebieron en silencio. Entonces Julio dijo:

—Te mandaré algo de mis propias bodegas. Y no es que seas pobre. Ahora hasta eres rico, a pesar de esos impuestos que tanto criticas.

—Soy ahorrativo. ¿Por qué has venido, Julio? No creo que haya sido sólo porque estés preocupado por mí.

Julio volvió a llenar su cubilete, bebió e hizo una mueca.

—He discutido tu carta con Sila —dijo.

—Ya me lo esperaba.

—Sila, aunque militar, desea la paz para Roma, pues ésta ya ha sufrido bastante. Todavía tenemos aliados y satélites rebeldes y numerosos enemigos. Es necesario que presentemos tanto a nuestros compatriotas como a los extranjeros una imagen de potencia poderosa. Y tú amenazas eso. Amenazas a tu país.

Marco no se alarmó.

—No soy yo el que amenaza a mi país. La culpa es de otros. Y, además, ¿qué me importa a mí, como romano, lo que los extranjeros piensen de Roma? ¿Desde cuándo nos importa que tengan buena opinión de nosotros, que puede cambiar, caprichosamente, como un soplo de viento?

—No me comprendes. Sólo puedo decirte que si defiendes a Servio, te pondrás contra la paz y la tranquilidad de Roma.

Marco enarcó las cejas.

—¿Cómo?

—¿Conoces al populacho?

—Pero ¿qué le importa al populacho de Roma que yo defienda a Servio?

—Es un soldado.

—Cosa que Sila olvidó. Es un hombre ciego, mutilado de guerra en defensa de su país.

—Te empeñas en ser obtuso. Hablemos de Servio. Está loco. Yo no deploro el patriotismo, pero estos viejos soldados, castigados por las batallas y los sufrimientos, a menudo son excesivos y hablan demasiado. Desvarían. Claman atrayendo la desesperación y la ruina. Sus emociones son extremistas. Pero la plebe, que se exalta fácilmente, no comprenderá eso.

—Hablando claro, tú no quieres que la plebe le oiga hablar en defensa de su país y pidiendo que vuelvan a éste la dignidad, el valor y la integridad de las leyes. No quieres que el pueblo oiga sus apasionadas exhortaciones. Lo temes.

Julio se quedó en silencio y sus ojos negros destellaron enemistosos.

—Tampoco quieres que oigan a Servio sus soldados, sus legionarios, sus oficiales. No, no quieres que oigan a Servio. Los militares se muestran ahora inquietos y recelan de Sila, que los ha traicionado.

—Tú sí que cometes traición.

—Si eso es traición, que me condenen y me castiguen.

Julio torció la boca. Y pensó: este hombre me es necesario. En cierto modo lo quiero y lo admiro, pues es un valiente.

—¿Es traición que un hombre que ama a su país trate de defenderlo en la persona de Servio? —preguntó Marco.

—Hablas como si Roma no fuera más que una débil provincia o una nación vulnerable, y sabes que no es así.

—Pues entonces, ¿por qué ha de temer a la verdad... o a Servio?

Julio negó con la cabeza tristemente y luego dijo:

—Marco, estamos dispuestos a hacer grandes concesiones. Toda la ciudad conoce a Servio y ya se oyen rumores. Le devolveremos todos sus honores militares, su fortuna, sus tierras y le dejaremos marcharse en paz.

—¿Con su nombre mancillado? ¿El apellido que heredarán sus nietos?

—Le daremos todo lo que Sila puede darle por amor y piedad, pues ya ha perdonado a Servio.

—Y entonces el pueblo aclamará a Sila por ser tan generoso y compasivo, aunque haya sido cruel, y el nombre de Servio quede deshonrado para siempre.

—¿Y qué es un nombre? —preguntó Julio.

Marco se sintió presa de una rabia fría.

—Para ti, Julio, no significa nada. Para Servio, todo. Él acepta encantado la oportunidad de defenderse en Roma ante el Senado.

–¿Es que a su edad no quiere vivir en paz?

–Un viejo soldado, que ha sido gravemente ofendido, no se preocupa de la paz. Todo lo que quiere es honor, una palabra que tú ignoras.

–Yo soy un hombre razonable y pragmático y me comporto de acuerdo con los tiempos. En cambio, tú tienes los pies clavados en el oscuro barro del pasado, que no te deja moverte.

–El pasado es también el presente y el futuro –replicó Marco–. La nación que olvida está perdida.

Julio no replicó y Marco se lo quedó mirando de modo muy significativo.

–¡Sila teme a Servio!

Julio siguió en silencio.

–Recuerda que tengo amigos, hombres honrados y decididos. Si me matan, no se quedarán callados. Ya he informado a todos del caso de Servio.

–¿Amenazas a Sila?

–Amenazo a todos los tiranos.

Julio se levantó y dijo:

–Estamos dispuestos a ofrecerte una espléndida suma no para que traiciones a tu cliente, sino para que te retires. Y prometemos librar a Servio, como ya he dicho, y dejarlo ir en paz poseyendo de nuevo su fortuna y sus tierras.

–Yo no quiero el dinero de Sila. Que se rehabilite el nombre de Servio y me retiraré.

–Eso es imposible.

Julio se volvió hacia la puerta.

–Sabía que no cederías porque eres hombre obstinado. Ya se lo dije a Sila. Así que por eso me dijo que te invitara a cenar con él esta noche, de modo que puedas exponer este caso ante él.

–¿Y si me niego?

–No te lo aconsejaría –dijo Julio con voz suave y amenazadora–. ¿Puedo recordarte algo? Debes a Sila la vida de tu hermano, al que cuidó tiernamente como a un hijo. ¿No es algo deshonroso el ser desagradecido?

El rostro de Marco cambió de expresión.

–¡Qué listo eres, Julio! –le tembló la voz–. Si le hacéis algo a Quinto por esta decisión que he tomado, se lo haré saber a todo el pueblo. Él preferirá morir con honor que no deshonrado.

–¡Honor! –exclamó Julio–. ¡Esa palabra significa cosas muy diferentes para cada hombre! ¡Qué loco eres, Marco! El honor es el último refugio de los impotentes.

Dando zancadas se dirigió hacia la puerta y se detuvo allí, frío e implacable.

–Ya ha anochecido –dijo–. Acompáñame a casa de Sila.

Capítulo

29

Se dirigieron a casa de Sila, Marco en su propia litera y Julio montado en un gran caballo negro, acompañados por tres jóvenes oficiales asimismo montados a caballo. Los últimos reflejos del sol perfilaban las colinas y parecían manchas de sangre en los tejados de los edificios. Corría un vientecillo frío y Marco fue todo el camino con las cortinas de su litera corridas. Oía el ruido de los cascos de los caballos, el rumor de la muchedumbre en las calles y el estrépito de carros y carretas, las estridentes risotadas y las aún más estridentes invectivas.

Arquías le había dicho que él era, por naturaleza, un político. Al principio Marco se había echado a reír, pues despreciaba la política y a los políticos. Pero ahora se le ocurrió que con las leyes no bastaba, aun considerando la grandeza de las leyes de Roma.

La grande y hermosa casa de Sila estaba bien caldeada e iluminada, y suavemente perfumada. En la atmósfera había un fresco aroma de helechos y las pulidas columnas relucían. A Marco se le hundían los pies en gruesas y mullidas alfombras. El propio Sila salió al atrio a recibirlo, mostrándose muy cortés y cordial.

—¡Salve, Cicerón! Me alegro de que haya condescendido a cenar conmigo.

Hasta sonrió al abrazar ligeramente al joven.

—Seremos pocos —continuó—. Julio, Pompeyo, Craso, Pisón, Curio y yo. Prefiero las cenas ligeras y con poca gente. Sí, también habrá mujeres. Algunas agradables actrices, cantantes y bailarinas que han consentido en acompañarnos.

—No vengo vestido debidamente —dijo Marco—, porque, como ve, me he visto obligado a venir tan sólo con mi túnica de lana.

—¡Ah! No se trata de una cena de gala —dijo Sila, que llevaba su traje favorito de lana, bordado en oro. Seguía igual de delgado y moreno, tal como Marco lo recordaba, y sus ojos pálidos continuaban teniendo aquella mirada terrible.

Como un padre cariñoso, llevó a Marco y a Julio hasta el comedor. Allí había dispuesta una mesa adornada con encajes orientales y lámparas alejandrinas de bronce, cuyos óleos perfumados rezumaban lujuriantes aromas. Las paredes de mármol estaban cubiertas con pinturas en madera y frescos en mosaico. Las ventanas estaban cubiertas con cortinas de lana y seda, lo que contribuía a mantener el calor interior. Allí estaban aguardando los otros huéspedes, los viejos enemigos de Marco: Pisón, el del rostro claro, sonrisa maliciosa y cabellera dorada; el agrio Curio y Pompeyo, prematuramente denominado el Grande por Sila, con su ancho rostro impasible, aunque amistoso; y, finalmente, Craso, con su pelo castaño dispuesto en pétalos sobre su frente. Estaban reclinados sobre blandos divanes alrededor de la mesa y bebiendo vino en unos preciosos cubiletes de oro y plata y probando las anchoas, trocitos de pescado en escabeche, aceitunas, pastelillos calientes rellenos de carne y queso, trocitos de carne de vaca en vinagre, salchichas en salsa picante y pequeñas ostras flotando en aceite de oliva con especias. Entre cada diván había una silla, ocupada por una bonita jovencita magníficamente vestida con una larga túnica brillante y los brazos y el cuello al descubierto, fantásticamente peinada.

A Marco le fastidiaba la nueva costumbre de reclinarse para comer, porque él era un romano chapado a la antigua. Se sentó entre Pompeyo y Julio. Sila prefirió una silla de madera dorada, de marfil y ébano, parecida a un tronco, con un cojín de seda escarlata con borlas de oro. Se sentó a la cabeza de la mesa, con su inconsciente postura militar de los hombros y la cabeza levantados. Marco, con gesto de duda, probó los entremeses que había sobre la mesa, los encontró intrigantes, comió más y bebió un fino vino dulce. Tres esclavas con cítaras y laúdes sentadas en un rincón comenzaron a tocar suavemente canciones sentimentales, mientras una de ellas cantaba con una voz juvenil triste pero agradable.

Los hombres y mujeres jóvenes que rodeaban a Marco charlaban animosamente. Pisón y Curio ignoraban a aquél y, cuando se dirigían a Julio o a Craso, miraban por encima o en torno de Marco, como si éste fuera un objeto insensato. Sus pálidas y delgadas mejillas empezaron a enrojecérsele de indignación ante esta descortesía y esperaba cruzar su mirada con alguno de sus enemigos para mirarlo fría y despreciativamente. Se sintió complacido al observar que esta actitud vejaba a aquellos jóvenes aristócratas, cuyos ojos, a pesar de sus sonrisas, ya empezaban a brillarles de furia. Mientras tanto, alrededor de la mesa se desarrollaba una conversación intrascendente y las muchachas charlaban, chillaban, soltaban risitas y bebían vino, lamiéndose los dedos con gesto delicado.

Marco no sabía que Sila era aficionado a las actrices y cantantes y a las conversaciones alegres y picantes, sazonadas de chistes verdes. Se veía que lo estaba pasando bien. Manoseaba las mejillas, las manos y los cabellos de las jovencitas sentadas a su lado. Jugueteaban con él, le gastaban bromas y refrenaban alegremente sus manoseos, que se iban volviendo más atrevidos. Y reían cuando él inclinaba su noble cabeza de romano y las besaba en el cuello y los hoyuelos de sus blancos hombros.

Nadie habló a Marco. Éste esperó a que se llevaran los entremeses para dejar sitio a la cena y entonces, aprovechando un momento de silencio, dijo:

—Veo que nuestro querido amigo Catilina no ha venido aquí esta noche.

Pompeyo y Julio intercambiaron miradas. Pisón se echó a reír maliciosamente y Curio sonrió despectivamente ante la afrentosa audacia de Marco al atreverse a pronunciar el nombre de un gran patricio. Sila mostró una mirada divertida y dijo:

—No. Esta noche está disfrutando de los abrazos de su mujer.

—Yo creí —respondió Marco— que estaba de luto por el asesinato de su esposa.

—¿Asesinato? —preguntó Sila.

—¿Es que alguien dice lo contrario? —repuso Marco.

—Mi querido amigo —dijo Julio—, sabes muy bien que eso es una calumnia y que tenemos testigos.

—Pues que Catilina me presente una demanda —declaró Marco—. He estado haciendo investigaciones. —Todos los ojos estaban ahora fijos en él. Se encogió de hombros.— ¿Sigue el ciprés plantado en su puerta por Livia?

Nadie le contestó. Marco se secó las manos tranquilamente en una blanca servilleta de lino que le alargó un esclavo y se tomó su tiempo para proseguir.

—Antiguamente en Roma se consideraba el asesinato una costumbre bárbara y se castigaba con la muerte. Pero ahora son otros tiempos. El asesinato de una esposa, aunque se haga tan cruelmente como el de Livia, por lo visto da origen a más honores, a una segunda esposa rica y a más favores.

—Te haces deliberadamente odioso —le dijo Julio con una débil sonrisa—. Prosigue. Te escuchamos.

—Como abogado que soy —respondió Marco—, no doy ninguna información gratuita. —Se quedó mirando descaradamente a Pisón y Curio.— Si alguien quiere enfrentarse conmigo con su espada, me alegraré de acordar hora y lugar.

Julio soltó una carcajada y dio un manotazo a Marco en un brazo.

—¡Qué bromista eres! —exclamó.

—Pensé que cenaríamos en paz —comentó Sila—. Parece como si esta noche tuviéramos un toro furioso entre nosotros.

—Es el alma de la elegancia —dijo Julio dando un codazo a Marco—. Mi general, su vino es muy efectivo.

Unos esclavos trajeron platos de lechón asado, pescado hervido, verduras, salsas diversas y panecillos envueltos en trapos blancos para que conservaran su calor. Sirvieron más vino y las esclavas tocaron una canción más alegre.

—Hablemos de cosas agradables –dijo Sila.

—Soy madrugador –declaró Marco– y no me acuesto tarde, según la actual costumbre. He venido aquí con un propósito, según tengo entendido, señor. Y supongo que el propósito es discutir la defensa que pienso hacer de Catón Servio la próxima semana en el Senado.

Sila enarcó las cejas y dejó de sonreír.

—Le tengo a usted en mucha estima, Cicerón. No está bien que los abogados se creen enemistades. Por lo general son hombres de gran discreción y prudencia y no tienen por costumbre darse a las extravagancias y convertir sus casos en espectáculos públicos. Julio ya le ha hablado de nuestra oferta referente a Servio. ¿Por qué se muestra obstinado?

—Porque usted quiere deshonrar su apellido, de tal modo que en lo sucesivo ningún hombre valeroso se atreva a salir en defensa de su país si es que estima en algo su reputación.

Sila habló amablemente:

—No es ningún joven, está enfermo y le queda poca vida. –Alzó la mano.– Dice que sus nietos tendrían que vivir en la deshonra. La deshonra pública, mi joven amigo, ya no es por desgracia ningún estigma en Roma. Lo fue en otros tiempos, pero los hombres de hoy tienen poca memoria y consideran el honor algo pasado de moda y fastidioso. Los nietos no sufrirán nada.

—Ni Servio ni sus nietos olvidarán, pues han sido enseñados a apreciar su honor más que sus vidas. Yo impediré que sufra tal afrenta.

—No tendrá éxito –dijo Sila.

—Lo intentaré con todas mis fuerzas y apoyado en las leyes que conozco.

Julio dio una palmada, divertido, y Pisón y Curio soltaron carcajadas.

—¡Palabras valientes! –exclamó Julio–. ¡Dignas de un Cicerón!

—Dignas de un garbanzo –dijo Curio con voz ronca.

—Dignas de un romano –afirmó Marco–. Pero ¿es que hay aquí alguien que comprenda su significado?

—Yo –dijo Sila con voz serena, y el pequeño alboroto que se había armado cesó bruscamente.

Marco se lo quedó mirando, asombrado.

—Entonces usted sabe, señor, cuál es mi deber y lo que haré. Por Servio y por el alma muerta de Roma.

Sila dejó caer su cuchillo y cuchara con violencia contenida. Su rostro moreno pareció perfilarse por la rabia. Se inclinó hacia Marco.

—Ahora contésteme honradamente, Cicerón, desde el fondo de su alma, que parece inabordable y resuelta. —Su voz amarga resonó y señaló a Marco con un fino dedo moreno, como si fuera un acusador.— Pensemos en esta Roma nuestra, Cicerón, en esta Roma de hoy y no en la de nuestros antepasados. Consideremos a los senadores, esos senadores de sandalias rojas envueltos en majestuosas togas, los senadores de las blancas literas, los blandos lechos y las blandas cortesanas, los senadores del privilegio, el poder y el dinero de las ricas mansiones dentro de los muros de Roma, las granjas en el campo, las villas en Capri y en Sicilia, los grandes negocios aquí y en el extranjero, esos senadores que toman baños calientes perfumados o duermen bajo los dedos aceitosos de los masajistas que cuidan de sus cuerpos corrompidos, y que se cubren de joyas y enjoyan a sus queridas antes de acudir a las orgías y banquetes, al teatro o a las exhibiciones particulares de bailarinas desvergonzadas, cantantes, gladiadores, luchadores y actores. ¡Sí, pensemos en ellos!

»Hubo un tiempo en que sus antepasados, de los que la mayoría han heredado sus cargos, iban a pie a un tosco Senado construido de madera para indicar su humildad ante el poder del pueblo y, sobre todo, ante el poder de los dioses y las leyes eternas. Y se sentaban no en togas bordadas o en cojines sobre asientos de mármol, sino en bancos de madera hechos en casa y sus túnicas iban todavía manchadas por la inocente tierra o las señales de sus laboriosos trabajos. El cónsul del pueblo no era más que ellos. Cuando hablaban aquellos antiguos senadores, lo hacían con el acento de su patria, hablaban con hombría, sabiduría, veracidad, justicia y orgullo. Eran prudentes y desconfiaban de toda ley que no hubiera tenido su origen en las leyes naturales del corazón de la nación.

»¡Mira a sus herederos! ¿Crees que alguno de estos senadores cedería uno de los pilares de su poder y la mitad de sus fortunas para volver a llenar nuestro tesoro en bancarrota? ¿Sus viles y extravagantes queridas, las ambiciones de sus esposas, su aduladora clientela, sus placeres ociosos y lascivos, su muchedumbre de esclavos y sus ricas mansiones, una parte de sus negocios, para salvar Roma y devolverle la talla que tuvo en tiempo de sus padres?

Marco palideció, sin poder apartar su mirada de Sila.

—No —dijo al final—. Ciertamente, no.

Sila abrió la boca para inspirar hondo.

—Consideremos los censores, los tribunos del pueblo, los políticos. ¿Hay hombres más vanos, brutales o criminales que los que gozan de un poco de autoridad y pueden pavonearse ante quienes los han elegido? ¿Hay alguien que pueda vanagloriarse de ser más ladrón que estos representantes del pueblo, alguien que no venda su voto por el honor de sentarse a la mesa junto con patricios o besar la mano de la fulana de un poderoso señor? ¿Quién es más traidor a un pueblo que quien jura que lo sirve?

»¡Míralos! ¿Crees que van a dejar de llenar sus arcas por mucho que les grites que hay que salvar Roma? ¿Van a dejar sus cómodos puestos de mando en nombre del pueblo y a servir a los ciudadanos que los eligieron sin temor o favoritismo? ¿Van a denunciar al Senado o exigir que se respete la Constitución y se negarán a aprobar una ley que favorezca sus intereses? ¿Van a gritar antes "¡libertad!" que "¡privilegio!"? ¿Van a exhortar al electorado a que practique de nuevo la virtud, la frugalidad y las virtudes familiares y que no pidan a los tribunos más que cosas justas? ¿Se van a encarar con la plebe de Roma para decirle: "Portaos como personas y no como un rebaño"? ¿Encontrarías a uno solo de éstos entre los representantes del pueblo?

Marco soltó los relucientes cubiertos que sostenía (apenas había probado el lechón y el pescado) y se quedó mirando su plato con gesto apesadumbrado.

—No, señor —contestó.

Sila bebió un trago de vino. Nadie, ni siquiera aquellas frívolas mujeres, hizo el menor gesto. Sila volvió a hablar:

—Considera a la clase media, esa clase a la que representas. Los abogados, los médicos, los banqueros, los comerciantes, los armadores y propietarios de buques, los inversionistas, los especuladores, los hombres de negocios, los tenderos, los manufactureros, los importadores y los proveedores. ¿Es que ellos, por propia voluntad, van a servir a Roma gratuitamente durante un mes, cediendo sus beneficios e ingresos, de modo que podamos ser de nuevo solventes? ¿Van a atosigar a los senadores, patricios, tribunos o al cónsul con peticiones de que se devuelva a Roma su antigua grandeza y nobleza y, sobre todo, la paz? ¿Van a renunciar a las ganancias obtenidas durante la guerra? ¿Es que alguno de nuestros abogados va a encararse con nuestros legisladores denunciando que lo que hacen es anticonstitucional, una afrenta a un pueblo libre y que no deben continuar por esa senda? ¿Es que alguno de tus colegas sería capaz de alzar la vista de sus librotes y, basándose en las Doce Tablas de la Ley romana, acusar a todos los que las han violado y luchar para que sean expulsados del poder, aunque eso le cueste la vida? ¡Esos tipos obesos! ¿Es que hay siquiera media docena que, sin importarle la propia seguridad, salga de sus despachos y vaya al Foro para decir al pueblo el destino inevitable que aguarda a Roma a menos que vuelva a las antiguas virtudes y arroje del Senado a todos los individuos que los han corrompido con el mismo poder que ellos les concedieron?

—Por Dios que no lo creo —dijo Marco.

Sila cerró los ojos, y de repente pareció muy cansado.

–Cicerón, pensemos por un momento en la plebe maloliente y políglota de Roma. Esa gente que tiene manchados sus rostros con sus propios excrementos. ¡La plebe de Roma! ¡Esa gentuza con gritos de gato y voz de chacal! ¡Esos villanos de las cloacas y las callejuelas que pintarrajean las paredes! ¡El populacho atrevido e insolente! ¡Esa bazofia estusiasta, incontrolada e incontrolable que constituye los bajos fondos de nuestra ciudad y de todas las naciones! Si un hombre honrado les rogara que fueran trabajadores, austeros y sinceramente religiosos, ¿crees que le dejarían vivir? Si un hombre les pidiera que dejaran de depender del gobierno para alimentarse, cobijarse, vestirse y divertirse, ¿crees que le escucharían? Si un héroe les reprochara su pereza y su codicia, ¿qué le harían?

Marco entrelazó las manos por debajo de la mesa y bajó la mirada.

–Señor, lo asesinarían o le gritarían hasta silenciarlo con sus aullidos.

–Cierto –prosiguió Sila con tono sombrío–. Y ahora consideremos a los romanos chapados a la antigua, hombres como tú, que siguen viviendo en esta ciudad y en su país. Son los verdaderos herederos de todo aquello por lo que nuestros padres murieron. Blasonan de que tienen soldados en sus familias, guerreros que cayeron muertos en el campo de batalla. Hablan con orgullo de Horacio y de todos los héroes de Roma y se consideran como ellos. Sus hogares están adornados con viejas armas y trofeos de guerra y sus hijos llevan nombres altisonantes de hombres que ahora yacen entre el polvo. Encontrarás hombres de esta clase por todas partes, en todas las categorías sociales. Pues bien, ¿podrías reunirme una docena de ellos y pedirles que defendieran contigo el puente como Horacio y que dijeran a la plebe: «¡Silencio!», a los senadores: «¡Honor, ley y justicia!», y a los individuos voraces de las casas de banca o de préstamos: «Durante un cierto tiempo entregad vuestros beneficios en provecho de Roma»? ¿Les dirían a los tribunos: «Representadnos bien o abandonad vuestros cargos»? ¿Se atreverían a decirme a mí o a mis generales: «Marchaos de modo que recuperemos nuestra libertad y la vigencia de nuestras leyes»? ¿Queda todavía una docena de tales romanos chapados a la antigua que sean capaces de decir esto en voz alta y de sacrificar sus vidas, sus fortunas y su sagrado honor para volver a crear Roma a su imagen y semejanza?[1]

A Marco se le habían puesto blancos los labios y negó con la cabeza.

–Señor, no creo que lo hicieran. Esos descendientes de héroes se han vuelto pusilánimes y temen alzar la voz.

Sila se llevó sus finas manos a la cara. Los otros siguieron sentados y como clavados, apenas tocando sus platos. Hasta las esclavas habían dejado de tocar.

---

[1] Estas palabras de Sila fueron citadas por Patrick Henry, que era gran admirador suyo.

Entonces Sila, sin apartarse las manos del rostro, dijo con voz ahogada:

—Pensemos en los granjeros que viven extramuros cultivando las tierras. Durante muchos años han vendido sus cereales a los graneros del gobierno, por lo que fueron bien pagados. Ellos mismos pidieron que se alimentara gratuitamente a los holgazanes. Los granjeros están contentos. ¿Qué les importa a ellos que nuestro tesoro esté en bancarrota? Y si uno les dijera: «Granjeros romanos, la nación está arruinada y se halla en peligro. Os ruego que renunciéis a las subvenciones que hasta ahora os ha venido concediendo el gobierno, por vuestra propia voluntad, en honor a Roma». ¿Crees que alzarían las manos en señal de voto afirmativo?[2]

Marco puso expresión dolorida.

—No, señor, no se mostrarían de acuerdo.

Sila bajó las manos y miró a Marco, acalorado por la pasión.

—¡Mírame, Cicerón! ¡Soy un soldado, el dictador de Roma! Recuerda que estoy aquí, en esta casa, con todo este poder, no porque yo lo quisiera ni lo hubiese soñado nunca. Sólo con que cien hombres respetables hubieran salido a mi encuentro a las puertas de la ciudad para decirme: «Depón las armas, Sila, y entra en la ciudad a pie y sólo como ciudadano romano», les habría obedecido dándoles las gracias. Por encima de todo, soy un soldado veterano, y un viejo soldado respeta el valor y las antiguas leyes establecidas. Sin embargo, no salieron cien hombres a desafiarme a las puertas o para ofrendar sus vidas o sus espadas por la patria. No hubo siquiera cincuenta, ni veinte, ni diez, ni cinco. ¡Es que no hubo ni uno!

Marco se lo quedó mirando y vio la sincera pena que sentía.

—Si me fuera posible, ahora mismo, aunque eso me costara la vida, trataría de empezar a hacer de Roma todo lo que fue. Una Roma con sus leyes, sus virtudes, su fe, honestidad, justicia, caridad, virilidad, espíritu de trabajo y sencillez. ¡Pero ya sabes que moriría en el empeño en vano! Una nación que se ha hundido en el abismo en que ahora se encuentra Roma por su propia voluntad, torpeza, ambición y codicia jamás sale de ese abismo. Jamás pueden quitarse las manchas y señales de la lepra y el ciego no puede recuperar la vista; los muertos no vuelven a levantarse.

»Piensan que soy malo, la imagen de la dictadura. Soy lo que el pueblo se merece. Mañana moriré como todos morimos. ¡Pero te digo que me sucederán otros peores! Hay una ley más inexorable que todas las leyes hechas por el hombre. Es la ley de la muerte para las naciones corrompidas, y los esbirros de esa ley ya se agitan en las entrañas de la Historia. Muchos de los que viven hoy, jóvenes lujuriosos e impíos, se saldrán con la suya. Y por eso decae Roma.

---

[2] Los granjeros romanos recibían subvenciones del gobierno.

Alzó su cubilete y bebió hasta la última gota con un gesto inquieto y triste.

—Brindo por el cadáver de Roma.

Se quedó mirando fijamente a los rostros que le rodeaban, los de aquellos jóvenes llenos de vida que guardaban silencio, los rostros sin expresión de las mujeres.

—Mira a éstos, Cicerón —le dijo—. Son la Roma del mañana. Son sus verdugos. Bueno, muchachos, ¿por qué no brindáis por vuestro dorado y terrible futuro?

Julio se atrevió a mirarle a la cara:

—Señor —le dijo—, es injusto con nosotros. Nosotros queremos a Roma tanto como usted.

Sila echó hacia atrás la cabeza y soltó una carcajada que resonó de un modo ominoso. Los otros se miraron apretando los labios y encogiéndose ligeramente de hombros.

Marco se levantó, apoyó las manos sobre la mesa y esperó a que Sila acabara de reír. Y entonces, cuando hubo atraído la repentina atención del general, dijo con voz tranquila:

—Señor, me he sentido acusado por sus palabras. Yo no estuve en las puertas para desafiarle a su entrada. Fui un hombre prudente y cuidadoso, un simple abogado. Escribía cartas, ahorraba dinero, cuidaba de mi familia. En una palabra: fui un cobarde. Ahora debo pagar mi culpa. Aunque no sea más que por eso, debo defender a Servio. En su persona defiendo a la Roma que traicioné.

Hizo una inclinación. Luego, en silencio, salió de la habitación y cerró la puerta tras él.

Un esclavo volvió a llenar el vaso de Sila, que ahora se sentía mal por el vino y la furia que se había apoderado de él. Y dijo a los jóvenes:

—Ahí marcha un romano señalado para la muerte, si no mañana, en el futuro. Es su destino.

—Es un traidor —dijo Curio con odio y desprecio.

—Es un loco —comentó Pisón—. Un loco de baja cuna.

—Un hombre que se emociona fácilmente y emite juicios apresurados —opinó Julio.

—Un hombre indiscreto y apasionado —declaró Craso.

Sila abrió la boca con una sonrisa.

—Es un hombre —dijo.

Capítulo

30

Marco cenó con Roscio en la preciosa casa de éste. Noë también estuvo presente.

—Los políticos —comentó Roscio— tienen que hacer el payaso; si no, dejarían de ser políticos.

—Yo no soy político —respondió Marco.

—Mi querido amigo —repuso Roscio—. Todos los abogados son políticos incipientes. Y tanto unos como otros son actores. No son lo que dicen ser ante los magistrados o el pueblo. Todo consiste en el modo como lo dicen, las posturas que adoptan, la entonación de sus voces. Uno de mis primeros mentores, un actor muy viejo, era capaz de contar hasta diez y el tono de su voz era tan cambiante, su aspecto tan trágico, que los espectadores reían hasta que les saltaban las lágrimas.

—Marco tiene una voz muy elocuente y conmovedora —dijo Noë—. Yo le he enseñado a adoptar posturas y a emplear ciertos gestos.

—Lo he observado ante los magistrados —comentó Roscio, volviendo a llenar su cubilete y observando a Marco— y me he dado cuenta de que a menudo gana después de hacer su apelación, tras haber leído meticulosamente todos los antecedentes del caso. ¿Por qué no gana al principio, a pesar de todos esos magníficos gestos que has mencionado, Noë? ¡Ah! Pues porque no es un actor.

—Gracias —dijo Marco—. Sé que soy un poco insípido, pero tenía la impresión de que los abogados ganaban basándose en la ley y en la justicia de sus causas.

—¡Qué tontería! —exclamó Roscio.

—Eso es lo que decía Scaevola y lo que digo yo —manifestó Noë—. ¿Y cómo nos lo agradeció? Preguntándonos sarcásticamente por qué habíamos reunido un coro de tragedia griega. Noë alzó las manos desesperado.

Roscio suspiró con simpatía.

—Levántate —indicó a Marco—. Imagina que soy un senador. Ven hacia mí como si fueras a presentar el caso de Catón Servio.

Marco obedeció, tratando de ocultar su azoramiento. Fijó su mirada en Roscio y se irguió con su larga túnica. Roscio se mordió el labio.

–Me gusta ese fuego en tu mirada –comentó–. ¿Puedes mirar de ese modo a voluntad?

–Yo no sé que tenga ningún fuego. Estaba pensando en darte un puñetazo en esa boca y saltarte unos dientes.

–¡Estupendo! –exclamó Roscio dándose una palmada en la rodilla–. Pues piensa que vas a hacerles eso a los senadores venales. ¿Es que ellos no chupan la sangre del pueblo? ¿No son el azote de viudas y huérfanos? Retírate y acércate a mí otra vez de modo que te pueda observar mejor.

Marco hizo lo que le pedían. Se detuvo ante Roscio, que se quedó mirándolo e hizo un gesto de asentimiento.

–Tienes aire orgulloso –dijo–, aunque para esa ocasión no te servirá. Debes aparecer consternado, vestir ropas de luto y llevar un bastón en que apoyarte como si lo necesitaras. Debes espolvorearte las sienes con ceniza y llevar un pañuelo en la mano con el que a intervalos te enjugarás las lágrimas, lágrimas que confío seas capaz de producir fácilmente.

Como Marco comenzara a protestar, él alzó una mano:

–Escúchame, querido amigo, y hazlo con atención.

Estuvo hablando durante un buen rato y del rostro de Marco desapareció la expresión de indignación y hasta empezó a sonreír. Sus ojos le destellaban divertidos. Cuando Roscio acabó, rió encantado, moviendo la cabeza.

–Me creeré un loco –dijo.

En los siguientes días, Marco no se ocupó más que de preparar el caso de Catón Servio, escribiendo día y noche hasta quedar casi agotado. Luego recordó la primera vez que se presentó ante el Senado, fue en busca de su padre y le explicó todo.

El rostro pálido, demacrado y enfermizo de Tulio se animó extraordinariamente.

–Así que Roma ha llegado a este extremo –comentó, como había hecho otras tantas veces con voz dolorida y quebrantada–. Dices, hijo mío, que es posible que salves el honor de Servio. ¿Crees que basta con eso? Debes salvar también su vida a pesar de que te parezca tan difícil. Sus nietos son muy jóvenes todavía, ¿y quién será su tutor cuando muera Servio? Servio debe vivir, de modo que eduque a sus nietos en el amor a Roma y a vivir orgullosos y sin temor.

Marco permaneció en silencio y, de pronto, su rostro se iluminó. Puso sus manos en los hombros de su padre, se inclinó y le besó la mejilla.

–Tienes razón, padre –dijo–. Pero debes orar para que tenga éxito. –Y de nuevo se maravilló de que una persona tan tímida y que llevaba una vida tan retirada pudiera comprender enseguida todos los asuntos y llegar al quid de los mismos.

—En estos tiempos —dijo a su padre—, los hombres honrados son como los pájaros que fingen tener un ala rota para distraer al depredador que quiere destruir su nido y matar a sus polluelos. Pero nosotros tenemos de veras las alas rotas y los depredadores se saldrán con la suya.

—Sí —contestó Tulio con un ligero brillo en sus ojos—, pero a veces hasta los polluelos novatos sobreviven. Lo que tú hagas ahora por Roma será recordado por los que se transmitirán la antorcha de la verdad a través de los siglos para iluminar las tinieblas.

Lucio Sergio Catilina dijo a Julio César:

—No sé cuáles son tus razones, pero debiste permitir que asesináramos a Cicerón. ¿Sigues siendo un sentimental?

—No, pero él goza de buena reputación y hay mucha gente que lo quiere.

—¡Bah! —contestó Catilina—. El pueblo admira a sus héroes, pero obedece sólo a sus amos.

Julio sonrió y Catilina se echó a reír de buena gana.

—¡Menudo bribón estás hecho! —exclamó—. No, no fue por eso. Debe de haber otra razón, pero, claro está, no me la dirás.

—Naturalmente que no —replicó Julio. Hizo una pausa—. Cicerón sigue estando bajo mi protección.

—¿Aunque se oponga a ti y a Pompeyo en el Senado?

—Aunque se oponga a mí.

—¿Crees que tendrá éxito?

—No me cabe duda. ¿Sabes que ha escrito a Sila para comunicarle que defenderá a su noble cliente, el capitán Catón Servio, ante el Senado?

—¡No! ¡Eso no es posible!

Julio sonrió complacido.

—Es cierto. Sila me enseñó la carta de Cicerón.

Catilina estaba asombrado.

—¿Lo dices de veras? Conque Cicerón ha escrito que defenderá a ese viejo loco ante el Senado...

—Sí, he visto la carta con mis propios ojos.

—Entonces no es tan listo como yo creía —dijo Catilina, aún incrédulo. Se quedó pensativo y luego dijo indignado—: No creo que ahora acepte retirarse.

—Nunca lo ha pensado —repuso Julio, alisándose su fino pelo negro—. Ha rogado respetuosamente a Sila que esté presente.

Catilina frunció el entrecejo.

–No creo que ese garbanzo se atreva a humillar al gran Sila ante el Senado –dijo.

Julio reflexionó y luego contestó:

–Dudo que Cicerón no se atreva a hacer cualquier cosa. Lo creías blando e incapaz y que te derrotó sólo por casualidad, porque resbalaste. Pero yo lo conozco bien. No teme a nada. ¿No burló a los que quisieron asesinarle?

–¡Pero no se atreverá a humillar a Sila! ¡Le costaría la vida!

Julio, que apenas le había escuchado, respondió:

–De joven lo recuerdo como un muchacho amable y de buen humor, que apreciaba su honor y su integridad.

Marco estaba en casa de su viejo amigo y tutor, Arquías, ante una gran estufa de bronce llena de carbones encendidos.

–Tu estrategia, querido Marco, es muy peligrosa –le dijo el griego.

–Siempre he sido precavido y lo lamento.

–Siempre aconsejé la precaución, si recuerdas, pero ahora me arrepiento. Las naciones precavidas llegan a ser esclavas. Déjame que lea de nuevo tu arenga al Senado. –Arquías movió la cabeza.– Ya me pesa la edad, si no, me sentiría encantado con todo esto. ¿Por qué me aferro a lo poco que me queda de vida? La razón es muy sencilla. Lo conocido se contempla con menos temor que lo desconocido. Vuelvo a rezar, aunque no sé a quién. –Hizo una pausa.– Ya comprenderás que este caso puede proporcionarte un gran triunfo o provocar tu muerte. ¿No es así?

–Sí

El capitán Catón Servio volvió su rostro ofendido hacia Marco. Ambos estaban sentados codo a codo en la prisión.

–No puedo hacer eso –dijo Servio negando con la cabeza.

Marco le replicó con voz cansada, repitiendo lo que ya le había dicho una docena de veces:

–No le pido que haga nada deshonroso, algo que no quisiera hacer yo mismo. El polvo del suelo está lleno de restos de héroes inquietos. Si un hombre trepa hasta un pilar muy alto y luego se tira estúpidamente creyendo que los dioses lo sostendrán con sus brazos y sus alas, ¿van a sujetarle éstos? No. Lo lógico es que los hombres empleen la inteligencia y prudencia de que están dotados y que no tienten a los dioses. ¿De qué le sirvió a Ícaro su imprudencia?[1] Apolo derritió la cera de sus alas presuntuosas y le dejó morir en el mar.

—No me habías hablado antes de ese modo, Cicerón —se lamentó Servio.

—Nunca le he aconsejado que se presentara con las manos vacías delante de sus enemigos, señor. No podemos hacer acto de presencia ante ellos balbuciendo y pataleando como niños. De nuevo le ruego que recuerde a sus nietos.

Marco se sintió tocado en su alma cuando el viejo soldado trató de mirarlo a través de sus cuencas vacías.

—Señor —insistió tristemente—, no estoy tratando de engañarlo, se lo juro. ¿Es que Horacio y los suyos defendieron el puente desarmados? No. Usted es un soldado y debe enfrentarse con el enemigo en su propio terreno, con sus propias armas.

—No volveré a ser feliz —aseguró el anciano.

—Cuando sus nietos se sienten sobre sus rodillas, señor, volverá a sentirse feliz —dijo Marco.

—Casi preferiría que se murieran antes de conocer tal día —declaró Servio.

—Roma se empobrecería.

—¿Te habría aconsejado tu abuelo lo que tú me aconsejas, Cicerón?

Marco vaciló y al final dijo:

—La verdad, no lo sé, señor. No me atosigue. Piense en sus nietos.

—Pero ¡a qué precio debo comprar sus vidas!

Marco dejó al viejo soldado con un humor muy sombrío. Aquella noche se dirigió a la cámara de sus padres y les contó todo. Helvia puso una expresión cavilosa, mas, para asombro de Marco, Tulio se echó a reír, al principio ligeramente, luego con grandes risotadas. Helvia y Marco se quedaron estupefactos.

—¡Creo que es una comedia maravillosa! —exclamó Tulio—. ¡Ah!, Marco, no seas como el abogado Strepsiades de la comedia de Aristóteles, que, mirando un mapa, observó una manchita que su tutor aseguraba era Atenas, a lo cual respondió aturdido: «¡Es imposible! ¡Yo no veo allí ningún tribunal reunido en sesión!». Ahora no hay integridad en ninguna sesión del Senado, hijo mío.

Helvia se quedó mirando con orgullo a Tulio y sonrió a su hijo:

—Tu padre lo ha expresado muy bien, Marco.

Animado por la admiración de su esposa, Tulio añadió:

---

[1] Ícaro, hijo de Dédalo, huyó con su padre del Laberinto de Creta con la ayuda de unas alas pegadas con cera. Habiéndose acercado demasiado al sol, se derritió la cera, se despegaron las alas y él cayó al mar. *(N. del T.)*

–Si ésta fuera una causa en la que se discutiera algún punto de la ley, insistiría en que te basaras en él y que lo dejaras en manos de los dioses. Pero ¿qué pueden hacer los dioses cuando los hombres escogen el mal en sus asuntos de gobierno?

Sila, a solas la noche antes de que el Senado reunido en sesión oyera los cargos contra Servio, releyó la extraordinaria carta de Marco, escrita con aparente humildad, y se sintió poseído por una extraña emoción. Y entonces él, que no creía en los dioses, sino sólo en sí mismo, se dirigió al santuario de Marte que había en el atrio de su casa y encendió una lámpara ante la feroz estatua, diciendo en voz alta:

–Hay soldados que jamás llevan espada y valientes que no mueren en el campo de batalla.

Capítulo
31

El viento cambió en dirección norte durante la noche y cayó una espesa nevada sobre la gran ciudad. Julio César, que iba en su litera con baldaquino en compañía de Pompeyo, al ver esto comentó con satisfacción:

—Hoy habrá poca gente en el Foro. Menos mal, porque lo que más temo es a la plebe.

—A la plebe le importan poco los viejos soldados y su destino —contestó Pompeyo.

—Cierto —dijo Julio—, pero Cicerón se ocupa mucho del caso de Servio y hasta yo estoy asombrado de la influencia que mi pacífico amigo posee en esta ciudad. Es conocido como un hombre de honor y hasta la plebe respeta el honor... en los otros. ¿No saludan a los hombres justos en las calles antes de volver a su mendicidad y sus raterías? ¿Y no lanzan imprecaciones a los que son cómplices de sus crímenes, aunque en mayor grado de culpabilidad?

Al descender de su litera en el Foro quedaron desagradablemente sorprendidos, pues las calles que conducían a él bullían de hombres envueltos en capuchas y capas y lo que se podía ver de sus rostros morenos denotaba una gran decisión. Los soldados se las veían y deseaban para dirigir la circulación, porque durante las horas más activas del día no se permitía por el Foro el tránsito de carros ni carretas. Por todas partes se oían imprecaciones y gritos roncos. Una marea humana se apresuraba hacia el Foro, donde ya se había congregado una muchedumbre tiritando inquieta. Las nuevas oleadas obligaban a la gente a apretarse más, levantando protestas que sonaban furiosas en la fría atmósfera, pisoteándose unos a otros para ganar espacio. Aquí y allá se originaban altercados cuando alguien empujaba a otro y hasta hubo peleas con intercambios de golpes. Aquella turba de sombrías cabezas contrastaba vivamente con los blancos y fríos pilares y columnas que los rodeaban. Algunos se habían subido a las escalinatas de los templos para dominar así mejor el Senado; otros se habían encaramado a lo alto de los pórticos, ignorando las perentorias órdenes de los soldados. Y allí se quedaban en lo alto, escupiéndoles y haciéndoles muecas. Cuando los soldados se llevaron las manos a las espadas, los otros se echaron a reír. El Foro parecía una gigantesca colmena a punto de estallar. En la escalinata del Senado no se podía dar un paso, de modo que los soldados tuvieron que desenvainar las espadas para abrir paso a las literas de los consternados senadores.

Los vendedores de dulces y pastelillos calientes, vino, salchichas, cebollas asadas y pan con ajo se movían hábilmente entre la muchedumbre pregonando su mercancía y vendiéndola rápidamente.

Los rojos tejados exhalaban vapor conforme la nieve caída sobre ellos se derretía bajo el sol. Por el pavimento del Foro corrían arroyuelos de agua negra, sin que la gente que los pisoteaba se diera cuenta de ellos. Los pórticos goteaban y en las columnas destellaban los hilillos de agua. Y el público seguía llegando, empujando hacia el Foro, hasta que pareció que nadie iba a poder alzar sus manos. El aire comenzó a vibrar como si tronara constantemente. Los soldados se miraban sin saber qué hacer y se encogían de hombros.

—¡Dioses! —exclamó Julio César, mirando al Foro desde su litera.

—¡Ah! ¿Conque no iban a venir? —dijo Pompeyo—. No sabía que tu amigo Cicerón fuera tan famoso.

La litera se detuvo casi al pie del Palatino porque no podía seguir adelante. Julio mandó delante a un esclavo con un bastón para que tratara de abrirles camino a través de aquella masa humana. Y la masa, de repente, se abrió. Apareció un grupo de jinetes con estandartes. Julio se los quedó mirando con incredulidad, porque su jefe era nada menos que Roscio, espléndidamente ataviado y rodeado por veteranos soldados sobre magníficos corceles. Corriendo tras ellos, vio un pelotón de infantes, con cascos y armadura, trotando al unísono, con caras muy decididas. Llevaban estandartes y lictores y gallardetes de colores indicando la legión a la que pertenecían. Los jinetes pasaron rápidamente hacia el Foro, sin que se les opusiera ningún obstáculo, arrastrando tras de sí a los infantes como si fueran un vendaval.

—¡Roscio y sus malditos soldados, de los que se ha convertido en protector! —exclamó Julio.

—¿Les habrá ordenado Sila que vengan aquí? Claro que no. Entonces ¿cómo es que han venido?

—Son los hombres de Servio —explicó Julio—. Han sido licenciados del ejército.

—¿Dónde está Sila? —preguntó Pompeyo—. Cuando aparezca, les ordenará que se marchen.

Julio sonrió de un modo enigmático.

—Sila se lo pensará dos veces antes de ordenarles que se dispersen los soldados. Sabe que ahora no es muy popular entre los militares. Les permitirá que se queden, aunque son un estorbo.

Los porteadores de su litera trataron de proseguir, pero apenas avanzaron unos metros. Otra horda de hombres más decididos había aparecido en el Foro, bien vestidos y hasta armados con dagas enjoyadas y espadas. Julio se los quedó mirando y se echo a reír sin ganas.

–Conozco bien a su jefe. Es aquel que va en aquella hermosa litera. Es el viejo Arquías, el antiguo tutor de Cicerón, con el que me encontré en casa de los Cicerón muchas veces. Toda esta gente son amigos suyos y hasta reconozco las caras de varios actores a los que he visto en los teatros. ¡Y hasta gladiadores! ¡Dioses!

Los recién llegados se mezclaron con sus compinches que ya estaban en el Foro y el sol empezó a brillar sobre un mar de cascos y plumas rojas. Los soldados hablaban entre sí. Los que habían llegado primero miraban inquietos por encima del hombro y los llegados después reían, mientras los estandartes ondeaban sobre sus cabezas. De la masa salían rugidos de satisfacción, palmadas y rítmicos pisoteos. Había olor a sudor humano, a lana, cuero, comida y ajo. El sol se hizo más brillante.

–¿Dónde está Sila? –preguntó Pompeyo.

Julio contestó cínicamente:

–Para él sería menos peligroso estar ausente que estar presente.

Pompeyo se impacientó:

–¿Pero no le envió Cicerón una carta rogando su presencia?

Julio se asomó fuera de la litera y ordenó a dos esclavos que iban delante que trataran de abrirse camino. Luego miró a Pompeyo.

–Es cierto que Cicerón escribió tal carta, pero no se trata exactamente de una capitulación.

–Entonces ¿cómo lo explicas? ¡Oh, Oráculo!

–Creo que vamos a presenciar una comedia –dijo Julio.

De repente sonaron trompetas al pie de la colina del Palatino y hubo un redoble de tambores. Aquella muralla de seres humanos cedió para abrir paso. Unos soldados pasaron corriendo y formaron dos cordones, apretando sus hombros contra la muchedumbre que gritaba. Entonces, a través del pasillo que habían formado, pasó un estrépito de cascos y el traqueteo de un carro encabezando un destacamento de jinetes con armadura. En el carro, solo y de pie, iba Lucio Cornelio Sila, dictador de Roma, azotando con el látigo a los caballos, con la cabeza descubierta bajo el frío sol, vestido con túnica y armadura doradas y una capa roja bordada que le colgaba ondulante de los hombros.

A los romanos les gustaban los espectáculos. Habían tenido pocas ocasiones de ver a su tirano, el de los ojos pálidos y terribles y el rostro delgado y ascético –sólo lo habían visto vestido de un modo austero y moviéndose con fría y seca dignidad–. Pero ahora se les aparecía con una magnificencia imperial, brillante como el sol de mediodía, espléndido y heroico, y alzaron sus voces en un clamor cuyo eco fue repetido por las colinas.

Sila ni siquiera miró a los que le vitoreaban. Fustigaba a sus caballos con gran maestría y avanzaba hacia el Foro como un viento refulgente, seguido por oficiales magníficamente ataviados con plata, negros petos y cascos rematados con plumas rojas y azules, montando caballos blancos como la nieve.

Julio no pudo evitar una risotada irrespetuosa y exclamó:

–¡Roscio tiene un rival!

Los porteadores de su litera aprovecharon la ocasión y diestramente echaron a andar detrás de la oleada, a través del griterío y las pisotadas de la muchedumbre. Julio se apoyó en los cojines y estuvo riendo hasta que se le saltaron las lágrimas, mientras que Pompeyo lo miraba como se mira a un loco. Cuando llegaron ante la escalinata del Senado, a Julio aún le duraban los accesos de risa y llevaba su moreno rostro contorsionado. Como comenzara a enrojecer y una línea de espuma apareciera en sus labios, Pompeyo, agarrándolo por un brazo, lo sacudió ferozmente.

–¡Contente! –le gritó–. ¡O vas a sufrir un ataque!

Era difícil contener a base de voluntad un acceso de la «enfermedad sagrada» y Pompeyo se sintió desesperado. Entonces, cosa increíble, vio a Julio abrir deliberadamente sus crispados puños y deliberadamente también abrir la boca y respirar lenta y regularmente y fijar sus ojos, que ya habían comenzado a quedarse en blanco. Al tono rojizo de su rostro sucedió la palidez. Con la lengua se lamió la espuma de los labios, mientras el sudor corría por su frente, y calmosamente se la secó con el dorso de la mano. Por un instante se quedó mirando a Pompeyo como alucinado. Procuró controlar su respiración y, finalmente, dijo:

–Ya hemos llegado.

Mientras Pompeyo lo observaba asombrado, se apeó de la litera y se abrió camino hacia las escaleras del Senado.

La inquieta y ansiosa muchedumbre vio a Julio, que era querido por su alegría y amado y admirado por su juventud. Los chismes que corrían sobre su vida disipada, sus picardías y sus imaginativos caprichos caían bien al sentido del humor de los romanos. Aunque era un patricio, se decía que su corazón se dolía por su ciudad y por los plebeyos. Si bien su solicitud era falsa, el rumor había sido hecho correr astutamente por sus partidarios en muchos lugares. Así que a la plebe le encantaba verle y lo aclamaba ruidosamente por lo que imaginaba que era. Julio se detuvo con gesto simpático en las escaleras del Senado, se quitó el casco e hizo una inclinación sonriente ante sus admiradores. Luego subió ágilmente como un hombre muy joven el resto de la escalera y desapareció tras las puertas de bronce. Pompeyo lo siguió más lentamente.

Los senadores ya estaban todos reunidos, callados, serios, envueltos en sus rojas túnicas, en sus togas blancas y sus botas rojas. Los dedos les brillaban por las piedras preciosas. Miraban impasibles al asiento del cónsul del pueblo, en el cual estaba ahora sentado Sila, brillante y resplandeciente. Ante los nichos de los héroes había una ligera humareda azulada del incienso ofrendado y por la puerta y los altos y estrechos ventanales penetraba la luz. Por todas las aberturas se colaba el frío vientecillo invernal. Hoy, a pesar de los soldados, la muchedumbre había subido las escaleras y hasta se apretujaba a través de la puerta, al otro lado de la cual se contenía. Más allá había una llanura infinita de cabezas inquietas y de bocas gritonas, hasta los mismos límites del Foro.

Bajo el asiento del cónsul habían colocado dos sillas de madera fina con cojines azules de seda. Con gesto grave, Julio y Pompeyo se abrieron camino hacia dichas sillas y se sentaron con un lento gesto de dignidad y expresiones severas.

De nuevo hubo un tumulto ante la puerta y se oyeron protestas. Entonces, rodeado por los soldados de su legión, Servio fue introducido en la cámara, llevando muy alta su blanca cabeza, sus pálidos rasgos mostrando calma y sus cuencas vacías mirando al frente. Llevaba su armadura y su uniforme completo de general de Roma. Andaba con firmeza, como si pudiera ver, guiado suavemente a cada paso por el tacto de la mano de un soldado. Cuando estuvo frente al asiento del cónsul, una mano le detuvo y se quedó allí parado, encarándose con Sila, con rostro pétreo.

Sila lo miró en silencio. Era su viejo amigo, su camarada de armas. Los senadores no querían perderse nada del espectáculo de esta trágica confrontación. Miraron primero a un rostro, luego al otro y no pudieron leer nada en ellos. Sobre los pálidos ojos de Sila parecía haber caído una sombra; había apoyado un codo sobre un brazo de su silla y su mano tapaba parcialmente su boca. Un ligero estremecimiento pareció recorrer los rasgos de Servio. Pudo oír los inquietos murmullos de la muchedumbre y la respiración de los que le rodeaban; podía oler el incienso.

Entonces Servio preguntó en voz baja:

—¿Lucio?

Sila se agitó, como si hubiera sido golpeado por tal palabra. Los senadores suspiraron y uno susurró al oído de otro:

—¡Qué penoso para Sila!

Sila contestó finalmente:

—Catón.

Servio sonrió. Mantuvo su rostro fijo en su enemigo mientras sus soldados le ponían bien la capa roja y el casco en el brazo derecho, porque no tenía izquierdo. Todos vieron sus cicatrices, su ceguera, su estado lamentable y su orgullo. Y todos quedaron asombrados al verle alargar su casco a un soldado y luego golpearse el pecho con el puño derecho e inclinar su noble cabeza ante el hombre al que no podía ver, en un saludo en el que no había la menor traza de temor o servilismo.

—¿Dónde está el abogado del noble general Catón Servio? —preguntó Sila, resonando su voz en el relativo silencio de la sala.

—Aquí, señor —respondió una voz clara y confiada desde la puerta.

Un gran murmullo se levantó entre los senadores, asombrados de ver entrar a Marco vestido de luto, la frente cubierta de ceniza y sin bastón de autoridad. Tenía el rostro muy pálido y se movió lentamente entre las filas de los senadores, hasta llegar al lado de Servio y quedarse mirando a Sila.

Éste le devolvió la mirada y su larga y fina boca se retorció de ira.

—¿Por qué viene vestido así? —le preguntó—. Esto es un insulto al Senado.

—No, señor —contestó Marco humildemente—. Lo hago en señal de dolor por el delito cometido por mi cliente.

Sila enarcó sus feroces cejas negras.

—¿Admite, pues, antes de que se celebre el juicio, que su cliente es culpable de los delitos que se le imputan?

—No estoy muy enterado de los delitos que se le imputan —repuso Marco.

La gente que había en la puerta susurró a los que tenían detrás las extrañas palabras que acababan de oír, que fueron repetidas por toda la plaza.

—¡Por los dioses! —exclamó Sila—. ¡Leedle el pliego de cargos! —E hizo un gesto a Julio, que se levantó con gesto majestuoso, desenrolló un pergamino y lo mantuvo en alto.

Con voz resonante, Julio leyó:

—El prisionero Catón Servio es acusado de alta traición contra el Estado y contra Lucio Cornelio Sila, de subversión, de tratar de derrocar al gobierno legítimo, de insurrección, de incitación al motín, de prejuicios violentos y extremistas contra el pueblo de Roma, de desprecio a la sociedad y a la autoridad y de malicia.

Sila escuchó, el senado escuchó, los soldados y el pueblo escucharon. Marco inclinó la cabeza al comenzar la lectura y la mantuvo así hasta que Julio hubo acabado y volvió a sentarse.

—Habla, Marco Tulio Cicerón —dijo Sila.

Marco alzó lentamente la cabeza al modo dramático como Roscio le había enseñado y elevó las manos con el gesto de súplica a los dioses de dicho actor. Roscio, que había logrado entrar y estaba al lado de Noë ben Joel, lo observó con aire crítico e hizo un gesto de asentimiento.

—No sé nada de esos delitos —dijo Marco, con una voz envolvente que fue oída incluso por los que estaban al otro lado de la puerta—, pero sí sé de un delito más grande.

El rostro de Sila se ensombreció y el dictador se retrepó en su silla, se mordió el labio y miró fijamente a Marco. Luego miró a los senadores y a los estirados soldados, y de pronto vio a Roscio en toda su magnificencia. Su rostro se ensombreció aún más y se quedó mirando a Marco de modo despreciativo.

—¿Es usted responsable, Cicerón, de esta enorme multitud que se ha reunido hoy en el Foro? ¿Es tan famoso que tanta gente se apresura a venir a oírle?

—Señor, se dice que los romanos aman la justicia sobre todas las cosas, y han venido a ver cómo se hace justicia. La ley es como el duradero granito. No es como una alada mariposa, una criatura de las brisas caprichosas o un antojo de las volanderas pasiones vengativas de los hombrecillos. Es el alma de Roma y el pueblo la quiere más que a sus propias vidas.

Roscio hizo a Noë un gesto de satisfacción.

—Habla bien, gracias a lo que tú le escribiste —susurró a su amigo.

—Entonces —prosiguió Sila— esta multitud se ha reunido para honrar a la ley.

—Señor, este caso tiene una tremenda importancia para el pueblo de Roma, en cuyo nombre estamos hoy aquí reunidos. —Marco elevó la voz sin esfuerzo, lo que hizo que fuera mejor oída, y como una oleada que ganara potencia, el pueblo murmuró y luego gritó frente al Senado.— Y como de usted, señor, se han dicho tantas cosas injustas, o al menos eso se comenta, es natural que esto haya atraído la atención de los romanos.

—Es usted ambiguo, Cicerón —replicó Sila.

—Yo no soy más que un modesto abogado —contestó Marco con voz meliflua y que hizo aparecer un ligero enrojecimiento de rabia en las mejillas de Sila—. Como abogado puede que yo tenga cierta fama, pero ha sido su nombre, señor, el que los ha reunido a todos aquí.

Se quedó mirando a Sila con cara solemne e inocente y el militar se agitó en su sillón.

—Me adula, Cicerón. Veo que es un embustero.

Marco hizo una reverencia.

—No voy a contradecirle, aunque esa acusación es injusta.

Los incontables amigos de Roscio, Noë y Arquías esperaban la señal convenida, y entonces alzaron sus voces hasta formar un ensordecedor griterío:

–¡Viva Cicerón! ¡Cicerón, Cicerón, Cicerón!

El clamor llegó hasta los rincones más apartados del Foro y fue repetido entusiásticamente hasta por aquellos que no habían oído nombrar a Cicerón en su vida o que estaban muy lejos del Senado. Sila lo escuchó atentamente. Volvió a retreparse en su silla y contempló a Marco con gesto sombrío.

–No oigo que griten mi nombre –dijo.

–Estoy lleno de confusión, señor.

Marco sintió que Servio se le acercaba y temió que el viejo soldado se impacientara y no pudiera soportar más lo que había prometido soportar de tan mala gana. Y en su nerviosismo se sobresaltó cuando Sila se dirigió directamente a Servio:

–Catón –le dijo secamente–, ¿eres tú el responsable de la presencia ahí fuera de esos veteranos y de los soldados de tu legión, desafiando el curso normal de la ley?

Marco pensó que si Servio contestaba bruscamente, sin poder dominarse, todo estaría perdido y acarrearía la desgracia de ambos. Y agarró con fuerza a Servio por el brazo.

–No me hace ninguna gracia –dijo Sila, que ya se había dado cuenta de que se estaba representando una comedia ante él–. ¿Ha intentado usted coaccionar al Senado, Cicerón, trayendo a mis propios soldados?

–¡Señor! –exclamó Marco–. ¿Quién soy yo para dar órdenes a los militares?

–Cierto –replicó Sila, recorriendo con la vista a los soldados allí presentes.

Los soldados le devolvieron la mirada sin inmutarse. Entonces recordó a Roscio, aquel infernal actor, cuyas actrices le habían concedido a menudo sus favores, que era el benefactor de los antiguos veteranos, a los que tenía en gran estima y les proporcionaba lo que el gobierno no podía proporcionarles. Había construido dos pequeños sanatorios para ellos y les pagaba los mejores médicos y cirujanos. Por un instante, Sila se sintió conmovido. El tesoro de la nación seguía en bancarrota y le habría gustado hacer por sus viejos camaradas lo que Roscio estaba haciendo por ellos.

Sila se inclinó para mirar a Julio, que, según indicaban sus ojos, se sentía divertido.

–César, tú eres el acusador público. ¡Habla!

Julio se levantó y cada uno de sus gestos fue elegante y resuelto. Esperó hasta que se hizo completo silencio y, alzando un ejemplar del libro de Servio por encima de su cabeza para que todos lo pudieran ver, se quedó como petrificado en una actitud de estatua, mientras giraba sobre los talones, con su larga túnica de lana púrpura, su ancha correa de cuero dorado incrustada de piedras preciosas y sus botas de cuero, también de color púrpura y con adornos de pieles.

El alegre rostro asumió una expresión de gravedad, aunque sus negros ojos continuaron parpadeando. Julio se quedó mirando a los escribas, que estaban muy atareados escribiendo en largos rollos.

—Pongan todos atención, señores —dijo Julio a los senadores—, porque se trata de un asunto grave. De un libro que raya en la traición, escrito por el noble Catón Servio, que fue un amado militar a las órdenes del general Sila. ¿Cuál es la gratitud con que Servio ha querido pagar a su señor y al gobierno de su país? ¡Los ha denunciado! ¡Los ha acusado de cometer violencias contra el pueblo de Roma, de tiranía, opresión, de numerosos crímenes, de obscenidades cometidas en nombre de la Constitución, de perversión de esta misma sagrada Constitución de Roma, de toda clase de atropellos, de interpretar las leyes para su propio provecho, de excitar el odio y la envidia entre la plebe, de gobernar a su capricho y no de acuerdo con las leyes!

Marco escuchó a Julio con gran atención. Es un actor, pensó, y a pesar de todo no pudo evitar sonreír; seguía sintiendo simpatía hacia su viejo amigo. De pronto advirtió que Julio le estaba mirando con un brillo burlón en sus ojos.

Los senadores murmuraron irritados, Sila se retrepó en su silla y con la mano ocultó la fría expresión de su boca.

—¡Vivimos tiempos peligrosos! —exclamó Julio—. Hemos salido de una época de tiranía, ¡y eso lo digo yo, que soy sobrino de Mario, el asesino! Nuestro noble dictador, Sila, ha restaurado la Constitución y la República y esto no puede ser negado por nadie que tenga sentido común.

»Sin embargo, Catón Servio, un hombre que ha sido soldado casi toda su vida y que, por lo tanto, no es ninguna autoridad en filosofía, política o arte de gobernar, a pesar de su ignorancia se ha atrevido a atacar la heroica labor de Lucio Cornelio Sila al restaurar todo lo que habíamos perdido bajo Mario, Cinna y Carbo. ¿Es que esperaba él que todo lo que nos habían arrebatado los tiranos pudiera ser completamente restaurado en tan poco tiempo? Por lo visto él cree en milagros. ¡Un hombre que es ciego en más de un aspecto!

Se quedó mirando a los senadores como tratando de coaccionarlos.

—¿Es que el edificio que costó tantos años derribar va a ser vuelto a levantar en un día? Eso no podría hacerlo ni el más esforzado de los mortales. Si el hombre ha llegado a ser esclavo, le cuesta muchísimo vivir de nuevo en una atmósfera de libertad. No debe ser incitado a creer que las cadenas y la esclavitud pueden ser vencidas en una hora, ni que la mancha que lleva en su alma pueda ser limpiada al instante. Se le debe enseñar a vivir en libertad como a un niño se le enseña a leer, y ésa es la penosa labor que Sila ha emprendido.

»Durante el cumplimiento de esta labor no debe alzarse ninguna voz descompuesta, ignorante ni poco comprensiva, pues si no, volveríamos a precipitarnos en el caos. Pero aún más que eso, en este libro aparece la traición, además de la mera incitación al motín y la subversión, y la traición es un vicio antiguo.

Hizo una breve pausa y Marco aprovechó este silencio para aplaudir suavemente y sonreír con ironía. Inmediatamente los senadores dirigieron hacia él su atención, con los entrecejos fruncidos.

–¡Magnífico! –exclamó Marco–. Claro que la traición es un antiguo vicio que varía en sus formas. Sabio es el hombre que sabe reconocerla en todas ellas. Catón Servio es uno de ellos.

»¿Puedo pedir al noble Julio César que lea un fragmento del libro de Servio, que nos ilustrará aún más el punto sobre el que trata de poner énfasis?

Julio vaciló y lanzó una rápida mirada a Sila, quien no hizo el menor movimiento; entonces se volvió hacia los senadores.

–¿Por qué voy a repetir pasajes de este libro, que todos conocemos tan bien? Eso sería hacer perder el tiempo inútilmente a este Senado...

Marco contestó con burlona solemnidad:

–Como abogado de Catón Servio me es permitido hacer preguntas aun al Senado. –Y diciendo esto se volvió y se encaró con la augusta asamblea–: Señores, ¿conocen ustedes este libro y su contenido?

Las filas de los senadores se agitaron, de modo que en las sillas pareció haber ondulaciones de rojo y blanco. Entonces un viejo senador contestó ofendido:

–Lo conocemos.

Marco sonrió.

–Señor –dijo dirigiéndose al anciano senador–, en atención a los muchos presentes en esta reunión que no han leído el libro, ¿querría tener la bondad de repetir el párrafo o la frase que le haya ofendido más particularmente?

–No tengo interés en repetir frases de traición, aunque no las haya escrito yo mismo.

Marco se volvió hacia su fiel sirviente, Sirio, que le había acompañado y cuyos negros brazos estaban llenos de rollos de pergamino. Marco tomó uno con gesto emocionado y lo desenrolló lentamente, examinándolo con atención. Luego se inclinó primero ante Sila y después ante el Senado.

–Señores, con permiso de ustedes, voy a leer un párrafo de las antiguas leyes, aún vigentes, redactadas por los Padres Fundadores de la patria, cuya memoria todos reverenciamos y por cuyas almas rezamos en nuestros templos, implorando que nos inspiren eternamente.

»"Ningún hombre podrá ser acusado a la ligera y por oídas o por acusaciones sin fundamento. Los jueces que lo juzguen y los testigos que se presenten contra él habrán de aportar pruebas irrefutables y testimonio directo, y los jueces habrán de tener siempre por norma que sólo este testimonio sea registrado en los libros de los escribas y sometido a la atención de los magistrados de la ley."

Marco volvió a inclinarse ante el anciano senador.

—Señor, usted no ha presentado tal testimonio. Estamos aquí para juzgar las pruebas presentadas imparcialmente y de modo inteligente, sin miramientos para las personalidades, sentimientos o prejuicios. —Hizo una pausa y se quedó mirando a Sila.— Así reza la ley.

Los senadores hicieron comentarios furiosos entre ellos. Sila dejó caer su mano y contestó con indiferencia.

—Esa ley no ha sido abolida, Cicerón. —Y alzó su mano para ocultar su sombría sonrisa.

Marco hizo una profunda reverencia.

—Gracias, señor, por habérselo hecho saber al Senado.

Aquí fue interrumpido por gritos de «¡insolente!» de muchos senadores, que se incorporaron a medias en sus asientos. Sila siguió inmóvil. Volvió sus claros ojos hacia los senadores y esa mirada les apaciguó, haciéndoles sentar de nuevo en sus asientos.

Tragándose el nudo que se le había formado en la garganta por la exaltación, Marco dijo:

—César, está visto que tú eres uno de los pocos que has leído este libro. ¿Te molestaría si te pidiera que leyeras el pasaje al que pongas más objeciones?

Julio vaciló de nuevo y se quedó mirando a Sila. Éste asintió con la cabeza y Julio volvió unas páginas del libro. En la cámara reinaba un profundo silencio. Entonces Julio comenzó a leer. Marco le interrumpió:

—Debo pedirte que leas más alto, César.

—¡Más alto! —gritó una voz melodiosa cerca de la puerta y Marco la reconoció como la de Roscio.

Julio se encogió de hombros. Sus ojos expresivos le bailaron alocados en su rostro grave. Alzó la voz y leyó:

—«El mérito no reside en ningún hombre y prevengamos a la nación para que no considere a su gobernador temporal como una divinidad y le adule, deleitándose con sus idas y venidas, reverenciándole, oyendo sus palabras como si bajaran del Olimpo acompañadas del sonido del trueno, desterrando a los que no opinan como él, coreando servirles a todo lo que él diga y llegando a creer que es superior a los que le elevaron por el voto o en un momento de peligro.»

El abogado escuchó muy serio, observando las caras de disgusto que ponían los senadores y sintió una punzada de júbilo. Cuando terminó la lectura de ese párrafo, Marco dejó que hubiera un instante de silencio. Luego se dirigió a los senadores:

—¿Tienen algo que objetar a eso, señores? —les preguntó.

—¡Es un ataque contra Sila! ¡La cosa está bien clara! —gritó el anciano senador.

Marco se encogió de hombros.

—Confío en que los escribas hayan registrado las palabras exactas —fue su único comentario.

Los escribas afirmaron con la cabeza. Sila se mordió el labio para impedir que se le escapara una carcajada. Marco extendió sus brazos con gesto de impotencia y abrió mucho los ojos.

—¿Cómo es posible —dijo— que Cincinato, el Padre de la Patria, que dijo estas palabras hace cuatrocientos años ante el Senado de Roma, conociera la existencia de Lucio Cornelio Sila y se refiriera a él?

Entre los soldados estallaron carcajadas y los que se hallaban cerca de la puerta y la gente que estaba fuera se carcajeó también, aunque no supieran por qué tenían que reír. Pompeyo dio un tirón a la toga de Julio y susurró indignado:

—¿Es verdad?

Julio le contestó con una mueca:

—Es verdad.

Cuando en la cámara se hizo de nuevo el silencio, Marco se quedó mirando a los perplejos senadores y dijo con su tono más amable:

—Claro que esta augusta asamblea ya habría reconocido las palabras del gran Cincinato, cuya memoria reverencian diariamente y al que ofrendan el cumplimiento de sus deberes.

Ningún senador se atrevió a replicar, aunque muchos fijaron su mirada en Marco con gesto enemistoso.

Sila dijo con voz lánguida:

—Si Servio empleó esa frase, no veo traición en ello. Todos honramos las palabras de Cincinato.

—Sus palabras le honran —declaró Marco—, por el respeto que siente por el Padre de la Patria. —Se quedó mirando a Julio.— Por favor, continúa.

Julio ya no sabía qué hacer. Por dentro estaba muerto de risa, porque nada le gustaba tanto como una buena broma. Se quedó mirando al formidable Sila esperando una señal, pero la expresión de Sila era inescrutable. Así que Julio siguió leyendo:

—«Hay momentos de grave peligro en que es necesario dar todo el poder a un solo hombre, pero debe ser con limitación de tiempo y se debe controlar minuciosamente la actuación de ese hombre de modo que no sea devorado por la ambición. Si se volviera demasiado poderoso y tiránico, llegaría a decir: "Yo soy la ley". En ese caso, habría que deponerlo inmediatamente por su propio bien y por el bien común. Porque ahora ese hombre estaría en el umbral de la muerte y de los hechos sangrientos y eso es un terrible peligro para todos los vivos, incluyendo a él mismo. Nunca le permitáis que os diga: "Mi país me necesita a mí más que a nadie; por lo tanto, no debéis despedirme". Entonces es que lo habéis corrompido y debería ser destituido y rechazado y dejarle que vuelva a encontrar su alma en el silencio... o en el exilio.»

—¡Traición! —gritó el Senado con voz unánime.

Sila alzó una mano y dijo con voz cansada:

—Eso también es una cita de un discurso de Cincinato ante el Senado.

Se calmaron, pero miraron ferozmente a Marco, que volvió a inclinarse ante Sila. Luego habló al Senado con voz mesurada:

—Naturalmente, esta augusta corporación no va a creer que Cincinato, que murió hace cuatrocientos años, pudiese referirse a Sila. Si lo creyera, entonces es que en el fondo de sus corazones se oculta la traición.

Julio tomó la palabra:

—Dejemos de momento las divinas palabras de Cincinato. Todos conocemos de memoria sus frases inmortales. —Y tosió.

—Pues entonces, César, pasa a leer otros párrafos —le pidió Marco.

Julio volvió a toser y hojeó varias páginas del libro, mirando de reojo a Marco, cuyo rostro era inescrutable. Y leyó:

—«Si sólo tuviéramos que considerar la existencia del Estado, entonces parecería que todas estas demandas, o al menos alguna de ellas, son justas; pero si tenemos en cuenta una vida apacible, entonces, como ya he dicho, la educación y la virtud tienen superiores derechos entre los hombres. Sin embargo, como los que son iguales en una cosa no deben tener una misma participación en todas, ni aquellos que son desiguales en una cosa han de tener una participación desigual en todas, es seguro que toda forma de gobierno que descanse en uno de estos principios es una perversión. Todos los hombres tienen algo que pretender en algún sentido, como ya he admitido, pero ninguno reclama lo absoluto. Los ricos hacen bien en pretenderse más dignos de confianza en los negocios, ya que poseen la mayor parte de las tierras y la tierra es el elemento común del Estado. Las personas libres pretenden tener los mismos derechos que los nobles, que son ciudadanos en más completo sentido que la gente vulgar o plebeya, pues la buena cuna siempre se valora en el hogar o el país de todo hombre. Otra razón es que los descendientes de antepasados ilustres es más probable que sean mejores personas, porque la nobleza es una de las virtudes de la raza. De la virtud también puede decirse que es una pretensión, porque la justicia ha sido tenida siempre por nosotros como una virtud social que implica todas las demás.»

Los senadores se miraron unos a otros incómodos, porque todos eran ricos y algunos patricios, y era evidente que todos estaban de acuerdo con esta cita. Sin embargo, el anciano senador elevó su voz ronca y dijo:

–Eso es un desafío a la democracia que Sila ha restablecido y, por lo tanto, ¡es traición!

–¿Traición por parte de quién, señor? –preguntó Marco.

El anciano senador le respondió con odio:

–De Servio.

Marco negó con la cabeza tristemente.

–Servio se limitó a citar a Aristóteles. La frase corresponde al libro *Política* de tan noble filósofo.

El anciano senador se quedó callado. Miró a Sila como pidiéndole un gesto, pero Sila siguió impasible. Marco se volvió hacia él:

–Noble Sila, ¿hay alguna ley en Roma que prohíba leer la *Política* de Aristóteles?

–Reverencio a Aristóteles –dijo Sila–. Ya sabe, Cicerón, que no hay tal ley.

De nuevo, a una señal en la puerta, la muchedumbre empezó a gritar, atronando la cámara con su entusiasta clamoreo:

–¡Viva Cicerón! ¡Cicerón, Cicerón!

Julio dijo entonces:

–Servio se refiere a un tirano mitológico que se presentaba como el amigo del pueblo y de la democracia, pero que en el fondo de su corazón despreciaba a ambos. Aparecía ante la muchedumbre con sus cicatrices de guerra y pedía que fueran restablecidas las leyes. El populacho, emocionado, le asignó una fuerte guardia para su custodia y la protección del Estado. Y entonces el tirano mitológico se apresuró a esclavizar al pueblo y a entronizar su propio esplendor y poder. Prometió hacer el bien a la mayoría y acabó por someter a todos a su implacable y loca ambición y a sumir a su país en la más abyecta miseria.

El anciano senador gritó:

–¡Hace insinuaciones malignas contra Sila!

Marco se volvio hacia Sirio y tomó el ejemplar del libro de Servio. Entonces fingió, frunciendo el entrecejo, que estaba buscando aquel pasaje. Finalmente suspiró aliviado, miró a Julio y enarcó las cejas.

–¿Mitológico, César? ¿Tanto descuidaron tu educación? Servio no ha inventado tal personaje. Estaba hablando de Pisístrato, el tirano de Atenas, muerto hace quinientos años.

De nuevo los soldados prorrumpieron en carcajadas y la muchedumbre rió encantada, aunque seguía sin comprender.

–Supongo, querido César –dijo Marco–, que no vas a comparar a Pisístrato con nuestro reverenciado Sila.

–¿Por qué entonces lo ha hecho Servio?

Marco volvió a examinar el libro y luego lo cerró:

–¡No lo ha comparado! Meramente se limita a volver a contar la historia y deja que el lector saque sus propias conclusiones. Las leyes de Roma no prohíben que los hombres lean lo que quieran y saquen sus propias conclusiones. ¿O es que tú, César, quieres controlar las mentes de nuestro pueblo libre decidiendo qué libros ha de leer?

–¡Tiranía! –gritó la gente que estaba junto a la puerta y Marco sonrió a Julio. Sila dijo entonces:

–En Roma no hay censura y se puede leer todo, porque creemos en la libertad de publicación y aquí no hay guardias que puedan leer por encima del hombro lo que uno lee. Nuestras leyes prohíben la censura.

Marco le hizo una profunda reverencia.

–Gracias, señor.

Los senadores miraron desilusionados a Sila y éste sonrió de modo enigmático.

–Sin embargo –aclaró–, prohíben la traición.

–¿Considera usted, señor –le preguntó Marco –, que Cincinato, Aristóteles y la historia de Grecia son traición?

Sila, por primera vez, sonrió abiertamente.

–No trate de hacerme morder el anzuelo, Cicerón –le dijo, y se quedó mirando a Julio–. ¿Qué más? –le preguntó.

Al ver sonreír a Sila, Julio se sintió aliviado y contestó con una voz llena de fingida irritación:

–Según parece, casi todo el libro de Servio está compuesto de citas de hombres de más mérito y de los grandes patriotas y filósofos a los que Roma venera.

Un profundo murmullo recorrió la cámara. Los senadores se quedaron mirando a Sila, que se estaba frotando la mejilla y sonriendo débilmente otra vez.

Marco preguntó:

–¿Está prohibido que un hombre cite las fuentes más honrosas? ¡Sí! Porque la ley dice que si un escritor cita a otros, lo debe hacer constar así en sus libros. Y eso no lo ha hecho Catón Servio y ha escrito de manera que deja suponer que es el autor de esas nobles frases. ¡Por lo tanto, es culpable! —Alzó los brazos en un gesto de angustia y desolación, luego lentamente los bajó e inclinó la cabeza sobre su pecho, como si sintiera remordimiento.— He de reconocer que mi cliente ha cometido un delito. El delito de plagio. Las leyes de Roma lo prohíben. Y pido que sea debidamente castigado.

Sila se recostó en su silla y cerró los ojos. Todos esperaron conteniendo el aliento, mas transcurrió un buen rato sin que nadie pudiese leer en su rostro.

Marco tomó de nuevo la palabra:

—¡Repróchenme que tenga un cliente que ha quebrantado la ley referente al plagio! ¡Si yo hubiera sabido antes que había cometido este delito, no lo habría defendido! ¿Qué castigo se merece? Permítanme que se lo lea, señores: «El plagiario será multado de cien a mil sestercios de oro». Dejo la sentencia en sus manos misericordiosas.

Se inclinó humildemente ante el Senado y luego ante Sila, y después se secó los ojos con su pañuelo. Sila se lo quedó mirando y su garganta vibró de alegría contenida. Alguien hizo una seña en la puerta y la muchedumbre estalló en alegres carcajadas.

Sila se inclinó en su asiento y recorrió con la mirada al Senado.

—Ante nosotros se ha expuesto una seria infracción de la ley, senadores —declaró—. ¿Qué opináis?

Se lo quedaron mirando fijamente y vieron su extraña sonrisa. Luego se miraron unos a otros. Entonces Sila preguntó a Julio:

—¿Qué opinas, César?

El astuto Julio trató de poner cara seria y contestó:

—Catón Servio es culpable de plagio. Por lo tanto, señor, sugiero que su libro sea retirado de la circulación hasta que él haga constar de dónde tomó las citas que reproduce. Además, debería ser castigado. Permitidme, señor, que deje en vuestras manos la cuantía del castigo.

Sila respondió:

—Así sea. Como Catón Servio no es culpable de traición, sino sólo de plagio, ordeno que le sean devueltas su fortuna y sus tierras y que sea puesto en libertad.

Marco dio con el codo a su cliente y Servio se sobresaltó. Volvió sus vacías cuencas hacia su antes amado general y en su rostro se reflejó la emoción. Marco volvió a darle otro codazo.

Entonces Servio exclamó con voz amarga y desesperada:

—¡No me iré de aquí a menos que Sila, mi antiguo general, perdone mi... delito! Si no, me arrojaré sobre mi espada.

Todos aguardaron, conteniendo el aliento. Sila se quedó mirando a Marco, que le devolvió la mirada mansamente. Sila se levantó de su asiento y bajó los escalones lenta y majestuosamente. Se detuvo ante Servio, hizo una pausa mientras todos observaban y estiraban los cuellos. Como a todos los romanos, le gustaban las situaciones dramáticas. Extendió los brazos y abrazó a Servio besándolo en la mejilla, y entonces volvió a besarlo y sus amenazadores ojos se llenaron de lágrimas.

—¡Servio, te ordeno que no te arrojes sobre tu espada por ningún delito que hayas podido cometer! A partir de ahora estás bajo mi protección, contra ti mismo y contra los demás. Te perdono el delito de plagio... Vete en paz.

Los amigos de Marco volvieron a hacer la señal y la muchedumbre gritó:

—¡Viva Sila! ¡Sila, Sila, Sila! ¡Viva Cicerón! ¡Viva! ¡Viva!

Servio se inclinó y apoyó su cabeza en el hombro de Sila, como vencido por la emoción, y dijo con una voz que sólo éste oyó:

—Sigues siendo un tirano y el enemigo de mi patria.

Sila le susurró en respuesta:

—No me lo reproches, Servio, porque fue el pueblo el que lo quiso así. Maldícelo a él y no a mí. Yo no soy más que su criatura.

Servio alzó la cabeza, de repente conmovido. Por primera vez devolvió el abrazo de Sila y besó su mejilla con gesto triste, como comprendiéndolo y compadeciéndolo.

TERCERA PARTE

El patriota y el político

Est quidem vera lex recta ratio naturae con-gruens, diffusa in omnes, constans, sempiterna, quae vocet ad officium iubendo, vetando a fraude deterreat; quae tamen neque probos frustra iubet aut vetat nec improbos iubendo aut vetando movet, huic legi nec abrogari fas est neque derogari ex hac aliquid licet neque tota abrogari potest, nec vera aut per senatum aut per populum.

CICERÓN

Capítulo

32

El verano era extremadamente caluroso y la monolítica ciudad se achicharraba y sudaba bajo el implacable sol. Cada crepúsculo parecía un terrible incendio visto de lejos y que se aproximara de modo inexorable.

Marco acababa de recibir una carta de su querido amigo y enemigo Julio, que estaba en Asia en su primera campaña militar a las órdenes de Minucio Thermos.

«Saludos al noble Marco Tulio Cicerón de su amigo Julio César.

»Carísimo, me alegró mucho recibir tu carta y enterarme de que las cosas te van bien y de que has triunfado en tus últimos casos importantes. ¡Qué hombre es nuestro Cicerón! ¡Qué patriota! Sólo necesita hacerse político para ser completo y me alegro al pensar que considera eso como su deber. ¿Cuándo me vas a comunicar que te casas? Un hombre no está completo sin esposa y puedo decirlo por experiencia. Ya sabes que me enfrenté a Sila a pesar de sus amenazas y no quise dejar a mi Cornelia. Y es que, como tú tantas veces me has dicho: "Es mejor obedecer a Dios que a los hombres". Por lo tanto, es que debo ser virtuoso a los ojos de Dios, ya que he honrado la santidad del matrimonio.»

Al leer esto Marco hizo una mueca, que involuntariamente se convirtió en una sonrisa al recordar las disipaciones y adulterios de su amigo.

«¡Ay! –continuaba Julio–. Sentí mucho la muerte de Sila en Puteoli, sólo un año después de que renunciara al cargo de dictador de Roma. Pero ya me lo esperaba, ya que aunque ni su rostro ni su complexión indicaban que corriera el riesgo de una apoplejía, era un hombre de grandes pasiones y carácter violento. Detestó y odió a muchos, pero por razones de Estado evitó manifestar tales sentimientos, y tal represión acabó siendo mortal para su cuerpo y su alma. Lástima que su recuerdo quede manchado por el hecho de que muriera de repente en brazos de su última actriz favorita, pues esto macula la verdadera imagen de un hombre estoico y espiritual. Pero alegrémonos de que viviera lo bastante para terminar sus memorias. Estoy impaciente por leerlas.»

Eso sí que me lo creo, pensó Marco.

«En tu última carta me dices que temías que fuera ambicioso. ¿Es malo ambicionar de todo corazón el servir a tu país con honestidad y bravura? Si eso es ambición, ¡ojalá los romanos vuelvan a tener esa virtud inapreciable! Tú, sobre todo, deberías alegrarte de que haya hombres ambiciosos. ¿Por qué has de acusarme de lo que por lo visto consideras algo funesto? Yo no soy más que un humilde soldado que sirve a su general en esta provincia calurosa, rebelde y desagradecida. Mi ambición es servirlo bien. Aunque parezca inmodestia, te diré que ni pretendo conseguir ni ambiciono la Corona Cívica por haber salvado la vida de un camarada en Mitilene. Ríete si quieres.»[1]

Marco se echó a reír.

«Mi general piensa enviarme a las órdenes de Servilio Isáurico a luchar contra los piratas de Cilicia. Son unos piratas muy audaces, una raza compuesta de antiguos fenicios, hititas, egipcios, persas, sirios, árabes y otros residuos del Gran Mar. Sin embargo, no podemos por menos de admirar su valor y osadía, pues han llegado a desafiar a Roma. Es como si una hormiga desafiara a un tigre. No han vacilado en atacar buques romanos y en matar a nuestros marinos y robar sus cargamentos. Acabaremos con ellos rápidamente.

»Prudente, no me has dicho en tu carta la impresión que te merece Lépido, nuestro actual dictador, y yo también seré discreto, aunque tú dudes de que posea esa virtud. Sin embargo, te diré que, aunque es un hombre rico, no posee la fortuna que poseía Sila. Seguro que no te referías a él cuando citaste aquellas frases de Aristóteles: "¡Mala cosa es que los cargos más importantes puedan ser comprados! La ley que permite este abuso da más importancia a un político rico que a uno noble y entonces todo el Estado se vuelve avaricioso. Porque cuando los jefes de Estado consideran que todo es honorable, seguro que los ciudadanos siguen su ejemplo, y donde la capacidad no ocupa el primer lugar, no hay verdadera aristocracia de mente y espíritu". No, no te referías a Lépido.

»¿O es posible que quisieras advertirme? ¡Increíble! Es cierto que no carezco de medios, pero también es verdad que no hay ningún cargo en Roma que me tiente comprar porque no me apetece ninguno.»

¡Bah!, pensó Marco.

«Me gustaría que no fueras siempre tan ambiguo —proseguía la carta—, pero posees la sutileza de los abogados, que está por encima de la capacidad de comprensión de un humilde soldado como yo.»

–¡Oh, Julio! –exclamó Marco en voz alta en su despacho.

---

[1] De las cartas a Cicerón.

«Esperaba haberme podido encontrar alguna vez con tu hermano Quinto, pero el destino ha querido que la vez que estuvimos más cerca nos separara una distancia de dos leguas. He oído que su general lo tiene en alto aprecio y estima. Es un romano noble, a pesar de su ingenuidad.»

Cosa que no admiro nada, pensó Marco.

«Carísimo, tengo el presentimiento de que pronto volveremos a vernos. Ya sabes que siempre te he querido mucho y te he tenido como un ejemplo de probidad y virtud. Espero regresar a Roma una vez hayamos exterminado a los piratas, cosa que no creo que tarde. Mientras tanto, vayan mis mejores deseos para mi amigo y guía de mi juventud. Considera como si te hubiera abrazado y besado en la mejilla. También beso la mano de tu querida madre y la de tu padre como si fuera hijo suyo. Que mi patrón, Júpiter, derrame sobre vosotros sus favores; que mi antepasada Venus te permita encontrar una doncella conveniente a la que hagas tu esposa, y que Cupido, hijo de Venus, te atraviese el corazón con su flecha más deliciosa.»

A lo mejor cree que me dice un cumplido, pensó Marco sonriente. Luego su sonrisa desapareció y sintió flojedad y cansancio. Sólo tenía veintinueve años, pero le parecía ser más viejo y torpe. No podía olvidar a Livia, la asesinada esposa de Catilina. Habían pasado los años desde su horrible muerte, pero su rostro no se le iba de la memoria. Para él seguía siendo apasionadamente joven, bella como un sueño, fantástica como una Sibila, esquiva como una dríada, ligera de pies como una ninfa, silvestre como la brisa de primavera, espectro de una tierra desconocida.

Como hombre acostumbrado a analizar todo, incluyéndose a sí mismo, aún no sabía por qué amaba a Livia y por qué su rostro y su voz le obsesionaban, por qué le parecía que seguía viviendo para él con una viveza de la que carecían las demás personas. Podía recordar a voluntad el sonido de su voz y su mística canción, tan clara como si apenas hubiese transcurrido media hora desde que la oyese. Podía recordar sus sonrisas, el tacto suave de sus manos, su ligera risa, la luz de sus refulgentes ojos azules. Era como si acabara de estar a su lado y le bastara mirar por encima del hombro para verla otra vez.

Ni siquiera los terribles acontecimientos ocurridos en Roma durante aquellos años o los que él había sufrido estaban tan vivos en su memoria como el recuerdo de Livia Curio Catilina. Cuando visitaba la isla cercana a Arpinum, paseaba por el bosquecillo, oía el eco de su voz que le llamaba ansiosamente desde las sombras y a veces le parecía ver el reflejo de su pelo, su manto flotando entre los árboles misteriosos. Cuando el viento mecía las ramas oía la canción de Livia y el murmullo de su celestial canto. Sus brazos le dolían porque él no cesaba de abrazarla. Sentía la dulzura de su beso sobre sus labios. Su sombra vagaba por el puente entre la isla y la ciudad y las piedras susurraban suavemente con sus ligeros pasos. Estando en la isla era cuando más sentía su presencia y no en Roma, donde ella había vivido y muerto.

Un día dijo a su madre:

—No, jamás me casaré. No puedo olvidar a Livia. No tengo nada que ofrecer a otra mujer como no sea la sombra de mí mismo, y eso no es suficiente.

A veces le parecía que su vida exterior era un sueño y que la única realidad que había conocido eran Livia, la isla, sus estudios interminables, sus poesías y sus pensamientos. Años más tarde escribiría a Ático: «Durante cierto tiempo hice el servicio militar a las órdenes de Sila y no fui considerado de los mejores soldados». Sin embargo, se decía: es como si no hubiera hecho el servicio militar, esa experiencia no me parece más que una fantasía que durara todo lo más una hora. Ya ni me acuerdo del nombre de mi general, ni de mis camaradas, que, por otra parte, tampoco estuvieron muy interesados en entablar amistad conmigo. Y debo confesar que yo tampoco con ellos. A ellos les gustaba la guerra y pensaban que era el más noble y emocionante de los deportes, aunque corrieran el riesgo de morir. Yo no encuentro las guerras agradables para ningún hombre inteligente y la corta campaña en que participé, por empeño de Sila y de mi madre, que creyeron que esa experiencia, por penosa que fuese, me era necesaria, fue para mí un enorme aburrimiento. No es que yo vitupere a los ejércitos y a los militares, porque siendo los hombres como son, amantes de la guerra, no se puede confiar en ellos, especialmente si son envidiosos de nuestra nación y codician sus posesiones o ambicionan dominarnos.

Marco todavía recibía felicitaciones por su éxito en el caso de Catón Servio y por haber ganado poco después el caso de Sexto Roscio (sin ningún parentesco con el actor). También en este caso Roscio había tenido que oponerse a Sila ante un jurado temeroso y acusar a Crisógono, un ex esclavo griego amigo de Sila, durante el proceso por asesinato de Sexto, al que logró que absolvieran. Como conclusión y refiriéndose al triste estado de la ley en Roma, Marco declaró:

«El diario espectáculo de atrocidades ha ahogado todo sentimiento de piedad en los corazones de los hombres. Cuando a cada hora vemos u oímos referir un caso de gran crueldad, perdemos todo sentimiento humano. Los delitos ya no nos horrorizan y sonreímos ante las atrocidades que cometen nuestros jóvenes. Excusamos la pasión, cuando deberíamos comprender que los apetitos incontrolados de los hombres conducen al caos. Hubo un tiempo en que fuimos una nación austera, que sabía dominar sus impulsos y respetaba la vida y la justicia. No podría decirse lo mismo ahora. Preferimos a nuestros políticos, particularmente si fanfarronean con los jóvenes y son bromistas y embusteros. Amamos las diversiones, mezclándolas con la ley y hasta con el gobierno. A menos que nos reformemos, nos aguarda un terrible destino.[2]

Recordando este caso, Marco escribiría años después: «Provocó unos comentarios tan favorables que se llegó a pensar que yo era capaz de ganar todos los pleitos. A éste siguieron en rápida sucesión otros muchos casos que hube de llevar a los tribunales, tras prepararlos cuidadosamente, y que aún olían, al decir de las gentes, al aceite de las lámparas de mis velas nocturnas».

En resumen, que se hizo rico. No era tan tonto como para despreciar las riquezas, sobre todo al recordar la vida de asceta que había llevado en su juventud y nunca creyó que la privación fuera más noble que el dinero. «La pobreza no curte el alma ni la fortalece. La esclaviza.»[3] Sin embargo, no dejaba de mirar sus riquezas con indiferencia. Allí estaban y podía permitirse el lujo de olvidarlas.

Si Helvia, a pesar de todas sus maniobras como casamentera, fue incapaz de encontrar una esposa conveniente para su hijo mayor, sí consiguió casar a Quinto, su favorito, con Pomponia, hermana de Ático, el editor de Marco. Quinto, en el fondo, era un buenazo, había logrado tras grandes esfuerzos adquirir reputación de rudo soldado. Pero Pomponia, que era una joven astuta e inteligente, logró conquistarlo rápidamente y, para escándalo de la familia, pronto se convirtió en un esposo romano típico de los tiempos modernos: un esposo que temía a su mujer y a sus arrebatos, dócil y que se dejaba gobernar. Respecto a esto, Marco recordó la irritada afirmación del anciano Porcio Catón: «Los romanos gobiernan al mundo, pero son gobernados por sus esposas».

También recordó que Temístocles, el famoso hombre de Estado griego que gobernaba a los atenienses, era manejado a su antojo por su esposa. Marco no tenía deseos de que le gobernara ninguna mujer. Cuando su hermano estaba de permiso, iba a visitarle a su casa de campo y sonreía amablemente a Pomponia, pero se estremecía al ver lo atemorizado que lo tenía su joven esposa. Quinto, el temerario, el impulsivo. Quinto, ¡que había llegado a tener fama de atrevido entre los hombres! Como para contrarrestar la opresión de su esposa, Quinto a menudo se permitía dar consejos a Marco sobre política, de la que estaba seguro de que Marco no sabía nada.

—Uno tiene que emplear la táctica como en la guerra, Marco, y tu odias la guerra.

---

[2] Así terminaba el discurso de Cicerón con motivo del proceso de Sexto Roscio.
[3] Carta a César.

A los veintinueve años Marco empezó a sentirse vencido por su trabajo interminable, su fama cada vez mayor, su cansancio y tristeza. Descubrió alarmado que su instrumento más fino, su voz, tan laboriosamente entrenada por Noë y Roscio, mostraba signos de desfallecimiento. Había mañanas en que al despertar se decía: será imposible que me encare con el día de hoy. Él, que nunca había sido muy fuerte, ahora sentía señales de debilidad en las extremidades. Y se esforzaba a pesar de los crecientes dolores y su creciente impotencia, sin escuchar consejos de nadie, ni siquiera de su médico o de sus padres.

—¡Dispongo de tan poco tiempo! —contestaba con una irritación extraña a su carácter afable.

Pero un caluroso día de verano sufrió un colapso en su despacho y sus discípulos lo llevaron desmayado a un diván. Llamaron al médico y éste dijo:

—No tengo esperanzas de que se salve a menos que abandone Roma y su trabajo y vuelva a gozar de la tranquilidad de ánimo.

Marco no quiso ni oír hablar de eso; pero como pasaban los días y apenas se podía mover de la cama y le dolían las articulaciones, en las que sentía punzadas, su médico le aconsejó:

—Debes ir a Grecia, al santuario de Esculapio, el gran médico, hijo de Apolo, del que la fama pregona que cura en sueños a los afligidos. Padeces reumatismo y tu cuerpo refleja el cansancio y dolor de tu alma.

Quinto se ofreció enseguida:

—Yo iré contigo a Grecia. ¿No habías deseado siempre ir a ese país? —Marco sonrió, pensando que Quinto quizá deseaba tomarse un ligero respiro de Pomponia.— Iremos a ver a mi cuñado, tu editor —dijo. Ático había huido discretamente de Roma antes de que se celebrara el proceso contra Servio y había amasado una fortuna en Grecia por diversos métodos. Pero su negocio editorial seguía siendo muy próspero en Roma y en él tenía empleados a cien escribas.

Entonces Marco empezó a planear muy seriamente su viaje a Grecia.

—¡Pasearéis por donde pasearon Sócrates, Platón y Aristóteles! —exclamó Tulio—. Mientras seguís sus pasos, ¿quién sabe lo que sus sombras os susurrarán al oído? Nunca he olvidado las palabras de Sócrates respecto al Dios desconocido: «A los hombres les nacerá el Divino, el Perfecto, que curará nuestras heridas, que elevará nuestras almas, que encaminará nuestros pies por el sendero iluminado que conduce a Dios y a la sabiduría, que aliviará nuestras penas y las compartirá con nosotros, que llorará con el hombre y conocerá al hombre en su carne, que nos devolverá lo que hemos perdido y alzará nuestros párpados de modo que podamos ver de nuevo la visión.»

Marco se sentía ahora tan débil en su cama, en los últimos días del caluroso verano, que no podía controlar sus emociones. Recordó cuando de muchacho soñó con que veía al Divino encarnado y se sintió apenado porque no hubiera aparecido entre los hombres. ¿Por qué se retrasaba en este enorme mundo de confusión, dolor, mal, disputas, desconfianza interminable, traición y chocar de armas?

Noë fue a ver a su viejo amigo y le leyó su última obra. Roscio, el pillastre, estaba en Jerusalén.

—No dudo que habrá ido a pedir perdón por sus numerosos delitos, especialmente contra mí —dijo Noë—. Tiene una copia de mi obra y me pide una suma exorbitante por aparecer en ella. Me escribe que se ha dejado crecer la barba. Preferiría creer que le está saliendo un rabo de caballo y cascos como a un centauro.

Noë se sintió orgulloso y complacido al ver que tantos antiguos clientes y amigos vinieran a la casa del Carinae a preguntar por la salud de Marco, tan numerosos que llenaban la calle y hasta se colaban en el jardín trasero. Y Noë comentó:

—Parece que somos famosos. ¿Cuándo vas a comprarte una casa mejor, querido amigo, y dejar este barrio pobre?

—Cuando vuelva de Grecia —dijo Marco.

Los amigos de Scaevola fueron a visitarle, honrando a la vez a Scaevola y a su discípulo favorito. Mirando sus rostros ancianos con el espíritu caritativo que le inspiraba su enfermedad, Marco empezó a preguntarse si ellos no le habrían facilitado el camino en el curso de aquellos años, ya que habían sucedido muchas cosas inexplicables.

Un día, un esclavo entró corriendo en su aposento con la noticia de que habían llegado Julio César y Pompeyo. Marco sintió el cariño y la alegría de siempre al oír pronunciar el nombre de su viejo amigo y se incorporó en la cama para recibirlo. Sin embargo, se preguntó por qué le acompañaría el fuerte y taciturno Pompeyo. Julio entró elegantemente vestido como siempre con un largo y rico manto de la más fina seda teñida de rojo, con calzado, cinto y brazaletes de plata incrustados de turquesas. Irradiaba su acostumbrado aire de exuberancia, buena voluntad y gusto por la vida. También venía muy perfumado.

—¡Mi querido amigo! —exclamó inclinándose sobre el lecho para abrazar a Marco—. ¿Qué me han contado de ti?

—Creí que seguías matando piratas —contestó Marco— y que otra vez habían puesto precio a tu cabeza en Roma.

—Soy un hombre muy valioso —dijo Julio sentándose al pie del lecho y mirando a su amigo con profundo afecto—. He sobrevivido.

—Tienes un gran talento —reconoció Marco. Se quedó mirando a Pompeyo, que iba vestido de uniforme, de pie a un extremo de su cama, con sus gruesos pulgares metidos en su correa de cuero. Pompeyo lo miraba de un modo amable y esto asombró a Marco. Luego se fijó en el anillo en forma de serpientes que llevaba en su mano y apartó los ojos para no verlo. Julio estaba parloteando alegremente, costumbre que tenía cuando quería ocultar sus pensamientos.

—Hueles como una rosa —le dijo Marco.

Julio se echó a reír y dio un manotazo al desnudo pie de Marco.

—Soy la rosa de Roma —afirmó.

—Pues Roma huele a cloaca —contestó Marco y Julio por poco no se ahoga de risa. Pompeyo hizo una mueca, mostrando sus blanquísimos dientes, y Julio dijo:

—Nadie lo diría, pero nuestro Marco es muy amigo de las bromas. También es augur.

—¿De veras? —inquirió Pompeyo con gravedad y Marco comprendió que se lo había creído.

—¿Has venido a que te haga un vaticinio, Julio? —preguntó Marco.

—He venido porque me enteré de que estabas enfermo. Hasta ayer no pude volver a reunirme con mi esposa y con mi hijita Julia, pero cuando me enteré, sólo hace una hora, de que estabas en cama, me apresuré a venir a verte. Y así me lo agradeces.

Pero Marco replicó:

—¿Aún no ha intentado Lépido asesinarte?

—Yo no soy ninguna amenaza para Lépido. Soy un hombre de todos y para todos valiosísimo. Además, Lépido y yo pertenecemos al partido popular, aunque yo haya abandonado la política. Ahora no soy más que un soldado.

Marco se echó a reír y los otros rieron con él.

—Respeto al cónsul del pueblo —afirmó Julio—. Pompeyo lo respeta también. ¿Acaso no ayudó él a Lépido para que lo nombraran cónsul? Y Pompeyo es amigo mío.

—Todo eso me parece algo tortuoso —comentó Marco.

—Como ya te he dicho, Marco, he abandonado la política.

—Lépido pretende abolir la Constitución de Sila y el Senado está irritado. Corren rumores de que el Senado lo va a mandar al exilio a su provincia, la Galia Transalpina. Es un hombre ambicioso.

Julio suspiró y tomó un racimo de uvas que había sobre la mesa. Un esclavo entró para servir vino y Julio se lo quedó mirando con desconfianza antes de bebérselo. Luego movió la cabeza con gesto de lamentación.

—Se comenta que eres un hombre rico —dijo—y, sin embargo, tu gusto en vinos sigue siendo deplorable. ¿Qué es lo que has dicho de Lépido?

¿Que es ambicioso? ¡Ah! ¿A qué excesos no llevará la ambición? Pero ¿es que ha habido alguna vez hombres que no fueran ambiciosos? Salvo yo, claro.

Pompeyo permaneció en silencio, sosteniendo un cubilete de vino.

—Tú no admirabas a Sila —prosiguió Julio al ver que Marco no se decidía a hablar—. Deberías preferir a Lépido, que por lo menos es un hombre amable al que el pueblo mira con cariño.

—No deja de ser un dictador y un tirano. Sila obligó a la plebe a trabajar si no quería morir de hambre. Lépido ha dejado que haya otra vez muchos holgazanes, así que ha tenido que aumentar los impuestos a la gente trabajadora. ¿Es que el poder y la más alta posición ha de comprarse siempre basándose en las barrigas de los más despreciables, los vagos y mendigos? Otra vez están vacías las arcas de nuestro tesoro gracias a Lépido y a su encantadora plebe de bribones, vividores y antiguos esclavos. No tiene nada de extraño que me encuentre desanimado. Sin embargo, seguiré esgrimiendo la ley en el mismo rostro aullador del caos, confiando en que prevalecerá y con ella finalmente la justicia.

Los otros se quedaron mirándolo muy serios, escuchándolo con gran atención. Como Marco se sintiera de repente sediento, bebió un buen trago de vino y Julio volvió a llenarle su cubilete. Luego se apoyó en los almohadones y, fatigado, cerró los ojos y dijo:

—Estoy cansado del género humano y de su degradación natural. ¿No nos exaltamos al hablar de Sócrates, Aristóteles, Platón, Homero y los otros inmortales? Eso es presunción, pues no fueron de los nuestros. Son estrellas brillantes de otro mundo jamás visto que cayeron en nuestra oscuridad. Anduvieron con forma humana, pero no fueron de los nuestros. Fueron gloriosos, pero su gloria no es nuestra.

Abrió los ojos y Julio le ofreció más vino. El rostro vivaz de Julio estaba inmóvil. Marco sintió un cansancio mayor y de nuevo cerró los ojos. Visualizó un caos en forma de remolino, en el que había chispas de fuego y unas extrañas formas y rostros desfigurados. Olvidó dónde estaba y quién estaba con él y entonces el caos empezó a tomar formas más claras. Sin abrir los ojos, murmuró:

—Ninguno de nosotros morirá pacíficamente en su lecho. Seremos traicionados y pereceremos en medio de nuestra propia sangre. —Empezó a estremecerse. El vino había embotado sus sentidos.

—Y a mí, ¿quién me traicionará? —le preguntó Julio en voz baja, inclinándose hacia Marco, cuyo rostro parecía el de un muerto.

Marco susurró:

—Tu hijo.

Julio miró a Pompeyo, quien, muy pálido, se limitó a encogerse de hombros.

—Si no tengo ningún hijo —declaró.

Marco no respondió.

—¿Y a mí? —preguntó Pompeyo rompiendo el silencio—. ¿Quién me matará?

—Tu mejor amigo —repuso el abogado con aquella voz débil y temblorosa.

Julio y Pompeyo cerraron los ojos y en sus rostros apareció una expresión grave y feroz. Entonces Julio dijo:

—Él tiene muchos amigos.

El hombre enfermo y soñoliento no respondió. Julio tomó su fría y fláccida mano y se lo quedó mirando pensativo:

—Y a ti, Marco, ¿quién te matará? —le preguntó.

Marco susurró:

—No he podido ver sus rostros.

—Estás soñando —dijo Julio aún sosteniendo la mano de su amigo—. Estás enfermo y ves visiones como los enfermos. ¿Ves a Catilina?

—Fuego y sangre —dijo Marco—. Livia será vengada al final.

Luego se quedó dormido profundamente. Los otros miraron fijamente su rostro macilento, las oscuras sombras bajo sus párpados cerrados y el pálido agotamiento de su boca. La cortina se apartó y Helvia apareció en el umbral. Julio y Pompeyo besaron su mano, pero la mirada ansiosa de ella se posó en su hijo.

—A veces se queda dormido de repente —explicó—. Es porque se encuentra fatigado. No debéis sentiros ofendidos. —Ahora miró a los visitantes y se quedó sorprendida al ver la inquietud que reflejaban sus rostros.— Está mucho mejor —dijo creyendo que estaban preocupados por la salud de su hijo—. Pronto podrá emprender el viaje a Grecia con su hermano. No ha tenido un momento de reposo en todos estos años. En Grecia descansará.

—Ha hablado de un modo muy misterioso refiriéndose a nosotros —dijo Julio.

—Marco es supersticioso —explicó Helvia con la indulgencia de una madre. Metió la mano bajo los almohadones de Marco y sacó un antiguo objeto de plata, que estaba muy gastado y brillaba débilmente con viejos arañazos. Los jóvenes lo miraron con un gesto de horror y repugnancia, porque era la cruz de la infamia, con la parte alta curvada en un rizo para sujetar una cadena.

—Se lo dio un comerciante egipcio que fue cliente suyo hace dos años —dijo Helvia volviendo a meter la cruz bajo los almohadones—. Según explicó el mercader, procede de alguna tumba profanada de un faraón de hace varios siglos. También aseguró a mi hijo que era el signo del Redentor de la humanidad, que fue profetizado desde los primeros tiempos del mundo. Sin embargo, como bien sabemos, no es más que el signo de la muerte infamante de los criminales, malhechores, traidores, ladrones y esclavos rebeldes. No obstante, mi hijo la tiene en gran estima y me dice que es el signo de la redención del hombre. Declara que espera de un momento a otro el nacimiento del hijo de los dioses.

Julio no pudo evitar una sonrisa.

—¿Es que van a bajar otra vez los dioses del Olimpo para cometer nuevas travesuras? —preguntó.

Pero Pompeyo, casi atemorizado, miró hacia atrás cuando ambos dejaron la habitación del enfermo. Una vez dentro de la litera de Julio, éste vio por primera vez el anillo que su amigo llevaba en la mano.

—¡Qué imprudente has sido! —le reprochó disgustado—. ¡Marco habrá reconocido ese anillo! En venganza, ha querido asustarnos y que sintamos temor. —Sonrió y movió la cabeza con gesto de admiración.— Marco es más listo de lo que me pensaba. Con su fina malicia ha querido hacernos sufrir.

Marco, que no se había dado cuenta de que sus amigos se habían marchado y ni siquiera de que les había hablado en sueños, estaba durmiendo profundamente. Iba paseando por un campo iluminado por un sol que no se podía ver por ninguna parte. Tampoco tenía límite el horizonte. Sus pies se hundían en una suave hierba y había zumbidos de abejas y cantos de pájaros que pasaban volando. A cada paso que daba, las flores brotaban ante él impregnando la atmósfera de deliciosa fragancia. De repente vio una gran ciudad en la lejanía, brillante y reluciente como si estuviera construida de oro y alabastro. Se apresuró a correr hacia ella, pero nunca la alcanzaba, como si sus columnas y relucientes cúpulas se alejaran de él. La brisa susurraba como si tuviera una multitud de alas invisibles. Pudo oír unas voces jubilosas que cantaban, pero cuando volvió la cabeza no vio más que flores, hierba y grandes árboles que no le eran familiares. De cada árbol pendían racimos de flores que rezumaban un intenso aroma. Y la ciudad lejana seguía radiante, como si de ella emanara luz propia y fuera esta luz la que iluminara al mundo.

Sintió que alguien le tomaba suavemente por la mano y, asombrado, volvió la cabeza. Era Livia, sonriente, vestida de modo deslumbrador y con una guirnalda de flores sobre su cabello color de otoño. Sus ojos eran más azules de lo que él recordaba y su mano, suave y cálida. Lo sujetó y él se quedó mirándola con éxtasis.

—¡No has muerto, amor mío! —exclamó.

—No, no he muerto. Nunca estuve muerta, cariño —le contestó ella con aquella voz que él nunca había olvidado, y poniéndose de puntillas le besó en los labios y su tacto fue para él como un fuego delicioso–. Recuérdame siempre –le pidió ella, apoyando la cabeza en su hombro.

Entonces la oscuridad cayó sobre todas las cosas y todo fue de nuevo borroso y lejano. Marco, aterrorizado, estrechó a Livia entre sus brazos.

–¡Dime! ¿Me quisiste alguna vez, Livia? ¿Supiste alguna vez cuánto te quería?

El rostro de ella empezó a desdibujarse, blanco y transparente, pero sus ojos siguieron fijos en él con apasionamiento.

–Sí, pero nuestro amor era imposible. Fue la voluntad de Dios que no fuéramos el uno para el otro en esta vida, porque tú has de cumplir una gran labor y yo te habría estorbado.

Sus palabras le parecieron muy misteriosas y no pudo comprenderlas. Trató de sujetarla, pero era como tratar de retener la niebla.

–Recuérdame –le pidió ella, y su voz sonó como un eco–. Y, sobre todo, recuerda a Dios para que podamos volver a vernos de nuevo y ya no nos separemos jamás.

La oscuridad fue desdibujando rápidamente las cosas y ahora se sintió a solas en un vasto y tenebroso lugar gritando:

–¡Livia! ¡Livia!

Pero sólo le contestó el silencio. Abrió los ojos y vio el rostro ansioso de su madre.

–He visto a Livia –dijo con voz débil.

Helvia asintió con la cabeza con gesto indulgente.

–Todos soñamos, hijo mío. –Y le dio a tomar el elixir que el médico había dejado.– ¿Qué es la vida sin sueños?

Capítulo 33

—A ti te resultá muy fácil aconsejar paciencia, Julio —le dijo Lucio Sergio Catilina—, porque te queda más tiempo por delante. Pero yo ya tengo treinta y un años y estoy impaciente.

Los dos jóvenes estaban sentados en el cálido y fragante jardín de la casa del Palatino, comprada gracias al dinero de Aurelia. Los pavos reales se paseaban y abrían sus plumajes en las sombras azuladas, que contrastaban con la luz cegadora que daba sobre los senderos de grava roja, los macizos de flores, las resplandecientes fuentes y en las copas de los oscuros cipreses y mirtos. Una bandada de pájaros tan rojos como la sangre revoloteaban por el ya amarillento follaje de un roble, cantando con vehemencia mientras discutían la ya próxima emigración. El aire estaba repleto del aroma de los primeros jazmines.

Julio y Lucio estaban sentados en un fresco banco de mármol a la sombra de un mirto, bebiendo vino endulzado con miel y comiendo higos y uvas.

—Observa a ese truhán —dijo Julio haciendo un gesto con la cabeza hacia un pavo real joven, que atisbaba a otro mayor que lo miraba furioso, mientras alzaba desafiante su larga y brillante cola con su ojo de Argos—. Le gustaría cortejar a las damiselas de la bandada, pero el pavo real viejo lo mira ferozmente advirtiéndole. Aún no ha llegado su hora.

—¿Quieres con eso insinuarme que mi hora no ha llegado todavía? Tampoco ha llegado la tuya. No tienes más que veinticinco años. Yo tengo treinta y uno. Y no puedo esperar impasible a que mi hora me llegue cuando sea viejo. Cuando gobernaba Sila estábamos seguros de tener una oportunidad, pero se nos ha escapado de las manos. Ahora tenemos a Lépido, que es como el agua que se te escurre entre los dedos sin que la puedas beber. ¿Sabes lo que he oído? Que el Senado está cansado de él, pues restringe su poder en favor de los que él llama «el pueblo». Así que los senadores piensan desterrarlo a su provincia, la Galia Transalpina. Añoran recobrar el poder que Sila les otorgó. ¿Qué será entonces de nosotros?

Julio bebió pensativo y luego hizo una pausa para mirar al pavo real joven y sonreír nuevamente.

–Lépido necesita que le den consejos. Desde luego, el pueblo de Roma está con él. Si lo desterraran, a lo mejor decidiría organizar un ejército y marchar contra Roma.

Lucio se lo quedó mirando sonriendo de modo inescrutable.

–Yo diría que alguien le ha dado ya ese consejo.

–Lépido no me ha pedido que le aconseje.

–Pero tú tienes amigos...

–Claro que tengo amigos.

Catilina volvió a llenar su vaso de cristal, lo sustuvo entre sus manos y contempló el transparente vino.

–Bueno –dijo al final–. Y al fin y al cabo, ¿qué?

Julio se encogió de hombros.

–Debemos estar atentos y reflexionar. Hay que arrojar los dados y dejar en manos de los dioses de qué lado han de caer.

Catilina se echó a reír.

–Tus dados siempre están cargados, Julio.

–A veces es conveniente ayudar a los dioses.

–Eres ambiguo, César. Hay momentos en que no confío en ti

–Soy el más leal de los hombres.

–Para contigo mismo.

Julio pareció ofendido.

–Las estrellas indican que los hombres nacidos bajo el signo de mi constelación son fieles a sus amigos. ¿Acaso he perdido alguna amistad por haberla traicionado?

Catilina lo miró fijamente.

–Me has contado que tu querido amigo Cicerón te ha vaticinado que morirás traicionado por tu propia sangre. Si él insinúa que piensan asesinarte, es que está conspirando contra ti.

Julio soltó una carcajada.

–¿Quién? ¿Cicerón? Mi querido amigo, te has vuelto loco. Puede que sea muy listo, como ya has visto, pero no es malvado. Es amable, bueno y conciliador. Júpiter me ha concedido el don de leer en el corazón de los hombres.

Catilina apartó su bello y depravado rostro con un gesto de desprecio.

–También ha profetizado mi asesinato y el de Pompeyo. ¿Cómo puede ser bueno un hombre tan abiertamente vengativo?

–Los oráculos no se dejan llevar por la pasión ni el respeto a las personalidades, Lucio. Hablan del futuro tal como lo ven.

–¿Lo crees un oráculo?

—No, puesto que lleva profetizando el fin de Roma desde hace tiempo y ya ves, ¿es que Roma ha dejado de existir? No. Dijo que mi hijo me mataría. ¿Acaso tengo yo un hijo? No.

Catilina sonrió.

—¿Y qué me dices de Junio Bruto? ¿Ese muchacho?

En el rostro de Julio apareció una expresión helada y fijó sus ojos negros en su amigo.

—Difamas a su madre y a su padre. Lo tengo en alta estima y es amigo mío.

Pero Catilina siguió sonriendo.

—Tus amigos no han sido capaces de acabar con los rumores que afirman que Bruto es hijo tuyo. Hasta que él nació, su madre no pudo tener hijos.

—He oído decir que ella es muy devota de Juno y que hacía muchas visitas a su santuario. —Los ojos de Julio, que tenían la capacidad de brillar como filos de cuchillos en ocasiones, violentos y mortíferos, ahora sonreían de nuevo.— ¡Rumores! —exclamó—. Si uno diese crédito a todos los chismes que corren, se volvería loco. Prefiero los hechos. Sobre tales cimientos se pueden edificar ciudades.

—Pues vas edificando muy lentamente.

—Porque construyo bien.

Catilina se agitó inquieto en el banco de mármol.

—No eres osado, Julio.

—Cuando es preciso soy un león. Lo que pasa es que aún no ha llegado el momento de rugir. Esperemos a que Lépido se haya destruido a sí mismo.

—Sigamos hablando de Cicerón. Lo llevo en la mente como una pesadilla. Ahora es poderoso en Roma. Además está estudiando la política. Puede que se levante contra nosotros y nos desafíe.

—Si está muy enfermo. A lo mejor se muere.

—Pues acabemos con sus sufrimientos.

Julio dejó cuidadosamente su vaso ante la mesa. Y entonces preguntó:

—¿Qué recomiendas, Lucio? ¿Veneno? —Alzó la mirada lentamente y la fijó en Catilina. Los ojos azules de éste parecieron salírsele de las órbitas, como si fueran lenguas de serpiente.

—El veneno es un arma de mujeres —contestó.

—¡Ah! ¡Es verdad! Livia lo empleó. Debí haberlo recordado.

—¿Me amenazas, César?

Julio quedó asombrado.

—¿Yo? ¿Y por qué habría de amenazarte a ti, Lucio?

—Para salvar a ese amigo tuyo, el Garbanzo.

Julio no pudo contener la risa.

—Es cierto que siento cariño por Cicerón, que fue el mentor de mi infancia e incluso me protegió contra ti, querido amigo. Los amores de la infancia no se olvidan fácilmente. Sin embargo, si se interpusiera en mi camino, acabaría con él. ¿No me crees?

Catilina se lo quedó mirando pensativo y finalmente dijo de mala gana:

—Te creo. Pero, entonces, ¿qué quieres que piense? ¿Que crees que el Garbanzo te puede ser de alguna utilidad?

Julio, que raramente se asombraba, pareció desconcertado. Pero miró a Catilina con ojos candorosos.

—¿En qué podría serme útil?

—No te hagas el misterioso. Estoy convencido de que piensas así.

—Tiene tanta imaginación como una mujer. Mi sendero no es el de Cicerón y ambos jamás se cruzarán. Quiero a Cicerón por muchas razones que a ti te parecerían absurdas. Mi madre le regaló un amuleto...

—Que creo le salvó la vida.

—Eres supersticioso. Pero sigamos hablando de Cicerón. Tiene muy poderosos defensores en Roma, aunque pocos sean amigos íntimos suyos. Si tiene ambiciones políticas, deben ser pocas y no ha hecho el menor movimiento para satisfacerlas. Ahora habla de ir a Grecia. Es un intelectual, un poeta, un ensayista, un orador y un abogado. Yo lo admiro. Su hermano es un soldado. ¿Crees que Quinto, que tanto lo quiere, aceptaría su muerte mansamente? No compliquemos nuestros asuntos.

—Me dijiste que él habló de su propia muerte —dijo Catilina—. ¿Vio mi rostro entre el de sus asesinos?

—No habló de ti, Lucio. Y ahora hablemos de realidades.

A medida que el cálido verano iba dejando paso al otoño, Marco mejoró bien poco. Tomaba baños para las articulaciones y el médico se sentía alarmado ante las pulsaciones de su corazón.

—Debe irse cuanto antes a un clima más suave —le indicó.

Marco había llegado a convencerse de que debía marcharse si quería seguir viviendo. Sus pasantes acudían a su lecho para pedirle consejo en asuntos legales que debían resolverse en los próximos meses. Quinto, ansioso por irse con él y escapar así de su esposa, le metía prisa y miraba con aprensión el rostro pálido y macilento de su hermano.

Un mes después, Marco casi se olvidó de su enfermedad y sus dolores a causa de los acontecimientos. Emilio Lépido, dictador de Roma, fue finalmente enviado a su provincia de la Galia Transalpina por el irritado Senado y él pareció mostrarse de acuerdo con aparente sumisión. Pero se detuvo en

Etruria y empezó a reclutar un ejército entre los veteranos de tantas guerras, descontentos por haber sido tratados mal por los amos de Roma. El Senado le declaró enemigo público y pronto se propagó el rumor, como si fuera una antorcha que llevaran corriendo por las calles, de que en breve emprendería la marcha contra Roma para hacerse con todo el poder y vengarse así del Senado.

Pompeyo fue el encargado de salir a hacerle frente y, llevando consigo a Cátulo, lo hizo en Campo Marcio, derrotándolo. Lépido logró escapar y huyó para unirse con Sertorio en las Hispanias[1].

Pero mientras viviera era una amenaza para Roma.

–¡Ah! –decía Julio a sus numerosos amigos secretos en el Senado–. ¡Si alguien poseyera un yelmo del Hades! ¡Podría hacerse invisible y acercarse a Lépido durante la noche para destruir a este enemigo de nuestra nación!

–Éste es el cuerpo legislativo –le decían los senadores–. Además, Lépido sigue contando con muchos amigos en Roma y en las provincias, sobre todo entre los militares.

–¿Y yo? ¿Acaso no soy militar? –preguntaba Julio–. Lépido no carece de partidarios. Sin embargo, debe morir. Es un traidor.

–Cierto –respondían los senadores evitando la mirada de Julio–, pero sigue teniendo amigos y ya hemos pasado por tiempos difíciles y peligrosos. Si muere, debe ser por accidente o de un modo tan misterioso que nadie pueda reprocharnos su muerte.

Julio, satisfecho, asintió en señal de conformidad. Y así fue cómo Lépido, que se consideraba tan grande como Sila, murió misteriosamente en la misma casa de su amigo Sertorio, que juró vengar su muerte a manos de un desconocido. Los senadores lanzaron una proclama ensalzando la memoria de Lépido, diciendo que, aunque se había puesto contra el Senado y el pueblo de Roma, había sido un noble soldado y era evidente que tenía trastornado el juicio. Fue ordenado un período de luto y el Senado honró públicamente a su familia.

Marco, que había despreciado y temido a Lépido, que era de carácter inestable y violento, se sintió, sin embargo, conmovido por su asesinato. Para él era otro ejemplo de la ilegalidad reinante con el pretexto de la dificultad de los tiempos. Cuando Julio fue a visitarle, Marco le expresó su alarma y él se mostró de acuerdo.

Marco se lo quedó mirando con la lucidez que dan las enfermedades graves.

---

[1] Hispania (España) estaba dividida en aquella época en dos provincias: Hispania Ulterior e Hispania Citerior. *(N. del T.)*

—¡Pero si tú nunca te has preocupado de las leyes! Hace varias semanas que no me visitas, querido amigo. ¿Has estado en las Hispanias?

Julio puso cara de ofendido.

—¿Qué estás insinuando, Marco?

—Nada. Estaba haciendo conjeturas —respondió Marco.

Julio entornó los ojos, pero no habló más de Lépido.

Tampoco Sertorio volvió a hablar de su amigo. Roma se apaciguó y muchos viejos veteranos, magullados y disgustados, se sintieron encantados de recibir puñados de sestercios de oro de unas arcas públicas que estaban casi agotadas. Ellos también olvidaron a Lépido.

Dos noches antes de la partida de Marco con su hermano para Grecia, el padre fue al aposento de su hijo mayor.

—Te veo triste, Marco —le dijo—. Y esa tristeza tuya de espíritu es peor que tu enfermedad. Ya no has vuelto a hablarme de Dios y parece que evitas citar su nombre. ¿A qué se debe?

Marco susurró:

—A veces he pensado si habrá muerto o si está callado al ver tantas calamidades.

—Él se ocupa del Hombre, no de los hombres —dijo Tulio sentándose y tomando una mano de su hijo.

Éste se agitó inquieto, pero Tulio no soltó su mano.

—Deja que te repita, Marco, lo que Plotimo de Egipto dijo hace unos cien años: «Pero la mente contempla su origen no porque esté separada de Él, sino porque le sigue en proximidad y no hay nada entre ellos». Esta verdad puede también aplicarse al caso del alma y la mente. Todo siente un anhelo y un amor que puede engendrar y especialmente cuando sólo están el que engendra y el engendrado. Y cuando el Supremo Dios es el que engendra, el engendrado está tan necesariamente unido a Él que tan sólo se separa como segundo ser.

—Los griegos —contestó Marco con indiferencia— conocieron a Plotimo y por eso inventaron el Dios desconocido, que sería engendrado de la Divinidad y descendería a la Tierra. Los judíos también tienen esa fábula, que incluso se ha infiltrado en nuestra propia religión.

—Porque Dios lo ha querido, porque es su verdad.

Pero Marco estaba cansado de alma y cuerpo y no sabía por qué. Siempre había querido ir a Grecia, pero ahora sólo de pensarlo sentía desánimo y no tenía el menor deseo de emprender el viaje.

Helvia le dijo:

—Cuando vuelvas con la salud recobrada, deberás casarte. Ya has esperado demasiado.

Y él no se sintió con fuerzas para discutir.

Ático, desde Atenas, expresó por carta su alegría ante la próxima visita de su autor. Marco y Quinto serían honrados como huéspedes. Marco, en aquel benigno clima de mar, sol, cielo azul y sabiduría, recobraría rápidamente la salud. También podría comenzar de nuevo a escribir, para edificación del género humano.

Al leer esto, Marco se echó a reír.

Los amigos que venían a verle le traían noticias de la preocupación de los romanos por la salud del gran abogado y orador. Pero Marco se los quedaba mirando incrédulo y decía:

−¿Hablan de mí? ¡Qué tontería!

Trataba de mover sus doloridos miembros y le parecía que el dolor de su cuerpo era menor que el de su espíritu. En cuanto a él, preferiría morir en la cama, derrotado y solo y unir su alma con la de Livia. A veces se volvía quisquilloso, a pesar del dolor y la preocupación que sentía la familia por él. Parece que debo vivir para ellos, pensaba con amargura, pero ¿es que no viví así siempre? En la noche anterior a su partida para Grecia, soñó con su abuelo, que lo miró de un modo severo.

«¿Eres un romano o un perro?», le preguntó el anciano, que parecía tener una estatura desmesurada.

Aquella noche recobró un poco las fuerzas. Por la mañana subió al carruaje de la familia, mientras Quinto guiaba los caballos. Al cabo de pocas horas ya estaban navegando hacia Grecia.

Marco se sentó en la cubierta del barco y sintió la fresca brisa del mar y la caricia del sol en sus mejillas. Se hallaba muy agotado. Sirio, que acompañaba a los dos hermanos, lo cubrió con mantas para que no sintiera frío y él se apoyó en su silla y cerró los ojos. Era la primera vez que navegaba. Al final abrió los ojos y miró las aguas y por primera vez en muchos meses sintió que todo su cuerpo se animaba. Y dijo a su corazón: tranquilízate. Y a su mente inquieta y enferma: sosiégate, ya basta con que tenga ojos.

Cuando Quinto le ofreció vino, Marco le sonrió y en el rostro recio de su hermano hubo un brillo de emoción.

−Me encuentro mucho mejor −dijo Marco−. Me alegro de que me hayas obligado a hacer este viaje.

Se quedó mirando las olas, que pasaban junto al buque entre espuma y miles de arcos iris. Los mástiles crujieron y había olor a aceite, alquitrán y madera. Las velas retenían la roja luz del sol en su concavidad. Los marineros cantaban. Marco dijo:

−Me temo que viviré. −Y al decirlo sonrió.

Capítulo
34

—Es extraño, pero ya lo había oído decir antes –dijo Marco a Ático, su cariñoso anfitrión–. Los templos griegos e incluso los grandes teatros y los edificios públicos han sido erigidos no para agradar a la vista del hombre, sino a la de Dios. Por eso son tan maravillosos, tan misteriosamente fascinantes. Yo he visto en Roma magníficos edificios que abruman por el poder y la gloria, por sus columnas y arcos. Fueron erigidos sólo para halagar el orgullo del hombre.

Aquel clima seco y cálido, abrasado como el plateado polvo de Grecia, había acabado por devolverle la salud. Había ido a Epidauro para complacer a Quinto e incluso al escéptico Ático, y allí durmió una noche en el templo de Esculapio, al que los griegos llamaban Asclepio. Éste era el refugio final de todos los desahuciados por los médicos. Pero Marco se fijó en que los sacerdotes del dios, hijo de Apolo y alumno del centauro Chitron, eran todos notables médicos y trataban a los enfermos no sólo con solicitud, sino con los mejores medicamentos y un gran conocimiento de la profesión.

—Se dice –le comentó un anciano sacerdote al darse cuenta de que Marco no era supersticioso o, mejor dicho, que era menos supersticioso que la mayoría de los romanos– que Dios cura. Eso es cierto. Él es el Gran Médico, como dijo tantas veces Hipócrates. Y para excitar la piedad a menudo permite una cura instantánea, un milagro, para recordarles a los hombres su existencia. Los buenos médicos no son más que sus enviados. Sus mensajeros.

Quinto y Marco pudieron alojarse en una buena posada de Epidauro. Muchos huéspedes eran funcionarios y caballeros romanos, con sus esposas e hijos. Algunos eran judíos helenistas, nobles de las ciudades, de delicados rasgos judíos de origen aristocrático. Era evidente que evitaban el trato con los romanos, sin importarles su posición social. En cambio, se portaban muy amistosamente con los griegos, en particular con los educados y cultos. La mayoría de ellos eran saduceos, hombres cínicos y mundanos que a Noë ben Joel le eran tan poco simpáticos. Cuando Marco hablaba con ellos del Mesías, sonreían tolerantes como si un niño les hubiera hablado de un mito.

Con él hacían una excepción, pues, aunque romano, era abogado y muchos de ellos también lo eran.

Se sentaba a hablar con ellos en aquellos atardeceres de cielos tan azules, cuando el sol descendía hacia el ocaso, en las terrazas de la posada, mirando los llanos distantes. Discutían sobre leyes y cada día que pasaba le fueron teniendo más respeto. Comentaron que en Atenas ya habían oído hablar de él, e incluso en Jerusalén. Pero se chanceaban de él por su espíritu abnegado. Decían que las leyes fueron inventadas para controlar las vehemencias de las masas y hacerlas maleables al orden. Sonrieron y se palparon sus collares, brazaletes y anillos cuando él les dijo que las leyes procedían de Dios y habían sido dadas para todos los hombres sin distinción.

—Entonces —le preguntó uno—, ¿por qué pone esa cara tan triste y tímida cuando habla de Dios? ¿Sospecha que está muerto o que nunca existió?

—En Roma yo tenía la sensación de estar al borde de un inevitable desastre —explicó Marco de mala gana.

—Entonces ¿ha venido por una respuesta? —le preguntó el judío con una sonrisa.

Marco se quedó mirando aquel grave rostro de ojos burlones y contestó:

—Sí, pero es una respuesta que ya había olvidado. Dios no se interpondrá si el hombre marcha camino de su destrucción. Para eso nos concedió el libre albedrío.

El judío enarcó sus delicadas cejas.

—Se ve que la teología judía le es familiar.

—Este tema es corriente en todas las religiones, desde la más antigua de Egipto. Por lo tanto, es un concepto universal y su fuente original no puede ser otra que Dios.

Al saduceo le decepcionó y bromeó un poco a costa de Marco por su superstición. Pero otros saduceos se lo quedaron mirando vacilantes e inciertos, reflexionando. Si hasta un romano creía en lo que a ellos les habían enseñado de niños, entonces es que deberían reconsiderar su escepticismo.

Marco prosiguió:

—Un joven poeta romano me ha enviado uno de sus poemas. Ha leído algunas de mis obras y quería que le diese mi opinión. Se llama Lucrecio y es casi un muchacho. ¿Quiere que le recite ese poema?

> *Ninguna cosa permanece, sino que todas fluyen,*
> *el fragmento se adhiere al fragmento; las cosas que nacen*
> *hasta que las conocemos y damos nombre gradualmente*
> *chocan y dejan de ser las cosas que conocemos.*

Tú, también, ¡oh, Tierra!, tus imperios, territorios y mares,
la menor de las estrellas de todas las galaxias.
Esférica por el impulso como ellas, como ellas tú también
irás. Tú vas hora a hora como ellas.

Esféricos de átomos, cayendo lenta o rápidamente
veo los soles, veo los sistemas elevarse.
Sus formas e incluso los sistemas y sus soles
retrocederán lentamente hacia el impulso eterno.

Nada permanece. Tus mares de delicada bruma
se desvanecen; esas lunadas arenas abandonan su lugar,
y donde están ahora, otros mares a cambio
segarán con sus guadañas de blancura otras bahías.

El escéptico saduceo se quedó pensativo un momento. Luego dijo:

—Así, si nada permanece, nada es importante.

—Exceptuando a Dios y su Hijo. Porque son inmortales, aunque el mundo y los soles y los demás mundos se extingan.

De repente, Marco sintió que disminuían su languidez y sus dolores, que se encontraba muy animado y con una nueva fortaleza, como si la Divina Mano le hubiera tocado.

—Yo creía —musitó— que sólo Roma era importante, que su muerte significaría la muerte del género humano. Pero ahora, de pronto, me he dado cuenta de que, aunque Roma desaparezca, Dios permanecerá, así como sus planes con respecto a la humanidad. Sin embargo, eso no me da una excusa para que deje de luchar contra el mal, porque los que luchan contra el mal son los soldados de Dios.

—¿Y usted cree que Dios se manifestará a través de su Mesías? —preguntó otro saduceo.

—Sí. Esa creencia existe en todas las religiones del mundo. Sócrates lo llamó el Divino; Aristóteles, el Salvador; Platón se refirió a él como el Hombre de Dios que redimiría las ciudades; los egipcios lo llaman Horus. Todos lo esperamos.

Uno de los saduceos, que antes había expresado la opinión de que la historia del Mesías era para consolar a las masas, dijo:

—¡Pero si el Mesías es sólo para los judíos!

—No —replicó Marco—. Incluso vuestros libros sagrados hablan de él como de «luz de los gentiles». Isaías lo definió así. Y vuestros sabios, que se congregan ante las puertas de Jerusalén, hablan de la inminencia de su llegada.

—¡Ah! ¡Los viejos de ojos llorosos y barbas blancas! —exclamó el saduceo—. Están soñando.

—Los sueños de los ancianos son el alba de los niños —dijo Marco y se preguntó por qué él, que había sentido tanta indiferencia en su alma, hablaba así ahora.

Pero el saduceo, que se sentía inquieto porque un romano materialista tocara su conciencia mundana con un dedo de fuego, dijo burlón:

—Los romanos comen en la mesa de todas las filosofías, pero no residen en la casa de ninguna. Vosotros no habéis creado nada, todo lo habéis tomado de prestado: un fragmento aquí, un jarrón allá, una ley acullá, una teoría sobre las tinieblas de la muerte, una columna de una tumba, un muro de alguna ciudad perdida, un mito de algún panteón olvidado, un cubilete de agua de alguna corriente que procede de una fuente que ustedes desconocen.

—Pero el hombre persiste —dijo Marco—. Los imperios mueren, pero él permanece. Todo lo que el hombre sabe es la síntesis del conocimiento de otros hombres. ¿Es que acaso vosotros no habéis tomado prestado de los egipcios, los fenicios, los hititas, los babilonios, los persas y otros pueblos hebraicos? Vuestro Abraham era babilonio, no hebreo, y vosotros no sois hebreos, aunque os llaméis erróneamente así. Habláis de vosotros como los judíos, pero eso es sólo porque vuestro fundador, Judá, hijo de Abraham, reclamó esa parte de Israel que ahora se llama Judea. ¿De dónde vinisteis vosotros? Sois hombres como yo, que nunca tuvisteis nada de común con los morenos babilonios y los oscuros egipcios, que os expulsaron porque os mantuvisteis fieles a la fe de vuestros padres y no quisisteis adorar a sus dioses. ¿Por qué vuestra piel es pálida?

—Dice la verdad —dijo uno de los saduceos, palpándose la afeitada barbilla—. ¿De dónde procedemos?

—¿Quién lo sabe? —preguntó Marco. —Luego habló de Atenas—: Hay muchos que se maravillan ante las Pirámides y elogian a los antiguos egipcios. Pero ¿qué son las Pirámides comparadas con la Acrópolis de Atenas? Y decidme, ¿por qué vosotros, gentes de religión judía, os conmovéis al mirar la Acrópolis y os identificáis con ella? Porque también es vuestra. Es de todos.

Se quedó mirando sus nobles rostros inquietos y sonrió. Luego se levantó.

—Rezad por mí —les pidió—. Me encuentro muy afligido.

—También nosotros nos encontramos afligidos —dijo uno de los saduceos de más edad—. Reza a tu vez por nosotros.

Los romanos allí presentes se habían encariñado con Marco. Pero cuando le hablaban de política no podían comprender sus réplicas porque ellos eran pragmáticos y se preocupaban tan sólo de lo inmediato. Él hablaba de equilibrios legales y los otros sólo estaban ansiosos por la subida al poder de este o aquel dictador.

–Es culpa nuestra –les decía– que tengamos dictadores. Dios nos concedió el don de la libertad y lo hemos despreciado en nombre de las necesidades inmediatas.

Uno de ellos escribió a un senador amigo suyo denunciando a Marco como un agente subversivo, un traidor a Roma. Pero los otros romanos le escuchaban muy seriamente, asintiendo con la cabeza. Y él les decía:

–Así como un constructor debe tener un plano para poder construir bien, así el pueblo debe tener una Constitución para que le guíe. Pero hemos abandonado nuestros planos y nuestros mapas tan laboriosamente confeccionados por nuestros padres. Por eso tenemos dictadores, hombres que ambicionan el poder centralizado en sus manos para oprimirnos.

El famoso santuario de Asclepio, conocido en todo el mundo civilizado, no era sólo un milagroso santuario religioso, sino que en él vivía una comunidad. La posada o *katagogion* en la cual vivía Marco con su hermano y su sirviente era un edificio de dos pisos con numerosas habitaciones, el mayor del santuario, donde eran admitidos hasta los más pobres, que dormían en las cocinas o los establos o bajo los pórticos exteriores por un par de dracmas. Los muy ricos ocupaban varias habitaciones para sus familiares y esclavos. Sin embargo, a ricos y pobres se les servía la misma comida sencilla de la comarca, con la excepción del vino y los extras para quienes podían pagarlos, porque Asclepio amaba a todos por igual. La posada, construida de toba, se hallaba rodeada por una columnata de bajas columnas blancas carentes de adornos, por la cual podían pasear y charlar los huéspedes durante las frescas horas de la tarde. La rodeaba un gran jardín circular en el cual jugaban los niños, riéndose de los pájaros y animalitos enjaulados, a los que daban de comer. Con ellos, sonrientes, iban sus madres y niñeras.

A Marco le conmovía ver que muchos de aquellos niños estaban lisiados o cojos. Algunos eran ciegos, otros sordos y también los había con las caras inexpresivas de los deficientes mentales. Los brazos de algunos parecían ramas retorcidas y torturadas y otros tenían llagas que jamás cicatrizarían. Muchas espaldas infantiles estaban tan encorvadas como suelen encorvarse los muy ancianos. Pero en este ambiente, al amparo de un dios que había amado tanto a la humanidad y había evitado que incurriera en la ira de Plutón y Zeus, hasta estos desgraciados pequeñuelos reían como si sintieran la sombra sonriente del que sabían se compadecía de ellos y no los encontraba despreciables, como los encontraban los otros dioses.

En las cercanías del santuario había un gimnasio bastante grande, así como un agradable teatro al aire libre donde cada tarde se representaban piezas y se tocaba música. Había también un templo de Apolo, el padre de Asclepio, en estilo dórico y de aspecto muy blanco y etéreo, un estadio para carreras de caballos y pruebas atléticas, el santuario propiamente dicho, depósitos de agua curativa, edificios para los sacerdotes, ayudantes y sirvientes, baños romanos de aguas curativas, un templo de Hygeia, otro de Afrodita, otro de la diosa Themis y aun otro de la hija de Apolo, Artemisa, diosa de la castidad. Cada uno de los templos había sido edificado con el más puro mármol blanco y era en sí un poema épico, rodeado de terrazas, fuentes y verdeantes jardines animados por el canto de los pájaros.

En torno a los numerosos edificios había pequeños cubículos en los que permanecían rezando toda la noche los enfermos graves y las mujeres embarazadas, donde eran visitados por los sacerdotes-médicos, ya que no se permitía que nadie muriera o naciera dentro del sagrado recinto.

El santuario y sus edificios adyacentes estaban situados en medio de un valle poco profundo, rodeado de bajas colinas cubiertas de cipreses, robles sagrados y mirtos, todo dominado por el brillante cielo azul de Grecia, tan intenso que Marco casi estaba cansado de mirarlo con cierta incredulidad. Esta incredulidad la sintió primeramente durante su viaje hacia Epidauro, una vez pasado el istmo que separaba los mares Jónico y Egeo, que eran de un color como no se encontraba en otra parte del mundo. ¿Qué misteriosa alquimia se había destilado aquí para crear tal cielo y tales mares? ¡Porque sin duda se trataba de un fenómeno único! En su viaje pudo ver pequeñas bahías como deslumbrantes amatistas, rodeadas por colinas de un color profundo envueltas en misterio. Hasta el polvo parecía plata, tan pura como la nieve, bajo la fantástica tonalidad del cielo. No cabía duda de que ésta era la tierra de Apolo, iluminada por una luz cegadora, la tierra del sol. Aquél era el país de los dioses, el hogar de la sabiduría, de la belleza, la poesía, la gloria, de una celebración en la que aquellos que moraban en el Olimpo se encontraban con los que moraban en la oscura Tierra y hablaban como camaradas. Ningún hombre podía visitar Grecia o vivir en ella sin sentir temor. Marco pensaba a veces que Grecia era el Edén del que Noë ben Joel le había hablado, un lugar cegador como un diamante, coloreado con el azul más puro, el rojo y la plata. Aquí el cuerpo humano se convertía en mármol suave y reluciente en sus numerosos templos. Aquí el color no era ambiguo, sino apasionado. Aquí el sol curaba y las montañas inspiraban alegría. Aquí fue donde Zeus (no el sombrío Júpiter romano) cubrió a Danae con una lluvia de oro y Artemisa durmió en los bosques radiantes de luna. De esta tierra surgió la luz que iluminó el mundo occidental y le dio el pensamiento y la filosofía. La armonía, el color y la brillantez eran portentos de inmortalidad; la sabiduría, el eco de la voz del Señor. No había un arte que Grecia no hubiera producido (y el arte es algo divino), tanto si se trataba de las matemáticas, la razón, el teatro, la poesía, la escultura, la pintura, la arquitectura, la ciencia, la medicina, la astronomía, la filosofía, la simetría, la proporción o la música.

Grecia dio a conocer al hombre que sin Dios no era nada, daba lo mismo que fuera un labrador o un dictador. Porque, como dijo Epicteto: «Allá donde vaya encontraré el sol, la luna y las estrellas, encontraré sueños y presagios y conversaré con Dios».

Marco creyó en esto desde su infancia, pero el cínico poder de Roma había acabado por confundirle y deprimirle. Había caído en el remolino de la desesperación y abandonado la esperanza. Había hablado seriamente con los hombres, esperando ilustrarles, cuando no había nada de qué ilustrarles. Ahora se daba cuenta de que llegar a la mayoría de edad no suponía alcanzar la sabiduría. A veces hasta la falseaba, porque los hombres se convierten muy a menudo en esclavos de lo inmediato. Y de nuevo pensó en las palabras de Epicteto: «Reflexiona con más diligencia. Conócete a ti mismo. Toma consejo de la Divinidad. ¡Sin contar con Dios no pongas tu mano en nada!». ¿Y qué de mi infelicidad?, pensó Marco. Para ella tenía Epicteto una respuesta: «Si alguien se siente desgraciado, que recuerde que se siente infeliz por él mismo; porque Dios ha creado a todos los hombres para que gocen de la felicidad y de su constancia».

Quinto y Sirio lo llevaron una tarde al Propileo del sagrado recinto, porque él apenas podía moverse a causa de los dolores de sus articulaciones y los espasmos de sus músculos. Unos sirvientes del dios lo bañaron en aguas curativas y lo vistieron de blanco. Luego hizo una ofrenda ante el altar. Los ya bajos rayos del sol penetraban a través de la bella puerta de bronce, que no se cerraba hasta caer la noche, y transformaban las nubes de incienso en ondulaciones de un púrpura oscuro. Allí había otros dolientes, recostados en camillas especiales. Uno de ellos era el saduceo Judá ben Zakkai, el que había interrogado a Marco a la manera mundana. Sufría del corazón, dolencia que ningún médico había sido capaz de curar. Y sonrió a Marco cuando éste se inclinó hacia él.

—¡Vaya! —exclamó Marco con sorna—. ¿También está aquí el escéptico?

Judá replicó:

—Deje que le recuerde lo que dicen los estoicos: «Sacrifiquemos a los dioses. Si no existen, ¿qué mal hay en ello? Si existen, quedarán complacidos y tendrán en cuenta nuestras oraciones».

—¿Reza usted a Asclepio o al Dios de sus padres, Judá?

Judá sonrió y en su rostro pálido se reflejó la alegría.

—Al Dios de mis padres —respondió.

Marco se puso serio.

—Los hombres dan varios nombres a Dios, pero Él es sólo Dios. ¿Quién conoce su santo Nombre? ¿Acaso no me han dicho mis amigos judíos que nadie conoce su Nombre? Llamémosle como queramos, que a eso Él no le da importancia, pues ama a sus hijos.

Judá respondió, verdaderamente interesado:

—¡Usted es un verdadero creyente!

Marco volvió a sonreír.

—Lo soy en este momento. Pero ¿quién es el que no se siente asaltado por la duda? Hoy digo: «¡Bendito sea!». Mañana, si me encuentro en un apuro, diré: «¿Dónde está? ¿Acaso existe?».

El templo, castamente dórico en su arquitectura, de 25,5 metros de largo por 13,2 metros de anchura, había sido construido hacía doscientos años por el arquitecto Teodoto y consistía en pronaos y cella[1]. De piedra cubierta con estuco blanco, las vigas del techo eran de madera de abeto y ciprés y en sus cuatro rincones había estatuas de ninfas. Sobre el frontón había una gran estatua, heroica y severa, de Nike. El suelo era de losas de mármol blancas y negras. Sobre el blanquísimo altar ardían lámparas noche y día y era atendido por sacerdotes, de los cuales siempre había algunos orando arrodillados.

Pero la gran estatua de oro y marfil de Asclepio estaba en un nivel por debajo del suelo en sosegada quietud. Había sido esculpida por el famoso escultor Thrasímedes en postura sedente sobre un tronco, con un bastón en una mano y la otra sobre la cabeza de una serpiente sagrada. A sus pies había humildemente echado un perro. El rostro de la imagen expresaba la calmosa compasión y la sabiduría del médico, su apartamiento de las pasiones y su contemplación de los misterios. Era imposible mirar aquel suave rostro sin sentir reverencia. Marco, sostenido por su hermano y su criado, se quedó mirando la estatua y escuchó el profundo silencio del santuario. Luego fue llevado de nuevo escaleras arriba hasta el *adyton*, o parte más sagrada del templo, volviendo a tenderse en la camilla que le habían preparado al lado de la de Judá.

—Es una estatua muy bella —dijo Judá—. Ya sé que los judíos piadosos abominan de las estatuas de todas clases porque los Diez Mandamientos prohíben que en la Tierra se reproduzca nada del Cielo. Pero yo soy un judío hele-

---

[1] En los tiempos antiguos, el pronaos era el pórtico que había ante la cella o santuario. (*N. del T.*)

nista y admiro la belleza. Además, ese Mandamiento fue dado pensando en los analfabetos y estúpidos que raramente pueden distinguir entre un símbolo y la realidad que representa. Dios temió la idolatría en los objetos hechos por el hombre.

–Pero nosotros, que somos más inteligentes, no confundimos los símbolos con la realidad –dijo Marco.

Judá sonrió.

–Se burla usted de mí.

–No tengo muy buena opinión del género humano –declaró Marco–. Quizá se deba a falta de virtud en mí. Una vez alguien me dijo que el hombre y la rata son los dos seres de la creación que más se parecen entre sí. Ambos son salvajes y feroces, matan por deporte, capricho o placer, estropean y destruyen. Atacan a las hembras y crías de su propia especie a diferencia de los demás animales. Son caníbales. Además, su estiércol es venenoso y dejan tras ellos la enfermedad. ¿No fue Sófocles el que dijo que sin duda las ratas también tenían un dios? A menudo me pregunto si su dios no tiene la forma de hombre, porque las ratas sienten el mismo odio por el hombre que los hombres sienten por Dios.

Se echó en la camilla. Un sacerdote se acercó a él y le ofreció una copa.

–Es una infusión de corteza de sauce –le dijo–, muy eficaz en el tratamiento del reumatismo. Aliviará un poco tus dolores.

Marco bebió la poción, agria y con sabor a vinagre, que encogió su boca y garganta.

Judá se quedó mirando a Marco, cuyo rostro pareció relajarse mientras descansaba sobre el almohadón. Vio aquel perfil contemplativo, la larga nariz, la firme aunque suave barbilla, los labios ligeramente sonrientes, la masa de pelo castaño rizado y, sobre todo, la profunda línea de humor que bajaba desde más arriba de los orificios de la nariz hasta más abajo de la boca. Sus ojos abiertos parecían estar fijos pensativamente en el techo y destellaban desafiantes con la declinante luz solar, como si pensamientos sin fin desfilaran ante él como en una pintura mural. Tenía las manos enlazadas sobre el pecho. En un par de ocasiones un fruncimiento de dolor cruzó su frente y torció sus labios, pero su actitud era de paciencia y resignación al sufrimiento.

El sol se puso finalmente y el templo quedó iluminado sólo por las luces rojizas del altar. Algunos que estaban tendidos en camillas sobre el suelo gimieron débilmente. Los sacerdotes se movían entre ellos, hablándoles con voz suave y administrándoles medicinas y agua. Otros sacerdotes rezaban en voz baja arrodillados ante el altar. Entonces empezaron a salmodiar, elevándose sus voces en cadencias heroicas y majestuosas:

¡Oh, tú que nunca abandonaste al hombre,
ten piedad de nosotros que te abandonamos a ti!
¡Oh, tú, cuyo amor es mayor que todos los universos,
ten piedad de nosotros que pagamos tu amor con odio!
¡Oh, tú, cuya mano está llena del perfume de la curación,
ten piedad de nosotros que nada curamos, sino que destruimos!

¡Oh, tú, cuyo otro nombre es Verdad,
ten piedad de nosotros que tenemos los labios negros de mentiras!
¡Oh, tú que te mueves en la belleza eterna,
ten piedad de nosotros que difamamos la Tierra con nuestra fealdad!
¡Oh, tú que eres la Luz eterna y pura,
ten piedad de nosotros que moramos en las tinieblas!
¡Ten piedad, Dios!
¡Dios, ten piedad!

–Ten piedad, Dios –musitó Marco orando.

Luego se quedó dormido y el último pensamiento consciente que tuvo fue que ya no sentía dolores en sus articulaciones y músculos, y que aquella continua salmodia de los sacerdotes era como una ola fragante que lo llevaba hacia la paz. Por primera vez en meses durmió sin soñar con nada, tan pacíficamente como un niño.

A la mañana siguiente se levantó al salir el sol. Hacía un fresco delicioso y sintió su cuerpo, aunque débil todavía, flexible y sin dolores. Los sacerdotes ya pasaban entre los pacientes despiertos, llevando tablillas en sus manos en las que registraban los sueños habidos. Muchos pacientes exclamaban jubilosos que se sentían curados. Los sacerdotes sonreían paternalmente y seguían administrando medicinas. Marco volvió la cabeza y se quedó mirando a Judá, quien dijo:

–He dormido de un tirón y tengo el corazón tranquilo.

Un sacerdote se acercó a Marco y éste le manifestó:

–Yo no he soñado nada.

–Ése es el mejor de los sueños –respondió el sacerdote y le dio otro brebaje–. Las pesadillas indican fatiga mental.

–Me encuentro bien. ¿Continuará esta mejoría?

El sacerdote guardó silencio por un momento. Luego dijo:

–Ni siquiera los mejores médicos conocen la causa del reumatismo. Pero nosotros sabemos que los reumáticos son personas que se sienten tristes y melancólicas y que sufren un gran abatimiento en su corazón. Eso sólo pueden sentirlo los inteligentes y ya hemos notado que son precisamente las personas inteligentes las que más sufren de este mal. Los sufrimientos mentales a menudo se reflejan en el cuerpo. Si el alma se siente frustrada, esa frustración se traslada a las articulaciones. Los espasmos musculares indican las apasionadas luchas de un espíritu atormentado. El reumático es un hombre en un estado de constante tensión tanto en su mente como en su cuerpo. Debo recordarle, noble Cicerón, que si su mente goza de paz, su cuerpo también la gozará.

—Pero ¿quién puede gozar de paz en este mundo?

—Hemos de hacernos fuertes y aceptar lo que no podemos cambiar.

—Pero ¿quién sabe si no lo podemos cambiar?

El sacerdote soltó una risita.

—Ése es el estigma de los reumáticos. Rece por que Dios bendiga sus esfuerzos y deje lo demás en sus manos.

El sacerdote se volvió hacia Judá.

—¿Y usted, amigo mío?

Judá vaciló:

—Soñé con mi madre, que en paz descanse. Ella me sostenía en brazos como si yo fuera un niño otra vez, y lloré. Entonces, mientras lloraba, se calmó la angustia que sentía en el corazón y mi respiración se hizo más tranquila. Cuando desperté, me sentí curado.

—Porque lloró con el alma —dijo el sacerdote—. ¿Por qué lloró usted, Judá ben Zakkai? Reconcíliese con Dios.

Los dos hombres salieron del templo tras dejar espléndidas ofrendas en muestra de gratitud. Sus amigos se alegraron al verlos sanos y los abrazaron. Quinto apenas pudo contener lágrimas de alegría y Sirio besó las manos de Marco. Los rayos del sol eran tan fuertes que le obligaron a parpadear, dando color a sus pálidas mejillas. Marco estuvo un buen rato sentado en la posada, meditando. Cuando se levantó, la paz se reflejaba en su rostro.

Al día siguiente partió con Quinto y Sirio hacia Atenas.

Capítulo 35

¡Tierra luminosa!, pensó Marco mientras iba sentado en el coche conducido por su hermano. Los cascos de los caballos y las ruedas levantaban nubecillas de polvo que quedaban flotando tras ellos en la atmósfera cálida y radiante, resplandeciendo como un fuego pálido. A su derecha veía el mar Egeo, de un púrpura majestuoso con hilillos de plata. A su izquierda, las colinas cubiertas de bosques de cipreses, oscuros y húmedos. Pasaron junto a blancos muros y cruzaron praderas con rebaños de ovejas y vacas, olivares con árboles plateados de troncos retorcidos y huertos verdeantes repletos de flores llamativas. Pasaron por pueblos con sus pequeñas acrópolis y templos y aldeas en las que se arracimaban las pequeñas casas griegas de forma cúbica. Ante cada casa había un pequeño enrejado en el que se enroscaban las parras. Llegaron a Nauplia al mediodía y descansaron en una tranquila posada con vistas al mar, rodeada de montañas de un azul oscuro. Marco se sentó en la terraza mirando las aguas de vivos colores y tomó un sencillo almuerzo consistente en miel, cordero frío, ensalada con especias, pan moreno y blanco y queso. Mientras comía no cesó de mirar al increíble cielo color zafiro de Grecia, insondable y reluciente. No era difícil imaginar que este esplendor era un mero reflejo de los propios dioses. Era fácil comprender por qué este cielo, este fuerte aunque estimulante calor, estas colinas aromáticas y este resplandor del mar color ciruela pudieron dar nacimiento a la más noble sabiduría que hasta entonces había concebido el hombre. A esta hora, el mar estaba salpicado con las rojas velas de lánguidas embarcaciones pesqueras que se balanceaban como bailarines soñolientos. En alguna parte detrás de la posada unos jóvenes cantaban con voces armoniosas y llenas de alegría. Las abejas revoloteaban sobre el pote de miel que había encima de la blanca mesa ante la cual se hallaba sentado Marco, que se quedó mirándolas con pacífico cariño. Una paloma descendió para comerse las migajas de pan. Los pájaros cantaban dulcemente y la brisa estaba llena de fragancia y olor a especias.

Ahora sólo podía pensar en Roma de un modo objetivo. Su ciudad ya no constituía una presión feroz sobre su mente. Debía retornar a ella porque era suya, pero debía regresar aliviado y con mayores ánimos.

Almorzó solo. Lo prefería así, aunque Quinto no podía comprenderlo. Para Quinto, la presencia de otros era necesaria para su alma bulliciosa. Le gustaban las risas, las conversaciones alegres y los chistes fuertes. Su rostro guapo y coloradote reía entonces de buena gana. Sus bromas eran las bromas de los soldados y los hombres viriles. Adoraba a su hermano, ante el que se sentía un poco atemorizado. Había llegado a pensar que estaba algo agotado, pálido de tanto pensar. Se sintió ofendido porque a Marco no le hubiera gustado su corta experiencia militar. ¿Qué eran los hombres sino guerreros a los que les encantaba luchar y morir por su patria? Los que preferían los libros y las profesiones eran tipos rancios, siempre quejándose de que los soldados no comprendían las artes de la civilización. Pero la civilización se basaba en la guerra y la conquista. Para vivir hay que luchar. Los hombres de libros preferían sus bibliotecas, sus áridas conversaciones y sus interminables diálogos. Quinto movía la cabeza, desconcertado. Sin embargo, Marco merecía su respeto, lealtad y devoción.

Así que mientras Marco tomaba solo su sencillo almuerzo en la terraza que dominaba el mar, Quinto bromeaba con los hombres de los establos y con el negro Sirio, que tenía un humor bastante pervertido y al que le gustaban los caballos casi tanto como a Quinto. Todos bebían vino y contaban historias que habrían hecho dar un respingo a Marco. Olían el estiércol y lo encontraban agradable. En la posada todos querían a Quinto, con su rizado pelo negro, sus mejillas rozagantes y sus fanfarrones modales romanos. Hasta los griegos le perdonaban que fuera romano.

—Mi hermano —explicaba Quinto— sabe mucho de leyes, pero no entiende nada de política. Y no tengo más remedio que darle lecciones.

Prosiguieron su camino. Quinto iba de pie en el coche, arreando con el látigo los caballos negros, y Marco reclinado en el almohadillado asiento. Sirio iba a su lado muy animosamente en su propio caballo blanco. Quinto iba cantando, Marco adormilado, maravillosamente libre de los dolores y rigidez que le habían afligido, y sintiendo, aún medio dormido, que volvía la salud a su cuerpo. Las carreteras estaban polvorientas y, aunque eran estrechas, se las podía considerar buenas. El sol, ya camino de su ocaso, aunque aún calentaba, no lo hacía de modo agobiador, y el ruido de cascos y ruedas arrullaba a Marco. Sonrió soñolientamente al oír las obscenas cantinelas de su hermano y levantó un poco el brazo para protegerse los ojos del sol. A veces se cruzaban con otros carros, carretas o jinetes que los saludaban al paso. Pensaban dirigirse a una posada en las cercanías de Corinto, donde pasarían la noche.

A la puesta del sol, Marco se incorporó en los cojines y bostezó satisfecho. El coche avanzaba ahora por una carretera relativamente desierta entre dos ciudades. El oeste era como un silencioso océano de oro sin la más pequeña nubecilla. El mar, a su derecha, era del color del vino y estaba muy sereno. A su izquierda se extendían grandes praderas donde pastaba el ganado. Una suave y aromática brisa se había levantado de la tierra, impregnando la atmósfera de un olor a uvas maduras y oscuros cipreses. Hacia el este el cielo era una apasionada aguamarina en la cual flotaba el hilillo curvo de una luna nueva plateada.

Oyó ruido de cascos detrás de él y vio a dos hombres encapuchados que se acercaban rápidamente al coche. ¡Qué caballos tan magníficos!, pensó al ver sus blancos cuerpos relucientes. Los jinetes eran muy hábiles e iban envueltos en capas contra el polvo. Entonces Marco sintió un poco de ansiedad. La carretera era muy estrecha y el terraplén que bajaba hasta el mar, muy empinado y lleno de grandes rocas agudas. Si los jinetes intentaban adelantarse al coche, tendrían que hacerlo de uno en uno.

–Están locos –dijo Quinto mirando por encima del hombro. Sirio se rezagó un poco para dejar más sitio al coche.

Los jinetes se acercaron más veloces aún, con una especie de furia, como si el coche que iba delante de ellos no existiera. Marco se incorporó alarmado. Sirio gritó y Quinto tiró de las riendas. Entonces, en el último instante, el segundo jinete se alineó detrás del primero y ambos se dirigieron raudos hacia la parte izquierda del coche como un torbellino de polvo y estrépito. Volvieron a juntarse una vez hubieron adelantado el coche, pero entonces aflojaron la marcha. El aire se llenó de un polvo asfixiante, y Quinto, Marco y Sirio quedaron momentáneamente cegados y tosieron.

De repente, uno de los jinetes se volvió hacia el coche y una espada larga brilló en su mano, o quizá fuera una lanza. La blandió hacia atrás y, arqueándose a la luz del crepúsculo, la lanzó contra el coche. Se oyó un sordo sonido cuando el arma se clavó en el pecho de uno de los caballos. El caballo se encabritó lanzando un relincho de muerte y cayó, haciendo que el coche se estrellara contra su cuerpo. El otro caballo se alzó sobre sus patas traseras, corveteó, se liberó violentamente y corrió hacia la izquierda. El coche volcó sobre el primer caballo y Quinto salió despedido como Ícaro, cayendo pesadamente en la carretera, donde se quedó inmóvil. Marco fue lanzado al suelo del coche, donde rodó hacia atrás yendo a parar también a la carretera, golpeándose la frente con las piedras.

Sirio tuvo más suerte. Iba cabalgando a la derecha del coche y casi a su lado. Al ver brillar el arma en la mano del jinete, había refrenado su caballo. Así que, aunque por poco no fue arrojado de él, pudo dominar al animal y hacerle girar sobre las patas traseras. Pero la suerte le duró poco, ya que de pronto sintió un terrible dolor en el pecho y con ojos de incredulidad se quedó mirando la lanza que lo atravesaba. Entonces la oscuridad cubrió sus ojos y cayó muerto de su caballo, desplomándose en el polvo al lado de Marco.

Todo quedó polvorientamente en calma. Los jinetes hicieron alto a cierta distancia y miraron hacia atrás.

–Asegurémonos –dijo uno disponiéndose a desmontar.

El otro vaciló. En la profunda quietud había oído cascos lejanos.

–¡No! –exclamó–. ¡Sin duda han muerto todos! Crucemos ese campo de modo que no nos vean los que vienen. Llegarán aquí enseguida –jadeó y sonriendo se enjugó su rostro sudoroso–. Nadie habría sobrevivido a eso, ni siquiera Quinto con su armadura de cuero y su dura cabezota.

Enfilaron los caballos hacia la izquierda y se metieron entre la alta hierba de la pradera.

Quinto no estaba muerto, aunque sí aturdido. Su atavío militar le había salvado, aunque respiraba con dificultad. El casco le había protegido la cabeza. Ni por un instante perdió el conocimiento. Como soldado, estaba acostumbrado a estos accidentes. Y oyó lo que decían aquellos hombres. Tan pronto como se dirigieron hacia la pradera, él se puso de rodillas, sacudiendo la cabeza y escupiendo sangre. Miró detrás de él y vio que el caballo de Sirio estaba sano y salvo junto al cadáver de su amo. Aunque a Quinto le temblaban las piernas, en un instante estuvo montado en su silla. Era un buen caballo. Echó un vistazo a su hermano y a Sirio que yacían en el polvo, luego volvió su caballo y salió en persecución de los atacantes, que ya eran pequeñas figuras en la pradera. Los persiguió, espoleando al caballo sin piedad, esgrimiendo su espada. Su feroz mente de soldado olvidó todo lo demás, hasta el punto de que no vio a las otras personas que habían aparecido en una curva de la carretera y se acercaban al lugar del desastre con exclamaciones de horror. Él no tenía más que un solo pensamiento: darles alcance y matarlos.

El grupo de mercaderes con sus sirvientes llegaron al lugar de los hechos y se apearon de sus caballos, lanzando exclamaciones de consternación y ansiedad. Enseguida vieron que Sirio, el fiel sirviente negro, estaba muerto a causa de la lanza que tenía clavada en su pecho. Reconocieron a Marco, al que le sangraba la cara y cuyo brazo izquierdo estaba evidentemente roto. Aunque gravemente herido, aún respiraba. Los comerciantes comenzaron a atenderlo arrodillados en torno a él, preguntándose qué desgracia les habría ocurrido.

–¡Han sido ladrones! –opinó un comerciante y todos sacaron sus dagas.

–¡Qué suerte que hayamos llegado antes de que les robaran y acabaran por matar a todos! –exclamó otro.

–Pero ¿quién es ese que persigue a los asesinos? –preguntó un tercero señalando con el dedo–. ¡Mirad! ¡Los ha alcanzado! ¡Y está luchando con ellos!

Los demás se llevaron las manos a los ojos como pantalla para mirar las lejanas figuras que daban vueltas en una lucha mortal y que se destacaban como negras siluetas. Entonces y mientras observaban fascinados conteniendo la respiración, vieron que un jinete huía dejando a su compañero que luchara solo contra el soldado. Un instante después, Quinto le clavó su espada en el costado y el hombre se desplomó en el suelo. Quinto se echó encima de él y volvió a hundir su espada en el cuerpo del caído. Después miró al jinete huido, que ya estaba demasiado lejos para darle alcance.

–¡Qué valiente! –gritó uno de los comerciantes que estaba arrodillado junto a Marco–. Ha luchado contra dos, matando a uno y haciendo huir al otro. ¡Miren! Vuelve a montar y ya regresa.

Marco despertó dolorido a la luz de una lámpara, y vio sentado a su lado al magullado y herido Quinto. Su brazo izquierdo le daba punzadas de fuego y lo tenía sujeto con vendajes. El rostro le llameaba y apenas podía abrir sus ojos hinchados. Por un momento se quedó mirando como sin ver el pálido rostro de su hermano. Del labio aún le manaba un poco de sangre. Una sensación de horror se apoderó de él al recordar el ataque de que habían sido objeto en la carretera. ¡Ladrones!, pensó. Pero allí, en una mesa cercana, junto a la vacilante lámpara vio sus bolsas con el dinero y su daga alejandrina incrustada de piedras preciosas.

–¡Quinto! –susurró.

Quinto, el soldado que podía estar durmiendo profundamente en un momento para estar completamente despierto al siguiente, dio un respingo en la ancha silla de roble, en la cual había estado dormitando. Su boca sangrante se abrió en una sonrisa y Marco vio que le faltaba un diente. También vio, con creciente temor, que el brazo izquierdo de Quinto estaba vendado y que el vendaje estaba manchado de sangre. Asimismo se fijó en las numerosas contusiones en el rostro de su valiente hermano.

–¡Hola! –exclamó Quinto–. Estamos vivos y eso es lo que importa.

–¿Fueron ladrones? –preguntó Marco y cada sonido que emitía le provocaba dolor en su magullada garganta.

–No, no fueron ladrones –respondió Quinto. Su rostro adoptó un gesto grave y cansado. Respiró profundamente–. Debo hacer un sacrificio especial a Marte, que nos ha salvado. Han querido matarnos. –La voz le salía ronca y trabajosa. Y contó en breves palabras lo ocurrido.

Marco rompió a llorar.

—¡Pobre Sirio! —exclamó.

—Demos gracias de que al menos nosotros no fuéramos asesinados —dijo Quinto—, porque nuestra muerte fue cuidadosamente planeada. De no haberse aproximado aquellos mercaderes por casualidad, ahora estaríamos saludando a Plutón en el palacio de las sombras, porque los jinetes se habrían asegurado de rematarnos. Hasta ahora no había admirado mucho a los mercaderes, pero éstos fueron muy buenos y amables y nos trajeron a esta posada. Incluso han dejado a tres de sus sirvientes que ahora están de guardia a nuestra puerta. —Hizo una pausa.— También comprendieron que habíamos sido atacados por asesinos, no por ladrones.

—Entonces ¿quiénes eran? —preguntó Marco.

Quinto rebuscó torpemente en su bolsa y sacó un objeto de ella. Mostró a Marco algo pequeño y reluciente.

—¿Reconoces esto? —le preguntó—. Ya me hablaste de él una vez, hace años. Lo quité de la mano de uno de los asesinos.

Marco parpadeó al ver el anillo en forma de serpientes y su temor se le hizo insoportable, hasta el punto de que no pudo hablar. Quinto, con un gesto de disgusto, lo arrojó sobre la mesa y dijo:

—Cuando lo vi, comencé a comprender. Tú eras el objeto de su ataque. Era a ti a quien querían matar.

—¿No reconociste a ninguno de ellos, Quinto? —balbuceó Marco.

—No. No, pero eran romanos. Y por el modo como luchaban sé que eran soldados, hábiles y bien entrenados.

Los dos hermanos se miraron en silencio.

Quinto dijo como para sí mismo:

—No eres un oficial de gran graduación que hayas provocado en la envidia de otros militares. No eres un general del que sus hombres quieran vengarse. Eres un civil, un abogado de Roma. Ni siquiera eres un político que haya sido opresor, ni ostentas ningún cargo. No eres enemigo de nadie y, por lo tanto, no has conspirado para lograr la muerte de alguien. No asistes a las reuniones de los poderosos. Es cierto que has logrado cierta fama en Roma como abogado, pero ¿por qué tu muerte es tan deseada? —Quinto se echó a reír secamente.— No eres un libertino, ni has seducido a la esposa de ningún noble que quiera vengar su honor. No lo entiendo.

—Yo tampoco —dijo Marco.

—Querían que pareciera un accidente o un ataque de ladrones —dijo Quinto—. Otro misterio es por qué han esperado tanto tiempo. Tu muerte estaba planeada; pudieron haber envenenado tu comida en Epidauro.

–Entonces no habría parecido un accidente u obra de ladrones –dijo Marco, presa del pánico. Y añadió–: Pero ¿por qué?

Quinto se encogió de hombros y gritó por el dolor que le produjo este gesto.

–¿Quién sabe? Pero es evidente que tu muerte es muy deseada.

Al final, a salvo en casa de Ático, en la ladera de una boscosa colina frente a la Acrópolis, Marco escribió a Julio César, en Roma:

«Saludos al noble Julio César de su amigo Marco Tulio Cicerón.

»Te devuelvo un anillo con el que creo que estás familiarizado. Fue tomado de la mano de un muerto, uno de los dos jinetes que nos atacaron a mí y a mi hermano Quinto en la carretera de Epidauro a Atenas hace dos semanas. Considerando que ya había visto un anillo de esta clase cuando intentaron matarme en Arpinum, como te conté hace años, no puedo llegar a otra conclusión sino a la de que los mismos hombres vuelven a desear de nuevo mi muerte.

»Siempre te he querido como a un hermano menor y no concibo que tú seas responsable de este segundo ataque ni del anterior. Sin embargo, sé que sabes quiénes son las personas que desean mi muerte y que hasta es posible que tú seas de su grupo. Por lo tanto, tus mentiras, Julio, no servirán para nada. No estoy de humor para evasivas, ni dejaré de sospechar por muchas protestas de inocencia que me hagas. Estoy entristecido por mi fiel Sirio, que me fue regalado por mi anciano mentor Scaevola y que murió a mi servicio. Ya he sacrificado por el descanso de su alma. Nunca perdonaré a los que dieron muerte a ese inocente. Un día lo vengaré.

»Devuelve este anillo a tu amigo, Julio, e infórmale de que lo recordaré siempre y que su sangre enjugará la sangre de un esclavo.»

Marco sonrió de un modo sombrío al concluir. Echó arena sobre la tinta y luego selló la carta con el anillo que su abuelo le había legado y que llevaba el sello de los Tulios.

Julio estaba en su magnífica casa sentado a la mesa con un grupo de amigos. Sobre el paño de hilo de plata que cubría la mesa estaba el centelleante anillo que Marco le había enviado. Julio miró despacio a hombres que lo rodeaban y que habían compartido con él una suculenta cena.

–Ya os lo había dicho a todos –dijo fijando sus ojos negros en cada uno de ellos, por turno–. Cicerón está bajo mi protección. Uno de vosotros ha desdeñado mi petición y se ha mofado de mi amistad. ¿Tú, Catilina? ¿Tú, Craso? ¿Tú, Curio? ¿Tú? ¿Tú? ¿Tú? ¿Tú? ¿Tú, Pompeyo?

Todos fueron negando con la cabeza, ofendidos o con desdén.

—Ese garbanzo no tiene ninguna importancia —dijo Catilina despreciativo.

—Tonterías —contestó Julio—. Una vez, Lucio, insististe ante mí en que debía morir, en que es peligroso. ¿Es que has cambiado de opinión?

—Sí —replicó Catilina con una sonrisa encantadora—. Me convenciste,
César.

Julio le devolvió la sonrisa.

—He observado que ninguno de vosotros lleva esta noche puesto el anillo.
¿Os habéis puesto de acuerdo y habéis decidido no llevarlo hasta que el culpable se procure otro?

—Sé razonable —dijo el rubio Pisón—. Tú nos has visto varias veces en las
últimas semanas. Si uno o dos de nosotros hubiéramos estado en Grecia, su
ausencia se habría notado.

Pero Julio contestó:

—He observado, Curio, que no te encuentras en buen estado de salud, que
tienes el rostro pálido y macilento, que das un respingo si te mueves de repente. ¿Tal vez has sido herido por Quinto, ese bravo soldado?

Curio se lo quedó mirando con rabia y frialdad en sus rasgos oscuros y
agrios. Y contestó:

—Fui herido en un duelo con el esposo de la mujer que amo.

—No te he visto en tres semanas, Curio.

—He estado recobrándome de mis heridas.

—Y el esposo de esa dama... ¿ha sobrevivido? No he oído decir que haya
muerto ningún noble.

—Se está recobrando.

—¡Vaya! ¿Le has permitido que viva? ¿Es que ya los romanos no luchan
hasta la muerte?

—Lo dimos por muerto. Desgraciadamente, sólo estaba gravemente herido.

—¿Quién es ese caballero, Curio?

—¡Oh! ¿Es que vamos a participar de la humillación de un romano? —terció Catilina—. Que el hombre pueda recobrarse en paz, con su honor intacto.
—Catilina puso una mano afectuosamente en el hombro de Curio.— Confío en
que no veas más a esa dama, amigo mío.

—Ninguna mujer se merece un duelo —afirmó Curio haciendo una fea
mueca.

Julio no se sentía divertido y miró fijamente a Curio.

—¿Has conocido alguna vez a Quinto Tulio Cicerón?

—No, nunca nos hemos visto.

—Entonces, si hubiera visto tu cara, no te habría reconocido.

Curio, furioso, pegó un puñetazo en la mesa.

—¡Dudas de mi palabra, César! ¡Me estás llamando mentiroso!

Julio no se inmutó.

—Trato de averiguar la verdad. Aquí hay un culpable de haber atentado contra la vida de Cicerón. Os advertí que si muere, aparentemente por accidente o si es envenenado (un arma de mujer, ¿verdad, Catilina?), no descansaré hasta que sea vengado.

Habló como si sintiera una calmosa indiferencia. Y todos se lo quedaron mirando en un silencio tenso. Entonces Pisón preguntó lánguidamente:

—¿Qué es ese abogado paliducho para ti, Julio?

—Es mi amigo de la infancia y para mí es como un hermano. ¿Quién no vengaría a su hermano?

Catilina rió dulcemente:

—Tú, César, no vengarías la muerte de tu hermano si ese hermano fuera una amenaza para ti. La verdad es que lo matarías tú mismo sin furor y sin conciencia.

—¿Atacaste tú a Cicerón, Lucio?

—¿Yo? ¿No nos hemos visto casi todos los días? ¡Por los dioses! ¿Por qué perdemos el tiempo discutiendo sobre un abogadillo insignificante de baja cuna que es poco más que un liberto?

—No es un abogadillo. Roma se estremece al oír su nombre.

—Pues dejémosle que siga limitado a escribir documentos y a comparecer ante los magistrados. Tenemos asuntos más importantes que discutir.

—Muy bien —dijo Julio, y bebió un sorbo de vino—, pero no olvidéis que se halla bajo mi protección.

Cuando después Julio volvió a la mesa para recobrar el anillo, descubrió que ya no estaba allí. Llamó a los esclavos que habían servido la cena. Ninguno de ellos se había fijado en qué huésped se lo había llevado.

Julio se quedó pensativo.

Y escribió a Marco Tulio Cicerón, que seguía en Atenas:

«Estoy perplejo, querido amigo, al comprender por qué me has enviado ese curioso anillo cuyo diseño jamás había visto. Es muy bello y está exquisitamente trabajado. Lo he hecho reducir de tamaño para regalárselo a una dama a la que admiro grandemente y que es muy aficionada a las joyas de origen egipcio, pues supongo que no querrás que te lo devuelva.

»He tenido un gran disgusto al saber que sufriste un ataque semejante, cosa que sin duda fue obra de ladrones. Es muy posible que uno de esos bandidos hubiera robado el anillo y presumiera con él. Por favor, acepta mis expresiones de preocupación y condolencia. Me alegra que tú y tu hermano sobreviváis, porque él es un gran soldado muy querido en las legiones.

»Las duras expresiones de tu carta han herido el corazón de uno que te quiere profundamente y tus insinuaciones me han sorprendido. Es cierto que ya me hablaste de que uno de los que intentaron asesinarte hace años en Arpinum llevaba un anillo semejante. Pero yo no se lo he visto nunca a nadie y por eso no comprendo tu carta.

»¿Quién va a poder desear tu muerte, tú, que eres un abogado íntegro que no tiene enemigos y que inspira admiración a las multitudes? Tu nombre es evocado con reverencia y me siento orgulloso de ser tu amigo. Roma se ha empequeñecido por tu ausencia y rezo a mi patrón, Júpiter, para que tu salud se restablezca y que regreses pronto.

»Hace poco he visitado a tu querida madre, que es como otra madre para mí. Se encuentra disfrutando de buena salud. Tu padre habla de ti con orgullo y alegría. ¡Qué tesoro es para unos padres tener un hijo como tú! No tengo nada más importante que decirte. Las democracias son notables porque no estimulan. Quizá sea mejor así. Hemos vivido un período muy tormentoso y la paz ha sido bien recibida.

»Mi querido amigo, mis ojos se animarán el día que te vea de nuevo. Oro por tu retorno. Te abrazo y te beso en la mejilla.»

Marco, tras leer la carta, se la mostró haciendo una mueca a su hermano y éste la leyó muy serio.

—Me temo que has ofendido a Julio —dijo.

Marco soltó una carcajada que desconcertó a Quinto.

Capítulo

36

El procónsul romano estaba disgustado con Marco. Éste, a su vez, estaba particularmente disgustado con su hermano Quinto, que por irse de la lengua en las tabernas, había sido la causa de que el procónsul fuera de visita a la casa de Ático, situada en una boscosa colina frente a la Acrópolis. Quinto permaneció un poco avergonzado al lado de Marco, en el aireado pórtico de la casa, mientras el procónsul tomaba sorbos de vino y miraba enfadado a ambos hermanos.

–No creo que fueran romanos los que le atacaron, noble Cicerón.

–No vi sus rostros –contestó Marco–; sin embargo, Quinto, que luchó contra ellos y oyó sus voces, dice que eran romanos.

–Ustedes se encontraban aturdidos –dijo el procónsul, que era un hombrecillo irritable, muy altivo y arrogante.

–Soy soldado –replicó Quinto– y, por lo tanto, estoy acostumbrado a recibir golpes sin perder el conocimiento. –Ya se había enterado de que el procónsul no era militar.– No creo que ningún civil sea capaz de eso.

Marco se lo quedó mirando con admiración y sonrió.

–En aras de la paz, la tranquilidad y las buenas maneras diplomáticas, preferiría que ni siquiera hubieran sido griegos –dijo el procónsul.

–No eran griegos. Eran romanos –insistió Quinto.

El procónsul tosió.

–Los griegos admiran a su hermano, capitán, pero, por otra parte, no quieren a los romanos. Ya se cantan coplas por esas tabernas (con las que creo que usted se ha familiarizado, capitán), en las que se burlan de la poca habilidad de los romanos para soportarse unos a otros y por el interés que se toman en destruir a sus hombres más virtuosos y distinguidos. Una de las estrofas menos ofensivas de una nueva canción nos tacha de caníbales y bárbaros. Ya comprenderá por qué me siento ofendido.

–Si usted hubiera examinado el cadáver del hombre al que maté, habría descubierto que era romano –dijo Quinto, que ya empezaba a fruncir el entrecejo.

–Ya se lo he dicho. Cuando el pelotón que envié desde Atenas llegó a aquel lugar, el cadáver había desaparecido. ¿Quién se lo llevó? Sólo tenemos su palabra, capitán, y lamento que usted se fuera tanto de la lengua en las tabernas más escandalosas de Grecia. Los mercaderes vieron huir a aquellos hombres, pero no vieron sus caras ni oyeron sus voces. Uno era un egipcio, de una noble familia de Alejandría. Le admiran a usted, capitán, que, aunque magullado y herido, persiguió a los... ladrones, les dio alcance, mató a uno y puso en fuga al otro.

–Desearía que las autoridades no se ocupasen más de este asunto –dijo Marco.

El procónsul se lo quedó mirando con aire de reproche y dijo con altivez:

–Usted olvida, noble Cicerón, que somos un pueblo amante de las leyes. Si hacemos caso omiso de este ataque, daremos alas al rumor de que sus atacantes eran romanos y los atenienses se sentirán encantados. Ellos tienen un dicho: «El lobo protege a sus cachorros», dando a entender así que los romanos pueden asesinarse y robarse entre sí con impunidad, saltándose las leyes.

–Mi experiencia me dice –replicó Marco– que cuanto más se manosea una herida, más se inflama.

El procónsul se mostró displicente:

–Pero si hago caso omiso de esto, todo el mundo despreciará las leyes. Tenía mejor opinión de usted, Cicerón, siendo abogado. –Hizo una pausa para tomar otro sorbo de vino.– Me hubiera gustado ver ese famoso anillo que el noble Quinto Cicerón quitó de la mano del... bandido.

Marco miró a su hermano con gesto de rabia y Quinto enrojeció y se removió, inquieto.

–¿Qué anillo? –preguntó Marco, fingiendo asombro–. ¡No sé nada de ningún anillo!

–¿No? –preguntó el procónsul visiblemente aliviado–. Entonces ¿por qué han llegado hasta mí rumores de que quitó cierto anillo de la mano del muerto?

–Los rumores no tienen piernas; por lo tanto, no pueden andar; pero tienen alas, así que pueden volar –fue la respuesta de Marco.

El procónsul no era tonto y ya había visto en el rostro de Marco la expresión de enojo.

–Sin embargo, queda una cosa que confío en que pueda explicarme, noble Cicerón. Usted afirma creer en las palabras de su hermano, que dice que los atacantes eran romanos. Considerando que por poco los matan, ¿por qué protege usted a quienes quisieron matarle? ¿Quizá conoce su identidad o sospecha de alguien?

–No conozco su identidad.

–Pero con sus negativas usted los protege. ¿Ha olvidado que como romano y como abogado es un deber apoyar la ley?

–También es mi deber como abogado no hacer acusaciones sin pruebas –replicó Marco–. Mi intención es enfrentarme con esos asesinos algún día por mi cuenta. Ya sabré ocuparme de ellos.

–¡Entonces se trata de una querella privada! –exclamó el procónsul, al que le encantaban las venganzas, y se levantó–. Muy bien, noble Cicerón, no creo que tenga objeciones que oponer si hago correr el rumor de que fue atacado por bandidos extranjeros que hablaban una lengua foránea.

–Como los romanos somos en Grecia extranjeros y hablamos una lengua foránea, dirá una verdad como un palacio –contestó Marco.

Al procónsul no pareció gustarle mucho esta contestación. Se despidió con mucha ceremonia, expresando la esperanza de que a Marco le gustara su viaje por Grecia. También dio a entender con gestos y miradas que esperaba que se marchara pronto, de modo que no volviera a ser la causa de un deplorable incidente. Cuando se hubo ido, Marco dijo a su hermano con renovada ira:

–¿Por qué siempre te has de ir de la lengua cuando bebes?

–Lamento haberte puesto en un aprieto –dijo Quinto con cierta impertinencia. Se rascó la cabeza–. ¿Por qué quieres proteger a esos asesinos, aunque sean romanos?

–No sabemos quiénes son.

–Pero reconociste el anillo.

–Cierto. Pero sólo he visto a un hombre que lo llevara puesto. Es un conocido mío. Y dudo que fuera Pompeyo quien nos atacó.

–¡Siempre me has tenido por tonto!

Marco se arrepintió y pasó un brazo por el de su hermano.

–No, querido Quinto, eso no es cierto. Siempre te he considerado un verdadero romano chapado a la antigua y no creo que pueda hacerte mejor cumplido.

Salió al bellísimo jardín de la casa de Ático y alzó los ojos hacia la distante Acrópolis, sintiéndose de nuevo poseído por aquella sensación de maravilla y temor que experimentó al verla por primera vez. La atmósfera era tan clara y brillante, el cielo tenía una pureza tan extraordinaria, que la Acrópolis parecía al alcance de la mano, distinguiéndose perfectamente en todos sus detalles, confundiendo los sentidos, disminuyendo a todos los hombres con su absoluta grandeza y heroica belleza, recordando lo efímero de la vida humana y, no obstante, dando énfasis a su importancia porque ¿no habían sido los hombres los que la habían creado?

Era extraño que los hombres hubieran exaltado, hacía siglos, a los dioses erigiéndoles aquel esplendor. A esos mismos dioses que lo odiaban y habían querido destruirle. Zeus había decretado la extinción de la especie humana, ultrajado porque tales criaturas de barro se parecieran a los inmortales. Pero Prometeo, el titán, inmortal él mismo aunque fuera hijo de la Madre Tierra, se compadeció de los seres humanos y les entregó el fuego eterno, inspirándolos, siendo encadenado a una roca para expiar su delito de piedad, compasión y amor. Había llorado en su agonía, pero había desafiado a los dioses, que si no, habrían barrido a los hombres del mundo; y a la vez que había desafiado a los dioses, imploró su piedad para sí mismo y para las criaturas que provocaban su ira. Los dioses ya no podían destruir al género humano porque éste había aprendido el secreto de la inmortalidad y la sabiduría.

La pugna entre los dioses y los hombres no terminaría hasta que los dioses dejaran de estar disgustados con los hombres y cesaran de odiarlos, y los hombres se arrepintieran de sus bestiales errores. Era raro que los dioses intervinieran en los asuntos humanos en nombre de la justicia, la verdad y las leyes. Parecía como si intervinieran tan sólo con malicia y para proteger su propia majestad o para dirimir las querellas particulares que sostenían entre sí. ¡Ah! A veces los dioses eran más malévolos que los hombres con toda su petulancia, porque los hombres en ocasiones tenían piedad.

El jardín en que estaba Marco aparecía radiante con los rayos del crepúsculo. Las fuentes, ornadas con estatuas de ninfas y de Eros, resonaban melodiosas salpicando con sus aguas de infinitos arco iris las suaves tazas de mármol, por las que se escabullían peces dorados y plateados atrapando la luz en sus escamas. Los senderos serpeantes del jardín eran de grava roja y cruzaban entre macizos de flores, mirtos, abetos y cipreses que mezclaban sus frescos follajes. Había un pórtico exterior de mármol para proteger del sol del mediodía y donde poder descansar la mente. Las columnas brillaban con el fondo oscuro de los árboles y el suelo era de níveo mármol. Los más dulces cantos de pájaros se oían en aquella atmósfera dorada, elevándose hacia el azul intenso del cielo. Una brisa suave y aromática bajaba de las colinas que rodeaban la Acrópolis.

Marco contempló la abigarrada ciudad, cuyas fachadas relucían con una cegadora luz amarilla y cuyas blancas terrazas con líneas rojas y sus coloridos jardines eran como gemas incrustadas en las oscuras sombras de los árboles. Vio la gente que se apresuraba por las numerosas calles, los que ya dejaban sus tiendas y el Ágora. El lejano parloteo de sus voces y sus risas se oía claramente. El calor del día aún se dejaba sentir en la ciudad y subía hacia las colinas como un cálido aliento con fragancias de piedras recalentadas, de polvo, especias secas y un nuevo olor de agua, así como el árido aroma de las palmeras abanicándose en la atmósfera resplandeciente. Más allá del círculo de colinas, Marco pudo ver las purpúreas aguas del mar, ya humeantes con una niebla plateada, y las velas rojas que lo poblaban. Y vio los estrechos caminos de mármol que subían por las colinas hacia la Acrópolis, llenos de peregrinos que cantaban con tonos lejanos y melodiosos.

Volvió a alzar la vista hacia la dominante Acrópolis y hacia los poderosos contrafuertes ciclópeos, obra del hombre, que la sustentaban. Coronando los contrafuertes y circundándolos relucían muretes de mármol, centelleando con los rayos rojos, dorados y violetas del crepúsculo. Muy por debajo de los contrafuertes y los blancos muros, había terrazas con jardines atestadas de blancos santuarios, pequeños templos, flores, hierba verde y árboles oscuros, hasta acabar en las calles de la ciudad. Y allá, en la colina, bajo las murallas, estaba el círculo blanco y elevado del anfiteatro de Dionisos, fila circular sobre fila circular de vacíos asientos de piedra, donde se representaban diariamente las inmortales obras de teatro griegas para delicia de los atenienses. Aquí era donde Antígona había defendido que los derechos de los individuos estaban por encima de los del Estado y que la libertad nunca debería ser amenazada por leyes perversas u hombres orgullosos que quisieran afianzar su poder o satisfacer sus ambiciones silenciando el grito de libertad. Aquí las palabras de Antígona habían denunciado y desafiado la dictadura de un solo hombre y aquí había muerto Antígona, como los hombres libres mueren por el capricho de un tirano. Pero el dictador pereció en infamante exilio y la llamada de Antígona aún recorría el mundo moderno, que incesantemente luchaba contra el ansia de poder de los hombres malvados. El hombre y el Estado siempre serían enemigos, porque Dios había concedido la libertad a los hombres y el Estado odiaba a Dios, aborrecía a los hombres y continuamente luchaba contra sus derechos. La libertad del individuo desafiaba los lujos y privilegios de aquellos que se creían a sí mismos más grandes y sabios que sus semejantes y deseaban esclavizar a sus hermanos. Los dioses odiaban al hombre, ¡pero cuánto más se odiaban los hombres entre sí!

Pero era dentro de aquellos resplandecientes muros donde el hombre adoraba y a la vez desafiaba a los dioses, intentando aplacarlos y glorificarlos. La agonía del hombre sólo encontraba el frío silencio de los dioses y aquí, con pálida serenidad, persistía el misterio que desafiaba a los filósofos que una vez pasearon por esas sublimes columnatas, para dejarlos confusos. El antagonismo continuaba esculpido en piedras que no daban ninguna respuesta, pintado en los frisos de los frontones incrustados de mármol. La cuestión seguía siendo insoluble.

No era contestada por la gloria que residía dentro de aquellos muros blancos, ni por las ascendentes columnas entre las cuales el vehemente cielo azul brillaba con fuerte incandescencia. Templo y Partenón, el fuego blanco de las columnatas, el mármol de los pavimentos, la estupenda majestad de fachadas y pilares, la gracia de las numerosas estatuas; nada aclaraba el misterio que había entre el hombre y Dios. Las pequeñas figuras oscuras de los hombres hormigueaban entre aquellos enormes edificios de absoluta perfección. Los hombres paseaban por las columnatas en las cuales habían meditado Sócrates, Platón y Aristóteles, así como todos los poetas y los maravillosos dramaturgos de Grecia. Todos llevaban ofrendas, flores e incienso a los concurridos templos. Y allí permanecían, alzando la mirada atemorizados a la estatua de la Athena Parthenos de Fidias, que miraba hacia el este, una figura de oro puro y marfil ambarino, que sobrepasaba varias veces la estatura de los hombres, con su casco de plumas doradas, su mano izquierda descansando sobre su reluciente escudo adornado con la sagrada serpiente enroscada, y su mano derecha abrazando un pedestal marmóreo y dorado sobre el que se elevaba una pequeña figura alada. Su enorme rostro virginal contemplaba impasible los siglos. Su actitud de reposo no era alterada por hombres que vinieron y se fueron. Sus grandes ojos serenos contemplaban el este, donde siempre amanecía, para anunciar sabiduría, austeridad, renunciación, justicia y pureza. La poderosa imagen refulgía contra el cielo como si respirara o se agitara, guardando al templo situado tras ella y obligando a alzar miradas y ánimos más allá de los límites del mundo. Pilones con sus aurigas alados, resplandecientes columnas, templos redondos, el Partenón, la estatua de Athena Parthenos, las muchas otras estatuas y pequeños santuarios, las edificaciones del saber y la música, los blancos senderos, la escalera ascendente, el destello de los blancos tejados: todo eso cabía dentro de sus muros y todo afirmaba que era el hombre, no los dioses, el que habían creado esta titánica maravilla, este momento culminante de las diversas épocas, esta corona de gloria, este coro celestial grabado en mármol. La terrible y monumental belleza afirmaba el sueño que permanecía encerrado, como una piedra preciosa, en la cabeza del hombre. Reflejaba el esplendor de los cielos tal como había brillado ante los ojos de unos pocos hombres, cuyas manos habían tratado de representar aquel esplendor en la castidad de la piedra, de modo que aquella visión perdurase y el hombre pudiera recordar que no era sólo un animal, sino que también estaba revestido de divinidad.

No era de extrañar, pensó Marco, que hombres de todo el mundo vinieran a ver esta Acrópolis, a subir sus escaleras, a recrearse en sus jardines y en sus floridas terrazas, a cruzar aquellos muros e inclinarse ante Athena Parthenos, a pasear a lo largo de las columnatas del Partenón, detenerse ante los santuarios, dejar allí una ofrenda y seguir los pasos de los filósofos y poetas que no volverían a ser igualados por muchos siglos que transcurrieran. Que los hombres del futuro admiraran su propia ciencia y su propia sabiduría, sus propias leyes y sus propias filosofías. Que alardearan todo lo que quisieran.

No volvería a haber una raza de hombres que erigiera una maravilla de gloria semejante, con tan absoluta perfección y nobleza. El hombre había alcanzado su ápice de encanto y sabiduría en esta Acrópolis. En adelante declinaría y se haría más pequeño.

El oeste se convirtió en un arco de luz dorada y la fragancia de las rosaledas se hizo más intensa alrededor de Marco, mientras él seguía sentado en su banco de piedra y contemplaba la Acrópolis. Se sentía a la vez deprimido y exaltado ante esta panorámica; deprimido porque el hombre fuera tan poca cosa y exaltado porque hubiera sido alguna vez tan grande. ¿Qué era el poder del imperio comparado con esto? Si los hombres seguían siendo estúpidos, entonces todos sus ruidosos ejércitos con estandartes no eran más que la marcha sin sentido de las selvas, todas sus leyes debían ser escritas en polvo, todas sus jactancias no serían más que el eco de voces bestiales y todas sus ciudades serían inevitablemente habitadas por los lagartos y las lechuzas, los asnos salvajes y las serpientes, los cascotes silenciosos del orgullo caído.

Dios y el demonio: el hombre era un misterio mucho más grande que la Acrópolis de Atenas.

Ahora todo era escarlata, púrpura y plata en la ciudad. Marco no sintió que con el crepúsculo había refrescado. Estaba ensimismado en sus meditaciones. Por lo tanto, se sobresaltó cuando el corpulento Quinto le llevó unas cartas recién recibidas.

–¡Voy a ser padre! –gritó golpeándose el pecho con el puño a la manera militar–. ¡Alégrate conmigo, Marco!

Marco le abrazó, besándole en la mejilla.

–¿Ya se lo has dicho a Ático? –le preguntó.

–No –respondió Quinto–, aún no ha vuelto de la ciudad y de sus negocios.

–Recemos para que tengas un hijo muy guapo –dijo Marco.

Quinto se paseó jubiloso por los senderos del jardín, mientras Marco lo observaba cariñosamente. Quinto respiró profundamente y se quedó mirando la Acrópolis sin verla. Luego dijo:

–Mi hijo será un valiente. Un romano. Yo lo enseñaré bien.

Marco no quiso insinuar que podía nacer una niña. Por un instante sintió envidia de su hermano. Pomponia, su joven esposa, podía ser mandona y descarada, pero amaba a su esposo y él correspondía a ese amor aunque le tuviera miedo. Siempre volvía a sus brazos para ser regañado y admirado, advertido y aconsejado, gozado y mimado. En cambio, a él, a Marco, ¿qué le esperaba a su regreso a Roma? Las leyes podían pasarse muy bien sin él, y Helvia, que ya tenía un hijo favorito, pronto sería abuela. Ella también tenía un esposo, aunque fuera como un chiquillo. Por primera vez pensó seriamente en el matrimonio. Seguro que en Roma encontraría una mujer que lo quisiera más que a nadie, cuidara de su nuevo hogar, vigilara a los criados y le diera hijos, una mujer que fuera de la Tierra, donde Livia ya no moraba. Estaba cansado de ir con mujeres al azar, cuyos abrazos no significaban nada y cuyos lechos no le proporcionaban verdadera satisfacción. Estaba cansado de ver continuamente caras nuevas, por más bellas y seductoras que fueran. El amor casual o comprado no tiene nada de amor. Un hombre necesita una mujer que no quiera a nadie más que a él, cuyos brazos sean un refugio para su desaliento, cuya sonrisa proporcione un remedio para su melancolía, cuyos ojos se ensombrezcan de compasión ante sus dolores. Si bien se miraba, no había sustituto para el matrimonio.

—Aún no has leído tus cartas —le recordó Quinto—. Una es de madre y tienes muchas más.

Marco abrió la carta de su madre. Todo en ella era sentido común, como siempre. Helvia había visitado las diferentes villas propiedades de Marco y hasta había ido a Sicilia a ver su granja y ponerla en orden. No aprobaba la «nueva casa lujosa» de Roma, pero al menos inspeccionaba los jardines y compraba los muebles. Había pasado con Tulio unos días en la isla. Echaba mucho de menos a sus hijos. Se alegraba de que la esposa de Quinto fuera al fin a darle un hijo. Había estado echando un vistazo a las especulaciones financieras de Marco y aconsejaba la venta de algunos valores que ahora parecían precarios. Los bancos habían aumentado el interés del dinero, por lo cual había que sentirse complacidos. Tulio salía ahora un poco más de su reclusión, a menudo iba a dar paseos por la ciudad y hasta había hecho amigos con los que congeniaba e incluso le habían hecho interesarse por los juegos. Los olivares y viñedos propiedad de Marco prometían una buena cosecha. En resumen, que todo iba bien.

A continuación escribía con una firmeza muy propia de ella:

«Ya hace mucho tiempo que estoy interesada en que pienses en Terencia como futura esposa, pues no sólo es de origen patricio, sino la hermana de Fabia, la virgen vestal, que ha augurado toda clase de bendiciones al matrimonio de su hermana. Terencia posee una dote de cien mil sestercios, una fortuna que no está mal, aun comparándola con lo que tú tienes, y es dueña de varias casas en Roma, de las cuales obtiene una estimable renta, así como de una granja cerca de Arpinum. Es muy virtuosa y no se la ha acusado de ningún escándalo. En todos los sentidos es una esposa muy deseable a pesar de que ya ha cumplido los veintiún años. Sus cualidades de ama de casa merecen mi aprobación y su familia es romana de alcurnia, con todas las virtudes de nuestros antepasados. Es modesta, agradable y su inteligencia te dejaría satisfecho incluso a ti, Marco. Es muy atractiva y jamás se tiñó el pelo, que siempre ha conservado con su color castaño natural. Aunque es una de las mujeres que más entienden de negocios en la ciudad, ha conservado su aspecto de recato y de gentiles maneras y no tiene una lengua viperina como mi nuera Pomponia. Cierto es que Terencia no puede alardear de la sublime belleza de su hermana, la virgen vestal, que pudo haberse buscado esposo entre las mejores familias de Roma, pero la belleza a menudo atrae las maldiciones de los celosos dioses.»

Marco preguntó a su hermano:

—¿Conoces a Terencia?

—¡Ah! —exclamó Quinto, que estaba contemplando la Acrópolis. Se volvió hacia Marco—. Su hermana Fabia, la virgen vestal, es una mujer de una belleza extraordinaria. Cuando desfila en procesión junto a las otras vírgenes para dirigirse al altar de Vesta, el pueblo se inclina ante ella más por temor a su belleza que por su condición divina. ¡Sus ojos maravillosos brillan como la luna! Su pelo es magnífico, aunque esté medio oculto por su velo. Es del color del oro. Su cuello es como una columna. Su cintura...

—¡Vaya! —exclamó Marco—. ¡Has salido poeta! Pero no estábamos hablando de Fabia. Creo que te mencioné a Terencia. Deduzco que no es tan hermosa como Fabia.

Quinto se quedó pensativo, apretando los labios.

—Es amiga de mi mujer —contestó— y ha venido a visitarnos a casa. No la recuerdo bien, aunque creo que su voz era amable, pero de tono firme; su porte recatado, como el de una romana chapada a la antigua. ¡Ah! Espera. Ahora la recuerdo más claramente. Tiene el cabello y los ojos castaños y es de tez pálida. La creí enferma, pero Pomponia me aseguró que goza de excelente salud. Habla con voz suave.

—Cabello y ojos castaños y tez pálida —repitió Marco—. Eso lo mismo podían ser los atributos de una mujer hermosa que de una Furia joven. Es como si no la hubieras descrito.

Pero Quinto se esforzaba en recordar.

—Su aspecto es agradable. No es que sea encantadora, pero tiene un dulce rostro. Claro que ya recordarás que mi Pomponia tiene también un dulce rostro y, sin embargo, posee una lengua de víbora.

Marco se echó a reír.

—¿Sospechas que Terencia tenga también una lengua así?

Quinto hizo una mueca.

—Yo siempre sospecho de las mujeres que hablan bajito, entornando los ojos, con modales suaves y miradas de reojo que no prometen nada. Creo que Terencia es muy virtuosa. ¿Cómo podría ser de otro modo siendo su hermana virgen vestal? ¡Esa hermosa Fabia...!

—No es con Fabia que pienso casarme —dijo Marco.

–¡Casarte! ¿Tú? –preguntó Quinto asombrado.

–No soy un vejestorio. Tampoco soy una virgen vestal masculina. A nuestra madre le complacería que me casara con Terencia.

–Ése es un asunto muy delicado –dijo Quinto sentándose en la balaustrada que limitaba el jardín. Se quedó mirando a Marco muy serio–. Uno no se casa porque sí. Una vez casado toda tu vida cambia y queda coartada y ordenada. Se acabó la libertad e irse de juerga. Nada de aventuras. Se diría que es una especie de trampa.

Marco contuvo la risa.

–Se ve que no consideras el matrimonio un estado muy feliz ni lo recomiendas.

Quinto miró hacia la puerta, luego se inclinó y dijo a su hermano al oído y en voz baja:

–¡No hay ningún esposo que, aunque posea una esposa bella y virtuosa, no lamente en ocasiones haber puesto los ojos una vez en ella!

Marco ya no pudo evitar reír.

–¡Ah, traidor! ¡Y yo que consideraba a Pomponia adorable y a ti el más afortunado de los hombres! Si Terencia se parece a Pomponia...

–Se parece –afirmó Quinto con tono triste.

–Entonces me lo pensaré. Ya estoy cansado de no tener una mujer a quien amar. Mi nueva casa del Palatino necesita una dueña.

–Nuestra madre aún no es muy vieja –dijo Quinto en un último esfuerzo para salvar a su hermano del desastre–. No tiene más de cuarenta y cuatro o cuarenta y cinco años. A esa edad hay señoras en Roma que ya han tenido cuatro y hasta seis esposos y siguen alegres y apetecibles. Nuestra madre podría ser la dueña de tu casa.

–No eres para animar, precisamente.

–Hay momentos –aseguró Quinto– en que te tengo envidia. –Su corta túnica roja apenas cubría sus muslos y se dio una palmada en uno de ellos con aire tragicómico.

Como Marco no le contestara, Quinto le dijo:

–¡Te has puesto muy serio! Creí que bromeabas.

–No.

Quinto suspiró, como si aceptara una inexorable fatalidad.

–Pues entonces, cásate. Terencia es tan buena como otra cualquiera. –Hizo una pausa y se quedó mirando a su hermano.– ¿No sientes... añoranzas?

–¿Te refieres a Livia Curio? –Marco se irguió y apoyó el codo de su brazo roto en la palma de su mano derecha.– No he olvidado a Livia. No podré darle a ninguna mujer lo que le di a ella. Mi corazón sigue estando en las manos muertas de Livia. Pero en ellas no quedó también mi vida. Ya no soy tan joven. Cierto que a veces la vida me parece algo sin sentido, pero a un hombre no le queda otra elección que vivir hasta que los dioses decreten su muerte y los Hados corten el hilo de su existencia.

–Hablas como hablaría un hombre que se sintiera desgraciado –dijo Quinto preocupado, pasando una mano por el hombro de su hermano. Marco se lo quedó mirando sorprendido.

–¿Desgraciado? No creo serlo. Ya no soy un chiquillo. Si venimos a este mundo con algún propósito no es el de la felicidad, que es un estado propio de la infancia.

–Entonces no hay ningún propósito –dijo Quinto–, y si lo hay, al hombre le es imposible conocerlo.

Capítulo 37

Marco y Quinto permanecieron seis meses en casa de Ático. Durante ese período, Marco estudió en la escuela de Ptolomeo. Su voz recuperó su antiguo vigor y tomó lecciones de elocuencia y retórica del famoso sirio Demetrio. Antíoco de Ascalon se sintió encantado de poder instruirle en filosofía. También se inclinó por la escuela de Epicuro y fue enseñado por Fedro y Zenón. Jamás en Roma había soñado que la Academia tuviera tanta majestad y sabiduría. Ya había oído hablar de la enorme importancia que tenía la Academia en todo el mundo y durante muchos años anheló asistir a sus clases. Pero había sobrepasado sus mejores expectativas.

Y escribió a sus padres:

«Había ganado cierta fama en Roma con mi oratoria, pero lo que yo hacía era dar chillidos y berridos en comparación con la elocuencia de mi noble maestro Demetrio. Su voz hace temblar el aire un buen rato; juraría que hasta los pájaros le escuchan. Cuando cita a Aristóteles, me parece que es el mismo Aristóteles el que habla con acentos que semejan al mármol brillante porque parecen fulgurar y relucir y hacerse visibles. ¡Qué delicioso es volver a ser estudiante! Los hombres nunca deberían dejar de estudiar, de volver a esas fuentes en que bebieron en su juventud, porque en los libros existe mucha sabiduría y no hay fin para los conocimientos que pueden adquirirse. Todo hastía, excepto el saber. Todo se vuelve rancio y fatigoso si es cosa del cuerpo, pero lo que es de la mente y el espíritu nunca cesa de satisfacer, nunca deja saciado y exhausto. Es como si uno poseyera la eterna juventud, porque uno anda siempre descubriendo y siempre es exaltado por un nuevo tesoro que le es revelado. Todos los senderos son prístinos, como si jamás hubieran sido pisados por ningún pie. Cada portal se abre a una nueva panorámica jamás vista hasta entonces por ningún hombre. Las palabras de Sócrates o Platón significan algo único para cada discípulo, porque aporta a ellas una única mente y un alma nueva. Así deben ser las islas de los bienaventurados, jamás exploradas por completo, sin horizonte, barridas por los vientos de la eternidad.

»De aquí iremos a Asia Menor y a Rodas para proseguir mis estudios cuando éstos hayan sido completados, si es que uno puede decir verdaderamente que el estudio es jamás completado. Cuando regrese, me casaré con Terencia, porque, como tú me dices en tu carta, ella conviene en ese matrimonio. Abrázala en mi nombre y trata de inducirla a que dé su consentimiento final e implora a su hermana Fabia que invoque para nosotros la divina intercesión.»

Aquel invierno en Atenas fue excepcionalmente suave. Sólo en pocas ocasiones nevó ligeramente y los días radiantes de sol se sucedían. Un par de días hubo tormentas y cayeron fuertes lluvias que inundaron las calles de la ciudad, pero no era un invierno como el de Roma. Marco no volvió a sufrir de reumatismo. Mejoraba de salud día a día y su voz llegó a ser más fuerte que nunca, como dotada de música y poderío. Sus declamaciones habían atraído siempre la atención. Ahora Quinto le apremiaba para que recitara poesías o alguna frase de *Phaedo* y le escuchaba extasiado, aunque el soldado no siempre comprendiera. Ya le bastaba con oír la voz de Marco encumbrada e imperativa, hablando como si no le costara esfuerzo. Era como un vino que se vertiera fácilmente de una jarra preciosa.

Cuando Helvia escribió que Pomponia había abortado, Quinto se sintió muy apenado y declaró:

—Ha sido la voluntad de los dioses. El alma de mi hijo habrá ascendido a la gloria, puesto que era inocente. ¿Quién sabe si, como dicen los hindúes, se reencarnará en otro cuerpo que le demos Pomponia y yo u otros padres mejores?

Fue Quinto el que convenció a Marco para que practicara ejercicios físicos, lo que contribuyó a fortalecerle. El brazo ya lo tenía curado y por primera vez halló placer en boxear, hacer esgrima, luchar, correr y saltar, aunque su delgado cuerpo jamás llegó a ser musculoso. Las tristes nieblas que habían envuelto su mente durante los últimos años en Roma se habían disipado y había momentos en que se veía obligado a admitir para sí mismo: «¡Soy feliz! No es la alegría de la infancia o la juventud, es la alegría de la madurez, la tranquilidad y la aceptación». Comenzó a descubrir que la prudencia puede ser a veces complacencia y que no debe reprimirse siempre la justa rabia en nombre de la razón. El mundo tenía necesidad de un fuego implacable y a veces devorador, lo mismo que de la serena voz de la razón y de la diplomacia.

—Espero —dijo a Ático un poco contrito— que aprenderé a ser intrépido cuando regrese a Roma.

Unos días antes de marcharse de Atenas recibió dos visitantes. El primero, para asombro suyo, era Roscio, el actor, que se había dejado crecer la barba y venía bronceado por el sol de Israel, pero tan simpático y bien parecido como siempre. Marco apenas reconoció a este elegante que ahora tenía los modales de la madurez y lo recibió encantado, dándole un efusivo abrazo.

Roscio le dijo:

—Noë me escribió informándome de que usted estaba en Atenas y he desembarcado sólo para visitarle. Mi querido amigo, ¡qué corpulento está! Parece un verdadero gladiador —y palpó los abultados bíceps de Marco, los cuales, aunque duros, nunca habían sido muy notables—. Y ha perdido algo de trasero, que a veces sobresalía de su túnica —prosiguió el actor.

—Pues usted tampoco ha perdido su figura apolínea —le contestó Marco—. Creí que en Jerusalén habría pasado el tiempo discutiendo con aquellos sabios.

—No. Preferí dedicarme a las damas. Yo era todo un espectáculo en los teatros que los romanos han tenido la sensata idea de construir en aquella ciudad obsesionada con Dios. Judea está agotada y los judíos jóvenes son más griegos que los propios griegos. No era necesario imitarles en todo —continuó Roscio dándoselas de virtuoso—. ¿Le he dicho que Noë ha escrito una nueva obra para mí?

—Siempre está escribiendo para usted —contestó Marco—, pero tendrá que quitarse esa barba que se ha dejado crecer como un devoto judío.

—No ha sido por devoción —replicó Roscio—. Me la dejé crecer porque en la obra que escribió ese bribón yo hacía el papel de Job. ¿Conoce a Job? Un hombre de lo más dolorido, perseguido, difamado, envilecido y atribulado. Un hombre de la más furiosa y conmovedora elocuencia. Era más justo y virtuoso que los otros hombres y, sin embargo, Dios permitió que Satanás lo afligiera para demostrarle que hay hombres que no pueden ser apartados del camino de la probidad, la devoción y la moralidad. La prueba fue bastante abrumadora, ya que Job no era más que un hombre, el ratón entre Dios y el mal. Siento mucha simpatía por Job y mi corazón arde de indignación y compasión por causa de él. ¿Cree usted que a los romanos les gustará una obra así?

—La pugna entre Dios y el mal no es desconocida para los romanos.

—Ya veo que sigue poseyendo elocuencia —dijo Roscio con tono de aprobación—. ¿Sabe cómo termina la historia de Job?

—Creo que Dios le contestó haciéndole sublimes preguntas.

—Sí, sí. Pero ¡qué respuesta! En la obra de Noë, Dios ni siquiera contesta. Las preguntas que Job le hizo quedaron sin contestación. Y la condición del hombre sigue siendo una acusación contra el Cielo. ¿Qué piensa usted de todo eso?

—Esquilo escribió algo parecido. Prefiero la versión auténtica.

Estaban sentados en la terraza de la casa de Ático, gozando del suave mediodía. Roscio iba espléndidamente ataviado con vestiduras de seda y llevando una capa de las más finas pieles. Su noble cabeza era como la cabeza de una estatua heroica, realzada por su brillante barba negra y rizada. Parecía un profeta. Meditó sobre las palabras de Marco y luego hizo un gesto de negación con la cabeza:

—Dios no responde, como no sea con enigmas que ningún hombre es capaz de descifrar. Es la Esfinge original. Los judíos chapados a la antigua desaprueban mi conducta y repiten las solemnes palabras que Dios dirigió a Job: «¿Dónde estabas tú cuando Yo creé el mundo? ¿Cuando cantaron juntas todas las estrellas matutinas y todos los hijos de Dios exultaron de gozo?». Y así sucesivamente. Job debió de haber recordado a Dios naturalmente que él no estaba presente, pero la cuestión era un *non sequitur* y no debería preguntársele a un hombre azorado y dolorido, afligido por los forúnculos y que había perdido todo lo que le era más querido. Si Job era un pobre hombre, ciego y confundido, que nada sabía de los asuntos celestiales, ¿cuál era su delito y qué le reprochaban? ¿No lo creó Dios débil y falto de conocimientos? Si un hombre construye una rueda que no es redonda o con un eje tan frágil que se quiebra al primer estirón, ¿debe ese hombre maldecir la rueda, arrojarla a las tinieblas para siempre y pretender que no ha sido de él la culpa?

»Ahí está el quid del asunto —prosiguió Roscio, viendo que Marco no replicaba—. Estoy asombrado por la respuesta que Job dio a tales preguntas: "Por lo tanto, abomino de mí y me arrepiento entre polvo y ceniza". Eso no fue digno de Job, que tanto había sufrido. Supongo que la rueda de la que he estado hablando debería haberse humillado ante su creador y luego arrojarse contra una piedra en señal de arrepentimiento por haber sido mal construida.

—Se ha vuelto usted filósofo —dijo Marco pensativo—. La pregunta de Job se ha hecho eternamente. Los hombres deberían contemplar las maravillas del universo y reflexionar sobre tan estupendas leyes y la milagrosa complicación de la Creación, que es evidencia de poder inmortal y de gloria. Ésa es la respuesta divina.

—Que no sirve para curar los forúnculos, devolverle a un hombre sus tierras, su esposa, sus hijos y su fortuna, ni tampoco su juventud o su fuerza.

—Pero le da la paz. —Marco, a pesar de estas palabras, se sintió melancólico.

—La paz de la resignación. Eso no es bastante.

—Sin embargo, es una gran dávida. En cualquier caso, Job fue un hombre muy valeroso, ante el cual el valor de un gladiador no es nada. La fortaleza de un hombre inspira respeto y amor aun en Dios. Y su medida está en el grado con que sepa vencer al temor y tener virilidad para enfrentarse a todo, tal como fue ordenado a Job. No, no estoy de acuerdo con las conclusiones de

Noë. El hombre no ha sido creado para que se compadezca de sí mismo ante el Eterno y se describa como un ser débil, irresponsable de las condiciones de su mente, su alma y su cuerpo. Fue creado para que él mismo llegara a ser uno de los dioses.

–¡Usted es judío de espíritu! –exclamó Roscio admirado.

Marco sonrió y sintió una repentina y curiosa exaltación.

–Dios no necesita justificarse ante los hombres, ni el hombre tiene más derechos que aquellos que le han sido concedidos libremente por su Creador por puro amor y misericordia. Nunca se ganará estos derechos porque no tiene poder para ganárselos. Son un don otorgado por un afecto que escapa a nuestra comprensión. Porque ¿qué es el hombre? Una pequeña criatura de barro destinada a desintegrarse. Pero Dios, en su incomprensible e ilimitado amor, le ha dado un alma, así como un cuerpo. El hombre debería pasarse la vida agradeciendo tan valiosísimo regalo. ¿No es suficiente con que esté vivo y pueda contemplar los inagotables tesoros que le rodean, tanta maravilla, gloria y belleza? Eso ya sería suficiente, aunque fuéramos definitivamente mortales. Pero Dios también nos ha prometido una vida inmortal. ¿Por qué? Ésa es la cuestión, algo que debería conmovernos en lo más profundo del corazón.

Roscio se quedó meditando, fijando sus expresivos ojos azules en el rostro de Marco. Luego exclamó:

–¡Usted tiene fe! ¡Ah! ¡Este estúpido Noë! Se cree muy listo y sofisticado. Los hombres que se creen así son locos dignos de lástima. Por sus bocas no salen más que cínicas palabras y ellos las creen muy ingeniosas, mientras que no son más que los berridos de chiquillos imbéciles o las bobadas de idiotas. ¿Por qué habrá escrito Noë una obra así? Es falsa y sensiblera.

–Pensaría que de ese modo los romanos la comprenderían mejor, ya que a éstos les gusta llorar en las tragedias, aunque prefieran los bailes, las comedias y reír a carcajadas en el teatro. Somos una raza muy carnal. –Marco sonrió.– Ni siquiera hacemos preguntas o desafiamos a los dioses como hacen los griegos. Estamos satisfechos con la vida y no renegamos de ella siempre que tengamos suficiente comida y bebida, un buen alojamiento, concupiscencia y todas las delicias del cuerpo. Somos fáciles de complacer y nos regocijamos de nuestro placer. Nos gustan las mujeres, los gladiadores, los deportes, los cantantes, los danzarines, las tabernas y las joyas, los buenos caballos, los carros adornados, las alfombras suaves; en fin, la buena vida. Sólo deseamos que los dioses sigan en el Olimpo y que se abstengan de mezclarse en nuestros asuntos.

–Sería lo mejor que podrían hacer –opinó Roscio, comiendo dátiles y escupiendo los huesos–. No me sentía muy feliz en Israel. Allí se habla de almas y de Dios. ¡Qué incertidumbre es nuestra vida!

Marco vaciló antes de preguntar:

—¿Siguen hablando del Mesías en Israel?

Roscio parpadeó:

—Cada mañana creen que ese día aparecerá. No se han desanimado.

A Marco le agradó mucho recibir la breve visita de Roscio. Quinto, como siempre, sintió celos. Ático se sintió encantado y ofreció banquetes en honor del actor, que pronto tuvo admiradores en Atenas. Tras algo de insistencia y una formal promesa de que obtendría un buen beneficio, condescendió en aparecer en el teatro de Dionisio con la obra *Antígona*, una de sus favoritas. Fue un éxito extraordinario. Cuando se marchó de Atenas, iba jubiloso y llevó cartas de Marco para sus parientes y amigos.

*U*nos días después, estando Marco en la terraza leyendo y tomando el cálido sol primaveral, un criado se acercó para anunciarle:

—Amo, un mercader egipcio quiere verle. Dice llamarse Anotis y afirma que le salvó a usted de unos ladrones.

Marco se levantó y exclamó:

—¡Hazlo entrar! Comerá conmigo en la terraza. —Hasta ahora no había tenido ocasión de ver a ninguno de sus salvadores.

El egipcio fue acompañado hasta la florida terraza y él y Marco se hicieron profundas reverencias. Luego Marco lo abrazó a la manera romana y lo besó en la mejilla, diciéndole:

—Noble Anotis, espero que se quede el tiempo suficiente para que pueda darle cumplidamente las gracias por salvar las vidas de mi hermano y la mía propia. ¿Cómo podré pagárselo?

Anotis sonrió.

—Al principio no supe que había ayudado a Marco Tulio Cicerón, el famoso abogado de Roma. La verdad es que desde entonces no he dejado de pensar en usted y hasta me tiene un poco intrigado.

Era un hombre alto de mediana edad, ataviado con largas y coloridas vestiduras y una capa azul de seda sobre sus huesudos hombros. Sus zapatos eran del mejor cuero, teñidos de azul y ornados con tachones de oro, que hacían juego con un cinto alrededor de su fina cintura, donde llevaba una daga alejandrina incrustada de piedras preciosas. Su larga cabellera negra le caía sobre los hombros y su estrecha cabeza estaba ceñida con una banda dorada de la que pendía un extraño medallón cuajado de piedras preciosas que le cubría toda la frente hasta la ceja y que destellaba a la luz del sol. Era algo magnífico, pero Marco encontró más interesante su rostro que sus atavíos e incluso que su impresionante porte de dignidad y de tranquilo poder. Aunque aquel rostro estaba bronceado por el sol, sus ojos eran de un gris claro y transparente, sus rasgos eran delicados aunque fuertes y su boca indicaba a la vez aristocracia y un noble orgullo. De su barbilla pendía una fina y puntiaguda barba negra.

–Estoy a vuestro servicio, Anotis –dijo Marco sentándose junto a su huésped–. Ya ve que tengo completamente curado el brazo. No estaría ahora aquí de no ser por usted y sus amigos.

Anotis sonrió ligeramente.

–No me debe nada –dijo–. Fue un privilegio ayudarle.

Hizo una pausa y aquellos brillantes ojos grises se fijaron en Marco.

–Tengo hechos ciertos estudios de medicina. Sólo soy comerciante por necesidad, ya que la fortuna de mi familia, así como la de todos los egipcios, fue a parar a manos de los Lágidas hace siglos, cuando Alejandro Magno puso a los Tolomeos en el trono de Khem, mi sagrado país. Eso no lo hemos olvidado. A mí me enseñaron los viejos misterios de la medicina y de mi antigua religión.

Hizo una pausa. Marco aguardó.

–Estando usted inconsciente lo acompañé hasta su habitación en aquella posada cercana a Corinto. Yo ayudé a desnudarle y entonces vi que de su cuello pendía un extraño objeto: una fina cadena adornada con el sagrado halcón de Horus.

–¡Ah! –exclamó Marco sacándose de debajo de su túnica la arañada cruz de plata–. ¿Se refiere a esto? Me lo regaló un cliente egipcio. Dijo que se trataba del signo de la divinidad que nacerá entre los hombres. Fue sacado de una tumba egipcia y tiene una antigüedad de unos mil años.

Anotis se quedó mirando el objeto, se llevó dos dedos a los labios y luego los acercó reverentemente a la cruz.

–Así es –dijo.

–Lo llevo como promesa –declaró Marco– y señal de esperanza. –Se sentía profundamente interesado.– Yo siempre estoy pensando en el Mesías de los judíos, ¿usted cree que esto lo representa?

En ese momento unos sirvientes colocaron una mesita en la terraza y empezaron a servir el almuerzo. Marco y su huésped alzaron sus cubiletes en un mutuo y silencioso brindis y luego vertieron un poco de vino como libación a los dioses. Marco quedó fascinado ante el fino perfil pensativo de Anotis.

–Permítame que le cuente, Cicerón –continuó el egipcio, mientras probaba las excelentes viandas de la casa de Ático–. Es posible que usted haya oído referir la historia de nuestros antiguos dioses, que fueron suplantados por otros extranjeros, especialmente por Serapis, al que yo no rindo culto. Fueron llevados a Egipto por los Lágidas griegos y nosotros, los que somos egipcios de antiguas familias y conocemos la antigua sabiduría, no los honramos. Recordamos a los propios.

»Puede que recuerde a la sagrada Isis, nuestra Madre, esposa de Osiris, que fue asesinado por los hombres y que se levantó de entre los muertos en una primavera, cuando el Nilo estaba todavía crecido y daba vida una vez más a la Tierra. —Anotis se sacó un medallón que cubría su pecho.— Mire a la Divina Madre y a su Divino Hijo —dijo, y Marco, inclinándose, pudo ver en la medalla de oro un pequeño retrato esmaltado de una joven de dulce rostro llevando un niño en brazos. La pintura no sólo era muy buena, sino que emanaba un gran encanto y hermosura, inspirando reverencia.

»Es Isis, la Divina Madre, con Horus, su Divino Hijo —explicó Anotis—. Ellos abandonaron Egipto para siempre porque no podían soportar a los Tolomeos griegos que infestaron nuestra sagrada tierra. Nuestro pueblo, en su mayoría, los ha olvidado y ahora adora a dioses griegos y otros extraños que han sido importados.

»El signo de Horus no era sólo el halcón, Cicerón. También era signo suyo la cruz, que aparece en nuestras viejas pirámides y representa la resurrección en cuerpo y alma. Los antiguos sacerdotes predijeron que Él nacería de una mujer y libraría al género humano de las tinieblas. Nacerá en un país extraño que nosotros no conocemos.

—Los Libros Santos de los judíos dicen que Él nacerá en Belén, siendo de la casa de David —respondió Marco—. Al menos eso me han contado.

Anotis suspiró.

—No hay ninguna raza que no tenga la leyenda de que el Divino aparecerá en la Tierra —dijo—. Por lo tanto, esa revelación debe proceder del mismo Ptah, Dios, Creador Todopoderoso. Debe de habérselo hecho saber a todas las naciones. ¿Acaso no hablan los griegos de Adonis, que fue asesinado y luego resucitó durante la celebración de Astarté? Yo he estado en muchos países y la leyenda aparece en sus religiones.

»Cuando descubrí esto, empecé a sentir dudas acerca de Isis y Horus. Ya no creo que Isis sea la Divina Madre y Horus su Divino Hijo. Creo que los egipcios también recibieron esa profecía, al igual que las otras naciones. Si Isis y Horus hubieran sido realmente aquellos que han sido profetizados a través de las épocas, su culto jamás habría cesado, ni siquiera bajo la opresión de los Tolomeos. Por lo tanto, la Divina Madre y el Divino Hijo están aún por venir. También tenemos el misterio de la cruz. ¿Se aplica realmente a Horus? No lo creo. Así que Horus no es nuestro Salvador, tal como creíamos. Éste aún no ha nacido. Esta medalla, que yo llevo alrededor del cuello día y noche, no es más que la profecía de la que aún no conocemos nada.

Marco se quedó meditabundo.

—Yo tampoco creo que Isis y Horus sean aquellos de quienes hablan las profecías —dijo—. Aún están por venir, pero ¿cuándo?

El egipcio se quedó en silencio. Alzó la mirada y contempló fijamente la reluciente Acrópolis, cuyos muros y edificios llameaban con una luz pura bajo el sol. Entonces dijo:

—Algunos de nuestros sacerdotes siguen ocultos en la tierra de Khem, nuestro sagrado país. Como provengo de familia sacerdotal, a veces me admiten en su presencia mientras meditan y rezan al amparo de nuestros derruidos templos. Y me han hablado de presagios y grandes portentos. —Vaciló y miró al romano, como esperando una sonrisa burlona. Pero los ojos de Marco se oscurecieron por la emoción y se inclinó hacia su huésped.

—¡Cuénteme! —exclamó ansioso—. ¡Estoy deseando saber cosas que animen mis esperanzas!

Al egipcio le brillaron los ojos, como si fueran a aflorarle las lágrimas, e inclinó ligeramente la cabeza.

—No está bien que le cuente lo que me han dicho, pues ya sabe que nosotros no queremos a los romanos. Sin embargo, por el sagrado símbolo que usted lleva constantemente como un amuleto, Cicerón, y al que tiene tanto aprecio y puesto que ya había oído hablar de usted, le revelaré ciertas cosas.

»Los sacerdotes me dicen que han tenido visiones extrañas entre las llamas de sus altares secretos. Han visto a una mujer vestida por el sol, tan brillante como la mañana, coronada de estrellas y pisando una serpiente cuya cabeza aplasta. Es muy joven, casi una niña, pero en sus ojos se refleja la sabiduría y la ternura y toda una promesa. Cuando los sacerdotes tuvieron esta visión palpitando con una luz intensa sobre los fuegos del altar, gritaron, inclinándose hasta tocar el suelo con su frente: "¡Es Isis! ¡Ha vuelto!".

Anotis negó con la cabeza.

—Pero no es la Isis a la que rendíamos culto en el pasado. Porque he descubierto que los judíos tienen una revelación similar relativa a una mujer a la que ellos llaman Virgen, que dará a luz un hijo, el cual será llamado Emmanuel porque redimirá a su pueblo de sus pecados y será una luminaria para todos los pueblos.

Marco dijo con triste desaliento:

—¿Y no sería posible que los judíos tomaran esa historia de Isis y Horus durante su cautiverio en Egipto y que la incorporaran a sus propias creencias?

Anotis negó con la cabeza.

—No, porque ya vinieron a Egipto con tal profecía. Abominaban de nuestros dioses y jamás les rindieron culto. También vivieron en Caldea antes de haber pisado el suelo de Egipto, siendo una raza de tez pálida que se mantenía al margen de sus vecinos más morenos, los que ellos denominaban babilonios. Los caldeos también tenían esa profecía de una Divina Madre y su Divino Hijo, pero los hebreos jamás aceptaron los dioses caldeos, como tampoco aceptaron los nuestros.

»Yo también he leído los Libros Sagrados de los hebreos y la que se describe en ellos es igual a la que los sacerdotes han visto en sus visiones sobre las llamas del altar.

Anotis hizo otra pausa.

–También han tenido otras visiones –prosiguió–. El Glorioso colgando de la sagrada Cruz, agonizando, mientras sobre Él se derramaba la luz de Ptah, el Creador Todopoderoso. Los sacerdotes se consideran incapaces de interpretar esto y se sienten confundidos; pero cuando yo leí los Libros Sagrados de los judíos, con las profecías de su profeta Isaías, comprendí todo, aunque me guardé de decírselo a nadie. También he leído los libros de David, el antiguo rey de los judíos.

»Y ahora deje que le refiera una cosa muy extraña. Soy mercader y me encuentro con colegas que vienen de todas las partes del mundo. Los persas se encuentran muy excitados y me han contado que su dios pronto nacerá para todos los hombres, para salvarlos y darles esperanza y alegría. Me han dicho que sus astrónomos han visto los presagios en el cielo y que sus sacerdotes han podido contemplar en sus visiones el bello rostro de la niña que será madre del Divino. También ellos se hallan confundidos porque sus sacerdotes han tenido la visión del Divino muriendo de modo infame a mano de los hombres. Y ellos se preguntan: ¿cómo puede ser matado el Divino por los hombres, si es inmortal? No saben cómo interpretarlo. ¿Usted podría, Cicerón?

–No –contestó Marco con leve inquietud–, pero ¿cuándo nacerá y dónde está la que será su Madre?

Anotis suspiró y extendió los brazos.

–Eso es lo que no sé, como tampoco usted ni los sacerdotes. Pero no ha de ser en un futuro muy lejano porque todas las naciones se han vuelto de repente impacientes. Exceptuando –añadió torciendo el gesto– a los griegos y los romanos, que honran a sus dioses con escepticismo; los griegos porque aman la belleza que sus dioses encarnan y los romanos por su amor al poder, que encarna Júpiter. La verdad es que ni los griegos ni los romanos creen sinceramente en Dios. ¿No es característico que los que niegan a Dios en su corazón sean muy supersticiosos? Escuchan ávidos las adivinanzas de sus sacerdotes ateos y visitan Delfos, que es un fraude, o a sus astrólogos y adivinos. En ellos sí creen. Pero éstos no creen en Dios.

–Los judíos son el pueblo del Libro –dijo Marco.

Anotis sonrió e inclinó la cabeza.

–Por eso nacerá entre ellos el Divino, ya que tienen las Escrituras Sagradas y jamás han olvidado a su Dios. Ya no puede demorarse ese nacimiento. Recemos para que podamos contemplar al que nazca.

Se quedaron inmóviles un rato, uno al lado del otro, mirando a la Acrópolis. Finalmente, Anotis interrumpió el silencio para decir:

–Pero cuando tenga lugar su advenimiento, ¿quién lo reconocerá? Sólo hay una cosa segura: que jamás será olvidado por los hombres y no le ocurrirá lo que a Horus, que fue olvidado por los egipcios hasta el punto de que éstos dejaron de rendirle culto. No, nunca desaparecerá, aunque los hombres lo desprecien, como siempre han despreciado a Dios y huido de Él. Forma parte de nuestra naturaleza el odiar y execrar lo que es bueno e inmortal y deificar lo que es perverso. ¿Quién puede sondear esas tinieblas que son el hombre y los oscuros impulsos de su espíritu? Sin embargo, parece ser que Dios le ama y vendrá a visitarlo. No es posible comprenderlo.

Anotis se quitó del cuello la cadena con el medallón y se lo dio a Marco.

–Guárdelo esperanzado y empléelo con fe, Cicerón. No sé por qué se lo doy, pero vine con ese propósito. El nombre de Ella no es Isis, ni el de Él, Horus. Sus nombres son sólo conocidos por el Cielo.

Capítulo

38

Quinto se alegró de volver a Roma tras el largo viaje por Grecia, Asia Menor y Rodas, y declaró que estaba impaciente por abrazar a su esposa, Pomponia, a la que no había visto en más de dos años. Sin embargo, continuó advirtiendo a Marco que no se casara.

—Los hombres dejamos de ser libres cuando nos casamos —le dijo.

—Ya tengo casi treinta y dos años —respondió Marco—. Es hora de que tenga esposa e hijos.

Al regresar a Roma encontraron a sus padres gozando de buena salud. Helvia era ahora una rolliza matrona con el pelo casi totalmente canoso, pero conservaba su antigua reciedumbre de espíritu, ánimo tranquilo y buen humor. Tulio abrazó a sus hijos muy contento, pero miró con cierta ansiedad a Marco.

—Háblame de Grecia —le suplicó.

Pero la verdad es que sólo quería que le hablara de la Grecia de sus sueños, donde los dioses paseaban por las calles de Atenas. No quería que le hablasen del Ágora, de las tiendas y de los vivaces atenienses que amaban el dinero, soltaban risotadas, lanzaban miradas torvas y eran escépticos y vivarachos. Quería creer que todos los atenienses eran rubios y se pasaban el día adoptando posturas con sus togas y hablando de filosofía, citando a Homero, Sócrates, Platón y Aristóteles. Por lo visto —pensó Marco con cierta irritación— mi padre quiere creer que los atenienses no se ocupan de las cosas vulgares. Es como si no tuvieran estómago ni vejigas, que no sintieran picazón, no se rascaran, no fornicaran ni escupieran. ¡Ay!, pensó Marco, ¿por qué habrá hombres que creen tales estupideces?

Marco quería a su padre, pero le fastidiaba que fuera tan inocente, y estaba fastidiado consigo mismo por estar fastidiado. De nuevo se le ocurrió pensar, como hacía a menudo para consuelo suyo, que el hombre vive solo en su triste y espantosa soledad y que nadie puede penetrar en ella para darle un poco de calor. Por temperamento se asemejaba más a su padre que a su madre o hermano y era posible que esta similitud en sus modos de ser, el darse cuenta de que había algo de su padre reflejado en él, fuese la causa de su irritación. Ambos se inclinaban al compromiso, a buscar el camino intermedio y Marco deploraba esto, aunque en acasiones fuera lo más razonable.

Marco quizá habría vacilado en casarse de no haber sido porque su viejo amigo Julio César fue a visitarle con la alegre exuberancia y las muestras de cariño de siempre.

–¡Ah! ¡Cuánto te he echado de menos! ¡Has estado fuera casi tres años! –exclamó Julio abrazándolo fuertemente y luego apartándose para mirarle al rostro–. ¡Gracias a los dioses te has recobrado! Muchas veces hice sacrificios a Júpiter, mi divino patrón, pidiéndole por tu salud, carísimo.

–Lo dudo –contestó Marco–. ¿A quién le diste aquel anillo?

–A una dama.

–También lo dudo –repitió Marco–. Espero que habrás prevenido a tu amigo de que algún día nos veremos frente a frente espada en mano.

–¡Estás hecho un gladiador! –exclamó Julio, dándole una palmada en el hombro. Y con un ondear de vestiduras de seda fue a sentarse en una de las sólidas sillas de Helvia y en su rostro apareció una sonrisa.

–Hablo en serio –dijo Marco.

–Lo dudo –repuso Julio burlón–. Pero ¿a qué viene tanto hablar de anillos? Háblame de Grecia y de las griegas.

–Conocí a gente muy interesante.

Julio hizo una mueca.

–Y os pondríais a filosofar.

–Fui con ese propósito.

–¿Nada de banquetes ni de irse de parranda con las ninfas?

–Las griegas son muy satíricas.

Julio se besó la punta de los dedos y arrojó el beso al aire.

–¡Ah! ¡Me encantan las mujeres satíricas! En Roma sólo hay dos clases de mujeres, las gordas y las viciosas. Nada de talento ni de ingenio.

–¿De qué clase es Cornelia?

La expresión de Julio cambió.

–La aguanto y le dispenso las debidas consideraciones –dijo–. Pero, bueno, dime, ¿es que no bebiste el vino de Grecia y la juventud no corrió por tus austeras venas?

–A veces. Pero prefiero no hablar de aposentos. ¿Cómo está tu hija?

En el rostro de Julio apareció una expresión de ternura, aunque Marco no pudo discernir si era sincera.

–¡Florece como una rosa! Ya estoy pensando en buscarle esposo, aunque no sea todavía más que una niña. Pero hablemos de ti, querido amigo. Roma perdió mucho con tu ausencia. No hay abogado como tú.

—Y tú, ¿qué has estado haciendo, Julio?

—¡Ya te lo he dicho antes! No me interesa la política. Vivo, disfruto, río, amo, canto... y no evito esos aposentos de que hablaste. ¿No basta con eso?

—No creo una palabra de lo que dices. ¿Qué has estado tramando?

Julio suspiró.

—No tramo nada. Siempre has tenido muy mala opinión de mí. Soy un hombre pacífico, si se exceptúan los años que pasé sirviendo en las legiones. —Se quedó mirando a Marco con sus brillantes ojos negros, fingiendo candor, franqueza y sencillez, ocultando sus tortuosos pensamientos. Finalmente dijo—: Tu casa del Palatino es muy hermosa y está bien decorada. Te has vuelto sibarita. ¿Sabes que ahora tienes por vecino a Catilina?

Marco frunció el entrecejo y Julio hizo una mueca.

—Se compró un solar cercano y ahora también se está edificando una nueva casa, aunque no tan bonita como la tuya. Las inversiones de Aurelia no han rendido mucho últimamente; sigue teniendo una gran fortuna, mas por lo visto no supera a la de Cicerón. —Miró a Marco inquisitivamente, pero éste no reaccionó a la provocación.

Julio, sin dejar de mirarlo, bebió un poco de vino y comentó de modo pueril:

—¡Ah! ¡Éste es excelente! Tu estancia en Grecia ha mejorado tu gusto. Hasta parece que te han pulido un poco. Me he fijado en tus ropas: tienen distinción. Ya no sirven sólo para cubrirte. Tienen gracia y estilo. —Volvió a beber y se quedó mirando el fondo del cubilete.— He oído un rumor que me ha parecido absurdo. Se afirma que te vas a casar con Terencia.

—¿Qué tiene de malo Terencia?

—No es la esposa que te conviene en tu nueva posición social. ¡Por Baco! ¿La has visto alguna vez?

—Cuando era niña. Parecía buena y cariñosa.

—Las mujeres no son igual que cuando eran niñas. No es ninguna belleza y carece de atractivos. No digo que sea una Hécate ni una Gorgona. Tiene una voz suave. Aunque yo no confío en las mujeres que hablan suavemente y apenas ríen, especialmente si la expresión de su rostro es seria y con aire de estar enterada. Parece muy modosa, pero en el fondo es de granito. También es más astuta de lo que conviene y, como tiene influencia en la ciudad, es muy admirada por los hombres ambiciosos. No hay día en que no vaya en su litera al Foro a visitar bancos y casas de préstamos o a corredores de comercio.

—Aurelia Catilina hace lo mismo.

—Pero ¡qué diferencia! Aurelia también entiende mucho de negocios, pero convendrás conmigo en que es una mujer apetecible, cálida, de senos bien formados y de una gran belleza. Aurelia va ataviada como una diosa, con sedas, brocados, terciopelos y pieles, y se perfuma de un modo provocativo. Terencia viste con sobriedad, lleva pocas joyas, no se perfuma y tiene manos grandes y nudosas. Eso contradice lo recatado de sus modales. Jamás te cases con una mujer que tenga manos masculinas. Hay muchos que, aunque admirando su talento y su astucia, no han querido casarse con ella, que ya es una solterona en sus veintitantos años, es decir, que ha pasado de la edad de casarse. Por algo será.

–Pues es de origen patricio.

–¿Y eso es todo? –preguntó Julio, el que sólo admiraba aristócratas–. Cuando uno está con una mujer en la cama, sólo desea carnes suaves, pechos palpitantes y brazos redondeados. Terencia no tiene nada de eso.

–¿Cómo lo sabes? ¿Es que te has acostado con ella?

–¡No lo quieran los dioses! –exclamó Julio horrorizado–. He oído decir que sigue siendo virgen. ¡A su edad!

–La descripción que me has hecho me convence de que será una esposa y madre excelente.

Para asombro de Marco, Julio soltó un cubilete y se puso muy serio.

–No te cases con ella, Marco –le dijo–. Te hará desgraciado. Es virtuosa y tiene carácter, pero un hombre necesita algo más que eso. Necesita risas y dulzura. Necesita una mujer que sea a la vez madre, compañera, hermana, tímida ninfa, concubina, un misterio, una mujer amable y que se rinda con delicadeza. ¡Ya puedo imaginarme la clase de esposa que será Terencia! Se rumorea que tiene mal carácter y ambiciones poco femeninas. ¿Vas a ser menos juicioso que otros jóvenes que la respetan pero la evitan, excepto cuando puede proporcionarles una ventaja?

–En resumen, que estás muy preocupado ante la posibilidad de que me case con Terencia.

–¿Acaso no siento afecto por ti? –preguntó Julio dando una palmada en la mesa–. ¿Quieres que te vea como esposo fastidiado y asustado? Pomponia, la mujer de tu infortunado hermano, es una verdadera Leda comparada con ella y, sin embargo, es famosa por su mal genio y rudos modales. Temo por ti.

–Me conmueve tu solicitud –dijo Marco–, aunque debes decirme cuál es la razón verdadera para que le tengas tanta antipatía.

–¡Oh, dioses! –exclamó Julio alzando sus ojos con gesto implorante–. ¡Serías el hombre más compadecido de Roma si te casaras con ella! Es cierto que es joven y aún posee los dulces atributos de la juventud, pero dentro de pocos años será un dragón. Nunca podrás darte el gusto de ir con mujeres más atrayentes.

–Pienso ser un esposo fiel y virtuoso.

–Excelente. Claro que la virtud y la felicidad deben ser elegidas libremente por el hombre y no impuestas por una esposa exigente. Tendrás que ir furtivamente por las callejuelas y gozar de las delicias del modo más oculto y secreto.

Marco sonrió.

–¿Me imaginas como un esposo infiel?

–Te verás obligado a serlo en defensa propia. Terencia meterá las narices en todos tus asuntos, te dará consejos y te hará reconvenciones si no los sigues. Sabrá todo lo que haces. Es dominante y tacaña y ella decidirá, no tú, quiénes han de ser tus amigos. Vuestros hijos serán de ella y no tuyos. Serás un verdadero esclavo de sus caprichos y pronto te convencerá de que estás loco.

–¿Es que hay algún amigo tuyo que quiera casarse con ella?

–¡No! Nadie la querrá a pesar de sus virtudes, su dinero y su apellido. Todos tienen más perspicacia que tú, Marco.

–Déjame decidir por mí mismo. Tendré en consideración todo lo que me has dicho y ya juzgaré.

–Te profetizo el desastre y quiero salvarte de él. –Hizo una pausa.– ¿Conoces a su hermana Fabia, la virgen vestal, de cuyas oraciones me beneficio?

–No, pero tengo entendido que es muy hermosa.

–Sí. Aunque se cortó el pelo cuando fue iniciada en los sagrados ritos virginales, le ha vuelto a crecer. Felizmente le hemos permitido esto, en contradicción con lo que se hacía en los severos tiempos antiguos. Su pelo es como la lluvia que cubrió a Danae. Mis pobres dotes oratorias no podrían describirte su rostro. Su carácter es tan dulce como un bálsamo. Pero no debería hablar así –dijo Julio mientras le centelleaban sus ojos negros–, ya que las vestales son sagradas y es una blasfemia hablar de ellas con términos que se podrían aplicar a otras mujeres.

–Por eso –dijo Marco– toda vestal que viola su castidad es enterrada viva y su seductor cuando menos es decapitado. Pero ¿qué tiene que ver todo eso con Terencia?

Julio lo estaba mirando fijamente. Al cabo de un momento pareció satisfecho y aliviado, cosa que dejó confuso a Marco.

–Cuando conozcas a Fabia y veas el contraste que hace con su hermana, no querrás casarte con ésta.

Marco sonrió impaciente.

–No discutamos más mis asuntos privados, querido amigo. Siento que hayas fallado como fiscal en tus actuaciones contra Cornelio Donnabella y C. Antonio, acusados de extorsión en Macedonia y Grecia.

–¡Ah, bueno! –exclamó Julio, aparentando a la vez estar divertido y abatido–. Yo no pongo en mis casos la misma pasión que tú. Por eso quiero ir a

Rodas para estudiar retórica con Molón. A menos, claro está, que no tengamos una tercera guerra contra Mitrídates.

—Rodas te encantará —dijo Marco.

Los dos amigos volvieron a abrazarse y, antes de marcharse, Julio dijo:

—Rezaré para que no te cases con Terencia.

Esta conversación fue una de las cosas que determinaron a Marco a casarse con la elegida por su madre. La siguiente fue la muerte de Arquías, su amado y antiguo tutor. Hacía mucho tiempo que no se habían visto el uno al otro, aunque habían sostenido correspondencia estando él en Grecia, Rodas y Asia Menor. Pero aun antes de eso se habían encontrado raras veces. Sin embargo, Marco comprendía que el anciano poeta griego había sido un personaje muy importante en su vida, como una estatua en el recibidor a la que no se presta mucha atención, pero que de vez en cuando es recordada cariñosamente. Y ahora la estatua del recibidor de su mente había caído, haciéndose pedazos, dejando de formar parte de su existencia. Por muy lleno de estatuas que ese aposento estuviera en el futuro, siempre se echaría de menos un rostro y una figura. Marco se sintió muy acongojado y le pareció que los años pasaban muy rápidamente y que la vida era muy inestable. Si no se casaba y tenía hijos, no quedaría nada de él en el futuro.

—Vamos a un sitio apartado de tu jardín para hablar sin que la encantadora Aurelia pueda oírnos —dijo Julio a Catilina en la casa de este último, que asintió.

A la luz de la luna Catilina se veía tan guapo que Julio se maravilló de que el otro no pareciera darse cuenta de su masculina belleza y de su peligroso encanto. Catilina ya había pasado los treinta y cuatro años y seguía pareciendo un Adonis viril, juvenil y apasionado. Sus ojos azules, brillantes y alertas, siempre relucían; su perfil tenía una majestad imperial, aunque las líneas en torno a su boca indicaban depravación. Es como Jacinto, que se ha convertido en un chulo, pensó Julio sintiendo cierta envidia por tan extraordinario rostro y tan magnífico cuerpo.

Había veces en que Julio, tras conversar con su amigo, se preguntaba si éste no se habría contagiado de la locura de su primera esposa, Livia. Ciertamente, en los ojos de Lucio a veces brillaba una luz de locura, y a menudo, a pesar de su frialdad y desapego, tenía accesos de furia. Siempre hablaba con duro desprecio de todos y de todo, aunque estuviera divirtiéndose o se sintiera embelesado.

—¿Has convencido al Garbanzo de que no se case con Terencia? —preguntó Lucio.

–Desgraciadamente, no. Tu esposa, Aurelia, también ha fracasado al intentar convencer a Terencia de que no se case con Cicerón, a pesar de que le ha insinuado que es impotente, que tiene vicios secretos inconfesables, que no es tan rico como se rumorea, que su familia no es de importancia y que tiene un carácter muy aburrido. Terencia es obstinada y ya no es muy joven.

Lucio se irritó y dijo con tono burlón:

–Hasta la misma Aurelia ha sentido curiosidad ante mi insistencia en que fuera a ver a su amiga para convencerla de que no se casara con ese guisante. Menos mal que he podido hacerle creer que todo es por el odio inextinguible que siento por él.

–Si se casa con ella –Julio bajó la voz hasta no ser más que un murmullo–, es más que posible que descubra la pasión que sientes por Fabia. Habla mal de él si quieres, pero es más listo de lo que te imaginas. Te suplico que dejes de cortejar a Fabia. Eso es algo más que peligroso y puede acarrear una calamidad. Dices que la joven aún no ha accedido a tus pretensiones. Desapruebo totalmente las nuevas leyes que permiten a las vestales aparecer en público sólo parcialmente veladas y asistir a los juegos, aunque sea en un palco aparte. Nuestro futuro es muy importante para arriesgarlo. Y arrastrarías a tus amigos en tu desgracia, porque ni siquiera los romanos de ahora permitirían un abuso contra las vírgenes vestales.

Lucio esbozó una fría sonrisa.

–Sin embargo, yo te he visto dirigir a Fabia miradas de lujuria.

Julio alzó los brazos y los dejó caer.

–Todo hombre tiene derecho a mirar a una mujer, aunque sea una virgen vestal. Si a Fabia le ocurre algo malo o simplemente con que se sienta feliz en tus brazos, inevitablemente se lo contará a Terencia y todos sabemos lo rígida que es ésta en lo tocante a virtud. No descansaría hasta acabar con el hombre responsable del desfloramiento de Fabia, aunque eso supusiera la destrucción de su propia hermana. O a lo mejor Cicerón descubre el delito y se lo cuenta a su esposa, porque también él se sentiría horrorizado. Eso es lo que has temido siempre, ¿verdad?

–Cierto. –Lucio se levantó y empezó a andar a grandes pasos sobre la hierba, yendo arriba y abajo. Finalmente, dijo en voz baja–: Si no hay otro remedio para evitar ese matrimonio, insisto en que debe morir.

–No me fastidies otra vez con esos argumentos que me has repetido durante años. ¿Qué es una mujer, aunque sea tan encantadora como Fabia? ¿Somos jovenzuelos que se dejan arrastrar por la pasión? Nos jugamos demasiado para ponerlo en peligro. Te ruego que dejes de perseguir a Fabia.

–Para ser uno que tiene una legión de bellas mujeres, te has vuelto de repente muy virtuoso –dijo Lucio.

–Ninguna de ellas es una virgen vestal, ni le espera una horrible muerte en público si es descubierta. En cambio, tú amenazas a toda Roma, porque aunque ya quedan pocos romanos que crean en los dioses, todos creen en la santidad de las vírgenes vestales. Te lo pido encarecidamente, olvida a Fabia, si no por ti, al menos por ella y por tus amigos.

–No –fue la respuesta de Lucio, y negó una y otra vez con la cabeza–. ¡Jamás he amado y adorado a una mujer como amo y adoro a Fabia! La llevo en la sangre, en el corazón, en mi cerebro, en todo mi organismo. Me tiene obsesionado. Debe ser mía; si no, moriré.

Julio se lo quedó mirando fijamente, pensando que eso último no sería mala idea. Sin embargo, con gran sentimiento, negó con la cabeza para sí mismo. Catilina era muy valioso, pues el número de sus seguidores en Roma era muy importante, sobre todo entre la gente viciosa y en los bajos fondos.

Catilina se volvió hacia él tan repentinamente y con un brillo tan feroz en los ojos que Julio se alarmó. Era como si Lucio le hubiera leído sus ocultos pensamientos.

–¿Y bien? –preguntó Lucio–. ¿Es que nunca nos vamos a mover? Los años pasan y nosotros no hacemos nada. Hasta tú fallaste cuando se trató de condenar a aquellos gobernadores senatoriales. Quedamos en que el éxito de tal acusación había de crearnos una buena reputación entre la opinión pública. ¡Ya estoy cansado de tu paciencia! Demos el golpe y acabemos de una vez.

–¿Acaso fue cosa de un día hacer las Pirámides de Egipto, la Acrópolis de Atenas, los Jardines Colgantes de Babilonia, el Faro de Alejandría o la nación romana? Lo que nos proponemos es tan enorme, tan tremendo, que no podemos precipitar la acción. Olvídate de Fabia.

–Jamás –dijo Lucio.

Julio suspiró y se levantó.

–Sólo me resta implorar a Júpiter que frustre el logro de tus propósitos.

–Y yo sólo puedo implorarle la muerte del Garbanzo.

–Cambiemos de tema. Estoy alarmado por la indiscreción de Curio. Amenazó a Fulvia, su querida, con que si no le era fiel se vengaría de ella «cuando ocurra una cosa muy importante». Fulvia es una mujer muy lista y Curio bebe demasiado. Es posible que estando en sus brazos pueda revelarle algo de nuestros planes. Él es más de temer que Cicerón. Es pariente tuyo, primo lejano de tu difunta esposa Livia. Repréndele con severidad. Te advierto que esto es de la mayor importancia.

–El Garbanzo debe morir antes de que se case con Terencia.

–No –respondió Julio–. Si muere, le vengaré.

Tras esas palabras, Julio se despidió de él y al alejarse se volvió una vez. Lucio lo miraba fijamente con expresión furiosa y siniestra.

Helvia y Marco fueron a visitar la casa amplia pero modesta de Terencia, donde ésta vivía con las parientes que le hacían de carabinas.

–Debes causarle buena impresión inmediatamente. Es de buen augurio que Terencia me trate ya como a una madre. Contrariamente a lo que te ha dicho Julio, la verdad es que ha tenido muchos pretendientes. Tu abuelo habría aprobado esta elección.

–¿Y mi padre?

Helvia sonrió amparándose en las sombras del interior de la litera.

–Ella le intimida un poco. Una vez me dijo que se parece a mí. ¿Tan terrible soy?

Marco besó a su madre en la mejilla.

–Si se parece a ti, madre, entonces ya ha ganado mi corazón.

Aquel caluroso día de finales del verano había llegado ya al crepúsculo y en el cielo se estaban amontonando nubarrones que presagiaban tormenta. Cuando Marco y su madre entraron en casa de Terencia, habían aumentado el bochorno y la oscuridad. En el atrio fueron informados de que la señora Terencia estaba en el jardín con la sagrada vestal Fabia, que había venido a visitarla. Terencia había ordenado que sus huéspedes fueran conducidos hasta el jardín, donde se había levantado una ligera brisa. Marco quedó impresionado favorablemente por la austeridad y buen gusto de la casa y entró en el jardín con su madre.

La oscuridad se hacía más densa por momentos. Los visitantes cruzaron por un cuadro de césped y empezaron a oler el característico olor de la tormenta. Las sombras avanzaban. Dos damas se levantaron del banco de mármol en que estaban sentadas muy cerca una de otra. En aquel momento un furioso relámpago cruzó el cielo iluminándolo y Marco vio a Fabia reluciendo como si fuera un sueño de Astarté. Olvidó a su hermana y sólo pudo mirar a Fabia.

Jamás había visto una mujer tan encantadora. Era muy joven, alta y graciosa, vestida con una túnica blanca que le caía en pliegues como de mármol. Su velo azul ocultaba sólo parcialmente su dorada y suave cabellera hasta los hombros. Su rostro ovalado era suave, enrojecido por tonos de coral en sus mejillas y sus labios carnosos. Sus ojos, casi tan dorados como su cabello, sonreían dulcemente. Eran ojos grandes, sombreados por espesas pestañas oscuras. Marco sólo pudo suponer cómo era su cuerpo, envuelto en el amplio ropaje de las vestales, pero por los movimientos de sus pliegues pudo deducir que era joven y magníficamente redondeado. Su expresión era algo infantil, confiada y pura, y era esta pureza la que, aunque la hacía tan atrayente, inspiraba un gran respeto. Parecía más niña que Artemisa. Su frente recordaba la de Athena. La timidez de su sonrisa reveló unos dientes brillantes. Se quedó de pie, muy recatada, con las manos entrelazadas, manos tan blancas como la nieve, destacando aun en la blancura de su ropaje. Era intocable, divina.

—Terencia —dijo Helvia pellizcando a su hijo en el brazo—, éste es mi hijo, Marco Tulio Cicerón.

Marco, pasmado y hechizado, se sobresaltó y se volvió para mirar a su anfitriona, ruborizado por el azoramiento, ya que había estado mirando a Fabia como un poseso. Y recordó que tenía que hacer una reverencia.

Terencia no era tan alta ni delgada como Fabia. Sus vestiduras rojas dejaban adivinar las líneas de una figura matronal. Su cara era más bien estrecha, pálida de color. Su cabello, peinado de un modo muy severo, era castaño claro, con unas ondas que se veía no eran obra de ninguna peluquera. La nariz parecía demasiado larga y pronunciada y la boca, aunque rosada, demasiado firme. Su mejor rasgo eran quizá los ojos castaño claro, que miraban con aire resuelto, revelando un gran carácter e inteligencia, a pesar de lo que Julio había dicho sobre ella. Su barbilla, muy larga, expresaba firmeza u obstinación. No llevaba joyas y sus manos, efectivamente, eran grandes.

Mi esposa, pensó Marco con convicción, y se sintió deprimido.

Terencia hablaba con un tono bajo y tranquilo, aunque no vacilante. En cambio, la tímida voz de Fabia sonaba como una flauta. Terencia trataba a su hermana como una madre tolerante y Fabia se sonrojaba constantemente. Poco después vino otra virgen vestal a recogerla y se la llevó a los aposentos secretos reservados a las servidoras de Vesta. Terencia dijo con tono muy cariñoso:

—Mi querida hermana Fabia quería conocerte, noble Cicerón, porque las dos somos como uña y carne.

Su voz de tono reservado tembló y ahora sí que sus ojos castaños parecieron encantadores.

—Todos sabemos lo mucho que quieres a Fabia, Terencia —dijo Helvia.

—Para la familia ha sido un gran honor que ella se convirtiera en vestal —explicó Terencia con acento que denotaba gratitud—. Y eso que no hubo ningún joven de las mejores familias de Roma que no quisiera casarse con ella tras su pubertad. Pero su corazón fue siempre tan singular, tan casto y tan devoto, que no pudo concebir para ella un destino mejor que el que ha escogido.

—Es una Europa[1] –dijo Marco, aún hechizado por la visión que acababa de ver. Se dio cuenta de que su madre lo miraba con gesto de reproche y de que Terencia se estaba ruborizando y se apresuró a añadir–: Pero sin el toro –con lo que empeoró las cosas–. Debería haber dicho Leda –con lo que volvió a meter la pata.

Helvia tomó a Terencia por un brazo, con gesto maternal, y llevó a la joven hacia la casa. Sus vestiduras se arrastraron sobre la hierba. Las nubes se hincharon más por la amenazante tormenta, se volvieron lívidas y se levantó un viento vivo.

—Ya observarás, mi querida Terencia –dijo Helvia para que se la oyera bien–, que mi hijo es muy torpe con las mujeres. Eso se debe a que es un intelectual y un estoico.

—Ya he oído los aplausos que le dirigen en la ciudad –contestó Terencia, apoyándose en el brazo de Helvia como una hija. Luego miró por encima del hombro a Marco e inmediatamente sus grandes ojos castaños se mostraron amables y cariñosos. Ya estaba todo arreglado. Parecía que no había elección en este asunto.

Cuando llegaron al pórtico, empezaban a caer ya las primeras gotas. Los relámpagos eran más cercanos. De repente, Marco se acordó de Livia y de buena gana se hubiera echado a llorar.

---

[1] Europa, hija del rey de Fenicia, Agenor, que según la leyenda fue raptada por Zeus disfrazado de toro, el cual la condujo a la isla de Creta, donde fue madre de Minos. *(N. del T.)*

Capítulo

39

Los esponsales se celebraron del modo más razonable y sin ninguna ilusión. Marco habría de escribir más tarde a un amigo: «Ellos [los esponsales] fijaron el ritmo de mi matrimonio». De acuerdo con la costumbre, hizo muchos regalos a Terencia. Él habría preferido regalarle joyas y piezas de seda en un último y triste esfuerzo por infundir cierto romanticismo a la situación, pero Terencia le contestó, si bien con tono humilde, que prefería regalos que «fueran útiles en su nueva casa del Palatino». Ella había ido a menudo con Helvia a ver las últimas etapas de la construcción de la casa, durante la larga ausencia de Marco en el extranjero y, dada su manera de pensar, no todo había merecido su aprobación. Contempló los numerosos objetos valiosos que Marco había traído a casa y, aunque puso cara sonriente, estaba claro que los encontraba algo chabacanos. De la misma manera que había ocultado a Marco su mal carácter y sus arranques violentos, ahora supo disimular su aversión por el despilfarro y la belleza demasiado exótica.

Marco, que era tan gran psicólogo, adivinó enseguida todo lo que ella trataba de ocultarle, pero Terencia tenía tantas virtudes que él creyó que dichas virtudes compensarían sus defectos. Sin embargo, pronto descubrió, desanimado, que ella carecía de buen humor. Cuando él trataba de ser gracioso, ella sonreía para agradarle. Cuando él escribía un epigrama ingenioso, ella se lo quedaba mirando como si tal cosa. Todo el saber de su esposa se reducía a cosas prácticas. Le gustaba hablar de los cargamentos de los barcos en los que había invertido dinero. Siempre tenía expresión seria y compuesta, pero hablar de dinero la excitaba. Nunca se cansaba de oír que Marco tenía amigos influyentes en la ciudad y un brillo de cálculo iluminaba sus ojos. Con su esposo adoptaba una actitud de confidencial cariño, como si fuera una hermana. Una vez que él le tomó la mano y la besó en el brazo, ella se sobresaltó, se ruborizó y se lo quedó mirando como ultrajada, tapándose con la manga el miembro ofendido. ¿Es que le provoco repugnancia?, se preguntó él. Y planteó bruscamente la cuestión a su madre, que enarcó las cejas.

—¿No ves que Terencia no es mujer versada en esas cuestiones? —le reprochó su madre—. Irá al lecho nupcial siendo virgen. Y eso no es de despreciar.

—Pero ¿me caso con una mujer o con un contable? —replicó el hijo.

—Sabrá cuidar tanto de tus intereses como de tu corazón. Los lares y penates de tu casa jamás serán deshonrados por ella. ¿Qué más puede esperar un hombre de una mujer?

El casamiento se celebró al estilo romano antiguo. El día de la boda, Terencia se vistió ella misma, con la ayuda de sus parientas y esclavas, con un vestido de lino blanco y una túnica larga sin dobladillos, que fue ceñida a su cuerpo con un cinturón de lana con dos nudos: era el llamado *cingulum herculeum*. Se cubrió con una *palla* o manto de color amarillo pálido, y calzó sandalias del mismo color. La peinaron al estilo antiguo, con moño de pelo artificial sujeto a la cabeza con una redecilla roja. Sobre todo esto colocaron un velo anaranjado que caía sobre su rostro, rematado por una guirnalda de mejorana y verbena. No llevaba más joyas que un fino collar de hilo de plata, y eso porque Marco la convenció de que lo aceptara y lo llevara puesto. (Ella hubiera preferido el tradicional collar de hierro o cobre.)

Este atavío no parecía precisamente imaginado para hacer que un novio esperara impaciente el momento de acudir a la cámara nupcial. A Marco le pareció que Terencia tenía un aspecto horrible y recordó las muchas bodas alegres y divertidas a las que había asistido en su vida, en las cuales la novia iba vestida de un modo más moderno, con el pelo perfumado y suelto, los labios pintados de rojo y engalanada con las joyas de ambas familias.

Terencia, acompañada de sus parientes, esperó en su casa a Marco y a los familiares de éste. Quinto quedó consternado al ver a Terencia. Su esposa, Pomponia, era una ninfa en comparación. Se compadeció de Marco y se sintió tan angustiado que hasta empezó a sudar, aunque el día de principios de otoño era más bien fresco. Tulio, que había mostrado gran indiferencia por la boda de su hijo, creyendo vagamente que alguien del Olimpo intervendría para salvar a Marco de tan horrible destino, se sintió abatido. Y ahora, mientras miraba de reojo sus rasgos firmes e intransigentes, a través de la redecilla del *flammeum*, experimentó aprensión y ganas de desmayarse. La joven parecía una extraña; sus modales, de una gran formalidad. No era la tímida novia de las fábulas con que sueñan patéticamente todos los hombres. Ella irradiaba dureza. Tulio hubiera gritado de buena gana a su hijo: «¡Huye! ¡Aún tienes tiempo!». Vio el rostro pálido y serio de Marco y meneó con la cabeza con gesto de desesperación, asombrado. Con tantas mujeres como había en Roma, ¿era preciso que su hijo se casara con una que, con independencia de las excelentes cualidades que se le atribuyesen, tenía las manos tan grandes y feas y una cara tan antipática?

Los asistentes a la boda se trasladaron al atrio, donde se ofreció una ovejita en sacrificio a los dioses. Todos participaron con sus manos. Consumado el sacrificio, los testigos pusieron sus sellos al contrato de boda. El augur, aunque no tenía categoría sacerdotal, dijo que todos los augurios eran favorables y que las entrañas de la infortunada oveja habían indicado un largo y feliz matrimonio. Luego la pareja intercambió sus votos ante él:

–*Ubi tu Gaius, ego Gaia.* (Donde tú vayas, Gayo, iré yo, Gaya.)

Entonces los testigos, amigos y parientes soltaron exclamaciones de júbilo y bendijeron y felicitaron a los novios.

Fabia no estuvo presente en la boda de su única hermana porque a las vestales no se las autorizaba a participar en fiestas. Pero declaró que había orado por ella y le envió una carta muy afectuosa que Terencia leyó ante los concurrentes. Por primera vez los rasgos de su rostro se suavizaron y por sus mejillas corrieron unas lágrimas. De repente, pareció joven y encantadora y no una mujer de carácter. Se volvió hacia Marco y apoyó la cabeza en su hombro, como para recuperar la compostura, y él, involuntariamente, la estrechó entre sus brazos y sintió cariño por ella. Al fin y al cabo era una mujer joven, su esposa, y acababa de jurar que la amaría y cuidaría mientras viviese, aunque su conversación no animara mucho y sus modales fueran poco seductores.

La fiesta duró hasta bien entrada la noche. No fue una fiesta que pudiera calificarse de inolvidable. Marco bebió hasta que los oídos le zumbaron. Ya era hora de que se llevara a su esposa al nuevo hogar. La pareja de recién casados recorrió las calles precedida de portadores de antorchas y acompañada por músicos, que entonaron canciones discretas y no esas cantinelas atrevidas y lascivas que estaban de moda en las bodas. Las letras de aquellas canciones hablaban de hogar, de corazones y de las virtudes de la novia, de la nobleza del esposo y de los heroicos hijos que le nacerían a Roma, así como del culto de los dioses tribales. Los transeúntes se detenían para ver pasar el cortejo de los recién casados y pensaron que debía tratarse de la boda de un plebeyo, ya que no incluía bellas bailarinas y faunos escandalosos y tampoco arrojaban al público dulces ni monedas. Tampoco iba nadie que pareciese alegre o borracho. Las cortinas de la litera de los novios iban corridas. Todo era muy solemne y decoroso, a pesar de los muchachos que corrían y saltaban, agitando ramas de espino blanco en señal de buen augurio por los hijos que habrían de nacer.

La hermosa casa nueva de Marco estaba iluminada con numerosas lámparas y todos los sirvientes estaban alineados a lo largo del florido sendero que llevaba a la puerta, en cuyo umbral habían extendido paños blancos para indicar que una virgen iba a pasar sobre ellos. Marco descendió de la litera y ofreció la mano a su esposa, apeándose ésta con el velo anaranjado ocultando parcialmente su rostro. Ahora era el momento de que la llevara en brazos hasta el umbral y todos se los quedaron mirando sonrientes. Pasó sus brazos en torno a Terencia y la levantó. Vaciló, porque pesaba más de lo que esperaba. Para ayudarle, ella se abrazó fuertemente a su cuello. Los andares de él no fueron muy firmes y empezó a sudar de un modo poco decoroso, pero al final logró soltarla en el umbral. Le siguieron las damas de honor, llevando consigo la rueca y los husos de Terencia y entonando una canción alusiva a las virtudes de la nueva dueña de la casa.

Marco ofreció a su esposa el fuego y el agua. Todos notaron que estaba muy pálido y que tenía los ojos vidriosos. Tulio lo observaba con tristeza, desde lejos, y se veía que Quinto le compadecía. Helvia no perdía de vista a su hijo y de vez en cuando miraba de reojo a la novia, esperando que después mostrara un poco de viveza. Aunque Marco, pensó, tiene alma de corderillo, hay que tener en cuenta que los hombres son de naturaleza frágil y se les molesta y hiere con cosas nimias a pesar de su jactancia, sus vozarrones y su autoridad. En comparación, las mujeres estamos hechas de hierro.

Era costumbre que una mujer de edad madura se dirigiera al novio, si era de su sangre, y le dijera: «¡Sé amable, sé paciente!». Pero Helvia se dirigió a la novia y le susurró:

—Sé amable, querida, porque él ama la amabilidad sobre todas las cosas.

Terencia se la quedó mirando asombrada, como si no comprendiera. Apenas llegada a la casa de su esposo, no parecía sonrojada, tímida ni sentir secretas aprensiones. Ya se sentía dueña de su casa y el aplomo brillaba en su frente.

Entonces la principal dama de honor tomó a Terencia de la mano y, dejando atrás a los demás, condujo a la calmosa y confiada novia a la cámara nupcial. Apenas se habían echado las cortinas sobre la cama cuando los asistentes a la boda se despidieron de Marco para dejarlo gozar de las delicias del lecho nupcial. Donde hubo cánticos y voces reinaba ahora el silencio y sólo se veían los residuos de la última libación y los restos de dulces y golosinas. Marco oyó al sirviente cerrar la puerta de bronce del atrio y echar el pestillo; la misma puerta que él había traído de Rodas. Hasta los esclavos, cansados, se habían callado. Las lámparas resplandecieron pálidas y su olor a aceite pareció enfermizo y empalagoso. El sirviente regresó del atrio, hizo una reverencia y preguntó:

—Amo, ¿desea algo más?

Era un hombre de mediana edad, muy digno, y Marco le dijo con acento de desesperación:

–Aulo, ¿quiere beber una copa de vino conmigo?

Aulo sonrió respetuoso, llenó la labrada copa de Marco y luego se llenó otra para sí. Ambos bebieron en silencio.

El sirviente bajó los párpados:

–Que los dioses bendigan su boda, noble señor, y le concedan mucha felicidad.

Luego empezó a llevarse bandejas con platos y vasos. Las lámparas titilaron. Pronto amanecería. Y su esposa le aguardaba en la cámara nupcial.

Aulo salió de la habitación y Marco se quedó a solas. Seguro que jamás ha existido un novio tan a regañadientes, pensó. Sentía ansiedad y estaba de veras asustado. Reflexionó sobre su estado. ¿Qué locura había nublado su cerebro para acabar casándose? Estaba fatigado y más que mareado, pues había bebido demasiado vino. Si cierro los ojos, pensó como un chiquillo, y luego los abro, descubriré que todo ha sido una pesadilla. Ni siquiera se acordaba de la cara y la silueta de Terencia. Le esperaba una mujer extraña, a la que jamás había visto y que se había dirigido a la cámara nupcial con la misma firme serenidad con que sin duda se dirigiría a sus bancos. ¿Por qué había pensado que se parecía a su madre? Helvia siempre estaba de buen humor y su fuerza era cálida como la tierra. La fuerza de Terencia, ¿y quién en nombre del Hades deseaba una esposa fuerte?, era la fuerza del cemento.

Pero ¿acaso soy un jovencito que aún no ha llegado a la pubertad?, se preguntó. Soy mucho mayor que esa pobre joven que estará probablemente temblando en la cama y mojando los almohadones con sus lágrimas virginales. Y con grandes zancadas se dirigió a la cámara nupcial. Con gesto viril descorrió bruscamente las cortinas.

La cámara era grande, bien acondicionada y amueblada. El suelo de mosaico estaba cubierto con una alfombra persa de muchos colores. La cama era de ébano y caoba, incrustada de marfil y dorados, otro objeto traído de Oriente. Las sillas eran de madera de limonero, así como las delicadas mesas. Una hermosa lámpara ardía débilmente junto al lecho. Terencia se había dormido arropada entre las sábanas amarillas y azules. Se había puesto un modesto camisón de lino, tal como revelaba el brazo que tenía fuera de las mantas; la manga le llegaba hasta la muñeca. Dormía tan profundamente como un niño, con su entrelazado pelo castaño extendido sobre los almohadones.

Marco se quedó mirando a su esposa. ¿Lágrimas? ¡Narices! ¿Temblores? ¡Una porra! Una novia en su noche de bodas y no había esperado al novio. Una virgen y no sentía temblores ni temor. Su perfil era tranquilo y estaba claro que gozaba del sueño. La luz de la lámpara brilló en la leve palidez de su suave mejilla y arrojó sombras de sus bonitas pestañas. Y, desgraciadamente, también de su fea nariz, su obstinada barbilla y su corto cuello.

Encima debería darle las gracias porque no ha apagado la lámpara, pensó Marco. ¿Era posible que esta joven no tuviera la menor idea acerca del acto marital? El pensamiento estimuló a Marco. Se desnudó, alzó las sábanas y se acostó al lado de su esposa tras apagar la lámpara.

Oyó a los últimos trasnochadores cantando, charlando y riendo, mientras subían por las calles del Palatino de regreso a sus casas. Olfateó el aroma del viento otoñal que penetraba por la ventana. Puso una mano en el hombro de Terencia, se inclinó sobre ella y buscó sus labios. Ella se despertó murmurando algo, pero no con cariño y amor, sino con enfado, lo mismo que se hubiera enfadado un niño. Era evidente que ella comprendía dónde estaba y quién buscaba su cuerpo.

Ella le agarró la mano con gesto enérgico.

–Es muy tarde –dijo con voz firme– y estoy cansada.

A él le dieron ganas de pegarle. Había descubierto que tenía cálidos y firmes senos y esto le excitó. Los buscó de nuevo. Y de nuevo ella le agarró la mano.

–Mañana –dijo.

–¡No!

–¡Sí! Y ahora déjame dormir porque mañana tendré mucho que hacer.

Y, cosa increíble, se quedó dormida de nuevo, volviéndose con gesto resuelto y dándole la espalda.

Marco, ultrajado y ardiendo de humillación, decidió que odiaría siempre a su esposa y que se divorciaría de ella enseguida, devolviéndola a sus libros de cuentas y a sus banqueros mañana mismo. Y se alegró sólo de pensar en echar a esa novia indeseable de su casa para devolverla a sus parientes, rechazada, mortificada y llorosa.

De repente la situación le pareció graciosa y soltó una carcajada, y sintiéndose así mejor, se quedó dormido, aún chasqueando la lengua. Poco antes del amanecer, Terencia, a pesar de estar dormida, debió de haberle tomado una mano, porque cuando se despertó al amanecer, halló su mano unida a la de ella. Se sintió conmovido y la besó en la mejilla, suspirando ligeramente.

Más adelante, Terencia había de corresponder a su esposo con la misma habilidad con que hacía todas las cosas. Hacer el amor no tenía más importancia para ella que sus otros asuntos, ocupaba un lugar en su vida y debía ser atendido con diligencia y de modo concienzudo. Además, era su deber y ella valoraba el deber por encima de todas las cosas.

Marco no llegó a saber si ella lo amaba o no, aunque estaba seguro de que sentía un gran afecto por él. ¿Disfrutaba con su cuerpo? Tampoco llegaría a saberlo. Lo miraba de un modo amable y por lo menos estaba seguro de que era su amiga.

Capítulo

40

—¡Ese maldito Garbanzo! —exclamó Catilina—. Ya se ha metido en política y eso que tú siempre has dicho que era inofensivo. ¿Es que hay algún político inofensivo? ¿Quién sabe adónde le llevará su carrera si no lo impedimos? Desde niño he sabido que es una amenaza para lo que somos y ambicionamos.

—Es un simple cuestor —contestó Julio—, el cargo electivo más bajo de los cargos políticos sin importancia. Y se va a Sicilia, que en mi opinión es el ano del Hades. ¡Pobre Cicerón! A su edad, esperaba un hijo y la señora Terencia le da una hija. Te atormentaste, mi querido Lucio, cuando lo viste ganar cada vez más la estima del pueblo gracias a su oratoria. Viste la sombra vengadora de él en todas partes. ¡Te obsesiona! Hay veces en que me dan ganas de echarme a reír cuando pienso en tu ridiculez. Él nunca habla de ti.

»No es ningún secreto que te desprecia, Apolo. Tampoco es ningún secreto en Roma que tú lo detestas a él. Ya has dicho que aún recuerda a Livia. ¿Qué pruebas tiene? Es un buen padre de familia, querido por el pueblo de Roma a causa de sus virtudes, probidad, elocuencia y habilidad en los tribunales, donde siempre es el gladiador que defiende la justicia. Y porque ahora es cuestor, una posición de las más modestas, ¡tú lo sigues temiendo!

»Hablemos de temas más importantes. Por ejemplo, de Fabia.

La expresión de Catilina cambió de repente y se quedó mirando a los vivos ojos negros que a su vez lo miraban a él.

—¿Qué pasa con Fabia?

—¿Acaso no eres mi amigo? ¿No voy a visitar a Cicerón en su hogar, donde viviría muy tranquilo si no fuera por las ambiciones de Terencia? ¿No lo veo paseando cariñosamente a su hijita por su jardín? ¿Y no le aguanto que me hable de sus infernales leyes y de sus libros? Pero sigo visitándole no sólo por la amistad que nos une desde niños, sino porque quiero oír rumores y observar el menor cambio en su expresión. Le hablo de Fabia como si tal cosa, preguntándole por su sagrada salud. Me contesta amablemente y me dice que la joven visita a su hermana bastante a menudo. ¿No comprendes? Querías asesinarlo para evitar que se casara con la temible Terencia, la hermana de tu amada secreta. Sin embargo, él no sabe nada. ¿Debo felicitarte por lo discreto que eres en tus encuentros con Fabia o me sentiré aliviado al oír de tus labios que has dejado de verla?

Lucio guardó silencio.

La casa de Julio era la mansión espléndida que se había hecho construir en las afueras de Roma, abundante en fuentes, estatuas mármoles, oro y plata, vasos alejandrinos, cobre labrado y candelabros de bronce, flores, estanques, alfombras relucientes, colgaduras de seda, suelos de mármol, pinturas murales y libros, así como objetos traídos de todos los países del mundo. Ambos amigos estaban en el florido jardín, con fondos de un verde oscuro, sombreado por los mirtos, encinas y cipreses, bajo un cielo más puro y claro que el de la ciudad. En el centro de un cuadro de césped había una enorme estatua negra de metal del dios egipcio Horus, hijo de Isis, en forma de halcón con las alas extendidas, sombreando la hierba. El poderoso pico se alzaba con arrogancia y las alas parecían estremecerse bajo el sol. Julio sentía debilidad por Egipto y su arte y poseía muchos objetos valiosos robados en aquel país, entre los que figuraba la sagrada serpiente que mantenía oculta en su dormitorio. Le gustaba mirar el gran halcón y observar cómo su sombra avanzaba sobre el suelo. En esos momentos se sentía inspirado.

Miró con insistencia a Catilina y éste dijo:

—Tú mismo puedes sacar tus conclusiones.

—¡Ése no es un asunto privado! Ninguno de nosotros puede cometer una imprudencia. Si Fabia ha sucumbido, apártate de ella enseguida. Si no, olvídala. ¡Hazme caso! ¿Sabes lo que he oído en la ciudad? Que Fabia de repente se ha vuelto muy pálida y que cayó desmayada ante el propio fuego sagrado de Vesta hace unos días, teniendo que llevársela en brazos sus hermanas vestales. El pueblo cree que eso es el augurio de un desastre, ya que todo el mundo conoce a Fabia, la más bella de las mujeres, la más dulce, y todos juran que con sólo mirarla se sienten mejorados de sus dolencias. Por lo tanto, el hecho de que se desmayara inmediatamente originó comentarios. ¿Tienes tú algo que ver con eso, Lucio?

La expresión de Catilina cambió y su terrible mirada refulgió.

—¡No te permito que me interrogues, César! ¡Acabemos de una vez!

—Las vírgenes vestales son mis guardianas, las guardianas de mi antigua familia. A su custodia están confiados los sagrados fuegos de Roma. Constituye un escándalo terrible el que una vestal sea seducida, que su nombre sea difamado. El pueblo quedaría horrorizado y pediría venganza contra el que corrompiera a una vestal, y asimismo pediría el castigo de la vestal que permitió tal corrupción. Es un delito gravísimo. ¿Cuántas veces he de recordártelo?

—Deja ya de hacerlo.

—¡Dioses! —exclamó Julio—. ¡No me hables con ese tono de desprecio! Habla así si quieres a tus esclavos, a tu esposa o a tus amigotes. Pero a mí no, Catilina, a mí no.

—Nos hemos perdido el respeto —dijo Catilina.

—¿El respeto? ¿Yo? ¿A ti? ¿Acaso soy tu inferior?

Catilina sonrió de modo sombrío.

—Quieres ser mi superior. Eres ambicioso, César, y hay veces que no me fío de ti.

—No cambies de tema. He oído más rumores acerca de Fabia.

Catilina se volvió hacia él.

—¿Rumores? La doncella se desmayó. Bueno, ¿y qué? Estos últimos días han sido calurosos. Con ese grano de arena haces una montaña de calumnias y embustes.

—Pero ¿sigue siendo doncella, Catilina? ¿Es que mis sospechas son calumnias y embustes?

—Pues claro que sí. Has hablado de rumores. ¿Qué otros rumores corren?

Sin dejar de mirarlo, Julio dijo:

—Llora de noche y las otras vírgenes vestales han observado que tiene pesadillas y gime en sueños acusándose de haber cometido horribles delitos, pero sin especificar cuáles.

—¡Ah! ¿Es que tú duermes entre las vírgenes vestales?

Una línea de espuma apareció entre los labios de Julio, que había palidecido intensamente. Luchó para dominar sus emociones, que estaban a punto de culminar en el síndrome de su enfermedad. Tan grande era su fuerza de voluntad que al cabo, mientras Catilina lo observaba inquieto, pudo evitar que le diera un ataque. Se volvió a sentar e inclinó la cabeza sobre el pecho. Después, lentamente, se llevó la mano a la cabeza como si estuviera mareado y miró en torno suyo. Luego dijo como para sí mismo:

—¿Qué es lo que he visto?

Lucio Catilina se dirigió hacia una mesa de mármol y llenó un cubilete de vino rosado, llevándoselo a Julio, que lo tomó como un sonámbulo. Su rostro se había vuelto plúmbeo y el sudor le corría por la frente. Empezó a beber el vino lentamente y miró al frente como si intentara distinguir una visión horrorosa que ya hubiera visto antes.

Entonces dijo con voz apagada:

—Debes acabar con Fabia si quieres llegar a ser algo. —Alzó los ojos, que, aunque vidriosos, aún tenían una mirada de poderío—: No te amenazo porque sí ni porque haya sentido rabia. –Respiraba con dificultad y jadeaba.– Ahora se trata de otra cosa. Se rumorea que te has puesto de acuerdo con ese tracio, Espartaco, y con esos esclavos, Crixo y Oenomao, a los que él incita. Ahora vivimos aterrorizados por el levantamiento de los esclavos. ¿Eres tú acaso uno de los conspiradores, Catilina? No espero oír la verdad de tus labios, pero ¡ten cuidado! Aún no ha llegado nuestra hora. Una sublevación de los esclavos no nos ayudaría a alcanzar el poder.

–Pues algo hay que hacer –replicó Catilina con amargura–. Los años pasan y nosotros seguimos siendo los mismos, jugando a conspiraciones.

–¿Es que quieres ver cómo los romanos, tus compatriotas, son asesinados en las calles por esclavos sublevados?

Catilina alzó la mirada con expresión inescrutable.

–Seamos razonables –dijo Julio–. No queremos matanzas de compatriotas. Es cierto que esperamos utilizar la influencia que tienes sobre tus monstruosos amigos, lo que nos hará invencibles, de modo que por temor nadie se atreva a oponerse a nosotros, pero no queremos que la sangre romana corra por las calles.

Catilina frunció su arrogante boca, pero no dijo nada.

–Sí, ya veo que la sangre romana no significa nada para ti –continuó Julio–. Odias todo. Eres así. En ti hay demasiada violencia, y la violencia fue tu primer amor. La violencia porque sí. Si yo dijera una sola palabra a Craso, no vivirías para ver otro amanecer ni para seducir a otra mujer.

La mano de Catilina fue en busca de su daga, pero Julio, ya recobrado, se levantó y sonrió divertido.

–Ten valor, Catilina, cuando te llegue tu día, pero no seas violento. Yo te aprecio. No me gustaría tener que ofrecer sacrificios a tus manes.

Y con paso firme, aunque algo lento, se dirigió hacia la enorme estatua negra de Horus y alzó la mirada hacia aquel feroz rostro picudo. Cuando se volvió, vio que Catilina se había marchado sin despedirse.

Terencia, que creía que podía andar como quisiera por su casa, entró en la biblioteca donde Marco estaba escribiendo unos ensayos prometidos a Ático.

Ni siquiera se molestó en llamar a la puerta y Marco se puso nervioso y frunció el entrecejo. No era un romano tan chapado a la antigua como para creer que su esposa debía permanecer en los aposentos de las mujeres, en compañía de sus esclavas y su suegra, en el cuarto donde dormía la pequeña Tulia o en los pórticos exteriores y en el patio reservado para los miembros femeninos de la familia, pero sí estaba convencido de que el que irrumpiera en su intimidad debería pedir excusarse o al menos llamar primero a la puerta.

—Ya te he dicho, querida Terencia, que no vengas a mi biblioteca cuando estoy trabajando —dijo con toda la severidad que pudo, que no era mucha.

—¡Bah! —exclamó ella—. ¿Qué estás escribiendo? Oscuros ensayos para que los lean hombres perezosos mientras se toman un baño. Hay cosas más importantes.

Dado que cada escritor cree que lo que escribe es glorioso e inmortal, Marco se sintió ofendido e irritado. Y aún más cuando ella se sentó frente a él sin pedirle permiso. Ella, la que no se sentaba a la mesa en presencia de otros hombres y se quedaba discretamente junto a la puerta para supervisar los platos que iban trayendo los esclavos. Él había llegado a tomar cariño a Terencia y una vez habría de escribirle desde Sicilia: «Eres más valerosa que muchos hombres» y «la más fiel de las compañeras». Pero por alguna razón se sentía más feliz cuando ella estaba ausente que cuando estaba presente. Y como ella siempre estaba diciendo que todo lo que hacía estaba bien hecho y que un simple hombre no tenía por qué ponerlo en duda, él no perdía ocasión de abochornarla. Marco pensaba que para ser una romana chapada a la antigua tenía una muy pobre opinión del sexo masculino. Pero ¿no sería que las antiguas romanas tenían tan pobre opinión para así librarse de los hombres?

Marco suspiró y, al ver que Terencia seguía en la silla y con una mirada que indicaba que no se dejaría intimidar por nadie, soltó la pluma.

—Estoy escribiendo un ensayo que creo arrojará alguna luz sobre un tema de gran trascendencia —dijo con tono de importancia. Nunca sabía si hablaba a Terencia con énfasis intelectual para ilustrarla o para trazar una raya entre ambas mentalidades, con menosprecio de la de ella—. ¿Dónde acaba la razón y empieza la emoción? ¿Quién puede decir que piensa razonablemente sobre la mayoría de los temas, cosa muy estimable, o se ve impulsado, aun sin saberlo, por alguna fuerza oculta en su naturaleza que nada tiene que ver con su intelecto? Y si se ve impulsado, ¿cómo puede creer que su razón es objetiva y, por lo tanto, debe ser aceptada sin reservas por los otros hombres? Yo amo la ley porque la ilegalidad me disgusta. Pero ¿es eso razón pura? Hay hombres que por instinto aman la ilegalidad y la inquietud y hallan razones para justificarlo en la aparente anarquía que hay en la naturaleza y en la indiferencia que ésta siente por las ideas y motivaciones humanas. Decimos que la ley es sagrada. Pero la naturaleza no mira nada como sagrado. Abominamos del crimen, pero en la naturaleza se encuentra como la cosa más natural. Sentimos compasión por los débiles, pero la naturaleza los elimina de modo implacable, porque la debilidad engendra debilidad y en el mundo no hay lugar para los que no son fuertes. ¿Hemos de disputar con la naturaleza porque ella ha decretado que la supervivencia de hombres, animales y vegetales dependa de la eliminación de aquellos no dotados de cualidades para sobrevivir? La naturaleza ya demuestra que no le interesa la supervivencia de un bebé. Somos nosotros los que hemos de cuidarlo para que sobreviva. ¿Usamos la razón o nos dejamos llevar meramente por las emociones?

–Tulia no es una niña débil; al contrario, es muy fuerte –objetó Terencia–. No veo por qué ha de servir de argumento para uno de tus ensayos.

Marco elevó los ojos al techo con gesto de paciencia, algo que nunca dejaba de exasperar a la pragmática Terencia.

–No estaba escribiendo sobre mi hijita Tulia –dijo con acento de mártir, de esposo incomprendido, de uno que es paciente hasta rayar con la idiotez–. Ya veo que no puedo ponerme a tu nivel.

–Pues entonces deja que yo intente ponerme al tuyo, ¡oh, amo! –replicó Terencia con el sarcasmo que siempre desagradaba a Marco.

»Es cierto –prosiguió Terencia– que yo no sé escribir ensayos ni manejar un caso ante los tribunales con la debida habilidad y empleando abstrusos argumentos, pero sé leer los libros de contabilidad y puedo hacerme una idea de nuestra situación económica. Aunque soy un ser de mente inferior, puedo juzgar si es conveniente o no hacer una venta o una inversión y si cierto banco es merecedor de mi confianza. Sé qué clase de amigos pueden hacer que mejoremos de posición y cuáles son un estorbo. Conozco hasta la última moneda de cobre, el saldo de nuestras cuentas en los bancos y el valor de nuestras fincas. Claro que para ti, Marco, con tu encumbrada mente, todo eso es nada.

–Bueno, pero ¿de qué te quejas ahora? –le preguntó él con voz resignada.

Terencia tomó un puñado de higos y dátiles, empezó a masticarlos ruidosamente y se quedó mirando la pared por encima del hombro de Marco. Sus ojos rasgados parecían pensativos. Masticaba con placer.

–De casi todo –dijo tras tragar.

–¿No podríamos hablar de eso mañana, cuando esté menos ocupado?

–¿Cuándo? ¿En los tribunales? ¿En tu despacho? No, tiene que ser ahora. –Rebuscó entre sus voluminosas e impropias vestiduras y sacó un papel.– He puesto en orden esta lista. Amo, ¿puede conceder a su esclava un poco de su precioso tiempo? Seré breve.

–Por favor... –dijo Marco lo más correctamente que pudo.

–Me has dicho que piensas ofrecer una cena a ciertos caballeros. Amo, la cena será servida tal como deseas. Ya me he fijado en la lista de invitados. No son más que abogados y comerciantes aburridos. No es que intente menospreciarlos: son tus colegas, pero ninguno de ellos es persona de importancia y, si debes progresar en tu carrera, debes escoger mejores amistades.

–Hemos pensado cenar juntos para cambiar opiniones sobre leyes, Terencia.

–La vida es demasiado corta para darse esos gustos –contestó ella con firmeza–. A ti te causan placer tales discusiones, y el placer es sospechoso. Has sido nombrado cuestor. Ahora eres un político. Por lo tanto, ¿quién puede hacer que progreses en la carrera política?

–¿Quién? –preguntó Marco armándose de paciencia.

–Julio César, Pompeyo el Magno, Lucio Catilina o el noble Licinio Craso, el triunviro, el financiero, el hombre más rico de Roma. Por no nombrar más que a unos pocos.

Marco se reclinó en su silla.

–Julio me parece demasiado fastidioso y astuto; Pompeyo, torpe y pesado. No necesito volver a decirte cuánto aborrezco a Catilina. Y en cuanto a Craso, lo desprecio de todo corazón porque se hizo rico gracias a la expropiación de las fincas de muchos desgraciados al regreso de Sila. Es un hombre sin escrúpulos y puede comprar todos los cargos que quiera para él y para sus amigos, y quien compra cargos es un ser despreciable.

–Todos los políticos compran cargos –replicó Terencia, mostrándose a su vez paciente–. ¿Crees que alguien es elegido por su probidad, su inteligencia, su patriotismo o el deseo de mejorar su patria? Todos los cargos políticos están en venta, todos los políticos que tienen éxito es porque antes pagaron con oro.

–Yo no –contestó Marco irritado.

Terencia se encogió de hombros.

–Deberías ser procónsul como mínimo y comprar cargos como hacen todos los hombres inteligentes. Podría citarte una docena de triunviros que compraron sus cargos o que se los compraron sus padres, que eran lo suficientemente ricos para eso. La virtud, las dotes de mando o la capacidad son cualidades que no cuentan para nada. Si sólo se hubiera de elegir a hombres virtuosos y capaces, seguro que la mitad o más de los cargos de Roma quedarían vacantes.

–El pueblo debería elegir a los mejores –declaró Marco.

–¿Y quiénes crees que piensa que son los mejores? ¿Los que sólo pueden ofrecerles trabajo y sacrificios por su país o los que prometen regalos?

Marco se quedó mirando a su esposa con respeto y ella le sonrió maternalmente.

–He estado leyendo algunos de tus viejos ensayos –le dijo–. Como sólo tengo un pobre cerebro de mujer, no he llegado a las mismas conclusiones que tú.

—Eres una buena discípula —dijo Marco volviendo a tomar la pluma.

—Espera. ¿Insistes en que esos tipos aburridos vengan a cenar contigo? ¿No quieres hacerme caso? Si no quieres invitar a esos cuatro que he mencionado, podría citarte otros.

—Apúntalos si los consideras tan importantes, y déjame en paz, Terencia, pero exceptúa a Catilina.

Marco era de carácter amable, y ya que no amor, sentía profundo cariño por su esposa. Terencia se sintió complacida.

—Y ahora hablemos del número de tus invitados, querido esposo. He añadido otros nombres. —Y se los mencionó.

Marco hizo una mueca burlona y se quedó mirando de hito en hito a su esposa.

—Me he fijado en que la estatua de bronce que representaba a una ninfa y un fauno ha desaparecido del vestíbulo.

Terencia le sonrió dulcemente.

—He redactado la lista de invitados más amplia que he podido, querido. Respecto a la estatua, la encontraba indecente, pero si quieres, haré que vuelvan a colocarla en el vestíbulo.

—También echo de menos las figuritas de alabastro de Venus y Adonis que estaban en nuestro dormitorio.

—¡Tenían un actitud tan obscena! Sin embargo, ya que parecen gustarte tanto, mandaré que las vuelvan a poner en su sitio. Eres un esposo muy extraño —añadió plegando el papel con los nombres—. Confieso que no te comprendo y que tus costumbres me parecen rarísimas. Recuerdo lo exasperada que se ponía mi madre con mi padre. Pero tú eres más caprichoso que cualquier otro hombre. Como esposa, me he encargado de los libros que me dio tu madre, mujer muy competente. ¿Sabes que por haber comprado tantas tierras y fincas rústicas, tantos huertos y olivares ahora debes más de doscientos mil sestercios y que tienes además otras deudas?

—Por desgracia, en los últimos tiempos mis clientes han gozado de buena salud y no ha fallecido ninguno que pudiese mencionarme en su testamento —dijo Marco—. ¡Doscientos mil sestercios!

—Sí. —Terencia hizo una pausa y lo miró fijamente con sus grandes ojos castaños.— He observado en los libros de contabilidad de tu despacho que últimamente has tenido muchas clientes femeninas, a las cuales les ganaste casos de divorcio. Creía que eras contrario al divorcio.

—Y lo soy. Pero en esos casos las esposas tenían razón.

—Pues no te pagaron honorarios.

—Terencia, ya sabes que la ley prohíbe que los abogados acepten honorarios. Sólo podemos recibir regalos y legados.

La mirada de Terencia se hizo más fría.

—Pues esas damas no te han hecho regalos. ¿Se los diste tú acaso a ellas, Marco? ¿O les diste algo más?

Él se quedó pasmado.

—¿Qué estás insinuando?

Ella se encogió de hombros y bajó los ojos.

—¿Es que estás celosa? —preguntó Marco interesado.

—¿Yo? ¿Cómo te atreves a difamarme, Marco? ¿Acaso no te tengo por el más fiel de los esposos?

Él se mordió el labio y contestó:

—Pues en estos tiempos eso no se considera un cumplido. El esposo de tu amiga Aurelia es famoso por sus adulterios.

—También Aurelia hace lo que puede —respondió Terencia, levantándose y poniendo cara muy seria—. Marco, debes sugerir más descaradamente a tus clientes que deben hacerte regalos. Nuestras cuentas en los bancos están a un nivel muy bajo —sonrió—. ¿Quieres ver a Tulia antes de que se vaya a dormir?

Fueron al bien iluminado cuarto de la niña, que además era encantador y estaba bien ventilado, oliéndose en él la fragancia del otoño. Tulia estaba todavía despierta y al ver a su padre alzó los bracitos. Tenía la misma cara del padre, ligeramente pálida aunque de aspecto saludable, en la que brillaba la inteligencia y los mismos ojos grandes y cambiantes, que iban del ámbar al gris, pasando por el azul. Marco la levantó en sus brazos y la besó cariñosamente.

—Mi niñita —dijo.

La chiquilla se pegó a su mejilla y, juguetona, le dio un tirón en el pelo. Terencia, a pesar de haber preferido un niño, miró al padre y a la hija con orgullo. Luego pasó una mano por el hombro de su esposo y apoyó su mejilla en la de él. Es un hombre raro, pensó, pero virtuoso y famoso, aunque no se preocupa de pedir regalos a los clientes ni cultivar la amistad de hombres importantes.

Por fin le dijo:

—Marco, he decidido que ni yo ni la niña te acompañemos a Sicilia. Me han dicho que su clima no es sano para los niños.

Marco no había dicho nada, alimentando la esperanza de no tener que volver a afrontar los gastos de instalar una casa en Sicilia. También sentía deseos de alejarse cierto tiempo de esta esposa exigente que no hablaba más que de libros de contabilidad y de invitados importantes y cuya conversación en general sólo se refería a cosas materiales. Y contestó:

—Me sentiré muy solo.

Terencia contestó con firmeza:

–Sólo estaremos separados un año y ya vendrás a visitarnos en verano a la isla. Debo insistir en que hemos de cuidar la salud de Tulio.

–Estoy de acuerdo, querida –dijo Marco, con tal tono de conformidad que Terencia lo miró como si dudara de su sinceridad.

Él volvió a su biblioteca, donde se encontró a su sirviente Aulo.

–Amo, el noble Julio César quiere verle.

–¿A esta hora?

Aulo se inclinó y se quedó mirando al suelo.

–Amo, en estos tiempos a esta hora no se la considera muy tarde. Viene con Pompeyo el Magno.

Marco frunció el entrecejo. Sabía que Pompeyo le tenía en gran estima y no comprendía por qué. Y dijo a Aulo:

–Hazlos pasar a mi biblioteca.

Era evidente que, aunque Julio y Pompeyo no venían borrachos, habían bebido bastante y gozado de una suculenta cena. Ambos traían ese brillo que sólo dan el buen vino y la buena mesa. Marco se sintió torpe y viejo ante su deslumbradora presencia, un hombre aburrido, un padre y esposo rodeado de libros de contabilidad.

–Debes perdonar que vengamos a esta hora, querido amigo –dijo Julio abrazando a su involuntario anfitrión.

–Sed bienvenidos –contestó Marco y ordenó a Aulo que trajera vino.

–Dudo que lo seamos –dijo Julio burlón–, pero ¡es que te queremos tanto! Cuando nos acercábamos al Palatino, Pompeyo dijo: «¿Por qué no vamos a saludar a nuestro amigo Cicerón?». Me convenció, ¡y aquí nos tienes!

Marco se quedó mirando a Pompeyo, el de la cara ancha, ojos grises y gesto impasible. Y se preguntó a qué habrían venido. El vino fue servido y los tres jóvenes bebieron a sorbitos dando muestras de aprobación.

–Debo felicitar a Terencia –dijo Julio–. Ha mejorado tu gusto.

–Se sentirá satisfecha, y eso a pesar de que deploraste nuestro matrimonio.

–¡Qué memoria tiene este Marco! –dijo Julio a Pompeyo–. No provoques su enemistad. No te perdonaría jamás.

–Cierto –dijo Marco.

Julio alzó un brazo con gesto grandilocuente.

–Si yo tuviera que recordar a todos mis enemigos y fuera rencoroso, ¡vaya vida sería la mía! Prefiero reconciliarme con ellos y hacerlos mis amigos.

–Y tus aliados –añadió Marco.

–No hay hombre que no necesite aliados –dijo Julio, mirándole con sus ojos negros–. Te queremos, Cicerón, y por eso también te buscamos aliados. Deseamos que la nación entera te aplauda y se incline ante ti.

—Y progreses en tu carrera —añadió Pompeyo, que hoy tenía ganas de hablar.

—¿Qué estáis tramando ahora? —preguntó Marco. Bebió un poco de vino y se sintió agradablemente sorprendido al ver que ya no sentía pesadez.

Julio puso los ojos en blanco.

—Cicerón siempre está hablando de conspiraciones. Desconfía de nosotros, que somos sus amigos, y no cree en nuestro cariño. ¿Acaso nuestras vidas no son virtuosas y sacrificadas?

—Claro que no —respondió Marco.

—¡Qué comediante es! —exclamó Julio sonriendo a Pompeyo. Se inclinó hacia Marco—. Te traemos una invitación del noble Licinio Craso, quien te ha elogiado mucho esta noche. Quiere que cenes con él dentro de una semana, antes de tu marcha a Sicilia.

—No —contestó Marco.

—¿Rechazas la invitación de un triunviro, de un hombre tan rico e influyente?

—Sí.

Julio tomó un sorbo de vino.

—Craso era el mejor amigo de Sila y ahora se ha encargado de poner en orden los papeles de éste; de ese modo ha llegado a su poder una carta que Sila le escribió. Quiere leértela, pues se refiere a ti, Marco.

Marco demostró más curiosidad de lo normal.

—¿Cómo?

Julio meneó la cabeza.

—No te diré nada. Debes oírla de labios de Craso, que te tiene en gran estima.

—¡Vaya! —exclamó Marco, vacilando—. Ya he oído hablar de las cenas de Craso. Son depravadas.

El rostro de Julio se contrajo en una mueca y se quedó mirando la grave biblioteca. Luego fijó los ojos en las sobrias vestiduras de Marco.

—¡Bueno! —le dijo—. Pero ¿es que piensas morirte sin conocer el placer?

—No sé a qué llamas placer —replicó Marco—. Yo lo encontraría aburrido. —Hizo una pausa.— Iré a cenar con Craso a pesar de que lo desprecio. Me gustará leer la carta de Sila.

Julio dijo triunfalmente:

—¡Alégrate! ¿Sabes quiénes asistirán también? Tus queridos amigos Noë ben Joel y Roscio, el simpático actor.

Capítulo
41

—Señor, es mucho más fácil corromper o volver inofensivo al hombre honesto y virtuoso, que no al deshonesto y vicioso —estaba diciendo Julio César a M. Licinio Craso—; porque el primero jamás llegará a creer, por mucho que se intente convencerlo de lo contrario, que los hombres son como son, pues si lo supiera, se volvería melancólico y se sentiría tristísimo. En cambio, el segundo se haría inmediatamente dos preguntas: «¿para qué querrán que haga esto o lo otro» y «¿qué saldría ganando haciéndolo o no haciéndolo?». Por consiguiente, el segundo siempre será más duro de convencer y más peligroso.

»Por lo tanto, señor, como ya dije a Sila, es necesario convencer a Cicerón de que usted ama a Roma sobre todas las cosas, después de a los dioses, claro. Entonces no se opondrá a usted en ninguna circunstancia, aunque haya una aparente contradicción. El que Cicerón deje de oponerse vale más que la colaboración y ayuda de muchos. El pueblo lo quiere. No es que tenga la popularidad de un gladiador, un general, un actor o un político. Lo quiere porque sabe que tiene las mismas virtudes que él cree tener.

—¿Es un estúpido? —preguntó Craso.

—No, señor. Es sólo un buen hombre.

—¿Y qué diferencia hay?

Julio se echó a reír y sacudió la cabeza.

—Cicerón tiene una influencia enorme en Roma. Menos mal que no se da cuenta de ello.

Craso era un hombre de unos cuarenta y cinco años, robusto y musculoso, algo bajito y ancho de hombros. Por lo tanto, asombraba ver la pequeñez de su cabeza, sus rasgos perfilados, sus hundidos y relucientes ojos grises bajo su estrecha frente. El cabello era espeso y áspero, parcialmente encanecido y rebelde al peine. Era patricio, como el difunto Sila, pero al revés de éste no sentía el orgullo de raza y familia ni tenía honor, por muy pervertido que hubiera estado el de aquél. A pesar de todas las cosas que hizo, Sila amaba a su país. Craso no amaba más que a su propia persona y al dinero. Era un astuto financiero que se había hecho inmensamente rico traficando con esclavos y prestando dinero a rédito. No había un solo medio de hacer dinero que no hubiera practicado. Y ahora que era el hombre más rico de la República, se sentía inquieto. Cierto, el dinero le había dado un gran poder, pero el poder del dinero en una República está restringido por las leyes, y aunque le daba influencia, eso no satisfacía la ambición de Craso.

Para obtener el poder que deseaba (el poder absoluto) hacía falta primero engañar al pueblo. Pero una nación republicana, por muy corrompida que esté, sospecha del ceremonial y de las ostentaciones y alardes de riqueza. Craso había tenido ocasión de verlo por sí mismo cuando su joven y bella esposa apareció en público llevando en la cabeza una pequeña corona de oro incrustada de piedras preciosas y con una capa roja de púrpura bordada con lirios de oro. El público la había silbado e increpado en el circo con palabras burlonas y obscenas mientras le gritaba: «¡Reina! ¡Majestad! ¡Emperatriz!».

La pobre mujer tuvo que retirarse llorando amargamente, llena de temor porque el pueblo se mostraba por momentos más furioso, despreciativo e indignado. No, Roma todavía no estaba madura para la monarquía. Y se opondría con todas sus fuerzas al paso siguiente: el fasto de la realeza.

Craso no quería cometer los errores de Sila. El general se había equivocado al mantener una disciplina de tipo militar y amar a su país. Craso carecía de esas virtudes y prefería aproximarse al pueblo con suavidad y habilidad traicionera. Como era rico, se convirtió en un filántropo. Pronunciaba discursos ante el Senado, declarando que sólo deseaba el bien de la República y el poder constitucional del pueblo. Que sólo quería hacer lo que el pueblo deseara y que su bolsa estaría siempre abierta para los dignos y virtuosos. Rendía culto a la libertad y era el siervo de Roma. Que Roma le mandase lo que quisiera. Todo lo suyo pertenecía a Roma. Pretendía burlarse de los de su clase y de los ricos, y denunciaba a los patricios «por su pereza, sus lujos y su indiferencia ante los sufrimientos de las masas». Reprochaba a los ricos su egoísmo y el que no les importara la suerte de sus compatriotas. «Si los privilegiados tienen un privilegio, es el de poder ayudar a los indefensos y mejorar su suerte.» Dirigiéndose a los libertos, siempre muy sensibles al recuerdo de su anterior estado, declaraba que la libertad era un don que Dios había concedido a todos los hombres. Y para que no se enfadaran con él los dueños de esclavos por hacer tal afirmación, decía que «los dioses habían dispuesto la categoría de cada uno, ¿y quién podría oponerse a los dioses?». A los ricos de su propia clase les decía en privado: «Al pueblo hay que adularlo, si no, puede sublevarse y destruirnos».

Ante el Senado declaraba: «Vosotros constituís el poder de Roma».

Y ante la plebe afirmaba: «Vosotros sois el único poder. Mandadnos».

Construyó hospitales gratuitos para los pobres. Y cuando había escasez de pan o grano, él mismo lo hacía traer pagándolo de su bolsillo. Era el protector de las artes. Los actores y gladiadores lo adoraban y contribuían a propagar su fama entre el pueblo. Cuando aparecía en público, sus libertos llevaban bolsas llenas de monedas de oro que arrojaban a la masa que le vitoreaba. Cada mañana salía al pórtico exterior de su casa, con gesto grave y de buena persona y escuchaba seriamente a todos los que querían exponerle alguna queja, prometiendo siempre algo a todos. «La puerta de mi casa está siempre abierta», decía, y pedía a sus visitantes que rezaran por él.

Había pocos que sospecharan de él o que les fuera antipático. ¿Acaso no amaba al pueblo y distribuía sus riquezas honrando a todos? Uno de los que sospechaban de él era Marco Tulio Cicerón, que sabía el origen de su fortuna. Si Cicerón lo denunciara públicamente, el pueblo ya no se llamaría a engaño respecto a este supuesto amigo de los pobres y desgraciados.

Por eso preguntó a Julio:

—¿Cómo podríamos corromperle?

—Señor, eso es imposible. Lo único que puede hacer es engañarle de modo que no sospeche de sus deseos y ambiciones.

—Catilina desea su muerte.

—Catilina está loco de remate.

—Cierto. Pero el mejor preventivo contra alguien potencialmente peligroso es el asesinato.

—Es muy querido del pueblo, señor.

Craso sonrió.

—Catilina se queja de que siempre estás defendiendo a Cicerón y que lo tienes en gran estima.

—Fue el mentor de mi infancia. Mientras viva, impediré que lo maten.

Craso se echó a reír.

—Si he llegado al triunvirato y he amasado tan gran fortuna, no ha sido por creer todo lo que me han dicho. Debes tener otra razón, Julio. Agasajemos a ese Cicerón y convenzámoslo de que tenemos buenas intenciones..., haciéndole así inofensivo.

Marco jamás había visto una mansión tan suntuosa como la de Craso, ni cuya ornamentación fuera tan lujosa y decadente. También se fijó en que estaba muy bien guardada, al parecer contra los que Craso declaraba públicamente querer tanto. Nunca había visto alfombras semejantes, apiladas unas sobre otras, de modo que los pies se hundían en ellas. La nueva mansión de César en las afueras de Roma era una choza en comparación; la casa de Marco, una cueva. Esclavos y esclavas habían sido escogidos por su juventud y belleza y las cabelleras de unos y otros estaban recogidas en redecillas de hilo de oro con piedras preciosas. Muchos, tanto muchachos como jovencitas, iban desnudos para exhibir sus formas encantadoras. El palacio resonaba con el murmullo de fuentes, música y risas suaves, y tenía una fragancia de perfumes, suaves ungüentos y flores. Por todas partes reinaba una atmósfera de alegría, amistad y relajamiento. Craso llevaba puesta una guirnalda de laurel y sus huéspedes, collares de flores. Bellísimas esclavas nubias desnudas, altas y de negros cuerpos relucientes iban de una estancia a otra con abanicos de plumas, permaneciendo gentilmente detrás de los huéspedes para abanicarlos, porque la tarde otoñal era calurosa.

¿Ésta es la austeridad de la República?, pensó Marco. Sus sentidos estaban como aturdidos. En las lámparas de cristal de Alejandría titilaban las luces y por todas partes se veía oro, plata y piedras preciosas en platos, bandejas, fuentes, cuchillos y cucharas. El mantel de la larga mesa era de paño de hilo de oro y en su centro había flores y hojas de helecho. Las paredes eran de mármol blanco, adornadas con pinturas murales de unos colores tan vivos que parecían tener vida.

Unos músicos tocaban bellas melodías tras un biombo de marfil labrado. Y las doncellas cantaban al son de aquel acompañamiento. Sobre la mesa fueron colocadas grandes bandejas, portadas por orgullosos cocineros, con humeantes pescados regados con vino, gansos y patos asados, lechones y corderillos. Enormes cuencos contenían las frutas más selectas, así como ensaladas aliñadas con vino, aceite, ajo y alcaparras. El pan era blanco como la nieve. Había aceitunas de Judea, limones, blanquísimo apio, trocitos de pescado y de cabeza de jabalí asados con hierbas. Estaban presentes no sólo los mejores vinos de todas las naciones, servidos en botellas conservadas entre nieve, sino licor sirio de cebada fermentada, de tonalidad dorada y sabor ácido y fuerte. Para los que tenían gustos más plebeyos, y Craso confesaba que los tenía, había fresca y espumeante cerveza de color ámbar.

En cada rincón del comedor se alzaba la estatua de un dios, de tamaño natural o aún más grande, ante las cuales había jarrones persas llenos de flores y hojas otoñales. La fragancia de las flores se mezclaba con un ligero aroma a incienso, con la dulce música y el rico aroma de las exquisitas viandas. Marco se fijó en que su servilleta de blanco lino estaba bordada con hilo de oro. Se hallaba sentado a la derecha de Craso, como invitado de honor. A la izquierda del anfitrión estaba Julio y luego Pompeyo. Había además varios abogados, ricos, políticos y tres senadores. También estaban Noë y Roscio, que, mirando de reojo a Marco de vez en cuando, le guiñaban los ojos. Noë se estaba quedando calvo y Roscio parecía un dios envuelto en su túnica roja.

Presentes en la cena no había más mujeres que las bellas esclavas desnudas que atendían a los invitados, les llenaban los cubiletes y sonreían ante su manoseo lascivo.

¿Por qué me habrán traído aquí?, pensó Marco. Cuando se sentía confuso e inquieto solía beber demasiado vino. Casi todo el rato estuvo callado, mientras los demás bromeaban de buena gana. Roscio empezó a declamar algunos versos de la última obra de Noë y todos guardaron silencio para oír su voz potente y musical. Noë sonreía orgulloso, aceptando los aplausos y halagos de Roscio. Marco comenzó a comprender que sus amigos habían sido invitados no por ellos mismos, sino como señuelo para obligarle a venir. Dejó su cubilete lleno de vino y puso atención a lo que le decían.

—Espero, noble Cicerón –dijo Craso con su voz áspera y apremiante–, que lo esté pasando bien con mi humilde cena.

—No estoy acostumbrado a cenar tan humildemente –contestó Cicerón.

Julio se echó a reír y dio un codazo a su anfitrión.

—¿No le dije que era un comediante?

Pero Craso, a pesar de su sonrisa, se sintió picado y declaró:

—Ya veo que es usted sardónico, Cicerón.

—No lo crea, señor. Simplemente estoy abrumado. ¿Todos los amigos del pueblo viven así y cenan tan espléndidamente?

Craso se quedó pensativo y arrugó el entrecejo.

—Yo bien quisiera que todos los romanos vivieran así –contestó–. ¿Es que no merecen gozar de los frutos de su trabajo? Pero, ¡ay!, han sido privados de sus derechos y sus honestos placeres. ¿Acaso no se merecen todos los romanos tener carros y carretas, buenos caballos y moradas espléndidas? ¿Quién les niega ese derecho?[1]

—Sin duda, el gobierno –dijo Marco–. Los privilegiados, los codiciosos y los avariciosos. Los explotadores del pueblo.

Craso pretendió cambiar su ironía por sinceridad.

—Bien dicho. Yo espero corregir esa situación. ¿Acaso los romanos no nos merecemos todo lo mejor que el mundo produce? ¡Claro que sí! Los que digan lo contrario son enemigos del pueblo.

—Señor, las riquezas de Craso, todos los tesoros del mundo juntos, no bastarían para dar a cada uno de los romanos lo que he visto aquí esta noche.

—Cierto –reconoció Craso–, pero hay un término medio entre el lujo y la pobreza. Están la comodidad y algunas cosas que sirven para amenizar la vida y dar seguridad. Eso es lo que deseo para mi pueblo.

---

[1] Conversación tomada de la correspondencia entre Craso y Cicerón.

Habló con énfasis y tono autoritario y se quedó mirando a Marco, que no se había creído nada.

—¿Por qué ha de haber períodos sucesivos de hambre y de abundancia, Cicerón?

—Tenía la impresión de que era una cosa decretada por la naturaleza —declaró Marco.

—Nosotros almacenamos grano cuando hay una buena cosecha —dijo Craso—, pero la solución no es ésa.

—¿Cuál es entonces, señor?

—Repartir las tierras por igual —dijo finalmente con tono enfático.

Marco contestó:

—No creo que los campesinos se conformaran.

—¡Ah! ¡Los campesinos! ¡Con el cariño que les tengo! Pero hay tierra para todos, Cicerón.

—¿Dónde? —preguntó Marco—. Italia es un país montañoso de escasas tierras cultivables.

—Pero está el mundo —replicó Craso misteriosamente—. ¿Acaso el mundo no es inmenso y está lleno de tierras sin cultivar?

—Los habitantes de otros países objetarán que los romanos no tienen ningún derecho a apoderarse de tierras que no son suyas.

—No me has entendido bien, Cicerón. Todas las tierras del mundo deberían ser poseídas en común.

—¿Y qué hacemos entonces con el derecho a la propiedad privada, garantizado en nuestra Constitución?

—No voy a discutir eso ahora —dijo Craso—. ¿Acaso no apoyo yo la Constitución?

No es tonto, pensó Marco, y lo que está diciendo debe de tener algún objetivo. Marco se fijó en que todos estaban escuchando a Craso con gran atención, haciendo gestos de aprobación, exceptuando a Noë y Roscio, que hacían muecas inquietas.

Craso prosiguió:

—Alejandro Magno soñó con un mundo unido. Yo también sueño con eso. Un gobierno, un pueblo, una ley bajo Dios. ¿Podrá realizarse en el curso de mi vida? No lo sé. Pero como hombres, deberemos trabajar incesantemente para lograr tal fin.

—¿Y por qué? —preguntó Marco—. ¿Por qué vamos a destruir la infinita variedad de la humanidad? Destruiríamos los dioses de otros pueblos. Destruiríamos sus modos de vida, que se han dado de acuerdo con sus preferencias. ¿Quién se atreve a afirmar que nuestras costumbres son mejores que las suyas?

–Esas diferencias a que hace alusión, Marco, son superficiales. ¿Acaso todos los hombres no tenemos las mismas necesidades?

–No todos –replicó Marco–. Los romanos carecemos de autoridad, divina o humana, para imponer nuestra voluntad a los demás, por nobles que pretendamos ser.

–¿Que pretendemos ser? –preguntó Craso enarcando las cejas.

–Que pretendemos ser –repitió Marco.

Craso pensó: Catilina tiene razón, deberían asesinarlo. Y se volvió hacia Julio, que escuchaba la conversación sonriendo.

–Sólo podríamos imponer nuestro gobierno con la fuerza de la espada y con la guerra –dijo Marco–, y violando los derechos de otros hombres. Debemos refrenarnos.

–Veo que no comprende, Cicerón. Bajo una sola autoridad y una sola ley, todas las tierras podrían ser cultivadas para beneficio del pueblo. Todos los tesoros podrían ser utilizados para el bien común.

–¿Incluyendo el suyo, noble Craso?

–Incluyendo el mío.

Es embustero y peligroso –pensó Marco–. ¡Ah! ¡Estos que dicen amar a la humanidad son los más traidores y temibles!

–Creo en las leyes y en el ordenado proceso de las leyes –dijo, y trató de ocultar el asco que sentía–. No creo en la fuerza como medio de hacer que todos los hombres vivan como nosotros deseamos. Si nuestro modo de vida es tan bueno, todos los hombres acabarán reconociéndolo libremente. Y si es malo... –hizo una pausa–, sólo podremos imponerlo por la fuerza.

Craso dijo entonces:

–Oremos para que nuestra nación sea justa. Cicerón tiene razón. Admiro su clarividencia y sinceridad. Es un verdadero romano.

Puso una mano en el hombro de Marco y miró gravemente a un lado y otro de la mesa.

–Un verdadero romano –repitió con su voz más untuosa y reverente.

–Como verdadero romano –manifestó Marco–, honro a los otros hombres y los dejo en paz. No debemos violar las mentes y corazones de los otros, que son terreno sagrado y nuestros pies no son merecedores de pisotearlos.

–Menosprecias a tus compatriotas, Cicerón.

–No. Les tengo compasión porque los comprendo. –Marco miró a Craso, el hombre más rico de Roma.– La verdad es que estamos de nuevo comprometidos en una guerra contra Mitrídates de Persia, ese tirano y déspota oriental, ese hombre arrogante que nos desprecia y cuyos antepasados ya lucharon contra Roma. Jóvenes romanos mueren diariamente en el campo de batalla.

¿Es que no podemos, en nombre de la paz, llegar a un acuerdo con Mitrídates? No es ningún loco y su pueblo sufre también.

—¿Ignora que nuestros enviados ya han tratado de lograr esa paz?

—Sé lo que se oye decir por ahí. Pero sé también que Roma codicia los tesoros de Persia. Nuestro tesoro está en bancarrota y nuestros soldados no reciben sus pagas.

—¡Pues yo, como patriota romano, deseo que Roma se apodere de los tesoros de Mitrídates! —gritó Julio y casi todos rieron con él.

—Yo, como romano, prefiero que el gobierno haga economías —dijo Marco—, entonces no tendríamos necesidad de guerras.[2]

Craso alzó una mano con gesto solemne.

—Estoy de acuerdo con Cicerón. Ha hablado muy bien. Presionaré al Senado para que acabe cuanto antes con esta guerra, aunque fuimos provocados a entrar en ella. Vivamos en paz.

Marco se lo quedó mirando inquisitivamente, pero en el delgado rostro parecía haber una expresión resuelta y Craso miró uno a uno a todos, como si los desafiara.

—Imitemos el ejemplo de los Padres Fundadores de la Patria, cuyo recuerdo reverenciamos todos. Me alegra, Cicerón, de que esté esta noche presente aquí, porque así comprenderá que hablo con el corazón en la mano.

Roscio y Noë se miraron y éste susurró:

—Es mucho mejor actor que tú.

Craso se quedó mirando con solemne franqueza a Marco:

—Es probable que usted no me crea, pero yo amo a Roma. —Y dirigiéndose a Julio, le preguntó—: ¿Verdad que ya había hablado con los senadores sobre todo esto? Aquí hay tres de ellos presentes que pueden jurar que digo la verdad.

»Sila me escribió una carta antes de morir. Y ahora quiero leérsela, Cicerón. Dice así: "Entre aquellos de quienes te puedes fiar, Licinio, está el abogado Marco Tulio Cicerón, cuya madre es del noble linaje de los Helvios. Sé que me detesta, pero él sabe muy bien que sólo he hecho lo que he podido. A diferencia de otros, no es embustero ni hipócrita. ¡Cultiva su amistad! ¿Acaso un hombre honrado no es más valioso que los rubíes? ¿No debe ser bendecido el gobierno que pueda alardear de seguir sus consejos? Él jamás traicionará a su país ni a sus dioses. Es valiente en una época en la que escasean los hombres valerosos. Abrázalo en mi nombre, porque en estos tiempos ominosos ya me va fallando el corazón. Veo aproximarse la muerte, distingo su sombra sobre mi mano mientras te escribo. Si hay algún

---

[2] Cicerón expuso con frecuencia este tema en sus ensayos y discursos.

hombre que pueda salvar a Roma, ése es Cicerón y los que piensan y sienten como él".

Marco se sintió conmovido y azorado y se ruborizó ante tanto elogio. Pensó que Sila no habría escrito tal cosa a un hombre que fuera una amenaza para el país. Y contestó en voz baja:

—No merezco esas alabanzas.

Craso lo abrazó.

—Eso lo habrán de juzgar los demás, Cicerón. Sólo le pido que prosiga por el camino del honor y que me aconseje siempre que se lo pida, porque aunque tengo mucha más edad que usted, yo no me sonrío ante lo que dicen los jóvenes.

Cuando se quedó a solas con Julio y Pompeyo, Craso dijo:

—Menos mal que no pidió leer esa carta por sí mismo, pues quizá se habría dado cuenta de que no fue Sila quien la escribió.

—¡Habló usted con un tono heroico! —exclamó Julio—. Hubo un instante en que hasta yo me creí que era de verdad una carta de Sila. ¿Se convence ahora de que Cicerón es inofensivo?

Craso reflexionó.

—De lo único que estoy convencido es de que lo he engañado, que es cosa muy diferente.

—Esperemos que nunca descubra lo poderoso que es en Roma —declaró Pompeyo—. Es curioso, pero le he tomado cariño. Y a la vez me da lástima.

Julio, sintiéndose aliviado porque nada amenazaba ahora a Marco, dijo:

—Sí, seduce porque se puede confiar en él. Por eso lo queremos todos. Jamás habremos de temerlo.

Craso frunció el entrecejo:

—Se ha dicho: «Guárdate de la ira del hombre bueno, pues es como el rayo que puede destruir una ciudad». Sin embargo, dejémosle que viva. Lo necesitamos como máscara.

Marco, que no había creído que su cargo en Sicilia pudiera complacerle, descubrió de repente que amaba esta isla de montañas bronceadas, suelo pedregoso y sol violento. Le gustaban aquellas gentes pobres y volubles, sus canciones, sus rostros extraños producto del cruce de tantas razas. Admiraba la lucha que sostenían con su dura tierra y su destreza marinera. Era gente que mataba a la menor provocación y que odiaba a los romanos, porque éstos decían que ellos no eran de raza itálica, sino la escoria del Gran Mar. Pero desde el principio simpatizaron con Marco y confiaron en él, no diciendo lo que habían dicho de los otros cuestores: «Nos aplastará con impuestos y nos chupará la poca sangre que nos queda». Por el contrario, decían de él: «Es un hombre justo, cosa rara en un romano». Y le llevaban presentes como frutas, pescado fresco y las mejores legumbres, y él se conmovía porque sabía que esto era un sacrificio para gentes tan pobres. Se complacía en su cariño y la puerta de su casa estaba abierta a todas horas para recibir a los que venían con quejas. Siempre trataba de remediar todas las injusticias. Cuando un hombre no podía pagar sus impuestos y temía perder la libertad, Marco pagaba la pequeña suma de su propio bolsillo, gasto que no registraba en los libros.

En la pequeña villa en que habitaba halló paz y serenidad. Se sentía feliz de vivir a solas una vez más, aunque se sentía culpable por esta felicidad. Escribía con frecuencia a su esposa y a sus padres y en sus cartas expresaba el amor por su hijita. Gozaba de tanta serenidad que hasta soportaba leer las largas cartas de Terencia, en las que no se refería más que a inversiones y a chismes y le exhortaba a que no gastara mucho. De nuevo volvió la afabilidad a su espíritu y cuando se encontraba a solas recuperó sus hábitos de la lectura, el estudio y los largos paseos en solitario para ver las hermosas puestas de sol en el mar. En la isla había romanos propietarios de fincas, pero él no buscaba su compañía. Ellos sí iban a buscarle y él siempre los recibía amablemente y a veces cenaba con ellos, pero no hizo amistades.

El sol lo había puesto más moreno y las sencillas comidas y la tranquilidad le hicieron engordar. Los largos paseos de meditación fortalecieron sus músculos. Cuando se dio cuenta de que había pasado casi un año, le costó trabajo creerlo. Debía prepararse para regresar a casa. Había comprado algunas tierras por allí y dijo a los campesinos que las trabajaban que todos los frutos y cosechas serían para ellos, que sólo deberían pagar los impuestos y ni eso si no les era posible. Los romanos no se fiaban de los sicilianos, que eran muy marrulleros. Pero Marco se fió. Les estrechaba la mano y les sonreía.

—Algún día regresaré para quedarme a vivir entre vosotros —les decía.

Ellos le besaban las manos y lloraban sinceramente, incluso los que no eran buenos por naturaleza. Una vieja muy arrugada le regaló un amuleto, lo bendijo y besó llorando los pliegues de su manto, diciendo:

—Los hombres honrados no mueren en su casa. Morirá a manos de los malvados.

Todos se quedaron atemorizados porque era una adivina.

Marco recibió una carta de Julio, en la que éste le informaba de que Craso era ahora pretor en Roma y que los romanos lo querían por sus virtudes y espíritu de justicia. Julio y Pompeyo eran sus consejeros. Todo el mundo estaba muy inquieto porque cada vez había más señales de rebelión entre los esclavos. Espartaco los incitaba cada vez más a sublevarse. Los romanos que poseían esclavos ya no se fiaban de ellos y, cuando alguno se moría, no honraban sus manes ni les hacían sacrificios, no considerándolos ya como parte de la familia. Marco se sentía angustiado al pensar en los esclavos, amargado por la crueldad de sus amos. Y como no se atrevía a hablar de ello a su mujer, escribió a su madre:

«Es mi voluntad que todos aquellos que nos hayan servido bien durante siete años sean llevados ante el oportuno funcionario y libertados. Si después de que se les conceda la libertad quieren seguir a nuestro servicio, que se les pague un justo salario.»

La esclavitud jamás le había indignado tanto como ahora, pues se daba cuenta que degradaba más al amo que al esclavo. Últimamente los romanos habían adoptado la costumbre griega de considerar a los esclavos «cosas», ¡como si no poseyeran alma y fueran animales! Cuando Terencia le escribió una carta protestando por «su desenfreno», Marco ni siquiera contestó.

Ahora recibía mucha correspondencia y, como le gustaba que le escribiesen cartas, las contestaba extensamente. Le escribían Noë, Roscio, su hermano Quinto, Ático y otros muchos que se acordaban de él. Centenares de personas que habían leído sus ensayos le escribían para expresarle su gratitud. Le sorprendió que hasta Pompeyo le enviase cartas. También recibió misivas del saduceo que había conocido en Epidauro y del egipcio Anotis. Jamás había sospechado que tuviera tantos amigos y que hubiera tantos que le quisieran y admiraran. Él, por su parte, escribía a sus discípulos, aconsejándoles, y éstos le enviaban copias de los textos de las nuevas leyes, que él estudiaba con suma atención. A veces fruncía el entrecejo. Los impuestos habían subido de nuevo. Otra vez se atacaba a la clase media, a la que se confiscaba el dinero y las propiedades con un sinfín de pretextos, en su mayoría por falta de pago de impuestos o acusaciones de «actividades subversivas». Y Marco se decía con amargura: Así es como Craso vuelve a llenar nuestro Tesoro. Roma había ganado la guerra con Mitrídates, que había sido asesinado, y Persia, inclinando su orgullosa cabeza, pagaba tributo a Roma. Vamos progresando, pensó Marco.

Las canas ya comenzaban a agrisar sus sienes y a poner blancos hilillos en su espesa cabellera castaña. No faltaban bellas campesinas que se le insinuaban, pero Marco jamás había sido un libertino. Como romano chapado a la antigua, creía que había que respetar a las mujeres y que no se debía abusar de ellas a cambio de regalos, en el caso de que fueran pobres. Llevaba en Sicilia una vida ascética y sus placeres sensuales eran los paisajes, los colores cambiantes del mar y escalar montañas. Escribía constantemente. Hacía años que no había dormido tan pacíficamente. A veces se olvidaba de Livia durante varios días.

Un mes antes de abandonar Sicilia, recibió una dramática carta de Terencia escrita en un tono patético y cuyas letras estaban borroneadas por las lágrimas:

«Mi querida, mi adorada, mi divina hermana Fabia se ha suicidado, al igual que Araneada, con un cordón de seda. Pero, ¡ay!, no es que ella hubiera incitado a Athena, sino a Eros. Con las malas artes de éste profanó el sagrado fuego de Vesta y ya no fue digna de vivir. ¿Quién ha sido su cómplice en tan abominable crimen? Aquel contra el que tú siempre me estabas previniendo, querido esposo: ¡Lucio Sergio Catilina! Me tiembla la mano y todo mi cuerpo se estremece. Tengo el corazón deshecho. Yo, su hermana, no había sospechado tal horror y eso que me visitaba a menudo y había visto su palidez, su expresión abstraída y sus labios descoloridos y sin ganas de hablar. Pero ahora resulta que eso lo sabía toda Roma desde hace meses. ¿Por qué no confió en mí? ¿Acaso no era yo para ella como una madre? ¿Cómo iba a traicionarla? Murió porque comprendió que había cometido el peor de los pecados.

»Catilina fue detenido y llevado ante los tribunales para ser juzgado. Tu amigo Julio César, ese del que siempre has desconfiado, fue su abogado defensor. Catilina fue declarado inocente gracias a la elocuencia de César, que juró que Catilina jamás había puesto sus ojos en la vestal y gracias también al testimonio de Aurelia, que juró que su esposo no había dejado de estar a su lado ni una sola noche. Sin embargo, toda Roma sabe la verdad. ¿Quién vengará a Fabia, mi paloma, mi dulce hermanita, que fue seducida por Catilina y ahora yace en una sepultura desconocida y vergonzosa? Temo por su alma, ya que quebrantó el voto de castidad y dejó que se apagara el fuego de Vesta. No puedo escribirte más porque las lágrimas velan mis ojos.»

Marco quedó pasmado. Y recordó a aquella sonriente y bellísima vestal, todo timidez e inocencia, que tantas veces había visitado su casa, que había bendecido a su hijita, cuyas miradas eran castas y brillantes, cuya voz era como el canto de un pájaro al amanecer. Y ahora su nombre estaba maldito en Roma. Marco arrugó la carta en un puño y se sintió poseído por el odio y el ansia de matar. Fue corriendo hasta la orilla del mar, y el cielo y las aguas le parecieron inflamados, mientras el corazón le latía desbocado. Jadeante, se sentó en un peñasco. La cabeza le daba vueltas. En Roma había asesinos a sueldo, rufianes que no dejaban el menor rastro. ¿Y si contrattaba a algunos? ¿O debería cometer él la hazaña personalmente? El sudor le corría por la cara.

Y le pareció oír la voz del anciano Scaevola: «Descubre cuál es su más secreta ambición y desbarata sus planes. Eso sería peor que la muerte». Pero a pesar de los años transcurridos no había descubierto qué es lo que Catilina ambicionaba más. Había hecho insinuaciones en vano. Había interrogado discretamente a otros, incluso a César. ¡Ay! Nunca pudo descubrir nada.

Pero había que destruir a Catilina. Del mar comenzaba a elevarse la niebla vespertina y en aquella bruma le pareció ver las siluetas de Livia y su hijo y de Fabia, la inocente doncella. Los tres le alargaban brazos fantasmales y él rompió a llorar.

«¡Vénganos», parecían susurrar a la brisa de la tarde.

Marco se levantó y, alzando una mano, renovó el voto de que destruiría a Catilina. Si tenía alguna razón para vivir, era ésa. Volvió a su casa cuando ya había oscurecido, se acostó y no pudo dormir. El odio era como un fuego enroscado en sus intestinos.

Capítulo

42

Craso se quedó mirando a Marco con aire pesaroso.

—Mi querido Cicerón, usted, como abogado, debería ser el último en prestar oído a los rumores. Estuve presente en el proceso de Catilina. No hubo contra él ningún testigo de cargo digno de crédito. Ya sabe lo vengativas que son las mujeres. De haber habido la más ligera verdad en la acusación, la propia Aurelia Catilina, que sabe lo grave que es ese delito y que no es mujer que permita que su esposo la traicione, habría sido la primera en denunciarle. Sin embargo, lo defendió fervorosamente y en sus ojos brillaba la indignación. Cuando su esposo no estuvo con ella, estuvo con sus amigos, y estos amigos lo testificaron así. Catilina compareció ante los magistrados y juró por los dioses que había sido calumniado, que no había visto a aquella doncella más que dos veces en su vida y, aun así, a distancia. Luego demandó a sus calumniadores y ganó el caso. Y gracias a las indemnizaciones que éstos tuvieron que pagarle, ahora posee trescientos mil sestercios más que antes. ¿No le basta con todas esas pruebas?

—No —contestó Marco con acento de desesperación—. Creo en las vestales que testificaron contra Catilina porque Fabia se confió a sus hermanas en religión antes de suicidarse.

—Todos reverenciamos a las vestales —contestó Craso entornando los ojos—, pero ya sabemos que desconocen el mundo. Es muy posible que la joven estuviera loca.

—¿Y cómo se ha probado que las vestales mentían? —preguntó Marco.

Craso se lo quedó mirando enfadado.

—¡Las vestales no mienten! —exclamó—. Pero sólo tenían la palabra de Fabia, que se confió a ellas. Puede que la joven estuviera trastornada. Reverencio los votos de las vestales, pero todos sabemos que la castidad a veces produce humores en el cerebro. No me gusta Catilina. Como usted, desconfío de él porque es libertino, holgazán, levantisco y ambicioso. De haber creído que era culpable, no habría declarado en su favor; pero, sin embargo, tuve que admitir que vino a cenar a mi casa precisamente las mismas noches que se le acusaba de haber estado con Fabia.

–¡Qué buena memoria tiene usted, señor!

Craso sonrió y sus ojos entornados miraron a Marco.

–Es verdad, tengo mucha memoria. Como político, no tengo otro remedio.

Marco se levantó. Se encaró con la mirada de aquellos ojos astutos y dijo:

–Usted sabe muy bien que Catilina es culpable. Pero como le convenía para sus propios fines, declaró a su favor.

Craso replicó:

–Siempre ha sido malo irse de la lengua, Cicerón. Tenga cuidado con lo que dice.

Marco se marchó, dirigiéndose a casa de Julio César.

Julio declaró.

–¿Crees que lo habría defendido de haberle creído culpable del peor de los delitos?

–Naturalmente que lo creo –contestó Marco.

Julio suspiró.

–Jamás te has fiado de mí desde la infancia, pero te aprecio. Te juro que Catilina es inocente. ¿No te satisface eso?

–No.

–¿Crees que miento?

–Sí.

Cuando Marco se marchó, Julio mandó llamar a Catilina.

–Tenemos un problema –dijo–. Recuerda que te advertí que dejaras a Fabia y te predije que nos sucedería una catástrofe si no hacías caso de mis advertencias. Tú te mofaste y negaste mis acusaciones. En nombre de nuestra amistad declaré a favor tuyo, aun sabiendo que mentía. También Craso te defendió, y eso que sabía perfectamente que eras culpable. Pompeyo, ídem. Saliste absuelto y hasta reclamaste daños y perjuicios a los tres hombres que te vieron a distancia con Fabia. Te saliste con la tuya. Era necesario salvarte, pues si no, nos habrías arrastrado a todos en tu caída. Pero ahora Cicerón sabe que eres culpable.

–Ya te he dicho muchas veces que debe morir.

–Entonces sí que se convencerán todos de que eres culpable.

–Su esposa podría envenenarle estando en la mesa.

Julio sonrió.

–¡Ah, sí! El veneno es un arma femenina. ¿No es lo que tú has dicho siempre, Lucio? No te sentirías culpable si Cicerón muriera sentado a su propia mesa a mano de su esposa, que es tan conocida por sus virtudes y el cariño que profesa a su esposo.

–Él es un obstáculo. Un hombre peligroso.

–Y a Terencia la condenarían a muerte por el asesinato de su esposo.

Catilina se encogió de hombros.

—Nadie puede asar un jabalí sin antes matarlo.

—¿Y cómo ibas a arreglártelas para que pareciera que Terencia había envenenado a su esposo?

—Eso es muy fácil. Podemos sobornar a una esclava, que juraría que vio a Terencia verter el veneno en la copa de su marido.

Julio se quedó pensativo.

—Veo que tienes soluciones para todo. No me gusta esa preferencia que tienes por los venenos, y vuelvo a repetirte que si Cicerón muere por algún accidente de ese tipo, tú morirás detrás de él. Lo he jurado en nombre de Júpiter.

Catilina se echó a reír.

—Sé circunspecto —insistió Julio—. Compórtate como buen ciudadano durante cierto tiempo. Dedícate sólo a Aurelia, la cual te ama a pesar de tus culpas. ¿Amabas a Fabia?

—Si no la conocía... —dijo Catilina. Pero de repente se tapó la cara con las manos. Julio, el libertino, sintió a pesar suyo compasión por él.

—¡Ah, las mujeres! —dijo suspirando—. ¡Cuán débiles somos ante ellas! Era la más encantadora. El dolor que sientes es tu castigo.

—No puedo soportarlo —Catilina dejó caer las manos, el rostro desfigurado por la angustia y las lágrimas.

—Puedes estar segura de que vengaré a Fabia —dijo Marco a su esposa. Jamás había hablado de Livia a Terencia y ésta quedó impresionada por su palidez y fría furia, echándose a llorar entre sus brazos—. Necesitaré algún tiempo —añadió acariciándole el cabello—, pero vengaré a tu hermana.

—Catilina es un asesino —dijo Helvia a su hijo.

—Hace muchos años que lo sé —contestó Marco.

—Es muy peligroso. Tengo miedo por ti.

—No moriré hasta que lo decrete el Hado.

Pero, como era prudente, evitó las situaciones peligrosas. Sabía que él y Catilina eran enemigos declarados y que hasta el aire que respiraban estaba cargado del odio mutuo, así que completó sus lecciones de esgrima. En todo momento llevaba encima una daga y nunca comía ni bebía antes de que sus compañeros de mesa lo hicieran de los mismos recipientes. Hablaba de Catilina a todo el mundo, para enterarse de sus idas y venidas. Catilina probablemente tenía un talón de Aquiles que pudiera ser la causa de su muerte o, algo peor, de una herida que jamás cicatrizara.

Todo eso no impedía a Marco gozar del cariño de su hijita Tulia, que era la delicia de sus padres y abuelos. Marco estaba encantado con ella. Tenía sus mismos rasgos, sus ojos, su rizado pelo castaño y su amabilidad, todo transfigurado por la suavidad femenina. La sentaba en sus rodillas y ronroneaba en sus mejillas. A ningún hijo podía haber querido más que a esta niña. Helvia lo acusaba de ser un padrazo, pero incluso ella se derretía con la niña. Y no hablemos de Tulio, el abuelo, que se la llevaba a pasear por la isla y le contaba historias emocionantes. La chiquilla se quedaba mirando al abuelo y le besaba en la mano, como si comprendiera. Siendo poco más que un bebé ya era muy inteligente.

La fama de Marco como abogado y orador crecía cada día más en Roma y bajo la hábil administración de Terencia, su fortuna aumentaba. Cuando denunció públicamente a Verres por sus expoliaciones y robos en Sicilia, así como por sus actos de crueldad contra los propios romanos, el cariño del pueblo hacia él aún creció más. A petición de Julio César fue nombrado edil curul.

—Señor —dijo Julio a Craso—, honremos públicamente a nuestro Marco, de modo que el populacho agradezca nuestra benignidad y aclame nuestra sinceridad y amor por la justicia.

Pompeyo se mostró de acuerdo y Catilina se puso furioso, pero Marco aceptó el nombramiento. Craso ya estaba cansándose de la vehemencia y ambiciones de Catilina, aunque le temía porque controlaba los bajos fondos de Roma, a los que tenía en su puño patricio. Además, la crucifixión de miles de esclavos que se habían rebelado con Espartaco hizo que la plebe romana se sintiera inquieta y alarmada. Aunque los romanos no se dejaban llevar fácilmente por sentimientos de piedad, miles de ellos eran hijos de libertos y aún muchos más corrían el riesgo de ser reducidos a la esclavitud si contraían deudas.

Marco no tuvo éxito en su intervención en favor de los esclavos condenados. Nunca podría olvidar el horrendo espectáculo de esas terribles cruces de las que pendían sangrantes seres humanos. ¿Qué delito habían cometido esas criaturas sino el pedir que aliviaran su desgracia? Todo se les negaba si se rebelaban; pero ahora había centenares de miles de esclavos en Roma y su presencia era una amenaza, pues contaban con la simpatía de los numerosísimos extranjeros residentes que sabían la opresión que sufrían sus propios países. Aunque Marco no pudo salvar la vida de los que fueron crucificados, sí mitigó la suerte de los capturados posteriormente. Y preguntó a Julio César:

—¿Deseas la anarquía y la revolución? Como me aproximo más al pueblo que tú, Craso, Catilina, Pompeyo o cualquiera de vosotros, oigo sus murmuraciones. Y al pueblo las crucifixiones de esclavos le parecen el preludio de un gobierno tiránico. El pobre no sabe que ya vive bajo la tiranía. ¿Quieres que se lo diga?

Entonces Craso tuvo el magnánimo gesto de libertar a los centenares de esclavos que aún estaban en prisión, haciéndoles amables advertencias.

–Este Cicerón es de un valor inapreciable –dijo Julio a Craso–. Es el valedor de las quejas del pueblo.

–Como dice Laberino, Cicerón se sienta en dos sillas a la vez –fue la respuesta de Craso.

–¿Por qué? –preguntó Julio–. ¿Porque es justo y sabe ver la razón de las aspiraciones de la plebe y la clase media, sin dejar de reconocer las razones que asisten a los patricios, comerciantes, tenderos y banqueros? También sabe distinguir sus sinrazones.

–Es ambiguo y, por lo tanto, peligroso.

–Catilina ha estado envenenando vuestra mente, señor. Los hombres buenos parecen ambiguos a los hombres malos. Aunque Marco no sea partidario de usted, le defendería si fuera injustamente acusado. Y se volvería contra usted, y entonces sí que sería peligroso, si llegara a convencerse de que es una amenaza para Roma. Él no es leal más que a la justicia y la ley. Los hombres perversos sólo tienen ciegas lealtades y no entienden mucho de honor. Defenderían al ser más vil sólo porque les fuera simpático, y se pondrían a favor del déspota más cruel sólo porque eso conviniese a sus intereses. Prefiero la lealtad de Cicerón.

Craso sonrió.

–Pues entonces seamos siempre legalistas.

Terencia estaba de momento satisfecha con que a Marco lo hubieran nombrado edil curul, con derecho a sentarse en sillón de marfil y a colocar su busto en el atrio, lo que otorgaba nobleza. Y se apresuró a encargar a un famoso escultor que esculpiese en mármol el busto de su marido. Al acto de descubrirlo invitó a toda la familia y amigos. No podía comprender que Marco se mostrara reacio a ser honrado públicamente.

–¿Acaso no te lo mereces? –le gritó exasperada–. Te digo que tienes la peor de las afectaciones, la de la falsa modestia. ¿Es que no te das cuenta de los servicios que has rendido a tu país?

–No me gusta que mi busto esté al lado de la estatua de Athena –replicó Marco.

–¡Bah! Si es tu patrona. ¿No le hago yo también sacrificios en los templos?

–Ya sé que eres muy religiosa, Terencia.

Helvia quedó satisfecha al ver el busto de mármol de Marco. Tulio se lo quedó mirando ansioso y en silencio. No le gustaba la ostentación. Temía que a su hijo se le subiera la fama a la cabeza y se volviera presuntuoso. Recordaba lo que había pedido en sus oraciones cuando Marco era niño. Helvia, algo impacientada, se fijó en que su esposo guardaba silencio y parecía disgustado, y le dijo:

—A tu padre le habría parecido esto un gran honor, digno de su nieto.

Tulio no respondió. Hacía días que apenas hablaba como no fuera con su nieta Tulia. Había dejado de intimar con su hijo y esto le aturdía y le llenaba de desesperación. Marco lo evitaba todo lo posible, porque sabía que su padre estaba resentido y creía que su hijo ya no quería nada con él. Esto no era totalmente cierto, pero se trataba de un asunto tan delicado que para el mismo Marco, tan elocuente, habría sido difícil expresarlo con palabras.

Marco tuvo que ceder la mayor parte de sus trabajos como abogado a sus pasantes y empleados, porque sus deberes como edil curul apenas le dejaban tiempo libre y no podían ser desatendidos. Tenía la obligación de supervisar los templos y edificios públicos, los mercados y calles, los juegos y la debida observancia de los festivales religiosos. Lo que más ansiedad le causaba eran los juegos, porque el pueblo romano se había acostumbrado al esplendor y la extravagancia en los circos y a la presencia de gladiadores y actores importantes. Y año tras año los gobernantes, queriendo ganarse sus simpatías y su adhesión, habían ido dando cada vez mayor magnificencia a los juegos. Marco se hallaba en un aprieto, pues todo el mundo esperaba del edil curul que contribuyera generosamente de su bolsillo al esplendor de los juegos y que tampoco reparara en gastos con los fondos públicos. Y a Marco no le hacía gracia ninguna de ambas cosas. Terencia se hallaba entre el dilema que le planteaba su avaricia y la ambición de que su marido fuera cada vez más popular. Y como siempre, Marco llegó a un compromiso. Fue lo bastante prudente como para no irritar al pueblo, ni derrochar a costa del Tesoro o de su bolsillo particular. Así que con cautela hizo ciertas economías que no se notaban mucho y trató de ganarse la popularidad de otro modo, tal como la de aceptar clientes injustamente acusados. Sobre todo le gustaba perseguir a los poderosos acusados de extorsión, de robo en gran escala o de escándalo público. Esto halagaba a la plebe envidiosa, que apenas se dio cuenta de que en el circo aparecían menos gladiadores o de que los repartos gratis de vino, dulces y carne eran más bien escasos.

Además, convenció a sus amigos Roscio y Noë de que presentaran espectáculos en los circos. Fue un éxito notable, porque Roscio sabía que no le iban a pagar por sus servicios y Noë estaba muy ocupado escribiendo nuevas obras.

—¿Es que queréis que me arruine y que el Tesoro vaya a la bancarrota? —les preguntó Marco.

—Tú eres rico —le contestó Roscio.

–Tú eres más rico aún –replicó Marco–. Tenéis que ayudarme. Para algo sois mis amigos.

Consintieron porque apreciaban mucho su amistad. El populacho quedó encantado y así Marco pudo economizar el Tesoro y su fortuna particular. A veces le remordía la conciencia, pues estaba explotando a sus mejores amigos. Estaba aprendiendo que la política no es tan sencilla como parece, sino algo movedizo donde se ha de tener cuidado de no resbalar y caer; o para emplear otra metáfora, es como una cuerda floja en la que los políticos han de bailar aparentando que lo hacen bien y sonriendo para que nadie vea las gotas de sudor ni el miedo que sienten. Lo peor fue que descubrió que le gustaba la política, a la que él había llamado la ramera de la vida pública. Claro que se tranquilizaba pensando que no se entregaba demasiado en los brazos de aquella ramera, aunque no había manera de evitarla si se quería seguir su senda. Ésta era otra cuestión que no podía explicar a su padre, ni por supuesto a su madre. Terencia, en cambio, se mostraba más comprensiva.

–Tú no harás nunca nada malo –le decía.

Marco esperaba con todo fervor que fuera así.

–Si uno no puede hacer nada bueno en política –decía–, al menos sí que puede no hacer daño.

Un par de veces se sintió alarmado al descubrir que sentía secretas simpatías por el difunto Sila y hasta por Craso. No eran más que hombres y el pueblo era la cosa más vehementemente humana que existía. Aunque Sócrates manifestó siempre su amor por la humanidad, Marco empezó a comprender que eso era fácil para un filósofo, pero no tan fácil para un político. Un político se enteraba de cosas referentes a sus semejantes que no llegaban a oídos de los filósofos que paseaban por las columnatas de mármol.

Siempre se encontraba muy ocupado. Su querido hermano Quinto, que con tanta frecuencia se hallaba ausente, se había vuelto un poco arrogante, o sea, que había adquirido el defecto de su tempestuosa esposa, la cual ya le había dado un hijo. Pomponia no hacía más que aguijonearle y él, como autodefensa y para olvidar la herida de su masculinidad ofendida, trataba de aguijonear a su hermano. Marco, no hagas esto; Marco, haz lo otro. Quinto se creía un político maravilloso y acusaba a Marco de emplear métodos tortuosos. A veces llegaban a discutir y pelearse, pero se querían demasiado para que tales disputas enfriaran su cariño. Marco acabó por no discutir más de política con su hermano, y si éste sacaba a relucir este tema en la conversación, él diestramente la desviaba hablando de otra cosa.

Marco tomó la costumbre de hablar largamente con su hijita Tulia, explicándole cosas de leyes y de política. La niña escuchaba atentamente mientras paseaban por el jardín de su casa del Palatino o por la isla.

—Ya ves mi posición, Tulia —le decía.

Tulia lo besaba apasionadamente, acariciaba su fatigada mejilla y le sonreía con admiración. Como es natural, la niña no había entendido nada, pero estas muestras de cariño le tranquilizaban y daba gracias a Dios por haberle concedido tal hija. Los niños, pensaba, son demasiado inocentes para entender de sutilezas y matices. Gracias a Dios no saben nada de política o del género humano. Y lo mismo que su padre había temido por él, él temía por el futuro de Tulia, y al igual que su padre había rezado, él rezaba. Las generaciones se ligaban unas a otras por la oración, aunque ninguna de ellas lo supiera.

Capítulo
43

Marco ignoraba que él era la virtuosa fachada de mármol blanco tras la que se ocultaban las actividades de Craso, Julio César, Pompeyo el Magno, Catilina y tantos otros. El pueblo se daba cuenta de su integridad y comprendía que no habría sido nombrado edil curul a no ser por Craso y sus amigos. Por lo tanto, Craso y los otros también eran íntegros. Y la gente decía: «¿No afirma la fábula que los pájaros del mismo plumaje vuelan siempre juntos? El noble Cicerón vuela con nuestros gobernantes. Por lo tanto, ellos deben ser también virtuosos».

—Me he enterado —dijo Craso a Julio— de que Cicerón no hace más que preguntar por las actividades de Catilina. Cada día se muestra más curioso acerca de él.

—También yo lo he oído decir. Pero eso es de toda la vida. Es natural, con lo ocurrido a Livia y Fabia. Marco no es de los que olvidan.

—Si se enterara...

—Tenemos que andar con mucho cuidado en lo tocante a Catilina —manifestó Julio—. Ya estoy harto de él, pero nos es necesario. No debemos expresarle en público nuestra simpatía, aunque se la expresemos en privado. Y si no hubiera más remedio, podríamos aparecer como si nada hubiéramos tenido que ver con él.

—Eres muy listo para ser tan joven —opinó Craso—. Hagamos como tú dices.

Julio le sonrió persuasivo y con gesto de gratitud. Si Craso hubiera podido adivinar lo que Julio pensaba en ese momento, éste no habría vivido muchas horas más.

—Nuestra hora se acerca —dijo luego Julio a Pompeyo. Y a Catilina le rogó un poco más tarde—: En nombre de Venus, tu diosa favorita, haz el favor de no provocar escándalos. No seas impaciente. Te digo que estamos en vísperas de graves acontecimientos.

—Tengo la impresión de que se está tramando algo en la ciudad —decía mientras tanto Noë a Marco—. Mi instinto de judío no me engaña y, además, siento una corazonada. Si los judíos no tuviéramos estas cualidades, hace tiempo que nuestra raza se habría extinguido.

–¡Vaya! – exclamó Marco sonriendo–. ¿Es que ya estás juntando todo lo que puedas llevarte?

–Puede que te rías –dijo Noë–, pero estaba pensando precisamente en eso.

–¿No confías en Roma?

–No me fío de las naciones ambiciosas. Pero ¿acaso hubo alguna vez una nación que no fuera ambiciosa?

–Entonces es que no confías en los hombres.

–¿Confías tú?

Marco se quedó pensativo y negó con la cabeza.

–No. –Lo miró tristemente y repitió–: No.

Al cabo de un rato añadió:

–Recuerdo lo que Esquilo dice en su *Agamenón*: «Dios nos conduce por el eterno camino de la sabiduría, y la verdad sólo se aprende a costa de sufrirla».

Noë asintió con la cabeza y observó:

–Eso quiere decir que la has sufrido. En cuanto a mí, me llevo mi familia a Jerusalén.

–¿Y qué haré yo en los próximos juegos? Roscio se ha marchado a Alejandría.

–Si quieres que te dé un consejo –le dijo Noë–, retírate a Arpinum.

–¿Que me retire a mi edad?

–Para ser sabio no hace falta esperar a tener barba blanca.

–Debo servir a mi país –contestó Marco. Hizo una pausa–. Todos los hombres son trágicos y el mal es algo universal. Eso lo han dicho los griegos y yo lo repito. Pero en toda tragedia hay nobleza. El hombre está misteriosamente maldito, pero se levanta en medio de su tragedia y de esta maldición porque tiene el valor de oponerse al mal. La tentación más terrible es la de abandonar la lucha. Eso no nos lo perdonaría Dios nunca.

Sonrió débilmente.

–No me abandones, amigo. –Se calló y luego prosiguió–: Sócrates dijo a sus amigos: «Algunos de vosotros me habéis dicho: "Sócrates, si no se ocupara más que de sus asuntos, seguramente podría escapar a la ira del gobierno". Pero yo no puedo. Una vida aceptada sin reflexión no merece la pena vivirla. Lo menos que se puede esperar de nosotros es que nos comportemos como hombres».

–Pero tú no eres un individuo quisquilloso y creador de paradojas como Sócrates. Por lo tanto, deja de exasperar a los que podrían destruirte.

Marco meditó estas palabras y recordó que le habían acusado de sentarse en dos sillas a la vez.

–Insinúas que yo acepto ahora el compromiso –dijo a Noë–. Es cierto, y a veces me temo que sea una debilidad. Sin embargo, debo reconocer que acepto el compromiso cuando no se va a hacer ninguna injusticia a las dos partes en disputa. Aborrezco la fuerza bruta y puede que eso sea también debilidad.

Marco tenía un gran despacho en uno de los mayores edificios públicos del Foro. Allí se encontraba a menudo con la gente más irritante que puede afligir a un político: los burócratas y los que buscan influencias en el gobierno para sus contratos.

«Un burócrata –escribió a su amigo Ático– es el más despreciable de los hombres, aunque es necesario, al igual que los buitres son necesarios; pero uno no puede admirar a los buitres, a los que de modo extraño tanto se parecen los burócratas. No me he encontrado con un burócrata que no sea mezquino, aburrido, casi necio, taimado o estúpido, opresor o ladrón, que se pavonee con la poca autoridad de que goza, al igual que un niño disfrutaría poseyendo un perro travieso. ¿Quién podría confiar en semejantes criaturas? Son como el excremento de las naciones complejas.

»A mi despacho vienen a verme fabricantes, comerciantes, constructores de carreteras y alcantarillas, proveedores de materiales para el ejército, arquitectos y muchos otros, todos pretendiendo sobornarme para obtener mi recomendación. Yo sólo doy mi aprobación a lo mejor. Puede que me tomes por loco, como me toman esos hombres, pero vivo muy bien sin gozar de su aprobación.

Sin embargo, se guardaba de hablar a Terencia de estas tentativas de soborno. Su esposa era virtuosa y una romana chapada a la antigua que defendía la moral y la integridad en la vida privada, pero Marco dudaba de que le pareciera mal que un político aceptara sobornos.

Cuando algunos venían a quejarse a Craso de ofensas hechas a su hombría de bien (hombres demasiado influyentes e importantes para ser asesinados por las buenas), Craso les contestaba:

–Mirad a mi amigo Cicerón. ¿Creeríais que sería tan benigno con él y que daría el visto bueno a todo lo que hace si supiese que era un hombre corrompido? El mal no admira la bondad; trata de destruirla.

Marco hizo muchos nuevos amigos siendo edil curul. Entre el tumulto y la agitación de su cargo oficial, sus casos legales y su clientela, tenía que atender a compromisos sociales. Continuamente asistía a cenas en honor de políticos, senadores o patricios porque no quería morir como edil. Con frecuencia era agasajado por Craso, Julio y Pompeyo. A menudo admitía que estos bribones eran más simpáticos y divertidos que los hombres virtuosos y su compañía infinitamente más entretenida. Esto ofendía a su sentido de la rectitud. Los sinvergüenzas deberían ser repulsivos y los virtuosos encantadores. Sin embargo, la realidad era a menudo lo opuesto. Y recordaba lo que Noë le citase una vez: «Los hijos de las tinieblas son más juiciosos, en su generación, que los hijos de la luz». Y añadía para sí mismo: Y más atractivos.

Los hijos de las tinieblas no se sentían acosados por su conciencia y, por lo tanto, podían gozar alegremente de la vida. Los hijos de la luz, en cambio, tenían la expresión seria y vivían apenados porque en el mundo reinaba el mal. Por eso eran tan poco aptos para divertirse. Esperemos que reciban un premio en la otra vida, se decía, porque, desde luego, en ésta no lo reciben.

Muchas veces sentía una gran fatiga. Y recordaba las palabras de Aristóteles: «El hombre juicioso no da su vida a la ligera, porque hay pocas cosas por las que merezca la pena morir. Sin embargo, en los momentos de grave crisis, al hombre juicioso no le importará perder la vida, porque hay circunstancias en las que no merece la pena vivir».

Con más claridad todavía que Noë, se daba cuenta de que algo profundo se estaba agitando en Roma, algo enigmático a lo que no había modo de verle la cara o reprimir. Era como una sombra vista de reojo y que enseguida desaparecía de la vista para no ser vista más. En Roma había una inquietud obsesionante, a la vez continua y silenciosa, como los movimientos de las ratas en las bodegas. En la ciudad reinaba una atmósfera de calabozo y, sin embargo, a cualquier observador superficial todo le habría parecido próspero y tranquilo. El populacho comentaba que los Grandes Juegos jamás habían sido mejores. Todo era complacencia, aplicación a las tareas, risas y muchas idas y venidas. Marco sabía que todo esto era engañoso, deliberadamente engañoso, aunque no sabía por qué.

—Te están saliendo muchas canas de tanto trabajar —le dijo Terencia.

—Este año sólo has pasado cuatro semanas en la isla, hijo mío —le recordó Helvia, ahora más rolliza y totalmente encanecida.

Fundó la primera Biblioteca Estatal de Roma, basándose en la importantísima que había en Alejandría. «Un pueblo informado sospechará de los políticos», escribió a Ático, al que pidió una donación de libros y manuscritos para la biblioteca. Más tarde se habría de reír al leer esta ingenua afirmación suya, pues habría de descubrir que un pueblo que sabe leer y escribir constituye todavía mejor clientela para los aventureros y farsantes políticos. La cultura no garantiza el buen juicio, el escepticismo ni la sabiduría. Cuando, siguiendo su ejemplo, en las provincias se fundaron bibliotecas, habría de declarar:

—Habría mucho que decir acerca de la supuesta falta de conocimientos de los bárbaros. Como han de recurrir a su ingenio y no a los libros, escuchan todo con una inocencia no adulterada por la charlatanería de las palabras.

Capítulo
44

Un atardecer, Marco se sintió a la vez muy viejo y muy joven, casi un chiquillo. La limpidez de la atmósfera, la pura transparencia de la luz, purificada de calor, la suave quietud que parecía haber arrastrado al interior de su boca todo el clamoreo del día, silenciándolo allí, el suave dorado que se posaba sobre ramas y hojas, el dulce murmullo de las fuentes, los diálogos murmurantes de los pájaros, el acariciante frescor de la brisa, todo eso le parecía una profunda e íntima bendición personal que los dioses otorgan a los hombres, un paréntesis de solaz y reflexión, una hora santa. Uno podía olvidar la ciudad, el calor sofocante de las colinas, el bochornoso Tíber, los fuertes muros y los numerosos caminos que llevaban a Roma, y contemplar este bendito momento sintiéndose a la vez libre de las obligaciones del día y de la oscuridad de la noche.

Los templos egipcios y de otras religiones orientales poseían campanas y siempre tañían a esta hora, resonando en la poderosa y palpitante ciudad con un sonido dulce y obsesionante que rozaba las fibras más sensibles del alma, llamando a la oración y la meditación, pidiendo a todos que dejaran las oficinas, los bancos y los mercados y penetraran en la quietud de los sombreados pórticos, los altares con luces e incienso, para que en esa hora los hombres recordaran que también tenían espíritu y no eran sólo animales.

Marco de nuevo sentía en su mente y en su corazón aquel peso que tanto le había afligido hacía años, llegando a inmovilizar su cuerpo y a atormentar su cerebro. Ahora lo sentía casi siempre como si lo llevara sobre los hombros, como si él mismo fuese uno de aquellos infortunados condenados que debían llevar a cuestas la pesada cruz en la que al final habían de expirar, colgados, tras una horrible agonía. Ya no se decía como antes: Mañana me sentiré mejor y la depresión se habrá disipado. Esto eran ilusiones propias de la juventud. Para el hombre reflexivo de edad madura, mañana no era más que el camino de piedra que llevaba a la frustración, la extinción y a las eternas preguntas: «¿Con qué objeto venimos a este mundo, por qué vivimos y cuál es el fin que nos espera? ¿Por qué he de ocuparme de nuevo mañana de lo que abandoné hoy?». A menudo se sentía aliviado cuando se decía con tono resuelto: Vivo para la justicia abstracta y eterna. Sirvo a Dios cada vez que me acuerdo de Él.

Anteriormente el crepúsculo había sido para él un momento de tranquila expectación. Ahora sabía que esa expectación era patrimonio de la inocente juventud y que era un engaño para persuadir al organismo inteligente a que siguiera viviendo y no muriera presa de la desesperación. Ahora tenía mucho dinero, fincas, huertos, plantaciones, dehesas, praderas, rebaños, villas y granjas. Era propietario de la isla que fuese el solar de sus antepasados. Tenía una esposa y una hija y sus padres vivían. Había alcanzado mucha fama. Sin embargo, ya no esperaba nada. Ni siquiera el deseo de aumentar su prestigio a los ojos de los demás. Para él todo eso eran vanidades infantiles, sueños de jóvenes inexpertos que no habían de importar a los hombres maduros. Craso era viejo y, sin embargo, seguía ambicioso, aún le apetecía que le aclamaran. Se podía, pues, sacar la conclusión de que había hombres que jamás maduraban con los años, pero él, Cicerón, no era de ésos. A veces tenía ganas de ilusionarse, de creer en una mentira. Entonces no pasaría horas como éstas, oyendo las campanas de los templos de las religiones orientales, dolorido y anhelante sin saber por qué y mirando hacia un futuro que no le ofrecía más que esto.

¡El conformismo! ¡Ésa era la droga y el estupefaciente de las almas simples! ¿Qué hombre que pensara con la cabeza podía conformarse? La felicidad era un hechizo y significaba algo muy diferente para cada hombre, algo que a menudo no era realidad. Se quedó mirando el cielo y la columnata de la fachada de su casa y todo le pareció de color de mantequilla que brillara a la luz de un sol poniente.

Sencillez, decían los estoicos, que miraban con envidia a los que no eran sencillos ni pobres. Resignación, decían los dioses orientales, pero ¿resignación a qué? Ante los designios de Dios, decían los judíos. Pero Dios era algo ignoto y lejano, si es que existía.

—¿Por qué estás tan serio? —preguntó una voz con tono a la vez burlón y cariñoso. Marco se volvió en su banco de mármol a la sombra de los mirtos y vio a Julio César, magnífico, como siempre que sonreía.

Marco se levantó despacio y estrechó las manos de su amigo con una vehemencia y sonriendo de tal modo que su amigo quedó agradablemente sorprendido, mirándolo inquisitivamente. Marco se echó a reír, como sintiéndose aliviado, y abrazó a Julio, apartándose luego para mirarlo.

—¿Cuándo has regresado de la Hispania Ulterior? —le preguntó.

—Anoche a última hora. ¡Vaya! ¿Es posible que te alegre verme?

—Sí. No me preguntes por qué. Siéntate a mi lado. Deja que te mire. Hace dos años que no nos veíamos. ¡Ah! ¡El cálido sol de Hispania no te ha envejecido! –Dio unas palmadas llamando a un esclavo y volvió a sonreír a Julio, que se sentó junto a él. De pronto, Marco dejó de sonreír.– Olvidaba que estás de luto por Cornelia, tu querida esposa, que falleció mientras estabas de pretor en Hispania.

–Era la más cariñosa de las mujeres –contestó Julio, y por un instante se quedó mirando la arena que rodeaba los macizos de flores y árboles y en su rostro apareció una expresión sombría. Luego sonrió de nuevo y dijo–: Ya ha dejado de sufrir. Estuvo enferma muchos años y ahora goza de paz.

Por alguna razón estas palabras aturdieron a Marco.

–Te conservas muy bien. Los años no pasan por ti.

–Y tú sigues diciendo lo que piensas –le contestó Julio mostrando su blanca dentadura en una amplia sonrisa.

Siempre había sido elegante y rezumaba el aroma férreo del poder. La elegancia persistía y su aureola de poderío era ahora más visible. Marco evocó los terribles rayos de Júpiter, el patrono de Julio, que no resultaban menoscabados por el esplendor de sus vestiduras, su armadura de plata, la capa de leopardo sobre los hombros, su musculatura todavía potente, su larga espada hispana de vaina esmaltada y sus altas botas de plata bordadas y adornadas con borlas. Aquel mismo verano, Julio había cumplido treinta y cuatro años (para ser más exactos, hacía sólo seis semanas) y su hermosa cabellera negra ya mostraba algunas canas en las sienes. Pero daba la misma impresión de vitalidad de toda la vida y en sus ojos negros e irónicos brillaba inquieta su enorme inteligencia.

Julio se quedó observando a su amigo y vio las arrugas de cansancio que rodeaban sus ojos, todavía bellos y cambiantes, las cada vez más abundantes canas en su cabello rizado, las hendiduras que circundaban sus labios y el fino y profundo surco que surcaba su noble frente, que hacía tanto tiempo había perdido la inocencia para adquirir una expresión de fatigada sabiduría.

Un esclavo trajo una bandeja con refrescos y en silencio sirvió vino, produciendo al verterlo un sonido que sonó agradable en la quietud, mientras los rayos del sol atravesaban el líquido, iluminándolo de tal manera que pareció sangre brillante. Entonces Julio dijo:

–En Hispania me encontré con tu hermano Quinto.

–Sí. Ya me lo dijo en una carta. –El esclavo dejó una bandeja con canapés en una mesita de mármol y Marco le hizo gesto de que podía retirarse. Julio alzó su cubilete en un brindis, derramó un poco de vino como libación y se llevó el cubilete a sus labios. Marco bebió también. Ya no se sentía tan contento como hacía un instante y, cosa extraña, volvió a sentir la extraña depresión. E inquirió–: ¿Ha terminado tu misión en Hispania?

–Ha terminado.

Marco preguntó por su familia y por su estado de salud y especialmente por su hija Julia.

–He otorgado su mano a Pompeyo –le informó Julio.

–¿Tan joven?

–Ya no es una niña. Ha cumplido los catorce años y debía buscarle marido. –Hizo una pausa y luego una mueca.– Tampoco yo voy a guardar luto toda mi vida y pienso volver a casarme. Con Pompeya. Un hombre necesita una compañera, sobre todo cuando se va haciendo viejo.

–Jamás te han faltado las compañeras, Julio. Siempre has dicho que no eras partidario del matrimonio. Sin embargo, veo que estás dispuesto a soportar otra vez esa carga.

Ambos ignoraban que en aquellos mismos instantes, al otro lado del mar, en Alejandría, un alocado faraón griego al que desdeñosamente llamaban «el divino flautista», se inclinaba sobre la cuna de su hija recién nacida y decía con su voz ligera y humorística: «Se llamará Cleopatra, porque es la gloria de su país». Y mientras ellos estaban sentados en un jardín romano, el bebé abría sus ojos color lila, mirando fijamente a su padre, coloreándose de rosa sus mejillas.

–Pompeya será mi último amor –dijo Julio parpadeando, y en su rostro, bronceado por el sol de Hispania, apareció una expresión burlona.

–No me cabe duda –contestó Marco con sarcasmo–. Bueno, ¿qué clase de conspiración te traes ahora entre manos?

–Resultas muy pesado preguntándome siempre lo mismo, ¿no crees? Mi respuesta es la de siempre: yo no conspiro. Amo la vida y la acepto tal como viene, sin pensar en el mañana. No soy ambicioso.

–¿No?

–No. Pero hablemos de ti, querido amigo. Cada día eres más famoso. Sin embargo, no pareces contento ni feliz.

–Quizá es porque no se me haya concedido el don de la felicidad. Lo cierto es que no estoy satisfecho, aunque no sé lo que quiero. –Marco volvió a adoptar una expresión melancólica.– Tengo lo que la mayoría de los hombres desea y, sin embargo, no conozco la paz.

–En Hispania oí decir que en el jardín de cada hombre hay oculto un tigre que espera devorarlo. ¿Cuál es tu tigre, Marco?

Marco no respondió y su amigo se lo quedó mirando, disimulando una sonrisa. Finalmente, Julio dijo:

–¿Se deberá tal vez a tu tendencia a transigir, que me han dicho es más evidente cada día?

–Yo no transijo con mis principios –contestó Marco con cierta irritación–. Si me muestro excesivo o demasiado ardoroso en algún asunto, espero que alguien me presente argumentos mejores para contrarrestar los míos, y cuando no puedo alcanzar todo mi objetivo, me conformo con alcanzar una parte.

–Pues ése es tu tigre, Marco. El mundo en que vivimos es irrazonable e irracional. Un hombre que acepta compromisos es considerado alevoso y, por lo tanto, peligroso, un hombre en el que no se puede confiar. Todos declaramos admirar la moderación y la razón, pero ambas son las virtudes más detestadas. El hombre adorado es el que alcanza el éxito y ese hombre jamás acepta compromisos buenos ni malos, pero especialmente malos. ¿A quién erigimos estatuas? ¿A Sócrates, a Homero y a Platón? No. A los generales que fueron inexorables y no se conmovieron por nada. O a políticos asesinos que siguieron su propio camino y no escucharon a nadie. En definitiva, alcanzaron el éxito y el mundo ama el éxito, no importa cómo se logre.

–¿Y cuál es tu tigre, Julio?

Julio enarcó las cejas.

–¿El mío? Posiblemente el amor por las mujeres. Un tigre encantador.

–Yo diría que tu tigre tiene otro nombre.

Julio negó con la cabeza.

–No. Y eso debería ser evidente incluso para ti. No tengo poder político ni lo ambiciono, a pesar de lo que tú digas. Ya no soy joven y no he sido más que cuestor en la Hispania Ulterior, cosa que me aburrió bastante. Ya sólo deseo vivir tranquilamente.

Marco estaba de nuevo abstraído en sus pensamientos melancólicos.

–¿Y te conformas con eso?

Julio le sonrió de modo burlón y se limitó a contestar:

–Estoy satisfecho.

–¡Que Dios nos guarde de los hombres satisfechos!

Julio se echó a reír. Marco le dijo:

–Me recuerdas a Erisichthon, que cortó el roble sagrado como gesto de desprecio hacia Ceres, la diosa de la Tierra y de la calma satisfecha. Y Ceres lo entregó a su temida hermana, el Hambre, que le dio un apetito insaciable, de modo que hasta llegó a vender a su única hija para saciar su voraz estómago. Finalmente se vio obligado a comerse su propio cuerpo. Ésa es una historia de ambición.

–Marco, ¿estás tratando de ofenderme a mí, que soy tu huésped, tu amigo al que no habías visto en dos años? ¿O es que tus propias y tristes meditaciones te inspiran tan amarga sátira?

–¡Perdóname! –exclamó Marco.

Julio le tocó una mano con gesto rápido, mientras sus ojos le bailaban.

–No vendo mi hija a Pompeyo, a pesar de tu alusión. Dios sabe que es lo bastante mayor como para ser su padre, pero tales matrimonios son comunes en Roma. La chica es de buen ver, razonable y más madura de lo que indican sus años. Y yo no soy un Erisichthon, pues sé discriminar con mi apetito.

Pero la oscura aflicción que acosaba a Marco le hizo olvidarse de nuevo de la cortesía, a él, que una vez había dicho que un hombre descortés era un bárbaro. Y con su rostro resplandeciéndole como si sobre él hubiera pasado la sombra del iluminado vaso, se dirigió a Julio con las siguientes palabras:

—Antes de que te marcharas a Hispania, Craso y Pompeyo privaron al Senado de mucho de su debilitado poder. Y que tú influiste en ello, Julio, es algo más que rumores. También es verdad que insististe para que Craso devolviera su poder a la Orden Ecuestre, de modo que ahora ésta pueda controlar los tribunales. Sin embargo, para seguir manteniendo la mentira de que Craso amaba al pueblo, tú llevaste en una procesión del partido popular el busto de tu tío Mario, ¡el viejo asesino!, entre aclamaciones a Craso. ¿Acaso no te vi yo con mis propios ojos en dicha procesión antes de que te marcharas a Hispania? ¿Cómo explicas tamaña hipocresía?

Julio pareció divertido.

—Llámalo como quieras, pero se trata de tu mismo espíritu de transigir. La Orden Ecuestre no sólo es rica, sino intelectual y entendida en leyes. ¿Crees imposible que individuos como los ecuestres sientan simpatía por el populacho? ¡Al contrario! Sólo los ricos y poderosos se muestran solícitos con el pueblo. Los paladines que surgen de ese mismo populacho son opresores, precisamente porque conocen al populacho muy bien. Pero los ricos y poderosos se hacen ilusiones acerca de sus virtudes y a menudo creen que la voz del pueblo es la voz de Dios. Si te hubieran de procesar, ¿quién preferirías que te juzgara? ¿La Orden Ecuestre o la plebe comida de moscas?

—Preferiría hombres honrados.

—No los encontrarías en las calles ni en las pestilentes callejuelas.

Marco se agitó inquieto y dijo:

—Julio, no sólo eres hipócrita, sino también inconsecuente.

—No deberías burlarte de la inconsecuencia. ¡Vamos! ¿No perseguiste a Cayo Verres, acusado de extorsión en Sicilia, y luego defendiste a Marco Fonteyo, acusado de haber hecho lo mismo en Galia?

Marco procuró controlarse antes de contestar:

—Es que yo amo a Sicilia y no a la Galia.

Mirándolo divertido, Julio contestó:

—Querido Marco, ningún político puede mantenerse al margen de la corrupción, porque es tarea de la política el tratar con el pueblo y el pueblo inevitablemente corrompe. El hombre sólo es bueno en el reino de lo abstracto, y eso si quiere sobrevivir.

—Yo no transijo con mis principios —repitió Marco obstinado.

—¿Que no? Entonces ¿cómo explicas lo de Verres y Fonteyo?

—No comprenderías mi explicación.

Julio se echó a reír.

—¡El aforismo de los políticos! ¡Vaya, Marco! Veo que no careces de humor. Te tengo lástima: un hombre honrado que en cierto modo se convierte en político. ¿Por qué te metiste en política?

—Para poder retrasar el advenimiento del despotismo que con toda seguridad se tragará Roma y garantizar la supervivencia de las leyes.

—Eres un buen hombre, y tu virtud es aclamada en Roma. Pero a pesar de eso te compadezco. Llegará un día en que no puedas llegar a un compromiso y eso señalará tu fin. Espero no verlo, porque me daría mucha pena.

Marco repuso impulsivamente:

—¡No sientas pena! ¡Tú morirás antes que yo!

El rostro de Julio cambió con gesto supersticioso y se quedó mirando fijamente a Marco. Finalmente susurró:

—¿Por qué dices eso? Tú eres mayor que yo.

—Perdóname —le suplicó Marco arrepentido—. He estado imperdonablemente grosero.

Julio, pensativo, volvió a llenar su cubilete y bebió lentamente.

—He tenido muchos sueños —dijo— y me he visto a mí mismo morir, rodeado de un charco de mi propia sangre. Pero ¿quién iba a querer asesinarme a mí y por qué? Tú tienes reputación de augur.

—Eso es superstición. Yo no soy augur y ahora veo que he sido muy estúpido y que no debí haberte insultado. Mi única justificación es que últimamente he estado muy deprimido. —Marco apoyó una mano en el brazo de su viejo amigo, con gesto de súplica. Julio la cubrió con la suya propia y le dio un apretón.

En ese momento apareció Terencia, que por lo visto no se había dado cuenta de que su esposo tenía visita, llevando a su lado a la pequeña Tulia, el amor de los amores de su padre. Terencia pareció sorprendida y bajó sus ojos modestamente, poniendo gesto decoroso, aunque no pudo disimular la dura resolución de su boca ni la dureza de su barbilla, cosas ambas que habían aumentado en los últimos años. Marco se la quedó mirando con irritación, pero Julio se levantó y le hizo una ostentosa reverencia.

—No sabía que había vuelto, Julio —dijo Terencia con su engañosa voz suave, comportándose como una casta mujer azorada, cosa que molestaba a Marco—. De haber sabido que mi esposo tenía visita, no habría entrado. Perdóneme. Debo volver a la casa. —Pero no se fue y se quedó mirando a Julio no sólo con curiosidad, sino con avidez y nerviosismo.

—No nos prive de su encantadora presencia —dijo Julio—. Ya iba a marcharme.

Terencia, impaciente, miró a Marco de reojo y, como éste no dijo nada, añadió:

—Seguramente se quedará a cenar con..., con mi esposo. Nos sentiríamos muy honrados.

Julio puso cara seria y miró a Marco con disimulo.

—Ceno esta noche con el noble Craso, Terencia.

Ella, olvidándose de que era una recatada romana chapada a la antigua y despreciando a Marco por su terco silencio, repuso:

—Pues entonces mañana. Ha estado ausente tanto tiempo...

Marco, que casi siempre se mostraba cortés, siguió obstinadamente callado y a Julio le costó aguantarse las ganas de reír.

—Se lo agradezco, Terencia. El honrado sería yo, porque ¿quién es el que no aclama al gran Cicerón y se considera halagado al recibir una invitación suya?

Terencia se sintió no sólo impaciente, sino que odió a su esposo por su silencio. Julio era poderoso y podía hacer que progresara mucho la carrera de su marido. Sin embargo, se quedaba callado como un idiota sin decir nada. Era una afrenta que le hacía a ella. Nunca desaprovechaba la oportunidad de humillarla, pensó resentida y su pecho se agitó bajo la oscura túnica que ocultaba sus ahora amplios senos.

Marco dijo al final:

—Mañana recibo a unos abogados y a Julio le aburren las leyes.

Pero éste exclamó con vivacidad:

—¡Qué va! ¡Me encantan los abogados! Siempre se aprende algo de ellos. —De pronto sintió lástima de su amigo y volvió su atención hacia la pequeña Tulia.— Es una niña monísima. Algún día encantará a Roma.

La niña sonrió mostrando sus hoyuelos y mirando con los ojos de su padre, azules un momento, grises al siguiente, para luego pasar a ser de ámbar claro, e hizo una cortés reverencia. Sólo tenía siete años, pero poseía la inteligencia de su padre y su poder de captación. Su rizado cabello castaño parecía dorado bajo el sol. Como niña bien criada, no habló y permaneció al lado de su madre.

Terencia juntó sus manos y miró a Julio.

—¡Cuánto sentimos la muerte de Cornelia!

—Pronto estará consolado —dijo Marco.

Julio decidió que era el momento de marcharse. Besó de nuevo la mano de Terencia, abrazó a Marco, que seguía sentado, acarició a Tulia en la cabeza y se marchó entre un remolino de capa y perfume. A la luz del crepúsculo, el jardín pareció menos luminoso una vez se hubo ido. Terencia dijo a su hija con voz perentoria:

—Márchate, Tulia.

La niña besó la mejilla de su padre y echó a correr hacia la casa. Marco se puso a mirar al suelo. Terencia cruzó sus musculosos brazos y se lo quedó mirando con el rostro enrojecido por la amargura.

—Tu grosería es imperdonable —dijo secamente.

—No tengo excusa, Terencia. Julio me fastidia.

—Ya me he dado cuenta que hay muchas cosas que te fastidian últimamente. Apenas diriges la palabra a tu padre. Raramente condesciendes a hablar conmigo, y cuando lo haces, no es más que para hablarme de Tulia o de tu madre. He oído cómo te peleabas con abogados y jueces eminentes que han venido a cenar a esta casa. Hubo una época en que fuiste modelo de discreción y prudencia. Ahora tu voz es brusca y no sabes dominarte en presencia de los que pueden ayudarte en tu carrera.

—Ya me lo has dicho muchas veces.

—Y sigue siendo verdad. ¿Crees que me conformo con lo que eres? ¡No! Esperaba más de ti. Desciendo de un importante linaje y tú te debes a tu familia. Como mínimo, deberías ser pretor de la ciudad. Craso ni siquiera te ha nombrado Magno.

—Ese título perdió su significado desde que se lo dieron a Pompeyo. —Marco estaba avergonzado de sí mismo por su irritabilidad y la creciente aversión que sentía hacia su esposa. Aborrecía a las mujeres ambiciosas, que tanto abundaban ahora en Roma. Y no pudo resistir más su tristeza y su nerviosismo.— ¡Déjame en paz! —exclamó.

—Por el honor de mis antepasados, debo cuidar de que mi esposo no los menosprecie.

Marco se levantó de repente.

—¡Al Hades con tus antepasados! —le gritó. Su rostro pálido había enrojecido y apretó los puños. Terencia, de repente, simbolizaba lo que más despreciaba y lo que más temía.

Ella retrocedió asustada y palidísima.

—¡Sus manes te maldecirán, Marco!

—Pues déjalos. Hay seres más palpables que los manes de tus antepasados que me maldicen ahora. Ya te he dicho muchas veces que no quiero pedir favores a nadie y mucho menos a César, que es un embustero, un hipócrita y un ambicioso.

—¿Es que no te importa tu futuro? ¿Lo tengo que hacer todo yo?

–Te ruego que te abstengas de intervenir en esto.

–¡No me abstendré! –gritó Terencia con voz apasionada.

Marco se volvió a sentar con gesto de cansancio y el color desapareció de su cara. Terencia jadeó ruidosamente. El canto de los pájaros se había vuelto más insistente y se levantó una fragante brisa a la que respondieron las copas de los árboles. Terencia se quedó mirando a su esposo, su rostro pálido y sus ojos entornados. Y pensó en muchas cosas. Los hombres eran hombres. Y preguntó acusadora:

–¿Es que tienes una querida?

–Sí –contestó Marco–. Tengo tantas que son innumerables y no las puedo contar. Estoy arruinado por tener que pagar sus favores.

Este tono satírico irritó a Terencia.

–Amas a otra mujer –dijo sin creer lo que decía.

Lenta y dolorosamente, Marco alzó los párpados y se la quedó mirando.

–Es cierto. –Y levantándose se dirigió hacia la casa.

Terencia se quedó viendo cómo se alejaba y de repente se llevó los puños a los labios. Sus ojos estaban llenos de lágrimas.

*C*umpliendo su deseo, Marco estaba a solas en su isla ancestral en pleno otoño. Comía, dormía profundamente, nadaba en las aguas murmurantes, paseaba por los bosques, inspeccionaba los rebaños de ovejas, cabras y vacas, hablaba de cosas intrascendentes con los esclavos, leía, contemplaba e iba escribiendo su próximo libro de ensayos.

Nada le consolaba ni le aliviaba, nada le satisfacía.

Me estoy volviendo viejo, pensó. En mi mente hay una oscuridad que nada disipa ni nada borra. No deseo nada y seguramente ése es el preludio de la muerte. En mi vida no puedo discernir ninguna esperanza. Estoy derrotado y me siento perdido. Recibía de Roma un sinfín de cartas y no las abría, dejándolas con sus sellos intactos. Se miraba en el espejo y no veía a un hombre con viveza en los ojos, las mejillas bronceadas y los labios enrojecidos como resultado de su estancia en la isla. Veía a un hombre pálido y envejecido, porque Livia rondaba por la isla como no había rondado en muchos años.

Y es que para él ella estaba viva como ninguna otra mujer lo había estado. Oía su canción en los árboles, palpaba el revoloteo de su velo y su manto entre los troncos oscuros del bosque, escuchaba su voz en el río. A veces no podía soportar la pena, a pesar de los años que hacía que Livia descansaba en su tumba. Perseguía su brillante sombra y a veces los esclavos le oían llamarla desesperadamente. Me estoy volviendo loco, se decía, mientras corría como un chiquillo a través de los sombríos bosques en busca de Livia. A veces, al igual que Apolo, se abrazaba a un arbolito, apretando su rostro contra la corteza, echándose a llorar. Le parecía que estaba abrazando a Livia, la cual, a modo de una ninfa, había huido de él para convertirse en un arbolillo. Sufría una misteriosa agonía, como si acabara de perderla.

Estoy de duelo por mí mismo, pensó una vez con repentina claridad. Lloro mi perdida juventud, mis esperanzas y mis sueños, el espectro de una promesa muerta, los años en que creí que la vida tenía algún significado. ¿Cómo pueden soportar los demás hombres esta carga? ¿Cómo la pudo soportar mi abuelo y Scaevola, y Arquías y todos los otros seres queridos cuyas sombras rondan por los aposentos de mi pasado? ¿Cómo pudieron vivir los años de su vida? ¿Qué les sostuvo? En mi mesa no hay más que copas vacías y mi jarro de vino no contiene más que heces secas. ¿Por qué no dijeron nunca: «Estás ávido y sediento, serás privado de todo y no querrás volver a beber»?

–¡Livia! –gritó a los bosques. Ahora estaba en el puente junto a Livia, donde había estado hacía tanto tiempo, y vio la blanca y cálida curva de su brazo al lado del suyo y el azul reluciente de sus ojos que le miraban. Y apoyó su cabeza en la balaustrada de piedra.

Pensó en su padre, al que había abandonado por su impaciencia. ¿Habría soñado Tulio alguna vez, le habrían privado de algo u ofrecido un vaso que no contuviera nada? Fue a la biblioteca de Tulio y se quedó mirando los libros silenciosos y luego los abrió como si buscara un mensaje. Halló uno y le produjo más desesperación, porque Tulio había escrito al margen: «Soñar es vivir. Despertarse es morir».

Su médico de Arpinum le dijo:

–Cuando los hombres alcanzan su edad y no son ni jóvenes ni viejos, empiezan a hacerse preguntas sobre ellos y sus vidas, lo que les hace sufrir. Pero eso se les pasa. Tengo setenta años de edad y le digo que se le pasará.

Marco no le creyó.

–Ya no deseo nada –admitió, y el médico sonrió.

–Queda Dios –dijo–. Y la eternidad.

–¿A qué se ve reducido entonces el hombre? Si no hay nada más que eso, ¡qué insensible es la vida!

El médico volvió a sonreír.

Finalmente se obligó a leer las muchas cartas que había recibido.

Terencia le había escrito una llena de amargura. Lucio Sergio Catilina acababa de ser nombrado por Craso pretor de Roma.

«Ese cargo te correspondía a ti, querido esposo –le escribía–. Y ahora el asesino de mi hermana, su seductor, ocupa una gran posición. De haber estado tú presente, eso no habría ocurrido.»

Marco sintió una oleada de rabia, odio y pasión, y olvidó que había llegado a creer que nunca más sentiría emociones. Olvidó que su vida había terminado y que ya carecía de significado. Que la existencia había sido reducida a la esterilidad y que no había nada por lo que un hombre pudiera honradamente luchar y dar su vida por ello.

A la mañana siguiente partió hacia Roma. Y mientras cabalgaba, le pareció que Livia iba a su lado y le aguijoneaba, mientras el velo de ella le azotaba el rostro.

Capítulo

45

Craso, el hombre del enorme cuerpo obeso y la pequeña cabeza de cara estrecha, se quedó mirando fríamente a Marco. Julio sonrió para sí y Pompeyo miró a sus manos enjoyadas.

–Confieso que no comprendo su vehemencia, Cicerón –dijo Craso–. Dice usted cosas incoherentes y eso no es propio de un abogado. ¿Qué le importa que Catilina haya sido nombrado pretor?

Marco contestó con el rostro enrojecido por la emoción:

–Es como si nombraran a un leopardo guardián de unos corderos. Ese hombre, por naturaleza, es un desastre. ¡No debería tener que decirle quién es! Es amigo y protector de los elementos más despreciables de Roma, incluyendo notorios criminales. Su ambiente natural es el mal. No hay nada en su persona o su carácter que lo haga digno de una posición tan alta y poderosa. No es abogado ni jamás fue magistrado. Es licencioso y corrompido, vicioso y holgazán. ¿Es que eso lo cualifica para ser pretor? Si se me contesta que sí, es que Roma está muy degradada.

Había implorado y obtenido una audiencia de Craso en la magnífica casa de éste. Había rechazado los refrescos y el vino, y ahora estaba en pie ante la mesa de ébano y marfil tallado, a veces aporreándola con su puño, mientras los otros seguían imperturbablemente cenando y bebiendo. Lo escuchaban cortésmente, aunque Craso, que siempre lo había temido y odiado y sospechado de él, no pudo ocultar el brillo maligno de sus ojos al mirarlo:

–Catilina es muy querido. Mucha gente se ha sentido satisfecha de que lo nombren pretor.

–¿A quién ha satisfecho?

Julio dijo con cara seria:

–La democracia, mi querido Marco, concede a todos los hombres libres las mismas oportunidades. ¿No es esto por lo que tú has abogado siempre? ¿O has cambiado de opinión y ahora afirmas que la competencia de un hombre para un cargo ha de ser juzgada tan sólo por sus excentricidades personales y sus adhesiones políticas?

–La conducta privada de un hombre no puede ser separada de su conducta pública; son las dos caras de una misma moneda.

–Cálmate –le dijo Pompeyo–. ¿De qué delitos ha sido encontrado culpable Catilina? De ninguno. ¿En qué consiste su mala fama? ¿Por adúltero? Si a todos los acusados de adulterio se les negaran los cargos públicos, entonces no se encontraría a nadie para ocuparlos y reinaría el caos. Un hombre puede engañar a su esposa pero ser fiel a su país. Un hombre puede ser un degenerado y un depravado en su vida privada (¿y no estamos todos dominados por nuestros vicios secretos?) y sin embargo ser íntegro en un cargo público. En la casa de un hombre puede reinar la extravagancia y, no obstante, ser frugal en el gobierno. También lo opuesto puede ser verdad: un hombre muy puritano puede ser un desconsiderado con la libertad del pueblo y el ahorrativo de su dinero puede tirar por la ventana el tesoro público con tal de comprar votos.

Era un discurso demasiado largo para un hombre de ordinario tan taciturno como Pompeyo. Marco se quedó mirando a sus tranquilos ojos claros y no vio en ellos más que tolerancia y deseo de agradar, y se preguntó a qué se debería esta amistad que Pompeyo le manifestaba, cuando él nunca había mostrado desear corresponderla.

Marco declaró:

–Es verdad que Catilina jamás ha sido condenado por un delito. Sin embargo, todos sabemos que es un criminal.

–Usted no tiene pruebas de eso –replicó Craso–. ¿Acaso piensa que la inmensa mayoría de sus seguidores, si no todos, son criminales? Si fuera así, ¿cree que sería ahora pretor, que lo soportaríamos o lo habríamos recomendado?

–Sí –contestó Marco mirándolo a la cara–. Sí, lo creo.

Craso palideció de rabia y abrió la boca, mostrando los dientes inferiores.

–¡Usted es un insolente y se atreve a desafiar con arrogancia a la autoridad! –exclamó–. Es edil curul y, como subordinado mío, puedo pedirle cuentas. ¿Quiere que lo releve del cargo?

Marco, demasiado indignado y alterado para reparar en la amenaza, contestó:

–Me acusa usted de insolencia, arrogancia y desafío a la autoridad. ¿No se equivocará de persona, señor? ¿No me estará tomando por Catilina?

Craso, con toda tranquilidad, bebió de su cubilete y luego se quedó mirando con ceño al abogado. Fue Julio César el que replicó por él con tono de cariñosa indulgencia:

–La verdad, Marco, para un hombre que últimamente ha estado dando a sus amigos una impresión de cansancio, indiferencia y resignación, un hombre al que se le ha oído decir: «¿Para qué habré nacido?», estás demostrando una asombrosa dosis de pasión, energía frenética y espíritu de protesta. Hasta es posible que creas que hay un propósito en nuestra existencia...

–¡Sí! –exclamó Marco–. He sido un loco. Me he extraviado en la complacencia y la seguridad, y ambas son cosas que llevan a la muerte y la desintegración. Había estado tan absorto en el cumplimiento de los deberes de mi cargo y en la práctica de mi profesión, que perdí de vista lo que está sucediendo en mi país. Me acuso del delito de indiferencia y estoy decidido a enmendarme. –Se volvió de nuevo hacia Craso–: Mi país vale más que la seguridad, la riqueza, la fama, los aplausos y los honores. Por lo tanto, recuso el nombramiento de Catilina. ¿Se da cuenta de que me lo encontraré en los tribunales, y porque me odia, él se mostrará parcial aunque se cometa una injusticia? A cada instante estará oponiéndose a lo que sea justo, a la reparación de los agravios, sólo porque yo intervenga en esos casos.

–Lo dudo –dijo Julio–. Al fin y al cabo se ha tener en cuenta la opinión del pueblo, y el pueblo te ama. Catilina no se atreverá a desafiar las leyes establecidas y a aprovecharse de su cargo con mala fe para obstaculizar tu labor. –Hizo una reverencia a Craso.– ¿Puedo confiar un secreto a nuestro combativo Marco, señor? Sí –sonrió a Marco–. Ya hemos advertido a Catilina que en caso de que tenga que encontrarse contigo en los tribunales, deberá abstenerse de dictar una sentencia que viole la ley, la dignidad y la razón.

Craso y Julio parecían haberse puesto misteriosamente de acuerdo, porque el tono del primero era muy suave cuando dijo:

–Catilina ocupará ese cargo sólo dos años. ¿Quién sabe si no será usted, Cicerón, el que le suceda?

Quieren silenciarme, pensó Marco, pero no lo conseguirán. Y contestó:

–Durante el breve tiempo en que Catilina ha sido pretor ya ha violado la Constitución tres veces. Dos traidores condenados fueron liberados por orden de él, basándose en argucias, a pesar de que su culpabilidad había quedado bien establecida. Un célebre ladrón y asesino, que tenía a sueldo numerosos rufianes, fue también liberado por orden de Catilina, basándose en que las autoridades lo tuvieron encarcelado cinco horas más del tiempo permitido por la ley para ser interrogado. Jurídicamente esto es cierto, pero es que necesitaron esas cinco horas para arrancarle la confesión que les permitiría llevarlo ante los tribunales. ¡Y eso no son cosas triviales! Es una violación de la justicia eterna.

Julio se inclinó sobre unos papeles.

–Querido Marco, aquí tengo extractos de casos defendidos por ti en los que empleaste la misma argucia. ¿Es que hay una ley para ti y otra para Catilina?

Marco enrojeció.

–Pero ¡aquellos hombres eran inocentes y los criminales de Catilina no!

–No se puede decir que un hombre es culpable o inocente, querido amigo, hasta que lo haya declarado un tribunal. Tú sabes que esas argucias han sido empleadas casi siempre en favor de personas injustamente detenidas y acusadas. Como ya se viene observando desde hace siglos y en otras naciones, la ley es un instrumento muy torpe. Sin embargo, protege a los inocentes.

–Pues no ocurrirá así con Catilina.

Julio soltó una risita.

–Catilina es demasiado indolente para intervenir demasiado en los tribunales o en ningún caso. Para abreviar: ha sido honrado públicamente y recibe un salario público, aunque raramente aparecerá en ningún tribunal ni estudiará algún caso.

–Entonces ¿por qué lo han nombrado pretor? ¿Es que nuestro Tesoro no está lo bastante agotado como para mantener bribones con el dinero que se obtiene de los impuestos?

Nadie le contestó. Todos se limitaron a sonreír débilmente.

Marco se los quedó mirando uno a uno y en su mente se atropellaron los pensamientos. Luego dijo con amargura:

–Entonces es cierto que ustedes le deben algo, y todo aquel que le da algo a Catilina es culpable de un delito contra el país.

Craso dejó de sonreír.

–¡Basta! –gritó–. ¿Cómo se atreve usted, un simple abogado, mero edil curul, a lanzar insultos y acusaciones en mi presencia? ¡Soy triunviro de Roma! Tenga cuidado, Cicerón. Lo he soportado mucho tiempo, a causa del aprecio que le tiene César, pero le sugiero que no atraiga más mi atención. –La cara se le había congestionado de odio y rabia y alzó los puños.

Marco se apartó de la mesa. Por un instante tembló aterrorizado ante su propia audacia. Pensó en sus padres, su esposa, su querida hija. Luego sintió rabia contra sí mismo por poner su vida y la de sus familiares por encima del honor, la justicia y su propio país.

–Entonces, señor –preguntó–, ¿admite ser es el responsable del nombramiento de Catilina?

Craso medio se incorporó en su enjoyada silla y alzó un puño como para pegar a Marco. Pero Julio, terriblemente alarmado, le agarró por el brazo y casi lo empujó hacia atrás, obligándole a sentarse de nuevo. Pompeyo se irguió y se quedó mirando a Craso consternado.

–¡Loco temerario! –gritó Julio a Marco–. Nunca creí que te ibas a rebajar tanto con tus propias palabras. Nadie puede acusar de esa manera al más alto funcionario del país.

—¿Por qué no, si es verdad?

—¡Dioses! —exclamó César—. ¿Es que eres idiota?

—¿No es éste un país libre? —preguntó Marco—. ¿Y no han de responder los más altos funcionarios de su actuación ante el pueblo que depositó en ellos su confianza?

Julio se quedó mirando a Craso, que parecía un poco más calmado, y luego dijo con voz tranquila:

—Ya no, Marco. Tu amada democracia ha alterado las antiguas costumbres de Roma.

—No estaba hablando de democracia, César. Hablo de la República romana. ¿Quién ha derribado la República y proclamado su desaparición? Nadie ha declarado públicamente tal cosa. Por lo tanto, la República sigue existiendo y bajo la libertad republicana tengo derecho a exigir cuentas a los funcionarios públicos que hayan traicionado la confianza del pueblo y alterado la Constitución.

Todos se lo quedaron mirando atónitos, excepto uno, que tenía expresión maligna.

—Y no ordenéis mi asesinato, aunque el crimen sea una de las armas de las democracias —dijo Marco con una amarga sonrisa—. Tengo demasiada influencia en Roma y muchos amigos poderosos, soy de la familia de los Helvios y mi esposa desciende también de una gran familia. Tal vez creéis que los romanos ya no se preocupan de quién los gobierna y no se inmutan por los asesinatos por odiosos que sean. No necesitan más que una voz. Yo seré esa voz y, si me asesinan, habrá otras voces.

—Olvidas —le dijo Pompeyo— que todo gobierno poderoso o todo hombre influyente puede hacer que la ira del pueblo se vuelva contra quien quiera si desea proteger a los culpables. Si fueras asesinado, sería muy fácil para... los hombres poderosos declarar que eras un traidor, y el pueblo, que no quiere más que vivir tranquilamente sin tener que encararse con la verdad, porque es indolente por naturaleza, aceptará gustoso la explicación con tal de que no le molesten o le obliguen a pensar.

—¿Acusas al pueblo romano de locura?

—No —respondió Pompeyo con su voz peculiar—, sólo de pusilanimidad.

Marco se quedó mirando a Pompeyo y pensó: nunca te conocí bien. Y se fijó en que Julio y Craso tenían los ojos puestos en Pompeyo con expresión de disgusto. Luego los dos hombres se miraron entre sí y significativamente Julio sonrió a Marco y le dijo con el tono de uno que hiciera confidencias a otro:

—Queremos decirte la verdad, Marco. La creas o no la creas, seguirá siendo la verdad.

–¿Y cuándo has dicho tú la verdad, Julio?

–Sin embargo –terció Craso, con una voz tan firme y perentoria que Marco se volvió hacia él y comprendió que por fin iban a hablarle con franqueza–, será nada más que la verdad y no podrás ignorarla, en bien de Roma. Habla, César.

Julio se agarró a la mesa y miró a Marco.

–Puede que conozcas el poder que tiene Catilina, al que todos despreciamos, pero no podemos ignorar. Hemos hablado de los libertos, esclavos y delincuentes de poca monta que son sus seguidores. En sí no son muy peligrosos. Pero es que no son los únicos que apoyan a nuestro patricio amigo. Hay hombres muy ambiciosos que son familiares suyos, por ejemplo, Pisón y Curio, por sólo nombrar a dos. Muchos senadores y tribunos están pagados por él o le temen porque él conoce sus infamias. Además, hay que enumerar a los millares de atletas de Roma y hombres poderosos, capaces de cometer todo lo malo que pueda imaginarse, que viven a costa del vicio. Hay los descontentos, y no los subestimes porque forman legión. Hay muchísimos otros que no son romanos, pero sí ricos. No son leales a Roma, sino a sus propios intereses. Hombres que hacen de la traición un oficio porque odian a Roma y lo que simboliza y desean que haya despotismo.

»Entre los desafectos, hay que contar asimismo a muchos miembros de la clase patricia que desprecian a la República y desean gobernar una nación esclavizada. Éstos a su vez tienen una multitud de seguidores que obedecerían a sus amos, los cuales siguen como un solo hombre a Catilina, que es uno de ellos.

»Está la gentuza del arroyo, siempre obsesionada con la posibilidad de botín y la satisfacción de las necesidades de sus estómagos y sus apetitos de lujuria. ¿Qué les importa a ellos Roma o su prestigio? La traicionarían por un plato de judías o por dos entradas para el circo. Están las abigarradas criaturas de apetitos odiosos y depravados, los actores, cantantes y bailarines, que prefieren desgañitarse ante los patricios y la autoridad real, esperando alcanzar así más notoriedad y fama. Están los homosexuales y otros pervertidos que se retuercen de gozo sólo con pensar en explotación y látigos y la promesa de la protección legal.

»Ésos son los seguidores de Catilina, Marco. Ésos son los que a una palabra suya podrían destruir nuestra nación.[1]

–Es cierto –dijo Pompeyo.

Marco ya sabía todo esto, pero no había comprendido toda su horrible inmensidad y el grado en que había penetrado y se había integrado en el cuerpo político.

---

[1] De una carta de César a Cicerón tras la publicación del libro *De Republica*.

—¿Quieres que exterminemos a un tercio de la población de la ciudad? —preguntó Craso con voz tranquila—. O, lo que es más probable, la mitad.

—¿Cómo ibas a justificar eso en nombre de la República? —inquirió Julio.

—¿Es que vamos a justificar nuestra rectitud con el asesinato? —preguntó Pompeyo—. ¿Vamos a rebajarnos al nivel de la plebe para librar a Roma de ella?

—Sila intentó restaurar la República —dijo Craso—, pero entonces la gentuza no era tan poderosa. Como no pudo lograr sus propósitos, tuvo que abandonar.

Marco se sentó en una silla y dejó caer la barbilla sobre el pecho. Hubo un largo silencio, finalmente interrumpido por Julio:

—Tuvimos que nombrar pretor a Catilina para aplacarle, ya que controla lo que más tememos. Hay que pagar ese pequeño precio por Roma.

—Eso es chantaje —dijo Marco con voz sombría.

—Ciertamente —reconoció César—. Si el chantajista actuara solo, podría ser destruido; pero como tiene muchísimos seguidores, debemos soportarlo y satisfacer de vez en cuando su voraz apetito. En resumen —añadió dirigiendo a Marco una de sus antojadizas miradas—, debemos transigir aun con los principios.

—¿Y si pide que lo nombren cónsul de la ciudad?

—Como ya te he dicho, le hemos advertido de que no le concederemos más de lo que le hemos dado.

Marco se quedó callado, pensando, mientras los otros tres se miraban irónicamente con disimulo. Entonces Marco dijo:

—Debe de haber algún medio para librarnos de nuestros enemigos. Con la misma lentitud con que la República declinó, deberá ser restaurada. Tenemos leyes...

—Sila fue el primero en demostrarte la imposibilidad de forzar la aplicación de las leyes y no es probable que ninguna clase social en Roma se levante desinteresadamente para apoyarlas. ¿A quién te dirigirás, Marco, en nombre de Roma?

Marco alzó la mirada lentamente.

—A ti no, desde luego, César —le contestó.

Pompeyo dijo con su tono pausado y calmoso:

—Debemos enfrentarnos con la realidad y no con vagas esperanzas. Nuestros abuelos se dieron cuenta ya en su juventud de que la República declinaba. ¿Pudieron impedirlo entonces? Es posible, pero no lo hicieron. Nosotros hemos heredado el fruto de su indiferencia, de su egoísmo, de su falta de orgullo, virtud y patriotismo.

—Lo mismo ha sucedido en todas las naciones —declaró Julio, alzando una mano y dejándola caer sobre la mesa—, y la causa principal es la naturaleza del hombre. Si yo tuviera que fundar una nueva nación, la establecería sobre la base de un despotismo benévolo y no sobre una república, que inevitablemente decaería y se volvería depravada.

–Ya tenemos al hombre montado a caballo –dijo Marco.

–Cierto. Es el único que ha podido sobrevivir más tiempo que ninguna república, y su nación con él. Las repúblicas se fundan en la fantasía de que los hombres son capaces de gobernarse por sí mismos y aceptarán vivir bajo una disciplina y un marco de heroica virtud. Eso es un sueño que se ha demostrado falso, muriendo cuando amanece la realidad, la realidad de lo que los hombres son y no de lo que deberían ser.

Marco se levantó y los miró uno a uno.

–La razón me dice que ustedes han dicho la verdad. Sin embargo, mi espíritu insiste en que luche contra esa verdad y que haga todo lo que pueda por mejorarla.

»Ya hace mucho tiempo, las costumbres de nuestros antepasados moldearon hombres admirables y, a cambio, esos hombres eminentes apoyaron el modo de vida y las instituciones que sus abuelos les legaron. Nuestra época, en cambio, heredó la República como una bella pintura de tiempos pasados, cuyos colores ya empezaban a estar descoloridos por el tiempo y no sólo nuestra época descuidó restaurar esos colores, sino que no hemos sido capaces de preservar sus formas y siluetas. ¿Qué nos queda hoy de los antiguos modos de vida con que fue fundada nuestra comunidad nacional? Ya nadie se acuerda de ellos. ¿Y quién soy yo para recordároslo? Nuestras costumbres se han perdido por falta de hombres que las defendieran, y si hubiera alguien que nos pidiera cuentas, muy bien podría acusarnos del peor de los delitos y nos costaría mucho trabajo defendernos de esa acusación. Por rutina seguimos diciendo «República», aunque ésta ha perdido sustancia y realidad.[2]

Abrió los brazos y luego añadió:

–Yo también soy culpable. Está ante ustedes, hombres culpables, un hombre culpable. Sólo puedo decir en mi defensa que he hecho lo posible por evitarlo, aunque no consiguiera nada.

Se volvió para irse y entonces, dirigiéndose a los tres hombres que lo observaban en silencio y con extrañas expresiones, les dijo:

–No permitan que Catilina se cruce en mi camino. Tengo una venganza pendiente con él. Algún día nos encontraremos, pero ese día lo elegiré yo, no él.

Su rostro había perdido toda su amabilidad y buen humor. Salió de la habitación y sus pasos resonaron en el suelo de mármol. Luego oyeron cómo se

---

[2] De su libro *De Republica*.

cerraba una distante puerta de bronce. Entonces Julio tomó una pera de una bandeja de plata, la pulió con su manga y la mordió con expresión de placer.

Craso dijo:

—Nuestra noble fachada de mármol se ha cuarteado. Ya no lo necesitamos más. Dejemos que caiga.

—¿Asesinato? —preguntó Julio limpiándose los labios con una servilleta de lino—. No. Lo necesitamos más que nunca. Ya he oído rumores sobre Catilina que pueden convertirse en un escándalo. Si Cicerón muere, ese escándalo caerá sobre nosotros. Yo les he dicho a muchos: «¿Creéis que Catilina sería pretor si Cicerón se hubiera opuesto enérgicamente?». Opino que Cicerón callará. Le hemos convencido de que la oratoria no servirá de nada.

—Si hay que planear algún asesinato —dijo Pompeyo—, recomiendo a Catilina como víctima.

Julio se echó a reír y sacudió la cabeza.

—¿Crees que no se habrá preparado ya para tal contingencia? Si hacemos el menor movimiento contra él, por disimulado que sea, hará caer el tejado sobre todos nosotros, aunque él muera también. Subestimas el poder de sus partidarios. Muchos hombres morirían gustosos por Catilina.

Sin poder dominar la rabia, Craso dijo:

—Estamos entre un hombre virtuoso y otro perverso, y, ¡por los dioses!, no sabría decir cuál es más peligroso.

*C*uando Marco regresó a su casa aquella noche, triste y apesadumbrado, se vio desagradablemente sorprendido al ver que Terencia estaba esperando en el vestíbulo. Él le dijo:

—Estoy cansado y es muy tarde. No estoy de humor para discusiones.

—He estado esperando horas tu regreso —contestó ella con terquedad—. Debo saber qué has hecho contra el seductor y asesino de mi hermana.

Marco pasó por su lado bruscamente y se dirigió a su dormitorio, pero ella le siguió muy decidida. Marco se volvió hacia ella y le dijo con voz ahogada:

—No he podido hacer nada. Es demasiado tarde. Es demasiado tarde para Roma.

Terencia parpadeó. Y a él se le ocurrió pensar (se le ocurría muy a menudo en los últimos tiempos) que era una estúpida porque nunca podía comprender una afirmación más que por partes. Y ella le preguntó:

—¿Qué tiene que ver Roma con que a Catilina lo destituyan?

—Pues todo. Es pretor a causa de lo que sucede en Roma.

—Eso quiere decir que has fracasado, Marco. —En sus ojos brilló el desprecio.

–Fracasé al nacer. Fracasó mi padre y mi abuelo antes que él. El padre de mi abuelo tiene la culpa de que haya un Catilina.

–Siempre haces juegos de palabras. Si Catilina continúa ocupando ese cargo es porque tú no puedes conseguir que lo destituyan.

–No tengo poder para eso.

Se quitó la toga y la echó sobre una silla. La luz de la lámpara mostró su rostro macilento.

–¡Creí que eras el abogado y orador más grande de Roma! ¡Un edil curul! Parece que me equivoqué si Craso te niega una cosa tan pequeña.

Le dieron ganas de pegarle, tan furioso estaba. Apretó los dientes, se sentó en la cama y se quitó el calzado. Pero ella insistió.

–Vivía engañada. El objeto de mi orgullo no existe en realidad. He sido defraudada y mi hermana sigue sin ser vengada.

Pero Marco no estaba pensando en Fabia, sino en Livia, y se quedó mirando la daga que había sobre la mesa. Finalmente dijo, como hablando consigo mismo:

–No, eso sería demasiado fácil. Poco satisfactorio. Los dioses no me lo negarán.

–Ya te lo han negado esta noche –dijo Terencia, suspirando como compadeciéndose de sí misma–. Había soñado demasiado y esperado mucho. Estoy casada con un hombre sin importancia.

–Tienes razón –le dijo su esposo, apagando la lámpara y dejando que humeara en la oscuridad.

Pero Marco no pudo dormir. Acostado en su lecho, con los músculos tensos y los pensamientos frenéticos, se sumió en una enorme confusión, como si buscara palabras que resolvieran mágicamente el caos convirtiéndolo en orden y permitiendo que el mundo fuera habitable de nuevo.

Y recordó las palabras de cierto profeta, cuyo nombre no recordaba y del cual le había hablado Noë ben Joel: «No pueden dormir más que cuando han causado algún mal, y pierden el sueño si no hacen a alguien pecar. Porque comen el pan de la iniquidad y beben la sangre de la violencia».

Pero se dijo: soy yo el que no puedo dormir, mientras que aquellos que comen el pan de la iniquidad y beben la sangre de la violencia duermen tranquilamente como bebés. Le pareció que su mente palpaba la oscuridad, buscando hombres como él a los que les fuera imposible conciliar el sueño, acosados por los mismos pensamientos. Seguro que estaban allí, aunque él no pudiera tocarlos con los impalpables dedos de su espíritu. Se volvió de costado y vio el amanecer enmarcado en su ventana. ¿Lo veían también otros hombres con los mismos párpados enrojecidos y se desesperaban por la suerte de su país como él?

¿Cómo iba a seguir viviendo? Había muchos que sabían que una tormenta se estaba fraguando sobre la ciudad, pero le volvían la espalda, bebían su vino y pretendían hasta el último momento que todo iba bien. Había otros que se negaban a engañarse a sí mismos y morían con el corazón desgarrado. Y aun había aquellos que desafiaban la tormenta, y ésta los destruía. ¿Quiénes eran los más inteligentes, los que tenían una cierta posibilidad de sobrevivir? Los que fingían creer que no había tormenta. Pues aunque éstos no sobrevivieran, disfrutarían hasta el último momento, cosa que no harían sus compatriotas más sensibles.

Ahíta de emociones que no podían expresarse, la mente de Marco se sintió de repente vacía y, como en defensa propia, se resistió a pensar nada más y se quedó dormido.

CUARTA PARTE

El héroe

Facto quod saepe maiores asperis bellis facere, voveo dedoque me pro re publica! Quam deinde cui mandetis circumspicite; name talem honorem bonus nemo volet cum fortunae et maris et belli ab aliis acti ratio reddunda aut turpiter moriundum sit. Tantum modo in animis habetote non me ob scelus aut avaritiam caesum, sed volentem pro maxumis benificiis animam dono dedisse. Per vos, Quirites, et gloriam maiorum, tolerate advorsa et consulite rei publicae! Multa cura summo imperio inest, multi ingentes labores, quos nequiquam abnuitis et pacis opulentiam quaeritis, cum omnes provinciae, regna, maria, terraeque aspera aut fessa bellis sint.

De un discurso de Cayo Cotta

Capítulo
46

Durante bastante tiempo Marco Tulio Cicerón gozó de una relativa tranquilidad que a veces le hacía sentirse inquieto. Y escribió a Ático: «¿Es que estoy adormecido o resignado? ¿Me estoy volviendo viejo? ¿Es que habré llegado a esa última etapa del conocimiento que cree que no hay nada por lo que merezca la pena luchar? Considérame, querido amigo, un hombre que ya no pone atención en nada ni en nadie. He entrado en el período de lo que algunos consideran los años dorados, los años que vuelan sin dejar traza y declinan en la abnegación, que es la antesala de la muerte».

Como Julio le había asegurado, no se encontró con Catilina, que, aunque ya había cumplido los cuarenta años, seguía bello como una estatua y al parecer se emborrachaba con frecuencia, hablaba de un modo incoherente y blasfemo y aparecía raramente por los tribunales. Tenía delegados que actuaban en su nombre y representación y que pretendían que Catilina les pusiera al corriente de los casos durante la noche. Pero esto no era cierto, ya que las noches se las pasaba en continuas juergas. A sus amigos les echaba en cara imaginarios desaires y hacía todo lo posible por ignorarlos. Había veces en que hablaba de modo misterioso y arrogante. A menudo era visto al amanecer, tambaleándose por las calles con amigos escandalosos que jamás eran vistos en compañía de otros patricios, ni nunca hubieran podido entrar en otra casa que no fuera la de Catilina.

Es un loco y un cerdo, pensaba Marco cuando le contaban estas cosas. Marco comenzó a creer que Craso, Julio César y Pompeyo se habían librado de un hombre peligroso dándole un poder del que era incapaz de hacer un buen uso, y en su interior los felicitaba por su astucia. Como siempre, los dioses destruían a los locos. En otros tiempos Marco habría sospechado de esta placidez que le rodeaba porque sabía que los maliciosos dioses a menudo adormecían a un hombre para que no se diera cuenta, hasta que fuera demasiado tarde, de que había sido herido mortalmente. ¡Y yo que había esperado ser un héroe de mi país!, se decía a sí mismo. Pero la edad de los héroes parecía haber pasado. A veces a Marco se le ocurría el insidioso pensamiento de que en la República no volvería a ocurrir nada interesante, nada bueno ni malo que resultara atrayente para la imaginación. Parecía como si todo conspirara para ofuscar la percepción y adormecer el espíritu, para obligar a todo hombre a decir: «Todo está en paz, todo es próspero, todo está en orden». ¿Dónde habría ahora un hombre como Escipión el Africano, un hombre con fuego y personalidad? Los modernos romanos lo mirarían con desconfianza, pues sólo querían ocuparse de sus cuentas bancarias, de sus placeres, sus familias, sus excursiones y sus pequeñas satisfacciones cotidianas. Ya no se preocupaban del destino. No querían arco iris en sus cielos, ni tormentas ni alteraciones del statu quo. Industriosos y materialistas, preferían los teatros y los circos, los espectáculos deportivos, sus camas y sus gordas familias.

Marco, insensiblemente, se dejó arrastrar por esta ola de complacencia. Empezó a creer que era ridículo tratar de despertar el alma de Roma y se preguntó si eso en el fondo estaría bien y qué clase de hombres deberían ser despertados. Craso había tomado un camino intermedio: no atraía abiertamente la atención, cosa que tampoco hacían el Senado ni los tribunos. Cualquier actor era más celebrado que Craso. El sol brillaba apaciblemente sobre Roma, las calles estaban muy animadas, se especulaba mucho y todos los días había noticias que hablaban de prosperidad. El mundo daba la impresión de haber alcanzando un lugar fijo de calma y ya estaban olvidadas las luchas anteriores. El mal no se notaba mucho, ni había nada que inspirara indignación ni resistencia.

«Vivimos buenos tiempos –decían los veteranos de tantas catástrofes, hablando con un tono que indicaba agradecimiento–. Por fin hay estabilidad. Sigamos disfrutando de la vida en esta atmósfera de calma.»

–Me marcharé pronto a Jerusalén –dijo Noë ben Joel a su amigo. Noë se había quedado calvo y era muy rico porque sus comedias se habían hecho muy populares–. No me gusta lo que presiento y Roma ya no es buen lugar para un hombre de edad mediana que sufre pesadillas, y yo las sufro.

–No seas absurdo –le contestó Marco inquieto.

–Me marcho a Jerusalén –insistió Noë, mirando a su amigo de un modo extraño–. Los judíos sabemos cuándo los cuchillos están a punto de salir de sus vainas y olfatear la tormenta antes de que aparezca la primera nube. Te ruego que te retires a Arpinum.

–Eso me lo aconsejaste ya hace años. Sin embargo, observa que vivo en paz.

¡Ah, la obstinación!, pensó Noë. En Marco se había producido un cambio, como si algo en él se hubiera agotado o bien estuviera a la expectativa. O algo peor: quizá había abandonado la lucha porque no veía los relámpagos por el este. Se había vuelto más rollizo, sus largas mejillas estaban más rellenas, sus ojos habían perdido sus cambiantes colores y ahora tenían una expresión de serenidad.

–He oído hablar mucho de ti últimamente con referencia a ese inteligente político joven, Publio Clodio, de sobrenombre Pulcher –le dijo Noë, apartando la mirada discretamente–. ¡Ah! Y también te relacionan con su hermana Clodia, aunque eso probablemente sean chismes. ¡Cómo se va la gente de la lengua! –Cuando alzó la mirada, vio que Marco se había ruborizado.

–¡Ah, Publio! –contestó con aire desinteresado–. Es uno de esos jóvenes inquietos con ambiciones políticas. Espumean como el vino echado a perder y resuenan como un tambor batido: sólo ruido y aire. Deploro su celo. Habla de «tiempos diferentes y leyes diferentes para resolver nuestros problemas actuales». No se da cuenta de que el hombre no cambia y que sus problemas son siempre los mismos, aunque les dé nombres distintos. Publio piensa que todo es nuevo y debe ser tratado de manera audaz, y que el hombre moderno es algo único, cuando cualquier hombre maduro podría decirle que lo que él cree «nuevo» es tan viejo como la muerte. Recuerdo, Noë, que tú me citaste una vez aquella frase de «nada nuevo hay bajo el sol». Con los años Publio irá calmando sus entusiasmos, así como su actual creencia de que el hombre se ha embarcado de repente en una experiencia original y que el pasado está muerto.

–¡Ah! –exclamó Noë observando a su amigo con disimulo y recordando los rumores que corrían acerca de las relaciones entre Marco y la bella Clodia–. ¿Tú crees los rumores de que Clodio aceptó el soborno de Catilina y lo absolvió cuando éste fue procesado por extorsión al final de su mandato?

Marco apartó la mirada y pareció de pronto sufrir un dolor.

–No creo que Clodio aceptara el soborno, a pesar de todo lo que se diga. Puede que se convenciera de que Catilina era inocente. Catilina no hace más que declarar que es amigo de las gentes sencillas, y Clodio, como muchos jóvenes novatos, cree que la gente sencilla, el hombre de la calle, posee una misteriosa santidad, aunque no comprendo cómo han llegado a tal conclusión. Así que es muy posible que las muchas relaciones que Catilina ha tenido con gentes de la más humilde condición hayan producido cierto sentimiento de simpatía en Clodio, perdonándole así no sólo su delito de extorsión, sino negando que hubiera existido. Sin embargo, ese joven me cae simpático. Me divierte y me entristece a la vez por su juventud y su convicción de que lo sabe todo, una falsa convicción muy típica de su edad.

Noë se fijó en que Marco evitaba hablar de Clodia, la conocida hermana de Clodio. Noë no condenaba a Marco; en el fondo esperaba que disfrutara un poco de la vida con ella, pues no sólo era una joven muy seductora, sino que se distinguía por su ingenio y buen humor. Y como a Noë le gustaban mucho los chismes, sabía casi todas las cosas que se habían dicho en Roma sobre este asunto, la mayoría de ellas escandalosas. Sabía que Marco y Terencia se peleaban constantemente y que Terencia no sólo era una mujer muy capaz en lo referente a inversiones y dinero, sino que era muy ambiciosa y deseaba gozar de fama como esposa de un hombre poderoso y de prestigio. Noë también sabía por los comentarios que ambos dormían en habitaciones separadas, que Marco había pegado una vez a su esposa ante los esclavos y que ésta le había arrojado una fuente con salsa a la cabeza, con resultados desastrosos, ya que durante unos días tuvo un ojo amoratado, la nariz hinchada y un corte en la cara. Marco había solicitado un divorcio que Terencia se negaba a conceder y ahora vivían juntos como extraños, no dirigiéndose la palabra más que cuando ella le hacía reproches acerca de sus relaciones con Clodia. Noë pensó con satisfacción que él era un esposo fiel y eso que había tenido muchas ocasiones para dejar de serlo, pero la verdad era que las artistas no siempre se bañaban y eran descuidadas con sus cosméticos. Además salían caras, y era su querida esposa la que llevaba los libros de contabilidad.

Marco le preguntó:

–¿Regresarás de Jerusalén?

–Esta vez no. Te escribiré todos los días y quizá tú puedas venir a verme. Ahora que mis hijos están en edad de casarse, creo que deben conocer las tradiciones de sus antepasados. Aquí en Roma han adquirido costumbres cosmopolitas y deben ser contrabalanceadas por conocimientos más profundos. –Noë se echó a reír.– ¡Aún me cuesta trabajo creer que nuestro codicioso y presumido Roscio se haya convertido en un esenio de las cuevas de Judea! Cuando Dios toca a un hombre en el alma, por inverosímil que nos parezca su elección, es como si encendiera un fuego en él. Así que Roscio, para escapar a la identificación y a la notoriedad, ha adoptado el nombre de Simeón y dice muy serio que no morirá hasta que haya visto el rostro del Mesías con sus propios ojos. Por eso sale a menudo de las cuevas, donde estudia y reza con los otros esenios, y visita con frecuencia el templo de la ciudad santa, mirando fijamente al rostro de todos los niños que son llevados para su presentación ante el altar. ¡Pobre Roscio!

–Habría pensado eso de cualquiera menos de Roscio –dijo Marco, sonriendo tristemente al pensar que no volvería a ver a aquel rostro vivaz, aquellos ojos magníficos, ni a oír aquella voz resonante y melodiosa. La expresión de su rostro cambió y dijo–: Por favor, te lo imploro, no me digas que no volveremos a vernos, Noë. Nos criamos juntos de niños y seguimos siendo amigos de jóvenes y como hombres de mediana edad. Formas parte de mi vida.

—Ya te he dicho que no puedo seguir viviendo en Roma. Tengo miedo.

—No te marches tan pronto —le rogó Marco, recordando de pronto que cada año que pasaba tenía un amigo menos, bien por la muerte, el exilio o el cambio de residencia, perdiendo así parte de su vida—. Cuando te vayas, no vengas a darme el último abrazo. No quiero saber cuándo te vas.

Así que Noë no le dijo que se iba al día siguiente, y cuando abrazó a su amigo al despedirse, le costó mucho no llorar a lágrima viva.

—Te acompañan mis oraciones —le dijo casi sin poder articular el habla. Y de nuevo cambió su expresión mientras musitaba, como hablando consigo mismo—: Se dice que cuando un hombre envejece, empieza a pensar cada vez más en Dios. Pero eso no es cierto. De niño y de joven, yo ya lo amaba ardientemente. En cambio, ahora apenas pienso en Él, y cada año que pasa pienso menos y menos.

—Es que el mundo se interfiere. Estamos agotados con los esfuerzos que hacemos sólo para vivir —replicó Noë, pero Marco no le oyó—. De jóvenes tenemos energías para todo. A los hombres les debería ser posible retirarse del torbellino al cumplir los treinta y cinco años, de modo que pudieran consagrarse a Dios antes de olvidarlo, pero eso es imposible para la mayoría.

Marco se lo quedó mirando extrañado, como si hubiera oído una frase muy importante para él, pero que no hubiera comprendido bien, ni recordar dónde la había oído ni quién la había dicho.

Cuando Noë se marchó, Marco siguió sentado en su jardín en aquella calurosa tarde de verano, tratando de recordar, pero en su interior no le respondió el menor eco. Y, sonriendo, comenzó a pensar en la joven y encantadora Clodia.

Helvia, aquella mujer tan prudente y sensata, jamás había interferido en los asuntos de la casa desde que Marco se casó. Estaba satisfecha de que Terencia tuviera talento para los negocios y aprobaba sus convicciones de romana chapada a la antigua, así como su piedad religiosa. (Cuando Terencia no estaba en los bancos o en casa de los prestamistas, estaba de visita en los templos.) También veía con buenos ojos que fuera una buena madre y una esposa honesta y que supiera manejar muy bien su casa, pero suspiraba al ver el carácter violento de su nuera, genio que, por otra parte, iba empeorando cada día, y cómo fastidiaba a Marco por los asuntos más triviales, así como su intolerancia para cualquiera que no compartiera la estrechez de sus convicciones. Helvia lamentaba lo de Clodia, pero lo comprendía. No sabría decir si se sentía aliviada o no porque Marco se viese ahora más sereno y las cosas no parecieran irritarle como antes. Todos nos vamos volviendo viejos, pensaba Helvia suspirando. También es una lástima que nos vayamos acostumbrando al mundo y disputemos con él cada vez menos.

Marco se preguntó a sí mismo: ¿Soy o no feliz? ¿Es que estoy menos interesado en la vida o es que al final me he acostumbrado a ella? He llegado a puerto. ¿Es eso deseable o no? Sé que no puedo cambiar al mundo y que Roma está perdida. ¿Servirá de algo que me rasgue las vestiduras? No. Sólo puedo rezar para que cada día que llega no sea peor que el de ayer. Sólo cuando veía aparecer el rostro de Catilina ante él, sentía un vuelco en el corazón y se renovaba su viejo odio. Pero Catilina se estaba destruyendo a sí mismo con su vida depravada. Ya había dejado de ser pretor.

Ahora pronto me tocará a mí ser pretor, pensó. Y sonrió satisfecho, aunque con escaso entusiasmo. Pensó en Clodia y sonrió de nuevo, levantándose para ir a prepararse, pues esa noche cenaba con ella en su casa, donde siempre había risas, ingenio, compañeros alegres y música. Se rumoreaba que ella había tomado últimamente a un jovencito llamado Marco Antonio como amante, pero Marco no lo creía.

Andando lentamente, pero con agilidad, entró en su hermosa casa, a la cual había añadido más habitaciones, más lujo y más decoración. Y se encontró, no sin poder evitar un respingo, con su padre, que le esperaba en el atrio. Había días en que olvidaba hasta que su padre existía y siempre se sobresaltaba al ver su delgada sombra sobre las paredes de mármol o de oír su voz clara y tímida.

Tulio ya tenía el cabello blanco y el rostro caído y descolorido, su figura delgadísima y sus andares inciertos, como si sus pies apenas tocaran el suelo. Sólo quedaba viveza en sus grandes ojos oscuros, que en este momento eran muy elocuentes.

Empezó hablando rápidamente y como a trompicones, como si le pareciera que si no atraía la atención de Marco, éste no le oiría ni le vería. Y le dijo:

–Querido hijo, debo hablar contigo. Es muy importante.

Marco frunció ligeramente el ceño, sin poder dominar su impaciencia ni disimular las pocas ganas que tenía de ver a su padre o de hablar con él. Y contestó:

–Es muy tarde. Tengo que ir a cenar...

–Ya lo sé. Siempre es tarde para ti o has de cenar con alguien. Todos los días tienes citas. –En el rostro del anciano había una profunda expresión de tristeza.– Ocurre algo, Marco, y debo hablar contigo antes de que sea demasiado tarde.

—Está bien —se resignó Marco. Las blancas paredes y suelos del vestíbulo brillaban bajo los últimos rayos del sol, la fuente del centro relució y susurró su rumor musical, mientras los pájaros enjaulados cantaban dulcemente en los rincones.

—Todos te hemos perdido, hasta tu hijita Tulia —dijo Tulio con humildad.

—No sé qué quieres decir, padre —replicó Marco exasperado y mirando al reloj de agua. Tenía que bañarse y arreglarse, y ya era muy tarde—. ¿No podríamos seguir hablando cuando regrese?

—Nunca te oigo cuando regresas —dijo Tulio con voz implorante—, y cuando me despierto por la mañana ya te has ido. Cuando estás en casa, tienes clientes o visitantes..., las pocas veces que estás, y aun entonces sólo oigo tu voz a lo lejos.

—Soy un hombre muy ocupado —dijo Marco—, tengo una familia a la que mantener y deberes públicos que atender.

—Lo sé —contestó Tulio.

—No me has dicho qué es esa cosa «importante».

Tulio alzó la mirada y miró gravemente a su hijo:

—Ya lo he olvidado —se limitó a decir, apartándose para dejar pasar a Marco. Éste vaciló sintiendo un ligero dolor en el pecho, una especie de vago sentimiento, pero le dominaba la impaciencia y dijo, como dando una explicación:

—Además escribo libros, tratados y ensayos. Todo ello constituye un mundo diferente del que tú conocías, padre.

Su padre, por alguna incomprensible razón, era como un vivo reproche, y a él no le gustaban los reproches. Ya le reprochaba bastantes cosas Terencia, que lo tenía ahora fastidiado a más no poder y había perdido el poco comedimiento que alguna vez tuvo.

—El mundo siempre es igual —musitó Tulio—, ya lo descubrirás por desgracia antes de morir.

Marco apretó los labios. Inclinó la cabeza y se fue a sus habitaciones, preparándose para salir. La luz del sol que penetraba por la ventana se oscureció al pasar una nube, pero enseguida el aposento volvió a estar cálidamente iluminado.

Regresó muy tarde, pues había estado a solas con Clodia, tal como habían convenido. Marco bostezó una y otra vez y pensó en su cama con placer. Al descender de la litera, vio que la puerta de bronce de su casa estaba abierta y el umbral iluminado, que había luces en todas las ventanas y eso que ya estaba amaneciendo.

El corazón le dio un vuelco. Pensó en su hija Tulia. Se apresuró a entrar y en el vestíbulo se encontró a Terencia, que estaba llorando, e inmediatamente se dirigió hacia él como una furia.

—¡Tu madre ha muerto mientras tú estabas en brazos de tu fulana! —le gritó.

⁓L̲as cenizas de Helvia fueron llevadas junto a las de sus padres. Ya se habían celebrado los banquetes funerarios, los cipreses estaban plantados a la puerta y los huéspedes se habían despedido. El sol seguía cálido y dorado, la atmósfera de dulce quietud, los pájaros que había en el atrio aún cantando como en éxtasis. El jardín todavía estaba fragante y la ciudad que se extendía por debajo del Palatino, tan ruidosa y clamorosa como siempre. Los edificios que se amontonaban en las colinas seguían recibiendo el sol poniente. El dolor visita a todos los hogares, pero sus sombras son alejadas lo antes posible. Era como si los muertos nunca hubieran vivido, ni siquiera los que en vida fueran gente importante.

Acudió muchísima gente a dar el pésame, incluyendo todos los miembros de la familia César, y hasta Craso envió a Pompeyo como representante personal suyo. Los Helvios lloraron a su hermana, tía o prima. Quinto y Terencia lloraron, pero ni Tulio ni Marco pudieron verter lágrimas a pesar de ser los más apenados. La pequeña Tulia lloraba llamando a su abuela y Marco no encontró modo de consolarla.

El cuarto día él fue a sentarse en su lugar favorito del jardín, debajo de los mirtos, apoyando sus manos flácidas en las rodillas. Estuvo allí sentado un buen rato y entonces se dio cuenta de que su padre estaba sentado no lejos de él, mirándole, con el aspecto de no ser más que una sombra.

—He perdido algo más que una esposa y la compañera de mi vida —dijo Tulio con una voz similar al susurro de las hojas secas—. He perdido a una madre.

¡Qué verdad es ésa!, pensó Marco con amargura. Has convertido a Terencia en tu tía y tu criada y de Tulia has hecho una hija para ti. Siempre has dependido de otros, te has apoyado en otros, alargando tus manos como un mendigo, suplicando limosnas de amor y protección. Siempre fuiste un niño para mi abuelo. Pero no conseguirás hacer de mí un padre.

No supo por qué sentía algo parecido al odio contra su padre, pero su pena era tan grande que debía volverse contra alguien para aliviar sus sufrimientos. La casa del Carinae estaba ahora ocupada por Quinto, su esposa y el hijo de éstos. Y Marco dijo:

—Me parece, padre, que te sentirás mejor si te vas a vivir con Quinto y su familia, porque Quinto fue el favorito de mi madre y su hijo se parece mucho a ella.

Tulio alzó sus ojos doloridos y se quedó mirando a Marco en silencio.

—Así sea —contestó finalmente.

Se puso de pie dificultosamente y se alejó, perdiéndose en las sombras como un anciano.

—Pero ¿es que no tienes sentimientos filiales? —le gritó Terencia—. ¡Has echado a tu padre de tu casa y el que hace eso es maldito!

—No lo he echado. Será más feliz viviendo con Quinto; de haber querido quedarse aquí no hubiera tenido más que decirlo. Con él irá su esclavo más fiel, que le consolará y dormirá a sus pies. La puerta de mi casa no estará cerrada para él y siempre que quiera venir será un huésped honrado en ella.

—No te comprendo, Marco. No eres el de antes.

—Nadie es el de antes.

Terencia iba vestida de negro. Con aquellas ropas parecía más gorda y pálida, su cabello había perdido todo lustre y una nueva barbilla le había crecido por debajo de la original. Marco pensó: tiene las manos más feas que jamás he visto en una mujer. Y le entraron ganas de morirse.

—¿Quieres que nos divorciemos? —le preguntó ella enjugándose las lágrimas.

—Si lo deseas...

—¿Es que ya no te importa nada?

—Trato de no preocuparme por nada. Sólo de ese modo podré soportar.

—¿Soportar qué? —Terencia se sintió ultrajada.— ¿Acaso eres pobre y desgraciado? ¿No tienes casa, esposa, hijos, ni una sola moneda de cobre en tu bolsillo? ¿Duermes bajo los acueductos junto con los esclavos fugitivos? ¡No! Eres rico y famoso, posees una casa magnífica, cuentas con la amistad de los poderosos y eres propietario de otras muchas casas, fincas, villas y granjas. Gozas de buena salud y puedes satisfacer todos tus caprichos. En tu mesa hay vajilla de oro y plata, en tus aposentos muebles de ébano y limonero, tienes vasos de Alejandría y objetos de bronce, tus paredes están recubiertas de costosos murales y tus suelos de ricas alfombras. Los banqueros se apresuran a honrar tus pagarés. Tu despacho está siempre lleno de clientes importantes. Pronto serás nombrado pretor. ¡Y, sin embargo, hablas de «soportar»! ¡Ten cuidado, Marco, que puede que los dioses te vuelvan la espalda por ser tan desagradecido!

Marco se levantó y se alejó.

A la mañana siguiente ella fue resueltamente en su busca.

—No —le dijo—, no me divorciaré de ti. El divorcio es algo odioso. Ya sé que no me amas y que quieres a Clodia, esa fulana que se perfuma el cuerpo, que es joven y se rocía el cabello con polvo de oro y no le da vergüenza exhibir sus senos. Pero yo te amo, Marco. No privaré a Tulia de su padre, al que ella adora. Despréciame y recházame, como has hecho durante tantos años. Siempre me encontrarás aquí para darte la bienvenida, cada vez que te plazca darte cuenta de mi presencia.

Él sintió piedad y vergüenza.

–Ya sabía que no querrías divorciarte, aunque ya habíamos hablado antes de esto. Créeme, Terencia, siempre te consideraré mi esposa, la madre de mi hija, la dueña de mi casa. No te ofrezco excusas por haberte traicionado, ni te reprocho nada, pues no te mereces reproches. Si no te dirijo la palabra, es porque no sé qué decirte.

Para sorpresa de él, ella sonrió a través de sus lágrimas.

–Eso es lo que mi padre le decía a menudo a mi madre: «No sé qué decirte». Todos los hombres sois iguales. Sois como chiquillos que creen que sus pensamientos son tan importantes que no pueden comunicárselos a nadie. En realidad se trata de cosas muy sencillas que las mujeres pueden comprender fácilmente. Y ahora dime, ¿cuándo y cómo he vuelto a ofenderte?

Él trató de suavizar su gesto y posó una mano en el hombro de ella.

–No me has ofendido. Es que esta mañana me duele la cabeza ¡Hay tantas cosas...!

–Pocas de ellas tendrán importancia –contestó ella con voz suave, volviendo a sonreír como si hubiera envejecido diez años y fuera una madre indulgente. Y para calmar su rabia apartó la cabeza, fijando su atención en los esclavos que traían la litera de su marido–. ¡Ah! Menos mal que las mujeres somos comprensivas –dijo– y nos damos cuenta de que a los hombres les importan más las cosas menos importantes.

Marco casi echó a correr en dirección al atrio en busca de su litera. Y se dijo a sí mismo, cuando ya estaba sentado sobre los cojines: me estoy volviendo irascible y odioso.

Recordó a su difunta madre y deseó poder llorar.

Debía huir. Pasaría una temporada en la isla y trataría de recordar para qué vivía.

Trataría de recordar el significado de las palabras de Isaías, del cual le había hablado Noë: «¿Por qué gastas dinero en lo que no es pan y trabajas para lo que no te satisface?».

No había respuestas ni significados en las ruidosas calles de la urbe, en la compañía de intelectuales impotentes, en los atestados pórticos de los que hacían preguntas, ni en el cielo de míticos enigmas, los hombres poderosos de rostros de tigre, el horrible complejo de la ciudad del hombre con sus calles yermas, sus templos sin dioses, sus políticos y sus negocios perversos que no tenían ningún fin, los filósofos de labios descoloridos que creaban paradojas incorpóreas y no sabían nada de los misterios de un simple árbol, los hombres de ojos vacíos que hablaban de razón y jamás habían conocido la realidad, los chiquillos escandalosos de ojos llenos de malicia cuyos pies jamás habían pisado el campo, los mercados, las tiendas, las casas de campo y de préstamos, el foro y los tribunales, las escuelas y los hospitales, los ríos de agua contaminada y los basureros de las callejuelas, la música discordante de todos aquellos que jamás habían oído los murmullos de un bosque, y toda la gentuza insignificante y pervertida que charlaba del futuro del hombre como si el hombre fuera un principio y un fin en sí mismo.

Sólo cuando el hombre dejaba a los hombres podía hallar la *Civitas Dei*, la Ciudad de Dios. Una ciudad serena, sin muchedumbres, dulce, llena de luz, emoción y éxtasis, regida por leyes brillantes, cantando con angélicas pasiones y proclamando a gritos las eternas verdades, abundante de espacios y habitada tan sólo por la belleza, la libertad y muchos silencios. ¡Los benditos silencios de donde no estaba el hombre!

La isla tenía ahora otro fantasma: el de Helvia. Era extraño que Helvia pareciera aquí más viva, así como Livia y el abuelo, de lo que hubiera sido en vida. Marco se recostaba sobre la cálida hierba y conversaba con ellos y lentamente fue recobrando la paz. La respuesta a aquello que buscaba parecía casi estar al alcance de su vista y su oído. Pero dejó de sentirse tranquilo y por ello dio las gracias a los dioses.

Capítulo

47

—Estoy de acuerdo con usted en que la República está perdida –dijo el joven político Publio Clodio, llamado Pulcher–, y también en que el futuro de Roma pertenece a los Césares. Es lamentable. Mi padre creía en la República.

—Cuando una nación llega a estar tan desmoralizada y corrompida y a mostrarse tan indiferente como Roma, ya no tiene remedio –contestó Marco–. Luego vienen los Césares.

—Sí. El hombre a caballo –comentó Clodio, que era vivaz e inteligente, delgado y no muy alto, de moreno rostro inquieto y ojos negros muy brillantes–, pero ese hombre no suele montar a caballo por sí mismo: es el pueblo el que le ayuda con sus brazos a subir. Y César montará en la silla uno de esos días, aunque aún podrían hacerlo otros peores.

Marco se lo quedó mirando con curiosidad.

—Si César y yo tuviéramos que enfrentarnos, ¿a quién apoyaría usted?

—Yo le aprecio a usted, Marco, pero la causa que defiende Cicerón está perdida. Prefiero seguir viviendo. –Hizo una pausa y fijó su mirada en Marco, asimismo con curiosidad.– ¿Por qué sigue usted oponiéndose a los Hados?

—Parafraseándole a usted, porque prefiero seguir viviendo... a mi manera.

—¿Y tiene esperanzas?

Marco negó con la cabeza.

—No tengo esperanzas, aunque puede que tenga esa ilusión de los soldados de que todas las causas perdidas... recibirán refuerzos. –En efecto, Marco estaba empezando a sentir ligeras esperanzas. Ahora era pretor de Roma.

Clodio le dijo:

—Usted recuerda a Héctor, el noble héroe troyano, que, aunque sabía que su país no llevaba la razón y se había comportado injustamente, luchó por él con fervor patriótico, esperando salvarlo, aun presintiendo que eso era imposible porque su destino era inevitable. ¿Tiene usted ambiciones, Cicerón?

—Sólo por mi país y su honor.

—Palabras pasadas de moda —repuso Clodio—. Éstos son tiempos modernos.

—Siempre se vive en tiempos modernos, Clodio. ¿Por qué se engañan a sí mismos los hombres, pensando que el pasado no es el presente y el futuro no es el pasado? En cada época se ha dicho: «¡Estamos en una nueva era!». Siempre ha ocurrido lo mismo porque el hombre no cambia. ¿No se ha dicho que la nación que no aprende las lecciones de la historia está condenada a repetir sus mismos errores? En épocas aún por venir se dirá: «No hubo nadie como nosotros». Pero serán como Roma.

Clodio sonrió con indulgencia.

—Entonces ¿es que no hay esperanza para el hombre?

Marco vaciló.

—No, a menos que Dios nos dé una nueva posibilidad y un nuevo camino que seguir en el futuro, dándose a conocer.

El joven Clodio pensó: Cicerón está envejeciendo y habla como todos los viejos. Y se acordó de su bellísima hermana Clodia, preguntándose divertido si Cicerón olvidaría su melancolía entre sus suaves y blancos brazos. Era posible, porque acababa de publicar un libro de poesías que había originado bastantes controversias y le había dado mucha fama. Y un hombre no es capaz de escribir poesías tan brillantes si se halla preso de la desesperación. Marco era una paradoja.

Fue entonces cuando Clodio, que tenía sus propias secretas ambiciones, empezó a sentirse inquieto con respecto a Marco. Las paradojas, por muy interesantes que sean, no son fiables, y sus reacciones son difíciles de predecir, especialmente cuando son a la vez prudentes y poetas. Y Clodio fue a visitar a Julio César, al que dijo:

—Nuestro amigo Cicerón es una paradoja.

Julio se echó a reír.

—Los hombres honrados siempre parecen así a los que no lo son. Pertenecen a una categoría que no podemos entender. Así que debemos decirnos: debe ser asesinado o destruido de cualquier modo, o bien hay que reducirlo a la impotencia. —Julio se quedó pensativo un momento sin dejar de sonreír.— ¿Sabe usted que tanto el pueblo como los patricios confían en él? ¿No es eso ya una paradoja? Me dan lástima esos pocos hombres honrados que creen que la honestidad acabará por ser admirada por la nación.

—A mí me parece un hombre inconsecuente —dijo Clodio.

—¿Es que no lo somos todos? —preguntó Julio—. El hombre, por naturaleza, es inconsecuente: hoy es amigo, mañana enemigo; por la mañana será un amante de la justicia y a la tarde será fácilmente sobornable. ¿Por qué insistimos en lo consecuente si todos somos inconsecuentes?

–Cicerón respondería que como todo en la vida es consecuente, nosotros somos su eco inconsciente, aunque lo traicionemos.

–Te estás volviendo filósofo –le dijo Julio bostezando–. Pasar una hora junto a Cicerón basta para que uno dude de sus propias ambiciones y del propósito de su vida. Es desconcertante. Evitemos a nuestro querido Cicerón y pensemos en lo que deseamos.

–¿Acaso no he hecho todo lo posible para que te nombraran edil? –preguntó Marco, irritado, a su hermano Quinto–. Ya sabes que tengo prejuicios contra los militares. Cada día tienes más mal carácter. ¿Es que Pomponia te exaspera? ¿Qué mujer habrá que no exaspere a su esposo? Tienes un hijo y eres rico gracias a mis esfuerzos y, debo confesarlo, a los consejos que Terencia te dio respecto a tus inversiones. ¿Qué quieres ahora?

–Soy un hombre, simplemente. Por lo tanto, lo más parecido a un animal –contestó Quinto con sorna–. No creo que estés muy seguro, hermano. Lo olfateo en el ambiente y me siento inquieto. Me crees ambicioso, pero mi única ambición es protegerte, pues te quiero más que a mi esposa o mi hijo.

–Ya lo sé –respondió Marco conmovido–. Pero eso no explica tu mal genio. Tú que eras el joven más simpático, tranquilo, sonriente y tolerante. Y ahora te veo andar de arriba abajo inquieto. Ya no te pareces a nuestra difunta madre; me recuerdas más bien al abuelo.

Quinto se apartó unos negros rizos rebeldes de su frente y luego alzó los brazos con gesto de desesperación.

–¡Pues no sé por qué! –exclamó–. Los asuntos de Roma se vuelven más caóticos cada día, más complicados, más imprevisibles, y yo soy un hombre sencillo. ¿Por qué no serán todas las cosas sencillas? Blanco y negro, bueno y malo.

–Las cosas nunca fueron sencillas.

–Pues tú antes creías que si los hombres acataban el orden, los buenos principios y la virtud, serían capaces de conquistar todo –dijo Quinto desconcertado.

Marco le contestó con tristeza:

–Es cierto. Pero eso son términos subjetivos, los términos del alma. El mundo objetivo no se amolda al alma del hombre, ¿y de quién es la culpa? Mientras tanto, procura dominar tu genio o alguien te asesinará. –Marco se tapó la cara con las manos.– Cada día me siento más aturdido –confesó–. Sin embargo, debo acatar mi destino, pues no tengo otro.

–¿Qué destino es el de nuestro padre? Cada día que pasa lo veo más descolorido y arredrado. Es como una sombra en mi casa y Pomponia se queja.

Apenas se da cuenta de que es abuelo y raramente habla a mi hijo. ¿Qué es lo que le inquieta? Él no es un hombre complicado como tú.

—¿Cómo lo sabes? —replicó Marco con gesto sombrío y sintiendo aquel espasmo de dolor que siempre sentía cuando le mencionaban a su padre.

—Cree que tú aceptas compromisos —declaró Quinto.

—Él nunca tuvo que comprometerse porque jamás adoptó una actitud —replicó Marco con cierta irritación—. ¿Crees que me resulta fácil tener que aguantar a César, Craso, Pompeyo y a todos sus amigos? No. Pero existen en mi mundo y debo soportarlos.

—¿Incluyendo a Catilina?

Marco se puso bruscamente de pie y sus bellos ojos relampaguearon al mirar a su hermano.

—¡No! ¡A ése no!

Quinto pareció más apaciguado, aunque no supo por qué. Luego volvió a hacer un gesto burlón.

—Me preocupa mi hijo —reconoció—. Tiene un carácter tortuoso y no me puedo fiar de él. Pero sonríe de un modo que te desarma. Me temo que salga astuto y ambicioso.

Marco sabía que era verdad. El hijo de Quinto era escurridizo. Compadeció a su ingenuo hermano y pensó en su hija Tulia para tranquilidad suya. Y dijo:

—Quizá pronto me nombren cónsul de Roma.

Había esperado que esas palabras distrajeran a su hermano, pero Quinto se lo quedó mirando tristemente.

—¿No has oído el rumor? Se dice que el próximo cónsul de Roma será Catilina. ¿Quién podrá oponerse entonces a él, pues tiene a la plebe metida en un puño?

Capítulo

48

Los romanos, siempre tan realistas y de pragmático materialismo, recelaban de los intelectuales. Simpatizaban con Marco por su espíritu justiciero, pero no podían perdonarle sus libros de ensayos y poesías, aunque pocos de ellos los hubieran leído. Y los que los leían, que eran los propios intelectuales, sostenían violentas controversias en pro y en contra de ellos. Algunos fingían creer que Marco, «hombre nuevo» o de la clase media, no era capaz de pensar verdaderamente en abstracto, pues ¡se refería al «deber», al «patriotismo», al «honor» y la «ley» como si fueran cosas inmutables! ¿Había algo más ridículo en un hombre cultivado? Sin embargo, algunos intelectuales no se mostraban de acuerdo y pensaban tristemente en sí mismos por haber traicionado lo más querido para sus antepasados. Y esto les irritaba contra Marco, que inquietaba sus conciencias.

—Sonriamos con indulgencia cuando los libros de Marco sean mencionados —decía Julio a sus amigos—, y entonces la plebe, que jamás lee, se reirá de él, con lo que lograremos en cierto modo hacerlo inofensivo.

—Sin embargo, todos lo escuchan en los tribunales y en el Foro —replicó Catilina.

—Lo que dice un hombre se olvida pronto —repuso Julio.

—El pueblo lo quiere —insistió Catilina con odio.

—No olvides —le recordó Julio— que el pueblo ama hoy lo que fácilmente odiará mañana. En esto se basan nuestras vidas.

—¿Has leído la última disertación de Cicerón? —preguntó Craso a César—. Deja que te lea un fragmento de ella: «Los hombres ambiciosos no escuchan la voz de la razón ni se inclinan ante el público o la autoridad legítima, recurriendo a la corrupción y la intriga para obtener el poder supremo y hacerse los amos por la fuerza, antes que la igualdad ante la ley. Tales hombres se convierten inevitablemente en esclavos de la plebe y, como esclavos de un populacho ignorante y caprichoso, al final dejan de ser hombres poderosos»[1]. Está claro que se refiere a nosotros.

---

[1] De *Los deberes morales* de Cicerón.

Julio se echó a reír.

–Claro que se refiere a nosotros. Sin embargo, aparte de nosotros, ¿quién lo lee? Y como lo toleramos, los enemigos potenciales que tengamos entre los intelectuales dudarán de que se refiera al noble Craso y a sus amigos. Es una gran ventaja que nos alaben como personas de mentalidad abierta, tolerantes con sus oponentes.

Julio se quedó mirando a Craso por un momento. Estaban cenando en casa de César y los otros invitados eran Catilina y Pompeyo. Pero antes de que Julio pudiera hablar de nuevo, Catilina dijo:

–Quiero ser cónsul de Roma. He esperado demasiado tiempo y ya no soy joven.

Julio suspiró.

–Eso lo dices todos los días. Espera un poco más. Lo has hecho muy bien como gobernador de África y ya me he fijado en que los soles africanos han aumentado tu belleza, querido Lucio. Sin embargo, como bien sabes –añadió con delicadeza–, ni siquiera los degenerados romanos de hoy pueden pasar por alto que fuiste acusado de extorsión, lo cual te descalifica para ocupar el cargo de cónsul.

–Fui absuelto gracias a la defensa de mi amigo Clodio –dijo Catilina con el descarado tono de desprecio que empleaba invariablemente.

Julio susurró:

–Y la hermana de Clodio es la querida de nuestro encantador e inocente Cicerón.

–¿Insinúas que ella lo ha mantenido al margen de este asunto? –le preguntó Craso sonriendo.

–Las mujeres son una espada de dos filos –dijo Catilina, y sus ojos azules brillaron por la ira mientras los otros prorrumpían en carcajadas.

Cuando se serenaron un poco, él repitió:

–Debo ser cónsul de Roma. Y esta vez no me distraeréis, como habéis hecho en el pasado, con cargos en el extranjero o con empleos públicos insignificantes en la ciudad. –Soltó un puñetazo sobre la mesa y su enjoyada pulsera relució a la luz de las lámparas como una llamarada multicolor.– Os lo advierto –dijo con voz amenazadora–. Se me ha acabado la paciencia. No me convenceréis con promesas o amenazas.

Todos habían oído otras veces estas mismas palabras, pero cada vez era más difícil calmar a Catilina. La reunión de esta noche se celebraba a petición suya (Julio pensó que prácticamente lo había ordenado). Y prosiguiendo con sus reflexiones, lamentó que no hubieran envenenado a Catilina, como él había envenenado a su esposa y a su hijo, mucho antes de haber dado lugar a esta situación. Hemos estado alimentando a un tigre, se dijo, pensando en que lo utilizaríamos en el momento necesario. Pero antes de que llegara ese momento el tigre se había escapado de la jaula, amenazando a todos.

Julio cruzó disimuladamente su mirada con las de Pompeyo y Craso. Este último se encogió de hombros y enarcó las cejas. Julio escogió un dátil de una fuente de plata y se lo comió remilgadamente. Eran los días de la Saturnalia y en Roma reinaba el frío y la niebla, presagiando el invierno. El lujoso comedor estaba caldeado agradablemente por braseros.

–¡Qué comediante eres, César! –dijo Catilina en tono aún más despreciativo–. Eres casi tan precavido como ese aborrecible amigo tuyo, Cicerón, cuya muerte tanto deseo. Y juro que lo mataré cuando quiera sin tener más contemplaciones contigo.

Hasta entonces no había hablado de un modo tan feroz, frío e implacable, a pesar de que todo en él fuera ferocidad. Jamás los había desafiado tan abiertamente. Y todos recordaban a la terrible plebe controlada por él, el cieno de los bajos fondos romanos. Se revolvió en su silla y con una forzada sonrisa los fue mirando uno a uno.

–Ha llegado la hora –declaró–. ¿A qué estáis esperando, hombres pusilánimes? ¿Esperas, César, que Júpiter te envíe una señal? Es un dios audaz, el más grande de todos, y no mereces llamarte su servidor. Sospecho, César, que este retraso es cosa tuya.

–Hay que estar muy seguros antes de hacer ningún movimiento –dijo Julio como hablando abstraído, volviendo a mirar a Craso.

–¡Dioses! –gritó Catilina, volviendo a pegar un puñetazo en la mesa–. ¿Todavía queréis estar más seguros? ¿Quién podría resistirse si mañana diéramos el golpe?

–¿Comenzarías por asesinar a Cicerón? –preguntó Julio como si tal cosa.

–¡Sí! Tú finges no creerlo, César, pero constituye un terrible peligro para todos nosotros. ¿No insultó a Craso en su cara y éste no se atrevió a hacerle una advertencia?

–Tú también has insultado a Craso, querido Lucio, con las amenazas que has proferido esta noche ante esta mesa.

–¡Bah! –replicó Catilina–. ¡Miradme! ¡Ya tengo canas en las sienes y arrugas en la frente! No aguardaré más.

–Tú no asesinarás a Cicerón –dijo Pompeyo, que casi siempre escuchaba y raramente hablaba.

Catilina se lo quedó mirando, incrédulo.

–¿Tú también? ¿Qué complot es éste?

–No es ningún complot –repuso Pompeyo con su curiosa voz impasible–. Es tener vista. Sabemos que el pueblo ama a Cicerón y que éste tiene amigos muy poderosos, incluso entre los patriarcas. Todos los abogados de Roma se quedan boquiabiertos ante Cicerón por su elocuencia. Si Cicerón es asesinado, estaremos perdidos.

—Opino lo mismo —declaró Julio.

Catilina se llevó las manos a la cabeza, cuyas sienes, efectivamente, estaban encaneciendo. En sus ojos brillaba una luz creciente de locura, revelando, en los momentos en que estaba excitado, pasiones extrañas y cada vez más difíciles de dominar. Y exclamó:

—¡No temo a nadie! ¡Ni al pueblo, ni a los patricios, ni a esos abogados de caras asustadas! ¡No me mires así, César! ¡Estáis pensando en asesinarme sin hacer ruido! Escuchadme bien: que se alce una sola mano contra mí, aunque sea la mano de Craso, y todo el Hades caerá sobre Roma tragándoos a vosotros. ¿Creéis que no he hecho más que esperar desde que regresé de África? Si no os decidís a dar el golpe inmediatamente, entonces lo daré yo solo, ¡y ay del que intente oponerse a mí!

Está tan loco como estaba Livia, pensó Julio. Y de nuevo miró de reojo a Craso, sonriendo cariñosamente a Catilina.

—Tampoco yo soy joven, Lucio —dijo—. Mi hija va a casarse con nuestro hermano Pompeyo —soltó una risita— y me estoy quedando calvo, que es una desgracia que por cierto a ti no te aflige, Adonis.

Pero Catilina lo miró de modo implacable.

—Si no dais el golpe conmigo, lo daré yo solo, César. Ya lo he dicho. —Se volvió para mirar furiosamente a los otros y todos vieron la locura que le poseía; una ambición, una codicia y una determinación totalmente incontrolables.

Entonces Craso dijo con voz tranquila:

—Olvidas, Catilina, que soy triunviro, el hombre más poderoso de Roma, aunque tú finjas ignorarlo esta noche. No se hará nada hasta que yo lo diga.

Pero Catilina no era de los que se intimidan.

—Ya he dicho lo que hay —manifestó con tono ronco por la furia—. No he venido aquí esta noche para que de nuevo me tranquilicéis, me engañéis y me deis largas. He venido a presentar un ultimátum.

—Que es innecesario —dijo Julio con voz suave. Catilina se volvió para mirarle furioso—. Estamos dispuestos a dar el golpe, aunque no exactamente ni literalmente mañana, Lucio —añadió.

—Pues dime la fecha —replicó Catilina con aquel tono imperioso que a la vez irritaba y causaba admiración a Julio.

—Seamos razonables. Quieres ser cónsul de Roma. Ya han sido elegidos los cónsules de la ciudad y de las provincias. Digamos que no estamos satisfechos con la elección que han hecho tanto el partido popular como el senatorial. Digamos que deseamos reemplazarlos. —Julio se pasó la lengua por los labios.

–¿Y cómo vais a conseguir eso? –inquirió Catilina.

Craso habló con tono frío y autoritario:

–Mientras tú estuviste en África, nosotros no permanecimos cruzados de brazos. No nos hemos limitado a comer y soltar excrementos, como tú pareces creer, Catilina. Dices que ya no eres joven, pero yo soy mucho mayor que tú y tengo paciencia. No arrojo el dado sin saber que es el mío y que está cargado. Si no nos hubieras pedido que viniésemos aquí esta noche, te lo habríamos pedido nosotros. –Esto era mentira, aunque contenía una parte de verdad. La verdad es que poco antes habían acordado que no se pusiera a Catilina bien al corriente de las cosas, temiendo que pudiese precipitar la crisis. Sin embargo, como no había manera de contener a Catilina, debían aplacarlo.

–¡Pues habla! –exclamó Catilina enrojeciendo aún más por la excitación.

Julio le dijo muy bajito, con voz casi inaudible:

–Queremos reemplazar a los cónsules elegidos. Deseamos que sean sustituidos por amigos nuestros. Y ahora, si quieres escucharme con atención...

Marco no quiso creer el rumor que le comentó su hermano Quinto. Sólo pensar que el disoluto y monstruoso Catilina fuera nombrado cónsul de Roma le parecía increíble. Craso, César y Pompeyo no estaban locos. No cabía duda de que eran conspiradores, aunque Marco no estaba muy seguro de la exacta naturaleza de su conspiración; más o menos sabía que se trataba de hacerse con el poder absoluto. Pero, ciertamente, no se iban a atrever a pedir al pueblo romano y a los senadores que aprobaran la concesión del consulado a tal individuo. A Catilina, el loco furioso, el asesino, el depravado indigno de confianza, el patricio cuya arrogancia ofendía incluso a sus amigos y cómplices en la conspiración, el hombre despreciable, venal y sin escrúpulos que estaba comido por las deudas. Ni siquiera Craso, César y Pompeyo permitirían que un hombre semejante fuera cónsul de Roma, donde estaría en condiciones de desahogar su rabia arbitraria contra ellos e incluso destruirlos.

Sin embargo, Marco ya hacía tiempo que no creía que hubiera algo increíble. Con discreción, habló con algunos de sus amigos, hombres honestos como él. Éstos también se mostraron incrédulos. Les costaba trabajo creer que aquellos tres hombres pragmáticos y ambiciosos apoyaran a Catilina en sus pretensiones de recibir el consulado y prestar sus nombres para que un loco totalmente irresponsable lograra sus propósitos.

–Sin embargo, es posible que le tengan miedo –dijo Marco–. No debemos olvidar que Catilina controla el populacho romano. Como no tiene escrúpulos, dejaría por ahí sueltos a su libre albedrío a criminales, gladiadores, esclavos, libertos, jugadores, chulos, asesinos, veteranos licenciados, descontentos, mendigos y pervertidos con sólo pronunciar una palabra.

Los amigos de Marco estaban intrigados acerca de él. Les parecía extraño que un abogado tan inteligente y razonable se estuviera volviendo extravagante y viera Furias en la noche. Y uno de ellos susurró a otro:

—Seguro que por las noches, antes de acostarse, mira a ver si Catilina le ha puesto una víbora entre las sábanas. Yo aprecio mucho a Cicerón, pero esto me parece histérico, poco razonable e indigno de un hombre viril. Ya sabemos que Catilina está chiflado y que es un individuo cruel y degenerado que odia a todo el mundo, pero tampoco es seguro que tenga ese poder que Cicerón le atribuye. El pueblo romano no haría caso a un tipo como Catilina. Aunque cuenta con fuerzas poderosas, no son una amenaza real para Roma. Hacer lo que Cicerón preconiza, vigilar los movimientos de los secuaces de Catilina en todo instante y ponerlos abiertamente fuera de la ley, no sólo provocaría carcajadas en Roma, sino que violaría la libertad individual repercutiendo desastrosamente sobre la propia reputación de Cicerón. No es de creer que él desee ser considerado un violador de los derechos del individuo, un autócrata de opiniones extremadas y un acusador de todo lo que le disgusta.[2]

«En los momentos de mayor tranquilidad —escribió Marco a Ático en Atenas— es cuando hay que prepararse para lo peor. Pero los métodos que sugiero para la seguridad de Roma provocan la consternación de mis amigos e incluso acusaciones de que soy inmoderado y que estoy perdiendo el sentido de la proporción. Un hombre que puede dar órdenes a la escoria de una nación, que no siente amor por su país, un revolucionario poseído por el odio y la envidia y con sentimientos vengativos, perverso y traidor, no es un individuo del que pueda uno reírse ni ignorarlo. Mis amigos son demasiado complacientes, creen que Roma está fundada sobre una roca, que nuestra Constitución es invulnerable y nuestras leyes demasiado fuertes. Les gusta creerse tolerantes con las opiniones de todos los hombres y se niegan a reconocer que hay hombres profundamente pervertidos, que son monstruos por naturaleza. Se miran sus propios rostros agradables y paternales y creen que sus espejos reflejan a todo el mundo. ¿Sabes lo que me dicen? ¡Que los seguidores de Catilina constituyen una pequeña minoría en Roma!»

En contestación, Ático le escribió:

«Sólo hay dos clases de políticos: los que aman la tolerancia por sí mismos y creen que todos los hombres la aman por naturaleza y los que se ca-

---

[2] De una carta de Cátulo Lutacio a Silano en la que recomendaba «moderación».

san con la tolerancia para ocultar las actividades de los viciosos que los apoyan.»

Marco pensó con desaliento que Craso, César, Pompeyo, Pisón, Curio y sus amigos pertenecían a esta última clase. Se encontraba rodeado de tanta oscuridad que no podía citar a nadie que de veras estuviera a su lado. Visitaba senadores que lo admiraban y éstos se mostraban de acuerdo en que habría que investigar las actividades de Catilina y que el Senado lo interrogara. Pero esos mismos senadores miraban a Cicerón con inquietud. Claro que todos sabían lo que era Catilina. Pero ¿qué pruebas tenía Marco de sus actividades clandestinas en su particular Hades subterráneo? Ninguno había oído que Craso se mostrase de acuerdo en que Catilina fuera nombrado cónsul de Roma. Además, el pueblo ya había elegido a los cónsules que tomarían posesión de sus cargos en el mes de Jano, después de la Saturnalia de diciembre.

Marco decía: «¿Por qué no me quieren escuchar? Catilina está loco. Es muy posible que haya amenazado al propio Craso».

Cuanto más sonriente e incrédula era la resistencia que encontraba, más obstinado se volvía él. Además, su intuición estaba más viva que nunca. Que digan que yo busco un enemigo debajo de mi cama todas las noches, pensaba. ¡Mejor sería que ellos hicieran lo mismo!

Y dijo a su hermano Quinto:

–Hablas de un rumor concerniente a Catilina. ¿Has hecho investigaciones?

–Las he hecho. Como todos los rumores, se disuelve como el humo en el instante en que se toca.

–Entonces es que estamos en peligro.

Publio Clodio quería mucho a su encantadora, alegre y promiscua hermana Clodia, cuyo cabello había sido comparado de modo poco original con el ala de un cuervo, sus ojos con las estrellas de medianoche y su seno con el de una paloma. Estaba casada con un tal Cecilio Metelo Celer, joven de distinguida familia que descubrió que ella era la única mujer con la que podría tener relaciones normales. Y queriendo disimular sus predilecciones, se casó con ella para envidia de los muchos admiradores de la joven. Pero al cabo de unos meses de decorosa intimidad, él echó de menos sus antiguos compañeros y sus antiguos placeres.

Clodia era muy remilgada y escogía cuidadosamente a sus amantes. Tenía varios favoritos y uno de ellos era Marco Tulio Cicerón, sin duda el preferido, porque ella creía que él pensaba ser el único, aunque la verdad es que estaba mejor informado. Clodia poseía no sólo belleza, sino talento y encanto, y era verdaderamente inteligente. Había muchas noches en que él no entraba para nada en el dormitorio de ella, sino que pasaban discutiendo de filosofía, política y del destino de los seres humanos con gran satisfacción de ambos. Marco sabía que no podría amar a otra mujer que no fuese Livia, pero sentía gran afecto y admiración por la bellísima Clodia, considerándola más como una buena amiga que como una querida. Compraba para ella las joyas que Terencia despreciaba y a menudo llenaba su casa de flores y perfumes.

Su hermano Clodio, que se tenía a sí mismo por un hombre «moderno», era tolerante con los devaneos sexuales de su hermana. Además, gracias a ella se enteraba de muchas cosas que pasaban en Roma, porque Clodia tenía muchísimas amigas que escuchaban con atención lo que decían sus influyentes maridos. Clodio pensaba que su hermana era una Aspasia romana y a veces se refería a Marco riendo y calificándolo de «tu Pericles».

Un día en que ella había invitado a su hermano a almorzar, le dijo:

—Ya conoces a Marco Antonio. Es un joven soldado ingenuo, con mentalidad de muchacho, aunque muy valiente. Adora a tu ambiguo amigo, César, y se ha convertido en su sombra. Es algo que no comprendo, porque yo desconfío de César, que me es antipático y eso que ha tratado de seducirme.

—César no pone sus ojos en una mujer deseable sin que intente seducirla —contestó Clodio.

—No me gustan los libertinos —dijo Clodia con tal severidad que hizo sonreír a su hermano. Hizo una pausa y se quedó mirándolo con sus ojazos negros—. ¿Crees que soy una estúpida? Conozco tus relaciones con César y sus amigos. Pero he oído un rumor de boca de mi ingenuo Marco Antonio.

Clodio prestó atención. Aunque pertenecía a aquella misteriosa hermandad y poseía uno de aquellos anillos en forma de serpientes, no era del grupo más allegado a Craso, como César, Curio, Pisón, Catilina y Pompeyo. Era un político que sólo sabía lo que los otros querían que supiera. Y contestó:

—Nadie se fiaría de un charlatán como Marco Antonio. No hagas caso a nada de lo que diga.

—Pero me ha dicho que han decidido el asesinato de Marco Tulio Cicerón para los primeros días del mes de Jano, cuando los cónsules elegidos tomen posesión de sus cargos.

Clodio se echó a reír.

—¡Qué tontería! ¡Si está bajo la protección de César!

—Estaba. Ya recordarás que César sufre ataques de epilepsia. Marco Antonio es su favorito entre todos los jóvenes que le rodean. Durante uno de estos ataques de epilepsia habló de modo incoherente a Marco Antonio, que estaba a solas con él en la casa. César estaba fuera de sí por la rabia y la emoción y habló del próximo asesinato de Marco en la primera semana de Jano. Lloró y golpeó las cosas que le rodeaban, dándose cabezazos contra una pared, gritando que no podía hacer nada porque Catilina lo había exigido y Craso ya no quería impedirlo. –Clodia se quedó mirando a su hermano con expresión muy seria.– A Marco Antonio no le importa Cicerón ni su suerte, pero le pareció emocionante que un hombre tan famoso como Cicerón, tan aburrido como él dice, deba morir tan pronto.

–Tonterías –dijo Clodio, aunque sintiéndose inquieto–. ¿Por qué habrían de asesinar a Cicerón? Ese Marco Antonio es un loco que se va de la lengua. Debemos recordar que las palabras de los hombres atacados de epilepsia no deben ser tomadas en serio porque no saben lo que dicen.

Pero Clodia insistió fríamente:

–Marco Antonio me dijo también otra cosa: Catilina ha pedido que lo nombren cónsul de Roma. –Hizo un gesto con la mano.– No me importa lo que pase a los cónsules, pero sí me importa lo que le pase a mi Marco.

Clodio continuó sonriendo, pero en su interior se sintió terriblemente alarmado e irritado. No era uno de esos «patriotas delirantes», como él llamaba a los que amaban a su país, pero tampoco era un traidor. Si se permitía que unos funcionarios elegidos legalmente fueran asesinados por las buenas, ya se podía esperar todo lo peor. Sería el fin. Había políticos que creaban y gustaban del caos porque era el medio en el cual podían maniobrar. Pero él no era uno de esos todavía.

Pero ¿cómo se podría prevenir a Cicerón? Ir a verle a la vista de todos para advertirle de un complot en el cual Clodio no acababa de creer, porque ¿quién hacía caso a individuos como Marco Antonio?, sería traicionar a aquellos con quienes estaba ligado por un juramento de sangre. Y entonces éstos ordenarían que él mismo fuera asesinado. ¿Qué podría hacer entonces?

–Y no creas que lo sé sólo por Antonio –le dijo Clodia, que no había dejado de observarlo–. Ya sabes que Fulvia, la querida de Curio, es amiga mía. Ya hace tres noches me dijo muy excitada que Curio alardeó ante ella, estando borracho y lleno de júbilo, que había llegado la hora y que sus amigos darían el golpe en la primera semana de Jano.

–Fulvia es una chismosa que se va de la lengua –comentó Clodio.

Ella negó con la cabeza.

–Hermano, no crees lo que acabas de decir.

Él respondió:

–Pues si has oído tantos rumores, ¿por qué no adviertes a Cicerón tú misma?

—Se dice que los romanos viven sometidos a sus mujeres —observó Clodia—. Y como defensa, ellos se burlan de lo que llaman «charlatanería mujeril». Cicerón no me haría caso. —Sonrió de un modo seductor y añadió—: Amo a Marco a mi manera. No dejes que le ocurra nada malo. Si tus amigos pueden destruirlo impunemente, ¿crees que vacilarían en destruir a cualquier otro del que desconfiaran por cualquier razón?

Al regresar a su casa, Clodio reflexionó. De nuevo la rabia se apoderó de él y se sintió humillado. También tenía miedo. El único recurso que le quedaba era escribir un anónimo a Cicerón.

Capítulo
49

Tulia era una bella mujer dulce y encantadora, modesta e inteligente. Su madre, tan materialista, no podía comprender su gentileza, que para Terencia no era más que pereza de espíritu e incapacidad para razonar como es debido. Y es que Tulia había heredado de su padre aquella inclinación a transigir en cosas que no fueran sustanciales ni afectaran los principios. A menudo replicaba:

–Puede que sea verdad lo que dices, madre, pero eso se basa en lo que has oído y, por lo tanto, tal vez no sean más que rumores maliciosos.

Con ocasión de su pubertad, su padre le regaló una bella estatuilla de Athena en mármol, diciéndole:

–La sabiduría se basa en el conocimiento, pero el conocimiento no es siempre sabiduría. Y eso no es ninguna paradoja. Está el conocimiento intuitivo, fuente de la sabiduría, y el conocimiento objetivo, que es una colección de hechos, muchos de los cuales no sirven de gran cosa. El hombre sabio no da su opinión fácilmente y debe investigar lo incomprensible. El que sólo tiene conocimiento es rápido en sus juicios porque no reconoce ni ve las grandes fuerzas imponderables que operan en el mundo. Por ello es peligroso.

Tulia adoraba a su padre. Había veces en que estaba secretamente de acuerdo con su madre en que los hombres eran unos románticos a los que les gustaba soñar y fantasear y se dejaban arrastrar por las emociones, pero también creía que el materialismo femenino era demasiado estrecho y que una vida sin sueños no merecía la pena. Admiraba a su madre por sus muchas virtudes, pero no comprendía cómo su padre podía soportarla. Si Terencia se quejaba y expresaba furiosamente su descontento a su esposo, Tulia escuchaba en silencio, comprendiendo que su madre tenía mucha razón en sus quejas, mas, sin embargo, perdonaba a su padre enseguida. Con todo, había una cosa que Tulia no podía perdonarle a su progenitor: Terencia estaba embarazada.

Tulia se sentía traicionada. Como joven juiciosa sabía que este sentimiento era ridículo, pero como muchacha medio enamorada de su padre, no podía dejar de sentirse traicionada. Aún no comprendía plenamente los impulsos de piedad y los lazos que mantienen al marido y a la esposa unidos a pesar de las amargas disputas, las rabietas, los disgustos e incluso el desprecio. Se sentía avergonzada de sus padres porque su mente era todavía muy juvenil.

Prefería ignorar la evidente preñez de su madre. En esto se parecía a su padre, que en su juventud creía que era mejor no mencionar los asuntos desagradables para que así se fuesen empequeñeciendo hasta desvanecerse. Las aflicciones carnales de Terencia, la cual ya no tenía nada de joven, causaban desagrado a Tulia. Terencia se quejaba:

—Yo no quería tener otro hijo; esto es un fastidio para mí. Tu padre no tiene consideración. —Pero, al decir tales palabras, procuraba disimular una sonrisa.

Marco, a pesar de su conocimiento del mundo y de su propio sentido común, creía poder proteger a su hija contra la vida. No tenía más que enseñar a Tulia las antiguas virtudes, exhortándola a amar a Dios y todo iría bien. Cuando pensaba en Tulia, ignoraba a Roma. Crearía para ella una isla de paz, alegría y tranquilidad. Le escogería cuidadosamente un esposo tierno y con carácter que la protegiera. La entregaría a tal esposo (¡y ojalá tardara en llegar!) como un vaso de oro lleno de la esencia de la pureza y la dulzura. La existencia de Tulia debería ser preservada para siempre del torbellino, del dolor, las penas y las amarguras. Y cuando el estado de embarazo de Terencia se hizo muy evidente, Marco dijo a su hija:

—Tulia, tú serás siempre, siempre, la primera en mi corazón.

Tulia iba a menudo a visitar a su abuelo en la casa de su tío Quinto. Ninguno de ellos poseía la elocuencia o fluidez de lenguaje de su padre. Paseaban juntos en silencio por los jardines de la casa del Carinae, cogidos de la mano. Pero se comunicaban en espíritu y muy a menudo Tulio, que cada día se sentía más decaído, se volvía de repente hacia su nieta, que ya estaba muy alta, la estrechaba entre sus brazos y derramaba lágrimas sobre su brillante cabellera castaña, que le caía en graciosos rizos sobre la espalda. A veces iban juntos a visitar los templos y se arrodillaban sin recitar ninguna oración en aquella aromática quietud. Ambos se sentían traicionados por el hijo o por el padre.

Los dos detestaban al antipático y tortuoso hijo de Quinto y jamás hablaban de él. Tulia temía a Pomponia, mujer de lengua viperina. Pomponia le dijo una vez:

—Querida sobrina, no te tomes nada en serio. No imaginas el daño que le causan al mundo las personas rígidas que no saben tener humor.

Quinto, que quería mucho a Tulia porque se parecía tanto a su hermano, le decía en cambio:

–Cariño, tú eres la alegría de mi corazón.

En una tarde fría y triste, poco antes del mes de Jano, Tulia entró en la biblioteca de su padre, donde éste, como de costumbre, se hallaba escribiendo. Marco la recibió cariñosamente, besándole en la mejilla. La muchacha se sentó, consciente de que a él le agradaba tenerla a su lado en hora tan serena. Su padre soltó la pluma, le sonrió y le dijo:

–He estado pensando quién podría ser en el futuro un esposo apropiado para ti, hija mía. –Y se apresuró a repetir–: En el futuro.

–Me bastaría con estar contigo toda la vida, padre –replicó ella con su dulce voz.

Él se sintió halagado, pero negó con la cabeza.

–Eso no podrá ser.

A la joven le pareció más macilento y abstraído que de costumbre, mientras jugueteaba con la pluma sobre la mesa. Luego éste prosiguió, aunque sus pensamientos estaban muy lejos del tema:

–Tu madre te está enseñando las artes de una buena esposa. Bendito será el hombre que algún día pida tu mano. –Tomó su pluma como para seguir escribiendo.

Tulia se acomodó en su silla, cogiendo el libro que había dejado allí la noche anterior. La luz de la lámpara tembló y un soplo de aire frío agitó las cortinas de la ventana. Pronto nevaría y habría ventiscas. La enorme casa se hallaba en silencio. La biblioteca estaba lejos de los aposentos de las mujeres. Marco sirvió un cubilete de vino dulce para su hija y otro de vino seco para él y ambos bebieron sin decir palabra. Pero de repente, Marco sujetó rígidamente la pluma y miró frente a sí ceñudo.

Aulo, el sirviente, llamó discretamente a la puerta y entró:

–Señor –le dijo–, un misterioso individuo encapuchado y envuelto en una capa, que no quiso mostrar su rostro, me ha dado esta carta para usted. Implora que la lea muy seriamente.

Marco tomó la carta que estaba torpemente sellada, pero en la que no había ninguna señal que la distinguiera.

–¿No has podido adivinar quién era, Aulo?

–No, señor. –Marco abrió la carta. Tulia alzó la mirada y se quedó mirando el rostro serio de su padre. Marco leyó:

«Saludos al noble Marco Tulio Cicerón de un amigo desconocido.

»¡Ten cuidado! Los que tú sabes han planeado tu asesinato para la primera semana de Jano. Perdona que te mande un anónimo, pero el peligro es grande. Guarda tu casa y ten cuidado en tus idas y venidas. No vayas a ninguna parte sin una escolta armada.»

—¿Padre? —dijo Tulia levantándose y acercándose a la mesa de Marco. Jamás le había visto tal expresión de temor. Él trató de sonreír.

—Ya es muy tarde, hija —le dijo—, y quiero estar a solas.

Ella le dio un beso y él dijo a Aulo:

—Conduce a la señorita Tulia a sus aposentos y ordena a un esclavo que duerma ante su puerta. —Al cabo de un instante añadió—: Que ante cada puerta duerma un esclavo armado.

—Sí, señor —respondió Aulo—. También pondré un grupo de esclavos armados en el atrio y haré que patrullen por el jardín.

Tulia sintió mucho miedo, pero Aulo aguardó, tras hacer una reverencia, y Marco añadió:

—No quisiera que nadie se alarmara, pero que sea como Aulo ha dicho, hija mía.

De nuevo a solas, Marco releyó la carta. No era muy sorprendente. Su instinto se lo había advertido hacía días. Se sumió en reflexiones. Si planeaban su muerte, entonces es que Roma se encontraba en gran peligro. Dio unas palmaditas llamando a Aulo y le ordenó que enviara un esclavo en busca de su hermano Quinto. Se sentía muy asustado no por sí mismo, sino por su familia y su país. Aulo entró con rostro preocupado y, antes de que Marco pudiera hablar, le dijo:

—Señor, hay otro misterioso visitante que acaba de llegar, le ruega que lo reciba a solas.

—¿Viene armado?

Aulo sonrió discretamente.

—Lleva sólo una daga, señor, pero también va envuelto en capa y capucha que le oculta el rostro. Ha venido a pie.

—Pídele que te entregue la daga, Aulo, y condúcelo a mi biblioteca, pero quédate detrás de la puerta.

Aulo no hizo preguntas. Se retiró y un momento después volvió a entrar acompañado de una alta y robusta figura silenciosa, cubierta con capa y capucha. Aulo cerró la puerta y ambos hombres quedaron a solas.

—Muéstrame tu cara, individuo misterioso —le dijo Marco.

El visitante se quitó la capucha y Marco vio el amplio e impasible rostro de Pompeyo el Magno, que le miraba con ojos vivaces.

—Salve —le dijo Marco.

—¿Ese esclavo tuyo es de confianza? —le preguntó Pompeyo con su curioso tono de voz.

—Sí.

—Oigo su respiración al otro lado de la puerta.

—Sí.

Pompeyo, que venía jadeante y parecía muy inquieto, se sentó pesadamente en una silla.

—No me fío de nadie –dijo–. Ordena a tu esclavo que se vaya.

Marco titubeó. Se quedó mirando a los ojos de Pompeyo, el hombre con el que no simpatizaba y por el que siempre había mostrado frialdad. Luego se dirigió hacia la puerta y despidió a Aulo, tras recordarle que fuera en busca de su hermano.

—Mi visita será muy breve –dijo Pompeyo–. Nadie debe saber que he venido a visitarte esta noche. Cicerón, corres peligro de muerte.

Marco le enseñó la carta.

—¿Fuiste tú el que envió esto? –le preguntó.

Pompeyo leyó la carta y se quedó asombrado. Miró fijamente al frente, como sin ver, todavía jadeando como si hubiera venido corriendo.

—Así que tienes otro amigo –comentó.

—¿César?

Pompeyo negó con la cabeza.

—No –respondió con tono apagado–. César, desde luego, no.

—Pues Craso no habrá sido.

Pompeyo se quedó en silencio un momento y luego dijo:

—Han planeado cuidadosamente tu asesinato y por eso he venido a verte esta noche. No quiero que mueras por muchas razones.

—¿Catilina es una de ellas?

—Catilina es una de ellas.

Marco se arrellanó en su silla y las miradas de ambos se encontraron.

—¿Lo dudas? –preguntó Pompeyo al final.

—No. Casi me lo esperaba. –Sostuvo la carta y se quedó mirando la escritura.– No sé por qué has venido a verme, ya que no somos amigos. Con todo, te doy las gracias.

La expresión de Pompeyo se hizo de pronto inescrutable. Se inclinó hacia Marco y dijo en voz baja:

—Estoy casado con la hija de César; sin embargo, desconfío de él y le temo. No dio fácilmente su consentimiento a tu asesinato. La verdad es que se halla frenético. Se ha marchado de la ciudad y ahora se encuentra en su villa de extramuros.

—¿Y por qué dio su consentimiento?

Pompeyo sonrió de modo sombrío.

—Catilina no le dejó elección. Catilina no sólo está loco y te odia, sino que además cree que tú te cruzas en su camino...

—¿En su camino adónde?

Pompeyo no replicó de inmediato, pero finalmente dijo:

—En el camino de todos nosotros.

—¿De qué modo me interpongo yo en vuestro camino?

Pompeyo guardó silencio. Sus grandes rodillas estaban desnudas y separadas bajo la capa, pues iba vestido de militar. Se frotó sus gruesos labios con el dorso de la mano y al cabo contestó:

—Tú no sabes nada.

—Pues cuéntamelo —pidió Marco.

Pompeyo torció la boca y contempló el techo de la biblioteca. Luego empezó a hablar como si lo hiciera consigo mismo:

—Nunca me fié de ninguno de ellos. Soy soldado por vocación, y los modos de un soldado no son los de un Craso o un César. Si hay que hacerse con el poder, hagámoslo abiertamente como hacen los hombres valientes. No hay que conspirar como nosotros hemos hecho, con asesinatos disimulados y tímidamente, como conspirarían los esclavos.

Pompeyo dejó caer su mano y sonrió a Marco cínicamente.

—¿Has olvidado el poder que Catilina tiene sobre la gentuza? Nos amenazó a todos, incluso al poderoso Craso, con arrojarnos sus degenerados, ladrones y asesinos. Teníamos que... —Se detuvo.— Tras tu muerte —dijo respirando profundamente.

—¿Qué es lo que teníais que hacer, Pompeyo?

Pompeyo se levantó y se volvió como para irse. Entonces se volvió, apoyó los puños sobre la mesa de Marco y se lo quedó mirando fijamente.

—Pues asesinar a los cónsules recién elegidos y poner amigos nuestros en su lugar. Y nombrar a Catilina, ese loco y peligroso Cerbero, cónsul de Roma. Todo en la primera semana de Jano...

Marco se incorporó poco a poco, temblando. Miró a Pompeyo, que le sostuvo la mirada.

—¿Os habéis vuelto locos? —exclamó.

—No. Ellos..., nosotros... hemos esperado mucho tiempo para hacernos con el poder.

—¿Es que no temen la ira del pueblo de Roma?

Pompeyo echó hacia atrás la cabeza y soltó una carcajada mientras su dentadura relucía a la luz de la lámpara.

—¡Cicerón, Cicerón! —exclamó—. ¿Tan inocente eres? ¿Es verdad lo que dice Catilina, que sigues siendo un colegial? El pueblo olvida a sus héroes antes de que se enfríen sus cenizas. ¿Todavía crees que esta Roma es la Roma de nuestros antepasados? Te digo que, aunque seas tan admirado, si mañana fueras asesinado, al cabo de una semana el pueblo ni mencionaría tu nombre. Podríamos hacernos con el poder asesinando a los cónsules. El pueblo se pondría histérico, pero enseguida se contentaría al pensar que todo seguiría igual... si nosotros se lo permitíamos. ¿Es que no te sirvieron de nada las enseñanzas de Scaevola? Siempre has sospechado de conspiraciones y ahora, que te ves enfrentado a la peor conspiración contra Roma, te quedas mirándome con incredulidad.

Marco se sentó, tapándose la cara con las manos, mientras Pompeyo lo miraba con burlesca simpatía.

—He venido porque desconfío de César y temo por mi futuro si este complot miserable triunfa –dijo–. También he venido porque te respeto. –Volvió a ponerse la capucha.– Soy un soldado. Dejo la solución en tus manos. Olvida que te he visitado. Piensa sólo en tu propia seguridad y en la de Roma –dijo como si sintiera un profundo dolor.

Un momento después la puerta se cerró tras él y Marco quedó a solas.

Cuando Quinto llegó, traía la capa salpicada de copos de nieve. Venía jadeante y con el rostro enrojecido. Abrazó a su hermano y le dijo:

—Si me has llamado a estas horas de la noche, es porque se trata de un asunto de mucha importancia.

—Ciertamente –contestó Marco–. ¿Cuántos soldados de confianza tienes bajo tu mando?

Quinto se lo quedó mirando y su rostro perdió el color.

—Una legión –replicó humedeciéndose los labios.

—No te pido una legión. Sólo unos cuantos soldados de confianza.

Quinto se quedó pensativo. Finalmente, respondió:

—Soy muy querido por la legión que mando. Sin embargo, creo que sólo veinte hombres estarían dispuestos a dar su vida por mí... o por ti. –Dio un fuerte abrazo a su hermano y le dijo con tono enérgico–: Ahora, ¡cuéntame!

La nieve caía abundantemente sobre puentes, templos, edificios, callejuelas, calles y tejados. Lo invadía todo con un silencioso velo blanco, cubriendo los lugares más nocivos con su frescura. También estaba cayendo sobre una cantera abandonada de uno de los lugares más siniestros de las riberas del Tíber, que era utilizado para arrojar escombros y como lugar de reunión de peligrosos malhechores. Era extraño que aquella noche no rondara por allí la guardia, aunque el fondo de la cantera estuviera iluminado por numerosas antorchas humeantes. Sus reflejos dejaban ver los feroces o exaltados perfiles de muchos hombres embozados en capas, jóvenes, de mediana edad o viejos de miradas feroces y labios fruncidos y que al apartar sus manos callosas dejaban ver bocas casi desdentadas o barbas sin afeitar. Las laderas de la iluminada cantera parecían contenerlos y de sus humedecidas ropas de lana surgía vapor. Algunos rostros eran de patricios, pero la mayoría tenían rasgos rudos y vulgares. Por encima de la cantera se extendía un cielo negro y tormentoso.

Catilina se encontraba subido a una roca, observando sonriente a los hombres que se hallaban por debajo. En aquella plataforma natural semejaba un dios magnífico, vestido con uniforme militar, pantalones rojos de lana, arnés de cuero sobre una túnica roja, una capa de oscuro escarlata echada sobre los hombros y casco incrustado con muchas piedras preciosas que relucían a la luz de las antorchas. Tenía una mano sobre la empuñadura de su espada; mano que, al igual que la otra, refulgía con gemas, lo mismo que sus brazaletes. Su figura parecía más alta, delgada y magnífica, y en su rostro, aunque ya era un hombre de mediana edad, estaban el fuego y la viveza de la juventud, con ojos llameantes.

Entonces empezó a hablar con aquel tono vehemente, pero controlado y fascinador:

—Os he reunido aquí esta noche, camaradas, para deciros que nuestra hora ha llegado. Antes de que otra luna se oculte en el cielo os daré la señal, ¡en nombre de Roma, de la libertad, la justicia, la igualdad social y la humanidad!

»¿Qué clase de gobierno tenemos hoy en día con el Senado, los tribunos del pueblo y sus tribunales? ¡El privilegio para unos pocos! ¡La esclavitud para la mayoría! ¡Desprecio para los libertos, burlas para el trabajador y mofa del humilde! ¡Ventajas para los poderosos, los adinerados y los orgullosos! ¡Leyes que protegen a los terratenientes y a los ricos propietarios, leyes para oprimir a los hambrientos y pobres cuyos ojos jamás han visto un sestercio de oro! ¿Puede una nación llamarse libre y grande si tiene muchedumbres sin esperanza? ¡No! Cada noche, dentro de los muros de esta ciudad, hay decenas de miles de personas desesperadas que se retiran con sus familias a sus jergones con los estómagos vacíos. Por mucho que trabajen, no pueden ganar lo suficiente para comer, ni pueden criar a sus hijos ni llamarse libres. ¡Yo os digo que el más ínfimo esclavo de la casa de un rico es más afortunado que el romano corriente! ¿Es eso justicia? ¿Hay derecho a eso? ¡No!

Los allí reunidos corearon estruendosamente:

—¡No! ¡No! ¡No!

Entre ellos no sólo había patricios envidiosos, cuya vida desenfrenada les había llevado a la ruina, sino también mercenarios descontentos que habían luchado con los ejércitos de Roma, comerciantes fracasados, individuos envidiosos de la baja clase media, chulos, jugadores, criminales, gladiadores envejecidos, luchadores, vendedores de narcóticos, pescadores de río revuelto que jamás habían trabajado en su vida y esperaban que una revolución les diera puestos de mando y superioridad sobre los otros, politicastros ambiciosos, fracasados que odiaban a la humanidad y buscaban un cauce para sus ansias de poder y de botín, personas de ideas subversivas, desleales a su país y que codiciaban el dinero de los otros y, en general, la inquieta y anhelante escoria de los bajos fondos romanos, que nada tenía que ver con Roma por nacimiento u origen, esa masa amorfa políglota que siempre ha sido la maldición de los estados, así como un puñado de jóvenes que amaban la violencia por sí misma, creyendo que de ese modo eran más hombres.

Catilina escuchó aquel clamor y sonrió de modo siniestro para sí mismo, despreciando a aquellas criaturas que lo adoraban y que, si fuera preciso, lo seguirían hasta el infierno en su apasionamiento y su odio hacia los fuertes, los valientes, los honorables y los amantes de las leyes.

—Os digo que os miro esta noche sin poder contener mis lágrimas por vuestros sufrimientos, vuestra desgraciada situación y vuestra terrible miseria, ¡por los continuos tormentos que padecéis por vuestra falta de privilegios! Ya habéis sufrido demasiado. Desde que el gobierno ha caído en manos de unos pocos, reyes y príncipes de todo el mundo han iniciado la costumbre de hacerles regalos; las naciones y los estados les pagan tributos. Pero los demás, por valientes y dignos que seamos, tanto patricios como plebeyos, somos considerados por ellos como una plebe que no tiene importancia y con la que no merece la pena tratar, ¡pisoteados por las botas de aquellos que, si las cosas fueran como deberían ser, se mostrarían asustados ante nosotros! En sus manos está toda la influencia, el poder y los beneficios. Para nosotros reservan las burlas, las amenazas, las persecuciones y la pobreza. ¿Cuánto tiempo vamos a seguir soportando con humildad y sumisión? ¿Cuánto tiempo, mis desposeídos camaradas, vais a seguir soportando esto? ¿No es mejor morir tratando de cambiar las cosas que vivir sufriendo de insolencia en las peores condiciones de pobreza e infamia?

—¡Sí! ¡Sí! —rugió la muchedumbre, alzando los puños sobre sus cabezas, de modo que se vieran bien a la luz de las antorchas.

¡Perros!, pensó Catilina. Perros cariñosos que me abrirán un camino para que luego pueda subyugarlos y esclavizarlos. Servidme bien, perros, y os arrojaré algún hueso y migajas de pan.

Aguardó un momento a que la ovación cesara. Centenares de ávidas miradas brillaban fijas en él a la luz de las antorchas; algunos se relamían los labios, otros mostraban vehemencia en sus rostros.

Catilina alzó su enjoyada mano como si fuera a hacer un solemne juramento. En su bello rostro asomaba el fervor como si fuera un dios compasivo, todo excitación e interés.

−¡Os juro que obtendremos el éxito fácilmente! Somos jóvenes y nuestro ánimo no es fácil de quebrantar. Nuestros opresores, por el contrario, son ricos agotados. ¡Por lo tanto, sólo tenemos que dar el primer paso y el resto vendrá solo! ¡Camaradas! ¡Pronto os daré la señal! ¡Preparaos para ese día! ¡Nuestra hora ha llegado! ¡Para mí, el poder para protegeros; para vosotros, oro, libertad y botín! ¡Roma es nuestra![1]

La plebe enloqueció de entusiasmo, de adoración por aquel hombre, de rabia y odio. Y todos se atropellaron en torno a Catilina, besando sus manos, sus rodillas, sus pies. Los patricios presentes corrieron a abrazarle, mientras le guiñaban los ojos con disimulo, sonriendo. Entre ellos estaba Publio Clodio.

Las primeras luces de la mañana iluminaron Roma revelando una fina capa blanca sobre el suelo. El aire era frío y húmedo y los tejados de la ciudad humeaban. De cada casa salía una fina columnilla de oscuro humo. Pocos habían salido de sus casas cuando Marco Tulio Cicerón y su hermano Quinto, acompañados por doce rudos soldados a caballo, salían de la ciudad. En el este un resplandor rosa indicaba la inminente salida del sol.

Llegaron a la casa de Julio César, pero los esclavos y guardias de la verja, tras echarles un vistazo, no dieron el alto a aquella comitiva militar ni a sus jefes. Se apartaron respetuosamente y abrieron la verja, cuchicheando luego entre sí. El noble Cicerón, pretor de Roma, el noble capitán Quinto Cicerón, los oficiales de la legión, no eran personas a las que se pudiera desafiar o interrogar. Y los esclavos contuvieron la respiración mientras los observaban dirigirse a caballo hacia la casa.

Quinto, en uniforme militar y rostro ceñudo y terrible, fue el primero en apearse y corrió hacia la labrada puerta de bronce, aporreándola con el puño. El eco de los golpes resonó en el silencioso campo cubierto de blanco. De los hocicos de los caballos salía vapor. Los soldados sujetaron las riendas de sus cabalgaduras y luego se abrieron en forma de falange ante la casa. El brillante este parecía una brasa. Marco se apeó y se unió a su hermano. Su rostro maciliento se veía plomizo a la luz de la mañana. Por su capa corrían hilillos de agua.

La puerta se abrió y el sirviente se los quedó mirando, parpadeando asustado. Marco tomó la palabra:

−Soy Marco Tulio Cicerón, pretor de Roma. Ruega al noble Julio César que salga a verme enseguida.

---

[1] Este discurso de Catilina no es ninguna invención o ficción de la autora. Ha sido tomado de los escritos de Salustio, que estuvo presente en aquella ocasión.

El sirviente miró al destacamento desplegado frente a la casa y luego al rostro sombrío de Quinto. Se inclinó temblando. Hizo entrar a Marco y Quinto en el cálido y perfumado atrio, donde las fuentes murmuraban plácidamente. Y corrió hacia el interior de la casa.

La primera en aparecer fue la encanecida Aurelia, la madre de Julio, que se había puesto su estola apresuradamente sobre su rolliza figura. Se quedó mirando a Marco asustada.

–¡Marco! –exclamó–. ¿Qué haces aquí a estas horas? –Se volvió para mirar a Quinto y sus temores aumentaron. Quinto la observó con su rostro impasible e inescrutable de soldado.

Marco se apenó. No había esperado que saliera Aurelia, a la que él llamaba «tía», pues ni sospechaba que estuviera en la casa. Se inclinó ante ella, le besó su mano gordezuela y trató de forzar una sonrisa.

–Querida tía –le dijo–, tengo que discutir un asunto urgente con Julio. No se alarme, se lo suplico.

–Querido Marco, pero ¡si es muy temprano! Esto es muy extraño... Me han dicho que has venido acompañado de unos soldados de caballería.

Marco se inclinó para besarla en la mejilla y trató otra vez de sonreír.

–Ya sabe usted que estos días hay muchos ladrones y partimos antes del amanecer. Los romanos ya no se sienten seguros si no llevan escolta.

–Cierto –contestó Aurelia con tono vago, pero sus astutos ojos negros siguieron mirándolo atemorizados y le cogió una mano como implorando–. ¿Ha pasado algo malo, hijo mío?

–No, nada grave. Siento haber venido tan temprano, pero ya sabe que tengo deberes públicos que cumplir y casos que atender. Era necesario que viniera ahora.

–¿Necesario? –repitió Aurelia. Su rostro rollizo estaba surcado por arrugas temblorosas. Pero antes de que Marco pudiera pensar en una respuesta, apareció en el atrio una joven y bella mujer.

Era Pompeya, la esposa de Julio. Su larga cabellera rubia le caía por la espalda. Tenía un rostro con la palidez y la suavidad de la azucena y sus ojos azules eran tan claros que apenas parecían tener color. Llevaba puesta una larga bata de tono lavanda, con los dobladillos cosidos con hilo de oro. A pesar de lo temprano de la hora, estaba fragante y compuesta, y los dedos y las muñecas le brillaban con joyas. Llevaba los pies calzados con botas doradas forradas de piel.

–Querido Marco –murmuró mientras él le besaba las manos–, estoy encantada de verte. –Sonrió de un modo seductor. Su rostro era encantador, aunque un poco estúpido. Sus ojos le miraban luminosos.– ¡Mi pobre Julio! Lamento decirte que no se encuentra bien. Ha sufrido varios ataques.

Fue Quinto el que respondió con voz ronca:

—Tenemos que verle.

Aurelia se llevó una mano a sus labios temblorosos, mirando a Marco asustada.

—Es importante —dijo éste—. Debo ver a Julio. Espero que podrá levantarse.

Pompeya contestó:

—Sí, puede levantarse de la cama. Os conduciré a su sala de audiencias. Enseguida estará con vosotros.

Aurelia aún se estremecía de miedo. Dirigió a su nuera una curiosa mirada de dureza y luego dijo:

—No lo retengas mucho rato, Marco.

—Seré breve —aseguró él tocando su redondeado hombro con gesto de afecto.

La esposa le condujo a la sala de audiencias de Julio, seguidos por Quinto que hacía un ruido rechinante. Éste pensaba a veces que su hermano era un hipócrita, ya que lo peligroso de la situación no aconsejaba entretenerse en charlar con mujeres.

Cuando estuvieron a solas en la sala rodeada de estantes y estuches con libros, Quinto le preguntó:

—¿Cómo tienes humor para hacer reverencias, sonreír y hablar como si tal cosa cuando Roma y tú estáis en peligro?

—No tan en peligro como para que asustemos a mujeres inocentes sin necesidad.

Quinto hizo una mueca.

—Pompeya no es tan inocente. He oído rumores de que Clodio es su amante. Probablemente eso explica la presencia de Aurelia César.

La puerta se abrió y Julio César entró vestido con una larga bata roja de lana, sujeta a su estrecha cintura con un ancho cinto dorado incrustado de piedras preciosas. Se le veía más delgado y hasta demacrado, pero andaba con su habitual agilidad y sonreía alegremente. Marco se fijó en la palidez que había tratado de ocultar dándose un ligero colorete en la cara. Aunque sus ojos negros refulgían, parecían hundidos.

Se acercó a Marco y le abrazó. Éste se dio cuenta, con cierta sorpresa, de que el abrazo no era de cumplido, sino casi con una sensación de agradecimiento, como si Marco lo hubiera salvado de algún peligro.

—¡No sabes cuánto me alegra verte, Marco! —dijo Julio apartando un poco a su amigo con sus finas manos y luego volviéndolo a abrazar—. Pero ¿qué he oído? ¿Que has venido acompañado no sólo del valeroso Quinto, sino de un destacamento?

Quinto dijo con brusquedad:

–La protección era necesaria.

–¡Ah! –exclamó Julio con voz abstraída. Y siguió mirando a Marco de modo interrogativo.

Éste, que no había dormido en toda la noche, sintió de repente impaciencia y rabia.

–Julio, no he venido a detenerte, pero no nos andemos con cumplidos. Hablemos claro, como hombres, y enseñemos las cartas. Lamento que estés enfermo, pero no tengo tiempo.

Julio inclinó la cabeza y se sentó como si de repente se sintiera agotado.

–De acuerdo –dijo.

Marco se sentó muy rígido en una silla de marfil y ébano, pero Quinto se quedó al lado de pie, con la mano apoyada en su espada.

–Julio –declaró Marco–, he recibido ciertos informes. –Y arrojó el anónimo sobre las rodillas de Julio.

Éste alzó la carta con mano temblorosa, aunque continuó sonriendo. La leyó y su expresión cambió, se endureció y tuvo que humedecerse los labios. Entonces un temblor le recorrió todo el cuerpo y un hilillo de espuma apareció en las comisuras de su boca. Luego se llevó la mano a la garganta y dijo con voz ahogada:

–Agua. Rápido.

Había una jarra de oro llena de agua y un cubilete sobre una mesita de mármol. Marco llenó rápidamente el vaso y lo acercó a los labios de Julio. Su rostro enrojeció y la piel pareció hacerse más gruesa. Las venas se le marcaron en el cuello y su pecho se agitó. Bebió el agua ruidosamente y con evidente dificultad, mientras el cuerpo rígido le temblaba. Entonces apretó los puños, inclinó la cabeza hacia delante y emitió sonidos entrecortados. Marco lo observó preocupado, aunque de mala gana; el rostro de Quinto, en cambio, tenía una expresión amarga y ausente.

Pasaron un buen rato en silencio, exceptuando la dificultosa respiración del enfermo. La luz del sol naciente penetró por las ventanas e hizo relucir el blanco suelo de mármol, reflejándose en los cantos dorados de los libros. A lo lejos se oía el ruido de los esclavos dirigiéndose a sus tareas matinales.

Finalmente, Julio logró alzar la cabeza. Estaba más pálido que un muerto y el falso color de sus mejillas resultaba patético, pero sonrió.

–¿Qué significa esta carta tan idiota? –preguntó con tono casi normal.

–No lo sé –contestó Marco, y añadió con frialdad–: ¿Acaso lo sabes tú?

–¿Yo? A mí me parece un disparate. ¿Qué enemigos tienes tú?

–Puede que tú seas uno de ellos.

Julio lo miró con incredulidad.

—¿Yo, Marco? ¿No te...?

—¿No te quiero como a un hermano? Ya he oído eso antes. Sin embargo, la historia demuestra que los hermanos pueden matarse unos a otros. Recuerda a Rómulo, que mató a Remo. ¿Quieres verme muerto, César?

—¡No! ¡No! ¡Eso jamás! —gimió Julio—. ¡Debes creerme!

—Te creo —respondió Marco—. Pero espera, tengo que decirte más cosas. No hay sólo esta carta, que me fue entregada la pasada noche por un visitante misterioso. Sé más cosas. Sé que se intenta asesinar a nuestros cónsules elegidos en la primera semana de Jano y, para evitar que yo lo impidiera, habían pensado asesinarme a mí primero. ¿Vas a negarlo, César?

Julio se puso de pie y se quedó en el centro de la habitación, mirando alrededor de un modo extraño, como si no supiera dónde estaba. Y contestó:

—No sé nada de eso. Hablas disparates. Algún loco debe de haberte enviado esa carta. Te juro por...

—¿Por tu patrón Júpiter?

Julio miró a Quinto, cuya mano seguía apoyada en su espada y en cuyo rostro de soldado se leía una feroz amenaza.

—Dejémonos de mentiras y excusas, Julio —dijo Marco—. Podría detenerte ahora mismo y encerrarte en una prisión para que esperaras allí a ser enjuiciado por conspirar contra Roma. ¿Deseas eso?

Julio suspiró profundamente. Tambaleándose se dirigió a su silla y se sentó de nuevo. Luego sonrió débilmente y negó con la cabeza.

—Siempre has estado hablando de complots y conspiraciones, Marco. Pero yo te creía un hombre moderado y razonable. Nunca creí que darías semejante espectáculo... de fuerza y tragedia... como si fuera una obra teatral mal escrita.

—¿Quieres que te detenga ahora mismo y que luego detenga a Pompeyo, Catilina, Pisón, Curio y a todos los demás? ¡Habla, César!

Los rasgos de Julio se contrajeron como si estuviera sufriendo un dolor insoportable.

—No sabes lo que dices —contestó—. ¿Ya has olvidado que Craso es el dictador de Roma, el hombre más poderoso? ¡No te comprendo! Me has traído una estúpida carta sin firmar, ¡y esperas que me la tome en serio!

—Pues tómatela en serio —le replicó Marco—. Craso es el dictador de Roma, sin duda, pero el ejército es más poderoso que Craso y éste le teme. ¿Quieres que pida a mi hermano, que manda una legión, que os detenga a todos hasta que se os procese y ejecute por traición a la patria? Mira, César, soy capaz de hacerlo y tú lo sabes muy bien. ¡No creas que Craso trataría de impedirlo!

Julio alzó una mano trémula y con su dorso se frotó su sudorosa frente.

—No sé nada —contestó— de que haya una conspiración contra ti y los cónsules. Y si la hay, nada tengo que ver con ella ni he oído lo más mínimo.

—Embustero —replicó Marco con calma—. Sabes que mientes y no te da vergüenza.

Julio se quedó callado; sus jadeos se oían en el aposento.

—Siempre has tenido ambiciones de poder, Julio. Las tuviste desde niño. No sé si lo conseguirás, pues Roma está muy relajada. Es muy posible que no pueda oponerme a ti ni detener la ruina de mi país, que ha caído demasiado bajo para ser salvado.

»Podría destruirte en este momento, Julio. Si Quinto clavara su espada en tu cuerpo, ¿quién se atrevería a juzgarlo o reprochárselo? Los militares son más poderosos que vosotros, incluyendo a Craso. No tengo más que revelar todo lo que sé, y lo sé todo, acerca de vuestros complots para conseguir que el pueblo aclame a mi hermano.

Marco rezó para que Julio creyera en lo que acababa de decir y no lo pusiera a prueba. Julio alzó la cabeza y lo miró con una expresión penetrante, como tratando de descubrir hasta dónde sabía Marco. Y éste sostuvo su mirada. Quinto se acercó un paso con la espada medio desenvainada.

Julio sonrió.

—Si hay tal complot, yo lo niego y me río de él, repito que no sé nada. ¿Quién puede hacer caso a Catilina, que está loco? Es posible que haya tramado algo en su locura y tú has oído algunos ridículos rumores. Te digo que se le hará una advertencia... si es que ha tramado tal complot.

—Bueno —dijo Marco—. Eso es todo lo que necesitaba saber. Ten cuidado, César. El camino del poder no es para los locos y atolondrados que se valen de mezquinas conspiraciones.

—En eso coincido completamente —replicó Julio—. Yo soy un soldado.

—Tú no eres un verdadero soldado de Roma —terció Quinto—. Escúchame bien, Julio. Si mi hermano muere o los cónsules son asesinados, el ejército se apoderará de Roma. Te doy mi palabra.

—También en eso coincido —dijo Julio apretando las manos sobre las rodillas y haciendo un esfuerzo para reír—. ¿Qué comedia es ésta?

—Dejemos bien sentada una cosa —dijo Marco levantándose y arropándose en su capa—. No he querido detenerte ni entregarte con tus compañeros a la justicia no porque te tema, sino porque temo aún más el domino de los militares. Uno se acuerda de Sila y su dictadura de hierro. Recuerdo a Sila con cierto afecto porque fue un soldado de verdad, pero hay muchos generales que no se parecen en nada a Sila y también ambicionan el poder. He escogido el peligro menor.

Al salir se encontró con Aurelia en el vestíbulo. Él le tomó las manos, dándole un apretón. Ella se lo quedó mirando atemorizada y preguntó susurrando:

—¿Todo va bien, Marco?

—Todo va bien, querida tía —le respondió amablemente. Y añadió para sí—: Al menos de momento.

J̶ulio miró a Craso, Pompeyo, Curio, Pisón y Catilina.

—Ya os dije desde el principio que era un complot muy precipitado y, como Pompeyo nos advirtió, una conspiración muy mal fraguada. Fue tu impaciencia, Catilina, y la de Pisón y Curio, la que nos ha metido en esto. Algún día alcanzaremos el éxito, pero no con chiquilladas, actos impulsivos ni entusiasmo infantil. Debemos aparentar que respetamos las leyes y que somos inflexibles en nuestro sentido de la dignidad. No es cuestión de hacerlo mañana. Debemos mostrarnos justos y sensatos con el curso de los acontecimientos humanos y la inevitabilidad de la historia. ¡Asesinar a cónsules elegidos democráticamente! ¿Hubo alguna vez una idea más disparatada? Pisón y Curio la sugirieron y contaron a Catilina con su imaginación febril, haciendo que éste nos pusiera entre la espada y la pared. Ahora vemos lo absurdo que era todo.

—Yo no puedo esperar —masculló Catilina—. Ya he alertado a mis seguidores.

Julio no le hizo caso y negó con la cabeza, sonriente y sin dejar de mirar a Pisón y Curio.

—Craso, Pompeyo y yo jamás creímos en el éxito. Me alegro de que Cicerón lo haya descubierto todo, pues nos ha prestado un gran servicio. Sin embargo, me gustaría saber quién le envió ese anónimo. Sólo nosotros conocíamos la existencia del complot.

Catilina preguntó furioso:

—¿Se lo enviaste tú, César?

—¿Yo? —Julio lo miró con desprecio.

Catilina se levantó de la silla. Estaban en casa de Craso.

—¡Alguno lo hizo! —gritó—. ¡Exijo su vida!

—Yo no le escribí ninguna carta —dijo el impasible Pompeyo—. Eso de escribir anónimos es de bribones cobardes.

—Yo tampoco —afirmó Craso sonriendo débilmente de un modo sombrío.

—Ni yo —dijeron los otros.

—Sin embargo, alguien se lo dijo —manifestó Julio, y se volvió hacia Catilina—. Asesina a Cicerón y Roma se arrojará contra nuestras gargantas.

Se hizo un silencio y él lo aprovechó para continuar:

—Y ahora, razonemos como razonan los hombres valientes, no como adolescentes.

Después, cuando estuvo a solas con Craso y Pompeyo, declaró:

—Ordenaría inmediatamente el asesinato de Catilina si él no tuviera la gentuza en su mano. Deberían haberlo envenenado, como él hizo con su esposa y a su hijo, antes de hacerse tan poderoso. Ahora tenemos que contar con él.

—Y además tenemos a sus amigos, el rubio Pisón y el borracho Curio —dijo Craso—. ¿Yo soy un dictador o el instrumento de esos réprobos?

—Un dictador, querido señor —dijo Julio—, siempre tiene que cargar con todos los réprobos. Los recoge, lo mismo que la quilla de un buque va recogiendo percebes. ¡Pero ya llegará el día en que podamos rascar y arrojar a todos fuera después de que hayan servido a nuestros propósitos!

Capítulo
50

Cuando nació Tulia, Grecia iluminaba todavía los pensamientos de Marco, así que, a pesar de sus profundas convicciones, le parecía que había esperanzas en el futuro y que él y su país podrían lograr muchas cosas de provecho. Entonces era joven y el nacimiento de su hija le pareció la mera continuidad y brillantez de su vida, el dedo de la esperanza señalando hacia los años venideros, la promesa siempre renovada de mañanas tan frescas como las rosas.

Y ahora, en este cálido día de verano, Terencia estaba de parto y Marco trató de interesarse en el nuevo nacimiento. La venida al mundo de Tulia la había recibido con gozo, reteniendo en sus brazos a su hijita con cariño y orgullo. Pero se encogía de hombros al pensar en el segundo nacimiento, que no era fruto del afecto, sino de la culpabilidad y la tristeza. Y dijo a la criatura aún por nacer: «Por qué te habré engendrado, pobre ser que se merecía un padre mejor que yo. No anhelo ver tu carita, pues no tengo futuro que ofrecerte, sino tan sólo un país violado y desintegrado. No tengo gozo que ofrendarte, sino un corazón ya fatigado que yace en medio de la oscuridad y el temor. Incluso mi padre tuvo más cosas que poner a mis pies de las que yo puedo poner a los tuyos. Perdóname por haberte dado la vida».

Fue a sentarse en el jardín y no oyó al médico que se acercaba, dando un respingo cuando éste habló:

—Señor, ¡la señora Terencia ha dado a luz un hijo! Le ruega que vaya a verla.

Un hijo, pensó Marco, levantándose pesadamente y dirigiéndose hacia su hermosa mansión. Mi hijo, Marco Tulio Cicerón. Terencia, satisfecha por su triunfo y pareciendo casi joven otra vez, lo saludó con lágrimas de alegría, mostrándole el hijo que tenía entre sus brazos.

—¡Marco! —exclamó—. ¡He... hemos tenido un hijo! —En ella no había nada de tristeza, dudas o temor. Pensaba en la vida como algo que jamás cambiaba ni se movía, ni nunca era ominoso. El nacimiento de este hijo era una victoria personal de ella.

Marco contempló el rostro del bebé. Había pensado que tendría que nacer viejo y agotado, como si la carga de la vida que le esperaba lo hubiera ya desecado. Se inclinó sobre el niño y se fijó en lo prominente que era su frente, en la firmeza de sus pequeños labios, la fuertemente moldeada barbilla y pensó: ¡Se parece a mi abuelo! Y por primera vez las brillantes alas de las esperanzas olvidadas rozaron su corazón. Aún nacían romanos.

Tras besar la hundida mejilla de Terencia, sugirió a ésta que fuera enviado un esclavo a casa de Quinto para informar de la buena nueva. Terencia, enarcando las cejas y sonriendo indulgente, le dijo que ella ya lo había enviado.

—¡Cuánto compadezco a Quinto y Pomponia por el hijo que tienen! —exclamó—. Es avieso y taimado, ¡demasiado cruel y malvado para su edad!

Esto era cierto, pero Marco frunció el entrecejo y se apartó de su esposa. El recién nacido abrió los ojos, que eran de un azul oscuro y brillante, y en cuyas profundidades brillaba una estrella.

Marco se encontró a Tulia en el atrio, donde le estaba esperando. Al verla, la estrechó entre sus brazos y ella se lo quedó mirando con gesto burlón.

—¿Sigo siendo la primera en tu corazón, padre mío? —le preguntó.

—Siempre lo serás —replicó él besándola en la suave mejilla, y añadió—: Pero yo no seré siempre el primero en el tuyo.

En los días siguientes recibió muchas felicitaciones por el nacimiento. Clientes agradecidos le enviaron espléndidos regalos y parientes de la familia Helvios, olvidando su innata frugalidad, se volvieron pródigos, mientras que los de Terencia competían entre sí.

—Es como si quisieran señalar que aprueban mi conducta —dijo Marco—, tras un largo período de obstinada negativa a tener un hijo.

Julio César acudió en persona para entregar una bolsita tejida con hilo de oro llena de rubíes. Era un regalo formidable y, teniendo en cuenta que Marco y Julio no se habían visto desde aquel día de invierno en casa de éste, era una especie de reconciliación.

—Ya veo que has recobrado la salud, Julio —le dijo Marco. El otro enarcó las cejas—. No me cabe duda, porque sigo vivo.

Julio le contestó con voz suave:

—¿Es que nunca será posible que hables claramente?

—¡Vamos! —exclamó Marco sonriendo—. No te las des de torpe. Y a propósito, ¿cuándo te va a dar un hijo Pompeya?

Julio, que cada año tenía un aspecto más espléndido, suspiró y dijo:

—Sigue sin ser fértil. Me temo que jamás tendré un hijo. —Marco arrugó el entrecejo, pensando en cierto muchacho llamado Bruto, pero contuvo la lengua. Al fin y al cabo no todos los días se recibía un regalo tan espléndido.

Mientras hablaban en el jardín, atestado de visitantes que comían, bebían y charlaban, llegó Pompeyo el Magno. Marco advirtió cierta frialdad entre él y Julio, porque, aunque se abrazaron y se saludaron cortésmente, sus gestos fueron indiferentes. ¡Ah!, pensó, los hombres ambiciosos siempre acaban por desconfiar unos de otros. Pero se sentía agradecido hacia Pompeyo, que le había salvado la vida, y aceptó el regalo que traía para su hijo con sincera gratitud, feliz de poder expresarle así indirectamente otra gratitud de la que no podía hablar. Como Marco se mostraba raramente efusivo, Julio, siempre ojo avizor, quedó intrigado. Era como si Marco estuviera saludando a uno al que quisiera o que le hubiera concedido un gran honor. El ancho e impasible rostro de Pompeyo también se animó un poco y su mano se quedó un rato posada en el brazo de Marco, mientras sus ojos grises sonreían con complacencia.

Entonces Pompeyo se volvió hacia Julio y le preguntó:

—¿Dónde está tu esclavo, ese famoso joven llamado Marco Antonio?

—Se está recobrando de la fiesta que hubo anoche en mi casa —contestó Julio—. ¿Y qué tal te va con mi hija, Pompeyo?

La atmósfera era suave, cálida e impregnada de la fragancia del verano, pero Marco, repentinamente alerta, creyó haber oído un entrechocar de espadas bajo el clamor de risas y voces en el jardín. Julio siguió hablando con tono ligero:

—Querido amigo, aunque consideres a Antonio un fatuo, la verdad es que posee notables cualidades. Es un excelente soldado y, sin embargo, sus modales son encantadores. Con las mujeres tiene pleno éxito. Todo ello son dotes que no hay que despreciar.

La mera presencia de estos hombres recordaba a Marco aquel terrible complot contra Roma y él mismo. Se sintió invadido por la melancolía, el sol le pareció menos brillante, los colores menos vivos y tuvo el presentimiento de que la vida de su hijo estaba amenazada. Había vivido demasiado tiempo sintiendo presentimientos para que se burlara ahora de ellos y la alarma pasó como un ala negra por delante de sus ojos. ¿En qué consistiría exactamente el complot? Conocía muy bien a estos hombres, a Craso, Catilina y hasta a Clodio. ¿Por qué había creído que todo estaba tranquilo de nuevo, que se hallaban fuera de peligro y que la paz estaba restaurada en cierta medida? Los hombres como César no descansaban nunca y podían aguardar ocultos, como un tigre en la oscuridad de un bosque, hasta que apareciera una buena presa si otra más pequeña se les había escapado.

Marco, reflexionando, ignoraba que su rostro había palidecido y que tenía los ojos fijos como si viera algo horrible que escapara a la vista de los demás. No sabía que César y Pompeyo lo estaban observando con interés y expresión grave, y se sobresaltó cuando Julio le preguntó:

–¿Qué ve nuestro augur que oscurece la felicidad de su expresión?

El sobresaltado Marco enrojeció.

–No soy augur, Julio –replicó ligeramente ofendido–. Estoy pensando en lo peligroso que es el mundo al que he traído un hijo.

–¿Y no ha sido siempre peligroso? –repuso Julio sonriendo de nuevo, pero sin dejar de observarlo–. También fue peligroso para nuestros padres.

–Ellos no conocieron traidores –dijo Marco, y se sintió consternado por las palabras que acababa de pronunciar en su propia casa y ante sus invitados. Pompeyo y César intercambiaron miradas y se echaron a reír, desapareciendo la frialdad que había entre ellos.

–¡Querido Marco! –exclamó Julio–. ¡Siempre obsesionado con conspiraciones! No es sólo pretor por nombramiento, lo es por nacimiento. Dime, Marco, ¿qué complot sospechas ahora?

–Sospecho de una conspiración mucho más grande que la tuya anterior, César.

–No sé de ninguna conspiración, Marco.

–Yo tampoco –dijo Pompeyo haciendo un gesto, pero sus ojos grises habían dejado de sonreír y era como si un velo glauco hubiera caído sobre ellos.

Así pues, pensó Marco, esta vez no seré advertido. Trató de sacudirse su desaliento, pero la carita de su hijo se interpuso ante él y la sensación de alarma se avivó cuando una inquieta bandada de cuervos cruzó el cielo.

–Ya es hora de que casemos a nuestra hija –dijo Terencia cuando la familia regresó de sus vacaciones anuales en la isla. Era incapaz de apreciar la belleza de la isla y pasaba todo el tiempo contando corderos y dando órdenes a los esclavos. Era una mujer de ciudad y refunfuñaba por tener que pasar unas semanas en el campo.

–Pero si no es más que una chiquilla –respondió Marco, y añadió algo que no debiera haber dicho–: Tú misma te casaste conmigo bastante mayorcita. –Inmediatamente se sintió avergonzado de sí mismo, porque el rostro de Terencia, siempre tan poco atractivo, se ruborizó. Sus ojos, antes suaves y recatados y que eran su mejor rasgo, ahora se habían estrechado y endurecido con los años, de modo que parecían cristales oscuros entre sus párpados.

–Tuve que ocuparme de asuntos familiares y cuidar de mi hermana menor –respondió.

Como lo dijo con tono sincero y apenado, Marco sintió compasión y quiso complacerla.

–Pues hablemos entonces de un esposo, pero ¿quién?

–Pisón Frugi, el joven –contestó Terencia–. Es de una excelente familia y ya tiene diecisiete años. Su abuelo le ha dejado una fortuna y además heredará de sus padres, que son amigos de mi familia.

Marco conocía al joven, bastante agraciado de cara y de modales patricios, si bien no era muy distinguido. A Marco sólo le hubiera parecido bien para su querida Tulia un príncipe o un potentado.

–También –prosiguió Terencia– tenemos a Dolabella, un joven muy brillante de una de las mejores familias de Roma.

–¡No lo quieran los dioses! –exclamó Marco horrorizado y Terencia sonrió, aunque soltó un suspiro de resignación.

–Pues entonces Pisón Frugi –dijo, y hasta al cabo de un rato Marco no se dio cuenta de que su mujer, como siempre, se había salido con la suya.

Terencia, habiendo ganado, prosiguió:

–Claro que retrasaremos la boda hasta que tú seas cónsul de Roma.

–Entonces tendrá que ser retrasada indefinidamente –replicó Marco de buen humor.

Era muy cariñoso con los niños. Como la mayoría de los padres, consideraba extraordinarios a los suyos. Estaba convencido de que el pequeño Marco llegaría a ser un gran filósofo, aunque el chiquillo mostraba cada día una obstinación que no auguraba nada bueno en ese sentido. Terencia estaba encantada con él.

–Será un gran soldado y atleta –decía, y Marco, tan perceptivo cuando se trataba de enjuiciar a los extraños a la familia, se reía de ella.

–Hablará el griego con fluidez antes de que cumpla los tres años –replicaba a su esposa. La verdad es que no veía los fuertes colores en la carita de Marco y la risa que brillaba en sus ojos. Y se decía a sí mismo que había visto el alma grave de su hijo apenas salido de la matriz.

–¿No has ido a ver a tu padre? –le preguntó Terencia mientras amamantaba a su hijo–. Quinto se sentía muy alarmado por su estado cuando te escribió a la isla.

Marco se sintió de nuevo avergonzado. Quinto le había escrito dos veces durante el verano diciéndole que Tulio «empeora por horas y el médico ha dicho que no durará mucho». Pero Marco se dijo que no podía recordar una sola vez desde su infancia en que su padre no estuviera «muriéndose» y que eso constituía una vieja patraña, ya que los Tulios vivían muchos años. Pero la verdad era que no quería pensar en su padre y ni siquiera verle. En él estaban siempre vivos aquellos sentimientos de culpabilidad y exasperación cada vez que le mencionaban a su padre. Lo había visto tan sólo dos veces durante el embarazo de Terencia y otra vez poco después. Tulio lo felicitó con voz débil y con ojos implorantes cuando el pequeño Marco nació, pero Marco tuvo la impresión de que Tulio no acababa de darse cuenta (nunca se había dado cuenta) de los acontecimientos naturales y de que el nacimiento de un nieto no suponía un acontecimiento importante para él. Y resentido, Marco se había dicho: mi padre siempre ha tratado de alcanzar las estrellas con la mano, sin fijarse en los pedruscos que hay en el camino, sin tener jamás realmente los pies puestos sobre la tierra. Como Marco sospechaba que esto no era enteramente verdad, su sentimiento de culpabilidad lo exasperaba aún más. Para él resultaba muy doloroso analizar sus propias emociones con respecto a Tulio, porque entonces recordaba los tiempos en que su padre se le había aparecido como un dios pálido y delgado, de ojos iluminados, mano tierna y voz llena de cariño y comprensión. Pero las impresiones de la infancia son siempre un engaño, se recordaba a sí mismo, y volvía a pensar en un Tulio que había dependido de su propio padre para que le diera fuerzas, de su esposa para que lo consolara y guiara, de su hijo mayor para que le diera paternal solicitud y ayuda y del menor, junto con su esposa, para que le sirvieran de padres al final. Quinto se había llevado a su padre a su casa, como uno se hubiera llevado a un niño huérfano, y lo alimentaba y cuidaba con sus maneras cariñosas algo torpes.

Marco contestó a las preguntas de Terencia:

–No ha habido una sola ocasión en mi vida, desde que era niño, en que mi padre no se encontrara muy mal de salud. Si no era una congestión en los pulmones, era la malaria. Quinto sabía la fecha de nuestro regreso de la isla y ya han pasado tres días sin que nos haya enviado ningún aviso. Si mi padre estuviera en peligro, nos lo habría hecho saber.

Pero Terencia miraba como cosa muy seria los lazos familiares, y le contestó en tono de reproche:

–Sin embargo, como hace meses que no has visto a tu padre, deberías ir a verlo enseguida.

–Mañana iré –contestó Marco impaciente–. Mi padre sólo tiene sesenta años y puedo asegurarte que aún vivirá mucho tiempo.

Pero a la mañana siguiente, que tuvo un frío amanecer otoñal, Marco recibió un aviso urgente de su hermano diciendo que Tulio se encontraba inconsciente en su lecho de muerte. Marco se levantó, no creyendo esa noticia. Pero se dirigió a la casa de su hermano en el Carinae, bostezando en su litera, tiritando un poco y sintiéndose impaciente. A través de la cortina veía cómo la ciudad despertaba, oyendo el estrépito del tráfico y de las primeras voces. Todo eso era un ruido familiar que ya no resultaba excitante. Eso es lo malo de volverse viejo, pensó sombrío. En el mundo todo deja de ser nuevo y ya no pueden hacerse conjeturas. ¿Y qué puede consolar a uno de esta pérdida? La vida para mí ya sólo es una retirada, y lo que a los jovenes parece un amanecer, a mí me parece un crepúsculo. Después de los cuarenta años, un hombre apenas puede decir que está vivo. Y yo ya vivo sólo por mis hijos y con eso tengo bastante.

Marco seguía bostezando cuando su litera llegó a la vieja casa del Carinae, que antes le era tan familiar y ahora le parecía tan extraña. Era una casa llena de sueños del pasado, en la que conocía de memoria cada habitación y cuyo jardín estaba lleno de recuerdos. Siempre se sentía un poco extraño al volver a verlo, como si hubiera creído que había dejado de existir, como ya no existían su infancia ni su juventud. Sin embargo, aquí había llorado por Livia, donde había muerto su abuelo y donde el futuro le había parecido lleno de emoción, pasión y esperanza. Por aquí habían paseado sus viejos amigos; amigos ya idos para siempre. Pero la casa permanecía. Sin embargo, no era la casa que él recordaba y no sabría explicar por qué, pues parecía cambiada sutilmente por el tiempo.

Quinto, el alto y corpulento soldado, fue el que salió a recibirle a la puerta y no el sirviente del atrio, como hubiera sido normal. Estaba llorando. Marco comprendió que su padre había muerto y se apoyó en el brazo de su hermano, sintiéndose de pronto débil, deshecho y conmovido. De repente, la casa cambió de aspecto para él y volvió a ser como la recordaba, y era la casa de la muerte, cosa que también recordaba. Una casa que había dejado de ser el refugio de un anciano tan apartado del mundo que inspiraba a su hijo mayor un sentimiento mezcla de exasperación y culpabilidad. Era la casa de un padre que en su muerte parecía más vivo de lo que había parecido desde la juventud de Marco.

Tulio yacía en su lecho del pequeño aposento que el mismo Marco había ocupado de niño, de muchacho y de joven soltero. Las cortinas de la pequeña ventana aún no habían sido corridas y los primeros débiles rayos del sol caían sobre el rostro de Tulio revelando sus rasgos. No era el rostro que Marco recordaba. Era un rostro sereno y remoto, purificado de las polvorientas telarañas de los dolores de la vida. Todo lo que había traído la edad, la inquietud o los tormentos había huido dejando sólo la carne exorcizada para que se uniera pacíficamente a la tierra. Ya no era Marco Tulio Cicerón el Mayor, era la tranquilidad del árbol y la hierba, no alterada ya por aquel extraño que había sido el espíritu humano.

Marco se quedó mirando las manos de su padre, que ya no parecían contorsionadas, sino que tenían la placidez del mármol. Tampoco eran las manos que él recordaba. Se inclinó y tocó su frialdad con sus labios y en ese momento se sintió completamente extraño a la efigie que yacía en el lecho, como se hubiera sentido completamente extraño ante una piedra. Murmuró una oración por el espíritu de su padre, aunque le pareció una burla, ya que Tulio no necesitaba de sus oraciones, pues había vivido una existencia apartada del pecado en todo lo posible y nunca había sido parte del mundo que tan gustosamente acababa de abandonar. Se volvió y dejó la cámara mortuoria seguido por Quinto, que se sintió inquieto ante la calma demostrada por su hermano y vagamente resentido.

—Nunca lo quisiste, por eso no sientes pena —le dijo con brusquedad.

Marco titubeó. Si encontraba palabras para expresar lo que sentía, su hermano no le comprendería, así que se limitó a poner una mano sobre los anchos hombros de Quinto y le dijo:

—Cada uno tiene una manera de expresar su dolor.

Pero en los días que siguieron y durante las sombrías ceremonias funerarias, se sintió muy afectado por la inconstancia y fragilidad de la vida, porque le parecía carente de significado e incongruente y por la mortificación que suponía la muerte. Su propia existencia estaba menos segura desde que su padre ya no existía. Otra estatua se había roto en el vestíbulo de su vida y sus cascotes sin sentido yacían por el suelo.

Capítulo

51

$\mathcal{N}$oë ben Joel escribió a su amigo desde Jerusalén:

«¡Saludos, querido amigo! ¡Te han nombrado cónsul de Roma, el cargo más importante de la nación más importante del mundo! Y me lo comunicas con tu sencillez habitual, sin la menor insinuación de vanidad u orgullo. ¡Cuánto me alegro! Recuerdo divertido tus primeras cartas, en las que expresabas tu pensamiento y tu creencia de que jamás ocuparías tal cargo. No creíste ni por un instante que el partido senatorial te apoyara, pues siempre se mostró resentido y receloso hacia los "hombres nuevos" de la clase media. Dices que te han apoyado sólo porque cada día temen más al alocado y maligno Catilina, que era uno de los seis candidatos al puesto. Creo que te quitas méritos con tu excesiva modestia; hasta los senadores venales pueden a veces sentirse conmovidos por el espectáculo de las virtudes públicas o privadas y decidir apoyar a un hombre juicioso. Tampoco creíste que los "hombres nuevos" de tu propia clase te apoyaran por envidia y con tal de evitar que te elevaras por encima de ellos, ni que el partido popular te diera sus votos favorables porque en estos últimos años declaraste frecuentemente, con amargura, que el pueblo prefiere bribones que lo adulen y compren sus votos, a un hombre que sólo les promete intentar restaurar la grandeza republicana y el honor de su nación y que habla no de conceder más y más dones gratuitos a unos ciudadanos ociosos, sino con la austera voz del patriotismo.

»Sin embargo, ese mismo pueblo del que habías desconfiado te ha elegido unánimemente con aclamaciones, a la vez vehementes y entusiastas. Esto no me lo dijiste en tu carta, pero tengo otros amigos en Roma que me han mantenido informado de todo lo relativo a ti en estos últimos años. Sé que eres muy querido, a pesar de que te quejes de ser tenido por incongruente y de tu timidez y reserva naturales. Además, Dios tiene muchos modos extraños de manifestarse cuando se da cuenta de que una nación está en grave peligro. A menudo, como demuestra la historia de Israel, saca a los hombres de su vida privada, en los lugares más retirados, para que se pongan al frente de su pueblo y lo conduzcan con seguridad a través de los peligros. Prefiero creer que Él ha intervenido en favor tuyo, por amor hacia ti y para salvar a Roma de Catilina, a pesar de los sobornos, las mentiras y promesas. Pero nunca debemos olvidar que fue el pueblo el que a fin de cuentas te eligió con un movimiento espontáneo de afecto y orgullo por ti, estimando tu genio y tu valor.

»Hace tiempo me escribiste que sentías como si tu vida hubiera llegado a su final y que te enfrentabas a la pared de ladrillo de tus últimos logros. ¡Sin embargo, en esa pared se ha abierto una puerta que te conduce a la ciudad infinita del poder y la gloria! ¿Acaso no era Moisés un pastor desconocido cuando Dios lo llamó para que liberara a su pueblo y lo condujera a un exilio incierto, a él que había sido príncipe de Egipto, amado por su madre, la princesa? La justa indignación, el dolor y la pena le habían conducido a un abismo de soledad y desamparo en un lugar alejado y allá creía que su vida había terminado. Pero ¡qué grande es Dios, el que todo lo sabe! Preparó a su príncipe en silencio y en el destierro para alcanzar un glorioso destino, mucho más grande que el de ninguno de los hombres que hasta entonces había habido en el mundo. Mientras haya seres humanos en la Tierra, el nombre de Moisés será recordado, y como en estos momentos me siento profético, digo que el nombre de Cicerón tampoco se olvidará mientras los hombres tengan lengua y memoria y se siga escribiendo la Historia.

»Confiesas que estás asombrado y aturdido por tu elección, pero a mí no me ha causado ninguna sorpresa. Desde que éramos amigos en la niñez esperaba grandes cosas de ti. ¿No te lo decía siempre? La luz del dedo de Dios brillaba en tu frente cuando eras joven y yo siempre la vi, y no vayas a decir que son fantasías de alguien que escribe obras de teatro y tiene una fértil imaginación.

»Hasta tu sinuoso amigo Julio César e incluso el propio Craso te apoyaron. ¿Por qué razón? Dios movió sus almas en favor tuyo, aunque tú dices que te prefirieron a Catilina por razones particulares. También César parece ir prosperando rápidamente, porque antes de que tú me escribieras ya me había enterado de que fue nombrado Pontífice Máximo y Pretor de Roma. Tú miras eso con tus habituales recelos, pero debes recordar que es inevitable que hombres poderosos, ambiciosos e inteligentes, como César, alcancen el poder, y puede que esto sea también la voluntad de Dios, cuyos caminos siempre han sido de lo más misteriosos. Estoy de acuerdo contigo en que César es un villano, pero Dios a menudo se sirve de los villanos lo mismo que de los hombres buenos para la realización de sus propósitos. Dudas de su patriotismo. Sin embargo, a veces un villano puede ser un patriota.

»Estás muy orgulloso de tener un hijo que a los dos años ya es un prodigio. ¿Cómo podía ser de otro modo teniendo tal padre? ¿Acaso no leo yo tus continuos escritos y tus libros, que me envían mis amigos de Roma? Yo me consideraba elocuente, pero, ¡ay!, comparado contigo soy un asno de piedra. Me alegro mucho de que tu bella hija se case con el patricio Pisón Frugi porque sé cuánto la quieres. De nuevo te muestras receloso, pero comprendo que son los celos naturales de un padre que sólo tiene una hija, por la que siente un gran cariño. Pero debes casarla, ya que es lógico que las doncellas se casen, aunque tú quisieras que no amara a otro y que jamás abandonara tu casa. Yo sentí lo mismo cuando mi hija se casó y, cuando la entregué bajo el baldaquino, odié a su esposo y temí que la hiciera desgraciada. Sin embargo, ella es muy feliz y yo ya soy abuelo, gozando mucho con los pequeñuelos que retozan en mis rodillas y me dirigen miradas de adoración.

»A menudo pienso en cuán extraño es que nuestros padres murieran el mismo día y quizá a la misma hora. Me decías que no lo sentiste verdaderamente ni lo echaste de menos hasta que pasaron seis meses, y que entonces te sentiste muy dolorido, temiendo no haberle demostrado bastante cariño en vida y haberle hecho sufrir. A mí me ocurrió lo mismo cuando mi padre murió y ahora recuerdo las amonestaciones que me dirigía en mi juventud y de qué modo yo las desdeñaba como parloteo de un hombre viejo y anticuado. Debes sentirte contento de que tu padre haya dejado de sufrir en la vida, pues ¿no fue Sócrates el que dijo que un hombre bueno no tenía nada que temer en esta vida ni en la otra?

»Dices que César ha tomado mucho cariño al recién nacido hijo de su hermana, Cayo Octaviano César. Julio no tiene un hijo como tú, al menos uno que pueda reconocerlo públicamente. Esto es muy amargo para un hombre ambicioso que siempre está pensando en linajes.

»Cuentas cosas horribles de Catilina y dices que lo temes más ahora que no es nada que cuando era pretor de Roma y declaras: "Es mejor que tu enemigo mortal esté a la vista, que no oculto, sin saber qué está tramando en la oscuridad". Eso puede ser cierto, pero debe tranquilizarte que haya perdido el favor de César, Craso y Pompeyo, porque éstos no son hombres tan inquietos y alocados. Además, ten por seguro que ellos no lo pierden de vista y estarán muy preocupados con él.

»Me vuelves a hacer preguntas sobre el Mesías, por el que estás más interesado que de costumbre. ¡Siempre lo estamos esperando! Los fariseos envían mensajeros a todos los lugares de Israel buscando a la Madre y al Divino Hijo, mientras que los mundanos saduceos se ríen de ellos. Los saduceos se llaman a sí mismos hombres pragmáticos, se burlan de lo que se enseña sobre el futuro y ridiculizan las profecías del Mesías. Prefieren la razón helenística y hacen detener sus doradas literas cuando algún rabino enfurecido, con los pies sucios de polvo, habla de Belén y del que nacerá allí de una Virgen Madre, la Azucena de Dios. Pero se detienen para burlarse y para mover la cabeza admirados de la credulidad de los pobres y los desamparados, que ansían por un Salvador que se llamará Emmanuel y que redimirá a su pueblo del pecado. Yo no me río como los saduceos. Cada noche paso un rato bajo la fría luz de la luna o mirando a las estrellas en la terraza de mi casa y pregunto a los cielos: ¿Ha nacido ya? ¿Dónde lo encontraremos?

»Te abrazo con toda mi alma, mi querido amigo, mi amado Cicerón. Si no nos volvemos a ver en esta vida, ten por seguro que nos encontraremos más allá de la tumba, donde la gloria parece cada día más inminente y que con toda seguridad brillará sobre el mundo como un nuevo sol».

Si Marco Tulio Cicerón, aun siendo cónsul de Roma, continuaba sintiendo desconfianza, recelos y dudas, su esposa Terencia estaba que no cabía en sí de gozo. Ahora era la primera dama de Roma. Su magnífica litera, llevada por cuatro enormes esclavos nubios espléndidamente ataviados, era reconocida en las calles y saludada. Su casa del Palatino estaba siempre atestada de distinguidas damas patricias que buscaban recomendaciones para sus ambiciosos maridos. Ella las atendía condescendientemente, prometiéndoles todo lo que pedían, presentando luego estas peticiones a su esposo con palabras y gestos de reina, como si le presentara regalos. No podía comprender que él frunciera el entrecejo y le contestara con impaciencia, que se sintiera fastidiado y que le dijera que si aquellas peticiones se basaban en méritos, ya las consideraría a su debido tiempo. Ella pensaba que su esposo era insulso y antipático. A menudo se preguntaba cómo había llegado a alcanzar tanta categoría no siendo más que un «hombre nuevo» que carecía de origen ilustre, un simple abogado que una vez había sido pretor de Roma y que no se rodeaba exclusivamente de la compañía de los poderosos. Y llegó a la extraordinaria conclusión de que Cicerón era cónsul sólo gracias a la misteriosa gracia de los méritos y virtudes propios de ella, que los dioses habían querido honrarla públicamente. Porque Cicerón no se merecía lo que habían puesto a sus pies, ya que no sabía aparecer con un aspecto esplendoroso y escribía libros y ensayos que por lo visto sólo habían leído unos pocos de sus amigos, siendo sus gustos sencillos aunque viviera en una gran mansión en el Palatino. A menudo iba a pie hasta el Foro o a su despacho, cosa que era de plebeyos.

Finalmente llegó a la conclusión de que él le debía todo a ella, porque ¿quién lo había estimulado para alcanzar los más altos cargos? ¿No había sido incansable en su insistencia y no era su familia muy distinguida? Su genio innato se manifestaba en el hecho de que hubiera conseguido para su hija un esposo de una de las mejores familias. Sin ella, Cicerón seguiría siendo un oscuro abogado dependiente de la buena voluntad e indulgencia de insignificantes magistrados. Cuando los amigos le decían: «Cicerón es muy querido por el pueblo y los senadores se inclinan ante él», ella sonreía de un modo misterioso y enarcaba las cejas como queriendo indicar que bien sabía por qué. Cuando Craso, César o Pompeyo besaban su mano y decían cumplidos de su esposo, declarando que se alegraban de que él fuera lo que era, estaba absolutamente convencida de que a quien realmente estaban dirigiendo los cumplidos era a ella, y que sus inclinaciones nacían de la admiración que les producía su carácter, su intrepidez, su valor y sus atributos.

Terencia, que nunca había sentido mucha simpatía por Tulia, dijo a su hija:

—La fortuna, los honores, gloria y adulación de que ahora gozamos se deben tan sólo a mis esfuerzos. No lo olvides nunca, hija mía, si alguna vez te da por sentirte orgullosa de tu padre.

Tulia, alarmada, empezó a creer que su madre se había vuelto loca, pero su esposo Pisón se reía cuando ella le comunicaba sus temores.

—Tu madre está hinchada de vanidad y se está volviendo vieja —contestaba él—. Déjala que se lo crea.

—Pero es que no siente más que desprecio por mi padre, que es el hombre más noble de Roma, y eso es imperdonable, esposo mío, y no acabo de comprenderlo.

—Ya se sabe —replicaba el joven Pisón— que los familiares de un hombre célebre creen siempre que es a ellos a quien debe su fama y que es un error y una injusticia que no sean ellos los que reciben los aplausos en su lugar. Porque ¿acaso no son ellos más misteriosos, sabios, juiciosos e inteligentes que el héroe?

Cicerón no hacía caso de la adulación ni de los honores públicos. Le fastidiaban y le hacían perder el tiempo, que él creía deber dedicar tan sólo a Dios y su país. «Lo que hoy goza de la fama, mañana es execrado y arrojado al polvo. Amo la ley y la justicia y trabajaré para ellas aunque me sienta fatigado y tenga el presentimiento de que ocurrirá un desastre. Me duelen hasta los huesos y las aclamaciones de mis seguidores me hacen estremecer. ¿Qué me ha ocurrido que he llegado a convencerme de que no hay nada de valor entre los hombres?»

Fue a consultar con los médicos y ninguno pudo comprender la enfermedad de su espíritu. Le decían con respetuosa indulgencia que no se rebajaría si aceptaba la adulación, ya que todos los políticos la desean. Si no, ¿por qué se afanaban tanto? Todos pensaban que la vida de Cicerón era inestimable.

–¿Acaso no lo envidian todos, señor? –le preguntaban.

–Yo no quiero que me envidien –contestaba.

Pero los otros se mostraban incrédulos y le daban pociones y pastillas, comentando luego que era muy afectado y que lo que quería era más honores y riquezas. Y así le crearon más enemigos, que murmuraban cosas de él diciendo que era un avaro ambicioso.

Mientras tanto, él iba trabajando de un modo prodigioso, dedicado a su país, a las leyes morales y a la virtud, y en ello hallaba alivio para el agudo dolor que sentía en el corazón como si fuera una enfermedad. Se complacía mucho en sus hijos, pero su esposa sólo era un fastidio y le hacía sentirse vejado. Empezó a sufrir dolores de cabeza en el momento en que regresaba a su casa, donde se sentía embargado por la fatiga. Ya se había cansado de Clodia, que de todos modos estaba ahora más interesada por Marco Antonio y su virilidad, porque aquel hombre joven la hacía sentirse a ella joven otra vez. Y Cicerón, en medio de la dureza de aquellos días y de sus tremendas responsabilidades, no volvió a sentirse atraído por otra mujer.

El segundo puesto como cónsul de Roma, después de Cicerón, había sido obtenido por Antonio Hybrida, un patricio de edad mediana, hombre rico, de gran estilo y presencia, que se convirtió así en su colega. Como muchos patricios ricos, sus modales, forma de pensar y género de vida eran sencillos y tolerantes. Detestaba a los hombres vehementes y ambiciosos y a los que se dejaban arrastrar por la pasión, excepto si eran patricios como él. No es que Antonio fuera arrogante u orgulloso, es que creía sinceramente que los dioses habían creado una minoría de hombres superiores a la mayoría y que, por lo tanto, esos pocos debían gobernar por derecho divino. Aceptando como indiscutible esta superioridad natural, no sentía envidia ni exageradas ambiciones. Era muy querido en Roma por su democrático trato con el pueblo, con el que nunca condescendía, ya que estaba seguro de que éste comprendía que los dioses lo habían creado a él para ser su dirigente y que honraban a los dioses en su persona. Por otra parte, era un hombre apuesto y tenía muchas virtudes públicas.

Pero como la mayoría de los individuos de su clase y posición social, era víctima de un fatal engaño: estaba convencido de que la mayoría de los seres humanos, si se le daba oportunidad, se elevaría a las alturas más nobles y desinteresadas, que el hombre era por naturaleza bueno y prefería la virtud al mal, que el corazón humano estaba inclinado a la nobleza y que sólo las circunstancias y el medio ambiente pervertían su corazón. Patricio o sirviente, rico o pobre, aclamado o desconocido, el hombre era la corona de la naturaleza según la filosofía de Antonio. Esta creencia le daba una expresión benévola, que le había atraído millares de partidarios, pues sus modales eran siempre amables y corteses. Respecto a Lucio Sergio Catilina, que era viejo conocido suyo y patricio como él, y del que había oído contar muchas cosas infames y horribles, él, con cierta indulgencia, tenía tendencia a creer que no sería tanto como se decía.

Algunos amigos de Antonio pensaban que su liberalidad tenía algo de infantil, aunque fuera conmovedora, pero ninguno la encontraba peligrosa, excepto Cicerón, que simpatizaba con él por su deseo de no hacer nada erróneo y su ansiedad por no ofender nunca a nadie. Cuando Antonio abrazó a Cicerón, generosa y sinceramente, con ocasión de su nombramiento por aclamación, hizo una breve pausa para decir:

—¡Qué triste debe sentirse Catilina, que ha quedado el tercero en la votación para el Consulado! Debe sentirse mortificado. Apresurémonos a ir a consolarlo.

A lo que Cicerón replicó todo lo desapasionadamente que pudo:

—¡Lo que me cuesta trabajo creer es que el pueblo de Roma le haya dado tantos votos como para quedar el tercero! Es algo odioso.

Cicerón se quedó mirando al campechano rostro de su colega, con sus vivos ojos, y movió la cabeza desalentado.

Educado en las virtudes republicanas, Cicerón se sentía a menudo confundido ante Antonio. Éste se mostraba de acuerdo con él en que el presupuesto debía ser equilibrado, el Tesoro saneado y la deuda pública reducida. Que la arrogancia de los generales debería ser temperada y controlada y que la ayuda a los países extranjeros se redujera, so pena de que Roma fuera a la bancarrota, que se debía obligar a la plebe a trabajar y a no depender del gobierno para su subsistencia y que la prudencia y la frugalidad se pusiera en práctica lo antes posible. Pero cuando Cicerón empezaba a hacer números y a trazar planes que permitirían cumplir todas estas cosas, gracias a la austeridad, la disciplina y el sentido común, Antonio se sentía inquieto.

—Pero si hacemos esto o aquello causaremos dificultades a tal o cual clase —dijo Antonio—. El pueblo está acostumbrado al despilfarro en las exhibiciones en circos y teatros, a las loterías y los repartos gratuitos de carne y grano cuando siente necesidad y a albergue cuando se encuentra sin casa porque una parte de la ciudad se esté reconstruyendo. ¿Acaso el bienestar de nuestro pueblo no es nuestro supremo objetivo?

—Pues poco bienestar va a tener nuestro pueblo si vamos a la bancarrota —repuso Cicerón ceñudo—. Sólo podremos ser de nuevo solventes y fuertes si aceptamos privaciones y gastamos lo menos posible hasta que la deuda esté pagada y el Tesoro saneado.

–Pero ninguna persona que tenga corazón puede privar al pueblo de lo que ha estado recibiendo del gobierno durante muchas décadas, y que espera que le vuelvan a dar. Si no, sufriría terribles dificultades.

–Es preferible que tengamos que apretarnos los cinturones a que Roma caiga –replicó Cicerón.

Antonio se sintió aún más inquieto. Para él estaba claro que el pueblo debía tener todo lo que deseaba, porque ¿acaso no eran los romanos los ciudadanos de la nación más poderosa y rica, envidia de los otros pueblos? Pero los números y datos de Cicerón eran inexorables. Entonces a Antonio se le ocurrió la genial idea de aumentar los impuestos, para poder llenar así el Tesoro y poder continuar con el despilfarro de los gastos públicos.

–A mí no me importaría pagar más impuestos –declaró con tal sinceridad que Cicerón lanzó un suspiro.

–Pero hay centenares de millares de honestos ciudadanos de Roma que trabajan y encuentran ya insoportable el peso de los impuestos –replicó Cicerón–. Un poco más de carga en el lomo del caballo y éste se desplomará. Entonces ¿quién va a llevar a Roma a cuestas?

La mente de Antonio, o al menos aquella parte que no estaba totalmente sofocada por aquella buena voluntad ciega y sorda, se daba cuenta de lo razonable de estos argumentos. A él le gustaba la vida agradable y no comprendía por qué no todos los hombres habían de disfrutarla. Los libros de contabilidad le hacían fruncir el entrecejo y no cesaba de suspirar.

–¿Cómo hemos llegado a esta situación? –preguntó.

–Por las extravagancias. Por la compra de votos a los mendigos y vagabundos. Por adular a la plebe. Por nuestras tentativas de elevar naciones perezosas al mismo nivel de vida que Roma, derramando sobre ellas nuestra riqueza. Por aventuras exteriores. Por las excesivas concesiones a los generales, de modo que éstos pudieran aumentar sus legiones y sus honores. Por las guerras. Por creer que nuestros recursos eran infinitos.

Antonio recordó entonces que tenía una cita concertada en su librería favorita, donde se iba a poner a la venta un manuscrito que se decía original de Aristóteles, y colocándose su blanquísima toga se apresuró a marcharse, dejando a Cicerón ocupado en resolver lo irresoluble. Cicerón comprendía que su colega había quedado en segundo lugar en las votaciones debido a su afabilidad y a su preocupación y amor por el pueblo de Roma. Pero Antonio, que jamás se había encarado con los hechos, ahora tenía que afrontarlos, y los hechos eran para los idealistas como terribles Gorgonas y siempre esperaban que se convirtieran en piedras o que ocurriera otro milagro.

–Dos y dos son cuatro –decía Cicerón en voz alta–, y eso es irrefutable, pero los hombres como mi querido Antonio creen que por alguna taumaturgia misteriosa y oculta, dos y dos pueden llegar a ser veinte.

Como es natural, aquella noche no estaba presente en la elegante villa de Antonio cuando Lucio Sergio Catilina se presentó a visitar a tan ilustre patricio.

Capítulo

52

Antonio se sintió encantado de recibir a Catilina, al que admiraba por su apostura, que los años no habían logrado estropear, y porque era un intelectual muy divertido que hacía que hasta una frase malsonante resultara festiva y sofisticada. Catilina no te aburría con números y libros de contabilidad. Sus modales eran de gran señor y hablaba en el tono que a Antonio resultaba más familiar. Además, podías estar seguro de que no te iba a hablar de la escasez de dinero (los patricios desdeñaban el dinero), a diferencia de Cicerón, que siempre estaba refiriéndose a tan sórdido tema. Antonio se dispuso a pasar una velada agradable. Ambos se sentaron en la biblioteca de éste (al final no había comprado el manuscrito de Aristóteles, adivinando que se trataba de una falsificación), y bebieron vino y comieron frutas y dulces, haciendo comentarios sobre el reinante frío invernal, contándose chistes, riendo y comentando los últimos chismes que corrían por la ciudad. Antonio disfrutaba con todo esto, pues le gustaba pensar que la vida sería mucho más feliz si los hombres dejaran de preocuparse por la contabilidad y la economía, uno de los tópicos de conversación más propicios a causar desánimo.

Hasta al cabo de un rato, Antonio no se dio cuenta de la terrible fijeza e intensidad que mostraban los magníficos ojos azules de Catilina y que todo el poder de su personalidad había empezado a centrarse en él. Catilina estaba inusualmente pálido, en su boca había una sombra azulada y las ventanas de su nariz aparecían blanquecinas y distendidas por la tensión. Antonio, siempre solícito, le preguntó:

–¿Te encuentras bien, Lucio?

–Muy bien, gracias. No creas que estoy apesadumbrado por no haber podido convertirme en cónsul de Roma. –Hizo una pausa.– Y a ti, ¿qué tal te va con el obeso de Cicerón, el Garbanzo, el tío antipático y avaricioso que muerde cada moneda antes de gastarla, tanto si es suya como del Tesoro?

Su voz estaba tan cargada de odio y malignidad que Antonio se sintió inquieto. Sabía que a Catilina no le era simpático Cicerón y que lo despreciaba como a todos los «hombres nuevos». Tampoco ignoraba que Catilina había deseado ardientemente ser nombrado cónsul a pesar de la oposición (que a Antonio resultaba extraña) de sus supuestos amigos. Pero el colega de Cicerón era incapaz de sentir el odio frío y violento y tampoco lo comprendía en los demás. Y sonrió, aunque incómodo.

—Cicerón es un hombre muy realista —replicó—. Me dejó sorprendidísimo cuando me descubrió el estado de insolvencia en que se halla nuestro Tesoro y las graves circunstancias por las que atravesamos. Yo no hago más que decir a Marco que las cosas ya mejorarán y que nuestra nación es sana y rica. Pero él no se muestra optimista.

—El Garbanzo es un tipo vulgar —dijo Catilina con una voz aguda pero dura como el hierro—. Ya lo habrás visto por ti mismo. Destruirá Roma porque desconoce por completo su espíritu y su vitalidad y no quiere ver que vivimos tiempos de grandes cambios, que presentan grandes oportunidades para los hombres inteligentes que saben verlas. Si estuviera en su mano, nos haría volver a los tiempos pobres y atrasados de Cincinato y haría que, como éste, tuviéramos que empujar un arado, olvidando que ahora somos una nación urbana y poderosa rodeada de mil problemas que no pueden ser resueltos con palabras huecas.

Antonio se sintió aún más inquieto.

—Pero no se puede negar que existen esos problemas. Lo he visto con mis propios ojos.

—No hay nada que no pueda ser arreglado —contestó Catilina, y de repente se levantó para cerrar la puerta de bronce de la biblioteca. Volvió a llenar su cubilete de vino y luego se quedó de pie en silencio, mirando fijamente al vino, sus manos, cuello, muñecas y antebrazos refulgiendo de joyas y su oscuro y áspero cabello agrisado por las canas. Su perfil seguía teniendo la nobleza de un dios y, mientras permanecía meditabundo, parecía una reluciente estatua. De repente dijo a Antonio—: Aunque trates de eludir los hechos, no eres un loco. Yo tengo un modo de salvar a Roma. Un modo heroico, el modo de los hombres valientes, el modo de un patricio, el modo de un hombre que conoce a su país y al pueblo que lo habita, cosas que el Garbanzo ignora completamente. —Volvió sus ojos llameantes hacia Antonio, que lo estaba mirando.— ¿Tú eres valiente, Antonio? ¿Eres audaz, viril y aristocrático? Te conozco desde que eras niño y creo que lo eres. ¿Me oyes bien? El Garbanzo tiene razón en una cosa: Roma está a punto de ser destruida.

Antonio se irguió en su silla de ébano esculpido como si hubiera recibido un golpe en la cara. Sus ojos castaño claro se quedaron fijos en los de Catilina, que le parecieron como relámpagos azules.

—He dicho que Roma está a punto de ser destruida —repitió Catilina.

Antonio se mostró incrédulo. Las luces de las lámparas que había sobre las mesitas de teca y de limonero se agitaron ante un leve soplo de brisa. Los colores de las alfombras persas parecieron entremezclarse. El brasero quemaba carbones encendidos. Los libros relucían en los estantes y las figuritas aparecían iluminadas. Había un aroma de rosas en el ambiente. Antonio miró aturdido en torno suyo, no creyendo aún en lo que acababa de oír, volviéndose de nuevo hacia Catilina, con una sonrisa implorante, como suplicando que retirara tan amenazadoras palabras.

—Es cierto que el Tesoro está casi vacío —dijo—, pero puede ser llenado de nuevo si pensamos en el asunto como es debido.

—No estaba hablando del Tesoro —dijo Catilina—, sino del mismo pueblo romano que destruirá Roma cualquier día de éstos.

—¿Esos de quienes habla Cicerón, esa plebe que no quiere trabajar y depende del soborno, los regalos y favores del gobierno?

—¡Ah! ¡Ya veo que el Garbanzo sigue odiando al pueblo! ¿Verdad? No tiene compasión con los pobres y desheredados, los desamparados, los enfermos, los explotados, los sin hogar, los infortunados y míseros que viven desesperados. ¿Qué culpa tienen ellos de ser así?

Catilina sabía que Antonio era un idealista, y era a ese idealista al que estaba hablando, aunque en el fondo lo despreciara.

—Yo no creo que Cicerón sea implacable y odie de ese modo al pueblo —respondió Antonio—. Lo único que desea es que se deroguen las leyes que favorecen a los vagabundos, perezosos y mendigos, que no quieren trabajar y aspiran a seguir viviendo a costa del Estado gracias a los contribuyentes. Quiere aliviar la carga que ahora pesa sobre los industriosos y trabajadores, gente que tiene amor propio. —Hizo una pausa.— Sé muy bien, Lucio, que siempre te has preocupado por los pobres y has deseado mejorar su suerte, cosa que te honra. Pero hay mucha gente que no tiene honor, orgullo, disciplina ni patriotismo... —Se quedó asombrado ante sus propias palabras.

Catilina se sentó.

—Ya veo que el Garbanzo te ha corrompido, querido amigo —dijo.

Antonio, confundido, negó con la cabeza.

—No, no es cierto. Cicerón siempre está hablando de esas cosas, pero no me ha convencido hasta el punto de que adopte sus puntos de vista.

Catilina no sólo despreciaba a su amigo, sino que lo odiaba. Pero al responderle usó su tono más suave, con una voz melodiosa, como si hablara al ser más querido:

—No me has comprendido bien, carísimo. Los que destruirán Roma serán los «hombres nuevos», los mercaderes, banqueros y negociantes, los fabricantes, prestamistas y toda esa gentuza que roba al pobre pueblo y explota a los trabajadores. Dirigidos por senadores avariciosos, todos ellos han tramado una conspiración contra nuestra nación y a ellos se han unido incluso gentes de nuestra clase, que aman más al dinero que a su propio país. ¡Los conozco muy bien! Conozco a César, Craso, Clodio y Pompeyo, que sienten ambiciones no por servir a Roma, sino por obtener botín y poder. ¿Y en qué acabará todo? En el caos, en la infamia, la destrucción y la decadencia. En la caída de Roma. Es inevitable, a menos que nosotros nos adelantemos, los echemos del poder y restauremos la República con todo su orgullo, fuerza y virtud.

Esperó y luego preguntó:

—¿Conoces a Manlio?

Catilina conocía el magnetismo de su voz y la fuerza de su encanto. Vio que Antonio lo miraba como alucinado y pensó con satisfacción que lo había seducido como el canto de una sirena. No sabía que a Antonio sus palabras y su voz le habían sonado como el estruendo de un terremoto, como si se hubieran desplomado montañas y de un abismo surgieran formas horribles ante su mirada aterrorizada. Era como si se hubiera despertado sobresaltado de un sueño, agarrado por la mano de Zeus, y que a la horrenda luz de aquel sobresalto estuviera viendo un paisaje desconocido.

Antonio cerró los ojos, porque para un idealista es un espectáculo tremendo ver el mundo tal cual es y no el jardín placentero que creía que era, poblado con hombres de innata nobleza, hombres razonables que preferían la bondad al mal, hombres civilizados preocupados por el destino de sus semejantes, luchando en todo momento por la justicia.

Todo lo que había oído decir de Catilina sin creerlo lo evocó en su mente como si se lo estuvieran repitiendo cien voces estruendosas, y se dijo a sí mismo: Es cierto. Es completamente cierto.

Y respondió con voz débil:

—Sí, conozco a Manlio.

—Manlio es un antiguo general —dijo Catilina, ahora con una voz más cálida, profunda y vibrante—, uno de los héroes de Sila, un hombre que dio todo por su país y que es muy querido entre los veteranos de las legiones. Manlio rogó a Cicerón que se prestara asistencia a los veteranos ancianos y que se les aumentaran sus exiguas pensiones. Cicerón se negó. No es de extrañar, ya que él no es ningún héroe militar, sino un pálido habitante de ciudad sin coraje ni bravura. ¿Es que no les debemos nada a generales como Manlio y a sus legionarios? ¿Vamos a dejar que se mueran de hambre, obligándolos a venderse como esclavos para poder tener cobijo y alimento? Cicerón permitiría esto, pues ese traidor es muy ambicioso y codicioso, conocido por todos por su avaricia.

Antonio fingió sentirse conmovido y contestó obligándose a sostenerle la mirada:

–Cicerón se ha mostrado amable con los veteranos de muchas guerras, con los enfermos e imposibilitados, y aumentó generosamente sus asignaciones. Lo único que quiere es que los jóvenes y sanos se mantengan por sí mismos con su propio trabajo para que nuestro país no vaya a la ruina.

–¡Ah! –exclamó Catilina, golpeándose en la rodilla con su puño enjoyado–. ¡Miente! Podría citarte el caso de decenas de miles de veteranos que se hallan desesperados en este mismo momento, viejos, cansados, infortunados sin tierras que no pueden hallar empleo porque se pasaron lo mejor de su vida sirviendo a su país. Podría hablarte de sus lágrimas, su desamparo y sus amargas quejas contra los que los han abandonado.

–¡Oh! –murmuró Antonio en tono compasivo–. Yo no he visto tales veteranos. ¿Dónde están? ¿En qué sitio se reúnen? Me gustaría saberlo para dirigirme a ellos y decirles palabras de esperanza.

Catilina guardó silencio, pero sus puños siguieron sobre sus rodillas. Sus ojos centellearon como fuego azul sobre Antonio, cuya ingenua expresión era más ingenua que nunca. Entonces Catilina, suponiendo que aquel imbécil había hablado sin doblez, le contestó:

–Están con Manlio en Etruria, donde él les da lo que puede, aunque es poco, ya que no cuenta con grandes recursos.

Antonio recordó vagos rumores, a los que no había hecho caso, de que el general Manlio había reunido a miles de mercenarios que se habían alistado en las legiones por la paga y buscando una oportunidad de botín y de hacer pequeñas fortunas.

–¿Y por qué no se presenta Manlio ante Cicerón y el Senado y pide ayuda para sus hombres? –preguntó.

–¿Acaso no lo hizo ya? –repuso Catilina–. ¿No pidió que, de acuerdo con los términos de la nueva *lex agraria* propuesta, se diera a los antiguos veteranos parcelas de las tierras públicas para que las cultivasen? Recordarás que yo mismo hablé al Senado en apoyo de la reforma agraria. ¿Y quién se opuso a tal ley haciendo que los senadores y los tribunos votaran contra ella? ¡Tu colega Cicerón!

–Cicerón se opuso a ella no porque fuera contrario al reparto de tierras, sino porque otorgaba demasiado poder al gobierno –replicó Antonio mirando de un modo suplicante e interrogativo al excitado Catilina–. Ya recordarás que dijo: «Al estudiar esta ley encuentro que no está destinada más que a la creación de diez "reyes" que, con el nombre y bajo el pretexto de la ley agraria, se convertirán en los amos del tesoro público, los ingresos, las provincias, toda la República, los reinos, las naciones libres..., en resumen, de todo el mundo. Yo os aseguro, hombres de Roma, que con esta ley tan plausible y popular, nada se os concede a vosotros, pues todo es concedido a unos pocos. Para guardar las apariencias se conceden unas pocas tierras a algunos romanos y a los veteranos, pero de hecho son privados de su libertad; en cambio, se aumenta la riqueza de algunos particulares, a los que esta ley daría grandes poderes, pero la riqueza pública resulta menguada. En resumen, que gracias al gobierno a los tribunos del pueblo, que nuestros antepasados quisieron que fueran los protectores y guardianes de la libertad, unos reyes insignificantes sin control alguno van a ser establecidos en el Estado».[1]

Catilina echó hacia atrás su magnífica cabeza y rió a carcajadas. Antonio añadió:

—Se iban a conceder tierras no sólo a los veteranos, sino también a la plebe de Roma, que, según Cicerón, no quería más que aprovecharse de la ganga y revender las tierras a precios más altos.

—Si eso fuera cierto, y no lo es, ¿quién tiene más derechos que los romanos para usar esas tierras como quieran? ¿No han trabajado y luchado por ellas? ¿Quién es el Garbanzo para oponerse a una ley agraria que garantiza al pueblo lo que es suyo, sus derechos civiles?

Antonio movió la cabeza como tristemente convencido, fingiendo sentir inquietud y confusión, pero para sus adentros se dijo: ¿Cómo es que no había comprendido antes ni creído que existieran estos enemigos de mi país, sonriendo incrédulo cuando Cicerón hablaba de ellos?

—¡Te digo —gritó Catilina— que sólo por esto Cicerón se halla en peligro de ser asesinado a manos de los mismos ciudadanos que lo eligieron!

—¡Oh, no lo creo! —murmuró Antonio—. Me parece que el pueblo comprenderá por qué motivos se opuso a aquella ley. Ya recordarás que Cicerón, al oponerse a la *lex agraria*, dijo que aquellos «reyezuelos» podrían rodearse legalmente de séquitos y mesnadas para imponer la ley de modo que acabarían aterrorizando al populacho y suprimiendo sus libertades. Incluso el Senado y todos aquellos que favorecían la ley se echaron a reír a carcajadas cuando Cicerón mencionó la ridícula posibilidad de que Rulo pidiera el apoyo militar de Pompeyo el Magno y sus fuerzas, ¡para poder vender las tierras que el propio Pompeyo había ganado con su propia espada! Y Cicerón añadió: «Cuando el derecho civil invade los dominios de los derechos del pueblo, entonces se convierte en un derecho especial para una clase especial».

En su propia exaltación, Catilina pensó que estaba convenciendo al otro. Gracias a los dioses era más fácil convencer a un infeliz buen hombre que no a un pillo.

---

[1] Tomado del historiador Salustio.

—Cicerón olvida que los tiempos cambian —dijo—, que una nación tiene siempre que enfrentarse con situaciones nuevas y con cambios, y que lo que fue excelente para nuestros antepasados resulta hoy anacrónico.[2]

—Pues Cicerón afirma —observó Antonio— que la naturaleza del hombre no cambia aunque cambien las circunstancias exteriores y que, por lo tanto, lo que fue verdad ayer, lo es hoy y lo será mañana.

—¡Hablas como un plebeyo! —le reprochó Catilina—. Pero nosotros los patricios sabemos que es falso que no haya cambios en la naturaleza del hombre. Al contrario, las leyes pueden moldearla y manipularla fácilmente. El romano de hoy no es el de ayer. Los antiguos romanos declaraban que el que no trabajara no tenía derecho a comer. Pero nosotros conocemos mejor nuestros deberes públicos en estos tiempos y somos compasivos, y no vamos a dejar que un hombre se muera de hambre porque no encuentre empleo o si el empleo que le ofrecen no le gusta. ¿No tiene derecho un hombre a rechazar el trabajo que no le interese o si le pagan salarios insuficientes?

Ayer, pensó el alarmado Antonio, yo me habría mostrado de acuerdo con él de todo corazón y con el mayor entusiasmo.

—¿Entonces es que la plebe de Roma ha hecho causa común con los mercenarios..., quiero decir, los veteranos de Manlio? —preguntó.

Catilina se lo quedó mirando de nuevo, tratando de discernir si actuaba con duplicidad, pero no vio nada sospechoso en su abierta franqueza y en el ávido brillo de sus ojos. Y dijo serenamente y con cierto énfasis:

—Sí, el pueblo de Roma hace causa común con los veteranos. Lo mismo que los miserables gladiadores, los actores hambrientos y los intelectuales que aman al pueblo y están irritados por las ofensas que les han hecho. Y los artistas, los ensayistas, todos los que sienten una responsabilidad con respecto al bien común, entre los que hay que incluir a muchos senadores y tribunos del pueblo, así como a los libertos, a los que no se permite olvidar que sus antepasados eran esclavos o siervos.

Catilina se levantó y empezó a pasearse la biblioteca, como embargado por una insoportable agitación a causa de la pena y una noble rabia. Su rostro mostró emoción e ira. Alzó su puño derecho y lo sacudió violentamente.

—¿Y qué he de hacer yo, que amo al pueblo y lloro sus penurias? ¿A qué dioses puedo implorar?

Antonio, bajando los hombros, dijo en tono apenado:

—Sí, ¿qué podríamos hacer?

Catilina se dejó caer en una silla, se inclinó hacia su anfitrión y le habló en voz baja:

---

[2] De un discurso de Catilina ante el Senado.

–Tú y yo, Antonio, deberíamos ser los cónsules de Roma. Tú el primer cónsul y yo tu colega. El Garbanzo no ganó de modo honrado. Ganó seduciendo a la gente con su oratoria. ¿Es ése el modo de actuar de un verdadero romano? ¿No merecen una reparación tantas ofensas?

Antonio fingió interés:

–¿Tú crees que yo debería ser el cónsul de Roma, Lucio?

Catilina sonrió de un modo sombrío.

–Claro que lo creo. Y yo tu colega, en el nombre de Roma. –Hizo una pausa y luego prosiguió–: Pensemos los dos. En los momentos desesperados se requieren soluciones desesperadas.

Julio César dijo a Craso, Clodio y Pompeyo:

–Así que esta noche fue a visitar a Antonio, según nuestros espías, y salió de allí muy contento. No hay duda de que irá inmediatamente a ver a Manlio. ¡Qué loco es ese Antonio! ¿Le habrá asignado Catilina la tarea de asesinar a Cicerón en nombre de Roma?

–Sin ninguna duda –dijo Craso, masticando meditabundo un higo y escuchando el aullar del primer vendaval del invierno al otro lado de la ventana–. A un estúpido se le puede convencer de que haga cualquier cosa, sobre todo si es un ser que se deja llevar fácilmente por las emociones, y todo el mundo sabe que Antonio es muy impresionable. Pudo haber sido hermano de los Gracos.

–Deberíamos haber enfriado un poco a Catilina, aunque en su locura nos haya rechazado –dijo Julio–, pero ya estoy harto de él. Pensé que hasta la plebe se daría cuenta de que está chiflado. Parece que me equivoqué.

–El político que promete puede estar seguro siempre de contar con entusiastas seguidores –comentó Clodio–. Cierto que Catilina está loco, pero esa misma locura atrae a la gentuza irresponsable. ¿No se ha dicho que, aunque el hombre es un ser racional, si se juntan varios dejan de serlo? ¿Qué podemos hacer para proteger a Cicerón, ese orador de la toga blanca?

–Debe ser protegido a toda costa –dijo Julio–. Catilina está preparado para soltar sus criminales contra Roma. Y actúa sin contar con nosotros. Hasta ahora lo habíamos podido contener, pero ya no podremos gracias a nuestro estúpido Antonio.

–Sugiero que Catilina sea asesinado –dijo Clodio, rellenando perezosamente su cubilete.

–Y ¿cómo? –preguntó Craso–. Siempre va rodeado de guardias que le protegen incluso cuando duerme. Si lo asesinamos, o bastaría con que lo intentáramos, la canalla se alzaría contra nosotros y sería nuestro final.

Julio jugueteó con sus anillos.

–Nos enfrentamos a un dilema peliagudo. Si advertimos a Cicerón, éste volvería a hablar de «conspiraciones». Si callamos, rechazará la guardia. No se fía de nosotros.

–Es extraño –dijo Pompeyo.

Sus amigos se echaron a reír.

Aquella risa les proporcionó un momento de alivio. Pero todos sabían que debían actuar enseguida. Sin embargo, aquello era un verdadero rompecabezas, pues no sabían cómo empezar. Por un lado tenían a Cicerón, que no se fiaría de ellos; por el otro, a Catilina y a aquel incauto de Antonio, que creería todo si le era dicho en frases solemnes y fingiendo rectitud.

Cuando estaban más ocupados con tan grave discusión, entró en el comedor un sirviente de Craso para anunciar que un misterioso personaje encapuchado rogaba ser admitido para hablar con el dictador en privado. Craso se dirigió al atrio, mientras sus invitados se miraban frunciendo el entrecejo.

Cuando Craso apareció en el columnado atrio de fuentes cantarinas, el visitante se quitó la capucha. Era Antonio Hybrida, al que conocía desde niño. Lo abrazó y exclamó:

–¡Mi querido amigo! ¡Qué alegría verte! Tengo invitados. Ven a reunirte con ellos.

Pero Antonio, que parecía muy agitado, lo tomó por un brazo y preguntó:

–¿Quiénes son esos huéspedes, Licinio?

Los ojos de Craso lo miraron con un brillo de granito.

–César, Clodio y Pompeyo –dijo lentamente.

–¿No está Catilina?

–No.

–Pensé que habías roto con Pompeyo, Licinio.

Craso sonrió, pero siguió mirándolo fijamente.

–Fue una pelea sin consecuencias. Ya está cicatrizada la herida. Pero ¿por qué te interesa eso ahora?

–Hace tiempo oí que tú, César, Catilina, Pompeyo, Clodio, Curio, Pisón y Sitto Nucerino, con otros muchos, conspirasteis para asesinar a Cicerón, haceros con el poder y declararos amos del mundo. Era cuando Cicerón ocupaba el cargo de pretor de Roma. ¡Licinio, júrame que eso era falso!

Craso puso su mano sobre los dedos que le oprimían el brazo y alzó el rostro enarcando las cejas.

–No sé nada de tal conspiración, amigo mío. ¿Es que Cicerón te ha hablado de tan ridícula calumnia?

–Entonces ¿no es verdad? –Aquellos suaves ojos castaños, ahora tensos y ansiosos, miraron a los grises y sombríos del viejo amigo de su padre.

–No es verdad –confirmó Craso hablando lentamente y con énfasis–. ¿Es que Cicerón se ha tomado en serio esa calumnia?

Antonio lanzó un suspiro y apartó su mano.

–Pido a los dioses que no me estés mintiendo, Licinio, porque la suerte de Roma depende de que me hayas dicho la verdad.

Craso habló con calma, pero el brillo fue más profundo en sus pupilas.

–Puedes estar seguro de que te he dicho la verdad, Antonio. ¿Qué es lo que deseas confiarme?

Antonio vaciló y su palidez fue coloreada por un repentino sonrojo en sus mejillas.

–Tú sabes que siempre he sido poco amigo de ir con cuentos a nadie. Siempre creí que todos los de mi clase eran buenas personas. Nunca imaginé que existieran villanos, excepto en los mitos y la historia. Prefería pensar bien de los demás. No soy un hombre excitable, Licinio, ni dado a fantasías o alarmas mujeriles; tampoco veo enemigos donde los otros ven sombras. Sin embargo, esta noche me han hablado de algo... extraño. –Se interrumpió.

Craso mantuvo la calma.

–¿Qué cosa extraña? –preguntó.

Antonio se ruborizó aún más, como si estuviera a la vez avergonzado y aturdido.

–No debes reírte de mí, Licinio. Sin embargo, preferiría que te echaras a reír, tranquilizándome de ese modo. –De nuevo se quedó en silencio.

Craso lo tomó por un brazo.

–Se trata de Catilina, ¿verdad?

Antonio palideció de nuevo, poniéndose más blanco que antes.

–Sí, se trata de Catilina, pero ¿cómo lo sabes?

Craso lo condujo fuera del atrio.

–Lo que tienes que decir, debes decirlo ante César, Pompeyo y Clodio. Estábamos hablando de Catilina cuando tú llegaste.

–¡Dioses! –exclamó Antonio desesperado, tratando de separarse, sin conseguirlo, del brazo que le agarraba–. Entonces no me he asustado en vano. ¿Por qué pones esa cara, Licinio?

Craso lo obligó a ir hasta el comedor y tres rostros se volvieron para mirarlo desde la mesa sin que nadie se levantara o hablara. Craso cerró la gran puerta de bronce y corrió el pestillo. En el silencio se oía su respiración, pero enseguida se recobró y anunció:

–Nuestro amigo, Antonio Hybrida, colega de Cicerón, tiene algo que confiarnos. Oigámosle con la más profunda atención.

Antonio los miró uno a uno, asustado. Trató de sonreír. Por un instante lamentó que estuviera presente Pompeyo el Magno, que era plebeyo y que iba a oír lo que él tenía que decir contra un patricio: Lucio Sergio Catilina. Craso permaneció a su lado, temiendo que Antonio se desmayara, así que dijo a Julio:

–Sírvele vino a Antonio.

Julio lo hizo y él mismo le acercó el cubilete a los labios. Antonio cerró los ojos y bebió. Luego los abrió y se quedó mirando a César, el bromista de siempre, que quizá se burlaba de él ahora, aunque no fuera más que para animarle y hacer perder el temor. Pero César lo estaba mirando muy serio y sus ojos vivaces eran tan brillantes y conminatorios como puntas de daga.

–Habla, Antonio –le dijo Craso en tono imperioso.

Antonio se humedeció los labios. De nuevo los miró de uno en uno, desde el rostro pétreo de Craso hasta los ojos de César, desde las anchas e impasibles facciones de Pompeyo hasta el sombrío rostro del joven Clodio. Trató de hablar y no pudo. Volvió a intentarlo. Se daba cuenta del profundo silencio que reinaba en aquella espléndida habitación y del aroma de las viandas y el vino. Haciendo un gran esfuerzo, balbuceó:

–Se trata... de... Catilina. Vino a verme esta noche y hace poco más de una hora que se marchó. Me contó una historia muy extraña y me ha pedido una cosa muy rara. Es imposible de creer. –Se interrumpió y se volvió hacia Craso, quien dijo:

–De Catilina no hay nada imposible de creer. Habla, Antonio.

Así que con voz débil Antonio contó todo lo que sabía a los cuatro hombres, que ni por un instante apartaron de él su mirada, ni replicaron nada ni hicieron el menor gesto.

–Esta historia es una pura chifladura –concluyó Antonio–; sólo puedo creer y esperar que Catilina estuviese borracho esta noche.

César, Clodio y Pompeyo no contestaron nada. Se limitaron a mirar fijamente a Craso. Y Antonio prosiguió:

–Debéis decirme no sólo que esta historia no es verdad, sino que a Catilina se le ha trastornado el juicio.

Craso lo condujo hasta una silla. Luego se inclinó hacia él y le dijo:

–Es cierto. Catilina se ha vuelto loco, pero lo que te ha contado es verdad. Y no te ha contado todo, mi pobre Antonio. Te ha dicho que están de su parte las mejores gentes de Roma, muchos senadores y patricios que lamentan la desgracia de Roma y la suerte de los desdichados. Cierto que hay senadores y patricios que son partidarios suyos, pero no son los mejores: son traidores a su propio país. Catilina les ha prometido la condonación de sus deudas, deudas en las que han incurrido por el derroche y las extravagancias, arruinando así a sus familias.

»Y como él mismo te ha dicho, tiene a su lado a los mercenarios de Roma, que no están satisfechos con el botín que se les permitió obtener y que gritan pidiendo más. Muy pocos de ellos son verdaderamente romanos; muchos son de Etruria, de familias pobres y amargadas por la mala suerte y que quieren vengarse de los dioses y los hombres. Y los que son realmente romanos, en general son antiguos veteranos de Sila que ya se han gastado las donaciones que recibieron generosamente y que esperan vivir el resto de su vida a costa de los demás. Catilina ha mentido al decirte que son "patriotas veteranos tratados injustamente".

»Cuando ha tratado de conmover tu sensible corazón con esa historia de las "multitudes oprimidas de Roma", ¿te ha dicho quiénes son esas multitudes? ¡No! En su mayoría son asiáticos o de una docena de naciones: criminales, aventureros, gladiadores, pugilistas, piratas, bandidos, la escoria de todas las cloacas del mundo que vino a Roma con la esperanza de la rapiña y de amasar rápidamente una fortuna, o porque fueron expulsados de sus propios países o tuvieron que huir buscando refugio entre nuestros muros. Son peor que los perros y los cerdos, mendigos y vagabundos, ladrones y viciosos. Muchos de ellos son esclavos fugitivos o libertos de baja categoría.

»Y luego hay aquellos que, siendo de nuestra propia clase, no se contentan con los honores debidos a su nacimiento, posición social y riqueza, sino que aspiran a hacerse con el poder. Se han puesto de parte de Catilina porque éste les ha ofrecido hacer realidad sus sueños. Conocemos sus nombres y los mantenemos bajo control. ¡A los que no podemos controlar es a los otros!

Antonio alzó las manos y luego las dejó caer desesperado.

—¿Sabías todo eso y no has hecho nada? —preguntó.

—Lo sabíamos —Craso recorrió con sus ojos grises, mirando por encima del hombro, los rostros de los tres hombres sentados a la mesa—, pero durante mucho tiempo no hemos podido hacer nada contra Catilina, aun sabiendo que estaba loco, pues temíamos su locura y no subestimamos el poder que tiene sobre los que ya he mencionado. Esperábamos que perdiera a sus seguidores y que su creciente locura acabara con él. Entonces lo habríamos hecho asesinar discretamente.

Antonio se lo quedó mirando horrorizado.

—¿Asesinar? ¿Tú habrías ordenado eso, Craso, triunviro de Roma y hombre amante de las leyes? ¿Hablas de asesinato como si fuera algo sin importancia?

Julio César se llevó las manos a la boca para contener las ganas de reírse de este hombre ingenuo, tan ignorante de lo que ocurría en Roma que se había negado a creer hasta los rumores que más se aproximaban a la verdad. La cara de Pompeyo no expresó nada y Clodio apretó los labios para evitar una cínica sonrisa.

—¿Tan malo es matar a un traidor, a un loco, a un hombre capaz de destruir su propio país?

—Mi querido Licinio —contestó Antonio con voz débil—, nadie debe tomarse la justicia por su mano y tú lo debes saber muy bien.

—Claro que lo sé —repuso Craso muy serio—, pero estamos en unas circunstancias gravísimas, aunque parece que tú no te has dado cuenta, mi querido amigo. Estamos en estado de guerra y ya hemos perdido bastante el tiempo. Sí, ya estábamos enterados de las conspiraciones de Catilina, pero había una cosa que no sabíamos: la fecha en que pensaba dar el golpe. Y ahora tú acabas de decírnosla. Por ello Roma te estará agradecida y reverenciará tu nombre.

»Te has preguntado por qué acudió a ti, siendo como eres colega de Cicerón. En su negro y depravado corazón él creyó que como tú quedaste el segundo en la votación, después de Cicerón, estarías resentido, tal como él lo está. ¿Quién no desea ser cónsul de Roma, el cargo más importante del país? Por lo tanto, razonó Catilina, el odio no debe dejarle dormir. Eres un patricio, como él, y supuso que te sería imposible soportar a Cicerón. Por eso... —vaciló deliberadamente y clavó su mirada penetrante en Antonio— creyó poder engañarte con la promesa de hacer de ti el nuevo cónsul de Roma. Está convencido de que eres tan vil como él.

Antonio se tapó la cara con las manos como para no ver algo que le resultara insoportable. Craso miró de nuevo a los tres hombres sentados a la mesa e hizo una mueca dura con la boca. Luego prosiguió:

—Nos has hablado del complot que ha tramado contra la vida de Cicerón. Por muchas razones, para Catilina es necesario que Cicerón muera. Deja que te repita lo que nos has dicho para que no haya ningún error. En cierta noche de la semana que viene tú deberías enviar un mensaje a Cicerón a través de su liberto Solo, pidiéndole que te recibiera a medianoche para tratar con él un asunto urgente de la mayor importancia. Tú eres amigo y colega de Cicerón y siempre le has demostrado un gran aprecio. Por lo tanto, él se fiaría de ti y te concedería esa entrevista enseguida, sin hacer caso de la hora.

»Cicerón, como cónsul, tiene una guardia de soldados. Pero al recibir tu petición urgente para una entrevista, aunque sea a medianoche, informará a los soldados de que te espera, ordenándoles que te dejen pasar y que te conduzcan sin retraso a su presencia. Como a esa hora las calles son muy peligrosas, tú naturalmente irías acompañado de una escolta de libertos o de esclavos de confianza, todos cubiertos con capas y capuchas, los cuales entrarían contigo, pero en realidad se trataría de Catilina y de cierto número de sus amigos. En cuanto estuvieran en presencia de Cicerón, caerían sobre él y lo matarían.

Craso se quedó mirando al acongojado hombre que tenía sentado ante él con un sentimiento mezcla de desprecio y piedad.

—¿Te has parado a considerar algo, Antonio? Los soldados y su capitán estarían informados de tu llegada y te permitirían la entrada junto con los conspiradores. También te reconocerían, puesto que te conocen muy bien. ¿Crees que Catilina te permitiría luego vivir para que lo traicionaras? No. Tú hubieras caído muerto sólo un instante después de Cicerón.

Antonio dejó caer sus manos. Alzó la mirada hacia Craso, sin poder articular palabra y el dictador pensó: ¿Es posible que a este infeliz no se le haya ocurrido tal posibilidad?

—Su vileza es tan monstruosa que por eso te ha subestimado —prosiguió—. Afortunadamente para Roma, para Cicerón y para ti mismo, no eres el hombre que Catilina cree que eres.

—Pero ¿qué podemos hacer? —preguntó Antonio con voz desesperanzada.

—Mucho —replicó Craso—. Podemos ir en busca de Cicerón enseguida, aunque sea una hora tan tardía y ya esté en cama, e informarle de la gravedad de la situación y de lo próximo que estamos al desastre y el caos. ¡El peligro aún no ha pasado! Hace mucho tiempo que conocemos a ese loco, esa criatura perversa ¡que ansía prender fuego Roma! Y ¿por qué? Por pura perversidad, por el negro afán de destrucción que anida en su corazón inhumano.

—¡No! —exclamó Antonio—. ¡No es posible creer eso de Catilina!

—Pues debes creerlo —replicó Craso secamente—, porque es verdad. Ya te he dicho, Antonio, que vivíamos tan engañados que llegamos a creer que él ya no suponía una amenaza para Roma o al menos no una tan grande como ahora sabemos que es, gracias a ti. El famoso y honrado Cicerón, el amado de Roma, debe conocer enseguida el horrible complot que se ha tramado contra Roma y contra él. Él alzará al pueblo, aun a los individuos más apáticos, y les hará sentir no sólo horror e indignación, sino arder en deseo de venganza y en ansias de aplastar el peligro que nos amenaza. Todo el mundo ha oído los rumores sobre Catilina y sus horribles seguidores y entre el pueblo reina la aprensión. ¡Pero eso no es suficiente! La gente ha oído hablar de la deslealtad de Etruria y de Manlio, ese viejo y rudo soldado. Todos han oído hablar de la codicia de los criminales y de la traición de muchos patricios. Todo ello ha agitado de vez en cuando sus conciencias como si fuera un confuso viento negro. ¡Pero no es suficiente! Ha llegado la hora de denunciar a Catilina por lo que es. Y Cicerón es el único que puede hacerlo.

Capítulo

53

En la fría biblioteca de Cicerón se reunieron, mucho después de medianoche, el propio Cicerón con Antonio, César, Craso, Pompeyo y Clodio. Al lado de su hermano estaba Quinto, el soldado, al que Cicerón había convocado urgentemente. Cicerón se había echado por encima una bata roja de lana, ceñida con una correa de cuero. Calzaba botas forradas de piel. Se quedó mirando a sus visitantes en silencio, después de que Antonio terminara de hablar y de que César y Craso hubieron hecho sus ominosos comentarios.

Antonio, el patricio, apreciaba a Cicerón, a pesar de que éste fuera un «hombre nuevo» de familia poco distinguida, exceptuando a los Helvios por parte de madre. Cicerón era de la clase tan despreciada por los aristócratas, la clase de los comerciantes, fabricantes, profesionales, tenderos, prestamistas, negociantes y granjeros ricos. Antonio admiraba a Cicerón, el famoso abogado y orador, ahora cónsul de Roma, aunque lo había invitado pocas veces a su casa, pues algo había que hacer para distinguir todavía las clases. Mas ahora que el acongojado Antonio observaba a Cicerón, tuvo que reconocer, con vaga admiración, que éste tenía cierta nobleza y altivez. Su espeso y ondulado pelo castaño estaba ya muy entremezclado de canas, su delgado rostro era firme y ceñudo, sus finas y largas manos reposaban sobre sus rodillas. Sus ojos cambiantes observaban a un hombre tras otro, lentamente, y al final se fijaron en Antonio. Sin embargo, no habló todavía. Estaba pensando y sus pensamientos eran muy amargos.

Sus ojos empezaron a relucir con frialdad. Al final habló, dirigiéndose a Antonio:

—Soy cónsul de Roma, Antonio, y tú eres mi colega. Nos consideramos los hombres más poderosos de nuestro país. ¡Pues nos equivocamos! Craso y César son los más poderosos e importantes. ¡Al lado de ellos, nosotros somos como niños en presencia de titanes implacables! Has dicho que sientes temor y horror de Catilina. Tu temor y tu horror están justificados. Pero ¿quién convirtió a Catilina en una amenaza tan terrible para Roma? Estos hombres que ves sentados ahora a tu lado.

Se volvió hacia César y dijo:

—El tigre que merodeaba por tu jardín está ahora dentro de tu casa, Julio. —Se dirigió de nuevo a Antonio, que había quedado aturdido y asombrado por sus palabras.— Antonio, estos hombres, que se dicen nuestros amigos, han estado siempre conspirando contra nuestro país por su ambición de poder personal. ¡Mira sus rostros! En ellos se lee la burla y la rabia contra mí. Pero saben que estoy diciendo la verdad. Si han venido esta noche contigo no es porque teman por la suerte de su país o por la mía. Han venido porque temen por la suerte de ellos, porque el loco al que dieron ánimos, pensando que les iba a servir para sus propósitos, está a punto de destruirles a ellos a la vez que a nosotros, al gobierno y a la ciudad. Pensaron tenerlo encadenado, pero ha roto sus cadenas y ahora anda suelto merodeando por las calles, arrojando su sombra amenazadora sobre muros y paredes.

»¡Hombres inicuos e inmorales! —gritó mientras los ojos le llameaban al mirarlos—. ¡A esto habéis llevado a Roma! ¡A que se vea amenazada por Catilina y sus malhechores, gladiadores, pervertidos, libertos, criminales, ladrones, asesinos, mercenarios y descontentos! Todos juntos son más fuertes que vosotros! Roma jamás se enfrentó con una situación tan desesperada. He llamado traidor a Catilina. Pero vosotros sois también traidores a todo lo que constituye los fundamentos de nuestra nación. Sois traidores a los principios y el honor, a la buena voluntad y el valor, al coraje y la virtud. Si Catilina se atreve a enfrentarse a Roma como enemigo es porque vosotros estáis moralmente de su lado.

Antonio se lo quedó mirando cada vez más horrorizado y atemorizado.

—¡Pobre Antonio! —exclamó Cicerón—. Tal vez tu entereza haya salvado a Roma... por poco tiempo. Ninguna nación ha podido jamás apartarse del todo del abismo en el curso de la historia.

Se encaró con Pompeyo, que una vez le había salvado la vida, y vio su ancho rostro y por un instante su expresión se suavizó, para inmediatamente volver a endurecerse.

—¿Es que no tenéis nada que decir, tú, poderoso Craso, dictador de Roma, tú, poderoso César, tú, intrigante Clodio?

—Te hemos escuchado porque somos pacientes y tolerantes, Marco —dijo Julio sonriendo débilmente—. Siempre has tenido la manía de las «conspiraciones». Te vuelvo a repetir que no sabemos nada de complots, exceptuando el que acaba ahora de revelarnos Antonio y del que sospechábamos ligeramente, aunque no llegamos a creer que fuera una verdadera amenaza. Pero damos por descontado el poder de Catilina, al que hace mucho tiempo que no vemos y al que despreciamos tanto como tú. Acabemos con las tontas recriminaciones y acusaciones. Debemos trabajar juntos para detener a Catilina.

—Embustero —le espetó Cicerón—. Siempre fuiste un embustero, Julio.

—Tus opiniones personales sobre César están fuera de lugar, noble Cicerón —dijo Craso—. Yo, dictador de Roma, he venido a verte esta noche (y ya no soy muy joven) porque tú eres el cónsul de Roma y Roma está en peligro. No voy a dar importancia a tus acusaciones discutiendo contigo. Catilina está a punto de cargar contra Roma con su monstruosa plebe y prenderá fuego a la ciudad por pura perversidad y odio a todo lo viviente. Reflexionemos juntos. No nos atrevemos a detenerlo públicamente. Eso sería incitar a su gentuza a que cayera sobre Roma y la destruyera. ¿Qué hemos de hacer entonces?

Cicerón se dirigió hacia su mesa y empezó a escribir rápidamente con su pluma de ave. Luego secó la tinta con arena, derritió cera en la lámpara que ardía sobre la mesa y, finalmente, aplicó un sello sobre el papel. Hizo un gesto con los ojos a su ceñudo y silencioso hermano y le entregó el papel.

—Busca a Catilina cuanto antes, Quinto —le encomendó—. Lo convoco para que se presente ante el Senado de Roma inmediatamente para responder a los cargos de traición contra Roma.

Julio, Craso y Clodio sonrieron. Pompeyo se quedó mirando el suelo y Antonio dijo:

—¿No le temes, Marco?

—No —contestó Cicerón—. Nunca le temí, como nunca he temido a ninguno de éstos. Sospeché de ellos en los últimos años, aunque no tuve más pruebas que mi propia intuición. ¡César, Pontífice Máximo y Magno! ¡Craso, dictador de Roma, el hombre más rico y poderoso del país! Y muchos otros. Sí, yo sabía qué codiciaban. Pero ni aun ahora desistirán. Sólo desean destruir a su antiguo compañero, que ya han dejado de controlar. —Se inclinó ante ellos irónicamente y sus ojos le brillaron de disgusto.— ¡Amos de Roma, los que vamos a morir aborrecemos vuestra traición!

*C*icerón había actuado con mucha astucia. Sabía que Catilina, que lo odiaba y despreciaba, se reiría ante la convocatoria y se presentaría ante el Senado, tal como se le había ordenado, creyéndose seguro con su imaginario poder, al que nadie se atrevería a provocar hasta la violencia. Y aparecería, arrogante, para denunciar a su vez a Cicerón, aquel «hombre nuevo» y mofarse de él públicamente ante los patricios del Senado, muchos de los cuales eran cómplices suyos. Hablaría con su voz lánguida y melodiosa, elegante y potente, y Cicerón sería barrido para siempre por las carcajadas que lloverían sobre él.

Catilina, al recibir la convocatoria poco antes del amanecer, se rió deliciosamente. Su hora había llegado. Antes de que se pusiera el sol, Cicerón sería enviado al exilio, huyendo avergonzado de la ciudad. Catilina sentía sólo una cosa: que ya no tendría la oportunidad de prender fuego a Roma y reducirla a cenizas hasta sus cimientos, como él había deseado.

Así que vistiéndose con una toga escarlata ribeteada de oro y echándose encima una capa de blancas pieles finas, montó en su litera y ordenó a sus espléndidos esclavos que lo condujeran al Senado. Llevaba puesto un collar con piedras preciosas a la manera egipcia, sus brazaletes y pulseras resplandecían de piedras preciosas, sus piernas iban fajadas con tela escarlata y sus pies calzados en botas forradas de piel. En su costado llevaba envainada la terrible espada corta de Roma, pues él era un soldado. Como siempre, parecía un dios radiante apareciendo con su esplendor natural y toda su dignidad y orgullo. Iba muy sereno y sólo en sus ojos azules mostraba la locura y maldad de su alma, pues parecían de fuego.

El helado sol amarillento apenas acababa de rozar los tejados más altos de la turbulenta ciudad cuando Catilina se puso en marcha; más abajo aún reinaba una penumbra púrpura bajo los arcos y pilares, y las calles pavimentadas con losas de piedra estaban a oscuras, con parches de nieve y charcos de agua. Catilina pensaba que el Senado le escucharía tranquilamente antes de echarse a reír a carcajadas; por lo tanto, no había pedido a ninguno de sus íntimos que estuviera presente. El general Manlio no acudiría, ni ninguno de sus siniestros líderes, que eran los más devotos servidores de Catilina. Y éste había dicho a sus simpatizantes:

—Si me presento rodeado de pocos seguidores, las denuncias de Cicerón, cualesquiera que sean, aparecerán como ridículas.

Aquella convocatoria tan apresurada aseguraba a Catilina que sólo estaría presente un quórum de senadores y que en ese quórum habría muchos de sus secretos amigos. El pueblo no haría acto de presencia masiva. Todo sería muy circunspecto, si se exceptuaban las aristocráticas risas de los que escucharían a Cicerón con incredulidad, resentidos por las acusaciones hechas contra un miembro de la clase patricia. Él, por su parte, se mostraría desdeñoso y como sorprendido de que lo hubieran convocado. Catilina sabía que Cicerón había estado vigilando sus movimientos desde hacía muchos años, esperando a que diera un traspiés que lo traicionara. Pero él había ido con mucho cuidado, o al menos sus seguidores habían sido suficientemente listos para identificar a los espías de Cicerón y engañarles con su aspecto inocente, informando de sus movimientos a su amo. No era posible que Cicerón conociera todas las ramificaciones del complot contra Roma. Ni por un instante sospechó Catilina de Antonio Hybrida, un patricio como él al que se había aproximado confiando en el espíritu de clase y a quien había logrado convencer de que se haría con poder supremo en una determinada noche de la próxima semana.

En cuanto a Craso, César, Pompeyo, Clodio y sus amigos, Catilina no sentía ahora por ellos más que aborrecimiento y desprecio, ya que le parecían hombres demasiado pusilánimes y tímidos para moverse por propia iniciativa, aunque ya eran de edad más que madura y Craso ya era viejo. Sospechar que ellos le fuesen a traicionar era algo inconcebible y Catilina ni siquiera lo pensó por un momento. Sabía que le temían y creía que aborrecían y odiaban a Cicerón, pues les había oído reírse de él a menudo. Pero se daba cuenta de que habían apoyado en secreto a Cicerón, aunque antes hubieran prometido apoyarle a él. ¡Prudentes y vacilantes cobardes! No tardarían mucho en ser asesinados por orden de Catilina, después de que Cicerón muriera. Pero antes Cicerón debía ser barrido por las risas del Senado y por las órdenes de éste, ya que su continuada presencia en Roma como cónsul sería un estorbo para la nación.

Absorto en sus felices, vengativos e insanos pensamientos, Catilina no oyó en la cálida comodidad de su litera otra cosa que los excitados latidos de su corazón. Los sonidos de pasos o de carreras resultaban familiares a sus oídos y por ello no se sintió inquieto. Pero de repente la litera se detuvo con brusquedad. Esperó y siguió enfrascado en sus pensamientos. Cuando hubiera terminado de hacer su declaración, ¿debería demandar a Cicerón por injurias, alimentando así un poco su exhausto bolsillo? Era algo que merecía la pena considerar y Catilina sintió aumentar su excitación. ¡El Garbanzo! ¡El paleto de pueblo que aún olía a estiércol, a heno y cochiqueras! Ya he aguardado demasiado, pensó Catilina apretando sus enjoyados puños. ¡Pero no he perdido el apetito!

Entonces, de repente se dio cuenta de que la litera seguía inmóvil. Impaciente, descorrió las cortinillas y miró hacia fuera. Se quedó pasmado. La Vía Sacra estaba alineada con soldados, hombro con hombro, escudo con escudo, espada con espada, toda una legión. Y tras ellos marchaba una muchedumbre de hombres hacia el Foro y el Senado. El ruido de su paso era como el tronar de un río tumultuoso en primavera, aunque sólo se tratara del roce de sus pies. Por alguna inexplicable razón, hoy no había gritos, voces ni bromas. Rodeaban los relucientes pilares blancos y se apresuraban entre los pórticos, bajando deprisa las grandes escalinatas, para ir a congregarse en el Foro, como si fueran una colorida marea casi silenciosa. Catilina se fijó en sus miradas decididas y en sus expresiones de excitación y avidez. Eran como lobos al acecho ante la proximidad de la presa y vio relucir sus dientes afilados a la luz del sol naciente.

Ahora pudo reconocer a la legión. Era la de Quinto Tulio Cicerón, aquel cuya vida él había salvado hacía tantos años, el hermano de Marco Tulio Cicerón. Llevaban túnicas rojas y polainas del mismo color, arneses de cuero, capas carmesí y relucientes cascos rematados con crestas asimismo rojas. Vio que llevaban en alto los estandartes de su legión y las espadas desenvainadas. Permanecían inmóviles mirando fijamente al frente, aparentemente sin ver nada, sin darse cuenta de la enorme muchedumbre que se estaba congregando tras ellos.

Catilina volvió a correr la cortinilla y se retrepó en los cojines. Por primera vez sintió temor, inquietud y funestos presentimientos. ¿Cómo había podido reunir Quinto a su legión en tan breve tiempo? ¿Y por qué estaba acudiendo tanta gente al Foro? He sido traicionado, pensó. La litera se puso de nuevo en movimiento de un modo lento y vacilante, a causa de la marea de gente que le entorpecía el paso en los cruces de calles. Las colinas pobladas de casas parecieron encenderse bajo el sol y las penumbras púrpura se disolvieron en una neblina que se alzaba de las calles, haciéndose blancas a la luz. Y los pasos apresurados se hacían más insistentes, como si el que iba dentro de la litera los oyera más cercanos. Catilina trató de pensar, pero sus pensamientos eran desordenados y caóticos. Luego la litera se detuvo, la cortinilla fue apartada por un esclavo y Catilina vio que se hallaba frente a la escalinata del Senado, que también estaba flanqueada por soldados. Más allá se veía el Foro atestado de gente y no cesaban de acudir personas, empujando para ganar espacio y para ver.

Catilina se apeó de su litera y miró alrededor. Vio a los soldados y al pueblo. Vio, sobre todo ello, las relucientes colinas de Roma y, por encima de ellas, el azulado y plateado cielo de invierno. Sólo necesitó un instante para darse cuenta de que nadie le vitoreaba ni alzaba la mano en gesto de saludo. Vio millares de ojos impasibles y ellos le devolvieron su mirada sin que ni un sonido saliera de sus bocas. Era como mirar a estatuas de soldados y hombres convertidos en piedra coloreada, como si todo fuera obra de la cabeza de una Gorgona. Sólo él se movió en aquel enorme silencio, de modo que pudo oír claramente sus propios pasos en los escalones de mármol del Senado. Las rodillas empezaron a temblarle conforme subía, pero mantuvo alta la cabeza y su rostro no mostró otra cosa que desprecio y altivez. Entró en la cámara y vio que ya estaba atestada de gente y no medio vacía, como él había esperado. Ya estaban allí todos los senadores, con sus ropajes blancos y escarlatas, y todos observaron la entrada de Catilina tan impasiblemente como los soldados y la muchedumbre le habían contemplado fuera. Nadie se movía, y el incienso seguía elevándose perezosamente sobre los altares. Sólo él tenía vida en medio de un bosque de estatuas sedentes.

Al llegar al centro del suelo de mosaico se quedó parado. Catilina acababa de ver a Cicerón en su sillón de cónsul y, un poco más abajo, a un Antonio Hybrida con expresión de desesperación y que evitó su mirada. No había esperado encontrarse allí a Antonio. Tampoco a César, Craso, Pompeyo y Clodio. Ninguno miró a Catilina, excepto Cicerón, vestido con su inmaculada toga blanca y calzado blanco. Las miradas de ambos hombres se cruzaron con el mismo fulgor que si hubieran cruzado sus espadas. Por un segundo, al ver aquellos ojos fieros y fríos fijos en él, Catilina se acobardó; pero su orgullo le reanimó y reflexionó sobre la presencia de Craso, César y sus amigos, preguntándose por qué Antonio habría evitado su mirada.

Cicerón estaba sentado en silencio, indignado y lleno de odio, sin sentir la menor alegría por la ocasión; sintiendo sólo ira, disgusto y la irritación más grande de su vida. Ante él estaba el más maligno traidor de Roma, el asesino de Livia, el asesino de su propio hijo, el loco que había soñado con hacerse rey, el patricio que era más bajo que el más despreciable de los perros del arroyo, el soldado que había difamado a los ejércitos de su país y deshonrado sus estandartes, el aristócrata al que ahora despreciaban los aristócratas, el destructor que él, Cicerón, debía destruir si Roma había de continuar viviendo. Cicerón sintió un fuego en el corazón y una amarga furia sacudió todo su cuerpo; pero nadie pudo adivinarlo, tan quieto e inexpresivo estaba. Ni siquiera sus ojos delataron lo que sentía mientras miraba a su antiguo enemigo. Había llegado el día que ambos habían aguardado durante tantos años, pensó, y hoy se vería si los romanos seguían siendo romanos o si preferían ser esclavos para siempre. No había podido dormir en toda la noche, ocupado en convocar, escribir y pensar lo que debería decir. También había orado por su país. Por lo tanto, tenía los ojos hundidos y enrojecidos; pero su fuerza y poder, expresados a cada instante por su cambiante tonalidad, estaban realzados por el mismo cansancio.

–¡Lucio Sergio Catilina! ¡Se te ha ordenado comparecer ante esta augusta cámara, ante mí, cónsul de Roma, ante Antonio Hybrida, mi colega, ante Licinio Craso, dictador de Roma, ante Julio César, pontífice máximo y magno, ante Pompeyo el Magno y ante la propia Roma, para responder al cargo de traición y conspiración contra tu país!

»Todos conocemos tus delitos y tus manejos y sabemos quiénes son tus cómplices. Si tienes un abogado, llámalo.

Catilina escuchó con atención. No sabía qué instrumento tan poderoso tenía Cicerón en su voz y cómo su sonido retumbaba en las paredes de la cámara, siendo devuelto por el eco como un trueno. Y sintió, ya que no vio, la presión del pueblo que estaba frente a la puerta del Senado, que era como un peso enorme que llevara sobre sus espaldas; en definitiva, sintió sobre sí el peso de la ciudad que tanto tiempo había soñado destruir para satisfacer su odio y ambición. Pero sonrió fríamente, como con repugnancia, ante Cicerón, como uno sonreiría ante un insolente ser inferior que se atreviera a hablar a su señor y amo, y el desprecio brilló en sus ojos azules. E hizo una burlona reverencia.

—No tengo abogado, Cicerón, porque no lo necesito. No he cometido ningún delito ni sé nada de conspiraciones, por lo que no soy ningún traidor. Por lo tanto, haz comparecer a los testigos que tengas ante esta augusta cámara, a la que reverencio.

Sus modales eran elegantes, divertidos y aristocráticamente desdeñosos. Y siguió allí de pie, como si tal cosa, con su capa blanca de pieles, sus vestiduras rojo y oro y sus joyas. Echó un rápido vistazo a sus amigos en el Senado. Sus rostros eran inescrutables. Miró a Quinto, su compañero de armas, que llevaba casco y armadura y estaba situado a la derecha de Cicerón. Quinto, cuya vida él había salvado. El rudo soldado le devolvió una mirada, inconmovible, como si no fuera más que una imagen de sí mismo. La luz del sol entraba por la puerta y arrojaba un haz a los pies de Catilina, haciendo que las piedras preciosas de sus botas brillaran en arco iris. Y ahora, de la multitud que había fuera, vino el más débil, aunque el más temible de los sonidos, un leve susurro, luego un vasto murmullo, como si surgiera de una manada de animales despertados. Todos los presentes lo oyeron y todos alzaron los rostros con instintiva inquietud, como si olfatearan alarmados.

Pero Catilina ya no estaba inquieto o alarmado. Él también había oído ese ruido primario y pensó: ¡Animales, cerdos, esclavos! De repente se sintió de nuevo excitado. Pensó en que su victoria estaba próxima, que por fin tendría a esa gentuza bajo la punta de su espada y a este Senado postrado ante él besándole los pies. ¡Cicerón, Craso, César y todos los demás yacerían muertos a sus pies en medio de charcos de sangre y él daría patadas a sus caras! Porque sabía quiénes le habían traicionado.

Por muy desordenados y dementes que fueran los pensamientos de Catilina, pudo, no obstante, buscar de nuevo los rostros de sus amigos en el Senado. Y cuando se enfrentó con sus ojos, algunos le devolvieron una sombría mirada o alzaron el rostro, mientras que otros sonrieron inquietos. Y pensó con repentina exaltación: ¡Éstos son patricios, gente de mi clase! Por supuesto que Craso, César, Clodio y Antonio eran también patricios, pero le habían traicionado por ese charlatán de Cicerón, porque le temían, le envidiaban o por otras razones. Pero los patricios del Senado eran otra cosa. Ellos no iban a permitir que uno de los suyos cayera en desgracia, porque su caída podría arrastralos.

Cicerón observó el elocuente y siniestro rostro que tenía ante él y adivinó todos los horribles pensamientos que pasaban como rayos tras aquellos ojos furibundos. Y se dijo a sí mismo: Él y no yo es el futuro de Roma. Mis tiempos ya casi han pasado, pero los suyos apenas están amaneciendo; los días del poder en mano de las furias, los centauros, los opresores, los servidores de Pan, los sedientos de sangre, los presuntuosos y temibles, los tiranos y los inclinados a la corrupción y el asesinato. Sin embargo, aunque sea por poco tiempo, debo retrasar la llegada de ese día y escribir en los muros de Roma una advertencia sobre el futuro para que la lean naciones aún desconocidas, si no quieren precipitarse en el mismo abismo.

Cicerón se quedó mirando a César, Craso y los amigos de éstos. Había pensado en llamarlos como testigos contra este inveterado criminal, pero protegerían a Catilina por miedo a verse denunciados ellos mismos. Responderían de modo evasivo y dirigirían miradas de inteligencia a los senadores. Al final no se atreverían a abandonar a un patricio, por muy detestable que lo encontraran. Si quería que lo apoyaran, no debía traicionarlos.

Así que dijo a Catilina con sequedad:

—No se trata de un juicio que te hagamos el Senado o yo. Es simplemente una investigación de tus actividades contra la paz y la libertad de Roma, a la que estás traicionando.

Catilina, que había estado observando a Cicerón con la agudeza de los locos, comprendió perfectamente. Y esbozó su bella y sombría sonrisa.

—Las leyes de Roma exigen que para acusar a un hombre se presenten testigos contra él, y me dan el derecho de no incriminarme yo mismo y a negarme a contestar, aunque se trate de una investigación.

Se volvió y se quedó mirando de nuevo al Senado.

—Si no estoy arrestado y sólo soy acusado de confusos delitos cuya existencia niego, no hay nada que me impida retirarme cuando quiera. Si me quedo aquí, señores, es por respeto a vuestra presencia y no por coacción de ninguna clase.

»Rechazo los métodos de Cicerón, cónsul de Roma, que trata de intimidarme y asustarme acusándome a tontas y a locas y sin testigos; pero me inclino ante el cargo que ocupa y no ante el hombre.[1]

Cicerón se sintió enfermo y le embargó una frustración, que le hizo meditar; pero contestó con su voz resonante:

—¿Vas a negar lo que toda Roma sabe y pides testigos que no haré comparecer (aunque no porque no los tenga) por el peligro que correrían? Porque durante muchos años Roma ha comprendido que tú dominabas el bajo mundo. Todos los felones, locos e incautos de la ciudad, todos los vagos y ambiciosos de Roma son partidarios tuyos y tú has convivido con ellos en las bo-

---

[1] Estas palabras fueron pronunciadas efectivamente por Catilina ante el Senado, según el historiador Salustio.

degas y alcantarillas de nuestra nación, tramando el modo de destruir todo lo que es Roma. Tú has decidido con ellos que yo sea asesinado en una noche de la próxima semana, de modo que se produzca el caos y el pánico en la ciudad y lograr de ese modo hacerte con el poder y saquear, incendiar y subyugar en tu locura. ¿Vas a negarlo?

Catilina se volvió para mirar de un modo feroz a Antonio. Ahora fue él quien reflexionó ante el rostro doliente del colega de Cicerón. Era el único que podía testificar contra él, ya que todo lo demás se había desarrollado cuidadosamente oculto a los ojos de Roma. Así que respondió:

—Lo niego. No tengo que llamar a ningún testigo porque la acusación es absurda. —Y sonrió lánguidamente.

—Niégalo si quieres, Catilina. Tú y muchos otros saben que es verdad.

La gente que se aglomeraba a la puerta del Senado oyó estas palabras, repitiéndolas a los que estaban detrás, haciéndolas correr como la corriente de un río.

Entonces Cicerón alzó la voz hasta sus tonos más majestuosos y su mayor fuerza persuasiva.

—¿Cuánto tiempo, Catilina, vas a seguir abusando de tu categoría social? ¿Cuánto tiempo vas a poner a prueba nuestra paciencia con tu temperamento inquieto? ¿Qué término vas a poner a tu incontrolada audacia? ¿Es que no te causa impresión la guardia del Palatino o el que la ciudad esté vigilada por soldados? ¿Es que no te importa que el pueblo se sienta alarmado, que los ciudadanos leales se estén armando, que el Senado se tenga que reunir convenientemente custodiado, y las miradas y expresiones de todos los reunidos aquí? ¿Es que no comprendes que todos han descubierto tus designios? ¿Es que no ves que ya conocemos tu conspiración y que los que estamos aquí reunidos no ignoramos nada de ella? Sabemos lo que hiciste la pasada noche y la anterior, dónde estuviste, a quiénes convocaste y qué planes les expusiste. ¿Supones que hay aquí alguno que no lo sepa? ¡Ah! ¡Qué tiempos más degenerados estamos atravesando! El Senado conoce perfectamente los hechos y el cónsul ha sido informado de todos ellos. ¡Pero el criminal aún vive! ¿Vive? ¡Sí, vive! Y hasta se atreve a venir con arrogancia ante este Senado, tomando parte en sus deliberaciones públicas y señalándonos uno a uno con sus odiosas miradas, condenándonos a morir asesinados. ¡Y nosotros —y al decir esto dirigió una mirada burlona al Senado— somos tan valientes que creemos que cumplimos con nuestro deber para con el país, simplemente haciendo caso omiso de las palabras y los hechos sanguinarios de Catilina!

»No, Catilina, mucho antes debiste ser ejecutado por orden del cónsul, ¡y sobre tu cabeza debía haber caído la destrucción que ahora estás maquinando para nosotros!

Catilina arqueó las cejas con una sonrisa displicente. Y se quedó mirando al Senado de buen humor:

—¡Qué voz más espléndida tiene nuestro Cicerón, nuestro Garbanzo! Por poco no llega a convencerme de que soy culpable de las cosas que vagamente me atribuye. Deploro sus métodos, señores, su incontinencia verbal; pero como patricio, lo soporto con desprecio.

Los senadores se miraron unos a otros furtivamente. Querían sonreír con Catilina, pero lo que les habían contado durante la noche y lo que ya sabían por sí mismos los había dejado aterrorizados. Además, los murmullos de la multitud, que había escuchado con la mayor atención a Cicerón, se elevaron de tono en el frío día invernal con la vehemencia de un furioso torrente. Y ahora se podían oír gritos aislados de:

—¡Muerte a Catilina, el traidor!

Cicerón, como si Catilina no hubiera dicho nada, prosiguió su primer discurso contra él, indicando al Senado que existían precedentes de interrogatorios de sospechosos de traición sin necesidad de acusaciones escritas ni testigos. Los senadores escucharon con gran atención y sin hacer el menor movimiento.

—Se trata de una investigación y de una exposición de hechos, señores, no de un proceso contra Catilina. En el pasado, el Senado ya tomó resoluciones contra individuos como Catilina, pero fueron documentos que jamás se dieron a conocer. Hay resoluciones, Catilina, que interpretadas al pie de la letra exigirían tu inmediata ejecución. ¡Sin embargo, aún vives! Vives no para abandonar, sino para hacer más grande esta ofensa. —Cicerón vaciló y su rostro pálido y delgado pareció oscurecerse por la desesperación y la creciente amargura. Y dijo al Senado—: En un momento tan crítico para el Estado, estoy convencido de obrar con negligencia culpable al no pedir ahora mismo que Catilina sea detenido y ejecutado inmediatamente. En estos instantes en los pasos montañosos de Etruria, es decir, en Italia, se halla establecida una base de operaciones contra el pueblo romano. El número de nuestros enemigos aumenta día a día, pero al jefe de estos enemigos lo podemos ver dentro de los muros de Roma, ¡e incluso dentro del recinto de este Senado!, conspirando incesantemente para provocar la ruina de nuestro país.

Un profundo murmullo se levantó en el Senado y las vestiduras blancas y rojas se agitaron inquietas. Catilina sonrió y luego apretó los labios, como para contener la risa.

Cicerón alzó una mano y señaló implacable a Catilina y, ante este gesto, el recinto quedó en silencio.

—Ahora podría ordenar tu arresto y ejecución, Catilina, y seguro que más habría de temer que los ciudadanos leales me reprocharan haber tomado esa medida demasiado tarde, que algunas personas me acusaran de haber sido demasiado duro. Pero tengo ciertas razones para no dar este paso ahora –y dirigió a Craso y sus amigos una mirada de ira–, que sin embargo debía haber sido dado hace mucho tiempo. De todos modos perecerás al final, Catilina, pero no hasta que todos los ciudadanos de Roma, aun el más desvergonzado, el más desesperado y el mayor cómplice tuyo, reconozcan la justicia de tu ejecución. Mientras tanto, mientras haya alguien que te defienda –de nuevo dirigió su mirada a Craso y compañía–, ¡tú vivirás! Pero vivirás acorralado por personas leales que yo he emplazado en todas partes, para prevenir toda posibilidad de que intentes asaltar el poder. Hay muchos ojos y muchos oídos, aunque tú no los veas, que te ven a ti y que no dejarán de vigilar como hasta ahora.

»¿A qué esperas, Catilina, si las sombras de la noche ya no pueden ocultar tus abominables reuniones, si las paredes de tu casa ya no pueden ahogar las frases que dicen tus cómplices, si todo ha sido ya expuesto a la luz y nada tuyo hay oculto? ¡Abandona tus designios y suelta tu espada! Estás cercado por todas partes y tus planes son para nosotros más claros que la luz del día. Deberías proceder a revisarlos.

»Todo se sabe. Mi vigilancia es más perseverante que tus esfuerzos para destruir al Estado. Y ahora yo afirmo ante esta augusta corporación, el Senado de Roma, que hace dos noches fuiste a la calle de los Guadañeros (no voy a hacer de ello un misterio), a casa de M. Laeca, donde te encontraste con algunos de tus cómplices, tan locos como tú, y amigos de criminales aventureros. ¿Te atreves a negarlo?

A Catilina, por primera vez, se le vio visiblemente afectado. Su bello rostro se contrajo y palideció. Miró a los senadores que conocía bien, uno por uno y pensó: ¿Cuál de ellos me ha traicionado?

Cicerón rió con gesto de fatiga.

–¿Qué significa tu silencio? –preguntó–. Probaré lo que digo si tú lo niegas. ¡Habla!

¡Perros!, pensó Catilina furioso. ¿Qué poder ejerce el Garbanzo sobre ellos, sobre estos cobardes que conspiraron conmigo y ahora me traicionan? Y no se atrevió a replicar. Entre los senadores podría haber algunos que se levantaran para dárselas de valientes, afirmando que lo habían estado espiando preocupados sólo por el bien de Roma y que serían capaces de añadir más acusaciones. Así que Catilina procuró dominarse, luchando consigo mismo igual que una serpiente se esfuerza por enrollarse, y ese esfuerzo fue muy visible.

–¡Sí! –exclamó Cicerón con una voz tan terrible que se oyó incluso en el Foro–. ¡Hasta veo presentes en el Senado a algunos con los que te reuniste allí! ¡Dioses misericordiosos! ¿Dónde estamos? ¿En qué país, en qué ciudad vivimos? ¿Qué clase de gobierno tenemos? Aquí están, señores, entre los demás senadores –y su voz voló como un águila hasta el techo de la cámara, resonando fuera–. ¡En esta asamblea deliberativa, la más augusta, la más importante del mundo, hay hombres que planean la destrucción de todos nosotros! ¡La ruina total de esta ciudad y de hecho la ruina del mundo civilizado! A esas personas las veo ahora delante de mí –fijó sus ojos en los senadores con ira e incontenible desprecio–, personas a las que pido todos los días su opinión sobre los asuntos de Estado y que ni siquiera se delatan por su expresión, ¡hombres que deberían morir con Catilina!

Ahora sí lo ha estropeado todo, pensó Catilina. Pero un instante después la muchedumbre gritó de modo terrible desde los rincones más lejanos:

–¡Muerte a los senadores traidores! ¡Muerte! ¡Muerte a los enemigos de Roma!

Ante esto, todos los senadores, tanto culpables como inocentes, se echaron a temblar porque conocían el poder del pueblo sublevado. Catilina oyó la voz del pueblo de Roma, la voz que tanto despreciaba y aborrecía. Y él también se echó a temblar. Era muy valiente y no temía a la muerte; sólo temía que el pueblo lo despedazara, lo que consideraba un sacrilegio respecto a su sagrada persona. Se quedó mirando a Cicerón y al ver su rostro comprendió que sólo éste tenía el poder de contener al pueblo, vio la lucha de Marco consigo mismo, indeciso entre contenerlo o dejar que actuara por su cuenta.

Cicerón dejó caer un brazo a un lado. Sus ojos se fijaron en el suelo y su pecho se agitó como tratando de controlar sus emociones. Unas lágrimas aparecieron en sus mejillas. El clamor de la multitud era como un constante tronar. Finalmente, miró de nuevo a Catilina y el resplandor ámbar de sus ojos semejó ascuas encendidas.

–¡Vete de Roma cuanto antes, Catilina! Las puertas de la ciudad están abiertas. Ponte en marcha enseguida. Libera a la ciudad de la infección de tu presencia. Con sólo una palabra mía, la ciudad se alzaría y dejarían de existir la ley y el orden por la ira del pueblo. Pero eso no puedo permitirlo por el bien de Roma. Perecerían inocentes y culpables, porque cuando el pueblo se subleva, ¿quién puede contenerlo? No hay un solo hombre en Roma, Catilina, aparte de tu banda de conspiradores, que no te tema o te odie. ¿Porque no hay una especie de inmoralidad que ha manchado la vida de tu familia? ¿Es que hay algún escándalo en el que se pueda incurrir en la conducta privada que no haya manchado tu reputación? ¿Es que hay alguna pasión infame que no haya brillado en tus ojos, alguna hazaña perversa que no haya ensuciado tus manos, algún vicio ultrajante que no haya dejado su marca sobre tu cuerpo? ¿Es que hay algún joven, al principio fascinado por tus seductores ardides, al no hayas estimulado su violencia o inflamado su lujuria?

»¿Es posible que nada pueda influir sobre un hombre como tú? ¿Es posible que seas incapaz de reformarte? ¡Ojalá el cielo te inspirara un solo pensamiento! Pero no, Catilina, tú no eres hombre que puedas ser apartado de la bajeza por un sentimiento de vergüenza, de peligro o de mera inquietud. ¡Vuelve con tus criminales! ¡Qué cosquilleo de emoción sentirás! Ahora tienes un campo donde demostrar tu cacareado poder para resistir el hambre, el frío y la privacion de todos los placeres de la vida. ¡Pronto sucumbirás!

»Cuando derroté tus esfuerzos para conseguir el Consulado, logré una cosa muy importante: te obligué a atacar a Roma desde fuera como un exiliado y no desde dentro como cónsul, y he conseguido que tus criminales planes reciban el más adecuado calificativo de bandolerismo, que no el de guerra civil..., como era tu objetivo.

Luego se dirigió al Senado con severas admoniciones y cada rostro, bien con inocente indignación contra Catilina o asustada vergüenza, se volvió hacia él. Pero Craso y César intercambiaron sonrisitas. Antonio hacía rato que estaba como aletargado por la pena, una vez hubo comprendido el alcance de la conspiración contra su país. Clodio, aunque de mala gana, lo escuchó con admiración. Y Pompeyo, por la razón que fuera, no dejó un momento de observar a César.

Cicerón concluyó con voz afligida y convincente:

—Demasiado tiempo, señores senadores, hemos vivido rodeados de los peligros de esta traidora conspiración; pero, como era lógico, todos estos delitos han madurado al final y han ido a estallar con toda su fuerza en el año de mi consulado. Pero si separamos de la banda a su jefe, quizá podamos gozar de cierto tiempo de tranquilidad. Claro que el verdadero peligro sólo será alejado de la superficie y continuará infectando las venas y órganos vitales del Estado. Se cree que los hombres atacados de una grave enfermedad, poseídos por una virulenta fiebre, pueden ser curados echándoles encima un cubo de agua fría, con lo que sólo se logra un alivio temporal. Del mismo modo, esta enfermedad que ataca al Estado puede ser temporalmente aliviada con el castigo y el exilio de Catilina. ¡Pero luego todo volverá a ser peor!

Craso frunció el entrecejo a César, que se encogió de hombros. Antonio murmuró:

—¡No lo quieran los dioses!

Clodio se quedó mirando el techo dorado y blanco, como si aquello no tuviera nada que ver con él. Catilina fingió sentirse fastidiado e impaciente con aquellas acusaciones absurdas. Pero Cicerón lo miró de nuevo con un gesto de aborrecimiento y exclamó:

—¡Con estas ominosas palabras de advertencia, Catilina, para la salvación del Estado, para tu mal, tu desgracia y la destrucción de todos aquellos ligados a ti por los delitos y la traición, vete a tu sacrílega, abominable e inútil campaña![2]

Bajó los escalones y el Senado, en profundo silencio, se levantó respetuosamente. A mitad de camino de la sala se encontró cara a cara con Catilina. Se detuvo para enfrentarse a su enemigo y el silencio se hizo más profundo mientras todos contemplaban aquel enfrentamiento. Cicerón se encendió de odio y aborrecimiento y pensó: ¡Asesino! ¡Livia será vengada, lo mismo que Fabia y todos los inocentes que has asesinado! Catilina le devolvió la mirada y pareció leerle el pensamiento. Fingió contener una sonrisa y se inclinó con fingida humildad. Cicerón continuó su camino, con Quinto a su lado haciendo ruido con su armadura. Los soldados saludaron. Cicerón llegó a la puerta y oyó los atronadores gritos que ya había oído tantas veces antes:

—¡Viva Cicerón, salvador de Roma! ¡Viva el héroe!

Alzó su brazo derecho en gesto de saludo y sonrió con amarga ironía. No había salvado a Roma. Sabía muy bien que sólo había retrasado la catástrofe final.

Aquella noche Catilina partió para Etruria aprovechando las sombras de la noche. De nuevo estaba jubiloso. Nadie impidió su paso. Había dejado atrás el Senado, y aunque la muchedumbre lo miró con gestos feroces de odio, nadie hizo nada contra él. Se había inclinado ante los senadores con una sonrisa de desprecio; se había inclinado aún más profundamente ante Craso y compañía. Luego se rió en silencio delante de Antonio, el que lo había traicionado. No, aún no había acabado con Roma ni con ellos.

Cuando pudo reunirse con Manlio, le dijo:

—¡No hemos sufrido el menor quebranto, querido amigo! Tengo un plan audaz y atrevido. Pronto se celebrará la Fiesta de los Esclavos y entonces daremos el golpe, todos a la vez. Los auspicios son buenos.

Craso y César se dirigieron a casa de Cicerón, donde éste les saludó con frialdad y amargura.

—¿Creéis que ha terminado todo esto? —les preguntó—. No ha hecho más que empezar. ¡No me felicitéis! Mentiríais. De momento os he librado de un grave peligro, pero volverá gracias a vuestras pasadas conspiraciones con Catilina. Os saludo, amos del futuro, sabiendo lo criminales que sois, pues intentasteis aprovecharos de Catilina para lograr vuestros propios propósitos, al igual que ahora me habéis usado a mí para que os defienda de él. Habéis ganado. La Historia lo registrará así. Ahora, dejadme en paz.

---

[2] Este primer discurso contra Catilina ha sido bastante reducido.

Capítulo
54

Poco después de este primer discurso contra Catilina, Marco Tulio Cicerón estaba acostado a medianoche sin poder conciliar el sueño. Pero la ciudad, aunque más tranquila que durante el día, seguía produciendo murmullos lejanos como un titán inquieto que sufriera pesadillas. Marco tenía los ojos secos por la tensión y la fatiga. Un débil claro de luna penetraba a través de un pliegue de las cortinas de su ventana, reflejándose en la pared opuesta, y él lo miró sin verlo; pero de repente pareció relucir más y más brillantemente. Él medio se incorporó apoyándose en el codo. Cada vez más brillante, aquella mancha fue tomando rasgos hasta convertirse en una cara. A Marco empezó a palpitarle el corazón. Aquellos horribles rasgos se hicieron más duros y entonces vio el rostro de su padre; pero no el Tulio ya anciano, sino el Tulio joven que Marco conoció de niño. Vio sus límpidos ojos de color oscuro, su ansiosa y tierna sonrisa, su suave pelo castaño y su fino cuello.

−¡Marco! −exclamó la aparición con voz apremiante. Marco no pudo replicar. El rostro se acercó más a él y Marco pudo ver, aunque confusamente, las líneas de sus hombros y sus ropas.

−¡Marco! ¡Huye de Roma enseguida! −Unas manos fantasmales se alzaron como en gesto de súplica.

−No puedo abandonar mi país −susurró Marco.

Estoy soñando, pensó. Miró en torno suyo y vio las vagas siluetas de los muebles, la neblinosa forma oblonga de la ventana. Volvió a mirar a su padre y sintió una punzada de dolor.

−Nuestro país estaba ya perdido antes de que yo naciera −dijo la visión con voz sombría−. La República agonizaba cuando mi padre salió del vientre de su madre. Huye, Marco, y acaba tus días en un lugar tranquilo y seguro, porque los malos triunfarán y te asesinarán si te quedas.

−No puedo abandonar Roma −insistió Marco−. No, aunque eso me cueste la vida.

La aparición guardó silencio. Parecía escuchar atentamente las voces de otros que no podían ser vistos. Entonces alzó sus manos fantasmales en gesto de bendición y desapareció.

Marco volvió en sí con un violento sobresalto y empapado de sudor. La débil luz de la luna seguía dando sobre la pared.

—He estado soñando —se dijo en voz alta estremeciéndose.

Se levantó y por primera vez encendió una lámpara votiva en memoria de su padre, apenado por no haberlo hecho antes. Y se sintió confortado a pesar de su escepticismo romano. Era bueno saber que los difuntos aún seguían amando a los vivos, que los protegían y rezaban por ellos. Recordó las palabras de la aparición y reflexionó. Siempre había sabido que estaba en peligro; pero ahora el peligro era mayor porque era aclamado como un héroe y su casa estaba custodiada por una doble guardia. Pero los asesinos siempre sabían aguardar al hombre confiado mezclados entre la muchedumbre, dispuestos a atacar con la rapidez de una víbora. O quién sabe si la misma plebe que hoy le aclamaba no sería la que mañana lo destruyese en uno de sus caprichosos cambios de humor. ¿Qué hombre puede fiarse de los hombres? A un valiente no le importa dar su vida por la patria, si eso ha de servir de algo a su patria. Pero casi nunca servía.

Cicerón pronunció su segundo discurso contra Catilina no estando éste presente. Su intención era poner en conocimiento de sus compatriotas todo el alcance de la conspiración, facilitada por su apatía, complacencia, tendencia a esperar lo mejor, optimismo y tolerancia con los maleantes y enemigos del Estado.

—Durante mucho tiempo nos hemos estado diciendo: «La intolerancia con las convicciones políticas de otro es un procedimiento bárbaro que no debe ser tolerado en un país civilizado. ¿No somos un país libre? ¿Es que se le va a negar a un hombre el derecho de hablar cuando las leyes garantizan ese derecho?». ¡Pero yo os digo que la libertad no significa aprovecharse de las leyes con intención de destruirlas! No es libertad la que permite que el caballo de Troya sea metido dentro de nuestras murallas y que los que vienen dentro sean oídos con el pretexto de la tolerancia. El que no está con Roma, sus leyes y sus libertades, está contra Roma. El que hace suya la causa de la tiranía, la opresión y el viejo despotismo está contra Roma. El que conspira contra las autoridades establecidas e incita al populacho a la violencia está contra Roma. No puede montar en dos caballos al mismo tiempo: no puede vivir dentro de la legalidad y a la vez conspirar. Uno es romano o no lo es.[1]

---

[1] Preámbulo del segundo discurso contra Catilina.

Su propio secretario, al que había enseñado un sistema de taquigrafía inventado por él, escribía furiosamente con otros escribas. Cicerón hablaba con acentos apasionados; sabía que se estaba dirigiendo no sólo al Senado y al pueblo de Roma, por los que rezaba a fin de que recordaran sus palabras, sino también a las futuras generaciones.

—Aunque las leyes establecen la libertad, debemos estar vigilantes, ¡porque dentro de esa libertad siempre habrá la posibilidad de la libertad para esclavizarnos! Nuestra Constitución habla del «bienestar general del pueblo». Y tras esta frase se pueden amparar toda clase de excesos de codiciosos tiranos que quieran reducirnos a la categoría de siervos suyos.

Como siempre, César, Pompeyo, Craso, Clodio y muchos de sus amigos acudieron para oír la apasionada oratoria de Cicerón y todos los presentes veían cómo asentían gravemente, y pensaban: Éstos son defensores del pueblo, puesto que son amigos de Cicerón y él no hace más que hablar en su nombre. Pero Cicerón pensaba: ¡Sinvergüenzas! Si pudiera, os denunciaría a vosotros también ante aquellos contra quienes habéis conspirado.

Entre los que le escuchaban con la mayor sinceridad, sintiendo un gran ardor en su corazón, estaba Marco Porcio Catón, Uticensis para sus lectores, nieto del antiguo y orgulloso patriota y censor; era un filósofo, a pesar de su juventud, tribuno y uno de los dirigentes de la aristocracia senatorial y a la vez gran admirador de Cicerón. Era asimismo hombre de conocida probidad y virtud, así como elocuente ensayista y político. Fue él quien persuadió al precavido Cicerón (que conocía muy bien el terreno movedizo que pisaba) de que detuviera a algunos de los lugartenientes de Catilina aprovechando la ausencia de éste, tales como Cetego, Gabinio, Ceopario, Léntulo y Stabilo, todos ellos patricios conspiradores que se habían quedado en la ciudad para demostrar desdeñosamente cuánto despreciaban a Cicerón.

—Son bribonzuelos —declaró Catón—, pero deben ser detenidos, si no, el pueblo va a pensar que eres impotente, querido Marco. Dirán que no sueltas más que bravatas y empezarán a preguntarse por qué, a pesar de tus poderes como cónsul, has dejado en libertad a esos conocidos enemigos del Estado. Y se dirán que al fin y al cabo no son tan peligrosos y que tú no eres más que un escandaloso demagogo. Sí, ya sé que temes precipitar el caos, pero hay ocasiones en que uno debe enfrentarse con el peligro en interés del propio país.

El prudente Cicerón vaciló, pues era a la vez fuerte y débil de carácter y le gustaba meditar bien sobre un acto antes de decidirse a hacerlo. Lo que daba por resultado que a veces no actuaba; pero ahora, recordando aquellas ocasiones, actuó enérgicamente, deteniendo a los lugartenientes de Catilina, algunos de los cuales eran parientes de ciertos senadores. Cuando los romanos se enteraron de que aquellos conspiradores estaban por fin encerrados en prisión, se deshicieron en elogios a Cicerón, que por ellos se había atrevido a enfrentarse con los poderosos. Muchos senadores se pusieron furiosos y algunos fueron a ver a Craso y a César, quejándose indignados de «aquel imprudente hombre nuevo, de aquel Garbanzo, de aquel patán, vulgar y plebeyo», preguntando cuánto tiempo deberían soportar todavía la afrenta de su insolencia.

César contestó con diplomacia:

—¿Habéis olvidado que fue elegido por el pueblo, con la ayuda de muchos senadores patriotas que lo admiraban grandemente? Por eso tiene el poder de hacer lo que ha hecho..., aunque yo lo deplore.

Una noche en que César se hallaba en su biblioteca tratando de leer, aunque sin conseguirlo pues le tenían inquieto los malos presentimientos, se le acercó su sirviente para decirle que el noble patricio Lucio Sergio Catilina había venido y deseaba urgentemente hablar con él. César palideció ante esta peligrosa insolencia y amenaza para sí mismo, pero se dominó y ordenó que Catilina fuera conducido a su biblioteca, apresurándose a correr las cortinas de las ventanas, por las que se veía la nieve iluminada por la luna. También se apresuró a comprobar que su daga pudiera salir fácilmente de su vaina. Mientras aguardaba, reflexionó y se pasó un dedo por el labio inferior.

—¡Salve, César! —exclamó Catilina al entrar, quitándose la capucha de su capa.

Su hermoso y depravado rostro tenía a la vez una expresión sombría y jubilosa mientras alargaba su bien formado y enjoyado brazo a modo de saludo. César se lo quedó mirando un momento y luego le estrechó la mano, que le pareció febril y trémula. Catilina, sin aguardar a que se lo ofrecieran, se sentó en una silla, descansando sus pies en la alfombra de pieles que cubría el suelo de mármol. César sirvió dos cubiletes de vino y tendió uno a su malvenido huésped y advirtió que su expresión era más jubilosa a cada momento.

—¿Por qué has vuelto, Catilina? ¡Eres muy temerario! ¿No sabes que Roma es un lugar peligroso para ti?

—Era la ciudad de mis antepasados mucho antes de que los Cicerón siquiera la hubieran visto —declaró Catilina—. Era la ciudad de mis antepasados mucho antes de que los Césares la vieran. ¿Es que Roma va a verse privada de uno de sus hijos predilectos? —En su voz había un tono de irrisión y un apasionamiento que no podía controlar. Sus insistentes ojos azules se fijaron en César.— Querido amigo —dijo con un tono displicente y odioso—. ¡Querido amigo, mi mejor amigo, mi fiel amigo! ¡Mi amigo de la mayor confianza! He venido a darte las gracias por el noble apoyo que me prestaste, por las lágrimas que has derramado por mí.

César lo miró en silencio, aunque hizo un gesto con la mano como para desechar el tono de burla del otro.

—Considerando lo valiente que has sido y tu inextinguible amistad hacia mí, puede que me sienta inclinado a la piedad... algún día —dijo Catilina, echándose a reír y tomando un sorbo de vino.

—Eres muy gracioso, Lucio —contestó César sonriendo débilmente—, pero dudo que tengas ocasión de ejercer tanta misericordia. Hazme caso y vete de Roma enseguida. Cicerón ha sido benévolo: podía haber ordenado tu arresto y ejecución. No tientes a los Hados de nuevo.

—¡Ja! ¿No sabes que los Hados están de mi parte? —Se inclinó hacia César brillándole los ojos con vehemencia.— He venido a reírme de ti, César, amigo infiel y traidor.

César permaneció en silencio. ¿Debería decirle a Catilina lo que Fulvia, la querida de Curio, había ido a contarle a Cicerón aquel mismo día? Claro que a cambio de una fuerte suma, porque ya estaba cansada de las promesas y jactancias de Curio. Y como ella ya iba dejando de ser joven y no era rica...

Catilina continuó con su voz melodiosa pero algo incoherente:

—Estoy listo para dar el golpe. ¿Creéis que podéis detenerme? Ni tú, ni Craso, ni ese miserable Garbanzo.

—Cicerón vuelve a hablar mañana contra ti ante el Senado en el Templo de la Concordia. Puede pedir tu arresto y ejecución. Te lo ruego, márchate enseguida. Hasta ahora él ha actuado con mucha moderación...

—¡Porque tenía miedo! ¡No se ha atrevido a poner una mano sobre mí porque me teme! ¿Es por moderación o por prudencia y miedo? Te digo, César, que si me tocan un solo pelo, tú caerás conmigo, caeréis todos. Ya os lo he advertido antes y lo vuelvo a hacer.

César estaba alarmado no por sus palabras, sino por su aspecto. Siempre había sospechado que Catilina estaba loco; era una enfermedad hereditaria de su familia.

—Mañana acudiré al Templo de la Concordia —dijo Catilina—. Hablaré a los senadores y a mis compañeros de armas, y entre todos destruiremos a Cicerón entre risotadas.

—¡No puedes ir! —exclamó César, costándole creer que estuviera tan loco. Era casi seguro que si Catilina aparecía, el Senado acordaría su ejecución; pero había que considerar muchos imponderables, ya que del hombre se puede esperar todo lo inesperado. Catilina tenía una extraña y brillante elocuencia y al hablar llegaría al corazón de los orgullosos senadores, que en secreto despreciaban a aquel Cicerón de la clase media. Si Catilina era exonerado del cargo de conspiración, podría continuar inspirando aquel oscuro, violento y codicioso mundo subterráneo para atacar Roma. Y si Catilina era condenado, aquel mundo subterráneo podía rebelarse y Roma sería destruida al final. Pero los malhechores son cobardes por naturaleza, y si Catilina era eliminado, ellos por sí solos constituirían un peligro menor. El cuerpo no es capaz de actuar sin la mente.

—¡Pues iré! —exclamó Catilina con voz ahogada.

—Entonces seguro que te condenarán, porque sólo con aparecer harás una afrenta al Senado. Todos creyeron que te ibas de Roma para siempre.

—No seré condenado, mi mentiroso César. Tendré un abogado.

—¿Y quién es ese abogado tan temerario?

Catilina soltó una carcajada. Se levantó y se volvió a llenar el cubilete. Lo alzó y brindó por su involuntario anfitrión.

—Tú, César.

—¿Yo?

—Tú.

Catilina bebió divertido. De pronto arrojó el cubilete contra la pared de mármol, donde se estrelló con estrépito. Había perdido el poco dominio que tenía de sí mismo. Se acercó a César y colocó su apretado puño bajo la barbilla del otro. Por primera vez, César sintió hacia él aborrecimiento y lamentó no haber envenenado el vino.

—Antes me has dicho, querido amigo traidor, que Cicerón lo sabe todo, así como la parte que tú y los otros jugasteis en el complot y que habéis transigido con él pensando en Roma. Pero en el Senado hay muchos hombres virtuosos, patriotas y simples. Y ellos no saben nada. Yo se lo haré saber si te niegas a ser mi abogado. ¿Y qué será entonces de ti, gran César, noble soldado? ¿Crees que Craso te salvará, que acudirá en tu ayuda y en la de Pompeyo, Pisón y Clodio y los otros de nuestra hermandad? Dejará que te condenen a muerte conmigo. No moriré solo.

Se echó a reír en la cara de César con malicia.

—Y no creas que podrás asesinarme impunemente cuando salga de aquí, mi querido compañero. Ahí fuera me espera una numerosa guardia.

César contrajo la boca. Una hermosa lámpara de cristal alejandrino empezó a humear sobre una mesa y César se dirigió hacia ella como queriendo ajustarla. Perezosos rizos de humo flotaron por la biblioteca y él se los quedó mirando como alelado. Pero estaba reflexionando. La amenaza de Catilina era grave y no se podía ignorar así como así. Era inútil apelar a Catilina con razonamientos, porque éste no razonaba. Era absurdo apelar a su patriotismo, porque no lo tenía. Pero César dijo:

—Tú fuiste el único en abandonar el plan original, Lucio, porque no supiste tener paciencia. De habernos hecho caso, seguirías siendo uno de los nuestros y estarías con nosotros cuando nos apoderemos de Roma de un modo ordenado. Pero... –Tuvo que hacer una pausa ante el salvaje gesto de desprecio de Catilina. Aquellos ojos azules habían perdido el poco brillo de razón que les quedaba y su rostro estaba desencajado.

–¡Escúchame, César, por última vez! Roma me importa un bledo. Me tienen sin cuidado vuestras leyes y órdenes, que no son más que ecos lloriqueantes del despreciable Cicerón. ¡Piensa en él! Todavía cree que la virtud de un hombre de bien puede merecer el respeto incluso de la gentuza más indigna. Ese ridículo abogado no ha aprendido que la virtud sólo provoca la burla de los demás, porque una mentalidad ordinaria jamás podrá comprenderlo, como no lo comprenderán un esclavo o un individuo que sólo entiende las razones del dinero o la barriga. La virtud sólo merece un premio: el exilio, la muerte o, como mínimo, las chuflas de la multitud.

–Eso quiere decir que al menos reconoces que él es virtuoso y que hablas con desprecio de los que no respetan o admiran esa virtud.

–Detesto su virtud, que construye ciudades aburridas, sociedades antipáticas y una paz infame. ¿Sabes para qué nací yo, César? –Aquellos ojos destellantes se acercaron más a César, que se sintió alarmado.– ¡Nací para destruir a los bajos y despreciables! ¡Ah! ¡Y tú hablas de Roma! Observa nuestro país, César. ¿Quieres que te enumere sus virtudes, con sus sucios y pequeños vicios y sus toscas y mezquinas perversiones? ¿Se puede permitir que viva una ciudad tan llena de bazofia? ¡No! Y yo la destruiré.

»La destrucción no es menos divina que la creación. Si un escultor se siente ofendido por la fealdad de la estatua que ha esculpido, la destruirá con su martillo. Pero el Garbanzo dejaría que esa fealdad siguiera existiendo por la estúpida razón de que ha sido creada. ¡Pero yo tengo planes más grandiosos! Esta Roma debe ser limpiada y destruida por el fuego y, cuando se enfríen sus cenizas, yo edificaré una blanca ciudad de mármol, más brillante que el sol, donde un esclavo sea siempre un esclavo, un patricio sea siempre un patricio y un emperador, un emperador. Utilizaré a la misma plebe que luego destruiré para alcanzar felicidad, y tú, César, dirás entre tus cenizas: "¡Bien hecho, salvador de la civilización!".

–Estoy seguro de que habrás despotricado así delante de tus libertos, malhechores y veteranos descontentos –comentó César con ironía.

Catilina rió mostrando sus blancos dientes.

–No, pero les diré que deben alegrarse de morir para que Roma se vea libre de su pestilencia.

Se levantó y se puso la capa de pieles sobre los robustos hombros, sonriendo a César.

—Mañana, mi noble abogado, tú me defenderás porque me aprecias, ¿verdad?, ya que somos hermanos de sangre juramentados. ¿Acaso no somos ambos patricios?

En cuanto se hubo ido, César llamó a toda prisa a un esclavo y envió un mensaje a Cicerón diciéndole que Catilina se presentaría al día siguiente en el Templo de la Concordia. Mensajes similares envió a Craso y los otros. Entonces se sentó hasta que la azulada aurora se dejó ver en sus ventanas y reflexionó sobre lo que debía hacer.

Debe morir, pensó Marco Tulio Cicerón en su camino hacia el Templo de la Concordia en el Foro. Ya ha pasado el tiempo de la prudencia y la templanza. Debe morir y sus seguidores con él. No hay otro remedio si queremos salvar Roma..., si es que aún puede ser salvada. ¡Oh! ¿Por qué retrasé su fin? Lo tuve en mis manos y lo dejé escapar. La verdad es que no tuve valor; soy un contemporizador, soy abogado y odio la sangre y la muerte. Amo las leyes. Pero a veces todo esto resulta pusilánime cuando la patria se halla en peligro. Entonces hay que atacar o quedarse a contemplar cómo la prudencia destruye lo que uno ha luchado por salvar.

El Senado se había reunido en el templo para decidir la suerte de los lugartenientes de Catilina, a los que Cicerón había ordenado arrestar. A estas horas ya debían saber que Catilina se personaría ante ellos. Los rumores corrían en Roma como los relámpagos, desde los palacios del Palatino a las cloacas del Tíber. Así que Cicerón, acompañado por su hermano y la legión de éste, no se sintió sorprendido al hallar que el Foro estaba otra vez lleno con una enorme multitud, a pesar de la nieve que caía y el viento que soplaba. Los primeros rayos del sol empezaban a dar sobre los más altos tejados de las colinas, aunque la ciudad baja aún estaba envuelta en la nieve y la penumbra.

Estoy cansado, pensó Marco. Y deseando morir. He luchado toda mi vida por mi país y hasta ahora no he entrado en batalla. ¿Es que jamás acabará esto? No, contestó la sangre de sus antepasados que corría por sus venas, jamás terminará mientras haya hombres ambiciosos y muchos sean esclavos de espíritu.

El Senado ya le estaba aguardando a fin de escuchar su nuevo discurso contra Catilina y los enemigos de Roma. Otra vez llevaba la toga blanca y la vara de mando, símbolo de su cargo. Todos notaron las señales de cansancio en su pálido rostro y se fijaron en que su pelo se había vuelto más canoso en las últimas semanas y que sus bellos ojos estaban hundidos. Pero su paso era firme, aunque lento, al entrar en el templo y dirigirse primero a hacer una reverencia ante el altar y encender una lámpara votiva. (Observó cómo la luz titilaba, como si estuviera decidiendo su destino, para luego agrandarse y tomar brillantez.) Luego se dirigió hacia el centro del templo.

Allí se quedó en silencio, pensando. Para él, el panorama era terrible, encharcado y apestoso, lleno de sombras que forcejeaban. ¿Estaría el pueblo menos confundido que él? Debía hacer luz en la oscuridad tanto para ellos como para sí mismo, porque de otro modo estaría perdido. Alzó los ojos y buscó entre el gentío a Catilina. El sol se había ocultado entre las nubes y sólo los candelabros y antorchas iluminaban débilmente la lobreguez invernal. De repente, una vela brilló con fuerza y Cicerón vio a Catilina, magnífico como siempre, con su blanca capa de pieles, sus joyas y su desdeñosa sonrisa. Estaba sentado cerca de la puerta del templo, como si hubiera llegado allí paseando por casualidad para oír cómo un sacerdote sin importancia impartía un aburrido oficio religioso. Cicerón recordó su infancia y las historias que Noë le había contado de Satán, el terrible enemigo del hombre, el arcángel de la muerte, el terror y la destrucción, pero, como arcángel, poseedor de una tremenda belleza y un fantasmal esplendor.

Empezó a hablar de modo lento y calmo, pero con una voz que era como el eco de una trompeta. Se dirigía a los senadores, fijando en ellos sus ojos relucientes.

–Señores, estamos aquí para decidir la suerte de los lugartenientes de Lucio Sergio Catilina, el patricio y soldado que conspiró contra la paz y la libertad de nuestro país. Estoy aquí como abogado de Roma, como antes a menudo comparecí como abogado de tantos que se enfrentaron con el peor de los peligros: la muerte.

»Ya veo, señores, que los rostros y las miradas de todos los presentes están fijos en mí. Me doy cuenta de que se hallan ansiosos, no sólo por el peligro que corréis vosotros mismos y el país, suponiendo que ese peligro haya de ser aún evitado, sino por el peligro personal que corro yo. –Sonrió tristemente, alzó los brazos y los dejó caer.– Pero ¿qué importa que yo corra peligro si está en juego el destino de mi país, que es mucho más importante?

»En medio de todas mis desventuras y de tanto dolor, me es muy grato comprobar esta prueba de vuestra buena voluntad. Pero, por amor del cielo, dejad a un lado esa buena voluntad, olvidad mi propia seguridad y pensad sólo en vosotros mismos, en vuestos hijos y en Roma. Yo soy cónsul de Roma, señores, y jamás he estado fuera del peligro de muerte o de la secreta traición, ni en este Foro en el que se centra toda la justicia; ni en el campus, que es santificado por los auspicios de las elecciones consulares; ni en el Senado, que es el asilo del mundo; ni en el hogar, que es un santuario universal;

ni en el lecho que está dedicado al descanso; ni siquiera en este honrado sillón correspondiente al cargo que ocupo.

»He procurado vivir en paz todo lo posible y he soportado con paciencia muchas cosas. He transigido demasiado; he remediado lo que he podido con bastantes sufrimientos por mi parte, aunque los que tenían que estar alarmados erais vosotros. En las actuales circunstancias parece como si fuera voluntad de los cielos que la culminación de mi consulado fuera el preservaros a vosotros, a vuestros hijos y a las vírgenes vestales de la más aflictiva persecución, el preservar a Dios de todos aquellos que serían capaces de exiliarlo de los templos y santuarios, y de entregar esta querida madre patria a las llamas, a toda Italia a la guerra y la devastación. ¡Dejad que me enfrente solo contra cualesquiera que la suerte nos depare!

Alzó los brazos y sacó el pecho, como ofreciéndose a sí mismo en sacrificio por Roma, por su seguridad y redención. Fue su gesto más sincero y conmovedor, y los senadores se agitaron en sus asientos. Pero Catilina rió en silencio. Sus ojos recorrieron las filas de senadores y pareció quedar satisfecho. Cruzó los brazos y fijó una mirada de burla en Cicerón.

Éste continuó con voz ardorosa:

—Señores, pensad en vosotros mismos, preocupaos de vuestra patria, defendeos, defended a vuestras esposas, a vuestros hijos, a vuestros bienes. ¡Defended el nombre y la existencia del pueblo romano! Preparaos para la defensa del Estado, esperando en todo momento que una tormenta estalle sobre vuestras cabezas si no sabéis prevenirla a tiempo. Hemos detenido a los lugartenientes de Catilina, que profana el nombre de Roma con su mera presencia entre nosotros en el día de hoy, esos hombres que habían quedado entre nuestros muros para incendiar a la ciudad, para asesinarnos a todos y dar la bienvenida a Catilina cuando éste entrara triunfalmente. Han estado incitando a los esclavos, al siniestro y sangriento bajo mundo de los criminales y los pervertidos, a los vagabundos y traidores, a ponerse al servicio de Catilina. En resumen, han maquinado asesinarnos a todos para que no quede nadie que llore en nombre del pueblo romano y que lamente la caída de esta gran nación. Ya hemos informado de todos estos hechos y los acusados han confesado debidamente cuando fueron juzgados por este augusto Senado, que los declaró culpables.

Algunos senadores se quedaron mirando a Craso, que apretó sus labios con gesto solemne y asintió con la cabeza. Pocos se fijaron en que Julio César parecía muy preocupado y abstraído.

Cicerón alzó el brazo señalando a Catilina y exclamó:

—¡Mirad al terror de Roma, al traidor, al asesino, al espíritu maligno que ha tramado nuestra ruina! ¡Mirad su cara y veréis el crimen escrito en ella!

Lo conozco muy bien, señores, pues lo he vigilado durante años. Conozco sus conspiraciones, que presentí antes de que las organizara.

»Hace tiempo me di cuenta de que reinaba una gran inquietud en el Estado, que se fomentaba la agitación y que se estaba tramando algo. Pero incluso yo, que conozco a Catilina tan bien, nunca imaginé que unos ciudadanos romanos estuvieran comprometidos en una conspiración tan vasta y con propósitos tan destructivos. En estos momentos, cualesquiera que sean las inclinaciones a que os lleven vuestros sentimientos, debéis tomar una decisión antes de la puesta del sol. Ya veis qué asunto tan grave ha sido expuesto a vuestra consideración. Si creéis que tan sólo se hallan involucrados unos pocos hombres, os equivocáis gravemente. Las semillas de esta odiosa conspiración han sido llevadas más lejos de lo que creí, y el contagio no sólo se ha extendido por Italia, sino que ha cruzado los Alpes y ha infectado ya muchas provincias en su insidioso progreso.

Ahora Cicerón alzó la voz, de modo que retumbara en las paredes del templo, mientras su delgado cuerpo temblaba de indignación y apasionamiento y los ojos le brillaban con obstinada rabia. Catilina alzó bruscamente la cabeza y se lo quedó mirando como si lo hubieran golpeado.

—No aconsejo más dilaciones so pretexto de una suspensión del juicio o súplicas de «tolerancia de opiniones» o cualquier otra demora. Decidáis lo que decidáis, debéis tomar medidas inmediatas en nombre de Roma y de la libertad romana, ¡en nombre de todo lo que ha hecho a Roma libre y grande![2]

Se hizo un profundo silencio en el templo, que fue interrumpido por un senador que preguntó:

—¿Qué deseas de esta corporación?

Cicerón no contestó inmediatamente. De repente se quedó mirando con gesto de amargura a Craso y compañía, al semioculto rostro de César, a los ojos del impasible Pompeyo y al cambiante rostro de Clodio. Entonces se volvió hacia Catilina. Alzó un brazo y de nuevo señaló al apuesto patricio. Con voz sonora como el retumbar de un tambor exclamó:

—Pido sentencia de muerte para los lugartenientes de este hombre y pido la muerte para él mismo, que pretendió destruir a Roma; este traidor, este vándalo, este difamador de nuestro nombre, este depredador con forma humana, este reyezuelo de la más vil gentuza, ¡en suma, de Lucio Sergio Catilina!

Entonces, como antes, el pueblo que estaba frente al Templo lanzó el terrible grito de:

—¡Muerte a Catilina! ¡Muerte a los traidores!

---

[2] Cuarto discurso muy resumido.

Los senadores escucharon con atención. Algunos se volvieron hacia sus vecinos y susurraron:

—Cicerón ha inflamado a la plebe; esos que gritan no son el pueblo de Roma.

Y algunos replicaron:

—¿Hablas en nombre del pueblo o en el tuyo propio?

En el interior del templo reinaba ahora un profundo silencio, como si estuviera poblado de estatuas sentadas a media luz entre el humo del incienso y las antorchas, pudiéndose ver aquí o allá una pálida mejilla iluminada por las temblorosas llamas, manos plegadas, hombres erguidos o bocas contraídas. Era como una cueva tenebrosa donde los Hados acecharan con sus hilos y telares en total silencio. Pero en el exterior, la pálida y azulada luz invernal relucía sobre las encapuchadas cabezas del pueblo reunido, revelando sus rostros morenos, sus ojos de intensas miradas y sus manos alzadas en gestos.

Un desafío de muerte había sido pronunciado en el templo. Nadie miraba a Catilina, que seguía sonriendo despectivamente. Todos tenían la mirada fija en Cicerón, de pie en el centro del recinto y que parecía más alto y delgado envuelto en sus blancas vestiduras, resaltando sus canas, el gesto resuelto de su pálido rostro y la mirada de unos ojos que brillaban como gemas. Volvió a tomar la palabra y su voz, aunque fuerte, tembló como un roble bajo la tormenta.

—Señores, soy abogado, lo fui mucho antes de que me dedicara a la política o pensara dedicarme a ella. He sido pretor de Roma y ahora soy su cónsul. En todos estos años de servicio público he defendido hombres que estaban condenados a muerte. Como pretor, fui el sostén de las leyes de Roma, pero jamás pedí que se hiciera sufrir a nadie esa humillación final. Como cónsul, no he pedido a ningún magistrado ni a este augusto Senado que condenara a ningún hombre.

»La muerte es una gran ignominia. Cantamos la muerte de los héroes y honramos su memoria, pero la muerte es un sacrilegio contra la vida, porque nos priva del control de nuestros sentidos. Hablamos del noble rostro de la muerte. Pero no mencionamos el repentino aflojamiento de los músculos del esfínter, que salpican la carne muerta de defecación y orina. Y no lo mencionamos porque instintivamente reverenciamos la vida y apartamos la mirada de las mortificaciones que la muerte le inflige. Todo nuestro ser se rebela ante este rebajamiento de la persona humana, esta franca burla de la naturaleza, como si quisiera declarar: "No es superior a las bestias del campo y muere del mismo modo, voluptuosamente vergonzoso, expeliendo lo que tenía en sus intestinos y su vejiga".

»Pero nosotros sabemos que el hombre no es una bestia, porque Dios nos hizo sentir horror hacia la muerte, aversión por ella, y nuestros sentidos se rebelan contra esta humillación. Y aunque haya desaparecido lo que animaba la carne, queda en ella una especie de santidad, y a pesar de que no podamos evitar el último vil desprecio de la naturaleza por lo que durante tanto tiempo la desafió, guardamos un respetuoso silencio. Por ese respeto es por lo que vacilamos en condenar a un hombre a ese proceso que la naturaleza efectúa sin remordimiento, porque cuando un hombre es mortificado, todos los otros sufren asimismo en su dignidad. Y eso me parece peor que la muerte misma.

»Sin embargo, hay ocasiones en que los hombres se ven obligados a defenderse a sí mismos y a sus familias y países. A menudo nos vemos obligados a vencer nuestra repugnancia instintiva por la muerte y sus obscenidades. Sólo un hombre carente de hombría de bien puede regocijarse con la muerte de otro hombre, aunque sea un enemigo. Sólo una bestia puede sentirse triunfante a la vista de un sangriento campo de batalla, aunque los suyos hayan vencido. El que es hombre de verdad, al ver tal campo de batalla, inclina la cabeza y reza por las almas de amigos y enemigos porque todos eran hombres.

»Por lo tanto, sin sentir alegría alguna, debo pedir a esta augusta corporación que condene a muerte a Lucio Sergio Catilina, así como a sus lugartenientes. Es una final ignominia que detestarían incluso los hombres justos, pero nuestro país está por encima de nosotros. Y lo que Roma significa es más noble que cualquier individuo. Nos enfrentamos a un terrible dilema: ¡o vive Catilina o muere Roma!

Catilina se agitó en aquella asamblea de estatuas y su hermoso rostro pareció reflejar mil fuegos de un resplandor de bronce que relució de sus ojos a sus hombros, pasando por sus brazos hasta sus botas rojas de cuero adornadas con piedras preciosas. Y vio miradas de reojo que se fijaban en él, pero él miró tan sólo a Cicerón, y su blanca dentadura, visible gracias a su alterada y burlona sonrisa, destelló como si fuera de perlas iluminadas. Cicerón le devolvió la mirada y entre ambos apareció el fantasma de una mujer asesinada de un modo odioso.

Todo quedó en silencio en el interior del templo y todos aguardaron. Era como si los presentes estuvieran hechizados. De pronto, todos se sobresaltaron al oír un roce y vieron que Julio César, grave pero con ojos sonrientes, se había levantado para hablar al Senado.

—Mi querido amigo Marco Tulio Cicerón ha hablado de modo muy elocuente y con gran fervor patriótico —dijo con su voz tan convincente—. El patriotismo es algo que debe ser grandemente admirado y honrado, aunque debemos temer sus excesos.

Cicerón se sobresaltó y miró a Julio con un gesto de incredulidad y amargura, de ira e indignación. Y Julio, aún sin mirarlo, alzó una mano para acallar sus protestas y continuó:

—El noble cónsul de Roma ha denunciado a Catilina y ha pedido su muerte, pero las mismas leyes de que Cicerón habla permiten a aquél defenderse. Dejemos, por lo tanto, que Catilina hable en su defensa, pues de lo contrario luego nos sentiríamos avergonzados.

Se sentó sin mirar a Cicerón. Craso apretó los labios y miró al suelo. Cicerón se sintió incapaz de hacer el menor movimiento, hasta parecía como si no respirara. Catilina se levantó y, como a una señal, las antorchas se avivaron iluminándolo con un tono rojizo, dándole el aspecto de un terrible pero magnífico demonio. Al verlo tan arrogante y seguro, una oleada de emoción recorrió el rostro de Cicerón.

Catilina se inclinó ceremoniosamente ante el Senado, Julio, Craso y los demás. Todos sus movimientos eran elegantes y soberbios, y cuando habló, su aristocrática voz se elevó sin esfuerzo y con orgullo.

—Señores —dijo—. Yo, Lucio Sergio Catilina, patricio de Roma, descendiente de generaciones de romanos, soldado, oficial y guerrero de Roma, he sido acusado ante ustedes de modo histérico en varias ocasiones de haber cometido delitos contra mi país. He sido acusado de conspirar contra mi patria, contra mis hermanos de armas, mis generales y mi propia sangre, que muchos de los aquí presentes comparten. He sido acusado de la más odiosa traición contra Roma, contra sus leyes, seguridad y bienestar. He escuchado y me ha costado creer que se me haya podido denunciar como enemigo del Estado. A mí, ¡a Lucio Sergio Catilina!

Hizo una pausa como si acabara de decir algo tan increíble que se sintiera estupefacto, o que hubiera estado soñando y no hubiese oído bien. Los fue mirando uno a uno con una expresión de fría rabia. Su bello rostro estaba desencajado y su jadeante respiración se oía en el silencio que reinaba en el templo.

—Naturalmente, señores, vosotros que participáis conmigo de mi posición social y de mi sangre no habréis creído nada de eso. Os habréis sentido tan ofendidos como yo. Mis antepasados lucharon por Roma y murieron en sus innumerables campos de batalla en defensa de su honor, lo mismo que hicieron los vuestros. Fueron devueltos a sus hogares y entregados a sus doloridas esposas y a sus hijos, al igual que los vuestros, yaciendo sobre sus escudos. Sus heroicas espadas estaban manchadas con la sangre de muchas razas, durante olímpicas batallas en las que llegaron a luchar en presencia de los propios dioses. Los anales de Roma resuenan como el trueno gracias a sus benditos nombres varoniles, lo mismo que resuenan con los nombres de vuestros antepasados. Jamás se insinuó nada deshonroso de ellos ni les manchó la cobardía, el temor o la deserción. En la paz y en la guerra sirvieron a su país, lo mismo que yo.

»¡Miradme, señores! Mirad mi pecho lleno de cicatrices de heridas recibidas sirviendo a mi país.

Se rasgó la parte superior de su larga túnica roja y mostró su pecho, efectivamente cruzado por cicatrices de antiguas heridas. El Senado entero se lo quedó mirando y nadie se movió ni habló, aunque un escalofrío de emoción se reflejó en más de un rostro al recordar viejas hazañas guerreras.

Catilina volvió a cubrirse el pecho y los labios le temblaron.

—Yo, Lucio Sergio Catilina, he recibido medallas y honores de mis generales y fui abrazado por ellos por los servicios prestados a mi país. ¿Es que Sila era un embustero, señores, o un traidor cuando me honró de esa manera? ¿Es que los muchos compatriotas que votaron por mí en las elecciones se estigmatizaron a sí mismos como embusteros y traidores? Cuando yo era pretor, ¿saqueé a mi país y le traicioné? ¿Es que se han levantado para denunciarme Craso, Julio César, Pompeyo el Magno o Publio Clodio? ¿A mí, que he sido su compañero en más de una batalla, su hermano, su igual como patricio, su camarada de armas? ¡No! No se han levantado. Ninguna voz se ha alzado para acusarme o denunciarme. Salvo una.

Señaló a Cicerón, como uno señalaría a un perro tan asqueroso que no puede ni mencionar su nombre. Parecía tan ofendido, sentía tal repugnancia, estaba tan poseído por la rabia que incluso algunos senadores virtuosos llegaron a creerlo y se alzaron en sus asientos con indignación.

—¡Salvo una! —repitió—. ¡Salvo una sola! ¿Y quién? No un romano nacido dentro de las murallas de la ciudad, sino un romano por cortesía, nacido cerca del pueblo de Arpinum, un «hombre nuevo», un hombre sin honor, un recién llegado, ¡un hombre que no puede saber lo que es nacer romano, crecer dentro de estas benditas murallas, en recintos que resuenan con las bendiciones de heroicos antepasados, a la vista de altares elevados a los dioses de héroes!

»¿Acaso él es un soldado, señores? ¿Lleva en su carne lo que habéis visto en la mía? ¿Dónde están su espada, su escudo y su armadura romanas? Parlotea de leyes, ¡pero fueron mis antepasados los que escribieron esas leyes y las inscribieron para generaciones de romanos que aún han de nacer! Fueron mis antepasados los que escribieron nuestra Constitución con plumas mojadas en su propia sangre. Fueron mis antepasados los que aplicaron las leyes por ellos establecidas y quienes pusieron a los romanos en el sendero de la gloria, la fuerza y la majestad. Señores, ¿acaso hicieron eso los antepasados de este hombre de familia poco distinguida, este hombre descendiente de comerciantes y tenderos? ¡No! ¡Y, sin embargo, parlotea de leyes, lo mismo que un asno que rebuznara a la luna!

Se golpeó el pecho con el puño. Parecía haberse inflamado y sus ojos azules relampagueaban

–Este hombre se ha atrevido a acusarme a mí, ¡a mí!, en este sagrado templo, ante vosotros, hombres honorables que aman a su país, justamente orgullosos de su nacimiento y crianza, de los recuerdos de sus antepasados y ante los estandartes de nuestro país, ante la poderosa historia de Roma. A acusarme de los crímenes más monstruosos, de corrupciones que no se pueden repetir y de traición. ¡De traición!

De nuevo se golpeó el pecho y el horrible fuego azul de sus ojos se volvió hacia Cicerón con burla y menosprecio.

–Señores, ¿sabéis lo que siente él y lo que ha sentido siempre? Envidia. Codicia. ¡Odio a lo que nunca podrá llegar a ser mientras Roma exista! Es cónsul de Roma, pero eso no es bastante para él. Con su voz meliflua y seductora ha logrado engañar a los romanos y crearse cierta fama. Pero no le basta. Ha ascendido de la pobreza a la riqueza, la riqueza de Roma. Pero no es suficiente para él. Es envidioso y quisiera ser lo que soy yo, un patricio. Y como no puede conseguirlo, sería capaz de destruir y de devorar lo que jamás alcanzará, lo que los dioses le han negado.

»En varias ocasiones me ha atacado furiosamente, lleno de envidia y resentido por la frustración. Yo lo he oído dos veces. En otras ocasiones no quise venir porque sentía vergüenza por mi propio país. No es que lo tema, ni temí que vosotros creyerais esas horribles acusaciones contra un hijo de Roma. Desdeñé oírle porque nadie puede dar crédito a un individuo de baja cuna y de antepasados sin importancia. Sólo los animales, tan glotones como él.

»Y ahora ha tenido la temeridad (cosa que no hubiera sido permitida en tiempo de vuestros padres y los míos) de pedir que yo muera ignominiosamente por delitos que nunca he cometido y que, como patricio romano, tampoco podría cometer aunque me volviera loco. Lo he soportado, señores, pero ya no puedo más. Pido que recordéis las almas de nuestros antepasados y os preguntéis a vosotros mismos si yo podría ser culpable de los imaginarios delitos de los que he sido acusado por Marco Tulio Cicerón, cuyos antepasados fueron bataneros y lavaban nuestras ropas. ¡Ahondad en vuestros corazones y en vuestros recuerdos, y luego mirad lo que Roma ha vomitado en estos tiempos, hasta el punto de que individuos de baja cuna se atreven a alzarse impunes y a denunciar a hombres como yo, que constituimos el verdadero espíritu de Roma!

Se dejó caer de nuevo en su silla y apretó los puños sobre las rodillas, respirando agitadamente y mirando fijamente al suelo como si hubiera visto una horrible visión que quisiera rechazar con toda su fuerza.

Quinto, que estaba al lado de su hermano, sintió en la boca el regusto de la muerte. Su rudo rostro, de ordinario tan coloradote, tenía la palidez de una sábana. Su ancha mano sujetó a Cicerón por un brazo, hallándolo rígido como si fuera de piedra, y vio que su hermano miraba a Catilina, como si éste fuese una cabeza de Gorgona.

Entonces, en aquel profundo y ominoso silencio, Julio César se levantó de nuevo, espléndidamente vestido y sonriendo ligeramente. Se dirigió a los senadores, quienes de mala gana apartaron la vista de Catilina para fijarse en él.

—Señores —dijo con tono suave y razonable—. Ya hemos oído al acusador y al acusado. Las palabras de Catilina, desde luego, llegan al corazón de todo hombre con orgullo. Pero, señores, ¡tenemos la evidencia! Las acusaciones de Cicerón no están basadas en el viento ni en la envidia. Los lugartenientes de Catilina han confesado y debo decir que estas confesiones no les fueron arrancadas con tortura, sino que ellos las hicieron espontáneamente pues, como patricios, desprecian decir mentiras.

Catilina alzó su bella y terrible cabeza y se quedó mirando a Julio, que sonrió indulgente.

—Por desgracia estos tiempos no son los de nuestros padres —prosiguió Julio con tono triste—. Entonces los patricios no se mezclaban con gente irresponsable y alocada, fácilmente dada a la ambición. Pero la vida era más sencilla para nuestros antepasados, no tan desmoralizada y compleja como ahora, en que todo es confuso y está sacudido por los vientos de los cambios y las diferencias. En aquellos tiempos los deberes eran muy sencillos y todo el mundo los conocía. No estaban mistificados respecto a lo mejor para su país. Simplemente se limitaban a luchar y a morir por él. La política no era tan confusa, abstrusa e intrincada como ahora. Por mucha buena voluntad que se tenga y amor por nuestros semejantes, uno se siente a veces desconcertado y tiene tendencia a dejarse engañar por la palabrería de otros. Reina cierta inseguridad en los propósitos. Lo que parecía bueno a nuestros padres, ¡ay!, ya no parece bueno a muchos que son de carácter inestable. ¿Vamos a llamar traición a esta inestabilidad y a esta confusión existente, confundiéndola con el peor de los delitos? ¿O nos limitaremos a calificarla de deplorable y a tener compasión de los tontos que se dejan arrastrar por ellas?

Craso dejó de sonreír y Clodio se agitó inquieto. Pompeyo miró a César y entrecerró sus ojos impasible. Pero el joven Marco Porcio Catón, nieto del famoso patriota y censor, miró a César estupefacto, al igual que Cicerón, sintiendo una profunda ira.

–Todos sabemos –continuó César con tono apenado– que hasta los aristócratas pueden ser engañados y confundidos. Catilina ha sido acusado por sus propios lugartenientes de haber conspirado contra Roma y de desear incendiarla y destruirla en una especie de acto de locura, en un acto de traición. Pero no olvidemos que estos lugartenientes, en su ansia por escapar al justo castigo por sus propios delitos, pueden exagerar. Supongamos que Catilina les escuchó y tuvo fabulosos sueños de locura. Al fin y al cabo, los otros son de su misma sangre, patricios como él. ¡Pero son jóvenes!, señores, y todos sabemos los excesos de los jóvenes. Catilina ya no es joven. Resultó herido muchas veces al servicio de su país y sufrió muchas fiebres en lejanas tierras, cosas suficientes para introducir el desorden en la mente de un hombre y afectar a su buen juicio. Lo conozco bien, lo he conocido desde niño y he luchado a su lado en nuestra juventud, y jamás vi un soldado más fiel y valiente. Debo decir que entonces jamás hallé en él el menor signo de esa locura que ahora se afirma que le posee, y en todo caso es el resultado de haber prestado oídos a jóvenes impacientes y alocados.

»Puede haber algo de verdad en lo que han dicho sus lugartenientes, pero también hay mucho de imaginación. Si Catilina les escuchó y fue engañado por ellos, por hallarse confundido en estos tiempos difíciles y cambiantes, con su vida y su gobierno tan complejos, entonces hay que reconocer que cometió una estupidez. Pero ¿constituye eso una traición? Puede que sí, puede que no.

»Sin embargo, eso requiere un castigo, que es el que yo pido para él.

Se quedó mirando a Catilina, cuya boca perfecta estaba contraída en un gesto de sombrío desprecio.

–¡Dejémosle que se marche! –exclamó Julio como si se sintiera apenado e indignado y, sin embargo, sintiera piedad–. Que pase los últimos años de su vida en el exilio, donde purgará su locura y recordará vanamente a la ciudad de sus antepasados. Asegurémosle que no habrá centinelas en las puertas, ni se le tenderán emboscadas para asesinarle en el camino que escoja en el destierro. Olvidémonos de su nombre, ya que él mismo deseará que sea olvidado. Tengamos piedad, recordando los servicios que prestó al país en años pasados, su valor y su heroísmo. Dejémosle marchar para que medite sobre tanto disparate y recuerde, conforme vayan pasando los años, que sus compatriotas romanos le compadecieron y le perdonaron la vida.

Al decir estas últimas palabras, Julio se llevó las manos a la cara, como para ocultar sus lágrimas, y luego, evitando mirar al frente, se sentó con una actitud de dolor y cansancio.[3]

---

[3] Julio César pronunció efectivamente este discurso.

Cicerón se dijo a sí mismo: Acaba de traicionarme a mí y a Roma. ¿Cómo lo habrá convencido Catilina, cómo ha llegado a deshonrarse de ese modo? ¡Oh, Julio! No tenía muy buena opinión de ti, pero albergaba cierta esperanza. Pensé que al final te pondrías de parte de tu país. Ahora todo está perdido.

Cicerón miró a los senadores y comprendió la lucha interna que afrontaban. Era lo peor de todo, que sintieran dudas e inseguridad.

Pero en ese momento se levantó el joven Catón, aquel hombre de rostro refinado de rasgos delicados, en cuyos ojos iracundos jamás se reflejaba el temor. Catón fue a colocarse al lado de Cicerón y le tomó la mano con el gesto confiado de un camarada. Y al mirar a los senadores, sus ojos se volvieron más brillantes, con una expresión más decidida. Entonces, lentamente, se volvió hacia Julio, que de repente se había recobrado de su dolor y estaba sentado muy erguido en su silla de marfil. Catón alzó una mano y señaló a César, y habló con una voz al principio tímida y temblorosa, pero que poco a poco fue cobrando fuerza.

−¡César! ¡Descendiente de una antigua e ilustre casa! ¡César el Magno, el famoso soldado! ¡César, que en el día de hoy se ha deshonrado a sí mismo y de paso a su país!

Los senadores se irguieron en sus asientos, no pudiendo creer lo que oían y veían. Y se miraron estupefactos.

−¡César, el hipócrita y embustero! −gritó Catón con toda la fuerza que le dio la rabia−. Sabes muy bien que lo que ha dicho Cicerón es verdad, sabes que lo que los lugartenientes de Catilina han confesado es verdad. ¿Quién se atreve a negarlo? Dime, César, ¿de qué tienes miedo? ¿Qué sientes en tu pérfido corazón? ¿Qué estás maquinando ahora?

»Has oído esta verdad muchas veces y ahora hablas con tono apaciguador. ¡Apaciguador! ¿Qué apaciguamiento se puede hacer con los traidores, César? ¿Por qué nos insultas tomándonos por tontos, como si no supiéramos la verdad? ¿Debemos ser blandos con los traidores, con los enemigos de nuestro país? ¿Vamos a aducir que fueron engañados y no sabían lo que hacían? ¿Que estaban bienintencionados, aunque las cosas les salieron mal sin querer? ¿Que extendieron la traición por amor al hombre y por un ardiente deseo de justicia, por descarriada o peligrosa que fuera? ¿Eran sólo unos individuos insatisfechos que no deseaban más que mejorar la suerte de los que llaman "los oprimidos"? ¿Era su impaciencia tan sólo impaciencia por mejorar la sociedad? ¿Se sentían tan sólo disgustados por la lentitud de los procedimientos legales y los defectos de las leyes? ¿O es que son (y tú sabes muy bien que lo son), César, tan sólo traidores, asesinos y renegados que sabían muy bien lo que hacían cuando cometían crímenes y ambicionaban el poder?

De pura rabia y emoción la voz se le ahogó. Los senadores, conmovidos y como despertando de un sueño, escucharon atentamente. Julio sonrió ligeramente. Craso no fue traicionado por su expresión. Pompeyo tenía, como siempre, un rostro inescrutable. Clodio fingió examinarse las uñas.

Catón continuó, temblando, aunque no de temor:

–Lo que yo aconsejo, lo que yo pido y todos los romanos lo piden conmigo es que, ya que el Estado ha sido puesto en peligro por la más monstruosa maquinación de ciudadanos traidores y disolutos y dado que Catilina y sus secuaces se hallan entre nosotros, convictos y confesos de haber tramado matanzas y motines, incendios y toda clase de ultrajes crueles e inhumanos contra sus conciudadanos, que sean castigados de acuerdo con lo que exigen antiguos precedentes respecto a los culpables de delitos gravísimos.[4]

Los senadores se sintieron tan fascinados, tan conmovidos por la sencillez, ardor y honrado apasionamiento del joven al que todos conocían por su gentileza y seriedad, como un patricio estudioso, como un romano valeroso, que no se dieron cuenta de que Catilina se había levantado y desaparecido súbitamente, mezclándose con la multitud y los soldados de la puerta, tan fascinados y conmovidos como ellos mismos. La gente que estaba en la plaza no se fijó en su rápido paso porque, como habían escuchado a César y Catón, estaban como absortos, alzando las cabezas y aguzando los oídos para no perderse ni una palabra. Y como no se dieron cuenta, no impidieron la escapatoria de Catilina y todo lo más que sintieron fue algún codazo; hasta que ya era tarde, no advirtieron que se había escapado. Además, el sol daba a muchos de cara y los ojos les dolían y lagrimeaban, mientras se esforzaban por mirar a través de aquel resplandor hacia la penumbra del interior del templo.

Sólo uno se dio cuenta de aquella rápida fuga y fue Julio César, pero éste no hizo el menor movimiento, manteniendo su expresión pensativa. Al final, como no oyera gritos fuera del templo, reparó en que había estado conteniendo la respiración y que sus pulmones pedían aire. Sonrió para sí mismo con gran alivio y miró con gesto fatigado hacia Cicerón. Pero éste tenía inclinada la cabeza, profundamente conmovido por las palabras de Catón. Oyó el murmullo de los senadores cuando Catón terminó de hablar y meditó brevemente antes de alzar la cabeza y dirigirse a ellos de nuevo, sabiendo que muchos le eran hostiles y le despreciaban.

---

[4] De un discurso efectivamente pronunciado por Marco Porcio Catón.

—Señores, Catón es de la opinión que hombres que intentaron asesinarnos, destruir a esta República y borrar el nombre del pueblo romano no tienen derecho a gozar ni un segundo más del privilegio de la vida; también tiene muy en cuenta que este castigo particular ha sido aplicado a menudo en Roma a ciudadanos desleales. César dice que los dioses inmortales no han ordenado que la muerte sea un método de castigo, pero no deja de ser una consecuencia inevitable de nuestra existencia y nos concede la paz final al cabo de tantos trabajos y aflicciones. Así que el hombre sabio jamás se enfrentó de mala gana con la muerte y los valientes salieron al encuentro de ella a menudo alegremente. Pero el encarcelamiento y la ejecución han sido siempre tenidos por una pena severa para los peores delitos. César, sin embargo, propone que Catilina y sus secuaces sean expulsados de Roma y que vivan exiliados en otras ciudades de Italia que no han hecho nada para merecer tal desgracia, por lo que, señores, debemos ahorrársela.

Y dicho esto movió la cabeza y suspiró.

—Si adoptáis la propuesta de César, que está en consonancia con su vida política, considerada tan «popular», yo tendría menos razones para temer un motín de los muchos partidarios que aún tiene Catilina; pero si, en cambio, adoptáis la otra alternativa, la pena de muerte, estoy seguro de que me haríais correr un mayor peligro. Pero dejadme que pregunte una cosa a César: supongo que él sabrá que la Ley Sempronia fue establecida sólo en beneficio de los ciudadanos romanos, y un hombre que es abiertamente enemigo del Estado no puede ser considerado tal y, por lo tanto, no puede ser condenado sólo al exilio.

»Señores, he concluido mis exhortaciones y la decisión está ahora en vuestras manos. Sólo vosotros podéis determinarla, a la luz de la evidencia, con el valor que requieren vuestros supremos intereses y los del pueblo romano, la tranquilidad de vuestras esposas e hijos, vuestros altares y vuestras creencias, vuestros santuarios y templos, la seguridad de los hogares de toda la ciudad, así como vuestra soberanía y libertad, la salvación de Italia y de todas las tierras que dependen de Roma. Soy vuestro cónsul y no vacilaré en obedecer vuestra decisión, cualquiera que sea. Y asumiré toda la responsabilidad.[5]

Se quedó mirando a los senadores con gesto severo durante un buen rato. Tenía a su hermano a un lado y a Catón al otro. El destino de Roma estaba en manos de estos senadores y ya se había resignado al verlos vacilantes, esperando a que rechazaran su última petición de que Catilina fuera condenado a muerte.

---

[5] Conclusión del cuarto discurso.

Pero entre el pueblo que estaba en el exterior habían corrido rápidamente sus últimas palabras hasta llegar a los rincones más alejados del Foro y, mientras Cicerón aguardaba y los senadores susurraban entre sí consultándose, un tremendo clamor se oyó en la plaza:

–¡Muerte a Catilina y a todos los traidores! ¡Muerte! ¡Muerte!

Cicerón lo oyó y una débil sonrisa iluminó su rostro por un instante. César lo oyó también y se quedó mirando a Craso, que seguía con expresión inescrutable. Los senadores lo oyeron igualmente y escucharon con gran atención, comprendiendo que no les quedaba otra alternativa. El más anciano se dirigió al cónsul y le dijo:

–Muerte a Catilina y sus secuaces.

Apenas había terminado de hablar, cuando Quinto se adelantó e hizo una señal a sus soldados para que detuvieran a Catilina, pero éste no se encontraba ya allí. Los que estaban dentro del templo unieron sus gritos de protesta con los que estaban fuera. En ese momento, Catilina, montado en un caballo negro y seguido de varios de sus partidarios, cruzaba al galope la puerta más cercana de las murallas dirigiéndose en busca de Manlio.

A última hora de la noche siguiente, Cicerón estaba en su biblioteca firmando los documentos necesarios para que los lugartenientes de Catilina fueran conducidos a las mazmorras de la Mamertina, desde donde serían llevados al día siguiente al lugar de ejecución. La ejecución se llevaría a cabo por el sistema más humillante: los reos eran bajados a un hoyo donde se les estrangulaba de un modo lento y doloroso. A Cicerón le tembló la mano, deseando que hubiera una alternativa. Miró la pluma y se estremeció. Jamás hasta ahora había firmado una sentencia de muerte. Pero estos hombres debían morir si Roma había de vivir, aunque todos fueran patricios e incluso uno de ellos hubiese sido por un año cónsul de Roma. ¿Qué era peor, la ejecución por traición o la traición en sí misma? Lanzó un profundo suspiro y firmó las órdenes con caligrafía apenas legible, tan grande era la angustia que sentía.

Apenas acababa de cumplir con tan desagradable deber cuando su sirviente le anunció la llegada de Julio César. El primer impulso de Marco fue negarse a recibirle porque estaba resentido con su viejo amigo, pero luego, con gesto cansado, dio su asentimiento y apartó a un lado las órdenes de ejecución, echándoles un vistazo. Le pareció que sus bordes estaban manchados de sangre. César entró con gesto pausado y cara muy seria. Marco, en silencio, le hizo seña de que se sentara e igualmente en silencio le sirvió vino. César tomó un cubilete y Marco otro. Entonces César brindó por su anfitrión. Marco no hizo ningún gesto y se limitó a llevarse el vaso a los labios.

—Estás enfadado conmigo, Marco —dijo Julio—, pero ¿no crees que fue mejor que yo interviniera antes que permitir que el Senado tomara una decisión apresurada? La Historia dirá que Catilina no fue condenado hasta que su caso fue objeto de largas deliberaciones con toda justicia, y que los que le condenaron no se dejaron llevar por la pasión.

—No era ésa tu intención, Julio —le respondió Marco con creciente amargura—. Y ahora dime, ¿cómo fue que Catilina se puso en contacto contigo y llegó a intimidarte hasta el punto de que aceptaste ser su abogado?

Julio enarcó las cejas con gesto de asombro.

—No te comprendo, Marco. ¿Qué estás insinuando?

—La verdad, Julio, sólo la verdad. Pero no importa. De todos modos no me la ibas a decir. ¿A qué has venido?

Julio le sonrió con afecto.

—Para felicitarte por haber salvado Roma.

Ahora Marco ya no pudo dominarse. Cogió las órdenes de ejecución y las sacudió delante de su cara.

—¡Mira esto, César! Son órdenes. Una sobre la detención e inmediata ejecución de Lucio Sergio Catilina. Las otras cinco son para sus lugartenientes, ejecuciones que tendrán lugar mañana. Seis órdenes, César, seis solamente. ¿Sabes qué otros nombres deberían estar aquí? El tuyo, César, el de Pompeyo, el de Clodio y puede que hasta el de Craso. Y los de todos vuestros amigos. Dormiría más tranquilo esta noche y me sentiría menos inquieto si vuestros nombres figuraran aquí también. Eso te lo juro por mi santa patrona, Palas Atenea.

Arrojó las órdenes sobre la mesa y se las quedó mirando con cara de sufrimiento. César se levantó.

—Te equivocas, Marco —le dijo.

—¿Tú crees?

—Sí, ya te lo he jurado muchas veces.

—Pues has jurado en falso, y por ello los dioses te castigarán.

César se aseguró el enjoyado alfiler que sujetaba su capa en un hombro y se quedó mirando a Marco con rostro sereno. Al final dijo:

—Eres un buen hombre, un viejo amigo y compañero, y en este momento sufres por tener que hacer lo que acabas de hacer. Por eso hablas sin poder contenerte. Basta ya. Te perdono porque te quiero. Sosiégate. Has salvado Roma.

En un arrebato de ira, Marco se puso bruscamente de pie y se apoyó sobre la mesa enfrentándose con César cara a cara.

–¡No he salvado Roma, César! –exclamó con la cara enrojecida–. ¡Nadie puede ya salvarla y tú lo sabes muy bien, pues tú, yo, todo el mundo está condenado a la destrucción!

Aquella misma noche, un poco más tarde, Julio dijo a Craso:

–Te digo que no sólo Catilina está loco. Cicerón también lo está. Ha salvado Roma gracias a nosotros. Confunde la audacia y los crímenes de Catilina con nuestra enérgica e inteligente decisión de no oponernos a los cambios –sonrió– y de hacer que las cosas evolucionen como deben.

Craso replicó:

–Menos mal que nos hemos librado de Catilina.

Capítulo

55

Pero no era el fin, sólo el sangriento principio.

Catilina atacó inmediatamente, apoyado por Manlio y las fuerzas de descontentos de éste y por aquella chusma de libertos envidiosos, gladiadores, esclavos fugitivos, bribones, malhechores de todas clases, vagos, tramposos y traidores. Sin embargo, entre ellos había patriotas toscanos engañados por Catilina, que constituían sus fuerzas más escogidas, hábiles soldados como los etruscos de Manlio. En Roma corrieron alarmantes rumores de que Manlio se había puesto en marcha. Dentro de la ciudad había decenas de millares de simpatizantes suyos; entre ellos, los parientes de Léntulo, que había recibido una muerte humillante en la mazmorra Tulia, junto con los otros cuatro lugartenientes de Catilina.

La locura, dijo Cicerón una vez, tiene una grandeza terrible que no se puede hallar entre los recuerdos, y era esta grandeza la que había fascinado a los partidarios de Catilina. En una ocasión Noë ben Joel escribió a Cicerón desde Jerusalén:

«Muchos judíos eruditos creen que los hombres perversos están locos, pero otros igualmente sabios afirman que los malos están locos porque están poseídos por demonios. Así que muchos de nuestros hombres santos se pasan la vida expulsando demonios de los cuerpos de los afligidos.»

El demonio que llevaba dentro Catilina jamás había sido exorcizado y ahora lo dominaba completamente. Y despreciaba incluso a sus seguidores, muchos de los cuales tenían motivos de queja contra Roma, tal como los granjeros arruinados por las guerras y los libertos desesperados, que se veían metidos en dificultades por culpa de los usureros, que cobraban intereses elevadísimos. Y, como es natural, Catilina despreciaba también a todos aquellos que se interponían en su camino hacia el poder, pues nada le contenía ni sentía compasión o piedad.

Sin embargo, Manlio, antiguo y honrado soldado, rodeado de sus hombres que igualmente tenían agravios contra Roma, decidió escribir una carta al general Marcio Rex, que había sido designado apresuradamente por el Senado como jefe de las fuerzas que habían de aniquilar al abigarrado ejército rebelde.

«A Marcio, mi querido ex camarada de armas –escribió Manlio en su conmovedora carta–. Pido a los dioses y los hombres que sean testigos de que si nos hemos alzado en armas no ha sido contra nuestra patria o para poner a nadie en peligro, sino para defendernos de los ultrajes. Hemos sido ofendidos y privados de nuestros derechos. Muchos de nosotros hemos sido expulsados de Roma por la violencia y la crueldad de los prestamistas, y todos hemos perdido la reputación y la fortuna. A ninguno se nos permitió disfrutar de la protección de las leyes y conservar nuestra libertad personal, después de que nos despojaran de nuestro patrimonio. Vuestros antepasados sintieron a menudo piedad de los plebeyos y aliviaron sus necesidades por decretos senatoriales; y a menudo esos mismos plebeyos, animados por el deseo de gobernarse a sí mismos o exasperados por la arrogancia de los magistrados, tomaron las armas y se separaron de los patricios. Pero nosotros no pedimos poder ni riquezas, sólo la libertad, que ningún hombre verdadero entrega si no es con su vida. Os imploramos a ti y al Senado que penséis en nuestros desgraciados campesinos y que se nos devuelva el disfrute de la Ley del que nos privó la injusticia de los jueces, que no nos obliguen a atacar a nuestros compatriotas romanos y a preguntarnos cómo podremos vender más caras nuestras vidas.»[1]

Apenas la hubo recibido, Marcio Rex se apresuró a llevarla al Senado, que rogó a Cicerón que acordara una entrevista con ellos. Cicerón leyó la carta y suspiró con amargura:

–Hay mucha verdad en lo que Manlio dice –contestó–. Aconsejémosle que se aparte de Catilina y que deponga las armas.

Esto es lo que hizo el Senado, que contestó a la carta que Manlio había escrito en secreto y sin conocimiento de Catilina con otra misiva, que ahora Manlio sí mostró a éste. Catilina al principio se puso furioso con su general, aunque luego se sintió muy divertido.

–Iniciemos la marcha enseguida –dijo–. No, no me fío del Senado.

Manlio vaciló porque se sentía cansado y aún conservaba sus viejos sentimientos romanos.

–Ya he visto en mi vida demasiada violencia, sangre y muerte, Lucio. Negociemos con el Senado y con los gobernantes de nuestro país.

Entonces Catilina le contestó con rabia salvaje:

–¡Yo no tengo patria ni nunca la tuve! Tendré una cuando me apodere de Roma y sólo entonces.

---

[1] Manlio escribió efectivamente esta carta a Marcio Rex.

Catilina estaba furioso y muy exaltado con sus propios planes. Su ejército de veinte mil hombres marcharía sobre Roma a través de la Galia y luego cruzaría los Apeninos por el paso de Faesulae.

Cicerón encargó a Metelo Celer, uno de los pretores, que fuera al territorio de los picenos en dirección al paso de Faesulae, que tomara las alturas con sus legiones y cerrara así el paso a Catilina. Por otra parte, Cicerón envió con otra legión a Antonio Hybrida. Quinto Tulio Cicerón era uno de sus capitanes y habría de enfrentarse con Catilina una vez éste hubiera sido rechazado en el paso de Faesulae. En el momento de la partida, Marco abrazó a su hermano con una sensación de angustia que no pudo disimular.

—No te entristezcas, Marco —le dijo Quinto al ver sus lágrimas—. Esos criminales de Catilina no me matarán. Volveré. Pero si no vuelvo, recuerda que habré perecido luchando por mi patria.

Catilina, que era un militar hábil y astuto, no se desanimó porque le hubieran cortado el paso en Faesulae. Como buen estratega, encaminó su ejército hacia el norte por el valle del río Arno, atacando en dirección a Pistoia, con la intención de abrirse camino hacia el oeste a través de los Apeninos. Estaba más exaltado que nunca. No tenía la menor duda de que alcanzaría el éxito. ¿Acaso los dioses no amaban y favorecían a los patricios, a los valientes y a los audaces? Se sentía invulnerable, como si estuviera protegido por el propio escudo de Perseo, y se creía un verdadero Hércules al que nadie podría vencer. Había momentos en que se imaginaba destruyendo él solo, con sus propias manos, el ejército de Antonio, sin recibir la menor herida. Montado a caballo, recorría arriba y abajo las filas de su enorme pero desorganizado ejército de veteranos descontentos y chusma armada, en muchos casos sólo con estacas afiladas o toscas espadas. Llevaba un estandarte rojo en el que se habían bordado las antiguas y gloriosas armas de los Catilinii. Sus hombres miraban atemorizados su jubiloso rostro y les parecía un dios al que ningún mortal podía vencer. Su armadura relucía bajo el sol invernal y su capa escarlata flotaba detrás de él, mientras que su casco brillaba como una nueva luna. El fervor y la locura parecían prestarle una aureola. Los cascos de su caballo negro arrancaban chispas de las piedras del valle, su sombra semejaba más larga y vívida sobre la nieve. En el horizonte se veían las negruzcas montañas nevadas que a Catilina le parecían al alcance de la mano y poco más altas que pedruscos. Su voz resonaba como una alegre trompeta, como si fuera un heraldo anunciando victorias, y al oírla, las filas de sus hombres se apartaban y ellos marchaban animosos, perdiendo de repente todo temor y toda duda. Catilina se había convertido para ellos en un llameante Apolo montado sobre el caballo Pegaso, cubierto por una armadura forjada por el mismo Vulcano en el Olimpo.

Inexorablemente ambos ejércitos se fueron aproximando el uno al otro hacia el mediodía. Antonio, el general patricio colega de Cicerón, se sintió inquieto de repente. A su lado cabalgaba su ayudante Petreyo, un bravo soldado veterano, y detrás de ambos, su capitán favorito, Quinto, con su brillante armadura y un gesto de inquebrantable decisión. Tras ellos traqueteaban con estruendo los carros de guerra con sus estandartes, ocupando la amplia llanura. Antonio se sentía cada vez más inquieto. Catilina había intentado engañarlo, era enemigo de Roma y debía ser aniquilado. Pero Catilina era un patricio como él por el que una vez había sentido amistad, la misma amistad que aún ligaba a ambas familias. Entonces dijo a Petreyo:

–Estoy avergonzado, pero acabo de sufrir un repentino ataque de gota. Debo retirarme hacia la retaguardia. ¿Quieres tomar el mando, adelantarte con la legión, llevando a Quinto a tu lado, y lanzar el primer ataque? Yo mandaré la retaguardia. Estaremos en contacto a través de correos.

Petreyo, el fornido y cetrino general, lo comprendió enseguida, pues también era patricio; pero sobre todo se sentía soldado. Evitó mirarle con sus fieros ojos y se limitó a responder:

–Sea como dices, Antonio. Espero que te recuperes pronto. Quinto y yo dirigiremos el ataque.

Miró hacia lo lejos, la amplia llanura, y vio cómo el negro ejército de Catilina se acercaba. Y apretó los labios con decisión. Quinto, que había oído la conversación, ni siquiera se volvió para ver cómo Antonio se alejaba cabalgando hacia la retaguardia, con rostro pálido y mirada ausente. Quinto sintió desprecio por el colega de su hermano. Un romano era un romano y un hombre no necesitaba saber nada más. Hizo un gesto con la mano y de repente en el mayestático silencio de los campos resonaron martilleantes tambores. Al infeliz Antonio le pareció que tocaban para él de un modo ignominioso y ridículo conforme marchaba hacia la retaguardia, y se ruborizó. Petreyo esbozó una sonrisa sombría. No era Quinto quien tenía que dar la orden de que redoblaran los tambores, ni la siguiente, el sonar de las trompetas. Pero Petreyo no se lo reprochó y, maniobrando a su caballo, se puso a cabalgar al lado de Quinto, que ocupó el puesto de Antonio.

–Si mi hermano fuera traidor a Roma –declaró Quinto–, lo mataría con mis propias manos.

Petreyo no replicó. Estaba de acuerdo con Quinto, pero no podía olvidar que Antonio era patricio como él, mientras que Quinto no lo era; pero admiraba el valor y apoyó una mano revestida de cota de malla en el hombro del joven.

–Somos soldados –dijo, y eso bastó a Quinto, cuyo rostro se ruborizó de satisfacción.

Apreciaba a todos los que servían en el ejército romano, desde los conductores de carros hasta los simples legionarios que marchaban a pie tras los vehículos, desde los tambores hasta los trompeteros que con sus toques desafiaban a Catilina. Le excitaba el clamoroso traqueteo de las ruedas y el retemblar al paso de los infantes, que inquietaban el tranquilo día invernal. Hacía tiempo que no participaba en ningún combate y sentía agitarse en su interior su sangre de soldado, encendiéndole el espíritu. Iba muy erguido en su caballo, muy seguro de sí mismo, sintiéndose lleno de vida. ¡No en vano iba a luchar por su patria y, si era preciso, a morir por ella! Junto a él parecían cabalgar fantasmas de héroes, montados en caballos transparentes, y los tambores y trompetas tanto tiempo silenciados resonaban jubilosos, produciendo ecos retumbantes que parecían acallar todo lo demás.

Un sol pálido pero cegador parecía requemar la tierra blanquecina y las lejanas montañas cubiertas de nieve, reflejando sus rayos sobre los estandartes rojo y oro, marcando las profundas sombras de los dos ejércitos que se aproximaban, reluciendo en las espadas esgrimidas y refulgiendo en los cascos de cresta, en las erguidas lanzas o en los hoyos rellenos de nieve, volviéndolos de un azulado radiante. Junto al ala izquierda del ejército romano se precipitaba entre espuma un inquieto riachuelo y en lo alto el cielo era de un pálido tono azulado, contra el cual los estandartes parecían sangre. El cuero crujía, las armas rechinaban, los caballos relinchaban, alzando sus hocicos impacientes por olfatear la batalla. De sus ijares salía un aliento humeante. El sol brillaba sobre miles de escudos dorados, convirtiéndolos a su vez en pequeños soles.

Quinto era un hombre de mentalidad simple, las sutilezas de los débiles (como él las consideraba) eran para las columnatas, no para cuando se requería acción. Ahora iba cabalgando para salir al encuentro de un ejército conducido por un loco y, como soldado de mentalidad sencilla, se regocijaba de poder hacer frente a los enemigos de su país. Antes ya habían luchado romanos contra romanos dentro y fuera de Roma; con este pensamiento le bastaba. En su impaciencia por encontrarse con el enemigo, espoleó su caballo adelantándose al de Petreyo y tuvo que tirar de las riendas en el último momento. Fue entonces cuando su sencillo corazón le dio un vuelco, al pensar que estaba ansioso por matar al hombre que una vez había arriesgado la vida para salvar la suya.

Catilina era el enemigo jurado de Roma y había sido condenado por desear su destrucción. Sin embargo, había sido un valiente y heroico soldado y un fiel camarada de armas. De repente, Quinto sintió un gran malestar. No temblaría ni apartaría su mano frente a Catilina, porque evidentemente éste debía morir, pero rezó para que no fuera él quien tuviera que matarlo. El ejército romano estaba descendiendo una suave cuesta en la llanura, el de Catilina la estaba subiendo; dentro de un instante ambos ejércitos chocarían. Quinto sintió un regusto a sal y sangre y su expresión debió de ser tan extraña que Petreyo se lo quedó mirando de reojo con gesto de curiosidad, aunque no dijo nada. Quinto vio aquella mirada y se bajó la visera del casco.

Petreyo se protegió los ojos con una mano cubierta de malla y observó al enemigo que se acercaba.

—Es un ejército desordenado —comentó—. Lo derrotaremos fácilmente.

Alzó el brazo y el latir de los tambores y el resonar de las trompetas se elevó de tono, ensordeciendo los oídos.

—¡Al ataque! —gritó Petreyo, y él y Quinto se adelantaron al galope en sus caballos, seguidos por sus oficiales, los carros de guerra y la legión de caballería, seguidos éstos a su vez por la legión de infantería, todos prestos para la batalla.

El ejército de Catilina se detuvo bruscamente y sus hombres alzaron las miradas para ver la oleada reluciente que se precipitaba hacia ellos. Sus filas se agitaron, aunque no se rompieron. Eran millares de hombres valientes que habían conocido muchas veces el combate y que se sabían mandados por valientes. Hasta la vil gentuza de Roma que formaba parte de aquel ejército sentía la tremenda excitación que produce ver aproximarse el combate y la muerte. Cerraron filas y corrieron al encuentro del ejército romano, encabezados por Catilina en su caballo negro, al que espoleaba furiosamente. Como si la propia naturaleza quisiera participar en el combate, el sol pareció agrandarse, volverse insoportablemente brillante y hacer que las montañas nevadas semejaran de fuego blanco, mientras que el riachuelo tronaba y golpeaba sus heladas riberas.

El choque de los dos ejércitos fue terrible y su estruendo fue devuelto por el eco de las montañas, mientras que la tierra temblaba. Los caballos se precipitaban contra otros caballos, los hombres contra otros hombres, Catilina no contaba con carros de guerra y los romanos se revolvieron traqueteando en medio de las filas enemigas. El sol lanzó destellos en las espadas que entrechocaban, en el remolino de lanzas. Los hombres caían de los caballos manchando la nieve de sangre. Las bestias se retorcían en su agonía. Las armas chocaban contra los escudos y por todas partes se oían gritos y gemidos, el roce de ruedas, la rotura de ejes, los golpes sordos de cuerpos que entrechocaban. Lo que había sido una llanura tranquila y pacífica, cruzada por un río, era ahora el sangriento escenario de una matanza bajo un pálido sol. De las colinas venía el eco de mil estruendos diferentes, como si ejércitos invisibles del Hades hubieran acudido para participar en la batalla.

Ahora no había más que una enorme y llameante confusión en la que se mezclaban los estandartes, entrechocaban las espadas y golpeaban las lanzas y los escudos. Quinto fue acabando uno a uno con los enemigos que le salían al paso, derribándolos de sus caballos o inclinándose para abatir a los que iban a pie. A pesar de que el día era muy frío, el sudor le corría por la cara. Se sujetaba al caballo con las rodillas apretadas y los dientes le brillaban bajo aquella luz feroz, mientras jadeaba y respiraba entrecortadamente. Perdió toda noción de tiempo, de muerte o de sonidos. Y conforme los enemigos se enfrentaban a él, los iba matando.

La batalla fue relativamente corta. Los hombres de Catilina lucharon como leones, incluso aquellos considerados «gentuza», porque nadie esperaba dar ni recibir cuartel ni hacer prisioneros. La Muerte sería la única victoriosa. Los romanos luchaban concienzudos y con mayor tenacidad, sintiendo un enorme desprecio contra su enemigo. Lo que más aborrecían en un hombre es que fuera traidor, porque ante todo eran soldados y los soldados aman a su país. Millares de enemigos eran etruscos, a los que los romanos no consideraban itálicos. Los romanos tenían una nación que defender, pero incluso los más valientes de entre sus enemigos no tenían otra cosa que defender más que a sí mismos.

Quinto no dejaba de clavar su espada, desclavarla y volver a clavarla, hasta que la sangre le empezó a correr por el brazo y le salpicó la armadura, túnica, polainas y botas. Su caballo estaba herido, pero se comportó igualmente con valentía. Quinto tenía una profunda herida en un muslo y la cara le sangraba, pero no sentía más que el ansia de la batalla. Maniobraba su montura haciéndola saltar y abrirse camino a través de la muralla de cuerpos que se le oponía. Su brazo jamás se cansaba. También sus camaradas se mostraron muy valerosos, apresurándose en torno suyo, palpitando, gimiendo, gritando, maldiciendo y jadeando. Oficiales y soldados se mezclaban juntos en una falange de hierro que hacía retroceder implacablemente al ejército de Catilina, centenares de cuyos hombres cayeron en el río, ahogándose en la corriente. Las trompetas resonaron repetidamente con su estruendo metálico; los tambores redoblaron ordenando nuevas cargas de caballería o la reagrupación de las fuerzas. Y los carros de guerra romanos, yendo en formación, pasaban aplastando cuerpos una y otra vez, chapoteando en la nieve mezclada con sangre.

De repente, el combate terminó tan rápidamente como había comenzado. Jadeante y mirando en torno suyo, Quinto se puso a buscar a Petreyo sin lograr verle. Ante él había un montón de cadáveres y de cuerpos agonizantes, piernas contra brazos, caras contra pies. Los romanos, que en su furiosa persecución se habían dispersado, convergieron para agruparse de nuevo y matar a los últimos enemigos que trataban de escapar. En ambos bandos la carnicería había sido terrible y los romanos se apeaban de sus caballos para abrazar y consolar a sus camaradas agonizantes o para arrodillarse en la nieve empapada de sangre, para llorar a algún hermano o alzar alguna visera. Los carros de guerra chirriaron al detenerse. Entre la confusión se alzaba el humeante aliento de cientos de caballos, que permanecían temblando y con las cabezas gachas. Las colinas iluminadas por el sol contemplaron implacables aquella carnicería y ellas mismas se coronaron de fuego.

Quinto se sintió de repente muy cansado. Los oficiales se acercaron a él para hablarle, pero él sólo pudo afirmar o negar con la cabeza porque le parecía haberse vuelto sordo. Se apartó un poco de ellos para enjugarse su rostro sudoroso y para llevarse la mano a una herida. Fue entonces cuando vio a Catilina tirado en el suelo, rodeado de un círculo de cadáveres de los suyos, en un charco de su propia sangre.

Quinto, temblando como si tuviera fiebre, se apeó lentamente de su caballo y con paso torpe se dirigió hacia el caído, cuya mano aún aferraba la espada. El casco se había deslizado de su noble cabeza y un soplo de brisa agitó su negra cabellera ya algo canosa. El rostro de Catilina tenía la palidez de la muerte; aquel mismo rostro que había seducido a Fabia y a tantas mujeres en el curso de su vida y que había despertado la admiración de tantos hombres que le siguieron hasta esa violenta cita final con la muerte. Sus ojos, aquellos ojos azules que habían aterrorizado y fascinado a tantos, miraban ahora al cielo sin ver. Quinto cayó de rodillas al lado de su enemigo, se lo quedó mirando atónito y en silencio se enjugó los ojos con el dorso de su mano manchada de sangre.

Uno de los enemigos más temibles que Roma había conocido yacía allí destruido al final por la locura, el odio, la ambición y la codicia, caído al final por su propia voluntad. Quinto se inclinó sobre él y su aliento formó una nubecilla ante su cara. Lo apartó con un gesto de la mano, como si fuera un intruso y no su propia respiración. De pronto se estremeció porque los ojos de Catilina, que parecían contemplar el sol, se habían vuelto para mirarle. Aquel azul intenso iba diluyéndose como si se estuviera helando, pero aquella alma salvaje aún luchaba para ver más allá del velo que la muerte estaba dejando caer sobre sus ojos.

—¿Lucio? —preguntó Quinto con un ronco gemido. Y sin poder evitarlo, alzó la fría y flácida mano de su enemigo y la sostuvo entre las suyas.

El espíritu que pugnaba por liberarse de la carne en el cuerpo de Catilina se detuvo un momento para escuchar, para intentar ver de nuevo. Y entonces vio el moreno rostro de Quinto, que de pronto se había echado a llorar, y una débil sonrisa rozó aquellos bellos labios grisáceos.

–Quinto –susurró. La sonrisa se ensanchó y Catilina lo llamó por el cariñoso apodo que una vez le había dado: «cachorro de oso». Y aquellos dedos moribundos, en un supremo esfuerzo de voluntad, se aferraron a la mano de Quinto–. Adiós –le dijo. Volvió de nuevo sus ojos hacia el cielo y entonces susurró–: Esperé mucho tiempo este día y ahora bendigo su llegada.

Los párpados se cerraron sobre los ojos glaucos, el moribundo se estremeció convulso y su cuerpo se puso rígido mientras su espalda se arqueaba. Entonces, con un sordo crujido, el cuerpo revestido de armadura se desplomó en el suelo y se quedó inmóvil, como encogido y consumido, y el alma que lo había animado lo abandonó. La espada se le escapó entre los dedos; aquella espada corta romana que él había llevado con honor y deshonor.

Quinto alzó los ojos a un cielo indiferente que había presenciado tantas carnicerías y locuras, y llorando dijo en voz alta:

–¡Doy gracias a los dioses porque no fue mi mano la que lo mató! ¡Doy gracias a los dioses! –repitió con voz resuelta, aunque algo lejano en su mente tembló y pareció querer preguntar algo, aunque no llegó a saber el qué.

Se quedó mirando la mano yerta que aún no había soltado y vio que algo brillaba en un dedo. Era el anillo en forma de serpientes de aquella temible sociedad secreta. Quinto retrocedió. Y luego, con un esfuerzo de voluntad, quitó aquel anillo del dedo y se lo metió en un bolsillo, incorporándose penosamente y mirando alrededor como aturdido. Vio un estandarte romano tirado en el suelo, empapado de sangre, manchado y desgarrado. Con un esfuerzo sobrehumano se dirigió hacia él y lo levantó del suelo trabajosamente. Lo alzó todo lo alto que pudo y andando torpemente regresó junto a Catilina, cubriendo su majestuoso cuerpo con él, para ocultarlo a la vista y al desprecio de los cielos, las burlas de los hombres y la amarga intemperie. Porque al final Catilina no había muerto sin gloria.

Era el enemigo de Roma –dijo Cicerón a su hermano. El anillo en forma de serpientes estaba ahora sobre la mesa que había frente a ellos–. Era como el jefe de un matadero. No tenía planes para reconstruir, para renovar lo que hubiera conquistado. Él era la pura destrucción. Sólo deseaba contemplar terror y ruinas y el colapso de toda una civilización. Su madre fue la violencia, quien a la vez fue su esposa y su querida. Con ellas convivió y soñó. Odiaba a todos los hombres; por ello ha tenido que sufrir la venganza de los dioses.

–Era un valiente –contestó Quinto.

Cicerón sonrió tristemente.

–Hablas como un soldado, hermano mío, y los soldados honran el valor por encima de todas las cosas. Pero hay un honor y un valor más grandes, que son el servicio a Dios y a la patria, no la conquista, no la ambición personal, no el amor al terror por el terror, no el deseo de dominar a nuestros semejantes por el ansia de poder. Este honor y este valor no son siempre vitoreados ni siempre conocidos. Sin embargo, te digo que son mucho más grandes que la valentía de todos los Catilinas y mucho más heroicos que cualesquiera estandartes. Porque ellos son la Ley.

Se levantó y abrazó a Quinto. Luego puso una mano en el hombro de su hermano menor, mirando a sus ojos cansados y enrojecidos.

–No te reprocho, Quinto, que lo hayas llorado. No importa el que él te hubiera matado alegremente aquel día, y se habría regocijado con mi asesinato. Era como un holocausto, como un desastre de locura, y ninguna nación está libre de hombres como él, como no están libres de otras calamidades en tantas épocas de su historia en que cesaron de respetar las profundas leyes de Dios. Llora al camarada que conociste, al hombre que te salvó la vida, pero da gracias al Eterno de que lo más característico de él haya muerto para siempre..., al menos en la forma en que él lo encarnaba –añadió.

Aquello no era todavía el fin, como Cicerón sabía muy bien.

Cneio Pisón, el individuo rubio, menudo y delgado, el viejo amigo de Catilina, había sido nombrado gobernador de Hispania un año antes del proceso de Catilina ante el Senado. Cicerón se opuso enérgicamente a tal nombramiento, mucho antes de que él fuera promovido al Consulado, pero Craso le respondió fríamente:

–Siempre estás hablando de conspiraciones, Cicerón. Es una obsesión que tienes. Cneio Pisón es un noble patricio perteneciente a una ilustre familia, un valiente soldado y un buen administrador. Rechazo tu protesta.

Poco antes de su aparición en el Templo de la Concordia, Catilina envió un correo a su amigo, con encargo de decirle una sola palabra: «¡Ataca!». Así que Pisón reunió un ejército de hispanos y marcharon sobre Roma para ayudar a su amigo conspirador y participar con él en la conquista del poder. Los hispanos eran gente de carácter sombrío, pero honestos soldados, muy fieles a su gobernador romano. Por lo tanto, resulta muy extraño que en el segundo día de su marcha, sin causa aparente, se rebelaran y asesinaran a Cneio Pisón, enterrando su cuerpo en el mismo lugar donde lo habían matado, para luego regresar a sus casas.

Mientras tanto, Quinto Curio, que había estado acechando en Roma, cayó en desgracia y tuvo que esconderse. Apenas había transcurrido una semana de la derrota de Catilina cuando apareció una mañana asesinado en su lecho.

El historiador Salustio, al comentar estos acontecimientos, escribió:

«Se dice que fue la policía secreta de Cicerón la que ordenó su muerte. Ya es sabido que Craso, que siempre manifestó su aprecio por ambos, hizo sacrificios en los templos por sus almas respectivas, aunque se le vio reprimir una sonrisa. Julio César también se condolió públicamente de sus respectivas muertes, aunque es evidente que no estaba muy apenado. Pompeyo y Publio Clodio ni siquiera se condolieron y eso que este último era su más fiel amigo. Para la historia será siempre un misterio quién ordenó su muerte.»

Cicerón sabía que era preciso exterminar a todos los que habían conspirado con Catilina. Le producían horror las matanzas, pero era necesario que no quedara ningún foco de infección de Catilina en el cuerpo político. Antonio le rogó que tuviera piedad y Cicerón le contestó furioso:

—¿Crees que me complazco con la represión? Lo hago por Roma y no por espíritu de venganza.

Temía que después de la muerte de Catilina, las decenas de miles de desharrapados hambrientos de Roma que habían sido partidarios suyos se rebelaran provocando el caos, aunque no fuera más que temporalmente. Pero había subestimado su propia elocuencia y la facultad de comprensión del pueblo. Y Salustio escribió:

«Ni siquiera los más pobres y desgraciados estaban conformes con la idea de incendiar la ciudad donde tenían sus miserables hogares, y tampoco comprendieron bien, hasta que Cicerón se lo hizo comprender, que lo que deseaba Catilina era eso y no darles botín y redistribuir las riquezas.»

En cuanto a Manlio, la misma mañana en que el ejército de Catilina emprendió su marcha final, se arrojó sobre su propia espada y fue enterrado discretamente por sus hombres. Cicerón se alegró de que el valiente soldado no hubiera tenido que sufrir una muerte ignominiosa y su desgraciada suerte conmovió su corazón.

Como es natural, todos los patricios rebeldes tenían parientes, uno de los cuales era Publio Clodio, quienes ahora se habían convertido en enemigos mortales de Marco. El mismo Julio César tuvo que soportar que viejos amigos suyos fueran detenidos y ejecutados. Ambos fueron a ver a Craso para quejarse.

—Cicerón ha perdido el juicio —le dijeron—. Está deteniendo incluso a los que conocieron a Catilina.

Craso los miró con gesto sombrío y respondió:

—¿Y qué queréis? Esos hombres eran culpables, vosotros lo sabéis muy bien. ¿Queréis que les perdone la vida porque son patricios y hombres influyentes, porque han cenado con vosotros y eran amigos vuestros? ¿Acaso lo hicieron mejor que los pobres bribones, los actores afeminados, los luchadores, pugilistas, libertos y criminales que también fueron seguidores de Catilina? Pues eran mucho más peligrosos. –Pero al decir eso frunció el entrecejo.

Más tarde, Clodio dijo a César:

–Craso tenía miedo de lo que los condenados pudieran decir de él. Cuanto antes los mataran, antes estaría seguro. ¿Es que creíste que él intervendría para salvarlos? ¿Es que los dictadores sienten remordimiento?

Clodio tenía un rostro menudo y moreno, y sus grandes ojos negros estaban tan separados que los maliciosos decían que parecía una rana intelectual. Pero ahora los ojos le brillaban.

–No perdonaré esto a ese Cicerón al que antes respetaba y admiraba.

Julio se encogió de hombros.

–Recuerda que durante mucho tiempo lo hemos necesitado.

–La necesidad obliga a hacer extrañas concesiones –dijo Clodio–. El joven Marco Antonio es tu más grande admirador; sin embargo, tu tío Mario condenó a su padre a muerte. Y ahora jura que se vengará de Cicerón porque éste condenó a muerte a su padrastro Léntulo. Nuestro querido cónsul se ha creado últimamente bastantes enemigos. Podría formarse con ellos una compañía.

Cicerón sabía que el odio le estaba persiguiendo como si fuera un ejército. Terencia siempre se apresuraba a informarle, a veces con lamentaciones y lágrimas en los ojos:

–Mi querida amiga Julia, la esposa de Léntulo, se halla inconsolable. Lo mismo que otras señoras que antes eran amigas mías. Ahora no quieren ni verme.

Y Cicerón le contestaba con tristeza:

–Tus amistades, querida Terencia, tienen menos importancia que la seguridad de Roma. ¿Crees que acepté el Consulado para servir intereses particulares? ¡No! ¡Sólo para servir a Roma!

–¿Es que tu familia no te importa nada? ¿De qué sirven los cargos políticos si la familia no puede disfrutar de una nueva posición? Hay momentos en que te aborrezco, Marco, y lamento estar casada contigo. ¡Sufro el ostracismo! Mis antiguas amistades no quieren mirarme a la cara. A nuestro yerno se le cierran muchas puertas, incluso las de otros patricios. ¿Qué porvenir espera a tus hijos?

–Pues el porvenir de Roma, si es que tiene alguno –replicó Cicerón.

De nuevo había pensado en divorciarse de Terencia por sus continuas quejas y recriminaciones, que ya le resultaban imposibles de soportar en estos tiempos sangrientos y llenos de fatigas. Sabía que muchas grandes familias estaban involucradas en la conspiración de Catilina, aunque no había imaginado que fueran tantas. Ahora sabía que a Cornelio Léntulo se le había encargado la tarea de asesinar a todos los senadores, ¡y ahora estos mismos senadores murmuraban que Cicerón había sido demasiado cruel en el aplastamiento de la conspiración! Recordó las palabras de Aristóteles sobre que Dios no había concedido a los hombres el don de la lógica. Él, Cicerón, había salvado a Roma y a todos aquellos condenados secretamente a muerte por Catilina. Sin embargo, ahora murmuraban que se había pasado de la raya y hasta la gente de la calle, soliviantada por los descontentos, se había vuelto desafecta hacia su salvador. Había momentos en que le daban ganas de marcharse de Roma, tan grande era su desengaño del género humano. En una ocasión, en un intento de aminorar la creciente animosidad contra él, se dirigió al tribunal de la judicatura, donde volvió a narrar toda la conspiración y sus esfuerzos desesperados por desarticularla. El tribunal le escuchó en silencio. Después, quienes le habían escuchado se burlaron diciendo que él había tratado vanidosamente de vanagloriarse y en todos los muros de Roma aparecieron garabateadas obscenidades contra él, escritas por los mismos a los que había salvado del fuego y la más odiosa de las muertes.

Como muchos hombres de buen humor, cometió el error de creer que todos los hombres lo tenían, así que cuando se permitía alguna observación jocosa a algún conocido para tratar de alegrar un poco el ambiente de aquellos días sombríos, inmediatamente era repetida como una prueba de su ligereza y frivolidad y aun de locura. Y cuando le contaban esto, él respondía:

−¡Qué desgraciado es el político! Si es sobrio, le llaman asno aburrido. Si en ocasiones habla con ligereza, se le reprocha su falta de seriedad. Si es frugal, se le acusa de estar llenando sus cofres. Si se muestra generoso con los fondos públicos, es denunciado por malgastar el dinero del pueblo. Si es honrado, se grita que es peligroso o despreciativo. Si emplea geniales subterfugios, se dice que no es de confianza. Si se niega a dejarse intimidar por un enemigo extranjero, el pueblo clama que quiere meter a su país en una guerra. Si procura ser moderado, se le llama pusilánime. Y, como es natural, sus amigos se esfuerzan poco en defenderlo de la calumnia.

A principios de la primavera se dirigió de nuevo a la isla para escapar un poco de tanta tensión y cansancio y del odio creciente que los patricios alentaban contra él.

Capítulo
56

Cicerón llegó a descubrir, a costa de sí mismo, que una de las peores calamidades que afligen a un alto funcionario es la necesidad de estar constantemente protegido de las tendencias homicidas de aquellos a quienes sirve. Así que fue acompañado hasta Arpinum por Quinto y una numerosa guardia, que se estacionó en el puente, aquel puente tan querido por Marco, donde había visto por primera vez a Livia Curio. En una ocasión fue hasta allí y contempló los rostros de los fieles soldados escogidos. Aquel lugar se había vuelto insoportable para él, pues el fantasma de Livia no volvió a aparecer. En la isla se sentía con más intimidad, aunque a veces oyó discretos roces entre los matorrales cuando se dirigía a las orillas del río. Si paseaba por los prados, nunca estaba seguro de las sombras de los árboles y a veces veía el reflejo de un casco donde menos lo esperaba. Se quejó a Quinto, puesto que si el puente estaba vigilado nadie podía entrar en la isla y, por lo tanto, él no necesitaba escolta. Su hermano le contestó:

–Podrían sobornar a algún sirviente.

Así que Quinto dormía sobre un jergón a la puerta del dormitorio de su hermano.

–¡Qué contento me pondré el día en que deje de ser cónsul! –exclamó una mañana Cicerón.

–¿Crees que estarás a salvo cuando te retires, Marco? No. Tienes demasiados enemigos. Tu antiguo amigo Clodio ha jurado destruirte, lo mismo que tantos otros. ¡A lo mejor hubieran preferido que Catilina les diera una muerte cruel!

Cicerón no permitía que nadie entrase en su biblioteca, donde pasaba horas escribiendo libros y ensayos para su editor Ático. De Roma le traían sacas llenas de cartas, documentos y leyes para que las firmara o las rechazara. Todo esto era muy fastidioso y le gustaba menos que escribir sus propias obras. Sin embargo, la luz de la primavera era radiante y la isla estaba sumergida en el ardiente dorado de la estación; la atmósfera era suave y las noches tranquilas, exceptuando los murmullos de los árboles y el susurro de la brisa. Aquí Marco podía olvidar a Terencia y a todos aquellos que sentía sobre sí como pesas de hierro. A veces podía burlar a sus protectores y visitaba el bosque, los lugares donde se había encontrado con Livia, especialmente cuando la luna era como una gran moneda dorada en el cielo negro. Las ranas croaban por la noche, un ruiseñor cantaba y el sonido del río era entrañablemente musical y lleno de recuerdos. Y Marco pensaba: Las tinieblas de tantos años no han logrado borrar el recuerdo de Livia. Yo me estoy volviendo viejo y ella sigue eternamente joven; pero cuando pienso en ella, me siento joven de nuevo. Era como si los males que había sufrido aquella joven hubiesen caído sobre él como una capa negra y ahora se la hubiera quitado de encima, libre de los sufrimientos de su juventud y del horror de su matrimonio. Era la misma Livia de siempre, jovial y cantarina, una bendición para el ánimo de Marco. Él a menudo pensaba en la muerte y, cuando lo hacía, un estremecimiento le recorría todo el cuerpo, la misma clase de estremecimiento que sacude al amante que va en busca de su amada, a la que hace tiempo no ha visto.

Recibió una carta de Noë ben Joel desde Jerusalén. Noë era ahora un anciano barbudo varias veces abuelo.

«Los hombres sabios de las puertas me dicen que algo se ha movido en los Cielos; pero no dicen qué ha sido ni de qué portentos se trata –escribía Noë–. Se encuentran muy excitados y estudian dichos portentos, discutiendo del asunto en privado con los sacerdotes. ¿Se ha activado algo en la sangre de la Casa de David, tal como está profetizado? ¿Ha nacido ya la madre del Mesías o quizá el mismo Mesías? Los hombres sabios creen que todavía no, porque no ha habido resonar de trompetas en las almenas del Cielo. Olvidan las profecías de Isaías.

»Vi en el templo a nuestro viejo amigo Roscio, que ahora viste una túnica de lino y sandalias de cuerda. No me reconoció, tan abstraído y asceta se ha vuelto. No hace más que mirar la cara de todos los niños que las madres traen al templo y luego se aparta triste y desilusionado y susurra mesándose la barba: "No, éste no es".

»Roscio, el gran actor romano, amado por las mujeres, aplaudido por el público, rico, caprichoso, lleno de bordados y dorados. Nadie lo reconocería en este anciano silencioso que barre los suelos del templo y limpia las habitaciones para ganarse el pan, esperando al Mesías que, según dice, ha sido prometido por Dios.»

Marco recordó que hacía mucho tiempo que no pensaba en el Mesías de los judíos. ¡Había estado ocupado en tan graves asuntos y tan sangrientos sucesos! Era difícil pensar en Él en Roma. En cambio, aquí, en la dorada paz de la isla, era más fácil. Si alguna vez llegaba a nacer, seguro que lo haría en el campo o en alguna aldea, nunca en una ruidosa ciudad. Marco recordó lo dicho por Sócrates de que el lugar de residencia ideal para un hombre era una aldea, rodeado de campos y bosques y nunca una gran ciudad, donde los hombres no podían pensar entre multitudes de mentalidades diferentes. «De las ciudades surge la confusión, la locura, la imaginación desordenada, las formas grotescas, las perversiones, excitaciones, fiebres, trastornos y vehemencias. Pero en las aldeas, en el campo, se puede pensar más y con mayor fluidez, la filosofía florece como el vino y produce el fruto que da alborozo a los pensamientos de los hombres.»

Era muy cierto. Las aldeas y el campo daban origen a los *Cincinatos*, mientras que Roma producía hombres como Craso, Catilina y los César. Las casas rurales criaban hombres; las de las ciudades, estériles perversiones. Atenas, aquella pequeña ciudad, había producido a Sócrates, Platón y Aristóteles y todas las ciencias. Roma producía ambiciosos.

Con gran malestar por su parte, Marco tuvo que emprender el regreso a Roma, donde antes sentía una emoción por la vida que ya no podía sentir.

*E*ra una cosa que parecía ridícula teniendo en cuenta la personalidad de la dama, pero siendo Marco cónsul de Roma y, por lo tanto, guardián de la moral, se vio obligado a procesar a Publio Clodio, acusado de haber cometido adulterio con Pompeya, la esposa de César. Ambos habían sido sorprendidos in fraganti por Aurelia, la madre de Julio, en la propia casa de éste. Era un caso de lo más ridículo, teniendo en cuenta el bajo nivel moral del pueblo romano en general. Pero Marco sabía que cuanto más depravado se vuelve un pueblo, más se indigna públicamente contra la inmoralidad.

Consultó con Julio, que le expresó su profundo dolor, y Marco le contestó cínicamente:

—¡Vamos, Julio! La conducta de Pompeya nunca fue ejemplar. ¿Con quién quieres casarte ahora?

Julio sonrió y enarcó las cejas.

—Con ninguna, querido amigo. Sólo deseo divorciarme de Pompeya. No quiero aparecer como testigo contra ella, pero la esposa de César no debe dar escándalo público.

Marco, fijando la mirada en el rostro burlón de Julio, susurró:

—¿Es que las ambiciones de Clodio han llegado a ser peligrosas para ti?

—¡Qué tontería! ¿Qué es Clodio para mí? ¡Si no es más que un tribuno del pueblo! ¿No le ayudé yo a conseguir sus pequeñas ambiciones? Sin embargo, me ha traicionado.

–Él tiene amigos muy influyentes que te detestan, Julio. Y, a propósito, me hace gracia que tú hables de «traición». Es como si un perro ladrón se quejara de otro que le hubiera robado su hueso. Dime de alguna mansión ilustre donde vivieran hermosas mujeres y donde no hayas causado víctimas.

César se limitó a reír. Y antes de despedirse dijo:

–Te he pedido lo mismo muchas veces y siempre te has negado: únete a Craso y a mí. Tenemos grandes planes para el futuro. Piénsalo. Ya sabes que te aprecio y me gustaría que fueras uno de los nuestros.

–Jamás –fue la respuesta de Marco–. Debo vivir a mi modo. –Observó a su viejo amigo.– Un adagio griego afirma que si un hombre es peligroso, el mejor modo de hacerlo inofensivo es invitarle a que se una a nosotros.

Julio se puso serio.

–No te lo volveré a pedir, amigo mío. Por lo tanto, reflexiona.

Después de que se hubiera ido, Marco estuvo meditando, alarmado por las palabras de su viejo amigo. A pesar de la creciente hostilidad del Senado contra él y de la furia y amargura de los patricios por la venganza de Marco contra sus parientes, no creía que estuviera en peligro de ser asesinado. Catilina y la mayoría de sus partidarios habían muerto. No obstante, los ojos de Julio parecían haberle hecho una ominosa advertencia. Terencia tampoco se mordía la lengua para recordar a su esposo que había perdido el favor de mucha gente influyente.

–No escuchas a nadie –se lamentaba–, pero no ceso de oír quejas y rumores. A menos que procures reconciliarte con ellos, estarás perdido.

No era la única en sentirse alarmada. Muchos amigos de Cicerón le insinuaban lo mismo, pero él no conseguía sonsacarles datos concretos. Se mostraban evasivos, aunque no dejaban de hacerle advertencias. Algunos incluso sugirieron que Marco se marchara de Roma por un tiempo en cuanto terminara su consulado, y los hubo que le aconsejaron que no actuara de testigo de cargo contra Clodio. Por otra parte, no faltaban amigos que le animaban a que continuara el proceso porque el escándalo había causado un profundo impacto en el pueblo romano.

–Además –le decían–, César es muy poderoso y desea a toda costa divorciarse.

–Ha sido un asunto vergonzoso –añadían algunos–. Clodio no sólo cometió adulterio con Pompeya, sino también un sacrilegio contra los dioses, y a los dioses no se les puede insultar impunemente. Ése es un crimen que el pueblo no permitirá.

–Especialmente en una nación que no cree en los dioses –respondía Marco–. Pero bueno, ¿tan horrible es lo que ha hecho Clodio, considerando la reputación de que gozaba la señora en cuestión? Entró en casa de Julio durante las piadosas celebraciones femeninas, en las que no se permite la presencia de ningún varón, pero él se coló en la casa disfrazado de mujer. A miles de romanos les parece risible, pero César desea divorciarse de su esposa y echa mano de esta infamia como excusa. Sin embargo, debo procesar a Clodio para aplacar a muchas facciones, por no mencionar a la opinión pública, que no tiene nada de honrada.

Cosas tan insignificantes y vergonzosas pueden destruir la vida de un hombre. Cicerón escribiría más adelante: «Una cosa es que un hombre sea derrotado por un enemigo poderoso y de gran significación, y otra que muera por la picadura de una chinche».

Últimamente había empezado a perder incluso el favor del pueblo de Roma, que hacía poco lo había aclamado como un salvador. Los que durante años no se habían preocupado por las leyes, de repente se sintieron muy interesados por ellas (como si se las hubieran enseñado maestros secretos), declarando que Catilina no había sido juzgado por un jurado de sus pares, de acuerdo con la Constitución, sino en realidad «asesinado de un modo innoble por los ejércitos de Cicerón». Era inútil que los amigos de Cicerón insistieran en que Catilina había huido de Roma y, por tanto, no había podido ser juzgado por los magistrados correspondientes, aparte de que había reunido un ejército para atacar la ciudad. Los que no empleaban la palabra «asesinato» preferían calificar la muerte de Catilina en el campo de batalla de «ejecución sumarísima» y, sin pruebas en que basar esta acusación, decían que el encargado de tal ejecución había sido Quinto.

—Los hombres, antes que creer la verdad, prefieren pensar mal de los otros hombres —decían los amigos de Cicerón.

Pero aquella indignación planificada del pueblo se iba haciendo cada vez más vociferante. Muchos fingían sentirse muy afectados por la ejecución de los lugartenientes de Catilina, y Cicerón sospechaba con razón que el instigador de todo era el joven Marco Antonio. Se hablaba mucho de que Cicerón había violado la Tabla de Derechos, que la había dejado en suspenso y que también los lugartenientes deberían haber sido sometidos a un proceso regular. Esto era doloroso para Cicerón, dado que él sabía muy bien que las leyes disponían, en efecto, la celebración de tal proceso. Pero temió que, aprovechándose de la lentitud de los trámites judiciales, Catilina azuzara a sus seguidores para sumir la ciudad en el caos.

—Únete a nosotros —dijo Craso a Cicerón; pero éste se limitó a sonreír fríamente, sin replicar.

—Únete a nosotros —le pidió Pompeyo, que una vez le había salvado la vida; Marco se lo quedó mirando con gesto de curiosidad.

—¿Por qué? —le preguntó.

Pompeyo se limitó a ruborizarse azorado y se marchó.

Marco se sintió más inquieto por el hecho de que Pompeyo le hubiera pedido eso, que porque se lo hubieran pedido Craso y César, de quienes recelaba. En cambio, había llegado a sentir un profundo afecto por Pompeyo, a pesar de que éste era la pura representación de los militares, una clase que Cicerón siempre había mirado con aprensión. Y estaba más inquieto a medida que se acercaba la fecha del juicio de Clodio por sacrilegio. Se reprochaba por haber tomado el asunto en serio, aunque sabía que la religión del Estado, siendo un arma del gobierno, ayudaba a mantener el orden. Los aristócratas se reían en privado de las aventuras de Clodio, pero sabían muy bien que si el pueblo llegaba un día a saber que sus gobernantes se tomaban la religión con ligereza, empezaría él a tomarse con ligereza los asuntos de gobierno y de ello resultaría el caos, por lo que los patricios insistieron a Cicerón en que se tomara mucho interés en el caso, llamado de la Bona Dea (la Buena Diosa), y eso que Clodio era patricio como ellos.

Fue entonces cuando escribió una carta famosa por su franqueza a Ático, carta que más tarde habría de caer en manos de sus enemigos entre los patricios y el Senado:

«En las recusaciones presentadas por ambas partes, los magistrados de la acusación, que yo nombré para la celebración del proceso, rechazaron a los menos valiosos, ¡pero la defensa rechazó a los mejores hombres! ¡Jamás vi un grupo tan desmelenado ni en torno a una mesa de casa de juego! Senadores sospechosos, comerciantes andrajosos, de los menos solventes y conocidos por sus manejos, por no decir cosas peores. También figuraban entre ellos algunos hombres honrados, pero evidentemente se sentían a disgusto al verse asociados con tales bribones.»

Clodio, por supuesto, alegó ser inocente y presentó testigos que juraron que en la noche de la festividad religiosa de las mujeres en casa de César había estado con ellos en el campo. Entonces, irritado, Cicerón citó a Julio como testigo para que apoyara las declaraciones de Aurelia, su madre, quien había hecho la denuncia; pero César declaró enfáticamente que no sabía nada del asunto. El fiscal le preguntó entonces amablemente que, dadas las circunstancias, por qué se había divorciado de Pompeya, a lo cual él replicó, poniendo cara inocente, con la frase que habría de hacerse famosa:

—Mi esposa ha de estar por encima de toda sospecha.

Cicerón se lo quedó mirando disgustado y en la sala del tribunal todo el mundo contuvo la risa. Ante esta comedia, Cicerón, sintiéndose cada vez más furioso, declaró haber visto a Clodio en Roma unas tres horas antes de las ceremonias de la Buena Diosa en la casa de César, por lo que el acusado no podía estar a noventa millas de Roma, tal como él y los testigos de la defensa habían jurado.

Horrorizado e incrédulo, Cicerón vio cómo el jurado declaraba a Clodio inocente por treinta y tres contra veinticinco votos. Ante esto sólo cabía pensar una cosa: que el jurado había sido sobornado, lo mismo que César había sido convencido, sin duda por Craso, de que no presionara demasiado a Clodio en esta ocasión.

«Realmente soy un hombre inocente –decía en una carta a Ático– y no sé actuar entre individuos tan pérfidos que me confunden con sus movimientos y palabras, que en un instante me piden una cosa, para al instante siguiente decir que ya no les interesa. Cuando una gentuza como la que formaba aquel jurado puede pretender creer que algo que ha sucedido no ha sucedido, es que la Ley está socavada, y sin Ley la República está perdida.»

A continuación añadía que todo el asunto había sido pura política, ¿y quién puede comprender las maquinaciones de políticos tortuosos?

Sólo una cosa sabía con certeza: que se había ganado a un formidable enemigo. Una vez se encontró con Clodio en público y éste le vituperó diciéndole:

–¡Los miembros del jurado no dieron valor a tu juramento!

A lo cual Cicerón replicó indignado:

–Sí, veinticinco de ellos me creyeron. Treinta y tres te creyeron a ti, después de haber recibido tu dinero por adelantado.

Todos los presentes se rieron de Clodio, al que le gustaba mucho bromear sobre los otros, pero no que se chancearan de él.

En otra ocasión, Cicerón dijo con tono acre a César:

–Tú insististe en que declarara contra Clodio y luego, cuando te citaron como testigo, alegaste no saber nada del asunto, en el cual yo no quise verme mezclado desde el principio.

–Mi querido Marco –replicó Julio con indulgencia–. Puede que cambiara de opinión.

Al término de su mandato como cónsul, Cicerón se preparó para dirigirse al pueblo de Roma desde la *Rostra* tal como era costumbre, pero Cecilio Metelo Nepos, uno de los nuevos tribunos, se encaró con Cicerón diciendo que a un hombre que había pedido la muerte de ciudadanos romanos sin previo juicio no debería permitírsele que se dirigiera al pueblo para pronunciar un discurso justificando su actuación como cónsul.

–Yo salvé Roma –le contestó Cicerón–. ¿Acaso cometí un delito de modo que al retirarme del consulado un inferior pueda acusarme?

Y al oír esto el pueblo, recordando repentinamente la justeza de sus palabras, prorrumpió en grandes gritos:

—¡Ha dicho verdad!

Era el último aplauso público que había de recibir con tal fe y sinceridad.

Al retirarse como cónsul tenía derecho a elegir la mejor provincia para ser su gobernador. En aquel tiempo, Macedonia era considerada la más agradable; pero recordando los servicios que Antonio Hybrida había prestado al país, nombró gobernador a este joven patricio y en su magnanimidad nombró para el mismo cargo en la Galia Cisalpina a Metelo Celer, el hermano del mismo tribuno que lo había desafiado ante la *Rostra*, Metelo Nepos, recordando la valiente actuación de aquel militar al impedir que Catilina escapara por el paso de Faesulae. Pero el tribuno se burló en público diciendo:

—Trata de ganarse mis simpatías.

Cicerón se quejaba a sus amigos:

—Allá donde voy me encuentro con enemigos. Parece como si hubiera un complot para difamarme y hacerme caer en desgracia. Lo que ignoro es quién es el instigador.

Pensó verse libre de la maldad de todos aquellos a quienes había beneficiado con su bondad y generosidad, pero pronto se desengañó. No tardaron en llegar a él informes dando cuenta de que Antonio, su anterior colega, era culpable de opresión y extorsión en la provincia de Macedonia. Se negó a creer esto de Antonio, que era hombre rico de nacimiento. Recibió una carta de Antonio informándole con urgencia de que iba a ser llamado para ser sometido a proceso, rogando a «su viejo y querido amigo Cicerón» que lo defendiera ante los tribunales. Marco le escribió una tranquilizadora carta que Antonio, astutamente, conservó. Antes de que su ex colega llegara a Roma, Cicerón preparó la defensa del caso con el mayor interés en aras de una noble amistad. Y declaró públicamente que aquella acusación era absurda y que Antonio era para él como un hermano. Palabras que fueron recordadas por todos.

Entonces Cicerón recibió otro informe que le dejó estupefacto: Antonio había escrito a sus amigos en el Senado diciendo que Cicerón le había ordenado, antes de partir para Macedonia, que se repartiera con él todos los despojos procedentes del saqueo de la provincia. Le costaba creerlo porque no parecía corresponder a lo que él recordaba del carácter de Antonio. Pero luego le mostraron una carta que Antonio había enviado a un senador, en la cual declaraba que Hilario, un antiguo liberto de Cicerón, ahora al servicio de Antonio, había sido enviado por Cicerón a Macedonia para recoger el dinero procedente del expolio de la provincia. Era evidente que Antonio no había querido que dichas cartas fueran leídas más que por sus amigos, pero la malicia de los senadores logró que se hicieran públicas. Y todo esto mientras Antonio escribía a su antiguo colega cartas cariñosas agradeciéndole que hubiera aceptado encargarse de su defensa. Entonces fue cuando el acosado Cicerón se dio cuenta de que Antonio quería comprometerle y escapar así a buena parte de la culpa.

–Se ha vuelto loco –comentó Marco–. No es el hombre que conocí.

–Mi querido Marco –le dijo Julio–, te lo he dicho a menudo: ningún hombre sigue siendo siempre el que conocimos. Antonio, aunque rico, siente una apetencia normal por el latrocinio, que hasta ahora no había manifestado. He oído decir que muchas de las inversiones que hizo en Roma le fallaron.

–¡Nunca acabaré de comprender la naturaleza humana! –exclamó Marco desesperado.

Se negó a defender a Antonio y a partir de entonces se fió de muy pocos hombres. Asediado fuera y dentro de su casa, a veces le entraban ganas de morirse. Escribió a Noë ben Joel:

«He llenado mi carta de lamentaciones, querido amigo. Puedes estar seguro de que no me quejo sin razón, porque al contarte todo esto más bien he tendido a quitar importancia a las cosas que a exagerarlas. Siento cómo la creciente marea del deshonor me lame las rodillas. En tales circunstancias lo normal es que un romano indignado desafíe a sus enemigos, pero no puedo descubrir a todos para encararme con ellos. Todo son rumores, todo es malevolencia, todo son susurros, parloteos y malignidad. Si pudiera descubrir a todos mis enemigos, los acusaría y perseguiría por calumnia, pero ellos no quieren dar la cara. Por lo tanto, debo permanecer callado, escribir páginas denunciándolos o tal vez arrojarme sobre mi espada..., si es que la encuentro.

»A menudo me has dicho que el suicidio es el peor delito que puede cometer un hombre contra Dios, porque implica que un hombre no confía en su Creador o niega su existencia. La razón me dice que esto último es absurdo; tenemos a la Tierra como testigo suyo, y a los Cielos encima y todo el vasto orden de la Creación y sus leyes manifiestas. La ley no existe sin un legislador, como a menudo hemos afirmado. Sin embargo, ¿cómo puedo confiar en Dios? Me siento muy afligido y no he hecho ningún mal. Al contrario, en mi limitada esfera he procurado hacer todo el bien posible. He salvado a mi país y he sido fiel a mis deberes. He mostrado piedad y me he mostrado leal con mis amigos y magnánimo con los enemigos. Te juro que al final hasta hubiera intervenido para salvar a Catilina si él hubiera mostrado el más leve arrepentimiento, y todo ello a pesar de mi amor por Livia y mi odio justificado hacia su asesino y mi juramento de vengarla.

»No obstante, me encuentro muy afligido. Todos los años que he servido a Dios y a mi país no me han servido para nada; sólo me han producido penas, desesperación, desgracia y mentiras. ¿Qué me queda ya sino la muerte?

Este increíble asunto de Antonio me parece que ha dislocado hasta los fundamentos de mi corazón, ¡al extremo de que hay momentos en que yo mismo creo las calumnias que se dicen contra mí! A menudo me miro en el espejo y me pregunto: ¿De veras eres, Cicerón, tal como aseguran esos rumores? Si es así, mereces morir. Ya ves a lo que me veo reducido.

»Sí, cada vez pienso con más ansia en la muerte y espero que no haya nada más allá de la tumba, porque si sigo viviendo recordaré mis penas y esta infamia de ahora. De no ser por mis hijos, ya hace tiempo que me habría arrojado sobre mi espada, que creo estará por algún sitio de mi casa.»

Y muy bien podría haberse suicidado, porque esa obsesión no le abandonaba del amanecer hasta la noche (durante la cual no podía dormir ante su soledad y agonía), de no ser porque recordaba lo que Noë ben Joel le había dicho en sus cartas:

«El suicidio es la última muestra de odio del hombre hacia Dios.»

Capítulo 57

Mientras tanto, las dificultades fueron aumentando para Cicerón. En Roma los ánimos se volvieron tan hostiles que no pudo fingir más ignorarlo en público. Cada vez se recluía más en su casa o se retiraba con Tulia a sus diversas villas o a la isla. Terencia se negaba a que el pequeño Marco acompañara a su padre en estas excursiones, pues además no hubiera soportado esta separación. A la vez estaba muy ocupada en recuperar sus perdidas amistades en Roma y en vigilar sus inversiones, razones por las que no podía ir con su esposo, cosa que él agradecía a los dioses.

En el ejercicio de su profesión había decaído tanto que se vio obligado a despedir a sus pasantes y a retener sólo a su secretario. El paso de su litera por las calles de Roma ya no era saludado con aclamaciones. ¡Si al menos sus enemigos dieran la cara para saber quiénes eran! Pero aunque en el Senado aumentaran el antagonismo y las burlas contra él y el pueblo le hubiese vuelto la espalda, aunque todos los indicios sugiriesen que se había fraguado un poderoso complot para destruirle, no acababa de estar seguro de quiénes eran los conspiradores. Sospechaba de muchos, pero no podía probarlo. Él, que había salvado a su país, se había convertido en una especie de apestado aislado de todos. El Senado no se atrevía a censurarle oficialmente, porque aún había mucha gente que recordaba con cariño su actuación y, como primado, todos los primados estaban con él. Pero el pueblo carecía de portavoces y los primados estaban muy ocupados en sus asuntos, aparte de que durante su ascensión y paso por el poder no había frecuentado su compañía.

«El descenso es siempre rápido –escribió a Ático–. Un hombre no debería descuidar a sus amistades cuando se eleva de posición, ni sus amigos olvidarle cuando cae en desgracia, no por malicia, envidia o resentimiento, sino simplemente porque se hayan olvidado de él.» Aún tenía un grupo de fieles amigos con los que podía contar, pero eran incapaces de mentirle diciéndole que todavía era aclamado. Si se había dedicado a la política, no había sido por el afán de mandar, sino para servir a su país, y a su costa descubrió haber cometido un grave error porque el pueblo no recuerda ni honra a los que se han limitado a servir a su país, mientras que los que se han limitado a servirse a sí mismos para llegar a ser ricos y poderosos son celebrados como hombres inteligentes, dignos de admiración y merecedores de los mayores honores. ¿Quién puede impedir que se adore a un hombre que se adora a sí mismo?

Un día, en su biblioteca se vio sorprendido por la visita de Julio César.

—¡Vaya! ¡Pensé que ya no te acordabas de mí! —le dijo con acritud a su visitante.

Julio lo abrazó y lo sacudió cariñosamente.

—¿Cómo podría olvidarme de ti, carísimo? ¡El mentor de mi infancia, mi tutor, el hombre cuyo honor no puede ser puesto en duda!

—Pues es puesto en duda constantemente —dijo Cicerón—. ¡Oh, Julio! ¡Y tú lo sabes muy bien!

—¡Bah! La plebe aclama, la plebe denuncia. No hay que hacer caso de la plebe.

—¿Y tampoco del Senado, los patricios, los soldados y el pueblo? ¿Quién queda entonces?

—Yo y Craso, que te apreciamos. He venido a pedirte ayuda

—¿A mí? —Cicerón no dio crédito a sus oídos.

—A ti. He presentado mi candidatura para el consulado. Si tú hablas en favor mío, pocos se atreverán a votar contra mí.

Cicerón lo miró con incredulidad.

—Hablo en serio —añadió Julio—. A pesar de la mayoría, aún hay una minoría que te tiene en alta estima. Y al fin y al cabo, un cónsul es elegido por una minoría de individuos fastidiosos que con sus votos pueden inclinar la balanza a un lado u otro.

—No habrás pensado en convertirte en cónsul, ¿verdad?

—Querido Marco, tu expresión y tus palabras son poco halagadoras.

Cicerón enrojeció de indignación.

—No eres digno de ser cónsul, Julio.

Su amigo no se sintió ofendido; al contrario, pareció divertido.

—Querido amigo, si sólo las personas dignas pudieran ser nombradas cónsules, Roma no tendría ninguno. También deseo que me ayudes a presentar la ley Agraria, que debería ser algo muy querido para ti. —Tosió.— Hay además otro asunto. Craso y yo vamos a formar un triunvirato con Pompeyo. Craso accederá a las justas demandas de Pompeyo sobre la ley Agraria, con la que podrá ayudar a sus valientes y fieles soldados. ¿Es que acaso los veteranos no tienen derecho a que se les concedan tierras por los sacrificios que hicieron por su país?

Marco se quedó estupefacto.

–¿Un triunvirato? –balbuceó.

–Pues claro. Roma se merece algo más que un simple dictador. Los dictadores nunca fueron populares entre los romanos y Roma no se siente tranquila bajo su mando. ¿Recuerdas cuántas medidas se establecieron en el pasado para impedir que un dictador se apoderara de modo permanente del Estado? Deberías honrar tal tradición. Nosotros, es decir, Craso, Pompeyo y yo, reverenciamos la aversión hacia los dictadores que hay en las fibras íntimas del alma de nuestro país. Craso, en particular, se siente incómodo de dictador. Él también desea ofrecer a nuestro país lo mejor, tal como lo merece.

»Y ahora creemos –prosiguió Julio fingiendo no ver la expresión horrorizada de Marco– que para resolver los complejos problemas de una vasta nación como la nuestra, con protectorados, aliados, provincias y territorios, no basta sólo con un hombre y mucho menos con un dictador. Yo defenderé los intereses populares, pues por algo pertenezco al partido popular, Craso se ocupará de los problemas financieros y Pompeyo de los militares. Su disputa con Craso se borrará en cuanto haya sido aprobada la ley Agraria, que sé que tú apoyas. Es un prestigioso soldado, las legiones le adoran y será un administrador capaz de los asuntos militares. Craso no es sólo el hombre más rico de Roma, sino que se tomará con gran interés los asuntos financieros romanos. Además es un patricio. En cuanto a mí..., yo cuento con las masas.

»Nos parece que es lo más justo y razonable. Sólo con los cónsules ya no nos basta. Eso estaba bien cuando éramos una pequeña nación, pero no ahora.

–Así pues –replicó Cicerón– una oligarquía, una infame oligarquía tal como la que destruyó a Grecia y la condujo a la opresión y la esclavitud. –El palpitar del corazón le retumbaba en los oídos.– ¡Por los dioses! ¡Eso no!

–No creo que se le pueda llamar oligarquía –repuso Julio con voz melodiosa y bajando los ojos–. Sólo se trata de tres hombres. Sería una tontería que hubiera un cónsul, un vicecónsul y un vivevicecónsul para que en definitiva sólo uno tuviera la suprema autoridad. Cada uno debe gobernar determinados asuntos, sin que los otros interfieran en ellos. Creemos que esta división de la autoridad es lo más conveniente para Roma. Naturalmente, respetaremos la autoridad del Senado y de los tribunos del pueblo. Gobernaremos en su nombre y con su autorización. En el caso de que desaprobaran nuestra conducta en el servicio de nuestro país, tendrán el poder de disolver el triunvirato, y si sólo desaprueban la conducta de uno, podrán reemplazarlo por otro.

»¡Mi querido Marco! No seas obstinado y piénsalo bien. ¿No es lo mejor para Roma?

Marco, aún estupefacto, se sentó horrorizado y negándose a creerlo. Su pelo canoso pareció que se le iba a erizar sobre su pálido rostro y los ojos le fulguraron por la emoción. Trató de hablar, pero la voz se le ahogó en su reseca garganta y se esforzó en respirar normalmente. Tenía el cuerpo entumecido, como si le hubieran pegado con porras y látigos.

Julio lo contempló con gesto de benevolencia.

—La verdad es que, más que Triunvirato, seremos llamados el Comité de los Tres.

A Marco le salió la voz en forma de gemido:

—Roma está perdida —dijo—. Así que éste es el complot que durante tantos años estuvisteis tramando. El complot con el que no estuvo de acuerdo aquel asesino, Catilina, porque os negasteis a considerarlo como uno de los vuestros. Además, él deseaba destruiros y apoderarse del poder supremo. ¡Más o menos eso es lo que había estado sospechando todos estos años!

—Ni hay ni hubo complot —contestó Julio amablemente—. La propia nación nos ha conducido a esta solución para nuestros complicados asuntos de gobierno. Cuando fuiste cónsul de Roma, querido amigo, ¿te viste con fuerzas para resolver tú solo todos los asuntos militares y financieros? En suma, los complejos asuntos de una gran nación. Sabes muy bien que no. Ni siquiera un dios podría gobernarnos en nuestra presente complejidad. ¿Acaso cada dios no tiene asignados diferentes deberes y provincias en el Olimpo y en el mundo? ¿Y qué puede haber más ejemplar y razonable que el imitar a los dioses?

Con gesto relamido se puso a examinarse una uña pintada de rosado.

—Basta ya de dictadores, querido Marco. Tres hombres con sentido de la responsabilidad, dividiéndose entre ellos los asuntos, con autoridad aparte, responsables ante el Senado y el pueblo. De nuevo te digo que deberías alegrarte de que las dictaduras hayan acabado para siempre.

Cicerón se llevó las manos a la cara, como si no quisiera ver más a Julio, sintiéndose invadido por una sensación de impotencia, horror y futilidad.

—Sentiría mucho que no quisieras ayudarme a alcanzar el consulado, con lo que sólo tendría un tercio del poder que tú tenías, Marco. Ya sabes que preferiría que me ayudases.

Cicerón dejó caer las manos y fijó sus ojos llameantes en Julio.

—¿Que te ayude? He sido difamado y rechazado y la calumnia me sigue los pasos. Me han acusado de los peores crímenes y los muros de Roma están pintarrajeados de insultos contra mí. ¡Estoy perdido y destrozado! ¡Y tú me pides que te ayude!

—Pues por lo menos no azuces contra mí a aquellos que aún te admiran.

Julio se levantó, se inclinó sobre la mesa apoyando las palmas y acercó su rostro al de Cicerón.

—Te digo que no te servirá de nada el que te opongas a mí.

Marco le contestó con desesperación e ira.

—¡Aún quedan muchos que me escucharán, Julio! ¡Hablaré en el Foro! Propagaré a los cuatro vientos lo que sé de ti, lo que siempre he sospechado! ¡Denunciaré a Craso! ¡Pondré en guardia al pueblo que teme a los militares y eso desacreditará a Pompeyo! No te saldrás con la tuya, César.

Julio se incorporó y dio un palmetazo en la mesa.

—Entonces será mejor que te arrojes sobre tu espada, Marco. He venido a advertirte. Ponte en contra de nosotros, habla en contra de nosotros y estarás perdido. Había esperado poder reconciliarte con el Comité de los Tres, pero he fracasado. ¿Y te has olvidado de Clodio? ¿Y de Marco Antonio? Ellos, entre otros muchos, han jurado destruirte; tienen amigos poderosos y parientes en el Senado, entre los banqueros, los financieros y aun entre los «hombres nuevos» que te envidian porque tú eres uno de ellos.

Los vivos ojos de Julio miraron a Marco con una mezcla de exasperación, ansiedad y cariño.

—Ésta es tu última oportunidad para recuperar lo mucho que has perdido por culpa de faltas que no has cometido. Si te opones a nosotros, te buscarás la ruina.

Marco sabía que lo que Julio acababa de decir era la absoluta y horrible verdad. Su rostro palideció, pero en su boca persistió el gesto de terca resolución, como si estuviera esculpida en piedra. Abrió un cofrecillo que había sobre su mesa, del que sacó algo que arrojó ante César.

—¿Reconoces eso? —le preguntó.

Julio tomó en su mano el anillo de serpientes, lo estudió y luego alzó sus ojos hacia Marco. Éste, a pesar de su palidez, sonrió.

—Esta vez no podrás devolver el anillo a su poseedor a menos que cruces la laguna Estigia. Llévatelo. Profana mi casa.

—Entonces, ¿Quinto lo mató?

—Él no lo cree. Reza porque no haya sido así. Fueron camaradas de armas.

Julio se metió el anillo en un bolsillo y se quedó mirando la mesa en silencio. Marco sintió de repente una profunda desesperación. Inclinó la cabeza y dijo:

—Me pase lo que me pase utilizaré el escaso poder que aún me queda para oponerme a ti.

—Pues entonces, Marco, debemos decirnos adiós, porque estás al borde del abismo.

—No me importa. Haré lo que deba hacer. —Alzó la cabeza y miró fijamente a Julio. Inmediatamente desapareció la espléndida figura que tenía ante él, majestuosa a pesar de la calvicie, y vio a Julio vestido con una toga blanca, andando a tropezones, herido de muerte y con una mano contra el pecho manchada de sangre. Se puso de pie e instantáneamente la visión desapareció. Julio, sano y salvo, estaba enfrente de él con una expresión de asombro en su rostro.

–¿Qué ha pasado? –preguntó horrorizado al ver la cara de Marco.

–¡En nombre de los dioses! ¡Abandona enseguida tus conspiraciones! ¡Abandona tus ambiciones! ¡He visto un augurio...!

Julio recordó de repente lo que Marco le había dicho hacía muchos años, cuando eran jóvenes. Rápidamente hizo la señal contra el mal de ojo y un temblor le recorrió todo el cuerpo.

Marco se le acercó lenta y torpemente, rodeando la mesa y, agarrando a Julio por el brazo, pareció implorarle con los ojos.

–Lo que he visto no debe ocurrir, César. De pronto he recordado que hubo un tiempo en que te quise. Te he visto herido, rodeado por muchas manos esgrimiendo dagas. Y morías a causa de ellas.

Asustado hasta el fondo de su alma supersticiosa, Julio salió huyendo.

Al día siguiente, Clodio dijo a Julio César, Craso y Pompeyo:

–Estoy preparado para dar el golpe contra Cicerón y acabar con él. No os interpongáis esta vez.

César se quedó mirando a Pompeyo y luego a Craso. Pompeyo no dijo nada, pero Craso, frunciendo el entrecejo y sonriendo torcidamente, volvió hacia abajo el pulgar.

Al cabo de unos días, el Senado aprobó un proyecto de ley presentado por Clodio: a cualquiera que hubiera ejecutado a ciudadanos romanos sin el debido proceso legal, o hiciera eso en el futuro, se le negaría «el fuego y el agua». En resumen, se le condenaba al exilio. El Senado convocó a Cicerón para que hiciera acto de presencia ante él y fue solemnemente censurado por haber pedido la pena de muerte para Catilina y sus cinco lugartenientes violando «todos los artículos de la Ley de las Doce Tablas y la Constitución».

Pálido pero digno, Marco se dirigió a aquella augusta y hostil asamblea:

–Ya veo que es inútil que argumente con ustedes, pero debo hacerlo para la Historia. Catilina amenazaba a Roma. Eso ya es historia. No había tiempo para tramitar los debidos procesos legales, como ustedes, señores, saben muy bien. Catilina se habría aprovechado de los plazos legales para completar sus planes, incendiar Roma, destruirla, matar a decenas de miles de ciudadanos, incluyendo a muchos presentes en este Senado, y provocar el caos y el desastre en nuestro país. Los momentos eran tan desesperados que hasta los minutos eran preciosos y no podía pensarse en demoras. Si Roma no se adelantaba a dar el golpe, lo daría Catilina. Además no fue ejecutado, murió derrotado por el ejército romano cuando intentaba marchar contra la ciudad para destruirla. Sus cinco lugartenientes fueron ejecutados para salvar a Roma.

»Debo recordarles, señores, que, aunque sugerí la ejecución, estuvo en sus manos rechazar tal sugerencia o aconsejar que se les sometiera al debido proceso. Ustedes vieron con sus propios ojos la calamidad que nos aguardaba si permitíamos el menor retraso. Actuaron muy juiciosamente, en nombre de Roma, pero es que no podían hacer otra cosa.

»Se dice que los traidores no son considerados ciudadanos de Roma y, por lo tanto, pueden ser ejecutados sumariamente. Yo he mantenido que, como traidores, Catilina y sus lugartenientes habían perdido sus derechos de ciudadanía. Dicen que eso no consta en las leyes y que sólo los magistrados tienen el poder, tras un debido proceso, de privar de la ciudadanía. Todos sabemos que Catilina era un traidor y, si hubiera habido tiempo para un proceso, habría sido condenado y ejecutado porque habría sido privado de sus derechos de ciudadano. ¿Y qué habríamos ganado con procesarle debidamente? Antes de que su caso hubiera sido presentado a los magistrados habría prendido fuego a Roma, dejándola convertida en un montón de cenizas. Todos habríamos perecido por haber intentado cumplimentar una mera cuestión de procedimiento. ¿Habría sido eso preferible?

—Sin embargo —le replicó obstinadamente un senador—, usted era uno de los abogados de más fama de Roma, siempre porfiando sobre la observancia de la Constitución y, no obstante, llegado el caso, violó dicha Constitución.

—Lo mismo hizo esta augusta corporación, señor —replicó Cicerón sonriendo con gesto de cansancio—. No soy el único culpable, si es que de verdad ha habido alguna culpa, lo cual niego. Además, señores, la Constitución dice que nadie puede ser juzgado por hechos cometidos antes de que existan leyes que los tipifiquen como delito. Y ahora nos encontramos en esta misma situación. Aunque yo fuera verdaderamente culpable, no podría ser juzgado por mi delito porque fue cometido antes de que esta ley fuera aprobada.

—Usted siempre ha buscado subterfugios para la interpretación de las leyes —le espetó otro senador mirándolo con odio, pues era primo de Clodio.

—Este Senado no tiene autoridad para censurarme bajo la ley que hemos mencionado, ni para desterrarme —replicó Cicerón—. La verdad es que no tiene derecho a reprocharme nada porque no hice más que cumplir con mi deber y denunciar la traición y los traidores al Estado. Si eso es un delito, entonces sí soy un delincuente.

Se volvió para mirar a Craso, César y Pompeyo, pero ellos evitaron su mirada. Y Cicerón sonrió tristemente al decirles:

—Os habéis salido con la vuestra en contra de mí. Sea como queréis. Partiré inmediatamente. —Se volvió de nuevo hacia los senadores.— Con lo que acaban de hacer, señores, han dado alientos a la traición y los traidores. Una nación puede sobrevivir a sus locos y hasta a sus ambiciosos, pero no puede sobrevivir a la traición intestina. Un enemigo que se presente frente a sus murallas es menos peligroso porque se da a conocer y lleva sus estandartes en alto, pero el traidor se mueve libremente dentro de las murallas, propaga rumores por las calles, escucha en los mismos recintos oficiales; porque un traidor no parece un traidor y habla con un acento familiar a sus víctimas, teniendo un rostro parecido y vistiendo sus mismas ropas, apelando a los bajos instintos que hay ocultos en el corazón de todos los hombres. Roe el alma de una nación y trabaja secretamente amparado en las sombras de la noche para minar los pilares de una ciudad, infecta el cuerpo político de modo que ya no pueda resistir. Menos temible es un asesino. El traidor es como el agente portador de una plaga. Pues bien, a él le habéis abierto las puertas de Roma. Adiós.[1]

Abandonó el Senado con dignidad, pero cuando se encontró en su litera le embargó una sensación de irrealidad, que es la capa con que se viste la desesperación. No podía sentir nada. Cuando entró en su hermosa mansión, miró alrededor con incredulidad. ¡No! ¡No era posible! Todo lo que había construido, todo a lo que había dedicado su vida, todas sus oraciones, esperanzas, sueños y patriotismo le habían llevado a esto: el que tuviera que abandonar su amado país y residir al menos a cuatrocientas millas de Roma, lo cual le impedía establecer su hogar en su amada isla. A su mente estupefacta le costaba asumirlo.

Corrió a su biblioteca, cerró la puerta y le echó el cerrojo, jadeando como una liebre perseguida por los lobos que hubiera escapado de milagro. Pero cuando se encontró en medio de sus amados libros, vio que no había escapado en realidad. Con toda la sabiduría que contenían, no podían protegerle. Su sillón de marfil y madera de teca no podía abrazarle con sus brazos y aquellas paredes no podrían seguir albergándole. Los bellos árboles que él había plantado con tanto cariño ya hacía tantos años, ya no inclinarían sus ramas para ocultarle, ni tampoco podría buscar refugio en las grutas artificiales de su jardín. Ya no podría pasearse por la verde alfombra de su césped, ni los chorros de agua de sus fuentes servirle de protección cuando vinieran sus enemigos. Lo que él había considerado una fortaleza contra el infortunio y la malicia, al final no era tal fortaleza. Era una masa vulnerable de ladrillos, de finas paredes, de puertas y ventanas frágiles. Porque la condena al exilio incluía la confiscación de sus propiedades, que serían vendidas por el Estado o arrasadas de modo infamante para ejemplo de otros.

Se sintió dominado por el terror. ¿Adónde iría? ¿Qué sería de la fortuna que tenía en los bancos, sus joyas, sus tesoros, todas las preciosidades que

---

[1] Según la versión de Salustio.

había acumulado en el curso de los años? Ahora era un proscrito. A partir de ahora cualquiera que lo albergara, lo ocultara, lo protegiera, en un radio de cien millas de Roma, se convertía automáticamente en otro proscrito.

Miró por la ventana el bello jardín que él se había complacido en diseñar con tantos recovecos. Había sido en un radiante día de mayo cuando plantó aquellos rosales. Los árboles entrelazaban amorosamente sus esmeraldinos follajes, resguardando los cuadros de césped y trazando sobre ellos danzantes calados de luces y sombras. Los muros eran una orgía de flores y plantas trepadoras. Los pájaros cantaban delirantemente ante la proximidad del anochecer. El cielo tenía un color opalino y el ocaso parecía el corazón de una rosa. Los cipreses platicaban gravemente con Dios, elevando sus espirales de majestuosa negrura. Las hojas de los mirtos se agitaban y una dulce brisa le traía lejanas fragancias. Más allá de los muros de su jardín podía oír los rumores y ruidos de la ciudad de las siete colinas, las voces estruendosas de sus paisanos.

Le quedaba una alternativa al exilio: podía buscar su espada y arrojarse sobre ella. Pero tenía familia. Se tapó la cara con las manos desesperado. Pensó en su querida isla, donde yacían las cenizas de sus antepasados, las cenizas de su abuelo, su padre y su madre. Quedó sumido en un estupor tan grande y en tan profunda pena que la oscuridad cubrió sus ojos y perdió todo sentido del tiempo. Cuando salió de este estado, las sombras de la noche ya reinaban en su biblioteca y el trozo de cielo que se veía por la ventana era lila oscuro.

Entonces se dio cuenta de que estaban aporreando furiosamente la puerta y comprendió que en su estupor llevaba oyendo aquel ruido hacía rato. Dejó caer las manos sobre las rodillas y miró al frente sin ver. Luego oyó los gritos de su esposa, su hija y su hermano. Trató de replicarles que lo dejaran en paz, pero como no fue capaz de emitir el menor sonido, se esforzó por levantarse con sus adormecidos pies y, vacilante, se dirigió a la puerta y la abrió.

Vio sus tres pálidos rostros y sus lágrimas y retrocedió para caer desplomado en su sillón, sin poder hablar. Terencia gritó:

—¡Oh! ¡Maldito sea este día! ¡No quisiste hacerme caso, no quisiste escucharme! ¡No fuiste prudente, no quisiste buscar el apoyo de los poderosos! ¡Te creías tan listo, tan recto, tan sabelotodo, tan orgulloso y seguro de tu propio poder! ¡Y ahora has acarreado la desgracia y la ruina sobre tu familia! —Estalló en furiosos sollozos y gemidos, retorciéndose sus feas y nudosas manazas, mirando a su esposo furibunda y dolorida.

Pero Quinto se acercó y le pasó una mano por el hombro. Tulia se arrodilló ante él, abrazándole y besando sus frías mejillas.

—Yo iré contigo, papá, no importa adónde vayas. Estaré contenta de pasar contigo hasta el final de mi vida. —Le besó las manos y luego, en un impulso incontenible de dolor y pena, le besó hasta los pies. Él pasó una mano por la cabeza y dijo a su esposa:

—Tú no vendrás conmigo, Terencia.

Ella cesó bruscamente de lamentarse y sus ojos húmedos se fijaron en él, mordiéndose el labio inferior, como si sus pensamientos se revolvieran confusos en su mente, tratando de ordenarse, para decir algo conveniente.

—Esta casa está confiscada —declaró Cicerón—, así como todo lo que poseo, mis villas, mis granjas, mi dinero. Pero lo que tú heredaste, Terencia, y todo lo que te regalé en el curso de los años, sigue siendo tuyo. No todo se ha perdido. Por la mañana tomaré todo lo que pueda llevarme y partiré... —No pudo continuar. Había hablado en tono bajo y rauco, como si una daga hubiera atravesado su garganta. Tulia se abrazó a sus rodillas.

—Nuestro hijo se quedará conmigo —dijo Terencia.

Quinto no pudo contenerse más y terció con voz quebrada por la emoción:

—Yo te acompañaría, pero me acusarían de haber abandonado mi puesto en la legión. Soy soldado.

Marco le acarició la mano.

—Te comprendo. He sido condenado como si fuera una vergüenza para nuestro país, un violador de la Constitución. Si vinieras conmigo, te acusarían de traición. Tulia, tú debes quedarte con tu esposo y con tu madre, quien hará todo lo posible junto con tu tío para que me absuelvan, pues no dudo de que aún me quedan amigos en Roma.

—No me pidas que te abandone, padre —imploró la joven.

Él la abrazó y la besó en las mejillas.

—Hija mía, lo que me pides es imposible. Tu deber es permanecer con tu esposo, a él te debes más que a tu padre. No me olvides y ruega a Pisón que me ayude. Eso es todo lo que puedes hacer por mí.

Capítulo

58

as sutilezas del pensamiento no acudían con facilidad a la mente del rudo Quinto, pero mientras contemplaba ceñudo la demolición de la hermosa mansión de su hermano en el Palatino reflexionó: ¿Por qué cuando un hombre es destruido el gobierno desea destruir también su casa? ¿Es porque ese gobierno desea, en su arrolladora maldad, borrar los sueños que allí tuvieron vida, las esperanzas, recuerdos y el eco de un hombre justo? ¡Ciertamente, tal como Marco ha repetido muchas veces, los gobiernos son enemigos de los hombres!

Fue a ver a César y le dijo:

—Tú declaraste siempre estimar a mi hermano y él te tuvo siempre un gran afecto que tú has traicionado. Fue tu mentor, tu defensor en la infancia. Lleva puesto el amuleto que tu madre le entregó por haberte protegido. Salvó tu vida. Pero tú, ¡oh, César!, has destruido la suya. Lo has enviado al exilio porque desconoces lo que es el valor y sólo amas hacer maquinaciones y otras cosas viles.

Julio se quedó mirando al soldado amablemente y le replicó:

—Quinto, hablas como un rudo guerrero. Traté de salvar a Marco y que se pusiera de mi parte, pero él rechazó mis propuestas. No es capaz de comprender que en los duros tiempos que atraviesa Roma, en que los acontecimientos se desarrollan rápidamente, los representantes del pueblo y los tribunos actuaban con lentitud, incapaces de resolver los problemas que plantean las nuevas circunstancias. Él es hombre de los tiempos antiguos, los días sencillos en que bastaba con la Constitución, la ley era la ley y la moralidad imperaba entre el pueblo. Pero ahora, con esta sociedad alocada, con la grandeza creciente de Roma y el poder que ha adquirido hasta convertirse en la directora del mundo, la pesada maquinaria de los representantes del pueblo es un estorbo para los que impacientemente demandan que el gobierno actúe con rapidez y decisión para enfrentarse con tan trascendentales hechos. Eso es lo que Marco era incapaz de comprender.

—Lo comprendía perfectamente —repuso Quinto—. Dices que soy un rudo soldado. Es cierto. Veo las cosas de un modo muy simple. Sé distinguir el bien del mal y la luz de la oscuridad. Veo que has destruido a mi hermano porque se interponía en tu camino. Está en tus manos, pues tienes poder para ello, que lo hagan regresar del exilio, lo mismo que estuvo una vez en sus manos el que te condenaran a muerte, aunque no quiso hacerlo. ¡Qué gran error cometió aquel día! Deberías estarle agradecido de seguir vivo.

Julio sonrió.

—Yo también soy soldado, Quinto. ¿Acaso Pompeyo, tu general, no es uno de los nuestros? Soporto tus hirientes observaciones porque te aprecio, en aras de tantos recuerdos y amistad como nos unen. Te digo que no he olvidado a Marco y que lamento su suerte.

—Laméntate de ti mismo —dijo Quinto, apretando la mano sobre su espada—. Haz que mi hermano vuelva a su patria.

Fue a ver a Pompeyo en la ascética casa donde éste vivía, lo saludó y le dijo:

—Mi general, usted tiene poder para hacer que mi hermano regrese del exilio. Se comenta que lo tiene en gran aprecio y él insinuó una vez que le debía mucho a usted. ¡Déjele que le deba aún más!

Pompeyo lo miró con gesto de obstinación y repuso:

—Se mostró muy terco. El Senado ordenó su destierro porque violó las leyes que había jurado defender. Desde luego que es sólo una argucia y ambos lo sabemos muy bien, pero las cosas son así.

—Usted es mi general y yo soy un capitán a sus órdenes; ambos somos soldados. No nos fiemos de los gobiernos, que son nuestros enemigos y nos usan como carnaza cuando les place, regalando medallas a nuestras esposas y llamándonos héroes. No les importa que nuestros hijos queden huérfanos y les dan como único presente el estandarte que cubrió nuestros restos en la pira. Sin embargo nos temen. ¡Que nos teman un poco más! Mi general, no crea que ese hipócrita de César ni ese egoísta de Craso van a seguir apoyándole cuando ya no lo necesiten. Le soportan sólo porque se sirven de usted.

Pompeyo frunció el entrecejo y se quedó meditabundo, negando lentamente con la cabeza. Finalmente contestó:

—Dices una gran verdad. No me fío de Craso ni de César, pero tu hermano se comportó de un modo muy imprudente. Las cartas cariñosas que escribió a Antonio son ahora de público conocimiento. Tú y yo sabemos que fueron escritas en un arranque de sinceridad y que él ignoraba las extorsiones cometidas por Antonio en Macedonia. Sin embargo, el pueblo de Roma está ahora convencido, gracias a la amable intervención de César, Craso, los patricios y el Senado, de que tu hermano era culpable.

Quinto respondió con amargura:

—El verdadero culpable es Antonio Hybrida, que ahora vive de nuevo en Roma honrado por los patricios; en cambio, mi hermano, que es inocente, vive en el exilio, le han arrasado su casa hasta los cimientos y ha sido deshonrado por la misma nación a la que sirvió. Mi general, unamos nuestros esfuerzos como militares y llamemos al hombre que salvó a nuestro país, devolviéndole todo lo que le pertenece.

En el ancho rostro de Pompeyo apareció la inquietud y se acarició la barbilla.

—Marco no se recató de declarar la aprensión que sentía hacia los militares; no es de extrañar que a los militares no les sea simpático y que él no les haya perdonado. Sin embargo, no crea, capitán, que yo he olvidado a Marco. Los soldados honramos a los hombres honestos, aun cuando sean abogados. —Pompeyo sonrió ligeramente.— El honor y la honestidad son las señales características del soldado, señales que reverenciamos aun en los civiles. Deja que lo piense.

Quinto reunió a sus legionarios y fue a visitar a Antonio Hybrida, entre una nube de polvo y gran estrépito. Fue admitido a la presencia de Antonio, que se inclinó ante él ceremoniosamente, diciéndole con voz insegura:

—Salve, Quinto Tulio Cicerón. Precisamente pensaba invitarte a que me visitaras. ¿Qué puedo hacer por un gran soldado de mi país?

Quinto lo miró sin disimular su odio, pero supo contenerse:

—Tus cartas ayudaron al Senado a desprestigiar a mi hermano —le dijo—. Tus cartas mentirosas, Antonio. Sin embargo, una vez salvaste la vida de mi hermano. ¿Qué conducta ambigua es ésa? No soy más que soldado y los soldados no somos ni hipócritas ni embusteros, así que no te comprendo. Acláramelo.

Antonio fijó sus ojos en los de Quinto, viendo en sus pupilas azules y ambarinas la rabia que le dominaba, así como el asco y el disgusto. Se estremeció y se ruborizó.

—Reconozco que mis cartas fueron imprudentes, Quinto, pero no fue eso lo que perdió a tu hermano. ¡Te juro que no quise causarle el menor daño! Sencillamente el Senado decidió que los métodos que él empleó contra Catilina fueron ilegales, aunque dieran su aprobación a ellos. Además, tu hermano fue tan imprudente que envió una carta a su editor, en la que se atrevía a llamar «escoria» a los miembros del jurado que iba a juzgar a Publio Clodio. Por desgracia, esa carta cayó en manos de un liberto sin escrúpulos que estaba al servicio de Ático.

—¡Eso son argucias! —gritó Quinto, enseñando los dientes como si fuera un lobo—. Y no lo digo yo, lo ha dicho Pompeyo, un soldado, un miembro del Triunvirato.

Antonio volvió a estremecerse al oír aquel nombre.

Quinto prosiguió, tratando de tragar el nudo que el odio y la rabia habían formado en su garganta:

—Compórtate como un hombre, Antonio Hybrida, y no como un débil patricio. Ve al Senado, confiesa que tus cartas eran falsas, suplica que se permita el regreso de mi hermano a su país y que sea rehabilitado.

Antonio se retorció sus finas manos con inquietud.

—No serviría de nada —dijo con voz casi inaudible—. Estaban decididos a destruirle, lo mismo que César y Craso. ¡Mírame! —exclamó de repente—. ¿Crees que me causa satisfacción la parte que he tenido en su desgracia?

—¡Pues entonces dirígete al propio pueblo romano para confesar que has sido un embustero!

Antonio lo miró aterrorizado.

—¡Se reirían de mí! ¡Quedaría deshonrado para siempre!

Quinto le contestó:

—Ahora vives bien gracias a lo que has robado, mientras que mi hermano languidece en Salónica, le han confiscado su fortuna, han deshonrado su nombre y han arrasado su casa hasta los cimientos. ¡Y, sin embargo, tú temes las burlas del pueblo romano y dejarías que mi hermano muriera en el exilio para evitar que tu preciosa persona sea objeto de la irrisión general! Óyeme, Antonio, soy un soldado, capitán a las órdenes del general Pompeyo el Magno. Puede que no esté lejano el día en que gobernemos los militares. Y cuando llegue ese día... me acordaré de ti, Antonio Hybrida.

Posó su mano sobre la espada y el rostro torturado de Antonio fue recorrido por un temblor, pero respondió muy digno:

—Me avergüenzo de que hayas tenido necesidad de hacerme esta visita, Quinto Tulio Cicerón. Tal vez no me creas, pero no soy mal hombre. He sido un cobarde y un ingenuo. ¡Hubo una vez en que hasta creí que Catilina era calumniado! —sonrió tristemente—. Iré a ver a los senadores y a los patricios y confesaré que mis cartas referentes a tu hermano estaban llenas de falsedades..., aunque ellos lo saben muy bien. Pero les diré que se lo contaré al pueblo romano y eso les importará.

Le tendió su mano, pero Quinto dio media vuelta y se marchó.

Quinto visitó a muchas personas, viejas amistades de su hermano. Todos expresaron su cariño por Marco y a todos ellos Quinto les arrancó casi bruscamente una promesa de ayuda, a veces con amenazas o bien por la persuasión que otorga una justa indignación.

Entre tanto, tampoco Terencia había estado ociosa. De buena gana habría olvidado a su esposo, pues no le perdonaba que una vez hubiera sido grande y ahora no fuera nada. Se habría contentado muy bien con conservar su hijo y su fortuna y le hubiera complacido la caída de Marco a no ser porque el deshonor y el ostracismo de su esposo significaban también el de ella. Pensó en divorciarse, pero el divorcio no borraría el deshonor ni satisfaría su orgullo.

Así que fue a visitar a sus familiares, insistiéndoles en que la deshonra de un miembro de la familia significaba la deshonra de todos. Al final escucharon sus súplicas y enjugaron sus lágrimas. Eran ricos, muchos senadores les debían dinero y otros eran amigos suyos. E hicieron a Terencia no sólo promesas, sino que le juraron que ayudarían a su esposo: «No permitiremos que tu hijo, que lleva nuestra sangre, viva en la sombra de la desgracia por el resto de su vida», le dijeron.

–Pronto tendremos jaleo a causa de Cicerón –comentó Julio con Craso y guiñando a Pompeyo–. Pero ¡qué antojadizo es el pueblo de Roma! Ya he oído rumores de que la opinión pública está indignada. Dejemos que Cicerón enfríe un poco sus apasionamientos legales y que aprenda a ser más prudente, más realista y menos obstinado. Entonces puede que seamos generosos.

El largo y melancólico viaje hasta más allá de cuatrocientas millas de Roma por poco no acaba con Cicerón. Había veces en que se sentía esperanzado al recibir cartas de su esposa, su hermano y sus amigos, especialmente de Ático, y hablaba alegremente de su país, soñando con el regreso, escribiendo a su hija que cuando llegara el verano estaría de vuelta en la isla «donde viven mis sueños y mis recuerdos y donde está la tumba de mi padre y las cenizas de mi madre». Pero al hacer un breve alto en las villas puestas a su disposición por sus amigos, recordaba que era un proscrito, que su magnífica mansión del Palatino había sido arrasada, que le habían confiscado sus tierras y su fortuna, que de todos sus bienes no le quedaba nada, ni siquiera sus libros, que carecía de hogar y que estaba verdaderamente sin un céntimo. Entonces se sentía poseído por la desesperación y escribía a su familia, a sus amigos y a Ático cartas tan tristes que, al recibirlas, sus destinatarios llegaban a temer que el infortunio le hiciera perder la razón. Olvidó lo mal que lo había pasado junto a su esposa y le escribía cartas conmovedoras, que ella enseñaba a Quinto y a sus otros parientes diciendo:

–Los romanos decían que yo tenía mal carácter, que era una carga para mi esposo, pero ¡mirad lo que me escribe desde el fondo de su corazón! ¡Que ansía estrecharme entre sus brazos!

Pero Quinto se decía a sí mismo: ¡A tal extremo de desesperación ha llegado mi noble hermano que desea ver a Terencia de nuevo!

Cicerón llegó incluso a escribir cartas violentas a su fiel amigo y editor, Ático, reprochándole que le hubiera persuadido de no suicidarse. «Los romanos prefieren la muerte a la desgracia. ¿Qué razones tengo para vivir? Mis aflicciones superan todo lo que hayas podido imaginarte.» En una ocasión le dio las gracias por el dinero que acababa de enviarle, aunque no creía que dichos sestercios procedieran de derechos de autor, pues «¿quién va a comprar ahora mis libros? Te devolvería ese dinero si no estuviera tan necesitado. ¿Cómo podría pagártelo? Confieso que sólo tengo lamentaciones que ofrecerte y reproches por haberme disuadido de que me quitara la vida».

Él, que antes se había interesado tanto por todo lo relacionado con su ciudad, ahora se mostraba completamente indiferente cuando se enteraba por las divertidas y maliciosas cartas de sus familiares y amigos de que Clodio y Pompeyo se habían convertido en enemigos irreconciliables, de que César se aprovechaba de ambos y a ambos despreciaba, de que el Triunvirato era ya considerado «despreciable y peligroso incluso por el hombre de la calle», que Pompeyo y Craso estaban a punto de pelearse, ya que no se entendían, el uno con su mentalidad militar y el otro con su mentalidad de financiero siempre atento a sus intereses. Tampoco le interesaban las historias que se contaban de Calpurnia, la nueva esposa de César, de la que se rumoreaba que era adivina, mujer histérica y de muy mal carácter. Pero la mente de Marco, que antes abarcaba un mundo, ahora se había encogido de tamaño ante su eco sufriente.

Le resultaba imposible vivir como un exiliado. Su anterior determinación de vivir y soportarlo todo se desvaneció. Quería morirse. Podía pasar por todo menos por el desagradecimiento de su país, al que había servido de todo corazón desde joven.

«Todo lo de aquí no vale nada –escribió a Ático– en comparación con las colinas de Roma y el sonido de la lengua familiar. El hombre que no ame a su país sobre todas las cosas es un miserable, una criatura desarraigada capaz de todas las abominaciones, incluso la traición. Porque los dioses de un hombre viven en aquel querido suelo y sólo desea que sus cenizas reposen donde reposan las de sus padres. ¡Oh, mi amada patria! Sólo con que pueda contemplarla otra vez moriré feliz.»

Sintiéndose más tranquilo desde que había decidido quitarse la vida, llegó a la villa de un amigo cerca de Salónica, que daba sobre el azulado mar Egeo, teniendo a su espalda las montañas nevadas. ¡Ah! Grecia ya no le parecía Grecia, pues ahora era un exiliado. La intensidad de los colores que saturaban la tierra, el mar y el cielo ya no extasiaban sus sentidos. Por el contrario, le cegaban, porque temía morir allí y ser enterrado en sepultura extraña. Había planeado matarse, pero ahora se sentía aterrorizado de que al fallecer en este lugar sus cenizas no fueran llevadas a Roma o a la isla, sino que se mezclaran con ese polvo plateado y se fueran en un soplo de aire puro. El espléndido sol, que una vez curó su enfermedad, dando calor a su corazón, ahora le parecía terrible, pues añoraba el sol tristón de Roma. La villa era preciosa y en ella abundaban copias muy bien hechas de las más hermosas estatuas del Partenón. Por todos lados se veía la encantadora simplicidad de las columnas jónicas y muros encalados rebosantes de flores rojas. Reinaba una brillante serenidad, se oía el dulce canto de los pájaros, se respiraba la atmósfera embalsamada de Grecia, los aromas de ungüentos, uvas, sal y laurel, y se veía la vasta inmensidad del mar de un azul sedoso, sobre el cual parecían volar las aladas embarcaciones de los mercaderes. Había comodidad, paz y hasta lujo, y a la puesta del sol, la blanca villa parecía tan brillante como el oro de un sestercio nuevo.

Pero no podía soportarlo. Era como estar ciego y sordo en las Islas de la Bendición. Su corazón no cantaba al unísono con Grecia, sino que entonaba las fúnebres endechas que hablan de la laguna Estigia. Cada vez con más frecuencia escribía cartas furiosas e incongruentes a sus amigos de Roma, reprochándoles que le hubieran impedido suicidarse.

El griego era la lengua de todos los hombres cultos de Roma. Pero ahora Cicerón, que andaba torpe y débilmente por la hermosa villa, sólo quería hablar en latín a los criados griegos, que entendían muy poco este idioma y se quedaban observando sus trémulos gestos para adivinar sus órdenes. Al principio se burlaban un poco de él, pues era un poderoso romano caído en desgracia que vivía a costa de «esa nación de tenderos». Pero conforme los sirvientes y jardineros se fueron dando cuenta de lo que sufría, sus corazones griegos, fácilmente emocionables, se dejaron llevar por la indignación contra Roma y comenzaron a apiadarse de este hombre desgraciado, de rostro pálido y macilento, de cabello blanco y ojos hundidos. Y se convirtieron en sus defensores, mitad por compasión y mitad por el odio que sentían hacia Roma. El sirviente principal, Adoni, era un hombre inteligente y de bastante cultura. Había oído hablar de los libros de Cicerón, así como de su fama como abogado, orador y cónsul de Roma, y de su victoria sobre un hombre tan odioso para un griego como el traidor Catilina. Adoni pidió al cocinero que preparara los mejores manjares para el pobre exiliado, quien apenas los probaba, y siempre que podía iba a hacer compañía a Cicerón, que se pasaba las horas sentado en el jardín rebosante de flores, señalándole los vivos colores del cielo y el sol, y el blanco caserío de Salónica, así como la increíble tonalidad violeta del mar.

—¡Ay! —exclamaba Cicerón, que, a pesar de sus preocupaciones, no dejaba de darse cuenta de las atenciones de Adoni—. No veo nada, porque un hombre ve más con su corazón que con sus ojos, y mi corazón está negro, yerto y frío. Mejor está un esclavo en Roma que un rey en cualquier otra parte del mundo.

Adoni, desde luego, no estaba de acuerdo. Había vivido varios años en Roma como liberto muy apreciado por su amo romano. Pensaba en Roma como un tumor putrefacto que estaba infectando rápidamente toda la majestad de la Tierra. ¿Qué sabía Roma de la belleza, el esplendor, la ciencia, el arte, la filosofía; de la maravilla de los frisos y el encanto apasionado de las blancas columnas al mediodía bajo un cielo luminoso? ¿Vivían los dioses en Roma? No, vivían en el Olimpo. Y discutía amablemente con Cicerón. Los romanos construían enormes circos para espectáculos sangrientos o indecentes teatros donde los bufones aullaban o hacían cabriolas y mujeres infames mostraban sus cuerpos obesos. Pero en los teatros griegos uno podía oír las voces de Aristófanes, Eurípides y Esquilo. ¿Acaso Grecia apestaba como Roma? Cicerón sonrió por primera vez desde su llegada, una débil sonrisa pero sonrisa al fin y al cabo.

—En Roma tenemos excelentes alcantarillas —contestó.

Adoni estaba encantado con su éxito.

—Fuimos nosotros los que enseñamos a los romanos a construir alcantarillas, señor —replicó—, pero el mal olor es suyo.

Cicerón se llevó las manos a la cabeza y murmuró:

—El mal olor del país de uno se recuerda como fragancia cuando se está en el exilio. Déjame en paz, Adoni.

Adoni le traía rosas, pero su aroma recordaba a Cicerón los jardines que había perdido. Sostenía el ramo de rosas entre sus brazos y se echaba a llorar. Sus ojos, antes tan persuasivos, tan llenos de un fuego azul y ambarino, tan cambiantes y fascinadores, habían perdido grandeza. Sus alborotados cabellos blancos se extraviaban en sus humildes mejillas y en su fina nuca. Envejecía por días.

—Está muriendo por Roma —decía Adoni a los criados—. ¡Por ese miserable Titán fanfarrón y terrible! Roma está montada a horcajadas sobre el mundo, sembrando el terror y la furia; donde pone sus pies de hierro, la muerte mana de las heridas de la tierra y en cada muro y en cada montaña resuena su eco ronco y bestial.

Adoni sabía que la belleza que rodeaba a Cicerón no hacía más que aumentar su dolor, porque vivía fuera de ella en alguna helada hendidura de sufrimiento. Era como un prisionero que ve un paisaje detrás de los barrotes de la cárcel y sabe que nunca tendrá libertad para ir hasta él y ser uno con él, permitiéndole amar de nuevo lo que ahora no podía amar.

Un día Adoni le dijo:

–Señor, ha llegado un buque de Israel. Los judíos son muy hábiles fabricando objetos de plata y bronce y sus tejedores hacen maravillas con la seda. Su aceite es mejor que el de oliva de Grecia; siempre están escribiendo libros. ¿Quiere que vaya al puerto y vea si le consigo algo que le agrade?

Cicerón no supo si era debido a haber oído el nombre de Israel, porque le mencionaron libros o por la solicitud de Adoni hacia él, pero tras una breve vacilación, saliendo del letargo y la amenaza de locura, dijo:

–Ve al puerto, Adoni y... –No sabía qué pedirle, pues su único deseo era volver a Roma, pero continuó–: Ya sabes que vivo aquí a costa de uno de mis mejores amigos y que tengo poco dinero. Sé prudente.

Adoni tomó el carro grande que Cicerón jamás usaba, porque no iba a ninguna parte ni visitaba a nadie, a pesar de que recibía muchas invitaciones de ilustres familias griegas. Adoni llevó con él a algunas jóvenes sirvientas, que siempre ardían en deseos de echar un vistazo a los marinos extranjeros y regatear con los astutos mercaderes judíos. Las alegres risas de las jóvenes preparándose para su excursión fueron oídas por el deprimido Cicerón y, olvidando la frugalidad que necesariamente había de guardar, regaló a las muchachas unas monedas, cosa que ellas agradecieron con lágrimas en los ojos y besándole las manos. El carro tirado por dos caballos se alejó con gran estrépito en medio de una nube de polvo, risotadas y canciones, y Cicerón lo vio y oyó alejarse.

Se sentó en el jardín y se quedó tan quieto como las bellas estatuas que le rodeaban. Oía el canto de las fuentes con mortal aburrimiento. Los pájaros cruzaban veloces ante los radiantes surtidores. Más allá del jardín se veía el mar, tan suave y plácido como un pavo real de seda. Unas velas rojas cortaban como cuchillos el cielo azul de una increíble luminosidad. ¿Cómo podré vivir?, ¿adónde iré?, se preguntó Cicerón, y por sus mejillas corrieron de nuevo amargas lágrimas. Un hombre se pasa la vida escalando penosamente una montaña, con los ojos fijos en el brillante pico, soñando con permanecer en la cima bastante tiempo y contemplar el mundo a sus pies, antes de descender por la otra ladera en el dorado atardecer. Eso me pasó a mí, pero cuando alcancé el mármol brillante de la cima, vi que detrás no había ninguna suave ladera, sino un abismo precipitándose hacia las profundidades en sombra, los agudos peñascos mortíferos y el desierto. ¡Oh! Si no hubiera escalado, al menos estaría bebiendo ahora las aguas claras de los ríos hogareños y paseando por las floridas tierras de mi país. Los sueños pueden llevar a la destrucción y aun el amor hacia el país puede ser una traición, y Dios es indiferente o no existe. Alzó sus brazos en gesto de desesperación y gritó:

–¡Oh! ¿Es posible que tenga que quedarme aquí para siempre y nunca vuelva a ver Roma?

Pensó en todas las lágrimas que había derramado como expresión de su pena, pero ahora sabía que la fuente de las lágrimas jamás se seca, que el dolor tiene diez mil lenguas y que la aflicción continuamente inventa nuevas armas para traspasar el alma. El mundo no es el jardín ni la cálida y alegre arena que los jóvenes creen que es. Es un pozo de tormentos y el hombre jamás llega a averiguar todos sus laberintos ni a hallar todos los minotauros. En cada nuevo sendero que se recorre aguardan nuevos dolores de agonía que jamás se han experimentado antes. Siempre hay un enemigo para desafiarte, hasta que el alma expira de cansancio y falta de esperanza. Todo le parecía maligno. ¿Era cierto, como afirmaban los judíos, que la Creación estaba impregnada por el mal, lo mismo que por el bien y que los hombres pueden distinguir a ambos, el uno sirviendo para destruir y el otro para salvar?

A la puesta del sol, Adoni regresó con el carro y las doncellas. Con ellos venían dos visitantes.

El cielo semejaba oro puro, el mar parecía dorado, el aire se estremecía en la dorada penumbra, las colinas estaban como aureoladas y las plantas del jardín refulgían. En aquella atmósfera embebida de luz dorada, el hombre sentado en el banco de mármol bajo los mirtos semejaba la estatua de alguien agonizante, de un hombre abandonado, solitario, perdido, aplastado por un dolor mortal. Los visitantes hicieron una pausa y lo contemplaron consternados. Él no los había visto o su presencia le resultaba indiferente.

—Es cierto —dijo uno de ellos al otro—, los años nos hacen cambiar a todos, pero ese hombre que parece estar helado o agonizante no es el Marco que yo conocía. Ni siquiera los años pueden haberle estropeado tanto.

A pesar de que Adoni ya se lo había advertido, ellos no dejaron de sentirse confundidos y conmovidos hasta el punto de sentir ganas de llorar. Y cruzando el jardín, uno de ellos exclamó:

—¡Marco! ¿Eres tú?

Marco alzó la mirada con el gesto vago y soñoliento de quien de repente se despierta en un lugar extraño, sin comprender nada. El desconcierto no desapareció de su rostro y, con los ojos apáticos de un recién nacido, contempló cómo se aproximaban los recién llegados, hasta que estuvieron frente a él.

Entonces uno de ellos, llorando, lo abrazó, llamándole como uno llamaría a un sordo:

—¡Marco, mi querido amigo! ¿No me reconoces?

Marco se dejó abrazar y parpadeó. Pareció concentrarse, pero desistió. Vio ante él a un hombre de mediana edad, alto y delgado, con una larga barba canosa, rostro pálido y grandes ojos oscuros que a la vez eran suaves y penetrantes, con elegantes vestiduras de un brillante color azafrán, bordadas con hilos de oro y plata y llevando una rica capa púrpura y un turbante púrpura y dorado. En torno a su cuello pendía un collar egipcio con borlas de oro y esmeraldas. Las manos le brillaban por las joyas, así como las muñecas, brazos y sandalias. Marco trató de hablar, pero sólo le salió un seco susurro.

–¿No te acuerdas de mí? Soy Noë ben Joel, el amigo de tu infancia al que considerabas como un hermano.

–¿Noë? ¿Noë? –Marco alzó unas manos temblorosas y entonces bruscamente le agarró por los desnudos brazos, mientras su rostro se iluminaba tan intensamente que Noë vertió nuevas lágrimas.– ¡Noë! –exclamó Marco, tratando de levantarse, lo que no consiguió por lo débil que estaba.

Noë le apretó la cabeza sobre su pecho con gesto fervoroso, en parte por cariño y en parte para no ver aquel rostro demacrado en que se reflejaba el sufrimiento.

–¡No es posible! –exclamó Marco–. ¡Pensé que todos habíais muerto!

–Dios vive y, por lo tanto, el mundo sigue viviendo –replicó Noë, sentándose a su lado y estrechándolo entre sus brazos como uno estrecharía a un chiquillo doliente. Marco palpó con su mano trémula, tomó una mano de Noë y la apretó con fuerza–. Mira –le dijo Noë–, ha venido conmigo otro amigo que quiere verte: Anotis, el egipcio. ¿Ya no te acuerdas de él? Nos conocimos en Jerusalén y, al saber que éramos amigos tuyos, los dos nos hicimos amigos. –La voz de Noë era tranquilizadora y habló lenta y claramente, como si tratara de alcanzar el angustiado y distante espíritu de su amigo.– Por mis amigos de Roma me he enterado de... lo que te ha pasado y, en cuanto supe que estabas en Salónica, decidí venir a visitarte. Anotis quiso acompañarme y hemos llegado hoy en el buque venido de Israel. En el puerto nos encontramos con tu sirviente, ese magnífico Adoni, y le rogamos que nos trajera hasta ti. Y aquí estamos, llenos de gozo por poder verte una vez más.

–¿Anotis? –repitió Marco con voz débil y temblorosa, como tratando de recordar. Se quedó mirando al otro visitante, tan alto en sus vestiduras rojas y verdes, con sus joyas y porte mesurado. Vio aquellos ojos gris claro que los años no habían podido apagar, el rostro moreno y aguileño y la barbilla puntiaguda tan blanca como la nieve–. ¿Anotis? ¡Anotis! –exclamó como si la vida volviera a su cuerpo extenuado y temblara en su rostro mientras le tendía una mano y rompía a llorar.

El egipcio se sentó también a su lado, dejándolo en medio, y ambos lo abrazaron una y otra vez mezclando sus lágrimas con las suyas. La luz dorada pareció difundirse sobre el mar, el cielo y la tierra, el aroma de los jazmines se hizo más fragante. Del mar sopló la brisa, trayendo voces extrañas, y los oscuros cipreses agitaron sus copas puntiagudas bajo la luz radiante. Velas rojas se deslizaban sobre las aguas conforme los barcos regresaban a puerto; los pájaros elevaron de repente sus graznidos al cielo y Marco permaneció sentado junto a sus amigos, gozoso, no dando crédito a sus ojos ni a sus oídos. Era como si hubiese resucitado de la fría negrura de la tumba para ver la vida de nuevo, él, que había yacido yerto durante tanto tiempo.

–¡No me abandonéis! –les imploró–. ¡No me dejéis otra vez!

–Estaremos muchos días contigo, Marco –le aseguró Noë–. ¿No hemos hecho un largo viaje para estar a tu lado?

–¡Ay! –se lamentó Marco–. ¡Ya no soy nada! ¡He perdido mi hogar y mi familia! ¡He perdido Roma! –Su voz, sin embargo, ya no era temblorosa, sino aguda y con un vivo acento de dolor.– ¿Comprendéis lo que es perder la patria? ¿Noë? ¿Anotis?

–Sí –repuso Noë–, porque los judíos fuimos arrancados de nuestro país y llevados en cautiverio a Babilonia. Oye lo que dijo David: «Nos sentábamos junto a los ríos de Babilonia y llorábamos al recordar a Sión. Y colgábamos nuestras arpas en las ramas de los sauces de las orillas. ¿Cómo íbamos a cantar al Señor en una tierra extraña? Si te he olvidado, ¡oh, Jerusalén!, que mi mano derecha se olvide de saber tocar y si no te recuerdo, que mi lengua se pegue al paladar, si no prefiero a Jerusalén sobre todas mis alegrías». Dios se acordó de aquellos exiliados y los devolvió a su tierra. Él también te devolverá a la tuya, Marco, cuando Él lo tenga decidido, para confusión de tus enemigos. No eres el único exiliado que se lamenta o se ha lamentado.

–Lo mismo podemos decir nosotros, los egipcios –declaró Anotis con tristeza–. Los griegos hace tiempo que se apoderaron de nuestro sagrado país y nos hicieron exiliados en nuestra propia patria, en la que se burlan de nosotros. ¿Acaso no lloramos por la suerte de nuestro país? ¿Quién le devolverá su grandeza? Han pasado siglos y somos desconocidos en nuestra propia tierra. –Se quedó mirando al dorado cielo, que hacia occidente flameaba de rojo, y su ascético rostro se iluminó de repente como si hubiera oído una promesa.

Le habían traído los regalos que más podían agradarle. Noë, una copia en miniatura de los Sacros Manuscritos, con varillas de plata y un pergamino muy fino y sedoso, en el que estaban escritas las Sagradas Escrituras. Anotis, una dorada figurilla de mujer, coronada de estrellas, de pie sobre el mundo y aplastando a una serpiente con el tacón, teniendo en su vientre la redondez del embarazo. Y dijo:

–Los sacerdotes caldeos me han revelado algo extraordinario. Sus astrónomos escudriñan el cielo todas las noches esperando ver una estrella estupenda que aparecerá por el este y conducirá a los hombres santos hasta el lugar del nacimiento del que ha de salvar al mundo y librarnos de la muerte. Porque eso ha sido prometido a todos los hombres que tienen oídos para oír y alma para comprender.

Marco escuchó y a cada instante su rostro fue pareciendo más joven, como si realmente hubiera salido de una tumba. Se aferró a sus amigos y lloró, y ellos dejaron que desahogara sus penas y angustias, porque al igual que los chaparrones de primavera, las lágrimas le traerían nueva vida y esperanzas.

En los días siguientes se sintió como si acabara de nacer y viera y oyera por primera vez, maravillándose de la belleza de los dorados y plateados días de Grecia, como si él también fuera un recién llegado y no llevara ya viviendo allí varios meses. De nuevo se sentía joven y hablaba jovialmente. Por primera vez abrió los libros de la biblioteca y leyó para sus amigos en griego. Alababa a los jardineros por su destreza, cuando antes ni siquiera se había fijado en el jardín. Adoni llevó a los tres amigos a dar un paseo por mar en una embarcación, y pescaron riéndose como muchachos, como si ya no fueran hombres que miraban la vida con la seriedad que dan los años. Los andares de Cicerón se hicieron más ligeros y hablaba entusiasmado de lo que esperaba realizar cuando fuera llamado a Roma. Se enorgullecía de sus hijos, de su hermano, de sus amigos y hasta de su esposa. Por las noches escribía incansablemente nuevos ensayos para su querido Ático, de cuya paciencia tanto había abusado. Cada día descubría nuevas delicias y sentía renovadas ganas de reír, mientras que los criados se alegraban de verlo tan animado. Recuperó su antiguo buen humor y le complacía que sus chistes fueran bien recibidos por sus amigos. A veces, sin razón aparente, corría hacia uno de ellos y lo abrazaba y besaba en la mejilla como un chiquillo feliz y arrepentido.

–¡Oh! –exclamaba–. ¡Dios es bueno! ¿Acaso no me ha enviado a vosotros cuando ya sólo pensaba en la muerte?

–Eso es porque Él te necesita, querido Marco –le contestaban–. No puede privarse de los hombres justos.

–Habladme de nuevo del Mesías –les rogaba Marco–. Ya lo había olvidado.

–Me temo –decía Noë– que los hombres no le reconocerán cuando venga. Lo maltratarán, se burlarán de Él y al final lo matarán. Porque escucha lo que dice David sobre lo que será su sino y lo que Él dice de sí mismo:

»"¡Dios mío, Dios mío! ¿Por qué me has desamparado? ¿Por qué no me has ayudado? Grito de sol a sol, pero no me oyes. Soy un reproche para los hombres, soy despreciado por el pueblo y los que me ven se burlan de mí y mueven la cabeza diciendo: 'Confió en que el Señor le salvará. Dejemos que Él le salve, mostrando así que le es grato'. Me miraban con la boca abierta como si fuera un rugiente león que merodease. Me han vaciado como si fuera agua y todos mis huesos están descoyuntados. Mi corazón es como cera y se ha mezclado con mis entrañas. Mis fuerzas se han secado como un tiesto y Tú me has llevado al polvo de la muerte. Puedo contar mis huesos, que parecen mirarme con fijeza. Me arrancan mis prendas y las echan a suertes."

»Ya verás –prosiguió Noë– que, a pesar de que los fariseos declaran que el Mesías aparecerá acompañado de muchas trompetas de plata y con poderes celestiales, rodeado del trueno, en realidad nacerá como el más pobre y el más humilde y tendrá que soportar una terrible muerte como sacrificio por los pecadores. Es algo muy misterioso. ¿Llegaremos a conocerlo? Lo dudo. Sin embargo, Dios lo dará a conocer algún día porque, como asegura David, Él ha dicho: "He colocado a Mi Rey sobre Mi sagrada colina de Sión. Y pronunciaré Mi decreto: Tú eres Mi hijo. En este día te he engendrado. Pídeme y te daré como herencia a los gentiles y las partes más alejadas de la Tierra serán tu posesión".

–Tenemos su signo de la Cruz –dijo Anotis–, que significa la Resurrección, y lo hemos tenido a través de las edades.

Marco escuchó con gran atención y en su interior oró: Perdóname por haber dudado de Ti y por haberte olvidado. Me siento como un desterrado, pero ¿no es cierto que la mente adopta una postura y ya no puede cambiarla? Soy romano y sigo siendo romano. Yo no he abandonado a Roma, es Roma la que me ha abandonado a mí.

Cuando sus amigos tuvieron que regresar a sus hogares, Marco los acompañó hasta el puerto de Salónica. Y contempló cómo el navío de gran envergadura desaparecía en el horizonte. No, no se han ido, pensó. Nos hemos dicho adiós, pero en otro puerto ellos dirán «hemos regresado». Se dirigió a su villa, que ya había dejado de ser para él el símbolo de un abominable exilio. Ahora era un hogar provisional hasta su regreso a Roma. Y comenzó a escribir cartas animosas a sus familiares y amigos, a César y a Pompeyo, pidiéndoles que lo llamaran.

Por las noches rezaba con las palabras del rey David que Noë le había enseñado:

«Alzaré mis ojos hacia las colinas de donde me viene la ayuda. La ayuda me viene del Señor, quien creó los cielos y la tierra. Él no permitirá que sea movido tu pie. Él te custodia y no se quedará dormido. Él custodia Israel y no se quedará adormilado ni dormido. El Señor es tu guardián. El Señor es la sombra que cae sobre tu mano derecha. El sol no te dañará por el día, ni la luna por la noche. El Señor te protegerá de todo mal. Protegerá tu alma.»

A medianoche se quedaba mirando los cielos y repetía: «Tú eres Mi hijo. En este día te he engendrado».

Marco preguntaba a las estrellas cuándo sería ese día o esa hora y buscaba la estrella de la que Anotis le había hablado. Pero los cielos permanecían quietos y silenciosos. Se dirigió a su cámara y se quedó contemplando la imagen de la Virgen con el Niño, y mientras reflexionaba, una agradable emoción recorrió su cuerpo, como si hubiera oído una dulce voz que le llamase en medio de la tosquedad del mundo, una voz que lo llamase al hogar. Y colocó un ramo de lirios ante la imagen. Luego besó los pies de la Virgen Madre.

Capítulo

59

—Nos tienen acosados —dijo Julio César a Craso—. De repente, en toda la ciudad resuena el nombre de Cicerón y se escriben palabras indignantes en las paredes. Todos piden su regreso. Seamos magnánimos y el pueblo olvidará nuestros decretos y nos aclamará como nobles amigos y benefactores.

—Estoy de acuerdo —dijo Pompeyo alzando el pulgar.

Porcio Catón, el joven tribuno patricio, se dirigió a los senadores amigos de su familia:

—¡Sois unos pusilánimes! —les gritó—. Habéis desterrado al hombre que salvó Roma y a vosotros. El pueblo está muy nervioso. ¡Llamadlo enseguida!

La vehemente protesta irritó y dejó confundido a Craso, que trató de descubrir quién había provocado la tormenta que ahora se cernía sobre Roma, pero era como si a Cicerón le hubieran salido defensores de hasta las mismas piedras de las calles. Llegó a ser verdaderamente peligroso resistirse y Craso, de mala gana, tuvo que consultar con el culpable Senado.

—Éste no es un asunto fácil de resolver —contestaron los senadores—. Si declaramos públicamente que nos equivocamos, el pueblo nos despreciará. Y luego está ese chiflado de Antonio Hybrida, que amenaza con confesarlo todo ante el nuevo cónsul, Cornelio Léntulo Spinther, y todos sabemos que Léntulo es un viejo amigo de Cicerón. Tendremos que pensarlo.

Y de un modo típicamente itálico decidieron resolver todo de forma tan confusa que ninguna persona pudiera señalar con el dedo a nadie como autor del forzado regreso de Cicerón, de modo que nadie tuviera que dar explicaciones. Pompeyo escribió a Cicerón una carta muy diplomática, recordándole cuánto lo apreciaba y afirmándole que trabajaba incansablemente para lograr que le exoneraran del destierro. «Pero ahora todo está en manos de César, tu antiguo amigo.» Y añadía: «Tu editor, que se ha convertido en un hombre muy rico e influyente, no cesa de soltarles discursos en favor tuyo a los otros hombres influyentes. Muchos le temen porque tiene a sueldo a muchos comediantes, a los que él llama autores satíricos».

Ninnio, el noble tribuno que siempre había profesado gran cariño a Cicerón, fue a visitar a Julio.

–En una ocasión en que presenté un proyecto de ley para levantar el destierro a Cicerón –dijo–, Clodio se opuso y se salió con la suya; pero ahora los nuevos tribunos elegidos, entre los cuales figura tu amigo Tito Annio Milón, están en favor de su regreso. ¿Tú te opones?

–¿Yo? –repuso Julio César–. ¡Si no hay un día en que no rece para que termine pronto el exilio de mi querido Marco!

–Pues reza con más fervor todavía –le contestó Ninnio. Sus ojos astutos brillaron, pero el resto de su cara permaneció serio. Él no temía el terrible Comité de los Tres que ahora esclavizaba a Roma–. Tú eres muy elocuente, César, habla a los senadores.

–Les he hablado a menudo –dijo Julio–, pero lo volveré a hacer –añadió con tono grave.

Ninnio, ocultando una sonrisa, se inclinó y se despidió de él. El pueblo amaba a Ninnio porque era un hombre honrado. Aunque hablaba siempre en tono calmo, en su voz se adivinaba una amenaza y Julio siempre hacía caso de las amenazas.

–Sólo los tiranos estúpidos se vanaglorian y se creen invencibles e invulnerables –dijo a los otros miembros del comité–. Se cuenta que Jerjes escuchaba primero al más humilde de sus esclavos, y sólo después a sus ministros, porque los ministros le eran leales por los favores recibidos, mientras que el esclavo no tenía nada que perder diciendo la verdad.

Los árboles de Roma ya estaban amarilleando o enrojeciendo cuando Ninnio presentó ante el Senado una nueva moción solicitando el indulto para Cicerón. Ocho senadores se apresuraron a votar en su favor y los otros se abstuvieron. Sintiéndose fuertes en número, propusieron un proyecto de ley que derogaba el destierro de Cicerón, pero no fue aprobado. Sin embargo, aunque no pudieron terminar con su exilio, lograron que el Senado le restituyera sus derechos civiles y su rango anterior, cosa que se le notificó. Sin embargo, ahora que él se sentía de nuevo fuerte y orgulloso, se negó a regresar a Roma a menos que le devolvieran sus propiedades y le construyeran una nueva casa en el Palatino. Mientras tanto fue a residir en Dyrrachium, donde tenía acceso a una gran biblioteca. Allí fue a visitarle Ático, optimista y lleno de cariño, y le contó los últimos acontecimientos de Roma y las excelentes ventas que estaba teniendo su último libro. Y entregó a su amigo una fuerte suma, aunque la mitad de aquella cantidad había salido de su propio bolsillo, cosa que no le dijo. Le trajo buenas noticias sobre la salud de los miembros de su familia y le contó que su hermano Quinto trabajaba incansablemente para lograr su regreso.

—De toda Italia acuden grupos a Roma para pedir que se te levante el destierro y que se te devuelva todo lo que te quitaron —le explicó—. Léntulo ha declarado que tan pronto como hayan terminado los Sagrados Ritos en Jano presentará otra moción ante el Senado en tu favor, porque los cónsules están de tu parte.

Ático se alegró muchísimo de que su amigo y autor hubiese recuperado el dominio sobre sí mismo, porque había temido por su razón y su vida durante todos aquellos meses. Marco parecía estar fuerte otra vez y hasta sereno y muy resuelto.

—Me han devuelto mi rango y los derechos civiles —dijo a Ático—, pero ¿de qué viviría? ¡Cómo se aferran los gobiernos al dinero que roban a los ciudadanos! Uno diría que se lo han ganado por sí mismos. Si yo viviera en Roma, el Senado se alegraría porque entonces la gente podría decir: «Ese Cicerón es un infeliz y ya es demasiado viejo para levantarse otra vez». ¡Ay! ¡Qué tiempos más degenerados éstos en que sólo el dinero confiere el honor! Dejemos que el Senado se enfade. No regresaré hasta que me devuelvan lo mío.

Ático, al regresar a Roma, mantuvo a Marco al corriente de los acontecimientos. «La escena se parece a un bello mosaico representando una historia del que de repente se desprendieran fragmentos para acabar en un caos informe y una confusión de colores. Se aprueban resoluciones que a continuación son revocadas. Léntulo ruega, el Senado le escucha y luego le niega. Pompeyo ha declarado que sólo un edicto del pueblo (*lex*) puede anular tu destierro, y esto es cierto. César se dirige al Senado diciendo que es su servidor y provoca sonrisitas cuando habla en tu favor. Craso, que afirma ser el más humilde esclavo del pueblo romano, se dirige al Senado y éste le escucha solemnemente. Parece como si toda Italia deseara tu regreso, el Senado y el Comité de los Tres, la nobleza y los "hombres nuevos". Pero Publio Clodio te sigue odiando y es hombre muy poderoso.»

Ático no añadía en su carta que Quinto había sido provocado en pleno Foro y a la luz del día por los esbirros de Clodio, que tras agredirle lo dejaron por muerto en medio de la plaza. Sólo gracias a los mayores cuidados y a la intervención de varios médicos pudieron salvarle la vida. Ático no creyó prudente alarmar a Cicerón porque, de haberse enterado éste de la noticia, habría regresado precipitadamente a Roma, aceptando así tácitamente las condiciones del Senado, o sea que sólo le fueran devueltos sus derechos civiles y su rango. A Ático le parecía una vileza que la corrompida plebe de Roma, que Clodio parecía controlar mucho más que el propio Triunvirato, se interpusiera entre Cicerón y la única solución honorable, esto es, la anulación del destierro y la devolución de todas sus propiedades. Pero como todos los romanos tenían derecho al voto, con independencia de su cultura o su ignorancia, su ingenio o su torpeza, su hombría de bien o su bajeza, cuando se reunían en el Foro para votar se excitaban fácilmente y los motines eran muy numerosos. Si se les dejaba votar en el caso de Cicerón, Clodio, que sobornaba a las masas constantemente, los incitaría a la revuelta. Para la plebe, Cicerón no era más que un nombre contra el cual su amo Clodio había pronunciado un anatema. Con eso les bastaba. «Las cosas de la democracia», pensaba Ático, mientras escribía a sus amigos:

«La voz del pueblo es con frecuencia la voz de los necios, criminales, dementes y de los estómagos insatisfechos. Se creerán las más monstruosas mentiras si son dichas por su político favorito. Difamarán a los mejores si se les ordena; se amotinarán y cometerán crímenes al por mayor por mandato de cualquier bribón que afirme quererlos y desear servirlos de todo corazón. La plebe ni odia ni ama a Cicerón por sí mismo. Lo odian porque Clodio les ha ordenado que lo odien. ¡Así es la democracia!»[1]

Léntulo decidió distraer a las masas. Como cónsul de Roma, les ofreció grandiosos espectáculos en los circos, mucho más emocionantes que los vistos hasta entonces; y mientras estaban extasiados con tan sangrientas diversiones, Léntulo se reunió con el Senado en el Templo del Honor y la Virtud y presentó una moción proponiendo la total rehabilitación de Cicerón, la devolución de sus propiedades y honores; pero Clodio, que había sospechado la estratagema, consiguió que la moción fuera rechazada.

Entonces Pompeyo, el militar, que despreciaba a la inquieta e indisciplinada plebe, decidió actuar resueltamente. En compañía de muchos hombres distinguidos, incluyendo a Léntulo y Servilio, se dirigió al pueblo en el Foro apelando a su decencia (de la cual carecía), a su virtud (en la que no creía) y a su honor (del que también carecía). Él era un miembro del terrible Triunvirato, al que todos temían, y hasta ahora ninguno de sus miembros se había dirigido directamente al pueblo en el Foro para hablar en favor de Cicerón ni para ninguna otra cosa. La plebe se sintió halagada y prometió, por aclamación, votar en favor del levantamiento del destierro de aquél, olvidando momentáneamente a su amo Clodio. Pompeyo les habló de su inteligencia y de su noble alma, y pensando en Cicerón la voz le tembló con acento de sinceridad, y la impresionable plebe vio las lágrimas que derramaba el gran general que de modo tan humilde se había presentado ante ella. Pompeyo dijo más tarde a Léntulo:

—¡Quieran los dioses que la plebe no cambie de parecer antes de que logremos levantar el destierro de Cicerón!

Clodio se opuso enérgicamente, apoyado por sus partidarios y el pretor. Tres magistrados y varios tribunos se pusieron de su parte en su irreductible

---

[1] De una carta a Léntulo.

enemistad con Cicerón. Pero, incrédulo y furioso, Clodio vio con estupefacción que esta vez el pueblo no se ponía de su parte, pues aunque lo había sobornado a menudo, Pompeyo había sabido halagarle y despertarle ese instinto latente de decencia. «Un fenómeno muy extraño», como lo calificaría Ático en una de sus cartas. En definitiva, fue un milagro. «Si Dios no interviniera en los asuntos de los hombres –escribió Ático–, nos precipitaríamos en el caos, jamás podría ser detenido ningún ladrón o criminal ni hacerse justicia; tampoco ningún político vil podría ser descubierto como embustero.»

El pueblo mantuvo la promesa hecha a Pompeyo y a finales del verano votó por la anulación del destierro de Cicerón, la restauración de su rango y derechos civiles, sus propiedades y sus honores como héroe de Roma. El exilio había terminado y Tulia fue a recibir a su padre en la costa de la patria, arrojándose en sus brazos. Él la apartó suavemente, se arrodilló y besó el suelo sagrado de sus antepasados, humedeciéndolo con sus lágrimas. Sintió tanta dicha que todos los padecimientos que había soportado le parecieron insignificantes.

Si el pueblo se había mostrado renuente en llamarle, ahora se desbordó en aclamaciones a su paso por Italia. Cruzó por Capua, Nápoles, Minturnae, Sinuessa y Formiae, donde sus amigos pusieron a su disposición villas suntuosas para que se alojara, precisamente en las proximidades de otras villas suyas que el gobierno había mandado destruir apresuradamente en su entusiástica malignidad. Los magistrados lo recibían con coronas de laurel, saludándole y besándole las manos, y las multitudes lo aclamaban al grito de «¡Héroe!» y con estruendosas ovaciones. Los campesinos se alineaban con sus familias a lo largo de las carreteras, arrojando flores a su paso. Las autoridades locales se apresuraban a salir a su encuentro, para postrarse a sus pies, llamándole salvador de Italia. Todas las aldeas y pueblos por donde pasaba declaraban festivo en su honor, abandonando todo el mundo el trabajo para aclamarle ruidosamente. Al gran carro en que viajaba con su hija y sus amigos le costaba abrirse paso entre la muchedumbre y a veces quedaba atascado durante horas, tan grandes eran las aglomeraciones en las poblaciones itálicas. Los jueces lo llamaban pilar de la ley, fundamento de la Constitución, y sus colegas abogados ofrecían banquetes en su honor, exclamando que los abogados serían santificados en su nombre para siempre.

Agotado, pálido y saciado, pensando sólo en que de nuevo estaba en el sagrado suelo de Italia, una noche se detuvo para pernoctar en la villa de un amigo antes de entrar en Roma. Y dijo a Tulia:

—Si fuera más joven, me halagaría pensar que todos los hombres estuvieron conmigo y que ahora han sido reivindicados en mi persona; pero como ya no soy joven, me limito a pensar que soy feliz y que mi corazón se ha conmovido por todas estas demostraciones, y recuerdo que todos estos que ahora me aclaman, al hacer este mismo recorrido al revés para dirigirme al exilio, me esquivaban. El hombre es muy poca cosa; aclama y aprueba cuando eso no puede provocarle ningún daño, y cuando se le pide que denuncie y difame (especialmente si se lo pide el gobierno), todos se apresuran a hacerlo. Una palabra de Roma ordenando que se me destruya y mañana estos mismos que ahora besan mis manos me cortarían el cuello con el mismo entusiasmo. Cuando el hombre se siente más feliz es cuando cree que comparte los deseos de sus semejantes, y eso es un triste y horrible augurio para el futuro.

Tulia, que también se hallaba muy cansada, objetó:

—Yo creo que te quieren mucho, padre.

—No me fío de mis paisanos, aunque antes sí. Ahora rezo por ellos. Creen que la popularidad es la medida de la valía de un hombre.

Era la vigésima tercera noche de su triunfal viaje a través de Italia y de enormes multitudes. Ante su insistencia, no hubo banquetes, ni largos y fatigosos discursos por parte de los magistrados, abogados, jueces o políticos aprovechados, ni exageradas demostraciones del pueblo, ya que los itálicos amaban las fiestas y las demostraciones emotivas, especialmente en favor de hombres que de repente adquirían popularidad. Mañana haría su entrada en Roma. Permaneció en aquel hermoso aposento, el dormitorio de su anfitrión, sentado mientras la villa hormigueaba con los enviados del Senado y otros huéspedes importantes que querían entrevistarse con él y que fueron recibidos por el dueño de casa, quien les invitó a cenar, prometiendo entregar a la mañana siguiente sus mensajes a Cicerón. Éste estaba casi agotado de cansancio, Tulia se dio un baño y preparó sus vestiduras de ceremonial para el día siguiente. Por primera vez, al sonreír a su hija, él se dio cuenta de que la encontraba más sumisa que antes de su exilio, más frágil, más delicada. Su delgado rostro, tan parecido al suyo, estaba muy pálido. Su larga cabellera castaña le caía sobre su frágil espalda y sus manos demasiado delgadas le temblaban un poco. Sus ojos, antes tan semejantes a los suyos, parecían más tristes a pesar de su juventud, y sus modales eran más delicados que anteriormente. Todo eso le alarmó.

—¡Tulia! —exclamó—. Todo esto te ha fatigado mucho más que a mí.

Ella trató de sonreír, pero de repente se echó a llorar y se arrojó en sus brazos. Él la sentó sobre sus rodillas y torpemente trató de consolarla, enjugando las lágrimas de sus mejillas, acariciando su fino pelo y besándola.

—¡Cuéntame! —le rogó—. ¿Qué le ha pasado a mi hijita, a lo que más quiero en la vida?

Entonces se enteró de las graves heridas que había sufrido su hermano y del fallecimiento de su querido yerno Pisón Frugi, que tan valerosamente había trabajado por su retorno del exilio. Tulia aún no había cumplido diecinueve años y ya era viuda. Pisón había muerto de unas fiebres repentinas, aunque los médicos sospecharon envenenamiento. Tulia estaba muy afligida, desolada y angustiada. Cicerón, asimismo muy apenado, pensó que esa chiquilla había olvidado todos sus sufrimientos para ir en su busca, sin importarle sus propias penas.

—Debiste decírmelo, cariño —murmuró él besándola y tratando de consolarla—. No debiste haber salido en busca mía y añadir más preocupaciones a las que ya tienes. Cuando llegue a Roma haré sacrificios por el alma de Pisón. En cuanto a mi hermano...

—Mi tío Quinto ya se ha levantado de la cama, donde estuvo a las puertas de la muerte —dijo Tulia, mortificada por comunicarle noticias tan tristes en medio de su triunfo.

—¡Qué ciego he estado! —exclamó Cicerón—. Si me hubiera detenido un momento a observarte, hija mía, habría visto tu demacrada palidez. ¡Pero no! Estaba absorto con mi propia rehabilitación, escuchando los aplausos y los falsos discursos de los que me saludaban, los mismos que hace unos años me volvían la espalda.

Y en su dolor por el fallecimiento de su yerno, olvidó sus alegrías, acongojado ante el terrible pensamiento de que Quinto había estado a punto de morir por culpa de él, a manos de los enemigos de Cicerón.

—He provocado la desgracia de los que más quería —dijo.

Pero Tulia, enjugándose las lágrimas con gesto resuelto, intentó consolarlo. Se reprochó el haberlo apenado cuando estaba saboreando su mejor triunfo y le imploró su perdón. Debería haberse contenido y no sucumbir a su debilidad femenina. Forzando una sonrisa, Cicerón le dijo:

—Pisón habría deseado que yo estuviera contento. Quinto me recibirá mañana. Y para ellos debo ser lo que ellos querrían que fuera. —Hizo una mueca.— El héroe coronado de laurel recibiendo el homenaje de Roma. —Se abrazaron llorando uno en brazos del otro.

Aunque Cicerón aseguró a su hija que nada empañaría la gloria de su regreso, se sentía melancólico y con el alma desgarrada, y cuando Tulia fue a retirarse a su cámara, su espíritu se sublevó en amargada protesta. Por culpa de él, Quinto había sido herido gravemente y había estado a punto de morir, y el joven, ardiente y apasionado Pisón había muerto, un joven de buen talante que amaba la vida. Cicerón no pudo dormir, pensando y a ratos odiando.

Apenas se había insinuado el gris amanecer de un caluroso día, en el horizonte purpúreo, cuando Cicerón fue despertado por un estruendoso y triunfal resonar de trompetas, un apasionado batir de tambores y el rugido de muchas gargantas. Lo primero que pensó fue: ¿Habrán decidido al final asesinarme? Entonces, increpándose por lo que sólo en parte era ironía, se levantó para asomarse a la ventana y ver el flamear de unas antorchas. La hermosa villa estaba rodeada por la legión de Quinto, con soldados a pie, a caballo y en carros de guerra, con los estandartes ya desplegados, tan rojos como la sangre a la luz de las antorchas, mientras que el metal relucía en arneses, armaduras, lanzas y espadas, los caballos hacían cabriolas, se alzaban los fasces y había muchos gritos, traqueteo de ruedas y movimientos para completar la formación. Más allá de la legión había una gran multitud venida de la propia Roma para agregarse a su cortejo. Un general que regresara victorioso con cofres llenos del oro y millares de esclavos no habría recibido una ovación más estruendosa. Tulia entró en la cámara de su padre, a la vez emocionada y atemorizada. Él tomó sus manos y le dijo:

—¡Son tan escandalosos que parece que me llevaran a ejecutar!

El Senado había enviado para recogerlos un carro dorado. Tras tomar un rápido desayuno, él subió al vehículo, elevando los brazos para saludar a la multitud congregada al otro lado de las puertas de las murallas para seguirle como se sigue a los conquistadores. Entonces se inició el cortejo, encabezado por los que tocaban los tambores, las trompetas y los címbalos, seguidos por los oficiales montados en sus negros caballos, y tras ellos Cicerón, en su reluciente carro, arrastrando tras él a millares de personas que bailaban, gritaban y batían palmas, multitud apenas contenida por los legionarios. Y él no pudo ver otra cosa que un mar de cabezas coronadas de flores y nuevos ríos que desembocaban hacia él a lo largo de la Vía Apia y las carreteras secundarias. Del sol asomaba un reborde rojo en el encendido palio gris del cielo y tonos anaranjados empezaron a iluminar los puntos más altos de los monumentos que se alineaban a lo largo de la vía y los tejados de las casas que se alzaban en las colinas, formando charcos sanguíneos junto a la carretera y finos hilillos de luz. Las golondrinas se habían despertado dando gritos y en los campos aparecían las primeras fragancias del otoño, aromas de heno y frutas maduras, de suelo agostado, piedras calientes y hierbas secas. La luz rojiza en el este se fue alzando en el cielo como una conflagración y las fachadas de las villas blancas se iluminaron, así como los muros de las casitas de las colinas. No soplaba viento, todo estaba muy tranquilo y extrañamente resonante. Cicerón creyó de repente estar soñando y pareció no oír las tumultuosas voces del pueblo, las trompetas, címbalos y tambores. Tulia contempló el rostro de su padre, tan pálido y sereno como el de una estatua e igualmente carente de expresión. Sostenía las riendas como un héroe victorioso, orgullosamente erguido y meditando, pero ella vio la sangrienta luz de las antorchas y del sol naciente reflejada en los pliegues de su toga blanca y en sus pupilas. Y esto le pareció un mal presagio a pesar del cortejo triunfal, del ruido y de los estandartes levantados, porque ahora se estaba levantando el polvo de los millares de pisadas y éste también se estaba volviendo rojizo. No se veían más colores que el rojo y el gris y por un momento el corazón de la joven se sintió como agarrotado por el temor, como si hubiera atisbado una procesión en el Hades. Sentada al lado de su padre en el estrecho asiento del carro, alargó una mano para tocarle un brazo.

De repente, la ruidosa escena cambió sus colores conforme el sol subía en el horizonte, aunque el cielo permanecía extrañamente crepuscular y sofocante. Ya podían verse las murallas de Roma, de granito entremezclado con piedra amarilla, y por encima de todo, la ciudad, roja, de oro flameante, pardo fulgurante, verde y azul claros, con sus tejados de teja incendiados, como si en ellos se hubieran encendido miles de hogueras para dar la bienvenida al héroe.

Cicerón se quedó contemplando la ciudad lejana, su patria, y por primera vez su expresión cambió. Las lágrimas acudieron a sus ojos, su corazón se exaltó como si volviera a ser joven. Ya no oía las trompetas, címbalos y tambores, el traqueteo de los carros, el chocar de cascos, el terremoto de pasos que le rodeaba. Sólo veía y oía a Roma, que le esperaba, atestada y gigantesca, latiendo con el poder de la vitalidad contra un cielo siniestro. «Patria, patria», murmuró para sí. Le hubiera gustado estar solo para ir andando hasta aquel espejismo que cada vez se elevaba más en el horizonte.

De repente se sintió poseído por la más negra melancolía y tristeza. Todo lo que Roma fue una vez estaba muerto. Quedaba su cadáver, aún vibrando por la vida que le había abandonado, la sagrada vida de los hombres desaparecidos. Si el cadáver no se descomponía hoy, seguramente mañana sí. ¿Qué quedaba entonces de esta ciudad que era a la vez huésped y parásito, un cadáver y un monstruo viviente, un corazón que aún latía y un esqueleto? ¿Una promesa y una amenaza para el futuro, una esperanza y una advertencia? ¿Qué imperios serían hoy fetos en el útero del tiempo, aún ciegos, aún deformes, aún sordos, aún inmóviles, que nacerían al igual que Roma había nacido y morirían como ella había muerto? Aristóteles afirmaba que todas las cosas que había en el universo no eran ni disminuidas ni aumentadas por el tiempo. Todo lo que ha sido es y será por siempre jamás, sin que se le añada nada ni se le quite nada, aunque desaparezcan las galaxias y surjan nuevos universos como arco iris y aparezcan nuevos soles o planetas; mientras que en este pequeño mundo nazcan naciones que serán olvidadas mucho antes de que el sol y la luna se extingan. Para estas naciones, Roma, pues, sería como un legado, una ley, una tumba y un presagio. ¡Ah! ¡Que recordaran a Roma si no querían correr su misma suerte!

Cicerón sintió un sobresalto y volvió a la realidad. Ya no vio más campos otoñales, pues ahora todo estaba lleno de gente saludándole con la mano, gritando, aplaudiendo. Era una multitud de coloreadas vestiduras; le sonreían jubilosos, orgullosos de su número y de la demostración que estaban haciendo. Y tras él seguía el cortejo como un río incontenible, porque los campesinos se habían unido a los ciudadanos de Roma que habían salido de la ciudad para recibirle. Sus caballos y su carro estaban cubiertos de flores otoñales. El sol era demasiado brillante para sus ojos; el calor, formidable, y el ruido, insoportable. Cicerón sonreía, saludaba contestando a las aclamaciones, los gritos, los alaridos y a algún que otro gesto burlesco típicamente itálico. La verdad es que estos últimos le hacían sonreír y le complacían más que la adulación.

—Me siento ridículo —dijo a su hija, y se sintió de mejor humor, como si se hubiera quitado un peso del corazón.

Incluso cuando le susurraron al oído que quien realmente había triunfado era Catilina y no él, lo más que lograron fue apesadumbrarlo ligeramente por un instante.

El Senado en bloque salió a recibirlo a la puerta de la ciudad, los senadores con sus vestiduras blancas y rojas, y con ellos, los tribunos, los magistrados y nuevas muchedumbres con voces más roncas. Allá estaban Pompeyo, Craso y Julio César, montados en caballos blancos, majestuosos como estatuas. Julio César condujo el suyo a través de las filas de los triunfantes legionarios para acercarse al carro de Cicerón. Abrazó a su amigo y le besó la mejilla. La plebe se sintió conmovida al ver esto y rió y lloró sin saber por qué. Pompeyo cabalgó al lado del carro y sonrió con cierta tristeza, mirando de reojo a Cicerón. Craso fue al trote al frente del cortejo como si el héroe fuese él, y la plebe lo aclamó con entusiasmo.

—¡Feliz día éste! —gritó Julio para que Cicerón lo oyera por encima del vocerío—. Mi vida ya está completa, te lo juro, querido Marco.

Los soldados que aguardaban a la puerta elevaron el tono de sus trompetas y redoblaron sus tambores. Era como si todo el mundo se hubiera vuelto loco con su propio entusiasmo y todo estuviera envuelto en una nube de polvo dorado rojizo en la luz de la mañana.

$\mathcal{C}$icerón ansiaba encaminarse hacia la casa de Ático para descansar, pero primero tenía que dirigirse al Senado, y muchos senadores lloraron al verle sentarse en su antiguo sillón. Luego le dejaron que se serenara. Parecía estar escuchando la demostración de júbilo y bienvenida de la enorme masa popular congregada en la plaza, frente al edificio, y cuyas ovaciones no decayeron durante un buen rato. Miraba en torno como reflexionando, con expresión inescrutable. La verdad es que volvía a sentirse como un forastero en tierra extraña y no supiera cómo hablar a sus habitantes. Había soñado mucho con este día, en sus momentos de añoranza y desesperación, apenas creyendo que alguna vez llegaría, y ahora que había llegado no podía sentir emoción, sólo amargura.

El Senado esperaba con cierta razón ser felicitado por su magnanimidad por este grande y famoso orador que tantas veces lo había conmovido, irritado y asombrado con su voz y sus palabras, cuya elocuencia les había hecho maravillarse. Bien por simpatía o por hostilidad, jamás los senadores habían sentido indiferencia hacia él o les había fatigado con su oratoria. Su voz había sido siempre el rayo dentado de Júpiter, iluminando, cargando, haciendo tambalear el alma o despertando los más extremos sentimientos de odio o temor. En ocasiones se había presentado ante ellos como aureolado, incandescente por la emoción que le embargaba y que había logrado transmitir con sus palabras.

De buena gana hubiera querido lanzarles los rayos de su rabia, decirles en la cara lo bribones, embusteros, temibles, hipócritas y arrogantes que eran; estos mismos hombres que habían temblado al oír pronunciar el nombre de Catilina y decretado su muerte, acusándole luego a él, que no había sido más que el instrumento de tal muerte, de haber violado la Constitución, de haber obrado irregularmente, habiéndolo censurado y enviado al destierro, execrando sus métodos. De buena gana los hubiera fulminado con su ira reduciéndolos a cenizas.

Pero eso no habría sido político. Sintió lástima de ellos, porque no eran hombres capaces de mantener sus propias decisiones ni de reconocer que tales decisiones fueron necesarias en un momento de peligro. Él había sido su víctima y ahora debía elogiarles y darles las gracias. Se puso de pie y todos se agitaron con un suspiro de expectación.

—Este día —dijo— equivale a la inmortalidad (*immortalitatis instar fuit*).

Se olvidó del Senado ante la emoción y alegría que sentía, porque de pronto reparó en que estaba de veras en su patria y no pensó en nada más. El júbilo elevó su alma de tal modo que hasta tuvo una sensación de ser elevado físicamente. Y comenzó a hacer un panegírico del Senado y del pueblo de Roma, «que me ha traído a hombros hasta mi amada ciudad». Su voz era como una música dorada y los senadores se sintieron ensalzados al ver que el Senado era descrito como «una poderosa corporación de hombres honorables, el baluarte de Roma, depositario de las virtudes republicanas y guardián de la ciudad». En el delirio de aquellos dichosos momentos le pareció que estaba diciendo verdades, como si ya no recordara que éstos eran los hombres que lo habían condenado al exilio, un exilio que casi le había costado la vida. Ellos eran romanos y él también lo era, así que eran como hermanos saludándose tras una larga separación. También elogió al pueblo de Roma y su alma pareció ensancharse para abrazar a la nación entera. Sus palabras iban siendo repetidas por los que estabana a las puertas del Senado y llevadas hasta quienes se hallaban más lejos, de modo que estruendosos aplausos acompañaban a todo lo que decía. Para él hoy todo resultaba radiante y con su voz transmitía su júbilo y su felicidad. Ya no sentía cansancio; era como si de nuevo fuese joven y valiente y tuviera fe en la humanidad. Los senadores lloraron y el pueblo también.

Cuando abandonó el Senado, fue acompañado por senadores que querían estar al lado suyo, empujándose unos a otros. La muchedumbre le aclamó con gritos que reservaba para el culto de los dioses. No fue hasta que apareció en la escalinata del Senado y miró al atestado Foro que sintió de nuevo el mismo desaliento de la mañana, aunque ahora fue peor, pues hasta sintió náuseas. Nadie se dio cuenta de ello, pues su rostro estaba sonriente. Y pensó: Ninguno de los que está aquí siente todo esto de veras; no he sido más que una excusa para un día de fiesta, para tener libertad y chillar y gritar hasta el histerismo, para zafarse de todo control y brincar y saltar sin temor a que nadie los mire de soslayo frunciendo el ceño; para abrazar y retozar, para comportarse como animales inconscientes, todo ruido y exuberancia. ¡Qué pesado es el yugo de la humanidad sobre nuestros hombros!

La casa de Ático en el Palatino sería su hogar provisional y allí le dio la bienvenida una Terencia que reía y lloraba a la vez y un hijo bullicioso, ya muy crecido, así como Pomponia, su hijo y un numeroso grupo de amigos. Ático, que había partido para Grecia sólo unos días antes, le había dejado una carta:

«Lástima que no sepa la fecha exacta de tu regreso ni si el Senado revocará a última hora la *comita*; pero anticipándome a la posibilidad de que seas llamado a tu patria, he puesto mi casa a tu disposición, habiendo invitado a tu familia a residir en ella contigo. Mientras tanto debo ir a Atenas y otros lugares de Grecia en persecución de mis poco considerados e irresponsables autores, que en cuanto tienen en las manos unos puñados de sestercios, se marchan de Roma, particularmente a lugares donde se pagan pocos impuestos, para estar en comunión, como ellos dicen, con las Musas y dar nuevos alientos a sus almas perezosas. ¿Acaso les importa que haya anunciado la aparición de un nuevo libro suyo, empleado más escribas o hecho pagos por adelantado a cuenta de sus derechos de autor, que ellos se han apresurado a gastar antes de ganárselos? ¡No! Siguen poniendo cara agria, toman los sestercios, se van por ahí con prostitutas y no dejan de frecuentar las tabernas. No tienen sentido de la responsabilidad. Te abrazo, mi querido Marco, pero he de recordarte que tú también me debes otro volumen.»

Cicerón se obligó a abrazar a su esposa, a agradecerle todo lo que había hecho por él, aunque no dejó de darse cuenta de que, a pesar de que sólo había transcurrido un año, había envejecido y engordado y que sus ojos, otrora encantadores, se habían empequeñecido. Pero le complació mucho ver a su hijo, en cuyo alegre rostro le pareció descubrir una precoz inteligencia y un ansia de saber y de virtudes. Terencia le informó, radiante de orgullo y satisfacción, que el propio Triunvirato vendría a visitarle aquella noche y que ella, olvidando toda frugalidad, les preparaba un banquete suntuoso. Los esclavos hicieron reverencias ante él y le mostraron sus lujosos aposentos. Y él recordó que ahora no tenía casa propia y que Publio Clodio había mandado construir sobre el solar de la suya un templo dedicado irónicamente a la Libertad, apropiándose el resto del terreno. Se dejó caer en la cama y, a pesar de que no cesaban los vítores y aclamaciones de la muchedumbre que le había acompañado hasta allí, al poco se quedó dormido.

Poco antes del anochecer se dirigió a casa de Quinto en el Carinae, aquella casa tan llena de recuerdos, donde halló a su hermano aún restableciéndose de sus heridas. Sentado al lado de él, se enteró de la verdadera y grave situación de Roma. En la ciudad había una gran escasez de grano y ya se notaban los efectos del hambre. En Sicilia y Egipto, los principales proveedores de cereales, había habido muy mala cosecha. Clodio, emulando a Catilina, había formado sus propias bandas de descontentos y criminales, entrenándolos a la manera de un ejército que tenía bajo su control. Los había incitado y últimamente se habían atrevido contra el propio Senado, apedreándolo cuando estaba reunido en sesión, resultando varios senadores heridos. El pueblo por su parte tenía mucha razón: anticipándose al hambre, los almacenistas de trigo habían aumentado el precio, así que ahora el grano era casi inasequible para la mayoría de los bolsillos. Algunos hombres de Clodio habían llegado a amenazar con incendiar el Templo de Júpiter, tan querido de

César. Al pueblo, como de ordinario, le importaba poco la libertad, pues su principal preocupación era tener qué comer, así que no era difícil incitarle al motín con sólo pronunciar unas palabras.

Así pues, pensó Cicerón desalentado y sintiendo su anterior aprensión, en Roma no ha cambiado nada. Su vida, en el futuro, no sería más que una repetición de lo que había sido durante tantos años. La libertad era cosa perdida bajo este Triunvirato de hierro, cuyas ambiciones eran mayores cada día. Por ejemplo, a Pompeyo se le había dado un poder sobre el ejército que no tenía precedentes.

Cicerón escribió una carta llena de melancolía y, refiriéndose a la situación de Roma, manifestó:

«Para una situación de prosperidad, es resbaladiza; para una situación de adversidad, es buena. —Y añadió sombrío—: Es el clima nacional de una democracia.»

Capítulo

60

«Así como los griegos declaran que la guerra es una de las artes –escribió Cicerón a César– y que el juego más importante es la caza del hombre por el hombre, he de hacer observar que el hombre es el único ser que caza y asesina a los de su propia especie, y he descubierto que los gobiernos recurren a la guerra para silenciar el descontento interno y unir a una nación contra un "enemigo" o para proporcionar una falsa prosperidad al Estado cuando las finanzas están en declive y la corrupción ha alcanzado a todos los políticos. Los tiranos sienten un particular cariño por la guerra, pues distrae al pueblo de toda justa queja contra ellos. También acrecienta su poder porque, alegando que la patria está en peligro, pueden imponer aún más onerosas restricciones a la libertad. No obstante –añadió tristemente–, parece que a los jóvenes les gusta la guerra, ya que en ella pueden satisfacer sus bestiales instintos mejor que en brazos de las mujeres. Éste es un defecto fatal de la naturaleza y la base de todo mal.»

Antes del regreso de Cicerón del destierro, Julio César había sido nombrado por Craso gobernador de la Galia Cisalpina, la Galia Transalpina e Iliria, todas ellas ricas provincias donde había mucho que robar. Ahora estaba muy ocupado y entusiasmado con las guerras gálicas, teniendo a su lado al joven Marco Antonio como primer oficial. Tal actividad marcial no le impedía seguir como miembro del Triunvirato. Era evidente que trataba de crearse una reputación de heroico soldado, mejor que la de Pompeyo el Magno, pues César no sólo demostró ser uno de los mejores generales que jamás tuvo Roma, sino además un astuto administrador civil. Con frecuencia regresaba a Roma para asegurarse de que nadie estaba minando su posición política y para echar un vistazo a sus enemigos, entre los que incluía a Craso y Pompeyo. Y esto no le resultaba fatigoso, porque a sus habilidades naturales para la intriga añadía una magnífica resistencia física, a pesar de sus ataques de epilepsia, que también sabía utilizar en su propio provecho.

Julio encontró muy divertida la carta de Cicerón en la que éste se refería a la guerra y a la innata maldad del hombre, y le contestó:

«Mi querido Marco. A pesar de tu experiencia, toda tu vida serás un hombre ingenuo y virtuoso. ¡Qué desgraciado debes sentirte cuando tratas de reconciliar tu concepto de la virtud con lo que tu inteligencia te dice acerca de la humanidad! Es como tratar de mezclar el fuego y el agua. Lo que sabes y lo que anhelas no son más que fatales e irreconciliables rasgos de tu temperamento. Los hombres como tú están condenados al dolor y la desesperación, porque se niegan a aceptar la realidad de que la mayoría de los hombres ve al mundo como un dominio particular suyo y a todos sus habitantes como su presa; ¡y tú crees que por la meditación los hombres pueden llegar a ser mejores y más nobles que lo que la naturaleza ha dispuesto! Es mejor aceptar a los hombres tal como son que soñar con que puedan convertirse en dioses. Con tus ideas sólo puedes sembrar la confusión entre el género humano. Yo satisfago a los hombres porque, como los conozco, no les pido imposibles.»

Cicerón tuvo que reconocer que había mucha verdad en lo que Julio le había escrito y por eso no le contestó. ¿Cómo puede vivir un hombre aceptando divertido el mal innato en sus semejantes, encogiéndose de hombros y no tratando de desarraigarlo?

Ahora había iniciado una campaña para que le devolvieran todas sus propiedades. Apeló al Colegio de Pontífices, responsable de los asuntos religiosos. El astuto Clodio les había planteado un dilema al erigir el Templo de la Libertad en el terreno que ocupara la casa de Cicerón en el Palatino. Destruir el templo para devolver el solar a Cicerón hubiera sido un acto sacrílego. Sin embargo, había también una cuestión legal, así que los pontífices manifestaron por escrito su decisión:

«Aunque el que destinó este lugar al culto religioso manifiesta que lo hizo en el ejercicio de su autoridad, es cierto que no fue autorizado por ninguna orden emanada de una legítima asamblea de ciudadanos libres ni por un plebiscito. Por lo tanto, somos de la opinión de que parte del terreno así dedicado sea devuelto a Marco Tulio Cicerón, siempre que no haya violación de las normas religiosas y considerando también que dicha propiedad le fue arrebatada a su legítimo dueño por la malicia y la enemistad.»

Pero Clodio, su incansable enemigo, no se dio fácilmente por vencido. Aunque no comprendía a la humanidad de modo tan profundo como Julio César, la comprendía a su manera y, sobre todo, sus extravagancias, prejuicios y caprichos. Cicerón descubrió pronto que de nuevo estaba perdiendo favor entre el pueblo, y aunque no dejaba de recordar la versatilidad de sus paisanos, siempre creía que podrían ser inducidos a la justicia y la razón. Así que quedó asombrado cuando Clodio, al conseguir que el pretor, que era su hermano Apio, declarase que los pontífices habían decidido en favor de Clodio pero que Cicerón, desdeñando su arbitraje y manifestando desprecio por la religión, iba a apoderarse del terreno de su casa «por la fuerza», ¡hubo mucha gente que lo creyó sin rechistar! El Senado se dispuso a llevar a la práctica el *dictum* de los pontífices, pero mientras tanto Clodio se las arregló para achacar a Cicerón la creciente escasez de grano, diciendo que con él había venido tanta gente de los pueblos y el campo que por eso el hambre se había agravado.

El asunto quedó en suspenso. Muchos tribunos y representantes del pueblo eran partidarios de Clodio y vetaron la devolución del solar de la casa de Cicerón, basándose en que ahora era suelo sagrado. Las personas cínicas que no creían en los dioses fueron las que más vociferaron en defensa de la «santidad» del terreno. Pero Cicerón no dejó de recordarles lo que había decidido el Colegio de Pontífices, que eran los custodios de la religión. Sin embargo, el pueblo prefería la controversia y fastidiar a un hombre grande, al que hacía poco habían aclamado y llamado «héroe y salvador de Roma». Así manifestaban las innatas malicia y envidia humanas.

Aguijoneado por Cicerón, el culpable Senado decidió, tras una nueva demora, obedecer a los pontífices. Reunieron a los magistrados que les debían favores y éstos se apresuraron virtuosamente a apoyar a los pontífices y al Senado, quienes al fin y al cabo eran los más poderosos en Roma, y declararon que a Cicerón se le debían devolver todas las propiedades que le habían sido arrebatadas ilegalmente. El Senado declaró también que a cualquiera que se opusiera a esta decisión y a la «reverente decisión de los pontífices» podría exigírsele responsabilidades. Los cónsules ordenaron la demolición del Templo de la Libertad y la reedificación de la casa de Cicerón. También fijaron en cierta suma el valor de las villas de aquél que asimismo habían sido destruidas, aunque prudentemente las evaluaron por debajo de su valor.

Pero Clodio no se sintió intimidado por este alarde de autoridad, ya que tenía mucho poder sobre el pueblo y sus propias bandas de rufianes a sueldo. Y cuando cayeron las primeras nieves del invierno ordenó a sus secuaces que destruyeran lo poco que se había reconstruido de la casa de Cicerón en el Palatino. Lo que no pudo ser desmantelado fue incendiado. Y en pleno día, cuando Cicerón se dirigía Capitolio por la Vía Sacra, Clodio en persona le atacó con su banda de facinerosos. Afortunadamente, Cicerón iba acompañado por bastantes guardias, que a su vez fueron atacados con piedras, objetos de todas clases, dagas y lanzas por la gentuza de Clodio. Tito Milón, el amigo de Cicerón, protestó ante el Senado por este «ultraje contra la ley y el orden cometido por Publio Clodio». En represalia, la casa de Milón fue incendiada y arrasada hasta los cimientos, pero sus amigos lograron matar a muchos esbirros de Clodio durante la lucha.

Cicerón se dirigió a la villa de su viejo amigo Julio César, quien lo recibió con su acostumbrada y exagerada cordialidad.

—¡Bendita sea esta casa que te recibe! —exclamó, abrazándole—. No la honrabas desde tu regreso del exilio. Ni siquiera conoces a Calpurnia, mi amada esposa, cuyo padre fue cónsul. Voy a llamarla. —Y dio unas palmadas para llamar a un esclavo.

—No he venido aquí para hablar con mujeres —dijo Marco sonriendo de mala gana.

—¡Ah! ¡Estos romanos chapados a la antigua! Calpurnia es de la nueva generación. —Sirvió vino a su amigo, al parecer encantado por su presencia.— Mi esposa está muy enterada de política y es vidente. Al menos eso dice ella.

Cicerón se quedó observando a su anfitrión. Aquel rostro movible y antojadizo seguía siendo el mismo, pero ahora se veían en él unas líneas muy pronunciadas que iban de la nariz a la boca, como hechas con una gubia. Y recordó la vieja historia de la Creación, aquello de que los hombres fueron benévolos y buenos antes de la edad del hierro, que los corrompió, y de la edad del oro, que había acabado de corromperlos. Guerra y codicia: éstos eran los monstruosos crímenes de la humanidad. Y mientras Cicerón meditaba, Julio hablaba de cosas triviales, sonriendo complacido a su amigo. De repente advirtió la sombría expresión de Cicerón y le preguntó:

—¿Qué es lo que inquieta al mejor de todos los amigos?

—Tú —le contestó Cicerón, pero en ese momento entró Calpurnia y Marco se levantó cortésmente para saludarla, besándole las manos.

Era una mujer joven, alta y muy delgada, con vestiduras color púrpura que, al igual que su marido, parecían ser sus favoritas, bordadas en hilo de oro con dibujos de llaves griegas. Su larga cabellera era negra y su rostro anguloso poseía una peculiar palidez, muy pura e intensa, como si fuera de huesos nuevos. Sus grandes ojos negros brillaban como carbones encendidos y su largo y fino cuello sólo se adornaba con un collar de hilo de oro. Su roja boca era como un filamento en medio de su pálido rostro y se retorcía y temblaba constantemente. La primera impresión era de fealdad; la segunda, de una belleza extraña e irreal, que causaba cierta desagradable impresión. Miró casi de un modo feroz a Cicerón y su expresión cambió como si fuera a romper a llorar. Se sentó en silencio con gesto digno y aguardó.

—Mi querida Calpurnia es mi mano derecha —explicó Julio—. Confío en ella para todo.

Cicerón fue bruscamente al grano:

—Ya sabes todo lo que Clodio ha estado haciendo contra mí. Tú, Pompeyo y Craso habéis sometido Roma a vuestra tiranía. No importa. El pueblo os merece. Cuando los hombres renuncian voluntariamente a su libertad por conservar su seguridad, pronto pierden incluso esa degradada seguridad. No es que te denuncie a ti, denuncio al pueblo de Roma que hizo posible el Triunvirato. Y ahora hablaré de Clodio y sus asesinos a sueldo. Tú o el Triunvirato podríais lograr que cesara en sus actividades si os diera la gana, y os sería fácil ponerlo fuera de la ley por sus demostraciones a pleno día en las mismas calles de Roma, silenciar los gritos de sus partidarios en los propios templos y ante los edificios oficiales y el Senado. Sin embargo, no habéis querido impedírselo. No habéis querido ordenar que lo detengan y metan en la cárcel, a él y a sus seguidores, por los desórdenes que cometen. ¡No me des explicaciones! Ya sé por qué.

»Catilina era uno de los vuestros. Cuando dejasteis de controlarle y confiar en él para que os ayudara, me empleasteis a mí para que os librara de él. Ahora tenéis a Clodio y sé por qué lo aguantáis. Provocará desórdenes en las calles, el Triunvirato en nombre de la ley y el orden proclamará el estado de emergencia y entonces se apoderará del poder absoluto en Roma. El Senado, los tribunos y los representantes del pueblo serán declarados impotentes para enfrentarse con la situación. Pompeyo avanzará con sus legiones contra Roma, dando origen a una dictadura militar peor que la de Sila.

—¿Otra vez imaginando conspiraciones? —repuso Julio divertido—. Siempre serás una víctima de tu propia imaginación.

Pero la atención de Cicerón fue rápidamente atraída por Calpurnia, que estaba sentada en su sillón de marfil y había abierto desmesuradamente los ojos, que le brillaban, mientras respiraba dificultosamente como si se sintiera aterrorizada.

Cicerón le preguntó:

—¿Quería usted hablar, señora?

—¡Sí! —exclamó ella con un matiz de angustia—. Ya he advertido a Julio que está siguiendo un peligroso camino ¡que acabará en un asesinato!

Julio rió.

—¡Los dos sois augures como para desaminar a cualquiera! —exclamó—. El Triunvirato sólo desea la paz y la prosperidad para Roma y que haya tranquilidad entre las naciones. Que Clodio organice motines y que grite con sus bandas por las calles. ¿Es que los itálicos no hemos sido siempre vociferantes? Eso no significa nada. Son jóvenes a los que gusta hacer ruido.

—Pues destruyeron mi casa.

—La cual está siendo reconstruida. Deploro la violencia, pero ¿no es más juicioso permitir manifestaciones en las calles con peticiones imposibles que prohibirlas y convertir el descontento en algo clandestino y, por lo tanto, realmente peligroso? Dejemos a los itálicos que desperdicien su enorme vitalidad haciendo ruido. Adoran el jaleo. Después de haberse desgañitado, regresan a sus casas de buen humor.

–Después de incendiar casas, apedrear al Senado, atacar a hombres indefensos y desafiar a los guardias.

Julio se encogió de hombros.

–Ya no estamos en los viejos duros tiempos, Marco, en que esta clase de desavenencias se suprimían rápidamente. Ahora hay libertad para manifestarse.

–Y para amotinarse y asesinar.

–Exageras. Deploro el exceso de entusiasmo en las masas y Clodio ya ha sido reprendido.

–Y alentado en secreto –replicó Cicerón.

–¡Ten cuidado! –gritó Calpurnia a su esposo–. ¡He soñado contigo, Julio! ¡Morirás de muchas heridas! –Se retorció las manos y se volvió hacia Cicerón.– Amo a mi esposo. Disuádalo del camino que ha emprendido. ¡Se lo suplico! Usted es su amigo desde la infancia. Yo se lo ruego en vano. Añada su voz a la mía, Marco Tulio Cicerón.

–Le he hablado de este modo durante muchos años –contestó Marco, compadeciéndola–, pero él nunca ha querido escucharme. Al igual que usted, yo también vi una visión de él. Pero temo mucho más por Roma.

Calpurnia no le comprendió. Permaneció sentada en silencio y las lágrimas corrieron por sus pálidas mejillas.

–¿Es que deseas ser rey de Roma? –le preguntó Marco con amargura–. ¿Y qué de Pompeyo? ¿Y Craso? ¿Se van a someter a ti?

Julio se sentía más divertido que nunca, aunque tomó una mano de su esposa y la acarició.

–Esto es una República y no un Imperio, Marco –contestó.

Cicerón meneó la cabeza.

–Ya no tenemos una República, Julio, y tú lo sabes muy bien. Tú y tus amigos habéis acabado con ella. Nuestra República era la admiración del mundo. ¿Estás utilizando y animando a Clodio para hacerte emperador?

Como Julio no replicaba, Cicerón se levantó y empezó a pasearse a grandes pasos, muy agitado, por el gran vestíbulo de mármol.

–Las Sibilas, a las que antes despreciaba, profetizaron hace tiempo esta época. Profetizaron que algún día un hombre engancharía el sol a su carro y quemaría este mundo, reduciéndolo a cenizas, y con él las montañas, los mares, los valles y las praderas. Esa profecía forma parte de nuestra religión, así como de las de los judíos, los egipcios, los caldeos y los griegos. Tú no posees armas suficientes para causar tanta destrucción, Julio. Si eso es algo meramente simbólico, no lo sé. Sin embargo, sucederá.

»Julio, eres como Faetón, que insistió en pedir prestado por un día el carro de su padre, el dios sol, y fue tan grande la conflagración que Júpiter castigó a Faetón arrojándolo al mar para salvar al mundo. Yo no sé si tú eres el que profetizaron las Sibilas o será otro que vendrá en el futuro. No soy adivino, pero seguro que acabarás mal si sigues como hasta ahora. Aún hay romanos que aman la República como forma de gobierno, aunque ya no exista. Aún aman la libertad. Hay un movimiento para poner una corona sobre tu cabeza, Julio, pero morirás.

Julio dejó de sonreír y se levantó. Tomó a Cicerón por un brazo, sujetándolo fuertemente y mirándolo a la cara. Y le dijo con voz serena:

—No eres un verdadero político, Marco. ¿Los sufrimientos y el destierro no te han enseñado nada? Ten cuidado, no vaya a ser que tengas un fin peor que el mío. Retírate. Escribe. Deja de entrometerte en cosas que no te importan. Ya no eres joven y tienes el cabello casi blanco. Pasa tus últimos días en paz. Dedícate a tus leyes, vive tranquilo. Te doy ese consejo porque te aprecio.

Cicerón le señaló con un dedo.

—En resumen, que deje a mi país morir sin decir palabra, sin formular ninguna protesta.

—¿Quieres detener la inexorable marea de la Historia?

Cicerón no le contestó. Hizo un saludo a la llorosa Calpurnia y le besó la mano. Luego se marchó.

Después de la Saturnalia, Cicerón tomó posesión de su nueva casa en el Palatino. No era ni la mitad de grande que la anterior y tampoco contenía los tesoros que en la otra se habían acumulado con los años. Terencia estaba descontenta. Recorría las espaciosas habitaciones, jamás reconociendo que tal panorámica era agradable o que tal atrio era hermoso; ahora se quejaba en un nuevo tono que había aprendido: condescendiente y descontento, como si ella se mereciera lo mejor del mundo y, desde luego, más que lo que le daban los demás, especialmente su esposo. Mientras recorría lentamente la casa, con gesto remilgado usaba el dorso de la mano para hacer ondear su estola en un movimiento a la vez impaciente y despectivo. Se comportaba como una reina quisquillosa decepcionada por sus súbditos.

Pero ya no era capaz de descomponer a Cicerón como antes. Éste hizo discretas averiguaciones y descubrió que ella era bastante rica, y no pudo por menos que recordar que su esposa no le había enviado un céntimo durante el destierro. Había sobrevivido gracias a que Quinto le había enviado todo lo que pudo y a que Ático le prestó grandes sumas, diciendo luego que los derechos de autor habían cubierto su importe, cosa que ahora Cicerón no creía en absoluto. Tuvo que vender dos de sus villas favoritas para pagar deudas y devolver su dinero a Quinto, a pesar de las protestas de éste. El esposo de Tulia, aunque era de gran familia, había muerto arruinado y no se pudo recuperar ni la dote de ella. Marco, el hijo, tenía que ser educado y habría que reservar alguna suma para sus gastos personales cuando alcanzara la adolescencia. Dos villas destruidas tenían que ser reedificadas, la isla de Arpinum había estado abandonada durante el exilio de Cicerón y ahora había que construir nuevas edificaciones para el encargado y la servidumbre. El sestercio se había depreciado y no tenía el mismo valor de años atrás, estando los precios muy altos. Aunque el Senado había votado la devolución a Cicerón de sus propiedades y su fortuna, se habían depreciado.

«Ya no soy rico –escribió a Ático–. En mis inútiles tentativas por servir a mi país descuidé mis negocios y el ejercicio de mi profesión, y ahora que llega el invierno de mi vida me siento lleno de ansiedad. He conocido la pobreza y no la recuerdo con placer. Los que jamás la han conocido pueden decir que tiene sus encantos. Eso es mentira. Temo a la pobreza tanto como a la muerte: ambas son degradantes. Así que debo preocuparme de hacer nuevas inversiones y volver a estudiar las leyes..., esas leyes que tanto se han complicado en los últimos años.

Su escaño en el Senado requería muchos gastos, a los que Terencia no quería contribuir. Ella miraba hasta el último sestercio, guardando su fortuna para su hijo. Mientras tanto continuaba quejándose de que la cristalería alejandrina que había en la casa era muy inferior a la anterior y parecía creer que Cicerón era personalmente responsable. Ella misma escogió el mobiliario y refunfuñó porque su esposo le había dado muy poco dinero para ello. Protestaba porque el jardín que él había proyectado era «demasiado extravagante». Además, prefería las alfombras persas dobles sobre los suelos de mármol de las habitaciones anteriores. A menudo se lamentaba de la «imprudencia» de su esposo, que le había acarreado la desgracia.

Para librarse de ella, Cicerón pasaba sus horas libres en los aposentos de su hija, jugando con su hijo e imaginando que cada una de sus balbucientes palabras tenía un oculto significado de sabiduría.

Después de la Saturnalia, que resultó una celebración caótica por culpa de los esbirros de Clodio Quinto, marchó para Cerdeña como uno de los quince lugartenientes de Pompeyo. Tenía que actuar como comisario para la recogida del grano y gobernar aquella levantisca isla; pero Quinto, antes de marcharse, quiso hablar muy seriamente con su querido hermano. La conversación empezó cuando Cicerón comentó que nada había cambiado en Roma, que le parecía estar viviendo una continua pesadilla, que Clodio había reemplazado a Catilina y que César era el hombre más peligroso del Triunvirato. Quinto sonrió con su rostro rubicundo:

—Entre los militares se comenta que César es «el esposo de todas las mujeres y la mujer de todos los esposos». Sin embargo, tenemos que reconocer que es un genio de la guerra, uno de los generales más grandes que Roma ha tenido, y eso lo digo a pesar de que nunca me ha sido simpático y jamás he confiado en él. Ahora está escribiendo acerca de sus campañas en las Galias y tu propio editor se lo va a publicar. Estoy de acuerdo contigo en que es peligroso para Roma, pero recuerda tu destierro y tus sufrimientos. Por eso te aconsejo que aceptes lo dispuesto por los Hados. Roma está perdida y jamás volveremos a ver la República. Recapacita y resígnate. Dedica tus energías a los negocios y la paz, a tu biblioteca, tus leyes y tus libros. Busca placeres donde nunca antes los buscaste; échate una hermosa querida que te entretenga, come bien y bebe buen vino. Visita a las amistades. En resumen, vive como la mayoría de tus amigos y olvida que Roma podría ser salvada de los Césares.

—Pero eso es dejadez, Quinto. Antes no pensabas así.

—Cierto, pero ahora he descubierto que es inútil oponerse al destino. Yo cumplo con mi oficio de soldado con la mayor voluntad, obedezco órdenes y amo la vida. Siempre he tenido un carácter más vehemente que tú, Marco. Tú eres un filósofo, y los filósofos no encuentran consuelo en la filosofía y se sienten desgraciados. Mejor es no fijarse con detenimiento en las cosas de la vida, sino disfrutarla, tomar lo que nos ofrece y no preocuparse de sus aspectos desagradables.

—Prefiero acabar como hombre y no como un animal cebado —contestó Cicerón con vehemencia—. ¡Nuestro destino es superior al de las bestias!

—¿Qué dices? —repuso Quinto con indulgencia.

Cicerón estaba exasperado.

—Si no fuera ése nuestro destino, por misterioso que nos parezca, ¿por qué entonces nos preocupamos tanto de él?

Quinto siguió mostrándose indulgente.

—Marco, tú eres descendiente de la única pareja que sobrevivió al Diluvio, según nuestros sacerdotes: el virtuoso Deucalión y su esposa Pyrrha. Ambos fueron los últimos seres verdaderamente humanos. Ya recordarás que ellos lamentaron ser los únicos supervivientes tras la venganza de Dios contra la caída raza humana; la diosa Themis les aconsejó que abandonaran su templo y que arrojaran piedras tras ellos. De estas piedras, así como del fuego y el agua, surgió una nueva raza muy diferente de la antigua. Piedra. Bochorno. Fango. Ahora esta raza combate contra ti, hijo de Deucalión y Pyrrha, tú te sientes contrariado por ellos y ellos se sienten contrariados por ti. Te tengo lástima. Clamas justicia, aunque deberías recordar que la Justicia fue la última diosa que abandonó la Tierra y no regresó jamás a ella.

Quinto se puso de repente muy serio.

»Los hijos de Deucalión jamás podrán comprender este mundo y tratarán constantemente de ilustrarlo o elevarlo hacia los cielos, pero siempre fracasarán. Te he oído decir que el corazón de cada hombre alberga un anhelo de justicia. La experiencia debe haberte enseñado que eso es una falacia. ¿No me contaste una vez una historia judía, en la cual un tal Abraham forcejeó con Dios rogándole que perdonara a dos ciudades perversas, y Dios le contestó que si él podía hallar cierto número de justos que vivieran dentro de sus muros las perdonaría? Pero Abraham no encontró ningún justo, por lo que ambas fueron destruidas. Fíjate en Roma. No encontrarías en ella ni media docena de hombres justos. Los encontrarías en Atenas, en Alejandría o en cualquier otra parte.

»No, no soy ningún cínico. Siempre fui más realista que tú. Resígnate al mundo en que has de vivir y a su modo de ser. Tienes una familia. Ahórrate más sufrimientos. Sé prudente. César podría hacer que te asesinaran con sólo pronunciar una palabra, pero te quiere a su manera y, aunque tú lo niegues, sientes afecto por él. Ahora es el hombre más poderoso de Roma. Maneja todo y a todos en la ciudad. Es querido por el pueblo porque es un libertino y, al igual que la plebe, ama la vida, es derrochador como la mayoría de las personas y comparte sus vicios. Los hombres adoran sus vicios y ocultan las pocas virtudes que tienen, como si fueran secretos vergonzosos. También adoran al soldado y al político que tiene sus mismos vicios en mayor escala, porque en él se ven ellos reflejados. Roma ve en el rostro de César su propia imagen. No la fastidies, Marco.

—Es lo mismo que me aconsejó él —reconoció Cicerón con amargura.

—Pues fue un buen consejo, créeme. —Quinto abrazó a su hermano y al hacerlo se compadeció de que éste apenas le pesara entre sus fuertes brazos, de que sus huesos estuvieran tan a flor de piel y de que hubiera envejecido tanto por el dolor, hasta el punto de que se reflejara claramente en su boca; pero la causa no había sido sólo el destierro. Su alma justa no le dejaría nunca en paz y le obligaría constantemente a protestar y actuar.

Quinto suspiró al despedirse de su hermano; dudaba que siguiera los consejos que él y César le habían dado.

~~~ Aunque Cicerón comparaba a Publio Clodio con Catilina, reconocía que aquél no estaba loco. Sin embargo, era evidente que fomentaba las insurrecciones, los motines, las manifestaciones y los ataques, desafiando las le-

yes de Roma. El que todo eso fuera tolerado y aun fomentado era lo que más enfurecía a Cicerón. Y preguntó a sus amigos si «el gran César era impotente para contener a ese atrevido bellaco, en cuyo espíritu reinaban los negros designios de la revolución». Sus amigos se mostraban evasivos y se negaban a contestar francamente a esa pregunta. Así que Cicerón comprendió que sus sospechas habían sido correctas desde el principio: Clodio era tolerado porque formaba parte del plan urdido por el Triunvirato. Y pensó sombrío: ¿Cuál de los tres acabará por hacerse finalmente con el poder? Pompeyo era un prestigioso militar, incapaz de locuras, pero desearía el trono. Craso ya era viejo, pero el ansia de poder es como el vino en la sangre, aun entre los viejos. César era el más peligroso de los tres, pero ¿cuándo se decidiría finalmente a atacar a los otros dos? Dos tenían que morir y uno que sobrevivir, sólo uno. Al igual que los lobos, los tiranos acaban atacándose entre sí hasta la muerte, aunque al comienzo hayan cazado juntos.

Cuando Cicerón oyó rumores de que César y Clodio eran vistos muy a menudo juntos, demostrándose gran afabilidad, acabó de estar seguro de que sus suposiciones eran correctas y de que Roma estaba perdida. Mientras tanto, la reputación de César, como el mejor general que nunca había tenido Roma, se acrecentaba día a día y los informes que se recibían de las Galias lo confirmaban.

Cicerón comenzó a escribir su obra más importante, el tratado *De Republica*, sin por ello descuidar sus deberes como senador. Volvió a abrir su despacho de abogado y recibía clientes, se complacía en el amor de sus hijos, aguantaba a su esposa, trataba de pasarlo lo mejor posible con sus amigos y le parecía que su vida ya no servía de nada, pensando que si hubiera sido un poco más inteligente y tenaz, su patria podía haber sido salvada.

Escribió a Ático:

«A menudo he oído decir a los políticos con presunción, en vísperas de su retiro: "Me gustaría pasar más tiempo con mi familia". Pues bien, o han sido derrotados políticamente o han robado tanto al Tesoro que ya se han dado por satisfechos... o se han vuelto afeminados.»

A pesar de los consejos de amigos tan fieles como Tito Milón, Porcio Catón o Servilio, Cicerón comprendió que le era imposible guardar silencio y que no podía permanecer impasible mientras su patria se precipitaba al abismo.

—Milón y yo somos jóvenes —le decía Catón—. Déjanos toda responsabilidad a nosotros. Nos bastará con tus oraciones y tu afecto. Ya es hora de que los viejos soldados se retiren y dejen que ocupen su lugar en la batalla los que tienen menos años.

–No –contestaba Cicerón–. ¿Cómo voy a consolarme con mi familia, mi biblioteca, mi jardín, mis granjas o mi isla ancestral si Roma muere ante mis ojos? Hay el mal activo, el que apoya a los perversos y los traidores, y hay el mal pasivo, el de los que no hablan cuando deben hablar. Lo peor es que los hombres honrados no hagan nada, se cansen o pierdan las esperanzas. Ya es curioso que los malvados tengan energías y entusiasmo inagotables, como si lo obtuvieran sin cesar de algún negro mundo plutónico subterráneo.

Fue a visitar a muchos de sus amigos y les pidió ayuda para evitar que Clodio fuera nombrado edil. Y hasta él, que creía que el paso de los años había acabado de desilusionarle con respecto a los hombres, quedó horrorizado al ver los ojos repentinamente velados, los encogimientos de hombros, la repetida palabra «tolerancia» para con Clodio.

–Estamos viviendo bajo la tiranía –les decía Cicerón–, ¿estáis satisfechos?

Los rostros enrojecían súbitamente, pero Cicerón era incapaz de adivinar si de rabia o de risa. Lo tomaban a broma, hablaban de la prosperidad general y le contestaban:

–¡Si esto es tiranía, que nos den más! –dándose palmadas en las rodillas y haciendo gestos burlones.

Clodio amenazó con iniciar una revolución si le impedían obtener el cargo. A pesar del indulgente comentario de Craso de que «Clodio no era más que un hombre acalorado y que no decía en serio la mitad de las cosas que gritaba», Tito Milón se opuso a Clodio, tratando de aplazar la reunión de la *comitia* que nombraba los ediles, y hasta llegó a declarar que si se lo encontraba cara a cara, lo mataría «por las violencias que ha cometido contra Roma, contra mi casa y mi propia persona». Cicerón compareció ante el Senado y leyó una relación de las amenazas que Clodio había proferido contra el Estado, su pública actitud de desafío, sus alteraciones del orden en las calles.

–¿Es que ya no estamos regidos por un gobierno? –preguntó–. ¿Es que al final es la plebe quien manda descaradamente?

Mientras hablaba con su característica elocuencia, de repente tuvo una sensación de pesadilla, de que siempre había estado hablando así, de que por siempre se vería arrastrado por esta vorágine de desesperación y futilidad y enfrentaría los mismos rostros, pues siempre estaría viendo la figura de Lucio Sergio Catilina. Los nombres cambiaban, así como los rasgos, pero siempre habría un Catilina que se alzaría contra el género humano. Así pues, cuando Clodio fue elegido finalmente edil a pesar de todo lo que se había dicho contra él, fue como si recibiera un terrible golpe.

–Por todas partes no hallo más que confusión –decía a sus amigos–. Paseo bajo una columnata para sentirme veinte años más joven y encontrarme con los mismos problemas. Voy por una calle y me siento con treinta y cinco años, preguntándome cómo es que los romanos permiten la violencia y la corrupción. Entro en un templo y en el mármol se refleja mi rostro a los treinta y ocho años y oigo las mismas palabras de los traidores. ¡Los he visto desde mi cuna y supongo que los veré hasta el último momento, hasta que mis ojos sean cerrados por la muerte!

Pero como por una especie de inercia que él no pudiera controlar, se mantenía siempre inquieto y despotricaba continuamente contra el hado inevitable de Roma, el destino inevitable de todas las repúblicas. Pero ¿qué forma de gobierno hay más noble que una República, si los hombres se comportaran como hombres y no como animales llenos de malicia? El fallo del gobierno era culpa de la humanidad.

–¡Ojalá pudiera contentarme sólo con vivir y disfrutar de cada día tal como se presenta! –declaraba a sus amigos–, pero no lo puedo evitar. Alguna divinidad oculta que llevo en mi interior me impulsa a la protesta, a la lucha, a la exhortación, aunque sepa que es en vano.

Ya ni siquiera gozaba de la excitación de la batalla. Ya tenía más de cincuenta años y a menudo sufría ataques de reumatismo, cuando no de la misteriosa disentería. Y constantemente era fastidiado por su esposa, a la que nada satisfacía.

–Cada día que pasa –se quejaba ella– gozas de menos favor en Roma. Creí que el destierro te habría servido de escarmiento y volverías a ser un hombre influyente, pero en el Senado se ríen a escondidas de ti y el pueblo se burla de tu nombre.

Marco hijo ya había cumplido diez años y era un muchacho de cara ancha y coloradota, de muy buenos modales. Su primo, Quinto hijo, parecía influir mucho en él.

–Mi hijo es un filósofo y, por lo tanto, no le gustan los sudorosos esfuerzos físicos –decía Cicerón a su esposa, y cuando escribía a Ático ponía a su hijo por las nubes:

«Confieso que mi hijo Marco necesita que lo impulsen, mientras que su primo necesita unas riendas. Pero ¿no ha ocurrido eso siempre con todos los filósofos incipientes como mi hijo? Es muy estudioso y ya domina muy bien el griego.»

Lo que no sabía es que el joven Marco era codicioso e indolente. Terencia animaba en él secretamente estos hábitos y se sentía encantada de que su hijo no se pareciera a su padre en lo más mínimo. Su pereza no la desanimaba ni su indisciplina la hacía reflexionar. Su hijo sería un caballero y no un vulgar protestón como su padre.

Tulia se acercó a Cicerón una noche y le anunció tímidamente que deseaba casarse con Dolabella, un joven patricio que la amaba desde antes de que ella se hubiera casado con Pisón. A Cicerón le pareció que el suelo se hundía bajo sus pies. No le gustaba la familia de Dolabella, que creía perezosa y disipada.

—¡Es tu madre la que ha dispuesto este matrimonio, habiéndome ocultado astutamente sus manejos! —exclamó.

Tulia protestó vertiendo lágrimas. Era cierto que a Terencia le complacía aquel matrimonio, en el que ya había pensado antes de que Tulia se casara con Pisón. Tulia tomó entre sus delgadas manos el enfadado rostro de su padre y le rogó su autorización. ¿Quería que se muriera viuda sin tener hijos? Él no iba a vivir toda la vida. ¿Le gustaba la perspectiva de que ella se quedara algún día sola? ¿Iba a consolarla en su ancianidad, a quererla cuando ya estuviera muerto?

—Vas a dejarme otra vez, ¡y por un Dolabella! Todavía eres joven. Quédate conmigo un poco más. Ya soy bastante desgraciado.

Pero Tulia se casó con Dolabella y Cicerón quedó satisfecho al ver que era de veras feliz. Sin embargo, de nuevo tuvo la sensación de estar recorriendo antiguos caminos, ninguno de los cuales conducía a ningún sitio, excepto a la muerte tras una vida de futilidad.

Y se refugió en su biblioteca y sus escritos.

«Al final el hombre debe volver a sí mismo para confrontarse, pues nunca podrá escapar a esta confrontación —escribió—. El mundo no puede ocultarle y el amor de su familia no le ayudará a huir. Los asuntos de Estado no podrán finalmente ahogar la voz que algún día ha de oír, que es la suya propia. Los libros, la música, la escultura, las artes, la ciencia y la filosofía son retratos encantadores, pero sólo retratos.»

Capítulo

61

Más tarde, Ático escribiría con gran tristeza a Marco Tulio Cicerón hijo:

«Tu padre era Roma y la historia de ambos se confundía. En su vida había el toque de todo lo que los hombres consideran grande, y él transmitía esa grandeza. Los hombres trajeron el mal, la sangre y la desesperación a tu país; él le dio valor y virtud. Triunfaron los otros, no él; pero en el final ajuste de cuentas entre Dios y el hombre, ¿quién sabe si lo que aquí se considera una derrota no es una victoria ante el Todopoderoso?»

Cicerón sabía que si deseaba sobrevivir tendría que hacer un paréntesis, calmarse un poco. Y se encerró en su biblioteca, escribiendo algunas de sus más notables obras, que estaban destinadas a sobrevivirle durante siglos y a enseñar a las generaciones venideras a estar alerta ante la suerte de sus países. Conversaba largamente con su hijo Marco y gracias a Dios nunca llegó a saber que el muchacho le escuchaba con cara seria, aunque burlándose interiormente. Visitaba a su hija o se trasladaba a su querida isla. Resueltamente hizo todo lo posible por mantenerse al margen de los acontecimientos que tenían lugar en Roma. No podía hacer nada, seguir luchando significaría que él mismo se clavaría una espada.

«Eres una columna de hierro –le escribió Noë–, como Dios ha indicado que es el hombre justo. Mucho después de que el pulido mármol se haya hecho pedazos, el hierro de la justicia permanece y aún sostiene el techo sobre la cabeza del hombre. Sin hombres como tú, querido Marco, lo demuestra la Historia, las naciones morirían y dejaría de haber hombres.»

«Pues mueren –le contestó Cicerón escribiéndole en un momento de desaliento– y un día puede que desaparezca la humanidad. ¿No me has hablado de las profecías?[1] El día terrible de la ira de Dios sobre el hombre, de los remolinos, el fuego y la destrucción universal sobre las "ciudades amuralladas" y "los altos baluartes", el oscurecimiento del sol, el desplome de las

---

[1] Joel.

montañas y el incendio de los mares... ¿No me has hablado de todo esto? El hombre ofende a Dios con su mera existencia, porque su corazón es malvado y sus caminos son los senderos de la muerte.»

Pronto recuperó su fama como abogado, cosa que a él le resultaba inexplicable. Sus clientes aumentaban cada semana, y como la mayoría eran personas ricas que podían hacerle espléndidos regalos, Marco tuvo pronto sus cofres llenos otra vez. El código civil no le mezclaba en política y al menos de momento dejó de relacionarse con políticos, cosa que le daba náuseas por su astucia y maldad.

Entonces, para su sorpresa, un día fue nombrado para ocupar un cargo en el Consejo de Augures de Roma, cargo que no sólo confería dignidad, sino que estaba muy bien remunerado. Ático se alegró mucho, pero Cicerón se sintió escéptico, aunque sin dejar de estar complacido. El consejo estaba formado por agnósticos que discutían con el Colegio de Pontífices sobre oscuros puntos de religión y Cicerón no dejó de recordar que el Colegio de Pontífices se había distinguido en todo momento por su actitud amistosa hacia él, que siempre se había mostrado devotamente religioso. Así pues, le desagradaría tener que participar en las frecuentes disputas que el Consejo de Augures sostenía con ellos. Y pensó: ¿Es que hay alguien que desea que reconcilie a los pontífices con los augures? Y escribió una carta a César:

«Querido Julio: Puede que ya sepas que he sido nombrado miembro del Consejo de Augures. ¿Debo ver tu astuta intervención en ello? Ya sé que no me dirás la verdad, pero no hago más que pensar en qué te puedo servir en las presentes circunstancias.»

En su respuesta, César mostraba su cariño, su asombro y le enviaba sus felicitaciones:

«Querido Marco: ¿Por qué no te rindes a la evidencia? Han sido los mismos dioses los que han hecho que seas nombrado miembro del Consejo de Augures a fin de pagarte tu devoción hacia ellos y, de paso, indicar así su aprobación a tu honestidad y virtudes.»

¡Vaya!, pensó Cicerón tras leer la carta, una lucecita ha empezado a iluminar la oscuridad en que me encontraba.

Se tomó con mucha seriedad los deberes de su cargo, aunque en privado consideraba muchas de las profecías y adivinaciones de los augures como cosa absurda, pero era lo bastante místico como para creer que Dios podía dar indicaciones del futuro a ciertas almas fervorosas. Terencia estaba encantada con los atributos de su rango: el cayado de pastor sin nudos y la toga de brillantes bandas rojas con un borde púrpura. Se sentía orgullosa del honor otorgado a su esposo y, como es natural, lo atribuyó a la benevolencia y admiración con que los dioses la miraban a ella.

Por unas cartas que César mandó a Cicerón desde Galia, éste comprendió que aquél deseaba que, como su augur favorito, le hiciera un pronóstico. Cicerón se sintió alarmado porque eso quería decir que Julio tenía hechos ya sus planes, que no había revelado a nadie, y confiaba en Cicerón porque sabía que no iba a mentirle.

La costumbre era que los augures adivinaran a través de los signos visibles en el cielo, el dominio de Júpiter, patrón de Julio, y por el vuelo de los pájaros. De noche, el augur podía designar con su bastón el lugar que deseaba que se le asignara para sus estudios, generalmente una colina solitaria, donde actuaba en presencia de un magistrado, que luego daba su informe a los pontífices. El augur oraba y hacía un sacrificio; luego, resguardado bajo una tienda, observaba el cielo y demandaba una señal, aguardando. Siempre miraba hacia el sur, teniendo el lado afortunado, el este, a su izquierda. Después de haber visto el signo, hacía un informe para el magistrado y seguidamente aquel signo decidía los asuntos de Roma en gran medida. A Cicerón se le había ocurrido a menudo que un augur sobornado podía proclamar lo que quisiera a favor de algún político poderoso. Afortunadamente para Roma, hasta ahora los augures se habían librado bastante de la corrupción, porque nadie podía arrebatarles el cargo y estaban muy bien pagados. Así que como no debían nada a nadie, podían ser sinceros. En teoría, era el mejor sistema, pero los hombres pueden ser corrompidos por otros medios aparte del dinero.

Las aves de la buena suerte eran el águila y el buitre; las malignas, el cuervo, el grajo y la lechuza. Su vuelo, su modo de comer y sus sonidos eran interpretados estrictamente por el Consejo de Augures. Había otros medios de adivinación, como la conducta de los animales en el campo, la aparición de ratas en un templo o los animales muertos en un sacrificio. Los hombres poderosos pedían a menudo a los augures un vaticinio sobre cualquier cosa que se propusieran hacer, el momento de lanzarse a la batalla, la ocasión de presentarse a unas elecciones, sobre sus escaños en el Senado y mil otras cuestiones. Para asegurarse de que los augures no se manifestaban a favor o en contra de cierta proposición, los que requerían sus servicios solían referirse a sus «intenciones especiales». Si el augur informaba de que había visto relámpagos en el cielo, el cliente no actuaba al día siguiente, sino que esperaba mejores auspicios.

César escribió a Cicerón:

«Tengo una intención especial para el futuro, una oración muy particular. Te ruego, por lo tanto, mi querido amigo y camarada, que consultes el cielo en mi nombre en una determinada noche (la cual le indicaba).»

Cicerón habría preferido negarse, pero tenía que cumplir con su deber. Además, sentía curiosidad. Tomó su cayado y, acompañado de un magistrado, salió extramuros e hizo girar en torno a él el bastón formando un círculo, pareciéndole esto una tontería. Y cosa rara, el cayado de repente aparentó tener vida propia, como si tirara de su mano, obligándole a ir hacia delante. Y lo clavó en la tierra, que el verano había dejado cálida y esponjosa, como si se tratara de una pica. A Cicerón se le aceleró el corazón.

–Aquí instalaré mi tienda esta noche –dijo al magistrado.

De modo misterioso, Cicerón se fue sintiendo más y más inquieto conforme esperaba la llegada del carro que a medianoche había de llevarlos hasta la colina elegida. El juramento que había prestado le obligaba a decir la verdad de lo que viera, y cuando a medianoche llegó a aquel lugar con el magistrado, imploró al cielo estrellado y sin luna que no le mostrara más que signos vagos e insignificantes sujetos a mil interpretaciones.

Se sentó al resguardo de la tienda; no soplaba la menor brisa. A lo lejos, en la noche, Roma aparecía encaramada en sus colinas, iluminada por los rojizos resplandores de las antorchas y las luces de faroles y lámparas. El inextinguible estruendo de la ciudad llegaba a este lugar en forma de murmullo. Negros cipreses rodeaban la tienda, la cual se abría ante un claro orientado al sur, teniendo el este a su izquierda. El aire estaba impregnado de olor a hierba, sobre la que comenzaba a caer el rocío, y aunque no soplara el viento, a Cicerón le vino una fragancia a frutos maduros, a uvas y granos de los campos de alrededor. El aire estaba sereno y cálido. En alguna parte unas vacas inquietas mugieron. Un perro ladró y luego calló. Un vehículo apresurado traqueteaba por una carretera camino de la puerta de la ciudad.

Arriba, la inmensa bóveda del cielo pareció de repente cruzada por estrellas fugaces, como si también ellas se sintieran inquietas. Es ridículo que crea que a esta hora hay portentos en el cielo, pensó Cicerón. No son más que los efectos de una atmósfera clara, lejos de la ciudad, lo que hace aparecer a las estrellas inquietas y más cercanas. En realidad, todo está tranquilo, ¿por qué entonces me siento tan intranquilo? ¿No será que los hombres creen ver en la indiferente naturaleza una proyección de sus propias inquietudes, presagios y dolencias de cuerpo y alma? El magistrado se sentó respetuosamente en silencio a su lado, aprestándose a tomar rápidas notas en la tablilla de cera.

Era la primera vez que Cicerón hacía un pronóstico, aunque ya había asistido a los otros augures en sus adivinaciones. Él creía que Dios a menudo enviaba signos, pero también que a Dios no le placía que se los pidieran. Por alguna razón Cicerón recordó el relato que Noë le había hecho de Elías y su carro tirado por caballos de fuego, que habían llevado al profeta hasta el cielo entre el estruendo de un remolino. Posiblemente para evitar que lo asesinaran los hombres, pensó Cicerón con cinismo. De pronto tuvo un sobresalto y, al asomarse fuera de la tienda, vio en el oscuro cielo un llameante carro de guerra tirado por cuatro impetuosos caballos. Cicerón contuvo la respiración. Tuvo la impresión de que alrededor del carro había multitudes que gritaban. Montado en el carro (y eso lo pudo ver claramente) iba César coronado de laurel, espléndido como un dios, sujetando unas riendas relucientes y riendo con la risa terrible y exultante de una divinidad. Sus vestiduras eran púrpura y oro. Llevaba la mano derecha alzada empuñando una espada, que se retorcía como si fuera de fuego y que alcanzaba hasta el cénit. En su hombro izquierdo llevaba un águila poderosa con ojos como joyas. Tras él aparecían estandartes de color rojo sangre, ceñidos con guirnaldas de laurel. Todo era movimiento: los caballos corrían, sus patas se movían veloces y las centelleantese ruedas del carro giraban como remolinos.

Entonces sobre su cabeza brilló y fulguró una corona. Mientras el tembloroso Cicerón la observaba, la corona se desvaneció, reapareció y volvió a desvanecerse una vez más. El águila negra abrió sus alas y lanzó un horrible chillido, pero no se separó del hombro de César. Cicerón no supo cuándo apareció una mujer, pero de repente allí estaba, frente al carro de guerra, aclamándole; una hermosa mujer que era poco más que una niña, con larga cabellera negra adornada con serpientes de oro y un halcón sobre el hombro. Entonces César se inclinó, riendo, alzó a la joven para ponerla a su lado en el carro y la abrazó. Su corona pareció más brillante que antes y Cicerón creyó oír truenos en la tierra y en el cielo.

–¿Qué ve, señor? –le preguntó el magistrado, observando la palidez de Cicerón y la fijeza de su mirada. Pero Cicerón no le contestó, puesto que no le había oído.

La visión prosiguió, reluciendo cegadoramente, dotada de una movilidad increíble, pero sin moverse. Entonces a la derecha apareció una bandada de cuervos, lechuzas y grajos, llevando cada una de ellas una daga en su pico. Y volaron en círculo en torno a la cabeza de César y de la mujer. Ésta desapareció y un enorme soldado apareció ante los caballos al galope, desenvainando la espada y apuntando con ella a César. Éste alzó su flamígera espada derribando al soldado y se oyó el choque metálico de una armadura al caer. En el lugar del soldado apareció un alto trono vacío y César, tomando las riendas de su carro, se dirigió hacia él, gritando triunfalmente.

Las voces de la muchedumbre, a la vez visible e invisible, cambiaron para pasar de los vítores a los retos y la furia. César no les hizo caso y se inclinó para alcanzar su presa, que parecía retirarse ante él. Su corona despidió lenguas de fuego.

Entonces las aves de mal agüero estrecharon el círculo y cayeron sobre César, con las dagas en sus picos, causándole muchas heridas. Él alzó sus brazos para alejarlas, pero ellas lanzaron agudos graznidos de venganza. Entonces él, en un gesto de desesperación, lanzó la corona lejos de sí, pero las aves no se calmaron y siguieron hiriéndole una y otra vez hasta que él se desplomó en el carro.

La visión desapareció y sólo quedaron las estrellas, inmóviles y como si hubieran extinguido su luz.

–¿Qué ve, señor? –volvió a preguntarle el magistrado, que se había dado cuenta de los estremecimientos del augur y pudo ver a la luz de las estrellas las gotitas de sudor que corrían por su frente.

Pero Cicerón no respondió. Una terrible visión había aparecido ante sus ojos: las puertas de Roma se habían abierto y sobre la ciudad brillaba el sol. Aparecieron arcos triunfales, de los que caía una lluvia de flores. Un hombre de pie en un carro de guerra cruzaba bajo ellos; era un joven rubio cuyo rostro estaba velado por la neblina, un hombre joven con una enorme corona. A sus pies corría un río de sangre y en su camino había miles de cadáveres. Y muchas voces, viniendo de los cuatro rincones del cielo, entonaron un terrible canto fúnebre: «¡Ay de Roma! ¡Ay de Roma!».

Entonces la visión se elevó en una enorme cortina de fuego que se tragó la ciudad. Gritos de terror, agonía y desesperación atronaron el aire. La ciudad se fue cayendo a pedazos, se convirtió en ascuas y se redujo a negras cenizas. Luego fue reedificada en un abrir y cerrar de ojos, pero ya no era la ciudad que Cicerón conocía. Las puertas fueron abiertas y hordas de individuos barbudos se precipitaron a entrar por ellas empuñando espadas, picos y lanzas, sembrando la muerte por doquier. Sus voces eran truenos roncos, como emitidos por fieras. La ciudad fue desplomándose lentamente y sus blancos muros se volvieron grises, pardos y rojizos.

Remolinos de niebla envolvieron a la ciudad, oscureciendo y retorciendo todo. Las piedras se desprendieron de las piedras, los pilares se desplomaron contra los pilares, los pavimentos se ondularon y resquebrajaron, creciendo entre ellos la hierba y las silvestres amapolas rojas. Un profundo silencio siguió a tanto ruido, interrumpido sólo de vez en cuando por los pasos de personas invisibles que corrían. Entonces, en la penumbra, surgió una enorme cúpula parecida a un sol; una cúpula tan enorme que era difícil abarcarla con la vista. De su cima se elevó una llama, que fue tomando forma hasta convertirse en una cruz que perforaba un cielo vuelto repentinamente de un suave azul, como el de los ojos de un niño. De la puerta del muro que se abría bajo la cúpula salió una lenta procesión de hombres de aspecto digno, en fila india, uno tras otro, vestidos de blanco, sosteniendo cada uno un cayado como de augur y volviendo el rostro a un lado y otro, como enfrentándose a enormes e invisibles multitudes. Y sólo pronunciaban la frase: «Paz. Paz en la Tierra a los hombres de buena voluntad».

El último hombre en aparecer alzó su voz más que los otros repitiendo la misma frase, pero ante él empezó a formarse algo confuso, negro y rojizo, aunque se encaró con ello resueltamente. Mil truenos rugieron, el cielo se oscureció, surgieron lenguas de fuego y bolas encendidas, parecidas a soles diminutos que giraban sobre sí mismos velozmente y que, al girar, aplastar, saltar y desprenderse, devoraban todo lo que tocaban. Aquella luz terrible y mortífera flotó sobre el hombre de las níveas vestiduras, que se enfrentó a ella sin miedo; pero aparecieron muchas más y ahora toda la Tierra ardía y era un puro caos. «¡Señor, ten piedad de nosotros!», exclamó el hombre vestido de blanco. Hubo un estruendo de montañas que se desplomaban y de remolinos.

—¡Señor! —exclamó el magistrado sentado sobre la hierba, pero Cicerón se había desmayado y yacía como muerto.

Estuvo enfermo muchos días. Los otros augures vinieron a visitarle porque sospechaban que había presenciado extrañas y terribles visiones, pero él se limitó a decirles:

—¡Ay! ¡Ay de Roma! —Y luego—: ¡Ay de todo el mundo!

Al final se decidió a escribir a Julio César:

«He visto augurios que ningún hombre sería capaz de describir, incluso yo, que estoy acostumbrado a expresar por escrito lo que siento. Uno de ellos te concierne a ti, Julio. Todavía estás a tiempo de renunciar a tus sueños de esplendor, triunfos y conquistas. Sin duda morirás..., como ya te he advertido antes.»

Cuando Julio recibió esta carta se puso furioso. Luego rió para sí y pensó: Eso es que me ha visto rodeado de esplendor y conquistando triunfalmente. Así sea. Y después de todo, ¿qué importa?

Cicerón sólo confió a Ático la visión que había tenido y éste se sintió desconcertado. Escribió a su autor una carta:

«No me atrevo ni a pensar qué significarán esos portentos. No comprendo lo de la cúpula de tan increíbles dimensiones, ni el signo que brillaba sobre ella, el infamante signo de la cruz, el de la ejecución de los criminales. En Roma no existe tal edificio; por lo tanto, debe referirse al futuro. ¿Y quiénes serán esos hombres de aspecto digno vestidos de blanco que exhortan a la "paz en la Tierra entre los hombres de buena voluntad"? Eso me deja perplejo porque carece de significado para mí. Lo último que viste debe referirse a la destrucción del mundo. Oremos para que no veamos ese fin en el curso de nuestras vidas.»[2]

---

[2] Carta a Cicerón, año 52 a. C.

Capítulo
62

Debo gozar de un poco de paz –pensó Cicerón cuando se recobró–, pero ¿dónde la encontraré? Debo ignorar lo que veo, pero ¿puede vivir un hombre realmente ignorando lo que ve? Observaba los acontecimientos que se sucedían en Roma y se sentía impotente, sabiendo que lo que ocurría era consecuencia natural del modo de ser de los hombres.

–Me han salido callos en mi espíritu –dijo a Ático–, si no, ¿cómo podría andar por el mundo con mis pies tan sensibles? –Sin embargo, lo cierto era que bajo aquellos «callos» su espíritu se sentía acongojado.

Craso, uno de los miembros del Triunvirato, ya era viejo y nunca había sido un militar en el verdadero sentido de la palabra; pero cuando los partos se sublevaron contra Roma, él fue quien dirigió el ejército romano enviado contra ellos y «murió combatiendo», aunque Cicerón no se lo creyó. Estaba seguro de que César o Pompeyo habían ordenado su asesinato. Y ahora Pompeyo, el militar, se enfrentaba a César, que, además de un brillante táctico en el campo de batalla, era un político de altos vuelos. Mientras que Pompeyo actuaba de modo concienzudo y tenaz, apoyado en planes preestablecidos, como hacían los militares profesionales, César lo hacía de un modo relampagueante y espectacular, obteniendo clamorosos éxitos, siempre caprichoso, humorista y valiente.

–No moriré en la guerra –decía–. Mi querido augur Cicerón así me lo ha vaticinado.

Mandó construir un enorme puente sobre el Rin e invadió Britania. Se presentaba en Roma cuando menos se le esperaba y se decía que era transportado por el propio Júpiter, leyenda que él no se molestaba en negar. Se reía de Pompeyo cuando éste decía muy serio que «el que domina los mares, domina al mundo».

–¡Ahora querrá hacerse almirante! –exclamaba César guiñando.

Julia, la hija de César y esposa de Pompeyo, murió de unas fiebres y con ello quedó roto el último lazo que ligaba a ambos hombres, que se enfrentaban ya el uno al otro sin ambages.

–Sus querellas me son indiferentes, no quiero saber nada de sus conspiraciones –dijo Cicerón a sus amigos en una ocasión en que se hablaba de César y Pompeyo. Observaba la abierta y a la vez secreta pugna desatada entre ambos hombres y cínicamente apostaba por César. No confiaba mucho en la inteligencia de Pompeyo, y si éste realmente conspiraba, su conspiración debía de ser un poco zafia y torpe, como un gladiador en la arena, cargado con una pesada armadura y maciza espada, que luchara contra un adversario flexible y ágil con un agudo tridente.

César no hacía más que sonreír y bromear, y entre tanto se movía incansablemente, escribiendo sus relatos de batallas e invasiones, mientras que Pompeyo iba de un lugar a otro metódicamente. Era inevitable que los romanos prefirieran a César por su ingenio y sus vicios, porque todo lo que hacía estaba lleno de color y de vida, y por lo mismo era inevitable que no estimaran al más virtuoso Pompeyo, que, al igual que Cicerón, no sabía hablar más que de aburridas leyes, aunque sin la elocuencia de éste, y carecía de viveza y colorido. Hasta les era simpática la calvicie de César y un día que éste se presentó en Roma con una enorme peluca, la gente se echó a reír y le dieron palmaditas en la espalda, riéndose más aún cuando él la agitó en su mano. Para ellos era tan espléndido como Júpiter, su patrón, e igual de licencioso y magnífico que aquel dios.

–Es un bufón –comentó Tito Milón.

–No, es un actor que tiene muchos admiradores –contestó Cicerón.

Julio, efervescente y lleno de amor por la vida, visitaba a menudo a Cicerón en sus venidas a Roma para recibir las agrias felicitaciones de éste por sus últimos éxitos.

–Siempre leo el *Acta Diurna* –le explicó–, ese diario que se fija en los muros de Roma y que tanto te exalta y elogia. ¿Escribes tú mismo los reportajes en el campo de batalla y luego los envías a Roma?

–¿Acaso crees que tengo algo que ver con esa miserable hoja de noticias? –le contestó Julio con ligereza–. Últimamente hablas con voz avinagrada, querido Marco. ¿Es que se ha echado a perder el vino de tu espíritu?

–Está lleno de heces –contestó Cicerón, sonriendo a pesar de todo, y en su fatigado rostro apareció una expresión divertida–. Sólo eres unos pocos años más joven que yo y sin embargo pareces estar en plena juventud, bullendo de vida. ¿Qué sangre corre por tus venas, Julio? ¿Cuál es tu secreto?

Julio fingió ponerse pensativo. Luego su rostro, bronceado por el sol y curtido por la intemperie, puso un semblante risueño.

–El secreto está en mí mismo porque me amo y me adoro. Me contemplo y caigo en éxtasis. ¿Cómo, pues, no van a rendirme los otros su homenaje?

Cicerón dejó de sonreír.

—No subestimes a Pompeyo —le dijo—. Él no viene a Roma tan a menudo como tú, Julio, pero los hombres respetables lo aprecian porque es honrado. Cuando puede, toma medidas contra las bandas revolucionarias de Clodio y los bribones temerarios. Al final puede que tengas que enfrentarte con los romanos respetables y eso sería mala cosa para ti.

—¿Otra vez con vaticinios?

Cicerón negó con la cabeza.

—No pongas al pueblo demasiado a prueba, Julio —le dijo, recordando la visión en la colina—. Todos, incluso mi hermano, me dicen que te aprecio. Yo soy el único que no lo digo. Si estuvieras en peligro, te defendería aun a costa de mi vida. Cuando veo tu rostro, veo la cara de un escolar que me tomaba de la mano en busca de protección y que me hacía reír incluso cuando estaba serio. Un chiquillo que me robaba mis monedas de cobre para comprarse golosinas.

Julio le abrazó y le dijo:

—En toda Roma sólo confío en ti.

Muy conmovido, Cicerón exclamó con súbita pasión:

—¡Pues entonces confía en mí de verdad! ¿Qué estás tramando, Julio? ¡Veo en ti una oscura nube que destruirá Roma! ¡Desiste, ten piedad, contente!

El rostro de Julio, tan marcado a lo largo de los años con líneas de júbilo, se ensombreció. Y dijo con voz tranquila:

—Ni yo ni tú podemos retirarnos, Marco. A cada hombre su carácter le señala un destino. Nuestras vidas están ligadas porque la naturaleza nos crió juntos. A pesar de lo diferentes que somos, nos parecemos a los Géminis.

Cicerón, aunque no era viejo, se sentía viejo en cuerpo y alma. Pensaba con añoranza en su isla, pero Roma era su ciudad. No se contentaba con estar mucho tiempo en un lugar u otro. Veía la vida serena de sus contemporáneos y los envidiaba, pero enseguida le horrorizaban. Odiaba la turbulencia y el desorden de una ciudad antaño gobernada por las leyes y las virtudes republicanas. Sin embargo, la contemplaba fascinado sin poder apartar la mirada. Había visto la muerte de la Libertad y no podía huir de aquel espectáculo. Leía y escribía libros, pero eso no le satisfacía. Prefería la meditación a los gustos, huía de las amables conversaciones con sus amigos y de sus mesas, cansado de oír hablar de juegos, deportes, entretenimientos, chismes y escándalos; pero bajo estas naderías corrían las negras y furiosas aguas de la existencia y el hombre que no mojaba sus pies en ellas podía ser considerado un hombre que en realidad no vivía. Él, Cicerón, prefería ahogarse en el torrente antes que pasarse la vida sentado bajo un árbol sumido en dulces sueños ajenos a la realidad. Julio lo había acusado de ser «entrometido», pero toda la vida consistía en entrometerse en furiosas corrientes. El que probaba las granadas del Hades antes de haber cruzado la Estigia no se merecía más que el deshonor y que a su muerte no quedara memoria de él en el recuerdo de la gente.

Un día se dirigió al Foro y a la Basílica de la Justicia para defender un caso. Era un tibio día de primavera, tan fresco como una rosa. El claro día y los cálidos rayos del sol hicieron que le abandonara parte del cansancio que sentía. Una litera se le acercó. En ella iba una dama con vestiduras de seda roja bordadas en oro; la reconoció como Julia, la hermana de Julio, una bonita mujer un poco coqueta que tenía el mismo pelo reluciente y los ojos vivos de su hermano. Junto a ella iba un muchacho retrepado en sus cojines, tan rubio como ella era morena. Su pelo era muy rizado y sus ojos, azules como lagos. Julia alargó a Cicerón su mano, éste la besó y ella se quedó admirándolo con su mirada inquieta.

—No conocías a mi nieto Octavio, ¿verdad? —le preguntó, indicándole al indiferente muchacho que iba a su lado.

El joven tenía anchos rasgos, casi clásicos, tan fríos como el mármol. Se quedó mirando a Cicerón con respeto pero sin demasiado interés. Cicerón miraba siempre con simpatía a los jóvenes, y además éste tenía casi la misma edad de su hijo Marco, así que en el arrugado rostro de Cicerón apareció una sonrisa, con una leve sombra de su amabilidad y encanto. La blanca túnica de Octavio estaba bordada con el púrpura de la preadolescencia. Su actitud, sin embargo, era la de un rey, y de repente aquellos ojos azules parecieron los de un león calculador y rapaz. Al ver esta extraña metamorfosis en el instante en que el muchacho posó su mirada en él, Cicerón sintió un encogimiento en el corazón, como un signo indicador de un extraordinario portento. Ambos se miraron fijamente en silencio.

—Mi hermano —explicó Julia— cree que Octavio llegará a ser un famoso soldado. Ya es muy entendido en las artes de la guerra y muy hábil en el manejo de la espada.

—Espero que se convierta en un noble romano —contestó Cicerón.

Al oír esto, la expresión de Octavio cambió de nuevo. No sonrió, aunque lo aparentó, y no era la mueca de un muchacho, sino un gesto remoto de un adulto. Era también altanero y se quedó mirando a su abuela como si su fatuo orgullo le irritara. El muchacho no volvió a hablar. Julia comentó algo, preguntó por Terencia y por Tulia y finalmente su litera se alejó de nuevo. Cicerón olvidó adónde se dirigía, contempló a la litera alejarse y sintió una sensación de frío en el corazón.

Nacen en todas las generaciones, pensó mientras proseguía desalentado su camino, y en cada generación debemos luchar con ellos. ¿Por qué no les dejamos que hagan lo que quieran y devoren a los débiles? ¡Que se coman a los corderos, los gobiernen y los destruyan! ¡Callémonos los que creemos que los débiles también tienen derecho a vivir pacíficamente al amparo de la ley! Los débiles sólo se unen a los lobos para arrastrarnos con sus dientes y condenarnos con sus bocas. Y lo peor es que los hombres buenos y justos son incapaces de ser cínicos, ni pueden cerrar sus oídos a los gritos de esos estúpidos borregos, que se han dejado servilmente acorralar y lanzan gritos de angustia al ver al hombre del cuchillo.

De repente recordó de nuevo la última carta de Noë, en la que éste citaba a Jeremías: «Si yo digo "no mencionaré más a Dios, no hablaré más en su nombre", entonces siento en mi corazón como un fuego ardiente metido en mis huesos, apoderándose de mí la fatiga en mis vanos esfuerzos por contenerlo».

No, pensó Cicerón, yo tampoco podría contenerlo aunque muriese en el empeño. Pero se sentía tan cansado...

Tito Milón dijo a Cicerón:

–Cuando los irresponsables promueven motines en las calles contra toda razón y derecho, alterando el orden, a los hombres responsables no nos queda más remedio que oponernos. Clodio les da consignas absurdas que ellos repiten a gritos, creyendo que por escandalizar y cometer violencias van a obtener no sé qué beneficios y provechos... a costa de los que Clodio ha señalado como enemigos suyos.

–Pero ¿quién es el que manda sobre Clodio y su gentuza? –repuso Cicerón–. César, que los utiliza para sus propios fines. Haz lo que creas tu deber, Tito. Tienes hombres muy resueltos que te obedecen.

–Debemos mantener a César a raya todo el tiempo que nos sea posible –contestó Tito muy serio–. ¿Sabes lo que Pompeyo me ha dicho? Que César aspira a una nueva dictadura, pero siendo él solo el dictador de Roma. César es militar, aunque finge temer el militarismo. ¿Has leído lo que se escribe en los muros de Roma? «¡Abajo Pompeyo!»

Milón se presentaba como candidato al consulado y Clodio, para pretor. Milón condujo su campaña con las frases: «Roma no necesita ningún militar que la gobierne, ni desea un déspota». Los eslóganes de Clodio eran: «César y Clodio por el pueblo de Roma y la democracia. Trigo gratis para los menesterosos. ¡Fuera los procesos promovidos por los censores a menos que se permita interrogar a los acusadores! ¡Abajo los testimonios secretos!».

Un día los hombres de Milón fueron atacados en la Vía Apia por Clodio y sus esbirros, y en la escaramuza que siguió Clodio resultó muerto.

Las personas decentes se alegraron, la plebe se puso furiosa. Así perecen los tiranos y demagogos, pensó Cicerón. Sin embargo, le horrorizó que hubiera sido necesario llegar a tales extremos de violencia y de que Clodio no hubiera podido ser juzgado por un tribunal, precisamente a causa de las circunstancias creadas por él mismo. El indolente Senado e incluso los tribunos del pueblo habían guardado silencio mientras él cometía sus crímenes, por lo que eran en parte responsables de su muerte violenta. Como siempre, hubo discusiones con comentarios de toda índole acerca de la muerte de Clodio y, naturalmente, a los pocos días fue olvidado por el pueblo. Los Grandes Juegos se aproximaban y se habían hecho muchas apuestas sobre los nuevos gladiadores, luchadores, pugilistas, lanzadores de disco y lanza, participantes en las carreras de caballos y carros, corredores y jugadores de los diversos deportes. La muerte de Clodio, con todo lo que significaba, importaba menos que los rumores de que dos luchadores habían sido sobornados y harían tongo. El hambre ya había pasado y hasta los más desgraciados podían permitirse el lujo de hacer grandes apuestas. El diario traía pocas noticias de información nacional y casi todo su espacio estaba dedicado a hacer conjeturas sobre las competiciones deportivas que iban a tener lugar. Un día se dio a conocer que había estallado una heroica sublevación en Galia dirigida por Vercingétorix, jefe de los patriotas, pero que había sido aplastada por César, que era ahora un héroe famoso. César seguía en Galia para restablecer el orden, y Pompeyo, aprovechando esta circunstancia, se proclamó cónsul único. También obtuvo, con su cauteloso proceder a lo castrense, el proconsulado de las provincias de Hispania.

«El león y el oso pronto se arrojarán el uno contra el otro –escribió Cicerón a un amigo–. ¿Será Roma la victoriosa? Lo dudo.»

«Nosotros no nos metemos en política –contestaban los amigos de Cicerón, los "hombres nuevos", miembros de la clase media como él, abogados, médicos, comerciantes, fabricantes y arquitectos–. Roma es próspera y vive en paz. Tenemos villas en Capri, rápidos navíos, casas, sirvientes, hermosas queridas, comodidades y riquezas. Por favor, Cicerón, ¡no vengas a inquietarnos con tus lamentaciones y anuncios de desastre! Roma está en camino de crear una poderosa sociedad para todos los romanos.»

Cicerón, desesperado, comenzó a escribir su libro *De Legibus* (*De las leyes*). Ático admiraba su obra intelectual.

–Pero ¿quién lo leerá? –preguntó–. A los romanos les tienen ya sin cuidado las leyes. Sus panzas están demasiado llenas.

Sin embargo, lo publicó.

–Se lo debo a la posteridad –comentó, y Cicerón le respondió sonriendo tristemente:

–La posteridad nunca aprende las lecciones del pasado.

Mas para asombro de Cicerón y Ático, el libro se vendió mucho en las librerías y César, al recibir un ejemplar, lo elogió.

–¿Qué tiene de malo? –preguntó Cicerón con una agria sonrisa–. Por lo que sé, un elogio de César es el beso de la muerte.

Pero fue muy felicitado por senadores, tribunos y magistrados, que, según declaró, no entendían ni una palabra de él.

Ahora no podía hallar paz ni siquiera en su casa, ni ignorar lo que estaba pasando. Terencia se había vuelto más quisquillosa e inquieta.

–No hay que dormirse en los laureles –le decía–. ¿Por qué no haces algo? Se lo debes a tu familia.

Tulia no se sentía feliz en su nuevo matrimonio y se mostraba abstraída, aunque sonreía a su padre y nunca se quejaba. Quinto dijo hablando de Julio César:

–En el campo de batalla es muy superior a Pompeyo. Sus decisiones son siempre acertadas, aunque es sobre todo un político. –Por primera vez no hablaba mal de los políticos y se negaba a hablar de los asuntos de Roma con Cicerón.– Las cosas son como son. –Para él, ser militar lo era todo; los hombres inteligentes abandonaban la política cuando llegaban a ser demasiado importantes. Su hermano se concentraba en su escaño del Senado, en su cargo de augur, su biblioteca y sus escritos.– ¿No te basta con eso a tu edad?

–Oye la palabra de Dios, porque Dios sostiene una controversia con los hombres –repuso Cicerón–. En la Tierra no hay verdad, amor ni conocimiento de Dios. No hay más que mentiras, perjuicios, robos y asesinatos, violencia y derramamiento de sangre.

–¿Quién dijo eso?

–Son palabras de Oseas, un profeta de quien Noë ben Joel me ha escrito en sus cartas.

–¡Ah, Noë! Aquel actor y dramaturgo –dijo Quinto.

Poco después Cicerón recibió una carta de Jerusalén, escrita con trazo firme. Era de Leah, la esposa de Noë, que le anunciaba tristemente la muerte de su esposo.

«Se acordó de ti hasta el último momento –escribía–, y me pidió que te repitiera las palabras de Isaías: "No temas, porque estoy contigo. No desmayes, porque soy tu Dios. Cuando cruces las aguas estaré contigo y los ríos no se desbordarán a tu paso. Cuando atravieses fuego no te quemarás ni las llamas se inflamarán sobre ti. Por que Yo, el Señor, tu Dios, sostengo tu mano derecha".»

–¿Por qué lloras? –le preguntó Terencia.

–La Tierra se ha empobrecido –contestó Cicerón–. Ha perdido a un hombre bueno y eso es algo que no nos podemos permitir.

Capítulo

63

—La vida de un hombre no es más que una larga retirada —dijo Cicerón a uno de sus amigos en un momento de gran cansancio—. Tengo oído que conforme el hombre envejece, el tiempo vuela. No, es que huye ante él. ¿Dónde estaba ayer, el mes anterior, el año pasado, hace cinco años? ¡No lo recuerdo!

Nunca llegó a saber por qué lo habían nombrado gobernador de la provincia de Cilicia, en la costa meridional de Asia Menor y que incluía la isla de Chipre, aunque sus amigos le aseguraron que era para halagarle.

—Alguien quiere que me quite de en medio por cierto tiempo —dijo sin la menor ilusión. Y escribió a Ático:

«Este cargo de gobernador es un enorme fastidio. Es como poner una silla de montar a un buey. No puedo describirte cuánto añoro Roma y el trabajo que me cuesta vencer esa añoranza. Echo de menos la vida ruidosa de aquella ciudad, el Foro, mi casa y a ti, mi más querido amigo. (¡Acabaré el libro, no me atosigues!) Soportaré este "destierro" durante un año. ¡Sabe Dios la de cosas que pueden pasar durante mi ausencia!»

Se llevó con él a su hijo Marco, a pesar de las protestas de su madre, que tanto lo mimaba; pero había llegado a darse cuenta de que la influencia de Terencia estaba maleando al chico. Quinto y su hijo le acompañaron. Cicerón descubrió pronto que tenía mucho que hacer en Cilicia, porque la provincia había sido arruinada y saqueada por sus predecesores en el cargo, pero al cabo de pocos meses pudo escribir a Ático con orgullo:

«Gracias a mis esfuerzos muchos pueblos se han visto libres de deudas y otros las han reducido considerablemente. Ahora todos tienen sus propias leyes y, con la concesión de la autonomía, han vuelto a prosperar. Les he dado la oportunidad de librarse de las deudas o de disminuir sus cargas de dos modos: primero, no imponiéndoles nuevas cargas, y es increíble lo que esto les ha ayudado a librarse de sus dificultades; y segundo, como vi que estos griegos cometían muchísimos desfalcos, les obligué a confesarlo y, sin necesidad de tener que castigarles públicamente, ellos mismos se avinieron a reembolsar las cantidades de las que se habían apropiado indebidamente. La consecuencia es que mientras la población no había podido pagar los impuestos correspondientes a este período de cinco años, ahora han podido satisfacerlos junto con los atrasos del período anterior. En cuanto a mi administración de la justicia, también he sido afortunado.»

Aquel clima cálido, seco y balsámico alivió su reumatismo. Estaba ocupado en lo que más amaba, en gobernar de acuerdo con las leyes. Tenía tiempo para escribir. Vivía acompañado de su hermano, su hijo y su sobrino. Lamentaba que su hijo se dejara influir cada vez más por su primo Quinto, muchacho atrevido y maleducado que, sin embargo, era la delicia de su padre.

—No deberías dejarte guiar por nadie —le decía a su hijo Marco. Y el muchacho contestaba muy serio:

—Es que debo enseñar a Quinto el arte y la filosofía de Grecia y Roma, que le gustan muy poco.

Cicerón creía a su hijo.

Quinto estuvo muy ocupado en someter a las tribus de las montañas. Mientras tanto, los amigos de Cicerón se encargaron de mantener informado a éste de la marcha de los asuntos públicos en Roma, cada día más caóticos.

Pompeyo y César se odiaban a muerte. Aquél se había convertido en el confidente del Senado y en gran medida controlaba tan augusta corporación, que había comenzado a sospechar de Julio, no sin razón. Pompeyo, el soldado, aunque despreciara a los civiles, no despreciaba al Senado. Se rumoreaba que tanto él como el Senado temían las ambiciones de Julio y que conspiraban para arrebatarle su mando militar y procesarle por unas supuestas violaciones de la Constitución durante su desempeño como cónsul, evitando así que fuera elegido por segunda vez. Al convertirse en un ciudadano particular podría estar sujeto a una investigación, algo de lo que difícilmente saldría indemne, pensaba Cicerón.

La rivalidad entre ambos hombres se fue agudizando cada vez más y llegó a ser peligrosa para Roma. Las legiones se habían dividido, la mitad era leal a Pompeyo, la otra mitad a César, que era mucho más llamativo. Cicerón, perplejo, dijo a su hermano:

—¡No comprendo nada de esto! ¡La Ley es el Senado, las asambleas, los tribunos y los cónsules! Pero ¿qué puede hacer la Ley ante la ambición de Pompeyo y César, dos militaristas?

Pero sabía muy bien que cuando una República declina, se convierte en presa de los ambiciosos. Y escribió a su amigo Celio, un joven político romano, pidiéndole que le aclarara más las cosas, ya que Celio estaba muy al tanto de los rumores y andaba mezclado en todo. Celio le contestó:

«Las cosas están así: Pompeyo está decidido a impedir que César sea cónsul otra vez, salvo con la condición de que renuncie a su ejército y sus provincias; pero César está convencido de que si abandonara a su ejército, se hallaría a merced de Pompeyo, ya que en su ejército radica su fuerza. Por lo tanto, muy humorísticamente ha propuesto que, a fin de llegar a un acuerdo, ambos abandonen a sus respectivos ejércitos.»

Y cuando Cicerón le contestó mostrando su perplejidad, el otro consideró un poco ingenua su carta, redactada en los siguientes términos:

«En el caso de contiendas civiles, si la pugna es llevada dentro de los términos constitucionales, los ciudadanos deben ponerse de parte del bando que tenga más razón; pero si se llega a la guerra abierta, ¡a la guerra!, con un jefe militar amenazando a otro, las leyes civiles deben interponerse y hacer que cese una insensatez tan peligrosa.»

El que Pompeyo y César instigaran una guerra civil le parecía algo increíble desde su pacífico retiro de Cilicia. Todavía se aferraba a su concepto de que, en una República, la Ley era el supremo juez. Prefería a Pompeyo, que tenía a su lado al Senado y a los más honorables «hombres nuevos» de Roma, respetuosos con las leyes. Pero ¿qué había dicho Julio a Cicerón en cierta ocasión, ya hacía años?: «La Ley es una ramera que se puede comprar pagando lo suficiente». Para Cicerón esta actitud era la ruina de las naciones, la inmersión final en el despotismo y el caos.

Pero el que Cicerón estuviera de acuerdo con Pompeyo no quería decir que sintiera simpatías por él. En cambio apreciaba a Julio, a quien temía y con el que estaba en desacuerdo. Cuando terminó su mandato como gobernador de Cilicia, abandonó aquella provincia lleno de aprensiones. En su viaje de regreso se detuvo en su villa de Formiae y allí recibió una carta de Celio, en la que éste le decía cínicamente que Julio estaba seguro de poder hacerse al final amo de Roma y sin necesidad de guerra, ya que en sus campañas se había apoderado de tanto oro que podría comprar todo y a todos.

Cuando Cicerón regresó a Roma, fue a visitar a Julio en su villa de extramuros. Julio se sintió encantado de verle y lo abrazó afectuosamente.

—¡Donde quiera que vas, querido amigo —exclamó—, llevas la solvencia y el buen gobierno! La verdad es que deberían nombrarte dictador de Roma. Volverías a llenar el Tesoro en un abrir y cerrar de ojos y restaurarías la paz.

—Con la que tú has acabado —replicó Cicerón—. ¿Por qué no deponéis las armas Pompeyo y tú y dejáis de pelearos?

—¡Ah! —exclamó Julio tristemente—. Pompeyo es un militarista y tú has desconfiado siempre de los militaristas. A mí me aclaman en Roma como el general más célebre, pero jamás he sido soldado de corazón. Por eso me opongo a ese cabezota de Pompeyo, que cree que la dictadura es el modo de gobernar un país. No se fía de los civiles y eso es para mí una afrenta.

—Julio, no has dicho la verdad en tu vida —repuso Cicerón, y Julio se sintió divertido.

Poco antes de la Saturnalia, el Senado aprobó una moción según la cual César y Pompeyo debían deponer las armas. César respondió manifestando en público su aprobación entusiasta, y el pueblo le aclamó porque todo el mundo temía una guerra civil entre tan poderosos contendientes. Pero Pompeyo no se dejó engañar. Sospechaba de la astucia de César, al que conocía muy bien por haber sido amigo y yerno suyo, y declaró ante el Senado:

—No depondré mis armas, que son la única protección con que cuenta Roma para preservar la ley y el orden, hasta que César vuelva a la vida civil. Y no apoyaré su candidatura al consulado. —Luego prosiguió contando al Senado que había recibido noticias de que entre las legiones fieles a César se habían producido deserciones y que uno de los generales de éste, Labenio, estaba dispuesto a pasarse al bando del Senado.

—Ya no se trata de una lucha entre Pompeyo y César —comentaban los senadores—. Ahora es una lucha entre César y la Ley.

El Senado señaló una fecha en la cual César debería deponer las armas y abandonar las provincias que ocupaba, so pena de ser declarado enemigo público, y para forzar sus decisiones declaró la ley marcial. Cicerón volvió a visitar a su antiguo amigo y le suplicó en nombre de Roma. Julio le escuchó y le respondió con tal sinceridad que Cicerón se vio obligado a prestar atención.

—¡Los dioses son testigos de que no quiero la guerra civil, Marco! Pero si he de serte sincero, mi seguridad personal depende hoy de mis ejércitos, pues Pompeyo desea mi muerte. Que él deponga las armas el mismo día en que se me ha ordenado hacerlo a mí y estaremos igualados. —Sonrió débilmente y añadió—: Si él accede, entonces ya no habrá diferencias entre Pompeyo y yo.

Cicerón fue a ver a Pompeyo y le suplicó igualmente, rogándole que se entrevistara con César. Pompeyo le escuchó en silencio, poniendo cara muy seria, bebiendo vino a pequeños sorbos y mirando fijamente sin ver. Finalmente respondió:

—Los dos conocemos a César desde hace mucho tiempo, Marco, y a menudo ha logrado engañarte incluso a ti, que eres hombre de talento. Ahora quiere engañarme a mí con sus mentiras y promesas. ¿Crees que él ha renunciado a sus aspiraciones de convertirse en emperador de Roma? Yo prefiero la legalidad, bajo la autoridad del Senado, las asambleas y los tribunales, por fastidioso, lento y parlanchín que sea todo eso. Tú sabes muy bien que César desprecia toda ley que no sea la suya propia.

Cicerón creyó a Pompeyo, pues éste era poco imaginativo para ser embustero y, como buen militar, prefería el orden. Había conspirado con César y Craso y tal vez incluso con Catilina, quizá llevado de su creencia de que sólo la inflexible disciplina militar podía devolver a Roma la paz y la tranquilidad; pero jamás había aspirado al poder personal por mera ansia de dominio.

Entonces, ante la estupefacción de Cicerón, muchos tribunos se pasaron a César, a quienes éste había declarado estimar como representantes del pueblo. El Senado los declaró proscritos y César se indignó o al menos fingió estar indignado. Y pronunció una alocución en Rávena ante sus legiones declarándose «guardián de las leyes» e indicando que el Senado, al proscribir a los tribunos, «los representantes del humilde pueblo romano», había violado la ley y tratado a Roma con arrogancia y desprecio.

–¡Somos oprimidos por una facción! –gritó–. ¡Hemos sido traicionados! ¡Yo defiendo la libertad del pueblo de Roma y la dignidad de los tribunos! Las ofensas que me han hecho Pompeyo y el Senado son insignificantes en comparación.

Y se echó a llorar. Los tribunos refugiados y los legionarios lloraron con él.

Cuando Cicerón se enteró de esto dijo con amarga ironía:

–¡Siempre ha sido el mejor actor de Roma!

El invierno fue particularmente crudo aquel año. De ordinario, las operaciones militares eran suspendidas en tal estación. Pompeyo, hombre de poca imaginación, creía que Julio, que ahora estaba alejado de Roma, suspendería todas sus actividades, ¿no era ésa la costumbre? Mas para Julio ni el invierno ni la costumbre significaban nada. Cicerón escribió a Ático:

«Julio es muy rápido en sus movimientos, es un hombre atento y enérgico. Pero no puedo hacérselo comprender a Pompeyo, que cree en las estaciones.»

Lo que sucedió después ya es historia. César reunió sus fieles legiones de Galia e inició la marcha contra Roma bordeando la costa del Adriático. Y cruzó el Rubicón, un riachuelo que señalaba la frontera de la Italia septentrional. Al hacerlo violaba la ley y se convertía en enemigo del gobierno de Roma.

–¡La suerte está echada! –gritó a sus soldados.

Sus espías le habían asegurado que las ciudades norteñas estaban a favor de él y prosiguió su avance incontenible a lo largo de la costa. Pompeyo se dispuso a cortarle el paso y César se apresuró a salirle al encuentro en Brindisi, pero las fuerzas de Pompeyo lograron escapar. Poco después, en Corfinium, las legiones de Pompeyo se rindieron a César tras una débil resistencia y éste las admitió de buena gana en su ejército diciendo:

—Nada más alejado de mi ánimo que la crueldad.

Al enterarse de eso, Cicerón exclamó desesperado:

—¡El pobre se ha vuelto loco!

El infortunado Cicerón estaba fuera de sí. César se acercaba a Roma a marchas forzadas y Pompeyo tuvo que huir a Macedonia para tratar de reunir nuevas legiones. Cicerón, desoyendo el consejo de su hermano Quinto, se trasladó a Durazzo para unirse a los partidarios de Pompeyo. Al enterarse de esta resolución, Terencia le gritó:

—¡Hemos terminado! ¡Ya no eres mi esposo! ¡Has traicionado a tu familia!

Mas Cicerón replicó:

—Nunca he traicionado a Roma. Para un hombre, Dios y su patria deben estar antes que su vida, puesto que son más importantes.

De camino para unirse con los pompeyanos, Cicerón escribió a Ático:

«Sólo deseo la paz. De la victoria de César no surgiría más que un tirano. Una extraña locura se ha apoderado no sólo de los hombres malvados, sino de los que eran tenidos por buenos, de modo que todos no desean más que luchar, mientras que yo me desgañito gritando en vano que nada hay peor que una guerra civil.»

No apreciaba a Pompeyo y su resolución comenzó a flaquear, pero ya no podía elegir. Pompeyo estaba a favor de la Ley y la Constitución y Julio había desafiado al gobierno al invadir Italia.

«No importa quien gane —escribió con tristeza a su editor—. La República ha muerto. Sólo espero que ayudando a Pompeyo podamos salvar algo de la libertad para el pueblo.»

Comprendía que al ponerse de parte de Pompeyo arriesgaba su vida, pero ya no le importaba. Sin embargo, escribió a Ático: «¿De qué modo se valdrá César para atacarme y proceder contra mis propiedades en mi ausencia? Será algo más violento que en el caso de Clodio, porque pensará que ganará popularidad perjudicándome».

Sabía que ya tenía muy pocos partidarios en Roma y sospechaba que muchos senadores apoyaban en secreto a César. Había estado últimamente tan ocupado en ayudar a Pompeyo que abandonó de nuevo el ejercicio de su profesión de abogado y descuidó sus negocios. No había hecho otra cosa que servir a su país y ahora la mayoría de sus compatriotas lo odiaba por enfrentarse a Julio. Para colmo, se había hecho aún más impopular al reunirse con Pompeyo en Macedonia.

«La plebe desprecia la ley y el orden –escribió a su esposa–, y prefiere la grandeza de un tirano. Sobre todo prefieren a los bribones que adulan al pueblo, pues en el fondo de su corazón se sienten más cercanos a los malhechores.»

No había logrado conciliar su situación con su carácter contemporizador. Como hombre pacífico, se había puesto de parte de Pompeyo y, sin embargo, no podía olvidar el antiguo afecto que le unía a Julio, y en sus sueños evocaba recuerdos de la infancia. A veces se despertaba aterrorizado tras soñar que Julio había sido asesinado. Y se decía: ¡Sería conveniente para Roma! Sin embargo, sentía un gran peso en el corazón y esperaba ansioso las noticias que le confirmaran que Julio seguía con vida. Pompeyo era incapaz de comprenderlo.

–Odias lo que Julio representa –le decía–, pero sospecho que te preocupas por él y no deseas que muera.

A lo cual Cicerón le replicaba con sentimiento:

–El cariño es muy traicionero. La Justicia tiene sus exigencias, pero el cariño pugna contra ella.

Era algo irrazonable, pero la Razón siempre ha luchado contra el Amor. Y Cicerón escribió a Ático: «Daría mi vida por Pompeyo, a pesar de que no crea que las esperanzas de la República estén cifradas en él».

Sabía que la República había muerto; sin embargo, aún confiaba, no ignorando que las esperanzas pueden ser muy traicioneras.

–Prefiero la paz a cualquier precio –decía, y se preguntaba si eso no sería también una traición.

Se encontraba interiormente desgarrado. Y descubrió lo que muchos hombres valientes y juiciosos habían descubierto antes que él: que es ilógico esperar que los hombres reflexionen y se dediquen a la virtud. Lo más estúpido era esperar que un hombre se comportara como un ser racional. Era cierto, como Scaevola le había a menudo asegurado, que sólo los completamente locos ignoraban la diferencia entre el bien y el mal, la razón y la locura. Pero Cicerón pensaba: ¿Habrá contado Scaevola los locos que hay en el mundo? Pues eran mucho peores que los hombres perversos, ya que daban a esos hombres perversos su autoridad y sus aplausos.

Celio le escribió en una carta:

«¿Has visto a una persona más inútil que tu amigo Pompeyo o leído jamás que alguien haya sido más rápido en actuar que nuestro amigo César, tan moderado en sus victorias?»

El pobre Cicerón estaba ya dispuesto a creer que Pompeyo había abandonado Roma a César, retirándose al otro lado del Adriático. Hasta llegó a escribir a su hermano que Pompeyo era «un mal político y un soldado corrompido». Se sentía irritado porque éste se había dejado vencer por el ejército de César.

—Es preferible morir por una causa justa que vivir —dijo en una ocasión a Pompeyo, a lo que éste replicó:

—Es mejor luchar por una causa justa que morir por ella.

Cicerón jamás pensó que Pompeyo fuera tan perspicaz como para decir tal cosa y se preguntó si éste comprendería lo que acababa de decir. Pompeyo lo vio pensativo y sonrió frunciendo el entrecejo. Encontraba a Cicerón difícil de soportar por un hombre de acción que a la vez era soldado. Lo respetaba, pero le impacientaba. Se acordó de Dolabella, que era un cesarista, y preguntó con tono zumbón:

—¿Dónde está tu yerno?

Cicerón contestó exasperado:

—Con tu suegro.

Los que oyeron este ácido intercambio se sintieron muy divertidos, pero Cicerón se había vuelto últimamente muy irónico y a Pompeyo no le hizo gracia su réplica. Además estaba en deuda con Cicerón y sospechaba, equivocadamente, que éste pensaba que había malgastado sus sestercios.

—Tendremos que actuar —dijo con irritación—. ¿No eres tú un augur? ¡Pues dime cuándo!

¡No pienso decir nada!, pensó el fatigado Cicerón, que cada vez añoraba más a Roma y se maldecía por haberse metido de nuevo en política después de su exilio.

«En política sólo puedes estar seguro de una cosa —escribió a Quinto, que ahora estaba con César—: de que jamás puedes estar seguro de nada. ¿Acaso deseo yo la muerte de César o Pompeyo? ¡No! Sólo deseo que suspendan sus tentativas de desgarrar Roma. Me vine con Pompeyo porque consideré que su causa era la única justa, pero ninguna causa que precipite una guerra civil puede ser buena, por mucho que se la pregone. No puedo escribirte lo que pienso sobre César, porque es tu general y te acusarían de traición sólo porque leyeras esos pensamientos.»

Quinto, tras cierta vacilación y pensando en el futuro y en la vida de su hermano, llevó esta carta a César, riéndose y diciendo:

—¡Mi pobre hermano! ¡Siempre tan inseguro! Ahora aborrece a Pompeyo y no sabe cómo librarse de la intrincada situación en que se ha metido. En toda su vida no ha hecho más que fijar su vista en estrellas imposibles. Ya recordará usted a Livia, señor.

—Dejémosle que regrese a Roma y otros le imitarán —contestó Julio—. Eso será el fin de este asunto. —César había encontrado la carta de Marco a la vez patética y risible.— Siempre querré a mi pobre Marco, que jamás cesó de buscar la virtud sin comprender que no existe en este mundo.

Cicerón pensó con amargura: Es un gran misterio que ante la implacable voluntad de Dios los hombres sólo posean el libre albedrío y su voluntad de cometer el mal. Noë ben Joel le había hablado de la omnisciencia de Dios. «Cuando Él creó a los hombres sabía que serían malvados. ¿Lo hace eso, por lo tanto, el creador de la maldad?»

Esta vieja cuestión había inquietado a los hombres de Israel y a sus profetas, y ahora inquietaba a Cicerón mientras aguardaba en el campamento de Pompeyo a que éste tomara decisiones, si es que llegaba a tomar alguna. De nuevo se sentía afligido por la muerte de Noë, que tantas consolaciones le había enviado. En el campamento de Durazzo, Dios parecía haberse retirado más allá de las estrellas; su intérprete había sido silenciado. Sólo quedaban los dioses, vengativos, codiciosos, mirando a los hombres como un deporte, carcajeándose de ellos. ¡Sin embargo, era más fácil vivir con ellos que con una paradoja! Los dioses asumían con frecuencia forma humana, participando así de la naturaleza humana. Pero Dios jamás había sido hombre. Los judíos declaraban que lo sería en un día señalado, en que nacería de una Virgen Madre. El Dios desconocido. Muy verosímil. Él permanecería desconocido para siempre.

Languideciendo en el sombrío y tranquilo campamento de Pompeyo, con su mente ensombrecida por la duda y la desesperación, Cicerón se sentía como Sísifo, eternamente condenado a subir una roca a la cima de una montaña para dejarla caer de nuevo. Sus pensamientos no le llevaban a ninguna parte, excepto a un cansancio infinito. Había perdido todas sus esperanzas de reconciliar a César y Pompeyo. Ya no habría otra cosa más que guerra civil, muerte y sangre. Su vida había sido una larga futilidad y no había logrado nada. Su esposa ya no le escribía, mandaba cartas casi diariamente a su hijo y apenas recibía alguna que otra en contestación. Tulia le escribió, pero la joven se hallaba en una situación muy difícil. Según la opinión de Roma, que ahora adoraba a César, su padre era un intransigente. Según la opinión de su esposo, Cicerón era un loco. No le contó a su padre que él era una de las principales causas de que Dolabella se hubiese distanciado de ella. Le escribía cartas muy cariñosas y conmovedoras, aunque omitía muchas cosas.

El frío invierno no hizo nada para aliviar las penalidades de Cicerón. Decidió no regresar a Roma a pesar de que su hermano Quinto se lo pidió insistentemente. Debía permanecer con Pompeyo, aunque ahora estuviera convencido de que estaba paralizado. Los dos hijos de Pompeyo vinieron desde sus apostaderos en Hispania para visitar brevemente a su padre. Se parecían mucho a éste, aunque no tenían su integridad ocasional, poseyendo en cambio cierta fiereza y una expresión salvaje que atemorizó a Cicerón. Uno de ellos se llamaba Cneo y el otro Sexto. Cicerón les oyó preguntar impacientemente a su padre por qué tenía a su lado a aquel viejo abogado.

—Le debo dinero y algo más —fue la respuesta de Pompeyo, y por un momento Cicerón sintió en su corazón un calor que alivió su frialdad.

Su cabello estaba ahora blanco y reseco, le dolían los huesos, su corazón le latía fatigoso. Se preguntaba por qué habría nacido y recordaba a Job, que maldijo el día de su nacimiento. Y evocó al esperanzado y valiente joven Marco Tulio Cicerón, que creía que la virtud y la verdad eran indestructibles, y casi maldijo al fantasma de su juventud por tamaña locura. Ya no había ningún lazo que uniera al anciano de manos temblorosas de ahora y a aquel joven que soñaba bajo los árboles de la isla. Y cayó enfermo a la vez de mente y de cuerpo.

Porcio Catón, que fue su adalid ante el Senado y había condenado las malas artes de Julio César, le visitó mientras yacía en un jergón en su tienda de campaña.

—Nuestro pobre conciliador ha sufrido el destino de todos los conciliadores —comentó Catón con simpatía—. ¿No comprendes que el bien y el mal no pueden llegar a reunirse?

—Es una locura pretender que todo el bien está en un bando y todo el mal en el otro —decía el infortunado Cicerón, sudando por la fiebre—. Sólo nos queda elegir el bando donde haya menos mal y esperar que suceda lo mejor, aunque la esperanza sea siempre traicionada.

—Deberías haberte quedado en Roma y utilizar tu influencia sobre César, que te aprecia.

—Bromeas —le contestó Cicerón—. Él no ama a nadie más que a sí mismo. Pompeyo al menos ama a Roma. Se le puede perdonar mucho a un hombre que ama a su país sobre todas las cosas.

Aquella noche Cicerón cayó inconsciente. Pompeyo le envió su mejor médico para que le acompañara. Cicerón empezó a tener pesadillas horribles. Vio a Pompeyo emprender un largo viaje hacia el campo de batalla en un extraño país. Vio una terrible batalla y alcanzó a ver de reojo el rostro de César, aunque César no pareciera estar presente. Luego vio una mano que salía de una sangrienta oscuridad, llevando en un dedo un anillo de serpientes, que alargaba una daga a otra mano de piel oscura ávida y codiciosa. Vio a Pompeyo en medio de una niebla que se elevaba rodeándole; la mano oscura se alzó y clavó la daga en su corazón. Cicerón vio de nuevo el rostro de César sonriendo ligeramente. Se despertó gritando y el médico se apresuró a calmarle.

—¿Dónde está Pompeyo? —preguntó Cicerón, luchando contra las manos que trataban de sujetarle—. ¡Debo advertirle! ¡Será asesinado por orden de César si no se contiene!

—César está muy lejos —contestó el médico, preparándole otro brebaje adormecedor. No dijo al enfermo que Pompeyo estaba librando una batalla con César, quien había cruzado el Adriático y ahora estaba sitiando Durazzo. Los pocos que habían quedado en el campamento esperaban ansiosamente las noticias de los correos. Se sentían animados por el hecho de que Pompeyo era un militar profesional, mientras que César no lo era, y estaban seguros de que las tácticas brillantes no valdrían contra hombres entrenados y disciplinados. César estaba acompañado por el joven Marco Antonio, que era militar profesional, pero todos sabían que Marco Antonio era muy dado a las decisiones impulsivas.

El calmante tranquilizó a Cicerón, que de nuevo quedó profundamente dormido. Luego se halló en un reluciente jardín lleno de lirios y brillantes flores azules, dominado por robles cuyas hojas llameaban con los colores del otoño. Cerca corría un río de color madreperla. Los cantos de los pájaros llenaban la atmósfera de alegres sonidos. Un arqueado puente blanco unía ambas orillas y Cicerón pensó: ¿Estaré en la isla? Estaba encantado con la paz y la serenidad de aquella escena que a la vez le era y no le era familiar. Buscó los senderos que conocía y no pudo encontrarlos. Sin embargo, al volver la cabeza vio un grupo de cipreses que recordaba muy bien y de nuevo se sintió encantado. Luego vio de reojo a una joven que cruzaba corriendo ágilmente el puente de mármol labrado en dirección a él, flotando en su cabeza un velo azul, su encantador cuerpo vestido de blanco. Él abrió los brazos en un gesto mudo y aquella figura cayó sobre él, abrazándolo, y entonces vio el rostro de Livia, dulce y vívido, con ojos de un azul apasionado y una boca con la tonalidad de frambuesas al sol. Sus besos supieron en sus labios a miel de jazmín y jamás se hubiera saciado de ellos.

—Amor mío —le dijo—, he tenido un sueño terrible. Soñé que estabas muerta y que yo era un viejo canoso con el corazón quebrantado.

—Cariño —le replicó ella con aquella voz que nunca había olvidado—, tranquilízate. Ya no falta mucho tiempo y el cielo está en movimiento. Pronto podremos unir nuestras manos y esperar.

—¿Esperar qué? —le preguntó él estrechándola contra su pecho.

—A Dios —replicó esbozando una sonrisa que fue como la de la luna en pleno verano. Luego todo empezó a hacerse borroso y ella, dulcemente, se apartó de sus brazos y él ya no pudo encontrarla más.

La escena desapareció y él gritó salvajemente: ¡Livia, Livia, amor mío!; pero ahora se hallaba en medio de niebla, hacía mucho frío, se encontraba perdido y no podía ver nada. Acongojado y aterrorizado, iba tropezando por todas partes, alargando los brazos. Sentía un enorme peso encima y un terrible cansancio. Se despertó. Un sol frío y débil de principios de invierno lo rodeaba en la tienda y el médico seguía a su lado.

–Ha dormido mucho y bien –le dijo el médico–. Tengo buenas noticias para usted. César atacó Durazzo..., ¡no se asuste! Las tropas de Pompeyo, superiores en número, las rechazaron y dispersaron. César está en plena retirada hacia Tesalia, donde sin duda Pompeyo lo derrotará. Se enfrentarán por última vez cerca de Farsalia. Antes de que florezcan las primeras flores de la primavera estaremos en Roma festejando la victoria, y la paz y el orden habrán sido restablecidos.

–La paz y el orden –murmuró el enfermo apartando su rostro–. Es el sueño de todos los hombres. Un sueño vano y sin esperanza. Gritan paz, pero prefieren la espada.

Pensó en César, condenado por el Senado como enemigo público. Seguro que sería juzgado y ejecutado por traidor. César, el del rostro joven parecido al del dios Pan, el de la voz risueña; César, con mano de niño extendida ávidamente para tomar más pastelillos de carne en la escuela de Pilón; César, con voz de niño diciendo con tono cariñoso y marrullero: «Te quiero mucho, Marco».

–¿Por qué llora? –le preguntó el médico.

–Es una debilidad de los humanos. Amamos incluso a aquellos que no se lo merecen –dijo Cicerón.

Cayó dormido y recordó su sueño con Livia. Todo lo que había ocurrido desde su juventud en la isla no era más que una sangrienta pesadilla, agotadora, inútil y aniquiladora.

Los que quedaron en el campamento no quisieron decir a Cicerón por piedad, respeto y por hallarse convaleciente la terrible verdad de los acontecimientos. César había obtenido una aplastante victoria en Farsalia y Pompeyo había huido a Egipto. Allí fue asesinado por un soldado. Cuando aquellas noticias ya no pudieron ser ocultadas por los apesadumbrados seguidores de Pompeyo y Cicerón sospechó lo que ocurría, se limitó a decir:

–Mi sueño resultó verdad.

Y escribió a Ático:

«Pompeyo fue un hombre ilustre en su patria y admirable fuera de ella, un hombre grande y preeminente, gloria y luz del pueblo romano. Pero conociendo a César, jamás dudé de que terminaría como terminó. No puedo por menos que lamentar su muerte porque lo conocí y sé que era un hombre sobrio, íntegro y virtuoso.»[1]

Contaron a Cicerón que cuando Julio César recorrió el campo de batalla de Farsalia, lloró y dijo: «Pompeyo lo quiso así. Me habría condenado incluso a mí, a César, después de tan prodigiosas hazañas, de no haber recurrido a las armas».

Y Cicerón, al oír esto, comentó:

–Él siempre apeló a la virtud después de haber causado la destrucción. Ahora sí estamos perdidos.

---

[1] Esta carta apareció más tarde en un escrito de Cicerón atacando a Marco Antonio.

Capítulo

64

La maldición de un conciliador es que se ve obligado a ver ambas caras de la moneda, sin poder gozar, por lo tanto, de reposo mental. Cicerón exclamaba a menudo:

—¡Y yo que llegué a creer que lo negro era siempre negro y lo blanco, siempre blanco!

Haber visto en sueños a Livia no era más que la fantasía de una mente enfebrecida. A veces reñía con Catón y exclamaba:

—¡Ya no vivimos en la República de Platón y ni siquiera en la República romana! ¡Vivimos con la gentuza de Rómulo!

Detestaba a los aristócratas amantes del lujo y a los ricos que preferían las diversiones y los deportes a la política, a la que desdeñaban como algo nauseabundo, y escribió acerca de ellos:

«¡Son tan locos como para creer que, aunque la Constitución fuera abolida, podrían seguir llevando una vida placentera!»

Catón le apremiaba para que, ahora que Pompeyo había muerto, él dirigiera la lucha contra César. Los hijos de Pompeyo fueron a visitarle y le sugirieron lo mismo. Él se negó e, incrédulo, se echó a reír.

—¡La guerra ha terminado! —exclamó; pero Sexto y Cneo Pompeyo se retiraron a Hispania para proseguir la guerra contra César.

Cicerón, desesperado, decidió regresar a Roma sin importarle la suerte que pudiera aguardarle allí, aunque fuera la muerte. El rumor de su regreso llegó antes que él a Roma y Marco Antonio le escribió una seca carta informándole de que César había prohibido que ninguno de los partidarios de Pompeyo regresara a la ciudad so pena de ser ejecutado. Entonces fue cuando el elegante y sonriente yerno de Cicerón fue a ver a César y le dijo:

—Señor, usted siempre estimó y admiró a mi suegro. En Roma necesitamos hombres íntegros y la verdad es que hay muy pocos.

César se echó a reír y replicó:

—¡Si hay algo que no necesitamos es hombres íntegros! Los temo más que a las Furias. Sin embargo, como tú has dicho, estimo a Cicerón, que es tan virtuoso que siempre escoge el bando perdedor. Escríbele y dile que lo espero para abrazarle como a un antiguo amigo.

Cicerón no recibió la carta de Dolabella, pues ya estaba en Italia, habiendo desembarcado en Brindisi. Allí le entregaron una carta de Marco Antonio en la que éste le informaba graciosamente de que, en un gesto inusitado de aprecio, César había promulgado un edicto especial permitiéndole su regreso al hogar. Cicerón vaciló de nuevo; uno de los típicos cambios de humor de los hombres moderados. Los hijos de Pompeyo habían alzado en Hispania la bandera de la rebelión contra César, y Catón, tan amado por el pueblo romano por sus virtudes y su hombría de bien, se había suicidado «para no ver el triunfo de la tiranía en la ciudad de mis antepasados». Las legiones de Pompeyo aún luchaban en Egipto contra los ejércitos de César. En cuanto a los asuntos particulares de Cicerón, se hallaban en un estado desesperado. Recibió cartas de Terencia en las que ésta se quejaba de que jamás sería capaz de tomar una decisión; su mujer fue también la que le dio la noticia de que la siempre delicada Tulia se hallaba en muy mal estado de salud. Dolabella, el derrochador, había gastado su dote y ella se había ido a vivir con su madre en la mayor penuria. El joven Marco, su hijo, que había sido orgullo y alegría de su madre, «daba muestras de inclinarse hacia la disipación, sin duda efecto del abandono en que le ha tenido su padre». Las inversiones iban mal. «He tenido que vender muchos de nuestros esclavos más valiosos.» El mal estado de todo se debía, sin duda, a Marco Tulio Cicerón. «¡En toda tu vida jamás acertaste!», le reprochaba Terencia. «¡Sin duda soy el responsable de la guerra civil!», le respondió él.

César estaba ahora en Egipto para aniquilar los restos de las legiones de Pompeyo, a las que se había unido el ejército del joven faraón en un último esfuerzo para «expulsar al invasor de nuestro sagrado suelo». Corrían rumores de que el ya maduro César se hallaba mezclado en una aventura amorosa con la hermana de Ptolomeo, la joven Cleopatra, cuya reputación de ser extraordinariamente bella era conocida hacía tiempo en Roma. Sin embargo, se había asociado con César por algo más que por amor, pues deseaba acabar con su hermano y subir al trono como reina de Egipto. Cicerón recordó la visión que había tenido de una hermosa mujer abrazando a César.

Estando en Brindisi, refugiado en una humilde posada y sintiéndose desesperado, escribió a su querido editor, al que estimaba como el más fiel de sus amigos: «¡Ojalá no hubiera jamás nacido! ¡Estoy perdido por mis propias faltas! ¡Ojalá hubiera seguido tu consejo de ser más prudente! No debo mis desgracias a la casualidad; sólo a mí debo reprocharme todas las penas que me afligen».

En aquella carta desplegó todas sus dotes amables y conciliadoras, la tierna conciencia de un hombre moderado y razonable que nunca reprocha a otros ser los causantes de su infortunio, la afabilidad que le impedía sentir odio impulsivo y la confusión de un hombre racional confrontado con un mundo irracional.

Ático le escribió para advertirle que debía regresar a Roma y aceptar la clemencia de César, y de paso le informó que Quinto, su sobrino, había ido a visitar a César, en una de las usuales visitas relámpago de éste a Roma, para acusar falsamente a su tío de «seguir conspirando contra Su Majestad y de animar con su obstinación a los romanos a continuar oponiéndose a su honorable dictadura, que todos habían aceptado otorgarle de por vida, en vista de sus esfuerzos por salvar nuestro país y restaurar la paz y el orden».

Cicerón había amado siempre a su sobrino, a pesar de la agresiva maldad de éste, pues no en vano era miembro de su familia. La carta de Ático no contribuyó nada a hacerle sentir más tranquilo. ¡Para colmo había oído rumores de que hasta su propio hermano Quinto lo atacaba ahora en Roma! Y escribió tristes cartas a Ático refiriéndose a este tema. Mientras tanto tuvo que enfrentarse con dificultades financieras y encargó a Terencia que vendiera varias villas y le enviase el dinero. Las cantidades prestadas a Pompeyo podía darlas por perdidas.

En medio de tanta perplejidad y ansiedad, Quinto le escribió una carta en tono amargo, diciéndole que había oído comentar en Roma que Cicerón le reprochaba a él sus dificultades, «cuando estás bien tranquilo y a salvo en Brindisi, donde nadie te molesta gracias a la clemencia de César». Cicerón sospechó que en todo esto algo tendrían que ver los viles embustes de su sobrino. Lleno de amargura y tristeza, volvió a caer enfermo. Fue entonces cuando recibió la oportuna visita de su hija Tulia, que había ido a consolarle en su retiro, y con inmensa pena se dio cuenta de su delicado estado de salud y de lo consumida que estaba. Sólo los ojos grandes y cambiantes que había heredado de su padre revelaban algo de vitalidad en su cuerpo. La joven había decidido divorciarse de Dolabella y ahora estaba sin un céntimo. Cicerón escribió a Ático para encargarle que vendiera muchos de sus objetos valiosos a fin de poder mantener a su hija. Como contestación, el amable Ático le envió una fuerte suma de dinero, pretextando que correspondía a sus derechos de autor. «Tus libros se venden en grandes cantidades y son muy bien recibidos», le escribió.

Cicerón se mostraba obstinado en no abandonar Brindisi, aunque el clima no sentaba bien a su salud ni a la de Tulia. Añoraba Roma, aunque se estremecía al pensar en tener que ver lo que había sido reducida su ciudad bajo la dictadura de César. Como éste proseguía su campaña en Egipto, había dejado el gobierno en manos de Marco Antonio, su caballerizo mayor; y sabiendo lo impulsivo del temperamento de Marco Antonio, Cicerón temía siempre lo peor, porque aquél jamás se había distinguido por su temperancia, su buen juicio y ni siquiera por su inteligencia. Era un valiente soldado, aunque también era un militarista. Los amigos de Cicerón en Roma le aseguraron en sus cartas que Marco Antonio cumplía a rajatabla las leyes y edictos promulgados por César y que, por lo tanto, podría regresar tranquilamente y reanudar su vida normal. Sin embargo, se mostraban taciturnos acerca de aquella dictadura de hierro.

Pero Cicerón vaciló todavía. Se sentía decaído de cuerpo y mente. Entonces Tulia cayó gravemente enferma, pues el clima había podido con ella, y sin importarle ya lo que a él pudiera sucederle, decidió salvar la vida de su querida hija. En las postrimertas de aquel año partió con ella en dirección a una de sus villas en Toscana, un lugar modesto donde, según escribió a Ático, la atmósfera era saludable y podría olvidar al mundo y permitir al mundo olvidarse de él.

$\mathcal{E}$n Toscana conoció sus últimos momentos de paz. La brillante y dorada atmósfera del campo restableció su salud y se convenció de que también la de Tulia. Fue allí donde decidió divorciarse de Terencia, cuyas cartas llenas de reproches y quejas, cuando no de franco desprecio por sus fracasos, encontraba ya intolerables. Nunca la había amado, cosa que se reprochaba (un signo más del continuo autorreproche de los hombres de conciencia). «He desilusionado a todos», escribió a Ático. Su vida había sido un continuo desacierto. En alguna parte, en alguna ocasión, había cometido un error fatal. Y escribió con amargura: «Cuando un pueblo está decidido a ser esclavo y se halla degradado, es una locura tratar de animar de nuevo en él el espíritu de orgullo y honor, de libertad y amor a las leyes, pues abraza con entusiasmo sus cadenas con tal que lo alimenten sin ningún esfuerzo por su parte. Por lo tanto, he hecho el tonto».

Mientras tanto, Julio César seguía arrasando a todos sus enemigos en África e Hispania. Ya había derrotado a los ejércitos de Ptolomeo en Alejandría, había llevado a su querida, la bella Cleopatra, al trono de Egipto y hasta había tenido un hijo de ella. Su energía parecía no conocer límites. Estaba en todas partes y en ninguna, y eso que ya tenía más de cincuenta y cinco años. Era como un Hermes de pies alados.

«El vigor del mal no procede de la carne humana –escribió Cicerón a Ático–, sino del propio mal, del cual tan a menudo me hablaba Noë ben Joel.» Refiriéndose a él, dijo: «Ya no me despierto en las frescas mañanas sintiendo gozo o esperanza. Me siento cansado cuando me voy a la cama y mucho más cansado cuando me despierto». Sin embargo, escribió una serie de libros espléndidos llenos de vigor, incluyendo sus series sobre oratoria, *De Partione Oratoria*, *Sobre oradores famosos*, *Académicos* y *De Finibus Bonorum et Malorum*. Sólo se sentía aliviado trabajando o tomando el sol con su amada hija. Ático, que conocía tan bien el modo de ser de los autores, no le decía que el infortunio era a menudo su aguijón y que de la desesperación nacía la inspiración.

Tulia cayó gravemente enferma y Cicerón comprendió que en Toscana no encontraría buenos médicos para ella. Pasara lo que pasase, fueran los que fuesen los horrores que le aguardaban, debía llevarla a Roma. Notificó a su esposa que debía abandonar su casa del Palatino, pues se divorciaría de ella a su regreso. Le devolvería su dote aunque quedara arruinado. Y en cuanto a su hijo Marco, «que ha estado tanto tiempo separado de su padre y tanto ha sido mimado por ti, debe marcharse a Atenas para estudiar, pues en ese clima de inmortal filosofía y atmósfera de dorada seriedad, contemplando hombres grandes y santos, olvidará sus disipaciones y pereza y se hará un hombre».

Él y Tulia regresaron a la desierta casa del Palatino y él se sintió presa de un cansancio terrible y penetrante. Cuando los médicos le informaron de que Tulia no tenía cura y que sólo estaba en sus manos retrasar su muerte, se apoderó de él un entumecimiento y una sensación de renuncia. Pasaba sus días como alguien que viviera una pesadilla. Se divorció de Terencia, pues hasta oír su nombre le ponía enfermo. Su hijo Marco estaba en Atenas, donde el padre esperaba que se beneficiase de los fantasmas inmortales que aún paseaban por las columnatas. Ya se había reconciliado con su hermano, pero el afecto que ambos se profesaban ya no era el de antes, aunque los dos lo lamentasen.

—No hay nada peor que vivir demasiado —dijo a Quinto—. Somos niños hasta la edad de catorce años, jóvenes hasta la edad de veintiuno. ¡Prácticamente sólo somos jóvenes siete años! Siete años, fíjate, y es normal vivir hasta los sesenta y cinco. De niños no puede decirse que seamos realmente conscientes. Como viejos, pasados los veintiuno, hemos de enfrentarnos a las ambigüedades, las responsabilidades y las confusiones de la vida. Y, sobre todo, a sus desesperaciones. Sólo vivimos realmente durante siete años, brillando con esplendor al igual que los dioses, creyendo en todas las virtudes, ávidos de vivir, coronados por sueños, deseando cambiar el mundo, esperanzados, sublimes, heroicos, hermosos. Por lo tanto, al igual que Atenea, deberíamos brotar ya crecidos a la edad de catorce años de las sienes de nuestros padres y no vivir luego más que siete años. Todo lo demás es infortunio.

—Entonces no tendríamos pasado ni futuro —contestó Quinto, que tenía ahora a su hijo al servicio del bullicioso César, cuyas energías no parecían disminuir.

–¡Mejor! –exclamó Cicerón–. El hombre, en verdad, no tiene ni pasado ni futuro, ya que no aprende nada del primero y ensombrece al segundo.

Ahora tenía sesenta y un años de edad. Su cuerpo era casi esquelético y sus movimientos eran los de un viejo. Ignoraba que sus extraños ojos aún relucían y centelleaban con pasión y que su espíritu brillaba en ellos, bravo e indomable, aunque triste. Sus cabellos estaban tan blancos como las primeras nieves y su rostro, lleno de arrugas. Pero sus labios jocosos aún podían esbozar una sonrisa encantadora y su voz conservaba todo su poder de seducción. Se decía que ya no sentía nada, ni siquiera ansiedad, pero no gozaba de paz.

Durante el otoño se trasladó a la isla con Tulia. Allí, en la azul brillantez de los días y en la clarificada luz otoñal, podía ver que, a pesar de sus esperanzas y oraciones, su hija se moría; su querida hija, su vida, su consuelo, su más querida compañera. Ella nunca se quejaba y su sonrisa era siempre tierna, sus observaciones siempre divertidas y cuidaba a su padre con el mayor cariño. Ella jamás se había quejado, nunca había sido quisquillosa, desagradable, antipática o mezquina. En Tulia todo era gracia y serenidad, aun acongojada. Una persona tan encantadora debía de ser codiciada por Dios para realzar sus Islas de la Bendición. Pero Cicerón, que creía haber quedado entumecido por la vida, de repente se sintió rebelde y amargado. No le quedaba más que su hija y la contemplaba durante horas, mientras ella hilaba con Eunice, que ahora era una anciana canosa encargada de las esclavas. Y escuchaba su delicada risa, su voz suave. Ella jugaba con los corderitos, acariciaba los caballos y se sentaba para soñar durante horas a la orilla del río. Su sonrisa hacía relucir su rostro como la luz. No me dejes, rezaba él mientras la abrazaba. He vivido demasiado y tú eres todo lo que tengo. Acariciaba el torrente de su sedoso cabello castaño y tocaba sus pálidas mejillas, sintiendo que el corazón se le hacía pedazos.

Un día ella entró bruscamente en la biblioteca. Estaba pálida y sin aliento.

–¡Perdóname! –exclamó, porque sabía que a su padre no le gustaba que le molestasen allí–. ¡Pero he visto un fantasma! ¡Y si no es un fantasma, es la más misteriosa de las mujeres!

Cicerón se levantó y se apresuró a poner un cubilete de vino en sus frágiles manos, enjugando su sudorosa frente con un pañuelo.

–Cálmate –le imploró–. A lo mejor has visto una esclava de Arpinum que andaba por ahí.

Pero ella negó con la cabeza de modo vehemente.

–¡No, no era eso! ¡No era ninguna esclava! Iba vestida de blanco y azul y es más joven que yo, mucho más joven, su pelo es del color de las hojas en otoño y le cae hasta muy abajo de la espalda como un tumulto de fuego. Cruzó el puente y se paró junto a mí para mirarme muy seria.

A Cicerón comenzó a latirle el corazón salvajemente. Se sentó junto a su hija y tomó su trémula mano. No podía hablar.

—Y sus ojos —prosiguió Tulia, boqueando para recuperar el aliento—, sus ojos son tan azules y tan radiantes como un amanecer de primavera. Sus labios son rojo oscuro y su rostro semeja el mármol. Temblaba a la luz como una diosa.

—¿Te habló? —le preguntó Cicerón con voz ronca.

Tulia contestó atropelladamente:

—No. Se quedó mirando hacia la granja como si supiera que tú estabas aquí, padre mío. Y sonrió para sí misma, como si poseyera un profundo secreto. Entonces comenzó a cantar suavemente, olvidándose de mí. Era la más extraña de las canciones, como si tocara un arpa en el viento, murmurante y lejana, y no tenía palabras; pero mientras cantaba me pareció ver lugares lejanos llenos de sombras luminosas y pude discernir formas como de divinidades. Entonces ella alargó una mano hacia la casa, sonrió e hizo una seña. Yo estaba asustada. Debía de conocer muy bien el camino, pues se marchó cruzando el puente de nuevo y se perdió entre los árboles.

Livia, pensó Cicerón, y le pareció que a su espíritu le nacían alas y que éstas se sacudían en medio de la luz, sintiéndose embargado de gozo y encantamiento, joven otra vez e inmortal.

—Has estado soñando —dijo a su hija; pero ésta vio su expresión subyugada y sintió temor.

Negó con la cabeza y su cabello pareció flotar.

—No —replicó—, no estaba soñando. ¿Es una ninfa o una dríada o el signo de algún acontecimiento fatal?

—No —repuso él, y como no podía decirle a su hija: «Es la ilusión de mi vida, mi delicia, mi amor, y mi alma suspira por ella», le preguntó—: ¿Recuerdas alguna otra particularidad suya?

Ella frunció el entrecejo y de pronto se estremeció:

—En su pecho llevaba una mancha que parecía de sangre, aunque daba la impresión de que la llevaba como una flor.

No hay duda, pensó Cicerón. Livia ha querido verme. Acarició la mano de su hija y la besó en la mejilla.

—No sabes su nombre ni de dónde vino; debe de haber sido un sueño —insistió.

Él era un romano, un escéptico que casi había olvidado a Dios, y su vida estaba envuelta en una fría niebla. Sin embargo, durante cierto tiempo pensó en Livia, y cuando pensaba en ella se sentía poseído por una gozosa impaciencia y por el deseo. Su vida había llegado a un punto en que prefería los sueños a la realidad.

Cuando el tiempo se hizo más frío, Cicerón se marchó a Roma con su hija en un coche cubierto. Tulia se sentía cada vez más desfallecida. Iba envuelta en mantas en el interior del vehículo, respirando con dificultad, con su flácida mano rodeada por la de su padre. Nada había indicado este rápido empeoramiento. Cicerón rezaba y después de sus desesperadas oraciones maldecía a los dioses por querer arrebatarle a su hija.

–¿No me habéis quitado ya mi honor y mi reputación, mi salud y mis riquezas? –les preguntaba dolorido–. ¿No habéis destruido mi ciudad y degradado a mi pueblo? ¿No habéis dado el triunfo al tirano para que aflija a mi pueblo? ¿No me habéis causado todo el daño posible y reducido mis sueños a polvo? ¿Es que tampoco vais a evitar los dolores a mi hija Tulia? ¿Tanto odiáis a la especie humana que la afligís con tantas calamidades?

Al llegar a Roma, Tulia fue llevada inmediatamente al lecho, del cual ya no se levantaría. Su padre pasó horas al lado suyo y, como siempre, la joven nunca se quejó. Además le quedaba poco aliento para hablar, pero sonreía a su padre y posaba su mano en la de él. Sus ojos se agrandaban cada día que pasaba, conforme su cuerpo se consumía. Él iba a visitarla a medianoche para asegurarse de que todavía vivía, y Tulia bendecía a su padre con la mirada, como tratando de consolarlo. Los esclavos afirmaban que ella estaba siempre durmiendo, pero apenas Cicerón se aproximaba a su cámara, ella abría los ojos.

Cicerón pensó que todos los inviernos de su vida habían sido fríos. Las primeras nieves empezaban a caer ya durante la celebración de la Saturnalia. La atmósfera era especialmente desagradable y húmeda, y los vientos, atroces. En la cámara de Tulia había constantemente braseros encendidos, pero ella siempre estaba tiritando. La cubrían con mantas y le aplicaban ladrillos calientes a los pies. Los médicos movían la cabeza suspirando. Tulia había perdido ya el habla y todo su esfuerzo se concentraba en respirar penosamente, pero en sus ojos aún se adivinaba la preocupación que sentía por su padre. Sin embargo, cuando su divorciada madre vino a visitarla, ella pareció caer en un profundo sueño y no darse cuenta de la presencia de Terencia.

El mes de Jano transcurrió. Las nieves fueron más intensas. Cicerón había perdido toda noción del tiempo y del destino de su país, sumido en sus dolorosas vigilias junto al lecho de su hija. Las visitas venían y se iban y él ni las recordaba. Sus libros y su pluma recogieron una capa de polvo y tenía un montón de cartas sin contestar. El tiempo parecía en suspenso.

Una noche, estando sentado junto a la cama de Tulia, se quedó dormido de puro agotamiento. Las lámparas titilaban mortecinas. Dos jóvenes esclavas dormían en jergones al pie del lecho. De repente, Cicerón oyó a su hija gritar:

—¡Padre mío!

Se despertó sobresaltado y las lámparas parecieron dar una luz más viva. Tulia estaba de pie a su lado, sonriente, y su rostro relucía de gozo. Parecía disfrutar de nuevo del frescor de la vida. Incrédulo, alargó una mano hacia ella, pero ella se apartó con un alegre movimiento. Su vestido parecía flotar bajo el soplo de una suave brisa, el pelo le caía sobre la espalda y sus labios tenían el color de las rosas. Se llevó ambas manos a su boca y las besó, arrojando luego esos besos a su padre. Después, sin hacer el menor ruido, mirando por encima del hombro y sonriendo a su progenitor, corrió hacia la puerta y se marchó. Y él oyó su exclamación:

—¡Ya voy!

Su voz era como un cántico.

La oscuridad cayó sobre sus ojos. Sintió que lo sacudían por el hombro y vio sobre él los rostros llorosos de las jóvenes esclavas. Sintiendo un violento sobresalto, miró el lecho: Tulia yacía inmóvil y muy pálida, una leve silueta bajo las mantas. Se dirigió a ella y se quedó mirando su rostro muerto, con su calmosa expresión de paz. Su cabellera iluminaba los almohadones, sus manos estaban inertes. En su muerte volvía a parecer una niña. Él cayó de rodillas y apoyó su mejilla contra la de ella.

Pasaron los días y él ni siquiera se dio cuenta. Finalmente se decidió a escribir a Ático: «He sufrido una extraña experiencia».

Ahora estaba seguro de que sus últimas fuerzas habían huido con el espíritu de su hija, pero aún tuvo fuerzas para escribir su gran libro *Consolatio*.

Capítulo
65

Ahora sí que la vida ha acabado completamente para mí, se dijo Cicerón, y con indiferencia se enteró de que Julio César había regresado triunfalmente a Roma después de haber derrotado a sus últimos enemigos en Hispania. Ya no quedaba nadie para desafiarle y ahora dirigía sus miradas hacia la fundación de un Imperio del cual él habría de ser el emperador. Un día de finales del verano fue a visitar a Cicerón, acompañado por el guapo, fogoso y fanfarrón Marco Antonio y por Marco Bruto, su hijo no reconocido. Ya no era un hombre joven, pero aún irradiaba virilidad y poder y su rostro moreno recordaba la cara de un águila. Iba vestido esplendorosamente, con sus colores favoritos: púrpura y oro. Estaba completamente calvo, aunque eso no le quitaba majestad. Abrazó a Cicerón y observó su rostro con cariño y preocupación.

–¡Mi querido y viejo amigo! –exclamó–. ¡Cuánto tiempo hace desde que mis ojos tuvieron la delicia de verte por última vez! He venido a ofrecerte mi condolencia porque debes de sentir mucha pena.

–Todo es nada –contestó Cicerón, que no pudo contenerse mientras seguía abrazado a César, que lo consolaba, echándose a llorar; las primeras lágrimas que había vertido desde la muerte de su hija–, pero tú aún no lo sabes –balbuceó.

–Espero no llegar a saberlo nunca.

A Cicerón le habría gustado que César no hubiese venido con Marco Antonio y Bruto, jóvenes apuestos, de rostros ansiosos y miradas ávidas. Era una debilidad en él, pero deseaba estar a solas con Julio, al que su razón despreciaba, pero al que en el fondo quería. Le hubiera gustado mirarlo y ver en él al niño que había protegido. Deseaba tener algún lazo que le ligara con el pasado y algún recuerdo, pero sólo pudo decir con una débil sonrisa:

–¿Y qué tal te sientes tú, Julio, ahora que has alcanzado la ambición de tu vida, ser amo de Roma?

–Pues como siempre lo ambicioné, me siento como si tal cosa.

–Ya, ya comprendo –dijo Cicerón suspirando.

Julio echó un rápido vistazo a la solitaria casa y recordó que Cicerón se había casado recientemente y de modo apresurado con Publia, una dama rica y joven a la que él tenía bajo su tutela, matrimonio que había durado muy poco. Sólo la terrible soledad en que vivía y un vago deseo de aferrarse a la vida que ya se le escapaba pudieron inducir a Cicerón a contraer un matrimonio tan desigual y confuso. La esposa era mucho más joven que Tulia, aunque vivaracha, alegre y con todo el ímpetu de la juventud. El matrimonio acabó desastrosamente. Julio tenía la impresión de que aquel matrimonio no había dejado la menor huella en Cicerón, que había sido sólo un episodio, el gesto noctámbulo de un hombre que se sentía abandonado.

El jardín que rodeaba la casa tenía el aspecto turbulento de principios del otoño y el sol iluminaba todos los objetos, pero la casa era fría y tenebrosa. Para un Julio lleno de vitalidad, Cicerón no le pareció más que una sombra. De vez en cuando un pájaro cantaba con aflautada melancolía. Las habitaciones carecían de vida. Julio tiritó, pero volvió a abrazar a Cicerón y le dijo con tono afectuoso:

–¡Has vivido solo demasiado tiempo! ¡Ya es hora de que disfrutes de la vida de nuevo!

–Eso ya no es para mí –repuso Cicerón–. Ya ni deseo ver amanecer otro día. –Y lo miró a los ojos.– ¿Y tú? ¿Tienes todo lo que deseabas? ¿Todo lo que siempre habías anhelado?

Julio enarcó las cejas. Le dio una alegre palmadita en el hombro y contestó:

–No todo, no todo.

Después Cicerón se diría que eran imaginaciones suyas, pero le pareció que al oír esto el rostro de Bruto se había ensombrecido y sus ojos destellaron. Marco Antonio esbozó su amplia sonrisa, pareciendo el propio dios Marte, ingenuo pero valiente. Todo el mundo (incluso él mismo) decía que vivía a la sombra de Julio César, al que quería más que si fuera su padre. Pues bien, éstos eran ahora los amos de Roma y su destino. De la República no había más que hablar.

C̶omo Roma ya se le hacía insoportable y a pesar de que el otoño estaba muy avanzado y se anunciaba un crudo invierno, Cicerón se trasladó a su querida isla, donde moraban las sombras de todos los que él había amado. Y aunque había jurado no volver a trabajar, allí fue donde escribió sus mejores obras: *Controversias tusculanas*, *Sobre la naturaleza de los dioses*, *Sobre la adivinación*, *De la ancianidad*, *De la amistad* y *Sobre los deberes morales*. Estos libros se basaban en notas que él había recogido a lo largo de su vida, «durante la cual –escribió a Ático– no ocurrió nada de importancia». Quería morir en su isla y que sus cenizas fueran mezcladas con las de sus padres, donde hallaría finalmente la paz que había buscado durante tantos años. Paseaba por los campos nevados de la isla y contemplaba el oscuro río precipitándose contra sus riberas, de modo que a veces lograba creer que el tiempo no había transcurrido y que él jamás había salido de su hogar. Soy un viejo y me siento como un bebé, pensaba. Ésa es la historia de la humanidad.

La nieve brillante cubría las tumbas de sus padres, su abuelo y su hija, titilando bajo el sol de invierno. Aquí descansaría él algún día entre ellos, dejando que las epocas pasaran sobre su cabeza mientras él dormía ignorándolas. Un largo espacio de tiempo en el que no existiré, pensó con una especie de gozo. Se envolvió en su abrigo de pieles y fijó la vista en el lugar donde sería enterrado, entre su madre y Tulia. Y entonces, mientras miraba aquel lugar, no vio más que un vacío y una flotante oscuridad. Parpadeó. Era que había sido momentáneamente cegado por el reflejo de la luz en la nieve. Sin embargo, se estremeció y se alejó. Una corneja, lo único negro en aquella serena blancura, alzó el vuelo a su paso soltando un ronco graznido y él hizo el signo contra el mal de ojo, apelando a su cinismo romano para tranquilizarse.

Hubo luego una falsa primavera, cálida y suave, y él se sintió tentado de no regresar a Roma y de permanecer en la isla. Los ríos bajaban con estruendo y la nieve fue cayendo de los yertos ramajes, salpicando el suelo con golpes apagados. Aparecieron manchones de verde y los árboles empezaron a brotar. Las aguas cambiaron del negruzco al turquesa y los tejados de Arpinum relucieron como fuego en un cielo renacido. La anciana Eunice salió por fin al pórtico para tejer allí en compañía de las esclavas jóvenes, y el viejo Athos, cojeando y apoyado en un bastón, fue a echar un vistazo a los corderitos. Cicerón ahora se ocupaba de pocos casos legales, pero algunos tenían que ser presentados durante los idus de marzo. Podía esperar. Sin embargo, se dispuso a regresar a Roma. En el último día de su estancia en el campo, cuando Eunice le sirvió su comida campesina: pan moreno, queso de cabra, carne hervida con nabos y cebollas y el vino de la isla, la mujer le dijo:

–Amo, no nos deje. He tenido un mal sueño.

Como él insistió para que se explicara, ella dijo con voz entrecortada:

–He visto un asesinato en un edificio blanco, pero no pude ver el rostro del asesinado. Temo que pueda ser usted.

–Tonterías, Eunice –replicó él–. Ya no soy nadie importante en Roma. Tengo deberes que cumplir allí, y si no cuido de mis negocios, acabaré por no tener nada.

Debido al tiempo frío, partió en coche cubierto, con un cochero joven y robusto. Al llegar al puente, Cicerón dijo:

—Espera un momento.

Apartó a un lado la cortinilla de lana y se quedó contemplando la isla. Una terrible ansiedad se apoderó de él. Escuchó el rumor de los dos ríos y el roce del viento. Vio a lo lejos la blanca granja y los edificios secundarios que la rodeaban, los arcos que formaban los árboles esqueléticos con sus ramas entrelazadas y los parches de nieve, brillando entre mechones de verdeante hierba. Oyó los balidos de las ovejas y terneros y los ladridos de un perro, y sonrió. Todo parecía infinitamente pacífico. Embebió los ojos con aquella escena, corrió de nuevo la cortinilla y dio orden de proseguir. Ignoraba que jamás volvería a ver ese amado lugar, ni nunca más oiría el coloquio de sus ríos.

En la casa del Palatino no había nadie más que los esclavos y Aulo, su antiguo sirviente principal, al que hacía mucho tiempo había concedido la libertad, ya que Cicerón, gran admirador de las leyes de los judíos, libertaba a todos los esclavos que llevaban siete años a su servicio. Durante esos siete años los instruía en el modo de ganarse la vida, educaba a los más inteligentes y los preparaba para que fueran escribas o funcionarios públicos, haciéndoles siempre un buen regalo cuando dejaban su servicio; pero muchos preferían quedarse con él.

Aulo lo saludó afectuosamente. Cicerón, después de abrazarlo, le dijo que quería estar a solas. Fuera estaba cayendo un chaparrón primaveral y en todas las habitaciones de la fría casa en penumbra se oía el murmullo del agua. Sus pasos resonaban en el mármol mientras recorría los aposentos, escuchando el caer del agua por los canales y los lúgubres silbidos del viento. Hubo un tiempo en que en esa casa habían resonado las voces de jóvenes y niños, en que era frecuente oír llamar bruscamente a las puertas y las risas y las canciones de los esclavos podían oírse por todas partes. Ahora no había más que quietud y penumbra, y el sonido de la lluvia y el viento. El anciano, al que su delgada sombra seguía por las relucientes paredes de mármol, era como un fantasma; un fantasma a la vez inquieto y cansado.

La lluvia continuó durante muchos días, durante los cuales Cicerón no salió de su casa y aprovechó para terminar y repasar el último manuscrito que pensaba entregar a Ático. Una noche le anunciaron un visitante y, para sorpresa de Cicerón, resultó ser Marco Bruto. Conocía al joven muy por encima y no acababa de comprender por qué habría venido.

Mandó que trajeran vino y refrescos y Bruto se sentó en silencio, con expresión sombría, con su fino rostro de águila como si fuera de hierro. Cicerón esperó pacientemente a conocer la razón de tan extraña visita. Entonces Bruto, con su vibrante voz juvenil y con el tono de alguien muy preocupado, comenzó a hablar:

—Señor, tengo entendido que usted escribió a su editor diciéndole que confiaba en que César restauraría la República, devolvería el poder a los elementos más respetables y conservadores de Roma, y felicitaba a César por haber respetado los antecedentes de todos los que se opusieron a él, demostrando así su clemencia y su deseo de que la concordia se restableciera en el país.

—Cierto —reconoció Cicerón, ligeramente azorado—. ¿Qué otra cosa puede hacer un hombre de mi edad sino albergar esperanzas, aunque lo defrauden continuamente?

Los oscuros ojos de Bruto, tan parecidos a los de César, destellaron al mirarle con ira contenida.

—Entonces era sólo una esperanza. ¿Es que no cree en ello?

Cicerón no respondió y Bruto bebió un sorbo de vino. La lluvia y el viento continuaban, se oyó un trueno lejano y se vio un relámpago. Un soplo de aire hizo vacilar las luces de las lámparas. En aquel caserón dominaban la humedad y el silencio.

Bruto prosiguió:

—Usted, Cicerón, escribió asimismo a César (yo he visto esa carta) lo siguiente: «Ahora que tienes todo el poder en tus manos debes restaurar la República y así cosecharás los más benditos frutos, pudiendo vivir en paz y tranquilidad».

—Cierto.

—¿Sabe lo que hizo César cuando recibió su carta? Se echó a reír. Luego hizo un gesto burlón y dijo: «Conforme nuestro Cicerón envejece, vuelve a sus sueños de juventud».

Cicerón enrojeció y respondió:

—Y dígame, ¿qué le va a usted en todo ello, Marco Bruto?

—Yo también deseo que sea restaurada la República sobre una base de fuerza y virtud, al igual que en tiempos de nuestros antepasados. César se ríe de ella en privado y ha declarado que la República es una ficción y que Sila fue un estúpido al abandonar su dictadura. César ha sido nombrado dictador vitalicio, pero eso aún no le basta. ¿Sabe cuál es su última locura? Medio en serio medio en broma, se ha referido a la costumbre oriental de que los «grandes hombres» sean declarados dioses, de modo que puedan gobernar como divinidades. Y también medio en broma medio en serio, dijo que pediría al Senado ¡que lo declarara Dios!

—¡Imposible! —exclamó Cicerón—. Julio ha sido siempre muy bromista. Lo conozco desde niño.

El rostro sombrío de Bruto se encendió.

—Cicerón, le ruego que no se ría. Cuando César bromea, conviene aguzar el oído. Sus chistes los dice siempre con un propósito: para hacer sugerencias o para estudiar los rostros de aquellos que leen su pensamiento. Odia a los patriotas, aborrece a los conservadores y desprecia al Senado, a las asambleas y a los tribunos. Todos ellos son un estorbo en su camino hacia el poder supremo en Roma. Desea una corona y anhela ser emperador.

Cicerón apoyó su mejilla sobre una mano con gesto de cansancio.

–Ha restablecido el orden y se acabaron los motines y desórdenes en las calles; la plebe ya no se muestra levantisca.

–Es que antes permitió a Clodio que la incitara para crear confusión, insurrección y guerra, de modo que él pudiera hacerse con el poder. Tengo oído que usted mismo acusó a César de estas cosas. ¿Por qué si no se puso de parte de Pompeyo?

Cicerón dejó caer su mano y se quedó mirando al joven Bruto.

–Dígame, Bruto, ¿por qué ha venido a verme, usted que es partidario y amigo de César?

Bruto vaciló.

–Yo creí que él iba a restaurar la República. Lo preferí a Pompeyo, quien a pesar de ser un gran militar era plebeyo. César nos ha traicionado a todos, incluyendo a usted, Marco Tulio Cicerón.

–No le reproche eso a César –dijo el anciano con amargura–. Repróchselo al pueblo de Roma que lo aclamó con tanto entusiasmo, que lo adora y se regocijó al perder su libertad, bailando a su paso, ofreciéndole comitivas triunfales y riéndose encantado de su inmoralidad, pensando que era un ser superior porque se embolsaba ilícitamente grandes cantidades de oro. Repróchselo al pueblo que lo vitorea cuando habla en el Foro de la «nueva y maravillosa sociedad» que va a ser de ahora en adelante Roma, cosa que ellos interpretan como que recibirán más dinero y podrán vivir más tranquilamente a costa de los que trabajan. Julio ha sido siempre un villano ambicioso, pero no deja de ser un solo hombre. –Y con el dorso de las manos se frotó sus cansados ojos.– ¿Por qué ha venido a verme, Bruto?

Bruto replicó secamente:

–¡Pues denúnciele en el Senado! ¡Muchos acudiríamos para oírle! ¡Denúncielo al pueblo!

Cicerón se mostró incrédulo.

–¿Se ha vuelto usted loco? La plebe me asesinaría al instante.

–¿Es que su vida es más preciosa que la de Roma?

Cicerón gimió:

–No, nunca lo fue. Y ahora no vacilaría en dar mi vida por denunciar a Julio si eso sirviese de algo, pero sería inútil...

Bruto se lo quedó mirando con desprecio.

–Son sus años los que hablan, no su espíritu. ¿Sabe qué otra cosa ha dicho César? Desea que su sobrino Octavio «siga mis pasos y se siente donde me siento yo, sirviendo a su país». ¿Qué significa eso? Que César está decidido a ceñirse la corona y, al igual que un monarca, a dejar esa corona en herencia a Octavio.

–Estaría bromeando –contestó Cicerón, aunque sabía muy bien que César no había bromeado. De repente se sintió agotado. Y añadió–: Ha hablado usted de mis años. He trabajado por mi país y en una ocasión lo salvé del desastre. He escrito libros en defensa de la República. He servido como cónsul y senador y he sido gobernador de provincias. He pronunciado centenares de discursos en pro de mi nación y mis infinitas oraciones deben de haber asaltado el Olimpo. ¿Y de qué me ha servido todo ello, Bruto? De nada. Si hubiera seguido siendo un caballero campesino, viviendo en mi isla, habría conseguido lo mismo.

Bruto se levantó con la rapidez de la juventud.

–Entonces sólo puedo pedirle una cosa: que no interfiera.

–¿En qué?

–En lo que han jurado conseguir personas más jóvenes, decididas y llenas de vitalidad que usted.

–Lo prometo muy gustoso, Bruto. Pongo en sus manos mi antorcha que ya se apaga. Sóplela para que se reanime. Puede que tenga más suerte que yo.

La titilante luz de las lámparas en aquel frío atardecer de marzo hizo aparecer terrible la repentina sonrisa de Bruto, el cual, inclinándose burlonamente ante Cicerón, le dijo:

–Recibimos la antorcha. ¡Con ella prenderemos fuego a Roma!

–¡Un momento! –replicó Cicerón–. Estando en Arpinum oí decir que la corona ya le ha sido ofrecida a César tres veces en el propio Senado, ¡y que él la rechazó otras tres! Se dirigieron a él llamándole «Rey de Roma» y él se negó a que le dieran ese título.

–Eso fue hace meses. Comprendió que era algo prematuro al ver los rostros de los senadores y los gruñidos que lanzaba fuera la plebe. Ahora se muestra más confiado. Ha estado hablando al pueblo, denigrando a los senadores, diciendo que son viejos que se oponen al progreso y que se aferran «a los viejos métodos opresivos». Y el pueblo le prestó tanto apoyo que hasta se ha atrevido a elegir a los que han de reemplazar a senadores fallecidos: bribones grotescos que se plegarán a su voluntad. Ha elevado a dieciséis el número de jueces supremos y ha aumentado el número de funcionarios de las finanzas nacionales. Y ahora amenaza bajo cuerda a las clases dominantes con lo que siempre declaró aborrecer: una dictadura militar. Si no se someten a sus deseos, habrán de someterse a la dominación de los militares, y no olvidemos que tiene al ejército en un puño.

Cicerón no contestó. Ya sabía todo eso muy bien. Bruto le hizo una reverencia y se marchó sin más. Cicerón sintiose muy postrado, con una profunda debilidad, y decidió irse a la cama sin cenar.

A la mañana siguiente, Calpurnia, muy pálida y derramando lágrimas de angustia, dijo a Julio César:

—¡No vayas hoy a la reunión del Senado! Esta noche he tenido una horrible pesadilla y he soñado que te asesinaban. Julio, si me amas, quédate hoy en casa. Hace días que no te encuentro bien. ¡Julio, no salgas hoy de casa! —Se arrojó a sus pies y gimió mientras le sujetaba las piernas con sus brazos.

Él sonrió, mirándola indulgente, alzándola y abrazándola:

—Cariño —le dijo—, ¿qué diferencia hay entre hoy y cualquier otro día? Tengo que presentar a la consideración del Senado unos asuntos de importancia. ¡Esos viejos aburridos y estúpidos! No se atreverán a negarme lo que les pido. El pueblo de Roma está conmigo.

Le acarició la mejilla y besó sus labios temblorosos, enjugando sus lágrimas. La verdad es que no se encontraba bien, tenía los ojos hundidos y su piel mostraba palidez. Últimamente había sufrido varios ataques de epilepsia. Pero no tuvo ningún presentimiento cuando se despidió de su esposa y fue llevado al Senado, que hoy se reunía en un salón próximo al Teatro de Pompeyo, en el Campo de Marte. Brillaba el vivo sol de marzo y la atmósfera era cálida y agradable después de las lluvias pasadas. Las calles estaban llenas de gente y ésta, al reconocer la litera de César, se apretujó en torno suyo para vitorearle y mostrarle su júbilo. Su legión favorita marchaba a su lado en servicio de guardia, ondeando orgullosa sus estandartes y fasces.

Estaba ahora en el momento culminante de su vida. Sus amigos acababan de asegurarle que le volverían a ofrecer la corona en el Senado y que esta vez debería aceptarla. Se acercaba la hora. A la puesta del sol ya sería emperador, el primer emperador de Roma. Su amada Cleopatra le aguardaba en su villa de extramuros, acompañada de su hijo Cesarión. Lamentaba no poder legar esa corona a Cesarión, pues tendría que ser a su sobrino Octavio. Y pensó en el hijo que no había reconocido, aquel Marco Bruto de mirada sombría y mentalidad estrecha y tenaz. Pero Octavio, aquel muchacho rubio y altanero, era un digno sucesor, un verdadero príncipe. También era un soldado de mucha fama a pesar de su juventud. Julio sonrió y respondió con la mano a las aclamaciones del pueblo, mientras su legión marchaba ante su litera y el sol de marzo brillaba en los cascos, en las húmedas calles y los relucientes tejados de Roma. La hora había llegado.

*Q*uinto acudió muy temprano aquella mañana a casa de su hermano y Cicerón lo recibió con sus muestras habituales de cariño. Se sintió tan contento de ver a su hermano que no se fijó en que éste no venía sonriente. Hablaron de Marco hijo, que seguía en Grecia progresando en sus estudios de filosofía, y preguntó por su sobrino Quinto. Había procurado olvidar lo falso que era éste, ya que otros terribles acontecimientos mucho más importantes habían ocupado su mente (¿o quizá no era así?). Aquella noche había tenido que tomar el soporífero recetado por los médicos y del cual ya no podía prescindir. No se habían repetido las viejas pesadillas y, por lo tanto, se despertó muy sereno, sintiendo algo de su antiguo optimismo.

Entonces, y mientras Quinto desayunaba con él, se dio cuenta de que su hermano estaba silencioso y sombrío. ¡Qué extraño en Quinto, el robusto soldado siempre lleno de vitalidad!

—¿Te ocurre algo? –le preguntó–. ¿Otra vez te has peleado con Pomponia?

—Voy a divorciarme –dijo Quinto. Su voz sonó particularmente ronca e hizo un gesto con la mano, como queriendo apartar a Pomponia del tema de la conversación–. Espero que eso no afectará a tus relaciones con Ático, que es hermano suyo. Pero no importa. ¿Sabes que César se presenta hoy ante el Senado para pedirle nuevas reformas?

—Siempre pide lo mismo –contestó Cicerón, untando mantequilla a un panecillo y echando un vistazo al pescado hervido expuesto ante él en una bandeja de plata y que parecía muy fresco. Luego alzó la mirada. Quinto había fruncido el entrecejo–. Pensé que César y tú erais ahora amigos.

Quinto, al que tanto le gustaba comer, soltó su tenedor y bebió un buen sorbo de vino.

—Yo amo mi país –contestó.

—No lo dudo –replicó Cicerón algo confuso–. ¿Es que alguien afirma lo contrario?

Quinto guardó silencio y su hermano se quedó observándolo más confundido que antes. Entonces Quinto alzó su mirada, aquellos ojos tan parecidos a los de Cicerón, y el azul de sus pupilas pareció inundar todo el ojo. Cicerón soltó también su tenedor.

—¿Qué ocurre, Quinto?

—Ven conmigo hoy al Senado –le pidió con una voz extraña.

—No tengo allí ninguna sugerencia que hacer.

–No importa. Ven conmigo. –Quinto hizo una pausa.– Allí... oirás algo que te gustará.

–Nada de lo que César diga puede gustarme. –Pero Cicerón miró por la ventana y vio la luminosa mañana de marzo. Hacía tanto calor que habían tenido que abrir la ventana y correr las cortinas. Y hasta él llegó un aroma de suelos verdeantes de nuevo, algo vital y punzante, lleno de la inocente sensualidad de la tierra, y pensó en sus jardines, que lentamente iban volviendo a la vida alrededor de la casa, y en la nueva luz verdusca en los oscuros cipreses y en el florecer de los árboles frutales. Hacía muchos días que no salía de casa y le vendría bien tomar un poco el aire. Oyó el alegre canto de los pájaros y el gozoso murmurar de las fuentes. De repente volvió a sentirse joven y casi esperanzado, aunque sabía que era un efecto que la primavera producía en todos los hombres, aun en los viejos. Sería agradable ver de nuevo el atestado Foro y los templos, oler el pan cocido en los hornos y los guisos de las posadas. Ni siquiera el fuerte mal olor característico de Roma sería hoy desagradable. Roma se mostraba siempre exuberante en primavera y el sol tenía una brillantez especial que daba a todas las cosas una impresión de renacimiento. Ya no me quedan muchos años de vida, pensó, y debo aprovechar todos los días buenos que me queden. Cuando uno es joven hay muchas monedas de oro en el bolsillo, pero ahora las monedas son escasas. Y contestó–: Iré contigo al Senado, Quinto, aunque preferiría dar un paseo por las calles.

Procuró olvidarse de todo lo demás una vez estuvo en su litera. Quinto iba a su lado montado a caballo. Descorrió las cortinillas para contemplar la ciudad que amaba. Una ciudad tan grande, tan poderosa, tan potente, extendiéndose por sus siete colinas, con tejados encendidos como rubíes o muros de colores ocre, amarillo, sepia, verde y rojo, brillando bajo la luz del sol. De joven había tenido un sueño en el que Roma era eterna: los hombres pasarían, pero la ciudad perduraría. Y recordó la visión que tuvo como augur. Miró hacia las colinas y se preguntó sobre cuál de ellas se alzaría la enorme cúpula rematada con su extraño símbolo. Se llevó la mano al cuello; la cruz que Anotis le regaló seguía en torno a su garganta, junto con el amuleto que le diera un día la ya difunta Aurelia. Jamás se desprendía de ambos talismanes.

Se alegraba ahora de no tener celebridad. Nadie aclamaba al paso de su litera, ninguno se volvía para mirar su rostro demacrado y extasiado, ni sus cansados ojos, nadie se fijaba en su cabello blanco. Pero se sentía feliz al oír el piar de las golondrinas y al contemplar su rápido vuelo por el cielo azul.

Las rojas amapolas parecían de sangre bajo el sol. La litera pasó bajo arcos triunfales y la muchedumbre se fue haciendo más densa conforme se acercaba al Foro. El murmullo de sus voces le pareció más brusco y cercano.

Los senadores, con sus vestiduras blancas y rojas, se movían con una presteza poco habitual entre las columnas del Teatro de Pompeyo. No se reunían en la Cámara del Senado porque se esperaba que ésta fuera una sesión monótona y aburrida a la que acudirían pocos. Al apearse de su litera, Cicerón vio a Julio César subir los escalones rodeado de un grupo de amigos. Vio aquel decidido perfil de águila, sus vestiduras púrpura bordadas en oro, su enigmática sonrisa y sus gestos fáciles y elocuentes. No pudo contenerse y le gritó:

—¡Julio!

Julio se volvió, lo vio por encima de otras muchas cabezas y le saludó con la mano. Luego penetró en el edificio.

—Julio —murmuró Cicerón. No sabía por qué, pero el corazón le había dado un vuelco y enseguida el sol le pareció pálido y frío. Él y Quinto, que iba en silencio, prosiguieron su camino cruzando entre las blancas columnas mezclados con otros y viendo los reflejos de la luz en el blanco suelo de mármol.

No iban muy por detrás de Julio, así que tuvieron que detenerse cuando ante ellos hubo un poco de agitación y confusión y se oyeron algunas voces vehementes.

—¿Qué pasa? —preguntó Cicerón a su hermano; pero Quinto miraba fijamente al frente y de repente puso una mano en el brazo de Marco, como sujetándolo. El militar se quedó con la boca abierta, esbozando una horrible sonrisa de dientes relucientes. Cicerón sintió de repente un dolor en su corazón, se sacudió la mano de su hermano y avanzó ligeramente.

—¡Espera! —le gritó Quinto. Cicerón se adelantó un par de pasos en dirección hacia aquella confusión de cuerpos y voces apasionadas.

Entonces vio dagas enrojecidas que se alzaban, reluciendo a la luz del sol. Oyó feroces exclamaciones de victoria. Quinto lo volvió a agarrar del brazo para sujetarlo, pero Cicerón se libró y avanzó, sintiendo de repente un nudo en su garganta y niebla ante sus ojos. Le pesaban los brazos y las piernas y le pareció que eran de mármol a medida que se aproximaba al lugar donde había visto a Julio entre sus amigos. Ahora le rodeaba un horrible estruendo, como de truenos, gritos y exclamaciones. Le empujaron y se tambaleó. Los hombres forcejeaban agarrándose unos a otros, jadeantes, con ojos relucientes que parecían de fieras salvajes.

Cicerón llegó al lugar que tanto le costó alcanzar. Julio César yacía sobre el suelo de mármol, cubierto con su manto, sangrando por una docena de heridas. Y, agonizante, miraba fijamente a los que le habían asesinado, pero sus ojos velados buscaron tan sólo el rostro de uno y preguntó con un débil susurro:

–¿Tú también, Bruto, hijo mío?

Había caído al pie de la estatua de Pompeyo.

Bruto gritó:

–¡Así perecen los tiranos! –Y alzó su sangrienta daga con un gesto exultante.

Cicerón tuvo que apoyarse contra una columna, sofocado y a punto de desvanecerse. Julio yacía con los ojos ya cerrados. Cicerón cayó de rodillas ante el cadáver y con un gesto delicado apartó el manto que medio ocultaba su rostro. Dejó de oír todo sonido y pareció como si él y Julio estuvieran a solas y fueran de nuevo niños. No vio la sangre, ni la lívida tonalidad que se extendió por el rostro orgulloso de Julio, ni la calva cabeza de aspecto tan patético bajo el sol. Vio al pequeño Julio y no la majestad del César asesinado. Y rompió a llorar.

–No quisiste escucharme, mi pequeño compañero de juegos –murmuró–. No, no quisiste escucharme.

Alguien lo agarró por un brazo, lo levantó y se lo llevó de allí como si fuera un niño. Era Quinto, que lo empujó hasta su litera. Quinto, jadeante pero con la fuerza de un Titán. Los ojos de Marco estaban cegados por las lágrimas y no se resistió a su hermano. No veía otra cosa que el rostro del asesinado César y oró por el terrible espíritu que acababa de dejar aquel cuerpo, al que habían conducido hasta esta dramática cita.

Capítulo

66

¿Supo Quinto lo que había de suceder ese día de los idus de marzo? Cicerón jamás llegó a enterarse, y tampoco sintió deseos de saberlo. ¿Formó parte Quinto de la conspiración? Cicerón jamás lo preguntó, pues temía la respuesta. Su hermano le preguntó:

—¿Por qué estás tan apesadumbrado? —Pero Cicerón no respondió.

Fue a visitar a la viuda de César, escuchó sus sollozos y vio sus lágrimas y no pudo hacer otra cosa que sujetarle la mano y llorar con ella. Fue a recorrer las viejas calles por las que había paseado con Julio siendo niños y recordó sus palabras. Sí, sus vidas habían estado unidas a pesar de lo diversas que fueron. Ahora César había muerto, pero no estaba muerto.

Cicerón esperó que se produjera el caos en Roma después de este asesinato, pero el favorito de César, el joven, apuesto y viril Marco Antonio, el militar ingenioso que siempre había marchado a la sombra de Julio, se hizo cargo del mando de la ciudad y, cosa asombrosa, lo hizo con mano fuerte. Las legiones estaban a sus órdenes. Convocó al Senado y ocupó las calles con sus tropas; calles llenas de una multitud de gente horrorizada y confundida que hacía preguntas, discutía, peleaba y deseaba que sus vecinos le aclarasen qué significaba todo aquello y cuál sería ahora la suerte de Roma. Los soldados actuaban con gran eficacia y de modo autoritario, obligando al público a circular y sofocando los conatos de motín.

El testamento de Julio fue leído en el Foro ante el pueblo por el propio Marco Antonio. Ante éste, en la escalinata del Foro, había sido colocado el féretro de César. Fue un discurso famoso, pronunciado con una asombrosa elocuencia por el joven soldado. César dejaba todas sus propiedades al pueblo, para que fueran destinadas como lugar de esparcimiento público, y a cada ciudadano una suma de dinero equivalente al salario de muchas semanas. (Nadie preguntó de qué medios se había valido César para adquirir tan enorme fortuna.) Cicerón había llegado a temer que el irritable y emocional Marco Antonio azuzara a la plebe contra los asesinos, sumiendo así a Roma en el desorden y la violencia; pero, cosa extraña, a pesar de ser tan vehemente, Marco Antonio se comportó con extraordinaria prudencia, y eso que era un hombre orgulloso que se sentía militar por encima de todo. Dirigiéndose al pueblo, exclamó:

—¡La sombra del gran César se extiende sobre la ciudad, yo soy su servidor y cumpliré su voluntad, que es la vuestra!

Cicerón se preguntó quiénes eran los seguidores de Marco Antonio, ya que éste no poseía gran talento, ni dotes intelectuales o genio administrativo. Y tuvo que preguntarse quién manipulaba a Antonio cuando éste proclamó una amnistía general para los asesinos y sus cómplices. ¿Quién era el que se mostraba tan precavido y tan calculadoramente frío? Desde luego no era Marco Antonio, ya que eso no era propio de él. Ahora hablaba como un estadista. ¿Quién le escribía sus discursos? Marco Antonio no dejó de recalcar el hecho de que muchos senadores, que figuraban entre los asesinos, se habían beneficiado grandemente del testamento de César, en el que éste los citaba con afecto. De pronto reinó una gran confusión. ¿Quién había asesinado realmente a César? Los senadores no, por supuesto, ni los aristócratas, ya que César era uno de ellos. Los mismos que tenían las manos manchadas de sangre comenzaron a preguntar en serio: ¿quién cometió tan horrible crimen? ¿Algunos locos de entre el populacho? No era verosímil, ya que César amaba al pueblo. ¿Acaso Octavio, su sobrino, que apenas tenía diecinueve años? No, puesto que César lo apreciaba mucho y lo consideraba su heredero. ¿Bruto? Incluso los mismos testigos que vieron cómo éste alzaba su daga, declaraban que Bruto se había limitado a gritar: «¡Así acaban los tiranos!», y que no llevaba ningún arma en sus manos. Todos habían visto a los asesinos y, sin embargo, todos se apresuraron a declarar que ninguno de ellos había alzado ni un dedo.

Los asesinos se habían beneficiado de la amnistía, sus nombres jamás fueron pronunciados. Finalmente, el pueblo comenzó a creer que todo aquello había sido obra de un loco que actuó por su cuenta en un arrebato violento. Los poderosos estrecharon filas.

—Jamás sabremos quién mató a César —decía la gente sencilla muy seriamente—. ¿Quién está a salvo de un loco asesino? —Movían la cabeza, deplorando la violencia, y pedían más protección para los que ocupaban el poder, mientras que los senadores sonreían entre sí y los cónsules susurraban:

—Mientras el pueblo se haga preguntas tan ingenuas no tratará de vengarse ni tendremos conflictos.

Los jueces y magistrados iniciaron una investigación que no arrojó ningún resultado. «No se ha podido probar que alguien fuera el asesino», declararon. Jamás se citó un solo nombre. Y los que sabían la verdad se guardaron muy mucho de decirla.

Antonio era ahora el cónsul de Roma y todos sus actos fueron conciliatorios.

—Sobre todo debemos mantener el orden, ya que somos un pueblo amante de las leyes.

Y promulgó decretos que decía eran la voluntad de César; pero Cicerón, que se sentía muy abatido, no vaciló en afirmar que aquello era falso. La vieja enemistad entre ambos hombres se renovó y Marco Antonio juró ante sus seguidores que destruiría a «aquel viejo» de un modo u otro, pues era «una amenaza para Roma». Para mostrar que no deseaba convertirse en dictador, declaró que el cargo de dictador quedaba «para siempre abolido», y el pueblo creyó ingenuamgente que era libre otra vez.

Fue entonces cuando Octavio actuó con la fría y serena decisión que después iba a distinguirle convertido ya en César Augusto. Sus padres le habían aconsejado que renunciara a la herencia que Julio César le había dejado al nombrarle su sucesor. Él los escuchó con gravedad, pero era de esas personas que no escuchan a nadie más que a sí mismas. Decidido, ambicioso y sin escrúpulos, conocía el poder de su temperamento y confiaba en él. Los hombres de Roma decían que no era más que «un muchacho», pero él sonreía. Sin embargo, era muy precavido y jamás hizo nada apresuradamente, calculando cada paso. Escuchaba lo que le decía Marco Antonio, pero luego comentaba con su madre: «No es más que el eco de otros, jamás ha tenido un pensamiento propio». Y declaraba a sus amigos: «A su debido tiempo descubriré a los asesinos de César. Mi deber es vengarle». Los amigos, como es natural, no le guardaban sus secretos y Antonio se enteraba siempre de las amenazas que Octavio profería respecto a él y de sus comentarios desdeñosos concernientes a su falta de talento y habilidad. Pero Marco Antonio pensaba a su vez que Octavio era muy joven y que no había que hacerle caso. Octavio sonreía fríamente y entre tanto afirmaba que estaba dispuesto a apoyar a Marco Antonio en todo lo que éste decretase, puesto que César «había confiado en él». Antonio se mostraba agradecido por esta confianza, aunque no podía evitar mirar a Octavio con una sonrisa de superioridad, al igual que habría hecho con un colegial.

Octavio tenía muy en cuenta a todas las personas influyentes de Roma. Mientras que Marco Antonio se hallaba atareado con las tareas del gobierno y consultaba a los senadores, Octavio reflexionaba y dedicaba mucho tiempo a madurar sus planes. Cada vez aparecía con más frecuencia en las reuniones del Senado, donde procuraba mostrarse serio y respetuoso. Los senadores le sonreían con afecto e incluso mostraban su complacencia cuando oían decir que fuera de Roma era conocido como Cayo Julio César Octavio. El muchacho había adorado a su tío y no quería que su nombre se olvidase.

Y no había más remedio que alabar un cariño tan conmovedor ejemplo, que era raro ver en esos tristes tiempos. Los veteranos de César habían adorado a su jefe y a los senadores les pareció natural que ahora comenzaran a adorar a Octavio.

–Dejemos que el muchacho juegue a César –se decían unos a otros–. Eso le consuela de su pena.

Pero, por alguna razón, algunos de los que rodeaban a Marco Antonio empezaron a sospechar de aquel muchacho rubio de ojos azules, así como de su insistencia en que el nombre de César siguiera vivo y fuera recordado por el pueblo. Antonio, que era mucho mayor, no temía a un muchacho que apenas tenía importancia desde que su tío había sido asesinado. Cuando terminó su año de consulado, Marco Antonio escogió el gobierno de la provincia de Macedonia. Sus consejeros habían sido astutos. Siendo gobernador de Macedonia obtuvo de las asambleas el gobierno de la Italia Septentrional y de la Galia. Allí había miles de partidarios suyos, entre los que figuraban no pocos veteranos de César que no simpatizaban con Octavio. La lucha por el poder había comenzado de nuevo.

*C*icerón fue tan imprudente como para declarar:

–Como tirano que trataba de subyugar Roma, César mereció la muerte.

Claro que a sí mismo se decía: Te quise mucho, Julio, mi compañero de la niñez. Pero palabras tan imprudentes llegaron a oídos de Octavio, que se limitó a esbozar su sonrisa glacial. Y cuando se lo dijeron a Antonio, éste declaró:

–¡Qué monstruo es ese Cicerón, que cree que cualquier excusa es buena para justificar el asesinato de César!

Y juró que pediría la expulsión de Cicerón del Senado.

–Pero ¿quién siente simpatías por ese hombre pendenciero? –preguntaba a sus amigos.

Y éstos le aseguraron que Cicerón no era más que «un perro viejo y ciego con un solo diente». Tan furioso estaba el temperamental Marco Antonio contra Cicerón que apenas prestaba oídos a sus amigos, que le recordaban con insistencia que Octavio estaba ganando mucha influencia entre el pueblo romano. Él, Antonio, era poderoso. Octavio no era más que un muchacho. Cicerón era un monstruo de cinismo. Ya acabaría con ambos a su debido tiempo. Lo dijo con tal pasión que los pocos amigos que ahora le quedaban a Cicerón le aconsejaron que se marchase de Roma una temporada.

Así pues, se trasladó a Atenas para ver a su hijo Marco, que vivía con un lujo que el ascetismo del padre no podía aprobar. Pero como siempre, el hijo le engañó con su charla fácil sobre filosofía y dándole muchas muestras de cariño.

—Ya no quiero intervenir más en la política de Roma —dijo Cicerón a su hijo—. Me siento viejo y cansado. Sólo deseo que te cases y me des nietos.

Jamás hablaba con nadie, ni siquiera con su hijo o con Ático, de la difunta Tulia, ya que aquello era una herida que nada podría cicatrizar. Contó cómo la había visto en sueños en el libro que escribió, *Consolatio*, pero la verdad es que no se sentía consolado. Consideraba haber terminado con todo lo que era Roma y las luchas por el poder entre las facciones. Sólo quería recuerdos, nietos y pasar una vejez feliz. Al oír esto, su hijo Marco le dijo:

—Conviene evitar los extremos. —Y bostezó discretamente. Todo lo que no fueran placeres le aburría, a pesar de que tenía una mente bastante despierta. Había llegado a la conclusión de que las polémicas estropeaban lo único que en realidad debía importar a un hombre: la satisfacción de sus apetitos físicos y sus gustos.

—¿Los extremos? —repitió Cicerón, y de repente se sintió de nuevo lleno de vida—. ¿Ya has olvidado lo que Aristóteles dijo en su *Etica*?: «La virtud ha sido justamente definida como un medio, mas cuando tiende a la suprema bondad, es un extremo». En cuanto a mí, prefiero al hombre totalmente perverso y destructor que al que sonríe como un tonto y carece de opiniones y no es ni blanco ni negro. Los primeros ya nos advierten de lo que son, los segundos ni siquiera defienden el bien. Son como el vino insípido, una ofensa al paladar.

—Sí, padre —contestó el joven Marco, preguntándose cuándo se marcharía su padre de Atenas, de modo que otra vez pudiera dedicarse a sus aficiones y gustos.

Los nuevos cónsules se instalaron en Roma para el mes de Jano y Cicerón fue informado de que Marco Antonio se había vuelto un hombre muy razonable. Por lo tanto, se dispuso a regresar a Roma y a reanudar sus tareas en el Senado. A su vuelta se enteró de que Antonio se había burlado de él diciendo que había «huido de la discusión» y esto le dolió. Octavio y Antonio se mostraban cada día más hostiles entre sí porque Octavio había reclamado la herencia de su célebre tío y Antonio le informó que «estaba seguro» de que César, a pesar de su testamento, no había querido decir exactamente lo que había escrito. Cicerón hizo saber que se ponía de parte de Octavio, lo que no contribuyó, por cierto, a que Marco Antonio le tuviera más simpatías. A pesar de su anterior resolución de mantenerse al margen de la política, como un anciano estadista, y de mostrarse tan sólo conciliador, otra vez estaba enredado en la maraña. Tuvo que reconocer ante sí mismo que una parte del afecto que había profesado a Julio César lo había depositado ahora en Octavio.

En cuanto a Antonio, lo aborrecía por sus extravagancias y su fanfarrona insolencia, sus miradas y sonrisas de superioridad y aquel aire que se daba de sabio, aunque era un hombre de inteligencia mediocre. Sentía el típico desprecio del militar profesional hacia los civiles y le gustaban la pompa, los tambores y el despliegue de estandartes en las fiestas que organizaba. Para Cicerón, Julio había sido un magnífico actor; Antonio, nada más que un bufón. Por desgracia, tampoco se recataba en decir a sus amigos que Octavio era muy joven para ser todavía una personalidad importante y que, debido a su falta de experiencia, no se le debía tomar en serio. Como es lógico, le fueron a Octavio con el cuento y esto le irritó.

A finales de año, tras su regreso del campo, Cicerón pronunció ante el Senado la primera de sus grandes *Filípicas* contra Marco Antonio. Los senadores quedaron demudados ante su tremenda elocuencia. Antonio podía llamar a Cicerón perro viejo y ciego con un solo diente, pero éste aún conservaba su voz poderosa y de verbo encendido. «Antonio no debería contar con su apoyo ni con el del Senado para ninguna de sus aventuras.» Ridiculizó a Marco Antonio de modo que hasta los senadores que lo apoyaban en secreto tuvieron que contener la risa. Octavio estaba entre los oyentes y sus ojos azules sonrieron fríamente, aunque su rostro siguió serio, como esculpido en mármol. Más tarde le dijeron que Antonio se puso tan furioso por este ataque que estuvo varios días borracho.

–El último refugio de los hombres violentos e inseguros –contestó Cicerón, y también fueron a contarle esto a Marco Antonio.

Antonio propagó entonces la falsa acusación de que Cicerón figuraba entre «los conspiradores que asesinaron a Julio César, el soldado y patriota más grande de Roma». Sólo los que quisieron creer este embuste afirmaron que era verdad. Esto obligó a Cicerón a escribir su segunda *Filípica*, que, sin embargo, no leyó ante el Senado. En cambio, indujo a su editor a que la publicara en forma de octavilla y fue distribuida en gran número por Roma. En ella Cicerón denunciaba a Antonio como cobarde, embustero y como adicto a casi todos los vicios desaprobados en Roma. ¡Antonio debería ser ejecutado como un criminal! ¡Deberían asesinarlo como a un tirano! Era extraordinario que un hombre conocido por su amabilidad, su espíritu razonable, su amor por la paz y su odio hacia la violencia escribiera una cosa así, pero él y Antonio se tenían mutua antipatía por razones de temperamento y por el hecho de que Cicerón hubiera ordenado, ya hacía años, la ejecución del padrastro de Marco Antonio, al que éste tenía mucho cariño.

–Yo ya lo había perdonado –declaró Marco Antonio con el rostro más candoroso que pudo poner–, pues César me convenció de que Cicerón había actuado tan sólo pensando en la seguridad de Roma y no por odios personales. Hasta fui a visitarle en compañía de César para darle el pésame por la muerte de su hija Tulia. ¿Y me paga de este modo? ¡Difamándome, poniendo en duda mi valentía e insinuando que soy un traidor y un loco!

Mientras tanto, Octavio se aplicaba con tenacidad a ganarse el favor de los veteranos y las legiones que no eran partidarias de Antonio. Su perseverancia era ejemplar y nada le desanimaba ni descorazonaba: que los ancianos de Roma se burlaran de su juventud o tuvieran para con él una actitud de protección y no lo tomaran en serio. Los agentes de Octavio, por su parte, trabajaban sin descanso y concienzudamente para atraer a su causa a los conservadores romanos, así como a todos aquellos elementos civiles que habían sido partidarios de César.

—Antonio no ha dicho nada contra aquellos que asesinaron a mi tío Julio César —declaraba Octavio ante grandes asambleas reunidas en privado—. De él fue la idea de otorgar una amnistía general. No lo acuso de haber formado el complot, porque tiene muy poco seso y un complot exige astucia, planes y previsión, cosas que Antonio no posee.

Alguien se apresuró a informar a Antonio de estas despreciativas declaraciones de Octavio y, aunque un poco tarde, dejó de subestimar al «muchacho». Entonces empezó a trabajar febrilmente para ganarse el apoyo de los cesaristas; mas, sin embargo, éstos ya estaban comprometidos con Octavio. Al descubrir todo ello sintió mucha rabia y le costó creerlo, dándose cuenta al fin de que mientras él había estado fanfarroneando y organizando el Estado, Octavio había estado comprando la lealtad de las legiones de una forma u otra. Por primera vez Antonio se decidió a atacar a los asesinos de César y declaró que mientras viviera les daría caza y los destruiría. Se apresuró a ir a Macedonia para reunir cuatro legiones y marchó hacia el norte de Italia, provincia que le había sido concedida. Pero el gobernador que estaba allí en funciones, Décimo Bruto, informó a Antonio fríamente de que, a pesar de lo dispuesto por la ley, no pensaba cederle el mando de la provincia. Marco Antonio, sintiéndose ultrajado, sospechó, y con razón, que Octavio había comprado la lealtad de las legiones allí acantonadas.

—¡Ya no tenemos leyes! —gritó—. ¡Octavio ha organizado un ejército particular y eso es ilegal!

Mientras tanto, Octavio, que estaba en Roma, se ganó de modo misterioso el apoyo de los financieros, los banqueros, los hombres de negocios y los industriales, pues éstos no se fiaban del voluble Antonio, que a menudo les había manifestado el desprecio que como militar sentía hacia ellos, considerándolos «un ejército que siempre podía ser comprado y que sólo luchaba por sus propios intereses: los beneficios». Pero Marco Antonio no podía ignorar el hecho de que incluso los ejércitos regulares necesitan dinero para ponerse en marcha y que el dinero se había puesto ahora a favor de «aquel muchacho», el joven con ojos de color azul de lago, rostro esculpido y boca poco sonriente, el joven de personalidad inexorable que jamás se dejaba arrastrar por arrebatos o emociones. Octavio era como un ariete de hierro golpeando contra puertas de madera.

«Estoy cansado. No quiero intervenir más en controversias», había dicho Cicerón a su hijo; pero luego había publicado sus *Filípicas* contra Marco Antonio y ahora, como un viejo caballo de guerra que oyera las trompetas, se puso en marcha de nuevo. Quinto trató de disuadirlo, indicando que, como abogado y de acuerdo con la Constitución, a quien debía denunciar era a Octavio, que había organizado un ejército particular. ¿No era, por lo tanto, una incongruencia que apoyara a Octavio contra Antonio, que como cónsul estaba legítimamente al mando de las tropas? Marco Antonio las pagaba del tesoro público y trataba de conservarlas leales frente a los que se habían pasado al bando de Octavio; estaba en su derecho al hacer eso y, además, era su deber. Quinto dijo que Octavio parecía determinado a provocar la guerra civil con su ejército particular, como si el pueblo no hubiera sufrido ya bastante en todos aquellos años. Pero el sobrino deseaba recoger el poder de su tío. Marco Antonio no hacía más que tratar de impedírselo.

—De entre dos males, siempre he escogido el menor —respondió Cicerón obstinadamente—. Siempre he detestado a ese Antonio. Octavio es muy joven, pero es inteligente. Desconfío de los locos, y Antonio es un loco.

Sin embargo, en su fuero interno se sentía desgarrado. Invariablemente había denunciado a los hombres que no se mostraban razonables y tuvo que admitir que el que ahora actuaba de un modo poco razonable era él. Octavio había organizado un ejército ilegal, mientras que Antonio se oponía legalmente a ese ejército. Si alguien había de ganar, Cicerón prefería que fuera Octavio y no el inestable Antonio, de carácter tan violento, un militar profesional demasiado exultante para los gustos sobrios de Cicerón.

Los amigos le rogaron que reflexionara. Octavio no se comprometía con nadie más que consigo mismo y se aprovechaba de todos sin piedad. Antonio, el militar y cónsul, podía resultar desagradable a muchos, pero al menos se mantenía dentro de las leyes que Cicerón reverenciaba. Pero Cicerón se sentía ahora poseído por un extraño humor emocional; él, que siempre había desconfiado de las emociones. Además, le parecía que la tranquilidad de Octavio se debía a una virtud parecida a la propia, pues sobre todo odiaba a los hombres bulliciosos y Antonio lo era. En resumen, que Octavio le resultaba simpático a pesar de que al principio le pareciese implacable y ambicioso, quiza porque era de la misma sangre que César, pero siempre había sentido afecto por los jóvenes. La frialdad y la falta de vehemencia de Octavio le parecían signos de madurez. Y como todos los hombres vacilantes (porque los hombres de razón siempre están desgarrados por las reflexiones y las dudas), admiraba secretamente a los que sabían lo que querían y demostraban poseer temperamento. Octavio, de eso estaba seguro, se contendría antes de provocar la peor infamia: la guerra civil.

Octavio, con una precoz madurez de juicio, llegó pronto a sus propias conclusiones con respecto al anciano senador que aún era poderoso en Roma, aunque él parecía no darse cuenta de ello. Así que de una manera mendaz (porque Octavio carecía de escrúpulos) y fingiendo una franqueza encantadora y juvenil, empezó a tener toda clase de atenciones con Cicerón. Simpatizando con los jóvenes y confiando en ellos, y más al oír en la voz de Octavio el mismo tono valiente de César, el anciano se sintió halagado. No obstante, escribió a Ático que «no me fío» de Octavio y «dudo de sus intenciones». Sin embargo, sin ninguna razón que lo justificara, en su corazón sentía un profundo afecto hacia el joven. Cuando Ático le advirtió que no se dejara seducir por ninguno de los dos bandos, Cicerón replicó: «Estoy de acuerdo contigo en que si Octavio obtiene más poder, después del que le concedió el Senado el pasado marzo, puede llegar a ser un tirano; pero si es vencido, Antonio se hará insoportable. Así que es muy difícil decir cuál de los dos es preferible».

Pero él ya había decidido preferir a Octavio. Siempre había sido ardiente y estaba acostumbrado a ponerse apasionadamente al servicio de la causa que creyera mejor. Así que Cicerón, sin dejar por eso de sentir cierta inquietud, se convenció de que la salvación de Roma dependía de Octavio. Algunos amigos arguyeron que Marco Antonio se encontraba exactamente en la misma posición en que se había encontrado Pompeyo, pero Cicerón se burló de estas objeciones y convenció a muchos senadores de que se pusieran de parte de Octavio.

—Él nos evitará otra guerra civil, me lo ha asegurado. No es un hombre pasional como Antonio y ama a Roma.

Octavio, ya completamente seguro de haber embaucado a Cicerón, se reía cuando sus amigos le informaban de estas cosas. Metódicamente fue trazando sus planes. Sus amigos secretos sugirieron a Cicerón que volviera a denunciar a Marco Antonio ante el Senado y el pobre anciano, engañado, empleó ahora la misma energía que había empleado para atacar a Catilina, al que ahora confundía con Antonio, y gritó ante el Senado:

—¡Para Octavio nada hay más querido que la paz dentro del Estado! Para él nada hay más importante, señores, que vosotros mismos y vuestra autoridad, nada más deseable que la opinión de los hombres honrados, nada más dulce que la genuina gloria y la estabilización. Yo os prometo solemnemente, señores, que Octavio será siempre el simple ciudadano que es hoy, de carácter firme y mente madura, un hombre que no se dejará arrastrar por las emociones. Debemos rezar para que así siempre sea.

Cuando Octavio se enteró de esto se echó a reír a carcajadas, cosa rara en él.

—Mi tío Julio lo sobreestimó —declaró—. Yo lo encuentro absurdo. Sin embargo, me sirve bien.

Marco Bruto, que ahora era gobernador de Macedonia, no quiso creerlo cuando se lo contaron. Y sabiendo que Cicerón era muy amigo de Ático, escribió a éste:

«Ya sé que Cicerón lo hace todo con la mejor de las intenciones porque es muy buena persona, pero también sabemos que a menudo las buenas personas son inducidas a apoyar malas causas, engañadas por su pureza de corazón. ¿Qué cosa podía estar más clara para nosotros que la devoción de Cicerón por la República? Y ahora es uno de los antagonistas de Antonio por creer que así defiende lo que queda de ella. ¡Qué extraña ceguera produce el temor! Te hace tomar unas precauciones contra lo que temes y, en realidad, lo que haces es invitar al peligro y atraerlo sobre ti, cuando podías haberlo evitado de otro modo. Se dice que Octavio llama a Cicerón "padre" y se rumorea que consulta todo con éste, alabándole y dándole las gracias públicamente. Pero ya sabemos lo hipócrita que es Octavio y que en el fondo no es tan joven ni tan inocente. Algún día Cicerón descubrirá la verdad y eso acarreará su desgracia. Haz el favor de advertirle, ya que aún estamos a tiempo.»

Ático le advirtió, y por primera vez Cicerón no escuchó a su mejor amigo. Ya había unido su suerte a la de Octavio y no hubo manera de hacerle cambiar. Quinto se lo imploró y su hermano le contestó:

—Como eres militar, es natural que prefieras a Marco Antonio.

—¿Sabes lo que estás haciendo? —repuso Quinto, que ya no tenía su buen humor y su rudeza de antes—. ¡Estás empujando a Antonio a la misma situación en que se encontraba César antes de cruzar el Rubicón! ¡Has pedido al Senado que declare a Antonio enemigo público! ¿Te has vuelto loco? Afortunadamente para Roma, el Senado no se ha puesto de tu parte. Pero gracias a ti, Antonio no tendrá pronto otra elección. Reconozco que no te comprendo. Antonio se verá obligado a recurrir a la guerra civil para salvarse y no tendrá más remedio que atacar a Octavio. Éste ya se ha asegurado el apoyo de algunas legiones y de todos aquellos que no piensan más que en sus negocios. ¡Te has dejado arrastrar por la pasión y sólo deseas destruir a Antonio!

Lo que no sabía es que su hermano, al final, estaba tratando de reconciliar lo racional con lo irracional y que aún creía que los hombres preferían la razón a la sinrazón, a pesar de sus anteriores convicciones de que los hombres odiaban todo lo racional y a la razón que tiende a reprimir sus pasiones y frustrar su codicia. Octavio había apelado a Cicerón como hombre razonable y racional, porque Octavio, a pesar de su juventud, sabía tocar los corazones de los hombres en su punto más vulnerable. Seguro ya del apoyo de Cicerón, prosiguió desarrollando sus planes con positiva firmeza, porque Octavio jamás se dejó arrastrar por las emociones ni por nada que no contribuyera a sus intereses.

El terrible drama estaba llegando a su fin. Y el orden, que era el dios de Cicerón, estaba siendo desplazado por el desorden. Cicerón había creído que los hombres preferían instintivamente el orden y eso le resultó un error fatal. Roma presentaba ahora un cuadro de gran confusión y violencia. Por todas partes reinaba el descontento. El populacho estaba un día a favor de Antonio, y al otro, a favor de Octavio. El Senado iba de aquí para allá como empujado por vientos contrarios. Sólo Cicerón, engañado en su creencia de que aún podría salvar parte de la República, se mostraba firme. Pero este engaño le iba a resultar funesto.

Octavio, reuniendo sus legiones, cruzó el Rubicón, lo mismo que antes César. El Senado fue presa del pánico. Por todas partes desertaban las tropas para ponerse a favor del sobrino de Julio, que entró en Roma triunfalmente, diciendo satisfecho:

—¡Mis amigos me dan la bienvenida!

Antonio, resignado a lo inevitable, propuso la formación de un segundo triunvirato formado por él, Octavio y Lépido. Octavio se mostró de acuerdo y abrazó a su viejo enemigo, declarando con tono virtuoso que todos los que se opusieran al Segundo Triunvirato eran enemigos del pueblo. Octavio fue elegido cónsul.

Entonces se repitieron las matanzas en Roma. Confundido y horrorizado, Cicerón tuvo que huir a la ciudad de Astura, situada en una isla en la bahía de Antium. Él, que había creído en la razón, había sido vencido por la sinrazón.

Capítulo

67

Marco Tulio Cicerón había desconfiado siempre de los hombres entusiastas, fácilmente excitables, hombres que creían que la actividad y el bullicio significaban ya una realización; por temperamento le desagradaba la exuberancia y el exceso de optimismo. Para él tales individuos eran «tipos de clase baja, borrachos del arroyo». Hablar en voz alta, hacer gestos vehementes o un par de piernas de rápidos movimientos eran cosas que siempre le habían repelido. Eran las señales de la gente vulgar. Al ver a uno que enseñara los dientes al hablar, brillándole los ojos, se sentía inmediatamente disgustado. Era inevitable que se pusiera en contra de Marco Antonio y estuviera a favor de Octavio. Y ahora, sentado en su villa de Astura, contemplaba la ruina final de su vida.

Había huido con tanta prisa que esta vez Quinto y su hijo no se le habían podido unir tras la proscripción de toda la familia Cicerón por el Triunvirato, que había declarado que la táctica conciliatoria de Julio César había sido un fracaso y que al perdonar a sus mortales enemigos les había permitido a éstos conspirar para asesinarle y precipitar al país en la guerra civil; que éstos no sólo habían proscrito a Antonio, declarándole enemigo público, sino que habían hecho lo mismo con Octavio, mentira que no hizo reír a carcajadas al populacho, porque el pueblo siempre gusta de los cambios y de la perspectiva de obtener beneficios públicos si se conforma a todo. Quinto, que temía más por la suerte de su hermano que por la suya propia, logró quedarse en la ciudad y vender apresuradamente sus propiedades y las de Marco, antes de ir a reunirse con éste en Astura, acompañado de su hijo. Marco Cicerón hijo también figuraba en la lista de proscritos, pero estaba relativamente a salvo en Macedonia, bajo la protección de Bruto, uno de los asesinos de César. A Cicerón le pareció una ironía de la vida que Bruto fuera amigo de Octavio y que le apoyara, siendo como era mucho peor que su tío y careciendo de la genialidad de éste.

Astura era un sitio que nunca había gustado a Cicerón. Había pensado quedarse allí sólo mientras aguardaba a Quinto y su sobrino, para luego trasladarse todos a Macedonia y ponerse bajo la protección de Marco Bruto.

Cicerón contemplaba la perspectiva de un exilio perpetuo con angustia, una congoja que sobrepasaba todo lo que hubiera podido sentir antes. Ya era un anciano y tenía el corazón deshecho. Había perdido todo y al final había sido incapaz de salvar a su país. Pero la angustia mayor era saber que la ciudad de sus antepasados le estaba ya vedada para siempre y que intentar volver a ella significaría su muerte. La muerte en sí significaba poco para él. Pero añoraba a su ciudad de un modo tan intenso que superaba todos los deseos de mujeres o de oro que pudiera haber sentido en su vida. Daba paseos por su villa y miraba las oscuras aguas de la bahía, llegando a pensar que había perdido la razón. Morir en Macedonia, en una tierra extraña, era un pensamiento que no podía soportar, ni siquiera cuando se hallaba más calmado. Y decidió que cuando llegaran Quinto y su sobrino les obligaría a marcharse y él se quedaría atrás, que no se marcharía a Macedonia. Regresaría a Roma, para morir y ser enterrado en aquel amado suelo.

Comprendía que su vida ya había terminado de todos modos. Aunque levantaran la proscripción y le devolvieran sus bienes y aunque el propio Octavio viniera en su busca y le abrazase, ya no significaría nada para él, no se le aceleraría el pulso, ni sentiría gozo, ni le latiría con más fuerza el corazón. Había vivido tan sólo para las leyes y para Roma, y ambas cosas habían muerto. Deseaba morir con ellas y ser arrastrado por el torbellino de la eterna oscuridad, sin verse nunca más obligado a pensar, a soñar o a esperar nada. ¡Sobre todo a no esperar!

¿Es que los hombres llegan a imaginarse la liberación que significa verse libre de las esperanzas?, se preguntó. No esperar nada, no desear nada, no contar con nada: ésa es la única verdadera tranquilidad que podemos conocer. Y como esa tranquilidad sólo puede ser hallada en la muerte, ¡qué hermosa es la muerte! ¡Qué deseable! El crepúsculo es más digno de ser amado que el amanecer, porque el crepúsculo lleva a la noche y a un sueño sin reflexiones, mientras que el amanecer es un embustero que con fragancias, brisas y canciones promete cosas engañosas y falsas y conduce al cansancio. ¡Oh, bendito el hombre que ha visto el último amanecer y contempla su último crepúsculo!, porque entonces podrá soltar el yugo de hierro que lleva sobre su espalda, podrá estirar sus miembros y sus ojos dejarán de ver. Entonces ya habrá corrido todas las carreras y todos los premios de oropel estarán rotos y todos los deseos purgados. Pondrá a un lado las cadenas de la carne, alzará las alas y volará hacia la oscuridad, no teniendo que oír de nuevo el bochornoso estrépito de la vida ni mirar los rostros de perjuros y traidores, ni conocerá nunca más el dolor y la desesperación. ¡Que Dios nos conceda el don de no soñar en esa noche eterna, que nuestro reposo final no sea interrumpido por la inquietud y que nuestros oídos, tapados por el polvo, no oigan más los sonidos de esta clamorosa tierra y todo quede olvidado y perdonado, y ni el amor ni el temor despierten más los cerrados ojos y el continuo llorar cese para siempre!

A veces tomaba una daga y pensaba en lo fácil que sería clavársela en su fatigado corazón, que ya latía tan débilmente y con tan penoso esfuerzo. Pero debía esperar a Quinto y a su sobrino. Cuando ambos llegaran y lo encontraran muerto, Quinto sentiría un agudo dolor. Quinto, su querido hermano, el compañero de juegos de la infancia, el muchacho fuerte y de carácter impetuoso que le había salvado de la muerte cuando tuvo que agarrarse a su mano en aquel árbol de la isla bendita que ahora ninguno de los dos volvería a ver jamás. ¡Mi fiel y cariñoso Quinto!, pensaba el infortunado Cicerón. ¡Ojalá hubiéramos muerto de niños y ahora descansáramos en paz en nuestra isla ancestral con las benditas flores sobre nuestras tumbas y el roble sagrado mezclándose con nuestras cenizas! ¡Feliz es el hombre que expira al nacer y nunca conoce los días calurosos y amargos!

Se acercaba el tiempo de la Saturnalia. El clima de la isla de Astura no había sido salubre jamás y ahora los temporales de lluvia y aguanieve azotaban la villa y rasgaban los desnudos árboles, haciendo crujir sus ramas y derribándolos, mientras que los vendavales chocaban contra los blancos muros haciéndolos temblar. Las aguas de la bahía salpicaban con furioso oleaje los muros de contención de grava y se retiraban rugientes con un color ceniciento, reflejo de un cielo sombrío. La villa no estaba preparada para ser habitada en invierno y sus paredes y suelos tenían manchas de humedad. A Cicerón se le quitaron las ganas de leer y pasear; ni siquiera pedía a los esclavos que llenaran de nuevo los braseros, y no porque los viera de pronto tímidos y retraídos, pues ni de esto se había dado cuenta. Y se envolvía en su capa, pasando así horas enteras, sin moverse, con los pies tapados con mantas, mientras los esclavos se susurraban al oído:

—¿Se ha muerto ya el viejo loco? En su testamento ha puesto que nos concede la libertad cuando muera. Ojalá el Cerbero se lo lleve pronto, de modo que podamos abandonar este desagradable lugar y regresar a Roma con el dinero que nos deje.

¡Pobre patria mía!, pensaba Cicerón sintiéndose morir. ¡Pobre patria mía! Habría dado mi vida por defenderte y lo habría considerado la mayor bendición de mi existencia. Te habría dado mis ojos y todo lo que más hubiera querido con tal de saber que eras libre. Gozoso me habría convertido en esclavo si mi esclavitud hubiera podido salvarte. Mis oraciones fueron por ti; si viví, mi vida fue por ti; jamás te traicioné por amor al dinero, no, ni por un instante.

Jamás pensé mal ni me mostré cínico con respecto a ti, porque soy carne de tu carne, hueso de tus huesos y corazón de tu corazón. Pero ahora has muerto y yo debo morir contigo. Los hombres se olvidarán hasta de que viví una vez y nuestros nombres serán esparcidos por los vientos del mañana, como las cenizas de una pira funeraria olvidada. No soy nada; espero que los hombres jamás sepan que yo existí. Pero ¿cómo pueden olvidar los hombres que Roma existió?

—Aún vive —se quejaban los esclavos tiritando.

Ellos comían bien, pero Cicerón no les pedía nada, así que raramente le traían comida y él seguía allí sentado frente a la ventana, mirando al mar y esperando a su hermano y su sobrino. Ni siquiera se daba cuenta de si comía o no comía y la noche y el día le eran indiferentes. Sólo la aparición de una vela en el horizonte marino le hacía levantar la cabeza y agitarse en su silla.

De Roma no llegaban noticias a ese lugar aislado, aunque no estaba muy lejos de la ciudad. No vino ningún correo, ningún mensajero, ningún aviso. El viento seguía azotando y la lluvia cayendo incansable, amenazando con inundar la pequeña villa. Todo era frío, gris e inanimado.

—¿Lo matamos nosotros mismos? —preguntó el liberto Filólogo, al que Cicerón había concedido la libertad en su juventud y lo había educado con el mayor afecto, pagándole además un buen salario—. Cuando venga su hermano le podremos decir que se suicidó aprovechando las sombras de la noche.

Los esclavos meditaron estas palabras, pero conocían el carácter impetuoso de Quinto y temieron su venganza.

Era natural que no llegaran noticias de Quinto o de su hijo porque, al igual que Cicerón había soñado de niño, su hermano había caído en poder de unos esbirros que lo asesinaron por orden de Octavio, que, aunque no tenía motivos para odiar a los Ciceronios, era mucho más implacable en ejecutar las órdenes del Triunvirato que el propio Marco Antonio. Quinto, el hijo, aquel muchacho hipócrita y tortuoso, se portó bien al final de su vida. Había escondido a su padre y lo sometieron a tortura para que revelara su escondrijo, pero él se resistió valientemente. Para evitarle más sufrimientos, el padre salió de donde estaba oculto y lo mataron en el acto junto a su hijo. En el último momento ambos se miraron en un postrer gesto de cariño, mientras agonizaban sobre los charcos de su propia sangre.

En un ceniciento atardecer, Cicerón se quedó adormilado en su silla. De repente, oyó que su hermano lo llamaba con insistencia: «¡Marco! ¡Huye enseguida a Macedonia!». Se despertó con un sobresalto y miró a su alrededor, pero no oyó más que los rugidos del viento y la monótona lluvia.

—¡Quinto! —gritó, pero no le respondieron más que los elementos y nada se movió.

Vacilante se puso de pie y fue tambaleándose de habitación en habitación, llamando a su hermano con gritos desesperados. Los esclavos oyeron sus pasos, sus tropezones contra las paredes y sus angustiosos llamados.

—Ahora sí se ha vuelto loco —dijo uno de ellos, riendo de contento—. ¡Ya no tendremos que estar en este sitio por mucho tiempo!

Cicerón, desesperado y postrado por el esfuerzo, se dejó caer en su lecho. Estaba solo, todo había sido una pesadilla. Sin embargo, se obligó a pensar. A veces los seres queridos lograban hablar a distancia para hacer una advertencia. Quinto había estado pensando en él y le había hecho una urgente advertencia mental. Le había suplicado que huyera inmediatamente a Macedonia. Eso significaba que él, Cicerón, corría un peligro mortal y que Quinto había intentado advertírselo.

—¡Pero yo no deseo evitar el peligro! —gritó entre las sombras.

Sin embargo, debía obedecer el deseo de su hermano. Iría a Macedonia y allá aguardaría a Quinto y a su sobrino. Levantándose, llamó a un esclavo y le dio órdenes. Se marcharía solo, ellos podían irse a Roma, donde debían visitar a su editor y a sus abogados, que tenían ciertos regalos para ellos. Los pobres esclavos, sintiéndose felices, se arrodillaron ante él, que los bendijo, de modo especial a aquel Filólogo que había querido asesinarle.

—Busca a mi hermano, el noble Quinto —le encargó—, y dile que yo me he marchado antes, tal como él deseaba, y que lo espero en Macedonia.

—Sí, se ha vuelto loco —dijo Filólogo a sus compañeros aquella noche—. Cree haber recibido un mensaje de su hermano, pero todos sabemos que no han llegado noticias de Roma.

Pero a la mañana siguiente el mar estaba embravecido. El impaciente Filólogo había convencido a Cicerón de que cogiera un bote y bordeara la costa del cabo Cirello hasta alcanzar el puerto de Gaeta, cerca de su villa de Formiae, donde podría tomar un barco que le llevara a Macedonia. El pobre anciano estaba tan nervioso que lo hizo y pronto se sintió malísimo a causa del mareo. Al llegar a Gaeta y luego a su villa de Formiae, fue recibido por un grupo de esclavos ariscos e irritados, que no le esperaban y que ya se disponían a marchar a Roma para dedicarse al vagabundaje. Filólogo, que había acompañado a Cicerón de mala gana a requerimiento de éste, que aún creía que la humanidad era capaz de mostrar amor desinteresado, ayudó a su amo a meterse en la cama y luego fue contando chismes y bromas a los esclavos sobre la supuesta locura de Cicerón, asegurándoles que su amo estaría muerto muy pronto.

—Si huís antes de que muera, no heredaréis nada de él —les dijo—. ¡Conozco muy bien a su hermano Quinto! —Y añadió—: Cicerón no vivirá para llegar a Macedonia, para donde tendría que embarcar mañana. La arena de su reloj se ha agotado.

Cicerón se quedó en la cama y la larga oscuridad de la noche invernal cayó sobre él. Estaba consciente del frío que sentía en los huesos, en su carne, en su corazón. Ya estaba harto de huir. Era incapaz de pensar en el día de mañana y en su viaje a Macedonia. Los párpados le pesaban como si fueran de hierro. Y cayó profundamente dormido.

No supo cuándo fue consciente por primera vez de la luz y el calor; era una luz ligeramente más brillante que el sol, pero más suave; una luz más dorada que envolvía todo, una luz que acariciaba sus heladas carnes, entibiándolo y dándole nueva vida. Se quedó mirándola ávidamente, sin hacerse preguntas. Sólo quería gozar de su dulzura y gloria. No vio nada, pero de repente, sin alarmarse, vio algo.

Lentamente, la brillante luz dorada se abrió, al igual que una cortina, y de sus trémulos pliegues salió una mano, una mano de hombre, firme y juvenil, expresando amor en cada una de sus curvas, en su palma vuelta hacia arriba, en sus dedos que se movían haciendo señas. Era a la vez la mano de un joven y de un padre, acariciando, alcanzando, protegiendo. Al verla, el corazón le dio un vuelco anhelante, gozoso y humilde. Y entonces oyó una voz que pareció tocar las estrellas más lejanas:

—No temas, porque estoy contigo. No desmayes, porque soy tu Dios. Cuando cruces las aguas estaré contigo y los ríos no se desbordarán a tu paso. Cuando atravieses fuego no te quemarás ni las llamas se inflamarán sobre ti. Porque Yo, el Señor, tu Dios, sostengo tu mano derecha.

La luz se desvaneció y la mano se retiró. Cicerón dejó de sentir frío, de sentirse abandonado e inquieto. Quedó dulcemente dormido y descansó como un chiquillo, con la mejilla apoyada en la palma de la mano, durmiendo al igual que un niño, confiado y sin temor.

A la mañana siguiente se levantó y los esclavos se asombraron al ver la vivacidad de su expresión y su gesto decidido.

—Hoy embarcaré para Macedonia —anunció y los otros quedaron decepcionados.

Sin embargo, le ayudaron a preparar las cosas. El oleaje era más furioso que el día anterior, pero en el muelle había un barco a punto de zarpar para Macedonia. Cicerón se metió en un bote con varios esclavos robustos, dirigiéndose hacia él. Mas como las olas eran cada vez más altas, dijo suspirando:

—Habremos de regresar a la villa. Mañana hará mejor tiempo.

Es Plutarco el que nos ha dejado el relato más elocuente del último día del jefe de la familia de los Ciceronios:

«En Gaeta había una capilla no lejos del mar dedicada al dios Apolo, sobre la cual pasó chillando una bandada de grajos, que se dirigieron hacia el bote de Cicerón cuando éste regresaba hacia tierra y, posándose sobre ambos lados del penol de la verga, comenzaron a graznar mientras otros picoteaban los extremos de las cuerdas. Los que iban a bordo tomaron esto como un mal presagio. Cicerón desembarcó y, entrando en su casa, se tumbó en la cama para descansar un poco. Algunos grajos fueron a posarse en la ventana, graznando de un modo desgradable. Uno de ellos incluso se posó en la misma cama en que Cicerón yacía tapado y con su pico trató de apartar el cobertor que le cubría la cara. Los esclavos, al ver esto, se reprocharon el dejar que mataran a su amo sin salir en su defensa, mientras que aquellos animalejos habían venido en su ayuda y a librarle de todas las penalidades que estaba sufriendo sin merecerlo. Por lo tanto, en parte por las súplicas y en parte obligados, lo hicieron levantarse, lo metieron en su litera y lo llevaron a la orilla del mar.

»Pero mientras tanto llegaron los que habían sido enviados para asesinarle. Eran Herenio, el centurión, y Popilio, el tribuno, a los que Cicerón había defendido cuando fueron acusados del asesinato de su padre. Con ellos venían algunos soldados. Al hallar cerradas las puertas de la villa, las echaron abajo. Como no encontraron a Cicerón y los que estaban en la casa les dijeron que no sabían dónde estaba, preguntaron a un tal Filólogo, un antiguo esclavo emancipado al que Cicerón había educado, y que informó al tribuno que la litera que conducía a éste iba de camino hacia el mar a través de un espeso bosque. El tribuno, llevando consigo unos cuantos hombres, se precipitó hacia el lugar por donde la litera saldría del bosque, mientras que Herenio seguía el mismo camino recorrido por ésta. Cicerón lo vio venir corriendo y ordenó a sus esclavos que dejaran la litera en el suelo. Entonces, mesándose la barbilla con su mano izquierda, como él solía hacer, miró fijamente a sus perseguidores. Su rostro estaba macilento, su cuerpo cubierto de polvo, su cabello despeinado. Todos los presentes se cubrieron el rostro mientras Herenio le daba muerte. Cicerón asomó la cabeza fuera de la litera y Herenio se la cortó. Luego le cortó las manos, tal como le había mandado Antonio, pues con ellas había escrito sus *Filípicas*.

»Estos miembros fueron llevados a Roma, y cuando se los mostraron a Marco Antonio, éste se hallaba celebrando una asamblea para la elección de funcionarios públicos. Al enterarse de la noticia y ver la cabeza y las manos, gritó:

»—¡Ahora ya podemos poner fin a nuestras proscripciones!

»Mandó que la cabeza y las manos fueran fijadas en la *Rostra* donde hablaban los oradores, un horrible espectáculo que hizo estremecer a los romanos, creyendo que veían no el rostro de Cicerón, sino la imagen de la propia alma de Marco Antonio.

»El mutilado cadáver de Cicerón fue apresuradamente enterrado en el mismo lugar donde fue asesinado.»

A Filólogo, el liberto, le arrojaron el amuleto de Aurelia, la madre de César. Como era de oro y muy valioso, aunque ignoraba quién era el donante, se lo colgó, riendo, alrededor de su moreno cuello. Pero cuando le dieron también la antigua cruz de plata que un egipcio había regalado a Cicerón, se estremeció de horror y la arrojó lejos de sí con una exclamación de aborrecimiento y desprecio: un gesto que Cicerón habría sabido apreciar con su fina ironía.

Se dice que Fulvia, la viuda de Clodio, tuvo el refinamiento perverso de clavar un alfiler en la lengua de Cicerón, aquella lengua heroica que había defendido a Roma con tanta valentía y que se había esforzado en hablar de justicia, leyes, piedad, Dios y patria.

Su rostro muerto quedó mirando fijamente a la ciudad que tanto había amado, sin que sus ojos parpadearan. Contemplaron todo lo que se había perdido hasta que la carne se desprendió de los huesos y sólo quedó el cráneo. Finalmente, un soldado derribó el cráneo del poste y le dio una patada, destrozándolo.

Cuarenta y tres años después de estos hechos, el acontecimiento que Cicerón había anhelado tanto tuvo lugar por fin, llegando la hora tan deseada.

Los baluartes color púrpura del cielo se vieron sacudidos y con ellos los dorados pilares. Mientras Roma recorría tumultuosamente el sangriento camino que llevaba a la tiranía y al despotismo de los Césares que ella había criado, una doncella judía hacía su vida en la pequeña aldea de Nazaret, en una tranquila tarde de primavera, respirando la tibieza del aire y el nuevo aroma de jazmines. Era muy joven y apenas había pasado de la pubertad, siendo la delicia de sus padres. La cabellera le caía sobre su erguida espalda y sus ojos azules (porque era nazarena) miraban con serenidad a los cielos, mientras oraba como siempre había orado, con humildad y gozo, al Señor su Dios, el Protector de su casa, porque ella era de la ilustre casa de David.

Había subido al terrado de la casa de sus padres para orar, con las manos juntas. Cubría su cabeza un velo blanco, puesto que era virgen. Su tosco vestido era tan azul como sus ojos y llevaba desnudos sus pies infantiles.

De repente se dio cuenta de que no estaba sola y sufrió un sobresalto, llena de temor. La atmósfera del crepúsculo palpitó a su alrededor con una luz más brillante y más clara que la del sol, tachonada de estrellas que caían relucientes como si fueran copos de nieve. En medio de aquella luz vio a un ángel de alas radiantes.

Es muy posible que en los aposentos azules y brillantes donde los justos esperaban ser admitidos por las puertas del Cielo, que durante tanto tiempo había permanecido cerrado, Cicerón aguardase asimismo, junto con todos aquellos a los que él había amado. Y es posible que él también oyera las altísimas palabras de la Anunciación que estremecieron los baluartes del Cielo y los pilares dorados, encendiendo fuego en todos los corredores de la oscura y sombría Tierra:

«¡Salve, llena de Gracia! ¡El Señor es contigo! ¡Bendita Tú eres entre todas las mujeres!»

Nota de la autora

Aunque para escribir esta novela estudié centenares de libros, ensayos, manuscritos, etc., especialmente en Roma y Atenas, sólo he necesitado mencionar aquí algunos de ellos. La Biblia y especialmente los Salmos de David y las profecías del Mesías (dado el gran interés que tuvo Cicerón por la materia), las cartas intercambiadas entre Cicerón y Ático (del Archivo de la Biblioteca Vaticana, lugar donde las traduje) y los discursos de Cicerón, especialmente los llamados *Pro Sex. Roscio*, de *Imperio Cn. Pompei*, *Pro Claventio*, *In Catilinam*, *Pro Murena*, *Pro Caelio*, disponibles en latín o en sus extractos traducidos al inglés, cartas de Cicerón a sus familiares y amigos (centenares de ellas, demasiadas para ser nombradas), obras de Cicerón, muchas citadas en el libro y sus *De Legibus* y *De Republica*. Salustio, traducido por J. C. Rolfe, la *Politica* de Aristóteles, las obras de Aristófanes, Esquilo y Sófocles, la *Ilíada* y la *Odisea* de Homero, las *Obras escogidas* de Cicerón, traducidas por Michael Grant. *The Essential Unity of All Religions* de Bhagavan Das, el libro *Aristotle's Ethics*, *Source Book in Ancient Philosophy* de Charles M. Bakewell, la *Enciclopedia Católica*, el *Phaedo* de Platón, *Cicero and the Roman Republic* de F. R. Cowell. *The World of Rome* de Michael Grant, *The Basic Works of Cicero*, traducido por Moses Hadas (particularmente recomendado), *Las Vidas* de Plutarco, *Julius Caesar* de J. A. Froude, *The Metamorphoses* de Ovidio, traducida por Mary M. Innes, *Life of Cicero* de William Forsyth y *The Romans* de R. H. Barrow.

La autora y su obra

~~~~ La escritora Janet Miriam Taylor Holland Caldwell, mundialmente conocida como Taylor Caldwell, que es como firma sus obra, tiene en su haber más de veinte novelas; excepcionalmente ha utilizado en alguna de ellas el seudónimo de Max Reiner. Aunque de nacionalidad norteamericana, nació en Inglaterra el 7 de septiembre de 1900, en Prestwich, Manchester, donde residían su padres, ambos escoceses.

La autora fue a Estados Unidos a la edad de seis años, cuando su familia se trasladó allí para instalarse en la ciudad de Búfalo. En 1924 se graduó como Doctor of Letters en el D'Youville College de dicha ciudad. Entretanto había contraído matrimonio con William Fairfax Coms, del que, sin embargo, se divorció unos años después. Se volvió a casar en segundas nupcias con Marcus Rebeck, que se convertiría muy pronto en eficaz colaborador suyo; ayudaba a la autora en la búsqueda de documentación para sus obras y fue también el primer lector y crítico de sus libros. De este matrimonio nació una hija, Judith Ann.

Cuando en 1938 se publicó la que se considera la primera novela de Taylor Caldwell, Dynasty of Death (Dinastía de la Muerte), la autora tenía ya terminadas otras doce obras.

Casi desde niña comenzó a dar rienda suelta a su vocación de escritora, prosiguiendo ya mayor con la redacción de esas doce y otras muchas obras cuyos manuscritos no llegaron a su término.

Se cuenta que una vez que el célebre escritor Mark Twain fue a visitar la ciudad de Búfalo, se adelantó una chica joven de entre la muchedumbre que acudió a darle la bienvenida al autor de Las aventuras de Tom Sawyer. La muchacha salió al paso del escritor y después de unas palabras de saludo, le dijo que ella también era escritora. Mark Twain le puso la mano sobre la cabeza, la miró y contestó seriamente: «Sí, sí, naturalmente».

Para aquella chica, que no era otra que la futura Taylor Caldwell y que a sus doce años ya había escrito una novela, tenían que pasar todavía algunos años antes de que se publicara su primera obra, durante los cuales se dedica-

ba a estudiar y a trabajar en las oficinas de varias empresas, sin dejar por ello nunca de escribir.

De las doce novelas que estuvo escribiendo durante su etapa juvenil, varias se editaron más tarde. Pronto le empezaron a llegar también los primeros galardones en reconocimiento de su labor literaria: en 1948 le fue otorgada la Medalla de Oro de la Liga de Escritoras Americanas, al cual siguieron el Gran Premio Literario, el Premio al Mérito de las «Hijas de la Revolución americana», así como el Premio del Instituto Internacional de Artes y Letras.

A partir de 1938 escribió toda una serie de novelas, entre las cuales se cuentan: The Eagles Gather *(1939)*, The Earth is the Lord's *(1940)*, The Strong City *(1941)*, The Arm and the Darkness *(1942)*, The Turnbulls *(1943)*, The Final Hour *(1944)*, The Wide House *(1945)*, The Side of Innocence *(1946)*, There was a Time *(1947)*, Melissa *(1948)*, Let Love Come Last *(1949)*, The Balance Wheel *(1951)*, The Devil's Advocate *(1952)*, Never Victorious, Never Defeated *(1954)*, Tender Victory *(1956)*, The Sound of Thunder *(1957)*, The Listener *(1960)*, The Man Who Listens *(1961)*, A Prologue to Love *(1961)*, Grandmother and The Priest *(1963)*, A Pillar of Iron (La columna de hierro, *1965*), No One Hears But Him *(1966)* y Dialogues with the Devil *(1967)*.

En una ocasión, durante una entrevista sobre su sistema de trabajo, manifestó que no procuraba nunca apartarse del concepto que ella tenía de la novela en general, y que consistía esencialmente en una interpretación moderna de lo que pensaba el escritor francés Stendhal de cómo hay que escribir: «Para lograr una buena novela basta poner un espejo a lo largo de un camino».

Índice

PRIMERA PARTE
Infancia y juventud

SEGUNDA PARTE
El abogado

Tercera Parte
El patriota y el político

Cuarta Parte
El héroe